云裳

吉祥居次

王晴川·著

碧空记

第一卷

新星出版社　NEW STAR PRESS

纵与横的极限

——《凿空记》自序

王晴川

写作这东西,尤其是长篇小说,很多时候是需要机缘的。

一直以来,就很想写一个有关神话、有关历史和文化求索的幻想文学,最好是个大部头。

因为神话是一个民族文化最本色、最悠久和最顽强的源头。古代神话其实是开启本民族世界观的密码,在其背后,往往有历史真实和民族精神的交相辉映。而中国古代神话的体系中,昆仑文化则是一个非常庞大的神话主体,可以说是中华民族一个重要的民族文化之源。

所以很早之前,我就想写个有关昆仑文化的小说,那里面要有神话的外衣和历史的内核,还要有文化的追索和关于起源的探寻。

然后这个野心一直在慢慢地丰富,还有许多新的想法不断衍生出来。

比如绝地天通,这个传说同样是发生在与昆仑相关的远古时代,里面既有神话色彩,又暗伏了许多残酷而真实的历史影子,想想就让人无比激动;又比如诸子百家,老子、孟子、列子那些个让人炫目的名字,特别是纵横家——每次看到"纵横"和"鬼谷子"这几个汉字,就会让我浮想联翩……

但这些都只是构想,在缺少机缘的许多年间,便只能在心底起起伏伏,虽然也在暗暗生根和滋长,却一直没有机会冒头。

让种子真正发芽的,是翟德芳先生找到我,提出了"张骞"和"凿空"这两个关键词。

深聊后,静下来的我隐约看到了那个画面:那应该是公元前126年的一天,大汉朝廷发生了一件大事——大汉使者张骞在出使西域十三年后,历尽千辛万苦,终于回到京师长安。于是汉武帝刘彻会同许多重要朝臣和博学之士,在朝堂上听张骞细述一路出使西域的所见所闻。

他们知道了大宛在匈奴西南,去汉可万里;知道了乌孙在大宛东北可二千里;知道了乌孙、康居等都是行国(不定居的游牧之邦),而大宛、楼兰、姑师、大夏等都有城郭。他们知道了汗血宝马,知道了最好的马饲料苜蓿;知道了于阗东部有水东流,注入盐泽,而盐泽的南边很可能就是黄河的源头,那儿盛产晶莹的玉石……

大汉君臣听得无比沉醉,我甚至能脑补到他们半张着嘴、双眼放光的画面细节。当然,朝堂上还少不了各种追问和质疑,但所有的人应该都会非常惊奇与惊喜。

因为正如翦伯赞教授所言,"张骞使中国种族第一次知道中原以外还有广大的西方世界,从而开辟中国史上政治和经济之新时代"。

独具慧眼而又喜欢祭祀天下名山的汉武帝刘彻,最终根据张骞的见闻,亲自拍板,那个大河源头、盛产玉石的大山,就是昆仑山。

就这样,原本只存在于先秦神话中的巍巍昆仑,第一次被官方正式确定了现实中的地理方位。

昆仑与河源的现实定位,是在中华民族的文化、政治、经济与军事方面都有深远影响的大事件。伟大帝王的神来之笔,可以说是一次前所未有的文化创举。

也由此,让我将张骞艰难困苦的西域之行与神秘飘逸的昆仑文化联系到了一起。于是,那个酝酿已久的幻想种子终于破土而出了。

我想到了一个词——纵与横的极限。

横向来看,张骞首次出使西域,真的是无比遥远的行程。他曾经前后两次、总计十一年多的时间被匈奴扣留,却仍旧带着自己的向导甘夫逃了出来,穿越沙漠,跨过绿洲,翻越葱岭,一路向西万里,经过大宛

（今乌兹别克斯坦费尔干纳盆地）、康居（今乌兹别克斯坦和塔吉克斯坦境内），最终抵达刚刚吞并大夏的大月氏之王庭所在地蓝氏城（阿富汗喀布尔西北的瓦齐拉巴德）。

后来无数的中国商人、西域商人，就是沿着他出使大月氏所开辟的这条路线，于大汉和西亚、中亚和南亚往来通商。东方的丝绸、茶叶、瓷器，西方的玉石、珠宝等各色货物，往来于这条著名的丝绸之路上，东至长安，西则一直延伸至罗马。

太史公评价张骞的出使为"凿空西域"。其实张骞不仅仅是凿空了西域，更凿空了国人被农耕生活禁锢了两千年的世界观，于当时的大汉而言，这简直是又一次的开天辟地。

从横向看，张骞开创的这条路线，联通了东西方世界。他是当之无愧的"一带一路"第一人，难怪梁启超大赞张骞是"坚忍磊落奇男子，世界史开幕第一人"。

纵向来看，张骞这次出使的"副产品"，便是汉武帝钦定了昆仑方位，而由昆仑这个神秘的文化母题，衍生出了一条历史的纵贯线。

它以《山海经》的记载为纲，上起黄帝、蚩尤的传说时代，可联系到西王母文化（可以看作昆仑文化的一个旁支），贯通了绝地天通传说、周穆王万里西征传说、老子西渡流沙之谜，乃至列子、庄子、邹衍、鬼谷子等诸子百家，下及秦始皇晚年求仙、张良刺秦、黄石公收徒等秦汉史实，一直到大汉文景之治后，汉武帝前半期那个开疆拓土、意气风发的大时代。

从神话到现实，从东方到西方，足够兼容并蓄，足够波澜壮阔。

这就是纵与横的极限吧。

不过，当初听到张骞这个名字的时候，强烈的创作冲动之外，我还是很有些犹豫的。毕竟我过去的所有作品中，真实的历史人物一直只是作为背景出现的。

现在，这个张骞，居然要成为第一主角！

后来就由张骞想到了玄奘大师。他们的事迹近似，都是孤身苦旅，穿越漫长的荒漠绝地，抵达一片异域，开拓一片新天。玄奘大师就成了神话小说《西游记》中的主要人物。可惜在大家耳熟能详的《西游记》中，玄奘大师被写成了一个木讷死板的符号化人物"唐僧"。

真不甘心呀！像这样坚忍卓绝的奇男子，为什么就不能成为一部通俗小说的主角？

翟德芳先生是出版编辑界的前辈名家，当年我们曾经有过很好的合作，他很熟悉也很认可我的写作风格。他曾开导我，这是一部玄幻小说，当然可以让张骞有些异能，但重点不是玄幻套路里面的升级打怪，而是要着重表现他的大气、睿智和坚韧毅力。塑造这样一个不屈不挠、大智大勇的大汉使者，那才是大国气魄和文化自信啊！

记得说起张骞这个点子时，我们在北京一家很有特色的饭店里边喝边聊。他看到饭店墙上挂着的敦煌照片，就说，八十年代末，他去兰州出差，顺路到敦煌那边旅行，遇到的向导兼司机是一位很豪爽的当地汉子。那人开车前，总要很狂野地先喝上半斤白酒才出发。

我觉得很神。我想不出，还有开车前要先喝半斤白酒的家伙，虽然那是二十世纪八十年代末。翟先生说，那地方大多是一望无垠的戈壁，放眼远望，看不到人烟。司机喝了酒后，意气风发，狠踩油门，那车开的就是一种豪情。

我仿佛看到了他们一路西进的画面：一片荒凉而又厚重、单调而又壮美的浩瀚天地，一辆老吉普豪气万丈地碾起一路烟尘，在莽莽黄沙地间任意纵横。

是的，纵横！就是那种感觉！

我对诸子百家中最有感觉的就是纵横家。真正的纵横家是谋圣鬼谷子开创的政治权谋学派，那些人也可以说是中国最早的外交家。我总是一厢情愿地认为，如果将张骞归入诸子百家的某一学派，那一定是纵横家。

写这个故事，我仿佛也穿越到两千多年前，与张骞邂逅在大汉。我常常与他悠然低语，跟他寂然对望。我能感受得到他的不甘，他的努力，他的悲凉。我常常看到他在广阔而纯粹的天地间艰难跋涉。

在他的眼中，有博大而恢弘的昆仑。他越是一路向前，就越能感受到这个世界的壮丽与孤独。

在我的眼中，张骞通西域，探昆仑，确实达到了纵与横的极限。

希望在小说中，我表达出了这种意象。

王晴川 记于 2020 年 4 月

目 录

1 自 序

1 引 子

6 第一章： 老聃指环，十二金杀

27 第二章： 纵酒鸣镝御强敌

58 第三章： 拔刀争天榜

85 第四章： 入 阵

109 第五章： 执 手

141 第六章： 通 仙 桥

166 第七章： 破 阵

188 第八章： 金殿之论，昆仑之问

225 第九章： 跃马天途

248 第十章： 天 幻 堡

280 第十一章：昆 仑 道

318 第十二章：蜃 龙

343 第十三章：箭惊左贤王

引　子

秦始皇三十七年七月，酷暑。

千古一帝秦始皇嬴政正在第五次东巡的路上。

这支配备最高贵车马仪仗的队伍，带着众多大秦帝国的文武官僚，已经浩浩荡荡地在中原大地上巡游了数月之久，从咸阳至云梦泽，祭祀虞舜于九嶷山，又上会稽山祭祀大禹，遥望南海，立巨碑颂德，北归时途径吴地渡长江，后乘海船沿东海北上。

在苍茫无际的大海上，秦始皇看到巨大的怪鱼，命人发箭射杀之。此后又沿海西行，现在他们已过了平原津黄河渡口。

随行的文武百官大多不知道行程还要持续多久。他们只知道，始皇帝这次本是要去海上仙山求仙的，可惜同前几次巡游一样，全然无果。

七月的天气太热了！这座奢华轩敞的辒辌车（亦作"温凉车"）内配备了专门消暑的青铜冰鉴，始皇帝嬴政仍觉得阵阵烦热难耐。他已经四十九岁了，身体看上去高大威武，内里却早已衰朽不堪。

现在，支撑着这位千古一帝的，便是传说中的昆仑仙山和不老仙药。

透过辒辌车那推拉式的双层车窗，嬴政可以看到，车外的景物已变得一片荒凉，放眼可见暮色下起伏连绵的黄色沙丘。据说这地方就叫沙丘。赵高刚刚低声下气地跟他禀报过，赵武灵王当年曾殒命于此。

当时，听得这消息，嬴政的眼神中立即现出一抹杀气，吓得赵高面无人色。

这些日子，始皇帝听不得任何一个跟"死"有关的消息。

都是异兆啊！嬴政有些痛苦地揉着头。最近一年来，凶兆频频出现，搅得他心烦意乱。

先是在去年，出现了"荧惑守心"的天象。从星占学来说，此天象预示着天子失位甚至驾崩。同样是在去年，有大星一颗坠入齐、秦交界的东郡，那陨石上居然出现"始皇帝死而地分"的字样。

最可怕的是不久前发生的"祖龙玉璧"事件。向他献上玉璧的人，是一个名叫沧海君的神秘的人。这个玉璧原本也是他期盼已久的神物，据说里面藏有昆仑仙山的秘密。

但没想到，千辛万苦寻来的这块玉璧上，居然有一行奇异的花纹，那花纹竟是五个古字：今年祖龙死！

更可怕的是，这块玉璧居然就是自己在一次巡游时，亲手抛下水祭祀河神所用的玉璧。那应该是九年前的事了吧？是祭祀淮水的河神么？不管是在哪里，那块玉璧肯定是自己郑重丢入河中的。

现在，这块有着奇异花纹的玉璧居然由沧海君再次呈送到自己面前，而那九年前明丽繁复的石纹，经过河水九年的浸泡，居然出现了这么一行文字——今年祖龙死！

龙者，君王、皇帝也；祖者，始也。祖龙，就是指自己这位始皇帝呀！

至今，想到那几个触目惊心的花纹，嬴政还是觉得浑身发冷。

现在，一切的希望，就只剩下找到昆仑仙山了。

始皇帝从不相信任何人，只相信自己的天纵神武。他综合各方的消息，判断昆仑仙山应该是在东方海上。但这次巡游已经几个月了，无论是望于南海，还是乘海船北上，都没有见到仙山的影子，除了射杀了几条从未见过的庞大怪鱼。

"沧海君，这个神秘的家伙该来了吧？看看他还能告诉朕什么话……"始皇帝眼前闪过那个神秘的黑影，心中又是悸动，又是愤怒，觉得一阵头晕目眩，忙从青铜冰鉴中抓出一块碎冰，胡乱地抹了把脸。

"陛下！启禀陛下，大好消息！"辒辌车外传来赵高兴奋的声音，"陛下等的那个人来了！沧海君来叩见陛下。"

"传，让他上车！"嬴政尽量克制心内的激动，让自己的声音冷漠如常。

车门拉开，一道熟悉的黑影闪入车中。那人瘦削，高挑，沉稳淡漠得如午后的一缕斜阳。

辒辌车的设计很精妙，前方御手乘坐的前室很狭小，始皇帝乘坐的后室则极为宽大舒适。那人进得车内，施礼之后，跪坐在下首，室内也不显局促。

"沧海君，难得你还敢来见朕！"嬴政盯着黑影，忽然喝道，"昆仑玉圭到底在哪里？"

"依照前约，我已经将昆仑玉圭亲手交给了陛下。"沧海君淡然笑道，"就是那块祖龙玉璧啊！玉圭就藏在玉璧内，可惜陛下又将这玉璧丢入了河中。"

"今年祖龙死？"嬴政嘶哑的声音仿佛是野兽在磨牙吮血，"都这时候了，还敢和朕耍这些阴谋诡计！别忘了，朕若想剿灭你们昆仑仙宗，易如反掌！"

"我料陛下不会轻易降罪的。"沧海君深邃的眸中耀出一蓬精芒，"我依约而来，正是要带给陛下昆仑仙山的消息。"

嬴政阴沉的眼眸内掠过一丝亮色，却只冷冷地吐出两个字："快说！"

"陛下这些年的推算都是错误的。从徐福开始，那些方士都是在蛊惑欺骗陛下。昆仑仙山不在海上！"

"那在何处？"

"昆仑玉圭中埋藏了昆仑最大的秘密，而老子最终的行踪便是西渡流沙，不知所向。"沧海君悠悠地叹道，"是的，昆仑在西方……在西域！"

"西域？这就是老子西渡流沙的缘由？"嬴政眼中的光芒黯淡下来，"……这怎么可能？徐福、卢生、侯生……这些奸人佞贼误了朕！朕要把他们……西域，朕已经来不及了……"

他愤然地喃喃自语，有些语无伦次。忽然，他揪住沧海君的袍袖，喘息着说道："沧海君，你是天觉者，快！作法给朕延寿，让朕长生！"

这一瞬间，傲慢而暴躁的始皇帝真真切切地感受到了自己的衰朽。他的语气和眼神，竟像个无助的孩子。

"陛下，我只是昆仑道的宗主，却不是天觉者。"沧海君依旧如一缕秋阳般淡漠，"上一任天觉者是老子，迄今已近三百载。不过据我推算，五十年后，下一位天觉者便要出世了。"

"五十年后！朕怎么等得起？"嬴政的眼内已是一片灰烬之色，忽然间又暴怒起来，狂叫道，"奸徒！你们都是奸徒，都在欺骗朕！"

"我依约而来，践约而去。"沧海君从容躬身施礼，"陛下，告辞了。不必说再会了，只因这一面之后，我与陛下，只怕会天人永诀了。"

沧海君微笑着走出辒辌车，如一抹秋阳般消失。

"大逆不道！"嬴政怒喝，却觉得浑身的热血都涌上头顶，猛然间天旋地转，一头栽倒，脑袋竟撞在青铜冰鉴上。

赵高、李斯等在车外静候的近臣闻声过来，见状忙仓皇呼喊太医。

当晚，一统天下、雄视古今的始皇帝嬴政暴毙于沙丘。

据说，在嬴政临终前时而清醒时而昏迷的时候，服侍在侧的秦相李斯曾听得嬴政喃喃地说过几个词：老子，昆仑……西域……

"西域？"李斯觉得奇怪，认为始皇帝想说的应该是"西北"。他一定是惦念在西北方修建长城的长子扶苏。

也许只有早已离去的沧海君才知道，始皇帝在生命的最后一刻，吐出的那几个迷咒般的词到底是什么意思。

现在,那道秋阳般的身影正飘然远去。

他的远方就是西域,就是传说中位于西域的昆仑。

第一章

老聃指环，十二金杀

月明星稀。大汉首都长安的一座私人旅舍里，人声喧嚷。

突然，整个大堂变得一片漆黑。

堂内的几盏小油灯不知被什么怪力瞬间熄灭，突如其来的黑暗让堂内的食客们齐齐爆一声喊。众人的惊呼未落，一道火光射出，满屋的幽暗突被撕裂。

这一道刺目的火焰竟是从一个胡人的口中喷出。

初时那火焰只有尺把长，随着胡人用力仰头，那火已变成三尺烈焰，热腾腾直扑屋顶。满堂的客人们随之又爆出惊呼。

那熊熊的火焰映红了坐在胡人对面的黑袍青年的脸孔。

那张脸方方正正，线条极为硬朗，肤色微黑，长眉浓重，一双寒浸浸的眸子仿佛清澈的黑潭。青年紧盯着对面的胡人和那吞吐的火苗，目光却冷静得不带一丝喜怒之色，似是泰山当头压下，那眸子也绝不会眨上一下。

西汉年间，私人旅舍并不多，能开设旅舍的主儿非富即贵，且多是善于经营之人。旅舍的设置和服务都是极佳,所以颇能吸引来往客商。这座旅舍更因毗邻长安城外的官道,客人往来不绝,生意极为热火。

南来北往的客人一多,便难免生出事端。

此刻正是晚膳的忙碌时分,在旅舍聚餐的大堂内,几个胡人竟跟这黑衣青年起了争执。为首的胡人也不知施了什么术法,先是一声低喝,将满堂的油灯袭灭,随后就示威似地口喷烈焰。

其时正是大汉建元二年,后来鼎鼎大名的汉武帝刘彻登基不足两年,大汉与域外之人往来极少。哪怕在这都城长安,也很难看见几个外族之人,尤其是来自异邦的胡人。在大汉百姓的眼中,胡人多有些神奇手段,颇为神秘。此时满堂的食客看到这胡商的惊人手段,便不由齐齐惊呼。

那喷火的胡商生得一张酷白瘦削的脸孔,左耳带着个粗大的金色耳环。此时胡商听得客人们惊呼,极为得意,忽地张口一吸,将三尺烈焰都吞进嘴里,跟着扭头一喷,一点烈焰射出,数尺外的一盏油灯随之点燃。

众人惊呼再起。那胡商接着连喷数口,几点火焰横空飞出,厅内熄灭的数盏油灯依次亮起。

大厅内光明重临,看客们的呼声还未止息。面对这等骇人的手段,若是寻常之人,只怕早吓得面如土色、跪地求饶了,可那黑袍青年的神色始终冷静如初,甚至嘴角还现出一丝淡漠的冷笑。

大汉初年,民风颇为勇悍,任侠使气者并不少见。这旅舍位置在长安城外,碰见这等拼凶斗狠的事,寻常百姓都乐得看个热闹。

"这是幻戏么?"说话的,是端坐在大厅西南角落里的一位华服公子。

他所说的幻戏,便是后世人口中的魔术,俗称戏法。据说当时最精彩的幻戏艺人都来自西域,所以华服公子有此一问。

华服公子身边陪坐着两位文士。一个相貌俊朗的修髯文士轻轻摇头,说:"不是幻戏,这应是很诡异的火元术法。这胡人来自西域,难道是'熔金火'？"

另一个身材微胖的黑脸文士沉吟道："西域术法源自上古巫术，与中原道法大异，这胡人又故意藏首露尾，这时还看不出来。不过，他对面那个黑衣青年，才是真正的深不可测，我竟看不出他的深浅。"

"他越是这样沉稳如山，对面那胡商越是不敢动手。"华服公子望向黑袍青年的目光中多了几分赞赏，"不知这青年是什么来头，一上来便为这旅舍的小伙计出头。"

旅舍内爆发的这场冲突，被华服公子看了个满眼。这几个胡商来堂间吃饭，盛气凌人，不知何故，忽然对旅舍那位面目清俊的店堂小伙计奚落打骂。那黑袍青年看不过眼，当即上前拦阻喝止。

此刻，双方剑拔弩张，那个引发争斗的小伙计却默然站在黑袍青年身后，一张俊美的脸上也没什么忧惧慌张之色。

"小子，你还不服？"那胡商势成骑虎，羞怒之下，用生硬的汉语喝了一声，猛一扭头，一口烈焰喷出，他身侧一只矮脚圆墩忽然腾起一团淡青色的火苗。

圆墩立时在青焰中燃烧、爆裂开来。

众人见此奇景，惊呼声更大了几分。店主带着两个店伙计匆匆赶来，一边赔不是，一边招呼人泼水灭火。

火焰是青白色的，烧起来无声无息，却水浇不灭，圆木墩在火中竟至扭曲起来，仿佛是个挣扎的人形，瞧来颇为诡异骇人。

"是炼尸火！"大堂北侧窗下，一个头戴帷帽的女郎不由探手扬起帽前轻纱，轻呼了一声。

几乎在同时，西南角落端坐的黑脸文士已向那华服公子低叹道："这胡商施展的竟是炼尸火！他极可能是来自匈奴，甚至是西域的萨满。炼尸火属于灵力之火，不知对面这青年要如何应对？"

萨满便是巫师。这些人往往掌握着极诡谲的巫术，但向来只在西域横行，极少来中原，不想今晚却闯入京师外的旅舍内生事。

"奇怪！"那俊朗文士低声道，"我默查良久，那黑袍青年似乎不会术法。他甚至还没到先天道的修为……"

黑脸文士一惊："东方兄不会看错吧？他不会术法，却又凭什么跟这西域巫师对峙这么久？"

"凭他的心志。人而无恒，不可以作巫医。这青年的心志实在坚忍过人，只凭强悍如山的心神，便将对手压制得不敢轻举妄动。"俊朗文士望向黑袍青年，眼神中是又惊又赞。

"阁下当真要为这小子出头？"胡商的声音已微微颤抖。

"我在，你便不能动他。"黑袍青年一字字说道。事到如今，他都沉静如初，仿佛一座宁静的深潭。

"你和这小厮有亲还是有故？"

"非亲非故，只是在此地喝过几次酒。你们几个胡商仗势欺人，我便看不惯。"

双方的声音都不大，但此刻堂内惊呼尽息，满堂客人都屏息望着两人，他们的对话便都听得清清楚楚，众人的目光这才落在那旅舍小厮身上。

那是个年约十五六的瘦削少年，面容白皙俊美，明澈的双眸，高挺的鼻梁，显示他也是个胡人。少年的神色始终很淡然，不知是吓傻了，还是天然这么一副木然神气。

"好吧！"胡商的眸光越发凌厉阴狠，缓缓道，"我，铁勒，西域乌孙人，行商至此。稍时落手无轻重，阁下也留个姓名吧。"

"张骞，骞举高飞之骞。现居长安。"黑衣青年将一把绿鞘腰刀横压在案头，平静地望着对方阴冷的眸子，"你的火很快，但未必有我的刀快。"

"那就试试？"胡商的嘴咧着，似笑非笑，似要立刻张口喷火。

堂内这时静得落针可闻，所有人都紧张地盯着这两人。也许，下一刻，这二人之一或是变成火人，或是血溅五步。

旁观的华服公子忽然低声问："张骞！我怎么觉得这名字有些耳

熟？"

"我记得他。"俊朗文士以手击额,低笑道,"张骞是我大汉的郎将。刚上任时,因顶撞上司,半年内被记过七次,越级上书六次……此事甚至闹到了宰相那里。"

华服公子的脸色有些古怪,忍不住笑道:"那当真是个'奇才'了!不过,此刻这胡人巫师为何还不敢出手?"

黑脸文士沉吟道:"这张骞虽然未习术法,但显然熟知术法的路数。他一直紧盯着胡商的眸子,其实是给了对手绝大的心神压力。术法之道,心意为先。胡商铁勒的心神受压太过,不敢妄动。这个张骞,心志之强,山人平生仅见。"

他话音未落,那胡商铁勒蓦地长吸一口气,作势欲发,但在他发动之前,刀光抢先亮起。

那是一蓬淡红色的光芒,仿佛朝阳划破暗夜的一缕初光。

厅内所有人的耳中都传来短促的刀鸣。刀鸣声在铁勒的耳内更加清脆,带给他翠竹破裂般的犀利感觉,听来甚至有些悦耳。

红芒一闪而逝,铁勒左边的头发披散下来,缀着粗大耳环的左耳被削掉,一串鲜血斜刺里溅出。他整个人向后倒翻而出,一道烈焰很狼狈地喷向半空。

这快极狠极的一刀,令旅舍厅内再次爆出一片惊呼,更有几个汉子大声喝彩。

火焰在空中无奈地散开,铁勒罡气受阻,一口血便喷了出来。他的身侧,数名胡商同伴齐齐变色而起,但胡人们都很遵守规矩,适才张铁两人通报姓名,已是生死决战,此刻胜负已分,他们显然不愿倚多为胜。

"抱歉!刀剑无眼。"张骞淡定地笑了笑,随即悠然收刀入鞘。他笑得很温和,动作也慢条斯理的,似乎全然没将先前的凶险放在心上。

"北门。河伯。见个真章!"铁勒狂怒之下,嘶吼出几个奇怪的字眼,急急地挥挥手,带着几个胡人转身疾奔出屋。

他刚刚冲出门口,蓦地一扬手,几道乌光疾向张骞射来。

张骞始终端坐在案前，炯炯双目直盯着那数道乌光，入鞘短刀依旧横在案前。果然，那几道乌光去势微微向下，射到近前，正好齐齐插入他身前的案几，却是三支竹筷。

竹筷成品字形钉在案头，入案不深，形状有些古怪。

"这是何意？"华服公子遥遥盯着那三支竹筷，眯起双眼。

黑脸文士沉吟道："这应是西域那边的黑道暗语，是表明在三更天决战之意。那铁勒临行前所说的'北门河伯'，当是指决战之地——我知道，在长安北方横门外，有座已近废弃的河伯祠。只是这等西域暗语，张骞只怕未必听得懂……啊，那少年……"

他吃惊地盯着那个清俊的小厮。

却见这小仆挥起一块抹布，在案头抹了一下。这一抹看似随意，只在竹筷外面划了个圆圈。说来也怪，那三根竹筷却似受了什么怪力震荡，齐齐跳起，少年很随意地便将竹筷抓在手中。

少年望着张骞，淡淡笑道："张大哥，今日多谢你了！不过他们是来找我的麻烦，我自己的事，还要我自己解决。"

"是你自己的事。但我张骞既然看见，便不能不管。我这几天常来这里沽酒，却还不知你的姓名呢！"

"甘夫，十七岁，是这堂邑侯家的奴仆。不管怎样，我欠了大哥一个人情。"少年很认真地看着张骞。

张骞问："你拔下那三根竹筷，看来是要去应战了？"

甘夫很认真地点头："这回我自己去！"

"不成！此事是我惹上的，明晚我自然要去。"

少年想了想，忽道："张大哥，你很喜欢喝酒吧？那你明晚过来喝酒，我请你喝上林苑的御酒。"少年面上绽出笑容，清俊白皙的脸孔，配上一口洁白的牙齿，便显得极为阳光和俊朗。

张骞却哈哈大笑："好，大哥等着喝你的御酒！"

"这少年好古怪!"远观的黑脸文士忍不住叹道,"原来他才是个深藏不露的术法高手。"

"你们听到了么?"华服公子却笑问,"他适才说要请张骞喝上林苑的御酒!"

黑脸文士赔笑道:"想必是少年人的玩笑话吧?"

"为何我觉得他不像是在说笑?"华服公子一笑起身,"河伯祠!好,明晚咱们去看看热闹,就咱们三人。"

清俊文士惊道:"家有千金,坐不垂堂。主人万金之躯,怎能轻身犯险?我多叫些护卫。"

"难得遇上点热闹,人一多,便无趣了。"华服公子已大踏步走向厅门,顿了一顿,似乎感受到身后两人的紧张,便道,"好吧,最多叫上小卫。"

北侧窗下的帷帽女郎将脸前轻纱挑起,向那少年甘夫深深凝视,随即也飘然起身,唇边滑过一丝轻笑:"横门外河伯祠,三更决战……我倒要看看,大汉长安城下,你们会怎样撒野?"

帷纱开合的一瞬,那张明艳的娇靥一闪而逝。

四四方方的大汉长安城,每一面都有三座城门,其中城北三门,由西向东分别是横门、厨城门和洛城门。横门外有沴水支流蜿蜒而过,近处是一座叫"藕池"的小湖,远望可见黑沉沉的滔滔渭水。

西汉时,中原还没有官方的宗教,但民间已有祭祀风俗。中原自春秋时起,更盛行河流崇拜习俗,河伯祠便坐落于藕池岸边的高坡上。河伯祭祀这种水火祭祀多由官方进行,平日里来人极少,在此季节,祠外早生出了一片绿茸茸的丰茂野草。

正是三月初的春夜,空气中弥漫着麦苗和草木的清香,月光很透亮,照得不远处的藕池泛着银子似的青光。

甘夫坐在河伯祠台阶前的草坡上,仰望着满天星斗发呆。

可能是因为出了长安城,夜空便显得极为广袤。这种一望无垠的浩瀚苍穹，常让他有种很奇怪的感觉，那段失落的记忆也在心灵深处若隐若现。

那是十四岁之前的记忆。那里有天风万里，那里有草长莺飞，那里有黄沙漫天……可惜，他现在只记得这几个依稀的画面。

如今的他，不记得自己十四岁之前的事，不记得自己从何而来，不记得自己为何来此。

他抚摸着自己的左臂，望着上面那处奇特的狼形刺痕发呆。

他的主人堂邑侯曾告诉他，这是匈奴人特有的印记。那时候甘夫才知道，原来自己是个匈奴人，只不过在自己十四岁的时候，稀里糊涂地成了大汉军队的俘虏，后来便成了大汉堂邑侯家的奴隶，在他家所开的旅舍中干活……

"想不起来的事情，就不必想了。"张骞这时走过来，坐在他身边的一块大青石上。

"张大哥好！"少年有些寂寞地一笑，"拼了命去想，或许能想出一些头绪来。"

"我有个法子，或许能助你重拾起当年的记忆。"

"请大哥指点。"甘夫的眸中闪出火花。

"你是匈奴人，那就回到匈奴，回到你自幼成长的地方去。"张骞沉吟道，"你听说过京师即将开召'昆仑天榜'吧？那就是朝廷要招揽人才，以备来日出使西域。只要你参战后脱颖而出，便能跟随使团，经过匈奴，远赴西域。"

"昆仑天榜？这几日长安闹得沸沸扬扬，我自然听说过的。"少年眼中的火花很快黯淡了下来，"只是，我是个奴隶，又怎么能去参加昆仑天榜之战？"

"不然！出使西域的差事颇为凶险，使者必须身怀绝技。"张骞很认真地望着他，"昨晚分手时，你曾对我说，在这铁勒之前，你还曾战胜过几个来此寻衅的胡商？"

"是三个。他们的术法修为远胜过这个铁勒。三个胡人是一起来的，我倒也没费多少功夫。"少年笑起来，月光下那张白晳俊面上的笑容很是淡然，甚至有些寂寞。

张骞却觉得心头一紧。昨晚铁勒那手喷火奇术已经很有些可怖了，那三个胡人的术法远胜铁勒，而且还是三人一起，这孩子竟可从容应付！看来自己本来用不着出手的。这少年当真是个深藏不露的术法高手？

"这就是了！朝廷这次昆仑天榜的选材之战是要不拘一格，广揽贤才。你能适应西域的水土环境，又身怀异能，如果参战，胜算极大。你修炼的是哪一宗门的术法？现今是'四道三境'的哪一重？"

"我以前应该是修炼过术法，但到底是什么宗门，练到了什么境界，我全忘了。"少年犹豫着，"我对敌时的那些招式法术，只是我本能的反应。对了，大哥，什么叫'四道三境'？"

"那是修炼界的术语，我也只知道个大概。'四道'便是先天道、通明道、天元道和玄圣道，每一道又分为入境、灵境、至境三个境界。这便是所谓的'四道三境'。

"任何一个凡人都能成为武者，习练刀剑，打熬筋骨，但只有资质禀赋异常的人，才能成为修炼术士。若是修习罡气有成，迈入先天境界，可运使法器，那便是先天道。能成为修炼术士的人，都是百里挑一，而要真正进入先天道，那已经是精英之选了。

"若能修得道心通明，随心所欲地运使符法、法宝，那便是通明道。晋身通明道，哪怕仅仅是通明道的入境，都可以驱使法宝中的幻兽，那已是修炼者中的高手；而如果是通明道至境，那便是宗师境界的大高手了。

"天元道据说是修炼者中极难达到的境界。如果踏入了天元道，那就是完全不同的一个新天地，那是真正的大宗师境界。

"天元道之上的玄圣道，那是一种什么境界，便难以形容了，只怕举世也只寥寥的几人才能够达到。"

甘夫很认真地听着，忽然问："那玄圣道之上呢，还有没有更高的？"

"玄圣道之后，应该还有一重，称为'天觉者'！"张骞肃然道，

"但据说数百年间，才会有一人达到天觉者的大境界。"

"那张大哥你呢？"少年眸中的火花又闪耀起来，"你也会术法吧？是什么境界？定然也要参战了？"

"我习过武，精射术，擅长阵学，却不通术法，所以连先天道都不是。"张骞仰望着头顶的漫天星斗，缓缓道，"不过昆仑天榜之战，我是一定要去的！"

"为什么？"少年的问话很直接，也很执拗。

"其实，如你这样，忘记了许多事，也未必是一件坏事。而如我，有些事永远都忘不掉，且随时会出现在我的噩梦中……"张骞凝望着浩瀚的天宇，仿佛那里凝固着什么让他痛苦无比的影像。

他的声音也停滞下来，顿了许久，才徐徐道："两年前，家父第一次带我去西域行商，去见见世面……但我们却遭遇到一队匈奴骑兵，父亲留下断后，将逃生的机会留给了我。自那之后，我便再没有见过我的阿翁……"

甘夫的脸色也变了，低叹道："他们是谁？"

"我还在查。"张骞缓缓摇头，眸中涌出一抹锐利的黑。

甘夫又叹了口气，不知说什么是好。他不大喜欢说话，更不会说中原人惯说的客套话，便选择闭口不言，只是低下头，轻轻抚摸着左手中指。那上面戴着一枚形制古朴的指环，在淡淡的月辉下，闪着深紫色的幽光。

忽听一道尖利的笑声传来，跟着便见不远处的郊野间现出四盏灯笼。

灯笼颜色雪白。奇怪的是，那灯笼可照见数尺远近，却偏偏照不见挑灯之人，仿佛是四个幽灵在原野上挑灯游荡着。

"甘夫、张骞，你两个竖子还算有些狗胆，竟敢来送死！"铁勒的狞笑声传来，他的身影却在一盏灯笼后若隐若现，看不真切。

少年站起身，喊了声："甘夫在此！"他只说了这四字，此后便懒得再多说一字。

张骞却没起身，甚至都没有吭声，只是冷冷地盯着那几盏飘摇的灯笼。

此刻，那本应紧闭的河伯祠大门，却悄悄地开了一条细缝。那华服公子带着三个亲随正坐在祠内静观。

"查清楚这胡人的来历了么？"问话的是华服公子。

黑脸文士忙躬身道："已查清了。据说月余之前，还有另外三个胡人去那旅舍中寻衅滋事，仍是专挑那个甘夫。从闾里搜罗来的消息说，那三个胡人和铁勒都是一伙的。已核实了他们的术法，包括铁勒昨晚施展的炼尸火，都是匈奴巫师最擅长的黑火巫术。"

"黑火巫法？"清俊文士拈髯沉吟，"难道他们是左贤王的龙城死士？"

其时大汉与匈奴或战或和，已对峙了数十年。自高祖刘邦时代迄今，可说是匈奴稳占上风。近年来，双方由战趋和，甚至已在边境开了互市贸易。虽然表面上一片太平，但双方的暗战反而更加激烈。互市贸易虽然只是在边境个别地方展开，但到底让双方都有了空隙，于是常派出细作，化装成商贾，潜入对方境内刺探机要。

当今匈奴王庭的第一实力派便是左贤王。相传此人成立的"龙城死士"组织，是实力颇为强悍的细作机构，成员大多精通诡异阴险的萨满巫术，其中又以黑火一系的巫术为最。

华服公子身后一直挺身肃立的青年此时扬眉言道："我堂堂大汉，居然让这匈奴细作欺上京师来！我出去料理了他们。"

这是个英挺俊朗的白面青年。他背负强弓，手擎长槊，这一挺身间，便生出股风起云涌的强大气势。

"小卫，忙什么！"华服青年的的眸光也冷锐起来，声音却不疾不徐，"鼎鼎大名的龙城死士，千里迢迢地赶来我大汉京师，只为寻一个旅舍小仆役的晦气，这不是很奇怪么？"

黑脸文士道："这也是我等属下心中最大的疑惑。今早我等对这旅舍的伙计详加盘问得知，就在最早那三个胡人一起来找甘夫的麻烦之前，甘夫曾收留过一个重病的胡人老者。那胡人老者受了重伤，奄奄一息，被甘夫救护收留。最终那老者还是伤重而亡，但老者死前不知给了甘夫什么东西，没过几天，那三个胡人便找上门来，争斗之际，曾叫嚣让甘夫交出什么指环来。"

"指环？"华服青年哼了一声，不再说话。大殿内静了下来，四人全是疑惑不已，只好凝神望向前方的原野。

此地远接沅水和渭水，藕池附近更有许多林木，算是长安城外最为地旷林密的地方之一。此时繁星冷月，暗林森森，只那四点白灯笼鬼火般地闪耀着。

甘夫依旧负手而立，张骞则是端坐不动。夜风从远处的渭水腾起，呼啸着横掠过来，吹得他们的袍襟飒飒舞动。

铁勒冷哼一声，忽一扬手，一道火光直向甘夫射来。火光如犀利的飞箭，划过数十步距离，眼见就要射入甘夫的胸口，此时黑夜中的空气似乎生出了些奇怪的波动，那支"火箭"忽然炸裂，在甘夫身前数尺跌落。

甘夫仍是静静凝立在浓浓的夜色中，如果不是他左手的指环耀出一丝淡紫色的光环，几乎没有人看出他的左手此前曾动了动。

"果然有些门道！怪不得连折了我们几个高手，亏得老子早有防备。"铁勒心底暗惊，转向身后一只灯笼，赔笑道，"赵先生，看来不得不有劳诸位了。"

"很好！收了你的宝石，自会竭力效劳。"随着冷冷的笑声，一盏灯笼光芒大盛，照出灯后那张犹如枯木的干瘦脸孔，看形貌果然是个中原人，"铁先生能将这小子引来此处，已算尽了力。众兄弟都现身吧。"

霎时间，其他三盏灯笼齐亮。每盏灯笼后都突兀地现出几道高大的人影。这些黑影高可丈余，却都看不清面目，仿佛突然间从地下涌出的洪荒巨人。

"十二金人？"门缝内观望的黑脸文士不由双瞳一缩，惊道，"怪不得这气息有些熟悉，他们居然请来了十二金人！"

"十二金人是什么？秦始皇当年收天下之兵所铸的金人么？"华服公子也凝眸远眺。

"此金人非彼金人。"黑脸文士低声道，"主人知道墨门吧？"

春秋时期，百家争鸣，墨子在春秋末期创立墨门，号称"摩顶放踵，以利天下"，自任为执掌墨门的第一代巨子。墨子死后，墨门又历经多代，终于成为江湖间一个传奇般的强大组织。秦时，一些地方官府行事，甚至都要看看墨门巨子的眼色。

华服公子点了点头。这些事他自然知道。他甚至还知道，当代的墨门巨子乃是名震天下的大侠郭解。

黑脸文士叹道："秦朝末年，天下纷乱，群雄征战，这支宏大的江湖暗势力终于一分为二，其中坚力量仍称'墨门'，自命正统；而分化出的另一支则是纯粹的杀手组织，自称'墨攻'。这'十二金人'便是'墨攻'内的一组杀手，成员只有十二人，又称'十二金杀'，横行天下，少有敌手。看来这来自匈奴的铁勒当真是花了大本钱，竟请来了这些煞神。那姓赵的，想必就是十二金人之首——子杀赵萧！"

"不错！这十二金人最擅长的术法乃是傀儡术。"清俊文士的声音有些发紧，"如果他们一上来便施展墨门傀儡术法阵，张骞和甘夫，甚至旁观的我们，都会有些凶险，咱们要小心在意。"

那被称为小卫的青年陡地攥紧了手中的长槊。

原野上，张骞显然也看出了凶险，大喝道："你们是何许人也？"

"墨攻门下，十二金杀。"瘦脸中年的声音低沉沙哑，慢条斯理，却清清楚楚地传入每个人的耳中，听来别有一股阴森之气，"我乃子杀赵萧。"

"墨攻？"张骞不由抽了口冷气，"便是脱出墨门、以刺杀之术威慑江湖的刺客组织么？"

赵萧笑吟吟道："张君过誉了！什么威慑江湖，我兄弟只是些游走天下的傀儡师，捣鼓些幻戏傀儡的小玩意而已，见笑了！"他慢吞吞地卸下背后革囊，轻轻一抖，只听得咔咔怪响，里面咕噜噜地钻出些狮、虎、豹、狼等傀儡小兽，似是木石铁革等物制成，都不过尺把长，看上去颇为别致传神。

"原来是傀儡师！我在侯爷府上有幸看过两次傀儡戏，很是好看。"甘夫双眼闪亮。

"嗯，稍时一定要让你看一场最为精彩的傀儡戏，保你终身难忘。"赵萧阴阴地笑着，低沉的声音中蕴有一种奇异的魔力。

他双手连抖，革囊中滚出的小兽越来越多，十只、二十只、五十只……原野中其余的大汉也纷纷从背负的革囊中抖出无数精致逼真的傀儡兽。

甘夫瞧得眼花缭乱：对方应该是铁勒花钱请来对付自己的高手，弄出这么多孩童玩具般的精巧小兽，却不知要干什么？

张骞却觉出一种莫名的危险感，忙叫道："甘夫小心！他们也许要施展傀儡杀人术。"

话音未落，忽听得不远处传来一声大喝："长安县衙差役在此！是何人在此聚众作乱？都给老子站住了，一个都不得乱动！"

呼喝之间，几道黑影迅速逼近，正是四五个差役打扮的汉子，手持刀棍，疾向此处奔来。

张骞一惊，知道这几个寻常差役绝非这些凶悍杀手之敌，忙大叫道："别过来！这几人都是亡命之徒，你们速速回去搬兵。"

"来不及了。"赵萧冷喝道，"昏！"

随着这声"昏"字出口，他身侧已有一名巨汉斜刺里冲出。这巨汉脚下如御雷电，几个起落，便冲入那几个差役身旁，跟着便有痛哼喝骂之声伴着人影起落翻飞传了过来。

"你……"

"快……"

"小心……"

差役们的喝骂声几乎都只来得及吐出一两字，便被那巨汉以雷霆之势击倒。他出手极为简练快捷，当真是拳出必昏，转眼间，四个差役已被他击昏在地。

一个差役心思较快，见势不妙，转身便逃。张骞看得真切，扬手一串连珠箭射出，三支羽箭又疾又狠，直取那巨汉的后心要害。

铮铮铮三声锐响，三箭击在那巨汉身上，竟是如中金铁，激起火花四处迸飞，大汉却浑若无事。但这么阻了一阻，那差役已奋力跑远。

不料暗夜里忽然冲出一道巨大的黑影，那竟是一只半人高的凶猛猎豹。巨豹一跃而起，一口咬住了那差役的肩膀。

差役吓得魂飞天外，嘶声痛呼，挥刀狠狠砍中巨豹的脑顶。这一刀如砍中坚石，竟迸出一串火花。差役这才看清，那巨豹竟是个巨大傀儡，只是做得极为逼真，双眸凶光闪烁，竟比真豹还要猛厉几分。

那大汉踏上一步，打了个长长呼哨。巨豹猛地叼起差役的肩膀，用力向上一甩。那差役嘶声惨呼，如谷捆般高高飞起，连惊带痛，半空中便昏死了过去。

"老大，出手重了。"那巨汉很遗憾地拍了拍豹傀儡的脑顶。

赵萧哼道："没死就好。老三，记住，我们杀人是要收钱的！你无故杀人，岂不拉低了咱们的价码？"

胡人铁勒看得眉飞色舞，哈哈大笑："好手段！今日大开眼界了。擒了甘夫，打折他的双手双脚。这张骞强自替人出头，杀了最干净。"

"好吧！不过多杀一人，要多收钱三千。"赵萧叹道，"看你是老主顾，可事后结账。不过甘夫身上有个物件，一定要归我们……就是那紫玉指环！"

铁勒脸色急变，忙道："不成……这万万不成！"

赵萧阴森森地笑起来："铁勒，虽然给你们联络买卖的中间人面子挺大，虽然你们的宝石货真价实，但要想一下子请动我们十二金杀还不够格。真正让我们动心的，就是那紫玉指环。"

铁勒的声音已带了哭腔："赵先生，那指环可是我们族人世代相传的宝贝呀！"

"当我们墨攻都是白痴么？相传老子西渡流沙，寻找昆仑，出关前留下了两件至宝。这紫玉指环，又叫老聃指环，与昆仑玉圭交相辉映，怎么成了你们匈奴人世代相传的物件？他娘的！老子是我们中原人最后一位天觉者，他的物件怎能被你们匈奴人拿去？"

铁勒眼神变幻，说不出话来。

张骞望向甘夫，道："他们说的紫玉指环是什么？"

甘夫轻轻晃了晃左手，道："一个老先生死前送给我的。他是乌孙国的商人。当时他告诉我，这物件不可轻易示人。我也不知道他们几个是从哪里得到的消息。"

张骞不由瞟了眼那指环，但月光下也瞧不出有何特异之处。他微一沉吟，扬眉道："稍时若有差池，便毁了此物。"

"只怕你们没这机会。"赵萧冷哼，忽地长吸了一口气，纵声长吟，"萧萧秋风愁煞人，十二金杀最断魂。"声音凄恻悠远，似哭似歌，仿佛念着一种古老的咒语。

那十一个巨汉也都低声相和，古怪的音韵中还夹杂着奇异的咒语。

只听得咔咔咳咳的怪声连绵不绝，地上的那些细小兽类纷纷翻转变大，转眼之间，有的已变成丈许高的怪物。月辉笼罩的山野上，影影绰绰地闪现出许多奇形怪状的兽形傀儡，乍一望去，足有百余之多。

这百余怪物在郊野间纵横穿行，或奇快如风、向甘夫的身后绕去，或沉缓如象、慢慢向前逼近，数个巨人杂在其中，往来驱使。一时间鬼影幢幢，仿佛一道道黑色巨浪，鼓荡着，呼啸着，向张骞和甘夫二人卷来。

相形之下，夜色中并肩而立的甘夫和张骞显得颇为渺小孤弱。

"子杀"赵萧慢悠悠地笑道："甘夫，你应该很骄傲。我十二金杀向来极少一起出手，你是第三个。前两人'血剑'廉飞和'符出必杀'盖天王，皆为名贯郡国的侠者，都已被神兽分尸而死。但这一回，主顾出了宝石，想要你的活口。活口好呀！价码挺高，而且好歹留你一条性命。"

他说话永远是慢条斯理，别人听来却别有一股阴冷之气。

河伯祠内，华服公子不由望向那清俊文士，道："原来是这样！看来那胡商老者死前送给甘夫的重要物件，就是那个老聃指环了。难道此物当真是老子当年西渡流沙之前所留？"

清俊文士显见是个博古通今之人，这时沉吟着说道："老子之学，讲究绝学无名。他在出关之前，为关令尹喜所强，而不得不著书五千言而去。关于老子的去向，史书中大多用'莫知其所终'等话语模糊而言，但术法界有一种故老相传的神秘传说，称老子西渡流沙，是去寻找《山海经》中所载的昆仑神山去了。但这一切，也许只是个传说……"

"老子……西渡流沙……昆仑神山。不，这也许不是传说！"那黑脸文士声音微颤，说道，"东方兄博览群书，自然唯书唯史，不过在我无为学宫内，确是流传着这样一个神秘学说。

"当年老子应该是找到了一些昆仑神山的秘密。他也是天下最后一位突破玄圣道至境的天觉者。虽然他出关前留下的五千字真言深邃浩瀚，但其中却没有昆仑神山的只言片语。据我无为学宫所掌握的机密，老子确实留下了两件异宝，这就是老聃指环和昆仑玉圭。只可惜，关于这两件至宝的内涵却是失传已久。"

华服公子听得眼芒熠熠闪烁，缓缓道："这么说，一切宁可信其有，不可信其无了？无论如何，绝不能让甘夫落入匈奴人和墨攻匪类的手中！"

清俊文士躬身道："恭喜恭喜！主人英明神武，今晚不虚此行。"

华服公子笑道："先别忙着拍马屁，这墨攻十二金杀，似乎不好对付吧？"

"不错！"黑脸老者神色一凛，叹道，"廉飞的血剑术和盖天王的符法，在江湖上名气极响。这二人至少已是通明道的灵境高手，不想竟丧生在十二金杀之手。"

"我早说过,这十二人的傀儡法阵极是难缠。如果其法阵尽数施展,甚至可以成功猎杀一名通明道至境的宗师高手。"清俊文士向黑脸文士叹道,"老黑龙,张骞的身手咱们都见过了,他没有修习过术法。倒是那个少年甘夫非常古怪,你看他是什么境界?"

黑脸文士摇了摇头,沉吟道:"那少年给我一种很奇怪的感觉。他肯定是修炼中人,但他的境界我看不透,似乎很浅,浅到只是先天道;又似乎很深,深到完全超出他的年龄所限。"

"不!"清俊文士若有所思地摇了摇头,"他应该真的只是个先天道。"

"看来又是一场苦战啊!"原野上的甘夫笑了笑,俯身从脚下拎起一个酒坛,"张大哥,这是我从上林苑弄来的御酒,你敢不敢喝?"

张骞有些惊异于少年在这时候还有勇气说笑,便也笑道:"好,待杀退这群魑魅魍魉,咱们痛饮一番。"

"那也不难。"甘夫笑了笑,轻轻放下酒坛,倏地身形一折,疾向前方那团翻滚的"黑浪"中冲去。

张骞只觉眼前花了一花,已失去了甘夫的踪迹。刚才那十二金杀中的老三转瞬间击昏差役已是快愈奔马,但甘夫这一冲却真如惊电奔雷,只是那么一晃,下一刻他的身影已出现在无数傀儡兽聚集的"黑浪"中间。

这是神秘少年的第一次出手。

张骞、铁勒、祠内的主仆四人、他的对手赵萧等人都有些震惊于他的速度之快,更讶异于他竟施展出这样直冲敌阵的方式。

孤身一人,直冲墨攻十二金人的傀儡大阵,这简直就是以卵击石。

甘夫的身影很快便被滚滚的黑浪吞没。虽然月辉很清朗,但张骞凝眸苦望,却已看不到少年的身影。

他只见到,前方乱草中纵横驱驰的傀儡阵势乱了起来,仿佛有一道看不见的闪电在黑浪中疾窜着,这无形闪电冲到何处,何处的黑浪就是一阵混乱。

那几个巨汉纷纷施法呼喝,先前那些阻路断径的傀儡兽都乱糟糟地转身冲向甘夫的方位。但甘夫太快了!他根本不与任何人缠斗,只是东一插、西一冲,四下里往来阻拦截杀他的巨汉杀手和那些傀儡怪兽全然沾不到他的一片衣角。

张骞愕然惊望。郊野中本来密布傀儡兽,但甘夫却似马踏平川,瞬息来去,他身后则是越聚越多的滚滚黑流,那都是在他身后拼力追逐的傀儡兽。

他震惊之际,猛觉眼前一花,却是甘夫已疾掠而回。砰的一声,少年已扬手将一个巨汉扔在地上,溅起一片泥屑。

"这个什么老三,欺负几个凡夫差役算什么本事!我瞧他不顺眼,稍时先用他下酒。"甘夫很随意地在那块青石上坐下了。

那巨汉正是先前弹指间击昏几个差役的老三"寅杀"。先前还气势翻天的巨人,此刻却如一滩烂泥般软在少年的脚下,丝毫动弹不得。

忽然,两团黑影当头落下。

率众赶到近前的赵萧眼见老三受制,忙驱使傀儡怪兽齐向甘夫扑去。他先前被这古怪少年惊雷掣电般的速度完全压制,一身奇技无从施展,憋了一肚子气,此刻立下狠手。

当先扑来的正是两只怒狮傀儡。那雄狮满颈的鬃毛尽数立起,竟全是短剑插制,剑芒森森,耀人眼目。与此同时,更有十来只巨大的蜘蛛傀儡在空中飞荡过来,蜘蛛的腹部竟都衔着细针,针尖在月色下闪着淡蓝色的光芒。

"滚!"甘夫只喝了一个字,忽地抬起脚,踏在巨汉的脑顶上,作势欲踩。

赵萧大吃一惊,忙仰头怒啸,拼力收回傀儡术。两只怒狮和后面的巨大虎豹傀儡都应声止步,但有两只蜘蛛傀儡却刹不住飞行的速度,仍是愣愣地向甘夫撞去。

蓦地,寒星疾闪,两只蜘蛛傀儡在半空中炸裂开来,傀儡机枢碎屑四下迸飞。甘夫的手适才似乎动了一动,又似乎从未动过,只在指间有一点寒芒微微吞吐闪烁着。

赵萧甚至没有看清这少年是用什么暗器击落了自己的蜘蛛傀儡,心内惊骇,只得愕然止步。

张骞又惊又喜,大笑道:"好兄弟!好手段!好气魄!"俯身拾起那坛老酒,扬手拍开泥封,单掌擎到甘夫身前,叫道,"大哥先敬你!"

甘夫笑道:"原本是我要请大哥喝酒的。大哥先请!"

张骞也觉豪气升腾,仰头便饮,只觉酒味醇厚绵长,竟是平生未喝过的好酒,忍不住叫道:"果然是好酒!只怕比那上林苑的御酒,也差不了哪里去。"

甘夫望着他,说道:"这本来就是上林苑的御酒。我说了要请大哥喝御酒的,自然不能马虎。"

少年一脸认真,张骞反倒有些惊愕,心想,这少年有此惊天手段,只怕他是偷入皇家园林上林苑,盗出了这坛御酒。

正错愕间,忽听得有人朗声大笑:"我敢保证,这是正宗的上林苑御酒'清平香'!"

张骞回头,见身后的河伯祠正门大开,一个头戴金色面具的华服公子居中而立,身后环立着三人。张骞昨晚力拼铁勒时,没注意到角落里旁观的这几人,此时依稀觉得这华服公子有些眼熟,奈何这人脸上戴着一张金灿灿的面具,看不清面目,但见他身后的两个文士气质儒雅,那负弓青年则是气势昂扬,不由对之多出些好感。

华服公子仰着头,似乎在嗅着空气中的酒香,叹道:"不仅是'清平香',而且是三十年的陈酿美酒。甘夫竟是别具慧眼呀!嗯,此夜此景,没来由地想痛饮几杯。请二位入内来吧。"

他话语随意,但哪怕是张骞这样的素昧平生之人听来,竟隐隐生出一种亲近和难以抗拒之意。

那清俊文士则温和地叉手一笑:"独饮岂如众乐!二位壮士独抗群妖,神采夺人,委实应浮一大白。请吧!"

张骞此时烈酒入怀，胸中热血沸腾，不由笑道："不想危难之际，得遇高贤。如此甚好！"命甘夫拎起那老三寅杀，疾步进入河伯祠内。

"小竖子，给老子站住，留下人来！"赵萧见他们退入祠内，口中喝骂，嘴角却掠过一丝阴狠的笑意。他这傀儡法阵，最擅长的便是困敌攻城，只要稍时围困河伯祠的阵势布成，便可瓮中捉鳖。

在他的指挥下，众兄弟心意相通，全力驱使那群傀儡。一时间只闻咔咔怪响不绝，众傀儡或进或退，在赵萧等人的操使下，不大功夫，已将这小小的河伯祠团团围住。

"识相的，快将老三交回，再将甘夫那小竖子缚了来！不然，稍时将你们都斩成肉酱。"

赵萧一声呼喝，众巨汉也齐声呐喊助威。

第二章

纵酒鸣镝御强敌

河伯祠内,张骞、华服公子等人却浑不在意,正在开怀畅饮。

那清俊文士先是取出两支粗大的蜡烛点燃了,再如变幻戏般地从怀中掏出一只只酒杯,竟都是质地晶莹的白玉盏。那青年小卫则举起酒坛,给各个杯中斟满了酒。

张骞当先举杯致谢:"诸君仗义援手之恩,我兄弟没齿不忘!敢问诸位高贤尊姓大名?"

"并肩同抗强贼而已,何来援手之说?"那华服公子却很爽朗地一摆手,笑道,"你我虽是萍水相逢,却也算同气相求,且尽了此觞!"也不客套,当先昂头饮了。张骞等人忙也举杯畅饮。

"果然饮酒与心境有关!二十年的清平醇,算不得绝品,但今晚喝起来,却令人逸兴湍飞。某乃大汉平阳侯。"华服公子依次指着那清俊文士和黑脸文士介绍道,"这位是东方先生,这位是龙先生……"

"嗯,他嘛,你们叫他小卫便好。"平阳侯最后指向那英姿挺拔的青年。

张骞先前见这平阳侯虽然戴着面具,却仍是掩不住的一股贵气,料想是个王侯将相的公子，不想此刻人家张口便自称侯爷，心内大觉怪异，暗想：这长安京师中只有一位平阳公主，哪里有什么平阳侯了？

细看这位平阳侯的装束，除了脸上那金灿灿的面具有些古怪之外，一身丝质深衣，袖口上绣着五色的祥云纹，腰间围着极精致的玉带，这倒都是长安贵胄的衣饰。大汉朝廷对百姓衣饰有严格的等级划分，此人衣饰如此豪奢，料想绝非等闲之人。

再看东方先生和龙先生，均是气度沉浑雍容，他心底疑惑稍减，便也拱手道："原来是平阳侯！下臣乃是郎将张骞。这位是我的小兄弟甘夫。得见诸位高贤，三生有幸。"

他按照当时的规矩，遇见尊贵之人，客气地自称为"下臣"。

平阳侯却瞟他一眼，淡淡道："张骞，我这平阳侯的名头，旁人听了，都要道几声久仰，你为何竟能免俗？"

张骞也淡然答道："使君见谅！下臣孤陋寡闻，却也曾听闻，平阳侯乃是我大汉开国元勋曹参之封爵。现任平阳侯乃曹参之曾孙，只是素来体弱多病，常年闭门养病。所以今日此时，见到明公如此英锐豪迈，倒很是吃惊。"

平阳侯一愣。张骞的话中，隐隐有指出他这"平阳侯"是个冒牌货之意，却又说他"英锐豪迈"，不由仰头大笑："不错不错！东方先生，咱们纵横京师，遇见的大小官吏也有七八十人了吧？似张骞这等心口如一的老实人，倒是头一回遇见。"

东方先生捻须笑道："恭喜主人得遇绝世佳人。"

平阳侯和张骞等人尽皆大奇。东方先生一本正经地说道："上次主人曾说，百里挑一者为美女，千中一见者为佳人。说实话，当今这世道，如张老弟这般的老实人，可说是万中无一，那自然是绝世佳人了。"

众人听他言语诙谐，尽皆大笑起来。

龙先生大笑道："这么说，该当为张老弟这万中无一的绝世佳人再尽一大觞。"

众人又再举杯。当此之时，祠外喊杀阵阵，祠内却是举杯畅饮，其乐融融，当真是对比鲜明。

平阳侯忽道："小卫，你是兵家奇才，外面其势汹汹，你瞧该怎样破阵？"

小卫道："启禀主人，此刻敌众我寡，唯有攻其无备，出其不意。兵法之道，讲究虚实相应，能者而示之不能。我们只有先行惑敌，示之以弱，再以奇兵突出，直取中军，斩其主帅。"

他一指甘夫："这位老弟来去如风，十二金人都奈何他不得，但我们此刻都在祠内，困守一隅，甘夫这特长便施展不出。如此一来，反成了以我之短，击敌之长。所以这示敌以弱之人，应是请甘夫老弟出去冲杀，一展所长！"

"不错！"张骞双眸一亮，"可让甘夫冲杀三次，而且一次比一次短促，要让他们以为咱们已技穷势尽……"

他见小卫谈吐不俗，不由多瞧了他几眼，恰好看到他袖口处的飞虎绣痕。张骞知道，那是正宗的军方标志，奇特的是，那飞虎的两只飞翼都绣成旗形，又绝非寻常军方所有，不由心底大奇。

小卫哈哈笑道："好计！英雄所见略同。"

东方先生微笑道："此时看上去赵萧他们吃了大亏，但真正处于下风的反是我们。这奇兵突出之法着实犀利，老夫倒要看看你们怎样惑敌。"

这时门外那隆隆怪响已渐止息，原来傀儡阵势已经结成，每只狮虎等巨兽傀儡身前，都密布着巨狼、蟠蛇等中型傀儡，周遭则是数十只蜘蛛、飞蜂等小傀儡往来飞舞巡行，蓄势待发。

忽听得啪啪数响，四五只碗口大小的铁蜘蛛已从门缝里飞了进来。甘夫并不回头，脑后却如同长着眼睛，手臂微动，几点寒芒闪处，空中的铁蜘蛛纷纷炸开，掉落在地。

借着闪耀的烛火，众人此时才看清楚，原来甘夫运使的竟是几支甩手箭。这种箭短小犀利，是长安贵人们去郊野驱驰打猎时最喜欢的贴身装备，看起来颇为寻常，没想到在甘夫手中竟有如许威力。

众人惊讶之际，甘夫已站起身，说道："你们所说的阵法什么的，我大不懂,但出去冲杀一番,却不麻烦。"

"且慢!老弟冲杀之前,待我先行惑敌。"小卫探身到门缝处,张弓搭箭,沉声道,"东方先生,西北方那只巨狮傀儡,要害在何处?"

东方先生沉吟道:"墨门的傀儡术变化多端,但傀儡兽的机枢总要从口喉通达其四肢,这样才能操使其噬咬抓撕。你射其颌下即可。"

他话音刚落,小卫弓鸣霹雳,羽箭已出。一道金色锐芒破空飞过,如电般直扎入兽群中最高大的那只雄狮的喉部。

羽箭射中雄狮傀儡的刹那,迸出一串火花,金芒灿然,那箭竟顽强地钻入金铁般的狮傀儡颈内。雄狮体内机枢转动,发出咔咔怪响,竟将金箭的去势硬生生阻住。

又一道金芒闪过,第二箭更疾更狠地射来,竟端端正正地射在第一箭的箭尾,将第一支箭又狠狠凿入半尺。

跟着,第三箭又再射来,同样的准度,同样的劲急。

哗啦啦一声怪响,巨狮终于瘫痪不动。

"好箭法!"赵萧大吃一惊,不由怒喝,"你们到底是什么人?"

这只雄狮其实是本次出动的最大的傀儡怪兽,威力巨大,历来所向无敌,但此刻却被祠内青年三箭射瘫,墨攻杀手们尽皆气沮。赵萧急忙连挥锦旗,调动周围的巨兽过来,填补阵势缺口。

祠内,小卫沉声道:"甘夫,东北方阵势已然松动,你可向那里冲杀,我会用箭法助你。记住先前我们所定之计,冲荡三次,示敌以弱。"

甘夫疾掠而出。

他的人影如一道飞鸿般掠过,瞬间便消逝在茫茫的夜色中。随后,祠外喊杀震天,怒啸起伏,甘夫投入傀儡兽群中,登时带起群兽翻滚追逐。

龙先生望着他的身影,忍不住惊叹道:"东方先生说他是先天道,难道天下竟有这样快的术法?这是墨门的五行遁,还是道家列子门下的御风行?"

"都不是。这少年纯是天生异禀。"东方先生眸中闪出一抹异色,"就如他适才的飞箭手法,那只是一种纯粹的狩猎手法。"

龙先生道:"怎么会有这样的少年?如果他不是匈奴人,我真想收他为徒。"

"是啊,他的资质甚至胜过你我当年。不,不是胜过,而是远胜!"东方先生说着,忽又摇头,"不过,他真的只是先天道。"

此刻,小卫又从箭壶内抽出一支金色箭镞的羽箭,强弓擎得稳如泰山,金色箭尖始终遥指着远处的赵萧。

张骞则凝眸远眺,紧张地注视着夜色中驰骋的甘夫,沉声道:"原来老弟那直取中军、斩其主帅的奇兵,其实是这天芒箭?"

他已看出小卫所用的羽箭是大汉无为学宫特制的天芒箭。这种箭的箭杆上刻有秘符,箭尖鎏金,寻常武夫使用,也可破去绝顶术士的罡气。

"我适才故意射了三箭,才破去那只巨狮傀儡。实则若用天芒箭,一箭足矣。不过那个赵萧很谨慎,一直在变换方位。"

张骞道:"赵萧所布的,应该是十二地支傀儡阵法,但寅杀被擒后,他们的阵势已有了漏洞。此时甘夫已冲荡两次,他们的阵势正在慢慢绞紧,如群狼擒羊,要全力收擒甘夫。但越在此时,赵萧他们露出的破绽也越大。"

"原来张君精通阵学!稍时可要向张君请教一下破阵之法。不知你所学是纵横家,还是哪一派的兵家?"小卫眼芒一粲,言语中已有了一较高下之意。

春秋战国之时,诸子百家风行天下,其中对兵法和阵学最有研究的,正是兵家和纵横家。兵家的战阵学更为细密、门派更多,而纵横家的阵学则讲究造势。小卫的问话显然颇为内行。

"卫君见笑了!我只是于纵横家稍有涉猎而已。"张骞也摘下劲弓,"可否请卫君分我几支天芒箭?"

"我只余十二支了,那便分给张君六支。张君,且看咱们谁的箭法高明?"

"十二支箭,外面只有十一金人。"张骞笑道,"得与卫君比箭,三生有幸。不过，我要请卫君暂缓出手，他们的侧后方似乎来了敌人。"

小卫一凛，凝了凝神，才察觉到赵萧正在分兵向自己阵势的侧后方迂回，于是低笑道："佩服！张君阵学造诣渊深，周查四方之能，已然胜我一筹。"

张骞见这小卫极是坦荡，忍不住道："卫君以兵法破敌，用兵之道神出鬼没，我也佩服得紧。小心！"他陡然凝眉，"甘夫已作第三次冲击，赵萧要收网了！我们只怕已等不及赵萧之敌出手了。"

眼前形势极为揪心：傀儡大阵的后方似乎有赵萧的敌人出现，最好的出手时机，正是等那神秘人先对赵萧出手，但甘夫已是强弩之末，若再等片刻，也许甘夫就会遇险。

绷紧的弓弦咯吱吱地响着，小卫紧咬牙关，一字字说道："我建议等！"

"抱歉，我等不得！"张骞扬眉，出箭。

劲弓鸣响，一道金芒裂空而过，骑在一只怒豹傀儡上的巨汉惨叫一声，小腹血花飞溅。

这巨汉冲得最快最急，手中那把陌刀几乎要够上甘夫的衣角。他显然想不到对手还有天芒箭这样的利器，这一箭斜刺里射到，从他的左肋钻入，直插入他的丹田。

那巨汉仰天喷出一口鲜血，从怒豹上跌落。

"老五！"赵萧惊怒交集，忙喝道，"大家小心！他们有天芒箭。老二，还等什么？收阵！"

他身侧闪出一个巨汉，仰头长啸，声音尖细怪异。这显然是一种驱兽信号。郊野上的傀儡兽同时嘶嚎，分从不同的方位向甘夫疾卷过来，空中的数十只细小飞虫傀儡更是陡然振翅俯冲，同时向甘夫的头顶撞去。

张骞大吃一惊，连珠两箭疾向那老二射去。这两箭较之先前那一箭更加狠厉，但那老二已有了防备，听风辨器，扬起手中一面小盾，将天芒箭震飞。

小卫暗叫了一声"可惜"，将弓擎得稳如泰山，却不射出。

原野上的傀儡阵终于收紧。甘夫不通阵学，这时竟似自投罗网一般，向最密集的傀儡兽群冲去，头顶那一片蜘蛛傀儡和毒蜂傀儡更是密匝匝地当头扑下。

张骞看得心急如焚，又发出两箭，疾向甘夫身前最高大的两只巨兽傀儡射去。金芒迸闪间，两兽颔下中箭，立时瘫痪。

张骞心急如焚，却见小卫依旧张弓不射，心中不由大是惊怒："这小卫心如铁石！在他眼中，一个制敌的时机，远胜于同伴死活。"

甘夫这时已稍有疲态，而且对方的十二地支傀儡法阵此刻已是充分发力，终于让他的惊天神速略微一慢。

这只是瞬息之变，赵萧却已看在眼内，一声呼哨，斜刺里便有一只暗影扑到。那是一只身如水缸的小象，两颗象牙便是两柄修长犀利的长刀，刀芒闪闪，拦腰砍向甘夫。

甘夫的身形陡地一折，向左跃出。这一跃几乎是垂直转向，立时将扑击的傀儡兽甩开。但那只象傀儡却将头一扬，象鼻在瞬间暴涨丈余，形同一道夭矫如龙的飞锁，猛然将甘夫的左臂缠住。

这只飞象的扑击，其方位、时机和最后的变身，都算计得极为精准巧妙，正是傀儡法阵的绝杀妙招之一。甘夫手臂一紧，身形立时慢了下来。

"小竖子！"赵萧狞笑声中，扬手一刀斩向甘夫的左腕。

他要兑现给买主的承诺，将这小子打得断手折脚，关键是，这小子的左手上有他需要的指环。

甘夫右掌疾扬，也耀出一团刀光。那只是一把很普通的解腕短刀，但在少年的手中却有着骇人的杀气。

一道金铁交击的锐响！

一声撕心裂肺的惨号！

甘夫一刀震开赵萧的刀，跟着刀光一折，砍入身左扑到的一名巨汉的腹部。那巨汉如一座小山般坍塌，腹部飞出数尺高的血柱，喷得赵萧满头满脸。

甘夫一刀既出，便如疾风过水，毫不停滞，瞬息间连环四五刀削出。

那把极普通的刀在他手中,仿佛变成了噬人的妖龙:刀背翻出,震飞两枚疾飞的蜘蛛傀儡;刀刃倒斫,砍入自后悄然掩来的一名巨汉肋下;刀尖斜刺,扎入又一名巨汉的大腿根部。

兔起鹘落之际,甘夫身边已经是血雨横飞,惨叫不止。先前他如同在狼群中驰骋的骏马,只奔不攻,这时候他终于出手,其狠辣程度,甚至连祠内观战的五人都有些目瞪口呆。

张骞甚至惊骇得忘了射箭。

"怎么可能?"龙先生惊道,"你不是说他只是先天道……"

东方先生摇了摇头:"只怕是通明道修为的对手,也逃不过他的刀。这少年,太古怪了!"

赵萧顾不得擦拭满脸的血水,连声呼哨,驱使象傀儡长鼻翻转,又在甘夫的左臂上缠了数匝。甘夫百忙中已在象鼻上斩了两刀,却只溅出几串火花。这象鼻的材质非金非铁,却极为坚韧。

"杀!"赵萧几乎是在嘶声嚎叫。他这时候已经不想再顾及买主意愿了,如果让这个杀神逃脱,只怕自己的兄弟都会死在他的刀下。

四个邻近的巨汉合力扑来。他们和赵萧的这次分进合击,算计得极为精当,且身边都有巨型傀儡兽掩护,挡住河伯祠方向的冷箭。

五人的兵刃几乎从不同方位攻到,甘夫的左臂被那只坚韧的象鼻紧紧缠绕,半个身子腾挪不得。危急之际,他蓦地嘶声长啸。

少年的啸声高亢锐急,如鹤唳九天,扶摇而上。这本是甘夫身临巨大凶险时的悲愤一啸,但在这响可遏云的怒啸声中,甘夫的左腕忽然耀出光芒。

那是一片淡淡的紫色光影,就如晚霞最后的一抹辉光,并不夺目,却有几分沉浑,有几分沧桑。

与此同时,甘夫陡觉一股绝大的力量从左腕上迸发出来。他借力挥臂,竟将那只象傀儡轮了起来,只听咔的一声怪响,象鼻从根部断裂,水缸般粗细的小象傀儡横飞出去,将两个巨汉撞得东倒西歪。

"不可能!"这一下突如其来,令十二金人的大首领惊得眼珠子险些滚落在地。在他的嘶嚎声中，那只失控的象傀儡又向甘夫飞撞过来。

同时飞出的，还有甘夫的解腕尖刀。少年挣脱了象鼻锁链，刀上的杀气更加凛冽骇人。赵萧缩身藏入那只巨狮傀儡身后，只听一串密如爆豆般的锐响，狮傀儡身上也不知中了多少刀。

甘夫一击惊敌，身形翩若惊鸿般窜出，从夹击的三个巨汉肋下飞掠而过。

"发！"张骞看得目眦尽裂，大吼声中，天芒箭离弦而出。一个巨汉追得太急，被这支利箭贯入肩头，惨叫倒地。

"别让他逃了！"赵萧可不愿放虎归山。他眼中尽赤，几欲滴血，口中连连呼啸。在他的指挥下，四只长蛇傀儡分从两侧飞跃而起，疾向甘夫的脚腕和脖颈缠去；十余只蜘蛛傀儡也凌空俯冲过来。

便在此时，一串清脆的铃声响起。

在郊野间那震天价的怒喝声和傀儡冲撞声中，这铃声清清楚楚地传入所有人的耳中。细密连绵的铃声仿佛带着一抹动人心魄的魔力，那些飞驰冲突的傀儡兽群也慢了一慢。

正凌空飞窜的四只长蛇傀儡猛然跌落在地，那群蜘蛛傀儡更似盲了一般，没有对着甘夫向下俯冲，而是直愣愣地向前掠了过去。

这么一缓的功夫，甘夫的身影已似脱网游鱼般窜出，疾向祠门冲来。

"是谁？"赵萧气得几欲吐血，大喝道，"谁摇的摄魂铃？"

"发！"小卫忽然低喝一声，三支箭如同飞窜的金色闪电，向赵萧奔去。此时赵萧正是心神骤分之际，他拼力疾闪，躲过两箭，仍是被一箭从肩胛骨钻入。

赵萧浑身罡气受震，仰头喷出一口鲜血。

小卫一出箭便决不停息，后三支箭又是连环射出。这三箭奇准无比，三名巨汉几乎同时嘶声惨叫，中箭倒地。

赵萧大骇，忙钻入巨狮傀儡身下，却扭头望向身后的一个方位，惊呼道："云……云大小姐！你疯了，竟敢帮着外人？"

旷野中响起银铃般的笑声："赵萧，你们墨攻重利轻义，叛出墨门，早非我墨门中人。本姑娘这就要清理门户，免得偌大的墨门受你们这群亡命之徒的牵连。"

一道窈窕倩影袅袅走出。这女子头戴帷帽，身材高挑婀娜，月辉之下，更显仙袂飘飘、风姿绰约，正是先前在旅舍中旁观的女子。

"云裳！"赵萧忍不住破口大骂，"你这贱女人！看在郭大侠的面上，老子让你一马，你到底要怎样？"

"不怎样啊！先前我不是说了么，本姑娘一时心血来潮，想要清理门户。"那女郎眼波流转，忽对祠内笑道，"店伙计，他这十二地支法阵眼下已经七零八落，我再用摄魂铃助你一番，你只需从东南兑位奔西北艮位，如此冲杀，就能将赵萧生擒活捉了。"

甘夫跃跃欲试，却不知她所说是真是假，不由回头望向张骞。张骞高声喝道："这位姑娘说得不错。甘夫，再冲一次，擒贼擒王！"

甘夫眼前一亮，他对什么八卦、兑位、艮位全然不晓，但东南、西北的方位却辨得极清，当下依言疾冲。那女郎银铃连摇，当啷当啷的铃声不绝于耳，一众傀儡兽果然进退失据，乱成一团。甘夫那一插一折，居然从两片合围的兽群间急冲而过。

赵萧急怒攻心，只觉喉头发热，强自按捺，才没有再喷出一口血来。眼见甘夫一路势如破竹地急速逼近，他心头大骇，大喝道："退！快退！"

一众巨汉交相搀扶，拼力聚集到赵萧身边，老二丑杀连声吆喝，约束纷乱的傀儡兽维持阵形，疾速向后退去。

强敌虽退，但张骞和小卫手中的天芒箭已所剩不多，这是破除对方术法的唯一利器，二人也不敢轻易发箭。

一直冷眼旁观的平阳侯这时忽然大喝："快，抓住那个胡商！"

张骞等人听他一喝，均即醒悟：定然不能放走这始作俑者！几人都疾向铁勒冲去。

形势突然逆转，一直悠然旁观的铁勒大吃一惊，眼见几道黑影向自己掠来，顿觉魂飞魄散，忙向赵萧的阵势后方追去。

甘夫速度最快，迎面扑到。此时铁勒心胆俱寒，战意全无，张嘴喷出一口炼尸火,转身便向侧后方的藕池飞逃。

火中夹着一股辛辣气息,扰得甘夫的身形略微一缓。便在此时,一道青影斜刺里闪到,大袖轻挥,当头罩向铁勒,正是一直守在平阳侯身边的黑脸文士龙先生。

"回去!"龙先生出手也并不如何迅疾,只是那片当头罩下的袍袖却似有铺天盖地之势,一挥之下,铁勒只觉眼前一黑,呼吸困难,竟是一个筋斗远远摔出。

甘夫这时已如一道弧光般闪来,五指疾落,如铁钳般紧紧箍住铁勒的喉咙。

"说!你们到底是受何人指使?"张骞这时也赶到近前,钢刀横颈,喝道,"擒拿甘夫到底要做什么?"

铁勒盯着甘夫,眸中闪现出一片灰烬之色,惨笑道:"伊稚斜,是伊稚斜想要你的……"

他的话未说完,忽然间心口处裂出一个血洞,鲜血疾喷而出。甘夫和张骞一惊,忙向旁让开。这时眼见铁勒的胸膛猛然裂开,腔内肺腑血肉横飞,跟着便有许多细小毒虫从腹内爬出。

"什么人?施此毒手!"龙先生扭头向西南方暴喝一声。

那里正是赵萧等人退去的方位。他们已退得干干净净,郊野上只零星散落着几具损毁的傀儡兽。借着残存的篝火光芒,却见一道暗影如鬼魅般飘忽闪动,投入赵萧的队尾,消逝在沉沉的夜色中。

甘夫身形一动,便待追击。张骞急忙将他扯住,低喝道:"地野夜深,小心埋伏。"

"是断肠蛊。毒性不小,大家小心些!"东方先生赶了过来,屈指连弹,几点火花飞出,毒虫登时被火花吞噬。火中夹着一股辛辣腥气,众人又再向后退去。

龙先生低叹道:"那人应该也是个匈奴巫师。他早已给铁勒下了断肠蛊,适才遥遥施术,便将铁勒灭口。"

"少年!"东方先生轻摇羽扇,望着甘夫道,"铁勒生前所喊的伊稚斜，乃是当今匈奴的左贤王。那是匈奴军臣单于一人之下、万人之上的实权王者，你怎么得罪了他？"

甘夫一脸茫然，摇了摇头，说："我不识得他……或者说，我不记得他了。"

张骞叹了口气："东方君见谅！他只记得三年之内的事。三年之前，他是个匈奴军队的少年军士，在一次作战中为我大汉所俘。那一战之中，他的大脑似乎受了创伤，已经记不起前事。因他年纪虽小，人却机灵勤勉，便被朝廷赐给堂邑侯做了奴隶。"

东方先生听到"堂邑侯"三字，不由瞧了眼平阳侯，点了点头。那间旅舍便是堂邑侯家的买卖。看来甘夫与来旅舍喝酒的张骞相识，很是偶然，便如平阳侯在旅舍中偶遇那场铁勒与甘夫的冲突一样。

但铁勒和那个没有露面的神秘胡商显是有备而来。他们的一切阴谋，都是指向这神秘的匈奴少年甘夫。

平阳侯转头望着甘夫，沉吟着说道："伊稚斜找上你，也是为了那神秘指环？"

甘夫一脸茫然，低头望向自己的左腕，不由啊的一声大叫："指环！指环呢？"

众人都是一惊，忙凑过去挑灯细瞧，却见少年的手指上果然已没有了指环，只余下一串深深的紫痕。张骞忙问，是否刚才他激战时掉落在了何处？

甘夫摇了摇头："应该没有掉落。我谨记大哥的叮嘱，若是事急，就毁去指环。但一直到我被那象鼻缠住时，还依稀记得那指环完好无损……哦，是了，那时候情形十分凶险，我愤然大叫时，忽然觉得这指环似乎生出一团火焰，然后就融入了我的手内。"

"这是炼器入魂。"龙先生满脸惊疑，望向东方先生，"难道这少年已是通明道至境？"

一般的术士，苦修数载，都能炼化一件随手法器兵刃入体，随身携带，但相传只有步入通明道至境的宗师级高手，才能将遇到的各式法器随意炼化，自如地融入体内，称为"炼器入魂"。可眼前这少年才多大年纪？

东方先生见甘夫仍是一脸茫然地抠弄着自己的手指，不由眼芒一亮，惊道："他适才破关了！"

小卫忍不住道："怎么说？"

东方叹道："他确是只有先天道，但适才他遭逢恶战，在苦战中激发了自身的强大本能，竟而破关，入了通明道。"

众人都是目瞪口呆：在激战中破关跃境，这听来简直是个神话。龙先生却叹了口气，点头道："激战时突然破关，道法界确是有此一说，但破关者必须禀赋超凡，这种人万中无一。"

龙先生依旧不可置信地盯着甘夫："只不过，即便他机缘所致，突然由先天道破关入了通明道，那也只是通明道的入境而已，又怎能炼器入魂？那可是通明道至境的宗师境界呀！"

"通明入虚，感悟天地，是为通明道之入境；通明合一，调动地煞，是为通明道之灵境；通明化神，驭使幻兽，才能称为通明道之至境。"东方先生盯着甘夫的目光极为复杂，"只不过，这少年的禀赋太强了！他破关迈入通明道后，竟有可能在道关内跃境，所以他适才展露出来的手段，才会那样惊人。"

在激战中破关入通明道，再于通明道中跃境，进入炼器入魂的境界，这实在是闻所未闻！几人望向甘夫的目光都很奇异，有羡慕，有激赞，更多的却是疑问。

"少年人！"龙先生终于忍不住问，"你当真记不起这一身术法是何人所授么？"

甘夫又呆愣了下，仍是黯然摇头："记不得了。"

东方先生不由叹了口气："老龙，你看得出他的术法渊源么？"

龙先生的目光越发沉重，终于叹道："少年，今日相逢，也是有缘。我送你一句话：你这一身术法修为，显然已经远远超出你这年纪的应得。你要切记，不可时常施展！如若不然，极可能在三年内罡气自爆而亡。"

众人都是一惊。东方先生道:"老龙,你这话未免危言耸听了吧?"

"事出反常即为妖。无论怎么天赋异禀,他如此年纪,也不该有如此修为。"龙先生的眸光倏忽一闪,"看其术法修为,主要应是得自西域……甚至是匈奴的某一血巫门派!"

一直脸挂温和笑意的东方先生听得"匈奴""血巫"这两个字眼,笑容立时一僵。张骞忙道:"龙老先生言重了吧?甘夫老弟只是个旅舍中的寻常伙计,往日忙得团团转,又哪有闲暇修炼那乌烟瘴气的血巫法门?"

甘夫虽不知什么是"血巫"法门,但也从小卫等人满脸的戒备中觉察出了一丝不安,忙一脸无辜地点了点头:"是啊,我吃住都在店里面,一个人要干四五个人的活。我家主人就是看我手脚俐落,做人勤快,才买了我的。"

龙先生脸色微缓,点了点头:"送你指环的那位老人是什么来头?"

"那老人是我偶然间撞见的。他说他是楼兰人,叫西顿,在西域一带经商,这次来长安,是因为寻得一批珠宝,想来这里碰碰运气。不想他的仇家也一路跟踪到了长安,将他重伤。我遇到他时,他已经快死了。我看他很可怜,就尽力调治,却终究没能救他一命。

"他临死前告诉我,他的珠宝已在逃亡路上丢失了,身上仅存这件指环。他说这个指环很奇特,会挑选自己的主人,遇到它不中意的人,就硬是戴不上去。他颤巍巍地从手上摘下这东西,戴在我的手指上,然后一脸惊奇地望着我,说,太奇怪了,难道那传言都是真的?"

"什么传言?又有何奇怪之处?"东方先生忍不住问。

"不知道。我没来得及问。这是他在这个世界上说的最后一句话。"

龙先生道:"那传言极可能就是,这指环会自己挑选主人……"

众人都沉默下来。

顿了顿,甘夫忽道:"张大哥,你说的那个昆仑天榜之战,我跟你同去试一试!"

"你们还想去昆仑天榜一试身手?"平阳侯眼芒一粲,笑道,"不过张君可要知道,你身为朝廷郎将,本次揭榜报名,该当走大汉军方。本侯听说,你们军方报名,竞争极为激烈,执金吾大将军永威侯樊韬只从天子那里争来六个名额。"

张骞的目光微微一黯。军方报名竞争激烈之事,他当然早就知道,甚至正是因此才去那旅舍中去喝闷酒,此时他却倏地扬眉,道:"多谢指点!不管怎样,我是一定要去的。"

龙先生向他捻须微笑:"很好!昆仑天榜是大汉立国以来,第一次广揽贤才之战,参加者必然汇聚八方英豪,年轻人去见见世面,终归是好的。"

"我不是要见什么世面。"张骞缓缓道,"我是要夺取天榜之魁,以正使身份,出使西域!"

众人闻言,都是一愣。

要知道,昆仑天榜之战这一招揽群贤的方式,是大汉立国六十余年来的首次。当时的官员升迁之道几乎都被世家大族所垄断,这次不拘一格的大赛,简直是破天荒的晋升捷径,可想而知,竞争该是何等激烈。龙先生说"见见世面",倒是实实在在的温勉之言。

没想到张骞这样一个并不通晓术法的寻常青年,开口就很肯定地说,要天榜夺魁,再以正使的身份出使西域。

龙先生不由奇道:"张君很有趣!不过,你似乎并不精通术法,又哪来的如许自信,可以在天榜大会上夺魁?"

张骞道:"我精通阵学和射术,策论之道也颇有心得。朝廷招选的使者乃是全才,而绝不会仅仅是一介武夫,更不该是一个方士。且张某几年前还曾亲身去过西域游历……"

说到这里,他的眼中涌起一抹忧伤的黯黑,又沉了沉,才道:"我也知道,当今长安,云集了天下英雄,但张某还是想一展身手。"

平阳侯眸中光彩一闪,忍不住道:"张君如此热衷出使西域,想必是为了博取功名,光宗耀祖?"

张骞眼内的黑色又深了几分,却摇头一笑:"我只是……喜欢冒险。

广阔西域,茫茫大漠,对于我大汉,正如无边无际的未知大海。"

他在心底沉沉叹了口气。他没有说出后半句话,西域对于大汉是个未知的大海,对于他张骞,更是个凶险难测的大海。他甚至觉得,那里会是他的宿命之海。

但无论如何,他一定要去。

"冒险?"平阳侯又愣了下,忽然哈哈大笑,"有趣!张君,你是个十足有趣的人!你这'绝世佳人'的冒险,本侯拭目以待。"

小卫也扬眉笑道:"不错!主人明见万里,我也对张君的天榜之途非常好奇。祝君好运!"

望着小卫那熠熠生辉的双眼,张骞心内颇有些感慨:这青年适才以兵法破阵,犀利狠辣。但此人也是个十足的铁石心肠,在其眼中,只有成功与失败,绝无任何的怜悯、同情之心。

他不愿多说什么,只是缓缓拱手:"多谢!与君一会,受益良多。"

这时候平阳侯才想起什么,道:"那施展摄魂铃暗助我们的女郎呢?"

但浓浓的夜色中,已不见了那女子的身影。旷野中,那奇妙的铃声若隐若现,却已飘忽远去。

龙先生叹道:"看来那女子终究不肯露面。适才她已露了底,是墨门巨子郭解大侠的义女。老夫听过她的名头,因其婉丽如月,江湖中人称其为'月侠'云裳。"

"郭解,墨门巨子?"

平阳侯的目光中再次耀出一抹锐寒,却只化作一道冷哼:"赵萧不是说了么,他们十二金杀本不愿接这匈奴人的买卖,但除了那神秘指环,更碍于那中间人的脸面。回头给我好好查查,这天大脸面的中间人到底是谁?此人看来颇有势力,却暗中勾结匈奴。如此人物,若是任其在长安肆虐,那还得了!还有这几个长安县的差役,所幸只是昏厥,明早就会苏醒,都要上报有司,给他们封赏。"

小卫三人神情均是一肃,躬身领命。

张骞也是心中一凛,暗想,这平阳侯看模样是个十足的纨绔公子,但每一出言,却往往切中要害;他手下这三大扈从都非等闲之辈,但对其都是衷心服膺,也不知这平阳侯到底是何许人也?

正疑惑间,平阳侯已伸了个懒腰,打个哈欠道:"这一晚才有些意思!二位,告辞了!张骞,可莫要丢了你这颗冒险之心啊!本侯很想看看你那天榜之战的结果。"

他言语极为磊落简洁,甚至简洁得有些傲慢无礼,却偏偏又颇有味道。

小卫也笑道:"张君,来日再会!"

张骞忙长揖致谢。无论如何,若没有这四位怪人突然赶来援手,自己兄弟二人只怕很难破出那傀儡法阵。

平阳侯却不回头,大踏步出了河伯祠,任一身袍服被夜风吹得飒飒鼓荡。

小卫忙疾奔跟上。龙先生却眯起一双老眼,借着篝火光芒,再次细细盯了甘夫的左手中指两眼,见那地方兀自一片红痕,不由摇头道:"少年,人力有时而尽!若用之过勤,三年之说,绝非妄语!"长叹一声,也疾步赶了过去。

倒是那一直狂放不羁的东方先生走到张骞身边,又笑了笑:"张君,我家主人的话,务请谨记之,细思之!"也不待张骞答话,微微点头,飘身而出。

他们的马匹就拴在河伯祠后的野林子边上,此刻骏马长嘶,四人已纵马而去。

张骞听那蹄声径向长安城内方向奔去,不由有些发愣:都这么晚了,这四位还想进城?难道他们不怕京兆尹捏个罪名,将他们狠狠修理一番?

"这时候,咱们是进不了城了!可惜啊,酒都被他们喝了。"甘夫将眼前的篝火挑得亮了些,忽道,"张大哥,谢谢你!"

少年惜字如金,这简简单单的六个字,蕴含着诸多深意。

他虽已忘记自己许多的过去,却仍对自己的身手极为自负,却没想到这次的对手居然强悍如斯!今晚能侥幸获胜,首先还是要感谢张骞第一个仗义驰援。

张骞拍了拍他肩头,道:"我当你是兄弟,又何必如此客气。"

"当真?若是张大哥真当我是兄弟,那么咱们便义结金兰!"少年漆黑的眸子在火光中熠熠闪动。

张骞一愣,随即想到,这少年虽是个匈奴奴隶,但大义救人、慨然应战,大有豪杰之风,更想起适才的并肩御敌,心内一热,说:"好!我们插土为香,以天为证,就在这里结为兄弟。"

当下两人按着汉时的规矩,叙了年齿,就在月下八拜为交。张骞年长甘夫七岁,自然做了大哥。

"大哥,你到底是做什么的?看你这气概,倒似是在朝廷里面做过大官一般。"结交之后,甘夫很兴奋,恍惚间觉得,自己在这个陌生的世界终于有了一位大哥。这个让自己遗忘、也将自己遗忘的世界,终于不再那样冰冷,甘夫心中感到阵阵暖意。

张骞哈哈一笑:"大哥我确是在给朝廷效力,不过却不是什么大官,而仅仅是一个郎官。"见甘夫一脸疑惑,便接着解释,"郎官大多是一种闲官。这种官是朝廷为了广揽人才而设,重要者可常常得近天子,成为皇帝的智囊;闲散者则大多没什么职责,无所事事。"

"大哥如此博学多才,一定是前者,常常跟在皇帝身边的。"

张骞忽然发现这位兄弟有个特质,问话总能切中别人要害。他暗想,我若是常常随侍在天子身边,又哪会闲极无聊、在那城外的旅舍中遇到你?

他只得老老实实地苦笑:"大哥刚刚考上郎官没多久,便是皇帝的天颜,我也只是远远见过两次,连面目都没看清。"

甘夫哦了一声,似乎也觉出些尴尬,忙岔开话题,道:"大哥,我有许多疑问。比如,平阳侯他们到底是什么人?"

张骞也摇了摇头:"我适才说了,现任的平阳侯是开国元勋曹参的曾孙。听说这位平阳侯娶了大汉的阳信公主。但此人素来病弱，决不能如此这般使酒纵马、呼啸来去的。"

"那他们便是假冒的……可瞧着却又不像啊！"甘夫虽然失忆，为人却极伶俐，在旅舍中迎来送往，也长了些见识，看得出这四人都气魄不俗。

"假冒王侯，夜半出行，按大汉律令，是要族诛的。可这几人气魄非凡，应该是十足的朝廷官吏。比如那位说你会精气自爆的龙先生，袖口处绣着一只朱雀，那是无为学宫长老的标志……"

他忽然一拍头顶，惊呼道："咱汉家朝廷崇奉黄老之术，无为学宫便是窦太后下懿旨所建的深研黄老秘术之官方机构。传闻宫内有四大长老，皆有通天手段。这么说，这平阳侯莫非是窦太后那边派出的，暗中查访民情的使者？"

其时天子刘彻刚刚登基两年，朝廷大权还完全掌握在其祖母、太皇太后窦太后的手中。传闻窦太后对这位孙皇帝其实并不太放心，将实权抓得极紧。故此，秘派使者，微服私访，也是极有可能之事。

兄弟二人对望一眼，均知已涉及到朝廷中的机密，便很默契地将这话题打住。

好在甘夫的疑问还有很多。他又沉吟道："这个指环，当真是你们说的老子所留么？那老子是个什么人？

"这指环到底去了哪里？当时我只是感觉到一阵热流涌了过来，为何我忽然间变得气力很大？

"还有，那个龙先生似乎对我的术法修为很不放心，他为何说我可能会精气自爆而亡？"

张骞长眉微蹙，终于笑了笑："你问的这些术法修炼的事，我只知道个大概。修炼界有'六家七妙'之论。春秋时有诸子百家，传承至今，已经失传许多，其中的名家、法家、杂家等，都是纯粹的学术流派，真正在修炼界有影响的，便只有道家、儒家、墨家、兵家、纵横家、阴阳家这六家而已。

"在这'道儒墨兵，纵横阴阳'六家中，儒家是以经国治世为主，于修炼之道只重浩然正气的养气术；兵家最擅长阵学，为军方所重，秦国的大兵家尉缭、汉初的黄石公，都是兵家大宗师；阴阳家以天象学为主，精历算、符法和五行学说；纵横家以战国奇人鬼谷子为祖师，精于奇门遁甲、纵横捭阖等学。只是到如今，兵家、阴阳家和纵横家都已有所衰落。

"六家中以道、墨两家影响广大。墨门门徒众多，其剑道、符法、机关、傀儡等术，都颇为著名。你今日所见的'墨攻'十二金人，只是被墨家驱出门派的一支而已。道家最为蓬勃深远，其中又细分为黄老、庄周、列子等各派，当今的无为学宫便是道家修炼的官方机构。开创道家之学的便是老子。儒家的创始人孔子在拜访他之后，曾有'老子犹龙乎'的慨叹……"

甘夫对诸子百家之说全然不晓，虽然似懂非懂，却听得极为认真，这时才道："我听说过孔子。他是一位万分了不起的大学问家。连孔子都这样称赞老子，那老子定是更加了不起的了。那么'六家七妙'中的'七妙'又是什么？"

"六家是诸子百家中流传至今的六大术法学派。六家中又各有细小支派。这数十种学派分支虽然繁复，但所说的术法修炼，却只有七种。

"第一符法，如墨家、阴阳家都以符法出名；第二阵学，则以易学为根基，讲究布阵困敌；第三意学，乃是专以心神攻击敌手；第四药学，可治病炼丹，也能制毒杀人；第五机关学，包含了战阵机关学和傀儡术，在墨门中保留最多；第六巫术，据说商朝人尚鬼，所以中原的巫术起源甚早，现今最恐怖的，则是西域胡人的萨满巫术；第七剑道，包含了一切兵刃、法宝的修炼术，其中以剑道和刀术为尊。这便是所谓的'符阵机药意巫剑'，是为'七妙'。"

甘夫又问："大哥曾说过不曾修炼术法，那么在这'六家'中，专攻的是哪一道？"

"诸子百家，大哥我主习儒家，兼修纵横家，亦粗通农家。儒家视修炼为小术，家父传我的，都是儒家的养气功夫，讲究临大事而志不可夺。家父传授给我更多的，还是纵横家的运筹之道和阵学。"

他的目光又落在甘夫的手指上，叹道："但大哥对与你这指环有关的那位老子，也是极为推崇。我曾听术法界的朋友们说过，老子的修为已突破了四道的最后一重——玄圣道，达到天觉者的地位。

"只是这位史书有载的天觉者最终的去处却很神秘。据说他出了函谷关，西渡流沙，不知所踪。至于他出关前，是否留下了什么秘宝，还须查访典籍……是了！"他忽然一拍手，"我有一位好友司马迁。他父亲便是当朝太史令。他精熟文牍古籍，应该能帮我们找到答案。"

他话音未落，便听见不远处传来一道银铃也似的笑声："用不着翻寻古籍！我现在就可以告诉你们。老子作为中原最后一位天觉者，出关之前，除了那五千字灵文，却是另将其独特心法，留在了一块玉盘之上，再以绝大神通，将此玉盘分为一块玉圭和一枚指环……"

兄弟二人大吃一惊，扭头望去，却见月下现出一道女郎的倩影。女郎帷帽遮面，仙袂飘飘，腰间还悬着那只奇异的铃铛，随着她款款而来，便带出一段时隐时现的琅琅轻响。

张骞一怔，认出她正是先前用摄魂铃暗中相助的女郎，记得此女名唤云裳，忙站起身来，拱手致意："原来是墨门云姑娘！适才得姑娘仗义援手，我兄弟感激不尽。"

甘夫却直直地凝望着女郎半遮半掩的面庞，道："请你接着说，老子留下的玉盘，被他分为玉圭和指环后，又怎样了？"

云裳嫣然一笑："术法界故老相传，'圭环如参商，得双超玄王'。玉圭半百一现世间，指环十载一见江湖。二者极少同时出现，即便指环出现的次数多些，也要十年才得一见。若有人机缘巧合，二者皆得，便可成为直达玄圣道的王者，甚至还会得到一个天大的机密。"

甘夫听得入神，忍不住问："什么天大机密？"

云裳明眸一转，摇了摇头："这个你就没必要知道啦！反正这枚指环马上便会跟你毫无干系了。"

甘夫很老实地问道："为什么？"

"你这指环隐没不见，虽然是因为你的天赋异禀所致，但到底不是真正的炼器入魂，所以并未被你完全融入体内，只是融入你指内的血肉中。本姑娘推想，只要斩断你这根手指，指环与你体内气血的关连一断，便会立时出现。"

云裳说着，笑吟吟地扬起手来，手中攥着一柄短剑。

月辉之下，云裳腕如凝霜，手似玉琢，与雪白剑芒交相辉映。甘夫看了，竟呆了一呆。

"姑娘要做什么？"张骞忽地大喝一声，横身挡在甘夫身前。

"还能做什么？我来砍下他这根手指，取了指环啊。"云裳盈盈浅笑，仿佛说的乃是天经地义之事。

张骞心头一寒：看来这女子出手帮助我们，也是觊觎这枚神秘指环！忙攥紧了腰间宝刀。

蓦地黄影一闪，女郎已扑了过来，短剑荡起森寒剑气，如一泓从天飞降的秋水般，劈向甘夫的手指。

甘夫忙挥刀横封。云裳的剑短，他的尖刀也不长，二人离得极近，顷刻间刀剑交击，已拼了七八记狠招。

云裳暗惊。她瞬间连出七剑，正是墨门秘传的小璇玑剑法，所谓剑如璇玑，招招流转，是极高妙的攻击剑法。但对面这小子出刀看似惶急，甚至有些乱七八糟，却偏偏每次都能险而又险地挡住她的高妙剑招。

铮然一声锐鸣，甘夫终于架住云裳的最后一剑。

月光之下，二人双目对视，呼吸相闻。云裳盯着这张俊逸脱俗的少年脸孔，心内没来由生出些怜惜之情，冷笑道："臭小子！知道厉害了么？乖乖地让姑奶奶砍下你一根手指，我再也不为难你。"

甘夫刚刚经历一场苦战，未及休息，这时已是满头大汗，只觉跟这女郎力拼数招，其中凶险竟丝毫不逊于方才的力敌兽群。他心中如此想，却摇了摇头，喘息道："你当真是好剑法，比那十二金人要强，但你未必打得过我。不过，你身上好香。"

云裳听他头两句赞自己剑法高妙，芳心微喜，但听到最后一句话，不由气得凤目生寒，喝道："登徒子，死到临头，还敢出言轻薄！疾！"

"疾"字出口，女郎飘身后退，左袖中甩出一块木牌。

那木牌只巴掌大小，落地后在地上滚动不休，翻转收放，不住扩充增长，跟着咕噜噜地一通疾转，竟化作一个丈许高的伟岸男子。

甘夫呆了一呆，才看清那也是个傀儡，模样是三十余岁的白袍男子，白面微须，长眉星目，峨冠博带，脸上隐隐有一种王者的傲岸之气。这傀儡做得甚是精妙，赵萧那些怪兽傀儡本来也极精致，但与其相比，简直便如陶碗之于玉盏。

"真精彩！"甘夫笑道，"不过，适才那么多傀儡我都不怕，又何必怕你这一个！"

"天宰，砍下他的左臂！"云裳冷喝了一声。

那傀儡居高临下凝视着甘夫，目中竟似迸出怒火，从腰间拔出一把长刀，双手举刀，凌空劈下。

刀如匹练，罡风凛冽。

甘夫忙挥刀横封。双刃交击，甘夫只觉仿佛碰上了雷神手中的巨锤，一股绝大劲道从长刀上袭来，险些将他虎口震裂，只得疾步向后飞退。

只听得当当当连环疾响，甘夫疾退了七步，那名叫天宰的傀儡则疾步跟进，连劈了七刀。

这七刀并不如何迅疾，却重如开山，势不可当，逼得甘夫不得不全力相抗。

他勉强撑开最后一刀，难受得几乎要吐血，却终于得隙，反手攻出两刀。这两刀砍中天宰的两肋，声音沉闷，如击败革，天宰却若无其事。

"明白了么？"云裳盯着脸色苍白的少年，冷笑道，"这才是墨门真正的六丁六甲傀儡术。墨攻那些叛逆，不过学会了一些皮毛，只会倚多为胜，徒为人笑。疾！"

女郎的第二声"疾"喝得好整以暇，随手又甩出一张木牌。木牌落地疾滚后,却化作一个高挑的黑衣女子,云鬓高挽,形态妖娆,双手各持长剑。

"这个美女傀儡挺漂亮,倒跟你有几分相似。"甘夫点头笑道,"是你照着自己的模样做的么?"

云裳又羞又恼,喝道:"是照着你娘的模样做的!地妃,斩他左臂。"

地妃疾跃而上,双剑霍霍攻出,瞬息之间,连刺十余剑。甘夫被她的快剑逼得手忙脚乱,全力避开前面数剑,后来索性展开剽急的身法闪避,但地妃的行动远比天宰快捷,黑影疾闪,铮铮数响,剑芒已如影随形般攻到。

与此同时,只听得咔咔怪响,如同弓弦绞紧之声,正是天宰从后闪来,双手捧着长刀,蓄势待击。

凛凛长刀虽然还没劈落,却已如秋江暴涨,给人以无尽的压力。

甘夫又惊又骇。他发现,这地妃出现后,便与天宰之间形成了奇妙的配合,一个全力攻敌,一个蓄势惊敌。天宰地妃之间,一重一快,一稳一狠,一静一动,当真配合得天衣无缝。

"小心!这两大傀儡暗合动静阴阳的阵理。"张骞这时开口了,"不要舍本逐末。擒贼擒王,先擒云裳!"

甘夫给他一句话点醒,以绝快身法展开,电一般绕开地妃,冲向云裳。云裳心头微凛,飘身向旁疾闪,同时口中吆喝,驱使两大傀儡攻敌。

地妃的身法显然比那些兽群傀儡要快上许多,但较之星驰电掣般的甘夫,仍是慢了一线。

一时间,原野上便现出一幅奇景,云裳在前忽左忽右地飘忽疾行,甘夫在后如一道虹影般地越逼越近,再后面则是快如疾风的地妃,天宰则在地妃后面,迈开大步,一步步地稳重追击。

转眼间,甘夫已冲到云裳身后。

"疾!"女郎猛然转身,抛出第三枚木牌。

木牌落地疾滚,就在逼近甘夫的一瞬,猛然翻转成一只奇异傀儡。

这傀儡只有四尺来高,看模样是个孩童,却装着四只手臂,分持叉、棒、斧、鞭，疾向少年攻来。

"月童，狠狠砍他！"云裳这回恼羞成怒，甚至不再指定只砍左臂了。

这月童甫一出现，配上随后赶来的地妃和天宰，形势立即大变。三只傀儡当真是进退有据，攻守相合，气势瞬间便增了数倍，将甘夫紧紧困住。

月童四只手所持的全是短兵刃，四刃轮转如风，全取守势，竟独自撑住了甘夫的大半攻势。而地妃则展开迅疾的身法，双剑如电，寻隙而攻，出手如鬼似魅。

最要命的还是那天宰。这天神般的高大傀儡双手捧刀，出招极慢，往往蓄势良久才一刀劈落。可它的每一刀都势若开山，犀利悍猛，每一刀都让甘夫心惊肉跳。

甘夫越战越急。先前他在无数兽群傀儡阵内来去如风，出入自如，但此刻面对的虽只三个傀儡，却仿佛陷入了泥沼之中，几次冲突，仍是难以破围。

云裳站在圈外，这时也是心内有苦说不出。

这门六丁六甲奇阵，修到极致，可以御使十二个人形傀儡，组成阵势，甚至可以抵御千百兵士。她虽然天赋惊人，但到底年纪还轻，至今只练到了御使三傀儡的三才锁仙阵。

只是出动的傀儡越多，越需耗费施法者的气血心神。适才她施出两个傀儡的天地双绝阵，竟没有困住甘夫，不得已才祭出最后的三才锁仙阵，但全力施为之下，已是累得娇喘吁吁。她越想越气，连连叱喝："月童，砍他的脚！叉他脖子！地妃，快些，再快些！天宰，这一刀好，将他腰斩！断头！"

甘夫给她喝得心烦意乱，忍不住叫道："你趁早给小爷来个痛快的便是了，怎么还这么零割碎剐？"

张骞忽地朗声道："甘夫，这是三才阵法。太极生两仪，两仪分阴阳，再配以太极，以成天地人三才之相。这三个傀儡的进退变化方位，仍不脱五行八卦之道。"

甘夫叫道："大哥，我听不懂啊！"

张骞想起这位匈奴义弟完全不通什么阴阳八卦的阵学，索性直接喝出方位："直奔东南，转到月童身左，再速转向北！"

甘夫这时正被地妃鬼魅般的连环数剑逼得左右支绌，闻声自然而然地先奔向东南，再向北方一绕，说来也巧，这一突一绕，正好将天宰那气势汹汹的一刀避过。

云裳看得一惊："倒忘了这张骞精通阵学！"忙连声呼喝，催促三大傀儡转动阵势，再将甘夫围住。

但张骞呼喝不停："后退，奔南方，转到地妃身右……快，疾奔西南，直取天宰！快，撞向天宰！"

甘夫最头痛的就是和天宰这强悍傀儡以硬碰硬，但此时已信服了张骞的阵学眼光，便硬着头皮，冲向高大的天宰。

云裳看着甘夫飞纵的路径，忽然明白了张骞的意图，唇边掠过一丝冷笑，也连连呼喝，驱使月童和地妃变换方位，自后悄悄掩杀过来。

甘夫飞步冲到天宰身前，那天宰怒目圆睁，竟真如天之主宰般气势凌人，长刀高擎，蓄势待劈。

"向左，擒王！"张骞忽然大喝。

甘夫闻声向左一偏，飞步绕出。说来也怪，天宰这一刀劈落时，身子竟微微向左一转，身右则露出一线空隙。

少年身形疾折，间不容发之际，擦着刀光飞纵出去，登时完全脱开三才锁仙阵的圈子。甘夫这一次全力施为，身如离弦之箭般劲射而出，向天宰身后的云裳扑去。

云裳冷哼一声。适才她已看破张骞的计谋，却并未调动三大傀儡堵住漏洞，而是将计就计，让天宰露出破绽，月童和地妃则早早地绕向自己的身后。

这一变化完全脱离三才阵势的阵理，她是要以自己为诱饵，诱使甘夫上钩。

"不好,退!"张骞惊喝。

他已看出,甘夫此时虽直扑云裳,但三大傀儡却形成了自后掩杀的新阵势,如果不能一举擒获云裳,那么甘夫就要同时遭遇四方的攻击。

可甘夫已经完全退不得了。他只能选择进,腾身而起,如猛雕擒羊般纵向云裳。

云裳紧盯着那道越来越近的剽急身影,眸中闪过一丝狠意,短剑飞扬,纤细的剑身忽然消逝在夜空中。

下一瞬,森寒的短剑从天飞坠,挟着嗡嗡剑鸣,忽曲忽伸,如一条夭矫跃动的怒龙,自后斩向甘夫的后脑。

同一刻,少女双掌倏翻,快如疾电般地划了个圈子,飞扣向甘夫的双肩。不待甘夫变招,那对玉蝶般的手掌又向下划了个圈子,又疾又准地扣住了少年的双腕。

天纵斩!这是墨门小璇玑剑的绝杀之招。

飞剑斩敌,本就百无一失,更何况还有那双暗含璇玑劲的墨门缠腕手。

"小心!"大喝声中,张骞已弓开如满月。

但就在他要把箭射出的一瞬,忽觉眼前一花,那把剑在空中轻颤不已,竟由一而二,由二而三。

道生一,一生二,二生三!想不到云裳的飞剑竟也能一剑化三身。

但张骞只有最后一支天芒箭。

他的眼眶都要瞪裂了。随着一声怒啸,天芒箭终于离弦而出。

金芒闪处,夜空中迸出霹雳般的一声锐响,一柄剑身被天芒箭狠狠地撞上,三道剑影竟同时发出剧烈的震颤。

两道剑影消失,而短剑真身的去势也骤然一偏,从甘夫脑顶急掠而过。

云裳又惊又怒,暗想,若是早知道这张骞如此麻烦,适才就应该抢先将他打翻。

好在此时她还扣着甘夫的双腕，无论如何，这一战她已稳操胜券。

哪知便在此时，她陡觉双腕一振，两道绝大的力量从甘夫的双手上传来，令她手腕酥麻。一惊之际，甘夫已翻转双手，反扣住了她的双腕。

这怎么可能？！云裳几乎惊呼出声：这臭小子的脉门被墨门缠腕手擒住，怎么还能运劲反攻？

此刻她双臂上劲力全无，甚至无法提运罡气，御使空中的飞剑攻敌。

好在这时身前劲风呼啸，离得最近的天宰已然扑到，地妃和月童也如电般掠来。三大傀儡如品字形，夹向当中的甘夫和云裳。

云裳撮口锐啸，喝令傀儡出剑，斩断甘夫的双臂。

哪知锐啸才发出半声，甘夫已合身扑了过来，猛然张口，紧紧吻住了女郎的嘴。

他也知道此时形势非常，头顶上那把剑还在盘旋，身边的三大傀儡也已齐齐扑来，只怕这女郎再发声，驱使傀儡来攻，干脆用嘴将女郎的嘴"堵住"。

这完全是他无奈之下施出的情急之策，但忽然吻上云裳的樱唇，虽然是隔着一层帷纱，甘夫也觉得有一股难以言喻的奇妙感觉，从那女郎的樱唇贝齿间传来；更兼跟她肢体紧挨，便觉无尽的幽香温热从她的秀发、雪颈乃至身体接触的每一个部位传了过来。

一时间他全身热血贲张，恍似飘入云端。

云裳却是羞怒交集，几乎要昏了过去。

她身为墨门巨子的义女，出师后纵横江湖，罕逢敌手，这才赢得了"月侠"美誉，但大小激战恶战无数，却哪里遇到过这等无赖战法。

这时她也只得拼力挣扎，但她挣得越急，甘夫越是害怕，便也扣抓得越狠，两个人便也缠得越紧。

于是本该激战的二人却手足交缠，双唇紧吻，形势万分缠绵而古怪。张骞看得目瞪口呆，竟怔在了那里。

但三大傀儡却毫不停息地飞扑而上。

适才激战时，傀儡们的进退攻守，其实都由云裳暗运罡气，以暗语和手势操控，但此刻她体内罡气难以运使，手难动，口难言，什么指令也施展不出。傀儡们却依旧呈品字形扑来。

女主人下达的最后一个命令，便是困敌后力斩敌手。傀儡们毫无灵性，此刻仍气势汹汹地执行着这最后一个命令，八只手臂，六种兵刃，齐齐向紧紧交缠的两个人轰击了过来。

张骞看到那寒光凛凛的剑芒刀光，才觉出不妙，忙张弓搭箭，大喝道："天宰，左下！"

随后连环三箭，势如流星般射向天宰的后颈。

铮铮铮三声锐响，这寻常羽箭射中天宰脖颈后便被震飞。但后颈正是傀儡们体内机枢连接的要害处，接连被三箭射中，天宰还是被扰得动作略微一僵。

甘夫听得张骞这一喝，从心魂激荡中惊醒，眼角觑见脑顶寒芒闪烁，情急生智，忽然抱紧云裳，身子缩成一团，两人竟从天宰左下方的空隙处飞滚而出。

三大傀儡继续向前扑击，仍在执行最后一个"砍"的命令。

六件兵刃几乎同时招呼到了同伴身上，咔咔怪响不绝，只是天宰的长刀被月童的叉棒架住，地妃的双剑则是一把砍入月童的肩头，一把插入天宰的大腿。

六件兵刃绞在一起，三个傀儡也扭在一处。

甘夫则乘机搂紧云裳，顺着原野上的斜坡滚向远处。两人耳鬓厮磨，交缠搂抱，甘夫只觉怀中女郎初时还拼力挣扎，后来不知为何，忽然间她身子竟软了下来，整个人恍似化作一团火热的软玉，柔腻温润，紧紧融入自己怀中，更有缕缕如兰似麝的暖香袭来，让他心旌摇曳，如痴如醉。

两个少年翻翻滚滚，下了斜坡，直到藕池边才被一丛灌木挡住。甘夫忽然啊了一声。原来这一路纠缠，女郎脸上的帷帽已散落了，朦胧的月色下，现出一张美玉般晶莹剔透的绝美面庞，此时如画的眉目间虽满蕴怒意，仍掩不住一种超凡的冷艳。

忽然间看到这样的绝色，甘夫登时呆住了，只是盯着她，仿佛定住了一般。

云裳兀自呼呼娇喘，羞愤地瞪着眼前俊朗的少年，忽然喝道："还不放手？"

这一喝声音很低，但甘夫哦了一声，立即顺从地放开了扣在她玉腕上的双手，怔怔道："好，这回是你输了。咱们有言在先，不可再打了啊……哎哟！"

话未说完，脸上已挨了女郎一记热辣辣的耳光。

"你这登徒子，快给我滚下去！"云裳愤愤怒视着他，目光中愠怒、怨恨、娇羞、委屈，诸般情愫混杂，忽然眼眶一红，珠泪滚滚涌出。

甘夫见她忽然啜泣，只觉一阵心慌怜惜，忙一骨碌从女郎身上爬了起来，一叠声道："喂，你别哭！其实你若是不来斩我手指，我……我也不会……"

"住口！你这登徒子，小竖子！"云裳翻身站起，恨声道，"我要杀了你！"一招手，收了空中盘旋的短剑，便待向甘夫身上招呼。

但她扬袖之际，忽然发现自己适才和这小子纠缠挣扎之际，衣裙竟已扯破了多处，袖口和衣领处更是裂开了大缝，露出里面的肌肤，再看那三大傀儡，竟都僵硬难动，显是也有所毁损。

她知道今晚是难再一战了，只得运功扭开纠缠在一处的三大傀儡，施法化成傀儡木，收入怀中，咬牙道："甘夫，你等着！今生若不杀了你这登徒子，我云裳誓不为人。"愤愤地一顿足，转身如风般奔远。

甘夫见她转头之际，玉齿轻咬，眸中泪光盈盈，恍似梨花带雨，心中没来由的觉得一痛，又想到适才和她身体交缠、唇齿相接的旖旎风光，更觉心神激荡。

春夜的风无比温柔地拂过他的脸，风中有田陌上盛放的野桃花和杏花的香气，更有让他分辨不清的缥缈幽香，那是她身上的气息。他就那样怔怔地望着她的窈窕背影渐渐消融在深邃的夜色中，仿佛痴了一般。

张骞走了过来，叹了口气："适才，你确是不该轻薄于她。"

"我没想轻薄她。适才形势紧急,也只有那个办法能封住她的嘴。"甘夫挠了挠头,"再说,为何她来砍我手指,就仿佛是天经地义,但被我亲了一口,却又那么生气?"

张骞忽然发现,这实在是个很难回答的问题,而且甘夫说得对,他只是亲了她"一口",只是时间有些久。

他仰起头,东方天际已现出一痕曙光,疏疏落落的星光已是淡了下去。这一晚连番苦斗,终于天要亮了。

"报名昆仑天榜,只有三天时间了。"张骞叹道,"平阳侯说得对,朝廷对官方人士的报名,卡得很紧。"

甘夫问:"还这样麻烦!为何官方人士反而不好报名?"

"因为这次大赛是广揽天下贤士,一定会惊动各路英才出马。朝廷担心,官方人士如果与这些草莽英豪比试时落了下风,那就会丢了朝廷脸面,所以特命军方总揽官方的报名事宜,对报名的官方人士,先来个去芜存菁。只是如此一来,便让军方那些油滑奸吏有了任人唯亲的机会……大哥我,就是因为无钱打点他们,已经被他们拒绝了两次。"

甘夫有些焦急,道:"那怎么办?如果报不上名,便根本没有资格参战呀!"

"一定会的!"张骞脸上又现出那抹刚毅之色,"如果他们再行设阻,我就要伏阙上书。"

第三章

拔刀争天榜

天亮了。长安的街头变得喧闹起来。

大汉长安城南倚龙首原,北临渭河,西面滈河,整座都城的形状依据地势而模仿天象,城南为南斗形,北面为北斗形,故俗称为"斗城"。这座大汉京城经纬各十五里,规模远远超过战国时中原大国及秦代的宫城,是当时西方罗马城面积的三倍多。

长安城内,每条主要大道都有十余丈宽,中间宽大的御道为皇帝专用,两旁才是官民的行道。此刻,张骞便带着甘夫自横桥大道赶往官署区。

正是初春时节,清凉的空气中已有融融的暖意,横桥大道旁的高树上流淌着明亮的绿色。虽然天色还早,但繁华的大汉京师已有官民客商出门营生,大街上人流涌动。

"她来了。"甘夫忽然扭头回望。

张骞顺着他的目光瞧去,见不远处一株高大的垂柳下现出一个挺拔清秀的身影,头戴宽大斗笠,虽是男子装束,却不掩清秀之气。

"是云裳。"甘夫笑了笑,"她跟了咱们一阵了。"

张骞也一笑:"这里是长安。她是墨门巨子的义女,树大招风。汉家法度谨严,她绝不敢公然伤人的。"

便在此时,只听得一阵鸾铃声响,一辆双马驾辕的豪奢马车疾驰而来。马车通体漆成黑色,连驾辕的两匹马都是一色的乌骓马,一根杂毛也无。

云裳看到呼啸而来的漆黑马车,秀眉微蹙,即刻转过身,迅速融入到身后的人流中。

马蹄声碎,那漆黑马车也隆隆驶过。

"是墨门的摩顶车?"张骞盯着车顶那独特的乌云浮雕,不由心下称奇,"这是墨门巨子才配使用的专车,难道是大侠郭解到了京师?但为何云裳看到这车子会立时退走?"

红日初上,张骞和甘夫已穿过横桥大道,赶到东市东南侧的官署区内。

大汉军方力量在长安城内以北军和执金吾为主,这次军方揭榜报名的主持者便落在执金吾的头上,而官方内部人士报名,则要去执金吾官署对面的北军衙门内。

张骞在北军衙门内已经被拒了两次,这次想来执金吾官署碰碰运气。

此刻,执金吾的官署外,有七八个身穿皂色公服的汉子垂头丧气地坐在廊下,正在议论着什么。

张骞看了,心便一沉。

从装束上便能看出,他们都是执金吾或北军的军将。显然,和张骞一样,他们是在北军衙门报名被拒后,想再来执金吾这主持报名的衙门蒙混过关的。看他们满脸沮丧的神色,应该是报名被拒,正在发着牢骚。

这时,半掩着的官署大门全部打开,一位官吏大步走出,向廊下众人喝道:"诸君都是朝廷官员,本该在北军衙门报名,却为何来这里鱼目混珠?哼,想建功立业,也得有那个底气!凡报名的朝廷官吏军将,必须是一时强者。诸君请散了吧!若是还在此聚集喧嚣,便通报于诸君长官，列入三年考核。"

大汉对官吏的考核极严，要想积功升迁，都要多年考核为优等。听得这话，众将官满脸无奈，却也只能怏怏散去。

张骞咬了咬牙，大踏步上前，朗声道："郎官张骞揭榜报名！"

"张骞？"那主事官吏是执金吾的一位中郎将，名唤徐城。他接过手下递来的一卷简册，翻看几眼，便哼道，"你身为郎官，也该在北军衙门报名的。况且这简册上记载得明明白白，你已在北军被拒了两次。请回吧！"

张骞拱手道："我大汉天子出此昆仑天榜，本是要不拘一格，广揽贤才。下吏欲报效朝廷，还请明公给我这个机会。"

"报效朝廷？你一个被北军衙门拒了两次的庸才，拿什么报效朝廷？若是让你们这些庸者随意参赛，只能白白失了朝廷脸面。"

甘夫大怒，踏上一步，喝道："你没见过我大哥的本事，又怎知道他是庸才？"

徐郎将见甘夫一身下人装束，更是盛气凌人，冷哼道："下人奴隶也敢在此咆哮？来人，将他给我乱棍轰将出去！"

张骞忙抢上前，拱手道："明公息怒！他叫甘夫，是我的义弟，身怀绝技，也是赶来报名的。"

"你……身怀绝技？"那徐城上下打量着甘夫，冷笑道，"你是个奴隶吧！私跑出来，你家主人知道么？"

甘夫脸色一红，老实地摇了摇头。

"当真是滑天下之大稽，一个奴隶，居然也来报名天榜！"浑厚的笑声响起，一个衣着光鲜的世家公子大步走入。这人面色微黑，面孔棱角分明，还算俊朗的眉宇间，隐着一抹傲气。

"墨者郭昭。拜见大人！"玄衣青年向徐郎将拱手施礼。

"原来是小巨子，失敬失敬！"徐郎将听得郭昭名号，立时肃容相见。

墨门的始创者是春秋末战国初的墨子，至大汉时期，势力仍极为强大，几乎是江湖间最为庞大的存在。墨门的首领被称为"巨子"，当今墨门巨子是号称当世第一大侠的郭解。郭昭正是郭解的独子，据说一身墨门术法已得其父真传，威名极盛，被尊称为"小巨子"。

"郭昭后生晚辈，只是墨者，可不敢妄称巨子。"郭昭笑吟吟道，"今奉家父之命，特来揭榜报名。"

墨家以自苦为标志，都是穿粗鄙褐衣，但郭昭却穿一身簇新的玄色深衣，肩头绣着深黑的乌云纹，只在袖口处打了一个精致的补丁，算是对墨家门规的一种变相遵从。

徐郎将大喜，笑道："原来小巨子也是来应这天榜之战？嗯，将门虎子，名满天下，定能一战扬威！"

郭昭大是得意，转头瞥见张骞和甘夫还立在堂前，忍不住挥手喝道："让开！一个贱奴隶，居然也想来此揭榜报名，岂不让四夷之人笑我大汉无人？"见张骞向自己怒目而视，他不由挑起眉毛，"适才听闻，尊驾已经被北军刷下了吧？哼哼！想入围天榜，官拜汉使，也得看看自己有没有这本事！若是无德无能，像条死狗般赖在这里，又有何用？"

凭借在江湖上的强横势力，墨门风头极盛，一般郡县衙门的官员都不敢轻易开罪，而朝廷大员也都以结交名满天下的大侠郭解为荣。这些年来，郭昭走到哪里，身边都是一堆赞誉和奉承，此刻见张骞这芝麻粒大的小官居然对自己横眉立目，便忍不住出言讥讽。

张骞目光一粲，没搭理他，却忽然踏上一步，对中郎将道："大人，这位郭公子是否已蒙准入围了？"

徐郎将点了点头："钦定的天榜入围规矩，其一，要年纪在二十五岁以下；其二，须无作乱为非的前科；其三，要精诚同心，专攻一术，超乎同侪，入围者宜结三人之盟。郭公子完全符合这三点。何况他又不是朝廷人士，用不着先去北军内部审核，当然可以入围了。"

他笑吟吟地捻着山羊胡子，谄媚地笑道："规矩中'专攻一术'是条硬规矩。郭公子身为小巨子，精通术法，名震天下，当然也无须验看了。"

郭昭也傲然一笑："明公抬爱！晚辈不才，幸未辱没家门。"

"那便好。"张骞忽道，"若我所记不差，在'专攻一术，超乎同侪'这一条目下，还有若干解释，如手搏、骑射、剑法、道术、阵学，乃至地理天象诸学，是也不是？"

徐郎将冷冷道："不错！那又怎样？"

张骞道："既是朝廷天榜中明文所定的规则，张骞倒是想与这位郭公子一较高下。若是我侥幸取胜，那么'专攻一术，超乎同侪'之人便是在下，便请郭公子将揭榜入围的名额让与在下。"

"你说什么？你疯了么，竟要与小巨子当庭比试？"徐郎将瞪大双眼。

张骞恭敬地拱手施礼，言道："还请明公给在下这个机会。"

徐郎将拉下脸来，喝道："当真胡闹！这几天的揭榜报名，也没有这样私下比武的呀。"

忽听得有人朗声长笑："明公明鉴！这比武其实大可行得。"说话间，一道高瘦的身影大步行来。

徐郎将听了这话，不由脸色一沉，正想呵斥，抬头见这高瘦青年面如冠玉，一身簇新的织锦轻袍，宽襟大袖，头戴介帻，可说是神态雍容之极。

汉代之时，由衣冠便可区分人之等级身份。寻常百姓只能是布帛束发，故被称为"黔首"。眼前这锦袍青年衣饰华贵，比之王公之家的公子也不遑多让，徐郎将只得将口中的斥骂强压了下去。

"逍遥商帮师铨见过明公。"锦袍青年恭敬施礼，"欣闻朝廷开榜纳贤，师铨特来报效。"

徐郎将微微一惊，随即大喜，笑道："居然是师公子！本官有失迎迓，失敬了！"

原来，大汉朝廷早就开放关市。自汉高祖九年与匈奴互市后，又与南越开始互市贸易，商业大为发展，富商大贾周流天下，交易货物四通八达，从而形成了强大的商道势力，其中尤以逍遥商盟和游闲帮为尊。

总盟设在洛阳的逍遥商盟乃是天下第一大商帮，盟主师鸣史善于交结贵胄豪强，所经营的珠宝玉石和丝绸买卖，在齐楚等诸侯国中客户无数，拥有马车五百乘，牛车两千乘，号称"逍遥天下，无所不至"。

这富可敌国的逍遥商盟此刻居然派来了盟主师鸣史的大公子师铨，不由得不令这位主事官吏又惊又喜，如果不是忌惮大汉朝廷鄙薄商人的传统，他只怕要降阶相迎了。

张骞也听说过师铨的大名，心中暗忖，这逍遥商盟的师先生财势无双，为何还要派出自家大公子来参加天榜之战？随即想到：是了！师家的逍遥商帮多为行商，但所谓"逍遥天下，无所不至"，却肯定没有到过西域。显然，师家的逍遥商盟是想籍此次天榜选拔，借助朝廷力量，推动商盟进入西域。

"师公子名满天下，本官能接待师公子揭榜报名，实为一大幸事。"徐郎将堆出满脸的笑意。

师铨却淡然一笑，先向郭昭拱了拱手："郭兄别来无恙！"

郭昭看到他，脸色极不自然，既似欣喜，又似反感，也拱手道："师兄一向可好？令尊也都安好吧？喔，是了！听闻贤兄妹都要莅临京师，小弟这里给令妹准备了一点薄礼……"

师铨叹了口气，道："郭兄盛意，师某在此谢过了。只是舍妹性子古怪，兄之礼品，还是来日亲自跟她说吧。"

郭昭听出他的话外音其实是在婉拒，但想到若能真正"亲自跟她说"，那也是求之不得的事，遂连连点头应承。师铨跟他客套了两句，转头望见负手而立的张骞，便也拱手微笑示意。

张骞鉴言辨色，已看出这位天下第一商盟的师大公子对小巨子郭昭貌合神离之态，便也拱了拱手，不卑不亢地笑道："大汉郎官张骞，有幸得见师公子。适才师公子好像是说，这比试大可行得？"

"不错。"师铨眸光一闪，点头笑道，"'专攻一术，超乎同侪'，此乃天榜上明示天下的朝廷规矩。张郎官依规挑战，师出有名。小巨子家学渊源，名震江湖，自然不能免战牌高悬。"

他这番话说得冠冕堂皇,连那徐郎将都无法辩驳。

郭昭脸色愈加阴沉,冷冷地对徐郎将道:"请明公见谅,我墨门还从无畏缩避战之人。五招!只要这张骞在我手中撑过五招,便算我输。"

师铨见徐郎将一脸无奈,便笑道:"明公勿忧!在下可以做个评判,且请双方都要点到为止。"

徐郎将只得叹一口气,算是默认应允。

甘夫见郭昭目露杀机,想到墨门的诸般诡异手段,心下担忧,闪到张骞身前,低声道:"大哥,你不通术法,还是我来试一试。"

张骞摇了摇头,朗声道:"左道旁门之术,胜之不武。我只用刀法,定能胜他。"

郭昭怒极反笑:"张骞,这是你自己找死,可怨不得本公子。好,我也不占你便宜!咱们不比术法,只比刀剑。"心内打定主意:这厮大小是个官吏,不便斩杀,但将他砍得断腿断手,那也怨不得老子了!

廊前早腾出大片空地,官署区内的闲散小吏见有人比武,便都来看热闹,那十几个被中郎将轰走的郎官将士也都闻讯而来。

汉家官场规矩极严,此时大家看到张骞这样为入围报名而不顾一切的家伙,颇有深得我心的感慨,不由齐声为张骞呐喊助威。

"拔刀吧!"四下里的鼓噪声,反而让小巨子郭昭冷静了下来,缓缓拔出长剑。同是出自墨门,云裳的剑是短剑,郭昭却是一把黑色的长剑,剑长三尺,漆黑如墨。

张骞刚才用一句话将住了对手,使这位小巨子不得施展墨门名震天下的术法,心中便有了些底气。他曾看见过云裳的出手,自忖对墨家剑法的路数也略有心得。

此刻他攥紧腰间佩刀的刀柄,却不拔出,只冷冷盯着对方的长剑,淡淡言道:"相传墨门有名剑三,黑者名墨守,白者为天志,紫者名非攻。你这把剑色如深墨,应该是墨守剑吧?当年墨子大弟子禽滑厘曾持此剑,率墨门弟子三百,坚守宋国都城,使楚王不敢挥师攻宋。"

郭昭将墨剑一横,冷笑道:"小竖子知道得倒是不少!"

"可惜，你却配不上此剑。御使墨守剑者，当有死志。禽滑厘持此剑，率三百人静候楚国大军，除了墨家举世无双的机关术，更靠着其无惧无畏的死志。"张骞紧盯着他，"你的心内死志不坚！"

郭昭气得几乎吐血，不再废话，长剑横挥而出，斩向张骞的左肩。

这一剑削出，黑沉沉的乌光便笼罩住了周围的一切，先前还吵嚷不止的廊前，便只剩下了苍冷的剑意。

一剑既出，一片安静。那些喧闹着的官吏们都惊讶地住了嘴，甚至有人觉出了肩臂间彻骨的寒意。

连师铨都蹙紧了眉头。身为逍遥商盟的大公子，他自然对这次昆仑天榜之战志在必得，也自然知道郭昭是个劲敌，所以他不能放过这次近距离观战的机会。看到郭昭杀意纵横的一剑，也不由暗自点头：都说小巨子色厉内荏，但看来他还是深得乃父大侠郭解真传的！

张骞却眯起了眼：果然是小璇玑剑法！云裳在被甘夫逼到绝境时，施展的便是这套墨家奇门剑法。此刻被自己气得暴跳如雷的郭昭，施展出的也是这一路墨门最高妙的剑法。

他见过这门剑法，甚至可以预判，下一刻郭昭便会剑势圆转，由袭向自己左肩而转向左肋和丹田。他的身子陡然一屈，整个人忽如豹子般扑向郭昭。这由左而右的一纵之间，已将郭昭圆转的剑招化去，接着他抡起佩刀，带着刀鞘砸向郭昭的头顶。

刀不出鞘，是对对手绝大的侮辱。

廊间荡起一阵喧嚣，郭昭的眸内却腾起愤怒的血丝。他头顶高高的介帻挺拔雅致，当然不能让这小子用刀鞘扫到，只能以剑疾挑横架。虽然不能使用术法，但他修炼有得，墨守剑荡起浑厚罡气，防守得谨严无比。

廊间众人看他这一剑临时变招，却奇快无比，瞬间挑中刀鞘上的腰环，忍不住轰然叫好。

张骞则是借势拔刀，刀光灿然，拦腰横削。

"第二招！"旁观的师铨声音平和，却讶然睁大了双眼。

这个张骞是什么人？居然将所有的变化算到了极致！他知道郭昭

会在乎自己的介帻，算出郭昭会半途变招，甚至估算到郭昭会挑中腰环。郭昭剑挑刀鞘，剑上便毫无威力，甚至成了帮着张骞拔刀的架势。而张骞借势拔刀，便抢得了一线先机。

这一刀看似平常，但满空的剑意却忽然消散，平平无奇的一刀，却狠辣到了极处。

张骞占得先机，立时便选择强攻。

旁人习刀练剑是用汗水，而张骞却是用自己的血。每次练刀之前，他都要闭目默忆父亲在箭雨中绝望的长呼："骞儿，快走！你快走！"

那是生的机会，父亲毫不迟疑地将生机让给了自己。他看得出郭昭没有死志，但是他有。

"第三招！"

师铨的声音不紧不慢，眉峰却愈发紧蹙。他发现，前两招张骞靠的是算计入微，那么后面这两刀则是凭着罕见的狠辣。

第三招，他面对郭昭如天花错落般的"三环式"，不管不顾，刀如惊蛇出巢，直剜向郭昭的心窝。这一刀一往无前，迫得郭昭再次变招。

张骞的刀法完全是一种疯魔式打法。

他知道，似郭昭这样的术法高手，本身罡气修为就颇为深厚，其武功至少已经踏入了通明道。所以他决不碰对方的剑，不给对方以强横罡气力胜的机会，一得先机，招招争先，完全是以命搏命，不给郭昭喘息之机。

"大汉得胜刀！"不知是哪个旁观的将官惊呼出声。

看热闹的几位军中将官全都惊呆了。原来张骞所使的，竟是最平常不过的军方刀法"大汉得胜刀"。汉代尚武，这套刀法不知有多少军将或寻常习武之人习练过，却没有人像张骞这样狠辣、迅猛、凛冽。

甘夫也看得双眼发直。他知道张骞精通阵学，却是首次看到这位结义大哥的武功。在狠和快之外，甘夫更惊奇地发现，张骞似乎有着惊人的记忆力和悟性，他竟似能判断出郭昭的剑路。

而在此之前，他应该仅仅看过一次郭昭的同门月侠云裳的剑路。

大哥果然是个奇才！甘夫心内惊佩，藏在袖中的双手却渗出冷汗，不自禁地攥紧了两支甩手箭。

当——一声怪响，郭昭终于抢了个机会，一拳轰击在张骞的刀背上。墨门璇玑劲汹涌而入，震得长刀嗡嗡惊鸣。

张骞虎口巨震，长刀险些脱手。但他没有后退，而是霍然一个"龙翻身"，大刀气势磅礴地扫向郭昭的膝盖。而几乎在同时，郭昭的墨剑已堪堪刺到他的肋下。

"第四招！"师铨的声音中带着轻微的叹息，似乎看出了些什么。

郭昭的眸中喷出一抹狠意。他也看出了张骞的搏命打法，这两招他故意守拙，实则也是在诱敌。

张骞咄咄逼人的攻势下，给了他最后一锤定音的良机。

"第五……"师铨平缓的声音忽然一顿，愕然盯着身侧的一道窈窕身影，"小妹？"

突然出现在他身侧的是个黑衣少女，眉目如画，虽一言不发，静静俏立，却有一种皎若春华的清丽。

这声"小妹"也让激战中的郭昭心神一颤。师铨的小妹名唤师滢，这是个让郭昭魂牵梦绕的名字。一年前与这位师小妹偶然邂逅后，郭昭便犯了相思病。为了联姻师家、成就儿子的相思美梦，名震天下的巨子郭解甚至亲自给师鸣史写过一封书信。

郭昭的心念激荡也只是一瞬而已。比拼已至紧要关头，他立即凝聚心神，眼见张骞再次疾步奔来，立时长剑飞扬，施出最后的绝杀。

郭昭等的便是这一刻。难得在佳人面前大展身手，长剑圆转削出的一瞬，他甚至想到了女郎明媚的笑容。

在一片惊呼声中，两个人疾转的身形骤然定住。

郭昭的长剑斜斜指向张骞肋下，漆黑的剑身上挂着一片布条，那是张骞刚刚被挑破的袍袖。而张骞则站在师铨的斜后方，长刀从自己的腋下穿出，顶了郭昭的背心。

众人尽都惊呆。静了一静，廊间才响起师铨微颤的声音："第五招已毕。恭喜张君！"

结局的变化太大，而且太快，许多外行人甚至没有看明白为何有如此突变。但这不妨碍大家看清结果：此刻郭昭的墨剑虽然挑破了张骞的袍袖，但距离张骞肋下还有半尺，而张骞的刀则稳稳顶在小巨子的背心要害。

果然是五招！师铨虽然没有言明胜负，但那句"恭喜张君"，显然已判定了战局的胜负。

"你习过墨门剑法？"郭昭的脸色已变得苍白如纸。

"只是有幸看过一次别人施展。"张骞抽回了刀。

"不可能……这完全不可能！"郭昭转过身来，双眼如同喷火。

"你从第三招开始，一直在用步法诱我入彀，只是这路数已被我看破。而贵门璇玑剑法和身法的根基，在于术数和阵学，张某于阵学略通一二。"张骞还刀入鞘，淡然拱手，"承让了！"

"这算什么？"郭昭的目光扫见了人群中静静凝立的黑衣少女，此刻那张清丽绝伦的脸上看不出任何喜怒之色，但这种漠然却更让小巨子郁闷。他大叫道："你胆敢使诈！咱们再来比过。"

师铨摇了摇头，眼中满是轻蔑之色。徐郎将更是一脸无奈。适才刀剑争鸣，吓得他心惊肉跳，只怕有个失手，血溅当场，自己这一年考核便要算作末等了，这时忙竭力劝阻。

郭昭却怒发如狂，气冲冲地逼近几步，大叫道："张骞，你若有种，便跟本公子再来比过。"

"郭公子！"人丛中响起一道清清柔柔的声音，"大丈夫言出如山。既然已有约在先，便当遵从。况且这一战掣肘之处太多，本就难定胜负，公子又何必心中过不去！"

说话的女子正是师铨的小妹师滢。她声音极为细柔，比寻常的闺中女子还要柔婉几分，但说出的话却极为大气。

张骞也不由望向那女子，见这位师小妹也只十六七岁年纪，纤腰约素，玉肌如雪，黛眉笼翠，一双明眸湛若秋波，虽略显稚嫩，却丰神楚楚，透出一种摄人心魄的婉丽妩媚。

郭昭闻言，脸色一黯，不由自主地停下了脚步，扭头瞥见师滢的耀目容光，更觉浑身僵硬，呼吸艰涩。

"大人，我可以入围了吧？"张骞望向徐郎将，正色拱手。

徐郎将大觉为难。这是大庭广众之前的较量，众目睽睽之下，张骞胜得无可辩驳，但若是就此将张骞纳入天榜报名，他又不敢开这个先例。

这时一众看客也鼓噪起来，齐声为张骞鸣起了不平。

正鼓噪间，忽听得一阵急雨般的马蹄之声。一骑快马在官署区大门外停住，一名高大军士飞身下马，疾奔入内，赶到徐郎将身前，拱手施礼，低声赔笑道："徐郎将好！这里是旗门军卫将军给您的密信。"

徐郎将听得卫将军三字，眼前一亮，忙恭谨地接过那片细窄的竹简。他一眼扫过上面的两行文字，脸色登时一变，问道："这是卫将军的意思，还是上面……"

那高大军士也是脸现迷惑，摇了摇头，道："卫将军吩咐得很急。今晨他也是突然想起此事，便匆匆地吩咐了下来。下吏也吃不准这是卫将军的意思，还是上面……"

两个人话都只说了一半，声音也低，旁人听不真切，只是疑惑地望着二人。

沉了沉，徐郎将皱着眉，扬起脸来，目光复杂地瞟了眼张骞，对郭昭苦笑道："郭公子，这样吧。公子适才一战被约束之处太多，绝技难展，我瞧这一战不如就此作罢。而张骞么，武艺尚可，勇气尤为可嘉，应可入围天榜。"

"什么？"郭昭听他许可张骞入围，却又将与自己的这场比武牵扯进来，登觉心中一沉：看来无论如何，这两件事是绑在一起的了。只要张骞今日成功揭榜报名，那么整个长安，甚至整个江湖都会认为，张骞是战胜了墨门小巨子，才得以入围报名的。

"这不大妥当吧？"郭昭冷冷地瞥着徐郎将手中的那枚细简，意味深长地笑道，"看来这张骞倒是手眼通天，竟还认得旗门军的人。"

其实那军士初到之时，廊前的几位将官已指着他那鲜明的盔甲，开始窃窃私语。旗门军是大汉天子新近组建的亲军，据说这位年轻天子兴之所至，甚至会亲自带领训练。旗门军的统军将领，都是天子的绝对亲信。

徐郎将冷哼了一声，故意将那枚细简向郭昭斜了斜，沉声道："卫青将军的金面，谁敢不给？"

听得卫青的名字，廊前众将官更觉惊奇。卫青便是统领旗门军的年轻将军，此人其实是天子最宠爱的妃子卫夫人的弟弟，因为姐姐的关系，一直伴驾君前，大为受宠。

众人瞧向张骞的目光都有些异样，有人甚至想，这人认得小卫将军，报名天榜不过是一句话的事，怎地还这么辛苦巴巴，跟人比武怄气？

此刻张骞也是一脸疑惑，蓦地心中一动："小卫……卫青，难道那个小卫就是卫青？但这也太巧了！"

听得"卫青"的大名，郭昭的心内登时一沉。他当然不敢跟天子面前的红人争锋，眼珠一转，笑道："在下当然听任大人的安排了！只不过天榜上写得清楚，入围者宜结三人之盟。我们每个报名之人，可都带两个精强同伴，这张骞却只有一个奴隶随行……"

徐郎将神色一僵，发觉自己陷入了一个怪圈之中：卫青将军的面子不敢不给，但若是贸然将张骞纳入天榜，又坏了朝廷的法度。

正呆愣间，又传来一阵马蹄疾驰之声。那匹马直驰入官署的二道门前，才长嘶立住。从马上跳下一个绣袍官吏，他手持一枚尺长的节信，大踏步赶到徐郎将身前，沉声说了两句话。

徐郎将立时面色大变。这次他的神态更加恭谨。一番低头哈腰之后，他抬起头来，扫视全场，朗声道："诸君，我宣布：张骞和甘夫一起入围天榜报名。"

众人尽皆疑惑地望着那位绣袍官吏，有心细之人已隐隐猜出了什么。

郭昭凝视了那绣袍官吏几眼，却没有认出对方的身份，料想也是卫青旗门军那边搬来的贵客，索性冷笑道："徐将军气魄十足！然则'入围者宜结三人之盟'，这条天榜规矩何解？"

原来这次天榜之争，涉及来日出使西域的大局，朝廷特意指定参赛者须组成三人之盟，要的便是考核参战者结盟作战的能力。师铨、郭昭等人报名时，身边都跟着早就精挑细选的两位得力属下，结盟报名。而此时张骞身边虽有甘夫，却还差了一人。

徐郎将狠狠瞪了郭昭一眼，却也有些无可奈何，不由攥紧了那枚尺长的节信，犹豫着想说些什么。

张骞则环顾廊前，拱手道："诸君，本人与甘夫组盟报名天榜，如今尚差一位盟友，不知哪位高贤肯屈尊与我等结盟？"

"谁敢？"郭昭阴冷的目光扫视着几位将官，喝道，"你们都是在北军被淘汰下来的将官，此刻胡乱报名，那便是坏了朝廷规矩。想浑水摸鱼？小心三年考核！"

几名跃跃欲试的将官登时一愕。朝廷规矩当前，特别是汉家考核的规矩太严，众人心中都是无奈。

众人正在呆愣之际，廊前忽然响起一道清脆的声音："我来！"

一道修长的人影翩然闪出。虽然头上的斗笠遮住了那人的大半脸孔，却仍依稀可见此人身材高挑，英姿飒爽。

"你是……云、云……"甘夫盯着那人，结结巴巴地说不出话来。

那人掀翻斗笠，露出一张皎洁如玉的脸孔，正是云裳。此时她已洗去易容，露出了雪貌花肤。

"不成么？"云裳横了甘夫一眼，朗声对徐郎将道，"草民云裳，精通术法，愿与张骞、甘夫结成三人之盟，祈望大人恩准。"

众人一片哗然。眼前的变化太突兀：不但来了一位女子揭榜报名，而且是一位十足的美女。云裳纤腰长腿，明艳妖娆，整个人透出一种张扬的美感。

有人认出她便是墨门月侠云裳，人群中立时开始一阵窃窃私语。

"云裳！"郭昭瞠目结舌，伸手指着她，颤声道，"你……你疯了？"

云裳斜睨着他，哼道："郭昭，我好得很！义父准我游侠京师，可从没说过不准我揭榜报名。"

郭昭怒道:"这等大事,你可跟父亲禀报过么?"

云裳嗤地一笑:"许你来天榜报名,便不许我来么?你瞪着我干什么,想去义父那里告状么?哼,你这一出马报名,已是代表墨门打算要入围天榜了。既然如此,我再多报一路,墨门便多了一份把握。义父高瞻远瞩,自然能体会我这片苦心。"

她伶牙俐齿,几句话间便将郭昭的反驳话头尽数封死。郭昭讷讷地说道:"可是,你是女子。女子怎能报名?"

徐郎将咳嗽了一声:"我汉家巾帼不让须眉。这次天榜只说是广纳贤才,除了我先前所说的三条标准,却没有提及男女之别。何况,使团中的医者、厨娘等,女子反而更能胜任。"

云裳大喜,拱手笑道:"如此,多谢大人了!"

徐郎将也听过墨门月侠云裳的名头,这时已从云裳和郭昭针锋相对的对话间听出,这对师兄妹颇为不睦,自然就来个顺水推舟,望向张骞道:"张郎官,你意下如何?"

张骞其实一直心存疑惑,但此时为形势所逼,也只得躬身微笑道:"多谢大人成全!月侠云姑娘鼎鼎大名,能屈尊入盟,张骞求之不得。"

郭昭哼道:"徐大人,这甘夫可还是奴隶身份呢!而且我推断,他这个奴隶多半是私自跑出来的。依大汉律法,奴隶私自逃亡,该当弃市的。"

徐郎将长叹了一口气,沉声道:"虽然甘夫眼下还是堂邑侯府的奴隶,但只要他在天榜入围最后三甲,其奴隶身份便会立即免除。"他用看死人一样的目光,盯着一脸狐疑的郭昭,双手缓缓捧起那枚节信,朗声道,"好教诸君勿疑:这是天子节信!我的话,也是奉诏宣布。"

众人尽皆愕然。有心思灵活的主儿,此时细看那身带绣纹的官吏,已知道这位应该是宫内的绣袍使者。

天子节信,奉诏宣布!众人呆愣片刻,哗啦啦地跪成了一片。张骞大声道:"臣遵旨!臣叩谢皇恩。天子仁恩,下臣感念不尽!"

那绣袍使者这才取回节信，居高临下地扫视着众人，曼声言道："诸君，天子此次额外颁旨，命张骞甘夫入围，可见对昆仑天榜何等关注！愿诸君中有幸入围天榜者倾力一战，以搏个封妻荫子，光耀门庭。"说罢，目光复杂地望了眼张骞，便即上马挥鞭，疾驰而去。

廊前众人起身，都望向张骞，目光中又是惊慕，又是疑惑。郭昭更是惊得双手微微发抖，暗想，这小子既然如此手眼通天，能让天子为他专门下诏入围，为何还偏偏装成这么一副寒酸相？

张骞也不明白，自己报名天榜，为何能惊动当朝天子。此刻他心中仿佛有几面大鼓在急敲着，一个劲儿地告诉自己：看来小卫果然是卫青，看来卫青果然在天子驾前说一不二！

"张郎官请了！恭喜恭喜，这是三位入选天榜之战的入围竹券。"徐郎将这时候再看张骞，已是满脸笑纹，手上恭敬地递过三支竹制细券，更不厌其烦地详细叮嘱，"有了入围竹券，也只是千里之行的第一步。下面，请三位抓紧去无为学宫，挑选购买参战阵符。"

"什么是参战阵符？"张骞有些疑惑。

"就是天榜参战者必须购置的装备。"徐郎将表现得很耐心，"因为入围天榜的能者太多，至今已达一百一十余人。这么多的高贤，自然也不好简单地一一捉对比试，所以主持天榜战法的无为学宫便设计出一个可容纳百余人同时参战的法阵。

"这昆仑天榜之战其实只有两轮，第一轮便是破阵。据说这神秘法阵已被无为学宫设下了重重禁制，模仿沙漠、河流等诡异凶险的环境，并暗伏多道险恶阵势和凶猛怪兽。参战者先要去无为学宫购买阵符。只有戴上阵符，才能于入阵后感受到阵内那奇异而凶险的环境。"

张骞点了点头，又问："那么，昆仑天榜的第二轮是怎样比试？"

徐郎将缓缓解释道："第二轮，便是天子亲自主持的金殿策论了！第一轮的破阵，诸君组成三人盟参战，最终只会有四队过关。这四队十二人才有幸在金殿中面圣，策论方略。"徐郎将换上一脸谄媚的微笑，

"张郎官得天子垂青，定能一路过关斩将、荣登金殿、面圣策论的。"

"多谢明公指点，下吏铭记在心。"张骞看到，旁观诸人，甚至师铨和郭昭的眼神都满是惊慕妒忌之色，忙向徐郎将拱手作别。

带着云裳和甘夫，在众人复杂的目光中出了执金吾衙门，转到一条回廊下，张骞才问道："云姑娘，这时候你也该跟我兄弟明说了吧？你加入我们的三人盟，到底所为何来？"

"有两个缘由。"云裳明眸一转，伸出一根玉指指向甘夫，冷冷道，"第一，我要跟着他。"

"嗯，很好。"甘夫淡淡一笑，脸上神色却看不出喜怒。

张骞忙道："姑娘还是要寻机杀了甘夫？"

"这臭小子我是一定要杀的。不过咱们有言在先，在三人盟参战昆仑天榜这段时日，我会暂且饶他一条狗命。"云裳狠狠瞪着甘夫，目光似要喷火，又伸出第二根手指，"第二个缘由，我平生最喜欢跟郭昭作对。这甘夫若是条癞皮狗的话，郭昭就是一条毒蛇。我瞧你们将他逼到了绝境，当然要拔刀相助，补上这最后一刀。"

"原来如此。不管如何，我都要感谢姑娘挺身而出，这最后一刀补得极是漂亮。不过——"张骞忽又眯起双眸，"我觉得云姑娘似乎言有未尽。你参加昆仑天榜之战，应该还有别的缘由。"

"你这人，看事果然入木三分。"云裳轻轻叹了口气，目光掠过眼前熙熙攘攘的人群，"我也很想去远游西域。我有我自己的缘故，你们就不必问了。"

女郎远眺沉思，神色楚楚可怜，甘夫见了，心中不由一荡。这时在明朗的日光下细瞧云裳，女郎的肌肤白得仿佛透明一般，当真比美玉还要白上几分，忍不住问道："你的皮肤这么白，似乎不是中原人吧？"

云裳横了他一眼，却没有恼怒发作，只哼了一声："关你什么事？"

张骞隐隐地也看出了些什么，但这时却不便细说，忙道："云姑娘，无论你自家有何缘由要去西域，我兄弟都祝你好运。只是这时候，咱们还要约法三章：其一，从此刻起，都要同心同德，消除内斗，相互扶助，如同兄弟姐妹。其二，入我三人盟，便要听我号令。天榜之战，艰难险恶，咱们会遇到各种劲敌，必须令行禁止，如臂使指，你二人谁也不可任性抗命。其三，既然大家都如兄弟姐妹，这段时日便要互通有无，无论是谁，有何消息、资源，都要通报同享。"

他分派得井井有条，平淡的话语间更有一种不容拒绝的沉稳气势。

"好，全依！"甘夫当先一笑，"咱们既然成了三人盟，就该亲如一家人。大哥作我们的头脑，当之无愧。"

"谁要跟你亲如一家人！"云裳哼道，"不过，张君，你这约法三章，要持续到何时？"

"直到我们如愿天榜夺魁！"

云裳心内也是一热，朗声道："好，那便依你。从今日起，直到我们天榜夺魁，我都会依你。"她恨恨地盯了眼甘夫，"至于以后，有何仇怨，自会来个痛快了断。"

甘夫嗯了一声，若有所思地说道："也许那时候，你就不想跟我痛快了断啦。"

云裳发现，自己的伶牙俐齿碰见甘夫这种奇葩，是全无施展之处，只得转头望向张骞："快去无为学宫吧！去得晚了，许多精妙符法宝贝便抢不到了。"

三人边说边行，穿街过巷，前方一座宏伟的宫殿型建筑遥遥在望，正是无为学宫了。

甘夫身在京城有年，但极少出来走动，对各种掌故更是全然不知，许多事都要向张骞这位大哥请教，此时见无为学宫已经在望，自然便打问起这无为学宫的诸般事情。

"此宫之起源，乃是上承战国时鼎鼎大名的稷下学宫。战国时期，中原第一大国齐国创建了稷下学宫，其中虽以黄老学术为尊，却也容纳了道、儒、法、名、兵、农、阴阳等各家学说，汇集天下贤士千人左右，创出了'百家争鸣'的蔚然大观。"

张骞讲得很耐心："到得如今，我汉家朝廷的文景之治，也是以黄老之学为根本，让百姓休养生息。朝廷敕建无为学宫，初时只是当今总集黄老之术的官方学术中心，但数十年繁衍壮大，隐然已成为官方第一大术法门派，除了研究治国所用的黄老学说，更有许多秘不外传的修炼秘术。"

"是呀！当今的无为学宫，其实也是大汉第一方术门派，甚至已成为所有术士心中的一个圣地。"云裳也有些神往，忍不住叹道，"比如这次昆仑天榜之战，听说入围者可凭竹券进一次学宫，那已是让旁人无比艳羡的事了。"

无为学宫果然是个宏大无比的建筑，宫门前由执金吾的高大士卒守卫。卫士认真验看过三人的竹券，才放他们入内。

宫内古柏森森，苍松郁郁，一片肃穆幽深，此刻前庭的几间殿宇前已聚了数十名青年，想来都是赶来购买阵符的各路入围俊彦。

张骞带着甘夫云裳二人，兴冲冲地挤上前去，刚看得几眼，他的满心兴奋便已不见。

"必买的参战入阵符在此！每符作价一千文。不要乱挤，不可议价，西市十三家连铺竹券可通用。"

"真珠符衣！穿上此衣入阵，可保你三次阵内大风雨而不湿身！法阵中形势险恶，一衣护身，风雨难侵。作价五千文，西市十三连竹券通用。"

"铁线定风符，只要两千文，可保你两次阵内狂风不侵。避过两次狂风，也许就让你成为四玄之一！"

"无为学宫独门捆仙索，法阵内可用一次，困敌避敌。运气好的话，可籍此宝对抗怪兽。不二价七千文。"

"无为学宫秘传清心诀，可助诸君在法阵中凝心破阵。此诀乃修心秘法，长期助益，不二价八千文……"

大殿内，青年俊彦们环绕的各案头前，站着数位黑袍方士，用抑扬顿挫的声音不厌其烦地念唱着。

案头上放着各色符法禁制的宝贝,当真是各有妙处,让人目不暇接,只是黑袍方士们喊出的价码也是高得惊人。

除了参战必备的入阵符作价一千文,便是最便宜的定风符,也要两千文。当时一般官吏的月俸不过三千文,这两千文可算极为贵重了。

张骞只是个郎官,根本没有正式晋身于大汉官员的序列中,自身月俸只有少得可怜的六百文。四下里看了下来,他的心中已是凉了半截。

他精通阵学,算天算地,却没有算到代表汉家朝廷的无为学宫居然如此……生财有道。不是说此次昆仑天榜是朝廷不拘一格广纳贤才么?这般看来,简直就是不拘一格的广开财路呀!

"大哥!"甘夫觉得什么都新鲜,看得眼花缭乱,低声问道,"他们叫卖的十三联竹券是什么?"

"那是长安西市十三家最大的丝绸、珠宝等大商铺的简称,为首者便是逍遥商帮和游闲帮。这十三家连铺财力雄厚,交易频繁。如果是数额很大的买卖,用铜钱结算的话,会很麻烦,他们便在内部使用一种竹券作为交易凭证。竹券上有券齿,每齿作价一百八十钱,一根尺把长的竹券就可能价值一两千钱左右。这种竹券分为左券右券,用的时候左右相对,完全契合者即可交易,极为方便,平时也可作现钱使用。"

"不错!上千文铜钱太重了,还是这小小竹券用起来方便。"甘夫双眸闪亮,"大哥,你有几枚竹券?"

张骞被甘夫的爽直问话弄得很尴尬,摇了摇头:"一枚也没有。"

甘夫呃了一声,现出为难之色:"大哥,小弟身上带了三百文钱。这是我这些年来辛苦积攒的。要买那一千文一枚的入阵符,可还不大够……"

张骞下意识地摸了摸背后的包裹,脸色更是尴尬,道:"大哥身上有一千五百文……嗯,待大哥寻人借上二百文,咱们买他两张入阵符也就是了。我瞧其余那些神符乱七八糟,都没什么用处,不买也罢。"

两兄弟正尴尬间,一个白白胖胖的青袍公子闪到二人身后,向二人微笑拱手，说道："这位便是力克小巨子、得蒙天子下诏特命入围的张公子吧？幸会幸会！"

张骞力胜墨门小巨子郭昭、更在最后关头得天子亲自下诏入围，这事在官署区已成为一件轰动性的大事，一路上便有不少闲汉和入围者对他指指点点，或是远远地点头赔笑。

此刻见这白胖公子亲自上前结纳，张骞忙也恭敬拱手："在下正是张骞。公子过誉了！敢问公子是……"

"小弟游闲帮卓轻闲。"那白胖公子笑得一脸和煦。

张骞一惊。游闲帮乃是仅次于逍遥商盟的第二大商帮，卓轻闲便是游闲帮主的二公子。相传此人有过目不忘之能，无论是修炼术法，还是博览群书，都是一点就透，进境神速，乃至得了个卓博士的绰号。

此刻见这位卓公子前来结纳，张骞忙肃然道："原来是二公子，失敬了！公子惊才绝艳，读书万卷，难得今日相遇，张某实是三生有幸。"

"哪里哪里！张君所言，小弟愧不敢当。"卓轻闲又惊又喜，"旁人遇见小弟，都当我是个商人，难得张君以读书人相称。实际上，小弟的出身，乃是诸子百家中的小说家，兼修阴阳家的天文历算。"

"小说家？"甘夫对诸子百家所知不多，只觉这一家的称呼颇为奇特。

"然也！"卓轻闲的小眼睛本就不大，这时更是眯着双眼、耐心解释，"小说家者，采民间千家传说，察民情百代风俗，过则正之，失则改之。"

甘夫似乎懂了，说道："就是搜罗些胡说八道的学派。"

对甘夫奇特的语言风格，卓轻闲只能很无奈地撇了撇嘴，眼睛却望向张骞，取出数根竹券，双手奉上，口中说道："适才偶然听得贤兄似乎一时手头不宽裕，小弟这里有些闲散钱财，正好奉与贤者，还请笑纳。"

甘夫见他手中的竹券上券齿密布，每根想必要作价两千文左右，心中是又惊又喜。

哪知张骞却拱手笑道："卓公子盛意拳拳，张骞铭感五内！只是无功岂敢受禄，初次相会，实不敢受如此大礼。"

卓轻闲的小眼睛中眸光一闪，似乎颇为惊讶：居然有人拒绝这么大手笔的馈赠！口中忙又温言劝请。

张骞却是微笑着推却。他的笑容很温和，态度却很坚决：朋友可以交，厚礼却不受。

卓轻闲只得点头笑道："张君风骨超然，小弟佩服得紧。你我可算君子之交、其淡如水了！回头小弟在西市做东，张君务必赏光呀！"

张骞慨然应允。卓轻闲这才收了竹券，笑吟吟地向前方行去。

"这几根竹券是一大笔钱啊！大哥甩手便推辞了，可惜可惜！不过大哥做的事，总是有道理的。"甘夫心内大是惋惜，忽一转头，却见不远处，云裳正意气风发地跟一个黑袍方士讲价："这位师父，我瞧你这百步符根本无人问津啊！这种神符只能提升轻身腾跃之术，还只能限于法阵内，一千文太贵了，便五百文吧？"

女郎的纤纤玉手中，赫然握着三根竹券。

甘夫登时双眼一亮，忙疾步赶了过去，一把握住云裳的玉手，低声道："借我和大哥五百文可好？"

云裳一惊，甩了下手，没有甩开，怒道："快放手！你要找死么？"

"云姐姐要是不借，我就不放手。"

"谁是云姐姐？别乱叫！"云裳怒道，"好啊，你这只爪子又痒了，终是要砍下的好！"反手就握住了腰间佩剑。

那黑袍方士见眼前的买卖要给甘夫搅黄，忙指着甘夫喝道："你这少年，学宫圣地，休得聒噪！若再生事端，就剥夺你的入围资格。"

张骞忙赶过来，向黑袍方士拱手赔笑，再将二人拉开。

甘夫和云裳二人摔开了手，兀自愤愤瞪视。张骞先呵斥甘夫道："如此要地，谁也不得哄闹喧哗。今后昆仑天榜之战中，规矩更多，万不可鲁莽从事！明白么？"

少年点了点头，望着张骞的眼中却满是委屈之色。张骞又对云裳道："云姑娘，还记得咱们先前的约法三章么？"

"记得啊,怎么了?"云裳哼道,"这不是很给你面子么。你说不让争执,姑奶奶这不就饶过这小子了么?"

"很好!"张骞很认真地说道,"听我号令,那是约法三章的第二条。第三条是什么?"

甘夫朗声道:"互通有无。无论是谁,若有何消息、资源,都要通报同享!"

张骞点头道:"所以么,请云姑娘将竹券贡献一二,咱们同盟同享。"

"凭什么?"云裳怒道,"我自己的钱,凭什么要给你们花?"

张骞很诚恳地叹了口气:"因为我兄弟购买入阵符还差几百文。如果我们买不上入阵符,咱们这三人盟就无法参战。"

"那就天经地义地找我要钱了?"云裳气鼓鼓地说道,"我凭什么要听你的!"

甘夫又朗声道:"约法三章第二条规定,三人盟中都要听我大哥号令,令行禁止。也可参见第一条,你我要同心同德,相互扶助,形同兄弟姐妹。"

云裳气得脸色更白了几分,暗骂自己:怎么遇到了这样一对奇葩兄弟!

"连入阵符都买不起,当真是世间两大穷酸。"哈哈大笑声中,小巨子郭昭大摇大摆地行来,"云裳,你也是我郭家的一大仙葩!居然独具慧眼,选中了这两大穷酸。喏,你要实在拆兑不开,愚兄可以出钱。"

云裳看到郭昭,立时换了一副脸孔,猛然揪住甘夫的腕子,冷笑道:"谁说我们买不起入阵符?姑奶奶有的是钱!这位先生,百步符先给我们每人一副。嗯,便是三千文,不讲价了。甘夫,你拿上这两枚竹券,去买三枚入阵符。"说着,笑吟吟地将两枚竹券塞入甘夫手中。

甘夫大喜,瞥了眼目瞪口呆的郭昭,一阵风般去了。

这时,听得前方有几个青年惊呼:"神木放光了!快看,神木放光!"

郭昭扭头看时,果见前方一间大殿后耀出道道霞彩。他也不知是什么宝物,心内一阵激动,再也懒得跟云裳斗口,狠狠瞪了她两眼,便疾步赶向殿后去了。

甘夫来去如风,这时已捧着三枚入阵符赶了回来。张骞将入阵符分了,叹道:"云姑娘,这两枚入阵符,值钱两千文,算是我兄弟借你的,来日手头宽裕,定然奉还。至于这两枚百步符么,我兄弟也用不起,盛意心领了,你还是收起来的好。此地处处花销极大,我们还是走吧。"

云裳秀目一瞪,喝道:"百步符是我买来赠给你们的。不是说要相互扶助、形同兄弟姐妹么,那便老实收下!"她恨恨地盯着前方霞光紫绕的大殿,"前面就是镇宫之宝空桑神木了,来无为学宫,不看神木,那才是入宝山而空手还。这一千五百文的入眼费,也由姑娘我掏了!"

甘夫连连点头:"云姐姐,小弟才发现,你爽朗慷慨,气魄过人。"

张骞也慨然挥手:"既然云裳姑娘如此大度,那咱们同进同退。走!去看看镇宫之宝。"

"真是一对奇葩兄弟啊!都让姑奶奶我赶上了。"云裳在心底无奈地叹息。

三人转过大殿,前方是一片回廊环绕的园囿,囿中是一株似石似木的怪树。说它像木,主干却油亮干硬,形若怪石;说它如石,却又枝桠斜生,如祥芝瑞纹,顶端甚至有几片晶莹如玉的绿叶和稀疏的紫色花蕾。

这株怪树不是很高,然而枝干虬曲,石皮龙骨,形态峥嵘,自有一股参天入云、俯瞰苍生的雄奇傲岸之感。

"空桑神木,果然是震古烁今的空桑神木呀!"云裳双眼放光。

甘夫见那怪树前另有一条细小回廊环绕,有不少人都排着队,或三两成群,或一人独行,依次从树前经过,而那怪树则不时发出忽明忽暗的光彩。他心下奇怪,忍不住问:"云姐姐,他们在干什么?"

云裳正如痴如醉地盯着空桑神木,竟没在意这小子又甜腻腻地叫起了"云姐姐",口中叹道:"这空桑神木,相传是上古昆仑山圣者所遗的奇宝。它有一种异能,据传说是'圣者放,奇者喜,庸者闭',修炼者从树下走过,看神木放出的光影强弱,便能判断出自身资质高下。走,咱们过去看看。"

甘夫听她居然说了一声"咱们"，登觉受宠若惊，喜滋滋地跟在她身后，向那细小回廊走去。

张骞也跟着二人向前挤去，忽见大小回廊的分叉处，有一人正笑吟吟地袖手旁观，并不前行，正是卓轻闲，忍不住问道："卓公子只身在此远观，为何不近前去看个究竟？"

"远观胜过近玩。君子赏花，得意而忘形。"卓轻闲摇头晃脑地说道，"再说，若进至神木面前，神木光影闭合，本公子多丢脸！即令神木光影不及他人盛大，本公子多丢脸！"

张骞不由一笑："卓公子果然洒脱超俗！张某本就是一介寒士，不必在乎这些，倒可跟他们瞧瞧热闹。"拱拱手，大步赶上甘夫。

大回廊前拥着一批人，他们与卓轻闲的心思相似，不愿露出形迹。相比起来，小回廊前排队观树的人更多一些。

甘夫一脸兴奋，向前赶得急了些，正撞到前面一人的后背。

"臭小子，你不长眼睛么？"那人回过头来，正是郭昭。他见是甘夫他们，便怒喝道，"好生稀奇！你们这当世两大穷酸还有脸来看神木？快离本公子远些！奇者喜，庸者闭，可别为了你们这几大庸者，连累了本公子的气运。"

甘夫冷哼一声，便待发作，却被张骞一把扯住。云裳微微冷笑，甚至懒得反唇相讥。

墨门小巨子这么一叫嚷，他身周的几人也都让开了，只有郭昭独自一人，施施然前行了几步。

随着他最后一步跨出，神木忽然散发出了一蓬亮光，初时如数点星火飘摇，随即亮光渐盛，如萤火满空飞舞，使得满院星星点点，光彩缤纷。

廊前响起阵阵惊赞之声。郭昭心中得意，甚至连昨天败于张骞的郁闷都一扫而光，仰天大笑道："空桑神木，果然神而明之！慧木识英，名不虚传。"狂笑声中，大袖飘飘，昂然前行。

随着郭昭转过细廊，神木上的数百光点渐渐黯淡。郭昭更是得意，索性在细廊尽头负手驻足，悠然看着身后不远处的云裳三人。

"我们过去！"张骞哼了一声，带着甘夫和云裳，大踏步向前行去。

适才远观时，这神木也不算如何高大，甚至没有高过树前的殿宇，与那些参天巨木相差甚远，但不知为何，随着张骞等缓步行到树下，却觉得这株神木竟似在不知不觉间变得雄伟高大起来，铁干虬枝，似要高接远天，仿佛顶天立地、傲然耸立的巨人，俯瞰着下方的芸芸众生。

因为适才郭昭的一阵喝骂，弄得旁人都不敢过分靠近，这样张骞等三人行来，神木下便只有他们三个人了。

三人行到树下，神木忽然明亮了起来。

这是刹那间的明亮，绝非先前郭昭那种星光萤芒渐渐增多的样子，而是有如旭日突升、霞彩暴涨，瞬间便流光溢彩，氤氲满天，让人目眩神迷。

旁观众人全都惊呼起来。原本细廊前是众人列队鱼贯而过，但此刻张骞三人和身后数步远的人都呆住了，所有的人都似被人施了定身法，愣愣地盯着那光影萦绕的神木。

"花，花开了！"不知是谁先喊了一声。

"紫玉花，紫玉花开啦！"

"天啊！六十年没有过的事，神木花开！"

一众纷乱的叫嚷声中，果见神木顶端那几支稀疏的紫色花蕾竟已怒放开来，虽然花瓣不大，但紫光离合，仿佛几点耀目的紫星，在无数云霞光影上盈盈闪耀着。

"神木花开，那是本公子的功劳呀！"郭昭忽然大叫起来，"本公子走快了几步，神木开慢了几分。但这紫玉花开，满树流光，自然都是为我而发，跟这几个庸才有何干系！"

大呼小叫声中，郭昭又疾步奔回，而在张骞身后的几人也纷纷拥来，一时间细廊上的人越聚越多，甚至几位学宫内的值事方士都飞奔过来看热闹。

毕竟神木花开是六十年未遇的奇事。

说来也怪，随着许多人蜂拥而来，神木上光影渐淡，紫玉花也立时闭合。在众人的惊呼叹息声中,霞光异彩终于尽数消散,此后无论是谁走过,都再也没有光彩耀出。

第四章

入　阵

　　经得一番周折，终得成功入围天榜之战，身为三人盟之首的张骞便提议，在西市内寻个酒肆，由他做东，喝上一顿庆功酒。

　　"云裳姑娘，传闻你禀赋异常，来历也很奇特，为墨门郭家少有的奇才。但想不到你还有这样的异能，竟能让这株神木耀光开花！"

　　张骞笑吟吟地端起酒盏，给云裳敬酒。

　　云裳也是一脸疑惑，道："张大哥说笑了！我只是义父从路上捡来的野丫头，哪里谈得上什么来历奇特，更别说是墨门奇才了！倒是这空桑神木，确是六十多年没有紫玉花开了。"

　　张骞沉吟道："这么说，六十多年前，曾有过一次紫玉花开？那是为何而开？"

　　云裳道："传闻那时候大汉刚刚立国不久，甚至无为学宫还没有建立。然而，在高祖皇帝身边，已是群贤荟萃，既有能臣干将，也有奇人异士。有几位奇人，机缘巧合，得到了这株号称是上古昆仑山遗物的空桑神木，便献给了高祖皇帝。

　　"高祖大为欢喜，在新建的上林苑内大宴群臣。当时，朝中英才毕至，神木光影开合，显示出树下经过者的修道资质。每一次光华盛大之时，都会引来一阵惊呼。唯有当时已官拜留侯的张良走到树下时，神木忽然大放异彩，紫玉花开。众人皆是震惊赞叹，高祖皇帝甚至当场赐给留侯一柄玉如意。"

"还有这等奇事？"张骞大奇。

云裳叹道："不错！此事在术法界轰传一时。据说留侯张良在此事之后，有所感悟，就此退隐，潜心修炼去了。"

张骞点了点头："当年大汉江山初定，但功劳最大的留侯却忽然归隐。方当盛年，便入山修道，这也是朝野间的一大悬案。若从这个传闻看，当时那等情形，留侯已是不得不归隐了。"

甘夫这两年间一直在侯爷府内做个埋头苦干的奴隶，但他为人机灵，闲时也听到那些杂役说些诸般传奇，大略知道刘邦、张良、韩信等开国诸贤的故事，忍不住问："我也听过这张良的故事。都说他足智多谋，但为何他那时候就不得不归隐了？"

"因为那个盛会太宏大，因为那个神木太神异！"张骞缓缓道，"设想一下，当时群贤会聚，天子在场，而那号称昆仑上古遗物的空桑神木居然只为留侯一人盛放，这岂不是让他的光彩盖过了高祖皇帝？他当时面临的情形，只怕比功高震主还要凶险……"

"是呀，朝廷中的事，你们做官的心里自然最清楚。"云裳明眸一闪，也叹道，"但江湖传言，张良就此隐退，倒是因祸得福，避开了汉初那一番对功臣的残酷迫害。而在术法界中流传，神木发光、紫玉花开，也印证了张良就是老子之后又一位天赋超凡的修炼者。也有人说，大汉无为学宫的雏形，就是由张良一手创建而起的，而高祖皇帝为了嘉奖这位大功臣，才将那神木赐给张良苦心操办的无为学宫，这神木由此成为学宫的镇宫之宝。"

"那后来……留侯张良是否达到了天觉者的境界？"甘夫一如既往地好学多问。

张骞摇头一叹："神木花开，只是印证了留侯的修道资质，但他长期操劳学宫之事，最后没有成为天觉者。"

"可是，为什么空桑神木会在我们三人身前盛放？"甘夫说出心中疑问。

张骞和云裳都蹙紧了眉头。这也是三人心中最大的疑惑，甚至张骞头一次举杯敬酒时，便以此试探了云裳。

"或许是……你的老聃指环？"云裳的目光再次落在少年的手指上。

甘夫一愕，木然屈伸着手指，喃喃道："可是当时，我的手，还有我本人，都没有任何感觉。"

三人正犹豫的当口，忽听得有人哈哈大笑："哈哈！听闻让神木花开的奇人来西市饮酒，小弟便过来瞧瞧。没想到在此相逢，大是有缘！"

一个白白胖胖的蓝衫公子大步闪入，拍掌笑道："这才叫同气相求，同声相应！"

"原来是轻闲兄！"见到这永远笑眯眯的游闲公子，张骞的眉头舒展开来，忙拱手笑道，"若蒙不弃，请轻闲兄坐下同饮几杯。"

卓轻闲极是随和，拱手落座。张骞将云裳和甘夫都与他引见了。

"原来是大名鼎鼎的月侠云姑娘，幸会幸会！云姑娘仗义入盟，气魄远胜须眉，英姿飒爽，风采倾倒一片！"

卓轻闲为人毫无架子，先跟云裳自来熟地见礼言笑，又眯着眼向甘夫瞧了半晌，道，"嗯，甘夫老弟，咱们在学宫也是见过的。据说你在旅舍内三败胡人巫师，治大巫如烹小鲜，败胡房手到擒来。甘老弟虽深藏不露，名声却早已传遍京师。"

甘夫给他这么一夸，极不好意思。云裳却斜睨着卓轻闲，口中说道："卓二公子，少套近乎了！商人无利不起早，你巴巴地赶过来，定是有所求吧？"

"云女侠此言差矣！轻闲虽有商人之籍，本人却是正经的小说家和阴阳家，只喜博览群书，对只知趋利之商人嗤之以鼻。"卓轻闲喊了两句冤，却又咧嘴一笑，"不过，本公子来寻三位，其实是想验证那句话。"

云裳明眸一翻，截口问道："什么话？"

卓轻闲悠然呷了口酒，见这酒肆生意清淡，别无闲人，才慢慢道："圭环一见，昆仑当现；西隐龙城，东伏长安。"

"我只听说过'圭环如参商，得双超玄王'，说的是昆仑玉圭和指环难遇难逢。"云裳冷冷摇头，"你这传言，我还是首次听闻。不知你是从何而知？"

"这不是传言，而是预言！据说发出这预言的人非同小可，乃是匈奴军臣单于最信赖的大巫……龙缺！"

说到"龙缺"二字时，卓轻闲瞪着小眼，又左右扫视了一番，仿佛那神秘莫测的龙缺会在这小酒肆中现身，"他在半年前一次神游太虚之后，忽然神情癫狂，似哭似笑，对军臣单于说出这句奇怪的预言。"

听得龙缺的名字，云裳的脸色也有些微黯，冷冷道："匈奴第一大巫的预言，你们游闲帮居然能知道？"

"游闲帮行商天下。况且，这预言在匈奴和西域都不算什么秘密。"

云裳哼道："那这预言到底何解？跟我们又有何相干？"

"不知道。据说龙缺并未对这两句话做出任何解释，但本公子可以试着一解。"卓轻闲摇起他那白胖的大头，"'圭环一见，昆仑当现；西隐龙城，东伏长安……'这句谶语中，最紧要的就是这两个字——昆仑！诸位可知道昆仑神山的典故么？"

张骞沉吟道："相传昆仑山为上古神山，在《山海经》中描述尤多，古称昆仑虚，其顶峰为昆仑悬圃，为众神所居。但我以为，这不过是个传说而已。"

"传说？"云裳却摇了摇头，"在术法界，一直认为昆仑是上古仙山，其中蕴含着极大的修炼秘密。只不过天道杳杳，方术道法传承断绝，我们已经失去了上古昆仑的所有消息。"

"云姑娘所言极是！"卓轻闲拍掌笑道，"诚如屈子《天问》所云，昆仑悬圃，其尻安在！昆仑，实乃我华夏文明中的一个极其神圣的文化源头。相传上古昆仑,天人、仙人和凡人混居同处,那里有最玄妙的秘术,有最神奇的仙果,更有能让人长生成仙的道法。寻找上古昆仑之所在,是天下方士梦寐以求之事。

"只不过历经千百载,真正能摸到昆仑神山确凿消息的,只有两个半人。"

"两个半人!居然还有半个人?"云裳奇道,"快说说看。"

"第一人是周穆王。我曾寻得一本战国人所著的奇书,名为《穆天子传》。其中记载,周穆王曾两征犬戎,平定西方,驾八骏西行三万五千里,直抵昆仑,会见了女仙西王母。"

"周穆王的传说!"张骞也笑了,"《列子》中曾说这位穆天子'不恤国事,不乐臣妾,肆意远游'。周穆王在位时,东征西伐,开疆拓土。但他身为天子,常年不在朝堂,以致国政废弛,在他之后,周王朝便由盛转衰了。"

"你难道不觉得奇怪么?"卓轻闲翻起了小眼睛,"后来的贤人,无论是管仲,还是伍子胥,都称颂周穆王为一代雄主。此人睿智超凡,威震宇内,但为什么他一门心思地西绝流沙,甚至不惜废弛政事,令国势转衰?"

云裳眼芒一亮,说道:"你认为,周穆王也是为了寻找昆仑的秘密?"

"他显然如愿以偿了!史书记载,他至少活了一百零五岁。"卓轻闲摇头叹息,"可惜周穆王却没有将这个秘密传给他的后人。直到后来,老子也洞悉了这个秘密。他是第二个人。

"要知道,老子不但是真正的天觉者,更曾是掌管周朝典籍的守藏史,也就是国家图书馆馆长。他极可能从周朝文书乃至《山海经》等上古典籍中搜罗到穆天子的秘密,并找到了昆仑的消息。老子最终西渡流沙,不知所终。修炼者都相信,他是去寻找昆仑神山去了。"

张骞不可置信地瞪大双眼,惊道:"老子西渡流沙,是去寻找昆仑?难道昆仑是在函谷关外?"

卓轻闲缓缓道:"除此之外,别无解释。"

众人都陷入沉思：老子最终消失之谜，可谓史界和术法界的第一大谜案。联系到他悟彻天地的天觉者身份，无论最终他在何处羽化离世，都会留下弟子和相关著述，但事实却是，他留下五千文的道、德二经和谜题萦绕的玉圭指环后，便出关而去，杳无消息。除非他是去了一个谁也找不到的神秘所在……

甘夫忽然问："除了周穆王和老子，另半个人是谁？"

"秦始皇！"卓轻闲的小眼睛越发眯了起来，"他费的气力最大，所得却是最少，所以只能算半个。

"老子是掌握了周朝王室的上古典籍，而秦始皇则掌握了秦帝国所有的资源。始皇帝曾五次东巡，其最大的目的便是成仙。要成仙，便要找到上古仙人所居的昆仑神山。可惜，始皇帝身边的庸人太多，误以为蓬莱就是昆仑，只在东海周边寻找。直到他生命中最后一次东巡，才遇到让他梦寐以求的那个人——来自'昆仑仙宗'的沧海君……"

"昆仑仙宗？"云裳惊道，"据说昆仑仙宗是天底下最神秘的宗派，他们的祖师就是最早走下昆仑的那批异人，昆仑仙宗的每个弟子都有通天彻地之能。我始终觉得这神秘宗派只是个传说，没想到他们当真存在，而且还有人见过秦始皇……"

张骞道："沧海君？我似乎在书中看到过他的名字，只是具体事迹不甚了了。"

"张君当真是博览群书！不错，沧海君见始皇帝，此事零星见于史载，可惜都语焉不详。本公子搜尽古籍，访遍名士，才从一位老方士那里得闻，始皇帝是想从沧海君那里得到昆仑玉圭。看来秦始皇果然非同凡响，竟然窥破了老子西渡流沙的秘密。"

甘夫只觉如闻传奇，兴致盎然，问："后来呢？那神秘的沧海君将昆仑玉圭交给秦始皇了吗？"

"不知道。没有人知道他二人到底谈了什么。"卓轻闲长叹一声，"我们只知道，其后不久，始皇帝便黯然驾崩于东巡之路上，而这位千古一帝死前念念不忘的，居然是西域……昆仑！"

屋内众人陷入沉思。

静了一静，张骞才沉吟着说道："如此说来，轻闲兄这句谶语的前半句，已不解而解。看来老子西渡流沙，与上古昆仑有千丝万缕的关系。睿智神武如秦始皇，都想从昆仑仙宗的人手中得到那玉圭。如此说来，'圭环一见，昆仑当现'便可解作，玉圭与指环再次降世，昆仑神山也会重现世间？"

"张君妙论，实在高明！"卓轻闲悠然点头。

云裳冷冷地问道："后面那半句呢？'西隐龙城，东伏长安'何解？"

"原本我是不知道的，但看到三位让空桑神木大放异彩，我忽然明白了。"卓轻闲那双小眼睛在三人的脸上慢慢滑过，"你们中的一人，或许便是'东伏长安'！"

张骞愣了一下，却嗤地一笑："轻闲兄还是不要开这样玩笑的好！我们三人位卑名浅。神木大放异彩，应该只是凑巧，未必与我们有关；至于匈奴大巫的预言，更与我们毫不相干。现在我们一心所想的，只是打过昆仑天榜之战的首轮而已！"

"胜得首轮，那便晋身金殿对策的四人组了。这也是卓某求之不得之事，所以卓某才想攀上三位的骥尾。"

云裳冷笑道："堂堂天下第二大商帮的掌舵公子，游闲公子卓轻闲，来附我等骥尾？这不是折煞我等了么？"

卓轻闲似乎没听出她语中的揶揄之气，嘿嘿一笑："三位可知道，这次天榜纳贤是朝廷破天荒的首次，却为何在天榜之前加上'昆仑'二字？"

云裳一愣，脱口道："难道当今天子……也想找寻昆仑仙山？"

卓轻闲又扫视了下周遭，才继续低声道："传闻今上喜好儒家和法家，所以他任命信奉儒学的窦婴为丞相、田蚡为太尉。但不要忘了，对今上影响至深的窦太后是最为崇奉黄老之学的。今上是自幼读着黄老之书长大的，对其中的仙道与长生，又怎能不动心？所以他在本次天榜之前，加上'昆仑'二字，实是意味深长之举！"

张骞望着卓轻闲那张自得其乐的胖脸,心中暗想,此人心直口快,性格爽朗,倒是个可交往的朋友,便微笑道,"卓公子果然见识卓绝!自匈奴大巫的预言,到始皇帝寻仙昆仑、沧海君与昆仑玉圭,今日所闻,着实让我等眼界大开。"

卓轻闲大喜,胖脸上满是洋洋自得的微笑:"张君过誉了!三位的奇行异举,才是让小弟眼界大开。先前小弟还觉得奇怪,天子为何独独要给你们下诏、特准参赛,但见过三位面前空桑花开的奇观,不得不说,今上真乃圣明之主,洞见万里。所以么,小弟此来,便是想与三位结盟。"

云裳奇道:"结盟?为何你要与我们结盟?"

卓轻闲正色道:"天榜之战分为两轮,一武一文。第二轮金殿对策纯是看文采、识见和辩才,如果有幸入得未央宫对策,那便纯是看个人学识了。最麻烦的是第一轮。无为学宫在上林苑布下了一座九幽瀚海法阵,届时所有参战俊彦都要一同入阵,那是一场真正的大混战。你们知道第一轮的参战规矩是什么吗?"

"那便是没有规矩!"见张骞三人满脸愕然,卓轻闲的胖脸上又现出一副"我不说你怎么会知道"的自得,"参战者以三人为盟,可以使用各种法宝和兵刃来破阵,各盟之间甚至可以相互偷袭暗算……"

"还可以相互偷袭暗算?为何要这样?"云裳不由叫出声来。

"因为要模拟真实的出使环境!"

卓轻闲呵了口凉气:"瀚海者,大漠也!这座九幽瀚海法阵被无为学宫设计了繁复的禁制。当我们进入阵内,随身携带的入阵符便生发符力,我们的所见所感,已经完全是西域大沙漠的情形,甚至里面还暗伏了凶猛怪兽和险恶阵势。但如果你真正出使西域,除了面对凶险万状的大漠,还会碰到神出鬼没的沙匪和匈奴军队……"

云裳一愕,惊道:"所以这相互偷袭暗算的规矩,便是模拟那些来去如风的沙匪和匈奴奇兵?"

"月侠冰雪聪明,一猜便中!"卓轻闲叹道,"故此,这第一轮瀚海法阵实在是凶险万状!要躲避阵法启动而现出的深坑,要提防忽然间从地底钻出的怪兽，更要防备随时向你袭来的竞争者的刀剑……如果无人扶助，极难过关！"

甘夫忽道："为什么选择我们？"

云裳也几乎同时开口："我们是你选的第几家同盟？"

"你们是第一家，很可能也是最后一家！"卓二公子叹了口气，"因为旁人么，或者我信不过，或者我不需要，或者人家不需要我。"

见三人投来疑惑的目光，卓轻闲向云裳嘿嘿一笑："令兄郭昭，身为墨门小巨子，身边有墨门高手护卫，实力雄厚；师铨那边，自然动用了逍遥商盟的顶级俊彦。还有北军那边，因是代表朝廷出战，甄选严之又严，最终只推出了两盟六人，这两盟之间，自然是要结盟的。这些强悍的对手，即便我去跟他们结盟，心里面也不免惴惴，只怕给他们当做了挡箭牌。反之，那些实力稀松平常之辈，本公子也不屑搭理。

"只有你们比较奇特。你们绝非强者，却能力克墨门小巨子，更能令神木花开，最重要的是……本公子相信天子的眼光。"

卓轻闲说着，洋洋得意地拍了拍自己白胖的大头："我想，你们也更需要我游闲帮这样的盟友！"

云裳向张骞点了点头："少年通明，东吕西闲。游闲公子便是大名鼎鼎的'西闲'，六年前已是与无为学宫的第一仙才吕英合称两大神童，十五六岁便跨入了通明道灵境。"

卓轻闲的胖脸泛出微红，拱手笑道："过誉过誉！些许薄名，何足一哂！"

甘夫大奇，忍不住问："六年前你便这么厉害，现在呢？入了天元道了吧？"

"天元道？哪有这么容易！"卓轻闲刚刚升起的得意立即被甘夫式的神奇问话击溃，苦笑道，"修炼之道，如逆水行舟，越是向后越是艰难。本公子惊才绝艳，算是最早踏入通明道灵境的人，现今三年过去，也只是通明道至境而已。而要突破至天元道，达致一代宗师境界，又谈何容易！哼哼，即便是吕英那家伙比我快一点点，也未必能破关入天元。"

张骞听罢，暗自咂舌：先天道、通明道、天元道和玄圣道，这四道中能入得通明道，已是十足的术法强者了，只怕云裳、郭昭也只是通明道入境而已。而眼前这位书呆子般胖头胖脑的游闲公子，竟早早踏入了通明道三境中的灵境，现在甚至已到了至境，距离天元道只半步之遥。至于他口中那位比他还快一点点的无为学宫天才吕英，更不知是个何等样的小怪物了。

"好！轻闲兄快人快语，足见坦荡赤诚！"面对如此奇才，张骞毫不迟疑地举起酒盏，慨然道，"那便如兄所言，愿你我两盟相互扶助，同舟共济。且尽了此觞！"

云裳也举起杯，道："卓公子，这一杯，敬你的眼光。"

甘夫举杯，道："敬你的坦诚！"

卓轻闲哈哈大笑："好！咱们这便叫作杯酒结盟，坦荡赤诚。祈愿你我两盟第一轮破阵势如破竹，最后同登四玄之列。"

众人举杯痛饮后，张骞才问："卓公子，看来天榜过关，对你很重要？"

"很重要！"卓轻闲慢慢放下杯子，叹道，"本公子乃商人市籍。按大汉律法，脱不了市籍，便不能为官。本公子不想做个陶朱公。商人市侩，满身铜臭，哪里及得上读书！但我家老头子却偏偏要逼着我做那满身铜臭的陶朱公。游闲商帮内，更有明争暗斗，比如我卓家那个庶出的大哥，便一直对我虎视眈眈。所以么，本公子很想借此良机脱颖而出，哪怕谋不到正使之职，借机去西域转转、脱了商人之籍，也是大妙。"

他忽然侧头望着张骞："张君报名天榜之时，诚可谓奋不顾身。看来这天榜之战，对你也很重要？"

张骞的眸子熠然一闪，缓缓道："不错！当年家父……是被一个匈奴将军所杀……"

卓轻闲闻声低呼一声，甘夫目现悲悯之色，云裳的脸上也满是惊讶。卓轻闲低叹道："张君身负家仇，大孝大勇，宁折不弯。卓某佩服得紧！"

"我不敢以家仇混淆国事，但许多事，我一定会查个清楚。"张骞举起杯，将一杯酒慢慢啜尽，才望向云裳，"云姑娘，我记得你说过，你要远游西域，其实也有你自己的缘故……"

云裳皎洁的玉面越发苍白了几分，顿了顿，才缓缓道："我是大月氏人。"

听得这话，连张骞都是一怔。卓轻闲更是惊道："大月氏人？本公子曾听到过西域的商贾说过，西域第一大国便是大月氏，只可惜被匈奴灭国了……"

"大月氏没有被灭国！"云裳的目光极凌厉地一闪，才低叹道，"我是个孤儿，很小的时候，义父将我从一个老胡商手里买了下来。那个老胡商也只知道我那故国一些零星的消息。这两年来，我拼命打探大月氏的消息，隐约知道，大月氏并未亡国灭族，而是败于匈奴后，又向西远迁了。"

女郎幽幽一叹："如果有可能，我很想回故国看看，哪怕看上一眼也好！也许，那里还有我的家人……"

张骞忽道："你是墨门巨子郭解大侠的义女！此次你贸然参战天榜，令尊那边，到底会是何态度？"

"墨门……"云裳缓缓摇头，"我出来了，就再不会回去了！"

望见她目光中忽然跃出的凛冽之气，张骞心念一闪，明白这女郎其实藏着万千心事，便将许多话都按了下去，只是说道："咱们同心协力，如能天榜夺魁、荣获出使西域之任，郭巨子只会以你为荣。"

"多谢！不过我不用。"云裳说着，不知怎地，眼眶竟是一湿，忙别过脸去，眼眸流转间，见甘夫正痴痴地望着自己，霎时雪腮一红，喝道，"你看什么？"

"没什么。"少年若无其事地收回目光，"你若有什么要我帮忙，随时找我。"顿了一顿，又加了一句，"若想杀我，也可随时找我，但咱们只能明着比拼。"

卓轻闲几乎不敢相信自己的耳朵，小眼圆睁，不知张骞这两位同伴到底是什么关系。

张骞咳嗽两声，再次邀请众人举杯。

也许是无意中大家都说出了心里话，接下来的酒，四人都喝得逸兴湍飞。

眼看日色西斜，张骞想到不日后天榜开战，便客套了两句，提议酒宴暂罢。卓轻闲兴致极高，抢着结了账，笑吟吟地拱手而去。

甘夫望着他微胖的身影摇摇摆摆地走远，忽道："大哥，这一顿酒，可不能算是你请我们的！"

云裳也点点头，居然跟甘夫站在了一边。

张骞正色道："卓公子抢着结账，愚兄岂能掠人之美！再说，他是富可敌国的游闲帮二公子，而我们的钱帛，都要用在刀刃上。"

云裳道："我相信老大的话。还有，请老大记住，你可是欠了我三千五百文。"

"我记得！"张骞很认真地叹了口气，"看来我适才失策了。家财万贯的游闲公子赶来结盟，应该让他多破费些，看看他的诚意。"

云裳叹道："老大，我有一个预感，这次天榜正使非你莫属！因为旁人都没你这份精打细算。"

"借你吉言！"

张骞的面容忽又一肃："说到精打细算，后日就是天榜第一轮瀚海法阵了，我们还有一天多的时日，需要仔细研究一番，如何将我们这三人盟的优势发挥到极致。"

上林苑位于长安城郊，是一座面积广大的皇家游玩狩猎园林。天子刘彻继位后，全面扩建上林苑，使其广袤达三百余里，规模大得惊人。园中冈峦起伏，地貌多变，除了恢宏而壮丽的宫殿楼阁，更有许多茂密野林、开阔平地。

据说年轻天子刘彻在闲极无聊时，经常会率领旗门军精锐，在林子里练兵射猎。

现在，经得北军和执金吾千挑万选，才准予入围天榜之战的百余名青年俊彦，正在上林苑西北方的一片空地前集结成列，准备进入法阵。

随着卫士们沉厚悠长的喝声响起，一位老者纵马而来，昂然站到众人身前。这老者白须白发，面容瘦削刚硬，身披的金色重甲和所佩印绶，显示着他的列侯身份和在执金吾的绝高地位。这位老将军正是被封为永威侯的执金吾大将军樊韬。

"诸君！前方十丈之外，就是九幽瀚海法阵。入阵与破阵的规矩，想必诸君都已熟稔了。破阵者必须戴好入阵符。法阵凶险难料，若觉得自家性命要紧，心生畏惧，可随时扯下入阵符。入阵符一去，法阵巫力立即消逝。但那一刻，也就是你自愿退出了！"

这位已然封侯的老人不愧是大汉名将，没有一句啰嗦，上来就单刀直入地说出最紧要的关键。

接着，他又叮嘱大家："最先过得通仙桥的四队三人盟，将晋身金殿对策的四玄之列。请记住，诸君破阵时要有所取舍。因为，三人盟中哪怕只有一人最终过了通仙桥，那也算是该盟获胜。"

老将军目光灼灼，扫视全场，喝道："出使西域，只怕会千辛万苦，未必整个使团都能同进同退，有取有舍，也是一种智慧！听明白了么？明白了就给老夫吼一声！"

樊老将军的说话风格完全是军旅之风，一众青年才俊忙高呼回应。樊韬点了点头，催马在前排俊彦前缓步而行，目光忽然落在张骞的脸上。

"你就是张骞吧？"老人从张骞醒目的郎官袍服上认出了他，脸色竟微微一沉，"你这次入选的经历颇为奇特。你虽曾在北军衙门被拒，但不管如何，最终入选，已是代表朝廷和军方。这次大赛，老夫不求你一鸣惊人，唯望你砥砺奋发，万万不可丢了朝廷的脸面。"

军方宿将，说话永远是这样直来直去，只是当着众人的面，这话颇有些不留脸面。旁边的一些参战俊彦甚至低声哂笑起来。

甘夫拧起双眉，张骞却一拱手，淡淡答道："承蒙君侯指点，张骞谨受教。"

樊韬哼了一声，又将凌厉的目光定在张骞身边六个挺拔威武的军方俊彦身上，喝道："许焕、曹啸，入阵就要拼命！你们可是代表北军。虎视鹰扬的北军，横扫六合，正当其时，如果输了，就别来见老夫。"

那两盟六人正是这次北军精挑细选的精锐，许焕和曹啸则是两盟头领。二人闻言，立时挺直身躯，以标准的军方风格高声回答道："末将遵令！"

这一回应齐整利落，声如雷震，那气势竟逼得满场俊彦们气息为之一窒。樊韬满意地点了点头，又有意无意地扫了眼张骞，似乎在说，这才是军方俊彦该有的气魄。

"好了！"樊韬最后扬声高呼，"鼓响三遍之后，诸君开始入阵！"

做完了最后的吩咐，老将军催马而去。老将军离开，鼓声轰然响起。

激越的鼓声令百余位青年俊彦热血沸腾，而三通金鼓之间的那两次停顿所带来的突然寂静，更让人心内发紧。众人紧盯着前方。十丈之外是几株看上去很平常的老树，但老树枝桠掩映的背后，却是一片灰茫茫的雾气，似乎那里面隐藏着千军万马。

最后一通鼓声停息，场间陷入一阵揪心的冷寂。

"冲吧！"不知谁先喊了一声，众人遂齐齐发力前奔。

十丈之距，转瞬即逝。

冲过那几株老树，前方竟是一片茫茫黄沙。风在瞬间变得干冷起来，硬邦邦地刮到众人脸上，甚至还挟着不少沙粒。骤然见到沙漠，众人都有些呆愣：这些人大多来自中原地区，有些人根本没有见过真正的沙漠。

"真他娘的古怪！"一马当先的小巨子郭昭冷冷扫视着身周的人影，对两名属下低喝道，"看准了！敌人太多，无故靠近咱们的，便先下手为强！薛长老，那张骞在何处？"

一名高瘦青年扬起如鹰隼般的眸子，向西一指："那边便是张骞。月侠大小姐换了一身白衣，很是醒目。"

"给老子盯好了！"郭昭将随风灌入口中的沙子狠狠地吐到地上，"找机会料理了他们，还有那个小贱人。"

"连大小姐也……"高瘦青年缓缓道，"薛直不敢领命！"这位名叫薛直的墨门长老穿一身简朴褐衣，脚踏草鞋，长发漆黑，面容年轻，但声音却颇为苍老，显出与那张脸孔极不相称的成熟老辣。

"小贱人自甘堕落，叛出墨门，今后不准称呼她大小姐，只管给我杀。"郭昭狞笑道，"老头子那里，回头我去说话。"

薛直一直在警惕地留意身周的变化，此时却坚定地摇头，沉声道："少主，此阵变化繁复，以老朽的阵学修养，仍看不出门道来。现在我们不宜多生事端。"

那边张骞带着甘夫和云裳大步前行，三人形成品字队形，速度则是不紧不慢。

"果然是沙漠！"张骞轻叹了口气。他虽知这是在无为学宫的法阵、术法和身上入阵符的交互作用下显现的模拟天象，但朔风冷硬，黄沙起伏翻滚，感觉与真正的沙漠一般无二。

"好在我对沙漠还比较熟悉。"他幽幽地叹了口气。这可怕的沙漠，片刻便将他的思绪再次拉入那带着血腥的回忆中。

"我应该对沙漠也比较熟悉。"甘夫轻轻地说道，目光中若有所思。

"咱们小心为上。据说为了筹备这次巨大的瀚海法阵，无为学宫下了不少苦功，动用了不少宫内至宝，甚至调用了几只堪称恐怖的怪兽。"云裳望向甘夫，冷哼道，"尤其是你，我可不希望你不明不白地死在这里！"

甘夫淡淡一笑，却没有回话。

前方一片荒冷，入眼都是铺天盖地的黄色，也不知这沙漠法阵到底有多广大。极目远眺，能看到远方有一丝丝的绿色，但越向前行，风沙越是狂猛，许多破阵者不得不穿戴上在无为学宫内重金买得的真珠符衣、定风符等法宝。

"前方有绿洲！"有人指着那抹遥远的绿意，高呼起来，"找到绿洲，必能找到法阵的出口！"

"不错！由绿洲而出沙漠，通仙桥定然在绿洲那里！"

不少人纷纷附和,几队豪客急匆匆地向绿洲方向奔去。

突然前方爆出一阵兵刃撞击和呼喝惨号之声,却是有两拨三人盟忽然间向身边的几组人痛下杀手。

卓轻闲赶到张骞三人身边,凝眸望向厮杀之处,低叹道:"那两拨人,为首的分别是'虎头'臧雄和'小太岁'杨秀!"

卓轻闲身后紧跟着两名同伴,为首一人黑袍大袖,神情冷傲,淡淡道:"都来自西凉大族。他们这是要先下手为强了!"

张骞点了点头。既然朝廷准许相互攻伐,既然最终只能有四组过关,那么许多人就会有这样的念头:干脆抢先下手吧!打残一组三人盟,自己这边晋级的希望就大了一分。

那动手的两盟六人都来自西凉大族,根基雄厚的世家高阀,养就了他们杀伐狠辣的性子,而且所持的杀器和法宝极为霸道凌厉。"虎头"臧雄的虎头神锤使得虎虎生风,锤头不时跃出凶悍的飞虎暗影,扑咬来敌。"小太岁"杨秀的烈火叉则耀出道道黑气,触之者立即站立不稳。

"飞虎幻兽!"云裳冷哼道,"这两人应该是通明道的高手。"

在他们的杀戮之下,一时间血花四溅,惨叫声不绝。这两拨人仿佛一道旋风般,直向绿洲方向扑去,所经之处,凡有阻路或是靠近之人,都会被"旋风"刮倒。

这似乎是一种不祥的开端。许多人立即红了眼睛,纷纷擎出法器或兵刃,对身边的人虎视眈眈。

卓轻闲身后,那黑袍客刷地拔出长剑,对卓轻闲道:"少主,情形凶险,风某少不得要大开杀戒了!"

云裳吃惊地盯着黑袍客漆黑如墨的襟袍和寒气凛凛的长剑,忍不住问道:"尊驾可是'剑侯'风君天?"

黑袍客漠然应道:"正是。道家列子门下风君天。剑侯二字,愧不敢当。"

"剑侯之剑,名震天下。幸会了!"云裳的脸上耀出一团喜气。张骞也是又惊又喜,想不到名列"天下三剑"的风剑侯居然被游闲帮搜罗了来，于是也跟风君天见了礼。

剑侯言语客气，但一张脸却始终是一副冷漠神色，只有在看到更加漠然的甘夫时，脸色才微微一紧，仿佛手中的利剑忽然触到了同样锋利的宝剑。

"热闹事要来了！"卓轻闲饶有兴味地盯着远处大开杀戒的"虎头"臧雄和"小太岁"杨秀，"他们马上就要遇到强敌了。"

话音未落，就见斜刺里有两拨人冲出。这六人都穿着大汉军方的襟袍，其中两人肩上扛着大黄肩射弩，青铜质的箭镞寒芒凛凛，闪着嗜血的幽光。

"是北军那边的人！"张骞也是一惊。更令他吃惊的，是这两盟居然带有北军最强的弩，看来军方是不惜一切代价、给自己的人配备了最强的武器。可以想见，除了看得见的强弩，他们身上必然还有许多强悍的法宝。

张骞盯着那六个气势汹汹的军方人物，沉声道："领头的两人分别是许焕和曹啸。入阵前，永威侯樊老将军特意点了他们名的！许焕是傀儡术的高手，曹啸则号称军中剑法第一。不过这两盟六人，居然都是北军的老人，而没有天子新组建的旗门军中的精锐！"

卓轻闲嘿嘿一笑："军方那里，也是玄机重重啊！看来代表天子出战的朝廷中人，只有你张君一人。"

张骞有些无奈地一笑，却没有答话。

传闻天子并未完全掌握朝中实权，特别是军权，还牢牢掌握在其祖母窦太后手中。如今统领旗门军的卫青向天子举荐自己出战，但他和整个旗门军却按兵不动，这本身就很说明问题。

臧、杨两盟如风卷残云般，将身周几个盟队冲得七零八落，然后与来势汹汹的许焕、曹啸的军方双盟迎头相遇。

"滚开！"臧雄气势正盛，虎头神锤不由分说，便向当先的曹啸砸去。

曹啸目光一寒，袖中长剑如惊蛇出洞般扬起。这一剑看似信手挥出，但却耀出三道璀璨的剑芒，一道封住了臧雄的神锤，另一道在臧雄的腋下挑出一道深深的剑痕。

血花飞溅，臧雄惨呼着踉跄后退。几乎在同时，曹啸的第三道剑芒已化作犀利的弧光，将空中那只狰狞的飞虎绞得七零八落。

臧雄鲜血狂喷。他的法器幻兽被击碎，全身罡气剧震，已是受了重伤。

与此同时，金光暴射，是曹啸身后的同伴发动了肩弩，一支粗大的弩箭直插入臧雄的肩头。肩射弩的力量太过强悍，巨力冲击之下，臧雄的身体向后疾飞了丈余远，才惨叫着跌倒在地上。

"小太岁"杨秀肝胆俱寒，大叫道："退，大家速退！"随即招呼手下人，扯起半死不活的"虎头"臧雄，转身便逃。

"螳臂挡车！"许焕望着狼狈远窜的西凉豪族子弟，冷笑起来，又对曹啸道，"曹郎将出手太快些了吧？愚兄的傀儡术都没来得及活动一下身手。"

"这无为学宫的法阵太过稀松平常，许兄也许根本用不着出手。"曹啸傲然收剑，忽然看到不远处的张骞等人。认出张骞的郎官服饰，他轻蔑地笑道，"哈！这不是张郎官吗？天子下诏，特许入围，幸会幸会！"

军方两盟有明晃晃的铠甲罩体，又配有劲弩利箭，相形之下，同为朝廷官吏的张骞便寒酸了许多。

"曹郎将，许郎将，幸会！"张骞也拱了拱手，神色淡漠。

"张郎官要不要跟在我们后面？"许焕如同看着乞儿似地瞟着张骞，"好歹也是同朝为官，张君的成绩若是太差，朝廷的脸面也不会好看。"

"道不同不相为谋。二位请便吧！"张骞冷冷摇头，"希望诸君能撑到通仙桥！"

许焕哈哈大笑："还用得着撑？我们是一路横扫，鬼来斩鬼，神来杀神！"

曹啸也哼了一声，道："不愧是天子亲自下诏恩准的奇才！张君果然目空天下。记住,下次遇见,难免要得罪了!"

张骞也淡淡回道:"天榜之战,本就当全力以赴。稍时再遇,刀剑无眼!"

曹啸不由冷笑起来,但他的目光好似触到了什么凌厉的物事,笑声忽止,再次向张骞身后望去。这次他看清了那两道凌厉的目光,一个黑袍客的眸光锐如剑,一个俊美少年的眸子厉如电。

曹啸忽然觉出一种莫大的危险,仿佛自己在旷野中被两只狮虎巨兽盯上的感觉。

他的嘴角动了一下,没有吭声,只向张骞点了点头,便带着手下,向绿洲方向疾行过去。

"张兄,我们去哪里?"卓轻闲盯着远方的绿洲,有些犹豫。

曹啸、许焕等人去势极快,迅速便没入那片苍翠的绿意中。

吃了军方高手大亏的"小太岁"杨秀等人,不敢跟得太紧,却也遥遥地缀着曹啸等人,接近了绿洲边缘。

"那绿洲不能去!"张骞摇了摇头,"如果我所料不差,他们去的方位,应该是死途。"

卓轻闲一惊:"张兄此话怎讲?"

张骞拔出刀,在沙地上飞快地画出纵横数道线条,这线条俨然是一张阵图。

"无为学宫不可能设置一座无意义的阵法!"张骞继续在沙上涂画着,"这是一局奇门遁甲的八门方位图。以人之五行、天之九星、地之八门推算,入阵处必为开门。结合上林苑的方位,我们适才是从开门入阵,如此,西南方的绿洲方向必然是死门。"

"奇门遁甲?"卓轻闲无书不读,对阵法易学也颇有心得,望向张骞的目光不由有些奇怪,"相传此为纵横家鬼谷子所传的秘术,只是失传已久。当世纵横大家凤大师出身于纵横家之经天宗,只是精于剑道遁术,这一门奇门遁甲绝学应是在另一脉纬地宗的捭阖术中,不想张君居然习得！请问，西南方若是死门，那么生门应在何方？"

"休、生、伤、杜、景、死、惊、开……庚兑辛乾壬居震，癸逢坎上起休门……"张骞口中喃喃念叨着，刀迹越来越快，沙上代表着天、地、玄、白、合、阴、蛇、符的八神不停地变幻着。

这时绿洲方向忽然传来一道惊人的巨吼，大地随之发出微微的震颤，仿佛有什么怪兽正从九幽地底挣扎出来。

"幻兽！"卓轻闲望着绿洲当中那团摇晃的巨影，惊呼起来，"那地方果然有法阵幻兽！"

所谓幻兽，可以是由修炼者的罡气或者法宝炼化幻出，也可以是由法阵或是符法制造，纵是不及真正的怪兽凶狠威武，却也无比强悍。

虽然距离较远，但张骞等人都看到了那道狰狞的怪影。怪兽正自地底向上挣扎而出，单是那硕大无朋的怪头和六个张扬的爪子，便带给人以极大的压迫感。跟着便听得许焕厉喝道："大家小心，有幻兽！捆仙索呢？谁买了无为学宫的捆仙索？快快备好……"

"但愿他们好运吧！"剑侯风君天看到曹啸挥出的急乱剑芒，不由冷冷一笑。

"那里果然是死路一条！而且很可能，他们的麻烦会越来越大。"卓轻闲的话音未落，便遥遥听得绿洲边缘传来小太岁仓惶的嚎叫之声。他只觉得阵阵心悸，连忙问道，"张君，从你的阵图上看，西北方应是吉位吧？"

"不！西南方是诱敌的死门，西北方也不是吉位。因为这个大阵其实一直在变换。"张骞收刀入鞘，喝道，"我们必须及早离开这里！"

绿洲方向，兽吼声震耳欲聋，众多入阵者的惨叫声此起彼伏。

卓轻闲大头连摇，叹道："张兄，小弟忽然觉得，那些家伙狼奔豕突，却危机四伏，反是我们这里安全的很。一动不如一静，我们是否以逸待劳，再做观察？"

"万万不能久留！"张骞语声坚决，"这大阵犹如一只怪兽，变幻不休，如果按兵不动，只怕会最先被它吞噬。迟则生变，我们快走！"

他的话音刚落，一道熟悉的笑声响起："张骞，我们又在这里遇上了，真乃天意！"

小巨子郭昭率着两名属下已大踏步赶来："姓张的，此地是朝廷布下的法阵，杀伐决斗，生死由天。这一回，你那些奸猾诡计可还能施展么？"

云裳眸光一寒，攥紧了手中的兵刃。

便在此时，异变陡生。甘夫最先仰起头，大喝道："小心天上！"

墨门长老薛直一把扯住正跃跃欲试的郭昭的衣袖，仰头望天，骇然叫道："这是什么幻兽？"

头顶上，忽然掠来一团暗红色的怪鸟。这群怪鸟来势迅疾，转眼间便密密麻麻地悬在众人头顶。

群豪震惊之际，领头的几只怪鸟哇地一声怪叫，张嘴向下吐出几团火焰。火焰砸到沙地上，腾起一团飞散的火星和灼人的热气。

"是烈焰神鸦！"卓轻闲大叫起来，"这神鸦吐出的烈焰有毒，大家保护好自身，万不能给这烈焰射中……"

呼喝声中，又有几只神鸦怪叫喷火，众人纷纷叫嚷着，擎起兵刃法宝等物阻拦。

"张兄，让你说中了。"卓轻闲这时再不敢坚持"一动不如一静"了，叫道，"我们要去向哪里？"

"向前！"张骞猛一挥手，带着众人疾步前行。

卓轻闲大觉怪异：张骞所走的方位，正是迎着烈焰神鸦的方向直冲过去，这岂不是自寻死路？他正犹豫间，云裳和甘夫已疾步跟着张骞冲了过去。

尽管卓轻闲此时六神无主，但他对张骞的阵学修为是极为佩服的，忙也率人跟了过去。

头顶上的神鸦越聚越多，道道烈焰从天而降，众人不得不各施绝学抵挡。甘夫和剑侯风君大各挥长剑，两把剑舞出犀利的剑芒，挡住了大半的飞焰。

说来也怪，这般迎着神鸦冲过去，反而很快便和密密匝匝的神鸦交错而过。

几组入阵者并未跟着张骞等人向前，而是四散奔逃，因此成为鸦群攻击的目标。一时烈焰四射，惨叫之声不绝，更有人破口大骂："日他娘的！无为学宫卖的这真珠符衣不管用啊！只挡风雨，不管烈火……"

"大家跟上！"张骞在前奋力疾行，喝道，"这大阵的规则很奇怪，我们按兵不动，便会惹得大阵调动神鸦攻击；但若散乱逃跑，一定会引起神鸦的注意而招来袭击。"

正说着，却见有一拨人在火光中左躲右闪地奔逃着，当先的是一道黑色的清瘦身影。那人手擎一把乌黑的小伞，拼力抵挡着头顶纷乱的飞焰。

那乌黑小伞应该是金铁材质制成，居然能顶住烈焰灼烧，只是那伞柄颜色发红，显然已是被烧得灼热。尽管如此，伞下之人仍倔强地举着小伞，在流光烈火中带着两名属下辛苦前行。

"这边来！"张骞向那道身影大喊。

那清瘦的黑衣人似乎听到了，忙向张骞这边奔来。

张骞等人所处的方位极佳，只是若没有过人的胆识，极少有人敢向这边奔来。那黑衣人咬牙奔行数步，只见头顶的群鸦呼啸而过，果觉压力顿减。

就在鸦群飞离的一瞬，却有几只神鸦向下急喷出几团烈焰。黑衣人的两名属下几乎同时被烈焰袭中，惨叫倒地。两人在热腾腾的沙上翻滚挣扎，难以忍受毒焰灼体的剧痛，索性扯下了臂膀上所缠的入阵符。

两团刺目的火花爆出，那两人的身影竟然诡异地在大沙漠上忽然消逝了。

卓轻闲等人都有些呆愣。这是他们首次看到有人扯落入阵符、中途退出天榜法阵。

果然！符落，人逝，其效如响。

张骞的目光却还紧紧追逐着那道清瘦的身影。那道身影还在倔强地飞奔过来，那把小伞上还顶着两道闪耀的烈焰，伞柄上的红越发刺目。

那人手上缠了湿布，却也耐不住伞柄上的酷热，终于闷哼一声，待要扬手抛了那伞。

张骞手疾眼快，箭步赶上，扬手替那人将伞擎住。

伞柄已红得骇人，张骞手上虽事先裹了袍襟，也觉灼烫难耐。他一手稳稳地攥住伞，另一只手疾快将那道身影扯入伞下。

几乎就在同时，一只神鸦啸叫着掠过，几点烈焰擦着伞盖，噗噗地砸在沙地上。

"多谢！"那人喘息着道谢，声音娇软，却是个少女。这少女白润的面庞上满是汗水，却难掩国色，甚至更增加了一种楚楚动人之态。

"姑娘是……师公子的小妹？"张骞认得这个温婉少女。当日恶斗郭昭时，正是她仗义执言，巧妙地只用一句话便将郭昭将住，让自己从容脱身。

"小女子师滢，见过张郎将！多谢张君援手。"少女向他点头，温婉一笑，眸间清波闪过，又垂下了头去。她的容颜本就清丽绝俗，笑起来右颊上便闪出个晕涡，更增了几分可爱。

张骞拼力灭掉小伞上的火苗，问道："师姑娘为何未与令兄在一处？"

师滢叹了口气："我与家兄分处两盟，入阵时，我们也是各走一路方位。我这一盟适才正碰上小太岁那两拨西凉人大开杀戒，我不愿与他们纠缠，远远避开，哪知又遇到烈焰神鸦的突袭……"

张骞见上空的烈焰群鸦已逝，便将那小伞抖了抖，交还给她。这把伞显是一种独门法器，非金非铁，不知是何物打就。

卓轻闲瞟了一眼，惊问道："姑娘所用的，可是稀世法器天蓬伞？"

师滢摇头一笑："天蓬伞在家兄手中。这是家父仿照天蓬伞的妙理，亲手给我打造的，只是效果较之天蓬伞大有不如。"

"师铨这家伙！"卓轻闲小眼放光，"上次本公子求他将天蓬伞借我玩赏两天，他死活不肯，这次倒下了血本，居然拿了天蓬伞来参战！

这吝啬鬼现在哪里？"

师滢黯然一笑："家兄似乎对这法阵别有算计，已是率人走了另一条路。"

"原来如此！"卓轻闲用一种很奇怪的眼神望着她，叹道，"师小妹呀师小妹，看来令兄是不想你过关啊！"

师滢淡淡一笑："不错！师家独占逍遥商盟和本地大族两项，这才辛苦抢得两盟名额。我独率一盟参战，也是跟家父强要来的。"

张骞看她浅笑盈盈，娇柔中又透出一股倔强，不由叹道："师姑娘，你的两位同伴已扯下入阵符，退出了天榜之战，现在贵盟只剩你一人了，你还要走下去么？"

"我会独闯法阵！朝廷立的规矩明明白白，只要有一人晋身四玄，那也算本盟获胜！"

张骞拱手道："师姑娘好气魄！还要多谢姑娘当日仗义执言，阻住郭昭那恶徒。如此，不如我们一路同行，或可相互照应。"

师滢轻轻点头，柔柔地说道："希望小女子会对贵盟有所助益。"

第五章

执　手

诸人正在交谈,旁边甘夫忽然惊呼一声:"不好!看那边。"

本已乱成一团的绿洲方向,又传来惊天动地的一声怪响,却见又有一头小山般的怪兽从沙底钻出。这怪兽状如赤色巨豹,头生怪角,双目赤红。最奇的是,这怪兽竟生着数根巨大的长尾,尾上密布鳞甲和小树般的倒刺,长尾每一挥,便带起大片沙暴。

"这是什么幻兽?不,不是幻兽!"云裳也花容失色,"是真正的怪兽。形若赤豹,长尾,那是什么啊?"

"啊,长尾!它有五根长尾,声若击石,那是真正的凶兽——狰!"卓轻闲也惊呼起来,"凶名赫赫的十大恶兽之一,怎么会在这里出现?"

张骞、风君天、师滢等人听来,尽皆悚然而惊。

其时,在深山大泽、瀚海广漠中,还遗存着上古流传下来的洪荒神兽。这些怪兽多被记载于《山海经》等古书中。众兽善恶难辨,但都拥有无穷巨力。当世大才东方朔广求博览,编成《异兽录》一书,将天下奇兽分为怪兽、灵兽和神兽三大类。

怪兽,是真实存在于奇山大泽中的怪异猛兽,大多奇特凶暴。《山海经》中记载了很多这样的怪兽。怪兽修炼大成后，会成为灵兽，其身躯会自如变化。

神兽，是最高级别的灵兽，多为上古遗存，是世间最恐怖的力量。

在《异兽录》中，东方朔曾点评天下异兽，撰有"上古十大凶兽榜"，狰在这凶兽榜上排名第五。

卓轻闲的小眼睛几乎要瞪出眼眶，观察有顷，忽地摇头叹道："还好！真正的狰兽有变化腾云之能，现在这只狰兽似乎没有那么大的能耐，威力应是被封印住了不少。"

似乎是在印证他这句话，那狰兽猛然一爪拍出，身前一个青年躲闪不及，惨叫声中，身体如稻草般远远飞起，半空中已裂成数段。虽然距离较远，但狰兽的那股几可扯碎一切的狂暴气势，还是让张骞等人心惊胆战。

卓轻闲忍不住怪叫道："皇天后土在上！虽然它的威力被封印了一些，可这也确确实实是一只狰兽呀！狂哉，霸哉！"

这时只听得嗖嗖几声劲响，许焕身后的两名同伴同时发动大黄肩弩。七八只弩箭狠狠地凿射在狰兽身上，却如击在铁石之上，四散迸飞出去。跟着又有四五道捆仙索横空飞出。这捆仙索也是在无为学宫高价购得的宝贝，但这种符宝只能对付幻兽，应对狰兽这种实实在在的怪兽却全无作用。

狰兽受到袭击，激发起了它的凶性，仰天狂啸一声，骤然扑向领头的许焕。

这怪兽就是一座飞速移动的小山，许焕根本来不及逃避。他怒吼一声，双臂齐振，袖中数道乌光射出，展开傀儡之术。那数道乌光或在地上翻滚成丈余长的铁蛇铁牛，或构架成巨大的铁盾，其中更有两个高达两丈的人形傀儡，手持铜鞭，疾向狰兽扑去。

张骞、甘夫见过十二金人和云裳施展傀儡术，知道此术虽然变化多端，却失在一个"慢"上。但这许焕不愧为军方全力栽培的第一参战主力，此刻他狂啸振袖，霎时便同时祭出七八个巨大傀儡，果然是神乎其技！

第五章 执　手

只听得咔咔咔怪响之声不绝，硕大的铁蛇傀儡飞快地盘住狰兽的腿，雄壮的铁牛傀儡凶狠地撞向狰兽的腰。

但这一切都丝毫不能阻挡狰兽的进击，那凶兽仍是毫不停顿地向许焕扑去。铁蛇傀儡被狰兽的巨足踏中，断裂成数段；铁牛傀儡直接被它一爪击飞；那两道巨大的人形傀儡倒是顽强地挥鞭击中凶兽，却如同鸟雀啄巨象，浑似为其搔痒。一时间，铁片崩碎，木屑纷飞，冠绝军方的傀儡术在天下排名第五的凶兽面前，有如孩童玩偶，不堪一击。

一切都快如电光石火。从狰兽扑向许焕，到破开他的傀儡术，不过是眨眼间的事情，快到许焕的同伴甚至来不及发射第二轮弩箭。

最后，那面竖起的坚固铁盾被狰兽的巨爪拍中，激射上天，接着那只巨爪当头抓向许焕。

许焕的神行术已施展到极致。他全力腾挪，但面对小山般从天而降的凶兽，他一切的努力都显得太渺小、太缓慢，犹如一只蟋蟀，难以逃脱雄鸡的扑啄。

许焕当机立断，在巨爪落下的那一瞬间，扯下入阵符。

却似乎仍然慢了一瞬，巨树般的兽爪仍然扫中了他。许焕惨叫着横空跌出，只是那鲜血四溅的身躯在半空中忽然神奇地消逝了。

符落，人逝，只是不知道脱阵而去的许焕是死是活。

狰兽全力一击，却发现攻击的对象突然失踪，故此更加狂暴。它身子飞旋，五条巨尾拖地，卷起漫天的沙霾。就在众人都难以睁眼视物之际，它的一只长尾神不知鬼不觉地扫出。许焕的两名副手被拦腰击中，一人当场裂成两半，另一人鲜血狂喷，如稻草般远远飞起。

狰兽丝毫不停，再扑向不远处的曹啸。

"曹郎将快逃！"曹啸的两名手下高喊着，转身便逃，同时毫不迟疑地扯下左臂上的入阵符。

"你们逃吧。"曹啸冷冷地盯着山岳般压来的怪兽，"曹某是军人，始终都是！"

这一瞬，他知道，自己已经是军方寄予厚望的两盟中最后一人了。

他攥紧长剑，迎着怪兽，腾身跃起，剑芒如天河倒泻般洒落。

他施出的是独门绝杀剑势"纵横十七道"。汉代的棋盘取形于天象，当时只有纵横十七道。曹啸的这一剑在瞬间挥出纵横十七道剑势，凛凛然已是近乎天象的恢弘一剑。

空中出现了一个白茫茫的棋盘状剑芒组合，凌空罩向怪兽那硕大的头部。

"好剑！"远观的剑侯风君天不禁发出一声断喝。

狰兽似乎意识到了凶险，昂头厉啸，巨爪疯狂挥出。那道恢弘的棋盘状剑芒被巨爪击中，立时破碎开来，万千电芒剑影飘摇四散。

棋盘状剑芒飘散，却有一道凌厉的剑光由虚变实，顽强地钻入狰兽密集的爪影中，直刺狰兽那狰狞的血色巨瞳。

剑芒跃出最璀璨的光彩，蓝色的兽血飞溅上天，狰兽那如窗牖般大的左耳被削掉了半截。

最后一瞬，凶兽的眼睛躲过剑芒，却失去了半只耳朵。

与此同时，曹啸的身影也似一根稻草般高高飞起，胸口现出一个恐怖的血洞，血肉迸飞。

曹啸砍下了凶兽的半只耳朵，但也被狰兽一爪击碎了胸膛。

在生命的最后一刻，这名军中最强的剑士没有退让半步。

远观的张骞、卓轻闲等人都呆住了。对曹啸之死，他们是既痛惜又慨叹，但更多的却是惊骇。

虽然张骞已经看出绿洲那里是大阵的诱饵，是一处杀机四伏的死地，但哪怕是张骞也没想到，那里居然会埋伏有这样恐怖的凶兽！

众人都不禁心中惴惴：这已不是破关夺魁的比赛，简直就是一场屠杀！

"有些不对头呀！"师滢忍不住道，"好好的一场天榜之战，怎地变得这样血腥？难道无为学宫的什么人在暗中做了手脚……"

无为学宫作为大汉官方的布阵者，当然要设法提升法阵的难度。放入幻兽，大家还能理解，放入十大凶兽，显然已是别有用心了。

云裳叹了口气："除非……无为学宫有人想搅黄这次天榜大会。"

众人心中更惊：想搅乱天子关注的天榜盛会？这人若不是个疯子，便是有更强硬的后台。

张骞缓缓道："是的！也许天子想籍此盛会招揽人才，但有的人却不这么想，他们想借此机会，给天下英才来一个下马威。不过，无为学宫的人很可能领会错了圣意，这个下马威显然太狠辣了，甚至连军方的人都没有放过。"

"吕英呢？"卓轻闲愤愤地咧嘴冷笑，"我很想看看这个无为学宫的小瘦猴在哪里破阵？"

"不好！有些古怪，那只狰兽不见了！"甘夫忽然手指绿洲方向，沉声道，"也许我们该走了，这地方有些怪异。"

张骞知道这少年对危险有着一股野兽般的直觉。他凝目细看，远方绿洲处一片狼藉，却不见了巨大狰兽的影子。

"失策了！"张骞惊道，"我们只顾隔岸观火，却是停留得太久了。可莫要让法阵'发现'我们！此地不宜久留！快，我们奔向前方那座山洞！"

这座瀚海法阵只是模拟大沙漠的环境，但为了布阵所需，却又完全违背自然地理，设置了一些沙漠中难见的景物。

张骞所指的方位，正有几座突兀的洞眼。那些洞眼犹如散落在地上的骷髅，睁着空洞的眼眶，直对着众人。

卓轻闲一看，便觉心悸，惊道："张兄，那些洞眼只怕另有埋伏啊！"

甘夫忽又大叫起来："大家小心！它来了，它来了……"

起伏的沙丘上，远处现出一道细微的裂隙，那裂隙越来越大，迅速向众人逼近。

"快走！"张骞大喝一声，当先疾行。

众人随他狂奔，堪堪到达洞眼边缘，那裂隙已到他们脚下，骤然爆开，翻出一只狰狞的巨头。

凶悍的豹首，粗长的独角，血红的双眸，带着一声狂暴的怒啸，那只在绿洲消失的狰兽竟从裂隙的沙底跃出。

洞眼前的地势并不宽广，而狰兽出现得太快太猛，如一座骤然腾起的小山，气势如天崩地裂，黄沙如狂飚般向四面八方飞溅开来。

"快，跳入洞内！"张骞喊得声嘶力竭。

四周都是暴雨般的狂沙，他已看不到任何物事，甚至听不清自己的喊声，只觉嘴中满是又苦又干的沙粒。

他隐约听到一个女子的痛哼，那是谁的声音？云裳，还是师滢？

只是他已无暇分辨，下一瞬，便有一股巨力袭来。张骞下意识地向旁疾闪，却仍觉左肩剧痛，狰兽独角卷起的狂猛罡风扫中了他。

巨力将张骞震得向右前方飞跌出去。

那是张骞估算好的方位。在黄沙遮眼前的一瞬，他依稀看准了最近的一个洞眼所在。

他的双脚陡然一空，感觉自己应该已落入洞内。

几乎就在同时，一股灼热腥臭的气息自背后袭了过来。黄沙落尽，隐约可见狰兽张开巨口，向他狂噬过来。

蓦地，一支漆黑的小伞伸了过来，顽强地撑在张骞面前。跟着，一只柔软的手猛然扯住张骞的手腕，向下疾拽。

洞口处几声咔咔怪响，显是狰兽已将小伞咬扁。估计那凶兽是被这非金非铁的硬物硌到了，显得更加狂暴。它啸叫着再向前冲，但巨头却被窄洞卡住，难以进前半步。

它的长舌在最后一刻飞卷出去，却仍是距张骞差了半分。这凶兽有沙遁奇术，但在这块硬石错落的岩洞区域却难以施展，便只能在洞口处不甘地狂啸。

巨兽的狂啸声在洞内狭小的空间内鼓荡着，犹如惊雷炸响。下落之中的张骞首当其冲，只觉眼前一黑，险些昏迷过去。

好在这时，一只柔软的小手扶住了他。

"张君，醒来！"无尽的黑暗中，师滢的声音宛若天籁。

张骞迷迷糊糊地嗯了一声。他想挣扎起来，却没有半分气力，只得软软地靠在少女肩头。师滢咬紧牙关，拖着他拼力向前。

摸着黑，转了个弯子，前方似乎开阔了一些，身后巨兽的厉啸声也小了许多。张骞缓过神来，才发觉自己竟斜靠在少女的肩颈之间。

少女的体香如兰似麝，丝丝缕缕地从鼻端直透入他的心底。张骞的心怦怦急跳，忙拼力凝定心神，勉力站稳，低声道："师姑娘，多谢你了！请燃起烛火。"

师滢嗯了一声，摸出火折子，吃力地点燃了蜡烛。

一蓬红光照亮山洞，也映红了两个人的脸。

"只有……我们两个人？"张骞声音发颤。

"这个洞眼内只有我们。"师滢轻柔的声音中，是与她容貌年龄全不相符的坚定，"适才你将那狰兽引了过来，我想其他人应该是趁机钻进了其他洞眼。"

张骞舒了口气，自怀中摸出一块素绢，拔出别在腰间的秃笔，在烛火下飞快地写写画画。

师滢看了几眼，见都是自己似懂非懂的易学符号，便不再言语，只是静静举着烛火帮他照明。

半晌，张骞叹了口气："无为学宫那个布阵者倒很大气，只是我们没体会到他的良苦用心。"

"此话怎讲？"

张骞道："此阵名为九幽瀚海法阵。瀚海者，大沙漠也，那么九幽呢？"

师滢眼前一亮："九幽应暗指地下。那么……就是这些洞穴？"

"是的，这些毫不起眼的洞眼，其实才是破阵的关键。布阵者早就将玄机说破，可惜我们都没留意。"他抖了抖那素绢，指指点点，"适才在入阵前，我曾略略扫过几眼，此处洞眼共计五处，正合五行之数，从方位上看，应当是分别对应陷、困、幻、转、绝之五阵……"

师滢忍不住道:"方才形势紧急,你只看了几眼,便记住了数目和方位?"

张骞又点了点头:"在你们震惊于狰兽横扫许焕、曹啸等人时,我已在四下里探查方位了。"

师滢的眸间闪过一抹异色,喃喃道:"那……陷、困、幻、转、绝之五阵,现在我们所处之阵,是什么?"

"应该是这里。"张骞的手指在绢上缓缓移动,终于顿在某处,沉声道,"陷阵!当时千钧一发,我只能勉力避开绝阵,此洞是距离我最近的所在了。不过,我甚至觉得,也许这五阵在地下是相通的……"

张骞语声微顿,忽然发现少女的头俯得很低,举着烛火,有些吃力地细望绢上标示。

师滢察觉到了他的惊异,回过头笑了笑:"对不住!我的眼睛不算太好,这里太暗了……"

这少女双瞳盈盈,如澄澈的秋波,想不到却目力不佳,张骞笑了笑:"是读书太多的原因么?"

她点点头,忽然有些不好意思,甩了下头,又俯身细看那绢。她那漆黑的长发不经意间擦过张骞的脸颊,一缕如花似露的馨香倏忽掠过,张骞的心不禁颤了颤。

"多谢你那日仗义执言,替我解围。"他尽力让自己的语声平静些,实则是想掩饰不大平静的心跳。

"刚才你已谢过一次了!"少女回头望着他笑,右颊上那可爱的梨涡若隐若现。

张骞脸上红了红,忽然觉得眼前这烛光很温暖,眼前的人温如玉、柔如水,一切都很美好。他轻轻地说了声:"适才你又救了我一次。"

"是先生点破的这些洞眼。若非如此,我们都会丧生在狰兽的爪下。"师滢轻叹了口气,"只不过,我们还能出去么?"

"一定会!我会带着你出去,找到甘夫、轻闲他们。"张骞声音沉缓,却带着不容置疑的坚定。

"我相信先生。"少女的眸子亮了亮。

"我们走！"张骞将绢帛卷成一束，另一头交到师滢手中，"这座陷阵是逐渐向下，盘旋起伏，会有些突如其来的凶险，请务必抓紧这束绢。"

师滢没有应声，却直接握紧了他的手。

忽然被她温润柔腻的手握住，张骞的心又急跳了一阵，却反手紧紧握住她的手。

黑暗中，两个人都觉得一阵脸上发热，心头有如小鹿乱撞，却都不出声，只是默然前行。

烛光很温暖地铺下来，前方虽然是黑暗的深洞，身边的岩壁却都是暖暖的红色。

两人都不说话，只是默然前行。忽然，张骞顿住步子，举烛回望。

"怎么了？"师滢看出了张骞脸上的异样。

"没什么。"张骞摇了摇头，却又心有不甘，低声道，"很奇怪！你有没有觉得，似乎有什么东西在跟着我们？"

当狰兽卷动漫天狂沙时，云裳只觉被一股大力拍中，左腿一阵刺痛，闷哼声中，身子凌空飞出。

好在这时候她身上佩戴的百步符生了奇效，她右脚踏中一块怪石，借势一跃，竟是又快又疾，堪堪躲过狰兽的第二次轰击。

那一刻，她隐约听到张骞的大喝："快，跳入洞内！"

四下里都是茫茫黄沙，难以视物，那个恐怖的狰兽就躲在黄沙后面，她腿上剧痛不已，心知自己应该是被狰兽那巨大的长尾扫中了。

云裳有些慌乱：狰兽搅起沙暴，本已看准的洞眼位置已经发生了偏移，如果不能及时钻入洞内，狰兽很可能再次扑击过来，那自己可就危险了！

蓦地，黄沙中响起一声怒喝，那依稀是甘夫的声音。

跟着，斜刺里一道细索飞来，准确地卷住她的纤腰，将她拉入斜下方的一处洞穴内。

伴着暴雨般纷落而下的黄沙,云裳向下飞坠。那道细索扯着她,忽左忽右,跟着,一双坚实的臂膀猛然抱住她的腰。

"是甘夫!"云裳对这家伙的臂膀太熟悉了,一时间大大地松了一口气,睁眼看时,却见身周黑茫茫的,应该是已身处洞内。

想到又被这小子抱住,她心内有些羞恼,低喝道:"快放手!"

这次仿佛是令出如山,甘夫闻声立即松手。云裳落地时,却觉左腿剧痛,忍不住痛哼出声:"谁让你撒手这么快?哎呦!我的腿……"

"怎么回事?"甘夫点亮了一根短烛。

女郎已顾不得许多,弯腰挽起罗裙下的裤脚,借着烛火光芒,只见雪白如玉的小腿上,插着一根粗黑的短刺。

那黑刺还在慢慢地向肉内钻去。

云裳大惊,忙用帕子裹住黑刺,奋力拔出。

几乎就在同时,洞外骤然响起狰兽的怒号。听那声音,狰兽似乎不是对着这个深洞吼叫,也不知是谁又惹怒了这只凶兽。

"多亏见机得早!我适才被狰兽的尾巴扫中了,它的长尾上密布这种黑刺……"女郎扔掉黑刺,已痛得满头冷汗,见甘夫直直地盯着自己的小腿看,心内恼怒,急忙放下罗裙。

"别动!"甘夫忽然俯身握住她的小腿。

"你干什么?你这登徒子……"云裳又惊又怒,只怕这混小子在这里又要狂性大发。

甘夫不答,挥出匕首,将云裳腿上的黑刺扎伤处刺破。

一种痒痒的刺痛袭来,云裳还没有叫出声,却见甘夫运力一挤,伤处便涌出一股黑血。

甘夫手法奇快,转眼间,已将她腿上的伤处挑成很标准的十字口,跟着又扯下一根绢带,干净利落地扎紧她的膝弯。

"狰兽的黑刺有毒,亏得这小子当机立断!"云裳心中已经明白,忙飞快地在身上摸索着,掏出墨门的独门解毒药膏。

"不知这东西能不能对路？"她叹了口气，想将药膏交到甘夫手中，却忽然间全身再无一丝气力，软软地栽倒在甘夫怀中。

"快，敷药！"这三个字她已无力喊出，只能这样呆望着他。万没想到，这狰兽的尾部黑刺竟带有这么猛烈的毒性。

甘夫忙将她平放在地，继续用力挤压她腿上的伤处，挤出黑血。

似乎是嫌这样太慢，他皱了皱眉，忽然俯身在云裳小腿上，张口吮吸起伤处来。

"傻子，你干什么？"女郎大惊，在心内惊呼，可惜她唇齿僵硬，一个字也喊不出来。

她只能呆望着他，在心内翻来覆去地喊，你这个疯子，你会死的！你会死的！

说来也怪，经得这傻小子这样胡乱吮吸，伤处的黑血涌流得顺畅了许多。

云裳觉得仿佛体内有一条毒蛇，被人拽住尾巴，硬生生地抽了出去。忽然，她胸臆间一畅，大叫道："你这傻子！你会被毒死的。"

这一下她居然喊出了声，几乎同时，她的四肢也有了气力。

"我不会！"甘夫镇定地吐出口中的血，发现已是鲜红的颜色，便又将云裳的药膏敷在她的伤处。

"我两年前陪着主人打猎，被毒蛇咬了，昏了半宿，抹了几种解毒药，也不见好。他们都以为我要死了，就将我扔在府外等死……"

她目光复杂地望着少年，轻轻地说道："他们将你扔出去……等死？"

"我只是个卑贱的奴隶，没人在乎我的死活。他们怕我死在府内，给侯爷府带来晦气。那是个深秋，到了夜里，天真冷啊！我蜷在街角，在冰冷的夜里等死……就在我感觉自己几乎已经死了时，我看到了朝阳。那道红色的朝阳是我这辈子见过的最美丽的景物。我忽然间有了气力，居然自己爬回了府内。然后蛇毒就痊愈了，而且自那以后，我便不再怕什么毒物了。"

云裳仿佛看到，一个少年蜷缩在漆黑的夜里，不远处有人用厌弃的眼光看着他，厌弃地远离他，甚至是有些不耐烦地等着他早些死。但在黎明重临时，这个瘦弱的少年竟又迎着血红的曙色挣扎起来，慢慢地爬回府内。

她忽然想起，是这少年刚刚救了自己！她嘴唇翕张，想说声谢谢，却怎么也说不出口。

甘夫的动作忽然间顿住了，身子抖了抖，猛地吐出一大口鲜血，随即仰靠在洞壁上，呼呼喘息。

云裳大惊："你这是怎么了？难道终究抗不过这毒？"

"没什么，一会便好。"甘夫静静地望着她，"适才看到你被狰兽扫飞，我扑过来抓你，硬撞了狰兽一下……"

云裳彻底愣住了。她亲眼见过、也亲身体验过狰兽的威力，但这个疯子，居然敢去硬撞这蛮荒凶兽！

"你的骨头没事么？"她惊望着他剧烈起伏的胸部，只觉这小子行事处处古怪得出人意表。不知为何，他适才竟能忍着痛，若无其事地先给自己解毒疗伤。

"受了点内伤而已。"甘夫终于舒了口长气，从洞壁间站起身，转身将她背了起来。

他的动作太快，她一声惊呼，发现自己已是趴在他那不大宽阔的背上。

"放我下来！我能走的。"

"现在还不能走。那毒性不知是否去了根，小心为上。"少年话语简捷，却又不容置疑。

她觉得有些柔柔的温暖正从心底升起来，于是轻轻地伏在他的背上，不再说话。

"蜡烛举高点。"甘夫见她不语，似乎想起了什么，缓缓道，"老规矩，你不必领我情。咱们三人为盟，必须全力扶助。到时候你想杀我，只管来动手。"

云裳忽觉脸孔有些发烧,一时大是羞恼,哼道:"你知道就好!"

甘夫不再说话,背着她在幽黯的洞内疾行。云裳见他走得奇快,忍不住道:"喂,你识得路径么?"

"不识。这山洞又长又绕,似乎一直都在打转。"

云裳也觉出山洞里有各种奇怪的转弯,不禁提醒道:"你身上有伤,这样奔跑成不成?"

话一出口,陡觉脸上又灼热起来,暗想,可别让这家伙觉得姑奶奶是在关心他,便又道:"这里的路径七拐八绕,分明是一处阵法。你这样胡乱奔跑,若是南辕北辙,咱们便会困死在这里……哎哟!你瞧,我们好像转回来了。"

甘夫兀自脚下如飞,声音却依旧平静:"不会,我记着路径的。这里不过是一座山洞,哪怕它有许多路径,我一条条地都探明了,再一条条地记下来,终究能出去的。"

云裳不知说什么好,只是幽幽地叹道:"不知道张骞、卓轻闲他们怎样了?"

忽然间,迎面传来一串凌乱的脚步声,然后是一个人怒冲冲的喝骂:"真他娘的!这鬼地方,怎么老是鬼打墙?"

跟着烛焰闪耀,三道人影迎面走来,当先一人,正是郭昭。

两路人都站住了,愣愣地对望着。

"哈哈,云裳!"郭昭当先大笑起来,"你这小贱人,居然跟这个卑贱的奴隶在一起!张骞呢?"

甘夫不语,云裳靠在他背上,也懒得说话。二人只是用一种冰冷而警惕的目光盯着小巨子。

郭昭则迅速看清了形势,认定张骞没在这里,冷笑道:"这小贱人受伤了!薛长老,我不想污了手,你去杀了他们!"

高瘦青年发出一道苍老的声音:"少主,此地是九转法阵!此刻阵势未明……"

"少啰嗦,杀了他们!"

薛长老叹了口气，目光骤寒，手中刀如匹练般猛地向甘夫劈出。

深洞的另一边，师滢听到张骞的话，摇了摇头，眼中有些疑惑，说道："哪有什么东西？这里是座山洞，想来是洞内回音缭绕吧？"

张骞点点头，转身继续前行。这山洞不住曲折延伸，虽然回旋往复，但似乎越走越是向下。

师滢忍不住问："张大哥，你说此地叫陷阵，那是种什么阵法？"

张骞一直若有所思，沉了好久，忽问："久闻师姑娘身在逍遥商盟，却精于岐黄之术，号称师金针，是么？"

张骞答非所问，师滢有些奇怪，却仍然很认真地答道："都是朋友们的谬赞而已！小女子的金针之术，比起家师差得远了。"

"姑娘的医术可是得自于'起死神针'郑无空郑大师？"

"正是！我学艺不精，未得家师真传之一二。"师滢有些惊讶，也有些腼腆。

"好！"张骞向她深深凝望，"记住，要握紧你的针。"

师滢更觉这句话没头没脑，正待追问，张骞已沉吟道："因为这陷阵内时刻会跌倒在地。陷者，应是说入阵者的感觉是向下陷落，无穷无尽，甚至会越来越让人绝望。但这阵法也不难破，有一句口诀就是，举目天际望，休管脚下途……"

"多谢指点！"

一声冰冷的狞笑响起，二人顿觉背心一紧，已是分别被尖锐硬物顶住。

张骞没有回头，只冷冷道："原来一直暗中跟着我们的人就是阁下！同为陷落阵中之人，何必彼此相伤？"

那人沉声道："少废话！破阵者彼此为敌，早料理一个，就少一个强敌。老子不先下手，稍时你也会对我动手。"

张骞冷笑道："许焕兄多虑了！张某不是落井下石之人。想不到啊，许兄还暗藏了一个入阵符！"

"你说什么？"那人声音发颤，"你怎么知道……"

"许兄难道忘了？咱们说过话！你的声音，我全记得！"张骞慢慢回转身，高举的明烛照亮了许焕的脸。

那张脸孔有些苍白，嘴角还挂着血丝，眼中满是仓惶之色。

"我们都看到你适才扯落了入阵符，才逃出狰兽的虎口。但你此刻又悄然潜回阵内，唯一的解释，便是你身上还偷藏有另外一张入阵符。这可是明目张胆的欺诈朝廷之举。"

许焕将手中尖刀紧顶在张骞胸口，冷笑道："张骞，我知你通晓阵法，本想最后杀你，但现在看来，是不得不先杀了！不过老子也要让你做个明白鬼：入阵符，老子只有一张，只不过老子的符法运用妙至毫巅。哼哼！至于这个小妞，他娘的当真是千娇百媚，老子实在不忍下手，或许可以先享用一番……"

师滢忽道："许将军，你肺腑有伤，伤在手少阳肺经，此时你的真气运转不畅。"

"你会医术？"许焕一愕。他适才为躲避狰兽的猛攻，虽然扯下破阵符逃遁，但肋部仍被扫中，此刻正是疼痛难耐。

刚才靠着第二张入阵符"作弊"，他从绿洲逃遁到不远处的这座深洞，没想到冤家路窄，遇到了张骞。他怕张骞他们对战力大损的自己下狠手，只得抢先偷袭。

但没想到，这小妞简简单单的两句话，就说破了自己的伤情。

"小女子师滢，略通岐黄之道。"

"师滢，师金针？"许焕的眼睛亮了起来，"久仰姑娘大名！姑娘可有疗伤良策？"

"最好的办法，是即刻觅地静养，吐纳静修十二个时辰。"

"你蒙混我吗？十二个时辰，这大阵早就被人破去了！"许焕将尖刀在两人身前紧了紧，"少要花招！你大号'师金针'，又是'起死神针'郑大师的高徒，应该有什么秘术助我疗伤吧？"

"小女子于'洗脉十三针'秘术稍有心得。"师滢丝毫不理会抵在胸前的利刃，缓缓地从革囊中取出一根金针，"我眼下可用金针助你疗伤，但无法保证有立竿见影之效。"

"若是你疗伤时深扎一针，老子哪里还有命在？"许焕眼射凶芒，忽地横刀抵上张骞咽喉，"好吧，你现在就给老子金针洗脉！你若想耍花招，老子便一刀砍死他。"

师滢怒道："你若敢伤害张君一根毛发，我都不会给你医治。"

"好！咱们有言在先，老子决不伤害他一根汗毛便是。快动手吧，别磨蹭了。"

"师姑娘不会给你疗伤的！"张骞冷冷一笑，"张骞平生绝不做受人胁迫之事。你现在就可以一刀砍死我，但若没有我，你定然出不得此阵。五行大阵中，这陷阵被困后的下场最为可怕，你最终会变成一个疯子。"

"危言耸听！"许焕哼道，"那不过是一种幻象。什么无穷无尽的下陷，都不过是幻觉罢了。洞内法阵的这些禁制，谅也难不倒许某。"

"浅薄之极！"张骞冷哼一声，仰头向上瞧去，"举目天际望，休管脚下途。你只不过刚才偶然听到我念出的这句口诀，但你知道这口诀如何解释么？"

许焕冷笑道："这口诀浅显之极，自然是说，想要破阵，便不能低头算计这些下陷的路径，而是要举头高望……"说话间，他很自然地随着张骞一起仰头向上瞧去。

张骞尽力将短烛高举。头顶上，是无穷无尽的黑，阴沉沉的岩壁回环盘旋，如龙曲身。

这么一晃眼间，那些黑岩骤然间飞速旋转起来，跟着便层层叠叠地向下压了过来。

泰山压顶般的巨大威压骤然而至，许焕只觉全身的血管都要爆裂开来，他的心底在一个劲地高喊"这是幻象！全是幻象……"但心内却完全无法抗拒这些幻象，只觉自己在刹那间便无穷无尽地向下陷去。

"怎么样？有没有一种感觉，我们似乎已经陷入了阴曹地府的尽头？"耳边传来张骞轻之又轻的一叹。

许焕全身气血翻滚,伤处更是痛如斧劈,猛然张口喷出一口血来,一头栽到了地上。

师滢也闷哼一声,只觉天旋地转,急忙闭住了眼。几乎在同一刻,张骞也头晕目眩,昏倒在地。

无穷无尽的黑暗压了下来。

下一刻,黑暗不见了,山洞也不见了,张骞听到一阵爽朗的笑声。隐在心灵深处的最不愿被碰触的那抹记忆,一下子吞噬了他。

画面的开始很温暖。那是一支规模不大不小的商队,领头的那个纵马前行、意气风发的青年便是张骞,在张骞身边朗声长笑的老者是他的父亲。

张骞身后是一匹桃红马,骑手是一位明眸皓齿的少女,那是他的新婚妻子唐珍儿。

"读万卷书,不如行万里路。"老父兴致极高地遥指着远处的茫茫黄沙,"很小的时候,骞儿你就问我,天的那边是什么?这次行商西域,阿翁就是希望你能见识见识天的那一边。当然,我们所看到的,还只是很小很小的一小段。"

那是两年前的温馨画面。

在大汉朝,商人都被归入市籍,不能入朝为官。张骞家的祖上也是经商的,只是到他父亲张览这一辈,才千辛万苦地脱离了市籍。张老爷子见识高远,经过一番巧妙运作后,张骞已很有希望成为一名朝廷的郎官。

张骞的父亲是纵横家的一个隐秘流派的传人,眼光比许多人都看得长远。他知道,才华过人的儿子绝不会甘于平淡,很可能会创造一番属于他的大事业。

因张览自己也对西域别有一番见识,所以决定,在儿子进京之前,带着他去西域游历一番。

其时张骞新婚燕尔，妻子唐珍儿出身高门大族，姿容靓丽，性格爽朗，见识更远超寻常闺秀，所以张父便将她一同带来了。

这一段画面全是暖色，带着夕阳般的温馨感。

"骞儿，快跑！"父亲的一声怒吼，将这暖阳般的画面搅得七零八碎。

身周传来疾风暴雨般的马蹄声和惊人心魄的鸣镝声。一小支匈奴骑兵呼叫着冲过来，箭如疾雨，身边的同伴纷纷倒下。

老父张览在仓促间命人将骡车横转过来，挡在窄道上，再遣人伏在车后，抵抗着来敌……

……

下一瞬，张骞在纵马狂奔。

马上有两个人，张骞紧拥着他的新婚妻子。

所有的马都被射死了，他的同伴，包括他的老父也都倒在血泊之中。但这些人为他们二人争得了逃命的一线之机。

暗夜里，匈奴领兵将领的头盔在火把映照下，闪着奇异的光芒。那光芒越来越近，越来越近……

此刻，唐珍儿的肩头中了一箭，鲜血飙射而出。

"珍儿，珍儿……要坚持住！"张骞的声音已在微微发颤。

"你记住，夫君！"唐珍儿忽然回头望着他，一字一字地说道，"一定要好好活下去，照顾好自己。答应我，永远不要枉送了自己的性命，永远不要！"

张骞觉得很奇怪：逃亡之际，妻子为什么会跟自己说这些？

下一刻，他知道了答案。

他看到，她的手中紧握着一把匕首，那匕首已经深深插入她自己的胸口。

"珍儿……"张骞撕心裂肺地哭喊起来。

"记住我的话！"唐珍儿用尽最后的气力，猛然向马下跃去。

在最后一刻，她跟公公一样，将生的希望，留给了张骞。

山洞内，张骞也同样哭得泪如雨下。

这次诱导许焕，是他故意为之。虽然在昏厥前，他已做好了足够的心理准备，虽然他自忖心坚如铁，但他没有想到，陷阵内的幻象居然如此恐怖而真实，陷入幻象后，他根本再也无法辨别什么是幻，什么是真。

陷阵，陷的其实是人心。

师滢和许焕倒卧在张骞身边。许焕的全身在剧烈地抽搐着，脸上却浮出痴傻的笑意，口中喃喃不已。

倒是师滢最早醒了过来。

虽然她也看到了连绵不绝的幻象，但一阵刺痛，迅即将她扯回到现实的山洞中。

她呻吟着睁开眼，看见短烛光焰幽幽，映得山洞半壁微红，而自己的右手正握着一根金针。

显然，适才倒地后自己在幻觉中可能做出了某些动作，无巧不巧地用这根针将自己扎醒了。

恍惚间，她忆起张骞刚才对她说的那句话："记住，要握紧你的针。"

她挣扎着爬起身，却听到张骞正哭得撕心裂肺："珍儿，你为什么那么傻……阿翁，阿翁，孩儿不孝……"

师滢静静地望着这个热泪长流的男人，心潮起伏。

她想扶他起来，但医者的习惯让她摸了下他的脉门。甫一接触，她的手瞬间便凝住了。

她有些紧张地按住他的脉门，沉了沉，不由喃喃自语："……应该是旧伤。不！居然是毒蛊？"

薛长老的刀很平常，是三尺长短的一把大汉环首刀，只是刀身上雕了北斗七星的暗纹。刀直上直下地劈来，招式如同这把刀一样朴实无华，却犹如巨斧开山，势不可当。

甘夫横刀而封，顿觉浑身巨震，仿佛他封住的不是一把刀，而是一座飞来的山峰。他疾退数步，全身气血翻涌，一口鲜血险些喷出。

"他是真正的通明道至境高手，我墨门的两大长老之一。"云裳怒喝道，"薛璞，本次天榜报名者都要在二十五岁以下，你个五六十岁的糟老头子，擅自易容报名，是要被斩首弃市的，还会拖累整个墨门。"

薛长老横刀当胸，凛然道："墨家以宗法治天下，讲究摩顶放踵，以利天下。只可惜自秦孝公始，大秦以法家治国，严刑峻法，荼毒百姓；至我大汉立国，墨门已是沉寂久矣！这次朝廷广揽天下贤才，是墨门最后的机会了。"

"你也知道治天下？"云裳冷冷道，"我大汉治天下，是外儒内法。朝堂中的事，是君君臣臣的儒家和专司刑名的法家之事，我们墨门生来就是江湖的命。还摩顶放踵，以利天下？朝廷是不会允许你利天下的！"

"我们争的只是一线机会。黄老之术都有登上庙堂的机会，为什么墨家没有？"薛长老仰起头，眼神变得越发苍老而疲惫，"天子肯定会对墨门下手的，只是时间早晚而已。大小姐，这是我们最后的机会了！这次机会错过了，也许墨门就将万劫不复。"

郭昭这一次没有呵斥薛长老啰嗦，而是双唇紧抿，神情若有所思。显然，薛长老所言，触动了他的心事。

"抱歉！"甘夫忽然开口了，"我不懂你们说的什么墨门、什么儒家法家。我不明白，难道你所说全是对的，我们就必须得死？"

云裳也嗤地笑起来："是呀！第一轮决的是四玄。如果我们一同过关，本姑娘身为天下皆知的墨门月侠，这样墨门就占据了四玄中的两盟，你们何乐而不为？"

甘夫冷冷道："所以你们说来说去，还是想为自己杀人找一个借口而已，不过这借口找得太假。"

薛长老再摇头："你们和张骞，曾让小巨子面上无光，那便是让整个墨门无光。只此一点，你们就有必死之理。老夫只是想让你们明白，此刻出手杀你们，不是为了私怨，也不是为了屈从上命，而是为了……"

他慢慢仰起头，目光肃然："墨门的无上荣光！"

"为了墨门的无上荣光!"云裳冷哼一声。她脸色苍白,近乎呻吟般地说道:"两年前,老头子也是这么跟我说的……"

薛长老不知她为何忽然间神色如此凄伤,只狞笑道:"对不住了!大小姐,得罪!"

"甘夫,放我下来。你一个人不是他的对手!"云裳手中握紧傀儡术的机枢。这时候,也只有依仗六丁六甲术拼死一搏了!只可惜洞内狭窄,威力最雄的天宰行动受限,三才法阵将威力大减。

甘夫不答,只是稳稳地背着她。那种沉稳和温暖,让她冰冷的心底生出一蓬难得的暖意。

"放我下来!他们不会为难我的。"她轻捶着他的肩,再次催促。她知道,甘夫所长便是惊雷掣电般的速度,但在山洞中,薛长老和郭昭分据前后两端,没有迂回的空间,甘夫便只剩下力拼一途。偏偏他还刚受了内伤,如果再背负着自己,面对一名通明道至境高手,便只有死路一条。

"不成,这姓郭的会杀了你!"甘夫的语声斩钉截铁。

郭昭大笑起来:"妙啊!小贱人你瞧,这小子虽是个最卑贱的奴隶,却也被你迷住了。你这小贱人最擅长这门道。"

"你说错了!"云裳却噗嗤一笑,"不是他被我迷住了,而是我瞧上他了。你瞧,他多俊俏,可比你强上百倍!还有他这一身术法,也比你强上百倍。"

说着,她微微俯身,娇艳雪靥几乎贴在甘夫的脸颊上,轻笑道:"郭昭,你吹胡子瞪眼干什么?不服气么?若不服气,你就单独跟他比试一番。"

虽知她是在故意激怒郭昭,但忽然间被云裳玉颊相贴,馨香扑鼻,甘夫也觉心头怦怦急跳。

"贱人果然就是贱人!让我跟个卑贱的奴隶比试?休想!"郭昭脸色通红,狞厉地喊道,"薛长老……"

"得罪了!"薛长老长吸了一口气,悠然道,"摩顶放踵,以利天下！"

随着这八字吟出,他的面相也变得肃穆起来,那双老眼中甚至射出神圣的辉光。

云裳心头一凛,猛然用力一撑,从甘夫的背上奋然跃起,同时,蓄势已久的傀儡术陡然施出,三才术中的地妃和月童在地上翻滚着现出身形。

似乎感受到她的良苦用心,甘夫没再坚持,只是死死盯着对面的薛长老。

薛长老的刀终于凌空劈出。先前他曼声长吟时,全身心都沉浸在一种神圣的情绪中,此刻的这一刀,也是充满着肃穆之意。

这一刀蕴含着墨门的强大符法,狂猛的刀影中竟然隐现着一条青龙。

"幻兽青龙!"云裳目光骤寒,"小心,这是罡气幻兽!"

相传,入了通明道,便能以罡气或是法宝化出幻兽。薛长老这通明道至境的宗师级高手所施的幻兽,若虚若实,威力之大,超乎想象。

云裳急忙催动傀儡术,月童四臂疾挥,叉、棒、斧、鞭四件短兵器,舞出一团灿然青光,当先迎了上去。

薛长老只是直上直下地挥出他的刀,然而在旁观者眼中,他的刀势已化作张牙舞爪的青龙,龙行九曲,整座山洞都变得波光摇曳,而刀势却笔直如线。一曲一直,在这一刀中高妙地统一起来。

甘夫动了。他不动则已,一动则快如雷霆。

在这势如开山的一刀之下,山洞仿佛裂作了两半,但甘夫也几乎同时出现在断成两半的空间里。

一连串密集的刀剑撞击之声爆出,乍然响起,又乍然平息。

随着那条狰狞的青龙倏地回到薛长老胸前,洞内又回复到一片瘆人的宁静之中。

甘夫咳了一声,嘴角渗出血丝。月童和地妃则是都退回到云裳身前,作势不动。

第五章　执　手

四臂月童的一只手臂适才被龙尾抽中，此时已软软垂下。缺少了天宰的配合，一招之间，月童便被幻兽青龙击残。

薛长老慢慢低下头。他的肋下锦袍碎裂，现出一道浅浅的刀痕，鲜血正慢慢渗出。

"好快的刀！"薛长老难以置信地望着甘夫。适才如果不是他及时召回青龙护体，也许就会被这一刀穿胸而过。

郭昭也在心底生出一丝深寒：这小子面对通明道至境宗师，为何还会这么快？如果换做自己，能不能避开这鬼神行法般的一刀？

甘夫默然不语，却又咳了一声，嘴边的血更多了。

"比起你的刀，你的胆量更大。"薛长老森然道，"你居然敢避虚击实，不顾幻兽怒龙的狂暴一击，而直攻我这通明道至境高手，委实气魄惊人。不过，你没有机会了。"

薛长老的目光越发阴沉，长刀缓缓翻转，那条青龙随之变粗，顷刻间已从碗口粗细变得腰如老树，曲折回环的山洞甚至已不能容纳那硕大的龙身。而在青龙的额头部位，骤然现出状如北斗七星的七点红芒。

"七星青龙符……"云裳的声音几乎是在呻吟，"甘夫，快逃！"

甘夫没有逃。他猛一扬手，两道锐芒激射而出，一道射向薛长老的肘间，一道射向他的咽喉。

"螳臂挡车！"薛长老冷笑声中，手腕倏翻，青龙忽地探爪而出，将两道锐芒打落在地。但几乎就在同时，郭昭惶急地大叫了一声。他头上的介帻被一支甩手箭射落，立时披头散发，大是狼狈。

"这小子竟敢声东击西！"薛长老又惊又怒。此刻甘夫又是十余道疾光激射过来，除了三四道甩手箭射向薛长老，其余尽数飞射郭昭。郭昭连声怒喝，挥剑挡格。

甘夫的甩手箭百发百中，几是天下一绝。这十余道甩手箭打出，薛长老和郭昭被迫自保，都是手忙脚乱。

甘夫乘机抱起云裳，转身便逃。他先前已觑准一条岔路，此刻凌空一纵，便脱离了战场，虽然手中抱着一人，仍是奇快如风。

薛长老大喝一声，长刀上的七点星芒骤然迸出，在洞内划出恐怖的弧光，犹如七条夭矫的飞龙，直袭甘夫后背。

月童和地妃先后跃起，阻隔星芒。

几声轻响，月童的双臂同时被星芒削断，地妃的腿部则被星芒震断。威力强悍的六丁六甲傀儡，在这星芒面前，竟是不堪一击。

但如电般的星芒终是被阻了一阻，甘夫已乘机转过洞眼。

"为什么一上来不施展七星龙芒？"郭昭恨恨地盯着薛长老，"用你那压箱底的顶级术法碾压，这小子现在已经是烂肉一团了。"

薛长老目光森然地望着那深黑的洞眼，凛然道："公子请记好，我是墨门的大长老，不是你郭家的奴才！老夫有老夫的道。"

郭昭知趣地闭上了嘴。

"这少年资质奇高，有那么一瞬，我甚至不想杀他。"薛长老长叹一声，"不过，他们逃不掉的！这里是转阵。少年，想跟我薛璞比试阵学么？"

他缓慢地长吸了一口气，长刀再次翻转，刀上的七星光芒闪烁，喷薄欲出。

只有薛长老自己知道，七星龙芒虽是他的绝杀术法，但对罡气损耗极大，一日之间，他只能施展两次。

"放我下来吧！"转过洞眼拐角，云裳忙自甘夫的怀中挣了下来，喘息道，"你快走吧！我来抵挡一阵。看在老头子的面上，他们不敢真正为难我的。实在不成……"说着，她的右手揪住左臂上的那条入阵符。

甘夫一把按住她的手，道："不成！我们一起走。"

云裳惨笑道："三人盟只要有一人过得通仙桥，便是一盟之胜。你何必这样认真？要想在这个世间活下去，就必须学会舍弃，这个难道你不懂吗？"女郎苍白的脸上浮出一丝与她的年龄完全不相称的寂寞虚无之色。

"我不懂,也不必懂!"少年的眸中却爆出火花,"我只知道,我不会舍弃你!既然在一起,那就永远在一起!"

云裳胸中一热,眼眶有些潮湿,口中喃喃说道:"你这个疯子……"

他不再说话,又伸出手,想拉她起来。便在此时,她看到了光。

七道龙形的星光从远方的幽暗处钻出。

星芒在她的瞳孔中骤然放大,飞向甘夫的后背。

这是薛长老第二次施展七星龙芒。它们的来势并不快,却雄浑如山,带起的强悍罡风吹得甘夫长发乱飞。也许是意识到了死亡的逼近,少年俊美的脸孔瞬间惨白如雪。

"疯子,快闪!"云裳嘶声大叫,甚至想推开身前的甘夫。

甘夫却倏地转身,紧盯着飞泻而来的七道恐怖龙芒,猛然做出一个万分怪异的举动。

他挥出两支甩手箭。

云裳绝望地瘫倒在洞壁上。

甘夫不过刚刚迈入通明道入境的门槛,而他的对手则是通明化神、能驭使幻兽的至境大宗师。他居然想用射猎野兽的甩手箭对付一个通明道至境宗师施展的绝顶术法!

甘夫虽然神奇,毕竟只是个没什么见识的少年奴隶呀!

就在云裳闭紧双眼、不敢再看下去的时候,洞内忽然闪过一团光辉。那是一道暗红色的光华,毫不显眼,却自甘夫的左手中指间一闪而逝。

同一时刻,两道龙芒爆出刺目的辉光。那两支甩手箭穿芒而过,平平无奇的甩手箭居然将通明道至境宗师修成的龙芒射落。

震惊之下,云裳睁大了双眼,嘴张得老大,却发不出一丝声音。

暗红色光华再次升起。这次却不是在甘夫的指间,而是在他的全身亮起来。

他的眼睛尤其明亮。那简直是一种彻天彻地的通透,仿佛就在这一刹那间,甘夫已与整座岩洞生出了一种奇异的感应。

"通明合一，调动地煞。"云裳又惊又喜，"这家伙居然关内跃境，已是通明道灵境了！"

甘夫果然有一种远超常人的禀赋，在激战中再次跃境，由通明道入境强行提升为灵境。

虽然与通明道至境还有差距，但提升至灵境后的甘夫终是与至境宗师有了一搏之力。在她的瞳孔中，随即又亮起三道璀璨的光影，那是另三道龙芒接连被甘夫挥出的甩手箭击落。

箭落龙芒，是这疯子少年的疯狂举动。然而那些龙芒却如同空中飘浮的灯笼，被击碎后，先是爆出光彩，然后黯然陨落。

但仍有两道龙芒躲过甘夫的甩手箭，瞬间逼近。

甘夫已无暇再次发出甩手箭，他只来得及做出一个举动，便是挥刀斩向龙芒。

嗤地一声怪响，一道龙芒炸开，甘夫那把细长的环首刀断成三截，最后一道龙芒却如钢锥般刺入他的身体。

在最后一瞬，甘夫只来得及避开要害，让龙芒射中自己的左肩。龙芒击穿肩膊，甘夫闷哼一声，缓缓坐倒，猛然喷出一口鲜血。

云裳急忙扑过去，将他的身子扶住。

飞步赶来的薛长老顿住身形。他和紧随其后的郭昭一样，都瞪圆了双眼，不可置信地盯着坐在地上的少年，如同看着一个八条腿的怪物。

就是眼前这个俊美如桃花般的十五六岁清瘦少年，居然徒手击落了六道龙芒！最匪夷所思的是，便是通明道至境高手，被龙芒贯体后也会全身抽搐无力，但甘夫只是吐了口血，神色甚至还有几分从容。

"难道这少年当真是个妖孽？"薛长老蓦地想到两天前无为学宫神木花开的奇事。据说六十年一次的紫玉花开，就是当张骞、甘夫和云裳三人站在花前的时候。

"可惜！你偏偏得罪我墨门，看来天意还是让你死！"他强自压抑着心头的惊涛骇浪，长刀缓缓擎起，一股狂猛的刀气流转凝聚。

"如果诸君还想顺畅出阵，便请立即住手！"这喝声突如其来，回音在洞内缭绕不绝。

郭昭和薛长老闻言,都是一震,才看清是张骞从另一个洞眼转了过来。在他身后还有两道人影,只是洞内光线太暗,看不清面目。

"大言不惭!不过你来得正好,便让我一起收拾了吧!"郭昭狞笑声中,已抽出墨守名剑。

张骞却沉声道:"九幽瀚海法阵内分阴阳,上面瀚海沙漠为阳,此处九幽地穴为阴,而地穴正有五眼,以五行相生相克之道布置。眼下这座转阵,正是破阵的关键!"

"你懂阵学?"薛长老不由一凛。

张骞道:"我们刚破解了陷阵。"

"难得你竟能看出这座转阵是破出五行穴阵的关键。"薛长老傲然笑道,"老夫精研阵学已久,其中关窍早已看破。此刻老夫已经身在转阵,只要破了此阵,就可一举出了五行穴阵,留着你等,还有何用?"

张骞摇了摇头:"五行穴阵内部相通。此转阵虽不凶险,但如果久转不出,一错再错,很可能会重新落入陷阵、迷阵等凶险阵势中。如此大险,你们一定要冒么?"

张骞所言,直指要害,薛长老心头微动,沉思不语。郭昭忍不住喝道:"薛长老,休听他妖言惑众!你是墨门最精阵学之人,还用得着这小子指点么?"

师滢自张骞身后闪身而出,朗声道:"郭公子,最终晋身四玄的,只能是最先通过通仙桥的四盟。咱们不幸陷身于此,已经耽搁了许多时间,很可能许多人都已赶到通仙桥下。大丈夫行事,岂能因小失大?这时候咱们何不先协力破阵?"

郭昭突然见到师滢,又听她玉音朗朗,身子早酥了半边。他更忌惮的,是师滢背后逍遥商盟的强悍势力,此刻只得先将对张骞和甘夫的满腔怒气压下,柔声笑道:"好吧,便听师小妹的。咦,这位莫不是……许将军?"

张骞身后的另一道高大人影,正是在绿洲法阵内几乎丧命的军方强者许焕。

许焕阴沉着脸，点头道："小巨子请了！本人的想法也是先合力破阵。此阵极为凶险，适才本人便在阵中遇险，亏得张郎官仗义相救……"

刚才他是最后醒来的。彻底苏醒后，他才发现已被师滢金针制穴，一身罡气难以施展，这时候只能板着脸唬唬人。

"好！一言为定，先联手破阵！"薛长老见张骞拉来逍遥商盟大小姐和北军强者这两大强援，知道无法再跟他为难，遂屈指一弹，将一颗药丸射向甘夫，"少年，这是疗治七星龙芒的圣药，信得过老夫，你便吃下去。"

张骞忙赶过去，扶起甘夫。

"大哥，我不妨事。"甘夫却自己慢慢站起身来，将那药丸在手上掂了掂，毫不犹豫地吞了下去。

薛长老将大拇指一挑，说道："大小姐对老夫素知根底。她要是吃我这药丸也就罢了，你这少年先前跟老头子一番厮杀，居然也毫不生疑，果然是好气魄！"

"多谢了！"少年照旧不多说话，只向薛长老一笑了事。张骞却仍不放心，请师滢给甘夫把了脉，又看了看云裳的伤势，所幸都无大碍。

薛长老更是心惊：这少年中了老子的七星龙芒，居然未受重伤，当真是一大奇事！只可惜此刻身在险地，无法一探究竟。

薛长老向张骞拱了拱手："不知张郎官要如何破阵？"

"我以为，阵学之要，在乎阴阳转换。现在我们从大沙漠陷落于五行穴阵，是为由阳入阴，若能破阵而出，便是由阴转阳，甚至很可能……直抵通仙桥！"

张骞的一番话，令洞内众人的眼睛都亮了起来。

"英雄所见略同！"薛长老的老眼更是熠然一粲，"凭你这句话，老夫便不后悔先前化敌为友的决定。"

"只是暂时的化敌为友。"郭昭哼道，"不要故弄玄虚！快说，我们到底要怎样由阴转阳？"

张骞自怀中掏出那张素绢，持笔勾画着，口中说道："此阵是无为学宫所布。布阵者身怀绝学，自然非常骄傲，绝不会排出一座凶险万状、却茫然无序的阵势。他不但要给入阵者留一条生路，更要给破阵者展示一种阵理……"

师滢忍不住奇道："展现一种阵理？"

"或者说得更通俗些，展现出一种阵势之美。"张骞双眸溢彩，"天地有大美而不言。真正的阵法都会展现一种美感，绝妙之阵，会展现出绝妙之美。"

"越发玄之又玄了！"郭昭一脸讥笑之色。

"大有道理！"薛长老却听得老眼放光，连连点头，"这图上所示的八卦卦象又做何解？"

"这是我所记录的转阵的岔路。"张骞伸笔指点着，"此阵岔路极多，每一条岔路，或通或阻，那便分别对应一个阳爻或是阴爻，再配合方位，便能标示出一个卦象……"

"妙！"薛长老油然生叹，"有此妙法，我们就不必将所有岔路都走上一遍，只需以你标示的卦象，便能悟出布阵者的阵理！"

云裳似笑非笑地横了甘夫一眼，道："这倒不错，省了某人的气力。"

甘夫也微笑着回望向她。两人目光撞见，又匆匆避开，却将各自的笑容映在彼此的眼瞳中。

在一烛如豆的山洞中，他二人这一瞬间感受到了平生从未体会到的温馨。

同样感觉到温馨的还有师滢。她一直在静静倾听，清澈的双眸只望定张骞的脸，却没怎么看那张图。她想不到，一个男人侃侃而谈的时刻，竟会是如此神采飞扬，展现出如此迷人的气度。

"正是这个道理。在遇到诸位之前，我们已走了一些路径，大致摸出了些规律。"张骞运笔将绢上的图示持续标出。

图上现出两种八卦组成的圆圈，便如两个紧紧靠在一起的圆环。

"两幅八卦图。"薛长老惊道,"这是伏羲先天八卦和文王后天八卦图!"

师滢的目光被这声惊呼吸引到绢上,也忍不住叹道:"天地有大美而不言。这就是布阵者要展示的阵理?它确实很美……"

洞内的人都不说话,甚至连郭昭都想不出反驳之语。

张骞以缜密的心思和绝高的见识,窥透了布阵者隐藏的天机,这已是非常高明了。

布阵者以地穴内千回百转的岔路展示出先后天八卦图,不得不说,这是一种极为宏大深沉的美,但也只有张骞这样的见识和眼光,才能看透这种美。

"就在此处!这就是布阵者要留给破阵者的阵理,也是他要展现的美感,秩序的美感!"

一阵难得的静寂中,张骞将细长的手指按在了先后天八卦图的交接处,"由此走出转阵。我们也应该能够直接赶到通仙桥。"

方向既明,剩下的路便好走了许多。

三拨人、七个男女这时候只得同心前行。

一路上,云裳和甘夫相互扶助而行。这个场面已让郭昭气得牙根紧咬了,更让他气苦的是,他发现师滢一直紧跟在张骞身边,不时跟张骞笑语盈盈,有时遇见深坑高岩,还毫不避讳地相互挽手提携。

"出了五行穴阵,一定要寻个由头,宰了这姓张的!不杀此獠,我誓不为人!"郭昭闷声不语,心底已连发了十七八遍这样的毒誓。

好在让郭昭满腔酸苦的煎熬时刻并不太久,随着一道明亮的光影射来,前方豁然开朗。

"出来了!"云裳一声欢呼。她的声音中有欢欣,有惊叹,更有几分警惕。随着她的欢呼,师滢和张骞的三人盟同时心生警意。

双方约好要先行联手破阵,那么破阵之后呢,联手就该变成翻脸成仇了吧?

甘夫笼在袖中的双手同时握紧了两支甩手箭,似笑非笑地望向薛长老，那凛然的眼神仿佛在说一个字——请！

薛长老却笑了。他有意无意地斜斜踏上一步，挡在郭昭的身前。

"少主，我墨家之志，乃是'兴天下之利，除天下之害'！"薛长老用自己的身体将郭昭积聚已久的杀意悄然封住，口中低语道，"巨子郭大侠让您入京，是为了荣登天榜，光大墨门！所以当务之急，乃是过了前面的通仙桥。"

郭昭的脸色瞬间僵硬起来，却终于哼了一声："一切恩怨，等过了通仙桥再做了断。"

薛长老又望向张骞，笑道："张君，适才破阵时多蒙指点，不过我们仍要决一高下。前方就是通仙桥了，谁先冲过此桥，谁才是真正的胜者。"

张骞拱手道："长者之命，敢不相从！"

此时众人已出了地穴，放眼望去，周围景物已是大异。

在洞穴后方，是众人艰难行过的沙漠。那里起伏连绵，浩瀚难测，隐隐地，还有不少人影在沙丘中出没着，更远的地方则不时响起几道沉闷的兽吼。

而在五行洞前，是几片稀疏的杂木林子，掩映着一条湍急的小溪蜿蜒而过，溪前有怪石嶙峋，有假山玲珑，甚至还有迎着斜阳怒放的绚烂野花。

在小溪的尽头，是一座雄奇的山峰。那山并不太高，上面光秃秃的，看上去甚至有几分荒冷味道。山间笼着一层青蒙蒙的雾气，因而又别有一股傲兀冷峻之气。

"这法阵……果然包罗万有！"云裳不禁由衷地叹息了一声。

众人的心底都与云裳所想一样：这法阵似乎别有一处天地。先前还是瀚海狂沙，但转眼间便已是奇峰竞秀、浅溪怪石，而在一派青碧深秀的风光后，则是一座沉浑清冷的大山。

"那里就是通仙桥了！"张骞的双眼紧紧盯着那座横跨溪涧的石桥。

那石桥的桥身缭绕着一层浓浓的雾气,看不清桥上的详情。不知为何,整座桥呈现出一种罕见的红色。桥身线条流畅,跨度极大,如一条忽然从溪边跃起的长虹,扎入清溪对岸的浓雾深处。

"过了通仙桥,才算真正破了九幽瀚海法阵。"薛长老扬眉一叹,"不过,已经有人抢在我们前面了。"

第六章

通 仙 桥

此刻,就在溪边一座毫不显眼的假山上,有一座若隐若现的石台。台上花木葱茏,将内中的二道人影巧妙地掩住。

妙至毫巅的法阵禁制,令入阵者很难留意到这座假山上的石台,而在这座石台上,却可以很清晰地俯瞰溪前、山洞乃至沙漠中发生的一切。

"张骞果然破了五行穴阵。"清俊的中年文士拈着酒盏,似笑非笑。他正是当日张骞在河伯祠内遇到的东方先生。

"比你预料的要晚半个时辰。"脸色微黑的龙先生也饮了一口酒。

在两人的对面,正襟危坐着一位白发披肩的文士。这人的相貌非常奇特,看他那如银丝般垂在肩头的雪白长发,应该是百岁老人了,但那张脸却莹润如玉,绝无一丝皱纹,长眉星目,容颜俊朗,看上去就如同二十三四岁的青年。

"不过,张骞是唯一看破我的先后天八卦图的人。"白发青年低头凝视着掌中的一面铜镜,悠然叹道,"此人有慧眼,更具慧心。不过很可惜,为何他没有修炼过术法?"

"大祭酒有所不知。"龙先生叹了口气,"张骞自幼修习儒学,也钻研过纵横之术,其志向是以儒术治天下、以纵横术运筹捭阖,所以绝不习道术。"

被称作大祭酒的白发青年遗憾地摇了摇头,叹道:"如此天才,如果最终变为一个腐儒,实在可惜!"

"如果说天才,我更看好那个小奴隶甘夫。"龙先生捻须微笑。

大祭酒笑道:"为何不看好我无为学宫的第一仙才吕英,还有和他齐名的小胖子卓轻闲?"

东方先生也笑道:"嗯,还有那个擅于筹算的师铨。现在,他已经遥遥领先了。此子深藏不露,再加上他手中的奇异法器天蓬伞,其能力绝不在卓轻闲之下。"

三人的目光都落在大祭酒手中的铜镜上。

那面铜镜非常古朴,刻满符咒的边缘甚至有些污损,但镜面上却清晰地显示出溪边发生的一切。

雾气深锁的桥上,果然有三道人影。走在最前面的,赫然是黑衣如墨的师铨。在他身后不远处,是一个又黑又瘦的少年,更后面的是白白胖胖的卓轻闲。

三个破阵者的神色都很凝重,仿佛他们走的不是平坦的长桥,而是横跨火海的一根细丝,只要一步走错,就会坠入火海,万劫不复。

"他们三人,包括师铨,都只是起步稍快些而已,能否勘破大祭酒精心设置的这座通仙桥,还言之过早。他们是最接近天元道的少年,能走到这一步,我倒并不吃惊,但我不大看好他们。"龙先生摇头叹息,"张骞是个不通术法的普通人,而且六十年来头一遭,只有张骞这三人盟能让空桑神木的紫玉花开……

"不错!"大祭酒也说道,"不管怎样,张骞与甘夫,当是这次天榜大战中最大的变数。"

"其实在我眼中,最大的变数,却是你故意放入瀚海法阵内的狰兽……"东方先生忽然意味深长地一笑。

大祭酒终于抬起眼,将幽深如海的眸子定在东方先生的身上,道:

"东方先生难道不是乐见其成?"

"身为布阵者和学宫的大祭酒,你将蛮荒十大凶兽中的狰兽放入法阵,甚至还故意给北军方面透露出那样一条错误路径……大祭酒,你其实是在弄险。"东方先生的话语,全没有往日的嬉笑诙谐,而是字字如刀。

大祭酒的神色丝毫不变,微笑道:"我知道这点小把戏瞒不过你这狡猾如狐的小东方。"

东方也笑了:"谁都知道,大祭酒是窦太后的人,北军中更是多有窦太后的心腹。所以北军强者被送入虎口,绝对没有人会怪到你的头上。"

"是呀!世人都认为无为学宫忠于窦太后,我更是窦太后的亲信,但他们不知道,无为学宫是天下的,老夫不得不为学宫的前途提前谋划。"大祭酒的眸光愈发幽深,"在我的眼中,天下最大的大事,除了解开昆仑之秘,就是让学宫留存下去。"

清风徐来,花影摇曳,石台上的气氛却有些紧张。东方终于举起酒杯,叹道:"大祭司用心良苦,今上一定会体会到你的苦心的。你布的这个局,在我看来已经相当完满了。"

"唯一的遗憾是,郭解没有现身京师!"龙先生忽然一笑。

提到墨门巨子的大名,大祭酒那深不可测的眸间掠过一缕阴云。

东方叹道:"郭解是当世大侠,终究是个讲究风度的人,但显然他已经动了心。"

"放心吧,他会来的。"大祭酒沉吟道,"他肯派他那个不肖子来探风头,就说明他绝对有所筹谋……"

"什么筹谋?"龙先生和东方同时蹙眉。

"在当今的大汉,风行一时的黄老之术渐渐失势,儒家则声势渐盛。墨家与儒家,俱为先秦时期的显学。此时眼见儒家风生水起,身为当今墨门巨子的郭解,当然会蠢蠢欲动。"

"不过,此刻不说这些题外话了。"大祭酒忽然摇了摇满头银发,"我们不妨打个赌,看看谁会是第一个走过通仙桥的人。"

"我赌是张骞!"东方先生呷了一口酒,漫不经心地说道。

甘夫等人凝眸望去，果见桥心浓雾深处，遥遥地有几道人影。

"最后那人是……卓轻闲？"云裳不由惊呼起来，"这个死胖子！跟咱们走散了，居然抢先上了桥。"

张骞笑道："你我两人的运气不好，将狰兽的注意力吸引了过来。轻闲公子本就阵学修为不俗，趁机逃之夭夭后，自然会抢先登桥。"

话是这样说，张骞心底其实也生出一丝疑惑。虽然他对这书呆子似的游闲公子颇有好感，但这个总是嘻嘻哈哈的白胖子运气显然不是一般的好！这一切，难道仅仅是运气好么？

"这死胖子！居然交了狗屎运，跑到本公子前面去了。"郭昭却忍不住笑骂起来，忽又大叫一声，"啊哈，只怕不对头，卓胖子应该是被困住了……"

众人凝目细瞧，果见卓轻闲在桥上前进几步，便要后退数步，有时更在原地疾步转圈，那情形看上去颇为古怪。

薛长老冷冷道："通仙桥是这座法阵的极致。虽然不会有狂暴嗜血的狰兽，但桥上禁制重重，玄机深藏。登桥，只是冲破重重禁制的第一步，便是卓轻闲前面那两位，也未必能笑到最后。"

"卓胖子前面那个黑瘦猴是谁？"云裳看了两眼，忍不住叫道，"吕英！那是'少年通明，东吕西闲'的吕英！"

师滢也是大感新奇，说道："真想不到，鼎鼎大名的无为学宫第一仙才居然……"她性子温柔，后面的话自觉失礼，便没有说下去。

云裳却哂道："居然是这副瘦猴模样？"

师滢红着脸一笑，似乎颇为自己鄙夷无为学宫的天才而歉疚。

云裳笑道："东吕西闲，术法界名气最大的两个少年天才，一个是白胖子，一个是黑瘦猴。这才叫人不可貌相！听卓轻闲先前的推断，吕英这瘦猴似乎比他的修为还高。"

"什么名气最大的两位少年天才！"郭昭冷哼道，"运气好些的小竖子罢了！稍时让他们见识见识本公子的术法道。"

第六章 通仙桥

"少主莫要轻敌!"薛长老忙道,"那吕英是以剑法破阵,而且一直没有被桥上的禁制困住。"

吕英手持一把暗红色的长剑。这把剑极长,被又瘦又矮的吕英提在手中,显得有几分滑稽,但吕英每一挥剑,那剑便耀出一蓬犀利的红芒,红芒闪处,桥上便爆出一道轻雷般的闷响,吕英便向前迈出一步。

吕英借着剑势,沉稳地踏步向前。虽然一直没有为桥上法阵所困,但这无为学宫第一天才的神色却绝不轻松。

"最前面那人是谁,模样好怪啊……"云裳凝眸望向吕英身前那人。那人所处的位置已经半为浓雾所绕,看不大真切,只隐隐看出,那人似乎戴着一顶极为宽大的帽子,那帽子大得甚至有些不合常理。

"那是一个打伞的人。"甘夫缓缓道,"他的伞很别致,他的神态也比吕英要从容。"

"打伞的人?"师滢目力不佳,但听他一语点透,凝目瞧了几眼,才欢呼道,"啊,是家兄!我大哥手中的那把伞,才是真正的天蓬伞!"

众人齐声惊呼。群豪既惊讶于亲眼看见稀世法器天蓬伞,更震骇于师铨才是真正藏而不露的高手,居然遥遥领先于东吕西闲两位天才。只是师铨所处的位置云遮雾绕,众人已看不清他是用何手段破阵前行的了。

"快走!"郭昭焦躁起来,"这三人之前,也不知还有多少人已经登桥了。"

这话其实也说出了张骞等人心中的隐忧。几人口中说着话,实则脚下都走得极快,待他们赶到石桥前的假山下,桥下的吵嚷之声已清晰传来。

先前石桥被这怪石假山笼罩,看不清晰,此刻走过来,众人才看清,桥下已聚了七八个锦衣豪客。

看来这些人也是能力超群,竟能抢先赶到通仙桥下。

张骞等人到了桥前,才看清这座红色石桥的"真相":状若飞虹的石桥并非筑在岸边,近端的桥头居然是起自水中,距离众人所站立的溪岸有四五丈长的距离。

溪涧之中，溪水色如碧玉，深不见底。湍急的水流，拍岸漱石，带起巨大的喧嚣。

先赶到的几人显然已经琢磨多时，此时一个满脸虬髯的汉子蓦地大叫道："不过是条小河沟，值得这么嘀嘀咕咕？"

这汉子的神行术显然别有一功，只见他猛然发力，脚下如同踏着一朵看不见的云彩，竟冉冉腾起两三丈高，跟着横空划过，如怒鹰扑食般，居高临下，掠向红桥。

"摩云院方士的平步青云术法，果然高明！"云裳仰头赞了声。

她话音未落，忽然间哗啦啦一声水响，那虬髯汉子已是一脚踩空，落入水中。

旁观的汉子们齐声惊呼。虽然众人多是相互竞争的关系，但见这汉子势在必得的一跃居然落入水中，也都不禁暗自心惊。

"怎么回事？"郭昭叫道，"刚才那桥似乎向后挪动了一下。怪哉！这石桥居然会动？"

"石桥未动，是方位发生了扭曲！"薛长老沉吟着说道，"这座石桥显然被设置了奇异法阵，我们看到的方位其实是错乱的。"

这时，奔腾的溪水咆哮而来，将那汉子冲回岸边。但不知怎地，这汉子已是浑身僵硬，双目紧闭。其伙伴上前摇晃施救，那人只是昏迷不醒。

众人更觉惊骇：看来水中也被人下了禁制！如果贸然登桥，坠入水中，便会昏迷难醒，那就等于自动退出天榜之争了。

桥会移动，水可迷魂，这九幽瀚海法阵的最后一关，果然玄机深藏！登桥便如此之难，只怕桥上的机关禁制会更加难缠。

"扭曲方位的小小法阵而已，有何难哉！"一个高瘦大汉呵呵怪笑，忽然双臂一展，凌空跃起。也不知他施了什么术法，其宽大的双袖间，忽然生出一对巨大的翅膀。

那巨翅比他平展的双臂还要宽上数尺，上面密布白羽。双翅振起，风声鼓荡，将那人高高带起。

"快看，飞翼术！"

"九嶷山的飞翼术！"

众人惊呼声中，那高瘦汉子振翅疾飞，飘飘摇摇，在石桥上空盘旋起来。

郭昭惊呼道："这小子！他要是直接飞过桥去，岂不成了第一个过关之人？"

话未说完，石桥上忽然现出数道红芒，仿佛凭空生出数道火焰，直向那汉子疾射而去。

"哪有这么容易的事！"薛长老哼道，"登桥只是第一步，更艰难的，是在桥上跋涉破关。这九嶷山的方士想一飞过关，却激发了桥上的凶险禁制，简直是自取其辱。"

那汉子显然也觉出不妙，双翼疾舞，又退回到桥头上方，看准了位置，稳稳地落在桥头。

众人齐齐爆出了一声喊，有人欢喜，有人沮丧。不管如何，终于有第四个人登上了石桥。

说时迟那时快，此刻桥头忽然爆出一片厉光。光芒从四个不同的方位刺到，犹如雪亮的剑芒，错落交织成一片光网，将那汉子前进的方位尽数阻住。

那汉子立足未稳，突遭袭击，心神大乱，情急之下，挥动双翼横扫而出。巨大的双翼，竟替他撑住了光网的攻势。

忽然间，一条长鞭横空飞来，将那汉子拦腰卷住。跟着光网骤然明亮了许多，满空白羽乱飞，那对巨翼已被四把奇异兵器搅得七零八落。

惨呼声中，那汉子已被长鞭卷起，扔下桥去，扑通一声，落入水中。

四个青袍客这时才现身桥头。这四人分别戴着金银铜铁四色的奇异面具，形貌古怪。

旁观众人齐声惊呼。

虽然坠溪的高瘦汉子也算是大家的竞争者，但想到这四个青袍客隐身桥后，专门伏击后来者，那简直是断绝了所有人登桥的希望！众人又惊又怒，随即同仇敌忾之心大起，纷纷怒骂起来。

"逍遥四枭……那都是我逍遥商盟的人。"师滢望着那四个青袍客，不由惊呼出声。

云裳大惑不解，问道："你们逍遥商盟不是派出了两盟六人参战么？先前你穿越神鸦火焰飞奔过来时，你那两个同伴明明是叫喊着要退出法阵的……这时候怎么还会有四个逍遥商盟的人？"

"因为，他们是故意的……"师滢苦笑一声，笑声中满是苦涩。

云裳一愕。张骞心下明白，叹道："你是说，你那两个同伴其实并没有退出，只是虚张声势，在关键时刻……抛弃了你？"

师滢点了点头："那四人各怀绝技，被称作逍遥四枭，若是四人联手，便会操演一种奇妙阵法。事先家父本来已做了安排，命我和家兄分带两人参会。万没想到，跟我一盟的两人途中假意退出，他们的目的，原来只是逼我退出……"

少女眼中微红，没有继续说下去，心内却是一片黯然：他们是故意的！大哥是故意的，甚至阿翁也是故意的。原来自己早已被抛弃！

张骞想到先前师滢曾说，她是苦求老父，才争来了一个入围名额，心内也明白了八九分：在逍遥商盟师盟主的心内，自然仍是盼着女儿去联姻墨门，至于让她来参加天榜之战，不过是虚晃一枪而已。女儿一定会被淘汰，儿子一定会顺利晋级。随身保护女儿的两名高手的任务，就是鼓动她中途退出，然后他们再转而力保儿子过关。

他望着师滢，深深叹了口气，不知该说什么是好。

云裳攥紧师滢的手，说道："但你现在并没有退出。稍时我们一起登桥，也许你还能超过令兄呢！"

甘夫忽道："但这四枭，还有前面的师铨等三人是怎样登桥的呢？"

"很简单，他们都用自己的方法破了石桥的第一阵！"

随着一声长笑，一道清瘦的人影从花木掩映的乱石间悠然踱出，正是剑侯风君天。

"张君，诸位似乎在哪里耽搁了吧？居然此时才到。"风君天向张骞微笑拱手。先前也不知他隐身何处，直到此时才现身和众人相见。

"你倒悠闲！"云裳蹙眉瞪了他一眼，"少卖关子！快说，师铨他们到底是怎样破阵登桥的？"

"最先登桥的人是吕英。听他们说，吕英是用剑登桥的。他精通阵学，再配以强悍的剑道，强行劈开了石桥前的法阵禁制，得以登桥。"

风君天眼中闪过一丝憾色："很遗憾，我们赶来时，已是稍晚了一会儿，没有看到吕英的风采，不然我倒很想会会他无为学宫庄派绝学的鲲鹏剑意。"

师滢脸色苍白，轻声道："看来家兄是和卓公子同时登桥的？"

"各负绝学，各展神通！"风君天点了点头。

听他简略一说，张骞等人才知道，狰兽被张骞和云裳等人引开后，卓轻闲与风君天乘机绕开了五行穴阵。后面的路径虽然也遇到了一些险难禁制，更遭遇两拨入阵者的偷袭，但卓轻闲博学多智，风君天剑术超凡，还是能应付过关。

他们赶到这里时，得知无为学宫的第一奇才吕英刚刚登桥，却又遇上带着逍遥四枭的师铨。卓轻闲与师铨同是大商盟的首脑之子，平时便有些往来，双方当下定约结盟，各以绝学登桥。

这两大青年俊彦都通晓阵学。师铨展开随身携带的强悍法器天篷伞，连连破除桥前禁制，几乎如吕英一样，强行破阵登桥。同吕英的长剑相比，师铨手中那天篷伞的威力显然更加强大。

因为吕英的剑道只能照顾他自己，无为学宫的两位同伴剑道稍逊，便只能留在桥下，抱憾痴望，而师铨居然凭借此伞，将属下的逍遥四枭都带上了桥。

卓轻闲则是转悠多时，忽然间看破阵势，口中念念有词地便登上了桥。

"好啊！看来还是你家的卓公子最厉害。"云裳哂道，"看似是个书呆子，却懂得四处结盟，左右逢源，倒是一路太平过关。"

风君天淡然一笑："我家二公子与师铨结盟，只是两人商盟间的一种妥协。既然谁也无法吃掉谁,那最好的办法是结盟。当然,这结盟之时的约定,也只是互不攻伐而已,破阵登桥都要各凭手段,不能指望对方有所援手。"

张骞也是一笑:"如此看来,三位登桥者,吕英最是洒脱直接;师铨的算计最为精细,他甚至留下四枭来阻击后来者;轻闲公子的登桥最契合阵学精义,他才是真正的破阵登桥之人。"

"接下来,该是你这阵学高人一展身手了。"师瀅向他深深凝望。

"果然要在阵学上一决高下了!"郭昭也望向自己这边的阵学名宿薛长老。

偌大墨门中,薛长老算不得武功绝顶之人,但阵学修为却是当仁不让的第一强者。巨子郭解正是看中了这一点,才亲自点将,选中了他。

"不错,真正的比试开始了。"薛长老傲然道,"张君,老夫在此提点你一句,水在下,石在上。这石桥实乃一道卦象,山水大利卦!"

说着,他自怀中掏出一只精巧的罗盘,缓步前行。

一道漆黑的影子静静地挡在薛长老身前。那是风君天。

"风剑侯,你要怎样?"郭昭刷地拔出墨守名剑。

风君天瞟了一眼身后的张骞,淡淡道:"我家公子已经与张郎官结盟,所以他们可以过,你们不成。"

"原来你与桥头那四只青皮狗一样,都是替主人守门咬人的!"郭昭怒极反笑,伸手一指那两个兀自昏迷不醒的汉子,"这两个家伙适才跑去破阵,你为何不拦?"

"两个无足轻重的竖子!徒自出丑罢了,何必风某动手。"风君天逼视着薛长老,"阁下可不同!鼎鼎大名的墨门阵学名宿,若放你过去,我家二公子便多了一个强敌。"

郭昭怒道:"看来你是不惜得罪墨门了?"

"别拿你老子压人。"风君天的嘴角掠过一丝讥诮。

郭昭脸色骤寒,墨守名剑划出一道漆黑的剑芒,如乌云罩顶,劈向风君天的顶门。同一刻,他左手疾弹,五张竹质符简无声无息地袭向剑侯。

第六章 通仙桥

乌黑的剑芒虽然气势逼人，去势倒是不急，那五道竹符却在空中盘旋交错，幻出青黄赤三色光影，分袭风君天的双肩、双膝和丹田。

小巨子虽然怒气勃发，却深知不能和剑侯比试剑道，所以他的墨剑只是幌子，实则一出手便用上了墨门绝学——五行符。

五张竹符上灌注了三种不同的符力，那是木、土、火三种五行之力，只要被任何一道符力缠上，风君天便会罡气运转不灵。

风君天冷哼一声，眼芒瞬间锋锐如刀，身形一转，长剑平平刺出。

这是道家列子门的冲虚剑道。这中平一剑，起势飘飘渺渺，虚实难测，刹时间之后便如秋澜暴涨，惊涛裂岸。

更诡异的是，风君天的这一剑居然不是刺向郭昭。那中途骤然暴增的剑芒竟生出意想不到的弯转，刺向一旁蓄势待发的薛长老。

空气中爆出两道裂帛般的怪响，薛长老闷哼一声，飞退两步，右肩处现出一道深刻的血槽，鲜血飞溅而出

他的一双老眼中满是沮丧和不甘之色。

这次瀚海法会要从大汉的青年俊彦中择精选优，参会者的年龄限定在二十五岁以下。徐郎将他们在登记时，显然对年龄勘查不严，稍大几岁也被无视，所以年近三旬的风君天也得以入选。当然，如薛长老这样的五十多岁的老者，若非经过易容，绝对是无法入选的。

同为通明道至境高手，薛长老年长功深，原本稳稳压过风君天一线。但他在山洞中激战甘夫，连出两记七星龙芒，几乎耗尽真元，此时已无力直面剑侯，所以只想乘机从旁突袭。

这样做当然很没有前辈风范，但墨门大事为重，薛长老也顾不得自己的面子了。他寄望于郭昭的五行符能缠住剑侯一瞬，环首刀一直蓄势待出。

可万没料到，风君天出剑竟是兵行险着，一上来就先对他这个伏击者动手，突如其来，而且险而又险地得手了。

在这之前，风君天那夭矫如龙的翻身一转，也是妙至毫巅，极巧妙地躲过了郭昭后发先至的五行符。

几乎在薛长老中剑的同时，郭昭也踉跄退开。他的右臂血流如注，几乎握不住墨剑。

风君天抢先对更强悍的薛长老暴下杀手，一剑便让这位墨门长老重伤，随后乘着郭昭心神微乱之际，长剑回收，刺中郭昭。

虽然是剑刺两人，但在旁人眼中，几乎是二者同时中剑。

剑侯的剑竟是如此之狠，如此之险！

他的剑上没有生出什么骇人的幻兽，也没有什么眩目的法器，只是快得间不容发，快得令人目眩神驰。

"好剑！"张骞由衷赞道，"原来风兄的剑道暗合兵法，雷动九天而夺先机，攻其不备而擒其王。"

风君天点了点头：郭昭虽然是小巨子，但薛长老才是他眼中真正的王者。

"张君谬赞！现在我家二公子似乎深陷阵内，请张君记得我们的盟约。"风君天淡淡一笑，再望向薛长老，"长老请了！如果长老没有先受内伤，以你的境界，我会麻烦重重。"

"都是命！天意如此，也许今番注定了我墨门出师不利。"薛长老噗地吐出一口鲜血。风君天这一剑灌注罡气，已让他失去了再战之能。

"至于郭公子，可惜你的五行符只炼通了三行！否则五行齐至，风某便只能先行对你全力以赴了。"

郭昭的脸色苍白如纸，忽地叹了口气："姓风的，放我等过去！你开个价码吧……"

他右臂中剑，也几乎失去一战之力，但眼见通仙桥就在眼前，就此退走，又实在是不甘心。

"当真有趣！"风君天冷笑道，"墨家的小巨子居然不出剑而出钱！你能给我多少钱？还能高过卓家？"

"胜败乃兵家之常，大丈夫岂可自取其辱！"薛长老猛然一拍郭昭肩头，又对风君天喝道，"风剑侯这一剑，老头子记下了。你今日不敢杀我，来日我必杀你！"

"好，风某敬候。"

"薛长老。"张骞忽然开口道，"这一轮石桥破阵，你其实也输了。"

薛长老何肯服输，扬眉问道："请教！"

"适才你说，这是上石下水的山水大利卦。然而那石桥呈火红之色，适才阻拦飞翼术时，桥上有天火乱飞，这恰恰说明此桥是火相，这是火上水下。所谓坎下离上，是为未济卦。而在未济之后，必然还有其他卦象随机而现……"

张骞的话没有继续说下去，但他点题至此，身为阵学大家的薛长老已完全明白了。眼前的桥和溪涧凑成的卦象，正该是未济卦，这是破阵的关键。

要知道，布阵者用石桥和溪涧摆下一个巧妙的卦象，如果破阵者漏解甚至错解卦象，后果都将不堪设想。

"难道我薛直当真是老眼昏花了么？多谢张君指点！"薛长老心如死灰，拱手长叹，忽又向云裳高声喊道，"大小姐，保重！"

云裳听到他苍老而悲怆的喊声，心内没来由地一痛，正待应声，却见薛长老的老眼内已涌出两行浊泪，反手一扯，已撕下左臂上的入阵符。

云裳一惊，叫道："薛长老……"

薛长老嘶声道："还请大小姐奋发一试！来日金殿策试，终究会有一位墨门子弟。"语声未落，身形一阵波动，已从阵内消逝。

郭昭也是脸色一黯。他以阴沉的目光狠狠扫过风君天和张骞，恨恨地说道："本公子可不想走！我倒要看看，最终是谁能过了这通仙桥。"

风君天的目光也凝在张骞身上，远观的几位豪客更是满面狐疑地望着张骞，均想看看这位大言不惭的家伙要怎样破阵登桥。

张骞再不多言，亲自挽住师滢的手，再让她与云裳、甘夫依次挽手，随着他大步向前行去。

师滢的手被张骞温暖有力的大手握住，心内又是怦怦乱跳，眼见张骞径直走向岸边，不由低声提醒："张大哥，你要趟水登桥么？小心溪水已被设了禁制，会令人昏厥！"

张骞摇了摇头，沉声道："此红桥与溪涧构成坎下离上的未济卦。未济者，水火未济之意。象辞中说，如小狐过河，尚未到岸，尾巴已被河水弄湿，寓意带来大麻烦。但在兵书上，未济则寓意着半渡可击，所谓'渡河未济，击其中流'……"

他边说边行，到了岸边，忽然反向溪涧而走。

"为何要反向走，如此岂非离红桥愈来愈远？"师滢心中一动，蓦地恍然，"明白了！若从'半渡而击'的兵法寓意来看，我们看到的石桥只是一半，它的另一半其实是隐藏起来的。那么真正的桥头，应是起自前方的林中……"

云裳忙道："嘘，小声些！那些家伙听到了，会跟踪而来的！"

甘夫却道："不怕，风君天在那守着呢！"

忽然，最前方的张骞步子慢了下来，仿佛在试探着什么。逡巡片刻，他终于抬腿一迈，整个人升高了一尺，仿佛踩在什么透明之物上。

"我说过，这位布阵者胸罗万有，绝不会做无意义的事。"张骞说着，沉稳地举步向上，身子竟似钻入了虚空，消失不见。下一刻，师滢、云裳和甘夫依次消失。

远观的群豪一阵哗然，郭昭更是惊讶得僵立当场。如果不是风君天冷冰冰地横剑而立，这些人早就蜂拥过来，一探究竟了。

此刻，张骞四人已经完全陷入浓雾之中。

他们觉得自己忽然向下沉了下去，而且是无止无休地向下、再向下，连绵的山影也随着他们一起向下沉降，两旁的河流则呼啸而起，仿佛瀑布倒流，化作两条白晃晃的水幕，奔腾向上。

"怎么回事？"云裳惊呼起来，"水向上流，山向下垂，我的头要晕死了！"

"莫急！"张骞的声音依旧沉稳，"我们从未济卦入阵，其卦象系水火未济，寓意前进遇阻。不过刚才我已对薛长老说了，这卦象随时会变化，此刻我们感觉在不停地坠落，已变成山在下、水在上的蹇卦，喻意山阻水险，涉济艰难……"

师滢道："登桥卦象由未济卦变为了蹇卦，那要如何破？"

"蹇卦的象辞已经告诉我们了。所谓'利西南，不利东北'，登桥之路在西南方。大家要握紧手！"

张骞言出身转，拉着师滢的手转向西南方位。

下一刻，山影水色忽然间变得模糊而悠长，仿佛造物主用无形的巨手将两旁的山和水都无尽无休地拉长，千山万水，遮天蔽日。

正当云裳等人觉得眩晕难耐之际，无尽无休的高山激流忽然消逝得无影无踪。

他们四人手挽着手，已卓立在桥头之上。

"站住！你们怎么……"

守在桥头的逍遥四枭看到突然现身的张骞四人，也不由呆了。片刻后，领头的戴金色面具的人才冷冷喝道："好吧！看在大小姐面上，我不杀尔等。你们三人都自己跳下河去吧。"

"师金，休得无礼！"师滢踏上一步，说道，"我们一同前来，张郎官早已是我逍遥商盟的结盟之友了。"

师金摇了摇头："大小姐见谅！公子令出如山。除了卓公子，他可没说任何人是我逍遥商盟的盟友。"

"你眼中只有我大哥，没有我！是么？"师滢性子柔顺，饶是此时气得脸色苍白，依旧难能疾言厉色，声音中甚至满蕴委屈。

"师金恕难从命。"

云裳掣出短剑，喝道："师小妹，这种人不值得跟他们废话！"

甘夫也冷哼道："我也是喜欢拔刀，不喜欢废话。"

"天宰，斩！"云裳一声低喝，上来便祭出六丁六甲傀儡术。她的三大傀儡中，月童和地妃都已受损，这时便直接让最强悍的天宰出手。

天宰瞬间现出高大身形，正是那峨冠博带的白袍男子，双手捧刀，浑身散发着一种强悍的王者之气。

随着云裳施法操控，天宰踏上一步，长刀高扬过头，但它高大的身子忽然一晃，栽倒在地，长刀重重地斩在桥头栏杆上，迸出一串火星。

"蠢材！"师金冷笑道，"这里是法阵最紧要的通仙桥，除了自身修炼的法器兵刃，任何飞行法宝、傀儡术都会失效。不然你骑着那傀儡，直接飞奔过桥，岂不省了大事！"

他扬手一鞭，狠狠抽向云裳。长鞭上刻有密密麻麻的符文，鞭影舞动间，闪烁出诡异的红芒，发出阵阵闷雷般的声响，仿佛天雷轰然而落。

蓦地刀光一闪，甘夫的刀已奇准无比地砍中鞭梢。

甘夫的刀很平常。在山洞中，甘夫手中的那把刀被薛长老的龙芒击断，出洞后，他随手捡了一把别人的长刀。尽管如此，师金经秘符炼制的长鞭被他的长刀削中后，犹如被砍中七寸的毒蛇，雷声顿敛，嗖地一声缩了回去。

"小子好快的刀！"师金惊呼。他眼见云裳已乘机挥剑冲来，忙向后飞退，而其余三兄弟则向前包围过来。

这一退一进，巧妙之极，登时将云裳和甘夫裹入阵内。

这四人面具古怪，手中的兵刃也是奇形怪状。他们每人左手均持着一根长鞭，右手则握着二尺长的钩镶。钩镶似钩似盾，是汉代颇为流行的短兵刃，攻守兼备。钩镶与长鞭结合，一长一短，一软一硬，形成一种奇妙的韵律。最可怕的是，这四条长鞭均经符法秘炼，每一鞭都暗挟雷电之威。

（作者按：汉刘熙《释名·释兵》云："钩镶，两头曰钩，中央曰镶，或推镶，或钩引，用之宜也。"钩镶为汉代才出现的特殊兵刃，晋代以后失传。）

张骞知道自己不通术法，难以援手，便悄然向后退开，试图细看这四人阵法的门道。几个回合后，张骞便发现，这四人分进合击，进退有据，只不过是训练有素而已，绝非是什么奇异阵法。

四枭之首师金看出张骞才是三个敌人中的最弱者，突然连打几声呼哨。呼哨声中，两条长鞭挟着恐怖的雷声从天而降，将张骞的退路尽数封住。

甘夫大惊，斜刺里冲来，一口气劈出连环七刀，才堪堪将雷电之鞭的攻势荡开。

这一下，张骞三人立时势窘。师金指使其余三人全力强攻，而他只需不时挥鞭攻击张骞，便能引得甘夫云裳赶来援手。此刻甘夫内伤未愈，云裳腿上有伤，张骞他们一时尽处下风。

"快停手啊！师金，你们快快给我住手！"师滢心中惊怒，声音却越来越细弱，这反而更带出一种出离愤怒的心痛和悲愤。

"得罪了，大小姐！"师金狞笑声中，长鞭疾速旋转，一道道鞭影带着恐怖的电芒，向张骞当头罩下。

此时其余三枭的雷电鞭已施展至极致，将几乎力竭的甘夫和云裳死死困住。师金这全力一击谋划已久，长鞭的圈子越来越小，张骞已完全陷身于电光雷鸣的"鞭圈"中。

忽然间，一道青影疾飞而起，青影手中挥出一线白光。

一青一白，配成一抹凛冽的弧光。

弧光刺入雷声滚滚的鞭圈内，张骞头顶骇人的雷电立时消失，师金则发出一声痛苦的哀号，身子踉跄跌出，重重撞在桥栏杆上。

他的右肩上现出一道剑伤。这剑伤不深不浅，恰好割破师金右肩至上臂的经脉，他手中的雷电鞭无力地垂落，再难施展罡气御敌。

几乎在同一瞬，青白弧光划过最近的银面人。那是四枭中的老二师银，同样的惨号，同样的血槽，两人的声音此起彼伏，似是相互呼应。

弧光再闪，站得稍远的铜面人师铜和铁面人师铁踉跄后退。两人由颈至肩，都被划出一道浅浅的血痕。这剑痕只要再深上半寸，二人便会被割喉而亡。他们手中的钩镶本是专克刀剑的奇门兵刃，但在翩若惊鸿的师滢身前，居然全无招架之功。

桥头忽然一片寂静，甚至桥头后方的浓雾都有些波动。这一下兔起鹘落，四枭两残两伤，战局登时终结。

"纵横剑法，奇门遁甲！"云裳吃惊地盯着横剑而立的师滢，惊道：

"师小妹，想不到你竟是……剑圣凤大师的传人？"

"惭愧！小妹只是对这四枭的术法路数太过熟悉而已。"适才动如脱兔的师滢，此时已静如处子，持剑凝立，脸色苍白如纸。

"纵横家？剑圣凤大师？"张骞更是愣住了。他实在想不到，片刻前还是小鸟依人般的柔顺少女，竟会施出如此神鬼难测的身法和惊世骇俗的剑招。

在"道儒墨兵，纵横阴阳"这修炼六家中，战国奇人鬼谷子所创建的纵横家最为神秘，其弟子苏秦、张仪等都是纵横捭阖、权倾天下的奇士。今时尽管纵横家旗下人才已是大为凋零，但在大汉朝野，却谁也不敢小觑他们，因为数十年前，纵横家门派中就出了一位以纵横剑意震烁天下的凤大师。

剑侯、剑王、剑圣这"天下三剑"都是名震天下的强者，但只有剑圣凤大师才是真正的最强者。关于凤大师的传闻很多，最有名的是，凤大师不仅是天下第一剑客、难得的玄圣道宗师，更是天底下最可能突破玄圣道的三人之一。偏偏这位凤大师脾气古怪，平生几乎没有收过弟子。

想不到娇弱娴静的师滢竟会是凤大师的弟子！她是金针度人的女医者，同时又是精通纵横剑道的女剑客，世间的事往往如此神奇。

"大小姐！"师金捂着伤处，呻吟道，"你竟然违背了对凤大师的誓言，而且……是对自己人……"

"是的！但这是你们逼我的。"师滢看着自己短剑血槽处缓缓滴落的鲜血，轻声道，"而且，你们不是我的自己人，永远都不是！"

她慢慢仰起头："现在，我们可以过去了么？"少女的声音依旧很轻，却透着说不出的冷意。

师金被那股冷意逼得身心俱寒，喘息着向后缩了缩身。师铜和师铁忙赶上前，扶起两位兄长，默然立在桥栏杆处，望着师滢、张骞四人一路向前行去。

"终于该我们破阵了！所幸还不算晚。"张骞大踏步走在最前面，凝目望向前方浓雾深处的三道人影。

此刻站在桥头，才能完全看清通仙桥的全貌。这桥是一座长长的拱桥，由桥头向中央形成奇妙的拱弧，在拱弧的最高处，生出一株奇怪的古藤。古藤四周弥漫的雾气似乎越来越浓，正将师铨等三人渐渐包裹进去。

张骞收回目光，心内微凛。刚跨过桥头，他便觉出一股阴恻恻的气息从四处漫卷而来。这气息很怪，甚至迥异于先前他所遇到的各种法阵或是术士高手对决时所散发出的气息。

但隐隐地，他又觉得有一种似曾相识的恐怖感：也许在生命中最恐怖的那段记忆中，他曾经接触过这种古怪的阴森气息？

甘夫忽然苦笑了一下："我觉察到一种奇怪气息，这气息居然给我一种很熟悉的感觉。"

"为什么会很熟悉？"张骞更觉得震惊。

"很熟悉，却又说不上来到底是什么。也许是那段失去的记忆？"甘夫的脸色有些苍白，眼神发直，似乎隐约看到无数古怪的画面漫卷而来，不由按了按额头，一字一句用力说道，"很可能，布阵者去过西域！"

"西域？那就是巫的力量了！"张骞叹了口气，隐隐明白了些什么，"大家小心！这座瀚海法阵，既然要完全模仿西域，那么自然少不了西域的萨满巫术，看来这里就是了。"

四人不再手挽手，而是各自拔出兵刃，结成半环形，缓步前行。

跨过桥头，才走出几步，四人便觉出一种强烈的不真实感。雾气越来越浓，甚至连脚下所踩的桥面也变得松软起来，似乎那不是砖石所造，而是雨季草原上的沼泽。每一步踏下，都仿佛踩在粘腻的泥浆中，连靴内的脚掌都能感觉到一种稀粥流淌一样的古怪。

忽然间，四个怪物从桥面暴起，分别向四人扑去。

之所以说是怪物，是因为这些东西当真都是奇形怪状：一头巨犀，长着九条狐尾；一只斑斓猛虎，其脑袋却是三个鹰头；一条巨嘴怪鱼，却生着虎豹般的巨腿；一只数丈高的金雕，却生着人首和两条长臂。

这座桥面看上去并不是太宽，可这四个庞然巨物突兀出现，竟也显得毫不拥挤。

"怎么会有这样奇怪的怪物？"云裳惊呼起来，挥剑全力抵御眼前那只鹰头虎怪的啄击。

"它们都是虚幻的怪兽。"张骞喝道，"这些怪兽与《山海经》中记载的怪兽相似，是水空陆三种兽类的组合。它们应该是布阵者用法阵禁制造就的幻兽。布阵者一定热衷钻研《山海经》。"

他的对手便是那只鱼怪。这鱼怪的四只豹腿令其进退如风，长有丈余的鱼尾凌空舞动，卷起骇人的腥风。

甘夫和师滢忧心张骞道法不足，想过去援手。但饶是两人身怀异术，却始终无法分身相助，甚至连甘夫那百发百中的甩手箭都无法射向鱼怪。

"这是桥上的规矩，各人只能对付自己遇到的怪兽。"张骞盯着鱼怪那夸张的巨嘴，大喝道，"大家护好自己就成。"

他挥起气势威猛的环首刀，直刺鱼怪那腥臭的大嘴。

甘夫吃惊地发现，张骞这看似很平常的一刀居然得手了，鱼怪的巨嘴被砍出好大的豁口，嘶吼着向后退去。

他刚为大哥欢呼了一声，便见眼前那头九尾巨犀疯狂撞来，于是急忙跃起迎敌。眼见那巨犀的势道极猛，他想仗着如风的身法绕到犀怪的身侧攻击，但巨犀的九条长尾横劈竖扫，极是灵活，一时间竟逼得甘夫手忙脚乱。

那边师滢对阵长臂金雕、云裳恶战鹰头虎怪，也都只能勉力支撑。

桥上怪兽嘶吼，腥风鼓荡，刀光剑影纵横，四人与怪兽苦斗不休。

忽听得桥上接连响起闷雷般的哀吼，竟是那鱼怪连连中刀。张骞双手举刀，前进了七步，便连砍了七刀，七刀全都劈中鱼怪脑心那红色凸起上。每中一刀，鱼怪便嚎叫着缩小了一圈。

激战中的甘夫三人觉得又是欣喜，又是奇怪，想不到四人中战力最弱的张骞居然战绩最优。

随着张骞又一刀砍中，鱼怪发出最后一声惨叫，爆出一团粉红色的火焰，随即消逝无踪。

张骞也累得气喘吁吁，回头望着三位同伴，大喝道："每只怪兽都有其弱点！这一关考校的是我们的勇气和慧眼。"

"小心！"师滢和甘夫却同时向他大喝起来。

张骞猛回头，陡觉眼前一黑。

他看到了一个小山般的怪兽。那怪兽环眼如炬，五尾飞扬，周身烈焰围绕，那居然是……狰兽。

狰兽的突兀出现，让桥上的所有人都呼吸骤紧。狰兽的那股强悍气势甚至令九尾巨犀等三只怪兽都凶焰顿敛，一时忘了进击。

十大凶兽之一的狰兽居高临下地望着张骞，巨口中发出满意的低沉轻吼，仿佛在警告这个从自己爪下逃生的猎物："你上天入地，终于还是做了老子嘴里的一盘好菜！"

"快逃！"师滢声嘶力竭地喊起来。

这是她，乃至甘夫、云裳所能做到的一切。他们无法援手，只能发出这一声无能为力的呐喊。

伴着这声哭喊，狰兽猛然挥掌，向张骞扑击下来。一股狂飙震得桥上的浓雾都剧烈地波荡开来，巨犀等怪兽全都簌簌地颤抖着，伏低了身子。

"快逃啊快逃，最好马上扯下入阵符！"师滢这时无力呼喊，只能在心底祈求。她想冲过去，却知道一切为时已晚。关心则乱，师滢眼前一阵潮湿，双腿如同被抽去了筋骨般，半步也迈不出去。

甘夫和云裳则齐声大喊，全力向张骞冲去，虽然这完全无济于事。

三人吃惊地看到，张骞竟是奋不顾身地冲向狰兽。他冲得极猛、极快，没有一丝迟疑和犹豫。在前冲的同时，他挥起了环首刀，奋力砍向怪兽。

同小山般的狰兽相比，张骞的身影太过渺小。这劈向怪兽的一刀，便如同一只螳螂向奔来的马车挥出它纤细的前臂。

但也正因为大小对比太过强烈,张骞挥刀的这个画面便显出无比的力量感。

甘夫三人都顿住了身子,齐声惊呼。

下一刻,狰兽的脸僵硬了,无比震惊的神色从它的眼中闪过,那张凶悍恐怖的巨脸随即扭曲、变形,跟着,它的整个身躯也黯淡、虚化,最终如一股青烟般消散了。

张骞这一刀,挥过那团青烟般的虚影,狠狠地斫在桥上,砍出一片火星。

"它不是真正的狰兽。"张骞努力站稳身形,大喝道,"只是我们心底幻象的反射。这一阵的名目应该叫作……恐惧。"

就在狰兽消失的一瞬,巨犀、鹰头怪、猿臂金雕也全都爆出火花,化作一团虚影。

师滢三人一愣,跟着才觉出一阵欣喜,伴着欣喜而来的,则是一股渐渐增加的豪气。

张骞将长刀扛在肩头,仰头望天,仿佛在喃喃自语:"战胜恐惧,才能登天通仙。"

他大踏步向前行去。

他们终于抵达拱桥的弧顶,那株古藤这时候终于露出了全貌。

它高大得惊人,伸展出万千条虬曲的枝桠,将石桥的后段密密匝匝地箍住,以致这座石桥的后段桥身已不可见,也可以说,石桥的后半段就是这株气势恢宏的古藤。

古藤是红色的,红光灿然。张骞等人这时才明白,原来这才是石桥发红的真意。

"通天藤!"师滢惊呼一声,"传说这是数十年来,空桑神木所生的唯一成活的种子。这也是无为学宫的镇宫异宝之一,不想被用到这法阵上了。"

云裳仰望着参天巨藤,口中喃喃道:"我终于明白为何叫通仙桥了!

原来从这里可以登天。"

寻常的藤类都要攀附在高大的树木上，才能蜿蜒向上爬升，但这通天巨藤居然自有一株奇异的主干，直向天空伸展开去，主干又蔓延生出许多虬枝，云遮雾绕间，无尽无休地向上伸展，仿佛直接苍穹。

"是的。"甘夫慢慢说道，"原来到了这里，一切才刚刚开始！"

前方，就在这恢弘威武的巨藤下，师铨三人正在艰难跋涉。

他们的脚下随时会冒出些凶悍妖物。不同于先前那四个怪物，这些妖物多呈人形，只是形状怪异，或通体密布鳞甲，或生着兽头龙首，或是多出数只手臂，面孔狰狞丑恶，手持各种奇兵异宝，出招狠辣凶猛。

"这些都是地妖！"云裳惊道，"地妖是地居的妖物，大多神智半开未开，狠辣凶残，为祸世间。看来这些地妖都是无为学宫这些年来擒获的，封存镇压后，反成为压阵的妖物。"

师铨走在最前方，任是如何凶猛的妖物飞扑过来，碰到他手中的天蓬伞，便会被一股强悍的乌光震得东倒西歪，许多妖物的兵刃更是直接被震得远远飞出。

师铨手中的天蓬伞左撑右挡，甚至舞出了一片潇潇雨意。他的步履坚实沉稳，仿佛在疾风骤雨中傲然独行的世外高人。

吕英在他身后十余步，手中长剑挥洒，每一道璀璨的剑芒爆出，便有一个妖物嘶吼着受伤退开。

师滢看了两眼，心下微惊：与哥哥相较，这位无为学宫的天才更显得潇洒自如，而且人家剑气纵横，纯以犀利的剑道斩妖开道，那是完全凭着真本事向前的。

这显然是道阶上的差异。吕英已是通明道至境的宗师境界，师铨虽已算惊才绝艳，但他的通明道灵境修为，仍是较吕英稍差半筹。

不过师铨的法器太过强大，凭借天蓬伞的强大威势，他甚至已反压了吕英一头。此刻细瞧吕英，他看似悠闲而行，但全身剑气鼓荡，同样施出了十成的功力，一时间却也难以超越师铨。

最后是卓轻闲。这位游闲商帮的二公子此时还在围着脚下的一支枯藤转着圈子，口中念念有词，脸上神色忽喜忽忧，瞧起来万分古怪。

"卓兄，留意守住心神！"张骞大喝一声，疾步向卓轻闲冲去。

他才一迈步，脚下忽然翻出一只猪面巨角的地妖。那地妖手挥两把短柄骷髅锤，没头没脑地向他猛砸过来。

张骞挥刀急架，只觉一股巨力袭来，他的双手虎口同时震裂，环首刀险些被磕飞。

"这是真正的地妖，小心了！"师滢惊呼声中，和甘夫、云裳同时冲来，三件兵刃舞出团团青光，将猪面地妖逼退。

猛听得嘶声连连，一个四臂猿妖和一个绿袍妖物分从前后冲来。四臂猿妖舞着四根金灿灿的长棍，攻势凶猛；绿袍妖物却完全是人形，只是脸部黑乎乎的，看不清面目，手挥两根长藤般的奇怪兵器，来去如风，形若鬼魅。

甘夫与绿袍妖物相斗，对那软藤样的兵器极不适应。云裳不由喝道："小心些！这不是地妖，应该是通天藤自身炼化出的藤精。"蓦地，她灵机一动，叫道，"对付这些木质藤精，还是用火攻！"

说着，她拈起一支竹符，弹了出去。那是墨门五行符中的烈火符，竹符在空中爆开，化作一团烈焰，直扑绿袍藤精。

哪知砰然一声怪响，那烈焰竟向云裳倒卷过来，绿袍藤精发出一声阴恻恻的狞笑，借着火势反向她冲来。

"不要用火！"张骞大叫道，"通天藤是木形火相，这些地妖藤精全不怕火。快，以土克火！"

此时云裳已被那个妖物逼得手忙脚乱，得张骞提醒，她连连施放碧水符、厚土符，才堪堪将绿袍藤精的势头压了下去。那边的师滢则是剑势如虹，一剑砍中猪妖的肥鼻，猪妖惨叫一声，仓惶退出。

"快快布阵！"张骞乘着三妖的攻势一敛，将四人组成阵势：反应最快的甘夫在前开路，两位女将一左一右，师滢剑道卓绝，云裳则以符法助阵，张骞则居中调度。

四人阵势虽小，却奇正相生，互为援手，一时竟抗住了地妖和藤精的疯狂扑击。他们在桥上艰难前行，不时地又有地妖疯狂攻来，一时却也冲不进那密不透风的阵势。

第七章

破　阵

　　四人终于冲到卓轻闲身前,这位卓公子却浑然不觉,只是在那里绕着圈子。甘夫大奇,忍不住伸手向他抓去。

　　张骞却忽然生出一种不祥之感,喝道:"小心!只怕那里有法阵设置。"

　　甘夫没有听到他的呼喊,因为一道悠长的龙吟声骤然响起,掩盖了一切声音。

　　整株通天藤此刻焕发出一片红灿灿的光芒,仿佛烈火燃烧般的明亮辉光,照得四人睁不开眼。红光的中心,盘踞着一头巨大的龙,红光便是从那巨龙的头部发出的。

　　说来奇怪,随着这巨龙突兀现身,那几个追击不舍的地妖都颤抖着钻入了桥面。

　　"那是什么龙?"甘夫仰头望着巨龙,颤声道,"这样奇怪!"

　　"难道是蜃龙?"张骞凝目细瞧。透过耀眼的红光,他瞧见那巨龙依稀生着一张人脸,不由惊呼道,"不!人面龙身……那是烛龙!"

　　"烛龙……十大凶兽榜排名第二的顶级神兽?"云裳的脸色越发

苍白。

她和师滢都听说过《山海经》中的有关烛龙的传说。相传人面龙身的烛龙顶着一支蜡烛，张目则天明，闭目则天黑。此刻那红焰般的光芒就是从烛龙头上的那支蜡烛上发出的。

龙吟声一起，通仙桥上的一切都似在微微旋转，远处师铨和吕英的身影渐渐模糊，近前的卓轻闲也变得虚无缥缈起来。

"小心，大家守住心神！"张骞大声提醒，"烛龙的眼睛要闭上了……"

果然，刺目的红芒慢慢变淡了，天地间都随之变得黯淡起来。

烛龙闭上了双眼，通仙桥上一片漆黑。

四人陷入到无穷无尽的黑暗中。张骞忽然发现，卓轻闲不见了，师滢三人也不见了，甚至连通仙桥都消失无踪。

张骞发现自己正站在一片旷野之中。

天苍苍，野茫茫。这里的一切都是灰蒙蒙的，却又带着一种似曾相识之感。

难道是法阵的幻象，或是那烛龙让我做了白日梦？张骞极力让自己的心神定下来，凝目四顾，却见旷野之上，远远近近伫立着许多人形石像。

他一眼便认出了离自己最近的几个石像，那是先前还在和自己激战的猪脸地妖、四臂猿妖和绿袍藤精。三妖还保持着奔跑纵跃的姿态，却都变成一动不动的石头。

张骞伸手敲打着几个地妖，感觉触手处冰冷坚硬，它们的全身，连同兵刃、衣饰，确实全都变成了石头。

这情形万分古怪，恍若一个离奇的梦魇。张骞使劲咬了咬手背，皮肉渗血，剧痛钻心，眼前的一切是如此真切！

"师滢，甘夫……云裳，你们在哪里？"张骞仓惶大喊，转头四顾，却不见三人踪迹。

"张骞！"一道冷冰冰的声音忽然从头顶上方传来。

他愕然止步，却发现不知何时，自己竟又站在那株直达苍穹的通天藤前，发话的竟是烛龙。

烛龙慵懒地盘坐在巨藤间，那张古怪的人面上全无喜怒之色，火红的双眸似睁非睁，闪着深邃的幽光。

"这些都是你设置的幻象，是么？"张骞站定，仰望着烛龙。

"日安不到，烛龙何照？是真是幻，谁能说得清楚。"烛龙的巨口似乎没有动，但话语之声却清晰传来。

张骞听出来，它念的竟是屈原的《天问》，想到这句话是说太阳光辉普照、烛龙之辉又能照耀何方？一时心中竟有些恍惚。

"你准备好了么？"烛龙的声音冷漠而威严，仿佛带着不可违抗的意志。

张骞愕然道："准备好什么？"

"你为何要参加昆仑天榜之战？"

"路漫漫其修远兮，吾将上下而求索！"张骞也回了句屈原《离骚》中的句子，似答非答，真心话当然没有说透。

"你为何要参加昆仑天榜之战？"烛龙又问了一遍，那双眸子愈加深邃，仿佛看透了张骞的内心。

张骞不由叹了口气，沉声道："为了我内心之道。既想求索深杳无际的天之道，也想求索神秘广博的地之道，更想求索家仇天降的人之道。"

"所以你选择了一条不停求索之路……不过，你的野心太大了！"烛龙竟也叹了口气，"那么，你准备好了么？"

张骞怔住了。很简单的问题，却让他无法回答。

无边无际的旷野上，远远近近，点缀着几个地妖化作的石雕，张骞就站在那巨藤下，和蟠在巨藤上的人面巨龙深深对望着。

烛龙忽然叹了口气："若是如你所说，为了你心中之道而不停地求索，那么只能是这样。看我的眼睛，这才是你应有的归宿……"

它的双眼熠熠生辉，里面光影变幻，许多画面飘忽而来。

张骞从画面中看到了自己。

那是连绵的大漠。茫茫黄沙，沙丘起伏如巨龙的身躯，自己一个人正在那漫无边际的黄沙中跋涉。

无数杂乱的画面涌过,自己又站在一片荒原中。枯黄的草色,偶尔会看见一点点绿,单调得让人绝望。自己孤身一人,站立在荒原呼啸的大风中。

自己身着粗鄙的衣服,败絮飘飞,胡须和头发都已经很久没修剪了,又脏又乱,脚下一双破靴,脚趾都露在外面,甚至生了冻疮。

虽然只是几个画面,但那种真切的疼痛、寒冷和孤寂,却让他生出痛彻身心的真切苦楚。

这一刻,张骞强烈地感觉到,这也许不是简单的幻象,很有可能就是自己未来的遭遇。这些片段将出现在自己将来的某段人生中,无可逃避。

为什么会这样?

巨藤下的张骞和画面中的张骞同时仰头向天。

"明白么?这就是你的求索之道!求索之道永远充满痛苦。"头顶上,一个声音冷冷地继续说着,"攻伐、背叛、孤寂,将永远伴随着你……"

这声音似乎不是烛龙所发,但更显得苍茫恢弘,又带着无比的威严,仿佛那真是苍天的声音。

张骞在这声音的威压下,全身竟微微颤抖起来,几乎要跪倒在地。

片刻之后,张骞便挺起身板,质问道:"你不是真正的烛龙!也许你的本体就是这株通天藤。哪怕你是真正的烛龙,也不过是一只洪荒神兽而已!你不是造化万物的天帝,难道你能掌握我的命运?"

"现在你处在我的世界中,我就是化生万物的天帝!"烛龙的声音仿佛从恢弘的天穹传来,"不过,你可以有个更好的命运归宿。"

画面汹涌而来,张骞又看到了自己。

那是垂柳依依的京师。他的胡子很长,一脸颓废的样子,背着行囊,黯然离开京师的官署区。那件令自己引以为傲的郎官袍服不见了。

张骞知道,很可能是自己犯了什么过错,被褫夺了这个芝麻粒大的官位。

画面一转，自己已是长髯及胸的中年人，在案头上计算着什么。阳光很和煦，一个少年扛着锄头走过，从窗外探头进来，笑道，阿翁，今年的收成不错啊……

张骞笑了笑，那笑容很是寂寞和无奈。他从案头抽出一卷竹简。那是做了很多记号的《春秋谷梁传》。

"那应该是我的儿子吗？"巨藤下的张骞目光迷离，喃喃自语。

烛龙没有回答。无数画面继续涌来。

张骞看到，自己又老了许多，须发已经斑白稀疏。自己正认真地整理行囊，里面正有那卷已经很残旧的《春秋谷梁传》。

张骞明白了，自己终于要外放做官了！那是个县丞，很小的官，但自己的样子很是欣喜。

画面渐渐模糊，张骞也无心再看下去了。他知道，这才是自己正常的人生轨迹。

在郎官这个位置上，如果得不到皇帝的认可，便无望升迁。如果因为小事而遭夺官，那便只能回乡做个耕读传家的本分人。运气好的话，也许还能蒙恩起复，做个二三百石官俸的小县长官……收拾行囊、准备启程赴任的自己，应该已经很老了吧？

"明白了！这条路才是我原本应有的命运，不是么？"

张骞无奈地一笑，喃喃自语着："我这样的性格，如果不能得到天子赏识，只会被上司挤兑走。回到故乡，在县衙门里面谋个小差事，此后运气好的话，会被起用当个县令吧……"

"你可以有一次新的选择，命运的选择！"烛龙静静地望着他，那张古怪的脸甚至有了表情，有怜悯、有同情，还有戏谑的哂笑。

"我明白了！"张骞的眼神慢慢变得坚定起来，"想来，这一阵的题目，应该叫作命运，或是……本心。"

"命运，或是本心？"烛龙脸上的哂笑慢慢消逝了。

"你让我这入阵者选择自己的人生，其实就是一道命运之题。"张骞一字一字地说道，"但决定命运的，就是本心！"

"那到底什么是本心？"烛龙的声音竟微微颤抖起来。

"自反而缩，虽千万人吾往矣，凭的是本心；三军可夺帅也，匹夫不可夺志也，凭的也是本心！"

烛龙的脸色忽然愤怒起来，大喝道："难道你宁愿为此独自面对孤独、痛苦、寂寞？为了你那虚无缥缈的求索，你要舍弃这么多，当真值得么？"

随着烛龙的震怒，这片神秘的天地上风云突变，道道闪电如银蛇般在浓云中飞窜着，惊雷滚滚而作。

"值得！当一个人不甘于平凡苟且，不屈于权贵强横，那这个人就已将命运掌握在自己手中。这一切都是值得的。"

张骞在雷声电光中扬起脸，坚定地说道："多谢！这一切，我已准备好了。"

烛龙那火红的双眸中首次出现了惊骇的神色，跟着，那张古怪的脸孔扭曲起来，然后，它那庞大无边的身躯也在慢慢地扭曲、模糊、黯淡……

随着最后一道惊雷炸响，烛龙、地妖所化的石像和无边无际的旷野同时消失无踪。

张骞睁大双眼，发觉自己还是站在石桥拱弧的顶端，面对的还是那株红芒闪耀的巨大通天藤，只是那条恐怖而神秘的烛龙已经彻底消逝了。

他浑身被汗水浸透，却是若有所思：那一切，难道都是真的么？

侧过头，他才看清身边的师滢和甘夫、云裳。他们都是大汗淋漓，气喘吁吁，似乎适才都被烛龙所惑，这时也刚刚脱困。

卓轻闲还在前方转着圈子，只是他的步子终于慢了下来，眼神已有些活络。见到张骞四人，他大叫三声，一屁股坐到地上，仰头大喘着，笑道："张兄，多谢你破了烛龙之象！适才本公子也被那条妖龙所困……"

"这才是真正的阵法。它诛杀的乃是人心！"张骞将他扶起，深沉一叹,"也许一个人最难看破的,就是自己的心。"

卓轻闲苦笑一声:"这道理……本公子作为精通历算周易的阴阳家,适才走得快要力竭而亡、才隐约看透一些,实在惭愧!"

"知道此阵是诛杀人心又如何?"前方的吕英忽然顿住步子,冷冷回望。

这位无为学宫的第一天才确实貌不惊人。他整个人干枯瘦小,但一双眸子湛如秋水,厉如冷电,令人胆寒,为他增加了凛凛威势。

"谁人无心?"更前方的师铨则没有停步,只淡淡笑道,"此心一瞬三千念,谁又能守得住?守不住你又如何破阵?"

张骞道:"除了这些真正的藤精地妖,所有的法阵变化其实都是直指人心。这些阵势勾起的,都是人心最深处的欲望。恐惧也罢,慧眼和命运也罢,都源于欲望,源于你内心深处最隐秘而又最直接的欲望。"

师铨神色微变,步子也慢了下来,沉声道:"你难道没有欲望?"

"谁都有欲望。但我很感激这几关法阵。"张骞缓缓道,"看清自己心底真正的欲望,才算看清真正的自己。"

"说得是!"卓轻闲眼前一亮,"本公子适才便看到了无数先秦奇书和罕见珍玩,入宝山兮难出。现在看来,能误我者,唯我所欲!"

说到这里,他仰天大笑,跟着就是轻轻巧巧地一步跨了出去。这一步极是洒脱,说来也怪,身前竟没引出什么地妖或是藤精现身攻击。

"看清所欲,方能放下。"悠闲公子口中念念有词,又是一步跨出。几大步后,居然已跟吕英并肩而行。

"白胖子。"吕英不由笑道,"原来你才是心中最为无牵无挂的人!从今日起,我又该对你高看一眼了。"

卓轻闲淡然一笑:"小黑猴,这说明你之前一直有眼无珠。可惜你放不下你的欲望,那便只能对本公子瞻之在前,仰之弥高,瞠目结舌,五体投地了。"

吕英神色一肃,朗声道:"剑就是我之所欲,剑也是我的一切。天地茫茫兮所求者何,风云激荡兮仗剑独行!"他的长剑荡起道道罡风,剑芒闪过,几个蠢蠢欲动的地妖啸叫着远远避开。

两人信步前行,片刻后竟已追上师铨。

此时师铨的额头已经渗出汗水。

适才他也见到了无边的幻象。在这个奇异的法阵中,许多影像都是亦真亦幻,难辨真假。

好在他还有异宝天蓬伞。这是逍遥商盟花重金从一位神秘方士手中购得的。这件在世间消失已久的异宝果然威力无比,居然能助他刺破幻象,硬生生让他从烛龙的幻境中逃脱,并一直遥遥领先于其他俊彦。

但眼前的情形有些古怪。吕英、卓轻闲等人在烛龙幻境中挣扎已久,被张骞点破后,马上便能做到心无旁骛,步履渐渐从容。

倒是师铨自己,心中一直是无数美女珍玩的画面冲突来去,拜相封侯、南面为王的情景此起彼伏,萦绕盘旋。心中杂念一多,自然便令他成为地妖和藤精的主要攻击对象。师铨只能越发疯狂地挥动天蓬伞,凭着这件天地异宝的威力,艰难前行。

挣扎之间,一道道剑芒从身边掠过,师铨看见身旁的吕英吟啸而行,迈步超过了自己。

几乎在同一刻,卓轻闲也摇头晃脑地从旁飘然掠过。这书呆子更是奇特,口中念念有词,不知怎地,身边却没有什么地妖现身阻拦,竟后来居上,慢慢超过了吕英。

师铨又惊又怒,只觉心底各种欲念幻象越发此起彼伏,冲突来去,身前的地妖嚎叫着,越聚越多,已是寸步难行。

"师公子,你心中的算计太多了!心念一杂,便步履维艰。"说话的是张骞。

他正一步一步、缓慢而坚定地走上前来,双眸远望,仿佛看不见师铨,看不见吕英,甚至看不见这座通仙桥。

张骞身后的甘夫有些惊讶。从烛龙幻阵逃脱后,他此刻的幻念虽然已减却了不少,但仍不时如燕影掠江,横波来去,所以他也和吕英一样,仍需对付身前飘忽闪来的地妖藤精。

"大哥当真厉害！心志坚强，甚至能控制自己的念头！"望着张骞挺拔的背影，甘夫是又惊奇、又佩服。他忽然想到，那晚力战西域幻术师的时候，这个人就是凭着坚逾精铁的意志，战胜了术法诡异的对手。

师铨忽然回身，天篷伞平平地挥向张骞。

尖锐的伞顶发出刺目的寒光，师铨的目光却更加阴冷。他心里想的是，此刻已无力去追赶前方的吕英和卓轻闲，但只要守住第三的位置，便能稳稳地晋身第二轮。

张骞面对师铨的突然发难，神情一凛，奋力挥刀劈出。通仙桥上的人想法都差不多，每个人也都能大致揣摩到对手的想法。他的刀势大气磅礴，起手一招便是七刀，长刀瞬间划出七道眩目的圆弧。

但天篷伞只是极巧妙的一转，黑漆漆的伞身耀出一蓬乌光，立即将这几道圆弧消弭于无踪。

天篷伞仍是稳稳攻向张骞，那片乌光却收敛回来，凝在伞尖，吞吐不定。张骞大喝一声，刀势取直，自伞下方直直挑向师铨的小腹。

两人瞬间激战数招。张骞的刀法大开大合，完全是以命搏命的打法，但他的招式和术法远远不及对手，数招之后，已是险象环生。

甘夫眼见张骞遇险，惊怒交集，急待冲来相助，但心念一杂，眼前忽然涌现数个地妖，疯狂冲来，将他紧紧缠住。

争持之间，师铨冷笑一声，一腿悄无声息地自伞下踢出，扫中张骞的小腹。张骞仰头喷出一口鲜血，踉跄退开数步，重重地撞到桥边的几根藤蔓上。

那些藤蔓立生感应，翻转缠绕，将张骞的腰腿紧紧缠住。

甘夫看到张骞遇险，焦急万分，目眦尽裂，蓦地仰头狂啸，啸声犹如狼嚎，在桥间溪畔绵绵不绝。

师铨给这怒啸声扰得心神一乱，惊觉桥间忽然生出无数只巨大的狼头，齐声仰天嘶嚎。

他一凛之际，狼头已迅速变得大如门板，巨口森森，疯狂地向他咬

第七章 破　　阵

来。师铨大惊失色，忙将天篷伞收回，罩住全身。这件法器威力强大，黑伞护体，那些凶悍的狼头立时便模糊起来。

张骞得了这喘息之机，忙挥刀劈砍藤蔓，只是急切间仍难破除束缚。

"张君，得罪了！"师铨冷笑道，"我送你出阵吧。"

说着，他飘身直进，左手持伞护身，右手挥出一把淡紫色的长剑，剑芒凛冽，挑向张骞左臂上的入阵符。张骞此时刚劈开缠在腰间的两根藤蔓，忽见剑到，忙拼力挥刀封阻。

刀剑相交，师铨心念忽闪：此人如此大才，论算计之功，还要在我之上，此刻又何必留着他的性命？

一念及此，紫剑划了个圆圈，陡然扎向张骞的心窝。他的剑术远胜张骞，这一剑去势飘忽，挥出数道缭绕的剑芒，既像惑敌，更试图造成拼斗间失手刺杀对手的假象。

张骞腰间还缠着一根软藤，难以腾挪闪避，此刻见身前都是眼花缭乱的紫色剑芒，心内一苦，也只能奋力挥刀劈出。

蓦地，一道青影奋不顾身地扑了过来，当当当三声锐响，青影手中的白光及时拦住了紫芒。

紫芒与白光交击数下，忽然间白光暴涨，竟将紫芒尽数压制下去。

师铨不得不疾退两步，面对青影道："小妹，你疯了么？"

"现在的我，才明白了许多事。"师滢的脸上全是泪水，哽咽道，"我早被你们抛弃了！不是么？先前你们故意要弃我出阵，而现在，你那一剑竟然又想……"

她生性温柔，后面指责兄长竟试图刺杀张骞的话，终究说不出来。

"小妹，你忘了阿翁的嘱托了么？此来京师，一切以家族大业为重。你一介女流，难道还能身为汉使？你长大了，为了家族大业，就得学会忍受，学会舍弃。家族所需，我们就要随时舍弃自我！你是如此，我也是如此。这就是我们的命运，明白么？你该长大了！"

浓雾中，师铨大喝，他的眼角竟有一滴泪水滑落。

师滢的脸色苍白如纸。她仰起头，看向巨藤的巍峨暗影，那暗影仿佛带着上苍的意志。她摇了摇头:"我不会明白!这不是我想要的命运。我更不明白,为了什么家族大业,为了这些冠冕堂皇的理由,阿兄你竟去杀人……"

师铨的眼神变得冰冷,他已看到,师滢身后,云裳和甘夫正在慢慢向他逼近。

"那阿兄我来教你明白!"师铨忽然怒喝一声,天蓬伞劈头盖脸地向她砸落下来。

师滢实在想不到,自小将自己捧在手掌心的大哥,会向自己挥出这件强悍法器。她下意识地便挥剑去挡。

蓦地,她闷哼一声,大腿剧痛,已是被大哥气势汹汹的一腿踢中。她的奇门遁甲之术本可在方圆丈许之地进退如电,但此时心神恍惚,竟被这一腿扫得站立不稳,再被伞上大力一带,身子腾空飞起,向桥下坠去。

师滢此刻心如死灰。先前她为救张骞,心无旁骛,这才如飞一样冲来,此刻心内黯然,立刻觉出法阵的强大威压。法阵禁制与入阵者的心念相连,寒冰般的冷意登时四下里汹汹袭来。

师滢全身寒冷,心内更是如坠冰窟,只想,阿兄不要我了!在他眼里,我甚至不如那四枭!这只怕也是阿翁的意思。是呀,在他们眼里,我只是个需尽早嫁出去、为家族争取些利益的棋子而已!而为了所谓的家族大业,他们竟然什么都可以抛弃……

她不由闭上双眼,任由泪水汹涌而出。此时她身心俱冷,再难挣扎,只是如一根稻草般,高高地飞起,坠落。

猛然间,一只手横空探来,一把抓住了她的手腕。

师滢飞坠之势顿止,不由睁开眼,正看到飞掠过来的张骞。他正吃力地探身跃下,一只手抓着那根刚自腰间解下的藤蔓,另一只手牢牢地揪住了她。

"师滢,这个世界上永远没有绝望的事。"张骞的目光很热,仿佛看透了她的心,他的话更让她全身一暖。霎时间,师滢觉得四下里的寒冰已是迸裂消融。

师铨此刻也不轻松。他的脸上肌肉抖颤，剑和伞也在突突发颤。他先前只想将小妹逼退，但顾忌小妹凌厉的剑法，出手略重，竟将她打得飞落下桥。此时见张骞及时抓住了她，心内却又起了恶意。

他怜惜妹子，但更忌恨张骞。

当看到小妹望向张骞的眼神时，师铨觉得自己马上就要疯了。他再也克制不住心中的恨意，大吼一声，挥剑向张骞刺去。

剑芒疾闪的刹那，师铨看到一只狰狞的狼头向他咬来。跟着，张骞和小妹都变得模糊起来，甚至整座通仙桥都被浓雾笼罩住了。

师铨震惊无比，知道自己适才被妒忌和恨意控制，竟至心神失守，因而遭到法阵的强烈反噬。

他急忙凝定神意，挥起天蓬伞撑向那巨大的狼头。哪知此刻心绪大乱，一路上御敌破阵的法器天蓬伞居然也运使不灵，那狼头则霍然增大，血盆大口仿佛要吞噬天地，竟一口将天蓬伞咬了进去。

在师铨心神剧震之际，那边师滢已反手握紧张骞的大手，奋力腾起，借着坚韧的藤蔓悠然回荡，翻身跃回桥上。

师滢站在桥上，望了一眼兄长。她看到师铨卓立在雾气中，脸色很有些古怪，双眸内闪烁着疑惑、郁闷、妒忌，甚至迷醉的诸般神色，却没有一丝亲情和关切之意。

"不要胡思乱想！"张骞将短剑塞回到她手中，"我们决不能背负痛苦前行。"

师铨猛咬舌尖，一阵剧痛传来，才依稀看清前方两人的身影。那是张骞在奋然前行，师滢则急步跟随。两人都走得很从容，师滢甚至不再回头看他这做哥哥的一眼。

师铨的心又剧烈抽动起来。他大喝一声，便待冲上，才一迈步，却发现天蓬伞仍被什么东西死死咬住，无法抽出。

跟着，一阵雾气涌动，通仙桥已经完全消逝。师铨转瞬间，发现自己峨冠博带，正气势威严地站在朝堂之上。朝堂之中金碧辉煌，那片片金色耀得他几乎睁不开眼。在那片金色的正中央，端坐着当朝天子，天子的形貌有些模糊，但很明显地是在冲他微笑。

都是幻象！师铨想再次咬破舌尖，来刺激自己挣脱这片幻境，却见几个内侍捧着袍服印绶赶来。那是两颗金光灿灿的大印，一颗是大汉丞相之印，一颗是侯爷之印。内侍们恭谨地抬起他的胳膊，帮他将两枚金印系在腰间。封侯拜相啊！现在的师铨已经是大汉的万户侯了。

师铨一阵迷醉，很想在这美妙的朝堂上再多待一会，却忽然听到咔咔怪响从头顶传来，他举头望去，发现金殿的琉璃瓦竟然片片碎裂。

他又看见了那把幽黑的大伞。这金殿的殿顶居然是自己的天蓬伞所化！而此刻，一只硕大无朋的狼头正在撕咬着巨伞，天蓬伞已是慢慢地碎裂开来。

突然间，天子消逝了，内侍、印绶乃至整座金殿都消逝了，那把天蓬伞在巨狼的撕咬下，已破烂得惨不忍睹。

师铨又惊又怒，挥剑刺向巨狼的血红眼珠，却不料桥边忽然闪出无数狼头，没头没脑地向他扑过来。师铨只觉剧痛钻心，他的双腿、臂膀、前胸、后背，都被狼头咬中，顷刻间已是全身血肉模糊。

他大叫一声，猛然扯去了自己的入阵符。

他的眼前立时回复清明。此刻已是黄昏，张骞和师滢正踏着桥上的夕阳余晖走远，他们甚至超过了前方的吕英。

那是师铨在通仙桥上看到的最后画面。

下一瞬，他便被一股奇怪的力量拽出了瀚海法阵。

对面，桥头已然在望，吕英却发觉脚下的阻力越来越大。

正如张骞所说，桥上法阵禁制与入阵者的心性息息相关，心神越乱，欲望越大，便越会诱发幻阵攻击，或是吸引更多的地妖和藤精。

刚将三个来势汹汹的地妖击飞，吕英的眼角余光忽然扫见数道人影从身侧奔掠而过。吕英眼芒一粲，振腕出剑。

长剑鼓荡而出的一瞬，他的心神也随着这沉浑平实的一剑凝定下来。剑势由急而缓，由悍辣而圆融，甚至连剑上的光芒都不再那么耀眼，而是如月印秋江般的清澈宁静。

这剑心通明的一剑刺出，前方呼啸疾行的五道人影齐齐消失了。

"原来那五人都是幻象！"吕英大汗淋漓。眼前浓雾渐渐消散，他才发现自己已踏过了桥头。

在岸边回头望去，那溪涧似乎平和了许多。一道彩虹横跨溪间，夕阳如醉，山色如染，那座让他觉得几乎是跨过了一生的漫长时光的石桥，此刻在暮霭映照下，却显得那样美好而恬静。

终于过关了！吕英拭了拭脸上的汗水，才看清溪边的三道身影。

张骞大袖飘飘地立在暮色中，一脸云淡风轻。在他身边俏立着一道婀娜纤秀的身影，正是师滢。卓轻闲则很懒散地仰卧在草坪上，笑眯眯地望着他。

"谁先？"吕英跟卓轻闲说话，从来都很直接。

"他！"卓轻闲一指张骞，叹道，"最后几步，这家伙仿佛着了魔一样，步履如飞，骎骎乎而后来居上。自然了，本公子仍旧在你之前。"

"原来张君才是真正的大家！"吕英向张骞一拱手，目光中颇多感慨，"吕某颇为好奇，听说张君从未习过术法，不知这千难万险的法阵是如何过来的？"

张骞也一拱手，道："《孟子》有云，志一则动气！我不过是心志专一而已。"

"原来张君是儒家！儒家重养气。"吕英却又皱眉，"但只凭着心志专一便行？"

张骞笑了笑："当然还有朋友和运气。"他举头望向红桥，云裳和甘夫正并肩走向桥头。

便在此时，溪边响起一串轻柔的铜铃声响。铃声虽然舒缓，却带着一股说不出的奇特韵律。

"镇魂铃响了。第一轮瀚海法阵已经完结了！"卓轻闲一骨碌爬起身。

镇魂铃鸣响，意味着已有四家高手冲关成功，也宣告大赛第一轮的结束。

果然，随着极具穿透感的铃声悠然鸣响，石桥上的红光慢慢黯淡，雾气也飘然消散。石桥的远端，幻阵中的大漠、洞穴……所有的一切都在慢慢模糊，那些怪兽不甘的嘶吼声也渐去渐远。

只有眼前的溪涧依旧溪水奔腾，石桥依旧如长虹飞跨溪面。铃声止息的一瞬，甘夫和云裳陡觉脚下阻力尽去，遂轻快地奔过桥来。

云裳的脸上有些遗憾，她终究没有亲自晋身四玄。甘夫则一脸轻松自若：毕竟张骞是第一个踏过通仙桥的人，他们这三人盟已必然会晋升入第二轮的金殿策论。

郭昭也踉踉跄跄地奔过了桥。跟卓轻闲聊了几句，听到最后的结果，他立时望向张骞。

"好你个张骞！"郭昭的眼珠子几乎要瞪出眼眶，"你这个假仁假义的家伙当真能忍呀！居然一直隐藏自己的实力。"

张骞看着他，没有言语。郭昭愤怒地发现，这家伙的衣着还挺整齐，比自己沾满血污的袍子要干净许多。而且这家伙还是那副德性，没有多么兴高采烈，也不见破阵后的劳累伤痛。

郭昭看到这些，更是恼怒，喝道："你说你根本不通术法，但你居然第一个闯过无为学宫大祭酒亲自设置的瀚海法阵！就说过这通仙桥，没有术法护身，你能过得来？更不要说第一个过桥！"

张骞平静答道："破阵过关，本就与术法修为没有太多的关系。"

郭昭哈哈大笑："简直是滑天下之大稽！你这才叫强词夺理，虚假入骨。"

云裳忍不住哼道："郭昭，即便张骞是身怀绝技而不显，难道还犯了王法么？哪条大汉律令有这一说？"

郭昭闻言一愕，正待反唇相讥，忽听身后传来一道冷冰冰的声音："小巨子，这位张骞张郎官是真的没有术法修为，我能保证。"

"你能保证？你又是什么东……"郭昭怒气冲天地回过头来，却望见一道黑瘦的身影。那人虽身形瘦小，眼神却锐利如剑。郭昭给那眼神激得浑身一寒，立时想到了这黑瘦猴的可怕身份，不由强挤出一丝笑来，"原来是吕兄啊！吕英兄慧眼独具，不过本公子却看不出来。"

张骞忽道："郭公子，参加这第一轮法阵的，术法高深者不知凡几，戎装法宝护身者也在在多有，可他们许多人都在半途折戟，比如你郭小巨子，还比如那位师公子……"

他仰头瞟了眼不远处的师铨。法阵禁制撤销后，失了入阵符的师铨也在附近现身。此刻这位眼高于顶的逍遥商盟大公子正负手而立。他没有回头往这边看，甚至没有看任何人，只是侧头望着那抹如血残阳发呆。斜阳余晖下，他的影子显得无比孤独与失意。

便在此时，铃声终于止息。身披金甲的白发老将军樊韬纵马奔来，朗声宣布："第一轮九幽瀚海法阵之战已然终结。诸君，西域之行千辛万苦，绝不会一个使团都能同进同退，自然要有所取舍，所以按照大赛规矩，只要有一人过关者，也算该盟晋级。最终得以晋升四玄者，张骞之盟，卓轻闲之盟，吕英之盟……"

老将军顿了一顿，看了看手里的名单，才慢慢道："逍遥之盟！"

老将军话音刚落，溪涧前便是一阵喧嚣。

郭昭仿佛又看到了一个新的怪兽，扭头瞪着师铨，笑道："恭喜啊师公子！不过这应该是令妹的功劳呀！逍遥商盟果然神通广大，居然报上了两个名额。这次借着令妹的光，终于要光大贵盟了，可喜可贺！"

原来，这次报名时，师铨特意施了个小手段，没有注明人名，而只是以商盟的名义给小妹报了名，以备万一之需。

此刻师铨心中百味杂陈：看来自己这步棋居然走对了！第二轮时，自己可以商盟名义，荣登未央宫去金殿对策了。虽然这"荣登"，都是沾了小妹的光，但家族大业当前，自己的脸面又算得了什么！

师铨没有搭理小巨子，目光却忽然触见了妹妹幽幽的眼神。他紧抿的双唇终于慢慢张开，艰难地挤出一丝笑："小妹，很好！你能晋身四玄，也让整个逍遥商盟过关了。这自然也是师家的荣光。"

师滢望着哥哥，也艰难地笑了一下，却不知说什么是好。

好在樊韬这时已再次朗声喝道:"诸位不要居功自傲。你们只是过了第一关而已,要想最终夺得正使身份,还要过第二轮金殿对策之关。过关诸君,各自勉之!"

卓轻闲、张骞等四人都上前给樊老将军见礼,表示感谢。

第一关产生的四玄,分别是天下最大的两大商帮、最大的方士学派和一位朝廷军方代表。

无为学宫只派出吕英一盟,显然是极其相信吕英的实力,而吕英果然不负学宫之期望,一路挥剑斩关破阵。两大商帮,财力深厚,网罗了不少高士,取胜之道可谓各有千秋。

只是这意料之中,却还有许多让人猜想不到的变数。比如实力最雄的逍遥商盟,居然是靠着一位娇滴滴的女子晋级,便完全出人意表。相形之下,军方一口气派出三组高手,前两组气势汹汹,却最早折戟出局,倒是最不被看好的张骞一举夺得头名。

"张骞,听说在五行穴阵中,你走了一条最困难的破阵之路。"樊韬下了马,锐利的老眼凝在这位年轻郎官的脸上。他的眼神颇为复杂,那里面有震惊,有惭愧,也有几分庆幸:毕竟,如果不是张骞的异军突起,北军乃至朝廷就会在法阵中全军覆没。

"老实说,先前老夫并不看好你,但没想到,屡屡破关者竟是你,最终一举夺魁者也是你!从此刻起,你已代表朝廷了。第二轮的金殿对策,老夫相信,张郎官一定还会有高见卓识。"

身为万户侯的名将,亲自下马,对张骞谆谆安抚鼓励,这实在是给足了张骞面子。张骞则是不卑不亢,向老将军躬身行礼,沉声道:"承蒙君侯厚爱,张骞谨记教诲!金殿对策,定当全力以赴。"

樊韬的老脸绽开一丝笑颜:"老夫盼着张君继续给我惊喜。"

他意气风发地将马鞭甩给侍从,高声对远近的破阵俊彦们喝道:"诸君,此次破阵,大家都是胜者。"

"只因出使西域,是我汉家儿郎的第一次远征,这也将是极为艰辛困苦之事。大漠之上,千难万险,内有沙匪猖獗横行,外有匈奴虎视眈眈。老夫没有想到，居然有这么多的热血儿郎慨然报名，投效国家。这让老夫极为感动。

"有热血便会有牺牲。本次瀚海法阵严苛异常，阵内殒命者，朝廷将以阵亡将士的资格，厚加抚恤。

"我们的排阵为什么要如此凶险？为什么不能点到为止？因为我们必须铁血强韧！这就是天子的本心。汉家儿郎必须勇武坚强起来，因为匈奴人不会跟我们点到为止。阵中殒命的热血儿郎能慨然面对死亡，即使技不如人，也没有临阵退缩。他们虽出师未捷而亡，却让祖宗荣光，同样是最终的胜者。此次未曾过关之人，你们的履历中也会写上浓墨重彩的一笔。参加此次选拔者，都是大汉之勇者。你们这些勇士，才是我大汉之风骨，强汉之气魄！"

"大汉，等着你们建功立业，扬威西域！"

他这一番鼓动，令溪边众人热血沸腾，张骞也是听得胸胆开张。

其时大汉虽已建国六十载，然开国时的勇武之气丝毫未失，经过文景之治，民间乃至军方都积聚了更多的雄心豪气。他们渴望开疆拓土，渴望建功立业。

此刻众人听了老将军的鼓励，便是齐声高呼："建功立业，扬威西域！"

春日的溪涧水声哗哗，喊声中带着初春的气息，带着难以阻挡的勃勃生气。

"好了！胜利的儿郎们，去饮酒庆功吧！天子格外恩准，这两日长安没有宵禁。诸君可以去长安酒肆，开怀畅饮，你们配得上喝最烈的酒。"大笑声中，这位豪气万丈的老人翻身上马，在一众青年的欢呼声中纵马而去。

"樊侯都说了，让咱们去喝一番庆功酒。"卓轻闲笑吟吟地向张骞、师铨等人一拱手，"小弟做东，请诸位去喝一杯如何？"

师铨自觉面子无光，意兴阑珊地挥手道："改日再会吧。"

师滢却开言道："我去！"

师铨皱了皱眉，终于拱手对卓轻闲说道："好吧！那就烦劳轻闲兄照顾舍妹。望诸君尽兴！"

他又对张骞拱了拱手："张君，通仙桥上多有得罪，但终究是意气之争而已，祈望恕罪。今日在下身体有恙，来日得暇，必置酒谢罪。"说罢，也不待张骞答话，转身飘然远去。

云裳盯着他的背影，哼了一声："假惺惺！"

甘夫对云裳道："你的腿伤如何了？不能饮酒的话，我送你回客舍。"

云裳想不到这家伙一副死板板的冷面孔，居然还能对自己如此关切，便道："一起去吧，我不喝酒就是了。"话一出口，不知怎地，她皎洁的玉面竟微微红了红。

长安西市最大的酒坊——醉仙阁。

一间精致暖阁内，卓轻闲做东，张骞三人、师滢和吕英、风君天，已是痛痛快快地畅饮了一番。

这确是难得的欢畅，轻松的一刻。师滢自然是以水代酒，嘴上说不喝酒的云裳却豪迈地举起酒盏。众人喝得是逸兴湍飞，确实如永威侯所说的，他们配得上最烈的美酒。

这几人中，张骞仍是最沉稳的。被敬酒时，他总是很爽朗地举杯，却并不会真正一饮而尽。如同他平时的为人一样，他喝酒从容而克制。虽然他也喝得脸上泛起了微红，但双眼却依旧明亮而沉静。

吕英不由大是吃惊："张君，你完全没有修炼过术法，但我有种奇怪的感觉，当真拼起酒来，只怕我这术法高手也很难胜过你。你喝醉过么？酒量到底有多大？"

此言一出，连师滢和云裳这两位一直在窃窃私语的少女在内，大家都好奇地望向张骞。

张骞摇了摇头："我其实不大喜欢饮酒，喝酒只是为陪朋友。因为喝得少，所以至今没喝醉过。"

吕英点头道："嗯，哪日得闲，要真正探一探你的酒量。"

甘夫忽道:"想知道我大哥的酒量,先要胜过我。"

吕英兴致甚高,当即便和甘夫拼起酒来。

酒坊的两大坛十年陈酿,被两人鲸吞虎饮般相对喝下,竟是不分先后。吕英不由对甘夫赞不绝口,认为他在饮酒方面的修为绝不在自己之下,肯定在卓轻闲之上。

"为何一定会在本公子之上?"卓轻闲大是不甘。

于是斗酒演变成了斗口。这是两个少年天才间的常备游戏,但喜欢引经据典的卓轻闲斗起口来天生吃亏,完全比不上出言如出剑的吕英。

张骞只得举杯给卓轻闲解围:"轻闲兄,其实这两日我一直在想上次你所说的话。昆仑传说,虚实各有几分?"

"大贤在此,张君何必问我?"卓轻闲愤愤地一指吕英,"小黑猴身在无为学宫,对昆仑之说耳熟能详,快来抛砖引玉吧。"

"昆仑之学?"吕英脸上的轻松笑意登时一敛,蹙眉沉吟起来。

众人都有些好奇地盯着他,不知他为何忽然如此严肃。吕英却又举起一坛酒,仰头一口气灌了半坛,才摇了摇头:"不能说!师尊有命。至少,现在还不到说的时候。"

"故弄玄虚,岂有此理!"卓轻闲冷笑。

"不过,张君。"吕英却很认真地望着张骞,"小弟来此之前,师尊曾吩咐过,待金殿对策之后,他会请你去无为学宫做客。也许,他会告诉你一些东西。"

张骞拱手道:"大祭酒威名赫赫,张骞久仰了!请转告尊师,我张骞受宠若惊。"

卓轻闲也兴奋起来:"如此好事,我能陪同前往么?"

"我在无为学宫,你当然可以随时去。"吕英这次倒没斗口,却有些无奈地望着他,"但师尊那里么,只怕很难!"

"你那里我又不是没去过!可你们学宫的那些镇宫宝贝,除了你师尊大祭酒,谁能看得见?"卓轻闲颇为遗憾。

吕英一边和几人谈笑,一边继续和甘夫拼酒。两人已各自干了三大坛烈酒，惊动了坊内酒客、伙计、掌柜，大家都挤在门外看热闹。

两人豪气勃发，这一番惊世骇俗的拼酒不知要喝到何时。张骞看看天色已晚，想到师滢终究是个文弱少女，便出声劝两人暂且作罢，今日这场酒就算和局。

走出酒肆，三月的晚风无比温柔地拂在脸上，那一瞬间张骞有些恍惚：这样难得的展颜一乐，自己已经很久没有过了吧？

师滢走到他身边，盈盈施了一礼，道："张大哥，金殿对策，请你一定要夺魁。"微一犹豫，又道，"张大哥若夺得正使之位，便会有选择副使和随从之权。小妹想，你们的使团，终究是需要一位郎中的。"

少女的话音很轻，却极为坚决。张骞的心顿时一热，甚至觉得晚风都越发温煦轻柔了。他望向她的眼睛。她的目光澄如春波，温柔中却深蕴着一股别的女子眼中难觅的坚毅。他知道，温婉如她，忽然对自己说出这样的话，意味着什么。

她认真地看着他，仿佛有什么话要说。他心领神会，跟着她走开了几步。

她犹豫了一下，终于轻咬贝齿，低声道："张大哥，你似乎身上有病。你中过蛊毒？"

张骞一愕，缓缓叹了口气："请师小妹莫要外传。"

师滢点点头，幽幽叹道："张大哥见谅！你在洞中昏厥时，我为你把脉才发现的。小妹我虽治不好你的病，但我想，有个人可能会治好的。"

"可是令师'起死神针'郑大师么？实不相瞒，郑大师曾给我治过病。"他黯然摇了摇头，"只可惜，郑大师最后也是束手无策。他说过，如果找不到给我放蛊之人，我也许活不过两年。"

师滢望着他，眼中闪出泪花。她极为震惊，急忙别过头去，低声道："给你下蛊的那个人在哪里？"

"西域……"张骞呵了口气，"不过，马上我就要去西域了。"

他的语声带着不容置疑的坚定。也许是觉得这话题太过沉重，他又一笑说道："师小妹，你知道么？咱们之间颇有渊源呀！"

师滢的脸微微一红，右颊的晕涡闪了闪，忽然不敢接触他的目光，垂下头，低声说道："是么？"

"你瞧，你的医道得自郑无空先生，而他曾出手给我治病疗毒；你的剑道得自纵横家的风大师，我虽不通术法，但也曾随家父钻研过纵横家的学问。"

师滢双眸一亮，说道："我曾听家师风大师说过，纵横家之学分为经天、纬地两宗，经天宗便是家师所传的剑道、遁术为主的修炼术。但师尊说，纵横家最大的学问当在另一宗——运筹天下的纬地宗，可惜这门学问，都在他的一位遁世不出的师弟手中……"

张骞叹道："家父张览，便是风大师的师弟。"

师滢不由啊了一声，望向张骞的目光中更多了几分异样，轻声道："我们果然有些渊源！"咬了咬樱唇，她有些执拗地又望着他道，"那你去西域，更是一定带上我去！"

"好！就当这是我们的相约吧。"他慢慢拱了拱手，再次重复那两个字，"一定！"

师滢的玉靥却又红了红，轻声道："保密！"

张骞又惊又喜地点头。两人对视一笑，忽然发现，这相约只是他们两个人之间的秘密。在阳春三月暖意融融的晚风中，他们二人订下了只有他们自己知道的相约。

第八章

金殿之论,昆仑之问

两天后,昆仑天榜之争进入第二轮——金殿对策,地点已改在万民仰视的未央宫内。

因为对策是要在金殿内面圣、就天子所出的题目论说答辩,所以晋身四玄的每一盟只能出席一人。张骞、吕英和卓轻闲很早就赶到未央宫的阙门外,然而他们发现,师铨已经早早地候在那里了。

逍遥商盟少主的脸上没有任何沮丧或是羞涩之色,昂然挺立在温煦的阳光下,一如往常般笑吟吟地跟三人打着招呼。

大汉之时,对官吏和普通百姓的服饰有很多等级规定。虽然民间穿戴可以略微随便,但这次是面圣,所有的人便都谨慎了许多。师铨和卓轻闲都换掉了豪奢的丝质深衣,张骞仍是一身郎官服饰,吕英则是无为学宫的袍服。四人进了阙门,被内侍领着,一路向北,到了对策所在的石渠阁。

石渠阁为开国丞相萧何所建,是未央宫内的藏书阁,同时也是大汉京师的学术中心,常有学者名士在此聚会,纵论古今,有时天子也会加入。这一轮金殿对策定于此处,最是合适不过。

阁内显然经过精心布置。张骞等四人按着先前内侍所教的规矩，有些紧张地朝拜天子。陪着四人前来的大臣是郎中令王臧，而刚刚被任命为丞相的柏至侯许昌则亲自主持。

一番还算简单的仪式后，策论进入正题。

"'书'云：'人之有能有为，使羞其行，而邦其昌。'我大汉欲兴非常之功，必待非常之人，故广开纳贤之路，诚所谓'人之彦圣，其心好之'……"天子的声音在轩敞的阁中传来。虽然都是套话，但给那很年轻的声音讲出来，也颇有穿透力，显示着一种锐气。

张骞一听之下，却是心神大震：这天子的声音怎么这样熟悉？自己一定在哪里听到过！

是河伯祠内的平阳侯！这声音是一样的豪气，一样的沉稳。

适才面圣时太过紧张，不敢细瞧天子的长相，这时候悄悄斜觑了两眼，他更加肯定：虽然当时那个神秘的平阳侯戴着奇特的面具，但那双给张骞留下深刻印象的眸子，正与此刻天子那闪现着熠熠光彩的双眼完全吻合。

陪在天子身边的那个清俊文士，正是当日的东方先生。

"他应该就是东方朔！"张骞暗骂自己糊涂！传闻天子身边有位官拜太中大夫的近臣东方朔，在朝野间声名显赫。此人博学多才，又出口诙谐滑稽，可不就是大才东方朔么！

这更可佐证，当日的平阳侯，就是当朝天子、大汉第四位皇帝刘彻。

张骞心中的所有疑问瞬间都迎刃而解：怪不得卫青会忽然派人给金吾卫官吏传话；怪不得随后天子会派来使者宣诏，甚至连甘夫的奴隶身份都会那么容易解决……

"……当今西域，地域广大，大小邦国星罗棋布，形势扑朔迷离，我大汉对其却一知半解。最让朕寝食不安者，便是匈奴！"

天子沉厚的声音又将张骞的思绪拉回阁中："击败大月氏后，匈奴已成我大汉西北方向第一大国，虎视西域，狼顾大汉。当年的高祖皇帝将兵三十二万，攻之不克，反被围遇险。西域问题，首要便是匈奴。朕今日的题目其实很简单,也很复杂,那便是,今日之大汉,当如何应对匈奴,如何打通西域?"

天子的题目出完,语停,阁静。

所有的人都陷入沉思,甚至连丞相、柏至侯许昌都在蹙眉沉吟。

这是一道完全不出意料的简单题目,却也是一道实在无解的难题。谁都知道当今匈奴的强大。能征惯战如高祖皇帝,还不是被困平城!当朝天子的话说得很客气,其实高皇帝不是攻之不克,而是铩羽而归。

所以此后从高祖皇帝刘邦的后期,到吕后,直至先帝,都采取以和为主的战略,因为根本打不赢。既然如此,这题又能怎么答?

"陛下雄才大略,明见万里!此题至深至博,如洪钟大吕,切中当世之要……"新任丞相许昌不得不开口。他不能让场面继续冷下去。

在鼓动唇舌,夸赞了一番天子的题目后,他话锋一转:"'书'云:'元首明哉,股肱良哉,庶事康哉。'昆仑天榜广纳贤才,今日便请其中的翘楚,也就是破阵四玄,来各抒高论吧。"

见张骞、师铨等四人都在沉思,许昌眼睛一转,微笑道:"诸君,因为是面君对策,所以先发高见者,反会占得先机。"

这种场合,应对者一般都会希望在他人之后作答,以便博采他人之长,最后形成更佳的见解。但许丞相的话则暗示四人,后答者不能将先论者的意见据为己有。

"陛下圣明!大汉粪土臣师铨,愿抛砖引玉,先抒浅见,请丞相及诸君指教。"师铨气度从容地走上前来。他在第一时间捕捉到许昌话中的深意:如果抢先奏对,很可能会有先发制胜、一鸣惊人之效。

"诚如陛下明见!西域之事,便是匈奴之事也!而匈奴之事,对策不外两个字,和与战……"

师铨曾仔细揣摩皇帝的心态。能将如此重要的国事直接作为金殿策问的题目,这位青年天子必然是个直截了当的性格,所以他的回答也是直指要害,没有什么弯弯绕。

借着语音停顿之际,他觑见天子居然很欣赏地眯起了眼,凝神静听,心内不由暗暗一喜。

"高皇帝平城之战后，我大汉对匈奴便以和为主，迄今六十年矣！所谓和，便是和亲，汉家公主远嫁匈奴，更厚赐其丝帛、酒米、珠玉。可这六十年间，匈奴骄横益甚，时时纵兵侵扰，可见化外之人，其心实是反复无常。

"冒顿单于死后，其子老上单于登位。数年后，他便亲率大兵十四万入塞，在塞内掳掠月余，直到文皇帝与其重订和约。

"五年后，老上单于死，其子军臣单于当政。第二年他再毁和约，两年后，又亲率三万铁骑攻入上郡大掠，甚至影响到长安。两年后其与大汉签订和约，但五年后又发兵攻我燕地……"

他声音清朗，侃侃而谈，堂上的许昌、樊韬等文武大臣都脸色干冷，有的臣子更深深地低下了头。

师铨说的全是事实，甚至是直揭了大汉与匈奴关系的老底。堂堂大汉天朝，原来一直是这样无比屈辱地应对着强敌匈奴，奉上公主、奉上美女，再送上珠宝、丝绸，但仍要忍受匈奴这头怪兽随时会爆发的残暴践踏。

"由此可见，匈奴之首领实乃反复无常的卑鄙恶徒，欲壑难填。只靠和约与厚赐，不但填不满这个深坑，反会将其越撑越大。所以，和约不足恃，厚赐不足凭！方今陛下神武，太后英明，我大汉历经文景之治，养精蓄锐六十载，国库充盈，将士用命，此时明张其罪，兴兵讨伐，我军以有道伐无道，必将势若破竹！"

师铨此时故意顿了顿。环顾四周，见宰相公卿等都瞠目望着他，他的心内不免泛起些自傲，同时也有几分担心。

他为这次金殿对策准备了很久。靠着逍遥商帮钱可通天的强大力量，师大公子搜罗了许多朝中重臣的喜好与观点，更反复揣摩皇帝刘彻的意向，特别是推究这位青年天子亲自训练新组建的旗门军之心态，最终决定赌上一把，力倡主战之议。

"师铨！"丞相许昌终于忍耐不住，低喝道，"朝廷甄选人才，让尔等一展所学,却不是让你大胆倡言,妄议朝政……"

"许卿!"天子刘彻出言打断许昌的指责,"金殿对策么,当然要各抒己见,发前人之所未发。如果都是一味称扬歌颂,阿谀奉承,那又何必费事办这昆仑天榜?"

许昌神情一凛,忙俯身谢罪。那边师铨则知趣地退到一旁。

天子很潇洒地挥了挥手:"师铨你继续说。若是战,该如何战?"

"大汉粪土臣师铨领旨谢恩!"首次面圣,师铨表现得很沉稳得体。

因为第一轮的意外失手和后来更加意外的入选,他不得不在这一轮的金殿对策上采取激进的策略:只有剑走偏锋,言人所未言,才能给天子留下深刻印象。

此刻见到皇上脸上一道若有若无的笑意,已经汗透内衣的师铨心内一阵狂喜:看来这一次当真是赌对了!

他挺直腰板,继续阐述自己横扫西域的远大抱负。这时候,他精心准备的各种资料分析也派上了用场,甚至对大汉军士抵御匈奴铁骑的阵法操练也提出了几条颇为中肯的建议。

对于大汉出使西域,师铨认为,要以此次出使为良机,全面刺探匈奴和西域各国的动向,而且使团中要多备各种细作谍子,以便借机在西域潜伏下来,搜罗各地军政要情。

"……总之,方今天时地利人和皆备,该是我大汉蓄势而发之时了。以上皆为师铨浅见,无知妄言。诚惶诚恐,伏乞陛下宽恕。"一番条陈得当、剖析入理的论说之后,师铨再次庄重施礼,在阁内众人的注目下从容退开。

师铨退下后,阁内竟静了一静,不少人的眼光都在偷偷望向刘彻。天子面无表情,那双眸子锋芒内敛,不知在想些什么。

沉了沉,黑黑瘦瘦的吕英大步上前,稽首施礼道:"无为学宫布衣吕英拜见陛下!臣以为,师铨所论,大而不当,华而不实。洋洋数千言,而无一计可用。"

无为学宫天才少年的话就如同他的剑,犀利而决绝,一上来便丝毫不留情面。

师铨虽然早就知道,这种当庭对策,须得相互激辩,但听了吕英的这几句话,仍不禁脸色微变。阁内群臣此时也是表情各异。战和之争,其实在大汉朝廷内由来已久,只是众臣心照不宣,并不言明,此时因为这甄选西域使者的机会,由天阁论战而公开化,倒可以让各方充分发表高见。

天子刘彻微微一笑:"你是无为学宫大祭酒的高徒,自然是持和议之策了?"

师铨听得这话,在心底暗自舒了口气。皇帝的话看似平常,却有颇多蕴意。登基不久的皇帝雅好儒学,而执掌权力多年的窦太后则尊崇黄老之学,无为学宫正是大汉阐扬黄老之学的官方机构。

皇帝这句很随意的话,其实已经隐隐地给吕英及其背后的无为学宫划了一条线。师铨暗自庆幸,自己是跟天子站在这条线的同一边。

吕英却仿佛没有听出皇帝的话外之意,依旧躬身道:"陛下圣明!我大汉以孝治国,遵循祖法,乃孝之大者。自高祖皇帝至先帝所行的和亲之策,其本意正是要使天下休养生息。孝文皇帝时,也曾调集天下精兵,聚集广武常溪,拟歼入侵之匈奴,终因多方掣肘,匆忙收兵。可见兵者不祥之器,战端不可轻开。"

天子淡淡地笑了笑:"我大汉谨守和约,而匈奴则不守诺言,随时纵兵侵掠,则又如何处?"

"臣持和议之论,绝非一味屈就纵容,而是要厉兵秣马,以战促和。一来,我们要让匈奴明白,按规矩行事,便会有美酒丝帛之赐与互市贸易;若是入寇侵扰,便只有死路一条。二来,朝廷以守为主,以逸待劳,不但深合祖法,且不轻开战端,则天下百姓不受兵戈之苦,更合无为而治之大道……"

师铨听了,心中暗笑:这吕英剑法尤双,但终究是黄老之书看多了,说的都是些陈词滥调。正得意间,他忽然发觉高阁内厅有一道珠帘微微晃动,里面隐约传出环佩轻响。

他立刻想到，内厅帘后有人在静听！如此正式的场合，垂帘而听之人肯定是得到天子首肯的，料想应该是女子。想到此，他心中一惊，马上猜到，静听女子一定是窦太后派来旁听论战的宫女。原来，手握重权的窦太后一直在高度关注着这轮金殿对策，而且知道最新的动向！

窦太后是当今天子刘彻的祖母。先帝景帝龙驭宾天后，老太后就一直掌握着大汉的实权。这位老太太虽已双目失明，却精于权谋，而她和孙子刘彻的分歧，也早为朝野所知。新登基的孙子锐意进取，喜好儒术，奋发求变；其祖母窦太后却雅好黄老之术，严守无为之治的祖训。

这位崇尚无为而治的老太太也会突施雷霆手段。就在不久前，窦太后忽然寻隙，罢免了刘彻的两位亲信窦婴、田蚡的宰相之职，同时任命自己的亲信许昌为相。

师铨忽然明白了，代表着无为学宫的吕英，其实也代表着窦太后，所以天子对吕英很客气，甚至亲自提了一两个问题；而适才自己侃侃而谈时，天子始终不动声色，甚至不置一词。

他更明白了，为何瀚海法阵时，吕英始终成竹在胸，一剑在手，便能遥遥领先，因为无为学宫虽只派出一盟，却一定会晋身四玄；因为无为学宫的身后，就是衰老却又无比强大的窦太后。

"赌吧！窦太后终究垂垂老矣！哪怕你们都持和议，本公子也要一意孤行到底。"师铨在心底无声地呐喊着。

"所以本次出使，宜乎主要彰显我大汉睦邻之诚意，哪怕是面对强横之匈奴，也当不卑不亢，以静制动……"吕英对出使西域的正题也说了些举措，说罢施礼退下。

他这一轮对答虽然不温不火，但丞相许昌等诸多大臣都在暗暗点头。他们没有发言，但有时候，不说话才是最大的首肯。

张骞和卓轻闲对望一眼，均做了个"请先"的手势，随后还是卓轻闲缓步上前，给天子行礼后，便侃侃而谈起来。

"兵法谓知己知彼百战不殆。欲治匈奴，当先明匈奴之源。荀子曰，厌其源，开其渎，江河可竭！据草莽臣考证，匈奴之起源，应是一个神秘外族，便是《易经》中的鬼方，《诗经》中的混夷，《国语》中的犬戎……"

张骞一愣。他万万想不到，卓轻闲在这时候犯了书呆子的痴气，竟滔滔不绝地掉起书袋来。阁内群臣一时也是听得头晕脑胀。

他这番引经据典，成功地引起了天子身边的奇士东方朔的兴趣。东方朔捋着长须笑道："《易·既济》爻辞有云，高宗伐鬼方，三年克之！但你又如何知道，此'鬼方'与《诗经》中的'混夷'是同族之异名？"

卓轻闲大是得意，笑道："据晚生考证，《易经》实为最早记录匈奴先祖鬼方之书，那应该是商周之时的事了。至于'鬼方'与'混夷'是同族之异名，则要考究别的史书。要知道，'混夷'之名，也见于周书……"

一时间，两个学究互抛书袋，争引典故，当真是旁征博引，诘屈聱牙。阁内除了一两位老儒听得津津有味，大多数人都觉云山雾罩，不知所云，甚至已有人悄悄打起了哈欠。

只不过，这两人所引用的大多是经学之书，是被长安主流学者推崇的学说。阁内虽然没几个人听得懂，大家却都要拼命装出一副很听得懂的样子，不时微微点头，或是随之摇头晃脑，表示自己对此也颇有心得。

于是，没有人敢打断他们，更没有人单独向卓轻闲发问。

师铨心底却乐开了花。他原本很是忌惮卓轻闲的博学多才，此时已暗自将卓轻闲这书呆子从竞争者中抹去了。

天子刘彻在努力忍住两个哈欠后，终于咳嗽了一声："卓卿，你这溯本穷源之法，倒也见解奇特。只不过,我大汉到底该当如何对待匈奴？"

"启禀陛下！草莽臣卓轻闲以为，诚如陛下明见，以此溯本求源之法可知，便在夏商周三代盛世，也从不要夷狄归附华夏中土的。何也？只因这匈奴处于沙漠之中，生于不火食之地，其地苦寒贫瘠，不易于农耕，不便于定居。这些远方不可教化之人，又何必去征讨？"

在皇帝的逼问下，书呆子终于甩出了最后一个书袋。他的观点更是奇特，居然是不必征伐！

适才他连抛书袋时，阁内的群臣无论主战主和，一直都在频频点着头，表示自己听懂了卓轻闲的深奥言辞，此时还在习惯性地频频点头，直到听到他的最后那句话，许多人才愕然抬起了头。

卓轻闲又道："若是我大军征伐，则需辗转千里，深入不毛之地，待找到匈奴大军时，已如劲风之末，力不能起鸿毛。这才是深可忧者！由是推之，战不可发，也不必发，则为今之计，只有和之一途。"

"此次我大汉出使西域，是推行睦邻之策的一大良机。其中之关键便是互市。现在匈奴与我大汉已开通互市贸易，但其余诸国则遥遥乎而不可及，那么我大汉当以出使之机，对诸国及匈奴晓以利害，特别要动之以利，让其对我大汉形成长期之依赖。由此则西域诸国归心，匈奴可不战而定。此所谓上兵伐谋，其次伐交。可决胜于庙堂，又何必出兵于千里之外！"

一番旁征博引之后，卓轻闲终于阐明本意。这几句话说得倒是平实直白，阁内大多数人也终于真正听明白了。

游闲公子退下之后，所有的人目光都集中在张骞身上。这位第一个通过通仙桥的人，却是最后一个对策。

"张骞，且看你最终有何高见，主战还是主和？"天子的目光似笑非笑，其中有鼓励之意，也有戏谑之气，颇可玩味。

触及那目光，张骞耳边陡然响起河伯祠激战那天、平阳侯那爽朗的笑声："张骞，莫要丢了你这颗冒险之心！本侯很想看看你天榜之战的结果。"

这一瞬间，他竟愣了一愣：为什么陛下当时说不让自己丢了这颗冒险之心？出使西域当然是冒险，但大汉使臣，岂能仅仅是有一颗冒险之心便成的？

这些念头忽然间纷至沓来，他竟有些茫然无解，甚至向东方朔扫了一眼。东方先生只是向他淡然而笑，看不出丝毫的喜与忧。

师铨看到张骞的沉吟之状，心头暗笑：这竖子此刻被天子亲自点名，难道是受宠若惊，竟呆若木鸡了？

许昌咳嗽一声，低喝道："张骞，速速回禀陛下！"

张骞定了定心神，恭敬施礼后，才答道："下臣既不主战，亦不主和。"

师铨闻言，心底甩出一串哂笑：这纯是故作惊人之语，张骞实则已是词穷。

阁内不少朝臣跟师铨存着一样的心思，均是脸挂冷笑，暗自摇头。但许昌、东方朔等重臣却没有表示，因为他们发现天子的脸上没有丝毫轻视之色，而且刘彻的目光很深沉，至少比对待卓轻闲的时候要认真得多。

"陛下之题目，乃是如何应对匈奴，如何打通西域。下臣以为，我大汉固应胸怀天下。治理西域，首当其冲者是应对匈奴，但又不应将目光仅仅放在匈奴身上。"

这句话的立意颇高，不但天子刘彻凝眸倾听，连那些冷笑者都认真起来。而张骞则说得较慢，几乎是字斟句酌。他并不是在故弄玄虚，而是因为灵感突发，让他想通了一些事。

"为今之计，我大汉对待匈奴，应以睦邻之策为上，因为当下我们还不能战。但我们绝不能这样长久地和下去，那样只能让匈奴持续坐大，而将我们的实力虚耗下去。我们应蓄势待发。满弦之弓，终有一发。这一发，一定要择良机而发。

"现今我大汉许多人对西域还茫然无知。西域有多少国？有传三十六国者，也有传为上应二十八宿的二十八国者……这些国，我们大多只闻其名，而不知其实。他们都有多大？国内有多少甲兵？是不是都如我大汉和匈奴一般地域广大？"

张骞再次停了一停。他这一停顿，阁内随即响起一阵低低的议论声。

这时候的大汉帝国，就如同一个刚刚舒展筋骨的少年，对境外的世界确是茫然无知。特别是对于遥远的西域，阁内的许多重臣都不甚了了，不少人心中甚至认为，西域诸国也许都如大汉一样地大物博。

张骞继续道："故而，当我们发出这一箭之前，要将一切都准备就绪。

我们绝不能对西域茫然无知,也绝不能让西域诸国对我们茫然无知。那时候,他们甚至应该已经是我们的友邦,或是已臣服于大汉、跟我们一起驱逐匈奴。

"我们对匈奴也要有充分了解。他们的喜好和骄傲,他们的恐惧和祭祀,他们的军队,还有他们的草原、大漠、绿洲……乃至那神秘莫测的大巫,我们都要了如指掌。总而言之,我们的基本战略,应该是打通西域,然后结盟西域,以对匈奴形成夹击、甚至围逼之势。如此,则大业可定!"

张骞说完,阁内又是一静。

不少人都在蹙眉沉思。卓轻闲扬起头,目光神采奕奕。他是在替他的这位朋友高兴。因为所谓金殿对策,无论长论短论,真正能说出引人深思之论,才是高论。

天子刘彻终于笑了,但那笑容中已颇有些认真:"所以,在你心中,应对匈奴与打通西域本为一体?"

"陛下圣明!臣所说的一切,正要着落在陛下运筹帷幄的这次出使西域上。出使西域,求索前路,想办法将这一片我们还茫然无知的天途凿出一条孔道来。"

说罢,张骞在心底长舒了一口气。这其中许多话,其实都是他刚刚悟出来的新意。天子化身平阳侯,在河伯祠内笑言的"冒险",其背后的深意,也许所指的就是这些。

果然,天子的双眸熠然一闪,随即沉声问:"你对匈奴所知多少?你所谓的箭在弦上不得不发之时,到底是什么时候?"

师铨几乎有些绝望了:这已是天子再次问话张骞了,而且一问就是两个问题。

"臣粗通匈奴语。当年家父曾带领着下臣远行匈奴,增加阅历。可惜那一次……终究是浅尝辄止,未能深入。"

关于那次的痛苦经历,他当然不愿在这里说太多。几乎没有任何停顿,他继续说道:"至于何时对匈奴利箭离弦,恕臣驽钝……"

他也瞥见了天子身侧那道微微晃动的珠帘，一股莫名的阴云浮上心头，不由得将声音放慢："臣只知道，现在匈奴仍遵和约，大汉匈奴还在互市。余下之事，不敢妄言。"

师铨暗自吐了一口气。他及时地捕捉到了天子眼中的失望之色。看得出，张骞是走了一条不战不和的中间路线。这是一条讨好两边的路线，但很可能两边都不讨好。看来张骞到底是魄力不足，不敢拼力一赌，因为这天下，终究会是陛下的呀！

心绪起伏间，却见张骞已施礼退下，天子则起身向那道珠帘之后踱去。两旁的大臣们仍在肃立着，而东方朔、许昌等近臣则紧随天子进了那道珠帘。

帘后是老大一面屏风，帘外众人甚至听不清里面的话语。

师铨的心中大是煎熬，吕英等人同样觉得颇为难熬。肃立的朝臣们在交头接耳地议论着，几个性急的人争论的声音还不小，毕竟今日讨论的问题本身，就颇易引起争论。

"看来陛下还要等待窦太后那边的意思。"张骞在心底暗暗叹了口气。

过了好大一阵功夫，珠帘大开，天子在几位重臣的陪伴下缓步走出。

丞相许昌走上两步，环顾阁内满脸紧张的朝臣们，之后朗声宣布："奉天子诏令！"许昌微微一顿，才又缓缓道，"本次昆仑天榜之战最终胜者乃是张骞。他亦是我大汉即将出使西域的正使。"

没有任何套话，也没有赞誉，大汉丞相就这么简简单单地宣布了出使西域正使的人选。这种简单直接，显然很符合天子刘彻的风格。

也许是许昌读惯了引经据典的诏书，这时似乎有些不自在，最后又温言道："稍时朝廷便会正式制诏，传谕天下。尔等谢恩吧！"

张骞抢上一步，跪倒在地，朗声道："草莽臣张骞叩谢天恩！陛下仁圣如天，臣铭感五内，必肝脑涂地，以报陛下仁恩！"

师铨等三人也跟着跪倒谢恩。三人当中，卓轻闲侧头看着张骞，脸上一团喜气，吕英神色如常，师铨却脸色苍白，甚至浑身都在微微颤抖。

无论如何，昆仑天榜之争大局已定！

众人从石渠阁络绎退出，张骞却被东方朔叫住了。东方朔告诉他，天子稍后还要召见他。

刘彻在未央宫西南林苑区沧池边的一座御园中召见张骞。

春日渐长，园内的老柳已绽出如烟的绿意，不远处那著名的沧池澄波滢滢，宛若闪着碧光的翠玉。

年轻的天子刘彻负手远眺湖中央那座名为渐台的清峻高台，沉吟不语。

"启禀陛下，绝世佳人带到。"东方朔依旧满口诙谐。这个当日河伯祠内的玩笑段子，让君臣三人都大笑起来，气氛顿时一畅。

"张卿，知道朕为什么最终选定你么？"不待张骞回答，刘彻又笑道，"朕最喜欢你那句话：将这一片我们还茫然无知的天途凿出一条孔道来！"

张骞道："臣一直记得陛下当日对臣说过的话。陛下让臣莫要丢了这颗冒险之心。那片险峻而未知的天途，本身就是一次极为冒险之旅。"

天子微微点头："其实师铨的对答也不错，但还是太过冒险。虽然兵行险道，但不能用国运去赌博，因为我大汉一直在蒸蒸日上！"

东方朔叹道："陛下远见卓识！只要我们继续努力下去，准备得当，自然会有一举荡平匈奴的那一天，根本用不着跟那些不识圣人教诲的蛮夷去赌。"

刘彻侧头看向他，叹道："老东方，你整天满嘴没正经！有时候你在夸赞朕的时候，朕都会想，此老是不是在讥讽我？"

"这次是真心夸赞。这次是真心……"东方朔忽然满脸惊骇，"原来陛下在绕弯子呀！臣哪一次都是倾心赞叹，陛下圣学渊深，无所不晓呀！臣岂敢表里不一？"

"朕哪会无所不晓！"刘彻哑了一声，随即正色道，"比如大月氏这西域大国，朕也是数月前才刚刚知晓。张卿，你知道大月氏么？"

"臣略知一二。此国原是西域第一大国，在匈奴之西北，但数年前被匈奴所败，其国主被匈奴斩首，国主的头骨甚至被匈奴的军臣单于做成了酒器。"

刘彻和东方朔的脸色都黯了一下。刘彻道："所以，大月氏与匈奴应该是世仇？"

张骞眼前闪过云裳那凄郁而决绝的眼神，回答道："正是！只不过，听说大月氏的国君被杀后，其部族不得不继续向西迁移，而新的国君，正是被杀国君的王后。"

"居然有这等事！"刘彻似乎对女人做王颇觉新奇，随即眼神更亮，"那么，匈奴于她，岂不应是杀夫之仇？"

东方朔的眼睛也亮了起来："陛下是想联络大月氏，内外夹击匈奴？"

"朕这次派人出使西域，便是要结盟大月氏等西域诸国，孤立乃至夹攻匈奴！"说到这里，刘彻笑了笑，"朕从来就不喜欢商人，我大汉帝国也从来不喜欢商人，但不得不说，结盟西域，还是需要这些商人的！很凑巧，这次晋身四玄的，居然有两位巨商之子。"

张骞道："陛下明见万里！若要与西域诸国结盟，甚至让其臣服，首先就要开通商道。通商的好处，确实如水利万物，至大而至广。"

"要让西域诸邦明白，匈奴只会掠夺和欺凌，而我们大汉，则是真正的包容。有包容天下的胸怀，方能真正拥有天下。"刘彻的眸中熠熠生辉，言语间生出一股吞吐天下的豪气。

张骞和东方朔都被这位青年天子的气势所慑。张骞甚至想，高祖之后，文景二帝虽也是明君，但终究气魄不足，而今上虽年纪轻轻，其气魄却已丝毫不逊于当年的高皇帝了。

他长揖道："陛下用心良苦，臣等谨记教诲！只要商道一通，百货交易，互惠互利，那些胡人们就会真正明白我大汉海纳百川之襟怀。"

东方朔高声道："陛下虚怀若谷，四夷宾服指日可待！臣这一次是真正的赞誉。"

"只凭一个商道,互利互市,就真能令四夷宾服、天下归心了么?"刘彻眼芒熠然一闪,又抛了一个问题。

张骞一愕,脑中闪过无数的答案。想要万民归心,当然不能仅凭着商贸,还需要很多很多的保障,比如强大的军事力量、缓急得当的政治措施、人尽其才的任贤制度……

但他却没有答话。他知道,这时候天子所希望的,绝不会是这样空泛而寻常的答案。能言善辩的东方朔也没有答话,甚至,这位向来幽默的大才子脸上还多了几分肃穆之色。

刘彻仰头望向湖心高高耸峙的渐台,沉声道:"我们去那里转转。"

岸边早已备好精致的龙船。三人升舟,龙船劈波斩浪,没多久便驶达湖心那座精巧而又恢弘的高台。

从远处看,渐台高十丈余,如一尊插在硕大水晶上的碧绿翠玉。踏上渐台,看见满眼泛着融融绿意的奇异花树,张骞的神思竟有些恍惚。

早就听说未央宫内有一座名叫渐台的仙岛,自己这样一个只能在外围巡视的芝麻粒大的郎官,也曾有一次机缘巧合,进至未央宫内苑,遥遥看过一眼。虽然只是一眼,但那种感觉已经非常震撼了。

此时,亲身踏上这芳草如茵、怪岩拥翠的奇异岛屿,张骞甚至认为,传说中的蓬莱仙岛,也不过就是这个样子。

"山气巃嵷兮石嵯峨,谿谷崭巖兮水曾波。"他忍不住曼声低吟了一句《楚辞》。不久后他便发现,渐台居然很大。岛上的假山峰峦森秀,或洞壑深幽,或泉石清丽,但在这仙葩异草点缀的美景间,却隐然有强大的阵意流动着,这里显然被高人布置了强悍的阵法。

联想到天子刚才所说的话,他随即想到,渐台也许不仅仅是一座点缀禁苑的湖心岛,很可能还蕴藏着极大的秘密。

刘彻带着二人大步前行,前方的阵意越来越浓厚。转过一座假山,赫然见到一株高大的巨藤拔地而起,参天的枝干散发着淡淡的红芒。

"通天藤?"张骞惊呼了一声。

"通天藤是空桑神木的种子所生。数十年来,外界相传此藤只有一株成活，并成为无为学宫的镇宫之宝。实际上还有一株，便是生在这里，而且这是更为神秘的一株。它更大，更美……"

东方朔仰望着红芒闪耀的巍峨巨藤，似赞似叹："空桑神木来自于神秘的昆仑，所以这株巨藤也带有昆仑的气息。"

刘彻凝视着气象万千的通天藤，悠然叹道："朕当日冒名平阳侯，微服私访，听得民间风传，朕之所以将这次纳贤之战命名为昆仑天榜，乃至打通西域，实是为了寻找昆仑仙山，为了长生不老。二卿以为如何？"

忽然听到天子说出这样的话语，张骞有些紧张，不敢应声，只是瞟了眼东方朔，却见这位言语诙谐的奇才眯起双眼，似笑非笑。

好在天子已自问自答般地叹道："屈子云，登昆仑兮四望，心飞扬兮浩荡。若是真能找到昆仑仙山，也很是不错呀！"

刘彻这话显然更是出人意料。

张骞一愕之际，刘彻已昂然道："朕要找到昆仑，却绝非为了找到神仙，绝非为了长生不老。那都是村夫野老的愚俗之见。"

天子眸中光彩流溢，忽问："你们想过没有，治理天下，要靠什么？"

这是一个更加宏大而空泛的问题。东方朔略一斟酌，回答道："我大汉崇尚孝道，以黄老之学及儒术治天下，又以法家理刑名。"

当时有句所有人都耳熟能详的话——我大汉以孝道治天下，但在君臣三人的私密谈话中，东方朔回答得更加直接。孝道只是一种人伦上的道德约束，却无法用来治理天下。当时大汉治国，靠的是黄老之学、儒家之术以及法家的刑名学说。

刘彻一笑："儒法可治世，黄老可治身。那么治心呢？怎样才能治百姓之心？"

张骞陡然想到了登岛前天子所问的奇怪问题——只凭一个商道，互利互市，就真能四夷宾服、天下归心的么？想不到这位登基刚两年多的年轻天子已在思考如此复杂深远的问题。

"想想看，百姓白日里被儒法所治理，但他们日落而息，漫漫长夜里，面对明月星辰，念及生命归宿，他们在心灵深处该当有个东西。"

刘彻抬手指向高耸入云的通天藤，"这个心灵深处的东西，要让他们相信，让他们安稳，让他们有所归依。"

他仰头望着辽远的天空，目光中显现出与其年龄不相匹配的深邃。

东方朔恍然道："陛下所虑，至深至远！墨家有'敬天事鬼'之说，但只是有了一点意思，却是远远不及陛下深远。朝廷终究不能事鬼，那么，陛下所说的……便是祭天了！"

刘彻点点头，道："要让万民有所敬畏，便是曾子所说的'慎终追远，民德归厚'。在民是祭祖，在国则要祭天！"他轻拍着通天藤的铁干虬枝，眼芒熠然闪亮，"朕以为，真正的祭天之处，便应是昆仑。"

"妙哉，封禅昆仑！"

东方朔拍手道："《庄子·天地篇》有'黄帝游乎赤水之北，登乎昆仑之丘'之说，《禹本纪》也曾言'河出昆仑'。昆仑乃上通神仙之地，周穆王便曾在此封禅。昆仑，才是真正的天下之中岳，才是真正的封禅圣地。昆仑山上，不但有周穆王曾在此封禅，传说那里还有轩辕黄帝，还有神仙，那里曾经是众神之所居。"

这位大才子似乎颇为激动，说话滔滔不绝。

张骞的心内也颇为激动，油然想到博览群书的卓轻闲所说的话："昆仑，实乃我华夏文明中的一个极其神圣的文化源头。"

"诚如东方大夫所言！"他肃然拱手叹道，"当年秦始皇在一统六合之后，认为泰山为天下众山之尊，曾去泰山祭天封禅。但真正最接近上天之所，真正的天地中央，应该是昆仑。"

他激动得声音微微颤抖，但内心却多了几分震惊和忐忑：昆仑虽然号称是整个天下的中岳，是高可通天的神仙圣地，但关于昆仑，更多的只见于《山海经》《禹本纪》等内容神异之书。茫茫万里异域，又有匈奴横亘，怎样才能找到昆仑呢？

"寻找昆仑，不仅是朕之梦想，也是太皇太后之热望。当然，这很难！"

刘彻看出了张骞脸上的紧张之色，微笑着说道："所以朕曾对你说过,莫要丢了你这颗冒险之心。因为这次凿空西域的天途之旅本就是一次千难万险的冒险。"

(作者按:汉武帝刘彻关于封禅和建立国家宗教的思想,并非作者臆测,在李零《研究中国早期宗教的三个视角》等文中已有论述。)

张骞朗声道:"臣先前已说过,臣必肝脑涂地、以报陛下仁恩。不论前途何等艰险,臣必以百折不挠之心而行,虽百死而不顾。"

"不!"刘彻却断然摇头,目光深刻如刀地盯着他,沉声道,"此去西域,千难万险,但朕决不希望你一死报国。记住,无论如何,你都要给朕活下来!"

似乎觉得这话题太过沉重,天子又笑了笑:"传说老子西渡流沙,也是去了西域。朕可不想张卿也如老子般一去不返。我需要你回来,给朕讲讲西域的那些奇谈怪闻。"

"臣谨记圣谕!"张骞领命,只觉心内一热。此刻耳边春风吹拂藤叶,发出飒飒轻吟,沧池之水拍击堤岸的声音也舒缓沉浑,他觉得自己仿佛正踏入一个瑰奇而大胆的梦境中。

"最后一件事,张卿希望谁做你的副使?晋身四玄者,甚至入围天榜之人,卿都可以选择,或者不选择!"天子的话很简练,又有一股雷厉风行之气。

张骞很荣幸地陪着天子进了膳,行出未央宫时,却在宫门外见到了三个熟悉的身影。那是甘夫和云裳,站在他们身后的窈窕倩影竟是师滢。

张骞将对策的情况和最后的结果告诉给他们。惊天喜讯令甘夫和云裳眼眸闪亮,连声恭喜,未央宫外爆出一串欣然的大笑。

他们是天榜之战中组建得最为仓促的三人盟,却在不被众人看好的情况下,逆势而上,最终夺魁,这实在是一个天大的奇迹。

一番欢喜过后,云裳忽道:"张大哥,你成了西域正使,天子必然是大加封赏,上次在无为学宫欠我的钱也该还了!买入阵符的钱两千文,百步符两千文,总价四千,利息就不必算了。"

张骞道："我记得百步符是你赠送的吧？我并没有要买那个。"

云裳看看甘夫，说道："我是赠送给甘夫。你是我们的大哥，不觉得受之有愧么？还是还钱吧，总价三千文好了。"

张骞叹道："好吧！三千文，这两日还你。"

女郎大是得意，转头看见师滢望向自己的惊讶目光，只得解释道："妹子别笑话呀！还不是那无为学宫生财有道，乱标高价，压榨学子！张大哥呢，马上就要荣升大汉使者了，今后的称呼都要改成'张使君'了，我自然要跟他一板一眼地算账。"

张骞发现师滢的容颜略显憔悴，笑容中也有些欲言又止之状，忙细问缘由。师滢说出的话，顿时令张骞眉头紧蹙。

师滢的二叔，也就是逍遥商盟师家总盟的二把手亲自赶来长安，命她即刻回归洛阳总盟。

"这么快就让你走？"张骞的眉头越蹙越紧，沉吟道，"此事大有蹊跷呀！"

"是的！只怕这是我二叔自己的主张。他本就一直在长安……他应该是被郭家买通了。"

"郭家？"张骞一凛，"墨门郭家？"

"不错！这是二叔给您的请柬，说是明日午间有贵客相邀，请您务必赴约。"师滢幽幽叹了口气，将一袭素绢递了过来。

当时的文书，都是用毛笔书写在竹片上，称为"简牍"，但也有富人直接写在绢帛上，所以"竹帛"并称。汉武帝初期，一匹绢帛可以买几百斤米，寻常人是决计不会用绢帛来写字的。眼前这片素绢，其实就是一个简单的请柬，可见主人家的豪富。这才是师家二当家的气魄。

张骞接过来看了两眼，道："明日午间，西市聚贤酒舍。好，我定然赴约。"抬头望见师滢那含烟笼翠的黛眉间似凝着万千愁绪，不由又加了一句，"我不会让他们把你带走。"

想是张骞这话说得太过直白，师滢雪腮微红，躬了下身，却不知说什么是好。

倒是云裳嗤地笑出声来。

翌日上午,张骞也没什么要紧事,早早便赶到了西市的聚贤酒舍。

汉代的酒肆业虽已比较发达,却还没有后世的大型酒楼,小者只是当垆卖酒,大者便是数间大房的酒舍。聚贤酒舍是西市最大的酒肆,是连绵数间的轩敞大屋,里面更有独立的内室。

师滢陪着二叔师濮准时来到预定的内室。师家二当家是五十出头的年纪,一张脸干瘦而白净,看上去极是斯文,绝非商人的市侩模样。

但那请柬上所说的"贵客",却不知为何没有露面。

"张郎将近来名动京师,风头极盛呀!"双方见礼落座,师濮饶有兴味地打量着张骞,"昨日天榜夺魁,早已哄传京师,可喜可贺……"

见他一上来便拉拉杂杂地说起了恭维话,张骞便只客气地静听和微笑。

喝了几杯酒,绕了几个圈子,师濮才将瘦脸一板,叹道:"承蒙张郎将瞧得起,竟与敝侄女滢儿结盟破阵,让她得以一展身手……现今张郎将金殿夺魁,这小丫头也跟着沾了光,接下来筹建使团,说不得她还要被委任要职。只不过很可惜,吾今奉家兄之命,要带她回洛阳。"

"这应该不是师盟主的本意吧?"

张骞如此直白的问话,令师滢吓了一跳,有些紧张地望向二叔。

"何出此言?"师濮的脸更加阴沉。

"师姑娘参加天榜之战,本是师盟主的安排。既然参战,那么获胜乃至最终入选使团,都应在师盟主的筹算之内。此时师姑娘已随本盟脱颖而出,逍遥商盟上下与有荣焉,师盟主此时应该不会忽然改变前策。商道首重诚信,岂可如此朝令夕改?

"况且,即便是师盟主突发奇想,变了主张,师二先生是奉他号令前来,也决计不会这么快吧?师滢与本盟刚在天榜独占鳌头,二先生便已由洛阳赶到长安,只怕神行术也难以做到吧?"

师濮一怔,发现这位张郎将果然很难缠。他的话很直白,很简单,但这种直来直去的问话偏偏让他这个喜欢绕弯子的生意人很难招架。

"我是她二叔、师家的二先生,所以她的事我能做主。她必须跟我回洛阳!"师濮也不得不直来直去。

"回洛阳做什么?"

"成婚!"师濮淡淡说道,"家兄已经准备答允郭家的求婚。"

"准备答允,那就是还没有正式答允吧?况且,你如何能证明这就是师盟主的本意,而非你的擅作主张?"

"荒唐,荒唐之极!"

师濮终于被张骞咄咄逼人的问话激怒了:"张郎将用不着管这么多吧!吾乃师滢的长辈,自作主张也合乎礼法人情。她抛头露面、出来参战也就罢了,但终究是一介女流,岂能远赴那等蛮荒之地!师滢必须退出使团,这个师家的名额,该当由师铨补上。"

"师铨?"张骞冷笑着摇了摇头,"师滢姑娘乃神针妙手,随使团出发,可救死扶伤。师家的其他人没有这个本事,也就没有必要晋身使团了。"

"师家人入不入使团无所谓,但师姑娘必须回洛阳!"一道厚重的声音传入众人耳中。那声音平稳、从容、沉厚,却又带着一股让人窒息的强悍气势。

一人背着手立在案前。他五十余岁年纪,身子矮小,肩却很宽,双眸灼灼如电。一身很简陋的褐衣套在他身上,却给人一种身披玄铁坚甲之感,让人一望生畏。

最奇特的是,话音初起时,这人应该还在屋外,而明明室门未开,此刻他已如一把利剑般挺立案前。

师濮双眼一亮,起身道:"张郎将,这位便是今日的贵客,天下第一大侠、墨门巨子郭解!"

听到"郭解"二字,张骞也不由暗自一凛。他发觉这位名满天下的人侠郭解明明身子很矮,相貌寻常,却给人一种非常奇特的压迫感,仿佛他是站在未央宫内最高的宫殿顶端,居高临下地俯视着长安城的芸芸众生。那种不可一世的强大气势,几乎盖过了他平生所见的任何人物。

这就是大汉帝国土地上号称武道第一的墨家巨子!

"原来是郭大侠,久仰了!"心内波澜起伏,张骞脸上却不动声色,只是拱手问道,"只不知郭巨子适才所言,到底何解?"

郭解很随意地扫了一眼张骞,提起案头上的酒盏,稳稳啜了口酒,才言道:"只因她要做我墨门郭家的儿媳,所以她要回洛阳。"

师滢的玉面瞬间羞红一片,愤然瞪视着郭解,胸脯剧烈起伏。

张骞不由望向她:"如此说来,倒应先看看师姑娘的本意如何了。"

女郎双唇紧抿,忽然站起身,绕过酒案,很坚决地坐到了张骞身后。整个过程她始终一言不发,始终微垂着天鹅般的修长玉颈,一副温婉模样,却又毫不拖泥带水,显得决绝无比。

张骞眸中光芒一闪,扬眉道:"郭大侠和二先生明鉴!我必须遵从师姑娘的本心。"

他的身子微微前倾,将师滢挡在身后。

"遵从她的本心?"师濮怪笑道,"笑话!荒唐!你张骞是她的什么人?凭什么对滢儿的事如此上心?这长安城内,名医有的是,为什么偏要选她入使团?"

张骞略一沉吟,忽道:"只因我喜欢她陪在我身边。"

这更加大胆、更加直白的话一出,师濮惊得不由大张了嘴。

师滢更是晕生双颊,恍似雨润海棠,那秋波闪闪的秀眸中有着几分娇羞,几分惊慌,更暗藏着几分欣喜。

"张骞,你……你这简直是欺人太甚!"师濮怔了怔,才想起来拍案怒喝。

"二先生不要误会。我是说,师姑娘虽是女流,却剑术惊人,医道无双,更兼蕙质兰心,心细如发。在张骞眼中,师姑娘在整个长安是独一无二的,甚至放眼天下,她都是独一无二的人物。所以我才希望她能留在我身边相助。"

张骞的话说得很诚恳,看似为自己辩护,却让师濮无话可说,又实实在在地将师滢夸赞了一番。

师滢听了，一颗心怦怦乱撞，双颊红若火烧，只得更深地低下头，盈盈眼波只敢盯着自己的裙裾。

"住口！"

喝声很随和，号称大汉武道最强者慢慢地抬起了头。这似乎是他第一次直望着张骞，阴沉如刀的目光越来越亮，那种亮是一种淡淡的杀意。

墨门巨子没有亮剑，但他的眼睛就是剑。杀意虽然很淡，但怒潮般的剑意已汹涌卷向张骞。

张骞觉得室内忽然有了风，难以察觉的风。风从四面八方向自己涌来，仿佛自己不是在闹市酒肆中，而是站在了万仞高山上，脚下是绝壁悬崖，无尽的罡风寒气正向自己疯狂撞击过来。

他知道，对面那天下第一大侠郭解根本没有出剑，只是看了自己一眼，然而那种强悍的威压，几乎就要将自己的心神碾压成碎片。更奇特的是，同处一案的师滢和师濮却神色如常，他们显然没有发觉，墨门巨子其实已经出招。

传说这位武道第一人已经踏入玄圣道的境界。果然，他仅凭目光就能杀人！

张骞忽然深吸了一口气，沉声道："郭巨子，我昨日刚刚面圣，已向天子举荐使团重要人选，师滢就在其中。朝廷马上就要昭告天下了！郭巨子和师家若是不服，可以去天子驾前理论！"

听得"朝廷"二字，郭解的目光微微颤了下，但随即，目光中的那抹阴冷之气越发浓了。他瘦小的身躯内，仿佛蕴藏着汪洋大海般浩瀚的能量，那股能量不必全部爆发，只要泄出一丝一缕，便能将人碾成碎屑。

张骞只觉眼前光影闪烁，他仿佛看到龙在空中舒展出巨爪，看到凤在天上展开灿烂的流羽，看到无数怪兽，狰狞的、威严的、凶猛的，扭动着千奇百怪的身躯，纷纷向自己扑来。

他全身的血液随之变得凝固，喉咙似被一只无形的手揪住，窒息难耐。他知道自己就要死了，而且是无声无息地死去。

"巨子难道要以武犯禁么？"大喝声中，张骞的手猛然攥住腰间的刀柄。他明白，在一个玄圣道大宗师面前，自己没有任何机会，但他仍要试一试。

"以武犯禁"这四字仿佛是一道霹雳，劈入郭解的心头。

他统领的墨门，已是江湖间第一大帮派。战国时代，诸侯争雄，墨门就是影响各国力量对比的最大暗势力。当今年代，大汉一统天下，墨门不但影响力骤减，甚至已隐隐成为朝廷眼中的"异物"。特别是当今天子登基，对墨门会采取什么手段，连他自己也完全把握不准。

所以张骞这一喝，便如高手对决时攻出的最凌厉剑招，直指要害，锐不可当。

就在郭解一愕之际，张骞已经出刀。

屋内的师滢、师濮惊得瞠目结舌。他们都知道，张骞不通术法，身无罡气修为，但这样的人居然敢向当今的武道最强者出刀！他如果不是疯了，就是在找死。

师滢反应最快，也迅疾抽出了短剑。家中长者在前，她当然不能跟着莽撞攻击。她的剑是横向张骞，准备帮他抵挡郭解的反击。

也许在下一瞬，这位大宗师的反击就会如惊涛骇浪般卷来。

刀如匹练般劈到，郭解却纹丝不动，只是仰头喝了一声。一道强悍的威压袭来，无形无相，却如山岳般横亘在张骞身前，他的刀势顿止，仿佛被一把看不见的剑架住了。

这把无形的剑竟反撩过来，张骞腕底剧震。他拼尽全力，将刀握住，却还是阻不住那把刀一点点地反向自己撩了过来。

便在此时，忽听得一道温和的笑声响起："侠者，难道真要以武犯禁么？"

这话音是无比的从容，虽是重复张骞的话，却有一种难以言喻的雍容宏大的气魄。张骞和师滢听得这话音，不知怎地，竟觉得心头一旷，心神随之一松，仿佛在刹那间，眼界宽了，斗室大了，甚至整个天地都大了许多。

郭解骤然一凛，如电的眸子向张骞的身后望去。张骞的身后是窗。

小窗半启，可见酒肆前院的一方天地。院中有树，树下有缸，缸中有游鱼戏水。一个白衣青年就站在缸前，静观游鱼。

郭解的目光落在那人身上的同时，那人的目光也准确地落到他的身上。

这青年面如冠玉，全身白袍如雪，满头长发也银白如雪。那双眸子似笑非笑，眼神无比纯净，无比深邃。郭解的双眸骤寒，森冷的杀气如怒潮般涌出。

那人的目光却依旧醇和、从容，仿佛是浩瀚的星海。郭解那如天降奇峰般的沉浑杀气撞入星海天河，随即被消融殆尽。

郭解盯着那白发男子，缓缓吐出几字："大祭酒，别来无恙！"

白发青年悠然一笑："郭巨子，难得相逢。"

就在他一笑之际，张骞的刀终于劈落。郭解与白发男子对峙，面对张骞的压力倏松，张骞的环首刀已毅然劈下。

郭解的眸光一寒，师濮的嘴角却掠出一道冷笑。师滢大惊失色，那白发男子也双眉骤紧。

因为张骞不通术法，郭解作为天下武道第一强者，自不能降下身份，以术法与他相斗。自始至终，郭解都只用元神念力攻击张骞，但若是张骞不知天高地厚，悍然出刀，惹恼了这位玄圣道宗师，必会招来灭顶之灾。

白发男子看出凶险，便要穿窗而入。

张骞的刀已劈落，却不是劈向郭解，而是劈向他和郭解身前的大案。这一刀出乎所有人的意料，刀出，案断，案头上所有酒水都跳了起来。

师濮愕然后退。郭解却没有退，那些杯盘酒水飞到他身前半尺，便如碰到了一道无形之墙，四散飞落。

然后下一瞬，郭解慢慢低下了头。他看到自己襟袍的下摆，沾上了几滴酒痕。

呛啷一声，张骞收刀。

白发青年静静站在窗口，默然无语。

郭解瞟了眼白发男子，哼了一声，忽然轻轻掸了掸衣袖，转身便走。

师濮大是尴尬,忙叫道:"郭巨子,郭巨子……"

忽听咔咔怪响,发自张骞的刀鞘。张骞一惊,忙拔出刀来,才发现那狭长的刀身上,竟生出了数条细微的裂纹,裂纹还在迅速蔓延,仿佛有一只无形的手在推动着。

张骞的手微微发颤,忙将刀丢下。那把刀落到地上,忽然碎裂开来,仿佛一片被人用脚碾踏的薄冰。

跟着,那本已被刀劈裂的酒案也生出无数细纹。细纹如一棵迅速生长的小树,很快爬满了整座大案,然后大案轰然倒塌,碎成一片齑粉。

师滢一声惊呼,这才知道玄圣道宗师的强大威力,急忙看向张骞。张骞脸色微白,看来却是无事。

郭解的身影已经消逝在酒肆外。哪怕是几滴酒痕,哪怕他的精力全被那神秘的白衣男子牵扯,他也觉得那是一种耻辱。他震碎了张骞的刀,拂碎了那张酒案,那是他在发泄愤怒。但他仍要飘然远去,那是他的骄傲。

"师滢!好,你很好!"师濮指着自己的侄女,愤愤地一跺脚,转身追了出去。

张骞这才想起什么,望向窗子。他想向那白发青年道谢,然而窗前空荡荡的,早已没了那人的身影。

他一阵怅然若失,这才发现自己浑身都是冷汗。跟这玄圣道高手对峙的一瞬,其艰难凶险竟不逊于闯了一次瀚海法阵。

他擦了擦额头的冷汗,又向师滢笑了笑:"我说过,我不会让他们把你带走。"

女郎的脸又红了。她不敢看他的眼睛,低下了头,右颊上那可爱的晕涡却又闪了闪。

一道熟悉的瘦削身影便在这时闪入,正是吕英。他对张骞拱手道:"张郎将果然在此!我师尊想见你。"

吕英出身无为学宫,他的师尊自然就是大名鼎鼎的无为学宫大祭酒公冶易。师滢惊喜地望了眼张骞,向他贺喜。她也知道,无为学宫的规矩极大,她不想同去,只告诉张骞,自己先回客栈。

张骞知道，郭解以一代侠宗的身份，经此一番波折，是绝对不会再为难师滢了，便送她出了酒肆。

女郎款款而去。行出好远，她仿佛察觉到了什么，忽然回头望过来。见他还站在原地，目送着她，她芳心内蓦地一暖，忙向他挥了挥手。

他便也这么遥遥地挥着手。那袭倩影消逝在长安街头，张骞心中忽然生出若有所失之感。

吕英善解人意，一直在远处等着他，身边还停着一辆红色的牛车。登车后，张骞才发现，车厢内居然已坐着两个人，正是甘夫和云裳。两人的衣裳都有污痕，脸上犹有汗水，显是刚经历了一场恶战。

"怎么回事？"张骞忙问。

甘夫看了眼云裳，道："遇到了墨门的人。"

"是墨门在长安的分门长老。郭昭那家伙假传圣旨，打着义父的旗号，派他们找我来兴师问罪。"云裳愤愤地哼了一声，"也没什么！凭那几个老家伙，也兴不起什么大浪，不过是厮杀一场罢了。好在吕英兄的牛车及时赶了过来。"

张骞心头一沉：郭解亲来长安，要带走师滢，而其子郭昭便悍然率人对甘夫和云裳下手！好在无为学宫也是兵分两路，及时出手。他忙向吕英拱手："多谢吕英老弟！"

黑瘦少年却向张骞一笑，"张骞兄，恭喜了！这里是长安，墨门绝不敢掀起太大的风浪。师尊已有安排，登上无为学宫的车，此后便再没有人敢为难你们。"

吕英说得云淡风轻，背后却是无为学宫强大实力的体现。

张骞也不由长出了一口气：有无为学宫的大祭酒亲自出面运筹，那便代表了朝廷和大汉道法最高机构的意志，墨门虽然强大，终究是不敢明着在长安跟他们生事了。

乘车到达学宫后，吕英带着他们步入无为学宫广大的后园，直接走到那株最著名的空桑神木前,向树前一道高瘦的身影长揖道:"师尊,张骞三位已到。"

那人转过身来。张骞又看到了那张让人只要看一眼便永远也不会忘记的面孔,正是先前在酒舍中给自己解围的白发青年。他在聚贤酒舍中现身,才逼退了天下第一侠者郭解。

大汉是一个相信鬼神方术的世界,在长安、在洛阳,在朝堂、在街巷田间,都有无数人相信术法,更有各门各派的方士在苦练方术。而据说大汉方术世界的最强者,就是眼前这位白发青年——无为学宫的大祭酒公冶易。当然,他真实的年纪已在七旬开外了。

"后学张骞,有幸得见大祭酒,实是三生有幸!"张骞给公冶易见礼,"还要多谢大祭酒在酒舍中援手之大恩。"甘夫和云裳也随着张骞拜见公冶易。

张骞此时才注意到,公冶易居然是一身农人装束,手里还提着一个木桶。先前他是白袍如雪的青年公子,此刻站在空桑神木前,竟如同一个打水浇树的农夫模样。

"三位不必客气!看在我的薄面上,郭解是不会再跟你们为难了。"公冶易微笑着挥手,"张骞君,你让我输给东方朔那家伙一坛十年陈酿呀!那日九幽瀚海法阵,我和龙洵都没想到最后会是你力拔头筹。"

"原来是龙先生!还要多谢先生当日的指点。"张骞这时才发现旁边的龙先生。原来这位一直追随在"平阳侯"身边的黑脸先生,竟是无为学宫的祭酒龙洵。他明明就站在公冶易的身边,但张骞三人的心神都被大祭酒吸引过去了,直到此时才注意到这位黑脸老者。

龙洵笑道:"老东方么!平生不学无术,好做惊人之语,但一手赌博押宝绝学,却是天下无双。"

公冶易一笑,挽了挽衣袖,继续弯腰给神木浇水。虽只是一木勺的水慢慢浇下,他却是专心致志。

这一勺水浇下,神木上的枝干繁叶都变得光华流溢,仿佛有霞彩氤氲。

随着木勺内最后一滴水落下，神木顶端的花蕾忽然发出耀目的紫芒，慢慢膨开。

"紫玉花开！"吕英不由惊呼一声。

龙洵也惊得大睁双眼，却又摇了摇头："还没有完全开。"

果然，现在的紫玉花，较之先前那次完全绽放，只能算是半开，犹如美女欲笑不笑，却更有几分夺人的风采。

"已经算是花开了吧！"公冶易幽幽地叹了口气，"空桑神木已有了灵性。也许，它不想再说什么了，因为它已说过一次了。"

龙洵犹豫道："会不会是神木看错了人？"

公冶易摇头："不会看错！因为空桑神木是绝地天通前的遗存。"

张骞三人都有些震惊，却不知他们这番古怪对话，说的到底是什么。

"绝地天通？"张骞却捕捉到了这个奇妙的字眼。

"张君也熟悉绝地天通这典故么？"公冶易饶有兴味地望着他。

张骞略一沉吟后说道："绝地天通之事载于《国语》《尚书》等书。其大意是，上古轩辕黄帝时代，天神可往来于地上，人类也可由轩辕黄帝所造的登天之梯，上通于天，这就是所谓的'民神杂糅'时期。

"后来，轩辕黄帝之孙颛顼当政时，命其臣'重'两手托天而上举，令其臣'黎'两手按地而下压。于是天地的距离越来越远，往来通道阻断，此即为'绝地天通'。

"此后颛顼又命'重'掌管天上众神事务，而'黎'则掌管地上百姓事务，所谓命南正重司天以属神，命火正黎司地以属民，此后天地隔绝，人神无相侵渎。我想，这绝地天通，应该是上古时期的一个神话。"

"神话？"公冶易的目光愈发深邃，"是呀！天之高远，地之深埋，居然出自两个人的高举下压！这绝地天通的故事，初听起来确是荒诞不经。但这荒诞不经的神话背后，却隐藏着一段绝大的秘密。"

他慢慢地又浇了一勺水，紫玉花慢慢闭合，仿佛美人顾盼流连，款款而去。

张骞虚心请教道："请大祭酒指点。"

"上古之事,邈远难追。即便是一些真实发生之事,经过数千年的口耳相传,也变得虚无缥缈。在轩辕黄帝时期,各部落间终于停止厮杀,建立联盟,公推轩辕黄帝为天子。据《尚书》记载,那时候,人与天帝的沟通是自由的,即使是平民,有所诉求,也可直接与天帝沟通。而'绝地天通'发生在轩辕黄帝的孙子颛顼当政期间,他命重、黎二氏断绝了平民与天帝的直接联系。这也许不是一个神话。

"所谓'上通于天',其实是一种绝高的能力和术法,历来都掌握在真正的大巫手中。颛顼当政后,这些大巫有许多人隐于民间,并未归顺于颛顼。但在'绝地天通'后,这些掌握着绝高术法而又不肯归顺颛顼的大巫师都消失了。"他将"消失"这两个字说得很慢很重。

"难道——"张骞不由一凛,"这绝地天通的背后,居然还有一场剿杀?"

"是的!这才是绝地天通的真相。许多民间的大巫都消失了,只有当政者认可的大巫被允许留了下来。"

张骞恍然:"那么,神话中'颛顼又命黎掌管地上百姓事务,命重掌管天上众神事务',就应该解读为,黎负责管理百姓中的群巫,让他们专为黎民治病祈福,不得与天神沟通;只有大巫'重'才能与天沟通!"

"不错!绝地天通之后,祭天等大型仪式,都收归朝廷掌管,成为历代皇权的象征!"公冶易的目光极为悠远而复杂,"遗憾的是,当时达到天觉者水平的几位大巫都在民间,他们在那场绝地天通的大事件后,都彻底消失了。同时消失的,还有那条天地间的神秘通道,昆仑丘!"

(作者按,关于绝地天通的历史考据,可参看李零《绝地天通》。)

听到"昆仑丘"三字,众人的眼睛都亮了起来,谁都知道昆仑的含义是什么。

"《山海经》之《西山经》曰:'西南四白里,曰昆仑之丘,是实惟帝之下都。'"张骞双目灼灼,继续请教道,"昆仑有许多名字,昆仑仙山、昆仑丘、昆仑墟……神话中说,那里是众神之所居。原来,昆仑便是天地间的通道？"

"昆仑丘只是一个泛泛之语。那应该是一个极广大的区域，所以《海内西经》有'昆仑之虚，方八百里'之说，又点明为'百神之所在'，但其中还有'高万仞'这三字！"公冶易沉吟道，"那么，这所谓天地间的通道，实则应该称之为昆仑天梯，或是昆仑之塔。"

"找到昆仑，就能找到那个连通天地的神秘通道昆仑之塔？"张骞心中忽然生出无数的疑问，终于忍不住，又问道，"大祭酒对昆仑如此痴迷，凭您的神通，应该早已探察过西域了吧？"

这也是云裳等人心中的疑问，甚至连吕英都有过这样的想法。寻常人很难去西域探险，但神通广大的公冶易则不然，如果他想要远游西域，登高山，涉险川，如履平地，天下间又有谁能拦得住他？

"我去过西域，但未来得及深游，因为那里有我一个极大的对头……"公冶易没有说下去，只是轻轻摇了摇头，"当人登上高处时，才会有常人难以感受到的寒冷。"

张骞等人心中都是一紧。他们实在想不到，西域的那个对头，居然能让这位中原第一术士如此忌惮。他到底是谁？

"我虽然没有找到昆仑，但可以给你透一些消息。"公冶易静静地望着他，"如果你只是循着《山海经》所载去寻找昆仑，那只能是死路一条。"

神木下的诸人都没有出声，安静得有些压抑。

"请大祭酒指点！"张骞庄容拱手。

"不能循经索骥，而应按图索骥！除了《山海经》，还有一份极重要的《山海图》流传于世。据说对《山海图》钻研最为深透之人，便是老子。"

张骞双眼一亮。他忽然发现，至尊至贵如天子刘彻，神通无敌如公冶易，都有一个共同点，他们都很痴迷昆仑，那份痴迷甚至带着几分超出凡人的癫狂。

天子刘彻寻找昆仑，是为了治理天下，希望找到一个让百姓安心的信仰所在。当然，身为天子，肯定同样有寻仙长生的寄望。无为学宫的大祭酒公冶易显然是一个绝对的智者，溯本求源，从绝地天通说起昆仑丘，再反推出了老子。

（作者按：著名《山海经》研究专家马昌仪也认为"《山海经》的母本可能有图，它（或其中一些主要部分）是一部据图为文（先有图后有文）的书，古图佚失了，文字却流传了下来，这就是我们所见到的《山海经》。"）

甘夫忽然问道："山海图，你见过？"他的话很直接，就如同他对战时的出手。

公冶易看了甘夫一眼，淡淡笑道："我那次远游西域，就是因为看过山海图的半幅残图……这半幅残图，连吕英都没有见过。但是张君，我可以传给你。"

几个年轻人都有些透不过气来。龙先生满面讶色，低声道："大祭酒，这可是无为学宫的不传之秘……"

"所以我说，是传给张骞！"公冶易望着张骞，一字一句地说道，"你要身入无为学宫。我会亲自收你为徒，作为关门弟子。"

云裳等人望向张骞的目光，已满是艳羡了。公冶易是当世术法第一人、无为学宫大祭酒，一直被认为是最接近天觉者的超级宗师。他的许多徒孙都已是中年人了，现在他居然要直接收张骞为关门弟子！

张骞沉默少顷，问道："我资质平平，年过双十，且从未修习道法，此时习练，只怕为时已晚吧？"

公冶易一笑："你应该不喜饮酒，但你是不是极少喝醉过？"

"从未醉过。"

"那是因为你的心志天生极为强大。"公冶易目中奇光闪烁，"真正的修炼，绝非简单地运使罡气，而在于心念的锤炼。你心志之坚，远过常人，若用于修炼，便能一日千里。强大的心志，让你有了一双与众不同的眼睛，那便是慧眼。"

吕英、甘夫等都惊讶地瞪视着张骞，一副"你小子还有这本事"的神色。

张骞的长眉却深深蹙紧，随即长揖到地，言道："多谢大祭酒垂青！只是我身为儒家弟子，不想再学方术。大祭酒盛意殷殷，张骞愧不敢受！"

众人看向张骞的目光更加奇怪，都感到有些不可思议。云裳甚至呃了一声，想劝劝张骞，但望见他毅然的神色，便没有说出口。

龙洵忍不住道："张郎官，我与大祭酒已经相识数十年，还从未见过他主动收谁为徒，而且是关门弟子！你可能不知道，在方术江湖中，关门弟子和大弟子的地位同样尊崇，那象征着衣钵和传承！"

张骞又是长揖到地，却没有言语。

他这次没说一个字，但不说话，却比千言万语有更大的力量。

龙洵不由望了眼公冶易，默然摇头。他甚至有些幽怨地瞥了眼甘夫。同张骞相比，他更欣赏这个少年的天赋异禀，可惜他是匈奴人，又是个奴隶，实在无法被无为学宫接受为徒。

公冶易脸上始终波澜不惊。他眯起双眼，凝视着张骞，言道："真是遗憾！你的命格面相，天生应为修炼中人。若走仕途么，只怕会终生困顿，千里奔波，甚至会客死他乡；而若踏入修炼之途，你将成为不世出的奇才。"

众人全都啊了一声。龙洵素知公冶易的神通，脸上更现出惊惧之色。吕英忍不住出声劝说："张君，师尊神相妙算，学究天人，请兄三思！"

终身困顿，客死他乡……张骞却似被定住了一般。

他的眼前仿佛闪现出两个巨大的火球，那是烛龙的眼睛。跟着，烛龙的声音如洪钟大吕般在心间响起："求索之道永远充满痛苦。攻伐、背叛、孤寂将永远伴随着你……"

公冶易对自己的命运的预判，与瀚海法阵中烛龙的预言极为相似。那时候自己用"本心"二字作答，现在呢？也许大祭酒的预言是真实的……

况且，成为无为学宫大祭酒的关门弟子，丝毫不妨碍他出使西域的梦想。

就在他犹豫之际，公冶易又道："也许，我能治好你身上的蛊毒！"

云裳、甘夫越发惊讶地望着张骞。他们曾并肩抗敌，出生入死，却不知这位外表始终沉稳如山的盟主竟然身中蛊毒。

龙洵和吕英也是一脸讶色。他们都曾亲眼目睹张骞在瀚海法阵中的搏命拼杀，实在不敢相信他身上居然有毒伤。

张骞更加沉默。

"你这蛊毒已经临近发作，虽然我没有很大的把握，但可以一试。"大祭酒忽然轻叹了口气，"越往后拖，治愈的可能性就越小，除非你能找到当日给你下蛊之人。"

"这蛊毒，曾请'起死神针'郑大师医过，可惜见效不显。确如大祭酒所说，我一定要设法找到给我下毒的那人。"张骞慢慢低下头，随即又坚决抬起，拱手道，"我幼年随父亲修习儒术，十三岁又跟随父亲习学纵横家的运筹之道。家父所传，不敢或忘。大祭酒厚爱仁恩，骞铭感五内！"

他向大祭酒躬身致意，口中长长吁了口气：这就是自己的本心。要感谢大祭酒，让自己完全看清了自己的本心。

公冶易眼中闪过一丝震惊和意外，也有几分嘉许，问："那人在西域？"

"在西域！"

公冶易又沉默了片刻，终于点点头，说道："好吧！张郎官现在是大汉正使，出使西域，千难万险，也是千头万绪，入我门中之事，以后可以细细思量。"

他很巧妙地岔开话题："无为学宫还曾听到那句传闻——圭环一见，昆仑当现；西隐龙城，东伏长安！据说这是龙城第一大巫所发出的预言。是的！玉圭和指环，本就与山海图有千丝万缕的联系。我无为学宫内也有口耳相传：只要找到昆仑玉圭，与本宫秘传的山海图残卷相互参究，就能最终复原整幅山海图。"

说着，他望向甘夫："少年人，那指环似乎与你颇有缘分，那些匈奴人也绝不会善罢甘休。这两日间，我们已经捕获了十五名胡人嫌犯，但首领嫌疑最大的三人，已经自尽身亡。"

他说话间神色平静，仿佛早已经习惯于这种掌控一切的风格。

张骞这时候才明白，一直号称是大汉黄老之学官方机构的无为学宫，看来还有一个更加隐秘的功能，他们还是大汉的高级细作组织！

龙洵叹道："那晚天子化身平阳侯时已经吩咐过，要彻查帮匈奴人雇佣十二金杀的中间人。那时候我们便已布下了罗网。可惜的是，匈奴龙城死士的手段更加狠绝，他们一旦被抓，立即选择自尽，将一切线索都掐断了。"

"不，自尽的都是小人物！真正的大獠还在长安潜伏着。"公冶易的目光冷厉起来，"张君，我甚至觉得，他们会成为你这次出使的附骨之疽，请务必小心！越是靠近西域，你们越要谨慎。"

张骞再次躬身称是。

"我上次闯荡西域时所经之地，大多已告诉吕英，闲时你们可以多多交流。"公冶易向张骞深深凝望，回身取出一把短剑，郑重递了过来，"虽然你我无师徒之缘，但还是要祝君好运。此为无为学宫秘炼的灵剑，号为'太一'，可破罡气、祛邪异。愿张君逢凶化吉。"

张骞恭谨地长揖之后，双手捧过太一剑。

这是一次长者的祝福，也是无为学宫的祝福。从龙洵和吕英惊讶的眼神中，张骞猜测，这把不起眼的小剑，也许是学宫层次极高的一件法宝。

"这是我大汉第一次……出使西域！"说这话时，公冶易莹润如玉的脸上终于出现了一丝沧桑感，"大汉朝廷终于向边塞之外迈出了这一步。"

张骞与俊颜白发的长者视线交注，觉得自己的目光也变得沉甸甸的。是的，在此之前，大汉朝廷对于匈奴和西域，只是被动性的防御和屈辱性的和亲，这种探索性甚至是冒险性的外交远征，确实是破天荒的头一遭。

他不由也低叹道:"这也是中原华夏大国向西域边塞之外的第一次出使。上一次的出使,也许还是千年前的周穆王。"

众人心内都是百感交集,一时静立无语。春日晚风吹来,空桑神木发出飒飒低吟。那声音无比悠远,仿佛穿透了千年时光,也跨越了万里河山。

也许是由于年轻天子的催促,大汉朝廷的效率也变得雷厉风行起来。

昆仑天榜的最终结果,转天便传谕天下。三日后,出使西域的使团名单也全部出炉。

张骞当然是正使,被超擢为中郎将,佩二千石印绶,持大汉使者旌节,成为这次远行使团的最高统领。

副使居然是三人,吕英、卓轻闲和姬诚。

吕英是无为学宫力保的,也是这次昆仑天榜四玄中,最意料之中的入选之人。在他背后,甚至有窦太后的意志,所以理所当然地成为副使。

卓轻闲则是张骞在天子身前力保的,他对这位博学多才的书呆子朋友颇多好感。卓家财力通天,也影响了许多朝臣。最重要的是,中原行商至于西域的两大商帮,卓家是其中之一。

精明强干的姬诚是第一副使。这位四十五岁的白面书生深受皇帝器重。据说这位儒生出身的官吏也曾在无为学宫苦修数载,术法造诣深厚。因为这一点,他也颇受窦太后的青睐。

副使之下,则是正使的三位主要助手。师滢成为太医丞,甘夫和云裳作为使团的向导,都被任命为侍诏。

看得出,整个使团的人选,是朝廷全面衡量各方面利益后的一次平衡。

作为能够慷慨出钱出力的两大商帮,逍遥商盟和游闲帮都顺利入选,只不过晋身四玄的卓轻闲成为三大副使之一,而逍遥商盟的大公子师铨虽然在金殿策论中表现不俗,最终却没有进入使团,进入使团的逍遥商盟中人是师铨的小妹、先前从未被人看好的师滢。

这自然是张骞力荐的结果。因为天子亲口允诺,他可以决定选择谁,或者不选择谁。

当年轻的刘彻听到张骞举荐一位美女神医后,眼神很精彩地闪了闪,然后便会意地点头微笑,于是师滢成了秩俸四百石的太医丞,品级比云裳、甘夫二人的侍诏要高。

第九章

跃马天途

暮春时节。

这天上午,吉日吉时。

长安未央宫前,设案置坛,天子刘彻亲自祷告,祈求上天护佑张骞使团一路平安。在百官的注目下,张骞跪拜天子,然后郑重接过天子递来的龙头节杖,昂然上马。

他所乘的马匹是刘彻御赐的名驹,浑身赤红如火,名唤"赤骥"。东方朔告诉张骞,赤骥本是当年周穆王的宝马,而据说周穆王的马都得自西域昆仑山下,号称天马。天子将此马赐给张骞,显然大有深意。

此刻,张骞跨上马,陡觉前方的驰道变得宽阔起来。

"启程!"

大汉西域正使张骞在马上高扬节杖,向整个使团,又仿佛在向天下宣示,决定大汉命运的征程开始了。

望着在激扬的鼓声中远去的张骞一行,刘彻不由眯起了双眼:这百余人的使团即将踏上出使西域的天途之旅。他们将远行千里。那里有匈奴雄兵当道,也有漫天狂沙肆虐,还会有沙漠中出没的狠辣沙匪。他们驰往的，是一片迷茫未知而又凶险万状的异域。这应该是大汉朝廷，也是千年来华夏政权最有勇气的一次远行，一次跋涉千万里的真正探险！

也许是经过张骞的短期苦训，使团离开未央宫，告别长安，没有人回头，没有人犹豫，在春天的朝阳中，他们的的背影显得无比坚毅。他们都知道前方险难重重，甚至凶多吉少，但他们的神色始终昂扬而坚定。

望着那些渐去渐远的坚毅背影，刘彻的眼角忽然溢出两滴泪水。他迅速眨了下眼，回复了淡定从容的神色。

这是建元二年的春末，距离高祖皇帝开国，已经整整过去了六十三年。

自天子以下，所有人都很激动，朝臣、卫士，当然还有驰道边那些看热闹的百姓们，然而他们都被手持长戟的甲士们远远地隔开了。

没有人注意到，在百姓们激动欢呼的面容中，有两双冷静而锐利的目光始终紧紧追逐着招展旌旗下的张骞和甘夫。

"他们果然在那里！"一个人阴险地笑了，吐出一句生硬的汉话。

"他们启程了，像几只飞往雄鹰领地的小鸟。这就很好嘛！"另一人也冷笑出声。虽然声音很轻很轻，他说的，却是纯正的匈奴话。

使团西去，气势雄壮。

一行人浩浩荡荡地出长安向西，经由陇西郡，转往西北方向而行。渡过黄河之后，气候便恶劣起来。

脚下已是大片由黄河水冲积而成的河谷平原，终于，距离那座新筑成的金城不远了。

相传，大汉为了控制河西重地而在此地筑造城邑时，发现了金子，所以此城便唤作"金城"。

（作者按，金城就是后来的兰州）

渡过黄河已很久了，黄河的咆哮声仿佛还回荡在使团健儿们的耳边。此刻，放眼望去，满眼都是被黄沙覆盖的土地。实际上，在汉武帝的年代，金城已是大汉帝国西北边境的防御中心。

而在金城之西，便只有两座寨子——千牛寨和永胜寨，那是大汉帝国深入西陲的最后关隘，孤独而凛然地遥望着更西方的茫茫黄沙。

使团一行人晓行夜宿，过了金城，再向西北而行，抵达千牛寨的时候，已经是五月初夏了。

张骞见众人终日长途跋涉，也确是人困马乏，当即命令使团就在寨内休养，自己则带着姬诚、吕英等人纵马出寨，在一处高坡上极目远眺。

"前面那座寨子就是永胜寨，与千牛寨互为犄角之势。出了永胜寨，西行不多远，便是著名的乌鞘岭了。" 陪同前来的金城主将南辉在一旁指指点点，"那乌鞘岭可邪性呀！盛夏飞雪，寒气刺骨。"

张骞点了点头。他精研过这片地区的路径，自然熟知乌鞘岭的地理。

乌鞘岭大体呈东西走向，是祁连山的一道支脉。岭南是黄土丘陵广布的陇中高原，岭北则是祁连山与腾格里沙漠等组成的河西地带，也就是后世所称的"河西走廊"，称它是河西走廊的门户，可说是恰如其分。

张骞凝望着远处的乌鞘岭，但见其山如西高东低的巨龙，蜿蜒而来，壁立千仞，云雾缭绕，极为险要，因向南辉发问道："过了乌鞘岭，就是真正的河西了吧？匈奴人就在那里？"

"只能说现在那片地方被匈奴人占据着。"南辉冷哼着，"只要天子一声令下，末将第一个打过乌鞘岭去。哦，是了！张使君这是出使西域，不是打仗。不过诸君可要做好防备，匈奴人很不讲道理，他们的蛮劲上来，才不管是你是使团还是军队，一股脑地先抢了再说。"

张骞淡然一笑："不错！南将军，我们这次只是出使而已。"

由于有公冶易的提醒，张骞也担心混进长安的匈奴细作可能会探听到风声，所以对外只是宣称使团要出使西域大宛等地，而且将他们出关之后的行程定为高度机密。

"听说过了乌鞘岭，那边的路径比较复杂？"

"正是！河西地方道路艰难，地形多变。我们是汉家军队，未得军令，不能私自出塞，所以对那边的道路也不大熟悉。"

张骞凝眸远眺,耳边风声呼呼地啸叫着,黄土在朔风中卷起道道缭乱的烟尘,那些烟尘在落日余晖的映衬下,竟闪现出片片紫色。

"知道为什么前人将边塞称作'紫塞'么?那果然是血的颜色!"他喃喃着。

这一路上虽是走官道,宿驿馆,但路途迢遥,且越向西行,越是风寒路险,故使团中常有人感风寒、染小恙,配备的三个郎中一直都在忙碌,师滢这太医丞更是忙得不可开交。

深夜,师滢疲倦地赶回自己的屋内,却见屋内燃着灯火,张骞静坐灯下,看样子是在等她。

"跟你说过,不要这么忙碌!别累坏了身子。"张骞蹙着眉,目光中却满是怜惜。

师滢笑了笑,没有答话,洗了洗手,便跪坐在灯下,拉出一件袍子,默默地缝了起来。

见她不搭理自己,张骞颇有些郁闷,凝神看时,才见她缝补的竟是他的官服。这是他大汉正使的袍服,绣工精湛,但在翻越千牛寨前的狭窄山道时,不小心被树枝刮破了一道口子。师滢绣工极佳,又有妙手织补之能,便叫他脱换下来,亲自给他缝补。

灯下的女郎,微垂着头,忙着穿针引线,样子娴静而专注,修长雪颈在暗黄的灯芒中闪着莹莹的玉色,有一股动人心魄的妩媚,也别有一股可爱的倔强之气透出来。

张骞不由叹了口气:"求你件事!"

"说吧,张使君。"女郎没有抬头,轻柔的声音中带着一点揶揄之气。

"别不理我,别太累了!"

师滢抬起头,抿了抿樱唇,道:"是你先不理我的好么!为什么这几日不大搭理我?"

张骞望着她,目光中五味杂陈,沉默了许久,才缓缓道:"你知道的,我中了蛊毒,也许只能活一年半载……"

"我知道的。"师滢幽幽地望着他,轻轻截断他的话,"我不会在乎。"

他张了张嘴,她却似乎知道他要说什么,立时又道:"我知道你会在乎,但是我不管。而且,你会好起来的,一定会!"

张骞的心猛然一热,整个人在灯影下似乎定住了,沉了沉,才又低下头去,叹道:"你知道么?大祭酒曾说过,我这辈子,只怕会终生困顿,千里奔波,甚至会客死他乡……"

看着他深深地埋下头去,师滢忽然觉得,这个坚毅如铁的男人,此刻竟像个孩子一样无奈与无助。她的芳心被深深地触动了。

她忽然伸出柔荑,握住他那双粗糙的大手。

他愕然抬起头,正迎上那双清澈的明眸。

"我不会在乎。"她凝望着他。

张骞的心内热流翻涌。他翻过手掌,将那双柔荑紧紧攥住。女郎的脸倒红了,嗖地抽出手来,右颊上的晕涡更是红得可爱。

"明日,我们就能赶到永胜寨了吧?"她不敢看他的脸,有些慌乱地说。

连日挥师疾进的日子虽然辛苦,但也是很畅快的,不过这样的日子即将结束了。

出了永胜寨,就出了大汉帝国的实际控制区,不但会进入沙漠,更可能会随时遭遇匈奴人。所以张骞要使团在永胜寨这边咨询当地居民,打探前方信息,全面补充给养,包括筹集骆驼、牛马,以及沙漠行军所需的水囊、干粮等物。总之,要做好最后的全面准备。

夜色来临。五月的陇西,夜晚也有些冷,但永胜寨的小驿站内却颇为热闹。此刻站内居然来了两支商队,一支来自师家的逍遥商盟,一支来自卓家的游闲商帮。

这两支商队没有跟随使团同行,但显然出发要早得多,是提前赶到这被称作"大汉最后一座驿站"的简陋旅舍内等候使团。卓家游闲商帮的领头人是剑侯风君天。卓轻闲已是使团副使,但风剑侯却没有进入使团，而是带领商队赶了过来。

　　有商帮的地方，便会有笑声和欢乐。驿站南面的坡地上，熊熊的篝火上并排烤着十余只新宰杀的肥羊，肉香四溢。篝火旁，两支商帮各出一名年轻人，正在进行角抵之戏。

　　赤膊的年轻人激战正酣，裸露的腱子肉上满是汗水。围观的商队伙计们喝着酒，在旁大声呐喊助威，更有人在吆喝着下注押宝。

　　此时，驿站内，最大的一间屋舍内，张骞率领几位副使和亲信，正与两大商队的头领商讨相关事宜。

　　原来，这两支商队都想跟在大汉使团的后面，探探边塞乃至西域的商机。

　　当时，西域诸国对于大汉官民而言，都是一片神秘的国度。由于无知，便产生出许多神秘的传说，最多的说法便是，那些靠近昆仑的邦国，多产玉石、玛瑙等珍稀珠宝。精明的商家都知道，汉地的丝绸等物在那地方极为稀罕，如果能打通这条商路，以汉地的丝绸交易当地的玉石珠宝，实在是一本万利的买卖。

　　其时大汉与匈奴还处在和亲后的和睦状态，只是双方虽有互市，但交易并不兴旺，其主因便是匈奴人反复无常，随时可能翻脸抢夺。寻常商贾的实力有限，实在无法绕开匈奴，打通与西域诸国的商路。即使是以行商为主的游闲商帮，旧时曾抵达过西域，但也只是在边缘地区浅尝辄止，不敢深入。

　　这次大汉派出正式使者出使西域，逍遥、游闲这两大商帮便都想跟着来碰碰运气，所以这两支商队不约而同地早早出发，抢先到这里来等候使团。

　　听明白商队的来意，姬诚不由紧皱眉头，沉声道："风剑侯，你在江湖上鼎鼎大名，本官也听过你的名头。但你们要知道，我们是使团，是要出使西域、宣示国威的大汉使团，岂能带着你们这帮出口必言利的商贾同去！"

风君天冷哼了一声，没有搭腔。

"在下名唤师逢，拜见使君！"师家商队的首领起身自我介绍。师铨被剔出使团、而师滢荣任太医丞后，师家不得不看重这位师小妹的面子，师铨那边深受重用的四枭都被换掉，任命一位与师滢关系尚好的老商客师逢作为商队首领。

这师逢弯腰赔笑道："使君言之有理。不过在下以为，商者，乃互通有无之人。西域途远，从无到有，许多路都是商人们当先走出来的。在下是一名玉石商客，曾走过一条从大汉到西域于阗的玉石之路，或许能对使君有所裨益。"

姬诚冷冷道："使团中有正经向导，也有匈奴人。"他瞟了眼一直肃立不语的甘夫，喝道，"难道我堂堂大汉使团往何处走，还要听你们这些市籍商人的话么？"

他将市籍两字说得极重，师逢的脸色立时便难看起来，屋内的卓轻闲、师滢都不禁锁紧了眉头，只有风君天神色不变。

要知当时的大汉，一直对商人极为鄙视和打压。士农工商，商人排在最末，属于市籍，这是一个世袭的带着强烈歧视性的身份。近一年多来，天子刘彻要求郡县推举贤良方正者为郎官，便明确要求，市籍商人不得被举荐。

"姬副使，带上这两支商队吧！"张骞这时候开口了，"我们对于西域诸国到底太过陌生，而商队往往意味着和平，关键之时，他们会有大用处的。"

姬诚脸色一冷，拱手道："使君此言差矣！商人身份卑贱，与我堂堂大汉使团的身份极为不符。况且，他们人数众多，乱而无序，谁知道里面混了多少匈奴的细作？"

"我早已决定了，带上他们！"张骞的语声依旧很平静，却又如板上钉钉般不容置疑。

姬诚的脸色瞬间变得很难看，但触见张骞的眼神，便没再多言。张骞的眼神很平静，很淡然，却有一种让他不敢辩驳的威严。

他心思一转：从长安到这里，路径有很多，这两支商队居然能提前赶到这里等待，一定是有人透了消息给他们！刚才张骞很自然地说出"他早已决定了"这句话，显然是他密令商队赶来这里等候的。

姬诚心内愠怒，却说不出话来。

"师逢先生，你也知道那条玉石之路？"张骞向老商人一笑，"请到我屋内，咱们仔细聊聊。"

一锤定音。张骞用最直接的方式结束了讨论，随后又用这种简单的方式宣布会议结束。

卓轻闲笑了笑，一脸轻松地抬脚走人。甘夫看了一眼卓轻闲，跟着走了出去。师滢和云裳对视一笑，也飘然出屋。风君天掏出腰间的酒壶，仰头灌了一大口酒，迈步向喧闹的角抵场走去。

师逢则仰着一张受宠若惊的老脸，颠颠地跟着张骞出了屋。

屋内便只剩下姬诚一个人。他的脸比夜色还要黑。他发现，适才那些人出屋时，眼神都有些交流，但偏偏没有人看向自己，没人给自己哪怕一个点头或微笑。

一群市籍奸商！一群乍得富贵便猖狂的小人！还有那个看门的郎官！难道没人知道，在组建使团之前，只有我姬诚的官职最高么？堂堂中郎副将！关键是，老子还是窦太后的亲信，而这支使团的百余健卒，大多是老子的旧部。

姬诚愤愤地想着，忽然低喝一声："来人！"

一名健卒大步入内，躬身道："参见大人。"

"那些卑贱商人们带来不少犒军的牛羊。"姬诚阴郁地盯着远处山坡上喧闹的人群，自怀中掏出一包药粉，"现在，烤羊已经快熟了吧？"

山坡上的角抵已经进行了数轮。师家商队那个叫秦盛的青年确实很强，已经连胜了两场，此时又将场上的对手逼得连连后退。

伴着浓郁的酒香和诱人的烤肉香气，场下的喝彩助威声一浪高过一浪。

卓轻闲席地而坐，看得眉飞色舞，也在为秦盛呐喊助威。他是个纯粹的书生，但也很喜欢看热闹，而且是毫无机心地看热闹，没有因为秦盛是师家商队的人而感到不快。

卓家商队的首领风君天似乎也不大为战局着急，只喊了个老伙计过来，让他预备两个更强的青年下场对阵，便背着手溜达去了。

在这时候，甘夫默默坐到卓轻闲旁边。喝了口卓轻闲递过来的热酒，他盯着场内的较量看了半晌，忽问："卓副使，你读的书多，知道的事情也多，那么你是否知道匈奴的龙城死士，还有左贤王？"

一路上，这个问题一直在困扰着他。他问过云裳，也问过张骞，却都得不出真正的答案。

卓轻闲转头望着这位平时沉默寡言的俊美少年，沉吟着说道："我听说过你的事。我最奇怪的是，为什么他们会对付你？这个问题，张使君和吕瘦猴，其实也都很奇怪。

"匈奴是个奇怪的国家。他们过着逐水草而居的生活，随时会全部族人一起启程，去追逐更广大更新鲜的水草，因此他们没有自己的城池，只是居住在帐篷内，哪怕是他们的单于，也居住在高大的金顶帐篷内，号称'金帐'。

"他们也没有自己的都城，但据说他们有一处神秘的地方，唤作'龙城'，是他们的大单于居住时间最多的地方。不管他们迁移到哪里，每年都会转回到龙城。但这神秘的龙城到底在什么地方，本公子查遍典籍，也毫无所得。

"所以，你可以把龙城理解为匈奴人的京师，一处非常神秘的所在。

"而所谓的'龙城死士'，听起来似乎是如同我们大汉金吾卫一样的单于御林军，我想那应该是一支匈奴王庭秘密训练的死士铁卫。

"他们人数不多，据说不足五百人，却都是经过千挑万选的强悍青年，射技、骑术、武功等都有过人之处，又经过巫术、易容、暗杀等术的苦训。这五百死士尽归当今匈奴王庭第一实力派左贤王统领。听说左贤王前几年被调离龙城，去休屠城坐镇了。你问休屠城在哪？嘿嘿，若是有缘,我们很可能会路过这个地方……"

说到这里,卓轻闲认真地望着甘夫:"我听张骞兄说过你的事。那几个攻击你的家伙,施出的应该是黑火一系的萨满巫术,所以他们八成是龙城死士。"

两个人都沉默下来。在匈奴地位极高的龙城死士,为何会千里迢迢地赶来长安,追杀一个默默无闻的小奴隶?这个问题再次在二人心内闪现,但看来谁也无法回答。

"我感觉,他还没有走!"甘夫扬头望着苍穹深处的那抹暗黑,"他似乎离我们很近。"

"听说那晚伏击你们的匈奴死士逃走了一个。你是说,他还在?"卓轻闲侧头望着他,目光也深沉起来。

甘夫还没来得及说什么,就听见身后传来云裳的声音:"二位,张使君有请!"

案头上是一张平铺的羊皮,上面用朱砂勾勒出一些山川河流的标志。油灯幽幽地闪烁着,使那羊皮地图现出一种古旧的颜色。

张骞凝立在案前,师滢则静静站在他身边。适才走出大厅时,他将她唤住,与老商客师逢一同进屋参详。

吕英在旁正襟危坐,瘦小的上身如一把剑般挺得笔直。

"就是这条路……"师逢又俯身细看了看自己用淡墨标出的路径,满意地点点头,"小人做了十年的玉石商人,这条路便是商队中流传已久的玉石之路。只可惜,这条路,小人已经多年没有走过了……"

这条路,是西域到中原的一条神秘之路。西域的于阗等地盛产美丽的玉石,而华夏一直以来都是个喜欢美玉的国度。将西域的美玉运到中原,是获利巨大的生意。

虽然这条路无比遥远,又充满艰难险阻,但在巨利面前,仍会有极聪明极坚毅又敢冒险的人去尝试。付出无数鲜血和生命后,这条路就出现了。

远在数百年甚至千余年前，这条路就被人探索出来了，而且在行商客们九死一生的尝试下，被口耳相传地记录下来。这便是比后世所谓的"丝绸之路"还要久远许多的"玉石之路"。

"多年没走过！那到底是多少年？你没有走过，近年来别人也没有走过么？"张骞有些不甘心。

"七年没走了。军臣单于越来越残暴，而那位陈兵河西的左贤王又太过狡诈……"师逢无奈地摇头，沉了沉，才又说道，"而在下若不走，逍遥商盟便也没人敢走。近年来，商盟的玉石生意都是到了这条路的最前段就回头了。"

师逢咳嗽了两声，停住话语。屋内一片沉默。

"但那条路仍在！"

一道冰冷的声音打破屋内的沉默。吕英的话就如同他的剑一样，刚烈率直。

"是的，那条路还在。老朽虽然老矣，但还识得路，我记得这条路上的一草一木……"说这话时，师逢的老眼放射出年轻的光芒。

"好吧，多谢了！"张骞点点头，"我们会在这里休整两日，做好最后的补给，然后出发，你便是我们的向导。"

虽然使团中有所谓的向导，甚至其中还有两三个胡人，但他们仅仅识得一小段路径，缺少师逢这样的大局在握之人。

张骞又温言安慰了老人几句，便让师逢退下了。

师滢不由暗自叹了口气。

她不得不承认，自己的阿翁师万全当真是个极厉害的人物。他似乎永远算无遗策，哪怕这次百密一疏、算错了儿子失意昆仑天榜，但仍能及时纠错、派出这位经验丰富的老行商师逢。师逢的经验、对自己的温和，都让张骞不得不选择跟师家合作下去。

只要能取得朝廷正使的信任与合作，师家的买卖就会源源不断地发展下去。

师逢退下后，吕英的脸色更加严峻起来。他从怀中掏出几支寸许长的细小竹简。

"半年前,楼兰已被匈奴攻破!"

"三月前,车师也被匈奴攻占……"

吕英念着竹简上的文字,念完一句,便将一支细小的竹简默默地放在案边。

师滢则用那支淡墨狼毫在图上作出标志。

"最新消息:月余之前,也许是几天前,大宛也被匈奴袭破。"吕英将最后一根竹简放在案头。

他所说的消息,都是来自无为学宫的飞鸽传书。楼兰、车师国破的消息,他们在启程前便已知道了。最后一个消息,则是刚刚得知的。

师滢的手颤抖着,在羊皮上划出最后一个圈。

几个人彻底沉默了。

这几个西域的重要邦国被匈奴吞没,师逢所画的那条玉石之路立时就变得断断续续。

"几乎……所有的通路都被封死了!"吕英的声音有些嘶哑,"我们要怎样才能抵达大月氏?"

他们这次出使,对外笼统地宣称是出使西域,打出来的旗号是出使大宛。这个旗号是给那些匈奴的细作们看的。

他们真正的使命,或者说第一个使命,当然是联络匈奴的世仇大月氏。

"先不要考虑楼兰、车师了。"卓轻闲扬起胖脸,沉沉叹了口气,"先说我们跨越乌鞘岭后的路吧!如何突破千里河西重地的咽喉要道?现在看,那里可是匈奴左贤王的领地呀!"

他口中所说的"河西重地",就是后世所谓的"河西走廊"。这是祁连山以东、合黎山以西,绵延千里的广阔绿洲平原,自古以来就是富足之地,因位于黄河以西,故而得名"河西"。

从师滢刚才的标识来看,河西之地大小各国已尽被匈奴吞并。

而卓轻闲所谓的"咽喉要道",则是指乌鞘岭以北的大片路段。这一地带非汉家势力所及，同样是笼罩在匈奴大军的铁蹄下。这段路地势险恶，南有河谷，北有沙漠，气候恶劣，还要加上可能的匈奴大军阻路。

在老行商师逢成为带队向导之前，使团必须想方设法突破这段咽喉要道，然后才能到达楼兰、车师，进而辗转到达大月氏。

张骞环顾众人，在羊皮地图上指点着说道："我们出永胜寨、翻越乌鞘岭后，前方会有三条路。一条是北线。那里要途径赤龙滩大沙漠，气候变幻莫测，没有水源补给，只会是死路一条，甚至匈奴都不会在那里设伏。

"第二条路就是中线。那里属于雪浪河谷边缘地带，位列江湖五大禁地之一的天幻堡就在那里。据说撼天风那群沙匪很喜欢去天幻堡，故此那里也就成为一处神秘的江湖禁地。

"第三条则是路途最远的南线。那里是离匈奴大军最远的路径，也是雪浪河谷的主流所在，水草丰美。重要的是，南线有一地，名雪龙寨，那是左贤王特设的交易区，允许汉家、西域商旅赶去贸易，算是休屠城方圆数百里内难得的和平地界。"

甘夫双眸一亮，说："现在看，第三条路虽然最遥远，却也最为稳妥。"

"路途越远，我们暴露在匈奴铁骑下的机会就越多，南线未必佳。"吕英却摇了摇头，"中线的那个天幻堡，为何会是禁地？"

卓轻闲摇头晃脑地言道："传闻西域有五大术法界禁地。所谓禁地，都是地煞奇特、气候怪异之地，贸然进入者凶多吉少。天幻堡在五大禁地中排在最末，还不是有去无还的死地。那天幻堡的堡主拓跋仙出身道法世家，门人弟子凶悍，堡内庄兵众多，更与沙匪撼天风颇多勾结。听说撼天风曾率沙匪，在天幻堡附近消灭过匈奴三百人队伍，所以中线最为凶险难测，因为沙匪和匈奴都会在那里设伏。"

张骞道："不过听说天幻堡主拓跋仙也是一位商道奇才，堡内经营马匹、酒类、珠宝、丝绸等物的贸易，虽然交易数量不多，却在匈奴和大汉两边都很吃得开，所以中线其实还有极大的变数。"

众人再次陷入沉思。

"长途劳顿,你们歇息吧,我要单独想想!"张骞盯着那张羊皮地图说。

吕英毫不迟疑地站起来,躬身告辞出屋。

师滢则秀眉深锁,目光在张骞脸上流连片刻,才犹豫着退下。透过那扇窗,她可以看到张骞的身影凝立在案前,一直低头盯着那张羊皮地图。

不知从哪里传来胡笳之声。那笳声凄郁苍凉,带着边地特有的冷冽和孤独。

山坡的角抵之戏散场后,众人都带着醺醺的酒意酣然入梦。边塞的夜越来越深,广袤的天穹积了厚厚的黑云,已经有几点雨滴零星飘落。

驿站内,除了张骞的屋内还亮着灯,大院中只有一两盏灯笼,如惺忪睡眼般眨着,四外便是无尽的黑暗。

浓稠如墨的夜色中,传来一道凄恻的呼唤:"甘夫,来吧!我的孩子,你该回来了……"

那声音极细,犹如一道发丝般滑入甘夫的耳中。

甘夫翻了个身,恍惚中,觉得自己应该是在做梦。他奋力想从梦中挣扎起来,想睁开眼,却睁不开。那声音却越来越响,呼唤声无比亲切,仿佛就是梦过多少次的母亲的声音。

他茫然站起身,走出屋去。他发现自己站在一片银色的沙漠上,四面是无穷无尽的沙丘,却闪着银子般的梦幻光泽。在他的头顶上,一只巨大的金雕,犹如一道奇怪的乌云般飘浮着。

一切如梦如幻。俊美的少年仰头望着那金雕,发现那道亲切的呼唤就从雕背上传来,忽然间悲从中来,泪流满面。

金雕展动双翼,向远处飞去。

它飞得极慢,仿佛是在天上漂浮的风筝。

甘夫飞步追了出去。

驿站门口只有一盏灯笼有气无力地闪着幽光,院门也没有关。奔出院门时，甘夫的腿碰到了门框，他趔趄了一下，继续飞步向前奔去。

这时候，他住处对面的房门慢慢打开了一条缝，云裳在屋内吃惊地盯着怔怔奔跑的少年。她看出甘夫应该是中了摄魂一类的术法，如果此刻突然强行唤醒他，只怕会让他的神识受到伤害。

她四下里看了看，发现院内只有张骞的屋内还亮着灯。她不想惊动旁人，便一个人悄悄地跟了出去。

过了块坡地，前方是一片平野。雨滴越来越多，打在人脸上，凉丝丝的。

甘夫似乎是漫无目的地向前跑着，然而就在他身侧的不远处，却有一道矮粗的黑影。若非云裳在墨门中修炼过异术，几乎很难发现夜色中的那道黑影。

黑影正猫着腰向甘夫逼近，一点寒芒在他手中幽幽地闪着。

云裳默不作声，凌空扑出，双手齐扬。

当头劈下的短剑剑势流转，凌厉中生出诡奇灵动的变化，犹如宛转的水流，连绵不绝地斩向那人的前胸。虽是突然出手，但云裳已看出对手的可怕，所以一上来便全力施为，在小璇玑剑法中又加上了墨门五行符中的碧水符。

将五行符法与剑道融为一体，正是墨门大侠郭解的独门绝学。

那黑影反应极快，掌中的寒芒骤然放大。那是一把样式古怪的胡刀，刀身不长，刀尖犀利，带着一股狂悍的气息。

他一刀劈出，刀身在半空中爆出一团黑色的火焰，毫不留情地斩断了流水般的剑势。

"蠢材！唔，还是个小丫头……"黑影狞笑着，说着生硬的汉话，但他的狞笑忽然化成了愤怒的嘶叫。

原来适才云裳双手齐攻，右手挥剑的同时，左袖内却发出一道飞索。那飞索如同一条在暗夜里飞窜的灵蛇，无声无息地缠住了黑影的小腿。

黑影失了先机，怒喝声中，又是一刀劈出，刀身黑焰熊熊，砍向飞索。云裳冷哼一声，挥手弹出一道火光，那是五行符中的烈火符。

黑影怪笑起来，忽然收刀，当胸一横，周身猛然泛出蓝色的火焰。蓝焰瞬间便将烈火符耀出的火光吞噬掉了。

"通骨司……通骨司！"他紧盯着云裳的眸子，嘶声低吼。那声音无比怪异，犹如沙漠里的毒蛇对敌时信子的嘶嘶作响。

云裳陡然发现，对手的双眸此时也化作两团燃烧的蓝色火焰，跟着，她觉得自己双眼刺痛，浑身也仿佛着了火般灼痛起来。

巫术！她猛然一咬自己的下唇，从袖中掏出摄魂铃，拼力一摇。这是墨门秘传法器，不但能遥控傀儡术，更专破各种迷魂邪法。

铃声突发，那两团诡异的火焰随之消失，自己眼睛的刺痛、身上的灼热感也瞬间消失。

"倒下吧，愚蠢的小丫头！"黑影的狞笑声在她耳边响起，原来那黑影已欺进身旁，双手扣向她的双肩。

距离太近，他出手又太快，云裳甚至能看到他手上毛茸茸的黑毛，要想躲闪，已是不及。

忽然间，一道银芒闪过，黑影的狞笑声化作惨叫，原来他的左肋已被一支甩手箭狠狠打中。

云裳惊魂未定，向后飞窜丈余，那黑影却是一头栽倒在地。

出手的是甘夫。适才他还愕然呆立着，似乎是被摄魂术所迷，这时却一步跨到那黑影身前。他落地的方位拿捏得很准，极巧妙地阻住了那黑影准备逃窜的路线。

"你到底是什么人？你跟了我很久吧？"甘夫蹲下身，死盯着那人。

然而此刻异变突生，那黑影变得僵硬，几乎化作一具僵尸。甘夫不由惊呼道："喂，说话！"

"别碰他！只怕有毒。"云裳见甘夫想伸手去摸那黑影的脸，忙大声喝止，跟着扬手祭出傀儡术，"地妃，擒！"

一块傀儡木骨碌碌地转到黑影身前，化作娇媚的地妃模样，伸手抓向僵卧在地的黑影。

"他逃了，在那儿！"甘夫震惊之下，大声喝破，手指前方。

十余丈外，那道矮粗的身影正向他们遥遥挥着手，那双阴森森的眸子在夜色里闪着寒芒。

"怎么可能？"二人又惊又怒。云裳燃亮火折子，低头细看时，地上横卧的那矮粗黑衣人竟真的已变成了一具僵死的尸身。

"中计了！真身逃了，快追！"甘夫怒喝声中，如飞掠出。远处那影子在暗夜里晃了晃，已是消失不见。

两人急追了片刻，却丝毫寻不到那人的踪迹，云裳心里发慌，急忙扯着甘夫赶回原地。

在火光下凝神细看，两人却都惊住了：适才地上那人化成僵尸后，已是被木傀儡地妃抓住，此时借着跳跃的火光，见地妃揪住的竟是个稻草人。这稻草人穿着商人的衣衫，它的左腿甚至还捆着云裳的飞索。

"难道是身外身？"火光下，云裳的俏脸没有一丝血色。

"他逃了，但他还是受伤了。这草人身上没有我的甩手箭。"甘夫举目远眺。四周的夜色粘稠如墨，远方有树木在摇晃，有野草在颤栗，有夜雨在飘摇，却再也窥不见什么人的踪迹。

二人对望一眼，都觉得不可思议。

明明已经重伤了那人，明明阻住了他可能的逃遁方向，但他还是忽然就消失了，然后出现在十余丈外，地上只留下一具僵尸，而在片刻后，那具僵尸却又化成了一个套着衣衫的稻草人。

这难道就是传说中的身外化身巫术？云裳觉得这已经完全超出了自己的认知范围。

嗤地一下，火折子被夜雨浇灭了，两人立时陷入无尽的黑暗中。

便在此时，忽听得一阵急促的鼓声从驿站方向传来。二人一愕，云裳忍不住问道："难道驿站出了什么事？"

二人急速赶回驿站时，飘飞的夜雨已经停了。驿站内灯火通明，使团军士和驿卒正忙成一团。云裳迎面碰见匆匆走出的师滢，才知张骞刚刚确定的那张行程图不见了。

因此而出现的骚动很快平息下来。张骞和姬诚命使团军卒将驿站完全封锁，然后带着主要人员开始密议。

那间议事大屋内，张骞和三大副使、师滢、甘夫和云裳匆匆坐定，又唤来两支商队的头领风君天和师逢。

"行程图是标在一张羊皮上的。这路线其实是本府刚刚定好的，此后更深人静，我有些倦怠，便想去外面吹吹夜风，提一下神。我独自登上院西的角楼远眺夜色，回来时，那幅羊皮地图便不见了。"

张骞声音平缓，看不出有何惊慌。他目光徐徐扫视在座诸人，继续说道："自我离屋登楼，再到赶回来，时间其实很短，只够喝一盏茶的功夫。"

（作者按：西汉文学家王褒的《僮约》记载，在汉宣帝时期，奴仆的日常工作有两项与茶有关，即"烹茶尽具"和"武阳买茶"，很可能武阳在当时已是一个大型的茶叶市场。又如，汉武帝时期，司马相如的《凡将篇》中已提到茶，称为"荈诧"。可见在西汉，茶作为饮料的功能正在逐渐强化。所以本书中，出现了不算普遍的饮茶现象。）

姬诚有些激动，愤愤地说道："兹事体大啊诸君！行程图丢失，我们的行程只怕都会被匈奴得悉，如果措置不当，我们就会先机顿失，以至险上加险。盗图者是谁？本府认为，可能就是在座诸君之一！"

他最后这句话不啻石破天惊，屋内众人都不禁一愣。

云裳忍不住问："为什么一定是我们几人之一？难道不会是一个驿站的小卒，或是一个附近的乞丐？他们也可能一直潜伏在侧，终于趁机进来盗图。"

"这内院早已被封闭，除了我们几个紧要人物，谁也不可能进来。而且，如果是外人，怎么会这样巧，正好候到张使君刚刚定好路线，那羊皮地图便被他偷走？"姬诚冷哼道，"现在要委屈诸位了！每个人都要说说，在刚才的这段时间，你在做什么？"

师滢忽然道："如果在座的人都有嫌疑，那么你姬副使的嫌疑最大。"

这女郎轻轻柔柔的一句话，登时让众人都瞪大了双眼。姬诚更是几乎拍案而起，冷笑道："哦！本府的嫌疑最大？愿闻其详。"

"吕英和卓轻闲所居之屋，是对门的两间。他两位都是年少功深，数年前已得了'少年通明，东吕西闲'的美誉，所以如果对面房门有所响动，他们都会立时察觉。

"其实吕英、卓轻闲，包括我在内，我们三人如果想赶到张使君的卧房，都必须绕过那处天井。当时的雨很大，我们都会被淋湿衣衫。张使君登楼来回只用了一盏茶的功夫，还要候到他走远才能入内，我们也就来不及换掉湿衣。现在大家看我们三人衣裳，便知我们绝没有出过屋。倒是你姬副使，你就住在张使君的隔壁，举步便到，不必绕天井，不必被淋雨，方便来偷，而且可及时退走，不着痕迹。"

师滢外表一派柔弱娴静，但这一番话却剖析入理，而又犀利如剑。

"师医丞，你……你这简直是强词夺理！"姬诚登时有种作茧自缚的感觉，却欲辩不能。

"其实师医丞的意思是，如果真有内奸的话，未必一定是我们这几人。"风君天冷冷地开了口，"比如，适才角抵时，我四处溜达，发现有个人鬼鬼祟祟，竟是想给我们商队的烤羊下药。此人被我抓住，交给卓副使，细细查问后才知，此人竟是使团的军士！"

众人登时一惊。张骞忍不住望向卓轻闲，问道："人呢？审出什么来没有？"

姬诚陡觉浑身发冷：人是他派的，药是他给的，但万没想到，这个废物竟被抓了……也不知这废物是否供出了自己。

卓轻闲却很懒散地一笑："审过了。他要下的药，是以巴豆为主的泻药。此人坦承，他素来看不起商人，只是想开个玩笑，所以才出了这么个怪招。"

"此人现在何处？"

"他姓齐，是大汉使团一名堂堂的尉史。要给那些卑贱的商人开个玩笑，当然也只能由着他。"卓轻闲言不由衷地嘿嘿一笑，"所以我已将他放了，当然，要罚他先将那一大包泻药都吃下去。"

屋内已有人嬉笑出声。姬诚在松了口气之余，也觉得啼笑皆非：那一大包泻药，被那废物一人吞下，这家伙未来几个月应该都只能呆在茅厕里面，出不来了吧？

张骞却没有笑。他认真地盯着卓轻闲的眼睛看了会儿，才转头望向云裳，道："你们怎样，捉住那人了么？"

听得这话，众人又是一惊，均想，难道张使君早有防备了？见到云裳和甘夫衣衫都几乎尽湿，形容甚至有些狼狈，大家又有些疑惑。

云裳叹了口气："依使君安排，我一直在暗中戒备，果然发现有个匈奴人潜了进来，但此人的目标应该不是那幅羊皮图，而是甘夫……"

她将适才的事件略述一番，众人听了，更是震惊。

姬诚抱怨甘夫他们两个人出手，居然没有留下那人。甘夫却叹了口气："他是从我手中逃掉的。也怪我，有些大意了……"

"居然出现了精通'身外身'巫法的西域大巫！"卓轻闲吸了口冷气，悚然道，"难道是……万灵宗的人？"

听到"万灵宗"三字，除了甘夫，屋内众人眸中均有些寒意。素来冷傲自负的风君天在刹那间挺直了身子，吕英更是右手握拳，爆出咯咯的骨节脆响。

"诸君稍安勿躁！"张骞沉声道，"那个匈奴妖人能暗中潜入，对甘夫施展摄魂巫术，可见此处绝非外人难入之地，所以盗图之人不应是在座诸君。在这个使团内的，都是兄弟。在这个屋内的，都是信得过的朋友。诸君定要齐心协力，不可自乱阵脚。盗图者，还有那逃遁的胡巫，我们定会将他们抓回来！

"请君天兄和师老赶回商队，暗中排查可疑之人，明早之前，我需要你们报送一份商队全部人员的名册。请卓副使亲自到商队督促安抚一下。请吕副使陪同姬副使，在使团内部排查一下，看有何异常。至于那个给商队下药的齐尉史，即刻革职！"

张骞将诸事一项项安排得井井有条。最后一句话落到姬诚耳中，他不由一愕，惊道："革职……这是否太重了些？"

"以一己之好恶，便去给商队下药，这样的人岂能留在使团中！况且，齐尉史此刻的身体，想来也无法长途跋涉了。"

姬诚望着张骞平静的眼神，心中无比恼怒，又无比郁闷，然而除了在心底将那尉史大骂一通，却也没什么办法，只得闷闷走出。吕英、卓轻闲、风君天和师逢也即刻施礼而去。

屋内静了下来。留在屋内的，正是当初瀚海法阵的破阵三人组，再加上师滢。

云裳看了眼师滢，哼道："师小妹说得是！如果那图是我们的人偷的，姬诚就是嫌疑最大之人。况且，那齐尉史一直是他的亲信……"

张骞却笑了笑："齐尉史是姬诚的亲信不假，但盗图这种事，还是不能贸然按在姬诚头上。你们想过没有？我在羊皮上所画的路线一目了然，那盗图的细作一眼就能看懂，然后自去临摹也好、暗中传信也好，都很简单，而且不露任何形迹。但是他为何偏要大张旗鼓地将羊皮地图盗走？"

云裳忍不住蹙眉道："使君的意思是说，那人是想让我们自乱阵脚，甚至相互猜忌？"

张骞点点头，缓缓道："现在看，确是有一个细作潜伏在我们中间。他应该不是寻常的驿卒、兵士或是商队伙计，而且他的图谋不小。他应该是在下雨前就潜伏在院落的某处，一直在等候时机，直到我出屋登上角楼，才出手盗图。他竟然知道我在决断出使路线，由此看来，他应该身份不低。"

四人的脸色都有些难看：使团出使西域，困难重重，此刻刚刚赶到远征天途的起点，就发现有内奸潜伏在使团中，而且现在还难以识破，岂非令人烦恼！

甘夫却忽然道："我感觉，你是故意让他盗走地图的！"

张骞苦笑了一下："大祭酒传来的讯息，那个一直暗中跟踪你的匈奴巫师，这些事其实都很严重；那些忽然聚拢来的商队，则让我的调查难度倍增。我这次故意露出破绽，原是想给那个跟踪你的胡巫一个可乘之机。没想到的是，胡巫确实露面了，竟同时还发现了一个内奸！"

他背着手，在屋内缓步徘徊着，说道："这胡巫竟然精通身外身的顶级巫术！如果真如卓轻闲所说，是万灵宗的人，那就非常棘手，比我们先前认为的龙城死士还要棘手！"

甘夫忍不住问："万灵宗到底是个什么组织？"

云裳低叹道："知道无为学宫吧？大祭酒公冶易主持的无为学宫，对外是大汉黄老之学的官方机构，实则却是一个极为严密的细作组织。万灵宗也一样。它是匈奴王城的官方祭祀机构，同时也是匈奴最可怕的细作组织。万灵宗统御下的神巫，全都是手段阴险诡谲之人。"

师潆轻声道："我还听说，大祭酒公冶易虽道法冠于宇内，却有个一生之敌，那便是万灵宗的宗主……大巫龙缺。"

"龙缺？"甘夫听到这个名字，不知怎地，脑中忽然闪过许多奇异的画面，一时脸色苍白。

"你怎么了？"云裳立时察觉到他的异常。

那些汹涌的画面忽然而来，又忽然而去，甘夫摇了摇头，道："没什么。这个龙缺是匈奴人么？多大岁数？"

师潆沉吟道："不知道。大巫龙缺极为神秘，连他这名号，我也只是从师尊凤大师口中听说过一次。"

张骞苦笑道："我也记得，大祭酒曾说过，他在西域有一个极大的对头，只怕就是这万灵宗的宗主龙缺了！甘夫老弟，你的面子实在是大得紧，居然同时得罪了龙城死士和万灵宗。"

甘夫不由笑了笑，但笑容却有些无力。他忽地躬身道："张大哥，如果因为我的缘故，给使团造成麻烦，甘夫愿立即退出使团。"

云裳一惊，脸色登时白了许多。

"不可！"张骞缓慢而坚定地摇了摇头，"万灵宗是匈奴的细作组织，我们出使西域，他们当然要继续紧缀不放，不管你在不在使团。况且，你这侍诏之职是天子钦封的，岂可自行退缩！"

云裳舒了口气："除了那个万灵宗胡巫，这内奸到底是谁，使君心中已有了盘算么?"

"也许是一个我们谁也不会在意的人吧?"张骞淡然一笑,"好在,他盗走的图,也无关紧要。"

云裳和师滢对视一眼,心头略微放松:张骞既然已察觉到了异常,当然会有所防范。如果那内奸拿走的是一份假地图,那么对使团未来的行动路线反而是一种极好的保护。

接下来的几天,使团和商队便在驿站附近整顿,一来补充驮马及各种补给,二来向守卫此地的军队戍卒打探周边匈奴军队的动向。

当然最主要的,是暗中排查使团中的内奸和那个神秘莫测的万灵宗胡巫。

但胡巫没有出现,那内奸竟也彻底消失,再无一丝痕迹。

第五天一大早,张骞集结使团成员、告祭天地之后,挥师翻越乌鞘岭。

乌鞘岭南部为崚嶒晶莹的大雪山,北面雷公山和牛头山双峰并立。众人举目四望,上见危岩耸峙,天仅一线;下有激流冲荡,滚滚东去,景色奇伟壮丽。在山间窄道艰难前行,山风夹着雪花和寒气呼啸而来,打得众人遍体生寒。

这乌鞘岭虽然险峻,好在使团诸人均为选拔出来的健儿,翻山越岭,倒也并不太过艰难。

跨过峻岭,前方便是大片平野。稳妥起见,张骞派吕英率领甘夫和风君天,扮成小股行商模样,先行往前方探路;张骞自和卓轻闲、师滢、云裳等,率领五十名健卒居中,以便随时接应前方的吕英他们;姬诚则统领大队人马在最后稳步而进。

时令已是初夏。前方的原野绿茸茸的,好像铺上了一层碧色的茵毯,旭日照在原野上,那青绿便越发透亮。吕英、甘夫和风君天三人在原野上撒了欢般纵马疾行,很快便融入那片绿意里。

望着三人渐渐化成远方的一条细线,张骞眼中却是忧色渐浓。

第十章

天 幻 堡

　　武帝建元初年，大汉与匈奴尽管还处于互市的和平期，但实际上双方的戒心都很重。特别是大汉，对匈奴更是忌惮，对互市的时间有严格规定，每年只在特定的日子才能互市贸易。

　　这种严厉管控的结果，便是让两国边界的一大片地域形成双方谁也管控不到的模糊地带。而这种地带，往往便会被江湖势力占据。

　　这个区域最有名的地方豪强便是天幻堡。

　　天幻堡的堡主大号拓跋仙，他除了善于经商，更精通幻术。据说天幻堡本是在太原一带称霸的强悍术法豪门，数十年前西迁至此，经祖孙三代苦心经营，在大汉与匈奴间左右逢源，终于成为一方豪强。

　　传说，称雄大漠的沙匪撼天风崛起后，也曾觊觎这片宝地，曾多次来此侵掠，但与天幻堡或明或暗的几次对阵，都没有讨得什么便宜，最终双方由战而和，沙匪反过来成了拓跋仙跟匈奴叫板的筹码。

　　这次张骞特意选择途经天幻堡这样一条比较冷僻的路径，有些出人意料。他的考虑是，这条路也许会侥幸避开匈奴军队的侵扰。

　　只是虽避猛虎，难躲豺狼。天幻堡本身便是亦商亦匪，而这附近还

第十章 天幻堡

有更加凶残狠辣的沙匪撼天风出没。这股沙匪人马近千，剽悍残忍，甚至敢于硬撼匈奴军队，商队遇到他们，常会被其"吃得连骨头渣都不吐"。

所以张骞不得不做出最周全的防备。最前方的探路三人组中，甘夫携带有云裳送给他的几只傀儡神鸦。这种木雕神鸦上附有傀儡术的秘符，以傀儡术口诀运使，危急时刻可以施放传讯。甘夫自身资质过人，经云裳指点，收放神鸦之术已经练得极为纯熟。

半日时光一晃而过，张骞没有收到甘夫他们的任何消息。

算了算路程，吕英三人应该早已赶到天幻堡附近。

仰头看了看头顶上白晃晃的太阳，张骞眉头深锁，挥手传令，让大队人马就地驻扎下来。

帐篷和简易的营盘迅速扎好，数十名健卒在营盘外往来巡视，张骞则带着卓轻闲、云裳和师滢纵马跑上一处高坡，极目远眺。

前方仍是一片油绿的原野，原野的尽头是几座起伏的山丘。

张骞默然坐在一块青石上，沉思之后，从怀中摸出三枚铜钱，信手抛在地上。卓轻闲很懒散地倚在石旁，看着他抛钱、起卦，忽问："你其实并不相信卜卦吧？那为何还要卜算？"

"我相信事在人为，但卦象也许能给我一种昭示。"张骞最后一次撒落铜钱，看着渐渐停止翻滚的钱币，不由微蹙双眉：此刻卦象已成，但看起来颇有些凶险。

"再等等吧！我相信凭他们三个人，哪怕遇上再厉害的人物，也会传些信息回来。"师滢也看到了卦象，出言安慰。

张骞无语，再次将视线投向远方。

"你的刀法狠辣决绝，箭法也很出众，但为什么偏偏不学方术道法？"卓轻闲盯着张骞的侧脸，有些好奇，"听说大祭酒当日要收你为徒，是真的么？"

"子不语怪力乱神。"张骞的神色很淡漠，似乎拒绝天下第一宗师是一件很平常的事情，"方术不过是人术的延伸。过分沉迷于其中，反会令自己的心神受制。况且那些术法都是信者则灵，但偏偏，我不大信。"

卓轻闲似乎很不甘心，又问："那术法和你这卜卦又有何不同？"

"卜卦属于阵学，与星象学相关，可为布阵之辅助，与行军、方向、水源统统都有关系。这些都是辅助人力的，故而可学可信。"

"所以你信自己，不信天地鬼神？"

"我只信自己能看见的。天地鬼神深杳难测。对看不见的事物，我只能敬而远之。但是易学八卦除外。易学能让我窥见天地自然的一点法理，虽然只是一点，但是能看得见。"

卓轻闲忽道："那么昆仑呢？那不也是一段虚无缥缈的故事？"

张骞的目光悠远起来，说："所以，我一定要看见！"

"也许你马上就能看见了。"卓轻闲叹了口气，犹豫着说，"其实前面这座天幻堡，与昆仑玉圭有很大的关系。"

"怎么？"张骞一凛。

"玉圭半百一现世间。相传昆仑玉圭每隔五十年便会现世，上一次玉圭出现的地点，便是在这附近。正是在那之后不久，大约五十年前，天幻堡才由太原远迁到此。是的，那一任的天幻堡主，本就是个对昆仑和玉圭也颇为痴迷的大修炼者。"

张骞道："玉圭每隔五十年便会出现在世间一次……然后呢，再神奇消逝，谁也见不到它，得不到它？这岂不是极为荒诞无稽之事！"

"是很荒诞。"卓轻闲叹了口气，"传说玉圭每次出现，都会带着使命，去寻找能读懂它的人。但同时，还有一只可怕的神兽一直在守护玉圭，不让俗人染指。玉圭出现后，便会引起诸方势力的明争暗斗，只不过争斗的结果，往往均是一场空。"

他有些无奈地笑了笑："这很像村夫野老闲极无聊说的故事。可惜却不是故事，至少五十年前那次，它确确实实在这附近出现了，还卷起了一场腥风血雨……"

"你是说，五十年前？"师滢有些吃惊，"按照日子推断，这一次昆仑玉圭岂不是又要在天幻堡出现？"

张骞也是脸色一沉："如此大事，先前你怎么没说？"

卓轻闲一脸无辜："以年数推算，距离上次玉圭现世，已经过去了五十三年。玉圭半百一现，这半百大限已过了呀！故此本公子压根便没将这事放在心上。"

云裳忽地站起身，喝道："是傀儡术！"

她先前与甘夫有过约定，此时双手结印，念念有词，仿佛在召唤什么。

天空中飞过来一只木鸦。这木鸦雕得惟妙惟肖，全是她所用傀儡的精致风格，只是不知为何，木鸦的双翅有些僵硬。尚未飞到三人头顶上方，木鸦羽翼已完全停止扇动，翻滚着坠落下来。

师滢手疾眼快，出手一把接住，急忙递给张骞。

木鸦用来传讯的腿部空腔内居然是空的，其腹部却歪歪斜斜地写着几个血红的字。字迹大多模糊难辨，只能看得清两个字："……大凶……"

那字迹显然是甘夫他们用随身携带的朱砂书就的，此刻那绛红的颜色，瞧来令人分外惊心。

"又来了！"云裳惊呼声中，天上又先后飞来三只木鸦。这些木鸦都是飞得歪歪扭扭，有两只甚至在山丘前就掉了下来，摔得七零八落。

他们细辩木鸦傀儡上的朱砂字迹，发现大多已变得模糊难辨。

"张使君，那木鸦上面写的是什么？"云裳有些焦急，但按照使团的规矩，这种传讯，确实只有张骞才有权看到。

"没什么，只是有些小麻烦而已。"张骞慢慢仰起头。天上再没有木鸦飞来，而日头已经西斜了。前方的甘夫三人到底遇到了什么？

吕英三人是浴着朝阳出发的。

在大草原上纵马本就是一件很畅快的事，何况他们都是喜欢冒险的年轻人。在飞马翻过几个矮丘后，一马当先的吕英才收紧缰绳，放慢了马速。

"相传，五十余年前，昆仑玉圭曾在此地出现。"吕英望向风君天，"剑侯曾听闻过此事么？"

听得"昆仑玉圭"四字，风君天也收住马，沉吟着说道："曾听过这样的传说。传闻每次玉圭出现，都会引来巨大妖兽和各路强者争夺。五十多年前的那次，我只有些耳闻，却不知详情，更不知道具体地点。难道就在这附近？"

"确切地说，是五十三年前，也就是惠帝三年。就在这里！"吕英一脸肃然，"根据我无为学宫的记载推算，应该便在前方的天幻堡附近。"

风君天奇道："无为学宫果然神通广大，对那桩江湖旧闻竟也有记载。那么当时那次群雄会聚，最终为何谁也没有得到玉圭呢？"

"学宫对那次的结果也是记载不详。似乎争夺的各方，最终都死于一种神秘力量……"

"死于一种神秘力量？那是什么？"

"不知道。"吕英的回答很干脆。

"那么，这昆仑玉圭现在会不会再现踪迹？"甘夫的脸上现出向往之色。

"或许吧！虽然距'玉圭半百一现'的大限已经过去了三年，但今年却有些不同。"吕英的目光瞟向甘夫，"因为那枚指环已经出世了。"

风君天却有些感慨："老子出关至今已过了三四百年，却没有人真正得到过他亲手留下的玉圭。我倒很想看一眼，哪怕冒着被杀头的风险，也想看上一眼。"

"前方就是天幻堡了，小心在意！"吕英已将马速放至最慢。

前方那黄绿错综的草地上，现出一座气势不俗的寨子。寨门半开着，可见几排两层结构的堡垒，泥砖墙面迎着眩目的日辉，闪着暖洋洋的光。

看得出，这寨子挺大，但此刻不知为何，却是死一般的冷寂。

风君天凝眸远眺那扇半掩的寨门，沉吟道："天幻堡的规矩挺大。我们远道而来，是否先以行商过客之名，通报一下？"

"那是什么？好大的一根棍子！"眼尖的甘夫忽然指着寨门外一根

闪亮的铁棍说道。那是一根紫色的镔铁大棍，它斜斜地插在地上，露出地面的部分就有近丈高，粗逾壮汉手臂。

明晃晃的阳光下，那巨棍耀着凛凛的紫光，虽是很随意地斜插入地，却有一股难言的凛冽之气。

"好大的膂力！"甘夫也不由吃了一惊，"天下居然还有这样的奇人，能使这样的兵刃么？哎哟，那棍前还倒着几个人呢！"

三人催马赶到近前。风君天细瞧那几个人身上的装束和伤痕，沉声道："全死了！这些死者应该是沙匪。他们都是被重物打得骨折筋断而亡，看来是被这巨棍主人所杀。"

吕英望见紫棍顶端繁复的祥云纹饰，不由大吃一惊，低喝道："这……这是天雷棍！难道竟是雷震子？"

风君天惊道："哪一位雷震子？"

"天下能有几个雷震子？"吕英抚摸着那根神威凛凛的天雷棍，低叹道，"能施展这天雷棍的，自然是昆仑道的雷震子了。"

甘夫忍不住问："什么昆仑道？"

风君天道："昆仑道是天下最神秘又最久远的宗门。他们自称是昆仑山古仙的传人，代代相传，都以找寻昆仑神山为使命。他们人数极少，又多年不在中原现身，故此许多人甚至认为昆仑道只是一个传说。这些传说中，最著名的，便是那位手使雷霆大棍的巨人雷震子。在传说里，他是一位被贬入尘世的雷神……"

"昆仑道绝不是传说！"吕英缓缓说道，"无为学宫一直认为，昆仑道内，还藏着许多关于昆仑丘的上古秘密，所以一直没有放弃对这个神秘宗门的追查。他们当下这一代，应该还有不足十位门人。这些人的术法各异，因为每人的传承不同。在学宫的记录中，这位名气最大的雷震子，至少已是天元道至境的大宗师身手。也有学宫长老认为，雷震子很可能已迈入玄圣道。不过，他却不是昆仑道修为最高的人。"

"已是迈入玄圣道的大宗师，却还不是修为最高的！"风君天有些不可置信，"那最高深的呢？"

"家师曾有过推算，昆仑道内至少有三人，修为不在雷震子之下，而那位最神秘的大宗主青霄，则是早已踏入了玄圣道。"

风君天不由觉出一股冷意，颤声道："如果你说的都是真的，如果这真是雷震子的天雷棍，那么，刚刚，他应该是和这群沙匪发生了激战？"

"是的，雷震子应是遭人围攻了。"吕英从地上扒拉出几枚奇形怪状的镔铁暗器，沉声道，"果然！这铁蒺藜是沙匪撼天风的独门暗器……"

三人的心都是一沉。虽然早已听说过沙匪撼天风的凶名，但却全没想到，他们居然胆敢围攻雷震子这样的大宗师！瞧这现场，沙匪虽有数人横尸在地，但雷震子的兵刃也遗落在此，竟不知道是谁胜谁负。

"除了沙匪撼天风，围攻雷震子的，应该还有别的高手，似乎是……匈奴人？"吕英继续俯身细察。

"是万灵宗的人！"开口的是甘夫。他如一只狼般仰头嗅着，仿佛空气中有什么味道，"是的！万灵宗的巫术，我刚刚见过的……"

顿了顿，他继续说道："雷震子没有死。他应该是逃了……"

"你怎么知道？"吕英有些疑惑地望着他。

"只是一种感觉。"甘夫盯着不远处的天幻堡寨门，"他应该是冲进了那里，而且那里……非常凶险。"

一阵风吹过来。塞外的风没有多少暖意，却带着股难言的血腥气息。

昆仑道、万灵宗、撼天风，这三股绝对强悍的势力都在此地现出踪迹，并进行了一场苦战，最终败走的一方竟是大宗师雷震子！这场厮杀，其惨烈可想而知。

三人心中都是疑云翻滚：这三路强者为何要聚集在此？原本应该没有什么关联的三方高手，为何要在此地血战一番？

"天啊！那难道是……东来紫气？"风君天忽地指向天幻堡。只见寨门后的一座土堡后面，此刻正现出一道紫霭霭的辉光，那光并不如何灿然耀目，却如云蒸霞蔚，氤氲圣洁。

"果然！"吕英也盯着那道紫霞般的宝光，长吁了口气，"那就是传说中的东来紫气。看来是玉圭现世了！"

三人的心脏都是一阵急跳：难道五十三年后，昆仑玉圭果然再次出现了，而且是出现在这个神秘的天幻堡内？

"记住！雷震子亦正亦邪，和他对阵的万灵宗与沙匪高手，更是杀人不眨眼的狠人，所以我们进堡后，一定要小心行事。"风君天还是忍不住叮嘱了一句。

这次吕英和甘夫居然同时点了点头。

甘夫想了想，又道："我还是先让傀儡神鸦传讯给大哥吧。"他依着云裳所教，用手指蘸着朱砂，在傀儡木鸦上写了几个字，然后运使咒诀，将神鸦抛向空中。

神鸦在空中打了个盘旋，却忽然一个侧歪，险些落到地上。甘夫学习施展神鸦术法以来，这是从未有过之事，他急忙大声喝出口诀，那神鸦歪歪扭扭地又再飞起，终于飘摇远去。

甘夫盯着木鸦那僵硬的双翅，目光中现出一抹隐忧。

前方，吕英已经一马当先，闯进了天幻堡。

那寨门一直半掩着，没看到有天幻堡的门人弟子或是寻常庄兵守护。

小心翼翼地进了寨门，吕英三人以品字形的小阵势，缓步催马前行。

越向前行，三人越是心惊。

堡内其实是有人的。寨门后站着几个手持长矛的庄兵，青石大道两旁有两大间酒垆和三五间摊铺。酒垆里坐着酒客，伙计正在服侍客人，摊铺前散放着药材、布匹等物，几个客人正在挑选……

一切看起来都很正常，很温煦，一派边地小寨的繁荣情景，只不过，所有的人都一动不动的。

他们维持着一个姿势静止在那里：伙计在笑，酒客在喊，庄兵在挥戈巡视，客人在伸手还价，店主在摇头拒绝……这些男女老少仿佛都在瞬间被冻住了肢体，或者被抽走了灵魂。他们的笑容，他们的眼神，都停滞在那一刻。

这里原本到处都是人，此刻却没有一丝人类的声音。边地的初夏，风仍很大。风从泥堡墙垣间窜出，带起阵阵怪异的呜咽声，犹如许多幽怨的老妇在哭号。

"这是什么……巫术？"风君天的声音微微发颤，"那些人还活着么？难道堡内所有的人，都是这样了？"

吕英下马，用手在一位中年酒客的鼻端探了探，随即黯然摇头："没有生机，但也没有死气。他们的状态好像是……不生不死？"

"是什么人？出手如此狠辣！"甘夫盯着一个僵立着的七八岁孩童，问道，"难道是万灵宗？"

那孩子胖乎乎的，手里拿着一个弹弓，脸上都是顽皮的笑。甘夫盯着那纯真的笑，心底一阵抽搐。

"据我所知，万灵宗应该没有这样恐怖的巫法。"吕英摇了摇头。

咚咚咚！忽有一阵单调的声音传来，似是无比僵硬的脚步声。三人愕然转身看去，却见一道硕大的身影，正从一道窄小的巷子里转出。

这人的身高几乎是常人的一个半高，当真是壮若小山，微红的长发散披肩头，虬髯如铁枝般四下怒张，一双环眼不怒自威。那双泛着红芒的眸子里，蕴藏着一股难言的狂暴气息，但不知为何有些僵直，只是茫然地怒视前方。

"长发如火。他是……雷震子！"吕英双眸一亮，蓦地提气喝道，"前方可是雷震子前辈？且请留步！"

雷震子却仿佛没有听见，踏着怒雷般的沉重脚步，又拐向另一个巷道。

这情形古怪得超出三人的想象，他们甚至忘记了雷震子那忽正忽邪的行事风格，急忙赶了过去。

待他们赶到那条小巷口，却见雷震子仰头发出一声悲啸，高大的背影在小巷尽头一闪而没。

"这里巷道纵横，似乎是一处阵法。"吕英勒马站住，沉吟道，"所谓天幻堡,看来是堡如其名,我们万万不可小觑。甘夫,还是飞鸦传讯吧。"

甘夫自革囊内取出一只小小的傀儡木鸦,正待运功祭出,忽然大叫一声:"不好!上一只神鸦竟没有飞远,似乎是被什么东西困住了。"

他讶然盯着自己的右掌,却见当时画符的食指上出现了一个针孔大的血点,一滴鲜血正从那处冒出来。

吕英一凛,低喝道:"再试!"

甘夫忙运功祭起傀儡神鸦。这一次又是费了很大功夫,才祭起一只神鸦。甘夫深觉不安,索性连施神术,先后释放出三只神鸦。吕英则是用朱砂在神鸦身上写明三人在天幻堡所遇到的怪事,更加了几句叮嘱之言。

不远处又传来雷震子的长啸声,那声音憋闷而悠长,带着一种难言的孤独苦闷。

"好古怪,你们看那太阳!"

甘夫忽然指着天上:"我们出发时,它已在朝阳方升的位置,这么久了,它一直还在那儿!"

三人都抬头向上看去,果见那太阳还未上三竿,也许只比朝阳高出少许,但现在的时间,也许已近午时了。

"好怪!难道……时间停止了么?"风君天喃喃着。

"难道这里是一座奇怪的法阵?"吕英惊道,"入阵之人,都会无知无觉地被大阵侵蚀,只觉时间停滞,最终变得浑浑噩噩?"

三人对望一眼,均是震惊难言:如果是一门法阵,是谁悄无声息地布下如此怪阵?堡内诸多门人为何又对此茫然无觉?

风君天环顾四周,又道:"这天幻堡规模挺大。我们现在所处的位置,应该还是在寨子的外围……"

吕英也道:"不错!这里以酒肆、商铺为主,应该是天幻堡放入外人来做买卖的地界,定然不是他们的核心。天幻堡主和其门人弟子应该住在那片高堡内。"

前方，巷道的尽头，果然有一座气势不俗的高堡，堡上箭楼、堡门俱全，一派戒备森严之状。

风君天忽见甘夫脸色苍白得骇人，忙问道："你……怎地了？"

"不好，快跑！"甘夫的声音不高，甚至在微微颤抖，"我们要快跑！我感觉自己的血液在变慢，下一刻，我们也许会变成雷震子那样。"

刹那间，吕英和风君天的脸色苍白如纸。两个人都知道甘夫天赋异禀，身体有超出常人的感应，甚至如野兽般敏感。

听了这话，风君天几乎没有任何怀疑，便打算拨转马头，向回路奔去。

"不能回去！"吕英和甘夫同时喊了出来。

二人对望一眼，吕英道："如果这是一处阵法，我们适才经过的地方才是阵势最强之地。"

"我感觉到的，是一种奇怪的巫力。"甘夫指着前方的高堡处，"那里的巫力应该比较稀薄。"

三人运力催马，胯下的骏马竟一动不动。三人仔细观瞧，竟发现各自的马眼内都流出两行血线。

不知何时，他们的马竟都已瞎了。

"下马！"吕英低喝。三人再不多言，飞身下马，向那片高堡奔去。

眼前的情形触目惊心，或许只有那邪恶的万灵宗巫法可以解释。他们不知如何破解，唯有尽快逃离这鬼地方再说。

"她动了！"甘夫忽然指着路边一个容颜俊俏的婢女叫道，"她在动。先前我见她的嘴是张着的……"

仿佛是被某种神秘巫术唤醒，道边僵立不动的庄兵、小贩、酒客忽然间都动了起来，所有人都慢慢转头，向他们这边望过来。

他们的动作无比缓慢，他们的眼神无比僵硬。

"不要喊叫，小心罡气泄露。"甘夫挥了挥手，随即如箭一般向高堡冲去。

吕英首次看到甘夫神出鬼没的奇快身法，暗自称赞，却不敢出声，也闷声向前疾奔而去。

三人都是颇为伶俐之人，虽然奔行如飞，却尽力收敛武功修为，只是循着道旁的树荫奔行，以免遭遇突如其来的伏击。

前方传来几道悲愤的怒啸，正是雷震子的啸声。

三人终于奔到高堡前，却见一道高大的身影正凝立在堡寨的内门前。那正是雷震子，他不知何时已转到了这里。

此刻情势难辨，三人都不敢妄动，只能缩身躲入道旁的一块巨大的岩石后面，小心翼翼地向前窥视。

堡前的雷震子似乎一动不动，又似乎在很缓慢地移动。他的双眼仍是突兀地睁着，眼角却已流出两行血线。他那双骇人的环眼似乎已经瞎了。

古堡前，他那硕大的身影仿佛也是一座巨堡，朝阳将这身影拉得很长很长，显得无比孤独悲凉。

"前辈……"吕英双唇翕张，无力地滑出两个字来，又急忙闭嘴。这时候，他完全不知道是否应该向这位以暴躁闻名的大宗师打招呼。

"真是高手！"风君天颓然叹了口气，"也许我们都该感谢他。适才，他一个人吸引了大半的阵力！"

甘夫也点了点头。风君天所说，竟与他的感受相同。

与昆仑天榜之战那座气象万千的瀚海法阵不同，眼前这座奇怪的阵势主要靠一种诡异的巫力维持。适才他们入阵时，发现堡内众人都已中术。之所以三人没有感受到太明显的巫力攻击，正是因为这位行事癫狂的雷震子以一己之力挑战整座大阵，吸引走了一大半阵内巫力的攻击。

"我有一种很奇怪的感觉。"甘夫沉吟道，"雷震子并没有完全落败，他还在苦撑。"

风君天大惑不解，这位号称雷神的宗师双目已盲，怎么还说没有败？

"小心！"甘夫忽然一扯两人，将身子再伏低，"这里还有高手！"

吕英也双眸一亮，沉声道："不错！那应该是雷震子的对头。雷震子等的可能就是那人。"

风君天也点点头，缓缓道："看来此刻的雷震子是在蓄势……等待他的对手犯错！"

金色的朝阳下，雷震子微垂着头，似乎摇摇欲坠。

也许雷震子是在故意示弱，等着他的敌人心神稍懈，那时他就会发出自己平生最暴烈的一击。

吕英忽然有些难受。他很早之前就听说过这位雷神的名头，此刻他却已受了极重的伤，失去了自己的神兵法器，甚至双目已盲，无法逃遁，但他还在蓄势，还在等待他的敌人。

这是生命中最后的不甘和坚持。

不知过了多久，蓦地，一支羽箭掠来，带着尖锐的风声，正射中雷震子的肩头。

雷震子没有躲，也许是根本躲不开，他只是痛苦地微哼了一声。红色的箭杆不住轻颤，他挺立的身子却一动不动。

又一道暗器飞来。那是一只黑色的铁蒺藜，正打中雷震子的膝弯。他终于慢慢跪倒。他的身子太高大，这般一跪，便如一座倾倒的小山。

"是黑龙！沙匪撼天风的二头领，足智多谋，阴险狡诈！"吕英低叹道，"他所用的铁蒺藜和箭杆都是红色的，据说是用人血染红的。"

甘夫有些恼怒，低声问："那黑龙要做什么？既然雷震子无力躲闪，他为何不来个干脆的，一箭射死他？"

"这里是边地，黑龙应该是受了匈奴人的影响。"风君天沉吟道，"我听说，匈奴人打猎时，若是抓住猛兽的幼仔，会慢慢折磨，以逼迫母兽现身。那人这么做，难道是认为雷震子还有同伴，想逼他的同伴现身？"

甘夫道："雷震子未必还有同伴吧？"

"很可能黑龙是察觉到了我们的气息，所以想用这种方法逼迫我们现身。"吕英叹了口气，盯着那道山一般的身影，攥紧长剑，喃喃道，

"匈奴人的狩猎法！但这只是两拨猛兽间的内斗而已。"

他眼中的那道身影，正慢慢向下倒去。

"想逼我们现身？疯子才会出去！"风君天也冷哼一声。

又是两箭斜刺里飞来，带着尖锐的呼啸，射向雷震子的双腿。

蓦地，两道乌光破空而来，将那两支血杆羽箭击飞。那是两支极为寻常的甩手箭，但力道、准头、速度，都拿捏得妙至毫巅。

一个清俊少年站在雷震子身前，望向血箭射来的方向，淡定说道："我叫甘夫，有什么事冲我来！"

金灿灿的朝阳照在他的脸上，令那张脸显得格外干净、阳光。

"疯子！"吕英在心底无力地苦笑了一下，望向甘夫的目光却是激赞的神色。

巷道西侧的一株老树后传来一阵大笑："还当是啥子高手！没想到只是个小毛孩子。"

一道高瘦的身影走出来。那人一身黑衣，瘦削的脸孔也是微黑的，双眸却锐利如刀，带着种天生阴冷的感觉。

这就是黑龙，是横行大漠的千余沙匪的二当家，又是素以阴毒狠辣著称的撼天风魔下第一智囊。

黑龙走的很慢。在这座城堡内，他也受到古怪大阵的困扰，当然不敢掉以轻心。他手中拈着的两枚铁蒺藜，正闪着骇人的血色，准备择人而噬。

"请万灵天宗'铁石双尊'现身吧！"他的表情很恭谨，更有几分紧张和警惕。

自昨日起，天幻堡紫光霭霭，他率着一队撼天风沙匪精锐赶来探看，不期而至的还有万灵宗铁巫、石巫两大高手，跟着又突遇昆仑道高手雷震子。

黑龙当机立断，与有过数面之缘的铁石双巫约定，联手剿杀这位中原最神秘宗门的宗师级高手。

一番喋血恶战，虽然万灵宗两大高手才是对付雷震子的主力，但沙匪们舍生忘死，也搭上了多条性命。

然而，激战中的双方突然遭遇天幻堡内奇阵的攻击。性子桀骜的雷震子杀得性起，以为这是双巫所施的巫法，竟以一己之力独抗巫阵。雷神首当其冲，承受了大半阵力，终于一败涂地。这边的沙匪也死伤殆尽，只有黑龙和和铁石双巫侥幸逃出。

但这场猎杀远没有结束。

无论是沙匪，还是万灵宗，都有最终的目的——极可能在天幻堡内现世的昆仑玉圭。

而在寻找玉圭之前，一定要先将雷震子解决掉。否则以昆仑道的强悍实力和丰富经验，若是其门人闻讯赶来，玉圭十有八九会被他们夺走。

所以，看到雷震子遭到巫阵攻击而疯癫，看到雷震子眼瞎，他们都没有现身。他们都隐隐察觉到了吕英一行悄然潜入的气息，均是担心雷震子还有其他同伴潜伏在侧。

于是黑龙选择了边地最喜欢的狩猎法。

号称雷神的雷震子居然成为狩猎者眼中的那只幼兽！但接连的血腥攻击后，昆仑道无人现身，出现的居然是甘夫这样一个俊美得如同女子的少年。

黑龙有些哭笑不得，一时兴起，随即大笑现身。但此刻，他忽然又有些警觉，一股不祥之感陡然升起：万灵宗的铁石双巫，为何没有现身？

"如何处置雷神，还请双尊现身定夺！"黑龙又大喊了一声。

堡前静悄悄的，只有阵阵呜咽的风声，万灵宗的两大巫者没有任何声息。

忽听嗤的一声冷笑，是雷震子慢慢挺直身躯，转过身来。他伸手揉了揉眼，那双流血的眸子竟又恢复了神采，射出两道森冷的锐芒。

"来吧，混账！"雷震子冷笑。他虽已浑身浴血，但这一挺身怒目，登时便有一股强大的气势凌空压了过来。

黑龙大惧。这时候，他可不敢独对一个天元道至境宗师的全力一击，急待回身远遁，忽觉一缕剑气自后袭来。

这道剑气沛然浑厚，更可怕的是，带着一股难言的刚直凛冽。

然后他就看到了吕英那双年轻而锐利的眸子。黑龙几乎不敢相信自己的眼睛：这少年年纪轻轻，难道也踏入了天元道？

和风君天现身之后，吕英长舒了口气，向甘夫一笑："你这性情很好！你让我不必为此内疚一辈子。"

风君天眯起眼，望着甘夫，叹道："为什么你一定要逞这英雄？"

甘夫也淡然一笑："因为我恰好在这里吧！"

雷震子却冷哼一声："三个小子胆气不俗，修为不错。不过老夫不会承你们的情，一丝也不会。"

甘夫三人同时望向他，齐齐道："不用你承。"

吕英又道："你虽一丝也不必承我们的情，但你确曾被一个叫甘夫的后生晚辈救下过。这是实实在在的，不管你承不承情。"

雷震子浓眉一挑，淡淡道："说得有些道理。看来这个人情，稍时我还是及时还了的好。"

风君天道："为何要及时还上？我们若是不用你还呢？"

"那不大好。我雷神怎能欠几个小毛孩子的情？那我就只能杀了你们。"

吕英一愕，想不到，这个狂人强横无理竟至于斯，一时说不出话来。甘夫却是一笑："随时奉陪。"

听了这几人的对答，黑龙阴冷的双眼不由眯成了一条缝。他发现了一个可怕的现实：虽然雷震子蓄势已久，虽然这三个乳臭未干的少年修为不俗，但他却并不大畏惧。哪怕是陷入重围，至少自己可以在苦战之后，确保全身而退。

但退了之后呢？万灵宗那两大巫者，显然是在等着双方鱼死网破之后，再来剿杀自己。

这么快，自己就从狩猎者，变成了被狩猎的幼兽。

"铁巫，石巫，你们这两个混账！"黑龙仰头大喝起来，"我们曾歃血为盟，我们撼天风的弟兄们为你们流血、死人，你们此刻竟想趁机渔翁得利么？"

"是狩猎！"

"这座天幻堡太古怪了，何况还有那个玉圭。"

"你应该知道，你和我们，随时都会面临同样的被狩猎的结局。"

"我们也不想如此，但我们也怕被人狩猎。眼下那个人已经来了！"

"还有别的人，也已经来了……"

两道阴冷的声音传了过来。这声音非常古怪，竟听不出是男是女，而且飘飘忽忽，似乎是受了此处巫阵的干扰。

最奇的是，说话的两人此起彼落，虽是两人说话，语意却极为连贯，竟似一人所发。

万灵宗的铁石双巫，果然处处透着难言的诡异。

甘夫三人相互对望一眼，迅速聚拢到了一起。

他们均已意识到，现在的情势已变得非常凶险：黑龙突兀现身，雷震子定然要奋力一击，那时候自己三人很可能会卷入这场混战。

在双方两败俱伤后，铁石双巫一定会出来坐收渔利。而且听铁石双巫最后的那句话，似乎还有旁人潜伏在侧。

这应该是一个让铁石双巫无比忌惮的高手。

甘夫三人几乎同时察觉到了一股若隐若现的隐秘气机。这时候，隐秘就是强大的体现，因为你完全无法捕捉到他的气机是刚是柔，在何方位。

忽然间，三人都扬起了头。他们同时感受到了几道熟悉的气机。他们应该已经来了一段时候了，只是适才场中几路人马相互狩猎、相互忌惮，竟没有留意到。

"诸君，当你狩猎别人的时候，很可能也被别人狩猎。"随着一道清朗的喝声，张骞从一间低矮的泥屋后缓步走出。

原来，察觉到甘夫三人遇到极大凶险后，张骞没有片刻犹豫，立时带上卓轻闲，快马加鞭赶了过来。他编了个借口，命师滢和云裳先回使团，通知大队人马整装待命。犯险的事，他还是不想让女人出现。

他们这一路赶来，要快捷得多。堡外的死尸、堡内僵硬的人群，虽然令他们无比心惊，却没让他们多做停留。他们听到雷震子那一声声悲愤的怒啸，便立即弃了马，循着啸声赶了过来。

黑龙有些疑惑地盯着他。

雷震子也敛了怒容，睁着血红的双眼望向张骞。

隐在角落里静默不语的铁石双巫，当然还有那个一直隐身的神秘人物，也都在静静地看着他。

这些人都是见多识广之人，他们一眼便看出这一身黑袍、商人打扮的年轻人完全没什么道术修为，但他身上有一种奇怪的气质，一种能让人静下来听他说话的气质。

"诸君，这狩猎的规矩是匈奴所定，但在我大汉之人的眼中，人与人之间并非只是狩猎与被狩猎的关系。在场诸君应该知道，我们都面临一个共同的大敌！"

张骞抬起头，望向身周飒飒低吟的老树，望向那一片披满血色朝霞的高堡，提高声音："就是那个让这座天幻堡中人尽数僵化、形如木偶的布阵者。这甚至根本不是人力所为。诸君，我们都在阵中！"

"现身吧，匈奴万灵宗铁石双巫。"张骞凝目望向那片枝叶繁茂的老树。

老树响起一阵飒飒轻响，两道身影飘然闪出。这二人身材矮小，形似侏儒，身披着褐色宽袍，头戴黑巾，只露出双眼。细看二人的眼睛，一双凌厉阴狠，一双却颇为柔媚。

谁也想不到，名震西域的匈奴万灵宗铁石双巫，竟是一对奇特的侏儒。砰的一声，前面那个侏儒扬手将一个牧民打扮的女子扔到地上。

"她是谁？"张骞望向那女子。女子虽然穿着厚厚的牧民装束，却仍可看出身材高挑，只是皮肤黝黑粗糙，满脸惊恐之色。

"路上遇到的。"铁石双巫嘿嘿一笑，"她应该是路过此地的匈奴牧民，只是来历不明。我们本想一刀杀了……"

"但想想，终究是匈奴女子，便先留她一命，或者在身边当个肉盾也不错。"

张骞目光一寒，沉声道："你们匈奴本族的女子，两位也如此不拿人命当回事？"

"也许是救了她呢！"双巫冷笑道，"这时候将她扔出去，她还不是死路一条！"

张骞见那女子慢慢爬起身来，浑浑噩噩地拍打身上泥土，似乎并无大碍，只得叹了口气："还有一位高人呢？还请现身！"

众人听得张骞这一喝，都有些意外，场中立时静寂下来。

张骞的目光扫过诸人，转头望向道旁一块半人高的青石，拱手道："请阁下一现真身！"

雷震子冷哼一声："混账死乌鸦！这时候了，还装神弄鬼地干什么？老子可不承你的情。"

"你当然不必承我的情。你是被那个小娃娃所救，你该承的是人家的情。"随着这道淡然的讥笑，那块极为寻常的青石忽然生出一番波动，仿佛石上生烟，烟气绕石。青烟缭绕之后，石后转出一人，却是一个中等身材的麻衣方士。他背着手，笑吟吟地悠然踱步，很随意地向众人点了点头，道："海内散人陆鸦，诸君请了！"

这麻衣方士声音清朗，看容貌，也是个眉目俊秀的青年。与玉面白发的公冶易不同，他的头发漆黑如墨，脸色却极为苍白，隐隐藏着一抹青气。他那双眸子深邃无比，深冷之中又带着些淡漠，哪怕此刻他明明在笑，却依然看不出什么明显的情感来。

"昆仑道……陆鸦散人？"吕英和卓轻闲齐齐大惊。卓轻闲是博闻强记，听说过这人的名字，而吕英则在师门中知悉此人的惊人事迹。两人看到陆鸦如此年轻的容貌，都有些呆愣。

吕英想到学宫中记载的某种神秘道法，最先回过神来，大步上前施礼，道："晚辈无为学宫吕英，见过前辈。"

陆鸦很随意地点点头，说道："公冶易真有福气，居然教出这样的小徒弟！他还好吧？"

"师尊一切安好，多谢前辈挂念。"目空天下如吕英，面对这位陆鸦散人，居然很是恭谨。

风君天这时才看到陆鸦背后那把深紫色的巨大剑鞘。他呼吸骤紧，心中暗道，原来是他，相传昆仑道中那个最传奇的行走中原的人物？他低声对卓轻闲道："此人当真是那个号称'巨剑散人'的家伙？"

"当然是他！巨剑散人，非他而何！他也许不是昆仑道中道术最高的人，却是道术最杂博的传奇人物。"卓轻闲叹了口气，和张骞对望一眼，心内都有疑云腾起：在这无比荒僻的边陲堡寨天幻堡，为何会出现神秘莫测的昆仑道中人，而且是两大宗师齐齐现身？

雷震子却冷哼一声："陆鸦，老子早说过，你这张臭脸一直在变，小辈们都不敢认你了！老子很好奇,什么时候你会换上一副娘儿们的脸，再来世间走上一遭。"

陆鸦这才望向雷震子，反唇相讥道："难得！你也学会了装死诱敌？"

甘夫吃惊地发现，同为昆仑道的宗师级高手，陆鸦看向雷震子的目光竟是如此古怪：有警惕，有冷峻，有讥诮，更有很大的敌意，却偏偏没有一丝同情。

怪不得适才雷震子几乎穷途末路时，他这同门始终不现身相助！难道他们二人之间有什么嫌隙？

陆鸦的目光扫过雷震子身上的箭痕，冷冷道："虽然有那古怪大阵羁绊，但对付这几个无名小辈，也不值得你雷大宗师大棒一挥吧？"

雷震子眼中红芒一闪,森然道："少废话！小心老子一棍子抽扁你。"

陆鸦却哼了一声，道："你那根烧火棍已经丢在阵外了。如果我们还能出去，但愿你还能找到它。"

众人听了他最后这句话，都觉得心底一沉：这位在中原最负盛名的昆仑道奇人，居然会说出这样的话来——如果我们还能出去！这句话岂不是在说，我们很可能出不去？！

陆鸦转过身，深邃的目光锁定张骞，开言道："老弟怎么称呼？你应该不通术法，适才怎么会看破我的藏身之处？"

"汉中张骞。在下不通术法，但略晓阵学。"张骞不卑不亢地拱手，扫了眼堡前的空场，"此处地势异常。尊驾神龙见首不见尾，必为宗师级高手，觅地隐身时，必会选择与天地法理相协调之地。尊驾适才所在的那块青石，从星、门、神、宫推算，都是此处独一无二的上吉之选。

"至于那二位神巫，则会按照匈奴人的习惯，选择草木繁茂之地隐身，而且此地应可进可退，若有凶险，方便远遁。"

铁巫和石巫露在黑巾外的双眼不由闪过一丝讶色。

陆鸦那波澜不惊的眼睛也是熠然一闪，道："好见识！不知你有何良策，可破此阵？"

"此时我们同在阵中，都是被狩的猎物。只有齐心协力，破了这座巫阵，逼那布阵者现身。"张骞环顾众人，"否则，我们很可能就会跟堡内那些人一样……"

无论是桀骜不驯的沙匪黑龙，还是性子阴沉的铁石双巫，听得他这话，眼中都掠过一抹忧色。只有雷震子冷哼一声，眸中闪过一道厉色。

陆鸦沉声道："诸位，张君说得是！这座巫阵颇为古怪。更麻烦的是，布阵者一直在暗处。现在我们都在被他狩猎，除了放下纷争、携手一击之外，别无它法。"

"那个布阵者……一定是它！"黑龙面如死灰，喃喃道，"近日天幻堡突现东来紫气，只怕昆仑玉圭又要在此现世了，而相传伴随昆仑玉圭降世的，总有一只神秘怪兽——蜃龙！"

"不错！在我们万灵宗内部，也流传着一个传说，称蜃龙是玉圭的守护者！"久久不语的铁石双巫也忽然开口。

"它奉命守护玉圭，但年深日久，便将玉圭视为自己的宝物！"

"它神通广大，哪怕是天元道高手，都不是它的对手。"

"它会变化，会布阵，会制造幻境，但最终，它会吸取精华，那些贪婪的修炼者的精华。"

"现在，它要将我们都变成它的盘中餐！"

铁石双巫心意相通，说起话来便滔滔不绝，颇有些滑稽。但场中没有人笑，每个人的脸色都变得凝重之极。

"蜃龙，擅能吐幻惑人，制造海市蜃楼。"卓轻闲铁青着脸，叹息着说道，"在东方朔的《异兽录》中，它位列上古十大凶兽的第四位。《异兽录》中甚至说，此兽性古怪，不知其破绽。"

当世奇才东方朔所编的《异兽录》一书中，详叙各种异兽之性情、凶狡、短长，甚至记载了每只怪兽的破绽。但于蜃龙，却记载为"性古怪，不知其破绽"。

场中诸人都是手段高明的强悍人物，但铁石双巫最后的那句话却让所有人都心生惧意：现在看来，他们也许真会变成那只妖兽的口中餐。

"堡主拓跋仙呢？"风君天忽然道，"相传此人术法精奇，祖孙三代在此处为堡主，对付这妖兽，他定然有些办法！"

众人望向黑龙。大家都知道，天幻堡能在此地屹立不倒，正是因为跟这群沙匪有着扯不清的干系。黑龙咬了咬牙，仰头望向那座高堡，叹道："走吧，去寻他。这鬼东西应该还活着，他没这么容易就死。"

一行人缓缓向前行去。

"你也要去吗？"张骞再次望向那匈奴女子。

女子裹紧厚厚的衣衫，颤声道："别……别丢下我！"

她说的是匈奴话，声音清脆悦耳，那双漆黑的眸子内却满是惊恐之色。

双巫冷笑道："你瞧，这是她自己的选择。走吧！"伸手一推那女子，将她推到自己二人身前。

张骞大步走向前去，站在女子身前，沉声道："你跟在我身后。"

那女子也不知听懂他的话没有，却是畏畏缩缩地跟在他身后。

不算远的距离，这群人却走得小心翼翼。他们既要防备那个传说中的妖兽蜃龙，更要相互防备，毕竟原本就分属大汉、匈奴、沙匪和神秘宗门多个派系，谁也不知道身边的人会不会对自己暴下杀手。

甘夫发现，陆鸦始终刻意和雷震子拉开一段距离，似乎对这位同门颇多忌惮。

到得高堡下，风忽然大了起来，呼呼的怪风扑面而来，带着一股瘆人的寒气。那尖锐的声音，仿佛是无数只野兽在嘶嚎。

雷震子见众人都犹豫不前，口中哼了一声，挺身大踏步走进堡内。

众人随后鱼贯进入堡内。踏入黑漆漆的堡口那一瞬，甘夫竟生出一阵恍惚，仿佛自己正钻入一只怪兽的巨口。进得堡内，却见大厅内上有楼梯，下有暗道。长长的甬道四通八达，甬道侧壁上燃着油灯。灯光不大亮，映得四周忽明忽暗，更显得光怪陆离。

"好浓的血腥气！"甘夫嘀咕了一声。

吕英点点头："这里似乎曾经发生过一场恶战。"

"是谁？"前方忽然闪过一缕刀光，黑龙惊得大喝一声。

没有人作答。雷震子缓步逼近，才看清持刀者竟是立在前方转弯处的一个堡内庄兵。

那人双手举刀，作势欲砍，但胸前却透出一支枪尖。他已经死了，背后挺枪刺死他的那个庄兵也已死了。两个死人被一杆枪紧紧连在一处，再横倚在堡壁上，那把高举的刀被一支横梯隔住，才不至落下，在飘摇的灯火下，便闪出忽隐忽现的刀芒。

甬道尽头，出现了一个急转弯。举目向转弯前方的甬道岔路望去，黑龙的牙齿不由打起颤来。

那里面堆满了人。

他们大都是褐衣的庄兵，也有身着蓝袍的天幻堡门人，但他们却都是死人。他们每个人都手持兵刃，做出生命中最后的暴烈一击。几乎每个人都被身边的同伴杀死。每个人的脸上都充满了狰狞和恐怖。

那牧女一声惊呼，揪住了张骞的手。张骞叹了口气，轻轻握了下她的手，低声道："若是害怕，就闭上眼，不要看。"

"他、他们都死了！"黑龙颤声道，"自相残杀而死，这……这怎么可能?"

"这绝非人力所致!"铁石双巫又是连环开口,二人的声音也在微微发颤,"一定是它!"

"他们原本是在挥戈待敌的……"张骞轻叹一声。

他发现,这条岔道设置得极有学问。甬道笔直延伸至此,忽然拐了一个大弯,自外进入者便会完全暴露在埋伏于这条岔路的庄兵视线下。

他脑中闪过几幅奇异的画面:一群天幻堡门人弟子和精干庄兵埋伏在这易守难攻的甬道岔路后面,那应该是天幻堡得知凶险后,采取的一种紧急应变。

但是下一个画面,这些持戈待敌的天幻堡精锐忽然间齐齐疯狂起来,挥舞刀剑自相残杀,最终就是这样一副惨状。

"他们的血呢?"吕英低头细看眼前的几具死尸,喃喃道,"这里死了这么多人,本该血流成河的,为何很少看到血?"

雷震子冷冷道:"血与精气相连,应该都已被那妖兽吸取去了。"

众人的心内又是一阵深寒。风君天和黑龙几乎同时拔出兵刃。

"仔细看看,拓跋仙是否在里面?"陆鸦声音平缓,完全不带一丝惊慌。

黑龙提起精神,举着火把细细看了,摇头道:"没有!我早说过,这老东西,不会这么容易便死的。诸君随我来。"

他提着环首大砍刀,擎着火把,小心翼翼地向岔路后行去。

众人跟随前行。路两旁都是死尸。这些死者还保持着死前最狰狞最疯狂的动作。壁间灯焰飘摇,映得那些死尸跃跃欲搏,仿佛还在做最后的挣扎和呐喊。

牧女的身子抖个不停,手中紧紧攥住张骞的袍袖,哆嗦着前行。穿过这条人间地狱般的岔路甬道,黑龙颇为小心地掀开地上的一道暗门,里面竟有光线透出。

"是谁?"一道凄厉而尖细的怒吼从地下的暗室内传了出来。

黑龙却呵了口冷气,叹道:"老拓跋,你果然还活着!我是黑龙。"

"黑龙！真的是你？你个老黑泥鳅，竟然这时候来看老哥我，难得难得啊！"随着这微微发颤的欢呼声，一个中年胖子气喘吁吁地赤足奔出。

张骞一愣，想不到颇有凶名的天幻堡主拓跋仙竟是个肥头大耳的胖子。这拓跋仙胖如肥牛，眼小如豆，偏又肤色白润，胖手中攥着数件宝光闪闪的法器，看来应是门内秘传的御敌法宝。他那又肥又白的胸前挂满了金、银、珠玉诸般宝物，颇有打算将几辈子积蓄都带进棺材的决心，更显得有几分滑稽。

这座暗室竟是很大！张骞陆鸦等一行九人进得室内，也并不觉得如何拥挤。暗室南侧还开着一道天窗，木窗半启，透入一束苍白的阳光。借着那道苍白的日色，众人看到，拓跋仙的身后还跟着一个身材清瘦的青袍老者。那老者胡须花白，满脸肃然。

"这是我的军师许武。"拓跋仙见黑龙竟带了这么多高手前来，惊喜得险些当场痛哭流涕，忙给众人引荐那位老者，"多亏许军师见机得早，拉着我躲入了这座法阵暗室内……"

然后以他那独特的尖细嗓音，开始述说天幻堡的遭遇。

这两日间，天幻堡确实发生了紫气东来的神奇天象。但天幻堡门人们还没有高兴多久，就发生了堡内民众和旅客商人突然僵死的怪相。

那些在外堡的人是一片片地突然僵化的，就像有一片无形的云彩，飘到哪里，那一块的人便就此僵硬，变成石偶般的僵尸。

拓跋仙闻报后，想到了祖上流传下来的那些神秘传说，立即收拢堡内精锐，退回内堡困守。

但内堡很快便大祸临头，所有的弟子和庄兵们在某一刻忽然都发了疯，癫狂地互殴至死。

老军师许武是上任堡主留下来的老人，素来谨慎，很早便将拓跋仙拉进这座暗室。这暗室周遭密布法阵，哪怕是天元道宗师，也无法轻易攻入。

"密布法阵？"吕英忍不住问，"我们进来时，走过的是一条普普通通的暗道，在门外也没见到什么禁制呀。"

黑龙也点点头，道："老拓跋，你是不是被吓糊涂了，忘了打开法阵禁制？上次你带我来过这鬼地方，那时候的禁制还挺厉害，险些要了老子的命。适才这一路上，可是狗屁没有哇！"

"怎么……怎么会没有？许武，你看到的，我亲手打开的禁制！"拓跋仙的肥头上满是汗水，吃惊地望向许武。

"是堡主亲手打开禁制无疑。"许武黯然点头，"除非……这法阵早已被人破去。"

"难道是它，那神龙祖宗？它终究不肯饶过我？"拓跋仙的胖脸扭曲起来，有几分愤怒，更多的却是恐怖。

"终究不过是一条孽龙妖兽而已！"雷震子冷哼一声，"它现在哪里？老子这便去收了它。"

话音未落，暗室外忽然传来一阵密集的隆隆怪响，仿佛一座高楼倒塌下来，砸在暗室上，随即又滚滚碾过。

众人愕然抬头，却见天窗上有道黑影倏地掠了过来。那黑影太过庞大，以至于众人全然看不清它的形象，只隐约看见一些恐怖的细密鳞甲。

"它来了！神龙祖宗取它的供品来啦……"拓跋仙惨叫起来，声音似哭似笑。

"破！"陆鸦凝眸大喝，一股强大的罡气随声而出，仿佛有形的刀剑，直向天窗上的那道黑影袭去。

"传说中的音破术？"吕英大吃一惊。他早就听说术法修至绝顶，可以声音破敌术法阵势，此时见识到了。

哪知陆散人的音破术才发出，天窗上那道黑影的鳞甲忽然真切了数倍，苍白的日色一丝不剩，室内的灯烛也齐齐熄灭，浓密的黑暗铺天盖地般涌来，众人陡觉呼吸艰涩，仿佛被人扼住了喉咙般，窒息难耐。

群豪震惊莫名，各自掣出兵刃法器。

天窗上忽又传来一阵怪响，黑影骤然消失。苍白的阳光重又射入屋内，映出众人都有些惨白的脸色。

"丢人现眼！"雷震子斜睨着陆鸦，哂道，"看见了吧？蜃龙在向你示威，它压根便不怕你的音破术。"

"下次你来大展身手，让我开开眼界。"陆鸦面对雷震子的冷嘲热讽，神色不变，转头对拓跋仙道，"你家祖上似乎跟这蜃龙颇多渊源，可知它到底有何神通？"

拓跋仙兀自盯着那扇天窗，牙齿咯咯作响。旁边的许武叹道："本门口耳相传，素来称呼蜃龙为神龙老祖。老祖身形可大可小，甚至会变化形象。最可怕的是，它会制造幻境。跟传说中那些虚无缥缈的海市蜃楼不同，神龙老祖制造出来的幻境无比逼真，让你完全感觉不出那是幻境。"

卓轻闲忍不住说道："奇哉怪也！都这时候了，你们已即将成为它口中的美味，却还称它为神龙老祖？"

吕英嗤地一笑："或许叫得动听些，稍时会被吃得慢点。"

许武的老眼中闪过一丝怒色，却没有说什么。拓跋仙则直挺挺地坐着，仿佛被天窗上那道已经消失的暗影吓呆了一般。

张骞却深深叹了口气。当人们无法对抗一种强悍的力量时，就会习惯性地选择臣服和膜拜。不管这种力量多么残暴，只因为它足够强大，无力对抗的人们仍会死心塌地选择膜拜它。

这个世界上也许应该有一种更加超然、更加公平的力量，来让人心安理得地去拜服和崇敬。他忽然想起了天子刘彻仰望苍穹时的目光，也许是那……昆仑？

他望向拓跋仙，问道："那蜃龙在此时此地出现，是为了保护传闻中所说的玉圭，还是单纯地要杀人？"

拓跋仙兀自垂头丧气，痴痴呆呆地懒得答话。许武想了想，却道："也许只是一种乐趣。相传神龙老祖喜欢这种屠戮和操控的乐趣，对手的神通越强，越能激起它更大的乐趣。堡内曾有传说，上一次玉圭出现时，曾激起中原几大宗门的高手来此寻宝，但最终所有人都没有逃过神龙老祖的杀戮……那时候，甚至还没有天幻堡。"

陆鸦哼道："哪怕这妖兽真正修成了神龙，也会有自己的弱点！你们天幻堡久驻于此，可曾流传有关于它的一些弱点，比如它喜好什么，畏惧什么，或者，最擅长什么？"

"它没有弱点！"许武颓然摇着头，"它最擅长的，便是控神术，能在不知不觉间操控人心。暗室外那些本门弟子，本来奉命伏击来敌，忽然间便疯了般自相残杀，便是所有人的心神都被神龙老祖控制了……"

张骞沉吟道："无知无觉？也就是说，哪怕是天元道高手，也会在无声无息之间着了它的道，变得疯狂癫痴而全不自知？"

"是的！老祖想控制谁的心神就能控制谁，不管你是大名鼎鼎的无为学宫，还是名镇四海的昆仑道，它都会无声无息地进入你的心神。"许军师的眼神忽然变得有些阴冷。

风君天忍不住冷笑道："如此说来，哪怕现在那蜃龙已经来到此间，操控了我们的心神，我们竟也全然不知？"

许武深深叹了口气："只怕就是如此。"

张骞眉头紧蹙，忽觉甘夫轻轻敲了敲自己的手腕，跟着便发觉甘夫的手，滑到自己的背后，在自己的后背上写起字来。他不动声色，默然感觉着甘夫的手指所写的五个字：

它已在此处。

张骞心头暗惊。他知道甘夫体质超然，常能提前感知异常，此刻得甘夫提醒，不由游目四顾，却见雷震子始终在冷笑不已，铁石双巫互相交换着眼神、不知在想什么，拓跋仙兀自在唉声叹气，吕英和风君天均是握紧腰间的长剑，似乎随时会拔剑一击，卓轻闲则一直在摇头晃脑，口中喃喃低语着什么。

如果那只神秘而恐怖的蜃龙已经潜入这间暗室内，那一定是已经操控了某人的心神，这个人却又是谁？

身边，那个面容粗糙的匈奴女子还在哆嗦着。张骞忽然发现，这女子的双眸黑漆漆的，颇有些神采。目光再转，他发现陆鸦也在盯着那匈奴女子，只是这位昆仑道高人的嘴角却现出一丝不以为然的哂笑。

"那么，玉圭到底在何处？"陆鸦先开了口。

"昆仑玉圭？"许武摇头苦笑起来，"从第一任堡主在此建堡后，就一直苦寻玉圭，至今毫无所得。但上任老堡主仙逝之前，曾跟我说过堡内的一处地方，他认为那里是最可能存放玉圭的地方。"

"你是说……堡内的那处禁地？"拓跋仙忽然抬起头，黑豆般的小眼灼灼放光。

"便是龙墓！"许武缓缓点头，看到张骞和陆鸦等人疑惑的目光，才又解释道，"这处禁地是首任老堡主所定。传说那里埋着一条龙，是上古神龙的骨架！"

拓跋仙咧嘴苦笑起来："那地方太邪性！别处晴空万里，那里的上空却经常风雷之声大作，半夜里更经常有虎啸龙吟似的怪响。小时候，我曾想去那里逛逛，却在龙墓边上被爷爷捉住，痛打了一顿。"

"上古神龙的埋骨之地？"雷震子道，"你们从来没有去过那地方么？"

许武低叹道："我十五岁的时候，曾随首任老堡主去过，但我只是奉命在外面守候。老堡主去了总有大半日吧，回来时一身血污，好像跟什么人厮杀了许久的样子，三天之后，老堡主便在病榻上暴亡……"

拓跋仙痛苦地揪起自己的头发，道："正因为如此，我家阿翁一直未敢深入龙墓，连我也是。"

"那便去看看！"雷震子的眼中灼灼跃动，发出一股狂野的光来。

"既然昆仑道高人要探看，我便来带路。"许武说完，小心翼翼地掀开一块石板暗门，探头向外看了看，灵巧地钻了出去。拓跋仙对许武似乎颇为依赖，紧跟着也钻了出去。

"堡主。"黑龙跟在拓跋仙身后，吃惊地问道，"你的腿似乎好了？"

拓跋仙嘿嘿苦笑："兔子急了能蹬鹰。老子这时候还能顾念着自己的腿么？"

旁人无心听他的啰嗦，陆续鱼贯而出。

让张骞等人颇感吃惊的是，所谓龙墓，并不是一片荒芜的旷野墓地，竟然是一座毫不起眼的石堡。

天幻堡以堡闻名，寨内高高低低，足足建了有十余座土堡。眼前这座堡则很可能是天幻堡内最低矮的堡。它的周遭十余丈内再无别的建筑，但不知为何，它却显得毫不起眼，哪怕是白日里你从这里经过，也不会向它多看一眼。

这座矮小的堡以石砌成，貌不惊人，此刻众人到达堡前，仔细看时，却发现它有一种非常古朴的气质。

石堡斑驳的墙壁上还能看到繁复而优美的纹饰，显见当年建造者曾费了不少心血。

"为什么会是这里？"卓轻闲当先站定，有些怀疑地问道，"令祖当年费尽心血，建了这座堡，却又宣布这是一处禁地？"

拓跋仙缓缓摇头："这不是我爷爷所建。在天幻堡之前，这座古堡已然存在了。"

望见旁人惊疑的目光，许武补充说道："堡主说得是！其实天幻堡之名，便是由这座神奇古堡而来。在我们建堡之前，它就已经存在了，如一座高贵而神秘的墓地，孤零零地矗立在这片荒野上……堡内老人们口耳相传，这是五十年前争夺玉圭诸多高手的埋尸之地。"

"这便怪了！"卓轻闲摇头冷笑，"五十多年前，昆仑玉圭在此地现世，引来各路道术高手，甚至当世五大宗门的首脑齐聚于此，但一场腥风血雨之后，众高手尽皆殒命。然后呢，那些死尸又起来，建了这座古堡？"

风君天哂道："死尸们建堡时，一定会风雷大作，发出虎啸龙吟之声。"

"许武所说，也许是真的。"陆鸦忽然叹息一声，缓步上前，摩挲着石壁上繁复的纹饰，低声说道，"九尾朱雀纹！果然，这是我昆仑道先人所建……这种纹理应该出现在秦始皇年间。很可能，这里就是我昆仑道典籍中记载的朱雀堡！"

陆鸦的声音抑制不住地激动起来。

吕英听了，也不由双眸一亮，沉吟道："学宫中曾有过类似记载。相传当年的昆仑道前辈，曾经留下五处最有可能的玉圭埋藏秘地。难道这里便是其中之一？"

陆鸦不答，只是紧张地摩挲着，探看着。

雷震子也有些紧张，思索着说道："始皇帝年间！那到底是什么人？难道是他……难道是他？"

"青龙出海纹！"陆鸦剥开一片陈旧的苔藓，辨识着石壁上的古朴纹理，惊呼道，"这座堡居然是沧海君所建！"

"一代奇人沧海君！"卓轻闲和张骞都是博览群书之人，同时惊呼起来。

"沧海君是谁？"甘夫却是首次听到这个古怪的名字。

张骞道："沧海君是史书上记载的一位奇人。他是秦时的东夷人。其所生活的辽东之地，专门招揽七国流亡贵族或是亡命之徒，称为秽地。当年张良筹谋刺杀秦始皇，便东至秽地，见到沧海君，并求得一名擅使大铁锤的力士，终于在博浪沙祭出震惊世间的惊天一刺。"

卓轻闲道："相传当年张良和那大力士在博浪沙准备刺杀秦始皇时，曾苦候一个奇人，这人便是沧海君。可惜那沧海君爽约未至，无奈之下，张良和大力士只好仓促行刺，最终没有成功。"

（作者按：先秦史籍《逸周书·王会篇》中已经出现用作族称的"秽人"。而张良和大力士于博浪沙刺秦及与沧海君交往之事，后来被司马迁记载于《史记·留侯世家》）

"不错！"雷震子长长地吐了口气，"这位神秘莫测的沧海君，就是我昆仑仙宗的前辈。"

众人都是一愕。这位沧海君的事迹距今不算太远，世间所传事迹也颇为离奇，想不到竟也是昆仑道的前辈高人！雷震子却懒得再说下去，只是盯着前方这座低矮的古堡，喃喃言道："老子在这里游荡多年，为何每次都没有留意到它？为什么？"

"因为这座古堡被设置了法阵，令外人全然不会留意到它的精妙法阵！"陆鸦喟然长叹，"我和你，至少来这里七八次了吧？居然每次都是匆匆而过。沧海君，还有当年修建此堡的昆仑道前辈，为何对本门后人也要如此苛刻？"

张骞凝望着陆鸦，叹道："陆先生似乎知道许多史书上没有记载的故事？"

陆鸦向他点了点头，却没有多言。

雷震子忽道："有多久了？十年，二十年……也许是半辈子了吧？"

陆鸦也望向雷震子，道："看来了断的时候到了。"

雷震子呵呵一笑："终究是要有个了断的！"说完，就大踏步地迈向古堡那黑沉沉的大门。

铁石双巫对望一眼，脚下生风，也是奇快无比地同向古堡大门冲去。同一刻，风君天、吕英也疾步冲向堡门。

他们全想到了同一件事：既然雷震子在前开路，那么堡内的诸般禁制机关，自然有这位大宗师来扛；而如果那神秘玉圭当真就藏在堡内，那么早进去一步，就多一分夺宝的希望。

张骞则望向许武和拓跋仙。拓跋仙始终面有畏惧之色，还在犹豫。许武劝道："堡主，或许这石堡是最后的可能了，便试一试吧！"

拓跋仙咬了咬牙，疾步跟上。

这石堡本有一扇古旧斑驳的高大木门，此刻已被雷震子一把掀开。大门洞开，黑漆漆的古堡便仿佛怪兽张开了巨大嘴巴，欲将众人一口吞噬。

第十一章

昆 仑 道

甘夫和吕英进入古堡后，便燃起火把，在前照路。进得石堡大门，前行不足十余步，迎面便见到一面顶天立地的石墙。这面怪异的石墙封闭了所有的去路，墙上却又露出三道窄门，那窄门是铁质的，瞧来锈迹斑斑。

众人在石墙前停下脚步。卓轻闲摇着大头，问道："三个入口，看来只有一个生门。拓跋堡主，当选哪个？"

拓跋仙仍是一脸苦相："诸君别问我！先父没传下来什么入堡的口诀，俺那时候胆子小，走到这里便没敢进去。"

许武也是苦笑："正是。本门禁地，岂敢妄动！我们的人若曾探过此堡，那便只有两个结果，一是死在里面，二是已经取得玉圭……"说着，便是一阵表示无奈的摇头。

卓轻闲撇了撇嘴，将目光又转向陆鸦，笑道："前辈想必定有高见？"

"别盯着我看。"陆鸦沉吟道，"昆仑道内，也没有关于这古堡内部设置的传承留下。"

众人便都盯着前方那长满苔藓的古旧石墙，静默无语。张骞忽觉甘夫的手指又滑到自己的背上，写下两个字：它在！

它在？张骞心中大惊，难道那蜃龙已是潜了进来？

他不由转头看了眼甘夫。甘夫的脸色有些苍白，却沉沉地点了点头。张骞目光再转，又看到了那牧女。她还是一如既往地哆嗦着身子。这么久了，她一直不声不响地跟着众人。

这女子来得莫名其妙，其实她才是最值得怀疑的人！似乎发现张骞在疑惑地盯着自己，牧女也紧张地望向他，目光清澈而纯净。张骞见了，不由轻轻叹了口气。

"右边那道门气息最弱。"黑龙忽然开口。

这位沙匪第一智囊此时双眼灼灼放光，喃喃说道："老子学过中原的风水术，也粗通匈奴的巫道，从这两派道法推算，都是该走右边。"

"愿闻其详。"卓轻闲刨根问底的脾气发作，蹙眉道，"何谓右边那道气息最弱？为何便一定要走右边？"

"再啰嗦便来不及了！那蜃龙来了怎么办？它随时会控制住我们的心神，把我们杀掉！"黑龙脸上肌肉轻颤，似是下定决心，"你们不信，老子便走给你们看！"冷笑声中，大步向右边那道门行去。

众人见他行事有些癫狂，都是心头暗凛。卓轻闲忽道："怪哉！大家看，他走路为何如此古怪？"

黑龙的走路姿势确实很怪。他腰腿僵硬，仿佛是一只牵线木偶，又似一个传说中从墓地里跳出来的僵尸。这情形颇为可笑，但众人心中惴惴，谁也笑不出来，更觉有一股莫名的寒意升起。

"怪你奶奶！"黑龙破口大骂，忽然回手一刀，恶狠狠地劈向卓轻闲。

这一刀势若迅雷，且出其不意。众人不由齐声惊呼。

陆鸦扬手拍出一掌。这一掌也看不出有何快捷，却稳稳地拍在黑龙的刀身上。那把长刀倒飞而起，带着锐啸，插入石壁，兀自震颤不已。

黑龙也被这位天元道至境大宗师的强悍罡气震得踉跄了两步，却疾步窜到右边那扇铁门前。

陆鸦眸光一寒，低喝道："有些古怪！大家小心，守住心神！"

吕英长剑出鞘，怒道："黑龙，你要做什么？"

黑龙双眼如鬼火般闪烁，仿佛看到了什么怪异景象，忽然发出一串阴寒的冷笑："小心蜃龙！它随时会……吞噬我们……"他脸上的那抹笑意越发古怪，随即软软瘫倒在地。

群豪又惊又骇。卓轻闲下意识地想上去探验黑龙的鼻息，陆鸦已冷冷说道："别费气力了，他死了。"

"它来了，神龙老祖已经在这里了！"许武苍老的声音似哭似笑，哀叹道，"想不到是黑龙！最早被老祖吞噬的人，居然是黑龙！"

想到适才黑龙忽然对同行之人拔刀相向的恶状，众人均是心头大震：看来，若是有人心神被蜃龙侵蚀，那么在下一刻，他就会变成一个杀人不眨眼的妖物。

群豪均拔出兵刃，暗自戒备，甚至连一直满脸毫不在乎的雷震子也现出警惕之色。众人各自慢慢向后退去，只有拓跋仙兀自浑浑噩噩地站在原地。

"你二人在做什么？"陆鸦忽地望向铁石双巫，冷冷道，"在老夫面前，趁早收了巫法！"

"黑龙的死跟我们无关！"铁巫哼道。

陆鸦眯起双眼，森然道："你二人一直在暗中运使巫术。你们到底要做什么？"

"我们施展巫法是在护体！"

"虽然我们也早就瞧这黑龙不顺眼。"

"我们没你那么大的道行，在这险地，难道不该自行施法护体么？"

双巫立即反唇相讥，两张嘴，你一言我一语，犹如连珠之箭。

吕英忽然逼向那牧女，沉声问道："你的来历最古怪！你到底是什么人？"

匈奴女子畏畏缩缩地退到张骞身后，无辜地张大双眼。

许武却叹道："我瞧着这个少年有些古怪呀！"说着，双眼直直地盯住了甘夫。

甘夫一直闷声不响，此时低头沉思的样子也颇为古怪。吕英一惊，不由问道："甘夫，你怎么了？"

甘夫却缓缓说道："许军师，最古怪的人应该是你。"

"我？"许武苦笑道，"老夫又有何古怪了？"

"气息古怪！"甘夫慢慢举起手中的火把，沉声问道，"你为何一直站在阴影里面？"

众人的目光都凝在许武身上。张骞忽开言问道："许军师，我一直在想你适才说的一句话。你曾说，我们的人若曾探过此堡，那便只有两个结果，一是死在里面，二是已经取得了玉圭……这句话很不正常，为何你如此肯定这里面必然藏有玉圭？"

许武目光闪烁，仍是嘿然无语。

"许军师，请站出来，走到火光下！"甘夫再喝一声。见许武依旧纹丝不动，他索性走上两步，火把光芒直射到许武的身上。

火把的光芒跳跃着，将许武映得满身微红，但众人都注意到，他的身后居然没有影子！

他就那么冷笑着，站在闪耀的火把光芒下，全身上下却没有一丝影子，这使得那笑容透出一层难以言喻的阴森气息。众人见了，均觉一股寒气从脊背间升起。

"休走！"陆鸦目光骤寒，长剑疾振，一道精芒腾起，斜斜指向许武的咽喉。这一剑迅若疾电，剑势去处却又恍兮惚兮，让人捉摸不定。

许武的身形骤然一阵波动，诡异地绕开陆鸦的剑芒，陡向那匈奴女子折去，十指箕张，向其当头抓下。

那女子已完全吓呆了。眼见许武凶神恶煞般扑到，她甚至连呼救都忘了。

张骞飞扑而出，将她撞向一旁。他一直在静观战局，知道许武穷途末路时一定会抢夺一个人质，这牧女显然是最好的选择。

他身手矫健，这一扑又是料敌机先，登时抱着那牧女滚了开去。

抱紧那女子的一瞬，张骞忽觉一缕似兰似露的幽香钻入鼻孔。女子的身体瞬间绷紧，又柔软下来，被他搂住，滚到一旁。

许武的大半心思显然还在陆鸦身上。这一手声东击西，并未对天元道顶级宗师造成任何影响。陆鸦剑芒骤然加快，如电般轰向许武的背后。

就在剑芒要触到许武的一瞬，许武竟化作一道白惨惨的光影，如电般射入石墙左边的铁门，竟是从门缝钻了过去。

陆鸦的飞剑划出一道弧光，重重地击在铁门上。铁门发出咣唧唧一阵怪响，火花四溅，竟然完好无损，门内却传来一道阴冷的笑声："你们这些蠢材，现在回头还来得及！"

那声音不是先前许武的声音，甚至不似人声，冰冷阴沉，带着一种藐视众生的强大威压。

张骞松了口气，忽觉黑暗中有什么人在盯着自己，猛一回头，却是那牧女。女子一双眸子黑漆漆的，深邃的眼神中透出难言的情绪。撞见他回望的目光，那女子没有躲避，只是咧开嘴笑了笑，以示谢意。她隐在暗处的脸黑黝黝的，但牙齿却洁白如玉。

那缕幽香再次袭来，张骞心底蓦地腾起一股疑云，未及细思，却听见拓跋仙在旁边哀叹道："我的许军师啊……他怎么会，怎么可能？当真是……当真是防不胜防啊！"

"难道我们这时候真的要回头么？"吕英冷冷扫视众人。

没有人回答。众人的目光又落在角落里黑龙的尸体上。黑龙的脸上还残存着那抹古怪的笑意，似是在向众人发出最后的嘲弄。

陆鸦忽道："那么，走哪扇门？"

这老问题此刻重提，显然是有着别样的意义，众人再次沉默下来。如果不退，那便只有继续向前，而若要向前，则先要破开这第一道关。

"走左边！"拓跋仙咬了咬牙，哼道，"神龙老祖控制黑龙的神识后，故意说出右边之门，便是诱我们入彀，但他化身许武的真身却走了左门。我觉得还是左门稳妥些。"

张骞在旁忽然问道："拓跋堡主，你们跟匈奴交易时，卖得最好的货物应该还是马匹吧？"

拓跋仙一愣，随口道："那是自然。怎地了？"

"一匹马要换多少丝绸？"

拓跋仙又摇起头来："记不清了。老子今日已被吓糊涂了。"

张骞忽然停步，说道："所谓体察入微，凡事如能从一切细微处入眼，便能见微而知著。"

"此话怎讲？"拓跋仙一愕。

"你和许武一样，都是蜃龙的幻化！"张骞大喝一声。

众人眼芒均是一寒。拓跋仙却是满脸无辜："张君这话从何说起？"

"许武，本就是'虚无'之意。蜃龙先幻化出许武，将所有人的注意力都引到他的身上，又故意给他做出很多破绽，比如让他没有影子，让他故意说错话。在许武被逼退后，我们所有人都会松一口气。你对我们的心理揣摩得很到位。你以为此后我们一定会听你的，但你太心急了，同样露出了不少破绽。"

"比如？"拓跋仙居然笑了。

"黑龙与拓跋仙相熟，居然不认识天幻堡的军师许武，可见本就没有许武这个人。一直以来，你都和许武在一唱一和，许武若成了虚无，你又怎能全然无辜？"张骞冷笑道，"其实第一个发现你异常之人，就是黑龙。他曾问过你的腿疾，想来他和真正的拓跋仙非常熟悉，知道拓跋堡主的腿疾。但你适才太过粗心，竟忘记了这一点。也正因为如此，你第一个要杀之人，就是黑龙，因为不知道这家伙以后还会说出什么话来。"

陆鸦也笑了："传闻拓跋仙本是一位商道奇才，可你居然不知道一匹马能兑换多少丝绸！更可笑的是，你适才随口回答张骞的问题，彻底露出马脚：天幻堡跟养马无数的匈奴交易，卖得最好的货物怎可能是马匹？"

拓跋仙愣了愣，随即深深地叹了口气，那张胖脸在闪烁的火把光芒下，竟开始扭曲、淡化、变形。

陆鸦目光骤寒，大喝一声："动手！"

吕英和卓轻闲的剑几乎同时斩出，离得最近的甘夫则挥出一支甩手箭，跟着是风君天的飞剑、铁石双巫那有些古怪的飞钩，都尽数向拓跋仙击去。

但他们都没有雷震子快。雷震子凌空挥出一拳，拳如奔雷，带出一道红影，如霹雳般在拓跋仙的腿上炸响。

这一拳硬生生地将拓跋仙炸裂成一道残影，跟着，诸般法剑、飞钩凌空袭来，将那道残破的身影割得七零八碎。

转瞬之间，拓跋仙由一个活生生的人，飞速化作光和影，那片光影再迅速被拳与剑击成无数碎片。

但碎片却又在转瞬间聚合，化成一道淡红的光芒，疾向堡外飞去。

大门口却早就凝立一人。陆鸦横剑当胸，一缕剑气吞吐不定，紧紧锁住即将飞遁的那道红芒。

红芒骤然回缩，去势如电，疾向石墙飞去。

与此同时，甘夫和那匈奴牧女发出闷哼，二人被那道红光骤然裹住。陆鸦的飞剑已经堪堪刺到了红光边缘，却正迎上甘夫那张痛苦的脸。

"剑下留人！"张骞大喝。

陆鸦剑势一缓之际，那道红芒已裹夹着甘夫和匈奴女子，倏地钻入石墙上右边那道铁门内。

一道笑声自门缝内传了出来："真不好玩！这么快就被你们发现了，我本来还想多玩一会儿的。这一局就算我输了！咱们会再玩一局的。"

笑声才落，猛听轰然震响，石墙对面，古堡入口的大门被锁闭了。

雷震子又惊又怒，回身一拳轰出。一道霹雳般的轰鸣响起，大门上荡起嗡嗡回响。雷震子这一拳之力，几可毁掉半座小山，那扇门却在拳下完好无损。

吕英和风君天大惊，同时挥剑斩向大门。雷震子怒气冲天，又是一拳挥在门上。那道看似残破的大门爆出隆隆怪响，却生出一阵奇异的力量，将剑气拳劲尽数化解为无形。

张骞的心内又是焦急,又是自责:甘夫是他最好的兄弟,而那个匈奴女子一直将自己当作唯一的依靠,现在这两人竟都被蜃龙掠去了。

雷震子怒目圆睁,望向陆鸦,喝道:"混账死乌鸦!又是你这废物,畏手畏脚,放跑了他。"

陆鸦的脸色有些僵硬,却没有答话。对这位性子暴戾的同门,他颇多忌惮,甚至厌嫌,却又从不与他直接争执。

"石墙上的门开了!"不知是谁惊呼了一声。

众人尽皆回头,果见石墙上那三扇窄门已尽数打开,里面涌出一道道若有若无的阴冷气息,也不知这窄门通向什么样的神秘空间。

"果然,蜃龙在请我们进去!"陆鸦冷哼一声,"他被挫败了一次,自然不会甘心。诸位,走哪扇门?"

仍是这个让人头疼的老问题,众人心内一阵揪紧。

"当然是走右边!"张骞道。

"为何?"铁石双巫开口了,"你要去救你的同伴甘夫吧……你怎能肯定,蜃龙飞去右门,不是一个设置好的陷阱?"

"我自然要去救我的兄弟甘夫,无论他被摄去了哪里。"张骞冷冷道,"不过这一次,蜃龙先是控神了黑龙,借黑龙的口说出右边之门,然后杀死黑龙,但他的真身却也带着甘夫飞入右边之门。这是欲擒故纵之计。它以为,按照常理,我们一定会选左边之门,所以左门才是真正的险地。"

陆鸦点了点头:"其实这一次,蜃龙已经替我们做出了选择。他说了,要跟我们再决一次胜负。"

"不错!"张骞道,"我们已经胜了他一局,自然还能胜第二局。"

他大踏步当先走过去,钻入右边那扇门。

诸人陆续从石墙右边那扇窄门钻入,前行几步,便进到了一座大厅。

大厅内空荡荡的,没有任何家具物事,显得颇为轩敞,众人进得此处,都有豁然开朗之感。

但石壁上却有不少凹槽,槽内陈列的全是陶制的人偶。那些人偶只有巴掌大小，有商人、有小厮、有胡人、有官吏，他们或胖或瘦，或笑或怒，都是栩栩如生，仿佛随时会从石壁上跳下来，笑骂奔跑。

饶是卓轻闲见多识广，这时候也不禁有些目瞪口呆。他低头细瞧那些陶制偶人，惊道："我觉得，他们就是些有生命的人，被施了妖术后缩小了，堆放在凹槽内。"

铁巫笑道："是有生命的人、还是陶偶，你摸一摸不就知道了？"

吕英也是少年心性，竟真的伸手摸向一个大腹便便的胖商人玩偶的肚子，喃喃道："我甚至觉得，他的肚子是软乎乎的。"

"住手，千万不要碰触！"陆鸦喝止少年人，"守住心神！我有种极不真实的感觉。"

"看！"石巫叫道，"那……那不是黑龙么？"

他指向最下方的凹槽。那里果然有一个陶偶，那横刀而立的形象，可不正是撼天风第一智囊黑龙！只是黑龙这陶偶比别的人偶要高大许多，足有半臂高，襟袍上甚至还有血污和汗渍。

众人盯着那黑龙玩偶，都是震惊无语。这太过匪夷所思了！黑龙刚刚死在窄门外，他的尸身还来不及收拾，但此刻，与他惟妙惟肖的玩偶却已出现在了厅内。

风君天终于开口："难道其他这些玩偶也都曾是活人，是被这妖龙所杀的活人？"

没有人回答他，众人心中都有一股冷雾在悄然弥漫。

铁巫忽然发出一道呻吟般的低叹："我感觉，那些人偶……他们在变大。"

张骞一愣，只觉心底有许多念头盘旋，仿佛无数浪花起伏。有一个极紧要的念头刚一冒头，便又淹没在那团汹涌的大浪中，让他再难找到。

"住口！"陆鸦大喝道，"小心护住心神，这座厅内被设置了幻阵。"

众人尽皆闭口，大步前行，但不知为何，每行出数步，都感觉这大厅变得越发宏大，那些人偶也在慢慢变大。吕英和风君天均拔剑挥舞，仗着纵横的剑气，抵御四下里发出的幻阵攻击。

铁巫不由叹道:"这样下去,只怕我们永远也追不上蜃龙。"

风君天沉声道:"使君,某愿独自前去,追赶蜃龙。"

吕英冷冷道:"你一个人,一把剑,能对抗得了蜃龙?"

"那我们就在这里慢慢地爬?"风君天恼起来。

石巫叹道:"风剑侯若独自去,只怕不成,但这里有个人应该可以。"

铁巫也道:"是的,那个人一定行。"

吕英顺着石巫的目光看过去,所有人的目光都集中在雷震子身上。

雷震子嘿嘿一笑:"这么快就还了这小子的人情,看来老子的运气不错!妖龙,稍时老子定能炼化你这只妖畜!"

陆鸦也踏上一步,沉声道:"我二人先赶过去,旁人结阵而行,不可急躁!"

雷震子斜睨他一眼:"老子去活动活动筋骨而已,用得着你这老乌鸦跟着碍手碍脚?"

陆鸦不答,只哼了一声,身形疾掠而出。雷震子也一转身,大踏步地跟了过去。

两大顶级宗师展开身手,这座神秘古堡的法阵居然对他们没有生出太大的限制,两人身影略一晃动,立时消逝无踪。

张骞盯着二人逝去的方向,蹙眉沉思。

铁巫忽又惊呼一声:"你们看,黑龙的陶偶没怎么变大,那些小的玩偶却似乎在慢慢变大。我明白了!"

石巫立即接口:"是的,不是那些玩偶在变大,而是我们都在变小。"

铁巫又道:"我们会变得跟黑龙陶人一样大小。看来这些陶人都是后来者大些,然后最终慢慢变小。"

石巫叹道:"怪不得我觉得迈步这么困难!我们最终会变得跟这些人偶一样么?"

两人的声音阴恻恻的,听得众人心中阵阵发紧。风君天惊道:"为什么会这样?可还有办法么?"

铁巫摇摇头,道:"现在,我们只能盼着陆鸦和雷震子尽早杀了蜃龙,那时才能破掉这古怪法阵。"

吕英和卓轻闲都有些焦急。吕英拔剑出鞘,喝道:"既然是阵法,那就破阵吧。"长剑一抖,罡气到处,发出嗡然剑鸣和犀利剑芒。他要拿出当日力破瀚海法阵的气势,来以剑道破阵。

"破阵,这里可有行家啊!"卓轻闲望向张骞。

"也许……不必破阵!"张骞却沉吟道,"此地不过是有些巫术,又掺杂了蜃龙的幻术。"

他的话让厅内变得安静下来,众人的目光惊讶无比。张骞望向铁石双巫,冷冷道:"二位适才说的话,似乎太多了些。"

"难道不应该么?我们可是身在险地!"

"身在险地,当然要相互提醒。"

"不像有些人,自家兄弟被怪兽掠走了,他却不急。"

双巫一开口,便永远是两张嘴以二敌一的局面。

"你们的招数很利害!先将两位天元道至境的大宗师支走,自然就能更方便地施展摄魂巫法。"张骞却冷笑道,"我当然不用急!因为蜃龙是被你们控制的,你们才是幕后真凶。只要擒住了你们,甘夫自会安然无恙。"

风君天等人尽皆震惊无语。卓轻闲最早反应过来,疾步闪到张骞身前,以防双巫暴起发难。

吕英也挥剑斜指双巫,怒道:"当真如此么!我们先前曾立誓,放下纷争,没想到……"

双巫却对视一眼,齐齐摇头苦笑道:"你们汉人当真是这个世界上最不可靠的东西。"

风君天不由叹了口气:"使君,你这说法颇为大胆,但我仍想让他们做个明白鬼。连蜃龙都是被他们控制的?这一切奇怪之事,都是双巫在背后操控?他们竟有如此大的神通,这岂不非常荒唐?"

"听起来是很荒唐。我也是刚刚想通。因为先前蜃龙太过猖狂,吸引了我们所有人的注意力。如果不是他们的话忽然多了起来,引起我的怀疑……"张骞叹道，"这里确实有一座古老的法阵，但法阵的运转似乎出现了问题，所以陆鸦进阵后，并不觉得如何难耐。直到双巫开口，不住出言诱导，正如陆鸦先前所说，你们一直在暗中施展巫法……"

卓轻闲恍然道："他们一直在说什么变大变小，这正是一种摄魂术。使君认为他们甚至控制了蜃龙？难道他们是所有这一切的真凶？"

"不完全是。但他们肯定就是那个人，那晚偷袭甘夫的匈奴巫师！"

张骞这句话让卓轻闲三人更是震惊无比，双巫的眼神则瞬间阴冷如刀。

"大祭酒曾说我的心志极为专注，生具慧眼，极适宜修炼。此话颇多溢美，但我终是觉得，我的眼力还有些独到之处的。是的！你们也是一直跟随我们使团的匈奴细作，从长安连番暗算甘夫开始，又一路跟随到了这里。"

"一连串的胡说八道！"双巫满脸无辜，"包括这个甘夫，我们也是刚刚认识。"

"我适才一直有个念头若隐若现，细思之下却又找寻不到，那是因为甘夫被抓，让我心神大乱。后来我才发现，这念头正与甘夫有关。那晚云裳和甘夫追逐稻草人时，完全没有料到他们的对手会是两个人。你们二人同时在夜色中施展巫术，一个倒下后，另一个在不远处突然出现、分散甘夫的注意力，这一个再偷偷溜走。如你们这样矮小的身材，黑夜里自然会形成有如障眼法的奇效。这就是顶级匈奴大巫身外化身的秘密。

"进入天幻堡后，我开始甚至没有留意到你们，毕竟蜃龙太过凶悍残忍，而拓跋仙和许武又先后使诈，但直到你们喋喋不休，才让我注意起你们。匈奴万灵宗的巫师身份，一直追踪着我们，完美解释了那晚的身外化身……这些难道还不足以说明真凶就是你们么？更关键的是，这些都和甘夫有关。是你们一直在追踪甘夫！在驿站，是甘夫被摄魂、被偷袭，在这里又是甘夫被抓！"

说着，张骞拔出环首刀，大喝道："蜃龙退走前，为何要抓走甘夫？如果它要挑选一个更重要、更好抓的人，那也应该是我，但为何它偏偏选了甘夫?"

张骞前面的说话一直慢条斯理，这一喝却突如其来，震人心魄。铁巫忍不住哼道："甘夫身上有指环，当然会引起蜃龙的注意……"

话一出口，他便知失言，立时住嘴，瞳中射出凛凛凶光。这一句话出口，便等于承认了他们熟悉甘夫，甚至知道甘夫手上指环的秘密。

他的话音未落，剑气森森，吕英和卓轻闲、风君天三把长剑都指向铁石双巫。三人隐隐站成半圆，将双巫围在核心。

"这实在是一个谁也意料不到的真相。"卓轻闲叹道，"张兄果真是慧眼独具！你当真是刚刚对他们起的疑心?"

"从踏上天幻堡的那一刻起，我便有了些疑心。比如，天幻堡凶名赫赫，为何突然间被一股怪力扫平？蜃龙当然是第一个解释。但除此之外，我一直在想，天幻堡覆灭，对谁的好处最大？答案是两者，一是匈奴，一是沙匪。但我总觉得，沙匪其实与天幻堡是唇齿相依的，他们也希望有天幻堡这样一个盟友，好让他们在哪一天与匈奴翻脸时，有个后路。果然，此后不久，沙匪的军师黑龙便被杀了。那么，今日这一系列杀局，最大的受益者便是匈奴。"

风君天沉吟道："难道使君认为根本就没有蜃龙？一切都是双巫的巫法作乱？"

"蜃龙当然存在！"张骞沉吟了一下，"我暗自揣测，他们应是用了一种类似召兽术的秘法，来驱使蜃龙，但现在只怕蜃龙已经失控了……"

"原来如此！这便合理许多了。"卓轻闲冷冷地逼视着双巫，"二位费尽心机，从长安一直跟着我们来到这里，到底要做什么？"

双巫不答，只是并肩而立，目光灼灼地扫视四周，显然是在找寻退路。

张骞道："他们当然是为了'圭环如参商，得双超玄王'，所以他们的锋芒是直指甘夫。可想而知，在连番偷袭甘夫失败后，他们就将全部精神用在了天幻堡上。对天幻堡，万灵宗显然蓄势已久，这次只不过是启用了早已准备好的杀局而已。拓跋仙在距匈奴如此之近的土地上立足，自然早与沙匪和匈奴都有联系。此前，他们会以老友的身份赶来拜会拓跋仙，然后突施杀手。所以，真正的拓跋堡主应该早就为他们所杀。"

双巫仍是沉默，只是目光越发阴沉。

张骞盯着二人，冷冷道："然而很可惜，你们也没有如愿找到玉圭，但阴差阳错，你们发现了蜃龙的禁制，它应该就被禁锢在这座古堡内。你们自认为有秘传的召兽术，或者是出于万灵宗的某种古怪的秘法，所以你们很自信地召唤出了蜃龙。那所谓的东来紫气，很可能也是你们造出来的假象。你们要借机伏击昆仑道和沙匪，最终更要将我们大汉使团也一并诱杀。"

吕英大怒，向双巫喝道："当真凶残暴戾，惨无人道！无论于公于私，你们又岂能将这满堡老少妇孺，尽皆摄魂击杀？"

"不！我们也想得到完整的天幻堡。"

"张骞说的对，蜃龙失控了！"

双巫的脸色难看之极，却终于开始说话："张使君的推断颇为完美，只有一处误差——我们根本懒得斩杀沙匪，那是匈奴王庭的事，我万灵宗不必干那等琐碎之事。"

"我们最想干掉的，其实是在这片地界游荡多年的昆仑道那两个老疯子。他们是我万灵宗龙缺宗主的大仇之一。龙缺大巫做了最完美的推算。我们依计而行，悄然斩杀拓跋仙后，果然在这里发现了蜃龙。我们依大巫所传秘法，唤醒并操控了它。然后，黑龙看到紫气，最先赶到，并与我们联手。"

"后来昆仑道雷震子那个自大狂果然赶来，一场剿杀开始了。我们曾对黑龙许以厚利，故此撼天风那帮沙匪出了死力。只是我们没想到，雷震子这个疯子居然一直隐藏着自己的实力……嘿嘿！是呀，大巫算得一点也不差，果然昆仑道中人最喜内斗。"

"只是我们万没想到，蜃龙散发出来的幻阵之力越来越强大。进堡之后，我们更是发现，堡内所有的男女老幼竟都变成了石人一般。那时候，我们才发现问题——蜃龙失控了。"

"那蜃龙适才掠走了甘夫！"张骞沉声道，"它终究是被你们召唤来的，可有何办法制服它？"

"只怕没有办法。它应该是被一个神奇的前辈高人下了古怪禁制，每隔几十年才能短时间突破束缚。我们发现它时，这怪兽正被禁制所拘，实力平平。它很阴险，装得被我们完全驯服，完全遵从我们的安排。比如这里的大小变化，那些奇异的玩偶，仅凭我们的巫力是无法做到的，有许多都是它的妖力配合而成，所以你们才连连出现幻觉。"

铁巫最后叹道："现在，就看那两个老疯子能不能真正降服它了。"

张骞的心顿时一沉，又问："给蜃龙下禁制的那个高人是谁？"

"不知道。"

"还在狡辩！"吕英目光骤冷，看了眼张骞，沉声道，"使君，先擒住这对侏儒，再逼问降服妖龙之法。"

张骞才一点头，吕英已是长剑疾振，一道剑光如电般卷向双巫。他这把暗红色的长剑名唤"扶摇"，是无为学宫的著名法器。此时他剑势如倒海翻江，一出手便是无为学宫的庄派绝学剑法"鲲鹏化"。

双巫同时撮口发出嘶嘶呵呵的怪声。怪啸声中，铁巫抽出腰间的一把弯刀，迎风轻抖，刀身瞬间暴涨，化成五尺长刀。吕英的扶摇剑本已极长，但他这把弯刀则要更宽更长。铁巫身形瘦小，施展起这把长近五尺的弯刀来，别有一股猛悍之意。

吕英眼芒一寒，鲲鹏化的剑意骤变猛厉，"北冥鲲"的剑招一转，已变为"化鹏"，剑势由宏大沉浑化为澎湃汹涌，真如北冥的巨鱼化为巨鹏，恍惚间如有怒浪冲天飞起，要将这座古堡掀翻。

铁巫神色不变，眼眸中的光却越发森冷。他的长刀去势并不快，却带着一股黑沉沉的气息，悍然刺入那片"怒浪"中。

铺天盖地的"怒浪"间出现了一个豁口，那道黑气是万灵宗的巫力凝聚，如同一把钢锥，凶狠无比地钻进怒浪，直刺吕英的面门。

吕英再喝，"化鹏"已变招"鹏怒飞"。扶摇剑陡然生出两股奇异的怪力，仿佛巨鹏鼓荡的双翼。那两道怪力不住撕扯、碰撞，登时将那道黑气碾压成细小的黑线。

重压之下，铁巫不由发出粗重的喘息。这是实力的碰撞，一招之间，他已见败象。

石巫口中的嘶嘶怪啸骤然升高，同时手中挥出一片黑沉沉的乌光。那片乌光来自一支乌黑的鹿角。那鹿角有十五个分叉，是万灵宗中级别极高的法器。随着石巫的挥动，鹿角的十五个分叉都耀出亮光，这些分叉全都打磨得锋锐逼人，更带着一种说不出的魔气。

鹿角在飞快地转动，看起来骤然变大，分叉也在增多，数十个，数百个……古堡大厅内仿佛层层叠叠地堆积了无数尖端锋利的鹿角。

"万灵宗的魔器鹿角！"卓轻闲冷哼声中，剑已出手。

他的剑很奇特。剑名"星槎"，一面银白，一面深紫，以示昼夜之象，剑身上刻着奇异的星宿图案。他自称阴阳家传人，这把星槎剑上确是凝聚了阴阳家的天文历算之术，挥动之间，已有星海流动、天象变幻的宏大气象，竟是克制巫法的奇宝。

阴阳家的绝学天河剑法也是以星宿天象为宗。星槎剑挥出天河剑法，石巫的鹿角立时魔气大减。

吕英瞪了卓轻闲一眼，似乎对他的出手很不领情，剑上罡气再增，鲲鹏化的剑势已施至"负青天"。这一招剑势当真如背负青天、横绝九霄，堪称剑意高绝。强大的剑气凌空压下，令铁巫的眼中现出绝望之色。

石巫还在狂啸，左手更拔出一把短刀。他左手挥短刀，右手舞鹿角，向卓轻闲抢攻三招，招招狠辣搏命。但任他如何疯狂进击，卓轻闲天河剑法的气势也随之而涨。在气象万千的天河剑法轰击下，石巫自身难保，更无法给铁巫减轻一丝压力。

忽然间，一缕剑芒如电般钻出。

出手的人是风君天。他一直长剑横胸，挡在张骞身前，以防双巫对张骞暴起发难。石巫偷袭张骞时，他的剑都没有动，直到此时，他出剑了。

这一剑快如电，狠如蛇，更如鬼魅般突如其来。

张骞眼光一寒，大叫道："抓活口！"

这一喝似乎有些晚。风君天闻声微有犹豫，但他的剑势太快太辣，寒芒闪处，血花迸溅。铁巫发出一声惨叫，踉跄几步，一头栽倒。

"铁哥！"石巫大叫一声，疯狂扑过去，挡在吕英的剑前。吕英这一剑正待乘胜而进，眼见石巫不顾死活地扑来，便没有进击，而是抵在了石巫的背心。

石巫对此全然不理，一边抱着铁巫大哭，一边手忙脚乱地想帮他止住喷溅的鲜血。但风君天这一剑犀利狠辣，罡气灌注，自铁巫肋下挑入，断肠剖腹，几乎断绝了他所有的生机。

鲜血还在疯狂涌出，金创药粉全然止不住，石巫不禁嚎啕大哭，头上褐色宽袍的厚帽和黑巾掉了下来，露出满头青丝，这石巫竟是个女子！

"没有用了……"铁巫惨笑着，伸出血淋淋的手，握住了石巫的手。

"铁哥，他们太厉害，我……我杀不了他们，没法给你报仇，但我要……跟你一起死。"石巫哭得撕心裂肺。

"一切为了无上的天神，哭什么？"铁巫呵呵苦笑，"你知道，这一刻早已注定了。"

"是……没有办法，一切都是命中注定。"石巫兀自嘤嘤地哭着，"可如果我们不接这差事呢？也许我们还可以在草原上，我还可以听你无忧无虑的歌声……"

"这是大巫交给我们的使命，这也是我们的命，我们注定要死在这里。"铁巫颤抖着伸出手，去抚摸石巫的脸，"不过石妹，你的歌更好听！我这辈子是幸运的，因为我遇到了你……"

张骞忽然有些难受。刚才，他还想尽快击倒这两个形容古怪的胡巫，但这一刻，他发现这对在他眼里最邪恶的人，竟也有人类最真挚的情感。

"听说无为学宫的和天膏是金创圣药，可否给他们用下？"张骞望向吕英。

吕英皱了皱眉，似乎有些犹豫。张骞轻轻拍了拍他的肩头，吕英便没有再说什么，自怀中掏出个小药瓶，走到铁巫身前，倒出些白色药膏，

第十一章　昆仑道

抹在铁巫的伤处。这药膏极为粘腻，登时让汩汩的血流止住不少。

"二位也该知道，你们彻底输了！"张骞叹道，"这时候，可以说出藏在我们当中的那个内奸了吧？"

众人都是一惊。石巫扭过头来，喘息着问："什么内奸？"

张骞等人还是首次看清她的脸。这石巫虽然肤色微黑，容貌却颇秀丽，只是她的声音更加阴冷，带着一股决绝的寒意。

"我那日刚刚确定行进路线，那张羊皮就被人偷去了。那个人一直潜伏在我们当中。他应该是想制造一种混乱。但我想，这个人仍要给你们传递讯息吧，特别是我们真正的路线。"

吕英立觉一阵紧张，喝道："你们得到路线图后，已设法传给了匈奴王庭？"

"我们难道还能干等着么？谁也不知道自己还能不能活到明天，得到了讯息，自然是及早传出去。"铁巫咧嘴冷笑着。

张骞道："我大汉使团过乌鞘岭后，前方本有三条路。你们传的信息，是哪条路？"

"凭什么要告诉你们……"铁巫喘息着。

"不管你们走哪条路，前方都有我匈奴大军在等着。"石巫也冷笑，微黑而俏丽的脸孔别有一股狰狞之气。

"那内奸传给你们的路线，应该在这里吧？"吕英忽从袖中抖出几样物事，从火石、罗盘等贴身之物里面，拈起一支窄细的竹管，从中取出二指宽的一小段绢来。

铁巫一愕，才知道这黑瘦子竟是在替自己抹药时，盗去了自己的许多贴身物件。他又惊又怒，不由嘶吼道："狡猾阴险的汉人，你们知道了又能怎样？你们逃不掉的！"

那一小段绢已经被打开，上面标识着一条清晰的路线。

"果然是天幻堡这一路！"张骞松了口气，"那么，还要多谢你们将这消息传了出去。"

"什么？"石巫以为自己听错了。

"左贤王屯兵于休屠城，此人的性格，我略知一二。"张骞细细审看着细绢上的字迹，淡淡言道，"他能用百斤之力将对手击倒，便绝不会用一百二十斤。得你这封密报之后，他一定会亲率大军，陈兵于天幻堡前方。"

铁巫震惊之余，更觉疑惑，却忽然嘶声冷笑道："你摆出一副万事皆知的样子，能吓唬到谁来？呵呵！你知道左贤王会在天幻堡前方设伏，甚至你也知道我们会在这天幻堡内设局？你若什么都知道，那为何还要率人直奔这埋伏而来？"

张骞淡淡一笑："那三条路径中，穿越大沙漠的一条，已是死路。剩下的南线最稳妥，中线最凶险。但兵行险道，越是不被人留意的路线，越会被兵家重视。是的，中线上的天幻堡是一处神秘禁地，一定不会被你们错过，我料想你们会在这里设局。但我们必须来！如果不捉住你们，无论我们走哪条路，前面都会遇到匈奴大军。所以我们必须入阵，入阵才能破阵！"

吕英轻轻吐出一口气："原来如此！既然我们的人中已经有了你们的内奸，那么我们无论如何更改方案，都会被你们提前窃知，提前设伏。所以，最重要的便是，使君必须冒这个险，抓住你们。"

铁巫的眼中首次现出一片灰烬般的黯色，苦笑道："死在你们的手下，我们也不枉了。汉人果然凶狡，我们不如你们。"

"你们不必死！"张骞却摇了摇头，"只要你们老实服输，我保证不杀你们，而且若是可能，我甚至会将你们交给左贤王。"

卓轻闲、吕英等人都听明白了张骞话中的深意，不由眼前一亮。如果左贤王已经率兵在前路埋伏，那么这一对万灵宗巫师，活的自然比死的要好。这应该是使团手中的一对重要人质，很可能会发生意想不到的作用。

听到还有一线生机，石巫冰冷的眸子内燃起了一丝光彩，铁巫却冷哼一声："想让我们做人质？我们万灵宗的圣巫，绝不受人胁迫！"

张骞不再搭理铁巫，只是深深望着石巫，踏上一步，厉声喝道：

"按照匈奴的规矩,礼物都是要相互交换的。我已告诉了你们很多,还保证不再杀你们,那你们也应该告诉我几句话,不然你们的灵魂又怎能安稳?"

这几句话竟是用流利的匈奴话说出,铁石双巫和吕英等人都是一惊。

也许是震惊于张骞的匈奴话流畅而标准,石巫不由攥紧了铁巫的手,喘息着说道:"你要问什么?"

"为什么你们对甘夫如此穷追不舍?你们出动了龙城死士,更出动了万灵宗的神巫,如此不惜代价,到底是为了什么?"

"甘夫……"石巫眼中又闪过那抹灰黯的颜色,叹道,"左贤王的龙城死士为什么要追杀他,我不知道。但我们万灵宗的神巫……那是因为,龙缺大巫曾有过一个与天觉者和昆仑有关的神秘预言。越来越多的证据显示,那个人也许与甘夫有极大的关联!想想看,为什么那个神秘指环跨越千山万水,居然落到他的手上?为什么他的资质如此奇特?"

张骞长眉深锁,沉声道:"那么,驱使蜃龙捉住甘夫,也是你们本来计划的一部分吧?他现在被蜃龙带去了哪里?"

"不知道。"石巫的脸色也有些黯然,"蜃龙接受了我们的指令,有我们的血誓在,它不会加害我们。但这时候它已完全失控了,它要干什么,它在哪里,我们全然不知道。"

"好吧,那么这个问题就不能算你回答过我。"张骞仍用流利的匈奴语喝道,"那个内奸是谁?"

石巫一愣,看了眼铁巫。两人的目光都有些游移。

张骞低喝道:"他就在我们当中,对不对?"

石巫忽然愤愤地望向风君天,张口想说什么,但她还没有来得及吐出一个字,一道剑芒倏地射出,灵蛇般斩向石巫的脖颈。

噗的一声,血花飞溅,铁石双巫同时中剑。

风君天的剑本是斩向石巫,但铁巫将妻子奋力一推,这一剑刺中了他的右胸。石巫大叫,但只叫得半声,剑侯的剑已再斩来。

吕英大喝一声，横剑一隔，将风君天的长剑挡了开去。嗤的一声，吕英的剑芒挑破了风君天的介帻，风君天长发披散，颇为狼狈。

但就在同一刻，风君天那犀利的剑芒也从石巫的前胸划过，深深的剑创，已断绝了她的生机。剑侯竟是冒着自己重伤之险，也要斩杀石巫。

"就是你……"此时，石巫那三个字才从口中吐出。

最后一刻，她仍旧是说了出来，用她喷血的眼神，用她生命中的最后一丝气力。然后她无力地倒下，伏在铁巫的身上。

风君天的剑慢慢垂落，整个人仿佛石像般一动不动。

吕英满面震惊，飞身挡在张骞身前，横剑指着风君天。张骞叹道："风剑侯，其实我极不希望那个人会是你。"

犹如一道道惊涛骇浪当头扑来，卓轻闲惊讶得无以复加。吕英斜指的长剑也在微微颤抖：这变化委实太突兀了！

"为何是我？"风君天低叹道，"适才激战时，是我让他们身受重伤，他们自是对我怀恨在心。铁巫对我怒目相向，便是想血口喷人。风某生平最受不得平白的诬陷，哪怕是一句也不成！"

"为什么？"卓轻闲这时才说得出话来。

他冷冷逼视着这位卓家商队的干将，丝毫不为剑侯苍白的辩解所动。

"他想搞乱使团！"张骞黯然道，"若我所料不差，风剑侯的背后，定然有人指使！"

风君天双唇紧抿，一言不发。

张骞分析道："当晚，能进到内院盗图的人确实不多，而知道我在推演路线的人，更是寥寥无几。风剑侯率领商队突然而来，虽颇为可疑，但我一直不敢确认那个内奸是你，也不愿确认是你。"

风君天握剑的手微微发颤，终于冷哼道："终究你们是信了这对侏儒的挑拨之言！她们拿出的那幅绢图，为何就一定是我弄的手脚？"

"因为今天你有些反常。素来寡言的你，在这古堡内多次与双巫一唱一和，已是露出了破绽。"张骞紧盯着风君天的双眼，继续说道，"更因为他们对你完全没有防备。适才激战时，他们几乎将全部的精神都用在对抗吕英和卓轻闲。身为万灵宗神巫，居然对你这中原剑侯全然不在意，这才是最大的反常。想来你们在长安便早就相识。也许他们以为，你会在最后一刻出手帮他们的。"

"君天兄，为什么……"卓轻闲望着哑口无言的风君天，再次叹了口气。

风君天的脸色苍白如纸，终于苦笑一声："二公子，别怪我！这都是大公子的安排……"

张骞听了，心下暗叹。他大致知道，游闲公子卓轻闲家中还有一位兄长，只是这兄长却是他父亲的小妾所生。卓轻闲虽有继承游闲商帮的资格，其志向却不在经商，这便让庶出的大哥生出非分的心思来，游闲商帮内因此争斗渐烈，俨然分成两派。卓轻闲讨了昆仑天榜这差事，宁愿远赴西域，建功立业，便是不想在商帮内跟大哥明争暗斗。

但树欲静而风不止，卓轻闲退让，他的大哥反倒更加紧逼上来。张骞由此又想到师铨和师滢这对兄妹的关系。看来，钟鸣鼎食的大富之家，也有更多的苦恼纷争。

"又是他！"卓轻闲不由长吁了口气，"可是君天兄，你虽是自来跟着我大哥的，但自打跟了我后，我卓轻闲没有亏待过你吧？"

风君天慢慢垂下头去，黯然道："我知道！二公子待我，更是肝胆相照。只不过，小莲在他的手里。"

"原来是因为小莲！"卓轻闲倒笑了笑，"这我倒有些释然了，至少给了我一个理由。"

"二公子！"风君天猛然扬起脸，大叫道，"在长安时，双巫和那几个追杀甘夫的胡巫，已与大公子的人接上了头。即便没有风某，使团的行踪也早已暴露在这几个胡巫眼前。风某不得已领了这差事，但这一路上，终究未做什么事情，更未如大公子吩咐的，对你暗行栽赃。即便适才在堡内与双巫帮腔，也不过是想拖延你我的行程而已……"

吕英怒道："还在狡辩！连我使团的行程图都泄露给了匈奴，还敢说未做坏事？"

风君天惨笑道："行程图之事，张使君应该明白。"

吕英一愕，不由望向张骞。

张骞居然点了点头："那张羊皮地图上，我当时所标示的路径，其实乃是一条自认为最稳妥的路线。"他扬起那张竹管内的细绢，晃了晃，"风君天盗图之后，并未将原图泄露，而是自行改画了一条他认为不可能的路径……"

吕英和卓轻闲都愣住了，心下均想："张使君当时到底想走哪条路？难道现在又要改走另一条路？"

只是吕、卓二人都心照不宣地没有追问。现在的情形是，由风君天盗图后所改的路线，经双巫的秘术，已经传给了左贤王。左贤王现在将自以为是地认为大汉使团会走某条路线，这是张骞最大的优势。

那么张骞到底要走哪里，自然是一个机密。

"一念之差，阴差阳错。"卓轻闲的胖脸上已滚下热泪，叹道，"张使君，轻闲有一事相求：风君天虽祸乱使团，终究未酿大错，可否饶他一命？"

"二公子？"风君天一怔，仰天叹道，"二公子这句话，让君天上愧于天地道义，下惭于帮内兄弟。风某虽有难言之隐，但终究是有负于二公子，更让家门祖宗蒙羞……罢了，请二公子来日照料小莲……"

他再不说什么，猛地横剑向颈中挥去。

"住手！"张骞挥出环首刀，挡向长剑。

刀剑相击，张骞竟被震得手腕一麻，看来风君天死志颇坚。然而，自刎的一瞬，剑侯出手之坚决终究远不如平时，但被张骞出手挥刀隔开，却令他一愕，以为张骞是要生擒他这内奸，再加折辱。

他凝眸怒目，正待喝问，却看到了更震惊的一幕：张骞怕阻不住他自刎的剑势，忽然翻起左掌，握住他的剑刃。张骞不通术法，虽然武功不弱，但发力猛握之下，掌指间已是鲜血迸流。

"君天兄！"张骞的手握得很紧，丝毫不顾自己掌间流下的热血，

"如你所说，大丈夫岂能让祖宗蒙羞，便一死了之？"

"使君所言何意？"风君天脸色涨红。

"你已经死过一次，那便不必再死。"张骞依旧紧握剑锋，"你有不得已之隐情，且尚未铸成大错，我恕你之罪。"

"张使君……"风君天只觉得所有的血都涌到脸上来，惨然言道，"风某在卓家已近十载，经此一事，今后实在无颜再为游闲商帮效命……"

他慢慢垂下头去。大汉的商道重节义，大汉的江湖重然诺。对于剑侯风君天这样的人来说，诚信和名誉也许比生命都重要，但此时他被夹在两个少主之间，进退维谷，成了没有担当、不重然诺之人。

"你今后确是不宜在游闲商帮效力了。我现以大汉使团正使之身份宣布，招你入我大汉使团，担任我的护卫。"

"使君！"风君天不可置信地望着张骞，"你不嫌弃我这首鼠两端之辈？"他这才想起来，自己的剑锋还握在张骞手中，忙松手撤了剑。

"我说过，你已经死过一次。"张骞扬起被血染红的手掌，"所以，那个首鼠两端、让祖宗蒙羞的风君天已经死了。在我眼中，只需浪子回头，风剑侯还是慷慨勇武的风剑侯。"

风君天陡觉一股热气涌上喉头，眼眶竟有些潮湿。他面向张骞，纳头便拜，哽咽道："君天此后愿肝脑涂地，以报使君大恩！"

众人心中均是感慨万千。

卓轻闲也不由长舒了口气，伸手将风君天扶起，叹道："也幸得你大节不亏！做了使君护卫，也算因祸得福。"

"轻闲，你那位兄长居然跟匈奴人相勾结！兹事体大，我等绝不能等闲视之。此次突围之后，我立时就要修书回长安，向天子密报此事。"张骞望着卓轻闲，言道，"此事若是坐实，卓家极可能会被族诛。为令尊计，这封密报最好由你亲自来办，如此卓家才能转危为安。"

"多谢使君！"卓轻闲明白张骞的好意，脸上冷汗涔涔，急忙拱手道谢。

大汉法度严苛，此等私通外敌的大事，若是由张骞揭发，整个卓家都会被连坐；而若是由卓轻闲首告，则算大义灭亲，甚至由家中老父亲自出首，清理门户，卓家才会与大哥切割清楚。

"走吧！"张骞最后看了一眼相拥而亡的铁石双巫，深深叹了口气，"不知昆仑道两位前辈是否已救下了甘夫。"

收服风君天，排除了使团的内外奸细，以张骞先前的算计，只道蜃龙是为铁石双巫控制，只要擒住铁石双巫，就能保得甘夫无恙。但双巫死前坦言，蜃龙已经失控，他们也不知道这只怪兽会做什么。

张骞念及甘夫，心内又火烧火燎起来，接过吕英递来的和天膏，匆匆涂在手上，便当先大踏步向前行去。

就在此时，忽听不远处传来一声古怪的嘶嚎。

那声音带着几分愤怒、几分畏惧，还有几分狂暴的气息。那绝对不是人类所发出的声音。

张骞心内骤紧：甘夫，你现在怎样了？

甘夫这时候只觉得浑身燥热，仿佛被人扔到了火炉边。

这种灼热感不是现在才有，他被那团红光裹住的一刻就开始了。他感到越来越热，仿佛裹住他的那团红光就是一团在不停升温的热流。

他浑身汗出如浆，极力运劲挣扎。仗着天生的奇特体质，有几次他几乎就要挣脱那股热流了，但最终仍被那团红芒拽住，再硬生生拉回来，裹夹在其中。

"小子，你很强啊！"那团红光说话了，声音有些苍老，不似先前许武的粗沉，也不似拓跋仙的尖声尖气，应该是蜃龙本来的声音，"还有你这匈奴小妞，你也非常奇特！"

甘夫忍不住喘息道："她不过是个普通女子，放了她，只管对我来！"

"普通女子？"蜃龙哼道，"她看上去确实很普通，但却给我一种很奇怪的感觉，非常奇怪，非常危险！"

虽然此时形势万分紧急，但甘夫还是有些好奇。他艰难地扭过头，望向那牧女。同样被裹夹在红光中，匈奴女子却始终垂着头，双眼紧闭，仿佛昏了过去，那漆黑的长发上满是汗水。

"不过我现在没工夫研究她，我要先研究你。"蜃龙吃吃地笑起来，"谁让你身上有指环呢！很可惜，你遇到了我，马上就会被炼化。"

"什么是炼化？"

"你见过西域的琉璃珠么？所谓炼化，就如西域人炼制琉璃珠一样，通过烈火和热流，最终把你炼成一颗圆滚滚、光闪闪的珠子。嗯，其实就是让那枚指环现出真身啦！"红光里的蜃龙有些兴奋，"我还没见过老聃指环呢！"

"能让我看看你……本来的样子么？"甘夫喘息着，猛然回身，一刀劈出。

这已是他第八次出刀，每一刀都竭尽全力。他暗自推算过，如此不遗余力的出刀，他只能坚持十次。

刀光如电，射向身外那团红芒，但跟前几次一样，很快又被红光吞噬。

"别耍花招！"蜃龙低笑起来，"你这样奇特的体质，最后炼制出来的指环，可能比原本的指环更加精奇。认命吧小子，你怎样都是难逃一死！"

"老子没让他认命，他怎能认命？老子没让他死，他又怎能死！"随着这道霸气的狂笑，雷震子急掠而来，一拳轰出。

"咦？两个老东西长了心眼，无声无息地就赶来了！"红光里现出了蜃龙的脸来。

那是一张古怪的鱼脸，只是双眼奇大，显出无比狡诈的神色。它的嘴更是大得和那张脸不成比例。那巨嘴讪笑着，便显得极为阴险。

红芒好整以暇，谈笑间向后暴退，轻松避开了雷震子那如迅雷轰山的一拳。

"可惜呀，你们太慢！再会了。"蜃龙狞笑着隐去鱼脸，红芒骤然加速，向后疾射而出。

就在此时,一道森冷的剑芒猛然插入那团红光当中。

雷震子的大呼小叫似乎只是为了虚张声势,这道剑光才是真正的雷霆一击。君临天下的威压,冷酷霸道的剑意,陆鸦的这一剑甚至丝毫不在乎被红光裹夹在其中的甘夫和牧女。

红光剧烈波荡,甘夫浑身剧震,难受得几乎吐血。这时候他才发现,这两大宗师的力量居然如此恐怖。他们的强悍,甚至能横压这妖兽一头。怪不得吕英曾说,在无为学宫内,有人认为雷震子已经迈入了玄圣道,而陆鸦自然也不遑多让。

陆鸦的笑声此时才阴沉沉地传来:"妖畜!你当真以为我们会怕你?会被你那几道小孩子搭房子似的幻术迷惑?"

甘夫一愕,眼前不由闪过几个画面,陆鸦几次气急败坏地挥剑,雷震子怒冲冲地挥拳,仿佛这两个名声远扬的大宗师已英雄迟暮,垂垂老矣。

这时候他才知道什么叫姜是老的辣。这两大宗师,显然早已是油滑成精了。

那把剑仿佛蕴有灵智般,刺透红光后,便绕过两人,又狠又准地切割着红芒中蜃龙的灵体,激得蜃龙阵阵嘶声嚎叫。

随着这道狂暴的嘶嚎,甘夫觉得身周的热度陡然增高,全身的经脉仿佛被一道道热流不住冲荡滚压,肢体烦热欲爆。

他能感觉到,蜃龙在逃避,在躲闪,也在积聚力量准备反击。但陆鸦的剑势凌厉狠辣,丝毫不给蜃龙逃走的机会。

这时甘夫突觉左手中指刺痛难忍,那只早已融入体内的指环又慢慢显现出来。难道自己当真要被蜃龙炼成琉璃珠?也不知道自己被两大宗师救出之前,还能不能撑得住。

"五十年前,那次五大宗派争夺玉圭,一众高手多是死于内斗,你在最后出现,实是占了天大的便宜。你杀人的时机掌握得极好,但也仅此而已!"陆鸦的话慢条斯理,但长剑翻卷开阖,气势犹如铺天盖地的狂飙。

"我没有杀他们!"蜃龙狂啸着,"是他们自己内讧而死。他们是被自己的贪心杀死的!"这声音虽然满蕴暴怒,却似乎是在求饶。

"你算不上世间最强悍的妖兽,但一定是这世上最狡诈的妖兽。"陆鸦冷哼着,"这把专门对付妖兽的天刑剑滋味如何?五十年前,那一次五宗尽灭的惨剧后,我昆仑道事后曾仔细地加以揣摩钻研,最终专门为你这妖兽准备了这份厚礼——天刑剑!"

谈笑声中,那把剑竟耀出道道青色的剑芒。

天之苍苍,其正色邪?此剑名唤天刑,便带着苍天的颜色。

青色剑芒带着苍天高远沉浑的强大气势,每一剑刺下,仿佛都带着苍天的意志,无法躲避,无法逆转。红光左右冲突,却始终逃不出青色剑芒的屠戮。

那团红光甚至已溅出了点点黄黑交织的汁液。龙战于野,其血玄黄。那正是龙血的颜色。

蜃龙的哀嚎声震耳欲聋:"你们这些可恶的贪婪的虚伪的人类!给你们,都还给你们!"

轰然一声震响,甘夫重重地摔在青砖地面上。那牧女则闷哼一声,直接昏死了过去。

那红芒幻出一道龙形,划空飞过。

陆鸦居然没有追。他阴冷的目光落在甘夫的手指上。

俊美少年的左手中指上,那枚红色的指环清晰地显现出来。

甘夫浑身兀自燥热难耐,一低头,也看见了手上那枚闪闪发光的指环。

一切如同那天一样。那个老人颤抖着给他戴上指环时的情景重现:古朴的指环,奇异的紫芒,仿佛闪耀着命运的光辉。

"他是我的!"雷震子的声音带着一股燥热的气息,更透出强悍的威压。他大步而来,高大的身影几乎将陆鸦和甘夫两人尽数吞没。

"将那指环摘下来,给我。"他伸出手来。这只手简直就是一只巨大的簸箕。

甘夫抬起头，喘息着问道："为什么？"

"少年，老子救了你！"

"我也救过你。"甘夫全身还在抽搐着，那股热能还在体内盘旋冲突，但他的眼光却非常执拗。

"少废话！"雷震子的巨手当头落下。大宗师的这只手重可开山，轻可绣花，当然也可以很轻易地摘下那枚指环。

恰在此时，一道剑鸣响起。天刑剑那青色光焰一亮，古堡甬道内传来雷鸣般的轰然震响。

陆鸦缓缓收剑。

雷震子收拳，目射寒芒，斜睨着陆鸦，哼道："你要怎样？"

陆鸦道："蜃龙还在呢！"

"老子难道不知？"

陆鸦叹道："你离开昆仑道，算起来有多久了？二十年，还是三十年？而我奉命出山追击你，也有十多年了吧？我们喝过多少次酒了？从东海，到西域，又并肩闯过多少次险地？每一次喝酒后，都要喊一声，这是最后一顿酒了……"

"别他娘的跟个娘们儿似的这么温情脉脉！"雷震子哼道，"我们曾经并肩抗敌，曾经一起喝酒杀人，我还曾经救过你两次命！但最终，我都是昆仑道中最后的图派，是你们经派的眼中钉，是反出昆仑道的叛逆！而你也永远都是那个……奉命杀我的人。"

甘夫怔住了：原来这两个昆仑道的同门，竟有如此奇怪的纠葛！雷震子竟是在多年前叛出昆仑道，而陆鸦则是在奉命追杀他！

陆鸦叹道："这个鬼地方，应该是我们两个人一起发现的吧？我们还曾在这里跟沙匪和匈奴的军队干过三次。三年前，硬扛匈奴万灵宗六大高手追击的那一次之后，我甚至不想再杀你了。但是我发现，你居然对我也有了杀心！这些年你一直瞧着我不顺眼吧？"

"这是老子认识你以来，听到的第一句人话。你还有些自知之明！"雷震子轻蔑地一笑，"昆仑宗内山海经，山海经外山海图。几百年来，经图两脉之争从未止息。老子越跟你争论，越觉得你瞧不起老子。你这人做事不择手段，老子自然讨厌你。况且你始终是要杀老子的，那么干脆，不如老子先杀你。"

"所以三年前，最后一次喝酒之后，你摔了碗。那是你杀心决绝了？"陆鸦目光阴寒如剑，"所以这次你甚至装成瞎子，以引诱我现身！只要我现身，被那黑龙、双巫缠住，你一定会来个雷霆一击？"

"如果不是这个小子冒冒失失地跑出来，硬充侠士……可惜啊！老子的血都他娘的白流了。"雷震子苦笑着。

甘夫更是震惊无语。这就是传说中的神仙打架？而自己居然做了一件给打架的神仙劝架的蠢事！

"没有白流。"陆鸦冷冷道，"自作孽，不可活！现在的你外强中干，已经颇为虚弱了吧？"

天刑剑凌空腾起，散出青色的剑光。

这剑芒极为明亮，不似先前切割蜃龙红光时的那种犀利轻灵，显得颇为恢弘壮大。

强大的天刑剑跃升在空中，却并没有斩落，只是静静地悬停在甬道上方，天青色的剑芒持续凝聚着。

天刑剑在蓄势，在凝聚强大的威压。

那些光芒凝聚后，再发散开来，无数光影带着强大的威压，直击人的心神。然后剑芒再凝聚，再发散，每一次鼓荡，都生出越发强大的气势。

甘夫不得不尽力蜷缩起身子。他觉得这把剑根本不用斩向自己，只需这样不住的聚集威势，就能把自己的心神碾压成碎片。

"庄子门的黄雀术？"雷震子眼芒生寒，冷哼道，"难道你想单凭造势之术就让老子屈服？"

传自道家庄子门的黄雀术，讲究以"螳螂捕蝉，黄雀在后"的算道御敌，最擅造势与算度，所谓不战而屈人之兵。

冷笑声中，雷震子提起了笸箩大的拳头，巨拳慢慢攥紧，悠然盘腰，却并不出拳。天刑剑的剑势如浓云压顶般积聚和碾压，但他的拳势却似吞似吐，始终不击出去。

甘夫不知道他在等什么，难道是等待对方剑势最盛的时候再全力一击？甘夫只知道自己难受得要死，现在的感觉便如黑云压城、闪电刺目的一瞬，那道巨雷即将劈落，却始终未落。

双方斗智斗勇，虽未出一招，但这才是最可怕最难熬的时刻。惊雷未落，甘夫的耳畔却闪过连绵不绝的怒雷，浑身经脉震颤。好在蜃龙适才裹夹炼化他时，曾在他体内留下大量热流，那些热流此刻也奔腾冲荡起来，反倒护住了他的心脉，使他不至于昏死过去。

对峙的两个人似乎已分出了高下。

雷震子和陆鸦功力悉敌，但正如陆鸦所说，雷震子先前使诈，流了不少鲜血；更因陆鸦以天刑剑御敌，雷震子则是空手对阵，此消彼长，雷震子拳势中那股吞吐盘旋的节奏终于有了一丝迟缓。

陆鸦施展的黄雀术捕捉的便是这一瞬。天刑剑带着雷霆之势，骤然斩下。

蓄势已久的天刑剑这凌空一落，却没有先前铺天盖地的声势，甚至那些耀目的青色光芒也尽数收敛起来，似乎绝不打算浪费一丝剑气和精神。

所有的光芒聚成一条线，便如刺破沉沉暗夜的第一痕曙色。

只余一道剑芒的天刑剑更加凛冽，仿佛要将古堡内的空间硬生生地割裂成两半。

雷震子咧嘴一笑，巨拳挥出。但他这一拳却不是轰向陆鸦，更不是轰向那把剑，而是轰向虚空。

他一声大喝："棍来！"

随着那声大喝，空中飞来一道弧光，同时有隆隆的震响由远及近，仿佛一道道惊雷劈山破关而来。

盯着那道迅疾飞来的金色弧光，甘夫忽然想到了那支矗天蠹地的大棍。这天雷棍被雷震子丢到天幻堡外，想来也唯有如此，才会让陆鸦以为雷震子深陷麻烦之中吧？

但这时候，随着雷震子大喝的这一声"棍来"，那支大棒果然凌空飞来了。迈入玄圣道的大宗师，其法器炼制术自然非同小可，何况这天雷棍本就是一件神器。

陆鸦眼芒一厉，天刑剑加速斩下。他绝不能让雷震子拿到天雷棍。

雷震子却狂笑起来。他不躲，也不挡，只是双手虚握，以自身罡气去阻隔那道似要将整个苍穹裂成两半的凛冽剑芒。

甘夫惊得瞪大了双眼，实在想不到天底下还有雷震子这样的狂人。

天刑剑恰如其名，带着君临天下的强悍威压，轰然斩落。雷震子的衣服片片碎裂，露出古铜色的强健肌肉，然后是他的长发、虬髯，都被迅疾逼近的剑气割得四散飘飞。

"快躲！"甘夫不由嘶声大喊。他眼里已满是那把剑的凛凛青光。

但雷震子依旧不闪不避，只是狂笑着望向那把越来越近的剑。他显然是在赌，赌自己的巨棍会及时飞来。

他一定要争这一线之先，哪怕是赔上自己的命。这是何等胆识！

雷震子果然是个疯子，是个狂人。

一声怪响，几乎在天刑剑突破雷震子虚抱双掌的一瞬，天雷棍带着紫电般的弧光当头劈落，重重砸在剑上。

天刑剑和天雷棍都是神器，更被这两大宗师修炼得几乎成为生命之体，二者交击，却不是寻常的呛然锐响，而是生出一种怪啸。

那完全是龙吟虎啸之声，整个古堡甚至都发出了微微的震颤。

这才是真正的神仙打架！甘夫痛苦地捂住双耳，大叫道："蜃龙还在一旁盯着，为何你们要先拼个你死我活？"

没人搭理他，两大宗师现在已完全无法收手了。

在战场上，长剑根本无法跟大棍抗衡。适才这一击完全以硬碰硬，天刑剑当然是吃了小亏，陆鸦在心底暗自为宝器生痛。

雷震子九死一生，占得先机，自然不会停手，又是一棍悍然砸下。道法相争，往往需要法器、符法、咒术与罡气的交互配合，但雷震子却直接以最初级的罡气与法宝相拼。

一棍接一棍,连绵十余棍,犹似惊涛拍岸,一浪高过一浪,重如迅雷破山。

这种打法很初级,很无赖,但往往也很有效。陆鸦不得不全力运剑抵挡。他的强处在于道法博杂,诸般奇门术法有神出鬼没之效,但此时却只好全力应对雷震子这种蛮不讲理的打法。

战局看似旗鼓相当,但雷震子占了先机,又有巨棍优势,任是陆鸦将天刑剑运到极处,青光缭绕,如天风吹云,剑势波澜壮阔,却始终抢不回这一线之先。

雷震子的棍法大开大合、迅若雷电,更奇的是,他每一棍砸下,都带有奇特的怪响。原来他出棍的方式很奇特,每出一棍,长棍都要与地面生出摩擦,发出咣琅琅的怪响。

甘夫发现,这怪响越来越强,那边陆鸦也越来越吃力。

凝目细瞧,他才看清楚,天雷棍上密布着奇异的花纹。仿佛暗含着某种法理符道的纹路,与地面摩擦时,不仅发出奇特的怪响,更由这奇异的韵律而激发出某种地煞之力。

他这时候终于明白,为何雷震子根本不怕蜃龙。他有天雷棍这件奇异法器,走到哪里都能以这种怪法调动本处的地煞。这也是为什么天雷棍适才能不合常理地破阵飞来的原因。

剑棍仍在不住交击,虎啸龙吟声里带着奇异的琅琅怪响。甘夫知道,激战得越久,雷震子依靠天雷棍能调动的地煞之力便越大。这座古堡的煞气本就很重,雷震子如此施为,则是威力暴增,已稳操胜券。

又是咣琅琅一阵怪响,这一次有些漫长。雷震子双手倒拖大棍,作势轮转。大棍跟地面不住撞击摩擦,怪声越发响亮刺耳。

甘夫知道雷震子是在蓄势。他的打法霸道狠辣,但必须速战速决。此刻他双臂抡起,让大棍绕着身子疾转,这动作没有半分大宗师的气度,倒更像个七八岁的顽童在顽皮嬉闹。

陆鸦苍白俊朗的脸孔上已闪现出惧色。

巨棍每旋转一圈，那股奇异的韵律便增加几分，整座古堡仿佛都在旋转起来。这一棒击下，雷震子便会毕其功于一棍。

甘夫只觉天旋地转，不得不捂住双耳。但他却有些奇怪：雷震子的棍子轮转越久，威力越强，这种威势远胜于天刑剑的鼓荡蓄势，陆鸦是一位以黄雀术闻名的算家，难道还没有看破这一点？他为何还要任由雷震子蓄势下去？

忽然间暗影一闪，陆鸦已经出手了。陆鸦的出手很简单，他一把揪起甘夫，将他作为盾牌，挡在身前。

"放开！"甘夫嘶声怒吼，但全身僵硬，半分力道也施展不出。

"混账！"雷震子大骂。

陆鸦年轻俊朗的脸上满是淡然。他一直在让雷震子蓄势，直到雷震子积聚的地煞之力如怒潮决堤、不得不发的一刻，他才出手。

螳螂捕蝉，黄雀在后。他这"黄雀术"算的就是这个时机。

他擎着甘夫这个肉盾，飞速逼近。

甘夫被一股巨力推涌着，直向雷震子的巨棍撞去。

罡风呼啸，声如狮吼。甘夫觉得自己仿佛站在万仞高山的绝顶，地煞、罡气、威压齐向自己涌来。

下一瞬，自己就要脑浆迸裂了吧？甘夫闭上了双眼。

然后他重重地撞在雷震子的胸口。

在最后一瞬，雷震子硬生生地收住天雷棍。但全力收劲的结果，是他全身经脉剧震，竟喷出一口鲜血。

此时，一把剑稳稳地刺入巨汉的腹内。

天刑剑所挟带着的强大威压和罡气，也顺势悍然钻入雷震子体内。雷震子嘶声怒吼，目眦尽裂。

便在此时，甘夫的手忽然动了一下。适才他全身经脉都被蜃龙遗留的那股热流侵蚀，动弹不得，被陆鸦拿住要穴之后，热流压力反而一弱。

一支甩手箭从甘夫的指尖飞出，贯入陆鸦的左眼。

剧痛钻心，陆鸦下意识地甩开甘夫。

他的左眼已瞎，飞溅的血水和突如其来的剧痛甚至让他的右眼也一片模糊。陆鸦当机立断，飞身后退，但他的左肋仍中了雷震子一记重拳。

疾退的陆鸦仰头喷出一口鲜血，却奋力睁大右眼。然而他只看到一段急逝的残影。

雷震子已带着甘夫急掠而去。

甘夫被雷震子带着飞纵而去，觉得自己仿佛腾云驾雾一般。

甬道的石壁在飞速后退。这座奇怪的古堡仿佛有着自己独特的法理规则，内里居然深邃无比。

也不知奔行了多久，雷震子终于一跤坐倒在地，顺手将甘夫扔在地上。

"死了么？没死！"雷震子呵呵低笑着，又如醉汉般喃喃自语，"死了么？去你娘的，老子怎能死……"

甘夫艰难地爬起身，却见雷震子腹部血流不止，甚至外袍上也全是鲜血。

他心内一寒：已迈入玄圣道的大宗师本可在最短的时间内运功止血，这种情况的出现，只能说明雷震子受伤极重，很可能小腹的经脉已断。

"你……救了我。"甘夫忽然有些难过。这个疯子般的狂人本来藐视一切，甚至也藐视他本人的生命，但是他最终却选择从陆鸦手中救下自己。

"凑巧吧！"雷震子挂着天雷棍，喘息道，"要是再选一次，老子很可能会连你带他，全打成一团肉泥。"

甘夫不知说什么是好，只得叹了口气道："你们是同门，为什么要你死我活，斗成这样？"

雷震子眼神一黯，终于嘿了一声："大约在二百年前，昆仑道还很强大，但此后慢慢衰微。知道为什么吗？蜃龙说得对……我们人类都是这样，对自己人下手最狠。这些年来，昆仑道内所有的图派中人都陆续倒向了经派，老子成了昆仑山上那根仙草，成为一个孤单的图派之人。

直到最后，我叛出昆仑道，而陆鸦则奉昆仑道宗主青霄之命，下山追杀我。这他娘的就是你要问的为什么……"

甘夫见他说话虽不费力，但腹部依旧鲜血汩汩流淌，忙扯下襟袍，手忙脚乱地给他包裹伤处。

"没有用了！老子这一次当真是不成了。"雷震子推开他的手，叹道，"陆鸦，我救过他两次。他劝过我十三次，让我由图派入经派，但老子不答允。"

甘夫对什么图派和经派全然不晓，很想细问，却知此刻形势紧急，不是详细打问之时。他扬眉向远处看了看，对雷震子言道："那陆鸦受的都是外伤，只怕他稍时就会追来。我背着你走！"

少年俯身要背起雷震子，却被雷震子伸手按住。

"来不及了！"雷震子苦笑道，"小子，这都是命。无论真假，你救过老子一次，老子不会欠你的，剩下的，便看你的命了……"

"不！"甘夫不懂雷震子说的"看命"是何意，却很真诚地盯着他，"我救你那次只是凑巧，而且，你已救过我两次，你早已不欠我什么了。"

"凑巧，也是命。那么就看你最终的命运如何，看你能不能扛下来！"他猛然揪住甘夫，粗如棒槌般的食指猛然戳上甘夫的眉心。

"喂，你……你要干什么？"

甘夫惊呼，大叫，挣扎，却无济于事。他如同一只被猩猩攥在指掌里面的兔子般无助，只觉眉心有一股灼热的力量汹涌进入。

"凝心，静气，让你的元神融入虚空。"雷震子的声音忽然变得威严平静，缓慢而坚定地传入他耳内。

"老子没有妻子儿女，没有亲人，也没有弟子，甚至……没有朋友。我是天地间的一个异类。我很早就明白，最终有一天我会无比孤独地死去，没有一个传人来继承我的术法。这世间将再也没有我的痕迹。这是我早就注定了的命运。

"但今天，西王母让老子得到了你！你就是我的传人。我去了，你还会留在这世间。这就是我对命运的反抗！"

低沉肃穆的声音中，甘夫的额头越发灼热，但这灼热却并不难耐，而是带着一股祥和的气息。然后他便看到了光，光的里面有无数奇异的画面连绵闪现，无数符文图谱交替涌来。

　　光的颜色由白而红，由红而紫，那股祥和的气息变得更加浑厚，仿佛由山泉变成江河，再变成汪洋大海，那是无数罡气汹涌而来造成的幻象。

　　这时候他才明白雷震子那句"看你能不能扛下来"是指什么。雷震子在离开这个世界之前，要用一种神秘的术法，将他所有的道法罡气强行灌输入自己的体内。

　　这当然是个天大的便宜，但更可能是个天大的杀机。也许下一刻，自己的经脉容纳不下这些强悍的罡气道法，就会在这股罡气道法的冲击下，经脉爆裂而亡。

　　恍惚中，雷震子的手指终于僵硬地垂落下来。

　　那股热流也变得温煦起来，如春风般萦绕着，终于，最后一缕春风也钻入甘夫的额头。

　　甘夫几乎昏死过去。他觉得自己真如那蜃龙所说，已经快被炼制成一只琉璃珠了。

　　慢慢睁开眼来，他忽然有一种浴火重生的奇异感觉，身周的一切映入眼内，都是那样清晰，纤毫毕现，无所遁形。

　　他知道自己撑下来了。一扭头，他发现雷震子倚坐在石壁旁，身体已经僵冷。

　　"喂，你怎样了？"甘夫想扑过去。这一挣之下，他发现自己浑身热流涌动，但奇怪的是，自己虽然全身都蕴满气劲，却不听从自己的指挥。

　　"前辈，雷震子！"他只得无奈又无助地大喊着。

　　雷震子一动不动，甚至嘴角残存的那抹笑容都已如岩石般僵硬。

　　这位狂人已经死了。

　　"老子没有妻子儿女，没有亲人，也没有弟子，甚至没有朋友。我是天地间的一个异类……你就是我的传人。我去了，你还会留在这世间。

这就是我对命运的反抗!"

这是狂人留在世间的最后一句话,有些凄凉,却又无比悲壮。

临死之前,狂人用他的方式对命运做了最终的反抗。

甘夫僵坐在那里,眼角有泪水滑落。

这时候,他发觉身体内那些冲突的热流在慢慢凝聚,并向丹田涌去,他的四肢也在慢慢发热,力量渐渐回复。

"想不到,你终于死了!"一声叹息,陆鸦缓步走来。

他瞪着独眼,盯着雷震子的尸身,忽然仰天长呼三声,声音似笑似哭:"力拔山兮气盖世,骓不逝兮奈若何!嘿嘿,生于天地,归于天地。庄生鼓盆,有何哀哉?"

"大哥?"

甘夫全然听不懂他说的庄子鼓盆而歌的典故,却吃惊地看到,陆鸦的手中还提着一个人,那竟是张骞。

第十二章

蜃　龙

先前和雷震子的激斗，陆鸦也受了不轻的内伤，当然眼睛的箭伤更严重。他知道，此刻必须速战速决，即刻斩杀雷震子。正当他要提气追击时，却忽然感觉到了异样。

蜃龙那恐怖的身影出现在甬道转弯处。

陆鸦心头大震。他拔下眼眶内的短箭，运功止住流血，暗自盘算着对策。

蜃龙果然是世间最狡诈的神兽。那影子若隐若现，仿佛在试探，更似在讥笑，在挑逗。

这时，张骞带着吕英等人匆匆赶到。陆鸦看到风君天等人衣服上的血迹，却没有细问铁石双巫为何不在。那两个胡人，包括眼前这五人，在他眼内本来就都是蝼蚁一样的存在。

这也是他最瞧不起雷震子的地方。为了一个蝼蚁般的甘夫，这狂人居然不惜让自己受了重伤。

但此刻陆鸦忽然发现了这五只蝼蚁的价值。他大声喝道："张骞，你随我去救甘夫。蜃龙极为难缠，你们三人断后，不可与那妖兽恋战。"

这句话果然非常有效。张骞等人看到陆鸦瞎了一目，衣衫上血迹斑斑，只道是和蜃龙激战所致，震惊之余，自然相信了他。

吕英等人三剑齐出，护卫在陆鸦身后。

为了更快脱离此地，陆鸦干脆提起张骞，如飞般掠去。在陆鸦眼里，这家伙应该是那个最聪明的蝼蚁，所以最好及早控制住。

"放下我大哥！"甘夫见张骞落入陆鸦手中，又惊又怒，扬手发出一支甩手箭。

"贤弟，不要……"张骞很想解释，但话一出口，就发现不对。陆鸦根本就不想解释，他举起张骞，任由那支箭钉入张骞的肩头。

这时吕英等人刚刚赶到。他们依稀瞧见甘夫的甩手箭击中张骞的肩头，都是瞠目结舌，不知为何有此变故。

便在这么一愣之际，猛听啪啪数响，吕英、卓轻闲和风君天已先后被陆鸦拍中胸前大穴。陆鸦是踏入玄圣道的巅峰身手，哪怕不是偷袭，吕英等三人也很难躲开。

陆鸦现在需要的是节省气力。吕英等三人经脉被封，萎顿倒地，只能愕然又愤怒地惊望着他，不知缘由。

将三大青年高手闭住经脉同时，他又一脚踢飞了甘夫。甘夫一口鲜血喷出，滚到旁边。

甘夫愤怒之极，要待运劲扑上，却觉体内虽有热流涌动，四肢仍是发僵，只得愤愤骂道："卑鄙小人！"

陆鸦淡淡道："只是手段而已，谈何卑鄙。"

卓轻闲挣了一下，全然无法运劲，只得无奈喝道："陆前辈，咱们无冤无仇，这又是何必？"

陆鸦独目圆睁，森然道："天下杀人者与被杀者，难道都要有冤有仇么？"

说话间，一道庞大的暗影悄然闪现。

蜃龙显是很懂得如何带给对手最大的威压。闪耀的火把光影下，那道龙形阴影慢慢地侵蚀过来，更增恐怖之气。

"好吧，待我先解决了这个妖畜！"陆鸦冷笑道，"反正你们也都在我的掌握之中。"

他拔出天刑剑，在地上划了一道奇异的圆圈。这圈子挺大，将他和张骞、甘夫等人尽都圈在里面。

"蜃龙！吾乃昆仑散人卢生，听吾号令，不得妄动！"陆鸦举剑向天，沉声低喝。

这显然是昆仑道的某种奇异禁制。那剑紫焰升腾，一道强大的威压从剑上腾起，瞬间消散在空中。地面上的剑圈则生出道道缥缈的云气，云气慢慢变得厚重，将众人包裹在其中。

堡内的空气微微波动，蜃龙发出粗沉的鼻息，一股敬畏之气弥漫开来。

"卢生？这名字有些熟悉！"呆坐在剑圈内的张骞忽地眼前一亮，忍不住说道，"是了！他和沧海君一样，都是始皇帝时代的著名方士。"

"不错。"陆鸦攥紧长剑，盯着云气外忽明忽暗的蜃龙阴影，言道，"先前你不是问沧海君么？那沧海君正是我昆仑道的上一代宗主。当年张良在博浪沙筹谋刺秦，一直苦候的人就是他。但沧海君终于没有来，只是派出了自己的弟子'大铁锤'前往。那次刺秦最终失败了。"

"博浪沙一击，激荡千古。"张骞忍不住叹道，"背后除了初露锋芒的张良，竟还有这奇人沧海君的身影！不过，沧海君既然已经派出弟子，为何自己却没有前去？"

"因为那时候沧海君已经找到了昆仑玉圭！"陆鸦说道，"是的！传说中的昆仑玉圭很可能就是在那时被他寻到了踪迹。这是昆仑道流传千年的使命，区区一始皇帝，早杀晚杀，实不足论。沧海君深信自己弟子大铁锤的实力，但他显然低估了始皇帝身边的一个人，兵家大宗师尉缭。"

"就是那个传下兵书《尉缭子》的尉缭么，六家中兵家的奇人？"张骞及时接上陆鸦的话头。此时他和四个同伴内困于陆鸦，外困于蜃龙，不得不尽力拖延，以消减这位大宗师心中的杀意。

"正是这位兵家大宗师。后来的事么，便如大家所知，张良博浪沙失手。沧海君的弟子大铁锤奋力一击，却只击中始皇帝的副车。此后大铁锤被杀，而蛰伏已久的昆仑道则被秦始皇发现了踪迹。"

陆鸦精通算度天地时局的黄雀术，当然一眼就看清了张骞的盘算，但此刻他内伤颇重，在罡气复原之前，也只能静待时机，便接着说道："始皇帝何等精明！大司马尉缭子更是一位大修行者，又是当时的兵家宗主，他们调动大秦秘卫全力追查，没有多久，昆仑道便完全暴露于大秦朝廷面前。但秦始皇查获我昆仑道这个以寻找上古昆仑为使命的神秘组织后，不怒反喜，因为他的晚年也在全力找寻仙山和不死奇术。

"于是由尉缭出面，大秦朝廷与昆仑道进行了一次秘密谈判。大秦朝廷答允，只要昆仑道将找寻昆仑仙山的核心秘密昆仑玉圭交给秦始皇，他就会放过昆仑道。

"尉缭集结大秦兵马，全力围剿，昆仑道陷入重围，岌岌可危。沧海君为挽救本门的灭顶之灾，只好答应尉缭的要求，但他提出了一个条件，要想找到玉圭，必须再给他一年半的时间。

"在沧海君发下血誓后，尉缭代表朝廷和始皇帝，同意了他的请求。尉缭退兵后，昆仑道再次龙入沧海，从朝廷的漫天大网中隐遁。从那之后，昆仑道彻底成为一个传说，本门的高手极少现身于江湖。"

张骞听得入神，忍不住问："始皇帝疑心最重；尉缭是兵家宗师，精通兵不厌诈之术，他们在没拿到昆仑玉圭之前，真的会放过昆仑道？"

"对于一个大修行者而言，血誓是必须遵循的。沧海君和尉缭都是言出必诺之人，所以沧海君点头，尉缭子撤兵。事实上，沧海君也确实是在一年半之后，将苦苦寻到的昆仑玉圭亲手交给了始皇帝。"

张骞和甘夫他们都是一声惊呼。他们都明白昆仑道数百年来追寻昆仑玉圭的苦心，也知道始皇帝的残暴贪婪，但没想到主持昆仑道的宗主沧海君还真是拱手交出了昆仑玉圭。

"别以为沧海君就这么好对付！"陆鸦咧嘴冷笑。

"要知道，他为了献出玉圭，足足准备了一年半。这一年半时间里，始皇帝身边多了一位神通广大的燕地术士卢生。此人巧舌如簧，将始皇帝迷得服服帖帖。他从海外带回图谶，告诉始皇帝'亡秦者胡也'。秦始皇认为此'胡'就是匈奴，所以派三十万大军北上击胡，于是京城咸阳守备空虚。

"卢生又告诉秦始皇'恶鬼避，则真人至'，于是性格孤僻的秦始皇便化装外出以避恶鬼，更加脱离群臣。此后数年，在卢生的不断挑弄下，刚愎自用的秦始皇变得越发残忍嗜杀。"

张骞忍不住叹道："晚年的秦始皇正因脱离群臣、孤僻嗜杀，才为赵高和李斯所乘。始皇驾崩之后，秦国落入昏庸的胡亥之手，二世而亡。原来这都是卢生的妙算！此人也是昆仑道的人么？"

"卢生正是沧海君的门徒。有了卢生这番铺垫，沧海君在交出玉圭时，便使了一个小小的花招：他向朝廷献出一块神秘的玉璧，昆仑玉圭就隐在那块玉璧当中。玉璧上有极清晰的一行古字'今年祖龙死'。他称那行古字是玉璧上的天然花纹，实则是他设法刻上去的。"

"今年祖龙死？"

僵卧在地的卓轻闲也听得入神，忍不住接口道："这件事我在史书上看到过。史书记载，那玉璧大有来头，乃是一位仙人献给始皇帝的。始皇帝发现，这玉璧其实是自己数年前祭祀河神时，亲手扔进河水中的东西。现在这块玉璧上居然生出了奇怪的文字，还成为什么昆仑玉圭！他心惊肉跳，又嫌弃厌烦，便将其扔掉了……嗯，始皇帝如此残暴，没有因此而加害沧海君么？"

陆鸦冷笑道："那仙人便是沧海君冒充的。他是何等手段！那几个字刻得古朴无比，甚至连秦朝最有学问的博士都认为是上古文字无疑。这块玉璧被始皇帝扔掉，沧海君自然又设法再次拿到了它！

"但沧海君瞒得过所有人，却瞒不过他的一生之敌尉缭。尉缭看透了这一切，却没有在始皇帝面前揭穿沧海君。因为这一年多来，他发现秦始皇变得越发暴戾残忍，已不是他要追随的明主，所以尉缭就有了退隐之心。

"只是,尉缭如此大才,仕心虽熄,仙心反炽。归隐之后他同样要找寻昆仑仙山,因而与沧海君又展开一番斗智斗勇。

"当初沧海君在献出玉璧时,故意将始皇帝的寻仙路线引向歧途,所以秦始皇最后的几次巡行都是奔向东海、会稽和云梦等方向。这是沧海君对始皇帝施用的一个障眼法,更是对尉缭的一次斗智。"

张骞道:"始皇三十七年,秦始皇第五次出巡,主要巡游云梦、会稽等地。秦始皇在这最后一次东巡时,驾崩于途中。但始皇帝好骗,尉缭却未必这么好骗了。"

"不错!当时的大修行者已看出来,昆仑应该是在西域的某地,而绝非东海。尉缭自然也识破了沧海君的筹谋。沧海君最后对那块玉圭也有所参悟,他记下了路径,独自去了西域。

"但沧海君知道此行极为凶险,害怕玉圭之秘失传,更因大对头尉缭马上就要追踪而至,昆仑道只怕要保不住这千辛万苦得来的玉圭,所以便派弟子卢生,率人去西域修建了几座石堡。相传这些石堡九假一真,昆仑玉圭只藏在真正的石堡内。"

"就是天幻堡?就在这座古堡内?"甘夫的声音有些干涩。

陆鸦点点头,又摇摇头,叹了口气:"九假一真的石堡之秘,在我昆仑道门内早已失传。卢生虽然神通广大,依旧逃不过尉缭的通天手段,最终被尉缭所困。危急之际,狂怒的卢生祭出最大的杀招,施放出大凶兽蜃龙,让它来守护玉圭和石堡。"

剑圈的云气外传来低沉的吼声,仿佛那只怪兽感受到了什么,正在不甘地长啸。

"原来这条蜃龙是卢生所放;玉圭也不是老子遗存于此,而是沧海君命卢生所埋。这才是昆仑玉圭的千古不传之秘!"张骞恍然有悟,长长叹了口气,"所以你用卢生之名暂时挡住蜃龙。但也只能是暂时吧?"

众人的心中都是一沉。此时,剑圈上的紫光越来越淡,云气越来越薄,蜃龙已在圈外蠢蠢欲动。

吕英哼道："你昆仑道尽管神机妙算，但如今你和我们一样，马上就要被那怪兽当作点心吃了。何不放了我们，大家先联手斩杀此獠？"

陆鸦哼了一声，算是干脆地拒绝。

甘夫忽道："昆仑宗内山海经，山海经外山海图！在你们昆仑道内，始终有山海经和山海图两派之争？"

他适才听到陆鸦与雷震子的争执，此时雷震子已逝，他便很想问个究竟。张骞自大祭酒公冶易之处，已经知道有山海经与山海图之说，此刻再次听到山海图的名字，也不由双眼一亮。

"我昆仑道自称昆仑仙宗，找寻昆仑时，主要的依据便是《山海经》。昆仑仙宗绵延数百年后，又分为经、图两脉。图派认为，在《山海经》之外，还有一部《山海图》存世，同样是找寻昆仑的重要依据；经派则认为，一切都要追本溯源，以《山海经》为据，《山海图》乃是后人伪造。

"在经、图之争外，还有西王母和轩辕黄帝的又一争。图派之人认为，昆仑仙山是西王母所居；经派则只认轩辕黄帝为昆仑之主，并不承认西王母。"

"西王母？"张骞蹙眉道，"我曾听几个胡人说过西王母的传说。他们认为西王母的墓地就在西域某地。便是当今大汉，崇拜西王母的人，也着实不少啊！"

在当时的大汉，特别是在民间，西王母崇拜颇为流行，铜镜的纹饰上都常刻有西王母的形象。卓轻闲书呆子气发作，叫道："《穆天子传》中有云，周穆王西游至昆仑之丘，见到西王母。二人曾诗歌唱和，传为千古美谈。"

"荒唐！"陆鸦怒道，"《山海经》中记载的西王母非人非兽，到了《穆天子传》中反成了个多情女仙，都是荒诞虚妄之说。图派所宗的《山海图》本就虚无缥缈，更因痴迷西王母这等民间崇拜的虚幻女仙，越发难以自圆其说，于是图派一脉渐趋式微。这数十年间，所有的图派中人都陆续转为经派，只剩最后一个痴人，就是这个雷震子。他就是个疯子！最终他叛出昆仑道，被我追杀多年，终至于此！"

陆鸦深深地叹了口气，语意中颇有些萧索。

"雷震子前辈很可能是对的！"

一片冷寂中，忽然响起一道刚硬的喝声。甘夫怒冲冲地盯着陆鸦说道："你们凭借《山海经》找了这么久，不是照旧没有找到么？为什么便说《山海图》是错的，还要对他们赶尽杀绝？"

张骞等人都是一愣。他们来得匆忙，又很快被陆鸦制住，全然不知道雷震子、甘夫、陆鸦这三人间发生了什么，此时见甘夫如此愤怒，都有些疑惑。

陆鸦的脸色登时变得铁青。他本在静待罡气回复，之所以留着这几人不杀，就是怕万一蜃龙突破禁制后，还可以让他们抵挡一阵，此时听得甘夫的这句喝问，不由心头怒火陡升。

"你这混账小子！"陆鸦破口大骂，想到正是这小子，居然射瞎了自己的一只眼，杀心骤起，"既然你还在为雷震子叫屈，那便随他去吧！"

他一把揪起甘夫的手，正待先将他的指环摘下，却忽然独眼圆睁，惊呼道："哈！想不到他最终将一切都给了你，你这小子竟然能容纳下来！"

陆鸦先前的心思都放在抵御蜃龙上，此时一抓住甘夫的手掌，才发觉他体内罡气的异常，忍不住问道："为什么？雷震子为何最终要选择你？"

甘夫想了想，道："他不想一个人孤独地走，要给这个世界留下些东西。他说，那样他就战胜了命运！"

"战胜命运？不可能！"陆鸦狞笑着，那只独眼看起来分外狰狞，"这蠢材！疯子！甘夫你眼下体内虽有罡气，但要想融会贯通，还需要长久的艰苦体悟。只不过，你没有时间了！"

他单掌扼紧甘夫的喉咙，掌力慢慢收紧。

甘夫拼力挣扎。但正如陆鸦所说，此刻他还是无法融会雷震子留下的宏大罡气，经脉之中罡气鼓荡，却难以御使，一时间只觉呼吸艰涩，胸口处罡气充盈，四肢却毫无气力。

"马上，你也要从这个世界上彻底消失了，跟雷震子一样，灰飞烟灭！"陆鸦正自得意，陡觉背后劲风飒然而至。

他知道，那是张骞在偷袭自己。

此时陆鸦正享受地望着甘夫那张慢慢扭曲的脸孔，根本不愿意浪费时间去对付张骞，只是在心底暗笑：这个可笑的蝼蚁根本不通术法，他的刀剑触到自己的衣襟，便会被自己浑厚的罡气震飞……

但下一瞬，陆鸦陡觉背心一痛，一股凉意带着刺骨的剧痛钻入，然后他便在自己的小腹上看到一截剑尖。

陆鸦嘶声惨叫，翻掌将张骞从背后揪了过来。

"你这只蝼蚁，最弱的蝼蚁！"陆鸦的独目中如欲喷出火来，这时才看清那滴血的剑尖，惊道，"太一剑！是公冶易那家伙给你的？"

张骞吃力地点头："他说……这把剑，专破护体罡气……你将死在最弱的蝼蚁手中！"

陆鸦又惊又怒，喝道："痴心妄想！我怎会死在你的手中？"正待一掌将张骞震死，忽听得剑圈处传来了隆隆震响，原来是剑圈外的蜃龙已然发动。

这只传闻中最阴险的妖兽果然最能把握时机。这一次很可能它又将胜利，因为人类自己正在拼个不死不休。

云阵外，蜃龙的怒啸声越来越响亮，撞击也越来越猛烈。剑圈处紫光渐弱，环绕的云气也淡了许多。蜃龙虽未冲入，但已带来强大的威压，那只巨大的狰狞头颅已隐约可见。

"它要破阵而入了么？"吕英惊呼道，"快放了我们！"

风君天也大喝道："并肩一战，大家还有生路，不然你也会成为它的口中餐。"

陆鸦盯着云阵外摇头摆尾的蜃龙身影，喃喃道："时也，运也！难道我当真会死在你这蝼蚁手中？"他一把揪过张骞腰间的绶带，冷哼道，"印绶，你果然是大汉使者！不错！除了大汉使者，谁能以如此平平无奇的修为，让这些家伙对你俯首帖耳！"

张骞也知此时命悬一线，索性昂然道："不错，本府乃大汉西域使者张骞！"

"很好！"陆鸦慢慢拔出插入体内的那把太一剑，扬手抛在地上，又猛然一脚将甘夫踹翻在地，腿上罡气贯注，封住了甘夫的经脉。他很小心，在办大事之前，一定要确认不能有任何人打扰。

张骞怒道："你要死了，何必还要害人？"

"我不会死。"由于胸腹处经脉已断，失血过多，陆鸦的脸色苍白无比，但那只独眼却耀出了灼灼精光，"自从我修得大轮转术，我就永远不会死了。我只是换一个屋子住住而已。"

"你说什么？"张骞大惑不解。

陆鸦将两个拇指分别按在张骞的两边太阳穴上，便待运功施法，却又咦了一声："你这家伙体内居然有毒！你似乎活不了多久了。"

蜃龙的吼声震耳欲聋，云阵已稀薄如绢，那凶兽将随时破阵而入。

陆鸦嘿了一声，笑道："虽然是间破屋子，但也还可将就。待来日散人再给你修补一番吧！"狞笑声渐大，他独眼中的光芒也越发熠熠生辉。

张骞只觉额前一亮，跟着便有一道醇和而又沛然的气息鼓荡而来。

无数强烈的光影，如长江大河般，随着那股气息涌向他的心内。张骞立时察觉到极大的危险，奋力挣扎嘶吼。但这一切无济于事，伴随着那些光影，一道强大的神识从他的额头钻了进来。

"大轮转术是世间最强大的入神法。不要挣扎了！"陆鸦的声音居高临下，仿佛带着苍天般强悍的意志，"你的身体马上就要属于我了，所以我不想这座破房子再有丝毫损坏。"

与此同时，张骞只觉自己的心智神识正被一股强悍无比的力量碾压着，驱逐着。他虽然全身纹丝不动，却觉得自己在奔跑，而且是瞬间千里、飞跃天涯海角的那种奔跑。

但一切的飞奔都毫无用处，那种被驱逐的感觉无处不在。

"你要做什么？"张骞终于嘶喊出声。他已明白了陆鸦要做什么：

那些属于自己的神识，正被一种奇怪的力量挤压着，也许马上就要从这个躯体中被挤压出去了。

卓轻闲、风君天等人听不到张骞和陆鸦二人最后的元神对话，完全不知道发生了什么，却也意识到此刻的张骞正面临巨大的凶险，但他们要穴被制，均是难以挪动分毫。

风君天忽然破口大骂，卓轻闲和吕英会意，也纷纷开骂，问候起陆鸦的祖宗十八代来。

离得最近的甘夫最是焦急。他只觉体内一股股往来冲荡的罡气虽然浑厚，却如野马般桀骜不驯，任是他努力运使，被封住的经脉依旧无法打通。

甘夫敏锐地察觉到大哥已到了最凶险的时候，一个声音在心底大吼："快起来，你要救你的大哥！你要救你的大哥！"陆鸦显然对他颇为重视，将他的经脉封得极死，此刻他激愤之下，感觉一股热流从指尖倒逼而入，但只让他的左掌热了一下，全身依旧难以动弹。

张骞的心智全力挣扎之际，陆鸦的声音不断地如梦幻般传来："你中了蛊毒，马上就要死了！你的躯体也许只能存在一年半载，但我会治好你的病，让你这具躯体长久地存在下去。同时，你的房子要借给我住。你刺了我一刀，弄坏了我的房子，所以我们互不亏欠。

"你是大汉使者，应该有些文采和见识，但终究比不得我！散人我允文允武，道法无双，来做这大汉使者，会比你更加称职。当然，我会把这一身高妙的道法元罡都留给你这座老房子。"

伴着雄浑无比挤压过来的强烈罡气，一道淡红色的光束，犹如晚霞般璀璨而圣洁，凝在张骞额头，便待慢慢钻入。

"不成！"张骞奋力大吼，却发现，自己只是张了张嘴，并没有吐出一个字来，难道……自己已经无法运使这具躯体了么？

他听得陆鸦的声音正慢慢融入自己的识海："不要怕！你面临的，是天下最美妙的死法。你的神识虽然消逝了，但你的躯体会留存下来，建功立业,风光无限。对了!你应该有些有用的经验,需要给我留下来,所以你的神识一时还不必死,你只需要臣服。明白么,完全臣服!"

就在这时,忽然嗤的一声轻响爆出,干脆、简单,却让所有人都呆住了。

出手的人竟是那"昏死"多时的匈奴牧女。自从被红光裹夹至此,她就伏地昏迷着,陆鸦和雷震子激战时,她在昏迷;陆鸦突袭张骞等人时,她依旧在昏迷。

没有人注意她,甚至老谋深算的陆鸦弹指间将甘夫、风君天等人尽数突袭放倒,也根本没有多看她一眼。

此刻,就在这一发千钧之际,她却腾身而起,拾起地上那把太一剑,扑了过去,一剑插入陆鸦的后脑。起身、拾剑、飞扑、刺敌,如行云流水,却又快愈闪电。

更惊人的是,这一击竟挟着浑厚的罡气,太一剑干净利落地从陆鸦的后脑刺入,前额穿出。

陆鸦苍白如纸的脸上正凝着志得意满的笑。他的大轮转术夺神正在关键时刻,他神识出体的重要通道——从后脑至前额处,却被太一剑急速贯入。

他惊怒交集,残存的罡气全力向后击出。

那女子发出这惊雷掣电的一击之后,便即向后飞退,但仍躲不过那道疯狂轰击过来的金色元罡光芒,只能凝神挥掌相抗。

轰然一声闷响,无数黑色残片如蝴蝶般四散飞溅,那女子闷哼一声,翻滚着向后倒去。

便在此时,甘夫只觉左臂上有热流迅疾涌向全身。这是一道奇怪的热流。热流贯穿的不仅仅是他的全身经脉,甚至还有他的整个心神。在这一瞬间,他觉得这座古堡,连同古堡外的天地,都与他的心神相贯通。

他还不知道,自己机缘巧合,已在这紧要时刻关内跃境,踏入"通明化神"的通明道至境。他根本无暇去想,只是全神贯注,一拳挥向陆鸦。

这一拳势道雄浑,将陆鸦的残躯击得翻滚倒地。

强烈的碾压感瞬间消散，张骞忽然发觉全身有了气力。他猛然弯下腰，痛苦地呕吐起来。他头痛欲裂，全身如被火烧，额头兀自突突乱跳，好在那些要命的挤压感和那抹神秘的淡红光束终于不见了。

"大哥……你没事吧？"甘夫奋力挥出这一拳后，也觉得有些奇怪。更奇怪的是，他全身罡气鼓荡，被封的经脉如被热流烫过，豁然贯通，竟然站起身来。

"还好！"费了很大气力，张骞终于慢慢吐出两个字。

又愣了片刻，他才想起自己身在何处：这里是天幻堡险地，自己适才险些被陆鸦用一种古怪的术法弄得魂飞魄散。

他不由望向陆鸦。

陆鸦已经死了。不知为何，被一把剑自后脑贯入，他那张苍白的脸上却兀自残存着一抹诡异的笑意。

张骞不由又是一阵头疼。但这时他已无暇细想，鼍龙的吼叫声震耳欲聋，云阵马上就要散了！

这时他想起，是有人从后面袭击了陆鸦，自己才得以脱险，眼光遂向周围扫视，发现却是那牧女。在硬抗了陆鸦垂死前的一击后，她就倒在剑圈之下。张骞移身过去，试图将她唤醒，低头一看，不由大吃一惊，这女子那粗糙黝黑的脸已是不见，倒在他面前的竟是一个美女！原来，是这女子的假面被陆鸦的罡气震碎，露出了本来面目。

那张脸如羊脂玉般白润，此刻她的脸上全无血色，倒更增莹润，妩媚的娥眉和弯弯的睫毛间隐含着一抹英气。在张骞的触动下，那女子睁开眼睛，那双闪闪的美目没了易容假面的遮掩，更显双瞳澄澈，透出一抹惊心动魄的美感。

张骞是已结过婚之人，混迹京师多年，也见过不少美女，但此时突然看见这绝世容色，仍觉呼吸一窒，甚至怀疑自己是否还在某种幻术中。他忍不住惊问："这……你，你到底是谁？"

那女郎哼了一声，冷冷地说道："我刚救了你！明白吗？"她说的居然是汉话。女郎这时不再刻意掩饰，声音便如脆玉交击，清喉娇啭中，别有一股傲气。

甘夫、卓轻闲等人震惊于女郎的绝艳，这时闻言不禁连连点头。

"还愣着干什么？"女郎此时也是浑身无力，不由星眸微嗔，"快扶我起来！"

这时，张骞的头脑终于清醒了些，忙握住女子的手，要将她扶起来。触手之际，只觉这美女浑身柔若无骨，他刚经得一番大死大活，费了好大气力，也没有将她扶起来。

甘夫急忙赶来，将女郎拉了起来。陆鸦出手时已是重伤待毙，那一击徒有其表，这女郎适才只是被闭住了气，这时略略舒展身子，已渐觉罡气回复流转。

"现在可以说了吧？你到底是谁？"甘夫有些紧张地盯着女郎。

"我凭什么要说？"那女郎仰起脸。她穿着一身牧民的破旧衣衫，仍难掩高挑的身材和绝艳的风姿。

张骞这时终于站起身来，沉吟道："你的身手不在轻闲和吕英之下，但此时我回想，铁石双巫似乎真的没有注意你，所以你绝不会是万灵宗的人。你的手光滑如玉，显然从来没有干过粗活，故此你的身份并不难猜。"

"看来你摸过不少女子的手了！"女郎很大方地一笑，"那我的身份是什么？"

"你虽然穿着破烂衣服，但你身上却有西域最上等的香料的味道，这甚至不是寻常商贾能买得起的。此地毗邻匈奴，所以你应该是匈奴某位王爷的姬妾。"

"滚！"女郎秀眉一蹙，用一个字回答了他。

张骞有些狡黠地一笑："不是王爷的姬妾，那一定是女儿了！原来你是一位匈奴居次，失敬了！"

那女郎嗤地笑出声来，傲然道："你这人不但聪明，而且狡猾，还有几分有趣。"她扬起头，白润的脖颈在火光下泛着淡淡玉华，颇为耀目。

僵卧在地的卓轻闲不由沉沉叹了口气："绝色美女，绝顶聪明，居次身份，禀赋惊人。这样的人……在整个匈奴，甚至整个天下也只有一人——左贤王的女儿，吉祥居次！"

甘夫没听过吉祥居次的艳名，但想到这女子竟是匈奴左贤王的女儿，大为紧张，忙横刀当胸。

"张骞，你这使团中的聪明人果然不少！"她瞟了眼张骞，笑道，"虽然我并不怕你们，但还是要声明一下：本居次来此，并非是为了你们，而是听到昆仑玉圭的消息，赶来看看热闹而已。"

这百媚千娇的嫣然一笑，显然是承认了自己的身份。

匈奴人将王爷的女儿唤作居次，身份等同于大汉的公主。吉祥居次在北方草原上威名赫赫，不仅因为她的父亲是匈奴大单于之下的第二人左贤王，更因为她有极高的修道天赋，被龙缺大巫称为五十年来第一人。甚至有人传言，龙缺大巫所说谶语"西隐龙城，东伏长安"中的那位西隐，就是指她。

当然，对于一般人来说，吉祥居次最吸引人之处就是她的美丽。艳绝天下的她，有草原第一美女之称，一些见过她的容颜的汉人甚至认为，她其实应该被称作天下第一美女。

张骞的心微微一沉：实在想不到昆仑玉圭竟有这么大的魔力，不仅吸引来了昆仑道两大宗师，更引来了左贤王的女儿。可以说，张骞一直在万般防备的，正是这位居次的父亲——屯兵于祁连山下、千里河西重地的左贤王伊稚斜。

"真是幸会了！"张骞苦笑了一声，"居次当真是有着绝高的智慧，甚至瞒过了昆仑道的两大高人。"

女郎暗运罡气，感觉被闭住的气息已悄然回复，才淡淡道："据说你们汉人都心口不一，特别是当你们说'幸会'的时候，很可能是要动手的先兆。虽然你们现在人多，但我很想试试。"

匈奴美女的直率和聪慧，出乎张骞等人意料。张骞闻言却摇了摇头，说道："迄今为止，大汉与匈奴还是和睦互市的邻居，我们怎能对一位居次无礼！何况吉祥居次刚刚还救了我。此刻妖兽在旁，咱们又何必自相残杀？"

吉祥居次的美眸倏忽一闪，点了点头，冷笑道："算你识相！不过我有言在先，现在的局面，只有你和甘夫两个重伤未愈的家伙可以勉强一战，其实是我放过了你。懂么？看在你这一路上对我多有照顾的份上。"

张骞一笑："那就多承居次再次高抬玉手咯！"

女郎不知想到了什么，明艳绝伦的玉靥上竟微微一红，哼道："我还没有找到我要的东西——昆仑玉圭。咱们可以互不领情，稍时不妨试试各自的运气。"

便在此时，剑圈上的那团云气已经变得淡如轻烟，蜃龙的吼声就在众人的耳边响起。

张骞和吉祥居次唇枪舌剑之际，甘夫已在全力解救吕英三人。甘夫全然不通解脉之法，还是吕英和卓轻闲不住出口指点，他仗着罡气浑厚，不断地拍打按揉，终于给三人解开了被封的经脉。

三人还未及活动一下手脚，便听得轰然一响，云气四散，蜃龙终于突破了云阵。

那蜃龙竟是以许武的形象出现，笑吟吟道："诸位别来无恙！这个游戏玩到现在，就要决出最终的胜者了。"

甘夫大吃一惊，忙横身挡在张骞身前。

"不要怕！"张骞沉声道，"蜃龙的境界并非高不可攀。它的威力肯定不如雷震子，但它最强的手段是制造幻境，还有，便是挑拨人类自相残杀！"

蜃龙又幻化成肥头大耳的拓跋仙的模样，大笑道："然后呢？你们几个小废物，会比雷震子和陆鸦更高明？"

"你先是用计迷惑、驯服了铁石双巫，进而挑唆我们内战，最终坐收渔利。五十年前就是如此手段吧？"张骞冷哼一声，忽又蹙眉道，"外堡那些平民百姓，还能活转过来么？他们还有呼吸？"

拓跋仙不屑地撇了撇嘴："那些被杀的天幻堡门人弟子们肯定是死绝了，而其余那些蝼蚁般的蠢材百姓，我才不屑于吸取他们的魂魄，只是暂时封闭了他们的神识。现在，他们都在一个漫长的梦境里面，也许半个时辰后就会醒来，也许需要五十年……"

张骞道："原来如此！看来我们需要来一局新的游戏？"

拓跋仙嘿嘿一笑："我讨厌别人命令我。"

吉祥居次忽然冷哼道："喂，第一局是你输了。第二局走上了你最擅长的玩法，我们自相残杀。不管是双巫之死，还是雷震子和陆鸦，在你眼里，都是自相残杀而死，所以我们这一局输了。我想，我们应该还有第三局。"

"哦，绝色的美女，除了有那样神奇的身手，居然还有这样犀利的头脑！"蜃龙化身的拓跋仙色迷迷地望着她，"很好，我不能不给天下第一美女一个面子。"

他在嬉皮笑脸，吕英等人却不敢稍有松懈，四人兵刃当胸，剑气凛然，紧紧护住张骞。

"文比还是武比？"拓跋仙很温柔地笑着。

张骞道："武比，一定是在此搏杀吧？你认为我们有几成胜算？"

"不足三成。实话实说！"蜃龙又变成白发苍苍的许武，摇头叹息。

"那么文比又是什么，击破你的幻境？"

许武笑了："从你们踏入这座大厅开始，已经进入我的幻境。除了天元巅峰境界的那两个老怪物，可以不受幻境法阵的约束，你们其实一直都在我的幻境中。在幻境中比试幻境，对你们有些不公平，但没办法，我喜欢！我不喜欢打打杀杀，我喜欢幻境，制造幻境，丰富幻境，突破幻境！你们还是文比的好。"

这话说得颇为霸道，但却毫无商议的余地。卓轻闲歪起头，便要据理力争，张骞却笑道："我也不喜欢打打杀杀。所以就文比吧，看我们能不能破出你的幻阵。如果我们胜了，请让外堡那些黎民生还，他们都是寻常百姓。"

"好。如果你们输了，我也不会让你们马上死，至少要你们耗上几个月。你瞧，我对你们多仁慈！"

"确是如此！你比陆鸦要强上许多。"张骞笑道，"而且，我很欣赏你制造的幻境。"

"当真？"蜃龙幻化的许武颇有些受宠若惊的神色，"为什么？"

"这个世界是真实的，还是虚幻的？"张骞言道，"其实这也是我一直在思考的问题。

"比如我们的回忆，那是我们曾经经历过的，都是实实在在的真实。但真实在一瞬一瞬的流逝，前一刻的真实，就是下一刻的回忆，所以真实也在随时变化为虚幻。

"那么，我们这个世界本身就是虚幻的，还是逝去的世界是虚幻的？在时间中，这个世界本身就是在无时无刻地走向回忆，走向虚幻。"

甘夫等人大惑不解，不知张骞是否又在施计，只有卓轻闲一脸惊异，几乎就要拍手叫好了。吉祥居次侧着头看向张骞，美目中波光流淌，不知在想些什么。

"实在是精彩！这是我千百年来所听所见，对于虚幻和回忆最为精彩的探讨。"蜃龙幽幽地长叹了一声。

"因为我经常在回忆。"张骞很认真地望着他，"我也经常在思考，逝去的过去、已经变成回忆的过去，到底是不是真实的？到底有什么意义？"

"你一定经历过很强烈的痛苦。"蜃龙幻化的许武竟有些感同身受地望着他，双眼灼灼闪烁。

"所以我或许能比许多人更加深刻地认识真与幻。"张骞也紧盯着蜃龙，眸中放出熠熠光彩，"甚至大祭酒公冶易也说过，我虽不通术法，身体资质平平，但我的元神力量极为强大，颇有慧眼，实是最适合修炼符道秘术之人。"

"我知道公冶易这个人。"蜃龙眼内的幽光停止闪动，生出了些畏惧，"那是现在这个世界最强大的存在之一。嗯，你这时候提起他，是想对我进行攻心之策么？"

"不，我只是向你证明，我所做的判断应该是正确的。"张骞一字一字地说道,"比如,现在,我们其实是在你的身体里。"

最后这句话令甘夫等人震惊得齐齐叫出声来。

"我们走入古堡后发现,这里可大可小,规则法理显然与外界不同。那是因为这座古堡本身,就是你的身躯。是的,当年卢生在危急时刻祭出了你,实则是用道法镇压了你,再用你的身躯制造了这座古堡。"

张骞望着"许武"的目光有些哀悯:"这座古堡在此存在很久了。它如此古朴,又如此完美,却能令雷震子、陆鸦这样的大宗师无法发觉,正是因为它本就是你的身躯所化。在你的身上,真实与虚幻是统一的。"

"完美,甚至是伟大的发现!""许武"仰起头,老泪纵横,"那是快一百年前的事了。卢生,原本是一个我称之为主人的人,但是在最后一刻,在要被他的仇人杀死之前,他做了一件让我无比痛苦、无比愤怒的事。他用一种邪术将我的身体石化,成为神秘的古堡,再用血誓将我的元神禁锢起来,只有在血誓允许的紫气出现的特殊时段,我才能出现在世间……"

众人这才释然:怪不得这座古堡看似寻常,但是这里面的天地规则都与外界不同,原来这里本就是这个怪兽的身体。

"很好!果然一如公冶易对你的评价,慧眼无双!这场比试,你已接近大获全胜。"蜃龙发出一声悠悠长叹。

跟着,一面硕大的铜镜从天而降。

铜镜内现出琳琅满目的各种宝物,众人只觉眼前宝光闪烁。

"胜者为王,请挑选你们的战利品吧!每人一份,都是你们梦寐以求的宝物!"蜃龙的声音极为温柔,又化成了美女形象。

"又想用幻术骗人么?"吕英冷笑着扬起长剑,就要一剑劈碎那面铜镜,但他随即看到,镜内闪现出的,竟是一卷竹简古籍。

"天罡宝鉴",竹书卷首的四个隶体字熠熠生辉。

那正是无为学宫的镇宫至宝、修法绝学,只有执掌学宫之人,才允许翻看这部《天罡宝鉴》。那是吕英梦寐以求的宝贝,即便他颇受师尊公冶易青睐,也只遥遥看到过一次。

第十二章 蜃　龙

铜镜中的那卷古书似乎感受到吕英的激动，耀出道道精芒，竟从镜内缓缓现出身来。

它是真实的？吕英的心怦怦乱跳："是不是真实的，只要看一眼便知道了！"他再也忍不住，伸手抓向那卷竹书。

几乎在同一刻，风君天、卓轻闲、甘夫等人也都看到了各自令他们心旌飘摇的宝物。似乎受到吕英的感染，三人也先后将手伸向铜镜。

"住手！都是幻境！"张骞大喝一声。但他随即发觉，自己的声音竟有些空洞洞的。

下一瞬，他发现自己已经走出古堡，前方是草原，一碧如洗，风吹草低。

张骞愣住了：在那无尽的苍茫的绿色中，他又看到了她——他那温柔美丽的妻子。

他记得妻子当时从马上坠落，撕心裂肺地喊着让自己先走。他以为妻子已经死了，但这时才知道，原来妻子没有死。

"我没有死。"她望着他，似哭似笑，"他们都以为我死了，但我又活过来了。这些日子，到处躲躲藏藏，就盼着你回来。"

难道这也是幻境？张骞感觉全身都在微微发抖。

一个冰冷的声音从天际传来："难道你还不明白？真与幻是可以变换的。当你退到回忆所在的那个点，虚幻的回忆就变成了真实。你现在进入到了一个倒退的宇宙中，时光已回转到那次出事的半年之后。你还有一次机会，仅有的一次机会！"

"你终于来了！快，快带我走……"她热泪迸流，向他伸出手来。

张骞只觉心内犹如有一团悔痛的烈火在烧。这是他的心结。很多个夜晚，他都会梦见老父，梦见妻子，特别是妻子中箭重伤后、翻身落马的情景。当时那样的结果，老父和爱妻都是九死一生！但万一，没有死呢？

他不由泪水滂沱，怔怔地伸手去抓。

"蠢材，快住手！"

一个声音忽然在他脑海中响起,同时一道光束骤然在神识深处升起。光束非常陌生,又强大恢弘,瞬间照亮了他萎顿的心神。

张骞怅然收手,慢慢吐出一口气:"虚幻中生出的真实,当然还是虚幻。"

忽然间,天地破碎,草原消失,妻子逝去,无尽的原野如薄冰入汤般破碎。

一切都不见了,四下里变得一片漆黑。

"这个世界是真实的,还是虚幻的?"一个苍老的声音幽幽地响了起来,"很久了,终于有一个人,能在真与幻上打败我。张骞,其实你也动心了。再给你一次机会,你会不会伸出手去?"

张骞的脸上依旧满是泪痕,低叹道:"不,你已击败了我!我适才已经动心了。我伸出了手……"

"你的诚实出乎我的意料。"

长叹声中,蜃龙又幻化成许武,只是那抱膝而坐的老人形象有些虚幻,叹道:"但这反而让我更加明白,我败得很彻底。你是诚实的。诚实救了你,但最终也可能害了你。"

许武的目光忧郁而深沉,却难得地多了些真诚:"很久很久了,我很孤独。我蛊惑每一个进入我或者接近我的人类,强大的、渺小的、聪明的、愚蠢的,只要我有足够的兴趣。我喜欢看他们发狂,看他们疯癫,看他们自相残杀……

"非常热闹啊!但每一次热闹的背后,都是无比的孤独。特别是五十多年前那次惊天动地的热闹。那么多的血,那么多强悍的人类,最终尘归尘,土归土……所以热闹最后,往往是更加可怕的孤独。"

张骞盯着那道虚无缥缈的身影,缓缓说道:"你很孤独,是因为你一直生活在自己的幻觉中。"

"什么?"蜃龙抬起了头。

"你的身体早已不存在了!它在百年前已经被卢生毁去,变成了古堡,那你何必还贪恋于此?"

蜃龙苦笑道:"这道理我隐约想到过,但我一直害怕,如果失去了身体,那我会是什么?

"我们龙类都能制造幻境,我、烛龙,还有许多其它的龙类……而我制造的幻境最美妙,最真实,最奇特。长久以来,我模糊了真实与虚幻,我甚至不知道自己存在的真实意义。

"我无法死,也无法生。我是个不死不生的怪物。"它咧开嘴,呵呵地笑着。

张骞忽道:"为什么不跟那个虚幻的过去一刀两断?毁掉这座古堡,会怎样?"

许武怔住了,蜃龙怔住了。这一刹那,整个古堡都怔住了。

"我从没有想过这个问题。"它喃喃着,"只怕连雷震子那个疯子都不会这么想。"

"毁掉这个古堡,就是毁去这个羁绊你的躯壳,或者重生,或者解脱,有何不可?"

"太疯狂了!"蜃龙迅疾地变幻着自己的形象,许武、拓跋仙、美女、老妪、儿童,这些或丑或俊、千奇百怪的形象几乎充斥了整个古堡,他们一起咧嘴大笑,"太疯狂了!但我想试试……我想试试……"

笑声中,古堡开始剧烈震颤。震颤从众人的脚下、头顶,甚至从身周的任何一个部位发出。

"难道这里就要毁掉了么?"吉祥居次忽然叫道,"等一等!那昆仑玉圭到底在哪里?"

卓轻闲也大叫起来:"正是!玉圭下落,万望见告——适才我在铜镜里面就看到了那玉圭呀……"

"昆仑玉圭?"狂笑和震颤似乎停止了那么一瞬,跟着又与那些笑声一起响起来,"不知道!实在不知,惭愧惭愧!"

猛听得轰然一响,整个古堡瞬间土崩瓦解。

砖石泥屑四散纷飞,但纷飞的只是砖石的影子。那些影子飞散到空中,就慢慢向上升腾,仿佛被热流吹起的羽毛。

张骞等人踉跄奔出，甘夫紧紧搀扶着他，吕英三人则齐齐挥剑，准备扫荡四下迸飞的泥屑。但他们随即发现，那些泥屑砖石都是虚无的光影。光影疾射向天，四散飞逸。

这座神秘的古堡终于灰飞烟灭。

张骞站在那些渐渐黯淡的光影中，凝目四顾。卓轻闲最是好奇，忍不住问："蜃龙呢？这家伙终于听了你这天才而疯狂的建议，毁去了自己的身体，然后它去了哪里？重生了，还是随之魂飞魄散了？"

所有的人都在四下查找，但再也没有了蜃龙的影子，自然也找不到许武、拓跋仙等人的踪迹。

张骞忽然低下头。他看到一只壁虎从草丛中爬了出来。

这壁虎通体火红，比寻常壁虎要略大一些。它慢慢地爬到张骞身前，扬起头，骨碌碌地转着一双微凸的金色眸子，盯着他看着。

吕英有些疑惑，沉声道："使君，此物颜色艳丽怪异，小心有毒。"

张骞摇了摇头，心底忽然响起一个微弱而奇异的声音："收下它！"

他心中一动，蹲下身，微笑道："你应该没有名字吧？你红得如火一样，我就叫你'火壁虎'好么？答应了，就进来。"

他向壁虎展开袍袖。血色壁虎很认真地看了看他，神色颇为恭谨，然后便慢慢地爬进他的袍袖。

卓轻闲等人都是啧啧称奇。吉祥居次斜睨着张骞，冷哼一声，摇了摇头。

然后，他们听到不远处传来的喧哗声，有人惊叫，有人大笑，有人哭号，有中原话，有匈奴话。很多人都在问，这是怎么了……

张骞暗自吐了口气：应该是外堡那些被离魂的寻常百姓！果然如蜃龙所说，他们终于醒了过来。

接着，他们便听到有人在惊呼："血，我看到了血！快来人！有人死啦……"

"好了！"吕英松了口气，"他们终于发现了内堡中被杀的门人弟子们。"

卓轻闲却挥了挥手，叫道："别忘了正事！那昆仑玉圭呢？"

众人立即在已崩溃逝去的古堡周遭开始了细致的翻找。

可惜，一番几乎是逐尺逐寸的查找，最终也没有找到任何痕迹。

眼见日落西山，张骞当先开言道："那蜃龙都不知道玉圭的事，也许，它真不在这里……"

"当真要走么？"卓轻闲万分不甘地直起身。他自己心里也知道，这地方肯定没有任何与昆仑玉圭相关的东西了。

一个术士高手，搜寻昆仑玉圭这样的顶级法器，当然不会如山民搜寻藏在山洞里的金银一样，用掘地三尺的笨法子。卓二公子已经动用了所有的术法和法宝拼力搜寻过，没有就是没有，挖到明年也不会有的。

他又扫了眼还在倔强寻找的吉祥居次，低声道："她怎么办？"

甘夫、风君天等都是一愣。这实在是个万分棘手的问题。这位匈奴的绝色美女显然已经知道了大汉使团的大致动向，那么，最好的办法，是将其或杀或囚。

女郎显然也察觉到了什么，慢慢直起了腰，傲然逼视着张骞，冷冷道："怎样，终究是要见个高下？你们几个，一起上吧。"

吕英和风君天的脸色都是一寒。风君天长剑出鞘，低喝道："请使君发话，君天若不能擒下这女子，愿提头来见。"

张骞却摇了摇头，拱手道："居次多虑了！请向令尊左贤王敬问戎安！此地风高路险，保重！"

女郎绝美的面容上掠过一丝疑惑，随即淡然一笑："放我走，你不后悔？"

"本府言出如山！也许我们还会见面，"张骞郁闷地吐出一口气，"虽然我并不期待那一天。"

吉祥的秀眉微微一挑，眼中透出复杂的神色，却笑道："我对那一天，却有些期待。"说着，她转过身，高挑的身材在暮色中飘然远去。

离去之前，张骞率人郑重埋葬了几位逝者：

雷震子、陆鸦、铁石双巫、黑龙。

他们中有半生死敌，有一世爱侣，有胡巫，有沙匪……有人还要置他们于万劫不复的死地，但至少在那一刻，他们在朝阳下，并肩走入了这座绚烂迷人而又凶险万状的天幻堡。

陆鸦和雷震子这两大玄圣道巅峰强者死后，仿佛有感应一般，两人生前所用的法器天刑剑和天雷棍都生出剧烈的变化，天刑剑收缩成一把锈迹斑斑的匕首，天雷棍则化成一根平平无奇的铜质手杖。

甘夫睹物思人，将那手杖抓在手中，张骞则若有所思地收起了那把匕首。

第十三章

箭惊左贤王

赶回使团营地,已是夜色沉沉,张骞匆匆招呼使团首脑,齐聚在他的住室内。

他将天幻堡内的奇遇大致说了,当然隐去了他认为必须隐去的部分,特别是有关卓家大公子的一切,他还特意说明,风君天是按他的布置,传出了假的路线图。

屋内的烛火幽幽跳动着,众人意识到眼前形势的险恶,脸上不由浮上一层厚厚的阴云。

综合各路消息来看,河西千里重地已全部被匈奴大军占领。这些消息也证实了无为学宫方面传来的情报。

现在,大家都已知道,匈奴左贤王很可能已经挥师向天幻堡附近挺进了。和张骞一样,左贤王面临着三条线路的选择,他要确认从哪条路迎击大汉使团更加精准。

张骞宣布了两件事:一是女子必须留下来,由使团分出五十名劲卒护送回京,因为前方的风险太大,万不能让女子去冒险。二是大家可以自由选择自己的路,任何人都可以退出,他身为可以代表朝廷的大汉使者,绝不为难退出者。

他的话如同飞到油锅里面的火星,令屋内爆出一阵激烈的争吵。在座的人没有一人想退出。而使团中仅有的两位女性师滢和云裳则一起站起身来反对,表示坚决不能半途而废。

看着那一张张激愤的脸孔,张骞忽然有些感慨:前方是九死一生的险途,但这些人居然没有一人退缩。

吕英一拍桌子,叫道:"既然如此,咱们都是热血英豪,便当毅然前行。"

卓轻闲也道:"众人同心,其利断金!"

"诸君热血肝胆,自是感人肺腑。"姬诚忽然站起身来,"只不过,是谁让我们身陷死地的?在长安时,我们已经棋输一着了!"

姬诚愤愤地拍着大腿:"龙城死士和万灵宗的细作混入长安,甚至缀了我们一路。无论是长安令,还是无为学宫,都没有揪出那些胡人细作来。张使君这里,也是在最后时刻,才发现那两个胡巫。我们失了先机,失了先机……"

"张使君第二招失误,就是放走那个吉祥居次!那可是左贤王的爱女呀!为什么会这样!怎么可以这样?"姬诚越说越是懊恼,"她可是个送上门来的天然人质呀!"

张骞知道,一路上,姬诚对自己已经积下许多怨气,特别是这次暗探天幻堡,自己率着卓吕等人锐身犯险,却将他这个第一副使丢在一边,姬副使自然要大发雷霆。

"吉祥居次其实是一块鸡肋。"张骞知道,这时候必须给所有人一个详细的解释,"除了放走她,只有两个办法,一是将其扣为人质,二是将其杀死灭口……"

卓轻闲接口道:"我们自然不能杀她。除非我们杀光天幻堡内的所有客商百姓,不然的话,左贤王很快就会查出是我们动的手,这会彻底激怒这位匈奴第二号人物。"

"同样,将吉祥居次扣为人质,也会激怒左贤王。此人以枭雄自命,受此一激，会对我们全力以赴。"张骞的目光缓缓扫过众人，"重要的是，我们是大汉使团，是要穿越河西、赶赴西域出使的大汉使团，而不是来此绑架一个匈奴居次的暗探或杀手。"

屋内安静了下来，姬诚的嘴唇动了动，却没有说出什么话来。

"在我们和铁石双巫讲论西进路线时，吉祥居次并不在场。那时她已和甘夫一起被蜃龙掠走了，完全不知道我们的具体路线。"张骞微微一笑，"所以我放她走了，让她回到左贤王身边，说起我们所谓的去处……"

"你到底要做什么？"姬诚愕然盯着张骞，"你在此按兵不动，却大张旗鼓地派人探查天幻堡……还有那份地图，风君天传出的地图，你说是借刀杀人的故意安排，让风君天故意传给胡巫细作一份假路线。你到底要干什么？"

卓轻闲双眼一亮，说道："张使君是要声东击西，传递过去一条假路线，然后瞒天过海？"

张骞笑了笑，目光有些疲惫，轻敲着案头的那张羊皮地图，沉声道："我们兵分两路！"

他提起笔来，蘸着朱砂，在羊皮上画了两条红线。

"姬诚、吕英、风君天，你们三人随我一起，再挑选四十九个精悍勇士，走这条路……"他这条线划的是中线，笔直地向前，跨越天幻堡，直插前方的河西重地。

"其余人等由卓轻闲带领，甘夫、师滢、云裳相随。你们带着大队人马，扮成商队，乘机赶往南线的雪龙寨。"他的笔画出一条曲折的路线，经雪浪河谷边缘，绕向休屠城西路的雪龙寨。

"万灵宗已经对沙匪撼天风下手了，他们背后必然有左贤王撑腰，那么撼天风只能率着人马远遁到休屠城西，向大沙漠那边迂回。这样，雪龙寨反而成为多方势力中一片难得的平静之地。"

屋中的人全都愣住了。张骞现在率领姬诚等人所走的路，居然就是风君天胡乱修改后传出去的路线！这条路线应该早已被左贤王获知。

"使君是想……"姬诚慢慢仰起头，目光有些复杂，"亲自率队吸引左贤王的主力？"

吕英也恍然，叹道："绕路赶赴雪龙寨，这是一条最远的路，也是最寻常的路。收到铁石双巫传出的这条路径图后，多疑的左贤王未必会相信。这时候，被使君放归的吉祥居次定然会告知他，我们已出现在天幻堡，这就反过来促使左贤王认定，我们会走最快捷的天幻堡之路。"

"你这办法有个破绽！"师滢忽然道，"吉祥居次回到她父王那里，会将你出现在天幻堡的事，告知左贤王。那么左贤王会如何推断你的行程？他肯定认为你必将转向的吧？"

"也未必！"卓轻闲摇头道，"这是一道颇费脑力的题。如果我是左贤王，我仍然认为使君会挺进天幻堡所在的中路。"

"为什么？"张骞似笑非笑地盯着卓轻闲。

"你本来要走中路，却将洞悉此路的吉祥居次放回去，正常人对此的判断是，你必然要放弃中路，才会如此行事。但虚则实之，实则虚之，左贤王一定会比旁人多转一番脑筋，认为你仍会铤而走险，继续走中路。"卓轻闲摇头晃脑地叹息，"其实，双巫做了使君的暗间，而吉祥居次则做了一次反间。诚所谓，微哉微哉，无所不用间也！"

"轻闲高见！看来愚兄倒是小觑你了。"张骞淡然一笑，算是对卓轻闲这番推断的认可。

云裳忽问："左贤王会不会兵分两路，甚至兵分三路，在各处堵截我们？"

张骞道："首先，这三条路实在相距太远，而且，那样会显得他是个庸才。他既然是算无遗策的左贤王，自然会选择最简练、最直接的办法，让绞尽脑汁的对手最终大吃一惊！"

卓轻闲却拍了拍自己的脑袋，指着自己应率人所走的那条歪歪扭扭的路线，喃喃道："可你画的这条线，也不是标准的南线呀！而且，你是想让我们也要先绕向中线的天幻堡，然后再折返向南，赶往南线的雪龙寨？"

"虚虚实实,声东击西。"张骞的笑容有些无奈,"而且,你们要比我们晚上一日出发。"

众人听了,心头一紧。张骞的话已再明白不过地表明了他的以身诱敌之意。

师滢双眼有些潮湿,轻声问:"为什么咱们大家不一起远走雪龙寨?"

既然张骞已经连连用计,声东击西,将左贤王的大军调入中线一路,为什么大家不一起躲入南线,远走高飞?

张骞摇了摇头:"过了乌鞘岭,这里几乎已是匈奴的天下。左贤王的骑兵移动神速,可以随时改变路线。只有我直接去他那里,大队人马才能逃出生天。他甚至已经知道我们在这里了,可能随时会挥师南下,所以我们必须快速行动。"

屋内再次沉寂下来。众人都明白了张骞的用意。他看得更透彻,也可以说,更加悲观。

这里并不安全,甚至连永胜寨都不安全。匈奴军队随时会纵马侵掠,抓获整个使团,如同他们每次肆无忌惮地攻击抢掠汉家边地一样。

大汉使团使命在身,不能回头,那便只能向前。在草原上,大汉使团和商队,无论如何也躲不过快马如风的匈奴军队。

张骞知道,既然逃不掉,那么不如勇敢地用一支精锐吸引、甚至拖住左贤王的大队人马,让更多的人脱身。

双方一直在博弈。

张骞早就知道使团内有左贤王派来的细作,所以干脆利用这一点放出消息,随后又大度地放走吉祥居次,再传递一次消息。两次借计用计之后,张骞更要锐身赴险。一切的努力,只为大队人马顺利脱身。

"使君用心良苦,轻闲完全赞同。"卓轻闲缓缓拱手,"只有一点,我身为副使,应该跟你们在一起。这边大队人马,可由师滢和云裳统领。"

他这么一说,甘夫、云裳和师滢三人也请求与张骞同去。

张骞道:"甘夫,你身怀指环秘密,只怕那吉祥居次已经禀告给左贤王。那些胡人一直对你垂涎欲滴，因此你绝不能落入匈奴人的手中。而轻闲，你是官方人员中最熟悉商道规矩的人。大队人马扮作商队，赶赴河西商贸重地雪龙寨，当然需要你来坐镇。"

卓轻闲神情一肃，目光变幻多时，终于默然点头。他明白，在张骞和姬诚、吕英挺身赴险之后，他作为仅存的副使，又是最熟悉商道规矩的人，必须留下来，继续大汉使团的使命。

姬诚却说道："本府认为，如果中路极可能要陷于匈奴之手，那么使团应想尽办法完成使命。所以，我请正使大人留在商队那里坐镇，由我率吕英、风君天去诱敌左贤王。"

此刻，这个颇为挑剔易怒的老官吏没有考虑自己的安危，倒让屋内众人有些佩服。

张骞摇了摇头："我必须去。左贤王想要的，就是我！"他的目光熠然一闪，"而我，也很想见见左贤王。"

"不成！"师滢忽然站起身，双眸含泪，"我……我一定要跟着你！遇上凶险时，我会对付更多的匈奴人……"

张骞看到她发红的眼眶，不由低下了头，强抑了下心绪，才低叹道："我明白。但我意已决，女子决不能去犯险！"

众人商议了将近半晚，将各项事宜详细推敲，有了决定，才各自散去。

张骞有些疲倦地伸展了下身子，见师滢还俏立在屋内，不由笑了笑："稍时安顿好后便要出发了，陪我散散步吧。"

黄昏时分刮起来的风，此刻已停了，清风低回，便有一种宁静之美。头顶上的苍穹已变成了暗蓝色，显得更加广袤无垠。薄薄的一弯月亮，将淡淡清辉洒在土墙老树上，漾出银子般的色彩。

师滢的眼眶一直是红红的。她不时呵着小手，走在透明的月辉中，更显出一种弱不胜衣之美。

"今晚的月亮真好看！虽然它马上就要落了，但还是那么美。"她仰头望月，忽然很认真地说道，"你相信月亮里面住着嫦娥么？很小的时候，我家里有一位罗姥姥，给我讲过一个很别致的嫦娥故事。"

"是嫦娥奔月么？我听到的故事是，嫦娥的丈夫是射下九个太阳的神箭手后羿。他千辛万苦、向西王母求来长生不死的仙药，却被嫦娥偷吃了。然后嫦娥飞上了月宫，再也下不来。"说起少年时听到的故事，张骞颇有些感慨，也抬头望着那片弯月，"我想，如果真是如此，嫦娥一定很寂寞，很后悔。嗯，你听过的嫦娥故事又是什么？"

"罗姥姥很会讲故事，寻常的故事经得她口中一说，便大有趣味。她这嫦娥奔月的故事更是奇特，很可能是她自己想出来的，因为我后来再没有从别人那里听说过。"女郎向手心轻呵了口气，"她对我讲，后羿在射落九日后，成了人世间的大英雄。他拯救了整个天下，成就了最大的功业，眼界便已不在世间的功业上，而是想长生不死。于是他找到群仙之首的西王母，向她求取不死仙药。

"西王母给了这位大英雄一粒仙药，却告诉他，最好不要急着吞下此药，因为这仙药原本是给仙人吃的，还从未在凡人身上试过，如果贸然吞下，他虽然有可能成仙，但也有更大的可能会马上死去。而且，即便成仙，他也会飞升上天，离开他所有的亲人……"

"有趣！西王母给了大英雄后羿一个艰难的选择。"张骞来了兴趣，"这位罗姥姥果然很会讲故事。"

"后羿如愿求取到仙药，却不敢吃下去，于是变得茶饭不思，日夜烦恼。他什么都不怕，但却害怕死亡，也不愿离开美丽无双的妻子。是的，那时候后羿刚与嫦娥成婚不久，新婚燕尔，琴瑟和谐……"

张骞听得"新婚燕尔"四字，心内便没来由地一阵抽痛。

"后羿的反常，嫦娥自然早就看出来了，不免也跟着忧心忡忡，便多次探问。终于，在一次醉酒后，后羿将求取仙药的前因后果跟嫦娥说了。嫦娥便要来仙药看了。作为射落太阳的神箭手的妻子，嫦娥也是一位奇女子。她识得药性，是一位女神医。她细辨药性，发现那仙药只有女子可以服用，男子吃后，一定会死。"

张骞奇道:"这个说法更有趣!不过医道中确是有这样的说法,某种药只能女子服用,某种药只宜给男人用。然后呢?后羿信了嫦娥的话?"

"他半信半疑,却更加痛苦。后来,他甚至发狠,哪怕是毒药,他也要冒险试上一试。嫦娥百般劝解,不能令后羿回心转意,便自己偷吃了仙药,之后果然冉冉升天,进入到月宫之中。

"据说在月宫内,她还常常带着一只玉兔,为她捣药。她希望有朝一日自己能亲手炼出丈夫能吃的不死仙药来。只是,她再也没有见到过后羿……"

她仰起头,望着那淡如素绢的弯月,叹道:"就是因为很小的时候听过罗姥姥这故事,所以我才起了学医的念头。很好笑吧?"

"不是好笑,而是有趣。你小时候也一定是个很有趣的小女孩。"张骞微笑着说道,"这个故事也很有趣!罗姥姥是个颇有见识的人。"

"是呀,小时候我还缠着她,问了许多刨根问底的话,比如为什么西王母给后羿一颗女人才能吃的仙药?她说,因为西王母就是女人成仙的呀,自然没有男人成仙的仙药。

"我又问,既然嫦娥辨识出那仙药后羿不能吃,而她自己也不愿意离开后羿,为什么不偷偷将那仙药扔掉?罗姥姥说,因为那样的话,后羿会比死还痛苦。"

"这个故事很有意思。仙药就是男人的追求,虽然虚无缥缈,虽然危险难测,但他们肯定不会丢掉人生的追求。他们会觉得,毫无追求的人生比死还痛苦。而仙药的另一边,则是心爱的妻子,温馨的生活,甚至是他的生命。"张骞若有所思,摇了摇头,"太艰难了!这是个两难选择。"

师滢也幽幽地叹了口气:"这些道理,长大之后我才开始懂得。其实嫦娥并不喜欢成仙,也不愿离开后羿,但为了后羿,她只能这样选择。"

她望着他,缓缓说道:"在这个故事中,她很早就知道自己的结局,但她仍然会这样选择。"

听了她最后这句话,张骞的心不知怎地便是一痛,轻声道:"如果是你呢,怎么选?"

"好好活着,和心爱的人在一起!我想,总会有办法的……"女郎的明眸在月辉下闪着柔柔波光。张骞望见了,心口一热,怔怔地说不出话来。

师滢却凝眸望着他:"你想看我舞剑吗?纵横剑法从不许外人看的,但我想舞给你看。"

张骞忽然生出一种恍惚。他知道自己几年、几十年后也无法忘记这个场景——在这个清风低回的夜里,他衷情于心却又不敢表白的女子,在月光下仰着头,很认真地跟他说"纵横剑法从不许外人看的,但我想舞给你看"。

她的笑容虽然清丽温婉,却别有一股倔强,那种倔强直击他心灵的最深处。他忽然说不出话来,只是痴痴地点点头。

她飘然退开两步,婀娜的腰肢前耀出一抹秋水般的银光。那是她的短剑,骤然出鞘,便荡起一道银色剑芒。剑芒凝而不散,仿佛月辉在水中的清影,带着一股冷冽的绚丽。

师滢已翩然起舞,那把短剑漾出越来越多的银芒,银色剑芒又时刻在变化着,有直线,有半圆,有弯弧,有圆圈,仿佛有无数精灵随着她一起起舞。

"山有木兮木有枝……心悦君兮君不知……"她忽然开口长歌,轻柔的歌声中别有一股动人的冷艳,但配上那夭矫的剑舞,便又透出一股倔强与决绝。

她鬓发飘飞,腰肢犹如一根柔软的柳条,雪袂飘飘,宛然便是月色下舞动的天女。

听着那歌,看着她袅娜翩跹的身影,张骞眼中不觉涌起一片潮气,视觉渐渐模糊。

"山有木兮木有枝……心悦君兮君不知……"他的心抽痛得厉害,不由想到了公冶易对自己的预言,自己注定要一生孤苦么?

"滢儿！"他忽然大叫起来，"我去的地方九死一生。记住，我永远不允许你去冒险！"

晨曦未起，两路人马已出发了。

卓轻闲统领的使团大队人马，杂在那些商队中间，错落前行。张骞这一路都是快马劲卒，四十九名健儿的脸上满是昂扬之气。他们人数虽少，却是集中了使团中最精锐的力量。

驿馆中响起激扬的鼓声，大汉的军鼓在这微黯的曦光中听来，别有一股振奋之气。

两队人马便在鼓声中分道扬镳。

在这个危难时刻，没有人畏惧，也没有人退缩。他们只是想着前进，或者迂回、再次前进。

大汉风骨，让人感叹，让人热血沸腾。

张骞一行五十余人都不言语，只是顺着干涸的河谷催马疾行，很快便越过了天幻堡。

在朝阳下，那些高大的土堡仿佛洪荒巨人般孤独。张骞知道，那里的百姓和行商这时候还应该是一片混乱。

过了天幻堡，队伍继续向西北挺进。风大了起来，风中夹杂有粗大的沙粒，显示这片区域的沙化很严重，已经到了沙漠边缘。

走在最前面的是吕英。他从师尊公冶易那里了解了这片地区的详情，这时自告奋勇在前带路。晌午时分，队伍最前面那匹老马发出一声惊悸的嘶鸣。吕英陡然勒住马，众人也都纷纷勒马伫望。

前方，一支队伍静悄悄地挺立在风沙深处。高擎的旗帜上所显示的黑狼头，表明这队伍正是左贤王亲自率领。

首次见到匈奴军队，大汉兵卒们都有些惊慌。前方那支军队足有两千人，阵列谨严，可说是真正的严阵以待。最令大汉兵卒们惊讶的，是匈奴军队的战马。每个骑士身边都有两匹战马，也就是说，每名匈奴军士可以在一次战斗中换乘三匹骏马来进行冲击。

见闻广博的张骞和姬诚却知道，这应该只是"轻装简从"的匈奴骑士，匈奴重兵常规的配置甚至是一人五马。

匈奴是草原上第一个游牧帝国，在高祖时代就已经拥有四十万以上的铁骑。帝国在冒顿单于的带领下崛起，直到如今的军臣单于时代，他们的骑兵战力对大汉仍有压倒性的优势。

此刻，前方，匈奴帝国的第二号实权人物左贤王亲率两千人的劲旅，正横戈立马以待。

"张使君，左贤王果然亲自来了。"姬诚的声音微微颤抖，"你……你当真要那么做？"

他先是吃惊于张骞的推断，随即便震惊于张骞刚刚跟自己说过的一个大胆计划。

张骞不答话，只凝目像对面瞧去。黑狼大纛下的左贤王身材高瘦，脸孔虽然瘦削，却颇为白皙，仿佛是经年在屋中读书的书生，只有颌下那几道马鬃般的短髭，显出这个人的剽悍之气。

他的眼睛也很俊朗，甚至有点像女人的眼睛，那目光也显得温和而深邃。

但就是这样的面孔和目光，配上此人匈奴一人之下的身份和杀人如麻的传闻，便生出一种让人无比心悸的感觉。

张骞将手中象征大汉使臣的节杖高高擎起，朗声道："前方可是匈奴左贤王殿下？大汉使臣张骞有礼了！"

他正式拱手为礼。

左贤王朗声大笑："张使君怎么带了这么点人！贵使团的人马应该有百多人吧？"他的汉话极为流利，声音沉厚，带着一股强悍的威势。

说话间，两人都催马向前行了十余步，张骞沉声道："现今我大汉与匈奴乃是兄弟之邦，本使团人马多少，应与左贤王无关吧？我等奉大汉皇帝之命，出使西域，途经此地，得与左贤王殿下相会，幸甚幸甚！"

左贤王眯起双眼，笑道："既是兄弟之邦，那便请张使君到某家的休屠城一聚。本王亲来相请，万勿见却。"

他的话很客气，笑容很温柔，但越是如此，便更有一种阴沉的杀气。

"左贤王殿下盛情，本府心领了。只不过现今殿下身后的大军横刀立马，似乎不是待客之道吧？"

"张使君别来无恙！我父王亲来，可说是盛意十足，又怎么不是待客之道了？"银铃般的笑声响起，一道红色倩影在黑狼大纛下催马而出，正是左贤王之女吉祥居次。

这女郎此时已是匈奴贵族美女的装束，头戴凤翎羽配，那双美眸如秋水般闪亮；黑瀑般的长发编成了细辫，散披肩头，散出一种别样的魔力；一身红艳艳的紧身鹿皮袄，让峰峦起伏的身姿更加引人注目。她的每一寸肌肤都透出耀目的亮光，她的全身都透出无懈可击的美感。

这位匈奴第一美女甫一现身，便像一道华光，照亮了两军阵前，不但刚刚见到她的大汉劲卒们惊艳发呆，那些早就见过她的匈奴军士也都是目光痴迷。

甚至姬诚都呆了一呆，暗道："想不到这女子如此绝色！只怕昨日我遇上了，也会放她一马。"

"吉祥居次，我们果然很快就见面了。"张骞却拱手一笑，"我大汉英豪，绝不受人胁迫！"

女郎傲然仰头，天鹅般的玉颈弯出一个美妙的弧，笑道："是么？我却偏偏要胁迫你。"说着玉手高举，似乎便要下令。

张骞目光一寒，扭头盯了眼姬诚，低喝道："准备好！"

姬诚心里咚地一跳，在心底骂了一声："张骞，你这疯子！难道当真想……"

张骞已纵马而出，朗声喝道："左贤王殿下，此刻你我两军众寡悬殊，你便擒了我等，也是胜之不武。久闻殿下是匈奴第一智勇双全的大英雄，可敢与我张骞比比箭法？"

吉祥居次秀眉一蹙，哼道："凭什么要父王和你比？你为何不与我对决？"

张骞望着她，笑了笑，却没言语。但那淡然的笑容分明在告诉她：

你不够格！

女郎明显觉得受了轻视，红唇一抿，正待发作，忽听得对方阵内响起一道冷兀的笑声："居次若想对决，吕英愿意奉陪。"

吕英扬起头，双眸如电般射来，不待女郎答话，却又一笑："不过我们对决有个前提，那便是左贤王不敢应战！"

左贤王哼了一声，催马上前，淡淡笑道："在这草原上，还没有什么人能与我比试箭法。"

他已听过吉祥居次的详细汇报，知道这位张使君睿智机敏，却不通术法，那么即便他膂力过人，箭术恐怕也无法胜过自己。左贤王对自己的箭法有绝对的自信。

两人冷然对视，不再废话，却忽然各自纵马奔出，张骞在前，左贤王在后。

此刻两军相对，张骞是驱马向东奔出。东方是一片广袤的土地，沙化严重，却颇为平坦。

疾奔中的张骞蓦地回头，一箭射出，弓弦响处，这一箭正中左贤王头上的饰羽。

两军齐声惊呼，左贤王也心头剧震，实在想不到张骞的箭术竟如此高明。

他身为匈奴王者，头上戴着饰有一尺半长白翎的头盔，张骞在奔马上回头一箭，便射飞上面的两支长羽，其箭术可说远胜寻常箭手。

但在左贤王的眼中，这一箭还远远不够神箭手之称。他暗自咧嘴一笑。此刻他要的，不仅仅是生擒这些汉人兵将，更要全力令对手心折，然后再将其收服。

他暗勒缰绳，胯下乌骓马悄然放慢速度，两人之间的距离慢慢拉开。

五十步，八十步，一百步……张骞再次回身，又一箭射到。

箭支却斜斜地插在左贤王的马前。百步之外，寻常的汉弓已经无能为力。

左贤王冷笑着拉开他的弓。他所使用的匈奴特制的复合强弓，可射到一百五十步远。

弓弦响处，一箭劲急飞出，直射张骞的后背。

此时双方已相距百步之外，张骞还有躲避之机，他扭身扬弓，将那支羽箭磕飞。

"还不错！"左贤王长笑声中，连环三箭射出。

连环箭法，快如流星。张骞完全没有机会闪避，只得奋力挥弓抽打，击飞前两支箭，但左贤王的箭法果然奇特，最后射出的那支箭竟最是迅疾，直奔他的咽喉而来。

张骞猛然低头，头盔已被这一箭射落。不远处的匈奴军士齐声喝彩，在旁掠阵的吉祥居次也不由发出一声惊呼，美目中现出复杂之极的神色。

匈奴军士的喝彩声未落，忽然又变成惊怒嘶喊，因为此时张骞猛然回身，射出一箭。他本来披头散发，全然处在挨打的份上，这一箭却是出手迅疾，出乎所有人的意料。

羽箭突兀而出，迅猛如电，划过百步之距。吉祥居次美眸一寒，腾身向前掠去。

"雕虫小技！"左贤王虽然没料到张骞居然隐藏了强弓的实力，但也不以为意，冷哼声中，挥弓抽向那支箭。

但这支箭在半空中陡然一沉——这是张骞苦练多年的沉星箭法，劲法、准头和技巧都无懈可击——羽箭竟在最后一瞬躲过左贤王的雕弓，猛然揳入乌骓马的前胸。

这匹大宛名驹雕饰华美，胸前更是镶金嵌玉，这一箭从百余步外射来，虽力道已弱，却仍是射裂那块饰物式的宝甲，插入马胸。

疾奔的宝马一声长嘶，前腿跪地，左贤王闷哼声中，摔落马下。

军阵前发出怒潮般的呼喊，匈奴人是怒喝惊呼，大汉使团则是欢呼。

在张骞和左贤王纵马东奔时，两方人马也在缓缓移动跟随，此刻忽见左贤王坠马，匈奴军士们更是疯了般催马赶来。

匈奴人都很紧张。他们骨子里一直认为汉人懦弱，更对"草原无敌神箭"左贤王无比信服。战局开始时，张骞手忙脚乱，全然处在下风，所以匈奴军士一直很轻松，仿佛是在看一场草原摔跤，直到此时，他们才仓惶呼啸而来。

张骞催马如风，疾向左贤王冲去。见左贤王遇险，赶在最前的几位匈奴龙城死士怒喝着挥出数十件巫道法器。法器带着尖锐的呼啸，向张骞砸去。

一道干瘦的人影自汉军阵内跃出，扬手挥出暗红色的巨剑。吕英一出手便是"鲲鹏化"中的"化鹏"，耀目的剑芒带着宏大澎湃的罡气轰出，将那片法器击得七零八落。

左贤王虽是重重摔到地上，却处惊不乱，仓促间扬手一箭，也射中张骞的马颈。那匹火红的赤骥一声嘶鸣，轰然倒地。张骞早有防备，自马上跃身而起，疾向左贤王扑来。

马嘶人喊，沙飞土进间，一红一青两道身影如电般掠来。

一身青衣的风君天一直隐身在汉军队列最前方。他得了张骞的暗嘱，最早发动，此时离左贤王最近，剑芒直指左贤王。他的列子门冲虚剑意以虚为主，但这一次却由虚化实，夭矫难御。

红衣飘飘的吉祥居次如飞虹贯日般，竟是后发先至，凌空一刀劈来。她那把金色弯刀小巧精致，带着它主人一样的优美曲线，刀势一起，便耀出一抹艳丽的金光，仿佛凤凰金翅般铺展开来，挟着十分的霸气。

刀光剑芒在空中交错，风君天的肩头、肋下连被吉祥居次的凤翅金刀挑中，血花飞溅。

无论是号称"匈奴最强修道天才"的吉祥居次，还是无为学宫的第一天才吕英和"天下三剑"中最年轻的剑侯风君天，他们都已是通明道至境的顶级强者。但现在看，这位美女居次竟能强压风君天一头，一招之间，击伤剑侯。

风君天却纵声狂笑。他的目标是左贤王，拼着硬挨一刀，仍是冲在吉祥的前方。

只是数步之遥，却是胜负已分的先机。

吉祥居次惊得双眼一黑，凤翅金刀脱手飞出，斫向风君天的脊背。

只要风君天回身抵挡,她就能再次抢在前面,将父王救下。

但风君天根本不躲,仍是不顾生死的进击。噗地一声,弯刀如飞旋的圆盾,重重地砍在风君天左肩。

鲜血激射的一瞬,风君天的剑已稳稳横在左贤王的颈前。几乎在同一刻,吉祥居次也将另一把弯刀抵上了张骞胸口。

沙地间忽然一片寂静。正向吕英拼死冲杀的十余位龙城死士高手愕然呆住,两千匈奴军卒僵立不动,数十名大汉健儿也愣在原地。

张骞不在意胸前的利刃,冷冷地说道:"左贤王,你输了!"

"不错!左贤王,你输了!"风君天忽然仰头大笑,笑声中满是狂意。

"谁说我们输了?"吉祥居次又惊又怒,将弯刀一紧,向张骞喝道,"你还在我的手上!"

"我的命怎抵得上尊贵的左贤王?"张骞冷笑道,"殿下,现在我们可以谈一谈了。"

"不错,果然有些机智!算是本王小觑天下英雄了。"左贤王洒然一笑,傲然道,"只是我匈奴英雄,绝不会受人胁迫。"

"好气魄!"张骞扬眉笑道,"拿酒来,我与殿下痛饮三杯。"

话音才落,一道青影电般闪来,手中拎着两只酒坛,恭敬奉上。

吕英先前独抗十余位龙城死士,听得张骞这一喝,闪身退入大汉军阵,取酒后再急掠至张骞身前。这一退一进,快逾电闪,诸多匈奴死士高手只觉得眼前花了一花,这时才觉得大汉使团内当真是藏龙卧虎。

吕英默不作声地退到风君天身后,掏出和天膏,给剑侯的伤处涂药止血。

风君天衣襟裂开,皮开肉绽,此刻翻出的血肉上再被涂满药膏,旁人看着都觉心惊肉跳,剑侯却浑若无事,那把剑横在左贤王颈前纹丝不动。

"好汉子!"左贤王眼内也不由闪过一丝异色,自张骞手中接过一只酒坛,扬手揭了泥封,顿觉一股浓郁的酒香扑鼻而来,又叫道,"好酒！"

"父王！"吉祥见他就要痛饮，忙惊呼道，"他们的酒……你小心些！"

左贤王却笑道："他们不敢做手脚。"

这时匈奴铁骑已蜂拥而来，将大汉使团团团围住，数百张强弓利箭齐齐指着张骞一行。

张骞却视若未见，扬眉道："殿下果然豪气干云！本使敬殿下一觞。"此时汉匈双方仍处于盟约和平之时，面对匈奴第二号人物，张骞出言谨遵礼节，但谈笑间神采飞扬，俨然已是半个主人。

无论如何，他铤而走险，突施奇计，终究是擒下了左贤王。虽然他颈前还架着吉祥居次的弯刀，但他说得对，他张骞的命远不及左贤王值钱。

左贤王却毫不为意，扬手示意，两人就在千百箭镞的斜指下，昂首对饮了一坛酒。

"本府冒犯左贤王殿下，罪该万死，请就汤镬！"张骞说着，将酒坛的坛口朝下，示意烈酒已尽，跟着将酒坛扔在地上，摔得粉碎。

一众匈奴军士尽皆愣了一下。张骞这举坛示意、随后摔碎的举动，正是匈奴人表明真心赔罪的民族习俗。

左贤王也不由眯起双眼，沉声笑道："用你们汉人的话说，识时务者为俊杰，通机变者为英豪。你果然识时务，通机变……说吧，你要什么？"

"我陪左贤王殿下去休屠城作客，但请大王放了我的手下。"张骞微笑着，慢慢拱手。

左贤王那俊美的眸间腾起一抹厉色，随即又涌出无比温柔的笑意。他指了指姬诚，笑道："他是大汉第一副使，也要留下。"

姬诚的脸色有些难看，却冷冷地吐出几个字："荣幸之至！"

"风君天也要留下。"左贤王说这话时，根本没有瞧一眼对自己利刃加颈的剑侯，但他一开口便干净利落地叫出姬诚、风君天的名字，显见对大汉使团已是了如指掌。

"好！"风君天也干净利落地回答。

张骞慢慢吐出一口气："请殿下也做个匈奴男儿的允诺。"

"我可以放过他们，但他们不可通过河西！"左贤王也扬起酒坛，坛口朝下，挥手将酒坛摔成无数碎片。

"你们只有三天时间可以逃跑。三天后，如果被我捉到，所有人都要被剥皮。"左贤王温柔地笑着，"对了！还有你使团中的其他人，算上商队，应该还有二百余人吧？他们同样如此，回去，或者被剥皮！"

把你剥皮——是市井间一句最寻常的骂人话，没有人会真的这么干。但张骞知道，眼前这个满脸温煦笑容的男人绝对会这么做的。他心底泛起一片寒意，却微笑道："三天，已足见殿下雅量。"

张骞向风君天点了点头。呛然一声锐响，风君天收剑，长剑入鞘，发出嗡嗡剑鸣。

就在同一刻，吉祥居次狠狠地瞪了张骞一眼，也收回弯刀。

风从雪浪河谷那边扑来，带着粗粝的沙粒。吕英和健儿们挺立在风中，怔怔地望着他们的大汉正使。吕英此刻的心情无比复杂。他知道，张骞的万千算计，就是为争得这一线之机，这时候自己万不能逞血气之勇，必须赶回去传信。

张骞向他手下的这些勇士们拱了拱手，再不说什么，转身上马。

赤骥伤势不重，但精神有些委顿。张骞拒绝了匈奴骑士牵来的战马，执意跨上武帝赐给自己的骏马。

然后，他高高擎起大汉节杖，金色节杖上，长长的赤色旄羽和牦牛尾饰迎风展开。

旄羽在太阳下发出耀目的红光，牦牛尾饰在风中猎猎舞动。

还有张骞的襟袍。在一众匈奴人的窄袄短袍中，他那汉使的宽大袍服非常醒目。那袍子满是血迹，在风中飒飒地舞动着，仿佛一面旗帜。

飞舞的带血襟袍，高擎的节杖，还有红得像血一样的旄羽……

吕英凝立在西风中,忽然间泪流满面。

休屠城在雪浪河谷的西北方,是匈奴统治河西一带广袤地区的核心重地。

匈奴人的生活是逐水草而居,没有建立城堡生活的习惯,真正的信马由缰,无拘无束。但河西之地太大了!祁连山下,碧草连天,沃野千里,是天然的牧场。自匈奴击败大月氏、盘踞河西后,这片沃野草原上的许多部族便不得不屈从于匈奴,休屠部族便是其中之一。

休屠城本是统治休屠部族的休屠王所建,这片地区的直接统治者也是休屠王,但因为河西千里沃野极为重要,远在漠北的匈奴军臣单于对于并非匈奴族系的休屠王当然不放心。又因匈奴内部贵族王者倾轧越来越激烈,出于多种因素的考量,军臣单于便将自己的亲弟弟、左贤王伊稚斜派来此处,统领这片沃野。

于是匈奴的第二号人物左贤王,成了距离大汉帝国最近的匈奴实权贵族。

左贤王及其部属和张骞一行所乘都是良驹,往来如风,但赶到那座大名鼎鼎的休屠城时,已是黄昏时分。

张骞没想到休屠城居然如此美丽。城外是一片远铺天边的浓绿,仿佛浩瀚无极的绿毯。那漫无边际的绿色是汹涌的,又是多变的,有的地方是草绿淡黄参差,有的地方却又是灿烂醉人的翠绿,仿佛无数块硕大无朋的翠玉,镶嵌在无边的绿毯上。许多不知名的野花,缤纷而繁茂,在风中舒展出无尽的生机。

休屠城就坐落在那片焕发着盎然生机的浓绿中心,夕阳给休屠城涂上了一层金色,让这座河西走廊东端的宏大城池更显得雄伟和冷峻。

左贤王的王府有些奇怪。它占地面积颇为广大,里面的园林甚至有中原贵族园林的味道,而一些石像又具西域情调,最特别的是,那些重要屋宇都建成圆顶毡帐的形状。

张骞想了想便即明白,匈奴人都是逐水草、宿毡帐的,如此建筑很可能是左贤王在喻示,自己绝不会忘记一个匈奴人的根本。

左贤王带着张骞,直接进入一间轩敞之极的圆顶屋宇内。

横在二人之间的,是一张巨大的木质食案。这食案与大汉贵族所用无异,只是装饰更加奢华,上面缀满黄金雕饰,金光灿灿,耀人眼目。这室内的所有陈设,都与这食案一样,透着过分张扬的华美奢侈。

食案上已经摆满香气四溢的烤肉与美酒。

"尝尝本王的马奶酒!在这河西重地,两千里内最好的马奶酒都在这里。"左贤王挥了挥手,便有美貌的匈奴侍女给两人斟满两大碗马奶酒。

张骞不由有些吃惊。

吃惊在于左贤王的豪爽与大度。他知道左贤王一定会同自己来一次深谈,但没想到居然这么快。这位匈奴王者没有洗漱,没有更换衣饰,就穿着那件满是血污和灰尘的袍子,便和自己坦然对坐。给他的感觉,左贤王甚至有些迫不及待。

"马奶酒?"

张骞对匈奴习俗下过不少苦功,对匈奴贵族喜饮的马奶酒和葡萄酒早有耳闻。他喝过卓轻闲从胡人那里带来的葡萄酒,但还是头一次看到这种奇特的马奶酒。那酒清澈醇净,一股浓香四散飘逸,张骞忍不住好奇地问道:"此酒当真是马奶酿成?"

"确是马乳所酿。马、牛、羊、驼之乳皆可酿酒,而以马奶酒为最佳,在我们这里叫古美思。而本王这里的古美思,都是珍藏十年以上的。"左贤王笑吟吟地举起金杯。

张骞发现匈奴人也用陶器。左贤王身前的陶制盘碗十分精细,造型也很优美,很可能是长安、洛阳那边的上等货;盛酒的酒壶和杯碗却都是纯金的,上面的花纹则全是西域情调。

两人就如多年老友般,痛快对饮了一大碗。

微酸、甘冽而又醇厚的味道一直滚入腹内,张骞顿觉体内热腾腾的。

左贤王的目光变得越发温和而深邃,再端起一碗酒。张骞知道这位倨傲的匈奴王者是要和自己比拼酒量,便也毫不示弱地端起了面前的金碗。

大汉与匈奴现在虽是缔结和约的邻国，实际上却是随时可能开战的敌国。二人之间适才还生死相搏，但此刻，风尘仆仆的他们，甚至连袍子也不换，就如多年重逢的老友般畅饮起来。

对饮到第三碗的时候，张骞的袖内忽然突突跳动，一只红艳艳的壁虎贼头贼脑地探出头来，正是那只得自天幻堡的火壁虎。

这奇物被张骞收了后，便只认张骞为主。火壁虎极少吃喝，总是很乖巧地缩在张骞的袖内，哪怕是他纵马弯弓时，这家伙也绝无任何妨碍，安静得仿佛就是他衣袖内的一件织绣品。

但这时候，火壁虎居然罕见地探头出袖，一双火红的眼睛贼兮兮地望着酒香四溢的金碗，一副贪婪之色。

"奇哉！它要喝酒么？"左贤王大觉有趣，命侍女倒了一碗酒，放在案头。

张骞展开袍袖，火壁虎飞快地窜上碗口，张口便喝，很快便是半碗美酒下肚。

左贤王哈哈大笑。

张骞也笑了："令殿下见笑了！没想到它竟是个酒中饕餮。"

有这乐子可看，二人又举杯畅饮。饮过三碗之后，左贤王方有些惊讶地点了点头："你的酒量不会在我之下。再饮！本王还能再喝五大碗。"

"父王，你不能再喝了。"忽然间黄影一闪，吉祥居次飘身闪入，带着那抹熟悉的兰馨幽香。

张骞吃惊地发现，这匈奴居次已换了一身鹅黄色紧身缎袄，袄上有着红、黄等多色丝线绣纹，显然是大汉工艺的作品，应该是绣花丝锦传到这里后，被匈奴工匠改制成了匈奴贵族的衣裳。她的乌黑秀发如一片黑缎子般散披肩头，被这件融汇匈奴与中原风情的锦袄一衬，令她娇艳得如一朵艳光四射的天山雪莲。

"我来对付这个大汉俘虏。"她端起一只酒杯，挑衅似地望着张骞。

"居次说的哪里话来？我乃大汉正使，今在贵府做客，不过叨扰几日而已,又怎能是你们的俘虏?"

左贤王哈哈大笑:"作客几日!张使君在说笑话么?你们使团的行踪被我截获,几乎全军覆没,难道还不是战俘?你们出长安不久,我就已经接到金雕辗转传来的讯息……一直到你们闯入天幻堡,都在我的掌握之中。"

张骞眸中的光彩一黯,沉声道:"不错!在长安时,我们已失了先机。此后直抵边塞,我虽竭尽全力,但也没有太多胜算。这千里河西,本就是贵国的实力占优。"

他心内有些黯然:自己千算万算,也只能让大部分使团之人获得一线喘息之机,这本就是个无解之局。

"长安呀!我对长安非常熟悉,甚至经常去那里。"左贤王温柔地笑了起来,笑得有些狡诈,"当然,是在梦里。"

他正说着,却笑容一敛,肃然言道:"张使君,跟我干吧!入我麾下,我会让你真正一展雄才。"

张骞沉声道:"殿下是在说笑话吧?我乃堂堂大汉正使,出使西域,途径贵地,登贵府作客可以,又岂能归顺于你!难道你要扣留汉使?"

他猛然将酒碗顿在案头,令黄金大案微微一震。正自欢快畅饮的火壁虎吓了一跳,转着火红的小眼睛,飞快地看了看案前的三人,急忙将碗中的美酒啜尽,跟着便吱溜溜地钻回张骞的袖内。

"出使西域?这些话骗骗小孩子罢了!你我之间,何须如此……"左贤王目光中满是讥诮,也猛然放下酒杯,"眼下你只有一条路,归顺我,为我所用,为我效命!"

张骞反笑了起来:"难道不是两条路,一条是死,一条是为你所用?"

"不,你只有一条路!你死不了。我不让你死,你就死不了。哪怕你自尽而亡,我也会大加张扬,告诉天下人,张骞是降了我的,只是在某次酒后,纵欲过度而亡。所以,哪怕你死了,也逃不脱降我这个名声。"

望着那温柔得不似男人的笑容,张骞的心内不由生出一阵彻骨的寒意,随即又涌上一片悲愤。

"难道我这诚意还不足么?"左贤王掸了掸满是灰尘和血渍的袍子,"你们大汉的王爷会这样对你么?你们的宰相会这样对你么?好吧,跟我来,让你看看我这休屠城是何等气魄?"

左贤王不由分说,便带着张骞出了大厅后门,向一座塔楼行去。

登上塔楼,大半座休屠城尽收眼底。太阳即将落山,此时晚霞殷红如血,高大厚重的城墙和密集的民居都披上一层暗红色的光。满是异域风情的宽阔广场上空,群鸦盘旋。广场上,有儿童骑着羊,挥舞着木质的小刀小剑在嬉闹着。

看得出,这里热闹繁荣,而又生机盎然。

张骞将远眺的目光收回到王府。这座广阔的王府内,满是榆、柳、杨等杂木,庭院间有几座宏大的建筑,矗立在苍茫的暮霭间,颇为醒目。

张骞忽然摇了摇头,说道:"按匈奴风俗,金驼为单于才能拥有的饰物。王府大门前的福兽虽是一对银色石骆驼,但驼峰却是鎏金的……那边那座最高的圆庐,庐顶上的尖顶也是鎏金的,那就是在暗示金顶。我记得,大单于所用的才应是金顶穹帐吧?殿下志向远大啊!"

"张使君对我匈奴习俗的熟悉,出乎本王意料。"左贤王眸间闪过异色,却淡淡应道,"你应该看得到,王府广大,休屠城更大。我这河西之地绵延千里,需要人才,需要能治国之大才。归顺我,我会封你为卢侯王,是仅次于休屠王的河西王者。下一步机缘到了,我会让你做真正的休屠王。"

这位军臣单于的亲弟弟、匈奴的第二号实权人物,居然毫不掩饰他的打算,那最后一句,显然已坦承了自己的野心。

张骞却毫不迟疑地再次摇头:"多谢垂青!但我是大汉正使,请左贤王殿下允我继续出使西域,否则我将北上龙城,面见大单于,告你这私自扣留汉使之罪。"

"你面见大单于,他就能放你去西域?去寻找大月氏,然后夹击我匈奴?"左贤王的目光忽然变得阴寒,说出的话也刚冷如刀。

张骞心底剧震:汉使远寻大月氏以夹击匈奴的真实意图一直被严密

封锁,但此时左贤王却很随意地说了出来。这并非大汉事机不严,而是这位匈奴枭雄眼光过人,已经看破了大汉使团的真实意图。

"你也不用北上龙城。"左贤王眼中的讥诮之色更浓,"大单于马上就要驾临休屠城了。"

"为什么?"张骞惊道,"大单于不是一直远在漠北的龙城么?"

"大单于在哪里,龙城就在哪里。"左贤王的笑有些意味深长,又指了指那座在暮色中熠熠生辉的鎏金穹顶,"你知道那座金顶穹庐内是什么吗?那里面安放的,是我们匈奴最尊贵的祭天金人。"

"祭天金人?"

张骞一愕,心中有许多奇异的信息汹涌而来。

"你应该知道,本王一直侍奉在大单于身边,居于漠北龙城,前些年才奉命坐镇河西。但我来到休屠城的第二年,这里便挖出了这尊祭天金人。经大神巫龙缺亲自认定,此金人为上古昆仑遗物。圣物出土之地,便为神圣之地,所以连大单于都要亲临此地祭拜。于是每隔三年,大单于都会亲来休屠城,行那三年一次的万灵祭天盛典。你来得很是时候,大单于已在路上了。"

吉祥居次道:"最新的消息是,大单于一两天后就会到达苍龙坡草原,父王也该启程去候驾了。"

"上古昆仑遗物,三年一次的祭天盛典……"张骞越听越觉得匪夷所思,"难道你们匈奴人也看《山海经》,也在寻找昆仑?"

"我们当然不看那个什么《山海经》!这本古怪的书,还是一位汉人幕僚韩当跟我说起,本王才知道。但你知道么?当年我们族人在老上单于的统领下,扫平月氏、取得河西无尽沃野之后,才给此处的众山命名,第一个被命名的,便是祁连山。你们汉人口中的'祁连',其实发音应该是'撑犁','撑犁'的意思就是天!"

"那么,祁连山应该叫做——天之山?"张骞沉吟道,"是了!敬天祭天,本就是你们匈奴的习俗……"

"不错!我们匈奴的传说中也有'天之山',天之山上也住着仙人。

远古时期的凡人也曾遭受大洪水的困扰，正是天之山上的仙人下来，才带着我们击退了洪水……怎么样，是不是跟你们汉人，还有那本《山海经》的许多记载颇为相似？这都是韩当跟我聊天时说起的。后来我们做了细细的考察，发现'天之山'最原始的匈奴发音，居然也与'昆仑'极为相似。

"我匈奴千百年来，自大单于而降，都是敬天祭天，认为以圣物叩拜，就能感动天神，受到上天护佑。但无论如何，祁连山只是老上单于钦封的'天之山'，并不是真正的昆仑。所以我匈奴的智者，包括大巫龙缺、军臣大单于，还有我，以及本王手下的幕僚韩当等人，也都在苦寻昆仑。那里才是真正的天之山，是仙人所居之地，是整个世界的中心。现在，我们已经取得了至关重要的第一步，便是那祭天金人！"

张骞大为震惊，许久之后，才慢慢回过神来，又望向那座气势恢宏的金顶穹庐，说道："这祭天金人，所谓上古昆仑的遗物，我很想看看。"

"这却很难。"左贤王遗憾地摇了摇头，"此庐虽在我休屠城中，却由万灵宗的大长老亲自坐镇主持。龙缺大巫定下的规矩，圣物不可久历凡俗，只有三年一次的祭天盛会时，匈奴王者以上的贵族才有资格觐见朝拜。此外，在那为祭天准备的万灵天选大会上的前三位强者，也有资格去亲拜圣物。"

"张骞，你如此自命不凡，不妨去参加万灵天选大会！"吉祥居次忽然向他冷笑道，"若能晋身三甲，便能亲自拜见圣物金人了。"这女郎天生带着种风华绝代的风韵，哪怕是出言讥讽，也别有一种魔力四射的美艳。

张骞却淡淡一笑："我是大汉使者，那便是汉人，又怎会参加你们匈奴人的盛会？"

女郎这次竟是很认真地解释道："万灵天选大会，只为挑选最接近天神的人。这个人并没有限定是匈奴人，还是汉人，所以三年一度的祭天法会召开时，西域的楼兰、精绝、乌孙等地，也都会有人赶来参会。"

左贤王在旁边笑言道："万灵天选大会是我匈奴最为重要的节日，

还需筹备数月,要在秋初马肥时,与蹛林大会一同举行。现今大单于要亲自驾临的,是数日后的苍龙坡万马骑射大会。万马骑射大会可说是万灵天选盛会前最大的一次热闹。"

张骞心头微动,问道:"那么,左贤王殿下可以带我去苍龙坡见见大单于么?"

"只怕不成。"左贤王回答得干净利落。

张骞又道:"那位韩当,我可以见一见么?"

"当然可以!他是本王的重要智囊,我正想让他来劝劝你。"

这次左贤王倒很爽快,拍了拍张骞的肩头,用流利的汉话说道:"既来之则安之。先住下来吧!无论是想觐见大单于,还是想亲拜祭天金人,你都有的是机会。吉祥,你替我招待张使君,稍时韩当会来见他。本王要去准备一下,马上启程迎候大单于。"

三人下了塔楼,回到先前的客厅。左贤王径去后面寝阁更衣,走到门口,忽又回头对女儿道:"吉祥,帮父王劝劝这头倔驴。"

吉祥居次回头一笑:"父王,这可是你说的!我驯驴的法子可凶狠得紧。"

左贤王哈哈大笑:"不论怎样,你劝服了他便好。"说完大踏步出了厅门。

张骞目送他的背影消失,心中有许多念头盘旋起来,忽一抬头,却见一双清炯炯的美眸正瞪着自己,心内恍惚了下,才道:"吉祥居次,你不必劝了,张某心如铁石。"

"我不会劝你,因为我根本不会劝人,就如同我根本不会驯马一样。但你知道我是怎么驯马的么?"

"很想听听。"

"匈奴人是在马背上长大的。匈奴的孩子,五六岁的时候就开始骑羊,男孩子最晚在十二三岁就要骑马了,然后便一生苦练骑射。而我在九岁时,已能骑马射箭。十三岁时,我遇到一匹烈马,极为难驯,但我抽了它一鞭,就将它驯服了。那时我已是先天道至境,这一鞭子它当然受不了。后来么，不管什么烈马，最多三鞭抽服。"

"十三岁就是先天道至境！"张骞听得舌拤不下，皱眉道，"你不会也给我来个三鞭抽服吧？"

"你服不服，降不降，跟我什么关系也没有。但你不该看不起我，对我老大的轻视。"

"我何曾瞧不起你？"张骞更觉奇怪。

"两军阵前，你不和我比箭，甚至连句拒绝的话都没有，只那么淡淡一笑。哼！本居次还从未受过如此轻视。"吉祥居次瞪着他，"所以你欠我一鞭，明白么？"

张骞想了想，说道："你若要动手，随时请便，我绝不会叫痛，更不会低头求饶。不过，当时我丝毫没有轻视居次之意，只是不把你当作对手罢了。"

他说得非常诚恳。吉祥倒是一愣，挑起新月似的黛眉，道："你不把我当作敌手，那是当作什么？"

张骞也是一怔，暗道："我自始至终都以令尊为对手，你终究是个女流，我又岂能自降身份，以你为对手？"不过料想这话说出来，她定然又要说被自己轻视。

他不想跟她说谎，踌躇之间，脸色微红。便这么一愣之际，却见吉祥居次的脸竟也微微一红。她本就是倾城之色，这时忽然雪腮生晕，登时浮出扣人心弦的美感。

在张骞注目之下，她咬着樱唇，轻声道："喂，你这家伙！脸红什么？"

张骞大是语塞："我，我没有……嗯，居次你也脸红了呢！"

给他直性子人如此一说，女郎更是玉颊染红，愈增娇媚。

张骞虽生性诚实，却并非不能说谎。与左贤王与铁石双巫等人对决时，他是兵不厌诈，机诈百出，但在这女郎面前，他不愿说谎，不由暗自在心底叹了口气："也许，我是真的没有把她当作敌人。"

"这位便是张使君么？左贤王麾下幕僚韩当，特来拜见先生。"正在这当口,一道字正腔圆的长安官话在门外响起。

张骞瞭了眼门外,见那韩当身材高大,挺着张草原上惯见的枣红脸膛,仪表堂堂,当下冷冷道:"韩先生请。"

"哈,我大匈奴的火凤凰,美丽无双、天赋无双的吉祥居次也在这里!"韩当弯下高大的身子,向吉祥居次陪着笑脸。

吉祥却正眼也不瞧他,反狠狠瞪了张骞一眼,哼道:"记住了!你欠我一鞭。"顾盼之际,明眸生辉,也不待张骞答话,便袅袅离去。

韩当恭敬地向着吉祥居次的背影拱手作礼。直到那道倩影在门口消失,他才挺直了腰板,向两位在案前侍奉的侍女挥了挥手,道:"你们全出去!"

"千里河西之地太重要了!匈奴当年由老上单于开疆拓土,大败月氏人,取得这片天然的理想牧场。匈奴人以胜利者的身份给祁连山、焉支山、合黎山这三座大山命名。'合黎山'意为'青色之山',意味还不那么强烈;祁连山,其实真正的匈奴发音应为'撑犁','撑犁'就是天,这是匈奴人的'天之山';焉支山,'焉支'应为'阏氏',在匈奴语中是'王后'之意……"

韩当坐在张骞对面,满了酒,爽快饮下,然后开口,此刻他再不是先前那个谦卑得有些低贱的形象,而是侃侃而谈,一副从容自若的气度。

张骞不由点了点头:"祁连山与焉支山这两座山,一为匈奴的'天之山',一为匈奴的'王后之山',由此可见匈奴对河西之地的重视。"

张骞虽然很鄙视韩当这种降于敌国的人,但觉得不妨从他这里多问问匈奴的情况,于是问道:"河西相当于匈奴的右臂,如此重要的所在,我记得一直是由休屠王和浑邪王分别治理吧?"

"不错。偌大的千里河西,以黑水为界,浑邪王在西,休屠王在东。但现在整个河西都属于左贤王。左贤王坐镇休屠城,所以这里便成为河西的中心。"

"左贤王是大单于的胞弟,被派到这匈奴右地河西,远离匈奴政治中心龙城，应该有些缘由吧？"张骞不动声色地给韩当满了一杯酒。

"张使君的眼光就是厉害！"韩当笑吟吟地举起酒杯，"军臣单于是个很有雄心的人，当年大汉吴楚七国之乱，他曾想联合七国，攻入长安。后来因七国之乱很快被平定，军臣单于才没有妄动。汉匈两方现在维持着表面上的和睦，实则都在暗中蓄力。不过眼下的匈奴则有些情况，便是龙城的权力暗战十分激烈，左贤王和右贤王之争，以及左贤王和单于的太子于单之争，已经是公开的秘密。

"在这三人中，左贤王身为军臣单于的胞弟，深沉多智，才干卓绝，最为强势。对左贤王最忌惮的，就是太子于单。于单因此联合右贤王，做了些手脚，造了些声势。你知道，匈奴的龙城死士名气极大，而这批龙城死士就是左贤王训练出来的。正所谓尾大不掉、功高震主，汉家的道理在匈奴这里仍然适用。所以，左贤王被军臣单于远派到了休屠城。"

奉命赶来劝说张骞归降的韩当丝毫不提劝降的事儿，反向他详细说起匈奴政局的秘辛："知道左贤王来到休屠城后做的第一件事是什么吗？就是寻隙杀了世代坐镇于此的休屠王，同时将休屠王的两个儿子放逐到更西边的浑邪王领地，扶持休屠王的侄子做了休屠新王。

"被杀的老休屠王和以王侄之身荣登王座的新王，都有自己的嫡系。左贤王巧妙地拉新打旧，将势力庞大的旧党迅速压制下去，新王势力对他则是死心塌地地依赖……很快，原本不好控制的休屠部便彻底落入左贤王的掌心。"

张骞叹道："手法强硬，又迅如雷霆，左贤王果然是一代枭雄。不过，其中应该少不了你韩先生的运筹帷幄之功吧？"

"扶新打旧的权力之争，自是左贤王殿下居中运筹为主，小可只是锦上添花而已。不过这座休屠城得以保留，小可还是有些功劳的。"

"保留休屠城？此话怎讲？"

"左贤王杀了休屠王后，将休屠城和河西之地治理得井井有条。右贤王和太子于单见了，心生妒忌，便又拉着许多匈奴强硬派贵族，在大单于面前挑唆说，既然休屠部已经并入匈奴，就应该跟真正的匈奴人一样,居住帐篷,游牧草原,这座不伦不类的休屠城便应该拆掉。说是唯有如此,休屠部才能真正融入匈奴族群之中。"

张骞哦了一声,心中一动:大汉眼中的所谓匈奴,其实是由许许多多的游牧部族融合而成,那些真正的原始匈奴部落从来不会筑城而居,只习惯于追逐水草的游牧生涯,但也有休屠部这样的后来者,过着半游牧半农耕的生活。这么说,匈奴绝非铁板一块,它看似强大,其实只是一张被缝合在一起的兽皮而已。

"小可尽力周旋,终于说服左贤王,保留休屠城。"韩当颇为自得地举起金杯,"左贤王用人不疑,而且魄力极大。他不但没有拆掉休屠城,甚至大张旗鼓地进行扩建,更对附近的交易区雪龙寨也做了些怀柔抚慰。"

张骞点头道:"不管如何,此事有利于百姓,韩先生当记首功。"

韩当呵呵一笑:"韩某人不过动动嘴而已,倒是左贤王殿下,力排众议,自有担当。这也让他迅速赢得了寻常休屠民众的拥戴。虽然新的休屠王已被拥立一段时间,但在休屠民众眼中,那个休屠王只是个摆设,休屠城乃至整个河西之地,只有一个真正的王——左贤王。"

"说了这么多,其实只是想让张使君知道,左贤王是个值得追随的主公,胸怀广大,又求贤若渴!张使君,归顺左贤王吧!你会一展所长,而且一定会超过我,拥有许许多多的美丽女人,漫山遍野的牛羊,数不清的奴隶。"

张骞冷眼斜睨着韩当。这个人穿着极为奢华的锦袍,甚至比左贤王的装束还要华美。他说的还是流利的长安官话,但握杯和喝酒的姿势,已经是完完全全的匈奴人。他的脸上满是自得,但张骞的心底却有一股说不出的鄙视。

"张使君想必还不知道,姬诚已经降了。"韩当也冷冷地盯着他,见张骞一脸震惊狐疑之色,忍不住仰头大笑起来,"不信么?来人……"

随着他一声长呼,门外脚步杂沓,两名彪悍侍卫带着姬诚来到门口。

"姬诚,你……"张骞望着自己手下的第一副使,忽然间竟不知道要说什么。

姬诚本是窦太后的心腹,与皇帝的关系似乎也不错,使团中的兵卒几乎都是他亲手选拔,他甚至可以说是这支使团中最有实权的人物。但这样的一个人,居然这么快便投降了!

张骞已不必问,姬诚身上匈奴贵族的装束和那副洋洋自得的神色已经说明了一切。

"张使君,你还看不透么?我们踏上的是一条死途。"姬诚的笑容有些惨淡,"从离开长安的那一刻起,我们就被朝廷抛弃了。我们都是大好男儿,身负绝学,却只能一步步地踏上鬼门关么?不!每个人都有选择的权力,我要活下来。左贤王这里能让我一展所长,能给我荣华富贵,那为什么不留在这里呢?"

张骞静静望着姬诚,心头如在滴血。

"好了,赏姬大人两壶马奶酒。"韩当向姬诚微笑举杯,"请姬大人暂去安歇,我会继续劝劝张使君。"

他笑容温和,却带着不容置疑的威严。姬诚立即止住唠叨,恭敬地躬身施礼,在那两个侍卫的陪同下转身离开。

"我觉得姬副使的选择很正常。"韩当以一种得胜者的目光望着张骞,"知道么?在休屠,在河西,乃至整个匈奴,都对人才极为渴求。比如韩某吧,本来颇有些抱负和文才,却因出身商人市籍,在大汉永远无法做官。在一个偶然的地点,我被匈奴军队掠来,左贤王与我交谈之后,对我大为赏识,随即引为幕僚,敬如上宾。"

张骞冷冷道:"摇尾乞怜的幕僚,番邦蛮夷的上宾!你的主子纵兵侵掠大汉父老的时候,是你在给他们出谋划策!"

韩当的脸上涌起一片红潮,怒道:"韩某从没做过对不起汉家的事情。留下休屠城,是我的心血之作。扩大休屠城周遭的商贸区域,保留雪龙寨,巩固关市,都是韩某的全力筹划。我虽在匈奴为官,却远比许多汉廷官吏对大汉父老百姓的贡献要大得多,包括你张骞!"

他越说越是愤怒,那张黑红的脸孔离张骞的脸也越来越近。

张骞觉得他那双白多黑少的眸子中仿佛有两点火苗在燃烧。

恍惚间,那两点火苗骤然变大,化作两团仿佛要吞噬天地的火球。

"摄心邪法?"张骞心中一凛,发现这韩当竟是擅长某种摄魂惑心的邪术,但此刻那两团"火球"已将他的心神完全吞没。

张骞才升警念,心底立即跃出一道强大之极的光亮。下一瞬,他觉得眼前一片空明透亮,跟着,他进入了一个奇异的世界。

他初时有些呆愣,只道自己仍在韩当的邪法中,但随即觉得许多讯息汹涌而来,他猛然明白过来:自己心志极坚,也许是因为身具公冶易所谓的"慧眼",也许是因为在天幻堡内的一番奇遇,使自己能天然克制韩当的这类邪法,竟在韩当敞开心扉、施展邪法时,阴差阳错地进入韩当的心神内。

"韩当,何苦如此!"张骞叹息一声,心神电般缩回,刹那间回复到如常的心境中。

韩当全身剧震,双眼瞬间腾起一片血丝。他不可置信地盯着张骞,颤声道:"你……你,怎么可能破了我的仙术?"

"我在你的脑海中看到了一个人,公冶易。"张骞压低了声音,"你和公冶易,甚至窦太后都有联系?"

韩当闻言大骇,面无血色,惨然道:"不错!我出身无为学宫。我的妻子儿女被扣在大汉为质,我很想念他们。"

"你奉大祭酒之命来匈奴卧底。但最终,你这个暗间却成为双面细作!"

"大祭酒何曾顾念过我这名暗间的死活!但我却要活着,还要我的妻子儿女活着!"

韩当的声音虽细成一线,却阴沉冷厉:"所以我苦心孤诣地保留下雪龙寨,让那里繁荣起来,成为真正的商业乐土。此举一来可以让匈奴和大汉双方都有所裨益,二来也可以借那些行商之手,辗转传递出一些信息。"

"天觉者降世……东伏长安,西出龙城。这句龙缺大巫的最新预言,就是你传给无为学宫和窦太后那里的吧?"张骞叹了口气。

"不错!"韩当眼芒一闪,"相传在龙缺大巫做出这神秘预言之前,做了一个古怪的梦,梦见匈奴最神异的祭天金人被人凿了一个巨大的孔洞,从金人的心脏位置开始,从胸至背,那巨孔贯穿了金人。"

"贯穿金人的巨孔……"张骞眼前闪过一幅奇异的画面:一个耸峙天地的巨大金人背向落日而立,但金人的心脏部分有一个巨大的孔洞,落日余晖从孔洞中穿透过来,让整座金人生出熠熠金辉。

"是的,此梦被龙缺大巫定为非吉非凶的异兆之梦,随后他沐浴施法占卜,最终得到了那句奇怪谶语。"韩当幽幽吐了口气,"天觉者要降世了,而天觉者往往是与昆仑有关的。"

"为了找到这座匈奴人口中天神所在的'天之山'、汉家所谓的'昆仑',龙缺大巫也是呕心沥血,早在十余年前便开始了极为艰苦的重谱撑犁山河秘图的计划。"

"撑犁山河秘图?"

"十多年前,上古昆仑遗物祭天金人在休屠城出土。随此圣物一起出土的,还有一块神秘的石碑,上面刻着半幅残缺的山河舆图。经大巫龙缺辨认,石碑舆图所记录的,应为古时西域乃至匈奴所在地域的山川河流,他命名其为'撑犁山河舆图'。只可惜此图因年岁太久,加上残缺,已是模糊难辨。大巫认为只要完美复原此图,将现今匈奴乃至西域的山川河流关隘如实绘上去,便有可能在图上寻得'天之山'的秘迹!所以十余年前,龙缺便开始集匈奴朝廷和万灵宗无数精英之力,秘密展开了此项计划。"

张骞双眸一亮:"'撑犁'在匈奴语中意为'天',那么大巫龙缺这个秘密进行了十年的秘图计划,岂不就是以那幅古本舆图为根基,复原匈奴整个疆域的舆图?"

"我知道你在想什么……可惜,太难了!"韩当悠悠地叹了口气。

二人意味深长地对望着,目光中都有火花在闪。

此时的大汉与匈奴对峙,军事上处于劣势。这种劣势首先是由匈奴强悍的骑兵造成的,但汉家军队优良的弓弩和刀剑可以将这种劣势扳平。汉家军队最大的麻烦,其实是对于匈奴地理环境的完全陌生。匈奴骑兵来去如风,能战则战,不能战则迅疾远遁。汉家军队不晓匈奴的山川地理,便会茫然无措,坐失战机,处于被动挨打的境地。

如果这世间当真有一份匈奴的山河地理图……那简直是天赐神机!

韩当又摇了摇头,道:"这份撑犁山河图几乎是整个匈奴最高的机密,除了龙缺大巫自己,便只有万灵宗长老会的人才有资格得以观览参悟。藏图之地,机关巫阵密布,更有诸多万灵宗长老日夜看护,哪怕是汉家道法第一人、无为学宫的大祭酒公冶易亲来,也没有什么机会得手。"

张骞也不由有些沮丧:"万灵宗长老会,寻常人又怎能晋身其中?"

"机会还是有的。"韩当缓缓道,"龙缺大巫为了挑选匈奴乃至西域资质最强的巫者,共同参悟祭天金人和昆仑之秘,亲定了一门万灵天选盛会,三年一遭,届时西域各国的巫术道法强者都会赶来参会。若能夺得天选盛会的三强,便能晋身万灵宗长老会。"

"原来如此!"张骞眉头紧蹙,终于无奈摇头,"我适才听左贤王言道,这三年一回的万灵天选盛会,今年该当有一次吧?"

"你我肯定是没有任何机会的。"韩当无限感慨地叹道,"我何尝不知这份山河地理图的重要!若能盗图在手,上呈汉家天子,只怕立时便会被封为万户侯……"

张骞点了点头:"你也算用心良苦!撑犁山河图虽难得手,却也将龙缺大巫的预言传回了汉地。你传递的这个信息又不算如何紧要,不会让你暴露身份。"

"不算紧要机密?"韩当冷笑道,"你太不了解大汉权贵了!放眼天下,寻找昆仑最疯狂的几个人,便是无为学宫的大祭酒公冶易、匈奴万灵宗的龙缺大巫、昆仑道宗主青霄——此人太过神秘,我甚至不知其是男是女。还有一人,便是大汉的实际掌权者……窦太后。"

张骞沉默下来，暗想，窦太后终身服膺黄老之学，在其晚年，热衷搜寻轩辕黄帝所居的昆仑仙山是极有可能的。无为学宫的大祭酒公冶易是窦太后的嫡系权臣，全力查找昆仑，除了他的个人所求，应该还有朝廷使命所在。

"所以，韩某人有一个非常奇怪的想法，说出来，张使君不要震惊。"韩当的脸上浮起了一丝阴沉的笑，"使君这次远行西域，在窦太后的本意，就是让你们被抓，然后让你跟我见面，自此朝廷留在匈奴的暗间就又多出了许多强悍的帮手。"

张骞一愕，沉声低喝："一派胡言！"

"是胡言么？你想想看，在这次出使西域的远行前，大汉朝廷都做了什么？他们是为你配备了一百多人的使团。但你想过没有？一百人这个数目，偏偏是最容易暴露而又没有什么战斗力的人数！百人出使，隐密性不如伪装成十余人的商队，战斗力不如万人军队，让你们这百余人的使团横穿匈奴重兵把守的千里河西之地，完全就是送死。"

见张骞默然无语，韩当笑得越发阴冷："所以我认为，你们就是来送死的，就是为了让你与我见面。这些话，窦太后自然不会跟你明言，大祭酒也不必告诉你，但被匈奴人所抓，就是你们的宿命，无法更改的宿命！张使君，你应该明白，现在你的面前只有一条路，奉旨归降，奉命卧底。"

望着那张得意的黑红脸孔，张骞震惊难言。韩当所说，全是毫无根据的臆测，但这种臆测偏偏又很有些道理。他心内波澜起伏，却终于慢慢吐出三个字："我不信。"

"那也随你！"韩当悠然坐了回去，死盯着张骞的脸，半响才又叹了口气，"无论你降与不降，韩当所言，请使君万勿外传。"

"那是自然。无论如何，你仍是我大汉的人，虽然算不上一心一意。"

"这两日，请使君细细思量，早做定夺。"韩当又举起金杯，一饮而尽。

当晚，韩当安排张骞住在休屠王府外的一座院落内。院落内外有十余名精悍侍卫守护,韩当更很贴心地安排了两位美艳胡姬前来侍奉。

张骞将胡姬尽数打发走,自己和衣倒在榻上。

今晚的马奶酒喝得实在不少,酒力慢慢灼烧上来,他的大脑也生出一种钝痛。

师滢、甘夫、轻闲,你们都怎么样了?

还有吕英,你们是否已跟轻闲的大队人马会合?

黄昏时分,天幻堡内灯火阑珊。

卓轻闲在午后时分便率着大队人马赶到了天幻堡。他没有急于向前赶路,而是下令在堡内驻扎安歇。

他现在是使团内的最高长官,令下如山,众兵卒和商队都按他的吩咐忙碌起来。他已和甘夫探过一次天幻堡,深知堡内虚实。此刻这座塞外著名的商堡已经近乎权力真空,拓跋仙及其亲近弟子尽皆丧命,堡内只余寻常寨兵和行商百姓,正是群龙无首之时,堡内也空出了许多屋舍。

使团和商队一起忙碌,没多久众人已安排好宿处,马匹骆驼也尽皆入厩,堡上更安排了寨兵和使团兵卒瞭望守护。

师滢和云裳、甘夫等人聚在卓轻闲的屋内。

"为什么忽然驻扎下来不走了?"云裳蹙眉问道,语气颇有些生硬。

卓轻闲倒不介意,言道:"这才是张使君的安排。他让我们先在此地等候消息,以静制动。"

师滢更是忧急:"他那里有消息过来么?"

卓轻闲黯然摇了摇头:"应该没有这么快。使君说了,如果没有消息传来,就不要急于冒进。"

众人心绪都是一片紊乱,七嘴八舌地议论了许久,依旧不得要领,眼见夜色已深,便只得各自回屋安歇。

屋内悄寂了下来,静得能听到屋外的风声。

卓轻闲又叹了口气,向角落里深深一揖,恭恭敬敬地说道:"师尊,辛苦您老人家了!"

角落里传来一道幽幽的轻叹，随即悄然现出一道黑影。原来那黑衣人一直端坐在那里，也不知施展了什么术法禁制，其身形与那片古旧的堡内石壁竟是泯然一色。

"我在天幻堡内巡查了许久，果然没有昆仑玉圭的踪迹。"

那黑衣人一身极寻常的商贾打扮，掀起头上的风帽，却现出一张精致明丽的俏脸。她是个女子，看那明艳绝伦的容颜，许是不足三十，但那双湛若秋水的眸子却无比深沉冷漠，有着阅尽苍生的沧桑感。

"好在师尊神算，咱们现在已经如愿占据了天幻堡。"卓轻闲脸上的散漫和痴气尽去，只有十足的恭谨，"那昆仑玉圭，可以慢慢找寻。"

"雷震子与陆鸦，这两个老家伙果然自相残杀而死。一个自大癫狂，一个机关算尽，这是他们早就注定的宿命。"黑衣美妇冷哼一声，若有所思地言道，"没想到蜃龙竟落得如此下场……那只火壁虎会是蜃龙的劫后真身么？"

"弟子倒是看过两眼。那壁虎全无任何仙兽应有的异状，甚至常常僵卧不动。唯一的异常是爱饮酒，而且最爱饮葡萄酒，放在汉地，只怕没有人家养得起它。"

"如果火壁虎是蜃龙的劫后身，那么它现在便只是一个近于婴儿般的幼兽。来日若有机会，倒是想亲眼看上一看。"绝色少妇沉吟着，又瞟了眼卓轻闲，点头道，"你很好！身为昆仑道最年轻的弟子，也足够沉稳，居然没有让那两个老家伙认出你的身手和气息，想来他们都认定，你只是一个不入流的小说家和三流的阴阳家。"

"这都是师尊胜算在先。昆仑道宗主神机在握，运筹无双，又哪里是雷震子之流可以揣测的！"卓轻闲很无奈地苦笑，"不过，师尊，弟子是一位很合格的小说家。"

"小说家这学派，在诸子百家中本就不入流。"那美妇掩口一笑。

卓轻闲的一句话，终于点明了这位美妇的身份。她竟是昆仑道现任宗主青霄。

她名震天下，却又神秘莫测。没有人见过她的身手，许多人甚至不知道她是男是女。没有人会想到，她竟是这样一个驻颜有术的美艳少妇形象。

而如果师滢、云裳等人看到这一幕，更是会惊掉下巴：使团中最书呆子气的卓轻闲，居然会是昆仑道宗主的亲传弟子！

"你做得很好！天幻堡已经收复，我会暂且在此地栖身。其实拓跋仙的爷爷与我多少有些旧交，这座寨子，我也不忍让其荒废。"青霄沉吟道，"只不知张骞他们此次出使西域，会不会有什么新的发现……"

"现在使团进退维谷，师尊以为，我们该当如何破局？"

"张骞面对的对手，不仅有左贤王，更有匈奴大巫龙缺。这两人不但都有通天手段，更有无数的高手下属。他这一去，只能是自投罗网。所以这本来就是个死局，又如何破局？"

"虽然如此，但师尊学究天人，算无遗策，终究会有些办法的。"卓轻闲扬起脸来，那张白皙的胖脸上竟有些焦急。

青霄一笑："你这小胖子，今日一直给我戴高帽，原来是想让我帮你们出谋划策！"

卓轻闲很孩子气地搔搔头，叹道："弟子终究不愿看着张骞身入虎穴而不顾呀。"

青霄将一双深邃如海的美目在他身上定了片刻，才开言道："师尊让你在长安时便留意接近张骞，你知道是为什么吗？"

卓轻闲一愕，答道："弟子也有些疑惑。"

"张骞是个很奇特的人。我在长安第一眼看到他时，便有此感。公冶易对他的感觉与我也完全一致，所以这位无为学宫的大祭酒甚至动念想收他为徒。后来我调动昆仑道的力量，查了一下张骞的底细，原来他的父亲竟是纵横家纬地宗传人张览。"

"纵横家纬地宗……张览？"

"纵横家在战国时期曾强横一时。其学说又分为经天、纬地两宗，经天宗讲究以术法窥天道，纬地宗则擅长运筹帷幄。名震天下的苏秦、张仪，皆为纵横家经天宗奇才。只是大秦一统天下，纵横家已是式微，到了本朝，更罕有运筹天下的奇才面世。现如今，纵横家便只有一个精通剑道的凤大师苦撑经天宗的门面。

"这张览便是纬地宗硕果仅存的奇才，虽然声名不显，但却颇有见识。他并不追求封侯拜相，而是想为大汉谋夺西域。我甚至怀疑，他也深知昆仑玉圭的传说。他曾多次以行商身份，远行探查西域。最终，他应该是死在了西域……"

卓轻闲不由啊了一声："死在何人之手？"

"不知道，已经很难探查出来了。但我想，张骞孜孜以求地出使西域，除了个人抱负，应该也与此有关。"

卓轻闲思索着说道："听吕英说，公冶易曾给张骞做过一次预言，说他若不成为修炼中人，便会终生困顿奔波，甚至最终会客死他乡……这奇怪预言，师尊以为如何？"

"公冶易毕生精研命理之学，眼睛还是很毒的。轻闲，你信不信命运？"

卓轻闲一愕，忙拱手道："孔子五十知天命。吾辈俗子，安敢轻易言命！不过么，弟子还是觉得，命运这东西，不要让我知道得太多。譬如张使君，公冶易的那句话，终究在他心内种下了一颗种子，信或不信，他都会心存忌惮……"

昆仑道宗主提起笔，在案头上划了一条长长的线。这条线并不算直，也并不如何扭曲。她幽幽叹了口气："在我的命理至法中，命运很像一条直线，许多人只能沿着这条命运之线走下去。所以，不管他信或不信，该发生的都要发生。但这条线又并非一成不变的……"

卓轻闲恍然道："这条线会发生扭曲，左右摇摆，就能挣脱原先命运的直线行迹。"

"左右摇摆，那是不够的，那仍旧是一条微弯的直线而已。要这样！"美妇将洁白如玉的五指轻轻拍在案头，那条线忽然从案上跳了起来，如同一条活过来的灵蛇，昂头向上，再向上，袅袅地钻入空中。

卓轻闲仰首望着那条墨线，目瞪口呆，喃喃道："要挣脱，要挣脱所有旧的窠臼。可这……谈何容易！"

"所以说，每个人都有挣脱、改变自己命运的机会，只是很艰难，艰难到许多人连想都不敢想。但你作为昆仑道的弟子，一定要跳出来，像那根墨线。"

卓轻闲凝眸望着那根在空中若有若无的墨线，整个人仿佛定住了一般。

"观想它，看破它，放下它！"青霄的声音幽幽地，却似在直接触碰卓轻闲的心神，"然后你也要跳出去。到那一刻，你就能触到天元道的门槛了。"

空中的墨线终于完全消失。

卓轻闲艰难地晃了晃白胖的大脸，又问道："那么天元道之上的玄圣道呢？师尊，当今天下几大玄圣道高手，有谁如这根墨线一样跳出来了呢？"

美妇扬起深邃的明眸，冷冷道："当今天下，入我眼者寥寥无几，不过公冶易、龙缺二人而已。"

卓轻闲极少听师尊谈及这些，不解地问道："墨家巨子大侠郭解呢？还有纵横道的凤胤凤大师，他们二位也都是玄圣道大宗师呀？"

"郭解有勇无谋，匹夫而已；纵横道凤胤雌伏遁世，气魄不足，他们很难突破玄圣道的。即便是公冶易和龙缺，眼光依旧太浅。他们只知道大汉和匈奴，也仍是一根在案头左右挣扎的墨线罢了。"

"那么师尊的追求是什么？"

"适才同你提到纵横家，还记得战国时期的纵横家始祖鬼谷子么？他收徒无数，最著名者便是苏秦、张仪、庞涓、孙膑，再以这四个弟子为棋子，纵横捭阖，博弈天下，这才是真正的大道中人。现在，我也有两个棋子，就是公冶易和龙缺，我眼前的局，就是这个天下！"

"师尊无所不能，弟子谨记教诲。"卓轻闲一脸肃然，忽又很无奈地扬起胖脸，"可是，张骞这家伙是个好人呀，本公子很喜欢他。下一步呢，我们就只能在这里待命？"

青霄微微摇头，沉吟道："张骞此行，已身怀死志。他不是声东击西，而是飞蛾扑火。我甚至觉得，他要将计就计，诱敌而擒王。"

"擒王？"卓轻闲顿时僵住。

"你马上就要知道答案了！外面应该是吕英他们赶回来了……"轻叹声中，她推开门，飘然而出。

那一袭黑袍，很快便融入沉黯的夜色中。

卓轻闲此时才听到由远及近的马蹄声响。果然，是吕英赶回来了。

（凿空记第一卷　终　）

王晴川·著

碧血记

第二卷

新星出版社　NEW STAR PRESS

目 录

1　　引　子
8　　第一章：同心拼狭路
34　　第二章：纵天马，斥单于
62　　第三章：参　战
95　　第四章：射日之战
132　　第五章：一剑凛然
162　　第六章：烈焰龙吟，雪影丹心
194　　第七章：异想天开双龙决
218　　第八章：成　婚
247　　第九章：惊　变
284　　第十章：破　局
308　　第十一章：行路难
342　　第十二章：翻云覆雨大宗师
372　　第十三章：十载昆仑，一朝斩关

引 子

"纵与横的极限是什么?"

暮春时节,残阳如血,斜挂在终南山那苍翠青峻的崖壁上。清幽山谷的草楼前,白发长髯的老者很随意地立在斜阳下,向着尹喜捻须而笑。

他就是老聃,据说姓李名耳,"聃"是其字,天下人以"老子"称之。

忽然听得师尊的问话,尹喜只觉玄之又玄,不敢回答,只是向老者毕恭毕敬地长施一礼,问出一个他认为更重要的问题:"师尊,为什么一定要走?"

师徒二人谈话之时,正值春秋末年,天下混乱不堪。虽然诸侯仍共尊周天子,但这天下却早已不是周天子的天下了。

半年前,尹喜还担任着秦国函谷关的关令。

函谷关是秦国的门户,因"深险如函"而得名,扼守着关中与关东中原往来通道的咽喉。自古由中原进入秦地,都要经过函谷关前这一条狭窄的古道。崤函古道在函谷关前的这一段不能双马并辔,是"一夫当关、万夫莫开"的雄关。

尹喜永远也忘不了半年前的那一日。他站在关楼上极目望气，忽然发现东方竟有一道氤氲紫气，若隐若现，飘然而来。

相传，只有极高明的大修道者才能显现紫色的云气。尹喜心头一阵惊喜。他翘首以待的这位真人，正是老子。

斜阳西坠，崤山险峻的峭壁被残照映出一片绛红的颜色。苍茫的暮色中，凝眸伫望许久的尹喜终于确定，那团缥缈的紫气循着狭窄的崤函古道，正渐渐来至函谷关。

西风古道，暮色苍茫。一位皓首白须的老者骑着一头青牛，悠然走向函谷关。

白衣的老子与乌黑的青牛，一白一黑，一静一动，一个轻灵一个稳重，交织出饱含阴阳智慧的道之意境。

尹喜与老子相见，当即跪地，拜老子为师。也许是见他诚意十足，也许是因为时机已到，老子同意收他为徒，从而他也就成为这位大天觉者唯一的弟子。

尹喜大喜若狂，当即辞官而去，随老子西行至终南山内，结了草楼，隐居修道。可惜，老子只留给他不足半年的时光。

今日黄昏，老子终于推门而出。暮色四起，老子在谷内悠然踱步，尹喜毕恭毕敬地跟在他身后。遥遥地，远处传来一声马嘶。透过暮霭笼罩下的婆娑树影，可见山道上一辆马车正缓缓驶过。

老子忽然一笑："尹喜，你看那车轮。"

尹喜凝望着碌碌滚动的车轮，疑惑道："夫子，这……本来就是很普通的车轮啊！"

那确实是当时最普通的车轮，轮牙通过三十根木质车条与车轴相接，称为辐辏。双轮在夕阳中滚滚远去，碾起一路烟尘。

"三十根木条在轴心聚集。因为轴心是空虚的，才有了车轮的作用。"

尹喜若有所悟："夫子，车轴的空虚，就是您常说的'无'吧？"

"还有呢？"

尹喜远望着已经消逝的马车，边思索边回答道："三十辐车条会聚到车轮的中心之轴上，车轮转动的时候，车条均匀承受重力，而这些车条的中心圆孔，却无有一物。正因为无有一物，才能使其外的三十辐车条都发挥其均匀使力的作用，进而周转不息。"

"有之以为利，无之以为用！"尹喜见老子微微点头，也双目放光，"这岂不正是您常说的道理么？有，给人以便利；无，才能发挥功用啊！"

"这就是虚无的妙用！"老子扬起头，远望落日晚照下恢弘的终南山，"虚怀若谷，才能领悟天间地的大境界。其实世间万物，都在展现着道的境界！"

"这就是夫子所说的'致虚极，守静笃'。虚怀若谷，是说修道者待人处世，也应如空旷的山谷一样广阔豁达，包纳一切，宽容一切。"尹喜一阵激动，深深长揖。

"今日，我已写完那五千字学说。这是应你之固请所写。该留下的，我已经留下。天时已到，我想我应该走了。"

尹喜惊道："夫子已经是大天觉者了，可以随时随处感悟天地间最神秘的天机，为何一定要远游？"

在遇到老子之前，尹喜已经是个极高明的修道者，但遇到老子的这半年，才让他真正感悟到了天道的本原面目，可惜，仅仅半年，师尊便要离开。

老子向他投来深邃的一瞥，尹喜心中的黯然随即如流水般退去。他们都是洞彻天机的大修道者，对于人生之际会别离，早已到了淡然处之的境界。

"师尊的学说，应该有个名字。"尹喜再次长揖。

"我之学说，谈的是大道，那便叫……道家吧。只是道者无为，取什么名字，都是强而为之。不过，喜啊，你会看到一个繁花璀璨、百家争鸣的时代，而道家将在你手中大兴。"

老子深井无波般的眸中露出一丝欣慰："你会有很多弟子，但最著名的两个,还是大弟子和小弟子。这两人将来都会比你有名……很有意思的是,这两人虽会成为一生挚友,但他们追求的道却完全不同!"

"弟子谨记。"尹喜心内终于也有了些舒畅,终于忍不住问,"夫子要去哪里,何时归来?"

"只向西行,莫问归期。"

尹喜一愕。实际上,老子就是从大周都城洛阳一路西行,过函谷关而入秦地,才带着他到了这终南名山隐居。

在当时中原人的眼中,函谷以西的秦之属地已经是偏远的西方。但想不到师尊仍要再向西行。如果继续向西不停地走下去,那要去到哪里?

"这么说,夫子还是要去西域之地,去寻找那传说中的……昆仑?"

老子远眺那轮落日,悠然道:"还记得我曾跟你说过的姬盈虚么?"

"自然记得,周穆王的幼子,开创昆仑道的一代奇才。"

老子叹道:"周都的守藏室中本来藏有大周建国以来搜罗的天下之图书典籍,包括从夏代、商代传下来的文献古籍,但我早就发现,许多古书名典都已失传了,它们似乎是毁于一场浩劫。"

"是周幽王的犬戎之乱么?"尹喜的第一反应便是周幽王宠幸褒姒、烽火戏诸侯,遭犬戎之乱,周都镐京因此毁于战火。

"不,比那要早得多!从留存下来的典籍推断,这场大乱应该是四百五十年前左右,周穆王之孙周懿王姬囏时期的迁都之争。姬盈虚也被卷入了这场纷争。"

尹喜一惊。他知道,创造了无数奇迹的周穆王死后,其子周恭王姬繄扈时期,周王室已经财力不振。再传至周懿王姬囏时,更是边患不断,西戎甚至出兵侵袭了镐京。周穆王的孙子周懿王不得不迁都到了槐里。

实际上这次迁都,距离周穆王去世,才不过四十余载而已。作为周穆王生前最宠爱的幼子,姬盈虚当时五十多岁,正是修道者春秋鼎盛的年华。师尊博览群书,看来他口中淡淡的一句"迁都之争",背后实则是一场极大的纷乱。

"是的,那次被迫迁都,对周王室是极大的打击。"老子叹道,"我隐隐地觉得，是刚愎自用的周懿王姬囏对自己那位创立昆仑道的王叔姬盈虚太过忌惮。在迁都的多重缘由中，其中一项便是借机对昆仑道进行了疯狂剿杀，姬盈虚最终下落不明。"

"要知道，周穆王生前，对姬盈虚这位天赋无双的幼子极为看重，将周王室最精华的典籍都传给了他。是的，其实周朝许多机密的典籍都保存在姬盈虚创建的'昆仑道'的手中。可惜，经此劫难，昆仑道宗门的许多精华秘典也在那时候丢失了。但我在守藏室中，却无意间发现了他们的一些秘密……"

尹喜心头暗惊：昆仑道创建于五百余年前的周穆王末期，据说在创建之初，它便是这世间最神秘的组织，直到现在，它仍然近乎一个传说。

夫子很少谈论昆仑道，在离别之际，却忽然谈起这些，显然一个极大的秘密就要被揭开了。

"知道我为什么离开大周守藏室么？"春风轻拂老子宽大的襟袍，他的声音中忽然有许多寂寞无奈之感。

"除了你这样精通望气的高深道者，在许许多多的人眼中，我只是一个不通世故的糟老头子。可我这个衰朽老头，经常会看到有外人闯入守藏室，恣意翻找些什么。周王室早已彻底衰败，无力阻止这些不速之客，何况这些人中，除了小部分来自江湖，更多的人有齐、楚等大国的深厚背景。"

尹喜不由深深叹了口气。师尊和光同尘，如果他不想让别人看出来，那么哪怕是通明道至境的大宗师，也只会认为他是个衰老的守藏室管理者而已。

师尊如果出手拦阻这些人，不过如同掸去身上浮尘一样简单。

"可是师尊为何没有出手？"

"因为拦得了一时，拦不得一世，周王室早就大势已去了。"老子苦笑起来，"其实那些人如果当真想借阅几本典籍，我倒很想跟他们谈谈。周室将亡，那些珍贵的图书古籍若能藏于齐、楚等大国的学宫，也算是一件薪火相传的好事。可惜啊，他们关心的却不是典籍和文化，而是这个……"

老子展开宽大的袍袖,一只晶莹剔透的玉盘从袖中滑出,虚浮在空中。盘上隐隐刻有山水图案,整个玉盘闪着氤氲的紫色光华。

尹喜恍然,又觉得那玉盘上的紫气颇为眼熟,忍不住道:"原来这才是紫气东来的秘密!"

当日他在关楼上望气,发现了那团缥缈紫气,这才断定骑青牛而来的老子绝非常人。拜师之后,尹喜常自感庆幸,身为大天觉者的夫子早已与光同尘,自己却侥幸能望气感知到。这时他才明白,自己望气所见的紫气,原来是这神秘的玉盘所发。

"是的,我没有刻意隐藏这玉盘的气息,能被你望气所见,也算是天机!"

尹喜又惊又喜,细看那玉盘上的山水图案,不由惊道:"这难道是……传说中昆仑道的穆王玉盘?"

老子缓缓点头:"相传周穆王远征西域,登昆仑,见西王母,可惜他回到周都后,对此事绝口不提。其实他只是不愿所传非人,一直到其晚年,才将所有的秘密,都刻在了这只玉盘上。"

尹喜心内波澜起伏,这应是师尊在传授给自己修炼大道之外,又一个极大的机密。

"此盘留存世间,一定会引起万人争抢,徒增血光。"老子大袖再挥,一股柔和的力量挥出,玉盘上紫光暴涨,随后那些光华化作耀目的紫色火焰。

紫焰在玉盘上舒缓游走一圈,最后爆出流星样的缤纷光影,玉盘则在那些璀璨的光芒中消失。

老子的手中多了一只奇异的玉圭,尹喜则惊讶地发现,自己的掌心多了一个紫色的指环。

"这指环是我送给你的大弟子的。"老子手一抖,将玉圭收入大袖中,"至于这玉圭,来日他能否拿到,只能看天机如何了。"

尹喜望着掌心的指环,若悲若喜,叹道:"夫子,昆仑到底在哪里?"

"告诉我，纵与横的极限是什么？"老子没有回答弟子的问话，而是再次抛出了最初的那个玄而又玄的问题。

"弟子不知。"

老子微一沉吟，指间已捻出一枚白莹莹的棋子，道："一枚棋子，若是跳出棋盘，会怎样？"

尹喜苦笑道："那它就不是棋子了，而是个被提掉的废子。"

"不然！它也许会找到一个更大的棋盘。"老子眼中满是智慧的深邃之光，"纵与横的极限是什么？就是……坚持！"

夕阳下，尹喜恍然有悟，郑重地再向师尊跪倒叩拜。

老子则跨上青牛，披着一身霞色，悠然向西行去。

望着师尊的身影渐渐消逝，尹喜洒下两行清泪，之后无悲无喜，低头凝视掌心的指环，喃喃自问："纵与横的极限……我的大弟子，他会是谁？"

暮色苍茫，西天已经缀满了紫色的晚霞。

第一章

同心拼狭路

．

仿佛是暮霭苍烟的颜色，四周都是雾蒙蒙的，那应是一间很大的屋子，只是裹在一片茫茫的雾气中。

雾气中有光。光束忽明忽暗，似乎有无数道光在缠斗，却谁也压不倒谁。

张骞知道自己又在做梦。已经是连着两日做这个古怪的梦了。他随即又觉得很奇怪，现在自己真的在梦里吗？为什么自己竟清楚地知道自己是在做梦？

那些雾气慢慢淡了些，又淡了些。张骞终于隐约看到屋内竟坐着三四个人，他们就那么静静地坐着，静静地盯着他。

"你们是谁？"张骞忽然觉得很冷。

"你又是谁？"有个人开口问他。

另一人却道："我们是你！"

又一人道："你也是我们……"

张骞心底的寒意越来越盛，他隐隐地觉得，那些人说的竟是真的。他们真的是他，他也真的是他们。

这句话无比拗口,却又让他坚信不疑。但这又是怎么回事?

忽然,他看清了那些人中的一张脸孔,陆鸦!

"陆鸦,你……你不是死了么?"张骞大叫起来,"是你!上一次我梦到的就是你!你竟钻到了我的梦里来,就在这间屋子里……"

陆鸦慢慢地扬起脸,熟悉的年轻的面孔,带着死前的那抹神秘笑容:"你……你叫我什么?"

他虽然在笑,但那张脸却很僵硬。下一瞬,一抹利刃从他的额头探出,迸出无数的血花。

陆鸦却浑然不觉,甚至连那冰冷的笑容都没有丝毫变化。

张骞觉得自己的头被什么东西箍住了,疼得似欲裂开。他拼力挣扎起来。他知道再这样下去,自己或许真的会死去。

陆鸦慢慢地逼了过来,忽然却又有一道模糊的人影扑过来,抱住了陆鸦。无数光柱起伏缠绕,又有许多人影扑过来,在浓雾中跟陆鸦扭打在一处。

张骞想张口大叫,却喊不出声,强大的窒息感如浪潮般袭来,而脑仁更似被利刃刮钻,剧痛难忍。

蓦地,他感到肩膀处挨了一击,仿佛被什么东西咬了一下。这次的痛却是真实的,窒息感和头疼感如一缕青烟般从体内散出。

张骞大口喘息着,睁开了眼。

自己果然是在做梦!但这是什么梦境,为何如此古怪?

陆鸦,这个已经彻底死去的怪人为何忽然钻入自己的梦里?在梦中和他拼力撕打的那几个人又是谁?

"起来!快起来呀,你这个废柴,别做春梦了!"一道古怪的细细的声音传入耳中。

"你是谁?"张骞艰难地扭过头,却见枕边趴着一头火红的小兽,竟是火壁虎。这家伙的身子在暗夜里发出淡淡红芒。

"火壁虎,你这家伙怎么还能口吐人言?"张骞的后脑还有残余的阵痛。这一幕太怪异了,难道这是噩梦的遗留,抑或是自己宿醉未醒?

"说两句人话有什么大惊小怪的！当年大爷纵横天下的时候，见人说人话，见鬼说鬼话，引无数美女做春梦。"火壁虎扭着头，火红的信子不住吞吐着，"你这个废柴倒是赶紧起来呀，有危险了知道不？这么大岁数还春梦缠绵，关键是梦里面还是个男人，你羞也不羞？"

张骞只觉哭笑不得，这孽畜当真知道自己所做的梦境？

好在这时，他的腰胯处又被人重重踢了一脚。

"谁？"彻底清醒的张骞一下子坐起身来，只见一道高挑的倩影秉烛站在自己榻边，竟是吉祥居次。他扭头观望，却见火壁虎正从枕边飞快地窜入自己的袖间。

"居次！"张骞揉着被踢得生疼的腰胯，问道，"你来此何干？"

他记得自己是被羁押在王府对面的一处宅子内。这深更半夜的，吉祥居次赶过来要做什么？

吉祥并不言语，只冷冷地将手中的蜡烛举高了一些。烛光铺开，张骞才瞧见两个人倒在她脚下，都是侍卫打扮，手持弯刀，虽然满面狰狞，却动弹不得，显是给她制住了。

"这两人是谁……他们来此作甚？"张骞大是疑惑。如果不是鼻端又嗅到了吉祥居次那抹熟悉的高雅幽香，他甚至觉得自己又坠入了另一个梦境中。

"穿好衣服，跟我走！"吉祥居次似乎懒得多说什么，吹熄了蜡烛，扯住他的腕子，将他自榻上拎了起来。

张骞本就是酒意上涌后和衣倒下，此时忙蹬上靴子，道："你要放我走么？多谢了！"

"不要痴心妄想，跟紧些！"女郎冷哼，同时小心翼翼地推开房门。

门外黑漆漆的，忽然一抹刀光劈头袭来，竟是还有人埋伏在门外。吉祥似乎早就料到，扬手一刀挥出。

张骞这时才真正看到吉祥出手。她的刀势很从容，却带着无比辛辣的气韵。这样流畅完美的刀势，本来应该是修炼几十年的高手才能施展得出的，但吉祥居次却信手拈来，显示出强大的修炼天赋。

夜色中，一抹艳丽的金光随着她的刀势亮起，如凤展翅。门外响起一道闷哼，那杀手摔倒在地。

"凤翅金刀！是吉祥居次！"外面有人惊呼出声。

跟着便响起一道冰冷的喝声："吉祥居次，你这是要公然作乱、劫持汉人使者么？"这匈奴话说得颇为冰冷威严。张骞凝眸望去，只见三道黑影凝立在月色中。他们都没点起火把，衣饰也是极普通的匈奴侍卫装束，显然是想隐瞒身份。

"公然作乱的不是我吧？你们这些人悄然潜入此地，试图谋杀汉使，是谁的主张？"

冷斥声中，女郎一脚踢在横卧榻边的一人身上，这人全身经脉早已被她封住，此时被这凌厉的一脚踢得飞身而起，直撺入院中。

外面的三道黑影各自向旁让了让，为首那人冷笑道："居次说笑了！我们只是奉命值守的人，怎么会谋害他？"

"你们悄然赶过来，将这院内奉命看守的护卫尽数击倒，再于卧榻旁举刀，还敢说是值守？"女郎说着，猛地将榻边僵卧的另一人揪起来，雪亮的金刀横架在那人脖颈上，冷冷道，"是韩当下的密令么？快说，我的耐心只有喝一碗水的时间。"

那人颤声道："居次，不要误会……"话一出口，冰冷的刀锋已侵入他的肌肤。

"谁下的密令？说实话，还剩下半碗水！"女郎清冷的声音中，凤翅金刀已从脸颊割到了耳边，再向脖颈延展，鲜血滴滴答答地流下。

"是……是韩大人！他要我们杀了张骞。"那人吓得浑身发软。

院中的三个黑影齐声怒斥，但他们的气急败坏反而吐露了一切秘密。

"韩当擅作主张！你们都给我滚回去吧，等父王回来，自会收拾他的。"女郎一脚又将那人踹飞了出去。

张骞大吃一惊，随即心中明了：自己看破了韩当的身份，又不肯归降，显然已成为韩当的眼中钉。听吉祥居次所说，左贤王应该已经离开了休屠城，韩当就是趁此时机，擅用左贤王的名义，对自己痛下杀手。

值得庆幸的是，不知为何，吉祥居次竟截获了这次暗杀密令，及时赶来，救下了自己。若不然，自己很可能在梦中就做了这刀下之魂。

他不由看了眼吉祥。黑夜中看不见女郎脸上的神色，隐约只见那夜风中的雾鬓风鬟，还有夜色中依旧妖娆的黑色背影。

"抱歉！禀居次，韩大人给我们下了银蛇令，见此令牌如见左贤王。"一道矮壮的影子举起手中一面银光闪闪的令牌，"韩大人说了，此人掌握了太多休屠城的秘密，若任其赶到单于那里去告密，只怕后患无穷。动手吧！"

矮壮汉子双手轻击，便有数道黑影从院子的阴暗角落里倏然出现。

吉祥也不由一凛：韩当居然出动了八名龙城死士！虽然左贤王亲自训练出一批龙城死士，但离开匈奴的权利中枢龙城时，只带出不足五十名。这些人都是踏入通明道的高手，不但手段铁血，相互间更是配合娴熟。

罡风呼啸，两人已挥出长鞭，鞭影在空中便化成了飞蛇。那确实是有着灵性的飞蛇幻兽。飞蛇在夜风中扭动着，飞窜着，迅速增多，向张骞和吉祥二人扑来。

两名死士挥动弯刀，如飞般扑来。另两人则端坐在地，奋力拍击腰间的圆鼓。鼓声嗡嗡，怪响声如有实质般地向张骞和吉祥二人撞来。

鼓声入耳，张骞只觉全身气血翻涌，几乎便要栽倒在地。这些龙城死士的巫法果然邪门得很。

吉祥忽然动了。她猛然抓住张骞的脖领，运力一抡。

这女郎虽不似师滢那样弱不胜衣，却也是高挑婀娜的一副娇怯怯模样，但这一抡，那玉掌间竟似蕴着从天而降的飓风，张骞被一股巨力推送着，化作一团黑影，远远飞出。

吉祥居次大袖舞动，再向那击鼓的两人挥去。突起的飓风中，她长发飘飞，衣袖迎风鼓荡，越发显得纤腰楚楚，仿佛夜色中从空飞降的妖娆天女。

"天龙卷？"矮壮黑影大惊，喝道，"大家小心！"

飓风汹涌卷来，两面腰鼓激飞上天。然后，吉祥居次便冲了出去，那把弯刀闪出凄艳的金色光芒。

刀出，血飞，一个死士惨叫着倒下，肩骨被一刀劈折。几乎在同时，又一名死士的小腿骨被她一脚踢断。

飓风奔涌间，天昏地暗，吉祥已乘机飞掠而起。

她修炼的"天龙卷"还未到上乘境界，对垒剑侯风君天这样的顶级高手无法施展，但应对道阶远不如她的这几大龙城死士却极为有效，飓风瞬间就将那几人卷得七零八落。

张骞在狂风中飞坠下来，撞破一道茅草屋顶，便听得几声马嘶，原来竟是落入马厩内。忽然间一抹幽香撞来，背后一只玉臂环绕过来，女郎已揽住他的腰，跃上一匹马，催马前行。

刚奔出马厩，两道飞索便从背后袭来。吉祥居次头也不回，扬臂抓出，揪住飞索，运劲一拽，两名挥索死士便被她硬生生地拽了过来。与此同时，十余支暗器激射而至，却全打在那两人身上。

一人怒喝道："混账竖子！不许放暗器，小心伤到居次！"

便有人也抢上马，乱糟糟地催马追来。

"还给你们！"吉祥居次扬手挥索，将那两人扔了出去，嘶号惨叫间，前方追击最急的两匹马一起滚倒。

这几大死士都是通明境的高手，却被她随抓随抛，如戏婴孩。

宅院内突如其来的混乱，惊醒了被软禁在另一间室内的姬诚。

被擒后，这位大汉第一副使在第一时间就表现出了他的软弱和对荣华富贵的贪恋，所以他得到好吃好喝的待遇，晚上还有两个艳丽胡姬热情伺候着。姬大人本就是修炼中人，仗着功力深厚，在床上把两个胡女折腾得筋疲力尽。

此刻乱声一起，姬诚便一骨碌爬起身，扫了眼兀自酣睡的两个胡姬，脸上掠过一丝得意的冷笑，如狸猫般闪到门口，从门缝中向外张望。

迅速判断出混乱的形势后，姬诚的脸色变得有些复杂，但他却没有动。

他那灼灼的目光掠过混乱的人群，望向院墙外远方的一处建筑。那是一座有着鎏金庐顶的高大穹庐，仿佛一尊耸立在天地间的黑天神。

那里，据说安放着匈奴人最为尊贵的祭天金人。

吉祥的脸色苍白如纸。这几下看似举重若轻，但因她不想伤人性命，完全以强悍的道阶碾压，虽然简单迅捷，却耗损了极多的罡气。

二人纵马奔出宅院，早已看见远处大批人马举着灯笼火把奔来，遥遥地听得有人在呐喊："大家小心，有女奸细劫走了大汉使臣……不要放走这几个狗贼……"

"恶贼韩当！"吉祥愤愤地骂了一声，拨转马头，斜刺里冲入一处窄巷。

张骞也是心中暗惊："韩当竟敢如此行险！许多人都看到是吉祥居次劫走自己这汉使，他如此作为，岂不是想连吉祥居次也一起暗算？"

吉祥在窄巷内七拐八绕，很快便甩开尚在远处的军马，但那几道死士的黑影却似附骨之疽，始终不紧不慢地缀在后面。

一道阴森森的声音自后传来："奉劝居次莫要顽抗了！左贤王殿下军令如山，银蛇令令出必杀。你只要将那小子扔下马，我们绝不敢为难居次。"

张骞大觉焦急，忽听吉祥道："你来控马。"不由分说，将缰绳塞入他手中。

他扭头想对吉祥说什么，却见吉祥银牙紧咬，忽然挥刀刺入自己左臂，再屈下肘，让血流入右掌掌心。

张骞大吃一惊："你要干什么？"

"少废话！慢一点，让他们追过来。"吉祥的语调更显阴冷。

张骞依言收缰，几个黑影转眼间便急掠而到。

这四人一直紧追不放，只是顾忌吉祥居次的神术，不敢过分逼近。这时见前行的马匹突然放缓，四人打个呼哨，忽然运功飞掠，分别从左右兜击过来。

吉祥猛然转身,将右掌心内沾了鲜血的一蓬飞沙挥了出去。她蓄势良久,黑沙在空中已化作两道龙形的暗影。

黑龙样的暗影在空中扭曲盘旋,然后狠狠地打在那四人的头脸上。

"大青神沙,是大青神沙!"那四人哀嚎连连,抱着头,倒地翻滚不已。

吉祥眼中掠过一丝黯然,扬眉远眺,见身后再没有追兵,这才与张骞纵马奔出。

这座休屠城城墙形制远不如汉地规整,吉祥居次经常纵马出城打猎,对这座城熟稔无比,此时选的路径,正是西北侧的城墙豁口。

出城之后,便奔向西北方的茫茫原野。

吉祥施展"大青神沙"这门神通,显然耗费了不少元罡,在马上凝神许久,才喘匀了气息。

"多谢!"张骞不敢跟她挨得过近,尽力将身子向前探,叹道,"居次是要带我去见大单于?"

"大单于就在休屠城西北的苍龙坡,距此不足百里,父王应该已赶到那里去候驾了。只要找到父王,哼,韩当这狗贼……"吉祥愤愤地挥动马鞭,"喂,你的头再低些。"

张骞只得伏在马背上,却道:"那好!咱们还是走大道为好,马蹄印迹会复杂难辨。"

吉祥依言调转马头,顺着草原边缘的大道疾行。

夜深如海,冷月如钩。和一位绝色美女紧紧偎依着,同乘一马在大草原上疾奔,颈间不时有飞舞的发梢掠过,鼻端幽香时闻,张骞觉得自己简直就是在做梦。

在一条岔路前,张骞又道:"弃马,咱们走另一条路。"

吉祥对他的话倒是言出必听。下得马来,她拔刀往那匹马后臀一刺,马匹吃痛,向前疾奔而去。

二人则向另一条岔路奔去。吉祥扯着张骞的腕子,施展开神行术,如飞奔行。这一条路显然绕了些弯子，不久又回到大草原的边缘。

张骞想到这女郎连番苦战，耗损了不少元罡，忍不住道："你累了，要不要歇一歇？"

吉祥不答，只是紧紧拽着他的手，向前拼力疾奔。

她的手很软，却很温热。张骞心里微微一动，忍不住侧头去看她，不想她也在看他。

二人四目交投，她忽然转过脸去，嗔道："看什么？小心我剜了你的眼睛！"

张骞苦笑了一声，暗想，这女子其实是个心肠火热，但为何嘴上总是这样凶巴巴的？

他正想开口打趣她两句，忽觉背后有些异样，回头看时，却见月下有一道暗影悄然掠来。

这黑影来得奇快无比，却又诡异非常，若不是张骞闯荡天幻堡后，心神感知异常灵敏，也决计察觉不到。他这一回头，女郎也立时警觉。那道黑影也觉出自己露了行迹，骤然加速，如神龙腾空般迅猛奔来。

女郎秀目一寒，骤然挥刀。

刀芒在夜色里如突然绽放的金色莲华，那黑衣人立时如梦里的影子般被刀光劈碎。

但同一时刻，张骞发出一声闷哼，腰间被一股罡气袭中，横着跌了出去。

张骞内心十分惊讶："先前我看得清楚，那几个死士都已被吉祥用神沙所伤，怎么还会有这样的高手跟来？"

他急待挣扎起身，但全身却似被绳索紧紧捆住，动弹不得。

吉祥更是震惊：她的元罡虽耗损了不少，但这一刀仍有八成功力，这对手竟能轻易逃脱！她纤腰疾扭，刀光漫卷而上。

淡淡的月辉下，那人仿佛只是淡淡的一抹烟雾。金色刀芒已将那幽黯的影子劈得七零八落，但吉祥居次却觉得自己所劈中的，真如地上的影子，砍得到，却斩不碎。

蓦地，听见那人发出一声冷笑，一缕青烟从其袖中窜出。

青烟裹夹着很夸张的香气。吉祥暗叫不好，急忙闭气，却仍被一股诡异的气息侵入了体内，霎时腹内生寒。

"这是什么毒烟？"吉祥又惊又怒，大喝一声，"现身！"

她繁花错落般的刀势骤然一凝，夜空中忽然爆出一道凤凰展翅般的凌厉金芒。

刀芒闪处，一道暗影在她身前丈余慢慢清晰。那是个矮胖的身影，眸子阴冷如蛇。

张骞和吉祥都是惊疑不定。这矮壮汉子正是先前那批黑衣死士的首领，但那时候他在众人前的表现，一直是很寻常甚至是有些笨拙的，但此时才显示出其强悍的实力。

"大胆狗贼！这是什么毒？"吉祥怒喝，心底更是又惊又怒，"这人的功力甚至比自己还要高深，却始终隐藏自己的身手。而就是这样一个厉害的人物，居然会对自己用毒。"

"没什么，小小毒烟，只是令居次的罡气在六个时辰内无法正常运转而已。"那人淡淡一笑，"我这次来，本是要解决汉使张骞的。但现在，我忽然发现，我对居次也很有兴趣。"

"放肆！你想怎么样？"

吉祥居次气得脸色煞白，暗道，韩当派来的杀手对自己始终存着几分客气，但这人竟如此大胆而阴毒！他到底是谁？

"居次是匈奴第一美女，艳绝天下，往日里只能看看，现在……这简直是天神赐给我的良机呀！"那人竟舔了舔嘴唇。

"狗贼！"吉祥只觉腹内的寒气越来越盛，罡气运转已受到很大的限制，却仍是奋力一刀劈去。

刀出，敌逝，吉祥仍感觉自己只是劈中了一片烟。这人施展的毒术是烟，而他的道法路数也与烟一样，诡异而飘忽。

女郎的刀招虽是含愤而出，犀利无比，但劲道却已渐渐虚软。

"原来是黑藜烟！你……你莫非是右贤王的死士？"女郎惊呼出

声。

"不错，在下沙灼。"狞笑声中，矮壮汉子终于出刀。刀势悍猛，如迅雷轰山，重击在凤翅金刀上。

流光一闪，吉祥居次的弯刀被震飞上天。她踉跄退开两步，惊道："你……你到底要怎样？"

"要怎样？忘了你们当初怎样对待右贤王的幼子阿虎了么？"沙灼阴森森地说道，"右贤王对某有知遇之恩。我在他驾前洒了血、发了誓的，但潜入此地这么多年，一直找不到什么机会。直到今晚，韩当那个狗汉贼给了我这个机会。"

张骞登时一惊。他想到了韩当的话，当日正是于单太子和右贤王联手，将左贤王赶出了龙城。看来右贤王对左贤王忌恨尤深，竟派出死士高手，隐藏在左贤王的麾下。

只是不知这沙灼所说的右贤王幼子之事是什么事件。看来已经很多年了，这个死士沙灼一直在左贤王的心腹韩当帐下蛰伏，老老实实，隐藏实力，等待时机，直到今晚才亮出爪牙。

"住手！沙灼，你知道自己在做什么吗？你要做的事情，哪怕是右贤王也承担不起！"张骞惊怒大喝，同时运劲挣扎。但此刻他急怒攻心，忽然间竟全身麻痒，四肢剧烈地抽搐起来。

张骞心中一寒：偏偏在这时候，自己身上的蛊毒居然发作了！

他身体突突发颤，想去掏取郑大师当日赠给他的药丸，但手脚都被罡气封住了，伸展不得，甚至也无法开口说话。

"张骞你怎么了？"吉祥居次大惊，以为他又遭了沙灼的毒手，忙向他奔去。

沙灼身形一晃，拦在她的身前，狞笑着说道："美丽的居次，张骞说得对，今晚的事情如果泄露出去，甚至右贤王也承担不起。不过，这个汉使张骞是个很好的替罪羊。"

"嗯！匈奴第一美女被张骞劫走了，再被张骞凌辱折磨致死。当然，美丽的居次在死之前，又杀死了张骞。这是多么完美的结局！老子也算为多年前幼子失散的右贤王报了大仇。"

他的眼中爆出邪恶的光芒,嘶的一声,吉祥居次的锦袄已被他的铁爪撕破。女郎一声惊呼,雪白如玉的肩头已是裸露在清冷的夜风中。

"真美啊,你简直就是雪山上迷死人不偿命的小妖女!"沙灼喘息着,合身扑了上去。

吉祥奋力躲避,但烟毒发作,此时双腿已是迈不动步伐,她的柳腰奋力后折,弯出一道优美的虹桥。

与此同时,一缕星光般的剑芒从她的袖中挥出。虽然这时候她已罡气枯竭,但这一招螣蛇袖剑仍是犀利无比。

沙灼欲火中烧,扑上前来,没料到她在此刻还有这一绝技,忙拼力扭头。但因扑得太猛,他的左脸乃至左肩都被袖剑划破。

"小妖女,老子一定要好好折磨折磨你!"沙灼嘶吼着,如同一只公牛般疯狂扑了上来。

与此同时,吉祥的力气也似在一瞬间被抽空了,整个人软倒在地。

沙灼气喘吁吁地压在女郎身上。吉祥惊呼声中,长发披散,锦袍被粗暴地撕开,现出大片欺霜赛雪的玉肌,月色下白得耀眼。

"住手!"张骞大吼着,"快给我住手!"

这些话在他内心喊得惊天动地,实际上口中却没有一丝声响。

他已喊不出声来了。他奋力地瞪着眼,在心底奋力地呼喊着,抽搐的四肢不住踢打着身下的草地。

忽然间他只觉眼前一黑,昏了过去。

他陷入了无尽的黑暗,黑暗中随即又腾起亮光,仿佛有四五个璀璨的太阳升起来了。

然后是长江大河般的激荡巨力滚滚而来,浑厚的力量如同暴怒的巨龙,蓄势待发。终于,一声狂暴的怒啸爆发出来,响彻天际。

太阳、江河、巨龙,所有的一切又都变成了星光,飘向天空,最终碎成无数闪耀的星芒。

只有那道长啸还在继续,张骞终于睁开眼睛。

他发现长啸的人居然是自己。他喘息着，抱住自己的头，只觉头痛得仿佛就要裂开了。

"喂，你……你好些了么？"

一道清脆的声音传入耳中。

他茫然抬起头，瞧见月色之下，吉祥居次正望着自己，那张美艳不可方物的脸上此时凝满了惊讶之色。

"吉祥，吉祥！你没事吧？"张骞大叫着，一把将她抱住。

吉祥居次忽然给他抱住，只觉他的双臂如同铁铸的一般，坚强有力，那铁臂上更带着一种强大的安全感。想到方才惊心动魄之处，她忽然内心万般委屈，忍不住放声大哭。

"你怎么样了？"张骞给她一哭，慌得放开了她，"那恶贼哪里去了？啊！这里刚才发生了什么……"

他惊讶地发现，沙灼死了，而且死得不能再死。草地上横陈着四五块残缺的尸身，但那张惊恐的脸，不是这狗贼又是谁。

"谁……谁杀了他？"

"是你！"吉祥收了泪，目光复杂地盯着他，轻声道，"适才这恶贼将我扑倒，那时候我一点气力也没有了，你也倒在地上抽搐。然后，忽然间，你竟然扑了过来……

"沙灼狂笑着站起身，嘴里骂着，说你是前来送死。但我没想到，你就如同天神下凡，只用了两招，便将沙灼打碎了。是的，打碎了！你打碎沙灼，就如同打碎一个陶罐。原来，你是一位天元道至境之上的大宗师……可你适才的样子，真有些吓人！"

"天元道至境之上的大宗师？"张骞愕然伸出双手，攥紧，又再放松，摇了摇头，"这怎么可能？"

两个人在夜风中愣愣地对视着，久久无语。

忽然，吉祥轻轻地说道："难道……是他？"

"谁？"

"陆鸦。你适才的招法很像是陆鸦。"

"这……这怎么可能？"张骞眼中满是惊愕，痛苦地抱住了头。

吉祥跟他探过天幻堡，知道张骞肯定不通术法，但就在刚刚，这个完全不通术法的人，忽然变成了一个超越天元道级别的大宗师。

她喃喃地说道："可能你还不清楚，在天幻堡内，陆鸦最后对你施展的，应该是一门叫夺舍法的道术。如果这门道法施展成功，那么他的元神就会侵入你的脑内，你的元神会被他完全碾压而亡。然后，陆鸦会用你这个张骞的身体继续在世间生存。"

"这世间怎会有这样的邪术！那么，陆鸦岂不就因此术而得以长生不死？"张骞只觉不寒而栗，忽然又道，"不错，我想起来了！怪不得陆鸦的那张脸如此年轻，怪不得雷震子开口就骂他，说他那张臭脸一直在变！"

"我也一直以为这门术法只是个传说，但没想到，世间竟真的有人能施展这种法术。昆仑道的实力，果然是深不可测。而且，陆鸦的夺舍术显然技高一筹。他应该是先将自身元罡注入到你的体内，所以适才你才有这么强悍的实力……"

见张骞眸中的惊惧之色越来越浓，女郎又道："别怕！我记得，当时我出手的时机拿捏得极为精准。我及时刺死了他，还直接刺穿了他的印堂识海。他本不应该夺舍成功的，除非……"

"除非怎样？"张骞有些焦急。

女郎的美眸中也涌出一抹忧色，道："除非他太强了，或是那门术法太邪了，他仍有一缕元神在临死前进入了你的脑内……这些日子，你自觉有过什么异常么？"

"我这两日常会做梦。这些梦都大同小异，梦里是一间广大而古怪的屋子，里面有不少陌生的脸孔，其中最醒目的那张脸就是他……"张骞想到那古怪梦境，仍觉不寒而栗，"是的，陆鸦，常常出现在我的梦里。"

吉祥沉吟了一会儿才说道："这么说，他没有完全成功。他在最后一刻功亏一篑。拜我那一刀之赐，进入你脑内的，只是他极微弱的一道元神。因为被你自身的元神完全压制，他兴不起太大的风浪，只有在你睡眠时才会出现。适才你忽然浑身抽搐，几乎昏厥，他那道元神才借机得势，你便忽然变成了一个天元道大宗师。"

张骞越听越惊，忍不住道："若是那样，陆鸦为何不趁机完成对我的夺舍？"

女郎摇了摇头："他那道元神还是太微弱，刚才应该是被你自身的强大元神驱使了而已。所以只要你的元神足够强大，他就不会有机会。但也有一种例外……"

女郎望着他的目光有些复杂："就是今天的情形——你的元神感到无能为力的时候，就会让位给陆鸦。而每一次让位，对陆鸦的元神都是一次提升。也许三五次……嗯，最多五次，你就会被陆鸦的元神完全吞噬。"

张骞觉得心底寒意渐浓，忍不住说道："有没有什么妙法奇术，将这陆鸦的元神完全驱除？"

"只怕没有。最好的办法就是让你的元神变得越来越强，最终将其完全碾压。"

张骞沉默了片晌，才沉声道："好吧！只要我治好体内的毒蛊，陆鸦就完全没有机会。"

"你竟然中过毒蛊！"吉祥恍然道，"怪不得适才你忽然抽搐昏厥。那是怎么回事？"

"两年前的事了……"张骞不愿多说，叹了口气，然后慢慢仰起头，"放心吧，一切都会好的。"

他站起身，将沙灼细细搜了身，取出火石、干粮，还有几件奇特的暗器和药瓶等物，都收了起来。

女郎忽觉心绪紊乱无比，不由轻叹道："好了，你可以走了。现在追兵已被咱们甩脱了，你只需离休屠城远些，或许就能完全避开追兵。"

"你呢？"

"我的双腿在几个时辰内还不能动。我且在这里待上半宿，父王的护卫应该能赶过来，他们会救我回去。"

张骞望着她，见她的衣襟已草草掩上，但想是她双手无力，肩颈处已经撕裂的锦袄仍是半开着，露出一痕玉色。

他默然伸出手，将她的衣襟细细掩好了，然后弯腰将她背起来，道："现在，我们去找你父王。"

啪嗒一声，她背上的包裹掉了下来。先前激战时，她一直背缚在身上，这时缚扣松了，才掉落在地。张骞将包袱拾了起来，顺手甩到背上。

吉祥居次忽然觉得呼吸有些紧，泪水夺眶而出。她想不哭，但泪水却不争气，噼里啪啦地淌落。好在这时是被他背着，他看不到自己的泪。

他不说话，只是背着她走，却给她很安心的感觉。她不再哭，轻轻地伏在他宽阔的背上。

"好些了？"他没有回头，却似已看透了她的心。

"嗯。"

她仰起头，不愿让他觉出自己软弱的那一面："我们已经奔出了一大段路，前方数十里，就是万马骑射大会的所在地苍龙坡了，那里是军臣大单于驻跸之处，父王自然也在那里。"

"嗯，令尊说过，苍龙坡万马骑射大会，是万灵天选盛会前最大的一次热闹。"

他迟疑了一下，扬头道："韩当应该会考虑到这一点，很可能已抢先一步赶到那里堵截我们。咱们今晚不必急于赶路。"

"那便听你的。"她却一笑，"反正你们汉人的鬼点子最多。"

她伏在他的背上，心里想着，他虽不会神行术，轻功也平平，但他的步子很大，很稳，就如同他的做事，沉稳而有力。

"居次，多谢你了！张骞这条性命是你救下的。"

"当然要救你了，你还欠我一鞭子呢。"不知怎地，女郎有些讨厌他这样干巴巴的客气，于是也故意让自己的声音冷冰冰的。

前方传来犬吠声，有两座牧民的毡帐耸立在黑沉沉的原野上。这时候的犬吠声传入两人耳中，颇有些温暖的感觉。

"正好！"张骞扬眉笑道，"咱们先寻个人家避一避。"

草原上的匈奴牧民淳朴而好客，见叫门的两个人衣饰华贵，也没敢多问，便极热情地腾出一个帐篷，安排二人在内歇息。

毡帐内很暖和，张骞将女郎横放在榻上，自己则坐在榻边的兽皮上。两人喝了几杯羊奶，才觉气力渐复。

"喂，适才我让你逃，你为何不逃？"她终于轻轻地问。

"我为何要逃？"张骞洒然一笑，"我跟令尊有约在先！况且我的使团还在他的袭击范围之内。"

她的内心略略失望，咬着嘴唇不说话。

张骞忽问："对了，今晚居次是恰好碰上了这群杀手？"

"碰巧吧！我忽然想起来，你那件汉袍已经破了，就拿了件新锦袍送过来。到得院外，正瞧见那几道黑影在对院中的护卫们下手……"

张骞愣了下，才道："原来这么巧！新袍呢？"

"就在你捡起来的那包裹里。"

他打开包裹，里面是一件匈奴贵族所穿的胡裘，由上等皮革、貂皮和汉地丝绸精制而成。他的心内微微一热，不是为这件精美的匈奴胡服，而是忽然想到，哪怕适才激战正酣时，这包裹也被她紧紧缚在背后。

他笑了起来："我正愁这身汉使服饰在白日里太过惹眼。"将那狐裘抖开来，套在自己的汉服之外，居然也颇合体。

他就穿着这身簇新的狐裘坐在她的榻边，忽道："你的易容术真好！在天幻堡时，你扮作牧女，突然出现，将我们都瞒了过去。"

"易容改装，化身千万，这本就是我们宗门的一项修为。师尊说过，那样才能感悟人心，体察大道。"女郎笑起来，不知想到了什么，眸子竟闪闪发光，"那次私探天幻堡，是我自作主张，没想到就遇到了你。"

她的声音忽然轻柔下来，迥异于往日的爽朗干脆，那句"没想到就遇到了你"竟说得细若游丝。张骞的心微微一动，竟不知该怎样作答。

女郎望着他，犹豫了一下，终于问："喂，你在哪里中的毒蛊？"

张骞神色一黯，叹道："也是在这河西附近。"

"你中蛊的地方应在左肩胛处吧，我见你时时按压那里。"女郎眼中关切之色渐浓，但此时她双腿无力，双臂也只有些微气力，口中说道，"你转过来，给我看看。"

张骞转过身，褪下外袍。

"是银花蛊！"

女郎的声音微微发颤，低叹道："这是我族巫法蛊术中的一种。不过，所谓'十三片金叶，三千种银花'，银花蛊流传最广，种类繁复多变，如果找不到下蛊之人，那便无法救助。是谁给你下的蛊？"

张骞眼前闪过那晚血腥追击的惨烈画面，又是黯然摇头："那晚天色太黑了，我只记得追击我的队伍中，那位将军头上有金色的头盔……"

"金色头盔？这样的人只怕并不好找。还有什么其他特征么？"

张骞的身子忽然轻轻颤抖起来，眼前又闪过那些可怖的血影刀光，一时间整颗心仿佛都在滴血。

吉祥望着他那张微微抽搐的脸孔，轻声道："喂，你怎么了？"

"没什么。每次想到关键处，都有许多诡奇的画面扑过来，然后便是大片的血色，让我看不到结果。我总是看不到那个人影……"张骞奋力地摇了摇头，掩好衣襟，坐下来呼呼喘息。

"歇歇吧！"吉祥眼露关切之色，"不过你放心，我会禀明父王，这下蛊之人，定要给你找到。"

张骞没有说话，默默地转身给女郎盖好毯子，才在榻边的兽皮上和衣躺下了。

一躺下，火壁虎便贼兮兮地探出头来，歪头打量着闭目养神的吉祥。显然是因有外人在场，这家伙不愿说话。

张骞看着小家伙，不由笑了笑，这时才觉得周身疲倦酸痛，拍了拍火壁虎的头，他便合上了双眼。

睡意袭来，恍惚间他觉得自己又要走入那间神秘的大屋……

好在这次梦境并不长，耳朵一痛，张骞便被吉祥居次扯回了现实。

刚睁开睡眼，便听帐外几声低啸，接着是人的脚步飘摇起落，显是有极厉害的人物瞬间远去。张骞顿觉睡意全无，心中暗想，难道追兵这么快便赶来了？

二人从毡帐中悄然探头向外观望，遥遥地，只见朦胧夜色中，两团人影正在激战。进攻的一方是七人。这些人分进合击，显然是一种奇异阵势，他们所用的招式也是奇特狠辣。

被困住的一方却只有三人，当中一名大汉长发飘飞，双掌疾挥，几乎独自挡住了七成攻势，另外两人似乎是他的仆役，也是挥动弯刀，舍命相搏。

"那七人是天火巫术！"看出不是追兵，吉祥居次此时心神略放松，凝望那围攻的七人阵势，沉吟道，"这七人修为都不低呀！"

此时月色正好，加上这七人掌间都有火光闪动，耀出阵阵光明，搏斗双方的身姿清晰可辨。细看那七人发出的火光，居然各不相同，有红光，有黄彩，更有青、紫、灰、白等色，火焰幻出不同的形状，瞧来颇为诡异。

"嗯，紫磷枪，碧焰刀，灰阳蛇，铁鼠尾，流沙火，灵雀光……黑虎眼，这是七劫星火阵。火分七色，分属七种不同煞气，最恐怖的是，他们的阵势展开后，火势和煞气都会交互叠加。"

吉祥居次在旁边嘀咕着："这可是西域最厉害的阵法之一了！七劫，对应着天上的七颗星，嗯，就是你们汉人也很重视的北斗七星。"

张骞道："这七人如此高明，他们的对手也着实不弱！这两拨人到底是谁，为何要在此厮杀？"

吉祥居次摇了摇头。二人心中疑惑万千，只好凝神观战。

说话之间，那七人起落纵跃，掌上火焰光芒渐涨，七道火光竟隐隐要连成一片。

一道暗黑光焰突然从火阵中喷出，那大汉左首的光头仆役闷哼一声，已被"灰阳蛇"的黑焰喷中，登时胸腹间火焰升腾，熊熊燃烧起来。

那光头汉子颇为硬气，竟不退反进，拼命向那施展黑焰的汉子扑去，口中喊道："少主快逃，莫要管我！"

一青一白两道光焰分从左右袭来，在空中交错成一只巨大的剪刀形状，向那光头汉子拦腰剪了过来。

"天诛之火！"那长发飘飞的大汉蓦地暴喝一声，一道厉光从空中劈落，犹如霹雳炸响，竟将那青白两色的剪刀震碎。

那道厉光如迅雷轰山，并未停歇，直撞向那七人阵势，一个白袍汉子应声而倒，左肩被烈焰洞穿，惨叫不已。

长发大汉斜刺里冲过去，将光头手下一把扯回身边。

"我居烈昆身边只有你们这两个兄弟了。大丈夫岂能忘了兄弟，独自苟活！"大笑声中，大汉反手一掌削出，一道淡金色的光芒闪过，光头仆役胸腹间的烈焰登时熄灭。

吉祥居次一惊，感慨道："这汉子名叫居烈昆？听这名字，似乎是个乌孙人。天诛之火可是需要极强的天赋才能修炼成的啊！"

张骞听得出来，双方呼喝间所说的语言，除了匈奴话，还有些西域地区的俚俗言语，而看双方的打扮，的确都是乌孙人装饰。

乌孙是匈奴之西的一个国家，有甲士数十万，算是西域仅次于匈奴的大国了。张骞对恶斗的双方全不了解，但瞧那大汉不肯独自逃生，行事慷慨正气，内心颇多好感。

"天诛之火？"七人之中，一位高瘦老者疾步闪出，掌间挥出一蓬阴冷的紫色光华，在那个被厉光劈中的同伴伤处一抹，那人惨号立止，奋力站起。

七人中显是以这高瘦老者为首。他冷冷一笑："你居然炼成了天诛之火，委实难得！可凭你的修为，想护住这两个小子，还想破我七劫星火阵，那就是痴心妄想了。"沉声呼喝间，其余六人兜兜转转，阵势变幻，已将这受伤的白袍同伴调到阵势后方。

这时，随着老者高喝出一声"紫磷枪"，数道光色各异的火焰在空中凝聚成一柄巨龙般的长枪，曲曲折折地刺向大汉的腰间。

"天焰盾！"那大汉居烈昆再喝，掌间金色烈火竟现出一面盾牌形状，烈火金盾腾空飞去，撞向那把曲折飞来的火焰长枪。

长枪忽然炸开，一分为六，各道光色，或攻或守，并不后退。

紫磷枪的焰火似乎带着极大的腐蚀性，撞到天焰盾上，发出滋滋怪响，紫焰竟化成挟着腥臭的沸水流淌下来。借其之势，七焰中的"黑虎眼"如猛虎般疯狂轰击过来。

在紫磷枪和黑虎眼联袂攻击下，天焰盾上立时现出一个缺口。

"是大哥派你们来的么？"居烈昆愤然怒喝。

"好教你做个明白鬼！"高瘦老者冷笑道，"单凭你大哥，还请不动我们天火七煞。"他抬手一挥，碧焰刀和灰阳蛇等五道烈焰齐向那两名仆役轰去。

居烈昆只得将天焰盾一化为三，拼力护住两名手下。这一来，他的防卫越发相形见绌。最可怕的，还是那七劫星火阵的阵力极为强大，七道光焰分少聚多，合而为一时，便焕发出绝大力量，令这个叫居烈昆的左右支绌。

他正自苦苦支撑，忽听得一缕清脆的女声传入耳中："斗柄指南，天下皆春！小心身后，快向前奔！"

这道声音极为娇美动听，却以传音秘术射来。此时激战之中，居烈昆全然无暇分辨其真假，脚下随之而动，带着两名仆役猛向前冲。

身后热气竟是七焰合击，从三人背后急速扫过。高瘦老者这一击蓄势已久，本以为势在必得，但见对手竟似未卜先知般突然避过，也不由一愕。

"天焰盾给你两名手下护身，你速向北攻，击其弱者！"娇美女声继续提醒。

居烈昆更不迟疑，大喝声中，两道天焰盾脱手飞出，紧紧护住两名仆役，自身疾向北冲，天诛之火以风雷之势轰出，金色光焰直指那受伤后一直缩在阵势最后的白袍汉子。

高瘦老者大惊。他这七劫星火阵必须七人同时操演，少了一人，便无法上应天象。于是他连声呼喝，令阵势扭转，有如巨蝎翻身，两名手下从左右向居烈昆钳去。

"擒贼擒王！对方天权位已失守护，速向东北冲，夺天权。"

居烈昆听不懂什么是中原星象学说中的"天权位"，但他聪慧无比，只听了前四个字，便已猛冲向东北方的老者。这一冲快如疾电，更因所取的方位料敌机先，已是巧妙地避开了那两道合围的烈焰。

他深陷阵中，憋屈已久，这时将天诛之火全力轰出。这一击蓄势十足，金光才起，高瘦老者的前胸已经腾起了金色光焰。

那老者嘶声惨呼，踉跄飞退，口中连连呼喝。其同伴几道救助的光焰同时挥到，居烈昆心思机敏，这时竟不待那女声提醒，身子一旋，已是怒鹰擒羊般扑向白袍汉子。

金色光焰化作一把钢刀形状，横在了那人脖颈。居烈昆沉声道："实话实说，我不杀你！不是我大哥，却又是谁？"

这种烈焰刀显然远比真刀骇人。白袍汉子已吓得脸无人色，颤声道："是……是右相。"

"右相朴沙！好吧。"居烈昆仰头长笑，猛一抬脚，将那汉子踢得高高飞起，直落到那老者身边。这一脚劲力拿捏奇准，虽没有要了那汉子性命，却已将他双腿扫断，再无一战之力。

"天火七煞，今晚你们大败亏输，还有何话说？"居烈昆傲然挺立，神威凛凛，夜色中瞧来有如天神。

那老者这时才扑灭了身上的烈焰，闻言老羞成怒，更喷出一口老血。他是西域一带成名已久的大巫师，这时倒是不输风度，惨然道："原本七煞出手，不死不休，但你没有杀我兄弟，这笔买卖我们便当作从未接过。嘿嘿，谁让你来了帮手！走！"灼灼目光，已向张骞和吉祥居次藏身处扫来。

他说话做事倒也爽快，说一声"走"，便有人将白袍汉子背起来，众人飘身疾退，转眼间便消逝在暗夜深处。

居烈昆一直凝望着他们，直至这群人远去无踪，才转身望向张骞二人藏身的毡帐，拱手道："姑娘拔刀相助，居烈昆感激不尽！"

一道娇媚的笑声响起，吉祥居次才扯着张骞一同现身。

此时月色微明，居烈昆见这高挑女郎踏月而来，雾鬓风鬟，美如天女，只觉脑袋轰地一响，竟呆愣在了当场。

吉祥居次身为草原第一美女，对男人见自己后那如痴如醉的神色早已习惯，只是指着张骞说道："拔刀助你的，不是本姑娘，而是这位大哥！是他指点我用秘术传音给你的。那七劫星火阵，我虽然认得，却破不得。"

居烈昆"哦"了一声，怕被美女看轻，极力凝心定神，再向张骞拱手致谢。张骞笑道："我也是首次听说七劫星火阵这名字。此阵对应天上的北斗七星，料来与中原的那道七星北斗法阵有异曲同工之妙，冒昧一试，侥幸成功。"

居烈昆也是极有见识之人，开始虽震惊于吉祥居次的美貌，但此时见张骞谈吐不俗，登时大觉相见恨晚，喜滋滋地再次拱手，道："乌孙居烈昆，万分感激恩人！想不到阵学竟有如此的妙法。"

"大汉张骞！"张骞也正色拱手回礼，笑问，"适才你大获全胜，为何不擒住一二人，以防敌手穷追不舍？"

居烈昆大笑道："天火七煞名气极大，在西域一带从来言出必践，也不必将其得罪到死，那样反会惹来更大的麻烦。"

张骞也挑起大拇指，笑道："嗯，兄台讲义气，见识和气魄也大！"

居烈昆已是憋屈了数年，所见人物不是对他冷言冷语，就是虚假客套，似张骞这样慨然坦荡而又识见不凡的人物还是头回得见，一时心内大为欢喜。

"恩人的称赞，小弟受之有愧。"居烈昆眼下虽不得志，胸中却是颇有志向，一直暗中结纳英才豪士，眼见张骞胸罗锦绣，适才更是暗中指点，救下自己性命，不由大起亲近之意，遂昂然道，"小弟与兄台一见投缘。张大哥见识非凡，义气过人，我想跟兄台结拜为兄弟。"

张骞一愣，想不到这位乌孙青年竟是个如此直爽的汉子，苦笑道："实不相瞒，我是个汉人，此刻自身难保，与我结拜，只怕拖累了你。"

居烈昆洒然笑道："恩人说的哪里话来！我是乌孙国人，是一个被自己父亲嫌弃的家伙，目下一般地朝不保夕。恩人若是不允，那便是嫌弃我了。"

张骞颇喜他的爽朗豁达，再不推辞，便与居烈昆在月下跪倒，八拜之后，结为异姓兄弟。

吉祥居次在匈奴见惯了汉子们性情投缘、结拜为兄弟的做派，但似这两人一般，萍水相逢、数语之间意气相投，便结拜成异姓兄弟的，还是头回见，一时不禁有些呆愣。

站起身来，张骞也不由暗自慨叹：自己有两个义弟，一个是匈奴人，另一个却是乌孙人。

"这位是嫂嫂么？"居烈昆漆黑的眸子闪闪发亮，又瞟了眼吉祥居次。他早发现这美女一直紧挨着张骞而立，神情颇为亲密，心中不由有些怅然。

张骞忙道："不是不是！这位是……吉祥居次。我们要一同赶赴苍龙坡，面见左贤王。"他生性实诚，想到自己既然已与居烈昆结为兄弟，这些事便不必瞒着他。

"哎哟，见谅见谅！原来是草原上美丽无双的吉祥居次，怪不得……居次也是我的救命恩人，小弟深记在心。"不知怎地，居烈昆每一瞥见吉祥居次的绝世容光，都有些羞涩局促。

吉祥居次倒很是爽朗："不必客气！匈奴人也敬重好汉。你这身胆魄和术法，都很让人佩服。你来这里，可是要去参加万马会么？"

居烈昆摇头道："小弟可不想去！大单于驾前，若是我乌孙天马胜了匈奴名驹，那岂不是大事不妙！再说，小弟我也没有那等好马。"

说着，他仰头大笑，笑声中颇有些苍凉和不甘。接着，他又道："不过，这万马会后不久便是万灵天选大会，小弟是一定要去赴会的。到时候定要跟各路高手大战一番。"

吉祥居次点头一笑："你这手天诛之火可是威风八面，若是天选盛会能碰上，我定要领教一番。"

见她巧笑嫣然,居烈昆心神不由一荡,忙摇头笑道:"居次天赋无双,我可不愿在天选盛会上碰上你!再说,你是我的恩人,我又怎能跟你对阵?"

张骞知道,匈奴每隔三年都要在休屠城举办一场极为盛大的万灵天选大会,届时西域诸国的许多大巫师都要赶来赴会,那是一场无比隆重的巫术大比试。而本年正逢万灵天选大会开战之年,据说万马大会后不久,便可见到这场大热闹。

"大哥,待小弟彻底解决这段麻烦,便会来看你的。"居烈昆显然知道这场追杀还没有完,因此不敢久留,与张骞狠狠拥抱了一下,就此作别。临别前,他又笑道:"大哥你虽不好找,但吉祥居次却好找得紧。"

"好,再见面时,咱兄弟喝他个痛快!"张骞慨然大笑。

望着居烈昆主仆三人消逝在浓浓的夜色中,他不由在心底深深叹了口气:老弟你虽小有困厄,大哥我却是难关重重!江湖路远,来日也不知能否再见。

原野上恢复了宁静。吉祥回到毡帐,便即静坐吐纳,全力疗伤。张骞则倦乏之极,躺在榻上,很快便进入梦乡。

清凉的晨风和明亮的暖阳射入帐内时,他听到了一段轻柔的歌声:

"焉支山下的胭脂花呦,

是那样的红呦,

黄昏了,我等着你采来呀,

替我涂上我的双颊呦。"

他睁开眼,看见吉祥正在朝阳下舒展身姿的窈窕背影。她正哼着小曲——

"黄昏了,我等着你采来呀,

替我涂上我的双颊呦……"

她的声音本就清脆,此时随口轻哼,唱得极轻极细,便更增一抹柔媚。他躺在榻上听着,竟有些恍惚,想不到这样骄傲、这样高贵的她,竟也会唱寻常匈奴女郎们常哼的俚曲。

觉出他的动静，她没有回头，只是停止了哼唱："起来吧，大懒虫！"

他有些窘，忙笑道："难得听你唱首歌，有些入神。"

她回过头来，噗哧一笑："别骗我了，我唱曲子可不好听！"虽然这么说，但她的美眸亮了下，"使君大人难道只顾听曲不赶路了么？快晌午了吧！"

张骞哈哈大笑，忙起身收拾行装。吉祥所中的毒烟果然只是将罡气禁锢了几个时辰，经过这半宿运功，已是罡气大复。

匈奴号称"马背上的民族"，牧民家里都有马匹。吉祥用自己的奢华项圈换了两匹好马，二人饱餐一顿，催马前行。

也许是两人所选的这条绕远的岔路出乎韩当的意料，也许是韩当并不敢公然派出追兵、在单于驻跸之地附近大肆搜捕，二人此后一路无阻，黄昏前后便已赶到苍龙坡。

第二章

纵天马，斥单于

一座宏伟的金顶穹庐已遥遥在望，那正是军臣单于的大帐。

只是接下来遇到的麻烦，二人谁也料想不到。

苍龙坡方圆数里，都有军臣单于的亲军负责戍守，更因这万马骑射大会热闹非凡，不但匈奴各部落，就是西域的楼兰、精绝等国，都要派来高手参会，亲军们的守卫工作便严格得不近人情。

这次吉祥居次出来得极为匆忙，未携任何令牌等物来证明身份，那些单于亲军并不认得她。二人眼望近在眼前的单于金帐，却无法进入。

这万马大会的规矩很简单，只有身携匈奴王庭所颁发的特制骨笛者，才可进入苍龙坡的赛马场，各处闲人和低微官吏只能去远处的山坡观战。

在那片广大的赛马坡地上，除了高高耸立的单于金帐，便是持骨笛陆续赶来的参赛高手们。

张骞望着马场前的栅栏和侍卫，苦笑道："如果你用吉祥居次的身份，强行让他们禀报，应该也可以。"

吉祥居次秀眉一挑，笑道："那就没有意思了！若是咱们去参加赛马大会呢？那便能直接面见大单于了。唉，只可惜我的雪龙儿没带来，现在这两匹马太过寻常了。"

张骞给她这突发奇想激得心头一动，望向坡下弯弯曲曲通往远方的小路，笑道："如果我们抢马呢？"

吉祥双眼一亮，却摇头道："寻常的马怎么行？"

"我懂相马术。远处那支队伍中，领头两人所骑的马都是神骏异常的大宛名驹，料来定是参会高手。"

吉祥居次顺着他的目光望去，明艳的笑容也变得调皮起来："那就试试呗。"

这是坡下一条僻静的弯路，一彪六七人的马队正悠然而来。为首两个汉子大声笑骂着，正在押注谁能在大会上闯入三甲。

"滚开！瞎了眼么？敢挡我默勒部落的路！"一个汉子大声呼喝。

为首的一位大汉却惊呼道："滚……咦？这小妞当真美艳！他娘的，休屠城就是美女多！"

吉祥却嫣然一笑："你们两位，有没有能入场的王庭骨笛？"

"当然有，小妮子挺识货！"那大汉给她这一笑弄得神魂颠倒，"上马来吧，哥哥带你进场子里跑一程。啧啧，就你这张脸，只怕传说中的匈奴第一美女吉祥居次也比不过。"

身边那几人便笑道："跑哪里去？去你家毡帐里接着骑马吗……哈哈哈，哎哟，小心！啊……"

那大笑哄闹之声很快便变成哎哟哎哟的连番惨呼，吉祥居次出手干净利落，片刻后，几个大汉便东倒西歪地昏倒在荒僻小径上。

张骞很麻利地将这几人都绑得严严实实，嘴里也塞了布条。

凭着那两根象征身份的特制王庭骨笛，两人很顺利地进入了苍龙坡内围。

距离金顶大帐不远处，是一排排的小型毡帐，那是专门为参赛高手们所备的，里面有丰盛的酒菜。

大赛要在午后举行，二人自然先饱餐一顿。张骞想起一事，问道：

"那几位默勒部落的高手若是脱困,或是被单于近卫们发现,只怕会给咱们惹来麻烦吧?"

"我敢打赌,那几个默勒人不敢声张!匈奴人崇拜强者,他们八个大汉被一个女子打倒了,若是声张出去,这辈子就永远抬不起头来了。我下手极有分寸,不多久他们就会醒来,不过脱困后他们会悄没声地溜走的。"

张骞有些哭笑不得,心中暗想,这些匈奴异族的规矩倒也有趣!崇拜强者,不做弱者,或许这才是他们骑射无敌的一大缘由吧?

"我再跟你说说万马骑射大会的规矩。这是我族极为盛大的骑射大会,参战骑士比拼的是骑射,不管你如何神通广大,在场间也只能施展与骑射相关的术法,其余巫术不得施展。

"万马会只有两程,却不是简单的赛马比快,真正比的乃是骑射功夫。所有入局者应该是八十一骑,这八十一位骑手可以随意射击对手。喏,箭壶在那里,里面的箭都是摘了箭镞的。每人十支箭,中箭者虽不致死,却也能将人射成残疾或是重伤。

"第一程以中坡的那条草编长龙为限,抢先跨越的十八人称为'十八神骑';只有十八神骑才能继续纵马冲上坡,那就是第二程了。这十八人仍需各逞奇能,以夺取龙珠者为魁首。最终,前三甲才可以觐见大单于。"

"纵马两程,夺龙珠者夺魁。"张骞点了点头,"很好!我们一定会是最终夺魁者。"

女郎噗哧一笑。她这时已喝了几大杯马奶酒,雪靥上浮出娇艳的红,这么破颜一笑,愈显得倾城绝艳。

张骞望着她,竟觉得呼吸一室,问:"你笑什么?"

"你这性子倒很像我。你没说晋身三甲,开口便是夺魁。"她慵懒地伸了个懒腰,忽然靠在张骞的肩头。

张骞有些意想不到,脊背霎时有些僵直,咳嗽了一声,才道:"我对自己的骑射功夫还有些自信。"

二人本来是并排而坐，但女郎忽然靠在他的肩头，她的长发扫着他的脸颊，她的幽香缭绕着他的鼻端，他的心不由扑通扑通地急跳起来。

张骞只得仰头望向帐外。毡帐外是一碧如洗的蓝天和一望无垠的绿原，已经有人在草原上纵马驰骋了。

便在这风光绮丽之际，他的眼前忽然闪过一道倩影，那道袅娜的影子在月下舞剑，宛若天仙。

那是为他起舞的师滢。

此刻忽然想到她那依依不舍的目光，他登觉内心抽痛，眼眶也有些潮湿。

"你在想什么？"吉祥居次瞬间就察觉到了什么，侧头望着他。

张骞没有转头，因为那张颠倒众生的脸几乎就贴在他耳边，他不用转头，几乎已和她呼吸相闻。

他只得故作镇定地笑了笑："马上你就能如愿以偿了。你不是说要和我较量一下么？现在，我们出去遛遛马，这些木箭也要熟悉一下……"

午后，旌旗招展，万马嘶鸣，长长的胡笳吹响低沉悠长的礼宾之声，单于大帐前金光闪动，在无数贵族列队恭请下，匈奴军臣单于由左右贤王等重臣陪伴，大踏步走上了观战高台。

一阵鼓响后，数十匹骏马有如离弦之箭，奔腾而出。

军臣单于年纪有五十多岁，虽是身体发福，但因身材魁梧，再配上一脸繁茂之极的虬髯，显得更加壮硕威严。他的长发按着匈奴人的习惯散披着，耳边则编起浓黑的长辫，头上那顶镶嵌着硕大红宝石的纯金王冠在阳光下熠熠生辉。

他志得意满地望着那些骑手纵马奔腾，挥箭激射，不由叹道："我们打败大汉，赶跑月氏，威慑乌孙，横扫西域三十六诸侯，凭的就是这祖宗传下来的骑射之风。只要这股气在，我们就会永远无敌于天下！"

右贤王躬身笑道："我伟大的天之单于啊！您的话无比精辟，但又无比谦逊。现在的匈奴威震天下,更多的是大单于您的统领有方。"

右贤王名唤呼延伦,还不到五十岁,生得白白胖胖,不大像草原上的豪杰,倒更像是一个成功的商人。他近年来颇为受宠,他这么一开口奉承,左右近臣都纷纷出声,称颂起军臣单于的功劳来。

匈奴人崇尚勇武,阿谀之道终究不甚在行,翻来覆去的不过是"统领有方"、"神武无敌"的那几句话。

倒是右贤王又巧妙地将话题引回万马会,叹道:"大单于请看,这些年来万马会骑手们的骑射功夫是一年比一年厉害。我瞧今年这'十八神骑'一定会更胜过往届。"

远处的草坡间,数十匹骏马嘶鸣奔腾,这时候已有不少骑手被射落下马。八十一骑中,除了滚鞍落马的,已经分成一前一后两拨人马。

前方一拨有十三四骑,他们越众而出,将后方的大队骑手甩开了一段距离;后方的大队人马竞争最为惨烈,不少人还在弯弓乱射,或是尽力躲避飞箭。

烟尘四起,羽箭横飞,马嘶人喊,战鼓轰鸣,这场面让所有人都感到热血沸腾。

太子于单便在这时看到了右贤王递过来的眼色,于是凑到单于耳边,低声说了些什么。

军臣单于眼芒骤然一寒,盯着左贤王,出言问道:"王弟,听说你抓到了汉人的使者?"

左贤王心内一跳,暗暗吃惊,不知是谁这么快便泄了密,忙躬身道:"确是抓到了一些自称大汉使臣的人,因时间紧迫,臣弟还没有盘查清楚,所以未敢仓促禀报单于。"

"这些所谓的使臣都是什么人,现在还押在休屠城么?"军臣单于的脸色微微缓和了些。

"正是!正使名叫张骞,据说是奉汉皇帝之命出使西域。此人颇有才干,却极为硬气。他那副使名叫姬诚,倒是很快便表达了归顺大单于之意。"

右贤王冷哼一声:"王兄似乎有些擅作主张吧!这等大事,就该立即奏报。大单于远在龙城也就罢了,现在大单于已驾临苍龙坡,你就应即刻将汉使上交单于驾前。"

"万马会乃是大草原上的盛事,岂能让一个真假难辨的汉使扫了单于的兴!"左贤王冷冷逼视回去。

太子于单在一旁笑道:"王叔这句话有些奇怪了。你不将汉使上交也就罢了,但为何一直对此避而不谈?"

于单年方三十,生得魁梧健硕,颇有乃父之风,这一开口,便带着一种强悍的威压。

左贤王不得不笑了笑:"太子也知道,王叔我凡事小心谨慎惯了的,审议未明,哪敢仓促上报!"

他看出对方这些人来势汹汹,想必早有谋划,忙对身边的亲信韩当道:"听到太子的话么?你回去,速将那汉使嫌犯张骞等人提来此处!"

韩当一脸尴尬。他昨晚得到刺杀张骞失败的讯息之后,无比惊慌,只是他实权有限,除了那些铁卫可以调动,无权调动左贤王的亲军大兵。

而他得知行刺失手后,料想已经失去了最佳的追击时机,惊慌失措之下,急忙派人追寻亲信死士沙灼的消息,却又耗去了几乎半晚的时光。

查实沙灼已死,韩当知道大势已去,只得亲自赶来给左贤王报讯。他只说自己派沙灼严密看管张骞,不想沙灼竟擅自对张骞下手。

他将一切过错都推到死鬼沙灼身上,又痛责自己守护不力,最后再说明,吉祥居次已亲自率人追剿张骞去了。左贤王听完,将他痛骂了一番。但韩当历年来颇有功劳,更兼昨晚没有真正露面,也就搪塞了过去。

此刻听得左贤王突如其来的命令,韩当内心连转了几个心思,立即揣摩到了主子的真意,忙躬身道:"禀报殿下,其实昨晚属下已和吉祥居次密议,最终吉祥居次决定亲自押送张骞,赶来拜见单于,想必此次万马会后便会赶到了吧?属下这便去查探下他们的行程……"

左贤王满意地挥了挥手:"查探清楚再来禀报。"

"属下遵命!"

这时，远处观战的斜坡上传出阵阵欢呼声，原来草坡上众马争先的局面已然初见胜负，率先冲过草龙的"十八神骑"已经产生。

韩当刚刚直起腰来，闻声望向场内，忽然间目瞪口呆，颤声道："啊……那……那竟是……"

军臣单于、左贤王等人都随着他的目光望去，却见刚刚决出的十八神骑正继续催马向那草编的苍龙戏珠疾奔，有两骑快马已领先众骑有数丈之遥。当先一人长发飘飘，身姿妖娆，一身红灿灿的赤裘锦袍，在日色下闪出风华绝代的耀目光彩。

左贤王也呆住了，那正是他的女儿吉祥居次！

再向后看，左贤王和韩当更是僵在当场：紧随吉祥居次的那名骑士，头上的风帽已被人射落，露出极为醒目的汉人发髻，那人竟是张骞！

吉祥居次和汉使张骞竟然参加了万马会！不但跻身"十八神骑"，更有可能晋身三甲，甚至会夺取最终的龙珠。

左贤王恍惚了一下，随即苦笑了一声。他太熟悉自己的女儿了，这完全是这位草原第一天才美女的行事风格！倒是那张骞，有些意料不到，居然也能随着女儿胡闹。

张骞和吉祥居次在第一程中确实没有遭遇多大困难。张骞给吉祥居次制定的战略就是尽力争先，绝不将精力浪费在乱射同伴上。

两人骑术都是极佳，所骑的马又是大宛名驹，这般闷头急冲，立即冲入了第一队列。

二人身后有羽箭射到时，吉祥便挥动长鞭，将乱箭抽落。他们绝不张弓回射，只是全力将马速提到最高。

终于并驾齐驱了，吉祥居次这才吃惊地发现，张骞的骑术果然精妙，娴熟得超乎她的想象，怪不得这家伙敢直接向父王叫阵，比赛骑射。

她却不知，张骞在痛失亲人之后，平日里最下功夫苦练的，就是刀法和骑射，别人是流着汗练，而他则是淌着血苦练。每一次让他深宵惊醒的噩梦，每一次让他心头滴血的回忆，都是逼着他苦练不辍的无形之刃。这种惨烈的苦练模式，终于造就了张骞出色的骑射和武道功夫。

而张骞制定的战略也极为有效，随着第一拨骑士与身后队伍拉开的距离渐大，他们已不必相互激射，只需保持优势即可。

随着前面的十八匹骏马抢先跃过那条长长的草龙，"十八神骑"已产生，后面的骑士只能在草龙前悻悻地勒住马缰。

但在此之后，竞争立时就变得更加激烈起来。

十八匹名驹上坐着匈奴各部落的高手，他们的箭法几乎是百发百中，每次有人张弓搭箭，都有人闷哼中箭。

好在这时张骞已连打手势，与吉祥同时放缓了马速。这样一来，纵马领先者成了众矢之的，反没有人留意略略拖在后面的这两人两骑。

伴着远处山坡上观战众人的阵阵鼓噪呐喊，场间马嘶声、惨叫声、鸣镝声、喝骂声此起彼落，很快十八神骑便只余下不足十骑。

张骞吃惊地发现，真正狠辣的，是两个披着长长大氅的骑士。这两人一披银氅，一披金氅，他们也是故意放慢了马速，只是稳稳地张弓搭箭，每一箭射出，必有人惨叫落马。

前方的骑士们立即察觉这两人的恐怖威胁，纷纷圈马回身，弯弓回射。这些人都是大草原上真正的骑射强者，扬手放箭，绝无虚发。

十余支羽箭凌空射到，两个长氅武士却毫不在乎，或用弓抽，或用手抓，掌间荡出道道罡气，将劲急的箭矢震得四散乱飞。与此同时，两人仍在不紧不慢地弯弓发箭，顷刻间便又射倒了五六骑。

一名黑甲骑士不忿，仰天咆哮，向那银氅武士连发三箭。这是连珠箭，三箭呈"品字形"，疾若流星般射到。银氅武士奋力扭身，避开两箭，却被最上面那一箭射中了肩头的牛皮软甲。

银氅武士怒喝一声，身上罡气迸发，将木箭震飞。那黑甲骑士此时已纵马冲来，手中马鞭挥出，犹如乌龙摆尾般卷了过来，鞭上劲风猎猎，满蕴罡气。

"大哥，你且去，这人棘手些！"银氅骑士大喝声中，也挥出一鞭。双鞭在空中交缠在一起，两马驰骋盘旋，两条鞭上灌注罡气，抻得笔直，却不折断。

那金氅武士哼了一声,也不见他如何作势催马,那匹大宛名驹便陡然加速,如箭一般向前冲去。

"这几人都是修炼高手,正好让他们狗咬狗。"张骞双眼一亮,向吉祥猛打手势,二人同时纵马前冲。

两人在第二程中一直韬光养晦,此刻全力急冲,马势快如飞矢,但那金氅骑士启动最早,已是领先了数丈之遥。

"中!"张骞忽然大喝,回身一箭,射向那与黑甲骑士纠缠中的银氅武士。

这一箭大是出其不意,谁也想不到他纵马领先时会回身射向身后的骑士。银氅武士此时在纠缠中已大占上风,但此时弓如霹雳,惊弦响处,他猝不及防之下,被这木箭直贯入耳,登时鲜血飞溅。

银氅武士仰头哀嚎,前面遥遥领先的金氅武士登时一凛,扭头回望,阴沉如刀的目光直射张骞。

"留下吧!"吉祥居次扬手一箭射出,锦袖飞扬间,一道劲风在这支箭后鼓荡而出。

万马会只允许施展与骑射有关的术法,所以吉祥居次只得将天龙卷贯注在羽箭之后。这门术法极适合远攻,此时飓风呼啸间,带动无数草叶滚滚升腾,自后望去,仿佛是一支箭带着一条绿色草龙,猛向金氅武士罩去,气势颇为惊人。

"哈!那是我的侄女,草原上的火凤凰吉祥居次呀!"军臣单于也认出了左贤王的爱女,拍着王弟的肩头笑道,"伊稚斜,你这小子,原来是想给我个惊喜!"

左贤王只得勉力挤出了一丝笑:"这女娃就爱骑马射箭,正好叫她来给大单于开开心。"

"那就对了,我们身上流淌着的是伟大的冒顿大单于的血,男人固然是无敌,女人也同样勇武!"军臣单于哈哈大笑。

猛听金氅武士怒喝一声,回身一口气连射五箭。五支箭形如梅花,悍然插入"飓风草龙"。

啪的一声，第一箭便将吉祥居次的羽箭射落，后四箭则忽然在空中燃烧起来，挟着紫色的火焰，气势汹汹地激射过来。

"紫火巫术？"吉祥美目一寒，冷哼道，"卷！"

娇喝声中，她皓腕一振，"草龙"猛然飞旋起来，将四支燃烧的火箭带得尽数歪斜扭曲。

吉祥扬手又是连珠四箭射出。箭上都灌注了强大的"天龙卷"术法，每一箭射出，草龙的气势便增大了几分，到得后来，草龙滚滚而来，真如天降碧龙，气势磅礴地撞向敌手。

这几下兔起鹘落，双方各逞奇能，看得军臣单于君臣目眩神驰，远处观战的匈奴贵族们更是连连喝彩鼓噪，一时间呐喊声震耳欲聋。

双方虽在激战，但吉祥、张骞、金氅武士胯下骏马却丝毫不停，兀自疯狂地冲向远方那两条巨大的草编赤龙。

那两条草编巨龙相对而立，洒了羊血的龙身闪着绛红的颜色，对拱的龙躯弯出一道大门，可容一人一马通过。而双龙的龙嘴处，正咬着一颗野花编成的巨大龙珠。

匈奴人同样崇拜神龙，只是他们的龙形更似有爪的巨鳄，不如汉地龙形那样飘逸，却更多了一些狰狞。匈奴与汉地时有贸易交流，这双龙夺珠之型很可能是融会了汉地的造型。

赤色双龙距离三人三骑不足百丈。

这百丈距离还在迅速缩短，那只猩红的龙珠仿佛在迅速放大。

那是象征最终夺冠的标志。

金氅武士嘶声厉喝，先前射出的四支火箭忽然爆出耀眼的紫光，如有灵性般分别撞上吉祥的四箭，紫焰疾闪，将那四箭也都引燃起来。

"天龙卷"术法卷起的草龙被四根细小却疯狂的火蛇穿身而过，随即燃起熊熊烈焰。

吉祥居次娇斥声中，锦袖再挥，术法再变。那武士以一手紫火巫术破去吉祥的天龙卷术法，原本干净利落，不料吉祥居次借势变术，漫天飞窜的草叶都化成了火星，带着浓浓的烟尘，没头没脑地向金氅武士砸了下来。

金氅武士又惊又怒，胯下马也是受惊嘶鸣。他可没有吉祥居次这等催卷飓风的奇术，只得全力轰出数掌，道道罡风将铺天盖地的燃烧飞草击散，然而他如此施为，便无法全力控马。只这么一缓，张骞和吉祥居次已并辔急冲，超过了他。

猩红龙珠已不足五十丈了。

金氅武士怒喝声中，忽然探身扬鞭，长长的马鞭卷出，缠住了张骞的马尾。那马吃痛，嘶鸣跳跃，无法再冲。

张骞见状，瞋目大喝一声"中"，回身一箭射出。

那人料不到张骞有此身手，但因相距太近，甚至来不及运功抵挡，只得拼力低头。啪的一声，他斗篷上所戴的风帽被这一箭射落，露出里面的金色王冠。

那王冠样式颇为古怪，竟是黄金铸成的一条蟠曲金蛇的模样，在阳光下金光夺目，现出一种高贵而诡异的气韵。

不知为何，张骞一望见那只奇异金冠，登觉浑身剧震，眼前光影闪烁，许多血与火的画面汹涌射入脑内。

他身子剧烈晃动，仰身向马下栽落。

忽然一只玉手从旁伸来，他身侧的吉祥居次手疾眼快，抓住他的肩头，将他拽到了自己马上。

龙珠这时只有数丈之遥。

三匹马首尾相衔，张骞和吉祥居次并乘一马，只抢先了半个马头。紧跟着就是张骞的空马，那马的马尾还被后面的金氅武士用马鞭紧紧缠住。

金氅武士的眸子一寒，猛地自马上跃起，如金龙穿云，便要掠过前方二人一马。

吉祥居次秀眉一扬，便待出手。

"夺珠！"张骞忽然喝了一声。他声音低沉，却带着不容置疑的威压。

吉祥居次心领神会，全力催马，撞向前方的龙形拱门。

张骞回望金氅武士，前一刻还因看到那金冠而失魂落魄，此刻他那双眸子却似要喷出火来。

他挥出了他的剑。这次万马会考校的是骑射功夫，只准用刀剑弓箭，但因众人都要纵马驰骋，更多的人是用弓箭远攻。

张骞身上一直有一把剑，陆鸦散人的巨剑。这天刑剑在陆鸦死后，很奇怪地变得小了许多，只比寻常匕首大不了多少，而且锈迹斑斑，毫不起眼，但张骞却将这把锈剑收了起来。被羁押后，左贤王为显示对张骞的礼遇，也没有将这把剑没收。

此刻他就挥出了这把锈剑。

金氅武士早看出他掌间全无罡气，冷笑着便待加速跃过张骞，全力冲击吉祥居次。

哪知就在此刻，忽然间光芒骤灿，那把锈迹斑斑的短剑仿佛活了过来，剑身陡然增大，化为气势澎湃的巨剑。更可怕的是，巨剑上的剑意仿佛矗天矗地，将万物都笼罩了进去。

这一剑的剑意就是斩！斩断一切实体，斩断一切彷徨、无奈、纠葛、畏惧。

金氅武士难受得几乎吐血，急忙团身向旁飞落。

剑收，势敛，无尽的杀气瞬间消失。金氅武士知道自己上当了。这小子就是没有罡气，只是不知这把剑刚才为何忽然耀出如此强大的剑意。

只这么阻了一阻，张骞和吉祥居次已纵马冲过双龙拱门，吉祥居次纤腰一挺，扬手将那红艳艳的龙珠抓在了手中。

她本就容光明艳，此时万众瞩目之下，挺腰直立马上，手擎龙珠，衣袂飘飘，更衬得身姿修长，妩媚曼妙。随着她秋波流动，顾盼全场，众人都看得神为之夺。

场间凝固了一下，立刻爆出山呼海啸般的喝彩声。

左贤王望着手捧龙珠飘然行来的女儿，却无奈地叹了口气。

金顶穹庐外，自军臣单于以下，所有人的表情都比较奇怪。今年的万马大会果然最为紧张精彩，而结局也最为出人意料。最终纵马冲过拱形龙门的，居然是两个人。

这两人，一个是艳绝天下的美女居次，另一个却是个汉人。

是的，那是个汉人！穹庐前的所有人都看得清清楚楚。这人虽然穿着华丽的匈奴外袍，但他风帽掉落后、露出的是纯正的汉人发髻。

众目睽睽之下，张骞忽然抖开了襟袍，将脱下的胡服散搭肘弯，露出里面的汉使袍服。虽然那袍子已经破损了多处，但他仍然很认真地掸了掸，然后才大步上前。

韩当盯着张骞，内心震惊万分。他设想过十几种遇见张骞的情况，也设想过数十种杀死张骞的方法，但从未料到会是现在这样的一个结局：在众目睽睽之下，张骞在他面前，犹如凯旋将士般走向大单于。

忽然间韩当心中剧震：张骞就是想要这样的大场面，场面越大，他就越是安全。此刻，他成了轰动草原大会的英雄人物，匈奴的君臣百姓都会万分瞩目于他，哪怕是左贤王，也不敢擅自杀他了。

"你就是那个汉使？"军臣单于有些诧异地望着张骞，"胆大包天，居然混入我万马大会！"

"大汉使臣张骞，拜见大单于。"张骞从容施礼。

他面前这位魁梧威严的匈奴单于穿着一身绛红色的绣织锦袷袍，配着雕饰繁复的黄金饰具。这些袍服饰品应该都是来自大汉，虽是匈奴样式，却带着浓厚的中原贵族式的奢华之气。

"下臣张骞，奉大汉天子之命出使西域诸邦，途径河西之地，为左贤王殿下所阻，今由吉祥居次相邀，特来拜见单于。"

他将自己在休屠城的经历说得很简单。因为吉祥居次的缘故，他并不想给左贤王造成太多的麻烦。至于私自派人袭杀自己的韩当，他暂时也不想揭露。毕竟此人还是大祭酒那边安插在匈奴内部的暗间，私怨不可撼大义。

军臣单于眯起眼,盯着张骞:这个家伙居然说得一口流利的匈奴话,虽然一身襟袍已破损多处,却气度高华,仿佛穿着王侯品级的锦袍。

他哼道:"拜见?就用这样的方式?"

"请大单于见谅!只因苍龙坡前护卫森严,且下臣素喜骑射之道,故冒昧登场,亲与匈奴骑射英才一较身手,以博大单于一笑。千辛万苦,终于得见大单于天颜!"

军臣单于的脸色有些干冷起来:张骞的话中暗蕴着挑衅。匈奴人的骑射之术本来是远胜于汉家的,但他却说什么一较身手,而方才也正是这家伙和吉祥居次第一个纵马过了龙门。

右贤王察言观色,从旁愤然质问道:"这么说,你适才侥幸过了龙门,便自认已远胜我匈奴勇士了?"

左贤王微微一笑:"张骞马过龙门,还是得小女之力。如果不是吉祥,他早就栽落马下了,怎么能说他胜过我匈奴勇士?最重要的是,最终夺取龙珠之人,乃是小女吉祥。"

他说的是实情,众人尽都亲睹。这次赛马大会中,其实众骑士也有多个联盟,只不过最出色的一对联盟,反而是吉祥居次和这位汉人使者,这让所有匈奴贵族们都大为郁闷。

好在左贤王的最后一句话,还是让匈奴君臣都松了口气:本次万马大会,最终胜者正是吉祥居次。

"确实是我的好侄女吉祥最终夺魁!我们大草原上的火凤凰。"军臣单于的环眼亮了起来,气势磅礴地挥手道,"张骞,你的骑射功夫还算可以,但如果没有吉祥相助,你什么都不是,什么都不是!"

张骞淡定地回答道:"夺魁者确是吉祥居次!张骞身为汉家使者,在本次盛会上只能算不辱使命,终得如愿见到大单于。"

军臣单于皱了皱眉。这小子言语平和,却透出种说不出的傲气。其实他是在说,这万马奔腾的匈奴赛马大会,他说来就来,来便能战,一战就能脱颖而出,这才是所谓的"不辱使命"。

这家伙身上有一股强烈的自信之气,如果那些汉人都带着他这股气，以后匈奴将会面临很多的麻烦。

他冷哼一声："说说你们的出使吧！你的身份，当真是汉家使者？"

"这是我的印绶！"张骞摘下了腰间的金印和绶带。

侍者将两样东西接过来，恭谨地捧到单于身前。军臣单于扫了一眼，摆了摆手，便有一个花白胡子的老者上前，接过来细细验看。张骞的使者身份，自然很快便得到认可。

听到禀报，军臣单于微微点头。

那白须老人则向张骞道："汉家使者可有国书？"

张骞暗自苦笑。他这次远行，虽然美其名曰出使西域，但真正的意图是穿越至西域之西，绕过匈奴，到其侧后方去联合大月氏。如果有国书，当然也是给大月氏国主的。但这次行程千辛万苦，这种透露真实意图的国书当然不能携带，否则一旦落入匈奴之手，立即会召来极大凶险。

"本使者长途远行，出使西域，要穿越戈壁荒漠、雪山草地，携带国书，若是遗失，怕会有许多麻烦，所以未曾携带，还请大单于见谅。"

"出使西域？"单于终于冷冷一笑，"就是说要穿越河西之地，向西，再向西？可那都是我匈奴的右地呀，什么时候轮得着你汉家使者出使了？"

"单于此言不妥！"

"不妥？"军臣单于的虎目陡然瞪起，精芒怒射，立时带起了一股让人窒息的强悍气焰。

穹庐前的所有人都觉心神一寒。左贤王不由微微蹙眉，吉祥居次更是向张骞连使眼色。

张骞却视若未见，缓缓道："河西之地只是近年才被匈奴占据。上溯至秦朝，始皇帝曾遣蒙恬大将军西征，此地早已归属我中原所有。"

"放肆！"左贤王站起身来，"用你们汉人的话说，此一时也彼一时也。秦朝的典故，岂能用于今日？况且秦朝以前，河西之地与汉家毫无关系。"

左贤王发现，这时候必须及时喝止张骞了。他已看出，这家伙会惹出大麻烦！此人看似睿智，实则却有几分痴气。偏偏张骞是女儿带过来的，所以他此时的怒斥，其实也是及时和他划清界限。

左贤王这一出口斥责，右贤王等匈奴重臣也纷纷叱喝。

在铺天盖地的叱喝责骂声中，张骞却始终如一根铁枪般挺立着，只缓缓道："秦朝之前，在这里的是西戎，是羌人，是月氏，也与匈奴无关。"

"现在呢？"单于大喝道，"现在！这里是我匈奴，还是你汉家？"

这位大草原上的雄主忽然间大发雷霆，连续的怒喝犹如一道道晴空霹雳，当真是天威横扫一切，一时间，单于身边的近臣面如土色，苍龙坡前草木瑟瑟。

"现在固然是匈奴。"张骞的语气依旧沉稳，"但我汉家出使，也在礼法之中。"

"住口！河西是犹如我匈奴右臂的重地。如果我匈奴派出使者，借路汉地，去你汉家之南的南越出使，你们又作何感想？"

南越是汉朝南方的一个小国。军臣单于这句话看似随口说出，实则险些变成现实。汉景帝时，中原发生七国之乱，军臣单于确实想派人联络汉朝南方的南越乃至南夷，合力攻汉，瓜分汉家地盘。后来七国之乱很快被平定，但军臣单于这念头却始终没有完全放下。

此时他话一出口，又觉得有些后悔：这等机要大事，我又何必当众喝破？

张骞的心却重重地沉了下去。

他已经预料到了这样的结局：即便见到军臣单于，他也未必会放自己继续出使。但他不得不来，只有及时赶到这万众瞩目的万马会，才能完全逃脱韩当布下的漫天杀局。

只是想不到，军臣单于竟远比他想象的要强硬。他显然有更大的野心。

张骞便不再说话，只是静静地凝望着盛怒之下咆哮如雷的军臣单于。

望见张骞不卑不亢的神色，军臣单于更是怒不可遏，大喝道："来人！将这狂妄的汉人给我拖下去，鞭笞二百鞭。不！五百鞭，打得他屈服为止。"

左贤王内心震惊。匈奴鞭笞贼因的打法极为凶狠，寻常人扛不下一百鞭，更不要说二百鞭了！五百鞭，那将直接将人打成一摊肉泥。

他想开口求情，但想到自己这时候身份特殊，便没敢言语。穹庐前的匈奴贵族们都低下了头，在暴怒的单于驾前，哪怕是最擅言辞的右贤王也不敢多说一句话。

"大单于鞭下留人！"

一道清脆的声音在一片寂静中响起，吉祥居次大步走上前，躬身道："请大单于暂息雷霆之怒。这个张骞是个又痴又蠢的人，不值得大单于为他生气。"

军臣单于望向吉祥居次那张倾城倾国的娇靥，紧绷的面孔终究舒缓下来，冷哼道："贤侄女，你要给这汉贼求情？"

"侄女和这家伙在赶来苍龙坡的路上，曾遇到沙匪袭击。他虽不通术法，却曾拼力救过我，侄女欠他一个人情。"吉祥居次笑得更加妩媚而灿烂。她也避过了韩当的密谋，无论如何，这时候不能将左贤王这边的内部矛盾公诸于众。

"况且，这一路同行，侄女发现此人的心好像祁连山上最坚硬的石头，是开不了窍的。伟大的天地所生、日月所置的撑犁孤涂单于，心胸宽广得能容纳得下一百座祁连山，为什么要跟一块祁连山上不开窍的石头一般见识呢？"

她的笑容明艳照人，她的声音娇脆迷人，虽然是不折不扣的吹捧，却让军臣单于听得无比舒心。

一代雄主的心登时一动："侄女说得对！我又何必为一个小小汉使大发雷霆？"他呵呵一笑，望向左贤王，"伊稚斜，这汉人是你抓来的，便由你处置。"

左贤王急忙躬身："大单于宽宏大量！这张骞虽然不开窍，却也是个难得的人才，臣弟一定会好好劝劝他，让他为我匈奴效力。"

单于也满意地点了点头。他和左贤王的想法一致，匈奴对大汉人才极度渴求，张骞这样允文允武的人，正是他们最需要的。

"好好劝他，或者，替我看看他的骨头是不是真的比祁连山的石头还硬。"军臣单于的口吻依旧有些强硬。

"遵命！"左贤王躬身微笑，"万马会乃我匈奴君臣百姓同乐的大喜日子，何必为了这狂妄无知的汉人扫了兴致。"

军臣单于也大笑道："是呀，今天是万马奔腾、万民同乐的日子，那便狂欢吧！"

随着匈奴之王的一声长笑，苍龙坡前立即变成欢乐的海洋。角声再起，鼓声响亮，两队早就安排好的艳丽胡女络绎前来，长袖舒展，跳起了欢快的歌舞。

此时暮色初起，无数篝火已经点燃，穹庐前便排开了筵宴。马奶酒、葡萄酒和烤肉的香气在暮色中交织升腾。

军臣单于昂然坐在一张极罕见的白虎皮坐垫上，手举着满盛香醇马奶酒的纯金酒碗，接受四方贵族上前敬酒。

吉祥居次因为在万马大会上夺得龙珠，成为今晚身份最尊贵之人，坐在紧挨着大单于的次席，座位甚至比她的父王还要靠前。

只是女郎的笑容颇有些敷衍。她的目光不时瞟向远处，在那欢歌艳舞、纵情笑闹的人丛边缘，有一道寂寞的身影在静静地端坐着。

那是张骞。

他仍穿着那身破损的汉服，挺着汉家发髻，腰板笔直地坐在那里。他不喝酒，也不吃肉，只是静静地望着眼前的热闹场面。

那目光非常淡漠，却又透出无比的孤傲。

女郎的心忽然间有些抽痛。

她想到，就在昨晚，还是他背着自己长途跋涉，脱离险境。他的手很热，他用他那双很热的手将自己的襟袍掩好，然后将自己抱起来，背在身上，在夜色里飞快地奔跑……

"下臣兰顿，是本次万马会的三甲之一，特来给尊贵的撑犁孤涂单于敬酒，献上下臣最真挚的敬爱！"

一道沉稳的声音将吉祥居次从回忆中惊醒，她才看到，那金氅骑士这时已在军臣单于身前，恭敬地单膝跪地敬酒。

"兰顿？"吉祥居次心思一动，再望见那人头上很别致的金蛇式王冠，这才想到，"原来是他，金蛇王兰顿！"

原来匈奴自大单于以下，便是左贤王和右贤王，下面更细分有许多的王者，其实都是某个部落的统领者。这些部落有大有小，所以匈奴便有众多大大小小、实权不一的王。

匈奴主体部落号称"龙城十三部"。这十三个大部落中，最著名的四大部落便是呼延部落、兰氏部落、须卜部落和乔氏部落。这位金蛇王兰顿的真正身份，便是兰氏部落中一位承袭王位的小王子，以头戴金蛇样的王冠而驰名于匈奴。相传此人素有修炼天赋，曾拜十余位著名巫师为师，皆能尽学其能，想不到一直跟自己苦争龙珠的竟是此人。

没有风帽遮掩，金蛇王兰顿瞧容貌也只三十来岁，身材修长健硕，红彤彤的脸上生着一副茂密的浓髯，长眉虎目，颇为俊朗，是个标准的匈奴美男子。

军臣单于显是对兰顿比较青睐，大笑着昂首将一碗马奶酒饮尽，而不似应付旁的敬酒者那样小啜一口。

"伟大的单于呀！"金蛇王兰顿又惊又喜，忙又躬身拱手，"听闻万马大会的三甲都可以达成一个心愿。如此则恳请大单于成全小王一个愿望。"

"哦，你有什么心愿？"军臣单于饶有兴趣地望向这位猛将。

兰顿侧身一指吉祥居次，朗声道："久闻吉祥居次是太阳照耀的地方最美丽的姑娘，今日一见，果不其然！兰顿斗胆，请大单于赐婚，让美丽的吉祥居次成为我的妻子。"

众人都微微一愣。虽然匈奴人性情直率，向来直言不讳，但似这般在大单于面前直接求婚的行为，还是显得太过大胆。

看来金蛇王兰顿果然有些与众不同。就如同他在万马会第二程那样，落在后面，慢条斯理地射落他的对手，这种在匈奴贵族看来也有些失礼的话，他居然也说得心安理得。

左贤王的脸上，一丝阴冷一闪而逝。

吉祥居次又惊又羞，白腻如脂的脸上粉红一片，拍案跳起，娇喝道："兰顿！想娶我？你还不够格！"

这一娇斥清脆直爽，一众匈奴贵族正为兰顿的突兀求婚而惊诧，见吉祥居次如此干净利落地直言拒绝，登时爆出一片笑声。

军臣单于也仰头大笑："兰顿，听到了么？我匈奴崇拜英雄，看来在吉祥的眼中，你还不是英雄啊！"

右贤王也凑趣笑道："吉祥居次乃是我匈奴第一美女，兰顿你刚刚被人家在马场上击败，要是嫁了你，你不得天天给居次倒洗脚水呀！"

话音一落，笑声再起。兰顿听了，居然很认真地说道："莫说天天给居次倒洗脚水，就是天天喝她的洗脚水，我也心甘情愿。"

众人又爆出大笑。军臣单于的一口马奶酒更是直接笑得喷在了前襟。兰顿显然有一种超乎旁人的"异能"，那就是将许多令人脸红羞涩的话，心安理得地说出来。

吉祥居次虽然生性豪爽，这时也是哭笑不得，脸上红潮甚至漫过了雪润的玉颈。

"好吧，美丽的居次！"兰顿又向她正色拱手，"今日的马战非我所长。好在不久之后，就是盛大的万灵天选盛会了，在那时候，我一定会成为你的英雄。"

吉祥居次冷冷道："成为我的英雄？下辈子，你也未必成。"

右贤王作为陪伴军臣单于的第一近臣，实为此次万马大会的实际操办者，此刻不愿这大会的两大精英争持不下，忙举起金杯，笑道："好了，好了！金蛇王是纯粹的仰慕，居次则是天生的骄傲！万灵天选盛会三年一遭，我们马上就能见分晓了。现在，我们万马大会的三甲骑士，同时向伟大的单于举杯吧。"

兰顿立即双手高擎酒碗。吉祥居次皱了皱眉,也不情愿地抓起了酒碗。

右贤王忽然想起了什么,大会三甲,那另一人呢?

那一人自然是和吉祥居次同时穿过龙门的人。张骞这时却静静地坐在角落里,望见右贤王向他遥遥举杯,他却依旧不动声色地端坐着。

右贤王眼中闪过一丝厉色,怒冲冲地跟吉祥居次和金蛇王碰了杯,一饮而尽,然后大踏步走到张骞身前,傲然道:"适才本王请万马大会三甲骑士给单于敬酒,你为何不饮?"

张骞淡然摇了摇头:"我来此万马大会,只为面见单于。我乃大汉使臣,我来了,我胜了,如此而已。我可不是参会骑士!"

右贤王的胖脸上登时涌出一团愤怒的酒红:"所以这碗酒你不会喝?"

"不!"张骞却悠然举起酒碗,"匈奴三甲骑士之酒我不会饮,但你敬大汉使臣之酒,我自然会饮。"

右贤王在匈奴虽算是文臣,却完全不理解汉人儒家眼中的这些义利名相之辨。此时他心底愠怒无比:你奶奶的!喝个酒还这么多讲究,这些汉人当真麻烦!他怒冲冲地举起酒碗,大笑道:"好啊,那我们便敬一敬汉家使臣的酒!"

张骞听他说出"汉家使臣"四字,当即肃然站起身,举起酒碗迎上,道了声:"请!"

双碗一声清脆的碰撞后,张骞一饮而尽。

右贤王眼珠一转,随即向几位手下使了个眼色,喝道:"好啊!我匈奴的英雄们,快来给这位汉家使臣敬酒!"

几个匈奴贵族立时会意,笑吟吟地上前敬酒,当先一人更是大笑道:"汉家使臣,我匈奴的规矩,凡是敬酒的,必须要干,而且要干得痛痛快快,一滴不剩,剩下一滴酒就是不敬啊!哈哈哈,请!"

张骞似笑非笑地点点头,抬手跟他碰了酒碗,仰头一饮而尽。

在匈奴人的眼中,汉人大多是弱不禁风的书生模样,他们很想看看这位侥幸冲入三甲的家伙被五六碗马奶酒灌得瘫倒在地的模样。这个头一开，十余位匈奴贵族也笑嘻嘻地举着酒碗前来。

军臣单于、左贤王等人也看出了右贤王的用意，这时均抱着看热闹的心态冷眼旁观。

张骞来者不拒，酒到杯干。他并不大说话，每次只向来者点点头，最多说个"请"字，然后很认真地碰酒碗，跟着便一饮而尽。

聚上来敬酒的匈奴贵族们先是怀着看笑话的心思，不多久便满是震惊。他们看到，张骞已经喝了四十多碗酒，兀自如一块岩石般挺立着，那张脸上依旧满是淡然。

匈奴贵族们的轻视之意渐去，再上来敬酒的人已多了些敬佩之色。

五十三碗，张骞依旧凝立如山。

其实他的酒意已是几次翻涌上来。马奶酒有强大的后劲，但张骞除了酒量天生不俗，那便是凭着一口气在强撑着。

你不能倒下！你也绝不会倒下！

他在心里默念着，仿佛给自己下达着命令。

说来奇怪，他的胃中翻腾不已，他的血液也有沸腾之感，但他的心神却依旧宁静。他心想，也许这就是大祭酒公冶易所说的，自己心神坚忍的特异之处吧。

"张骞，我敬你一碗。"有一个熟悉的声音响起，居然是左贤王。他的脸上满是震惊之色，显然没有料到曾和自己拼过酒的对手，居然有如此深不可测的酒量。

张骞依旧点点头，终于开口道了声："左贤王殿下，请！"然后碰碗，仰头一饮而尽。

连军臣单于都呆呆地望着这里。匈奴人素来敬重彪悍的英雄。在他们眼中，快马如风的是英雄，百步穿杨的是英雄，能千杯不醉、鲸吸百川的人，自然也是英雄。草原雄主的眼中，此时已满是震惊、奇怪、愤怒，甚至垂青的奇怪神色。

吉祥居次一直遥遥地望着那个男人，一颗芳心扑腾扑腾急跳。

他仿佛就是一块岩石，那些向他敬酒的匈奴男人们仿佛就是居延泽的浪花。那些浪花簇拥着冲向岩石，但随即被击碎，岩石始终傲岸地兀立在那里。

六十八碗！此时张骞的身子才微微摇晃了一下，那双眸子却依旧射出凛凛的精芒。

这次举杯站在他身前的人居然是金蛇王兰顿。

张骞望着兰顿那张满是阴霾的脸，稳稳地举起酒碗，没有碰杯，便一饮而尽。

这是他第一次没有跟敬酒者碰杯，他的眸中甚至跃出了一抹森寒的杀气。

兰顿看到了那抹杀气，心底虽满是郁闷，却发作不得，只得拂袖退下。

"别喝了！"一道清脆的声音响起，宛若天籁。

张骞看到了那道仪态万方的倩影，却终于笑了："吉祥居次，我们上次不是没有比酒量么？来，我陪你饮上三杯。"

他很认真地往碗里倒满酒，双手擎上，和她碰了酒碗，然后笑吟吟地一饮而尽。然后他再倒满一碗酒。

吉祥居次痴痴地望着他，很无奈地跟他对饮。

眼见他笑吟吟地端起第三碗酒，女郎一把揪住他的手，脸色苍白得像冰雪，声音几乎是在哀求："别喝了……"

张骞笑了笑，酒碗忽从手中脱落，然后他整个人也软倒下去。

所有的酒意一起翻涌上来，他觉得自己已经无法控制自己的躯体了，奇怪的是，大脑却仍然清醒。

朦朦胧胧间，他看到了父亲。

老父张览勒马立在高岗之上，扬眉远眺下方空旷寥落的原野，静思不语。随后张骞又看到了十四五岁的自己，也乘着一匹矮马，稚气的脸上满是好奇之色。

然后他听到了父亲沉着的声音："骞儿，记住了！为父平生所学，源自纵横家，创立这门学说的老祖宗，名叫鬼谷子！"

尹喜是在许多许多年以后，准备再次回到终南山时，遇见那个青年的。

那是群雄逐鹿的战国时代。此刻尹喜早已是名满天下的道家大宗师。正如师尊老子所预言的，道家在他手中大兴，老子五千言的《道德经》学说由其传扬世间，风靡战国诸雄，成为天下显学之一。

可惜尹喜再也没有见过他的师尊老子。那袭在夕阳下悠然西去的白色背影，是老子留给尹喜最后的影像。

在尹喜八十高龄的时候，这位早已达到玄圣道至境的大宗师，忽然无比怀念起自己的师尊来：如果师尊在身边，很可能自己早就突破最后那道门槛，达到传说中的天觉者的境界了吧？

于是尹喜悄然离开满门弟子，像他的老师当年一样，独自一人回到了终南山。

那山谷里的草楼前，有师尊留下的气息，或许能助他完成人生最后也是最重要的一步跨越。

"你跟了我许久了吧？"尹喜在山道旁的一乘破车前坐下，像个衰朽老者般地捶着自己的后腰，气喘吁吁地望向身后的那位白衣青年。

那青年还不到三十岁，面白如玉，额头有些奇异地耸起来，加上那深陷眼窝内的双眸，令他整个人显得深邃而沉静。

他静静地立在数丈外，向尹喜深深一揖，微笑道："晚辈王诩，拜见夫子。"

"跟着我何事？"尹喜将目光定在青年肩头那块硕大的木质棋盘上。

"早间我在溪边摆布棋局，夫子曾过来看了一眼，摇了摇头，晚辈才知夫子是异人，恳请夫子收我为徒。"

"收徒？"尹喜笑道，"你知不知道，我的徒孙年龄都比你大了？嗯，你喜好下棋？"

青年深深一揖，说："晚辈以棋悟道。"

尹喜觉得这回答有些奇特，但也没有多问。他随手挥洒，指尖遥遥扫过身前的青石，石上立时现出纵横十三道的精准纹理，横平竖直，犹似尺校斧凿。

尹喜并没有让青年过来陪他下棋，而是在掌间很轻松地幻出黑白棋子，然后随意弹出，自己与自己对弈了起来。

青年人遥遥地望着，脸色渐渐疑惑、惊异，然后变得震撼无比。

尹喜的的棋路与世间人完全不同，每一步落子，仿佛都带着奇异的天机。青年人的脸上现出饥渴之色，仿佛三年未沾酒的老酒鬼忽然看到了一坛陈年佳酿。

可惜尹喜根本不看他，只是入神地摆弄着自己的棋子。他的落子越来越慢，棋上的玄机也越发深奥。

青年咬了咬牙，大步向前行去。他一定要和这老者对弈一局，哪怕只是弈上几手也成。

但一迈步，青年才发现，这几丈远的距离简直难如登天。他每迈出一步，前方都仿佛是无穷无尽的岔路，无数战车奔驰，缥缈难辨，有时候觉得走近了，一抬头才发现，其实反而更加遥远。

青年连迈了七步，终于止步不前。

"你只迈了七步，很好！"尹喜才抬起了头，"在我的弟子中，排名第二。"

"敢问谁是第一？"

"我的大弟子，他只迈了五步。不过你还有机会，看你能不能比他更早地勘破其中玄机。"

青年那双深陷的双眸放出了炯炯精芒，沉思了片刻，忽道："三十辐，共一毂。夫子的身份，自然不屑调动地煞惑人，夫子是借用所靠的那个车轮，巧布了一个法阵。"

"破得了么？"

"车轮是虚的，虚的车轮反而生出无尽的妙用。这道题本身就是解答。"

青年迈步，足尖稳稳指向尹喜背后车轮的轮轴，似乎向前滑步，又似是车轮般在原地转圈，然后这一步仿佛穿入了一个奇异的空间，前方的无数条岔路、奔突的战车、呼啸的车轮都在瞬间消散。

下一步，那青年已稳稳站在尹喜身前。

尹喜抬起眼，问："你钻研过阵法？"

"于阵学浸淫不多。晚辈只是以棋悟道，棋中包罗万象，圆子象天，方局法地，纵横十三道，有动静、生死、奇正、虚实，术法兵家之道，尽在其中。"

尹喜点点头，指着棋盘，说道："黑白随意，落子吧！"

青年不多言，信手拈起一枚白子，却在青石棋盘前怔住了。

适才他远远观望，尽管棋路纷繁芜杂，细思良久，心中已有了些计较，但此时立在青石前，却发现那棋盘上哪里有什么黑子白子，有的只是无尽的大河滔滔、激流纵横，无尽的高山嵯峨、峰峦叠翠……

"看见了什么？"

"先见大江横流，后见万山竞秀！"

"见水，预示了你的智慧；见山，则表明你的旷达。孺子可教也！落子吧。"

青年肃穆凝思半晌，终于落子。这一子落下，青石棋盘上立生变化，仿佛山崩地裂，洪水决堤，四下的远山纷纷崩塌。青年的精神一阵恍惚，急忙凝心定神，却见尹喜很随意地应出黑子。不过数手，便吃掉了一枚白子。

青年的额头有汗珠流下，却没有惊慌，又是一子落下。他要救棋枰上那条被困的白龙，但几手棋之后，白龙已岌岌可危。

随后尹喜又是一子落下，这次是吃掉了下角的两枚白子。

崩塌的远山被洪水淹没，近处的山谷被洪水淹没，青年的整个天地便只剩下了水。他站在汪洋中间，浑身湿漉漉的，甚至分不清这湿是身上的冷汗，还是精神世界中的滔天洪水。

但青年仍在坚持，全然不顾下角被围的零星白子，只是苦苦营救那条中腹的白龙。

尹喜很快又提掉了两枚白子。这局棋是他随手摆布的，这里是他的世界。

一道道巨浪从四面八方扑来，青年被浪头打得东倒西歪，浑身湿透，却仍坚持着。他拈起棋子，缓而又缓地落下。

白龙脱困了。

尹喜的眸光不觉亮了一下。青年所用的策略是舍小救大。这并非多奇特的妙招，但这青年的不寻常之处，在于他的果决和坚持，宁肯连失五子，依旧不改初衷，不屈不挠，终于救出中腹那条白龙。

这时候，青年觉得自己已完全沉入了大海中。然后他真的看到一条巨大的白龙。那白龙在深黑的海水中耀出灿烂的光芒，摇头摆尾地向他冲来。

一阵奇异的敲击声传来，所有的幻象都消失了。

尹喜有些懒散地用指节轻扣着那个车轮，悠然叹道："寻常之人，是弟子寻名师，但真正高明的大修道者，却是师父找徒弟。当年我的师尊老子过函谷关，故意泄露昆仑玉盘的紫气让我看到，那就是他老人家找寻我的方式。王诩，我已经找了你很久了，你将是我的关门弟子！"

王诩又惊又喜，纳头便拜。

尹喜那早已古井无波的心内终于生出了些感慨。他想到师尊当年的话。果然，现在的天下，真的已是繁花璀璨、百家争鸣的时代了。

道家果然在自己手中大兴，而大弟子学成之后，早已开宗立派，确实让道家更加兴旺了，而且那枚指环，也确是属于他的。

尹喜提醒王诩："你的不足是太过于看重术。道、法、术中，形而上学谓之道。要记得，应以道驭术！"

"弟子谨记。"

"你该有个道号。"尹喜盯着王诩微微凸起的额头上的四颗肉痣，笑道，"你这四颗痣来头不小，竟呈二十八宿中的鬼宿之象。嗯，就叫鬼谷子吧。这四颗痣，预示将来你会成为四家的大宗师，道家、兵家、阴阳家，嗯——还有一家，那才是真正属于你的道……"

尹喜的目光落在了青石棋盘上，忽然间心情无比激动，拈起一枚棋子，缓缓道："当年师尊离开之前，曾经以棋为喻，问我，如果一枚棋子跳出棋盘，那会如何？纵与横的极限，又是什么？"

"纵与横的极限？"

听到这样玄之又玄的问题，王诩不由全身剧震，喃喃地言道："夫子是说，当一枚棋子跳出它固有的棋盘，拓出一片新天，才可能打破纵与横的极限？"

尹喜望着自己的小弟子，若赞若叹："很好！那最后一家，就叫……纵横家吧！"

第三章

参 战

虽然苍龙坡万马大会只能算是万灵天选大会之前的一个小铺垫,但这次赛马会和随后的酒宴还是很快哄动了整个草原。

不仅是因为艳压天下的吉祥居次竟异想天开地参加了马会并夺魁,更因为随同吉祥居次夺魁的,竟是个汉家官吏。

这家伙的马术竟然不输于匈奴骑士!

更奇的是,听说这家伙居然很能喝酒,一个人喝下了足足七八个壮汉的酒。

最让人吃惊的是,眼高于顶、娇艳无双的吉祥居次似乎对这家伙很有些青睐的样子……

各种传言仿佛长了翅膀般,在草原各部落间飞窜着,成为本次万灵天选大会前的一道独特风景。

大草原的初秋之时,天高云淡。

眼下正是草原最美丽最壮观的时节,那绿已变成深绿的海洋,一些叫不出名字的野花正在迸发它们生命中最后的绚烂,仿佛绿海又缀上了千万颗艳丽的星星。

牧马正肥,草原上的汉子和女人都跟那马一样,浑身都憋足了劲儿。

万众瞩目、震动整个西域的万灵天选大会即将开始。

匈奴虽然是这个天下战斗力最强的帝国,但其政权对神巫却有一种很强的依赖和尊重,于是统领神巫的万灵宗便成了匈奴内部极为强大的一股势力。万灵宗宗主龙缺大巫神通广大,见识超凡,是三代单于最信赖的人,所以,不管是左右两位贤王,还是太子于单,都对龙缺大巫敬若神明。

所谓万灵天选大会,就是汇集匈奴各部,包括其实力覆盖之下的西域各国的奇才异士,通过比试,甄选出资质最优的巫术强者。据说最终的四大强者将会入选万灵宗的客卿长老会,有机会参悟祭天金人。

在龙缺大巫看来,神秘的祭天金人的突然出现,蕴含着天地间极大的秘密。要解开这个秘密,必须要聚集资质、天赋、实力乃至运气的最强者来一同参详。

这就是万灵天选大会的最终目的。

草原上只尊奉实力,所以天选大会不信虚词,不唯浮名,不看出身,一切只看最直接的实力,就如同那激荡人心的赛马一样,一目了然,绝无虚假。

除了匈奴的诸多部落,西域的乌孙、大宛、楼兰等各路英豪也都意气风发地远道赶来。

黄昏时分,一彪人马已踏上苍龙坡外的绿色原野。

几个汉子正兴致盎然地聊着天,领头两人所骑乘的大宛名驹神骏异常,在暮色中极为醒目。

"应该是他们了吧?"暗影里的卓轻闲盯着那两匹神采飞扬的良马和马上神气活现的骑士,微笑道,"匈奴默勒部落的几位活宝。拿下他们,便可领取那块参战符石。看你们的了,二位美女!"

师滢和云裳对视一眼,无奈地苦笑了一下,翩然闪到坡道之上。

"滚开！什么人瞎了狗眼，敢挡我默勒部落的路？"为首的汉子大声怒喝。

"等等！"另一个领头的大汉却惊呼道，"哎哟，这俩小妞怎地这么美！他娘的，休屠城的美女真是多呀！"

忽然面对许多男人那毫不掩饰的急色目光，师滢本能地羞涩和厌恶，云裳也是玉靥飞红，却嫣然一笑："敢问各位当真是默勒部落的英雄么？远道而来，想是要去万灵天选大会参战吧？"

为首的汉子给她这一笑弄得半身酥麻，哈哈笑道："小妞当真有眼光！怎么，你们想跟着哥哥一起去看看热闹？"

云裳目露羞色，却欣喜地点了点头。

那汉子哈哈大笑。身边一人却提醒道："老大，小心些！你忘了前些时日的万马大会，咱们就在这里被那美女给劫了……"

"你他娘的傻呀？"为首老大喝道，"那美女是谁，后来大家都知道了吧？那可是大名鼎鼎的吉祥居次！况且，什么叫给美女劫了？老子是惜香怜玉，才故意败给她的知道不！老子这辈子最牛的事，就是把自己的王庭骨笛送给了吉祥居次，知道不！"

几个手下立即见风使舵，连声附和："正是正是！天底下有几个吉祥居次？老大英雄救美人，将骨笛赠给了吉祥居次而已。"

"这两个小妞也是千娇百媚呀，我瞧不比吉祥居次差……"

为首大汉盯着身前一清丽一娇艳的两大美女，更觉神魂颠倒，大笑道："两个美女快快上马来吧，哥哥先带你们骑马跑一程。啧啧！就你们这张脸，跟吉祥居次比，也差不到哪里去！哥不是吹牛，哥可是带着吉祥居次跑过马呢……哈哈哈，哎哟，小心！啊……"

师滢面对向他伸来的手臂，秀眉轻蹙，翻掌挥出。云裳也同时出手。

壮汉们的笑闹随即变成连声惨呼，片刻之后，众汉子便东倒西歪地倒在小径上。

"二位谁是头领啊？"卓轻闲这时候才慢条斯理地踱了过来，操着流利的匈奴话问道。

"我是兄长……罕都,他是我兄弟拔都。"默勒部落的大头领结巴起来。

"罕都、拔都,好名字!"卓轻闲手里轻摇着一袋子哗哗作响的钱币和宝石,"硬通货!咱们做个交易如何?我们可不是强买强卖的吉祥居次……"

吕英冷冷道:"当然,诸位也可以选择不配合!"长袖微振,数丈外一块半人高的青石忽然四分五裂,那四分五裂的青石继续坍塌,最终化作一堆齑粉。

罕都兄弟听不懂吕英的汉话,但这手刚猛绝伦的剑气术法他们却看得懂,登时脸色惨白。

在卓轻闲和吕英的软硬兼施、威逼利诱之下,不大功夫,默勒部落的几位草原英雄便很识时务地选择了那袋子硬通货,交出自己的参战符石和战马、衣饰,并按照匈奴规矩,拔刀立下血誓。

大头领罕都少爷摇晃着那袋沉甸甸的宝石、钱币,很有感触地对卓轻闲说:"你们很够朋友,但我们也是物有所值。知道吗?默勒部落历来都有好运气罩顶,上次吉祥居次赛马夺魁,你们这次也不会差。我预感你们至少会进入'四虎',就是天选大会的四强。相信我,相信我们默勒部落足以逆天的运气!"

"肯定相信,我的朋友!有机会我一定要去你们那里做客,带着大批的丝绸、宝石、瓷器!"卓轻闲甩出草原式的爽朗大笑,并献上匈奴式的亲热拥抱,"当然,为了你们逆天的运气始终相伴,你们可不能走!"拥抱之时,掌上运劲,将默勒部落的几位英豪尽数拍昏。

吕英叹道:"死胖子,你不是个书呆子么?刚才你笑得简直像一个十足的老奸商!"

"此一时、彼一时也!"卓轻闲笑了笑。这一瞬,那笑容居然有些无奈,但很快隐去了。他扭头望向身后:"该你了,默勒部落罕都少爷这身装扮可都是给你的,甘夫少爷!"

甘夫很不情愿地说道:"为什么是我?"

卓轻闲道:"只因我们的张使君被扣押在苍龙坡的单于金帐附近。除了匈奴权贵,只有万灵天选大会的选手才能越过前方那条草龙红线,所以我们必须参战。而你是一位正经八百的匈奴人,匈奴话说得最好,冒充一位匈奴边远部落的少爷,最是惟妙惟肖。"

原来,卓轻闲等人从吕英口中知道了张骞被擒的消息后,便率领十余名精锐部下,立即启程,伪装成小股商队,赶到休屠城西北的天马堡。天马堡是左贤王特别设立的贸易寨堡,里面汇集了各路西域商队,但却打探不到汉使张骞的消息。

待了一段时间,众人才终于得到一个确切消息:那位大闹苍龙坡的汉使张骞,被左贤王软禁在单于金帐穹庐附近。

师滢、甘夫等人心急如焚,但盘算良久,众人还是认为无法直接武力劫人,卓轻闲便提出了参加万灵天选盛会的计划。

三年一次的万灵天选盛会是大草原上真正的盛事,许多部落的强者很早之前就张罗着从各地赶来,而且这大会对参赛者几乎不设置任何门槛,只要事先在万灵宗专设的穹庐内取得认可、拿到刻有参赛秘符的符石即可。

卓轻闲一行当然不能去万灵宗那里去求得认可和符石,那便只剩下明抢暗夺这一条路。

虽然四面八方赶来的参战者各色各样,众人经过仔细研究,还是确定了一个原则,即不能抢夺那些贫苦修行者,一定要找一家大部落的少爷,这样其他人才能以仆役身份,跟着这位少爷进入草龙红线。

就这样,经过一番辛苦等待和挑选,终于选中了"运气逆天"的默勒部落。

经过云裳的一番精心装扮,甘夫变成了一位气质高傲的草原部落少爷,唇边新增的两道小胡子神气活现。

"妙极妙极!"卓轻闲拍手笑道,"你现在的匈奴名字叫……就叫甘都少爷吧!"

跟着,卓轻闲扮做部落的总管,二女则化身为贴身女仆,并不精通匈奴话的吕英则是天生的满脸冷酷的保镖。

为求逼真，卓轻闲还有最后一招。他将默勒部落的两大首领罕都和拔都少爷都留在身边，其身份便是甘都的表兄。此举一来是防备他们赶去告密，二来也可以随时帮他们遮掩漏洞。

"笑一笑！"云裳跟师滢并辔而行，拍了拍她那楚楚可怜的小脸，"我们就要进前面那圈毡帐了，马上就能看到你的张大哥了。"

师滢的脸立刻红了，想要辩解，但随即妙目中有泪涌出，又只好奋力噙住。

云裳不忍心再拿她打趣，叹道："放心吧，妹子！咱们会有好运气的。"

几人催马向前。前方是一圈连续的金色毡帐，围出了方圆数里的广大地界。这片地的外圈有单于的军马驻扎守卫，内里是层层环绕、层次分明的多圈毡帐，分别是参战巫者和各路匈奴权贵的宿处。

也许默勒部落罕都兄弟当真是有着逆天的运气，一行人进得金色毡帐圈、刚刚在指定的地盘扎好自己的毡帐，卓轻闲便探听到了一个关于张骞的消息。

这位在万马会上出尽风头的汉使被单于软禁了起来，目下得了重病，匈奴巫医都束手无策。

"我去！"师滢心急火燎地站起身来。

"医师本就是很不靠谱的一群人，而匈奴医师应该是天底下最不靠谱的人了。"卓轻闲无奈地搓着手，"救死扶伤，好在我们还有师小妹。但麻烦在于，你现在只是默勒部落的一个女仆，怎可能会汉家医术？"

"我一定要去，理由你来编。"师滢执拗地扬起头。

"好吧。"卓轻闲拍了下头，狠狠瞪了眼默勒部落大首领罕都，"这个女仆是你从沙匪手里买来的，到手后才知道她精通医术。明白么？你随我们同去。记住，那千丝百转蛊的解药只在我一人手里，发作起来痛如千死千生……"

"是,是,绝不能耍花招!我默勒部落的英雄好汉说一不二,尽管放心。"

卓轻闲为防万一,确是给罕都拔都两兄弟喂了两粒味道奇异的药丸,再加上一番恫吓,早将这两兄弟驯服得俯首贴耳。

外面夜色已降,众人估算,深夜时分前往,或许更有机会。等到夜深,卓轻闲便带着师滢和罕都赶到巫医毡帐之外。

张骞患病难愈,显然已非一日。无论是军臣单于,还是左贤王,都给众巫医下了死命令,要他们救回张骞。众巫医用尽所有办法,早已是束手无策。此刻忽见一位边地部落的首领带着一位清秀女医师赶来,毛遂自荐,说能医治张骞,巫医们竟没有多加盘问,便将三人带入一座毡帐内。

这毡帐按照匈奴权贵的标准所造,颇为豪奢,只是此刻帐内那高贵的西域熏香中掺杂了浓郁的药味。张骞僵卧在铺着兽皮的榻上,双眼紧闭,一动不动。

师滢一眼看见那熟悉的面孔,整个人便是一阵恍惚,险些软倒在地。

卓轻闲则一眼便看到了斜倚在榻旁的节杖。

那象征汉使身份的金色节杖,饰以赤色旄羽和牦牛长尾,透着雄浑的肃穆之气,此刻静静地斜靠在榻边,在距离它主人最近的地方。

混沌,无尽的混沌。仿佛世界的尽头,又仿佛他初生那一瞬的世界。

但谁会记得自己出生那一瞬的世界?

张骞现在就觉得自己已经回到母体内,回到自己的未生之前。

这里的世界是混沌的,并非是完全的黑暗,还有一些模糊的光。但这混沌的光,却比真正的黑暗更加阴沉、冷酷和神秘。

一个人便在最暗的阴影里走出,笔直地向他走来,带着温和的微笑:"给我……"

"什么?"他看不清那人的模样。因为那张脸也是混沌的,仿佛是禁锢在地狱最深处中的魔王。

"身体给我好吗……把你的身体给我好吗？"

那人走得更近，那声音无比生硬。

张骞终于看清了他。那是个全身赤裸的男子。他很年轻，面目极其俊秀，全身肌肤雪白细腻，在混沌的光影下泛着一种怪异的美感。

张骞同时看清了四周。那是一片空旷无边的原野，原野中除了他自己，便只有这个不断逼近的俊美男人。

"来吧，咱们做个交易。我们合体，你就拥有了无限的神术，无论你想从休屠城逃走，还是寻找昆仑，寻找大月氏，都易如反掌。"赤裸男子笑了起来，露出齐整雪白的牙齿。

"陆鸦，你是陆鸦！"张骞终于大叫起来。

"是我呀！你难道忘记自己的鸿鹄之志了么？可能你还不明白。放心吧，合体之后，这身神术将会由你驭使，我么，只负责点燃最初的一道火星。只有给你这最初的一道火，你才能驾驭这身神术。来吧，跟我合体，你会很快乐的，然后你就可以鹏飞九天……"赤裸美男的眼神明亮起来，美得越发妖异。

"别听他的！"一道断然的喝声响起。

跟着又是一声："别听他的啊……"

四五个人涌了过来。他们有老有少，虽然脸孔各不相同，但不知为何，却隐约地有些奇异的相似之感。

张骞悚然一惊，忽然大叫道："陆鸦，这些人都是你？都是先前你用过的身体？"

"他们的身体早已被我抛弃了，这些只是他们被压制和臣服的元神，就如同跟在我身边游荡的小狗……不要搭理他们了！"赤裸美男轻轻地一挥手，那些人便如被一股风卷着，向后仓惶飞散。

"来吧！来办我们的大事。臣服吧，开启你全新的人生！"

那双美艳的眸子妖异地亮了起来，那具泛着白惨清辉的身体向张骞扑来。

张骞怒骂、奋力挣扎，却觉得无济于事。他正自惊悸难言，忽觉头顶一亮，一道刺目的光华从空中照来。虽然那光华也是混沌的，却带着无比强大的威压。

是蜃龙！张骞看到了那神兽的残影。这家伙还是贱兮兮的火壁虎形象，眼神诡异而滑稽。

蜃龙虎视眈眈地盯着赤裸美男，忽然喷出一股强大的热息，让那道完美的身躯一阵模糊。

"妖畜！你要找死么？"陆鸦怒喝。

"瞧你这死贼囚的臭德性，死贱样！"蜃龙却笑了，"老子说过多少遍了，老子不稀罕男人。"

陆鸦被热气席卷，无暇还嘴回骂，却取出一只绿油油的律管，仰头吹奏。曲声清冽，如甘泉出山，随即卷来一股奇异的寒气，将蜃龙喷出的热流迅速冲散。

"邹衍吹律？"蜃龙惊呼起来，"你这个臭贱人怎么会这手绝学……"

张骞知道，邹衍是战国时著名的大宗师，据说阴阳家就是由他始创。相传邹衍隐居燕地山谷，见谷内气候寒冷，菽豆难生，便以竹管吹出奇异乐律，使得春回山谷，繁花盛开。这门术法能以音律影响寒热气息变化，陆鸦元神所施的，虽是易热为寒，也是源于此术。

"老贱男吹的不错！你这副德性，去歌楼上卖艺最好。嗯，这地方没歌楼，但妓馆，甚至土娼还是应该有的。你要是去卖，一定能独树一帜，独领风骚于千里河西之地。"

蜃龙用他独有的嬉皮笑脸唠叨着，蓦地一张嘴，这次却没有喷出强大的龙息，而是吐出一把短剑。

青光闪烁，剑意凛凛，正是太一剑。

张骞眼前一亮，接剑在手，愤然挥出。

青芒闪处，陆鸦的白影子再次向后飘飞，颤声叫道："不，不要！我臣服，我一定会臣服你的……"

蜃龙凌空飞落，喝道："老贱男！邹衍是战国稷下学宫的大宗师，他的绝学,怎么会到了你的手中?"

陆鸦眼珠一转,嘿嘿笑道:"看来你只知其一,不知其二,竟然不知道稷下学宫的邹衍跟我昆仑道的关系。"

齐国国都临淄的西门,有个更广为人知的名字,叫稷门。大名鼎鼎的稷下学宫就坐落在稷门外。学宫开在康庄之衢,其建筑高门大屋,楼阁轩昂,气势恢宏,尊崇无比。

稷下学宫是天下首座国立研究机构,在那位"三年不鸣、一鸣惊人"的齐威王手中发展壮大,专门延揽各国名士奇才来此著述交流、讲学论辩。

稷下学宫最为尊崇黄老之学,对诸子百家则是兼容并蓄。学宫的学者名士不任官职,拥有充分的学术自由,于是各国名士纷至沓来,迅速成为天下的文化中心。

午后,秋阳朗照。

一位衣着简朴的褐衣老者这时候正走到稷门外。他纵目远眺,凝望那座气势恢弘的学宫,沉思不语。

一队车马恰在此刻停在学宫前,最前面的车上走下一位白髯飘拂的黑衣老者。

这黑衣老者就是名满天下的孟轲。虽然已经年过七旬,但"善养浩然之气"的孟子依旧精神矍铄,腰板笔直。两年前,他重回齐都临淄,被齐宣王授予"卿大夫"之职,此后一直居于稷下学宫。孟夫子在齐国身居高位,但并不参与政事,大部分时间是在稷下学宫讲学和辩论。

后面数十乘车也络绎停下,百余位从者和学生簇拥着孟夫子向学宫大门行去。

稷下学宫最精彩的故事就是各种辩论。今天这里马上要展开一场声势浩大的"天人之辩",参加辩论的都是道家、儒家和墨家的饱学之士。

孟夫子要代表儒家亲自下场论辩。

驻足远观的那褐衣老者将目光定在黑衣白须的孟轲身上,脸上闪过一抹秋日般散淡的微笑，摇了摇头，悠然转过了身。

似是有什么感应般地，孟子几乎在同一刻转身回望，目光穿透熙熙攘攘的人群，准确地定格在那褐衣老者的身上。

这时候，褐衣老者已转过身，向清朗的天空发出一声长笑，将一道无比洒脱的背影留给了孟子。

孟子在温煦的秋日下眯起了眼。在他数十载游历天下的记忆中，还不曾见到谁有这样悠然自得的神气，虽然那只是一袭背影。

"夫子识得那个褐衣老者么？"孟子的学生万章顺着夫子的目光望过去，也注意到了那个人。哪怕只是一个背影，也能看出此人是如此的超然不凡。

褐衣人行得如此悠然自得！虽是走在人流川流不息的街衢，却仿佛一尾鱼在寂静清澈的湖水中畅游，又似一只蝴蝶在空谷幽兰前翻飞。

"不认识，但我知道他是谁！"孟轲的神色恢复了从容，淡然笑道，"宋之庄周！"

"宋国的漆园傲吏庄周？当今道家的中流砥柱？"万章又惊又喜，"夫子如何肯定是他？"

"我看到了一股气，混沌之气。那股气自然活泼，又与天地万物玄同如一。"

万章惊叹："此人的名声之大，甚至盖过了那位道家大师兄列御寇。要不要弟子请他回转？"

话一出口，万章就觉得不可能。

稷下学宫流传过不少关于这位庄子的传说。让名士学者们最为津津乐道的一个传奇是，楚威王曾派人给这位宋国的漆园小吏送来厚礼，请他到楚国为相，却被庄子干净利落地拒绝了。也就是自那以后，庄周得了个"漆园傲吏"的雅号。

在庄子的眼中，只有大道，王侯将相，皆不入眼。连楚国之相都不做的人，怎么会进入齐国的稷下学宫！

"道不同不相为谋。"孟子洒然一笑，"还是让他曳尾涂中吧！"

曳尾涂中，是庄子拒绝楚威王相国之请时所发的比喻。是说他宁愿摇着尾巴在烂泥里独自快活，也不愿如一块尊贵的占卜龟甲般被摆上庙堂。

在这道似喟似赞的长笑声中，一众弟子如众星捧月般，簇拥着孟子进了稷下学宫。

齐威王年间这个看似寻常的秋日里，庄子与孟子就这样在一条通衢大道上交错而过，甚至没有对望一眼。

道家与儒家的两大宗师就这样错过，永远错过了。

庄周只遥遥地看了孟轲一眼，便绝不回头。出了稷门后，他步子渐快，仿佛踩着一股风，但在外人眼中又丝毫觉不出他的快。他的一举一动，仿佛都已与天地合一。

他拐出官道，踏上山道，终于在一片广阔繁茂的树林前停住脚步，转头望向身后，淡然道："跟了老朽这么久，有何指教？"

一位黑袍青年笑吟吟地从山道间转出，道："奇事一桩，大名鼎鼎的宋国庄周，竟然来到齐都临淄！但为何只是遥遥一望孟夫子，便一笑而过？"

青年也就是二十五六岁年纪，颇为华贵的衣饰显示出他"稷下先生"的高贵身份。最奇的是，他双眸炯炯如电，又透着与年龄绝不相衬的豪气与自信。

"狂生邹衍！"庄周淡淡回视着黑袍青年，"如果你不懂得领悟天地间的自然浩瀚，那你永远也无法真正体悟大道。"

被庄子一口喝破身份，青年不由微惊。更让他震惊的是，此刻对面而立，他居然完全感觉不到庄子的存在，仿佛对面只有一团活泼泼的气息。

"天地有大美而不言。见不见一个孟轲，又有何憾与不憾？"庄子有些寂寞地挥了挥袍袖。

脉脉斜晖透过林梢照过来，被浓绿的树叶滤成五彩缤纷的光影。邹衍深吸了一口气，忽然觉得天地间的一切，都随着这句话变得丰富而深刻起来。

"齐生邹衍,拜见夫子!"

"夫子二字不敢当。衍,你的大九州学说颇有些意思!"

邹衍又惊又喜。他少年时便负大才异志,后来得遇一位昆仑道异人,追随问道,钻研出一套奇特的"大九州学说"。这学说认为中国的赤县神州虽然自己有九州的划分,但在华夏神州之外,还有类似的八大神州。这九大州地域广阔,外有大海环绕,互不相通。

这学说在当时颇为惊世骇俗,被人讥为"迂大"的邪说,更因邹衍张口便好谈天文气运,所以被人送了个"谈天衍"这样一个讥讽性的绰号。邹衍在稷下学宫贵为"稷下先生",许多名士都畏惧他的伶牙俐齿,但没有几人认可他的学识。

但此时,庄周这位道家大宗师居然赞起他这"大九州说"来,而且神色颇为认真。

"夫子是第一个夸赞晚辈的大宗师。"邹衍肃然拱手,"夫子此来,一定不是为了远远看一眼孟轲吧?"

庄周道:"老夫只是兴之所致,去了趟稷门。看到那几十辆骏马高车,便兴致已尽,又何必去见孟轲?何况我自南方远道来此,本来也不是为了见他。"

"那先生是为了见谁?"

"与你一样,被那个人约来的。"庄周举头望天,仿佛那个人会从天上飞过来。

邹衍暗自一震:自己确实是被一个神秘人物约来的。那神秘人物来历不清,他动用了稷下学宫的力量,也无法查出那人是谁。想不到这人居然同时约了庄周,而且真的将这位睥睨宇内的庄周约了过来!

这人是谁?

这念头刚刚闪现,便觉清风拂过,一袭青衣飘摇着,竟从空中悠然而下。

"御风而行,泠然善也……道家第一大宗师列御寇!"邹衍望着那一袭青影，目瞪口呆。

当年大天觉者老子西行后，不知所踪，只将五千言道家绝学传给函谷关令尹喜。

至今又是数十年过去，道家学说已经传扬天下，成为百家学说之祖。而道家之学的最早传播者就是尹喜，世人都尊称其为道宗。

十年前，道宗尹喜也归隐终南山，深栖不出。

事实上，这些年来，尹喜的大弟子列御寇和这位连记名弟子都算不上的庄周，名望、声势都要远胜尹喜，虽然从道家之学来说，尹喜这样的神隐者，才是真人。

列御寇有弟子百余人，其学说最注重虚无之道，对老子之学又有新的发挥。

列子之后，庄周虽然僻居南方，甘于贫贱，但其学说广博渊深，名声竟是后来居上。

让邹衍震惊莫名的是，约自己来此的神秘人物，竟是列御寇这位道家第一人！

"难得！你果然亲临。"列御寇没有看邹衍，只向庄周微笑点头。

道家大宗师之间，没有很多繁文缛节，问候只在一笑间。

邹衍很好奇地打量这两人。列御寇应该已经年过七旬了，却气韵旷达，满身笼着一层清气，望之如同三十出头的壮年。

庄周至少比列子年轻二十余岁，但他的气息与列子不同，那是一种原始的混沌气息。甚至在形貌上，庄子都懒得加以修饰，看上去就是个五十余岁的干巴巴的乡下老人，带着和光同尘的朴素。

"我曾得道宗尹喜指点。他向我传道授经七日，虽然不曾有师徒之名，但是有师徒之实。"庄周也点头而笑。

"是哪句话？"列御寇问。

道家修炼，洞悉天机往往就是几句话的事。列御寇问的，便是那真心直指的一句话。

"最后他问我，何为天地万物的玄机？我列举了所有我认为的玄言奥义，都被他摇头否认。就在我理屈词穷、头晕目眩之际，他忽然拍了拍拴在门外的那匹老马，说，就是这个。"

列御寇的眼神瞬间变得幽深无比，但没有言语。

"他走了之后，我又深思了三日三夜，最终明白了，万物就是那匹马，天地，就是这个……"庄周说着，缓缓竖起一根手指。

"天地，一指也……万物，一马也！"这句话如闪电般划过邹衍的脑际。

近年来，庄周名声远扬，其学说自然也传到了稷下学宫。邹衍精研阴阳学说，说来也算是道家中人，对庄子之学颇有用功。他对《齐物论》中的这句名言早就了然于胸，但这时候才有了更深刻的体悟。

列子静默片刻，才叹道："道宗所学渊深，简直无所不包。可惜我没有见过师祖老子，但这时候，我有些明白孔子当年评价师祖时曾说过的那句话了——老子犹龙乎！"

一声轻叹，感慨无尽。

"那家伙，也应该来了吧？"庄周没有抬头，只是弹了弹手指，仿佛他的手指中蕴含了天地间的一切秘密。

林中传来一声长笑："看来天地万物，果然都在庄生的一根手指中。"一个三十余岁的中年书生，慢悠悠地从林中踱出。

邹衍见到那人引人注目的高耸额头和背负着的那面硕大棋盘，心中一动，不由问道："鬼谷子……王诩先生？"

中年书生向他一笑："邹衍老弟也到了！看来今日之局会很有意思。"然后才向庄周见礼，同样是很浅淡的微笑，但最后面向列御寇时，则是深深一揖，叫了声"鬼谷王诩见过大师兄"。

"给你找的破局之人，你也看到了。"列御寇意味深长地望着鬼谷子，"如果稍时你败了，后半生便只能深隐山中，也许连个弈棋的伙伴都寻不到了。最后问你一次，一定要这么做？"

鬼谷子扬起高耸的额头，淡然道："一定。"

"那好吧。"列御寇叹了口气，眼中却露出笑意。

听了他们的话,邹衍忽然有些紧张。

眼下是个百家争鸣的时代,名家宗师辈出。眼前这三个人,无疑是天底下最高明的修道大宗师。自己虽然素来自认很不寻常,但跟这三人站在一起,还是有些自惭形秽。

天下能跟他们并列的人,也许只有……邹衍的脑海中迅速闪过墨家禽滑离、道家寒泉子等人的名字,又都迅速抹去!

是的,天下间也许再没有比他们更高明的修道大宗师了。

这样三个顶尖宗师齐聚于此,要做什么?为何将自己这个晚辈拉来?列御寇口中的那"破局之人"看来是指自己,但我又能破什么局?

也许是要掩饰心底的激动和慌张,邹衍笑了一笑:"稷下学宫的天人之辩已经开始了吧?墨家的禽滑离、道家的寒泉子,不知能不能辩得过儒家的孟老夫子?"

禽滑离是墨家创始人墨翟的首席大弟子,成名甚早,曾率三百墨家弟子成功阻止楚国攻伐宋国的企图,声名远扬。寒泉子近年来在道家子弟间声名鹊起,几乎与鬼谷子并驾齐驱。风传此人是鬼谷子的师兄弟,实则寒泉子曾在秦国为官,近年来才开始以隐士身份游历诸国。

但即便是这样的两位奇才,能否辩论得过辩才无双的孟老夫子,仍是个极大的疑问。

稷下学宫的天人之辩是一桩大事,而墨家禽滑离、道家寒泉子与儒家孟轲之争,更是一件天大的盛事,即便是目空四海的邹衍,也对此有着极大的兴趣。

"他们能看到天道么?"列子却摇头一笑,"燕雀岂敢望鸿鹄之境!"

他的脸上没有鄙夷和讥讽,只有几分寂寞之色。

庄周则更是漠然,只淡淡地说道:"我们开始吧!"

列子、庄子和鬼谷子三人肃然静默。

于是,整个天地也静默下来。

此刻夕光斜映,树林阴翳间,鸟鸣蛙声此起彼伏,但随着这三人的静默，整片广袤的树林竟渐次变得鸦雀无声。

邹衍忽然发现，自己全身的血液似乎都停止了流动，但奇怪的是，自己并不难受。他心中一动，也凝心静气，融入这深邃的寂然中，顿时觉得全身心无比舒畅。

原来他们是在辩论，同样是在进行天人之辩。

但他们辩论的方式却不是用语言，而是这种惊人的无声之辩。最高明的辩论其实是无言的，犹如雪落大地，静寂无声。

这才是真正的天人之辩。

邹衍悠然舒展着自己的元神，全面融入这无声而深邃的天人之辩。

跟着，他听到了风声。所谓万窍怒号，千壑齐鸣，如响箭，如尖刺，如吙如嚎，当真是泠风则小和，飘风则大和……

这就是传说中的天籁么？

"你听到了么？"列子在呼啸的天风中向他飞来，轻拍了下他的肩头，随即凌空而起。

元神世界中，天风忽大忽小，风声也是千变万化，急如飞瀑，怒如大江，舒如浅泉，沉如深潭。列子御风而行，身形也忽而灵动，忽而飘急，随着风势而变幻莫测。

邹衍骤然明白，列御寇和庄子竟在这深邃的元神世界中展开了一场奇异的比拼。庄子用他精研的"齐物"绝学，制造了一场声势浩大的天籁之音；而列子则运使起御风之术，在天风中穿梭自若，泠然善也。

蓦地，邹衍发现了一个奇怪的事情：在这场别开生面的较量中，他没有发现鬼谷子！

鬼谷子比列御寇和庄周都要年轻，难道他惊才绝艳，修为竟超过了两位师兄？

这念头才一动，邹衍随即发现，自己已是站在万仞高山的绝顶。天穹之上，列子的目光穿透重重暮云，正居高临下地向他望来。

"我知道，你一直想入昆仑道。"列御寇笑道，"以君之天赋与修为，这应当不是问题，但以昆仑道的规矩，你还要破一个局。这个局便是……找到鬼谷子!"

邹衍周身一热。他惊才绝艳,禀赋超凡,目空四海,但所学却是源自一位昆仑道的异人,所以平生最大的愿望便是加入昆仑道,而相传昆仑道现今的宗主,正是列御寇。

果然是要自己破局!看来这也是列御寇邀自己来此地的真正原因。

邹衍闭目凝神,全心感知。可惜,他完全觉察不到鬼谷子,这个笑吟吟的中年书生仿佛完全不存在。

风声起伏呼啸,身周的景物迅速变换着,邹衍看到春夏秋冬在飞速流转。就在他全力感知鬼谷子的同时,列御寇和庄周的比拼还在继续。

天籁鼓荡,天风呼啸,天时飞转。列御寇的身影如一叶小舟般在云海风影中忽隐忽现。邹衍终于发现,列子和庄子二人的比拼,其实是为了给自己的破局增加难度。

庄周的气息再次发生变化,渐渐地,天籁由浩瀚而混沌,而列子的身影也随之变得虚幻起来。

邹衍知道,列子所学,最重虚无之道。当列子真正归于虚无时,庄子制造出来的天籁也奈何他不得吧?

终于,列御寇变成了一团淡淡的虚影,他的笑容越发虚无缥缈:"衍,融入虚无,方为大道。"

邹衍在元神世界中也闭上了双眼。

他彻底融入那团混沌中。

下一瞬,他便看到了那座山,传说中的昆仑仙山。然后他便跨上了昆仑。

他的梦想,就这样轻松地实现了。

凝立在峰顶,心中却平静如水,因为邹衍已如列御寇所说,全身心融入那片虚无的混沌中。

平平展开双臂,任由天风将大袖吹得鼓荡如帆,邹衍忽然哈哈大笑起来:"原来是你!"

他没有刻意搜寻鬼谷子,只是尽心感受那片混沌,但在融入混沌的一瞬，他终于察觉到了不同寻常之处。

在他平展的双手间，感受到两团气息，那是阴阳二气。

"以天地为棋枰，以阴阳二气为棋子，以自然万物为棋局，甚至两大宗师都在你算计的局中。鬼谷子，你果然是真正的天才！"

邹衍由衷地长叹："可惜，我虽能感知到你的阴阳二气，却无法找到你……所以，我认输！"

昆仑峰顶的元气生出一丝波动。

混沌的元气化为阴阳二气。

然后，昆仑崩塌。

天崩地裂间，穿梭的天风消失了，呼啸的天籁消失了，连绵的高山消失了。

还是那片宁谧的树林，只是斜阳早逝，明月高悬，清辉如水。

列子、庄子和鬼谷子环坐在林间空地上。

在他们的头顶，那一轮金色的圆月无比饱满，照耀天地间一片清气。

列御寇叹道："道家之学，始自师祖老子，却由我师尊尹喜传扬天下。师尊弟子众多，我是大师兄，鬼谷王诩则是小师弟。师尊曾有过预言，鬼谷子将创立一门纵横道，但他能否脱离道家独立，要由我这大师兄首肯。

"这是一次前无古人的考试，我只得请庄周来做个评判。同时，我一直在为昆仑道寻找新的宗主。是的，在投奔师尊、修学道家之前，我便已是昆仑道的宗主了。这一任昆仑道宗主，我做得太久了……"

邹衍听得目瞪口呆。原以为这次破局只是让自己得以晋身昆仑道，但想不到，列御寇竟是要寻找昆仑道的下一任宗主！

昆仑道是世间最神秘、最古老的组织。宗门中能人辈出，远有周穆王手下的奇人造父、偃师，近时则有传闻，与墨子齐名的大宗师鲁班也曾入过昆仑道，但列御寇却要将这宗主之位交给他人？

邹衍忍不住问："难道你要放弃寻找你心中的昆仑？"

"追随师尊日久，我已明白，真正的昆仑，其实是在人的心中。我相信,师祖老子当年西行,也并不仅仅是为了寻找昆仑。"列御寇的双眸熠熠生辉,"是的,从师祖老子那里算起,我道家与昆仑道便有颇多渊源。所以我决定,将这两场考试融而为一。

"这场考试悄无声息而又惊世骇俗,本该有胜负输赢的,但今日,你和鬼谷子都是胜者。"他转头望向庄周,"你意如何?"

庄子便道:"鬼谷子,说一句话吧。"

邹衍知道这"说一句话"的含义。鬼谷子的修为适才已经初露峥嵘,但要成为开宗立派的学术大师,除了修为,还要有过人的见识。现在,庄子让鬼谷子说一句话,是要他只用一句话,来概括他所有的学养和见识。

鬼谷子淡然道:"万物皆可算度,天地皆在数中。"

列御寇轻轻点头:"诩,你在术法上的天赋甚至超过了我和庄周!你会如师尊所预言,开创纵横道,光大四大宗门。只可惜,在道、法、术中,你太过偏重于术,记住,将来你要早日归于大道。"

庄周也微微眯起双眼,道:"将来你会有许多弟子,他们都要比你威名远扬。但你要记得,何时你真正寂然无名了,才是你真正合于大道之时。"

鬼谷子肃然拱手:"王诩谨记。"

列御寇的目光有些复杂,似是赞许,又似喟叹:"当年师祖在离开前曾问过师尊一句话,纵与横的极限是什么。你可知道此事?"

"知道。当年师祖曾以跳出棋盘的棋子为喻……"

"师尊后来曾对我说,他很欣赏你回答此问时所说的那句话——拓出一片新天,才可能打破纵与横的极限!"列御寇悠悠叹道,"小师弟,坚持!"

"坚持!"鬼谷子抬起头,眼中有无数晶莹的亮光在闪动,"纵与横的极限,那便是道。道不在权谋,而在乎坚持,在乎拓出新天的那一跳……"

林间又静默下来,就如同先前一般,那是深邃如宇宙大道的寂静。

良久，列御寇终于点点头，望向邹衍，由怀中掏出一枚紫光莹莹的指环，说道："这紫玉指环得自昆仑道的信物昆仑玉盘，后被师祖化为指环。师尊将他交给了我，说是此物回归昆仑道，可谓物归原主。"

列子说着，拿起邹衍的手，将指环套在邹衍的手指上："从今以后，你就是昆仑道新任宗主。明年此时，你到泰山峰顶来寻我，我会告诉你昆仑道所有的秘密。"

邹衍又惊又喜，伏地而拜。

然后他便听到了笑声。

列御寇、庄周和王诩同时大笑。他们笑得那样欢畅，那样自由自在，一时间山林轰鸣，群鸟欢叫，仿佛树石草木、飞禽走兽一起在发出笑声。

三人的大笑，引来天地同笑。

便在这自由自在的笑声中，三人披着满襟月辉，各自散去。

三人奔向三个不同的方向。

只有邹衍还凝立在月光下，沉浸在天地万物的笑声中，如痴如醉。

"你当真会医术？汉家的医术？"

一道清冷的动听女声飘入耳中，让师滢的心神一震，清醒过来。她仰起头，便看到了一张绝美的然而是憔悴的面容。

吉祥居次的秀眸已起了不少血丝，目光中充满着热切和期盼。那些匈奴巫医的手段，她已经见识够了，今日忽听有个汉家医师自荐前来应诊，登时又燃起了一丝希望，久闻中原汉家颇多神奇的医师，但眼前这个娇滴滴的女郎也太文弱了一点吧？

师滢见她衣饰华贵，想到卓轻闲先前的叮嘱，明白这就是那位吉祥居次了。

近日来，草原上都在风传这位美艳的居次和张骞的故事。各种传闻演绎得活灵活现，师滢自然早已听闻。这些日子她一是忧心张骞的处境，然后便是被这些流言扰得心乱如麻。

终于见到流言中的那神秘而美丽的居次，她的心神再次恍惚了一下：这位吉祥居次真美！想来天生丽质就应该是这样的吧？从吹弹可破的肌肤，到玲珑起伏的身段，这女子都美得毫无瑕疵。那种张扬的美，甚至透出一种让人目眩的感觉。

两位绝美女子就这样对视了。

师滢敏感地觉出了吉祥眼内的焦灼和关切：看来，那些传言是真的，至少不是捕风捉影。

"我在问你话。"吉祥居次再次用汉话提醒。

吉祥居次倒没想那么多，这时候她的内心早被焦急填满。好在这个沉默的汉家女郎面容温婉清丽，让她心生好感，不然早就一鞭子抽了过去。

"试试吧。"师滢不卑不亢地轻施一礼，便将目光投注在张骞脸上，俯身探手搭脉。

帐内静寂下来。同来的卓轻闲和罕都不做声，连同屋内的侍女和随侍巫医，都紧张地望着这位娇柔的汉家女郎。师滢不得不闭上双眼，尽力平复自己的心情，全心体察张骞的脉象。

良久，师滢才睁开双眼。

"怎么样？"吉祥迫不及待地询问。

"这位汉家大人应该是绝食多日，身子虚乏……"

吉祥点了点头。确实，这家伙这些日子犯了犟脾气，不吃不喝，父王和自己苦劝，他全然不听，自己恼怒之下，甚至强行灌他进食。这家伙的病显然就是由绝食引发的，看来这小丫头的医术还算高明。

"在绝食前，他曾有过一次较大的醉酒。这又是一重病根。最麻烦的是，他体内似乎还有旧伤残毒……"

"是啊是啊！你瞧如何，可能医好他么？"听她娓娓道来，吉祥又惊又喜。她是深知张骞的病根的。其实最麻烦的，还是张骞体内潜伏的陆鸦的元神。他这次已经昏迷了整整一晚，如果不及时唤醒，这最大的麻烦随时可能爆发。

"试试吧。"师滢又说了这三个字，随即又紧咬银牙，发誓般说道，

"不，我能医好。一定能！"

吉祥为这女郎的倔强神色弄得一愕，随即便是惊喜，又问："他现在最大的麻烦是牙关紧闭，想灌些药汁进去都不可能。我们的几大巫医便在这一关前败下阵来。"

"汉家医方中有'开关散'，可解此厄。此方以天南星合白龙脑制成，可使牙关紧闭的重病之人开口服药。"

"好，我们这里还有些汉家草药。"吉祥听她说得头头是道，目光更亮了几分，扭头对那巫医道，"听明白了么？天南星、白龙脑，速速去配了取来！"

这巫医因通晓汉话，是特别选来陪伴在张骞帐内的，此时连连点头，便待出帐去寻药。

"不必了！那药起效太慢，针道中自有秘术。"师滢摇了摇头，目光痴痴地凝在张骞身上，探手自医囊中抽出银针。

虽然吉祥听说过汉家医道有银针刺穴之说，但还是被这一套长短各异的银针唬得一惊。那些针细长细长的，最长的足有尺半，银闪闪，光亮亮。

师滢五指屈伸，在张骞的头脸上轻轻比划了几下，定准穴道，随即拈起根长长的银针，果断刺入。

第一针便扎在他耳后的完骨穴。

针入，张骞的身子便是微微一颤。吉祥的眸子瞬间亮了起来。

跟着便是第二针，取人中穴；第三针，刺百会穴。

待师滢的第三针轻轻捻入，张骞呻吟出声，竟慢慢地睁开了双眼。

帐内的几人又惊又喜，都长吐了口气，那罕都甚至发出了一声欢呼。

无边的黑暗终于裂开一道天光。那道光越来越盛，终于，眼前的景物从混沌而光明，从模糊而明晰。

他看到了一张熟悉而美好的面孔。

"张骞！"吉祥热泪盈眶，顾不得许多人在旁，扑过去握住他的手，喜道,"你醒了?"

他喘息着,努力笑了笑,还未答话,便听得一道更加熟悉的声音传入耳中:"居次见谅!病人还在治疗中,尚未脱险,请居次莫要让病人心绪激动。"

吉祥一愕,忙错开身,连连点头道:"是,是!这位小妹,你抓紧给他医治。治好了,我重重赏你。"

张骞这才看到师滢。

他昏迷虽久,但整个心神一直处于紧张的对抗中,此时很快清醒过来。他当然知道自己的处境,所以很疑惑为何师滢会在这里。他发现师滢的眼眶也是红的,那目光说明她是在努力压抑着自己的情绪。

他的嘴唇艰难地动了动,却没有发出声音,因为昏迷太久,此时尚难以言语。

师滢觉得自己的眼泪马上就要滚落下来了,急忙躬身掩饰,同时声音微颤地说道:"汉家女奴师小妹,见过大人。冒昧为大人行针,还请见谅!"

张骞的目光动了下,仿佛明白了些什么,只向她深深凝望。

"你认识他么?"吉祥望向师滢,目光中透出女性的超级敏感,"为何你是这副神情?"

"胆小的汉家女奴,这会儿怕是又惊又喜、吓哭吓傻了,还请居次见谅!"卓轻闲急忙上前,弯腰行礼。他和吉祥居次曾在天幻堡内见过面,此时做了精致的易容,涂得黝黑的胖脸上生着浓密的络腮胡子,与原本那个白胖书呆子形象相去甚远。

行礼之时,卓轻闲悄悄踢了罕都一脚。

罕都早被他叮嘱过了,这时也兴冲冲地走上前道:"啊,美丽的月亮一样的吉祥居次呀!我草原上比彩虹还要夺目的火凤凰呀!您还记得我吗?默勒部落的英雄罕都,哦,请您原谅!在您面前,我这英雄永远是一只温顺的牧羊小狗……"

这一连串语无伦次的激动表白,让吉祥居次傻眼了,怔怔地问道:

"默勒部落……罕都？"

卓轻闲见罕都兴奋得几乎要热泪盈眶了，忙很自然地拍拍师滢的肩头，大刺刺地说道："别愣着啊！继续给这位汉家大人治病。治好了，居次这里重重有赏，咱们默勒部落也上下增光。"

师滢急忙点头，努力将目光从张骞的双眸间移开，再将一根根长短不一的银针捻入他的各处穴道。

那边罕都兀自在喋喋不休："对呀，对呀！当时您还借了我的骨笛，哦，顺便用您那比美玉还要精致的小手切中了我的腰，把我打得比牧羊小狗还惨……"

"万马会前的默勒部落，原来是你！"吉祥居次终于想了起来，目光一亮。她对这位活宝绝无怀疑，苦笑了声，"这也当真是有缘！你也是要参加万灵天选大会？"

"正是正是！这次我默勒部落出马的，是我的小弟甘都。"罕都记得卓轻闲的叮嘱，就是抓住机会、就要和吉祥居次不停地聊天，"怎么样，美丽无双、神通无双的吉祥居次也要参加这次天选大会吧？"

"自然了！"吉祥的眸光毅然一闪，"晋身万灵宗长老会，是所有修炼者的梦想。好了，现在我们都不要打扰这位小妹，让她抓紧给张使君医治。"

随着师滢又一根银针刺下，张骞忽然发出一声剧烈的呻吟，双目突张，整个人微微颤抖起来。

帐内的人都有些惊慌。师滢手疾眼快，再将一根银针刺入他左手小指处的少冲穴。

针到，张骞颤抖立止，跟着咳嗽了一声，长长地吁出一口浊气，开口说道："多谢！"

帐内众人都是惊喜无比，随即又惊愕异常。

吉祥居次的目光一直紧盯着张骞，却见张骞在说出那句多谢后，目光忽然转向了榻边的节杖。

她知道，他将这象征汉使身份的节杖看得比自己的命还重。那晚自己得悉韩当遣人暗杀他，赶去相救时，他没有来得及带走这节杖。事后他说，他根本就没想过要离开，所谓的逃走，只是暂时避开险地，此后定然会取回节杖。

果然，那晚苍龙坡斗酒，他醒酒之后，第一件事便是请自己派人将这节杖取回，此后便如守着命根子般地握在手中。每次醒来，都要先看一眼那立在榻前的节杖。

此刻见他说得出话来，第一道目光就是追逐那节杖，吉祥居次如释重负：他还是他！还是她心中那个特立独行的老实人张骞。

"张骞，你……终于好转过来了么？"吉祥俯身凝望着他。见他也正看着自己，那目光温和宁静，一如往昔，适才长舒了口气，一时百感交集，珠泪不由滚滚而落，"果然是你，不是那个该死的陆鸦！谢谢万能的天神！张骞你这个老实人，终于活过来了……"

张骞望着那张梨花带雨的脸，目光颇为复杂。师滢静静地垂下秀目，不知在想什么。

卓轻闲和罕都也从惊喜变得震惊：这位美艳无双的匈奴居次竟为一位汉家使者如此上心！难道那些传闻都是真的？卓轻闲目瞪口呆地望着他的骞老大，心中暗思，这位老大行事，果然永远出人意料。

吉祥居次倒是很快就镇定了下来，随即抹去眼角泪痕，吩咐道："来人！赏赐默勒部的英雄们黄金一百两，赏赐这位师小妹黄金一百两。这位小妹不要走了，要留下来，确保张使君完全痊愈。"

罕都发出一声欢呼。师滢眼出闪出一丝惊喜，忙也强挤出几分笑意。

"居次，这万灵天选之会，我也想参战，可以么？"

说话的人居然是张骞。他说得很慢，声音也很虚弱，一字一字，却极为清晰。

众人都是震惊，帐内立即静了下来。

吉祥居次忙道："张骞，虽然你曾在万马会上大展雄风，但那里只考校骑射功夫。天选盛会则完全不同，那是毫无限制的对战。唯一的限制便是，师尊将参战者的年龄定在三十六岁以下，他认为一个有天赋的人，肯定会在三十六岁之前崭露头角的。对阵者可以用各种法器、名剑，甚至自身豢养的妖物、幻兽，那是完完全全的巫术道法大对决。你没有一点机会的。"

卓轻闲也道："正是正是！吉祥居次言之有理。使君此时重伤初愈，站起来都费劲，又怎能去盛会上跟那些高手生死相搏？使君……你当真是没有一点机会的！"

张骞当然知道卓轻闲要说什么。虽然自己在瀚海法阵的几番较量中最终夺魁，但那是以破阵为主，与这种真刀真枪的道法对决截然不同。

他眸中光芒一闪，却向罕都微微一笑："听说你们默勒部落这次也要参战天选盛会？"

"正是！难得大人还认得我们。"罕都自然识得，此人就是当日吉祥居次的帮手，他惊喜中不免带着几分畏惧，连连点头，"如此盛会，自然少不了我们默勒部落的英雄好汉。不过这一次，代表我们默勒部落参战的，是我的一位表弟甘都。"

"那么，祝你们好运！"张骞说着，望向卓轻闲，"就凭诸位送来这位神医小妹给本府疗伤，你们也一定运气十足，定能冲入最后的三甲。"

卓轻闲双眼一亮，登时明白了他话中的深意。张骞是在暗示他们，一定要参战，甚至一定要夺魁。虽不明白他为何有此安排，但骞老大的话总是没有错的。

"多谢！借君吉言。"卓轻闲忙用标准的匈奴姿势拱手称是，心中却想，这可是件大事，回去还要仔细揣摩安排。

见罕都还在花痴般地向吉祥居次低头哈腰，卓轻闲轻轻踢了他一脚，恭敬行礼后退下。

默勒部落的两位"英雄"拿了赏金退下后，吉祥居次开始向师滢仔细询问张骞的病势。

师滢坦承，她的针道只是将张骞从昏迷中救醒，但对其体内的蛊毒则成效不佳，至于张骞绝食所致的体虚无力，也不能等闲视之，还宜细细调养。

"那蛊毒是银花蛊，只是现在还弄不清具体蛊种……"吉祥居次叹道，"好在他昏迷期间，我向师尊苦苦哀求，终于求得一枚万灵丹。师尊说，只要服下，便可保他一段时日无恙。"

她掏出一个玉瓶，从中倒出一枚丹丸。那丹丸色泽暗红，看上去毫不起眼，却清香四溢。

"师尊的规矩太大，绝不给汉人出手疗疾，能亲赐本门神异灵丹，已是破天荒了。"吉祥将丹丸捧到张骞唇边，"先前你口唇紧闭，难以喂服，现在快快吃药……"

张骞开始老实服药，又在师滢的指点下喝了一碗参汤，吃了些肉羹，面色便红润了许多。

吉祥大喜，笑吟吟道："这好消息，我要亲自去禀报父王。"明眸闪闪，望了张骞几眼，转身匆匆奔出毡帐。

师滢对那个匈奴巫医指教一番，开了补中益气的方子，命他速去抓药，又对那侍女道："我要行针了，需保持安静，你们退下吧！"那侍女听不懂她的话，但看清了她的手势，转身便出去了。

帐内终于静寂下来。

师滢望着张骞，再也忍耐不住，泪水夺眶涌出。她有许多话要说，但万语千言，一时却不知说什么是好，许多话便全化作珠泪，滚滚而落。

"别怕！滢儿，别怕！"张骞望着她，轻轻说道。

听他叫自己滢儿，她的心又是一热，泪水更止不住了。

过了片刻，师滢终于抬起头来，蹙眉轻问："这位美女居次对你……很是垂青？"

张骞想了想，很老实地说道："可能是吧，先前我救过她。但是，我只垂青你。"

师滢有些清减的俏脸上涌起一抹红云，却又破涕为笑："呸！谁要你来垂青。"

她触见他的目光，只觉这人的目光中满是暖意，便如三月阳春的丽日，温暖中更有一种厚重的力量。这人的话总是那么简短，却总能穿透自己的心，只是这么简简单单的一句话，自己心中那些猜疑就都烟消云散了。

张骞却没有笑，就那样静静地望着她，不言不语。

"怎么了？"师滢只觉他那执着的目光似要将自己融化。

张骞不答，却猛地伸手将她抱紧。

她又是羞涩，又是欢喜，更有些吃惊，想不到他的手居然这样有力。

或者是，他用上了全身的力量？

"你知道么？"他的头抵在她的肩上，"前几日我连遭险难，只觉自己快要死了，那时候我最后悔的一件事是什么？"

"是什么？"师滢听出他的声音有些发颤，自己的声音不觉也颤抖起来。

"咱们在一起同闯瀚海法阵，又同在使团，从长安一路远来西域，这么久了，我却没来得及将心里话对你说一句。那时候我想，我就要死了，但真正对你要说的话，却没来得及说……"他的声音越发颤抖了。

师滢忽觉颊边一湿，抬头看去，才发觉这个素来坚毅如铁的男人居然流了泪。

被她发现自己流泪，张骞竟有些慌乱。他想笑一笑，想止住泪，但泪水兀自不争气地滚滚而落。

他似乎很不愿意让她看到自己的泪，几乎是有些慌乱地将她搂在怀中。

一瞬间，师滢只觉芳心内最深最软的部分被触动了。这个男人流泪了，居然是在为自己流泪！她的眼前一片模糊，也是珠泪涌出。

"你……你要对我说什么？"她的声音细若游丝。

"我们在一起时还不觉得有什么，但在天幻堡我们兵分两路，你我分开，我才发觉，见不到你竟是如此难受。后来被囚时，我绝食、突发重病，生死一线，发现我最想念的人是你，最在乎的人是你……"

"真傻！这些话……你才发现么？我……我早就发现了！"师滢心

情激动,也是泪如雨下,竟有些语无伦次。

"是啊!我原以为,这些话我没有机会对你说了……这两日只想,天下最苦最痛之事,莫过于此。"

你对我是如此重要,却在分开后才蓦然惊觉。

生死一线之际,却只剩下了相思。

我是如此爱你,在一起时却来不及说。

"不会的,不会的……你瞧,老天爷多好,这不是让咱们又见面了!你不是说出来了么!"她也紧紧拥着他,口中喃喃念叨着,心内热流涌动。

两人静静相拥,一时间都是感到温馨无比。想不到这凶险无比的匈奴权贵禁地,却成了两人直抒爱意、倾诉相思的隐秘之处。

也不知过了多久,张骞才轻拍她的香肩,轻声道:"扶我起来。似乎他们要回来了,我要出去走走。"

在师滢的搀扶下,张骞从榻上站起身,接着一手挂着那根节杖,缓步踱出帐外。

"我能行,你放开手吧。"张骞转头对师滢说。

师滢又惊又喜。她也发觉,张骞起身行走,似乎并不太吃力。知道帐外多是匈奴兵卒护卫,她便轻轻放开了扶在他腰间的手。

张骞走得缓慢而沉稳。四周都是大小各异的毡帐,但大多数毡帐已熄了挂在帐前的灯笼,显得分外幽暗,而更远更远的草原深处,更是黑沉沉一片。

与前方的沉黯迥然不同的,是头上的苍穹,点点繁星缀成银河星海,仿佛无数颗璀璨的钻石嵌在蓝黑色的天宇上。

他仰头凝望着头顶的星光,头一次觉得自己距离苍穹竟然如此之近。

迎面马蹄声响亮,却是左贤王闻讯赶来,旁边是吉祥居次。父女俩看见漫步的张骞,都是大为惊喜。吉祥更有些吃惊:那汉家节杖虽不是兵刃,却是有些分量的,张骞能挂杖徐行,与先前病体垂危的样子已是迥然不同。

"小妹！"吉祥居次向师滢笑道，"你这医术当真了得！你是默勒部落的女奴么？不要再回去了，今后便留在王府吧！"

师滢淡淡一笑："居次过誉了！这位汉使大人恢复较快，但他病情复杂，还须精心调理。"

左贤王大步向张骞走来，朗声道："我记得你说过，你是汉使，不会参加我匈奴的盛会。当日在万马会上，你便是这套说辞。此时为何你又要参加天选大会？"

"万马会不过是一场马会，获胜者就是匈奴勇士，要向匈奴单于效忠，我身为汉使，自然大为不妥。"张骞平静的声音一如既往，"但万灵天选盛会不是。这'天选'二字极妙！我倒很想看看，我是不是最终的天选之人。"

吉祥居次秀眉挑起，嗔道："你是不是病糊涂了！你这时候跑上一圈都不成，还想去天选盛会上逞英雄么？"

张骞向她笑了笑。仿佛是在回答她的话，他慢慢地举起节杖，仿佛进行某种宗教仪式般，缓慢而有力地向草地上插下去。

嗤的一声，大地仿佛微微震颤了一下，坚韧的节杖竟入地一尺，然后稳稳地立住。

仿佛上天也受到感应，一阵夜风忽然卷来，那节杖上的牦牛尾迎风飘舞，赤色旄羽更是舒展开来，耀出凛凛威势。

吉祥居次一愕：挥杖便能破土进尺，寻常武夫都做不到，刚才还病恹恹的张骞却随手而成！霎那间，女郎心中涌起无数疑问。

左贤王目光阴沉地盯着他，忽然一笑："虽然此事还要龙缺大巫和大单于点头，但本王此刻就可以代他们应允。因为我也很想看看，你到底是不是那个天选之人！"

"多谢！"张骞体力有些不支，身子微微一晃。

吉祥居次和师滢同时伸手扶住了他。

两个妙龄美女的手触到一起，吉祥的眸光敏锐地一闪。

"居次,这位大人的病情仍不稳定。小女子认为,还是不能劳累过度。"师滢忙垂下头,巧妙地将话题转到张骞身上。

"你看需要多久才可以?"吉祥显然有些着急,"比如说,让他骑马射箭?"

"最好是百日。至少也需两个月,才能有骑马抡刀之力。"

"太久了!"张骞仰起头,"三天后盛会将开了吧?我希望是三天。"

"那不可能,完全不可能!"师滢断然摇头。

"试试看吧,我喜欢完全不可能的事情。"张骞笑了笑,笑容中颇有深意。他又转头对左贤王道:"我若出马参与盛会,左贤王殿下在单于驾前,应该与有荣焉吧?"

左贤王笑了笑,算是默认,心内却暗惊张骞的心思机敏。万马大会上,军臣单于将张骞这汉使又"踢给"了他,其实也是踢过来一个很麻烦的包袱。

无论这汉使宁死不降,还是暴病身亡,对于他左贤王都是极大的麻烦和失败,所以听闻张骞病势好转,他才会兴冲冲地及时赶来。

他没有想到,张骞竟要参加万灵天选盛会。这位桀骜不驯的汉使虽然还没有真正投降,但他肯低头参战,岂不正是一种变通的屈服?

当日在苍龙坡单于驾前,这位张骞纵酒独斗匈奴群雄,骨头之硬,酒量之豪,匈奴君臣皆感震惊。如果他真能屈尊参加盛会,自单于以下的所有匈奴权贵都会惊佩自己的出色手腕。

"既然已被允参战,便请左贤王安排我去西边参战者的毡帐内居住。此外,我的护卫风君天也请放归。还有这位手段惊人的医家小妹,请一同安排。"

"本王明白你的意图。天选盛会多是以部落为名参战,你是想让你的护卫风君天代你出战么?"左贤王毫不迟疑地点破了张骞心中所想,却又微笑道,"不过这也算不得什么!本王用人不疑,明日你就可以如愿。"

说着,他伸出手来,与张骞击掌为誓。

吉祥居次目光闪了闪，其内容颇有些复杂。

"张君，你已让我吃惊过多次，本次盛会，希望你再让本王吃惊一次。如果你们第一战便被人打得灰头土脸，你这汉家使臣脸面上会很不好看，本王也爱莫能助。"

左贤王深深地看了张骞一眼，脸上掠过一丝不易察觉的微笑。

第四章

射日之战

左贤王言出法随,翌日一早,张骞便住到了西侧参战群豪的毡帐群内。

风君天也被放归。这位高傲的汉子听闻张骞绝食之后,也立即绝食,好在时日不长,他修为深湛,全无大碍。

二人相见,见对方无恙,自是一番惊喜感慨。

参战群豪的毡帐彼此相连,便于诸多术士高手相互拜谒交流。没多久,卓轻闲便兴冲冲地带着甘夫、吕英和云裳赶了过来。

"你当真要参战么?你的身体还虚弱着呢,怎么能成?"毡帐内是大汉使团的核心成员,师滢当先说出心中忧虑。

"张使君可是要借机逃出去?"吕英闻言,双眸一亮。

"不!"张骞沉声道,"我们要参战,还要力夺四强,晋身万灵宗客卿长老会。"

"为什么?"问话的人是甘夫,但所有人的眼中同样都是疑惑之色。

张骞眼前闪过一幅微黄的羊皮地图,那上面密密标示着匈奴西域的山川河流。韩当完全没必要对自己撒谎。如果他口中的那幅撑犁山河舆图当真在万灵宗内,那么参战天选盛会,并晋身四强,便会借机一览这匈奴地理舆图。

"我已探查清楚,万灵宗为了多方吸纳西域各路强者,组建了一个客卿长老会,入会者可以同参祭天金人之秘,但不必改变师门。若是我们能一举杀入盛会四强,就能进入客卿长老会。这样不算正式投奔万灵宗,不会背负污名,但却有机会进入祭天穹庐,一起参详那张山河秘图,那就几乎洞悉了整个匈奴最大的机密……"

甘夫等人目光灼灼闪动,显然都已心动。

张骞朗声笑道:"你们不觉得么?匈奴,乃至整个西域的群巫盛会,如果我们汉家使团的儿郎最终闯入四强,甚至夺魁,那该是何等威风啊?"

风君天哈哈大笑:"正有此意!咱们便在那匈奴单于的眼皮子底下一展身手!"

"这万灵天选盛会到底有多少家参战?如何排布战局?"张骞望向卓轻闲。

"匈奴人的对决非常简单。他们的对阵排布也很直接,就是按照地域部落划分。据说本次盛会,乌孙、楼兰、康居、姑师等西域十二邦国都派来高手参加,匈奴这边则有'龙城十三部'和'河西五王'的十八部落参会。"

"'龙城十三部'和'河西五王'?"云裳蹙眉问。

张骞道:"匈奴名为帝国,其实是许多部落的联盟。在单于眼中,这些部落也有亲疏之别。近者,便是靠近漠北龙城的那些部落,号称'龙城十三部',这些部落大多是祖祖辈辈追随着历代匈奴单于,最为忠心耿耿。

"而'龙城十三部'之外,还有些后来收服的部落。比如近年来崛起的'河西五王',那便是河西重地中的休屠王和浑邪王所辖的部落,传闻休屠王属下有两个裨王,一名卢侯王,一名折兰王;浑邪王手下则有位白鹿王。这河西五王近来都归左贤王统辖。"

甘夫拍拍头："那……我们这默勒部落，算是什么地方的？"

卓轻闲道："默勒部落归白鹿王统领。白鹿王为人昏庸，嗜酒贪财，所辖四五个部落中，谁给他进贡多些，他便给谁多些甜头。这些年他没少收默勒部落的牛羊马匹，所以这万马会和天选盛会的好处便都少不了默勒部落。"

云裳嗤地一笑："甘都少爷啊，这可是件大事！你是默勒部落推举出的参战强者，自己部落隶属于白鹿王的事，可得记清楚些。"

甘夫若有所思地点了点头，沉吟道："记住了。白鹿王又归浑邪王统领，这个浑邪王……为何我有些很熟悉的感觉？"

吕英屈指算道："'龙城十三部'和'河西五王'，这便是匈奴十八部落；再加上楼兰、姑师等西域十二邦，那便是三十之数。咦？算上我们大汉使团，共有三十一家，如何分布战局？"

卓轻闲哈哈一笑："昨晚张使君突然提出参战，确是让盛会的战局生出了一些变化。刚刚传来的消息，今日上午将由龙缺大巫和军臣单于亲自抽签定局。这三十一家中，有三十家要捉对厮杀，而有一家则会轮空，那便是捡了个天大便宜。"

师滢吐了口气："西王母保佑！轮空的这一家，最好是咱们这一队。"

吕英哼道："既然是匈奴头领们定局，哪里会将这好处送给咱们！"

风君天则慨然道："卓使君，两日后盛会正式开战，风某能代张使君出战么？"

"可以！"卓轻闲摇晃着因化妆而变得黑乎乎的胖脸，"万灵天选盛会是以部落为单位对战。咱们是汉家使团，你自可代张使君出战。不过匈奴的擂台赛很规矩，每局对战中，每个部落只能推出一人参战。此人若是输了，便算该部落落败，绝不能再换高手出战了。"

师滢喜道："那也成啊！风剑侯原就是接近天元道的宗师高手，张使君患病在身，只管运筹帷幄便成。"在少女心中，这等打打杀杀的凶险事，自然是离着张骞越远越好。

张骞却笑了笑，忽然开言道："好！风君天听令：第一轮便由你出战，只许胜，不可负！"

风君天肃然躬身："诺！风君天领命，若是输了，提头来见。"

晌午时分，果然便有捉对分组的详细消息传了来，与汉家使团对阵的另一方居然是楼兰。

而那各路豪杰翘首企盼的轮空名额，最终落在了地主休屠王的头上。众所周知，代表休屠王城出战的人，正是名震匈奴各部的吉祥居次。

张骞凝视着卓轻闲所录的详细对战名单的羊皮卷，良久才抬头叹道："很有趣！"

吕英也道："是很有趣！吉祥居次的背后是统领休屠城乃至整个河西重地的左贤王，单于将这头一轮的轮空名额给了她，算是对左贤王一次明面上的嘉奖。"

师滢捕捉到了他话中的深意："你是说，这嘉奖只是明面上的？"

"吉祥居次是匈奴年轻一代中天赋最高的高手。所有人都知道，她晋身最终的四强，几乎毫无疑问。所以这嘉奖只是明面上而已。但你们再瞧瞧这对阵形势……几乎分成了两派，一派是'龙城十三部'，另一派则是'河西五王'和姑师等西域诸邦。两派对阵厮杀，简直泾渭分明。"

众人随着他手指望去，果见那一组组的对阵：匈奴须卜部对阵匈奴卢侯部、匈奴呼延部对阵匈奴浑邪部、汉家使团对阵楼兰部……

云裳叹道："也有例外，我们汉家使团对阵的是西域十二邦中的楼兰！"

卓轻闲道："那是因为张使君突然提出参战，大汉使团实力不明，匈奴不愿上来便跟我们对阵，便将我们甩给了楼兰。楼兰是由我大汉过休屠城向西所经的第一个诸侯国。军臣单于定然在想，既然你们想出使西域，那么干脆，先碰碰西域最东边的这个楼兰吧！我们若败了，匈奴自会乐得看个笑话；若是我们胜了，也会由此得罪楼兰，出使未成，已经先得罪了首家地主。"

"还有个例外，"云裳点了点甘夫，"你甘都少爷所在的白鹿王部落，对阵的是河西五王中的折兰王。"

卓轻闲冷笑道:"这用意就更加明显了。先让你河西五王内部自相残杀一番,无论谁胜谁负,都会在左贤王所辖五部之内埋下一番麻烦。"

"如此一来,这次天选盛会便颇有意思了。"张骞的目光闪闪,"军臣单于想做什么?"

"立威?"吕英挑起双眉,沉吟着,"除了楼兰对上实力不明的我大汉使团,其余的西域十一国居然全部对上了匈奴嫡系龙城十三部中的一部。军臣单于要向这些西域小国扬刀立威!"

"只怕还有更有趣的。"张骞点点头,"单于还想借机打压左贤王这个异己!"

卓轻闲一凛,随即笑道:"不错!左贤王麾下的河西五王,除了休屠城的火凤凰吉祥居次轮空,其余四王中,卢侯王和浑邪王对上龙城十三部中实力最强悍的须卜、呼延两部,定然会败得很惨。"

云裳哼道:"也许马上,第一轮过后,我们就能看到一片血腥了。"

"看看我们的对手吧,甘都少爷,风剑侯!"卓轻闲掸了掸那羊皮卷,"既然骞老大说了要全力争胜,那咱们便要知己知彼。"

除了休屠王部轮空、汉家使团仓促上马,其余各部参战高手都已确定,卓轻闲自然都已打探清楚。

开战之时,苍龙坡前会设置四座大擂台。擂台五丈见方,颇为宽敞,足够擅长神行术的人在其上腾挪。

战规也是简单之极:登台对战者没有任何限制,倒在擂台上的不算输,只有起不来的才算输,当然,跌落擂台者也算输。

"甘夫……啊,不,甘都少爷!你很幸运,你和你的对手被选做了天选盛会的开局第一战。按照规矩,你们将有幸登台向匈奴大单于行礼,并接受单于的赐酒。"

"为什么会是我?"甘夫问。

"因为河西五王隶属于左贤王,算是此间的地主吧。左贤王的爱女轮空,算是一个甜头,单于和龙缺大巫安排的此次对阵,一上来便让左贤王内部的两王来个窝里斗,这是个软刀子。但同样的,两位参战者会得到单于赐酒的荣誉,那又是一个甜头。"

"看来匈奴人也很会做表面文章呀!"云裳不由笑了。

张骞也笑:"权力之争,勾心斗角,天下皆是也!"

"甘都少爷的对手名叫雄捷,是折兰王麾下的第一高手。此人力大无穷,术法强横凶悍,曾在上一届天选盛会上进入十六强。"

"明白。"甘夫平静地点了点头。

卓轻闲和风君天这两大高手一起望着这清俊少年,忽然间都不知道说什么是好。按道理他们都应该对他指点些什么,但两人直到现在都搞不清甘夫的修为到底是什么程度。

卓轻闲皱了皱眉,终于挤出来一句话:"兄弟,好自为之!"

"明白。"甘夫依旧平静如水。

"风剑侯会很难!"卓轻闲转头望着风君天,"你对阵的楼兰部中的高手名叫屠英。此人在上一届天选盛会中闯进了八彪。我四处探听的结果是,屠英被认为是西域参战十二邦中名列前三的高手……"

吕英忽然长长吁了口气:"张使君,我有些后悔了!当日你不应该命我离开,否则此时我就可以堂而皇之地代你参战了。"

这位无为学宫的奇才此时只能扮个小仆役,因一张很明显的汉人脸孔而无法代替默勒部落参战。一身绝学没有用武之地,吕英此时确是足够郁闷。

张骞也叹道:"胜负事小,出使事大。我们使团的几大副使,终究不能全部陷落于此。"

"只可恨那姬诚!"吕英不由想到那投靠匈奴的第一副使,眼芒中闪过一丝厉色。

"大战当前,不说此人。"张骞望向卓轻闲,"风剑侯的对手擅长什么术法,你应该打听到了一些吧?"

两日后的早晨,初秋的阳光映得苍龙坡前一片朝气蓬勃。

坡下是大片的草场，连绵起伏的毡帐外围用长绳隔出禁地。绳内是盛会重地，绳外则可由匈奴及西域的民众们远眺观战。远近赶来观战的贵族和牧民足有上万人，有不少匈奴的龙城亲军和铁卫死士在维持秩序。

毡帐内圈搭好了四座方圆五丈的大擂台。擂台上用草扎锦绣，分别饰以龙、虎、马、狗这四种匈奴人最为喜欢的图腾形象。这四座擂台，便分别被命名为龙台、虎台、马台和狗台。

杂在人丛中悄然四顾，云裳忍不住嘀咕："这匈奴人当真古怪，居然弄了个狗来崇拜。"

吕英道："这你还真就不懂了！匈奴人最为崇拜之物便是狗。"

"正是。"卓轻闲摇头晃脑地道，"甚至他们献祭天神的日子，都要选在狗日。嗯，今天便是个狗日！"

云裳憋住笑，说道："原来如此，原来是狗日！"

此刻阵阵乐声响起。响亮的羯鼓声中，胡笳、琵琶、羌笛、箜篌等乐器彼此相合，激昂而悠扬。

匈奴长于骑射，对歌舞之道也非常喜好。左贤王经营西域时，特别留意西域各地乐理，对龟兹等地的乐道加以引进融合。这一番诸多乐器合奏，雄壮威武之中，又别有一股低回婉转的气韵。

在左贤王等重臣的陪伴下，军臣单于大踏步登上高台，按照匈奴之制，向红彤彤的朝阳叩拜过了，才端坐在居中的那张白虎皮胡椅上。众匈奴权臣也依次落座。在高台上居高临下观览，龙、虎、马、狗四大擂台清晰入目。

此刻四台全是空荡荡的，鼓声响到第三通，甘夫和他的对手才被护卫带领着登上龙台。

这座龙台雕饰最为华美，离着单于等人所坐的高台也最近，在四座擂台中列于主位。号角声中，二人依照规矩，面向单于行礼，早有侍卫捧了盛满马奶酒的金碗过来。

军臣单于在高台上举起金碗，向两人，也向远近的臣子百姓示意。鼓声刹那间密集起来，毡帐前的单于亲军和远处观战牧民发出山呼海啸般的欢呼。

在这震耳的欢呼声中，甘夫二人端起金碗，将碗中美酒一饮而尽。

龙台上的这轮对阵，因为有单于赐酒，所以最先开始，其余三座擂台此时还是空着的，故此这场对阵当真是万众瞩目。

在经久不绝的欢呼声中，军臣单于细看两位登台的汉子，不由笑道："这两个人，一大一小，也太不成对手了。"

左贤王等一众近臣都忍不住笑了起来。

原来，龙台上此刻对面而立的两个人，对比极为夸张：甘夫身材清瘦，虽然添了两抹小胡子，仍显得玉树临风，俊朗挺拔；而他的对手雄捷则足足比他高了两个头，虬髯怒目，赤裸的双臂上虬筋暴起，当真壮硕得有如一头巨熊。

相形之下，甘夫便如站在巨熊身前的一只小羊。

右贤王赔笑道："这少年是白鹿王那边选出的人呀！那白鹿王糊里糊涂，大单于定然有所耳闻了。那壮汉雄捷是很有名气的，上届天选盛会，他便曾大显身手。"

左贤王身为地主和两位参战者的最高上司，忙也跟着介绍："雄捷出身于冥泽的一个神秘宗派，曾在西域著名禁地'幻冥渊'的外围苦修过，身子经过渊内妖气锤炼，百毒不侵，刀枪不入，寻常人是奈何不了他的。不过，雄捷对面的这个少年，却给了我一种很奇怪的感觉。"

"很奇怪的感觉？"军臣笑道，"这小子若不是生了两撇小胡子，便如个小妞一般，难道他很能打？"

右贤王也跟着单于大笑起来："是呀！雄捷壮得像一座山，这少年便是再如何奇特，也不过是一根小树而已，怎能奈何得了雄捷？"

"未必！"左贤王眸中锐光一闪，"术法之道，不在外形与勇武。右贤王有没有兴趣，我们打个赌？我赌那个少年胜，五十两黄金！"

右贤王冷笑："奉陪到底……老子押上一百两黄金。"当时，黄金白银还不是流通的货币，但黄金却是匈奴贵族间常见的装饰性贵金属，常被单于用来赏赐贵族。

"右贤王只怕要破费了。"一旁的龙缺大巫这时忽然笑了。

这位匈奴级别最高、术法最高的大巫,此刻身着萨满盛装,头上的五色长羽在日辉下闪着缤纷色彩。他的外貌看上去很年轻,似乎不足四十岁,白得几乎透明的脸庞上,只有几道浅浅的皱纹,长发则漆黑如墨。

"大巫,您……这可是……真的?"右贤王结结巴巴,几乎便想狠抽自己的嘴巴。

"唯一的疑问是,雄捷能拖到什么时候。"龙缺大巫双眼微眯,目光深如湖海,仿佛洞悉天机般地凝望着龙台。

乐声骤停,跟着鼓声隆隆而作,甘夫还和雄捷凛然对视着。

"准备好了么,小子?"雄捷傲然冷笑,"看在都是出自河西五王的面子上,我会给你留些脸面,让你撑过第一通鼓。"

"不必。"甘夫淡淡道。

"不必?"雄捷狞笑起来,"这可是你这小子自找的!"不知怎地,他本能地有些厌恶对面这个俊秀得像个女孩子的家伙。

狂笑声中,雄捷挥拳轰出。

猎猎罡风呼啸而来,龙台上所有的旗帜都被这一拳带得鼓荡而起。

雄捷挥出的是破山拳。这一拳在半空中忽然涨大,拳形如一座小山般恐怖,带着强烈的威压和罡风,向甘夫当头压下。

台下观战的云裳瞬间变得脸色苍白。她油然想到了一个词,泰山压顶。

此刻甘夫就真真切切地面临泰山压顶。

在旁观众人看来,雄捷也许是要故意造成一种强悍的威势,那座拳形小山竟是一尺一尺地向甘夫压下来。

"快躲呀,小子!"不知哪个观战的匈奴汉子大叫起来。

跟着许多道声音响起:"快躲!""要砸死你了,小子……"

匈奴人性情直爽,喜好公平对战,见甘夫俊俏如女孩、与如熊如狮的雄捷完全不成比例,便有不少人心中起了不平之意,一时呼喊声、提醒声此起彼伏。

高台上的右贤王眼中却爆出火花,喃喃道:"杀!给本王杀了这小子,捶死这小子,砸扁这小子!"

"如何?"毡帐前观战的张骞似乎并不惊慌。

风君天笑了笑,道:"卓轻闲不是交待了么,甘夫不能胜得太显眼。"

一声闷响,雄捷的巨拳轰中甘夫的肩头。

见甘夫中拳,观者同时发出轰然大叫,许多匈奴少女甚至捂住了双眼,不愿看到这个俊俏的少年被砸成肉酱。

但众人那片呼喊忽然间不约而同地停了下来,场间寂静无声。

因为甘夫被这重如山岳的一拳轰中,只是身子晃了晃,居然连一步都未后退。

然后,他掸了掸左肩。

那是他中拳的地方,但他只是轻轻掸了掸,仿佛只是被一只山鸡翅膀扫中一般。远观近瞧的人全都呆了,之后才爆出一阵惊呼,有人奇怪、有人欢喜,更多的人却是震惊。

"我说了,不必!"甘夫盯着雄捷,眸中清光凛凛。

雄捷双目怒张,眼中几乎要喷出火来。只有他自己知道,适才他的拳势虽然骇人,但那强大的拳劲在甘夫身前数尺,忽然遭到强大的阻力。无形无相的阻力,让他的重拳威势慢慢消减。

最后,这一拳落在这小子身上时,其力量几乎只是自家寻常罡气的十分之一而已!

当然,那也是非常可怕的力量,可这小子居然如此浑若无事,这也太过邪门了!

"这是怎么回事?"高台上的军臣单于也觉得不可思议。

"这少年的身法太快!"龙缺大巫低叹一声,"在巨拳及体的一瞬,他其实动了动,已经卸去了巨拳的劲力。此外,他的罡气修为也极为可观。"

雄捷仰头发出一声狂啸,上身的短袍瞬间爆裂,碎布如蝶般四散纷飞。这一次雄捷双拳齐出,龙台上罡风呼啸,无数巨拳起伏盘旋,或如山岳,或如飞龙,或如怒豹,一道道的古怪拳影如盘旋的烟气,缭绕来去,紧紧地裹住了甘夫清瘦的身形。

"幻冥妖气!"台下观战的卓轻闲眯起双眼,喃喃道,"这粗汉倒也不蠢,这么快便祭出了生死杀招。"

雄捷显然不愿再耗下去。他对甘夫这莫测高深的少年甚至生出了些恐怖之感,所以立马施出了最强的手段。

在那如山如龙的拳影间,穿插着一道道纵横的烟气,那是他在幻冥渊外苦练的幻冥妖气。这种妖气在沉浑如山的恐怖拳影中悄然施出,当真是防不胜防。

甘夫也在动。他的身子如同一叶小舟,在怒涛狂澜般的拳影中穿梭。他的眸光清冷,动作不快也不慢,保持着一种奇异的旋律,总能在千钧一发之际避开小山般的拳势。

雄捷的目光越发狠厉,吼声也越发惊天动地,那一缕缕暗影般的妖气则越发浓郁而密集。

"甘夫应该很轻松。"风君天低笑道,"更着急的是雄捷。他的吼声已经越来越惶急,所谓飘风不终朝,骤雨不终日。他已无法支撑太久。"

张骞忽然一笑:"你不觉得雄捷的惶急吼声有些虚张声势么?"

"难道,使君是说,这竖子是故意为之?"

"至少,雄捷也希望这样的局面维持得更久一些。很可能,他那如山拳影间的恐怖妖气需要较长的时间来布局。"

"这莽汉竟是暗藏机诈?"风君天一惊,"我们要不要提醒甘夫?"

张骞紧紧盯着龙台上那两道身影,沉声道:"也许甘夫也正在等待一个时机……"

风君天的心情越发紧张:雄捷就如同一只蜘蛛,正在悄然织着一张恐怖的毒网,而甘夫则在等待时机,这一时机能否在雄捷毒网织成前找到?

他的疑惑刚如电光石火般的一闪,猛听得龙台上响起一声嘶嚎,雄捷已经如一座飞动的小山般高高飞起,在众人的惊呼声中,重重跌落在地，又骨碌碌地连滚了几个筋斗。

龙台上如烟如雾的妖气正在渐渐消散，甘夫在烟雾中现出身来，冷漠地瞟了一眼挣扎起身的雄捷，挥袖掸了掸眼前的轻烟，清亮的眸子准确地找到观战人丛中的云裳，冲她笑了笑，便即飘然下台。

台下督战的那位万灵宗长老呆愣了一下，才拖长腔调喝道："开局之战，胜者为默勒部落甘都！"

远近的观战者响起雷鸣般的喝彩声。这些看热闹的人大多没有看清甘夫的出手，但这少年太帅了，不但长得清俊，出手也是这般帅气过人，挥手之际便将一名巨汉送到擂台之下，这份胜利当之无愧。

高台上的一众匈奴权贵也有些吃惊。

军臣单于问道："这少年最后的出手，谁看清了？"

一位高大的虬髯猛将躬身道："末将瞧来，那应该是我匈奴某种门派的术法，与血巫宗最为相似，但这少年的身法和手法太快了，委实是太快了！"

这虬髯猛将名叫铁哲，乃是军臣单于的近卫统领大将。军臣单于盯着他笑道："铁哲，如果连你都觉得他太快，那这小子可是当真了不得呀！呼延伦，看来你输得不冤。"

右贤王脸色大为难看，只是勉力牵出一丝笑来："一来运气欠佳，二来么，左贤王各部，可是藏龙卧虎呀！"

众人都听出他这句话绵里藏针，似乎暗指左贤王在暗中积聚力量，不少人的目光便望向左贤王。

左贤王的目光却远远地追逐着已经汇入人流中的那个名叫甘都的少年，也是眉头深锁，沉吟道："我这便派人去查查，白鹿王的部落中，怎么会有这样的奇才？"

"不要惊动他，千万不要！"

龙缺大巫的眼中现出一丝深邃的光，忽然开口道："我们如此辛苦，就是要搜寻各种奇才……既然他来了，那就不妨让他尽情施展吧。"

左贤王点了点头，一回头，却见站在身后的女儿眸中竟也闪烁着一抹异样的光芒，忍不住低声道："吉祥，你识得此人？"

吉祥哦了一声，急忙摇头，笑道："没有！女儿哪里识得？女儿只知道这个默勒部落，原本是有很多草包的……"

一众匈奴权贵疑惑争论之际，其他三个擂台已陆续开战。

龙城十三部中的强者，已开始登台了。最引人注目的，便是河西五王中浑邪王直属部落巫师黑利斯对阵匈奴呼延部的高手呼延坦。

黑利斯是河西一带的著名巫师，从外貌上看，是个形容猥琐的中年人。他佝偻着身子，一步三摇地上了台，连连咳嗽喘息。

他的对手呼延坦，年纪在三十五六，身材高高瘦瘦，一张黄脸，似乎有病的样子，连胡须都是蜷曲泛黄。

卓轻闲指点道："别看这呼延坦貌不惊人，却是龙城十三部之首呼延部的第一高手。听说此人已修出一阴一阳两只幻兽，临阵之际机诈百出。此人第一轮便登场，显然是想大显身手，给河西五王一番好看。但浑邪王直属部落的那位黑利斯，可也着实不好对付。"

"等等！"呼延坦忽一扬手，对台下的万灵宗长老叫道，"龙缺大巫明确规定，本届盛会的参战者应是在三十六岁以下。对面这位，只怕已有七八十岁了吧？"

其实黑利斯虽然面显老态，瞧上去最多不过四五十岁，此时被呼延坦一张嘴喊成"七八十岁"，登时引来一阵哄笑。

那万灵宗长老皱眉对黑利斯道："黑巫师已成名多年。我记得你今年应该已过了四十岁了吧？"

黑利斯捶着背，喘息道："我要向伟大的龙缺大巫发誓，本人今年三十六岁生日已过，三十七岁生日未到。我黑利斯虽然看上去像是呼延坦的爷爷，但我其实不是他爷爷……啊，不是他爷爷的岁数。"

台下的哄笑声更响，连台上的军臣单于、左贤王等人也都笑了，只有右贤王因出身呼延部落，脸色颇为难看。

那万灵宗长老大是无奈，见龙缺大巫微笑不语，也只得挥了挥手："好了，好了！你们都是相互闻名的草原豪杰，只管动手便是。"

呼延坦怒喝道："老东西胡言乱语，稍时定要割下你的舌头。"

"怎么，我说我不是你爷爷，难道错了？"黑利斯嘿嘿笑道，"罢了！若是你执意要认个祖宗，我当然不在意多出你这么大一个乖孙儿。"

四下里哄笑声中，呼延坦怒不可遏，暴喝一声，猛一扬手，背后腾起一只小山般的黑色巨熊，嘶吼着扑向黑利斯。

"乖孙要打爷爷啦！"黑利斯怪叫一声，大袖疾挥，一条白龙盘旋而起，倏地缠上了黑熊。

这白龙是匈奴人崇奉的龙形，肩生四翼，与中原之龙形象大异。其周身水气弥漫，似是水系真气炼成。

这两人在台上各自口出污言，一动手便祭出最强的幻兽，生死相搏。

黑熊幻兽每次疯狂扑击，都伴着震天的吼声，听得人心荡神摇。只是黑熊气势虽猛，却被那条默不作声的白龙稳稳封住去势，占不到半分便宜。

黑利斯和呼延坦全力催动罡气巫法，仿佛操纵傀儡的傀儡师。场上看似只有幻兽拼死相争，实则这两大巫师的精气神魂都凝聚在幻兽身上，幻兽每次与对手相击，二人都会有所感应。

又斗了片刻，黑利斯终究岁久功深，巫法展开，白龙愈战愈粗，水气升腾，渐渐将黑熊挟裹在内。

黑熊吼声越发惊天动地，震得近台观者都觉耳膜震颤，但黑熊幻兽此时已是外强中干，深陷水龙缠绕，挣扎难出。

"这样下去，龙城十三部的首战告捷，岂不就变成了当头闷棍？"云裳显是乐得看见匈奴嫡系出丑。

吕英却道："你们不觉得那个呼延坦是在故意示弱么？"

卓轻闲沉吟着说道："不错！小黑猴所言有理。据传这呼延坦曾修出两大幻兽，那另外一只还隐忍未发……"

正说之间，猛听呼延坦暴喝一声，双肩一拱，脑后放出一团红光。那红光出现后，立即如电般扑向水龙。

"第二只幻兽！"卓轻闲睁大了双眼，惊道，"又是一只黑熊？不会吧，堂堂呼延部落的第一强者，技不止此！"

红光深处，果然又窜出一只黑熊幻兽，只是略小些，凶悍程度较之先前那只巨熊，也是远远不及。

卓轻闲等人都是大惑不解。要知道，幻兽修炼也讲究相互间取长补短。巫师修炼出的第二只幻兽，往往要与第一幻兽不同，或是更加凶狠，或是更加灵巧。似呼延坦这样的，便是再炼出四五只小熊来，也不过是个笑话罢了。

台上的黑利斯见那红光一现，也是大为吃惊，待看清那只有些畏缩怯懦的小熊，不由哈哈大笑："乖孙子，你是炼出了一窝熊崽子么？还有多少只，一起放出来，爷爷今天请客，大家一起吃炖熊掌！"

长笑声中，他猛催巫力，水龙翻转而起，长尾横扫，气势汹汹地卷向呼延坦。此时他看清了对手实力，便要放手狂攻。

白龙身形暴涨，瞬间便有顶天立地之相，看得远近观者惊呼一片。

先前的巨熊始终被白龙拦腰缠住，挣扎难出，而那小熊见了白龙狂猛凶相，似是心生惧意，只在远处盘桓，不敢近前。

观战众人看了那小熊的畏惧胆怯之状，不由纷纷哄笑起来。

哪知就在四下里的奚落笑骂声中，那条白龙忽然颜色骤变，由白而灰，由灰而黄，形体也迅速缩小成老树粗细。

黑利斯觉出形势不妙，全力催动巫法，连连呼喝，但不知为何，他的脸色竟也慢慢变得黑里透红。

猛听得那水龙仰天长吟，龙身由黄变红，只剩碗口粗细。跟着轰然一声，水龙在空中碎裂，化成一片水雾。

那水雾也是红惨惨的，纷纷扬扬，仿佛落下一团红雨。

那边的小熊幻兽忽地仰头长嗥，张口长吸，将那片红雨尽数吸入口中。

水龙爆碎的一瞬，黑利斯喷出一口黑血，一头栽倒在擂台上。

"你……你使诈。"黑利斯指着呼延坦，喘息着说道，"那红光……是蛊……蛊术！"

呼延坦冷冷地说道："你是喝多了么？这里是万灵天选盛会，蛊术毒法，百无禁忌。怪只怪你这老东西眼拙！"

"怎么回事？"云裳和甘夫皆是不明就里。

"小黑猴大有见识！这呼延坦果然在虚张声势，暗中蓄力。那一大一小两只黑熊，都只是障眼法。"卓轻闲叹了口气，"最致命的，其实是小熊出现时的那道红光。"

吕英道："那红光内暗藏蛊虫。呼延坦用笨拙小熊迷惑了黑利斯，蛊虫乘机侵入水龙内，将水龙毒化，而水龙又与黑利斯的罡气血脉相连，幻兽爆碎的一瞬，黑利斯也身受重伤。"

此刻，只见台上红芒一闪，那小熊突然窜到黑利斯眼前，一晃而过，奇快如电。

黑利斯哇哇大叫，双手捂嘴，呜呜连声。

"老子说过，要割下你这老鬼的舌头！"

呼延坦冷笑声中，将手一招。那小熊窜了回来，口中果然叼着半只血淋淋的舌头，之后向主人献媚般地将那舌头嚼碎吞下。

这小熊先前故作怯懦，此时摇头摆尾，也是憨态可掬，但越是如此，越是别有一股狠辣阴险之气，众人都瞧得心惊胆战。

万灵长老见黑利斯满口鲜血，不由摇了摇头，想申斥呼延坦几句，又觉得这擂台上甚至可见生死，斩落个舌头，也就没什么大惊小怪了。

黑利斯血流如注，一败涂地，早有本部汉子如飞赶来，将他救下。一众浑邪王部的汉子对呼延坦怒目相向，不少人已愤然大骂起来。

龙城十三部的呼延部首战大获全胜，高台上的军臣单于却微微皱起眉头，因为呼延坦使诈惑敌在先，残忍虐敌在后，都显得不那么光明磊落。旁边的龙城权贵也是大多暗自摇头。

只有出身呼延部的右贤王懒散地鼓了鼓掌，挑衅似地斜睨着统领河西五王的左贤王。

左贤王却仿佛全没瞧见，转头跟女儿说着什么，不时出声轻笑。

吉祥居次的脸色有些冷。她凝望着擂台，轻轻地说道："他叫呼延坦！很好，女儿记住了……"

"虎台第一轮，汉家使者风君天对阵楼兰部屠英！"

一道长长的吆喝声响起，将高台上匈奴君臣的目光都吸引了过来。

风君天缓步登上虎台。他依旧穿着汉家服饰，虽然那襟袍已破损多处。

万灵天选盛会向来兼收并蓄，参战的西域诸邦也都是各穿着本国本部的特色服饰登场，但一众左衽紧窄胡服中，忽然间有风君天这样的汉家装束，便极为显眼。

军臣单于倒笑了，对左贤王道："伊稚斜，我听了你的说道，还以为那个张骞会亲自参战！现在这个什么风君天，应该只是他的护卫吧？"

左贤王也笑了："确是他的护卫。张骞重病初愈，临时指派他这护卫出马。但臣弟总觉得，不管他们主仆何人参战，只要登台一战，那便是一种态度，表明他们正在屈服。"

军臣单于捻须笑道："说得是！他们正在慢慢屈服，终有一日，他们都要匍匐在我的脚下。"

右贤王嘿嘿一笑："这风君天似乎在江湖上有些名气。他的对手是楼兰部中的顶尖高手屠英。此人曾在上一届天选盛会中闯进八彪，那可是西域参战十二邦中可以名列前三的高手……风君天很可能会败，其气势一衰，很快便会匍匐在单于脚下的。"

左贤王的目光闪了一下，却没有说什么。

右贤王这时候却如同害了魔障般地看了眼龙缺，生怕这位大巫再说出什么与自己相左的古怪预言来。

龙缺却一言不发，整个人静得仿佛一潭深水。

对面，虎台上的二人已经战在一处。

剑侯的对手屠英是个干瘦的中年西域汉子，秃顶鹰鼻，脸色黝黑。楼兰地处西域商道要冲，其地颇多精干商贾。这屠英就是生得一副十足的西域精明商人的模样。

"听说你的绰号叫剑侯？拔剑吧，老子会把你的剑撕碎！"屠英狞笑着对风君天说。

风君天素来是懒得废话的人，听得这句无礼言语，当即一剑挥出。他一出手，便是列子门的绝顶剑术冲虚剑道。

这一剑看似轻描淡写，但剑上荡起无尽的罡气，虎台周围的空气仿佛都随着这一剑而颤抖起来。

屠英左手扬起一把碧色匕首，右手上臂则套着一只金色小盾。那匕首和盾牌都颇为精致小巧，但给这精瘦汉子挥着，别有一股狠辣之气。

匕首当先刺出，划出一道碧光。

空气中的颤动越来越剧烈。风剑侯这一剑已尽得冲虚剑道的真意，几乎有虚中生有的妙象，每一道颤动的虚无空气，随时会化出真实的剑意。

碧光被淹没在无尽的颤抖中，屠英不得不扬起右臂的金盾。

空中那万千道颤抖的剑意瞬间由虚转实，重重轰击在金盾上，发出金铁交击的锐响。

屠英闷哼一声，踉跄退开两步。

名震西域的高手，却被剑侯随手一剑击退。旁观的匈奴君臣百姓不由齐齐发出一阵惊叹。

就在这片叹息声中，屠英猛然挥起右掌，一只金色小鹰从中骤然跃出，向风君天扑去。

这只金鹰初时只有鸡仔大小，在空中迅疾变大，转眼间已超过寻常鹰隼的大小，浑身金光流溢，带着一股凛凛杀气。

"屠英擅使匕首金盾，但其真正所长，是西域鹰杀术……"卓轻闲当日的指点之声仿佛还在耳边回响，"这门术法极为邪魅。如果你遇上了，最好的办法就是抢攻，一定要力争先机。"

风君天眸光骤寒，那剑招看似已经使老，却倏忽翻起，剑势仿佛乘风而行，任意东西。

翻卷过来的剑势，狠狠斩在疾冲过来的金鹰身上。

适才一剑退金盾，风君天已察觉出这位楼兰高手的罡气修为较自己稍逊半筹，所以剑侯只想以强横之道速战速决。

金鹰被这一剑斩成两片，但随即化成了两只鹰，更加迅捷地扑向风君天。

同一刻，屠英猱身直进，挥动匕首疯狂扑击。

风君天飞身疾退，脚上已展开列子门"御风行"的神行秘术，当真如风行水上，飘忽难测，瞬间便摆脱了屠英的进击。

但摆脱屠英容易，头上的两只金鹰却是如影随形，万难甩脱。

台下观战者的呼喊声渐大："杀了他！""快，追上他，啄瞎他！"

屠英在西域和匈奴都是名声远震，崇拜者甚多，此时便有颇多人替他打气助威。

风君天听得那些呐喊，心内恼怒，忽然不退了，扭身挥出一招极为奇特的剑势。他左臂虚挽，如抱婴儿，执剑右手如托泰山，竟是弯弓射箭的姿势。

"这是什么？"远观的云裳奇道，"风剑侯不使剑，改成神射手了？可他的弓在哪里？"

"这是他门内独传的'列子射'秘术。"吕英看得双目熠熠生辉，"相传列子曾学射三年，始悟射道。此刻，他整个人就是弓！"

"射！"

风君天暴喝声中，长剑上骤然飞出一道剑芒。那剑芒凝成小剑的形状，带着雄浑的罡气，呼啸而出。

这一道"列子射"力道十足，登时射中一只金鹰。那金鹰在空中碎裂开来，仿佛一道金色的焰火在空中爆开。但四散飞溅的金光进入空中，却全都化作更加细小的飞鹰，更加疯狂地向风君天扑来。

这一下风君天更加狼狈。他只好展开御风行，左右游走，长剑挥舞，拼力抵挡铺天盖地涌来的大小金鹰。

张骞身为参战汉使，此时就立在虎台下，见状朗声喝道："君天，金鹰为幻，射人为王！"

这一喝,如同舌绽春雷,在无数呼喝叫喊声中,清清楚楚地传入剑侯耳中。风君天暗自叫了声惭愧:自己虽身经百战,但到底从来未出中原,首次碰见如此古怪的西域巫法,竟手忙脚乱得失了主见。这般全力跟幻兽金鹰对战,岂不是舍主求次!

他飞转之中,蓦地回身,一道剑罡骤然射向屠英。屠英眼见这道剑罡气势磅礴,直冲顶门,不敢怠慢,只得招回金鹰抵挡。无数金鹰聚拢在他头顶,却不料两道剑芒后发先至,悄然刺向屠英的胸腹要害。

屠英来不及运使金鹰,只有分别挥动匕首金盾抵挡。剑芒重重轰击过来,击得屠英身子微晃。便在此时,风君天如电般疾进,先前在空中积聚的所有剑势都合而为一,如怒浪层层,推涌而至。

"鸿超射!"大喝声中,风君天那怒浪般的剑势已化作一道迅若雷电的剑芒,射向屠英的咽喉。

"鸿超之射!"张骞闻言,双眸一亮。

他知道,《列子》书中有载,夏朝神箭手鸿超曾以神射术戏弄其妻,以箭射其妻的双眼。最终羽箭在妻子眼前落地,灰尘不起,妻子甚至茫然不知。

想不到这门传说中的神射术,竟也在风君天修炼的"列子射"术法中!但看风君天的形貌,显然调动了全身的精气神,而这个术法更暗含符咒等秘术,在射出剑芒的一瞬,对手已经避无可避,逃无可逃,如传说中神箭手鸿超的妻子,在完全无觉时,羽箭已在眼前。

屠英不知道"鸿超之射"的典故,当然躲不开,也完全来不及挥刃抵挡。

但千钧一发之际,他做了个十分奇怪的动作,低头扭腰。

这一猛然扭身,他的背后竟生出一只巨大的翅膀,狠狠地拍击在那道凌厉的剑芒上。

剑芒爆出一道金石交击的锐响,随即消散在空中。

观战众人惊呼声中,屠英居然一步未退,傲然挺立台上。在他的背后,已悄然生出一对巨大的羽翼。那羽翼长约丈余,羽毛漆黑,闪闪的乌光中，透出铁红之色。

远观的甘夫等三人满面骇色。云裳忍不住惊道："那家伙……是人是妖？"

卓轻闲则叹道："原来，屠英……就是秃鹰！"

甘夫惊奇地问道："卓兄是说，他是半兽半人？"

卓轻闲道："我在一部方术书上看到过，传闻西域有一种叫'噬兽术'的邪法，修炼到极致时，可以吞噬怪兽，进而吸取怪兽的异能。这吞噬，可不是用嘴吃掉，而是用自身修炼的雷火罡气吞噬熔炼。这个屠英，定然是吞噬过某种神鹰一样的怪兽。当真奇哉怪也！本公子打探清楚，上届万灵盛会，这个屠英虽闯入八彪，却还没有这份半人半妖的异术呀？"

云裳满脸忧虑道："这秃鹰半人半妖，不畏剑芒，风剑侯又怎能胜他？"

卓轻闲缓缓叹了口气："如果将本公子的星槎剑，或是小瘦猴的扶摇剑给风君天，他的胜算会立增三成。可惜，风剑侯近来风头太盛，也太顺了，他的那把剑只是寻常的铁剑……"

"风君天，你已足够骄傲！这门阴阳双翼的奇术，我也是半年前才刚刚修成，本想在最后的'四虎'决战中再一鸣惊人的，不想一上来便碰上了你……"

狞笑声中，屠英双翅展开，足有两丈长，那巨大双翼上流动着乌黑泛红的奇异光华，使得他整个人看上去更加狰狞凶悍。

风君天不语，只将长剑缓缓横在胸前。他最清楚对手此刻带给他的强大威压，似乎在那对阴阳双翼展开的刹那，屠英整个人便跃升到了一个新的层次。

"既然你逼得我用上此术，那么，我便按我们楼兰古商道上的规矩，给你这第一个主顾最好的照顾——送你进地狱！"

狂啸声中，屠英双翼鼓荡，忽然向上飞去。强大的羽翼带起阵阵罡风，带得屠英越升越高。虎台附近的人甚至觉得眼前有些昏暗，因为那对羽翼竟有遮天蔽日之象。

众人仰头高望，都不知屠英这般冉冉升空到底要做什么。

只有风君天的脸色愈来愈凝重。他已隐隐猜出屠英的意图。自己以"列子射"施放剑芒，往往要耗费极大功力，而剑芒终究不能袭远，当屠英飞到一定高度后，自己的剑芒便对他再无威胁。

果然，随着空中的屠英发出一声惊天动地的怒啸，无数大大小小的金鹰疯狂地从空中扑射而下。

风君天只得左右游走，一边避让，一边挥剑抵挡。但那些金鹰不生不死，却又颇具灵性，虽能被剑上罡气斩碎击落，却又再分化衍生，更加疯狂地扑击下来。

战局至此，屠英几乎已立于不败之地。台下远近的呐喊声此起彼伏，大多是在为屠英喝彩鼓劲。

楼兰高手志得意满，双翼鼓荡，在空中恣意遨游着，居高临下地审视战局，催动金鹰分进合击。

风君天的御风行神行术本就颇为耗损罡气，在第三次颓然射出一道剑芒后，目光中终于透出一丝黯然。

甘夫远远地望着，忽地叹道："风剑侯……要败了！"

云裳惊道："为什么？"

甘夫道："他的剑芒，让我想起了墨门薛长老的龙芒。我记得薛长老施展龙芒时，极为耗费罡气。现在的风剑侯，罡气应该已耗损极重……"

云裳也深深地叹了口气。这道理她其实也看出，再这么下去，风君天几乎会被耗得灯枯油尽。

"除非有师铨的那把天蓬伞！"卓轻闲也无奈地摇了摇头。

忽听噗的一声，一只金鹰终于突破风君天的重重剑网，狠啄在他的肩头。风君天挥剑扫出，将那只金鹰绞成碎片，但肩头已被撕咬出一团血花。

这是个不祥的开端，随即便有更多的金鹰穿透剑网，或是撞击，或是啄咬，风君天身上的血痕已越来越多。

"君天，退吧！"台下的张骞终于无奈地长喝道，"胜败乃兵家常事，败就败了，不必苦撑。"

在无尽的嘈杂呐喊声中，狼狈无比的风君天听到了张骞的话。他一个踉跄，退到虎台的边缘，从此不再游走奔逃，似乎已经极度失望，或是正准备如张骞所说，认输退出。

此刻天空中的屠英也停住了飞动的身形，甚至连此起彼落的金鹰都攻势一敛。

在屠英这边，无论是催动金鹰，还是挥动双翼，同样无比耗费罡气。他也需要一个机会，省时省力地完成最后的绝杀。

屠英平展双翅，如一只巨鹰般在空中滑翔，悠然望着虎台上那个满身血迹的对手：这家伙已近乎灯枯油尽，甚至连站都站不稳了。

"快呀，杀了他！""屠大巫，快快杀了这家伙！"

四下里都是激动的鼓噪呐喊声。这显然是万灵天选法会开始以来最激烈、最残酷的一战，不仅两位参战者，就是那些远远近近的观战人群也都陷入疯狂之中。

在这疯狂震耳的呐喊声中，风君天也在仰望着屠英，仿佛是在膜拜着天宇上不可撼动的强大图腾。

名震中原的剑侯，却在西域盛会的第一轮便惨败出局，而且是以这样窝囊的形式！高台上的匈奴权贵、毡帐间的各路豪强子弟、远处山坡上观战的闲汉百姓们，这时候都是拼命地鼓噪，拼命地跺脚、谩骂、狂笑、呐喊。那些喧哗啸叫，仿佛丛丛乱箭般直射入风君天的耳中。

屠英清楚地看到了对手的眼神。

风君天的眼神有些无奈。那是强者穷途末路时的无奈，较之庸碌者的寻常无奈更加撼动人心，也更令屠英心满意足。

西域强者瞬间下定决心，不必继续催动金鹰扑击了，干脆从天而降，亲自斩下这家伙的头颅！在匈奴单于眼前，斩下汉家使者的头颅，这可是无尚的荣光呀！

屠英振声长啸，啸声如巨隼翔空，缭绕不绝。他便在长啸声中扑下，强悍的双翼完全展开，仿佛遮天鲲鹏般向风君天俯冲过来。

张骞双眼圆睁，大叫道："君天，快退！风君天，我命令你退！"

风君天却没有退，只是仰起头，凝望着越来越近的恐怖对手。

"使君放心！风君天可以死，但，绝不会败！"

风君天一字一字地说道。然后，他慢慢举起双手，左掌前伸，右剑后挽，仿佛是在集中全身的力气，做出最后一次挽弓的姿势。

空中的屠英不由得冷笑出声：这小子太可笑了！站都站不稳了，却还要强撑出这样一个姿势。然而，他此刻忽然觉出一丝异常，那是一种与先前迥然有异的罡气流动，这罡气正从风君天的掌间溢出。

那气息无比强大，虽蓄而不发，却声势惊人。

这时风君天眯起了眼。屠英的背后是太阳，那阴阳双翼正再次鼓荡起来，罡气流动，呈现出绚丽的铁红和乌黑两色光芒，空中的屠英熠熠生辉，仿佛已经化身为太阳。

永远不落的太阳，无可撼动，无法战胜！

"不射之射，后羿射日！"蓦地，风君天仰天悲啸，射出最后的一箭。

这次射出的不是剑芒，而是手中那把长剑。

张骞的双眸不由熠然亮起。他知道，列子论射时，曾提及一门"不射之射"。这种技艺最重心志的修炼，所谓上窥青天，下潜黄泉，挥斥八极，神气不变，才能达到"不射之射"的至境。而精通"不射之射"秘技的神射手飞卫，是神话中的大英雄后羿的后人。

后羿最广为人知的神迹便是射日。虽然这是列子学说之外的传说，但隐隐然又与"不射之射"有所关联。想不到风君天于列子门道法修炼中，居然将二者融合为一。

凡人如何射日？

也许只有达到上天入地而神气不变的无畏至境，才能感悟"不射之射"的妙理，才能弯弓射日。难道风君天在最后一瞬，居然明悟了这等至理？

张骞愕然惊望，见那急冲而落的屠英的瞳孔中划过了一道凄厉的白光。

那是剑侯的剑，那是风君天用全部精气神魂射出的生命之箭。那剑如白虹贯日般划空射来。

长剑爆出璀璨的光焰，几乎掩盖了太阳的光芒。屠英被那光焰刺得眼中一片血红，甚至觉得双眼都已被那剑上光彩刺瞎了。

他终于明白了：原来这家伙一直在故意示弱，却又一直在蓄势，静静地等着给自己最后一击。

但此刻屠英全力俯冲，万难转向避让。他只得拼力抡腰挥翅，巨翅带着强大的阴阳二气扫向凌空射来的飞剑。

嗤的一声，长剑穿过巨翅，如击枯草。

下一瞬，屠英的双翼在半空中崩碎，化作无数血肉碎片。屠英如同被射中的秃鹰，惨嚎着从高空坠落下来，贴着虎台外缘，狠狠地砸到地上。

远近观战的人群爆出阵阵惊呼。

屠英在中剑前本是俯冲下来的，此时从低空摔落在地，却如一滩烂泥般，一动不动。守擂的万灵长老忙赶过去，用手一试，才知他浑身经脉已是尽断：风君天那一剑刺穿他的羽翼时，已将他体内的罡气尽数扰乱。

此刻的屠英在双翼被斩碎后，全身经脉已乱，最终罡气自爆，七窍流血，只剩下了一口气。

万灵宗长老目光复杂地瞟了眼风君天。剑侯浑身浴血，施出那记"后羿射日"后，也几乎耗尽全部的罡气，全身发抖，却兀自强撑着，挺立在那里，如同一杆铁枪。

监擂长老只得朗声道："虎台第一轮，汉家使者风君天胜！"

"张使君，风某不辱使命！"风君天仰天大笑。

他笑得极为狂放。一人纵声长笑，甚至压住了满场看客们的呼喊声，只是内外的伤势被牵动，一时口角、乃至身上，许多处伤口都有鲜血进出。

"好一个风剑侯！"毡帐前的吕英只觉热血沸腾。这是他第二次听到剑侯如此长笑。他第一次这样笑，是全力以赴、拼着被吉祥居次重伤的危险，力擒左贤王。

"壮哉风君天！"卓轻闲也是仰天长叹。

张骞更是双眼潮湿，拱手道："君天兄，好汉子！"亲自将他搀扶下台，师滢急忙赶过去，帮着给风君天擦拭伤口。甘夫、吕英等人心下焦急，但此时众目睽睽之下，为避嫌疑，又不能赶过去探问，只能遥遥注目。

高台上的军臣单于等一众匈奴君臣脸色极为阴沉。太子于单忙道："好在只是遣上个楼兰的家伙，试试行情罢了。"

右贤王却笑道："试不试都已无所谓了。这个风君天浴血死战，仅是惨胜，只怕三个月之内再无一战之力了。"

众人议论之际，各台陆续开战。

卓轻闲等人眼巴巴地望着风君天下了擂台，张骞和师滢陪他回了毡帐。遥遥地望见有两个巫医也跟入毡帐，卓轻闲只得摆摆手，示意大家先不要匆匆赶去探问。

龙城十三部的各路高手先后登台，较量陆续展开。

第一轮中颇引人注目的另一场对决，在匈奴须卜部落和河西卢侯王部落间展开。须卜部落是龙城十三部中仅次于呼延部落的大族，而卢侯王则是河西五王中第一轮最后登场的。

须卜部落出场的名叫须卜骄，今年才二十七八岁，肩宽背挺，身材高大壮实，一张红彤彤的脸孔锐气逼人。

"听说你号称'祁连山下最冷的人'，擅长寒冰巫法？"须卜骄盯着丈外的对手，目光凛凛。

卢侯王部落登场的高手名叫铁寒。人如其名，目光阴寒。他的脸色也是白里透青，看不出年岁，在那里静静一立，便有一股寒气涌出。

"怕了？"铁寒阴森森地笑道，"听说你号称是须卜部落二十年一遇的天才，今天正好见识见识。"话音未落，他翻掌挥出一把铁扇，向着须卜骄当头挥出。

这铁扇只是寻常的蒲扇大小，但他挥动之际，铁扇骤然暴涨了一倍，一股冷飕飕的寒气扑面袭来，直侵肌骨。

"这就是天冰宝扇么？有点意思！"须卜骄目光凛凛地直盯着大扇，直到铁扇及体前一瞬，才飘然向旁移开，衣袂猎猎，身法灵动。

铁寒目光一寒，攻势骤紧。一股股寒气交错纵横，擂台周遭如入寒冬，甚至飘起片片雪花。他那把大扇是镔铁打造的，边缘锋利如刀，挥动之际，铁扇忽大忽小，忽而小如匕首，倏忽间又大如巨案，看得人眼花缭乱。

偏偏须卜骄却不拔兵刃，只是赤手空拳，如一条游鱼般，在雪影扇海间飘然进退，任是那铁扇变幻无方，却总是连他衣襟的一角也碰不到。他出手也轻松自若，偶尔反击一拳一脚，便令铁寒手忙脚乱。

"了不起！"云裳远远看着，不由叹道，"铁寒的实力不弱，但这须卜骄在天冰宝扇下浑若无事，显然更胜一筹。"

吕英点头道："西域术士以修炼各种火系巫法为多，但铁寒反其道而行之，苦练寒冰巫术，对阵西域巫师时便有天然的优势。这须卜骄很是古怪，想来是体质异常，对这寒气自有克制之法。"

正议论之际，忽听擂台上的须卜骄喝道："还你吧！"猛然双掌一圈，道道罡风鼓荡而出。

近台的看客们都觉得身周的寒气一敛，似乎铁寒施放的所有寒气都被须卜骄的双掌给收了去。无穷无尽的寒气向着高大青年的掌心聚拢，稍时，须卜骄大喝一声，一股直侵骨髓的寒气又由须卜骄的掌心向铁寒挤压过去。

随后，须卜骄的铁掌拍在铁寒的宝扇上，发出裂帛般的闷响。

二人身影交错而过，铁寒似喝醉了酒一般，连退了七八步，终于软软地坐倒在地。他极力挣扎，待要立起，但不知何时，他的四肢和前胸后背都生出了一层薄冰，那冰层渐渐加厚，转眼间便厚逾数寸，甚至其头上脸上也都凝出一片冰霜。

"你……你竟修成了雪山罡锋？"铁寒浑身哆嗦着，不可置信地盯着须卜骄。

须卜骄傲然点了点头："败在雪山罡锋之下，你也不冤了！"却突然闪过去，一掌拍在铁寒肩头。

罡气所到之处，铁寒全身的凝冰尽数破碎。

铁寒身子一抖，吐出一口黑血，叫道："多谢了！须卜骄，你若早早报上师门，这一仗我也不必白费气力了。"挣扎起身，吃力地跃下擂台。

吕英惊道："雪山罡锋是西域极难修成的术法之一，据传是天下寒系巫法道术的祖宗，想不到须卜骄居然练成了！这小子才是真正的'祁连山下最冷的人'，铁寒那点阴寒术法，碰到他算是真正的小巫见大巫。"

"你能胜他么？"甘夫忽然问。

吕英眸光一寒，沉声道："雪山罡锋确是绝学，但我应该能胜他。"

甘夫点了点头，一字一字地说道："我也能胜他！"

两个少年对视着，眼中都有精光射出。

首轮有十五场激战，但因是四个擂台同时开战，此起彼落，进度竟是颇为迅速。

卓轻闲等人一直在焦急地关注着张骞的毡帐，对四擂上的战局，反显得心不在焉。

这是巫术道法真刀真枪的较量，各种法宝、幻兽争雄斗奇，哪怕是见多识广的军臣单于都看得津津有味。四下里的喝彩声此起彼落，不绝于耳。

据说当年万灵宗举办这盛会的初衷之一，就是想将匈奴各部落和西域诸强同聚一堂，相互取长补短。胡人天性乐观，场上格斗各方，除了黑利斯和屠英败得太惨，其余的战败者都是毫不为意地笑脸下台，所在部落也是照旧欢呼鼓噪，如同欢迎英雄般迎接本部落的勇士；那些胜者更是洋洋得意，连带整个部落都要号角战鼓齐鸣地欢庆一番。

四个擂台由早晨战到午时，午饭后不久又再开战，直战到黄昏时分。

篝火燃起时，首轮十五场激战才战罢。直到这时，卓轻闲才终于瞥见那两个巫医从张骞的毡帐内走出，忙摆了摆手，带着吕英三人匆匆赶过去探问。

汉家使团的毡帐捂得严严实实，师滢正给风君天行针。

风君天上身赤裸着，躺在榻上，身上已经插满了大大小小的银针。

师滢告诉大家一个很不好的消息：剑侯风君天虽苦战过关，但全身经脉受损严重，特别最后那一记"无射之射"施出，更是几乎耗尽了他的全部真元，一月之内再无一战之力。

"第二轮在两日后就要开战！"吕英大是焦急，"张使君，我来加入汉家战团吧？"

张骞摇了摇头："你和卓轻闲都不能暴露身份。我煞费苦心，就是不让咱们大汉使团全部陷入匈奴人手中，你们万不可因小失大。"

听他将"大汉使团"四字说得极重，吕英和卓轻闲便不好再说什么，只得黯然一叹。

云裳忍不住道："可是，风君天重伤，两大副使又不让参战，难道张使君你当真要亲自出马？"

张骞的眼芒熠然一闪，却没有言语。

师滢不由惊道："今日的比拼你也都看见了！惨烈如此，你……你还要登场？"

屋内诸人尽皆呆住了：从来没有过术法修炼的张骞，当真要参加这狠辣血腥的巫法道术决战？

风君天咳嗽一声，睁开双眼，喘息道："使君莫忧！第二轮比拼，要在两日后开始，君天便是拼了这条性命，也要……"

"你已做得很好。"张骞轻拍他的肩头，轻声道，"既然两日后才开战，那我们又何必忧心。"

他目光平和地扫视着几位手下："轻闲是默勒部的总管，又是举荐神医师小妹的，可以来此探问我，其他人以后尽量不要过来。我们现今身在险地，万事都要小心。今日后来的战局如何？各路豪强有何看家本领？"

听他言语一如既往地沉稳，吕英等人心底都暗自一叹：这位张使君，似乎从来都不会慌张呀！

卓轻闲道："今日的许多场较量都是跌宕起伏。匈奴的龙城十三部显示出了强悍实力，大多过关斩将，将对阵的西域十二邦打得服服帖帖。但西域十二邦中也有几位高手，颇为引人注目。

"比如姑师，是由号称'国师'的大巫胡忧亲自登场，手里捧着一张牛皮所制的狐神图，只一个照面，就将对手的神魂摄入了图中；待万灵宗长老判定是他胜了，他才再一抖那狐神图，放归对手的神魂。这一场比试，简直还不及常人喝一碗热水的功夫。"

吕英也点头道："师尊在无为学宫内曾搜集过西域乃至匈奴各部高手的武技情报，我在其中见到过这位姑师国师的大名。传说胡忧的母亲是位狐仙，自幼被父亲遗弃，但资质奇特，禀赋超人。他那张狐神图是一件异宝。"

云裳听得挢舌不下："只抖一抖法宝，便将人摄了魂魄去，那还怎么跟他比试？"

卓轻闲又道："战境奇快的还有一人，便是使君你的老对头金蛇王兰顿。"

"哦？"听得"金蛇王兰顿"这五字，张骞的眸中立时闪出一道厉芒，"说说看。"

吕英道："兰顿出自匈奴四大部落中的兰氏部落，张使君在万马会中与此人有过交手，应该知道的。也难怪这家伙在吉祥居次面前夸下海口，他果然身怀异宝。比试中，他一上台便祭出了幻兽——一条金色的双翼怪蛇。跟他对阵的精绝国高手精通西域奇门遁术，但被那金蛇缠住后，无论如何施展土遁秘法，都是挣扎不出，最终被缠得奄奄一息，大败亏输。被宣布战败，他甚至还没来得及拔出兵刃。"

"一条无所不能的双翼怪蛇！"

张骞暗想，当日的万马会只赛骑射之术，此人最大的优势无从发挥，才败在自己和吉祥的手下。思及于此，他沉吟道："若是如此，此人也不足为虑。"

"那条蛇可不简单！"卓轻闲却摇了摇头，"看到它那双古怪的羽翼，让我想到了《山海经》中所载的一种怪兽……鸣蛇！"

"蛇王'鸣蛇'？"吕英惊道，"怎么可能？那可是十大凶兽中排名第九的神兽呀！而且传说这第九神兽是身生四翼的。兰顿的那条蛇，不过是个幻兽而已！"

"单纯的幻兽怎能有如此威势？那个精绝国的巫师极擅逃脱类的遁术，但在那金蛇面前居然束手无策……"卓轻闲道，"本公子怀疑，这条金蛇，与风君天遇到的屠英有几分相似。"

"你是说那个半人半兽的秃鹰？"云裳惊道，"先前你曾说，屠英是用了'噬兽术'的邪法，可吸取炼化怪兽异能……这金蛇王也是？"

卓轻闲道："屠英将自己变成半人半兽，那只是邪法'噬兽术'中的一类而已，兰顿这种显然要更为奇特。他应该是没有完全炼化那条金蛇。也许蛇王鸣蛇太强大了，只能成为一个半实半幻的幻兽。真正的鸣蛇是四翼，它便只有两翼……"

"将十大凶兽之一炼成自己的幻兽，他是如何做到的？"吕英大惑不解。

"你们知道这十大凶兽的来历么？"卓轻闲的小眼睛闪过一丝悠远的光芒，"相传这些妖力无边的凶兽活得是岁久年深，都曾经历过世间第一次道魔大战……"

"第一次道魔大战？"张骞蹙眉道，"就是上古时期，天、人、妖一起参与，在轩辕黄帝与蚩尤之间爆发的涿鹿之野大战吗？"

"正是！这些凶兽，或者说是神兽，当年都主动或被动地参加了那次涿鹿之野大战，有的帮助蚩尤，有的帮助轩辕黄帝。但不管相助哪一方,事后都被收服或者封印了。"

云裳奇怪地问道:"那次大战最终不是轩辕黄帝大胜、斩了蚩尤么?为何帮助轩辕黄帝的神兽也被封印了?"

"因为它们的妖力太过强大,有的甚至强大到可以无视人世间法则的地步。已经成为人世共主的轩辕黄帝,决不允许它们继续横行人间。那神秘封印,便属于《尚书》、《山海经》等古书里所载的上古大事件'绝地天通'中的重要一环。封印之后,各大神兽便只能在某些特定的狭小区域内苟延残喘,或者为某些强大的修道者收服。"

张骞袖内忽然响起一道低沉的轻鸣,那是蜃龙不甘而又无奈的叹息。

卓轻闲也叹了口气:"而这里,是萨满的天地,是天下巫术的大本营。据本公子考证,匈奴应该就是商朝时的鬼方。他们在殷商时代避居北野,却又保留了商人'尚鬼'的特性。这里很可能保留了很多上古的巫术。被封印的鸣蛇,在辗转多少年后,完全可能成为兰氏家族的守护神兽。"

吕英苦笑道:"这么说,张使君应该庆幸!你在万马会上碰到兰顿时,受马会规则所限,他无法施展那神奇幻兽……"

"不管如何,那次本府已胜了他一回。"张骞目光灼灼,"这次如果再遇到他,我还会胜他!"

卓轻闲等人听了这话,都有些吃惊和怀疑:难道张使君当真要登台出手?众人不敢深问,卓轻闲只得继续介绍比武情况:"西域十二邦面对匈奴嫡系部落,纷纷落马,但仍有几个成功闯关的,颇为引人注目。

"比如大宛的那位奇特巫师,名字便很奇,唤作'龙骑'。这人穿了一身便是在西域也极为罕见的奇装异服,戴着头盔,青铜胸甲护体,登台之前,先要拱手祷告一番,说什么请求太阳神'亚历山大大帝'赐给他力量……他的武器更是奇特,是一把丈许长的双头枪,腰间挂有一把弯弯曲曲的双刃短剑。对阵之际,时歌时哭,配以奇异幻术,将匈奴龙城部落的巫师弄得头晕脑胀。最后是巫师砍断了龙骑的双头枪,却被龙骑挥出的双刃剑砍断了肩骨，就此收场。"

"太阳神……亚历山大大帝？"张骞也从对兰顿的沉思中仰起头来，"我知道匈奴和许多西域小邦崇奉太阳，但这亚历山大大帝却是什么？"

卓轻闲傲然一笑，摇头晃脑地说道："这什么亚历山大大帝，只怕连咱大汉最博览群书的太史令家族都不知晓。本公子有一位师尊，博学多才，嗜好远游。据她说，在数千里之外的极西之地，有一个国度，似乎发音叫做'希腊'。希腊有一位伟大的君王，名叫亚历山大大帝，被他们那里的大巫奉为太阳神再世。据说数百年前，这位希腊的君主亚历山大大帝曾挥师远征，一直打到大宛，并将大宛征服。"

"大宛确实是在西域的极西之地，不想却被一位来自西方远邦的太阳神征服过。"张骞不由笑了，"你那位师尊当真见闻广博，什么时候引荐我拜见一下。"

卓轻闲呃了一声，随即哈哈笑道："自然可以。只是我这师尊行踪莫测，谁知道她现在何处？"心内却想，这万灵天选盛会是何等热闹，师尊定然已经亲临，只不知她现在何处。

"西域诸邦中战况最为激烈的，则是乌孙王子猎帕。"卓轻闲岔开话题，继续说道，"嗯，这猎帕是乌孙的一位王子，是所有参战高手中身份最为尊贵的。猎帕王子有个绰号，唤作'天神青睐的遗弃王子'。据说他生来被巫婆指为不祥，被其父王遗弃，但在森林中有母狼喂奶、麋鹿送食，在乌孙国内传为异谈。其父王听闻此事，只得又将其养在宫内。这猎帕王子长大后，便展现出超强的修炼资质，据说他遍游西域，光是师父就拜了十七八位，学了一身极为杂博的术法。"

张骞果然被他的话吸引。听到这位"天神青睐的遗弃王子"的事迹，他不知又想起了什么，怔怔出神。

"今天他下场激战匈奴四大部落中乔氏部落的名将乔坤。这两人都是刚硬一派的道法巫术。两人以硬碰硬，以刚御刚，其惨烈凶悍不逊于风君天屠英一战。最终的结局却出乎所有人意料。乔坤苦战之下，力道拿捏不足，其兵刃铁钩失手，插入擂台上的狗形木雕内。在那电光石火之际，只要猎帕王子回手一刀，就能大获全胜。

"但猎帕却并未进击，只说绝不乘人之危！而乔坤也是条汉子，自认输了一招。二人竟是不打不相识，惺惺相惜，哈哈大笑着携手退场，当真胜得磊落，败得洒脱。"

张骞双眸一亮："这位乌孙国的猎帕王子倒是很有气魄，而且更有见识和手段。"

卓轻闲一愣，随即恍然："使君是说……"

张骞点了点头："乌孙毗邻匈奴，不得不处处讨好。猎帕身为乌孙王子，对阵四大部族中的乔氏名将，如此这般英雄相惜，不但传为一时美谈，只怕连匈奴军臣单于也会暗生欢喜。"

吕英也叹道："如此这般，虽然胜了龙城嫡系部落，却也给匈奴单于留脸，乌孙王子果然用心良苦。"

"其实啊，今日擂台过关最为光彩夺目之人，乃是那位康居国的美艳少女安若！"卓轻闲说到这里，一双小眼睛竟罕见地亮了起来。

云裳却从旁咳嗽一声："卓副使，那康居高手安若，虽然貌美如花，却早不是少女了。我听附近的乌孙观战闲汉们说，这位美女已二十七八岁了。她极擅经商，富可敌国，只不过眼下是孀居！"

"什么是孀居？"甘夫又问了个奇葩问题。

"就是寡妇。"云裳白了他一眼。

卓轻闲哦了一声，小眼睛的光芒略微黯淡了下，随即又摇摇头，说道："孀居啊！不妨事不妨事。"

吕英大奇："什么不妨事？"

卓轻闲咳嗽一声："不要胡乱插嘴好不好！我赞叹的是这位安若姐姐的手段。她的法器居然是诸般香料！你们想像得到么？西域古道上价值连城的各种香料，居然成了神奇莫测的道术法器！一阵阵扑鼻芬芳中，兰薰桂馥兮幻象迭出，暗香袭人兮如梦如幻。她那位对手如坠五里雾中，昏昏沉沉，束手就擒。"

吕英斜睨着他道:"为何我觉得你有些奇怪?什么安若姐姐,什么兰薰桂馥、暗香袭人,你是犯了花痴了么?"

甘夫道:"卓副使便是犯了花痴又有何不可?那是个富可敌国的美丽寡妇,他是个尚未娶妻的少年才俊,很般配的!"

这甘夫式神句逗得帐内的两个少女轻笑出声,甚至忘了眼前的诸般困苦。

"俗不可耐,尔等为何都是如此的俗不可耐!"卓轻闲愤然道,"果然如夫子所言,未见好德如好色者也!本公子只是雅好香道而已,没想到竟有人以香道入道法,正所谓闻香识佳人。今日最香艳一战,非安若莫属!"

吕英叹了口气:"好吧!你说最香艳,那便最香艳罢了,何必如此愤然变色?"

"此人……我们倒是可以结识结识。"张骞忽然开口。

卓轻闲大喜:"使君也想结识安若姐姐?"

"安若……我结识她作甚?"张骞摇头道,"我说的自然是乌孙的猎帕王子呀!"

这句话说得卓轻闲大窘,吕英等人又一次笑出声来。

卓轻闲是在次日午后时分巧遇康居女郎安若的。

对于张骞这些出使西域的汉使来说,这次万灵天选盛会最大的好处,就是西域诸邦大多派出了强者参战,而这些强者本身就是在其邦国内颇有分量的人物,所以张骞决定以天选盛会参展者的身份,先去诸邦参战者那里转上一转。

西域参战的十二邦同样是住在这片毡帐中,许多早就相识的也相互拜谒问询过了。张骞自觉以汉家使团的身份单独出外拜访太过显眼,便与卓轻闲约好,由他这"河西默勒部总管"陪同,那便自如许多。

卓轻闲正往张骞的汉家使团毡帐处溜达,便听得一声娇唤:"敢问这位哥哥,可是去过万马堡么?"

卓轻闲回过头来，便看到了安若。在午后的阳光下，康居女郎更是白得耀目，笑容妩媚，透出一股西域成熟女子的曼妙风韵。

她笑吟吟地指了指他腰间的绣囊。

那织锦布囊正是西域样式的，斜缠腰间，掏钱取物极为方便。卓轻闲等人在赶赴苍龙坡之前，为免太过醒目，先率众赶到万马堡，然后才随着大批观战人流一起混入此间。

"正是正是。"忽然被这美艳的西域女郎主动搭讪，卓轻闲颇有受宠若惊之感，"这绣囊正是在天马堡购得，姐姐真有眼光。此囊内分多层，最里面那层还可以密闭，最适宜收藏香药。"

他很大方地摘下绣囊，递了过去。

"你怎么知道我要盛香药？"安若便接过来细瞧，"这样美的绣囊，只有天马堡才有。我去过那地方，却没找到你这样的款式。"

绣囊是很私人的物件，女郎便只看外面的绣纹，并不看里面。

"姐姐在擂台上大展神威，香道幻术，妙至毫巅，让人过目难忘，所以我猜想你是要盛放香药的。"

此时离得很近，卓轻闲能嗅到她身上那股似兰似麝的香气。她的肤色白腻，仿佛美玉般精致而耀眼。他看得有些恍惚，急忙低下了头，心想，她也就是二十出头的岁数呀！

"你是汉人么？看你这施礼的姿势有些像。"她将绣囊递还给他时，望着他笑了起来，那种长睫明眸，笑起来便有一种极闪亮的光彩。

卓轻闲收摄心神，也微笑道："小可确是在汉地待过很长时间。"

"我就说是吧！我见过很多汉人，汉人就是多礼。你去过长安么？听说那里是个很大很大的城市，比休屠城、天马堡都要大上许多许多。那里的西市，据说有各式各样的商品？"

"正是正是！这休屠城比之于长安，那是燕雀之比鸿鹄……嗯，就是小鸟对比于大鹏，这下意思明白了吧？那里当然也有香药，但都是产自汉地的，完全不能和西域相比。如果姐姐把香料买卖做到长安，那必然是整个长安最瞩目的商人了！"

安若又笑了起来:"小女子感激不尽!也请哥哥得闲去我们那里做客。我们那里不但有奇妙的香药,美女也是非常出名的……"

"多谢了!若是得闲,定要叨扰的。"卓轻闲又惊又喜地客套着。他说汉话时,最喜欢文绉绉地掉书袋,改说西域通行的匈奴话,便很是拗口。

午后的金风飒飒吹来,卓轻闲的胖脸上仍是起了一层微汗,习惯性地拱手笑道:"如果姐姐有需要,我可以代为筹划商路。不过,姐姐若真想去长安,为何不去汉家使团拜访一番,我可以代为引见。"

第五章

一剑凛然

"对不起,你已不再是大汉使团的一员!"

张骞冷冷地逼视着站在毡帐外的姬诚。

姬诚也冷冷地回望着他,一言不发。

"我知道张使君遇到了难处,这才带着姬副使来雪中送炭。"韩当笑吟吟地跨入,傲然扫视着帐内的三人,最后将目光落在卧在榻上的风君天身上。

名震中原的剑侯身上插满了针,师滢刚刚将最后一根银针插入他的神阙穴。

"要知道,姬副使也出身于无为学宫,至少也是通明道灵境的修为。"韩当忽然拍了下头,"哦,他的年龄似乎稍大,已过了三十六岁!无妨,只需左贤王跟龙缺大巫打个招呼便可。这点面子,大巫肯定会给的。"

张骞、师滢、风君天三人都不答话,只是冷冷地望着他们。

姬诚终于冷哼了一声:"张骞,我劝你不要逆天行事了!我们本就是大汉朝廷的弃子,趁早降了单于,快活享乐才是。大丈夫要懂得识时务，知大势。"

张骞的唇边绽出一丝无声的笑，算是回答。

"滚！"风君天在榻上吃力地欠起身。

"听到了么？"张骞冷冷逼视着二人，"滚！"

姬诚死死地盯着张骞，突然仰天长笑："时不予我，苍天负我。如之奈何，如之奈何！"

他的笑声颇有些狂意，随后猛转身，疯了般地冲出毡帐，那背影颇有几分孤独。

当啷一声，榻边的碗竟被张骞失手碰落在地。

"张使君，听说你要亲自参战，我很佩服你的勇气。"韩当微笑道，"但你的下一个对手铁锤康力可是个嗜杀之人，你很可能会被撕成一堆碎肉。"

"河西默勒部落甘都总管，携康居邦国安若前来拜访汉家使团！"

卓轻闲带着安若赶到毡帐外，正瞧见姬诚疯了般狂奔而出，忙停步站定，高声吆喝。

"有客人到了，请吧！"张骞冷冷地挥了挥手。

"那么，再会！"韩当若无其事地笑了笑，"使君请放宽心，我一定会向铁锤给你求个情的！"

"不劳费心！"

见到卓轻闲陪着美艳的康居女郎安若走入帐内，张骞微觉吃惊，但还是起身与安若见礼。一直远远跟随的甘夫、吕英、云裳等人也疾步进了毡帐。

"看来诸位还不知道，十六强者的八轮对阵图已排出来了。"

一番寒暄之后，爽朗的康居美女便将自己刚打听来的对阵形势详细说出。

甘都对阵龙城十三部中名唤"暗影"的神秘高手。

汉使对阵匈奴巨人部落"铁锤"康力。

康居安若则对阵龙城呼延部落的呼延坦……

听她一条条说着,众人都蹙紧了眉头。

"谁来替汉家使团出战?"师滢终于幽幽叹了一声。

卓轻闲等人相互对望着,却碍于安若这个外人在场,没有多言,只是黯然看向张骞。

"乌孙国王子特别拜会汉家使团。"一声吆喝又在帐外响起。

张骞双眸一亮,忙道:"有请!"起身疾步迎出。

"大哥,果然是你呀!小弟特来拜见大哥。"熟悉的笑声中,居烈昆大步闪入,望见张骞,俯身拜倒。

张骞忙抢过去一把抱住,又惊又喜地说道:"贤弟,果然是你!"

帐内众人,除了风君天,都看过猎帕王子在擂台上大展神威,但谁也想不到,他竟会是张骞的"贤弟"。

"大哥莫怪!那晚我身在险地,未敢说出自己的王子身份。但我跟大哥结拜时所用的'居烈昆'可不是假名,那是我实实在在的本名,猎帕倒是小名。只是西域人都喜欢简单,叫来叫去,便只知这小名啦。"

猎帕爽朗地仰头大笑。

"我也是刚刚知道,我的义弟居烈昆是乌孙王子。"张骞拍着猎帕的肩头,颇有些感慨。

"大哥莫笑话!我实际上一直是在匈奴做质子的,在乌孙本就失势了。哪怕是在匈奴做质子,也甩不掉大哥派来的许多追兵。"

其时匈奴陈大军于河西,控制了远近诸邦,对这些大小邦国的控制手段之一,就是让诸邦将王子送来匈奴作为人质,称为"质子"。而这也是当时游牧诸国间的常态。当年大月氏称霸时,还比较弱小的匈奴也曾派大单于的长子到月氏去当质子。

这么说着,猎帕还是爽朗地大笑起来:"说来可笑,我这乌孙王子还不如这位康居的安若姐姐快活。她可是名震西域的大富翁,富贵自在。"

张骞一拍他的肩头,也笑道:"贤弟心胸豁达,处险不惊。这份气度,自能逢凶化吉。"

"但愿借大哥吉言。"猎帕双眼一亮,"实不相瞒,这次登台参战,我也是为了讨好军臣单于。下一轮,我便要对阵流沙部落的高手卡明,料来胜他不难。"

流沙部落在匈奴龙城十三部中名气不小,但猎帕却说得豪气万丈,听得众人都是心神一振。

"对了!大哥,汉家使团的对手'铁锤'康力可着实不弱。"猎帕看了眼身上满布银针的风君天,惊问道,"这位风老兄的伤势还未痊愈么?那明日谁会出战?"

"我!"张骞说得很平静。

帐内霎时静了下来。

"不成!"一声娇斥传来。帐帘一掀,吉祥居次疾步闪入。

众人更是一惊。帐内的男人都觉得整个毡帐亮了一下,云裳和安若都是娇丽过人,但一见明艳绝伦的吉祥,竟都生出一丝自愧不如之感。也许这就是那种让女人看了都喜欢的女子吧!

只有师滢神情依旧淡漠,只是沉静如水地望着她。

"是……是吉祥居次么?"猎帕看到她,激动得竟有些结巴起来。

吉祥居次根本没有看他,甚至也没有看帐内的其他人,只是笔直地走到了张骞身前,冷冷道:"你当真想自己登台打擂么?"

张骞皱了皱眉头,道:"这似乎与居次无关吧?"

吉祥皎洁的玉面倏地一红,却低声道:"你跟我出来。"转身疾步出了毡帐。张骞无奈,只好跟了出去。

猎帕、卓轻闲、安若等人都是目瞪口呆。谁也想不到,众目睽睽之下,这位艳压草原的美丽居次竟会直接将大汉使臣约出毡帐。

吉祥居次气呼呼地走得很快,张骞不得不提气急追,才堪堪赶上。

"我知道他们是谁!"吉祥居次望着前方起伏无尽的草原,幽幽说道,"卓轻闲、甘夫、吕英,这些人都是和我一起硬闯过天幻堡的,甘夫还曾与我一起被蜃龙掠走过。你以为他们这点小小易容,我会察觉不出?"

"我知道,你不会说破的。"张骞看着她美得无可挑剔的侧脸,"无论是甘夫,还是卓轻闲吕英,都是曾与你并肩苦战、历经生死的同伴。"

"我不说,只是不想让你陷入险地。"吉祥赌气似地停住步子,瞪视着他,"可现在呢,你竟要亲自登台!那是九死一生,你知道么?"

张骞笑了笑:"也未必就会败。"

"难道,你……"吉祥居次的脸色瞬间又苍白了几分,"又要冒险调用陆鸦的力量?"

张骞的眼神也沉重起来,终于叹道:"我有办法,我会控制。"

"你这是在玩火!可能你会侥幸成功,但你每玩一次火,就距离被烈火吞噬近了一步。"

张骞沉默下来,目光复杂地望着绝美的女郎,沉了沉,才道:"相信我,我自有办法。"

女郎轻轻地摇着头,却说不出话来,美目中也是五味杂陈。

"居次,我值得你如此用心么?"张骞故作轻松地笑了笑,"虽然你我机缘巧合,曾纵马御敌,但我只是一位汉使,你是匈奴最尊贵最美丽的居次,我不值得你如此牵挂的!"

不知为何,望见他轻松得有些淡漠的笑容,女郎陡觉一股委屈涌上心头,却紧咬银牙,猛一顿足,哼道:"我就是要牵挂,你管得着么!"话一出口,只觉委屈更浓,眼眶倏地红了。

张骞一愕,忽觉女郎泛红的双目竟如美丽的刀锋,直刺入自己心底。他愣了下,忽然深深一揖,然后默默转过身,慢慢走开。

"张骞,你站住!"女郎无助地喊了声。

他不答,无声地走远。

"我不许你去!"

她望着他的背影又喊,声音越发凄楚。

他背着沉甸甸的落日余晖远去了,始终也没有回头。她的泪水再也抑制不住,刷刷地滑落下来。

"吉祥,何必呢?"一声幽幽的叹息响起。

女郎回过头，就看见了自己的师尊龙缺大巫。他手拄一根漆黑的木杖，杖头雕着一只蟠曲昂首的长蛇，如一道影子般凝立在大道尽头。

这位匈奴最强的智者和巫师，默默地注视着自己的弟子，深邃的双眸似是已洞悉了一切。

"师尊……"吉祥再也抑制不住，泪如雨下。

"一个有才华的年轻人！"龙缺望着暮霭苍烟中张骞的背影，长叹道，"他带给我一种很奇怪的感觉。你要听我一劝，远离他！"

"只怕不行。"女郎的娇躯颤抖起来，声音竟有些哽咽，"我一天看不到他，就很难受……我、我感觉自己好像是疯了……"

"连师尊的教诲都不听了么？"龙缺温和地叹息了一声。

忽然间，他抬起了头，语声中颇多惊喜："是你……当真是你么？"

一道缥缈的笑声传来："你这女徒儿很好！你又何必棒打鸳鸯呢？"是个极妩媚的女子声音，犹如珠走银盘般曼妙动人。

吉祥纵目远眺，四下里是沉沉的牧野，远处有歌声和笑声，还有模糊的人影，却不知跟师尊说话的这人是谁。

"难得你来了，何不现身一见？"龙缺大巫的声音竟微微发颤，"这么些年了，让我看看你可好？哪怕就一眼！"

"我不过是来看看热闹，又不是来看你。"那女子轻笑道，"我这张老脸，你还没看够么？不要多想了，我过几日就要回长安了。"

那女子轻叹了一声，那声音随即摇曳成一道悠悠的箫声，从暮霭中飘飘摇摇地传了过来。

箫声呜咽，如泣如诉，声音一起，便带给人无尽的缠绵幽思。吉祥居次觉得心中一阵恍惚，思绪瞬间便飘到了那晚跟他月下纵马狂奔时的情形。

秋风也忽然间温柔起来，落日似乎比月光还要温柔，天地间的一切都在箫声中变得温柔动人起来。

是从什么时候开始喜欢他的？是他狂啸而起、将自己从那个色魔身下解救，还是他轻柔而又细致地替自己掩好衣襟？

或者，是更早些，在天幻堡中他抱住自己的那一刹那？

"难得啊！想不到这一生中，竟还能听到你的箫声。"龙缺凝望着天边的那抹残霞，悠然长叹。

箫声渐去渐远，终于摇曳而逝。

吉祥居次凝在斜阳中，竟似痴了。

羯鼓再次响起，草原重新沸腾。所有的人都在欢呼，激荡人心的万灵天选盛会第二轮开战了。

"甘都！""甘都少爷！""甘都必胜！"

连甘夫自己也想不到，他刚一登台，远近观战人群中便响起了阵阵疯狂的欢呼声。

原来，"浑邪王默勒部落的甘都少爷"在第一轮登场时，胜得太过潇洒，更因甘夫容貌俊美，胜过美女，已悄然俘获了不少匈奴女郎的芳心。

甘夫静静立在台上，俊逸如玉雕般的脸上没有任何表情，淡然望着他的对手、龙城十三部中绰号"暗影"的高手。

匈奴人喜欢用绰号称呼身边的朋友。那些巫法高手更是每个人都有自己的绰号，比如须卜骄的绰号就叫"冰块"，金蛇王的绰号甚至就叫"金蛇"。

甘夫的对手，那绰号 "暗影"的人全身都笼在一身灰袍内，灰袍罕见地带着连颈大帽，连头脸都遮得严严实实。

他如同一道影子般阴沉，哪怕是站在擂台上，也给人一种虚无缥缈的感觉。

河西五王中突然崛起的神秘美少年甘都，对阵龙城十三部中神秘莫测的高手暗影。这注定是天选盛会开战以来最神秘的一战。

甘夫凝立台心，静如处子。暗影则围着甘夫打转。

只一对眼，甘夫就知道，这个暗影显然比上一轮中那位力大无穷的雄捷要强，强上许多。

"一直转圈……"高台上的右贤王摇摇头。这个叫甘都的家伙归属于河西五王部落，上一轮更是让他输钱又输脸，所以右贤王将希望全寄托在了暗影身上。

暗影是匈奴最出名的刺客，曾经奉命暗杀过七个西域小邦首领、四名汉家边塞守将、十七位术法高手和大巫师，无一次失手。可此刻的暗影为何一直在默默地转圈？

"这不是暗影的风格呀？"右贤王有些忧郁地望着身旁的大巫龙缺。

"那是因为甘都带给他极大的危险感！"龙缺缓缓道，"暗影是最好的刺客，所以他对危险有一种本能的感应。"

高台上的匈奴权贵都是一凛。他们都知道暗影的威名，但龙缺大巫的话显然是对甘都的极高评价。这是他们再一次听到大巫对一个少年如此高的评价。

"听说你的剑非常快。"擂台上的甘夫忽然开口，"三天前，我看过你的出手，那一剑叫什么？"

在三天前的第一轮中，暗影对阵一位极硬朗的高手。那人带来的部落助威者多达百人，在台下擂鼓呐喊，声震原野。

但暗影在第三次出手时，刺出了无比璀璨的一剑。

一剑毙敌，血溅五步，让对方的助威者彻底安静下来。

"流星！"说出这两个字时，暗影的眸中闪过了一丝光。

流星从来都是自一片黑暗中亮起，突如其来的燃烧、璀璨一爆后，又归于黑暗。只是因为那一瞬的燃烧，让永恒的暗夜有了那片刻的璀璨。

所以暗影喜欢"流星"这招剑名，每当说出这个名字，他都肃穆得如同在叩拜祭天金人。

"流星！我很喜欢。"甘夫的眼中也亮起了一道光。

暗影的眸中随之燃起炽热的光芒。他出手了，双手齐扬，双剑齐出。左剑千变万化，右剑惊天一斩。

果然人如其名，剑似流星，所有人的眼中都被璀璨的剑光填满，那是比高天上的太阳还要明亮百倍的光华。

那光华亮起的刹那，擂台上响起一道清脆的剑鸣，旋即又归于寂静。

那道剑鸣是如此清脆、如此悦耳、如此美妙，场间居然因此出现了短时间的寂静。旁观的人都愣了，他们似乎看到这两个人交错而过，又似乎什么也没有看到，那两个人仿佛都没有动过的样子。

台上的甘夫和暗影依旧在对视着，只是目光平和了许多，仿佛是多年老友间的对望。

随后，甘夫甩了甩手，还剑入鞘。

暗影低头看了看两把短剑，也慢慢将它们插入鞘内。

这就算比完了么？许许多多的旁观者都大惑不解。然后他们便听到那个叫甘都的少年说道："你左手的变化太多，右剑虽然决绝，但被左手拖了后腿。"

暗影无奈地笑了笑，没有答话。这时候他似乎隐约听到了歌声，当年他初恋女孩的歌声，唱的是焉支山下火红的快马与火红的胭脂花。

一时间许多画面涌了过来，他黯然转过身，似要走下擂台，却一头栽倒。

血从前胸流出，瞬间浸透了他灰袍的前襟。

甘夫有些歉疚，望向擂台下的万灵宗长老，道："抱歉！"

那长老也叹了口气："你没有做错什么，何必道歉！高手对决，生死一线。"长老扬起那张苍老的脸孔，望向高台上的龙缺大巫，仿佛在喃喃自语，"果然啊！没有幻兽的比拼，才是真正的比拼！"

长老最后这句话，是术法界流传的一句谚语。两位术法高手比拼时，如果释放出各自的幻兽，虽然热闹激烈，但双方还有进退回旋的余地；而最凶险的比拼，就是甘夫与暗影这种，短兵相接，立见生死。

龙城十三部出乎意料地又输一阵，而且匈奴丧失了一位极其出色的大刺客，高台上一众匈奴权贵们的脸色都很不好看。

"恭喜啊，伊稚斜！河西五王又胜了一局。"右贤王不怀好意地盯着左贤王，"不过五年之内，我匈奴再也找不到暗影这样的大刺客了。"

"既然知道暗影不可或缺，为何还要让他登台？他是刺客，出手必见生死,难道他的对手面对他时,只能引颈待戮么?"左贤王针锋相对,一句话便驳得右贤王张口结舌。

军臣单于的脸色也很难看,但听到左贤王这句话,也就不好再多说什么。好在此时,监播长老的一声吆喝,将所有人的注意力都引到了龙台。

"龙台第一战,河西休屠王部落吉祥居次,对阵西域龟兹于伽!"

众人的欢呼声突然高昂了数倍,万众瞩目的吉祥居次终于登场了!

一身白袍的吉祥居次俏立在朝阳下,如天山上盛开的雪莲般娇艳清丽,才一亮相,便艳压全场。

台下呼声更盛,无数男女都在高喊"吉祥居次"的名字,呼喊声甚至将羯鼓、胡笳等乐声都压住了。

龟兹是西域大国,号称带甲雄兵六万,国内百姓最好声乐之道。龟兹高手于伽所修的道法便与乐道相关,所执的法器则是一把质地似银似玉的琵琶。

"龟兹乐门于伽,参见师姑!"

于伽年纪三十出头,面容白皙,身材高瘦,上台后先向吉祥居次躬身行礼。

"多年前,家师曾拜见过尊贵的龙缺大巫,得大巫指点乐道术法,被记为广传弟子之一。所以,我应该尊称您为师姑。"

吉祥淡然一笑:"你太客气了。龟兹乐道术法天下闻名,就让我见识见识吧。"

"无论如何,能与吉祥居次对阵,都是于伽这一生中最美妙最激动的时刻。"于伽说话时,始终不错眼珠地痴痴凝望着吉祥,脸上泛起微微的红润,随后恭谨地道了声"得罪",五指一划,琵琶声呛然而作。

泠泠的乐声一起,便如春泉穿山而来,瞬间曲声便增大了许多。龙台附近的观战者陡觉一阵恍惚,甚至再也听不到远近那些震耳的欢呼声了。

吉祥目光悠悠地望着远山,似乎在凝神听曲,并不急于出手。

琵琶声琅琅而作,初时如山泉喷涌,随即便如夏日飞瀑,激流倾泻,鼓荡奔腾。近台的观者初时还觉寒意凛凛,随后便觉浑身如被水流浸泡,呼吸艰难。许多人急忙掩耳向后退去。

吉祥却神色不变,甚至连悠远的目光都没有丝毫变化。

于伽皱了皱眉,双手连抖,琵琶声愈发急促。此刻台下还有几个胆大的旁观者,此时均觉眼前幻象连连,无数飞马踏云御风般冲来,各种幻象随着曲声不住变幻,忽如万马奔腾,忽如群犬撕咬,忽如巨蛇缠绕,千变万化,眼花缭乱。那些人不由发一声喊,仓惶后退。

"这还不是你最强的乐功吧?"吉祥终于轻叹一声,"乐功道术在于调动人心。真正的乐道,应该是随手而成。你能不能忘记你的琵琶?"

"忘记我的法器?那怎么成!"

"比如这样!"吉祥居次拔出了凤翅金刀。

刀光一闪,曲折盘旋,在空中生出了奇异的声音。那刀声铿然成乐,更隐隐有天马奔突的幻象生出。

于伽琵琶骤停,讶然道:"师姑也跟龙缺大巫学过乐道巫法?"

"没有!就算是我刚刚跟你学的吧。只是我这刀声幻术太过寻常,难以用来御敌。"

"师姑真是天才!"于伽又惊又佩,轻叹道,"我的乐道已经奈何不得居次了!但正如我先前所言,能与居次同台一战,已经是我人生中最大的荣光。请再听我此曲!"言罢五指挥洒,琵琶声宛转而起。

这一回已是纯粹的乐道,完全没有幻象生出,但哀婉的曲调却让吉祥居次生出一阵忧伤。

曲中有哀叹,有痴迷,有思念,有求之不得,有黯然离别,有相思缠绕。

"这是什么曲子?"

"这是动心之曲!"于伽痴痴望着她,"是龟兹国内一位乐道宗师思念恋人时所创的曲子。今日有幸,能专为吉祥居次弹奏。"

曲声越发缠绵,吉祥的目光也越加沉醉。她的眼前闪过许多画面,珠泪几乎便要滚落。

忽然，她移步挥刀，刀势起伏，节奏竟与乐曲的意蕴完全相合，仿佛是给那乐曲伴舞。

于伽见她翩翩起舞，宛然如仙，目光越发痴迷，修长的五指也拨动得越发缠绵，空气中那股相思的气息也越来越浓郁。

风在相思，树在相思，草在相思，吉祥居次的眼眶已经红了。

此时她气与乐合，刀与气合，心神鼓荡之下，一刀竟劈到了于伽的琵琶之上。

这琵琶是于伽苦练十余载的法器，与金刀相撞，发出呛然巨响，声如龙吟，经久不息。

于伽踉跄退开两步，随即再次长揖，叹道："多谢居次手下留情。"

只有他自己知道，在吉祥刀劈琵琶的刹那，琵琶已从他手中滑落。吉祥手疾眼快地抓住琵琶，又悄然塞回他的手中。

她的动作太快，旁人也只觉她的手动了动而已。

"实在抱歉，应该没有损坏你这把神奇的琵琶！"吉祥的美目中也是异彩闪烁，"这一首动心之曲，我很是喜欢。这才是你真正的乐道，今后在这条路上多下苦功吧！"

"居次指点，于伽每个字都会谨记在心！"

他虽然输了，整个人却是容光焕发，挥手拨出一道长长的乐音。众人听了，只觉有两只孔雀长尾舒展，在台上翩然来去，神思恍惚之际，龟兹乐师已经翩然下台了。

"恭喜吉祥居次首战得胜。"擂台旁的万灵宗长老望向本门的翘楚弟子，目露嘉许之色。

高台上的许多匈奴高手也都点头赞叹。他们都知道，于伽无论是在龟兹，还是在西域，都颇有威名。这一战虽然看上去轻歌曼舞，但于伽奏出的每一道音韵，都蕴含着极大的杀机。若是换另外一个人，很可能会输得灰头土脸。

但吉祥居次不但赢了，而且赢得轻松写意，风光无限，更让对手心悦诚服。

军臣单于大笑道:"伊稚斜,你手下河西五王这么多高手,看来还是我的好侄女最争气呀!"

这位匈奴至尊对自己的亲弟弟颇有戒心,但对其女则欢喜有加。

"是啊,果然还是吉祥居次魅力无敌呀!咱们草原上的火凤凰,名不虚传!"右贤王也不怀好意地笑着。

左贤王根本不搭理右贤王,只向军臣单于苦笑道:"大单于高看这丫头了。河西五王不过是些没见过世面的蛮汉,吉祥也是运气不错罢了!自然了,全赖龙缺大巫督导有方。"

一片赞誉声中,只有龙缺大巫依旧神色不变,目光中甚至闪出了些疑惑和忧虑。

龙台战罢,其余三台也依次开战。

须卜部落的高手须卜骄在虎台登场,对阵大宛的那位奇特巫师龙骑。张骞因为刚听过卓轻闲所说的"希腊"和"亚历山大大帝"的故事,特别留意了一下这位颇有"亚历山大大帝遗风"的巫师龙骑。

那龙骑衣饰奇特,头顶的怪异头盔和身上的青铜铠甲都是熠熠生辉,那把丈许长的双头枪尤其引人注目。

对阵之前,龙骑先在台上对日叩拜,口中喃喃念诵着"太阳神亚历山大大帝"等诸多名号,引得许多观者啧啧称奇。

"希腊是什么地方?亚历山大大帝是何许人也?"张骞心底的好奇更甚,"这位大帝一定是位很神奇的帝王,这才让其子民将其神化成太阳神,而且历经这么多年,仍这样诚心侍奉。"

可惜,擂台上最终都是修为、实力的比拼。

须卜骄一上来便以雪山罡锋全力抢攻,很快便将对手全面压制。

龙骑激战时连唤"太阳神赐我神力",但任是他如何大呼小叫,也无法抵御寒意透骨的雪山罡锋,数招之后,其双头枪和双刃短剑都被冻得结上了坚冰。

龙骑最终无计可施,只得抛枪认输。

军臣单于当然不知道亚历山大大帝是何许人也,但听到这大宛的巫师将什么大帝的名讳挂在口边，心中却大是不喜，此时见须卜骄只用不足半顿饭的功夫，便将对手打得服帖认输，不由大为得意，亲自鼓掌喝彩。

乌孙王子登台，不出意外地再次激起了阵阵欢呼。

猎帕赤裸着上身，现出隆凸雄健、线条分明的古铜色肌肉，大踏步登上马台。

"猎帕！""猎帕！""猎帕王子！"

千余草原女子有节奏地高呼着这位俊朗王子的名字，声势虽不及先前的吉祥居次，却也引发了一个小高潮。

猎帕的对手是匈奴流沙部高手卡明。这卡明精修的是一种名为"飞沙术"的巫法，运功施法之后，身前便有流沙涌动。

这些流沙不畏烈火，简直就是猎帕火系术法的克星。而且流沙的形状千奇百怪，擂台上甚至会突兀现出深深的沙洞，当真令人防不胜防。

猎帕在第一轮中气势太盛。一个来自乌孙的做"质子"的王子，当然不能如此出风头！匈奴王庭那边显然经过细致的研究，最终推出这位流沙部的高手与他对阵。

突然遭遇如此强敌，反而激发了猎帕的雄心和战力。

开始交手时，猎帕几轮烈火道术施出后，完全被对手的流沙术压制，他便故意示弱，步步诱敌，引对手全力抢攻。

卡明见猎帕已被自己全面压制，得意之下，便倾力进攻，只盼毕其功于一役。

不想猎帕早将天诛之火杂在气势汹涌的几道火系巫法中，对手狂攻不下，到强弩之末时，他忽然将天诛之火提到十成，全力反攻。

流沙虽然不畏烈火，但遭天诛之火炙烤多时，早已炽热难耐，每一粒流沙都如一点火星般灼热。此刻天诛之火反击过来，卡明猝不及防，被自己的流沙烫得遍体鳞伤，惨叫着滚落擂台。

猎帕大获全胜。他全身热汗淋漓，仍是彬彬有礼地向四周挥手，在无数女郎的欢呼中大踏步下台。

休屠城王府外，一堵石墙下，树荫蔽日，无比静谧。从这里能看到墙内祭天金人内院的高大屋舍。

甘夫悄然闪现在那片树荫下。

这里距天选盛会决战之地不过数里远近，甘夫比试获胜后便按约赶来此地。以他来去如风的脚力，完全费不了多少功夫。

"多谢张使君！他能顾全大局，百忙之中，还是将你派了过来。"姬诚从阴暗处转了出来，"兹事体大，希望你不辱使命。"

说来奇怪，这时候的姬诚再不是昨日悲愤长啸的那个落魄官吏，说话时又带上了姬副使的官腔。

甘夫点点头，也不说话。他素来懒得废话，对姬诚更是如此。

昨晚大哥张骞找到了他，对他秘授机宜。他听懂了大哥的话。那个姬诚居然是诈降，因为另有机密大事去做，至于什么机密大事，他其实不大明白，但想来大哥的话总不会是错的。

姬诚沉声道："我这是卧薪尝胆，你懂么？为了大汉……"随即想到，这甘夫只是个匈奴的奴隶，跟他谈什么大汉太皇太后的密旨，那才是真正的对牛弹琴，心中不禁便有些郁闷。

"好了，咱们依计而行！"他不耐烦地挥了挥手。

这个时间差，选得很好。甘夫最先登场，然后就迅速退出来。这时候应该是天选盛会最热闹的时候，休屠城内几乎空了。所有的人都赶去观战，王府和这祭天金人内苑，都应该比较安静。

姬诚是个极小心的人。为了筹备此次密探祭天金人内苑，他已预先试探过几次，不料王府和内苑都是戒备森严，令他险些失手。但姬诚这次选择了一个出乎所有人意料的时间。

他选择大白天动手。

他真的就这样带着甘夫从浓密的树荫下跳了进去，然后在王府内堂而皇之地向前行去。

两个护卫迎面走了过来，与姬诚相遇。姬诚很自然地向他们点了点头,他们居然也很自然地点了点头,仿佛是看到了多年的老友。

到底是出身于无为学宫,姬诚精通心神操控的秘术"目杀术",能在瞬间以眼神迷人心志。这门神通当然无法迷惑通明道灵境以上的高手,但姬诚就是在赌,这个关键时刻,王府内的高手应该都是随护着左贤王父女,去了盛会现场。

果然,二人一路轻松地穿过两重院落,进了祭天金人内苑的大门。

门前的两名护卫仿佛完全没有看到他们。

那漆金圆顶的穹庐已然在望。姬诚将目杀神术发挥到了极致,全身上下仿佛笼着一层薄薄的白烟,悄然闪到穹庐门外的一株老树上。

甘夫则继续大摇大摆地向大门行去。

"站住!你是何人?祭天禁地,闲人莫入!"一道洪钟般的声音传来。

一位须发皆白的老者挡在门前。

姬诚大凛,完全收敛起全身气息。这个万灵宗长老一身修为极为深厚,姬诚自忖,自己在这老东西手下撑不过十招。

甘夫却毫不在意,笑吟吟地走向那长老。他的任务就是负责缠住这位长老。

他亮出自己默勒部落甘都少爷的名号,并一脸兴奋地告诉那长老,自己刚刚晋升了天选八彪,所以特来见识一下名震天下的祭天金人。

"老夫听说默勒部落今年出了一位神奇少年。"白发长老微笑着望向俊美少年,"想不到你居然如此年轻!不过你现在还无法觐见金人。想进入这座穹庐,只有一个办法,更进一步,冲入四虎。"

"什么是四虎?"甘夫装作一脸天真。

"八彪之后,再进一轮便是'四虎'。四虎对决的胜者称为'双龙'。'双龙决'后,胜者称为'大天星'!"

甘夫知道匈奴人崇拜日月星辰,那么将天选盛会的头名称为"大天星"便很自然。他笑问:"前几次的大天星都是谁呀?"

那长老想来已是很寂寞了,说话间竟自穹庐内踱步而出,叹道:"莫说最后的大天星，就说四虎之后的双龙，都已经十年没有出现了。"

甘夫奇道："奇怪！为什么十年没有出现双龙了？"

"因为天选盛会不仅仅是生死搏杀。四虎晋升双龙，常常别出心裁，需要考校参战者的天赋与悟性。很可惜，这十年来的'双龙决'居然无人过关！"

甘夫昂起了头，道："我一定会过关，而且一定会成为最后的大天星！"

长老不由笑了："少年人有这个志气很好，但你现在才入八彪，距离大天星，还要有三关要闯，难啊难！"

"嗯，我忽然有了个不错的主意。"甘夫跃跃欲试地望着老者，"你就是长老会的高手吧，那么，能否让我见识见识你的身手？如果我胜了你，只怕拿下大天星，也就不是什么难事了。"

"胜了我？"那长老白须抖动，觉得甘夫可笑，"你可以试试！"

"好！"甘夫笑了起来。

就在这一抹如阳光般灿烂的笑容下，他欺身直进，出手如电，一拳轰向那长老的心窝，似乎生怕对方反悔。

白须长老仓促接招之际，姬诚已如一缕青烟般潜入穹庐内。

出乎姬诚的意料，这高大轩敞的穹庐内没有法阵，没有禁制，甚至……什么也没有，根本也没有什么金人。

四下里竟都是空荡荡的。

姬诚猛然咬了下嘴唇，终于看到一道淡金色的影子。他拼力凝定心神，那道影子慢慢清晰。

果然，那就是祭天金人！

那金人高近两丈，立在高台之上，显得无比壮观。

当时的中原，还没有正式的宗教，所以也就没有正式的神像。虽然当时汉地有西王母、东王公等原始神灵的崇拜，但形象还很简单。汉地关于人像的雕塑，最有名的便是当年秦始皇收天下之兵所铸造的十二铜人了。后来项羽火焚阿房宫时，将象征大秦帝国江山永固的十二金人毁去了十一个,唯一幸存的那一尊被留在了长安。

姬诚有幸见过那尊著名的始皇帝铜人。那铜人高可三丈,重达十数万斤,但那铜人的面部太普通了,完全比不得眼前这座祭天金人。这金人的眉宇之间带着一股悲天悯人的气息,让人一见之下,就想顶礼膜拜。

姬诚只觉双膝一软,竟一下子跪倒在地。

糊里糊涂地磕了两个头,再抬起头细看时,却见那金人形象越发清晰起来。他觉得那金人的目光太奇特了,似乎正在注目着某个神秘的事物。顺着那目光扭头看时,姬诚不由大吃一惊!姬诚只觉眼前一阵恍惚,才看到那里竟是悬着一幅标在兽皮上的山河舆图。

金人目光凝聚之处,正是那幅山河舆图,仿佛它正在对图凝思。姬诚盯着那幅图,浑身微微颤抖。那图上的每一个笔道仿佛都是游动的,他看到了高山崔嵬,看到了大河蜿蜒……

果然,匈奴、包括整个西域的山川河流,都在这张图上!

更让人惊喜的是,图上的文字,居然是汉字!对此姬诚并不太过意外:匈奴这个游牧为主的帝国虽然庞大,但文化贫瘠,甚至没有自己的文字。与大汉征战的同时,匈奴也在跟大汉交流,自然会吸纳汉家的文化。

"昆仑!昆仑在哪里?"

他激动地扑到墙边,仔细审视着那张图。

没费多少功夫,他就看到了祁连山和焉支山,但那些山川竟似是活的,注目一久,整个人的心神,似要陷入其中,仿佛进入深山,四面荆棘。

好在他精炼神意心法,急提罡气,这才挣扎而出。

随即,他便听到了一阵低沉而有韵律的隆隆怪响。姬诚知道不妙:这座看似禁制懈怠的穹庐内,仍是埋伏了自己难以察觉的可怕阵法。

姬诚急忙掉头向外飞退。他自来处事以小心为上,此时虽然宝山在前,但仍以先逃脱险地为妙。但飞退之际,他发觉,这座无比轩敞的穹庐忽然间变得窄小了数倍,似乎方圆不足五步。

更可怕的是,整个空间还在继续缩小。

姬诚感觉到空气正在迅速稀薄,呼吸艰涩。

他又惊又怒，全力向旁撞去。四下里连撞了数次，他黯然发现，一切的努力全是徒劳。

下一刻会怎样？自己会被急剧缩小的空间挤压而死，还是因空气抽干后窒息而亡？

他茫然抬头，那金人还在悲悯地看着他，此时那目光中更多了几分悲哀。

无处可逃！

那边的天选盛会上，又结束了两场鏖战，龙城十三部的金蛇王兰顿和呼延坦都顺利过关。

兰顿那只亦真亦幻的幻兽鸣蛇几乎是无敌的存在，并没费多少力气，就逼得对手自己跳下擂台认输。

呼延部落的呼延坦战胜了康居的安若，这让卓轻闲无比郁闷。

安若与呼延坦，对垒的二人站在一起，一个是高高瘦瘦的黄脸汉子，一个是窈窕婀娜的娇艳美妇，一丑一妍，天差地别。

安若的美貌，立时便吸引了许多观战闲汉给她大声呐喊助威。卓轻闲更是走到他们对阵的狗台下，亲自指点呼喝。

安若知道自己遇到了强敌，一上来便以香道幻术全力抢攻，诸般美妙奇异的幻境随着她释放的香药，铺天盖地般冲向呼延坦。

呼延坦也不敢怠慢，同时施出两只幻兽。那第二只似熊非熊的小怪兽再次显出神威，张口狂吸，竟将安若释放的所有香气都吞入口中。

香气消散的同时，由香气制造出的幻境也一并消失。看来这只奇异小兽，竟有专破诸般幻术的异能。

呼延坦大是得意，狂笑道："香喷喷的美女，乖乖认输吧！然后，嫁给我好了！"

安若的脸色有些苍白。她上来便全力施为，连连以香药制造出诸多幻境，委实大耗罡气，眼见呼延坦狞笑着逼近，不由茫然后退。

"只要你点一点头，答允嫁给我，我就让你风风光光地退下去。不然的话，我会让这两只熊崽子剥光你的衣裳。"呼延坦桀桀怪笑，驱使两只幻兽对安若形成一前一后的包夹之势。

"抗议，抗议！"台下的卓轻闲向监擂长老高叫道，"呼延坦出语污秽，实在辱没神圣的万灵天选盛会的名声！"

"不错！"那万灵宗长老怒目喝道，"呼延坦，只要你再多说一句脏话，我就判你输，而且取消你下届的参战资格。"

呼延坦脸色一僵，猛一挥手，那只巨大的熊怪咆哮着向安若冲了过去。

小山般的巨熊飞扑过来，此时擂台上却忽然变得一片漆黑。

此时尚是午间，秋阳正炽，但这座擂台却忽然间陷入黑夜之中，仿佛被一只无形的巨大罩子笼住了，没有阳光，也没有星月之辉。

旁观众人惊呼声中，黑漆漆的擂台上燃起了一盏灯。

灯在安若的手中。

满台黑暗，一灯独明，手持明灯的安若宛然如仙，如梦如幻。

卓轻闲的大声抗议，给她争得了极其难得的一瞬喘息之机，康居美女匆匆燃起那盏灯。灯中有其秘制的香药，立时造出"白日暗夜"的独特幻境。

"这障眼法骗得了谁来！"呼延坦冷哼声中，如电般冲到，一把揪住安若的香肩。

这时他不敢多说脏话，手上加力，想将这美女彻底制服。哪知才扣住她软绵绵的肩头，却觉得手下一空，竟只是抓住一只香囊。

这持灯俏立的安若竟是假的。

呼延坦一惊之际，背后风声飒然，安若那迅若雷电的一刀已劈了过来。

眼见她就要反败为胜，蓦地一声怪啸，那只瘦小熊怪忽然张口狂喷，一股浓郁甚至有些怪异的香气喷涌而出。

这正是它先前吸进的所有香药，此刻一股脑地吐了出来。

安若那一刀本已劈中呼延坦的肩头，但见那小兽喷回香药，登时一惊。她的幻境都需那些香药来维系，这时突如其来的许多香药涌来，"白日暗夜"的香药平衡便完全被打破了。

噗地一声怪响，擂台上的暗夜忽然消失，白灿灿的阳光倾泻而至。

呼延坦虽中了一刀，伤却不重，此刻见眼前大亮，忙运起神行术，向旁飞窜，同时驱使幻兽扑击安若。

那巨大熊怪如小山般当先扑到。却不料红影一闪，安若已飘身跳下擂台。

"白日暗夜"的幻术，已耗尽康居美女的大半功力，此刻幻术被破，那一刀又被呼延坦躲过要害，她自知再无胜望，便当机立断，自行退出。

呼延坦肩背上血流如注，满脸狼狈，怒冲冲地奔到擂台边缘，向着台下的安若哇哇狂叫。

忽然间，一缕怪异的冷风扑面袭来，呼延坦一凛，忙向旁避让，忽觉腰间一凉，裤带竟不知被什么东西割断了。眼见外裤向下落去，呼延坦大惊，急忙一把揪住。

台下众人见状，立时响起阵阵哄笑。卓轻闲冷笑一声，抖了抖袖子，见安若一脸惊喜地望向自己，忙笑嘻嘻地扶着佳人，走回毡帐。

监擂长老哼了一声，将狐疑的目光从卓轻闲的身上收回。他也讨厌呼延坦，所以干脆装作什么也没看见。

"本台胜者，呼延部落呼延坦！"

在监擂长老的吆喝声中，呼延坦面红耳赤地提着裤子下了台。

自盛会开战以来，获胜者如此狼狈下台的，这还是头一位，一时间哄笑声此起彼伏。

这一场闹剧之后，姑师国师胡忧手捧狐神图登场。

这一阵姑师大巫略显麻烦了一些。他的对手是一位精通阵学的高手，在擂台上调动地煞，配以独门巫术，身形忽隐忽现，诸般法器从四面八方向他疯狂袭来。

胡忧在擂台上被对手"砍死"了三次，但每一次"死后"，又都在擂台的某处角落"复生"。

原来胡忧同样精通阵学，而他的幻术更是超乎寻常，每次生生死死，都是最高境界的幻术展露。在第三次"死而复生"之后，对手的心神终于濒临崩溃。

胡忧就在那一瞬间抖开狐神图，一张巨大的图卷在擂台上凭空出现，光华缭绕间，对手大叫一声，颓然倒地。

姑师国师这一战虽较上轮费了些气力，但获胜之快仍与须卜骄不相上下，展现了深不可测的强大实力。

一路鏖战至此，甘夫、吉祥居次、金蛇王兰顿、乌孙王子猎帕，须卜骄、呼延坦和姑师国师先后过关，万众瞩目的天选八彪已经决出了七位。

"巨人部落铁锤康力，对阵汉家使团……张骞！"监擂长老的这一声长长吆喝，让高台上的吉祥居次瞬间脸色苍白如纸。

她身份极高，又颇得军臣单于青睐，获胜之后便又回转到高台上观战，但心中却一直惴惴地等候着汉家使团的最终出战者。

果然，还是他！

这个心坚如铁的家伙，这个一意孤行的疯子！

甘夫已躲开白须长老的第三记重拳。

两个人都没有动用兵刃，但灌注罡气的拳脚比拼更加凶悍可怖。

这白须长老显是一位阵学高手，每一拳都隐含着阵学，同时还笼罩着符法、巫术和神意攻击。

"符阵机药意巫剑"，这天下七妙，除了机关术、药学和剑道之外，这老者居然能在一招之际，施展四妙。

突陷绝境，也激发出甘夫的绝世资质。他仗着身法如电，全力腾挪，每次都在间不容发之际，如一股风般从长老的掌下逸出。

但这三次逃脱，却是一次比一次困难。甘夫又察觉到了，那股沉厚罡气已渐渐生出凝滞之势。

他知道，虽然这些日子艰难钻研、融会苦练，但自己还是难以驾驭那股气。两轮擂台决战时，运气倒还不错，那股气还算听话，此时自己遇到的这位万灵宗长老早已经踏入天元道境界，也许下一刻，自己就会如同在天幻堡内一样，罡气如山洪般在体内冲荡不休，浑身僵硬，寸步难行。

"少年，不要不知好歹！"长老已由初时的惊喜变成了愠怒，"你当真以为老夫不会痛下狠手么？"

"合！"一声低喝，他双掌骤合，一股恐怖的威压随掌而出，仿佛是两座巨大的山峰凌空挤压过来。

他双掌之间闪烁着强大的符文，双眸间显现杀意，口中喃喃喝出巫咒。

无形的山峰随着符、阵、意、巫的四力调动，向甘夫疯狂撞来。

甘夫连换了七八种身法，但无形山峰却如天罗地网般层层挤压过来。

"困！"长老的双掌慢慢合拢，相距不足尺余。

甘夫发觉自己被无数巨石困住了。

无形无相的巨石，每块足有百斤，如怒潮般向他砸来，锁住他的双腿，挤住他的腰，再淹没他的头。

无处可逃！

甘夫想张口大叫，但那股气提到胸腔，便再难冲向喉头。罡气缠身的老毛病，在天元道灵境大宗师的力压之下，再次袭来。

强烈的窒息感汹涌而来。那是一种似曾相识的痛苦感觉，与当日被困天幻堡时一样——无法进退，无法动弹，甚至无法说话。

体内的热流越来越强，不住冲荡着他的身躯，甚至洗涤着他的灵魂。

体外的威压则在万灵宗长老符、阵、意、巫的催动下，不住增强。

"少年，还不屈服？"那长老见他始终不肯张口认输，怒意更增，"你已经成功地耗尽了老夫的宽容。"

他的双掌继续合拢，间距已不足半尺。

甘夫忽觉全身的血液凝固了，沸腾了，燃烧了。蓦地，一股热浪从胸臆间腾起，少年仰头长啸，奋然扬手。

乱石崩飞，怒潮倒流，急速挤来的山峰骤然停住聚拢之势。

甘夫扬起的手中擎着一根铁棍。

那是雷震子留下的巨棍。此时看上去那棍子并不大，乌沉沉的毫不起眼。随着他这扬手一撑，铁棍却发出强悍之极的气息，如一条刚刚苏醒的怒龙，扬眉吐气，吹散漫天乌云。

那长老不可置信地瞪大了双眼。无形巨峰被破去的同时，他也全身剧震。

一棍撑开了无形乱石和无形巨峰，也同时撑开了整个天地。

"多谢！"甘夫居然缓缓收起铁棍，向那长老深深一揖。

那长老也长舒了口气，望向甘夫，越发惊疑，说道："恭喜！少年，你的一只脚已经踏入天元道了！也许用不了多久，你就是这世界上最年轻的天元道高手。我白头长老的话，从无差错。"

便在此时，白头长老听到了传自穹庐的低沉韵律，他暗自一惊：难道有什么人胆大包天，竟敢突破禁制、闯入祭天穹庐？

在匈奴乃至河西，只要有草原的地方，都流传着巨人的传说。有人说巨人是天神，下凡后难以回归天庭，就只能在草原上流浪。有人说巨人其实就是一种罕见的怪兽，似人似猿，来去如风。

所有的巨人传说都有一个共同点：巨人力大无穷，神力莫测，都很残忍。许多草原牧民诅咒时，有时会说，愿你明晚遇到巨人。

铁锤康力所在的部落，号称"巨人部落"，据说是草原上的怪异巨人对这个部落的高大女人情有独钟，曾有几次神秘的"临幸"，于是生下来许多身材高大的巨汉，这些巨汉无一例外地都拥有奇高的修炼资质。

康力就是从这样的数十名巨汉中脱颖而出的佼佼者。据说他天生浑身如铁，刀枪不入，所以得了"铁锤"这样一个绰号。

此刻铁锤正傲立在虎台上，向远近的观者们展示他隆凸得有些恐怖的肌肉。他随意做出的每一个动作，都引起观者们的阵阵欢呼。

然而转瞬间，欢呼声便化作一片嘘声。

是张骞登台了。

他依旧是一身汉服。整个人的衣饰显得过分儒雅，虽是襟袍紧束，仍是显得与这生死拼杀的天选盛会格格不入。

在无尽的怒喝、嘲笑和咒骂声中，他静静凝立，淡漠地望着身前的巨人。

四下里的呐喊嘈杂声，如怒潮般汹涌起伏，他却如一块冷硬的岩石。

一个人，对抗整个帝国。

遥遥地望见张骞那有些倔强、甚至倨傲的眼神，军臣单于感到非常不舒服。

"不但要让他输，还要让他输得惨，惨得一塌糊涂！"军臣单于冷冷地对右贤王念叨着，"当然，要留他一条命。我还要收服这头犟驴。"

右贤王连连点头："单于放心！这些话儿，早已叮嘱过铁锤了。"

台上，张骞对面的的铁锤却有些疑惑。他敏锐地探查到，对手根本没有任何修为。

一个没有修炼过术法的家伙，为什么站在天选盛会的擂台上？

铁锤觉得自己有一百种方法弄死对手。他事先就领受到右贤王"尽量羞辱、但不要杀死对手"的吩咐，但他也暗中收了韩当的百两黄金。那可是实打实的黄金啊！而且韩当还承诺，事后会有十款上等宝石的酬劳。

条件，是在擂台上杀了张骞！

虽然铁锤一点儿也不喜欢韩当这家伙，但要装作失手、杀了张骞，应该很简单，然后便会拿到那些自己二十年都挣不到的钱财。

就在铁锤深感疑惑之际，张骞拔出了剑。这把陆鸦散人遗下的巨剑，此刻已经缩成只比匕首略大的小剑。

旁观的闲汉们指点着那把有些寒酸的小剑，爆出又一阵哄笑。

铁锤却没有笑。不知为何，这把锈迹斑斑的小剑带给了他一丝不同寻常之感。

张骞短剑横胸，忽然向旁边踏出一步。他的步法很奇特，那是一种与八卦相配的奇门步法。

铁锤没有出手，只是目光阴沉地盯着对面这个奇怪的对手，暗暗蓄势。

张骞越动越快，每一步都依着某种奇特阵理踏出。

"你在布阵？"铁锤终于冷笑起来，"在我们部落的修法中，有一门极为艰难的巨石阵，据说就是巨人流传下来的。明白么？我们也懂阵法！"

张骞不语，仿佛是在回答对手似的，他的肩头忽然耀出一道光华。那光华极盛，让所有人都吃了一惊，也让正准备重拳轰击的铁锤心中再紧，凝目细瞧。

光华散去，张骞的左肩上探出了一只小兽。

那竟然是一只壁虎！

这壁虎探头探脑的样子有几分胆怯，更有几分可爱，但与擂台拼杀的强悍幻兽形象完全不搭界，于是便显得无比滑稽。

近台的观众们愣了一下，不知是谁当先大笑起来："看，那是只壁虎！"

笑声再次腾起，虎台下立时变成了哄笑的海洋。这个汉人太好笑了！他一本正经地登台，一本正经地扬起一把锈迹斑斑的砍柴剑，然后又亮出一只奇特幻兽——小壁虎。那小壁虎显然被潮水般的笑声吓坏了，正在张骞肩头局促不安地转着圈。

笑声迅速蔓延，甚至连高台上紧张观战的匈奴权贵们都大笑起来。军臣单于将刚灌入口中的马奶酒狂笑着喷出，溅得满襟都是。右贤王抱住肚子大笑，太子于单笑得流出了眼泪。

只有吉祥居次没有笑。她微欠着身子，紧紧攥住凤翅金刀的刀柄，美目中满是忧虑。

铁锤也现出一丝哂笑。他不想让这个闹剧再继续下去了。他猛然挥拳。

这一拳看似极随意，巨拳上却带起恐怖的罡风。怒风呼啸，催动张骞长发襟袍倒飞而起。

张骞奇特的步法正踏到最后一步，然后是一剑劈出。

他没有过任何术法修炼，但钻研阵学已有独特心得。此时他虽只劈出一剑，但先前踏步飞转的阵法威力同时发挥了出来，这一剑就如同他从先前踏过的每一个方位劈出。

剑势繁复，犹如群星错落。虽只一剑，却似有数十剑同时劈落。

铁锤的眼中闪过一丝凝重：这汉家使者果然阵学造诣非凡，这一剑已是世间阵学的极致！

可惜他完全不通修炼之道，所以这看似精彩的一剑对自己其实没有太大的威胁。

铁锤的拳风随之一敛，然后出拳。这一次，恐怖的巨拳居然没有带起一丝罡风，这巨汉竟将所有的罡气都深深内敛，集中全力，攻其一点。

拳风中忽然现出一个巨大的龙头。巨人部落修炼出的幻兽也是出奇地庞大，虽只一个龙头，却极为庞大狰狞。

下一瞬，张骞那如繁星飞坠的剑势忽然消散，那把砍柴剑的剑刃已被康力握在掌中。

张骞双手握剑后挣，但那把剑却纹丝不动，仿佛牢牢铸在铁锤康力的手中一般。

巨汉的脸上浮出一丝狰狞的笑意，猛然翻腕，跟着抬腿踢向张骞的胸口。

这一脚看似随意，实则刚劲内敛，踢得实了，会将对手踢得五脏俱裂。但康力可以说，这是失手所致，无论是右贤王还是大单于，都说不出什么，毕竟对手太弱了，而他铁锤康力则会顺顺当当地去领取韩当的赏金。

白头长老有些郁闷地奔出穹庐。

穹庐内一片静谧，看上去毫无异状，但适才那法阵示警的低沉韵律是怎么回事？

他茫然望向穹庐那高耸的金顶，这时才留意到，一缕箫声正袅袅远去。

远去的箫声，仿佛正自他的心魂深处抽走什么。这时候，白头长老才感到深深的恐惧，那是一种让他全身寒毛倒竖的恐惧之感。

吹箫人的修为显然可用深不可测来形容。

这时，白头长老忽觉眼前一花，却见龙缺大巫的身形已凝立在那金灿灿的穹庐顶端。白头长老又惊又喜：大巫不是陪着大单于在高台上观战么，怎能忽然间来到这里？难道是……传说中的身外化身修法？

"你既然来了，为何总不现身？还是留下来，多住几日吧！"龙缺对着西北方的天空，语声中满是热切。手中的黑木杖头雕着的蟠蛇也仿佛活了过来一般，蛇头微微扭动着，似在探查着什么。

"少费些气力吧！"吹箫人咯咯地笑着，那是个女子的笑声，只是声音却似又远了许多，"除了我，其实你也一直在等着那个人过来吧！不是么？可惜你开的价码太低，引不来他的。"

"青霄，难道还不高么？"龙缺的声音罕见地有些郁闷，"无为学宫、万灵宗和昆仑道，只要集你我三方之力，一定能破解昆仑之秘。我都甘愿敞开祭天金人的秘密了，为何你们却不能听从我的建议，敞开你们的心底？"

"听从？然后呢，最终我们为你做嫁衣？"昆仑道的大宗主优雅一笑，"我来这里，其实是偶然。我那位老友支离舒，近来似乎跟你走得很近啊！"

听得"支离舒"三字，龙缺的眸光骤然一厉，沉声道："宗主说得不清不楚！还是请留下来，聊个痛快！"

大巫的身形忽然动了，疾扑向东北方。白头长老只觉自己眼前再花，龙缺的身影已投入东北方的一株胡杨老树下。

"别在这里耽搁时间了！张骞的首次登台，你当真要错过么？"女子婉转娇笑着。

这句话显然让龙缺生出了一丝疑惑。

随即胡杨树下便传来一声闷响，白头长老觉得大地都微微震颤了一下。

下一瞬，他看到龙缺依旧凝立在苍穹的金顶上，仿佛从未动过，只是那凝望远处的目光有些惆怅。

就在铁锤将要夺下张骞短剑的一瞬，红光乍吐，那只一直畏缩着盘在张骞肩头的壁虎忽然动了。

火红的壁虎跳了起来，带着耀目的红光，冲向空中那只巨大的龙头。

台下的笑声沸腾了。那只可笑的壁虎竟然要挑战狰狞的巨龙，这可笑的行为跟那个可笑的汉家使臣竟是如此相似。

但不知为何，空中的巨大龙头却仿佛嗅出了强烈的危险。它张口长吟，龙头后忽然显现出庞大得有些恐怖的龙身，仿佛一座小山般横亘在虎台上空。

但下一瞬，壁虎便撞上了龙头。

龙头随即在空中爆碎。

红色壁虎继续飞进，空中的巨龙被撞击的四分五裂。

那一道红影如电掣星飞般冲破如山的拳影，撞在铁锤飞踢的大腿上。

咔嚓一声，铁锤腿骨折断。同一刻，张骞猛然一抖手，那把毫不起眼的锈剑忽然闪出夺目的异光，剑芒暴吐，仿佛化成了一把顶天立地的巨剑。

康力握住剑锋的五指齐断，腿骨骨折的剧痛也钻心般传来，令他发出如雷的惨嚎，小山般的身躯轰然跪倒。

那把剑已经稳稳地横在康力的颈下。

"如何？"张骞冷冷地盯着他。

康力虬髯密布的大脸已是苍白如纸，不是因为断指折腿，而是因为锈剑上耀出的恐怖剑芒。那是他这一辈子都没有见过的强大而恐怖的气息。他所有的杀气和战意，都这一剑的剑光吓得烟消云散。

凛然之剑，一剑夺魄。

自壁虎飞扑，到张骞横剑敌颈，都不过是电光石火之间。前一刻还笑得前仰后合的看客们愕然止住了笑，目瞪口呆地望着虎台。

他们看到，匈奴龙城十三部中不可一世的巨人铁锤，这时候居然满身鲜血地跪倒在那汉家使臣面前。

霎时间满场如死了一样寂静。

高台上的右贤王脸如死灰，哆嗦着说道："妖术，这汉人会妖术！"

没有人搭理他，因为这万灵天选盛会比拼的本就是妖术巫法。

所有的匈奴权贵们都觉得失魂落魄，脸上无光，只有吉祥居次轻呼一声，忙又伸手掩住红唇，美目中闪过又惊喜又疑惑的神色。

军臣单于几乎便要拍案而起，却强忍住了，扭头望向一直静如止水的龙缺大巫："怎么回事？"

龙缺大巫睁大了一直微眯的双眼。实际上，他刚刚自祭天穹庐前"赶回"，与昆仑道宗主青霄的一场心神较量，让他微露疲态。

"那只不起眼的壁虎，应该是一只极为恐怖的妖兽，不知怎地却对他如此驯服。"龙缺的声音中也罕见地充满了疑惑，"还有那把剑。那本是一把极强大的法器，最让我奇怪的是，张骞本应无法御使那把剑。"

众人将无比震惊的目光投向张骞的那把剑，此时那剑上虽然仍然满是锈痕，却已耀出一抹凛然的杀气。

张骞便在无数道惊疑、震撼的目光中收了剑，转头望向监播的万灵宗长老。

那长老也是面如死灰，终于长叹一声，喝道："虎台之战，汉家使者张骞大胜！"

第六章

烈焰龙吟,雪影丹心

"你看到了那张图,但最终你什么都不记得?"张骞凝望着姬诚。

这是一次很机密的会面,张骞不得不选择向义弟猎帕借了一座毡帐。身为乌孙王子,猎帕这边仆从甚多,更有大小毡帐数间。张骞选了最不显眼的一座小毡帐。

"看到了。可那张图太神奇了!我看到了许多,但现在……我什么也想不起来。"姬诚盯着案头的羊皮,终于颓然投笔,愤愤地抓挠着头皮。

"那图如此紧要,定然是设了高妙的符法禁制。"卓轻闲黯然吁了口气。

"最后是谁救你出来的?"吕英问。

这才是个更大的疑问。姬诚触动法阵,白头长老已听到警声赶来,但一个神秘人突然出现,将姬诚神不知鬼不觉地救下。

更奇的是,据说龙缺大巫也已被惊动,赶往现场,虽然不是真身。那神秘人在龙缺眼前,还能顽强地将姬诚救走,这份神通简直是惊世骇俗。

"不知道。"姬诚继续摇头,"连已踏入天元道的白发长老都没有感知到，那个人的境界当真是深不可测！我则是只感觉到一团白茫茫的影子。"

卓轻闲暗自松了口气。他并不想让大家知道太多师尊的消息。这一次师尊青霄能出手救下姬诚，完全是侥幸。应该是师尊突然来了兴致，也许是她也不愿姬诚露馅，那样很可能会让包括自己在内的使团中人全部暴露。

匈奴已经过于强大，师尊既然想博弈天下，那么一定要将棋子的力量调整好。

"姬副使受苦了！虽没有洞察舆图的机密，我们也不是全无所得。"张骞环顾众人，"至少，那张神秘的撑犁山河舆图是存在的。剩下的事，就看我和甘夫的了。"

众人的心都微微一紧。他们知道张骞话中的深意，只要张骞和甘夫再胜一阵，就能堂堂正正地看到那张图。

张骞力胜铁锤康力后，天选盛会八彪已定。当日便由左贤王亲自主持，确定了四虎之战的对阵形势。

甘夫对阵姑师国师胡忧。

吉祥居次对阵上一轮出丑过关的呼延坦。

金蛇王兰顿对阵乌孙王子猎帕。

张骞则对阵最被军臣单于看好的须卜部英锐青年须卜骄。

无论是甘夫，还是张骞的对手，都是极其强硬的高手。

在甘夫、卓轻闲的毡帐内，张骞将人都聚在一处，商议对策。

"胡忧手中那张狐神图，是个极大的麻烦。"张骞眼中满是忧色，"你们谁知道这东西的来历？"

众人都看过胡忧施展狐神图。那张画有巨大狐狸头的怪图一出，便能"收人魂魄"，委实威力强大莫测。

卓轻闲沉吟道："相传胡忧那狐神图的巫术，是来自于西王母一脉的术法！"

"西王母？"云裳感到奇怪，问道，"那不是咱们中原的女仙之祖么！怎地胡忧这姑师人会她的术法？"

自先秦时，中原便开始流行对于西王母的神仙崇拜，至汉初更加深入民心。中原百姓都相信，西王母是天界女仙之首，居住于昆仑山，统领万仙，掌管不死神药。

"月侠你是只知其一，不知其二。我中原固然极为盛行西王母崇拜，西域诸国西王母的传说同样风行，而且更为丰富多彩。"

卓轻闲钻研野史故事的癖好又发作了，摇头晃脑地说道："在中原，西王母是个无所不能的女仙。据本公子搜罗的野史《西域杂编》中记载，西方古代曾有西王母国。西王母为其国主，也就是部族首领，同时也是该国最著名的大巫。这位大巫女国主神通无敌，精通各种术法，尤擅药学，所以世传西王母掌管不死神药……"

"擅药学，不死神药。"云裳说道，"看来西方的这位西王母，和咱们中原的西王母女仙，倒有很多相似之处。"

"岂止是相似，根本就是一位！只不过一为人，一为神，而西域的传说，要更接近于西王母的本源。听说在西域还有一处凶险禁地，名为'幻冥渊'，那里面还有所谓的'西王母陵'呢。"

卓轻闲说起这些野史来，不由得小眼放光："吕瘦猴，本公子考考你，我中原可还有西王母一脉的术法流传么？"

吕英摇了摇头，说道："在中原，虽然盛行西王母崇拜，奉其为掌管长生不老的女仙，但西王母一脉的修法颇为神秘。不知为何，其术法甚至被各派斥为旁门左道。"

张骞看了眼甘夫，有些恍然地说道："还记得当日陆鸦所说的话吗？哪怕是在昆仑道中，现今也是经派占上风，只认轩辕黄帝为昆仑之主，并不承认西王母。"

听他们说起"昆仑道"，卓轻闲的小眼亮了亮，摇晃着白胖大头，笑道："西王母信仰在中原的盛行与衍化，其实是一篇极为有趣的野史考据，本公子改日再跟各位细说。吕英，这道题本公子算你答对了。咱们接着说那大巫胡忧手中的狐神图。

"诸位可还记得咱们中原的西王母图么，那画中西王母的身边，一般都围侍着九尾狐、青鸟、三足乌等奇兽，以呈示祥瑞与子孙兴旺。而在西域传说中，大巫西王母就养有一只神兽……九尾天狐。后来这只神兽从西王母身边走脱，成为一代妖王，被西域人奉为'狐神'。"

（作者按：目前发现的带有九尾狐陪侍形象的西王母画像砖，最早出现在东汉时期的墓葬中，砖画中有作为祥瑞的九尾狐、玉兔、三足乌等环侍在西王母身侧。本故事所述的西汉汉武帝初年，是否有此类型的西王母画像存疑。文中卓轻闲所云，纯为小说家言，方家不必深究。）

"九尾天狐……狐神？"吕英奇道，"难道就是传说中十大凶兽的第一名？"

卓轻闲沉吟道："东方朔在《异兽谱》中曾评出上古十大凶兽榜，榜上第一名便是九尾狐。在《山海经》的《南山经》、《海外东经》等篇中，也有九尾狐的记载，所谓'青丘之国，其山有狐，九尾'云云。但对此神兽，连见闻广博的东方朔都所知不多，只笼统说了句妖力强大而已。

"据本公子考证，《山海经》中的九尾狐，极可能便是西域传说中的九尾天狐。九尾天狐之所以妖力无边，便是它极擅元神攻击。在这张狐神图上，应该有九尾狐神的强烈术法印记。"

"元神攻击！"张骞忽地双眸一亮，笑道，"我这里有一个多嘴懒货，也最擅元神攻击呀。"

话音未落，蜃龙已在他袖中搭了话："老子既不多嘴，也不懒惰！说到元神术法，除非九尾狐亲至，否则老子才是真正的元神术法的祖宗。"

众人全都笑出声来。

张骞也笑了："甘夫，听了这多嘴懒货的话，看来我们还是大有机会。不过，那胡忧除了神秘莫测的狐神图，应该还精通阵学。现在我便跟你说说，如何破他的阵学……"

他说着挥了挥手。众人明白，此刻多方人士会聚于此，颇易泄露踪迹，当下除了甘夫留下听从张骞指点，余人各自退了出去。

一番详细指点后，张骞便也要起身离开，这时猎帕却急匆匆地赶了过来。

"大哥，你说我该怎么办？"乌孙王子一脸愁容，见帐内再无旁人，便叹道，"刚才安若姐姐带来乌孙国内的最新消息：父王病危，大哥很可能要登上王位了。"

"安若是康居商人，这消息准确么？"

"她在乌孙的买卖做得很大，商队与许多乌孙权贵有结交。"猎帕闷闷地搓着手，"现在大哥已视我为眼中钉，如果他成为乌孙昆莫，我只怕……"

（作者按：乌孙人将自己的大首领称为"昆莫"。）

"你现在只有一条路！"张骞盯着他，缓缓道，"回到你的国家，夺回你的昆莫之位。"

猎帕一惊："可小弟的身份，还需在这里做一名质子呀！"

"你是十来岁时来此做质子的吧？那时候还是军臣单于的父亲老上单于当政。也就是说，你做质子，是老上单于的安排。现在的军臣单于，对你这质子已不那么看重了。而所谓质子，就是一国之质，以防范该国叛乱。如果令兄谋得昆莫之位，他若想抗击匈奴，又何须在意你这位在匈奴的质子是死是活？"

猎帕一凛，道："不错！这道理只怕军臣单于也很清楚。"

"你眼下只有两条路，一条路是委曲求全地活着，永远对匈奴卑微，永远提防着你大哥派来的杀手；另一条路是杀回故国，死里求生。此外再没有第三条路！"

"好，我会听从大哥的话。"猎帕给他熠熠的双眸紧盯着，也不觉胸中发热。一直以来的质子身份，让他学会了委曲求全地活着，而将所有的雄心和天资都投到苦修术法上。直到此刻，听到张骞单刀直入的话，他才发现自己的心底其实一直燃着一团火。

杀回去，夺回属于自己的一切！

"然后呢，你掌控了乌孙，就会发现乌孙一直在虎视眈眈的匈奴掌控下，举步维艰。你想过没有，乌孙要怎样生存？"

猎帕再次愣住，想不到这位义兄居然想得如此深远。

"是的，乌孙一直很艰难。"猎帕其实一直在暗中留意西域的大势，这时怅然点头，"匈奴始终对我们盯得很紧。我们虽是匈奴势力之外的西域第一大国，论军力却与匈奴不可同日而语。我们又能如何？"

"最好的办法就是联络大汉，对抗匈奴！"

"联络大汉？"猎帕惊望着他的义兄。据他所知，大汉还全然没有力量对付匈奴，自顾不暇，又怎能帮助乌孙？

"贤弟有所不知。我大汉远比匈奴疆域广大，又远比匈奴文明富足，只是疆域内马匹太少，这才在前面的战争中吃了些小亏。这些年来，经得文景两位先帝的休养生息，我大汉励精图治，已是国势大振，终有一日会横扫匈奴，将其赶回漠北去。"

见猎帕还在沉吟不语，张骞拍了拍他的肩头，笑道："当然这些都是后话了。不过贤弟要明白当前大势：乌孙之于大汉，是一位强援盟国。大汉不会觊觎西域，自然也不会觊觎乌孙。而乌孙之于匈奴，则是一块嘴边的肥肉，时刻要吞之而后快。"

猎帕的心突突乱跳。他知道张骞并没有夸大其词，乌孙有带甲强兵十余万，但西北却与匈奴接壤，始终是匈奴的心腹之患。

"我会记得大哥的话。"乌孙王子重重点头。

张骞的眸子熠熠生辉。纵横道的传人，运筹的都是天下大势。此次出使重任，虽是向西联络大月氏，但东联乌孙，北抗匈奴，其实是张骞很久以来深思熟虑的另一大运筹，只要此事奏功，匈奴便如同断了右臂。

"一言为定！"他伸出手来，和猎帕狠狠相击了一掌。

"自然了，当务之急，还是贤弟能夺得乌孙昆莫之位。其实贤弟想过没有？如果你能谋得王位，对军臣单于未必是坏事。重要的是，你要让军臣明白你的心意。"

"如何才能让他明白？"

"汉家的学问有诸子百家之说，为兄我之所学，号称纵横家。其实纵横家之学，脱胎于道家的老子之说。相传老子曾对他的弟子说，人最坚硬的地方是牙齿，最柔软的地方是舌头，但人老之后，最坚硬的牙齿都会掉光，而最柔软的舌头会始终存在。这就是道家所谓的'柔弱胜刚强'！"

"柔弱胜刚强？"猎帕再次怔住，"请大哥教我！"

他自幼长于草原，习惯了长弓烈马、快意恩仇，以强胜强，这种以柔克刚的至理，还是头一次听说，顿觉眼前一亮。

"这次天选盛会的四虎之战，就是一个极好的机会。面对拥有鸣蛇幻兽的金蛇王，你想怎么打？"

张骞灼灼的目光仿佛幽深的古井。

两日后，鼓响擂开的八彪进四虎之战，马上要在最大的龙台上依次展开。

虽然这四战的每一战都万分引人注目，但当吉祥居次踏上龙台时，还是让所有看客们都激动得双眼冒火。

天选盛会虽已确定为三年一选，但美艳女子登台较技的情况并不多，何况这次是艳绝天下的吉祥居次亲自登台。三年前的吉祥居次还未曾出师，三年后的吉祥呢，凭她的超人资质，也许早已修为大成，再不会参战了。

此刻，吉祥居次一身红袍，艳如胭脂，当真如一只明丽绝伦的火凤般傲立台上。

上一轮辛苦击败康居美人安若的呼延坦此刻有些紧张，一张黄脸紧绷绷的，阴郁的眸子中满是戒备之色。

他这时候才有些后悔：第一轮不该割了黑利斯的舌头！与河西五王结怨倒没有什么，但河西五王上面的这位左贤王实在不好惹。

而现在他面对的正是左贤王的千金，修炼资质几乎碾压整个匈奴族群的吉祥居次。

从吉祥居次冰冷的美目中,他显然明白了些什么。所以开战之后,呼延坦不敢有丝毫轻敌,直接将巨熊幻兽施出。

巨熊挟着怒吼凌空扑下,势如山岳般压向吉祥。

观战的张骞远远望着气势汹汹的巨熊,脸孔不由一紧。旁边的师滢忽问:"看她比武,你是担心么?"

"是有些紧张。"张骞转头望着师滢那朝阳下有些苍白的脸,轻叹了一声。

他知道她的心,但并不想骗她,顿了顿,又道:"很奇怪么?如果是吕英在上面打,我同样会紧张。"

师滢轻吁了口气,神色缓和了些。她知道他们曾一起跋涉闯关,相互救助。他们之间这样,原也是应该的吧!

就这么几句话的功夫,吉祥居次已经躲过巨熊的十余次扑击,险之又险,却又履险如夷。

巨熊虽然形体如山,但因为是幻兽,行动快捷如风。饶是如此,连环扑击之下,却仍旧沾不到吉祥居次的一片衣角。

台下的惊呼声一浪高过一浪。开始时,众人是担忧和震惊,后来则变成了欢呼。所有的看客都看出,吉祥实在是游刃有余。

"她是在戏弄对手?"师滢的修为极高,这时却有些疑惑。

"不纯粹是戏弄。那也是一种战法,她要彻底摧毁对手的信心。"张骞眉头微蹙。

让你尽展所能,却又能奈我何?这么做,当然会让对手的信心迅速崩溃,但必须要有强大的实力保证,要冒极大的风险。

此刻,巨熊又一次凶悍扑击走空,它的胸部蓦地裂开一条缝,那只小熊从裂缝中电射而出,疾扑吉祥。双熊本就是幻兽,全无穿胸破腹之痛,这种裂胸扑敌的战法,委实令人防不胜防。

台下的惊呼声再次腾起。

金芒骤闪,吉祥居次挥出了刀。凤翅金刀爆出强烈的辉光,一股奇异旋风伴着金色刀光升起。

那股旋风并不如何强悍，远不及巨熊扑击时带起的呼啸怒风，但不知为何，电射而来的小熊一触到那股旋风，便似看到克星般地发出一声惊嚎，身子倒翻而出，便要远远飞逃。

但那股旋风内仿佛有一股强大的引力，将这来去如电的小熊紧紧吸住。

呼延坦大吃一惊，看出凶险，忙驱动巨熊，扑击而来，意图救援。

就在巨熊扑过来的瞬间，异变陡生，旋风飞转的金色刀芒中，竟钻出一只金灿灿的巨鸟。

那是一只凤凰。

先是凤凰的头从金光中探出来，然后是长颈，然后是全身。这凤凰太美丽了！它通体如黄金铸就，身外有火焰环绕，带着耀目的光明和圣洁的气息。

巨熊来势甚猛，瞬间便扑到凤凰身前，却被凤凰一口啄中脑顶。巨熊哀嚎一声，小山般的身躯迅速萎缩，转眼间便化作巴掌大小，被火凤凰吞入腹内。

小熊见了，惊得脖颈鬃毛尽竖，凄嚎着向后猛力挣脱。

"怪不得她的绰号是草原上的火凤凰！"远观的卓轻闲不由惊叹一声。

吕英也叹道："原来她那天龙卷配上这只火凤，竟是专破各种幻兽。"

卓轻闲悠然道："呼延坦败局已定！"

就在所有人都认为这黄脸汉败局已定之时，呼延坦忽然疯了般扑向那团飞速旋转的金色刀芒，双袖齐扬，两团红芒从袖中挥了出来。

这就是他在第一轮涉险战胜黑利斯的绝招，红丝蛊。

那两团红光都冲向小熊，红光中无数蛊虫全都钻入小熊体内。

红光越来越盛大，仿佛西天的霞彩骤然滚落人间。那只幼熊迅速膨胀起来，通体都泛出妖异的红光。先前看上去畏缩可爱的小熊，这时候才露出了它的狰狞面目。原来，先前它的可爱呆痴，只是这可怕幻兽的一种伪装。

吉祥居次冷哼声中，刀上金芒骤然增大，将疯狂的红霞尽数封住。

便在此时，呼延坦忽然消失得无影无踪。

大片红光巧妙地掩盖了他的身形，隐身在蛊虫红芒中的呼延坦挥出一对闪着绛红色光芒的短刀，无声无息地刺向吉祥的小腹。

红丝蛊下隐身与贴身搏杀，还有那只被毒蛊喂大的幻兽小熊，才是呼延坦最后的绝杀之招。

台下惊呼暴起，因为那只幻兽此刻已经变得无比丑陋而恐怖。它的身躯比先前那只巨熊还要庞大，通体泛着妖异的红芒。

吉祥居次的目光越发冷峻，凤翅金刀稳稳挥出。那只火凤凰随之仰头一声长唳。

这唳声力可裂石，高亢入云。膨胀如山的熊兽被这一声怒唳惊得气势一敛，火凤的长喙瞬间叼住它的脖颈。

熊兽便如被刺出无数细孔的水囊，迅速干瘪萎缩，无奈地挣扎着，被火凤硬生生拽向那团飞旋的金色刀芒中。与此同时，凤凰浑身烈焰升腾，将蛊虫红芒烧得七零八落。

吉祥的金刀就在烈火中劈了出来，将呼延坦的两把短刀同时砍断。

"我认……"呼延坦的惨叫声也被这一刀硬生生斩断。他还没来得及喊完"我认输"三字，那颗满是卷曲黄发的人头已经凌空飞起。

"太晚了！我本不想杀你。"吉祥居次收起金刀，幽幽地叹了口气。

在她身后，那只凤凰双翅平展，红焰环绕，金光灿然，如初升的朝阳般璀璨夺目。

火凤佳人，相映生辉。

四下里的喝彩声如潮水般汹涌，根本没有人在意正被万灵宗弟子抬下去的呼延坦尸身。这位呼延部落的高手先前的两次获胜本就不大光彩，这次对付吉祥居次的手法又太过阴狠，不少人见他身死，竟颇有解气舒心之感。

军臣单于也颇为无奈地苦笑了几声。呼延部落虽是他龙城十三部的嫡系，但这个呼延坦也太不争气，赢得没气魄，输得没骨气，死，也就死了吧……

当然，军臣单于的心内也颇为复杂，龙城十三部现在只剩下了须卜骄和金蛇王兰顿了。

"吉祥居次，本王非常倾慕你。"

本应第二战登台的金蛇王兰顿抢在监擂长老唱名之前，便大踏步上了台，就为了能和正在下台的吉祥居次有擦肩而过的机会。他满面笑意地望着女郎，自信满满地说道："我相信，居次马上也会欣赏我的。"

吉祥居次却仿佛根本没有听到他的话，甚至根本没有看他一眼，高傲地昂着头，翩然下了龙台。

同样要登台一战的猎帕王子则一直静立台下，目光复杂地望着女神般款款走来的吉祥居次，深深地鞠了一躬，轻叹一声，才大踏步上台。

两位英俊男子冷冷对视着。

"猎帕王子，我知道你很强。"金蛇王傲然冷笑着，"但你最终仍会败在本王的手下。"

乌孙王子显然很了解金蛇王没皮没脸、张口胡言的本事，所以根本就没有废话，直接轰出最强的"天诛之火"。

一道飞龙形状的烈焰从天而降，快如闪电。

金蛇王兰顿全然料不到，对手身份尊贵，却说打就打、毫无贵人风度，仓促间向旁闪避。

他知道猎帕这手出神入化的火系巫法的厉害之处，飞退之际，便打算释放自己的鸣蛇幻兽。

鸣蛇并非纯粹的幻兽，而是有一个真正的实体，此刻正藏身在盘腰的革囊内，但兰顿的手接连三次按住那革囊，都没有机会扯下囊口的那道符纸。

天诛之火快得让人胆寒，而且恐怖得让人绝望。

灼热的气息笼罩全台，火龙形状的烈焰满空飞窜。如果不是擂台都被万灵宗以强悍法阵和符道做了禁制，很可能早已燃起熊熊烈火。

"猎帕这家伙怎么这样打？"卓轻闲有些惊讶，"飘风不终朝，这道理他不懂么？这般以最强横的天诛之火全力以赴的攻击，他只怕撑不了太久！"

吕英叹道："没办法！金蛇王的那只鸣蛇妖兽太过恐怖，猎帕不能让对手释放鸣蛇。是了！"他忽然双眸一亮，"鸣蛇等龙蛇类的妖兽，大多畏惧冰火的冷热攻击。猎帕这法子看似行险，其实也是在取巧。"

高台之上观战的匈奴权贵也都有些紧张和疑惑。场上的乌孙王子这般狂攻，难道是疯了么？

"金蛇……要败了！"龙缺大巫蓦地一声轻叹。

"怎么会？"右贤王刚刚又跟左贤王下了赌注，在金蛇王身上押了一百两黄金，听得龙缺的话，险些软倒在地。

"兰顿太依赖鸣蛇，而且他驯化这奇兽，也只是机缘巧合而已。"龙缺摇了摇头，喃喃道，"人不能太过依赖外物。何况，天诛之火本就是鸣蛇的克星。"

话音才落，一道乌光忽从兰顿的腰间溢出，伴着轰然闷响，一条怪蛇从乌光中窜出。

怪蛇迎风而长，瞬间便已是数丈巨蟒，双翼平展，三角形的怪头上生着金色独角，耀出诡异的金芒。

"大巫快看！"右贤王大喜，"它出来了，那个大宝贝出来了！"

高台上的不少权贵面露喜色，他们都知道那只名唤"鸣蛇"的怪兽之威，只有左贤王脸色淡然。他并非对乌孙王子当真另眼相看，只是诚心想跟右贤王对着干而已。

龙缺也没答话，嘴角却浮出一丝苦笑。

猎帕的眸中闪过一丝火光，蓦地扬声大喝，漫天飞窜的火龙忽然膨胀、扭动，然后相互绞合，开始是两三相连，后来便是十余只、数十只火龙咬合连接在了一起。

原来先前猎帕放出的天诛之火只是在布阵，此时天诛之火的真正威能才完全释放。

鸣蛇已彻底陷入猎帕早已为它精心准备好的炼狱之中。

金角怪蛇乍一窜出,本就有些畏惧,此时面对周遭无穷无尽的火龙绞杀,更觉痛苦无比。

鸣蛇似乎发怒了。它四处疯狂乱撞,搅起漫天狂飙。但一切都无济于事,火龙继续相互接驳,细小的火龙甫一相接,便融合成粗壮的火龙,威势也越发盛大。

随着一道激扬的龙吟声,空中最后的四只粗大火龙相接,连成两条巨大粗壮的烈焰之龙,双龙又是首尾相接,将鸣蛇紧紧锁扣其中。无论鸣蛇向上飞腾,还是左右飞撞,都被两条火龙紧紧缠住。

望着紧紧缠绕的双龙一蛇,众人都是目瞪口呆。双龙越缠越紧,火焰的颜色已变成了红中透黑,下一刻,那条无奈的鸣蛇也可能会燃烧起来。

那些修炼者更是震惊。这鸣蛇虽是受了某种禁制,神力不及当年十大凶兽中排名第九的真身,但那也是不可一世的鸣蛇呀!

想不到猎帕的天诛之火居然正是这凶兽的克星!想不到猎帕竟能施出如此搏命的打法,而且一举奏效!

右贤王的脸色也变得一片通红。鸣蛇败亡在即,金蛇王也难逃一败,看来这一把豪赌,又他娘的要输给左贤王了!

哪知便在此时,猎帕忽然闷哼一声,疾步退到擂台边,捂胸弯腰,剧烈喘息。

金蛇王兰顿此刻也在喘息。他的神意罡气与幻兽鸣蛇紧密相连,鸣蛇在垂死挣扎,他也同样倾尽了全力。此时忽见对手居然无缘无故地飞退喘息,不禁大惑不解。

猎帕终于站直了身子,却向兰顿深深一躬,叹道:"兰顿兄,你的鸣蛇实在厉害!我已经倾尽全力,无奈此刻内伤发作,只得退出。"

满场的看客们都是大惑不解:乌孙王子居然在距离获胜一线之遥时自动退出!猎帕在深躬认输之际,空中的那两条火龙明明还在紧紧绞杀着鸣蛇呢!

高台上的右贤王微微一愣,随即仰头大笑起来。

军臣单于的眸中却掠过一丝欣赏,心中腾起一念:猎帕这小子,显然很知道分寸呀!

金蛇王却不好再说什么,拱了拱手,无奈地苦笑了一声。

适才双龙一蛇搏杀到最后一刻时,处于全面劣势的他却发现了一丝可喜的变化。那两条火龙虽能紧紧困住鸣蛇,却无法最终杀死它,鸣蛇甚至已经有了一缕反击的气象。

而猎帕如此倾尽全力地运使天诛之火,那无异于自杀。

就在金蛇王觉得自己已看到一线微薄的胜机之际,猎帕居然自己认输。

随着一声震响,满空的烈焰和火龙都化作一道凌厉的闪电,随即化为乌有。鸣蛇划空绕了个圈子,向着猎帕发出不甘的嘶吼。

兰顿也只能目光复杂地盯着猎帕潇洒地飘身下台。

"这就是你教给猎帕的战法?"师滢惊讶地望向张骞。

"以退为进,以柔克刚!"张骞淡然一笑,"猎帕的志向在乌孙,而绝不是这小小擂台!"

但他的脸色立刻又紧张起来,甘夫登台了。

大巫胡忧有些头疼地盯着对面的俊逸少年。

在匈奴和整个信奉巫术的西域,"大巫"是对一个巫师最尊崇的称呼。也就是说,胡忧在姑师的地位与匈奴这边的大巫龙缺是相似的。姑师国师向来自视甚高,但在本次天选八彪的七个对手中,他最不愿意碰到的人就是甘夫。他甚至认为,自己面对金蛇王的鸣蛇,或者须卜骄、猎帕,都有必胜之望。

"听说你是狐神的儿子?"甘夫非常好奇地望着他。

胡忧目光骤寒。

甘夫却又叹道:"我到现在也不知道自己的父母是谁。我是个孤儿,只是后来被默勒部落的一位头领领养,才成为现在的甘都少爷。我只是想告诉你,你并不是最孤单的那个。"

胡忧的目光柔和起来,点点头。

甘夫也点点头。他本不是话多的人,但不知为何,当他看到胡忧那颇为孤独的目光时,便很想跟他多说几句话,虽然这些话也是半真半假

"出手吧,你的剑很快!"胡忧的双眸熠熠生辉。

他最强大的术法在眼睛上。此时他正以盛会中最强的心意攻击,对阵最快的剑。

甘夫笑了笑,然后,扬手抖开一块黑布,蒙上了双眼。

场下一片哗然。

甚至连刚刚展开狐神图的胡忧都微微一愣。

"有胆魄!"高台上的单于近卫统领、大将铁哲不由叹道,"有眼睛,若是修炼不足,对阵胡忧,也如同盲人。但甘都这么做,还是冒了极大风险,难道他已经突破天元道?"

似乎在印证他的话,胡忧大喝声中,猛然一抖狐神图,心神攻击和法阵同时施为,身形在瞬间消失。

眼蒙黑巾的甘夫全然不理对手若隐若现的身影,身法展开,翩然游走,短刀疾舞,一阵爆豆般的脆响,已挡住对手的十余次攻击。

甘夫凭的是感觉。出众的禀赋和过人的感知力,让他每每于间不容发之际,挥刀挡开对手的快刀。

台下叫好声此起彼伏,那些匈奴和西域女郎们又开始有节奏地高声呼喊起"甘都!甘都!"来。这些热情的呼喊往往会被几次惊呼声打断,而随着甘夫的再次巧妙脱险,又会变得更加热烈。

胡忧连连出刀不中,却并不惊慌。比起诡谲狠辣的刀法,他更拿手的是阵法。他的每一次挥刀,其实都是一次阵法的催动。无数道法阵随着刀势落下,阵力悄然起伏涌动。

刀光吞吐间,胡忧一次次地展开狐神图。神图开合之际,流动着灿然光华和神圣气韵,这也是胡忧调动地煞的一种神秘手段。在地煞的催动下,阵力越发暗流激涌。

甘夫还在左右游走，但快如闪电的身法已慢了下来，腾挪的圈子也越来越小。

"你败了。困！"

胡忧蓦地大喝一声，身形诡异绝伦地从四个不同的方位出现。他一直悄然布阵，此时在阵势和地煞的推动下，已将对方挤压到了无可遁逃的绝境。

在阵力和元神攻击作用下出现的"四个胡忧"同时出手，即将毕其功于一役。

在众人的惊呼声中，擂台上猛然爆发轰然巨响，乌光闪处，胡忧的四个身形仓惶向后退去。

那道乌光稳定下来，众人才看清，那是甘夫手中擎着的一根铁棍。铁棍看上去颇为粗糙，毫不起眼，棍头雕饰的花纹都极为简朴。

就是这根毫不起眼的铁棍，将胡忧精心布置多时的阵势一举破开。

甘夫暗自舒了口气，心中暗自感激那日将自己逼入绝境的白头长老。如果没有那一次的艰苦历练，激发自己与雷震子所留罡气的深刻交融，很可能无法一棍撑开姑师国师这奇异阵势。

胡忧惊惧交加之际，那根铁棍已气势汹汹地向他当头劈落。这一棍直来直去，却挟着无尽的威势，恍惚间胡忧似觉得起伏连绵的远山都被这一棍连根拔起，再呼啸而落。

不仅是胡忧，靠近擂台的人都生出一股强烈而恐怖的巨峰压顶之感。

胡忧忙抖开那张狐神图。巨图展开，硕大的狐狸头在图中倏忽展现，巧之又巧地将铁棍卷住。

甘夫大喝，铁棍骤然涨大，反挑那图。胡忧则疾抖巨图，狐神图也随之增大，仍是将大棍紧紧缠住。

与此同时，姑师国师猛一咬牙，右手的短刀斜斜挥出，扎向甘夫的小腹。二人相距极近，这一刀简直避无可避。

甘夫应变奇快，反手一刀重重削下，将胡忧的短刀劈开。

双刃交击，胡忧感到浑身罡气一震，心内更惊：这少年才多大年岁，怎么会有这样沉厚的罡气修为？

当此之时，对阵的两个人一手分持巨棍和巨画交缠在一起，任是铁棍如何粗细变化，狐神图也随之收放，紧束不放；另一手以利刃互搏，出招都是又疾又狠。

这才是真正的短兵相接。虽是双刀对攻，看上去就似几十把刀飞旋一般。众人看得眼花缭乱，惊愕之后，喝彩声纷纷响起。

"这个甘都，居然一直是蒙着眼的啊！"高台上的猛将铁哲不禁惊呼出声。

这一连串双刃交击的生死互搏，甘夫始终是黑巾蒙眼，这份感应之力委实惊世骇俗。

"甘都确是了不起，但这场比拼也足够公平！"龙缺大巫叹道，"这两人都是天才，很可惜，按照规则，有一人终究要离开。"

高台上的权贵都明白他的意思：甘都之所以蒙住双眼，正因他忌惮胡忧的那双"狐之妖眸"。

台下观战的人中，最为紧张的自然是云裳了。她的手中全是冷汗，心内只是呼喊：这呆子！怎地还不释放傀儡术？

昨晚备战时，她曾将天宰等三大傀儡塞给了他，运使之法也早就教给了他，以备万一。不过甘夫觉得这三大傀儡太过显眼，怕施放出来，会露出自己一行人的底细。

此刻这家伙难道还有必胜的把握么？

"他会赢的！是么？"女郎有些忧急地望向卓轻闲。

卓轻闲和吕英却都脸孔紧绷，没有答话。

台上二人齐声大喝，甘夫却忽然放手，松开巨棍。巨棍失了他的掌控，气势不减反增，神威凛凛地压向胡忧。

胡忧只觉头疼之极。这少年一身古怪！资质古怪，术法古怪，连所用的法器也是怪里怪气。

这巨棍看上去就是个铁匠铺里未及打磨完成的破烂货，土里土气，粗砺简陋，却偏偏威势无穷，很可能是经过某位天元道巅峰高手的经久淬炼。

　　大多数法器都可以隔空击人，但脱手之后，法器的攻击力都会有所下降。可这巨棍从对手的掌心飞出后，气势竟是更加强悍威猛。

　　微一犹豫，胡忧也只得扬手将狐神图抛出。神图如有感应般地在空中张开，裹向巨棍。

　　就在他稍稍迟疑之际，甘夫抛出铁棍的左手抢先伸出，快如闪电般地捉住胡忧持刀的手腕。

　　先机已失，胡忧的脸上却浮出一丝冷笑。他索性扔了刀，翻腕扣住甘夫的左掌，空出的左手却又挥出一张神图。此图与先前的那张狐神巨图一样，只是略小，图中奇光缭绕，狐神巨头若隐若现，闪着恐怖的气息。

　　这张神图凌空一卷，便裹住了甘夫握刀的右手。

　　这一下可说是突如其来。甘夫左手与胡忧紧紧相扣，右手却被小神图紧紧裹住。

　　当此之际，巨棍与大神图仍是如一对生死冤家般在空中起伏翻转着。

　　甘夫大喝一声，双臂齐振，试图脱出胡忧纠缠；胡忧又怎能让他轻易脱身，双手运劲，全力紧扣。

　　众人目瞪口呆：这是两个真正的天才，但激战到最后，却变成了莽夫摔跤般罡气对抗的局面。

　　这种看似莽夫间的对抗，其实也是天才的对抗。此时胡忧再喝一声，颈后一道光华闪过，又是一道小神图飞出，倏地卷住甘夫的左臂。

　　然后是第四张图，第五张图……

　　眨眼间，八张小神图从他颈后飞出，连绵不绝，分别裹住了甘夫的双手双脚和前胸、小腹。

　　"怎么回事？"云裳惊道，"这个狐狸精，怎么这么多怪图？"

　　"我想应该有九张！"卓轻闲叹了口气，"《山海经》有云，狐有九尾。这九张小图，其实应该是那大图的九尾。"

"我一直在等你的巨棍离手！"

胡忧冷笑声中，左掌倏地探出，点向甘夫前胸要穴。

这只手苍白无比，却快得惊人，转眼间已经到了甘夫的胸前。

台下响起一阵惊呼。声嘶力竭地为甘夫叫好的热情女郎们更是发出尖锐的惊叫。

就在所有的人都认为甘夫必败之际，甘夫被小神图裹住的右掌忽然亮起一道光，那奇异的小神图根本无法掩盖那片紫色光华。

紫色奇光一起，甘夫僵硬的右掌居然动了。那只手挣开神图，翩然收回，稳稳扣住胡忧那只苍白的手。

胡忧无比震惊。他自炼出"狐神十图"以来，这一大九小的神图还从未一起出动过，很多时候只出大神图便能横扫一切，小神图至多出过三张。

一个人无论修为多强，被两张小神图裹住，立即罡气僵涩。但这家伙，身上被八张小神图紧缚着，居然还能运使罡气，更匪夷所思的是，竟能破图出掌。

胡忧猛一咬牙，颈后飞出第九张神图。

这是狐之九尾的最后一图。它如妖狐摆尾一样，扫向甘夫的头顶。激斗中，甘夫只能拼力低头，但仍没有完全避开，脸上的黑巾便被这张图扫落下来。

胡忧的脸上露出胜利的微笑。他此时十图尽出，虽是心念罡气损耗极大，但对手却终于露出了双眼。

姑师国师炯炯双瞳中现出两道幽光，猛向甘夫射去。

同一刻，甘夫也猛然瞪大俊美的双眼，向他望了过来。

胡忧陡觉心神一震。这一瞬间，他看到了许多高低不一的石堡，看到了数百个僵死的寨兵。那些寨兵容颜如生，还保持着死前的最后一个动作……

跟着，他便看到了百十个玩偶。那些玩偶形态、衣饰各异，却个个栩栩如生，仿佛就是活人被施法后缩小的样子。

第六章　烈焰龙吟，雪影丹心

他发现自己站在一座高大的古堡内，古堡四周的石壁中嵌满了那些仿佛真人变小的逼真玩偶，古堡内厅很高，里面的道路四通八达……

不好！胡忧心神剧震，终于明白自己已是受到对手的心神攻击。

这甘都竟是个精通心神攻击的超级高手！

如果开始就知道这一点，胡忧自然会加倍小心，但谁会想到，这看上去单纯阳光的俊美少年居然心机如此之深！

这时候已来不及后悔。他急提心意，想要从这奇诡的幻境中挣扎出来。但眼前的景物都在飞旋起来，高大的古堡在飞旋，无穷无尽的岔路在飞旋，那些奇异玩偶同样在飞旋……

跟着他听到一声悠长的龙吟。

那真的是龙吟，带着高贵而冷漠的气质，无比的傲气中又夹着几分讥诮之意，漫长得仿佛永无止息。

胡忧刚刚提振起来的心意神气，被这一声奇特的龙吟搅得七零八落，觉得整个人都在向下飞坠。

他主修的是"符阵机药意巫剑"七妙中的神意功夫，此时心神一乱，立觉全身功力仿佛决堤洪水般宣泄而出。

刹那间，姑师国师脸色苍白如纸。一个心意高手惨败于心意之战，其结局很可能是泄功之后的疯癫，或是七窍流血而亡。

但也仅是瞬息之间，胡忧忽觉滔滔外泄的功力奇迹般地止住了，飞旋的幻境和那道悠长的龙吟也同时消失。

"多谢！"胡忧扬起汗津津的脸孔，向甘夫艰难地笑了笑。

"侥幸！"甘夫拱了拱手。

两个人各自退开两步，招手收了神图和巨棍，才真正坦然地相望而笑。

胡忧将那幅狐神图揣入怀中，大步向台下走去，却在台边立住，回头说道："哪日到了姑师，一定找我！我请你喝最好的葡萄酒。"

甘夫扬声笑道："一定！"

众人见他们笑得洒脱，都是大惑不解：这胡忧退走，自是认输。这一场惊心动魄的比试，为何会是他输了？

师滢不由望向张骞，好奇地问道："你们到底是怎样安排的？"

张骞道："符阵机药意巫剑，天赋异常的胡忧对这七妙无所不通，但他最擅长的，就是依据狐神图展开的心意攻击。我们定下的战法就是，在他最强的地方战胜他。"

师滢道："看来最关键的，就是在甘夫黑巾脱落时，二人对望的那一眼。甘夫到底是如何战胜胡忧的？"

"心意功夫的极致是制造幻境，而这世间最大的幻境巫师其实是蜃龙。我命蜃龙利用甘夫最近的那次天幻堡历险，制造了一个强大的幻境，再由甘夫以超强的禀赋将这幻境存储在心神之中。

"即便如此，遇上胡忧这样的世间少见的心神术法宗师，单凭一个强大幻境，仍很难战胜他，因此施出这幻境的时机至为紧要……"

师滢轻吁了口气："妙啊！怪不得甘夫一开始便蒙眼而战，以示自己心意功夫不足。此举让胡忧完全失去戒备之心，甘夫黑巾脱落时，胡忧以为自己已大功告成，哪想到那时候的甘夫才施出这最强幻境！这其实就是纵横家运筹天下的捭阖术吧？"

"牛刀小试而已！"张骞淡淡一笑，"现在，该我这纵横家的正主登场献丑了。"

师滢的玉面又紧了紧，想叮嘱他小心，又觉得这些话对他而言纯是废话，便只得幽幽地叹道："你一定会赢的！"

你一定会赢的。

这话有些像咒语，她这时候也只能拼命相信这条咒语了。

四虎之争，三虎之位已定，此刻场间竟忽然静了一静，高台上的匈奴权贵、毡帐前的各路豪强、远坡观战百姓，所有人的目光瞬间都凝重了起来。

因为张骞已站在龙台上。

在场中无数匈奴西域的装束中，龙台上那一身汉家衣装的身影是那么孤独,却又带着别样的倔强和傲气。

望着这道清瘦而又挺拔的身影,许多人的心里面都不大是滋味。

张骞的对手须卜骄这时也缓步登台。

这是八强的最后一战,最被匈奴单于看好的龙城十三部英锐青年对阵汉家使者张骞。只看这对阵双方的身份,就足以让四下里的观战者热血沸腾。随着须卜骄每一步沉稳的步伐迈出,周围都响起排山倒海般的欢呼声。

张骞微笑着望向他这个对手。他并不讨厌这位须卜族的英朗青年,甚至有些喜欢他的爽直刚硬。

"虽然我不喜欢汉家,但我有些喜欢你。"须卜骄英气勃勃的脸上露出一丝笑意,"能在这里走到这一步,你已是个胜者!"

张骞也笑了:"虽然我不喜欢匈奴,但我同样有些喜欢你。"

须卜骄摇头一笑:"但今天,你不会有任何机会了!无论是你,还是你那个妖兽。"

"那就试试。"

须卜骄再不废话,直接出手。他的笑容虽然爽朗热情,但出手却冰冷决绝。

前面与猎帕对战的金蛇王同样拥有强大的妖兽,那一战乌孙王子上来便全力出击,打了对手一个措手不及,这显然给了须卜骄不少启发,所以他也要速战速决。

须卜骄连环数掌轰出,每一记都是十成功力的雪山罡锋,掌力迅速令龙台及龙台四周都变成了严冬。

寒意凛凛,朔风呼啸,隐隐地更有冰雪随风舞动。

台周观战的人不住后退,口中却喝彩不止。许多人连呼遗憾:这须卜骄掌落生冰雪,猎帕王子则挥袖召天火,应该让这两位同台一战,来一场寒冰对烈火,那才过瘾!

张骞身法展开,仍旧是脚踏奇门步法,全力躲避,仍觉全身如浸入冰水之中,森寒入骨。

耳边听得一个细细的声音在絮叨着："阿翁啊，老娘啊！老大，这可不大妙！我最怕的就是冷。这很可能是那个大巫龙缺的阴谋，专门针对我的阴谋。他知道我怕冷。冷，会让我想到过往曾直面的无尽黑暗；冷，会让我想到人生的酸楚无奈……"

"少废话！"张骞用一声威严的低喝截断了它的唠叨，"你再不出手，咱们都要冻成冰坨。"

"老大，我还是个重生后少年期的蜃龙呀！现在我的样子还是一只可爱的壁虎呢，还是个含苞待放的花骨朵呢。我可以拼一拼，但这样对于我将来的成长和突破，会有极大的危害性……好吧，我遵命，可你真忍心这样辣手摧花吗？"

火壁虎耐不住张骞的催促，倏地从他肩头探出，微凸的双眸耀出了锐利如刀的彤彤红光。

那是上古十大凶兽第四位的天生威压！跟着它猛一张口，一口灼热如火的气息喷出，张骞只觉身前的寒意登时一敛。

"孽畜！还敢逞威风么？"须卜骄似乎早就等着火壁虎现身，冷笑声中，立掌如刀，当头劈出，掌心一道光华乍现，随着他雄壮的罡气化作漫天的雪白寒芒。

"我的阿翁啊，我的西王母东王公呀！这是万灵宗至宝风雪神珠啊！此珠专破火系巫术，这家伙一定得到了龙缺大巫的全力支持。龙缺这老不死的！为了对付老子，居然下了血本，将本门至宝都扔出来了，真是老谋深算两面三刀奸猾无比人面兽心……"

"闭嘴！怕了你就去歇歇。"张骞不得不打断蜃龙的连篇抱怨。

"歇歇？老大你在嘲笑我么？用你们汉人的话讲，士可杀而不可辱，虽千万人吾往矣，大风起兮云飞扬，头可断兮血可流……大丈夫能屈能伸！是呀，还是最后这句话说得好，老子还是遵命先去歇歇。"

随即这细若游丝的唠叨声的消失，蜃龙化身的火壁虎真的又钻入了张骞的怀中。

张骞哭笑不得。他早已推算到龙缺大巫会暗中支持须卜骄。须卜骄是龙城十三部中能力最强的青年，勇武豪爽，气概过人，在匈奴军民中都有极高人气。他的对手是自己这个汉家使者，无论是军臣单于，还是龙缺大巫，自然都要力保须卜骄过关。

眼前寒风呼啸，雪意纵横，张骞只得游走后退。好在须卜骄的战法与猎帕相似，其全部心思只是想困住蜃龙，并不急于毙敌，只是将深寒掌力不住向张骞身周轰击。

此刻，身陷绝境，张骞的心神深处却亮起了一道光，那是一双熟悉而又阴沉的眼睛。

昨晚他仰望漫天星斗时，就看到了这个人。那是一张苍白俊逸的青年脸孔，正是昆仑道的大宗师陆鸦。

自从天幻堡"殒命"后，陆鸦几乎完全消逝了，除了……经常出现在他的梦中。张骞一直用自己天生强大的元神去压制着陆鸦，甚至在他昏迷时，在他睡梦中，这种压制都依旧存在。

罕见的，昨晚这次是陆鸦主动现身。

"怎么样？张使君，你上一轮力胜康力时，还是借用了我的力量，虽然很短暂，不然你怎能施展那把天刑剑？"陆鸦的脸若隐若现，别有一股阴森之气，"下一个对手可不好对付了！何不借用得彻底些，将你这具躯壳完全借给我？"

"可以借用。但你必须归我指挥，如臂使指。"张骞用冰冷的意志压制着心神深处的那张脸。

"不！既然借用了，就干脆彻底些。我向你保证，我不会鸠占鹊巢的。"陆鸦笑得卑微了许多，"还记得那次么？你中蛊昏厥时，我帮你斩杀了那个右贤王的死士沙灼。那一次我可没有借机侵占你这具躯壳。"

"因为那时候你刚刚苏醒，力量不足。如果再多几次那样的完全占据，你就会迅速强大，不是么？"

"不要把我想象得那么不堪。我们是唇齿相依，同生共死的。你面临死敌，大难临头，我又怎么会袖手旁观，趁人之危？记住，明天，召唤我呀！"

随着一道阴森的长笑，陆鸦的苍白脸孔慢慢消失。

张骞知道吉祥说得对：每次借用陆鸦的力量，他都会迅速壮大，终有一天，自己会被他完全"吞噬"。

但他用了一个较为折衷的法子，唤醒陆鸦，却不让其完全做主，而是乖乖地为己所用，就如同上轮中一剑震慑铁锤康力那样。

此刻须卜骄疾攻不止，张骞感觉山穷水尽之际，陆鸦的诡异笑容再次从心底浮现："想好了么？既然借用我，何不借用得更加彻底一些？"

"妄想！"

再次将陆鸦的元神喝退后，张骞已在台上飞转到了第三圈。他利用阵法和火壁虎含而不吐的威慑之力，在与对手艰苦地周旋着。

须卜骄不通阵法，但他的雪山罡锋却如匈奴铁骑的长弓烈马，势不可挡。而且他已将张骞视为一个真正的对手，出手谨慎而又凶悍。

随着又一道狂猛的寒流轰出，满台终于飘起了纷纷大雪。远处是雪山，近处是雪坡，四下里都是白茫茫一片天地，须卜骄只剩下一道雪白的影子。

瑟瑟发抖的张骞艰难地抬起头，发现那道雪白的影子正在慢慢逼近，仿佛雪山深处走出的恐怖妖魅。

"我说过，我并不讨厌你。你的勇气值得我钦佩，所以我会让你体面地输掉。"须卜骄这时终于确定，对手已经无力一战了，他扬手蓄势，准备轰出最后一击。

便在此时，张骞陡地挥出巨剑，一道强悍的气息如天河倒泻，飞卷而出。

须卜骄震惊莫名。在这一瞬间，他明显觉出了对手的不同。现在的张骞与前一瞬的张骞变得不同了，仿佛刹那间由一名不知修炼为何物的凡夫，直接跃升至天元道以上的大宗师修为。

面对这完全违背道法常理的突兀一剑，须卜骄选择以硬碰硬。他绝不退缩，甚至不屑以守为攻，而是骤然提起凶悍无比的雪山罡锋迎面而来。

龙台上风雪大作。仿佛十万座雪山突发生雪崩，滚滚雪团和浓重森冷的冰气疯狂砸向张骞，狂猛的寒意甚至令高台上观战的匈奴权贵们都裹紧了裘衣。

就在这世界末日般骇人的雪崩山裂的气势中，却有一把剑顽强地穿了出来。

这一剑的剑意就是"斩"。

剑招平平无奇，却似带着君临天下般的意志。剑上的沉浑罡气仿佛滔滔大河般轰然斩下，斩断所有的高山、所有的原野，甚至斩断高山旷野间所有纵横飞掠的雪花、冷风和寒意。

此刻，高台之上，心情最急迫的自然是吉祥居次，而心情最复杂之人则是她的父王左贤王。

左贤王曾经和张骞比试过箭法。那一次张骞算是小胜，而且这小胜在左贤王看来，也颇有些机谋算计的味道。左贤王一直不认为自己的箭法会输给张骞。

几天前，看到张骞居然力胜铁锤康力，左贤王已是颇为震惊。他事后仔细地盘问女儿，也请教了龙缺大巫，得到的答案近似，那就是张骞确实很奇怪。他突然有如此成就，很可能是因为他身上的那只红色壁虎。那壁虎可能是一只恐怖的妖兽。

而此刻，他看到张骞挥出的这一招高妙剑势，心头便更加疑惑了：难道这世间有两个张骞，一个只通寻常刀剑射术，另一个则是罕见的剑道高人？

"大巫！"左贤王忍不住望向龙缺，压低声音道，"如果……本王是说万一，如果张骞侥幸晋身四虎，你会让他共参金人之秘么？"

龙缺道："这张骞是个汉使。但是，左贤王殿下会放他回归汉地么？"

左贤王一愕，随即如释重负般地吐了口气。张骞虽然是汉家使者，但此时已经身入我匈奴，永远不可能再回归其汉地家园，他的余生也只能为我所用，那么，他先前的身份又有什么关系呢？

"万灵天选，只重天选！"龙缺目光悠远地望向龙台，"每一个晋身四虎之人，都是天之抉择。"

龙台周遭，天地间的一切，都已被张骞的剑意硬生生地斩断了。

须卜骄惊讶地发现，在这藐视尘寰的冷漠一剑之下，自己完全无法正面相抗。他只能退，如一道疾电般退到龙台边缘。

但那种可怕的剑意却始终高悬在头顶，须卜骄甚至觉得，哪怕自己逃到天涯海角，这一剑仍旧会凶狠而精准地斩下来。

须卜骄已退无可退。他长吸了一口气，准备全力一拼，哪怕是死，须卜族的好汉也要在死前流尽最后一滴血。

哪知便在此时，须卜骄突然发现，凌空袭来的汹涌剑意竟消散了。

正待毕其功于一役的张骞也觉出，体内鼓荡的罡气在刹那间松弛了下来，那道狞笑声又在心底响起："怎么样？这次真正见识到我的威力了吧，能不能把你彻底交给我？"

"不能！"

"那就抱歉得很了！实言相告吧，这一剑其实只是虚张声势，仅得其表，如果须卜骄全力相抗，我被你压制着，反应不及，很可能无法最终战胜他。"

张骞横剑不语。

陆鸦的声音又温柔起来："这个须卜骄和上次的康力完全不是一个等级。如果我无法完全掌控你，你很可能会败得一塌糊涂。"

须卜骄惊疑不定地望着张骞。这时候他本该乘势进击，一举获胜，因为此刻这个对手脸色苍白，握剑的手臂甚至都在微微发抖。但是他不敢贸然行事。

这是在示弱诱敌？可这诱敌之势做得也太虚假了吧！况且他还用得着使这等小伎俩么？对手的战法太过奇特，难道他真的累了？

当此之际，如果是金蛇王，一定会犹豫退缩；如果是胡忧，一定会小心试探，但须卜骄却仰头一声长啸，再一次发起了疯狂的全力进击。

四下崩飞的雪意寒流再次被一道道狂猛的气息凝聚起来，凭空生出数个大得恐怖的雪球，急速旋转着，呼啸着，飞撞向张骞。

红光一闪，飞在最前面的两只恐怖巨球被一道淡淡的红芒阻住，在空中崩塌，化作无数道细长的雪浪。

火壁虎艰难地吐出了一口气："老大，我只能为你挡下这个了。真的要再会了！我还太小啊，我还没见过母壁虎……"

然后这家伙就飞快地再次滑入张骞的襟袍内。

雪球崩飞，将后来的几只巨大雪球射穿，但其后的雪球仍在汹涌扑来。

一股钻心的痛从肩头传来。张骞被一道雪山罡锋击中，跟跟跄跄地飞退数步。自从在天幻堡被陆鸦以奇术灌入过强大罡气后，他的体质已远超常人，但仍真切地感受到肩头的剧痛。

雪山罡锋从肩头侵入，迅疾冷却了他体内涌动的罡气，张骞只觉全身的血液都快被冻得凝固了。

"你要干什么，为何还不让位？"心底响起陆鸦气急败坏的声音，"再这样下去，我们都会死！我们都会死！"

"你应该知道！这一战之前，我已经交代好了后事。"张骞用冰冷的意志回答，"所以，我可以放心大胆地……站着去死。"

"把他彻底打垮！""杀了这家伙！"观战的看客们终于看明白了，须卜骄已胜券在握，许多人又疯狂了起来。

须卜骄继续狂啸，数道雪山罡锋伴着狂啸，袭向张骞的头脸前胸。

须卜骄的攻击很特别。漫天飘雪，雪浪激飞，雪山罡锋就隐在每一粒雪粒中，所以他的攻击每次都是劈头盖脸，大片横扫。

张骞艰难地仰起头，空中似乎出现了烛龙那悲悯的眼神。

还是那座宿命般的原野，还是那个瑟瑟发抖的自己。

你准备好了么？烛龙那句宿命般的问话再次飘来。

何必准备？此心如铁！张骞发出宿命般的长笑，迎着漫天风雪，艰难地横起长剑。

风雪扑面，狂飙及体，张骞觉得自己仿佛是一根飓风下的衰草，马上就要四分五裂。

但他还是挥出了那把剑。

还是那招剑势。这一剑他已施展过一次，剑意深印心底，只是此时使来，气势更加一往无前。

须卜骄却觉得有些可笑。张骞这一剑与先前那一剑不可同日而语，虽然还是当头斩落下来，依旧剑势决绝，但那股君临天下的剑意和大气磅礴的气势却已丝毫不见。

须卜骄掌势盘旋，所有飞旋的雪山罡锋骤然凝聚，形成一座巨峰般的大斧，从天飞降，砍向张骞的右肩。

还是老伤处。须卜骄已看出对手体质特异，但这一巨斧砸下，张骞必然肩骨碎裂，也许会连累到右肋肋骨甚至腿骨都会折断。这样，张骞就算败，也败得硬气。

雪山般的巨斧轰然砸落，气势决绝，似乎要将整座龙台斩为两半。

张骞就挺立在斧锋直指之处，他的剑势也颇为决绝，但剑上却毫无气势。

巨斧狠狠击在阔剑上，张骞全身剧震，口中鲜血迸出。重如山岳般的巨力轰击下，他的右膝狠狠砸在龙台上，整个人摇摇欲坠。

台下爆出山呼般的欢呼声。看客们的心里很不平衡。他们面前的这个人，如同一根骨刺般，直刺入匈奴内部。他本是个战俘，却高傲得如同一个巡视属地的王侯。

更可怕的是，这家伙在上一轮兵不血刃地战胜强大的铁锤康力，让整个匈奴颜面扫地。现在好了！终于有了一个强大的匈奴高手，将其打得服服帖帖。

这时的张骞仍然顽强地挺着上身，掌中阔剑顽强地撑向巨斧。

下一瞬，他虎口碎裂，整个右臂骨骼都发出咔咔怪响，口中鲜血再次喷涌出来。

怒潮起伏般的呐喊喝彩声中，吕英忍耐不住，几乎便想拔足冲上，却被卓轻闲揪住："莫忘了使君的吩咐，大局为重！"

师滢已经泪流满面。她握紧腰间的短剑，疯狂地向龙台挤去。她才不管什么汉家大业，什么大局为重，这时候也只得冒险一冲了。

"那姑娘，你给我站住！还有你，甘都！你要干什么？统统退下！"监搐长老敏锐地察觉到了这娇弱少女身上的悲愤气息，同时看到了从另一侧悄然挤来、满身杀气的甘都，挥手将二人一起拦住。

高台上的吉祥居次无奈地闭上了眼，珠泪滚滚而落。她知道自己甚至已无力救援，须卜骄的雪山罡锋是第一流的强悍术法，远胜铁锤康力的重拳，一切都来不及了。

四周的欢呼声无比刺耳，吉祥居次忽然觉得有些无奈和疑惑：为什么集匈奴全族之力，打倒这样一个温和的人，却值得如此欢庆！

巨斧势不可挡地砸下。

那把阔剑已经无奈地倒翻过来，成为撑在张骞肩头上的一张可怜的铁片。

雪山巨斧已经砸到张骞的肩头。就在无尽的欢呼声中，那铁片奇迹般地又翻转了过来。

似乎在一瞬间，那把剑又活了过来。

或者说，是张骞又活了过来。他的眸中射出慑人的光芒，那带了血色的眼芒穿透重重雪雾，直刺向须卜骄。

须卜骄心神一阵恍惚，陡觉无边无际的血光向自己涌来。

下一瞬，他惊讶地看到，那把剑就那么不合常理地跳起，变成矗天矗地的庞然巨剑，无数璀璨的光华从宽厚的剑身射出，仿佛一百个灿烂的太阳同时亮起。

欢呼声、呐喊声停顿了下来。所有的人都无比震惊地看到，那个讨厌的人居然站直了身躯，用那把破铁片一样的丑陋长剑挑开了小山般压下的雪色巨斧。

如同骄阳当空，雪融冰消，闪着烈日光芒的巨剑斩碎了所有的雪山，气势澎湃地向前穿出。

须卜骄急振心神,这时候才觉得那股血雾弥漫的恍惚感烟消云散,原来自己是中了对手的心意攻击。

这念头才一闪,他便看清了那把剑。那把仿佛带着君临天下般强悍意志的阔剑,已斩碎最后一座飞旋的雪峰,然后稳稳地横在自己的颈前。

"你胜了,张使君!"陆鸦的声音透着无尽的疲惫,"而且你的运气足够好。这青年全力进击,于心神防卫全无经验,也许是他即将获胜,太过大意……正好被我的黄雀术算计在内。你这一次苦肉计,对我和须卜骄这两个敌人同时奏效,佩服!"

说出"佩服"二字时,陆鸦那苍白的脸上浮出一丝不易察觉的冷笑,随即慢慢消逝。

场间所有的喧嚣和欢呼声都止住了。所有匈奴权贵和看客都目瞪口呆。这次的震惊甚至要超过上次张骞力胜铁锤之时,毕竟须卜骄是匈奴青年才俊中的最强者,而且一直稳操胜券,甚至距离最后的大胜只有一丝之距。

但须卜骄还是输了!他们无奈地看到,张骞干净利落地收剑,正色拱手。

须卜骄也没有过多纠缠。这个昂扬青年虽然脸上满是疑惑和不甘,却仍是坦荡地拱手,叹道:"你很让人看不透。下次遇见,也许我会干净利落地将你打得一败涂地,但也许我还会败得一塌糊涂。"

张骞却笑了:"下次遇见,我倒希望我们能坐下来,喝上三杯。"

须卜骄也仰头大笑:"正是!听说你酒量如海,下次遇见,还真要跟你较量较量酒力。"

他素来爽朗,大笑之际,很随意地挥掌拍了拍张骞的肩头。张骞也坦然让他拍着。

砰砰作响的声音让远近看客中的术士高手们尽皆有些惊异:这两个人当真豪爽坦荡!此刻监播长老未定胜负,他就敢这样大气地去拍他的肩膀,而他就敢这样坦然地让他去拍。

须卜骄显然没想那么多,掸了掸衣襟上的雪花,转身飘然下台。

监擂长老这时候才叹了口气,有些无奈地喝道:"本台胜者,汉家使团张骞……"

师滢和甘夫、卓轻闲等人尽皆长舒了一口气。他们虽不能喜形于色地欢呼,但仍在相互交流着喜悦的眼神。

只有吉祥居次的美目中满是黯然之色:他是胜利了,但那很可能是恶魔的力量。

军臣单于默默地站起身。在拂袖而去之前,他冷冷地瞟了眼龙缺和左右两位贤王,哼道:"很显然,你们都没有看透他!"

第七章

异想天开双龙决

四虎之战后的双龙之战还需要几天时间的准备。也许正如白头长老所说,下面的战法可能更异乎寻常。

张骞对匈奴人这种凡事不紧不慢的性子颇不适应。没人知道双龙之战到底要在哪天展开。大家要等军臣单于的兴致,也要等龙缺大巫的巫术推算。

停战的这两天,草原上却并不平静。

先是乌孙那边传来消息,乌孙之王老昆莫忽然中了奇毒,卧床不起;更有人风传,现任乌孙世子、猎帕的大王兄有下毒嫌疑。

随后,猎帕王子赶去军臣单于穹庐内哭诉,请求允许他回归乌孙,见父王最后一面,进而查凶平乱。

出人意料地,军臣单于居然同意了。

一直以来,许多匈奴权贵都认为猎帕王子是个潜伏的枭雄,如果让他回归乌孙、夺回王权,很可能会带领乌孙走向强大,成为匈奴的一个劲敌。

但这次军臣单于不仅表态同意将猎帕王子放归乌孙,甚至破天荒地说要借给他一支千人劲旅随护。

得知这个传闻后，张骞并不吃惊。他知道军臣单于在想什么。在军臣单于看来，乌孙本就是紧邻匈奴的一个劲敌，与即将掌权的大王子比较，猎帕在匈奴多年，应该更加亲近匈奴。既然如此，扶植猎帕王子荣登乌孙昆莫之位，应该更符合匈奴的利益。

胡忧要走了。

心高气傲的姑师国师前几年一直潜心修炼，这是他首次参加天选盛会。他本想一举夺魁的，甚至连大巫龙缺都对他抱有极大的希望，可惜最终败在奇才"甘都"的手下。既然落败，姑师国师的尊贵身份，便不容许他在此地久留。

临行前夜，胡忧在自家毡帐中大摆筵席，猎帕、甘夫和张骞等人都是其邀请的客人。

甘夫能战胜姑师国师，已经是一大惊喜，更让张骞欣慰的是，甘夫能以德服人，对胡忧网开一面，双方甚至结成了至交好友。如果有一天汉家使团到了姑师，那里无疑会多出一个强援。

眼见日色西斜，张骞兴冲冲地准备赶去赴约，却见一道倩影款步而来，正是吉祥居次。

听闻他要去胡忧的帐内赴宴，吉祥嫣然一笑："我陪你同去。"

张骞微微蹙眉，苦笑道："居次说笑了！你我身份悬殊，只怕会给居次惹来麻烦吧？"

"我就是要去！"她娇嗔地瞪着他，明眸熠熠生辉，耀出一种夺人心魄的美。

叮当脆响，那是什么东西落地的声音。刚刚给张骞行针完毕的师滢正在那边收拾银针，这时候不知怎地，将那半盒银针都摔落在地。

少女蹲下身，慢慢收起银针。见张骞和吉祥都扭过头来看她，她才垂首对张骞道："使君大病初愈，稍时要少喝些酒。"

"好吧。"张骞点了点头，也不知是应允师滢的叮嘱，还是答允吉祥同去的请求，然后大步走出毡帐。

师滢静静地蹲在那里，默然望着张骞出帐。那高大的背影走到漫天的夕光下了，吉祥窈窕的身影紧跟了过去，夕阳将两人的身影拖成了一道影子。

她忽然觉得，那道影子好长，长到直拖进她的心里面。

与吉祥居次并肩而行，张骞轻声道："吉祥，这次还要多谢你！"

他说的是真心话。吉祥居次早已看破了甘夫和卓轻闲那一行人的行踪，却始终没有将这等大事告发出来。

"也许听到下面这个好消息，你会更加谢我的！"吉祥倒笑了起来。夕阳将她的玉面染上红晕，这张娇靥美得越发动人心魄。

"上次你请我查的事已经查清楚了。在金蛇王的兰氏部落中，果然也秘密流传着一路银花蛊，兰顿就是其中高手。"

张骞怔住了。他静立在苍茫的夕阳下，眼前又闪过许多刀光剑影的影像。

"好，确是要多谢你！"他终于艰难地笑了笑。

女郎的声音微微发颤："你让我查这个，难道是认为……你的毒蛊，跟他有关？"

"你能给我查到这个，那便感激不尽了。我的事，我自家会来个了断。"

"好吧。"她熟知他的性格，便也不多说什么。但她心底隐隐有些欢喜，只要知道了是谁给他下的蛊，那么他这蛊毒便有救了。

前方已是大巫胡忧的帐子，隔着老远，便能听到帐内传来的欢笑声，似乎有个女子在帐内唱着歌，曲调欢快，不时有人附和着、喝彩叫好。

吉祥居次笑了笑，忽然伸手挽住张骞的手，轻声道："走，我们一起进去。"

她说得很自然，挽手的动作也很自然，就仿佛那晚两个人一起并肩冲入无边的黑暗时，她那样自然地搂住他的腰。

柔软的手指缠绕过来，张骞却是微微一怔。他尽量想自若些，但身子还是有些僵硬。吉祥居次不管这个，笑吟吟地挽着他进了毡帐。

帐内放声高歌的，是康居国美女安若。她那一连串的长调正拔到高可入云的时刻，帐内一众看客们正高声喝彩，然后所有的人便都看到了相挽而入的张骞和吉祥居次。

从胡忧国师到猎帕王子，仿佛被施了定身法，帐内众人的神色都无比精彩地被定住了，下一瞬，所有的人便一起爆出欢呼之声。

"胡忧国师，我不请自来，难道不欢迎吗？"吉祥举起一盏马奶酒，笑道，"国师远行，吉祥特来恭送。今晚大家不醉不休！"说着一饮而尽。

她本就容颜绝艳，这般豪气十足地酒到杯干，立时雪腮泛红，如玉染胭脂，勃勃英气中更增添一抹娇媚。

胡忧先大笑起来："吉祥居次和张使君能一起前来，可是我想也不敢想的天大好事！好呀，大家今晚不醉不休！"

一片欢笑声中，众人一起举杯。

苍龙坡上，那座最高大的金顶穹庐内，军臣单于也召来几位近臣，正在密议。商议的核心，就是是否允许张骞进入祭天穹庐。

依照龙缺大巫多年前设定的规矩，得以晋升"四虎"之人，就将获得进入祭天穹庐的资格，用他们超强的天赋，一起参悟金人之秘。

但这一届天选盛会的四虎人选太过奇特了，除了那个奇峰突起的少年甘都，更有一位汉家使臣张骞。

左贤王和右贤王这一次罕见地达成一致 —— 张骞绝不能进入祭天穹庐，因为那里有匈奴最深的秘密。太子于单也跟着附和。

但出乎所有人的意料，军臣单于居然力主双龙之战如常进行：既然那个汉人张骞已经一路走到了这里，那就让他继续走下去吧！我匈奴有天神眷顾，难道还忌惮一个已成为俘虏的小小汉使？

在张骞是否能进入祭天穹庐这件事上，左贤王其实早已经请教过了大巫龙缺。他发现军臣单于的意见，其实与龙缺大巫颇为一致。只不过因为张骞是他最先擒到的，为了避嫌，他反而不敢表态让张骞参与机密。

"张骞这次忽然改变主意，执意参战，会不会是为了接近那张神秘的山河舆图？"左贤王终于小心翼翼地说出心中的疑问。

"那又如何？"军臣单于眼中忽然闪过狡黠的光芒，"张骞看不到真正的撑犁山河舆图。而且，他只能变成我们的人！"

龙缺大巫本来早就打定了主意，这次居然罕见地沉吟了许久，似乎又生出了新的犹豫。听得军臣单于大剌剌地拍板定夺，龙缺在默然凝思许久之后，终于也点了点头。

见大单于一副成竹在胸之状，众人谁也不敢忤了他的兴致；特别是看到龙缺大巫都点了头，左贤王等人便都顺水推舟地一致赞同。

左贤王走出穹庐时，天色已经苍黑一片。

龙缺大巫不知何时出现在他身边，轻声道："天要下雨时，蜻蜓会先知道；山要起风时，鸟雀会先知道，但在风雨中的人却往往最后知道。"

左贤王一惊，忍不住道："大巫之言必有深意，还请指点。"

"本次盛会虽然颇为重要，但终究不过是一场盛会而已。大单于为何要亲率一万精英铁骑而来，左贤王大才，难道没有察觉？"

草原上的暮风忽然冷冽起来，左贤王盯着龙缺那双深邃如海的眼眸，沉声道："为什么对我说这些？"

"因为我不想你平白无故地死去，因为你的才具在我匈奴不可多得，更因为我的弟子……不要请我指点什么！"龙缺的眼神凌厉地一闪，"我并不想让你做什么先下手为强的蠢事。左贤王殿下之误，恰恰在于先前的锋芒太盛。"

"锋芒太盛……明白！伊稚斜谨记在心。"左贤王深深长揖，再直起腰来时，龙缺大巫的身影已经消失无踪。

左贤王沉思良久，还是觉得龙缺的话实在太奇怪了。他点明了自己深陷在一场恐怖的阴谋中，又喝令自己不得先下手为强，最后却又挑明了自己锋芒过盛的毛病。

这也许是善意的提醒，也许是冷硬的叱喝，但同样可能是一种诡诈的试探。要知道，龙缺大巫虽然在匈奴人的心中如同神明，但谁都知道，龙缺大巫一直是军臣单于的绝对亲信。

一股寒意袭来,左贤王不禁裹紧了襟袍。

毡帐内热闹非凡,这里除了张骞和吉祥,还有康居美女安若,受邀的甘夫带着卓轻闲也赶来赴约。除了匈奴龙城十三部之外,此刻这里几乎是各路西域豪强的一次大聚会。

酒过三巡,猎帕给张骞使了个眼色,兄弟二人悄然溜出毡帐,在草原上并肩漫步。

草原的秋夜,清爽、寂静,远处毡帐内传来的欢笑声显得格外清晰。

张骞问过了猎帕的安排,点头道:"匈奴这边的权贵中,你务必要小心一个人,金蛇王!"

猎帕眼芒闪烁,沉声道:"是因为我让了他,才让他顺利晋身四虎的?"

与聪明人谈话就是这样简单!张骞点头一笑:"苍龙坡前,高手如云,只怕看出来的人不在少数。你已经是他的眼中钉了,如果时机得便,他一定会下手除掉你。"

猎帕长吸了一口冷气,道:"多谢大哥指点!小弟以前遇到事,只知道拼命向前,经得大哥指点才知道,退其实也是一种进。下一步,小弟该当如何行事?军臣单于本拟让我回归乌孙……但不知为何,却迟迟没有最后定夺。小弟要不要再去请求?"

"万万不可!军臣单于已经有意放你归国,现在,他是在考验你。考验你的本性,也在考验你的真心……你不必再去请求,这两日反而要游山玩水,狩猎纵酒。"

"这是什么道理?"

"你越是不大热心,他反而越会选中你。正所谓欲张反敛,欲高反下,欲取反与。唯有如此,军臣单于才会认为你虽有些雄心,却又性不坚忍,易于掌控,自会放你回归乌孙。"

"欲张反敛,欲高反下,欲取反与……"猎帕听张骞解释了这几句话的意思后,顿觉茅塞大开,"这便是汉家的兵法吗?大哥是得自何人传授?"

"这是先父当年所传的纵横家的学问。"

"纵横家?"

张骞眼前闪过老父的影子,笑容中颇有些寂寞:"纵横家的始祖是鬼谷子。他将以柔克刚、纵横捭阖的学说发挥到了极致。"

右贤王黑着脸走出穹庐,这时一名亲信护卫匆匆赶来,低声禀报:"属下用了两袋马奶酒,默勒部落的罕都少爷就全说了。"

"关于那个神秘的甘都?"

"不错!王爷特意关照的人,属下当然要全力打探清楚。那罕都公子开始还不愿深谈,但喝了两袋子马奶酒,便越说越多。这甘都实在是神秘之极。他只有十七岁,并非一直生活在默勒部落,而是在三年前刚刚流落到那里的。更奇的是,那时候他是个失忆少年,被部落的呼勒老王爷收留。老王爷见其颇为英俊干练,便认为养子。"

"三年前……失忆?"右贤王惊道,"这么说,这个甘都在十四岁的时候,遭遇大病,忘记过去,然后流落到了默勒部落?那么,后来呢?现在他可曾想起了他的过去?"

"没有。直到现在,他仍对十四岁之前的事情一无所知,甚至连他最初修炼的门派都说不清楚。"

"可他这身神奇术法?"

"他记不住自家的宗门,但所有的术法却又都深印心底。被默勒部落的呼勒老王爷收为义子后,他便一直广拜名师,所学极为杂博,加上他超人的资质,终让他成为默勒部落最神秘的武士。不过——"那护卫斜眼瞟了瞟右贤王,低声道,"王爷,属下有句话,不知当讲不当讲?"

"说!"

"属下也关注了甘都少爷的这两轮擂台。他的术法确实广博,但应用最多的一门术法,似乎应该是出自我呼延部落的血巫门派……"

右贤王眼芒一闪，沉声道："说下去！"

"三年前失踪，天赋奇高的匈奴少年，修习过呼延部落的精深术法……属下记得，当年王爷最喜爱的七公子就是三年前失踪的吧？"

"难得你还记得小七！"右贤王脸上涌起一抹深沉的痛色，"他是在河西右地失踪的，倒是有可能进入默勒部落……"

"关键是，属下瞧他那容貌，还真有几分相似呢！甘都和七公子一样，都是面色白得如同玉石……"

"我也瞧他确有些眼熟的感觉。但是十四岁到十七岁，那正是人的面目变化最大的几年呀……"右贤王的老眼灼灼地闪着光，那光芒颇有些复杂。

"何不请小阏氏看一看？毕竟是母子呀！离群三年的小雁，只有它的母雁才会认得。"

"好。不过先不要声张。"右贤王咬了咬牙，"这是件大好事，但绝不能让外人看笑话。此外，你现在就拿着我的剑，替我去一趟默勒部落，找那呼勒老王爷，将那些话都给我问清楚。"

他摸出一把短剑，拔剑出鞘。月色下，剑身上刻着的一只狰狞的带翅飞虎清晰可见，那正是右贤王的标符。

"我会记得大哥跟我说的这些话！我也希望，有朝一日，乌孙会成为大汉永远的朋友。"猎帕昂然拱手，说道，"我在乌孙恭候哥哥！"

猎帕仰起头，正好看到吉祥居次向这边走来。望着那仪态万方的曼妙身影，猎帕眸中涌出无比复杂的情愫，却向张骞深深一揖，没有回毡帐，转身大踏步远去。

吉祥居次望见猎帕的身影消逝在浓浓的夜色中，不由幽幽地一笑："你一直在冒险！"

"很多时候，冒险是值得的。"张骞也叹了口气。

"你战胜了康力，战胜了须卜骄，但你取得的成就越大，我就越是忧心。因为那是一杯甜蜜的毒酒。那种力量，借用一次便是深陷一次。

傻瓜，何苦把自己陷进去？"

她的声音很轻，叫那声"傻瓜"时便别有一股缠绵悱恻的味道。张骞的目光柔和了许多，随即又变得坚忍起来。他笑了笑："放心！目前来看，我控制得还好。"

他脸上笑得轻松，心中却是暗惊。他上次是在昏迷时偶然发现，蜃龙凭借其强大的元神灵力，也可以进入自己的梦中，悄然护主。那次的发现很奇特，让他在无意中找到了一种克制陆鸦元神的办法。

随后，在大战康力之时，他便用蜃龙的灵力调用陆鸦元神，这便如同向邻国借兵，而军权在握，局势在控。但饶是如此，他仍能感到陆鸦的元神在悄然成长。

激战须卜骄时最为惊心动魄。须卜骄太过强大，让他无法安安稳稳地借用陆鸦的力量，特别是蜃龙被雪山罡锋全面压制后，陆鸦已经在挑战他的权威了。直到最后一刻，他以命搏命，陆鸦才服输让步。

那一战险之又险，他能明显地感觉到，只差一点，陆鸦就控制住了自己。

"那么下一轮呢？双龙之战，到底是怎么设置的？"张骞不愿再想下去，好在自己已经接近了真正的目标。

吉祥低叹道："双龙之战不是擂台战法。那是一种完全不同的体验，甚至不能称之为比武。"

两日后突然举行的双龙之战，完全印证了吉祥居次的话。

双龙之战的场地根本就不在苍龙坡。虽然军臣单于的金顶大帐还矗立在那里，虽然围场外看热闹的各路闲人们还没有退去，但一大早，军臣单于便在大巫龙缺和左右贤王的陪伴下，由一队精锐骑士护送，纵马启程，赶往休屠城。

吉祥居次、张骞等"四虎"也随同前往。

双龙之战的主战场，便是休屠王城内有着鎏金大顶的祭天穹庐。

午后，日色西斜，那是龙缺大巫亲定的吉时。

张骞、吉祥等四人由长长的号角声陪伴，缓步走向那座气势恢宏的穹庐。虽然四人的身份等同，但站位还是有些差异的：身份尊贵的吉祥居次和代表龙城嫡系的金蛇王居中，张骞和甘夫分列左右。

不知为何，张骞选择站在兰顿的身边。稳步前行时，他甚至冷冷瞟了兰顿两眼。

"这几轮没有遇到我，是你的幸运！"兰顿目不斜视，但显然感受到了他挑衅的目光，低声狞笑着，"你只不过仗着那只破壁虎，如果遇到我的大蛇王，便只能变成一块烂肉。"

张骞甩出了淡淡的一丝冷笑："马上，你就会变成一堆烂肉！"

金蛇王大怒，正待反唇相讥，却见迎面白头长老的目光如电般射来，只得愤愤住嘴。

张骞能感觉到金蛇王腰间那股若有若无的强悍气息，那是他的幻兽鸣蛇。

这次进入穹庐之前，匈奴人还是耍了个小小的花招，以礼敬祭天金人、不得带有宠物兽类为由，严令张骞不得随身携带他的火壁虎。兰顿的那只鸣蛇，则是半个幻兽的性质，不在这条禁令之内，可以堂而皇之地带进去。

张骞对此倒不以为意。在匈奴的地盘，人家当然要处处向着自己人。

经过一连串烦琐而冗长的巫教仪式后，张骞等人终于进入穹庐。

参战的"四虎"听明白了双龙之战的战法，都觉得有些匪夷所思。他们只需要做一件事：在庐内敬拜祭天金人，静静观赏那幅神秘的山河舆图，然后，凭记忆摹写一份山河舆图。

张骞抬起头，静静地望着那座弘大的金人。

高可两丈的巨人，金光缭绕，雕饰精美。那张脸的造型迥异于中原人，甚至也不是匈奴人。其五官线条虽然简练，却极为流畅。它的神色似笑非笑，带着一种悲天悯人的温暖气息。

张骞一眼便看出，这金人的头部应该是用真正的黄金铸成的。

他当然见过秦始皇所铸十二金人在长安唯一幸存的那尊，而且从副使姬诚口中已听说过祭天金人的神秘，但此时亲见，他还是觉得无比震撼。

那巨大的身躯明明带给人极大的压迫感，但那俯瞰芸芸众生的眼神却又让人的心神无比安宁。

就在下一瞬，这座震撼人心的巨大金像忽然消失了。

张骞大吃一惊，凝眸细看，金人确是不见了，整座穹庐内空荡荡的，就连吉祥居次、甘夫和兰顿也尽都不见踪影。他急忙凝定心神，一股巨大的恍惚感慢慢消逝后，他终于看到了一双锐利的目光。

那是祭天金人的双眼。那双眼睛竟似在射出真人般的目光，那深邃的目光，仿佛包含了全部的天机。

他顺着祭天金人的目光所向扭过头，却见对面的庐壁上悬挂着一张兽皮，上面画的，正是他朝思暮想的匈奴山河舆图。

但很快，他就发现了这张山河舆图的可怕之处：跟姬诚当日所看到的一样，那图上的山川河流竟然在动，而且似在飞快地变大，无限地变大，变得与真实的高山大河一样深广高大。

一股强大的吸力传来，张骞觉得自己的整个心神都陷入了图中。

几乎在同时，甘夫、吉祥和兰顿三人都陷入了同样的困局。他们都看不到另外的人，然后每个人的心神都被那张怪图吸入进去。

他们仿佛在同一刻坠入一个可怕的梦魇中，孤独一人，在陌生的山河中跋涉。

兰顿感觉自己站在湍急的大河中间，青黑色的河水中，碗口粗细的大蛇绕着他穿梭来去。他惊急无比，偏在此刻，他的鸣蛇却毫无声息，任是他几度用元神联络催逼，都没有任何回音。那只无所不能的鸣蛇，仿佛被什么奇怪的法力封印住了。

甘夫则是站在高山峰顶，万仞绝顶上，罡风呼啸，吹得他几乎站不直身子。他感觉自己的呼吸逐渐艰难，只觉所处的空间忽大忽小，急剧变换，空气迅速消逝。

这座巨大的穹庐内,已被设置了极为强大的法阵。这次的法阵,远比当日姬诚贸然闯入时所遇的可怖得多。

无尽的幻象中,只有那号角声依旧不疾不徐地传入四人的耳内。

他们早已被告知,号角是唯一被穹庐法阵准许进入的真实性物质。悠长的号角声会持续不断地响下去,号角声停息,也就标志着这次穹庐双龙之战的结束。

此刻,在穹庐外一座高耸的角楼中,军臣单于带着龙缺大巫和几位近臣正紧张地注视着穹庐内的奇特比拼。

那四人在庐内动作各异,但显然都陷入了巨大的麻烦中。匈奴权贵们不由议论纷纷。右贤王有些紧张,习惯性地问身边的近卫统领大将铁哲:"你看谁会最先走出幻境?"

铁哲举头看了看日色,叹道:"依着往年的情形看,想要走出幻境,还早着呢……况且,走出幻境只是第一步,真要突破这座穹庐法阵,如愿绘出山河舆图,那可是难上加难,毕竟已经十来年无人能真正晋身双龙了。"

左贤王越发紧张,不由瞟了眼龙缺。大巫却静默如水,双眸微垂,淡然地望着穹庐内的一切。左贤王不由叹了口气,再次焦灼地看向女儿。

吉祥居次这时感觉自己站在一片密林中,无数奇形怪状的猛兽狂啸着扑来。她不得不拼力挥舞金刀,在怪兽间杀出一条血路。

身为龙缺大巫最看重的女弟子,她自然知道这座穹庐法阵的奇特之处。这法阵以万灵宗最高深的巫术设置,再经过那座祭天金人的神秘作用,巫法的力量被放大了无数倍。

这穹庐法阵亦真亦幻。幻境中的那些怪兽随入阵者的心识而变,却又并非完全虚幻。如果在虚幻的元神世界中被这些怪兽所杀,那么,入阵者很可能会真的死去。

她将凤翅金刀的威力发挥到了极致,终于从一众怪兽间夺路而逃。

前方只有一条路，直指密林深处。

密林深处有些幽黯，却现出一张丈余宽的巨脸。

吉祥愣住了。那是一张绝美女人的脸，隐在密匝匝的丛林间，虽只是孤零零的一张脸，却白腻、妩媚，几乎是天地间最美的存在。

"你……真美！"吉祥惊道。

"美吗？你看到的我，其实就是你自己呀！"巨脸笑了起来。她只是一张脸，没有四肢，没有颈项，但这张丈余高的巨脸却有着惊人的美艳，这一笑，也是婉媚入骨，带着无尽的缠绵。

然而下一刻，美女之脸生出细密的皱纹，那皱纹如葛藤般飞速生长、蔓延。

这张美艳无双的巨脸变老了，转眼间便是鸡皮鹤发、皱纹堆垒，从二八妙龄变成了百岁老妇。

吉祥啊的一声大叫，踉跄后退。

老妇巨脸咧嘴苦笑，露出干瘪的牙床："不要嫌弃我呀！因为这就是将来的你。谁都在劫难逃，谁都在劫难逃……"

笑声低沉苍凉，透出无比的阴毒气息。

吉祥双膝一软，几乎就要跪倒在地。这法阵果然可怖之极，其中的幻象往往直击人心中最软弱、最畏惧的部分。

那张衰老的巨脸还在变化着，衰朽的皮肤竟开始腐蚀剥落，露出里面的骨头。整张脸的形象慢慢模糊，连那刻毒的笑声都在渐渐衰弱。

就在这时候，一只手穿透那张腐烂的巨脸，抓向吉祥居次。

那巨手大得仿佛遮天盖地，却又带着一股极为熟悉的气息。

吉祥凝望着那巨手，强抑住拔刀的冲动。巨手仿佛小山般当头压下，却在瞬间变成平常大小，紧紧握住她的手。

一股温暖直透心底，她又惊又喜：那是张骞的手！

"难道是幻觉？"她再次凝定心神，终于看到了张骞的笑脸。

"这不是幻象！"他向她微笑着，"不过，适才你一定看到了最可怕的东西。比如我，便看到了漫天飞舞的银花蛊……"

他的手很暖，他的笑容更加温暖："凝心！让我们的气息交汇在一起……"

吉祥顿时心领神会。二人的气息一阴一阳，这与所修习的术法无关，而是天生的男女有别。

虽然她还有些奇怪，为什么张骞能这么快地破除了幻境，来此救援自己？难道他的元神灵力天赋比自己还高？随着二人掌心交接，阴阳两道属性的气息很快在掌心交融，心神也在瞬间凝定下来。

眼前光影闪烁，繁茂的丛林、残破的巨脸和那些若有若无的怪兽喧嚣瞬间消逝。她与他同时破阵而出。

张骞轻轻攥了攥她的手，拉着她向后转过身。吉祥抬起头，便看到了高悬在庐壁上的那张图。

她终于完全确认了自己的位置。

进入祭天穹庐时，是顺着甬道向右绕行，每个人都是面对着高大的祭天金人，但其实他们要绘制的那份山河舆图是挂在金人对面的庐壁上的。

此刻，二人终于转过了身，面对着那幅神秘的山河舆图。这个简之又简的转身，预示着二人突破了法阵的第一关。

角楼上远观的权贵们不由生出了一阵骚动。

"居然这么快！"大将军不由惊呼出声。

龙缺大巫也欣慰地一叹："十余年来，这是最快的一次！虽然，他们只是刚刚迈出了第一步。"

匈奴权贵们尽皆震惊，心内滋味各异。侍卫统领铁哲忍不住道："这十年来的最快一次，还是因为这两人的方法太特殊了。他们居然是利用男女天然的体质特性，阴阳融会，巧妙地突破了法阵的罡气禁制。"

"巧妙！"右贤王哼了一声，"这法子很取巧，但也很特殊。"

众人都知道右贤王的话是什么意思，甚至不少人都用奇怪的目光望向左贤王。草原上一直在风传着汉使张骞和匈奴第一美女吉祥居次的故事,现在,就在大单于的眼底下,两人竟开始联手破阵了。

感受到那些诧异的目光,左贤王不由扬了下眉毛,随即耷拉下眼睑。他想到龙缺的提醒,这时候自己最好还是装傻。

太子于单慢悠悠地说道:"虽然仅仅是第一关,但那是他们二人联手所破,这算不算坏了规矩?"

龙缺根本没有看他,很干脆地说道:"不算!"

与那些看热闹的外行相比,龙缺大巫看到了让他最为震惊的门道:二人联手是次要的,关键是,最先伸出手来的是张骞!这意味着,这个从未修炼过术法的家伙,竟有着超人的元神灵力!

穹庐内,张骞看了一眼甘夫,发现甘夫依旧双眼紧闭。

他的手动了动,却没有伸出去。他依靠与吉祥的阴阳气息交汇,冲破了法阵的第一重禁制,却无法用同样的办法帮助甘夫,如果贸然而行,很可能会令自己再次陷入幻象重重的法阵内。

张骞只能仰起头,凝视着前方宽达丈余的巨幅山河舆图。

适才对那幅图只是惊鸿一瞥,便陷入了法阵的第一重幻境,现在巨图重新显现,预示着这场比试才刚刚开始。

张骞身边的吉祥发现,奇诡万状的幻象虽然消失了,但自己仍旧无法看清楚前方的撑犁山河舆图。图上标示着许多她看不懂的奇异符号,还浮着一层淡淡的光华,将整张图映照得若隐若现,若实若虚。

她扭过头,发现张骞也是一脸迷茫。

静下来!她想起师尊的话,在心内提醒自己,静下来才能发现天机。

张骞同样觉得困难重重,图上笼罩的那层浮光虽然浅淡,但他毫无修炼经历,觉得那种阻隔感更加强烈。

忽然间,他心中一动,再次转过头,望向高大的金人。

此刻他已突破法阵第一关,心中有了种超然之意,终于发现金人的双眼是用一种奇特的宝石制成,经庐内特意布置的光线照耀,便生出了活生生的目光的感觉。

他觉得无比奇怪：大巫龙缺规定的这种奇异的比试，目的到底是要做什么？

大巫选出四位天赋超然的高手，进入到这里，礼拜金人，观山河舆图……但为什么要在这里观图？又为什么一定要将舆图悬挂在金人的对面呢？

他的心中猛然一动：很显然，这幅图连龙缺大巫都无法参透，否则他又何必不断挑选天赋奇高的"四虎"入庐观图呢？

此刻，金人正居高临下地望着他。张骞感受到了金人的目光，那目光忽而悲悯，忽而淡漠，忽而沉静，变化万千。

时间也不知道过去多久，一道短促而低沉的啸声，将张骞从沉思中惊醒。

啸声是甘夫发出的，仿佛沉闷的雷声，在庐内鼓荡而过。啸声过后，俊逸少年睁开双眼，目光锐利如电。

张骞的脸上终于浮出了笑意：看来甘夫凭借超凡的天赋，终于也突破了第一重禁制。

在啸声停歇的同时，兰顿也睁开了眼，他的腰间则响起一声悠长的龙吟。看来那只强大的幻兽终于在最后一刻与他的主人建立了联系，将金蛇王从幻境中生生拉回。

这两个刚刚突破第一重关口的人，也同时回转身，望向金人对面的那张山河舆图。

右贤王紧盯着甘夫，有些欣然地长呼了口气："甘都，也很快呀！"

甘夫与兰顿突破第一关的时间虽然久了些，但两人很快便凝神注目那幅巨图，不多时候，兰顿便提起案头的笔。跟着，甘夫也提起了笔。

匈奴以武力横扫天下，对于文治全然不重视，兰顿身为部落的王爷，也不会写字，此刻他和甘夫要做的，只是绘制一份他们理解中的舆图。

吉祥心神骤紧，也拿起了笔。

她不明白张骞为什么还在望着那金人发呆，这家伙明明是最早破出第一关的人呀！

此时,第一轮号角已经止息。少顷,第二轮号角响了起来。如果说第一步突破幻境,是张骞遥遥领先,此刻他在那儿长久发呆,第二轮已经落后了。

兰顿已在羊皮卷上画出了几道线条。他看得非常认真,每次都催动腰间的幻兽,随着道道龙吟声,金蛇王沉稳地挥毫作画,显是用鸣蛇之威强行破去了山河舆图上的那层幻境。

甘夫也开始画了。

吉祥也终于动笔了。虽然她观察到的意象还很纷乱,却也隐约看出了些端倪。她动手较甘夫和兰顿略晚,但绘画的进度却较那二人要快些。

右贤王暗自舒了口气:现在看来,四虎中的第一人肯定是兰顿了。虽然不是他呼延部落的人,但好歹也是龙城十三部的嫡系。当然,现在他更关注甘夫。他注意到这位甘都握笔的姿势较之兰顿更加粗豪,五指紧攥,如同握匕首一样。他看得很吃力,画得也很吃力,却异常执着。

不知怎地,右贤王对这位英俊少年颇有好感:也许,他就是自己失散多年的幼子?

匈奴权贵们这时候都很放松,因为那个被他们视为眼中钉的张骞居然一直在发呆。他们都觉得,这家伙修为太弱,自不量力地进入祭天穹庐,此刻其元神世界很可能已经近乎崩溃了吧?

就在这时,张骞忽然站起了身。

权贵们都很震惊。铁哲大将军更是大感不解,忍不住说道:"他要干什么?难道不知道穹庐法阵的厉害么?"

不知谁应了句:"他一定是想离得近些,那样才能看得更加清楚。"

角楼内响起一阵哂笑。权贵们都知道,无论是祭天金人,还是那幅山河舆图前,都设置了厉害法阵,每逼近一步,都要承受更大的阵力冲击,很可能会再次陷入幻境中挣扎不出。

但没有人阻止张骞,因为规则并未禁止参战者在庐内走动,如果他想自讨苦吃,那便由着他去自作自受。

张骞迈步前行。他没有走向那幅山河舆图,而是走向那尊高大的祭天金人。

那些权贵们更加疑惑不解：这家伙一定是疯了！这样做只能离山河舆图越来越远，而那尊神秘的祭天金人，哪怕是白头长老这样境界的大修为者，也不敢过分靠近。

张骞只迈出两步，便觉有无数强大的气息汹涌而来。他没有继续向前，而是横向跨出一步，到了吉祥的身后，轻轻地拉起女郎。

吉祥顺从地站起身。她看出，他的目光执着而坚定，绝非身处幻境后的那种痴呆模样。两个人的双掌很自然地交挽在一起，继续向前行去。

权贵们无比震惊。他们搞不明白张骞到底想做什么，不由爆出一阵议论。右贤王忍不住道："大巫，这简直是胡来！张骞不遵号令，不规规矩矩地画图，他要干什么？难道要搞乱这场双龙决？"

军臣单于也有些愕然地望向大巫。大巫却仿佛没有听到右贤王的嘟囔，他那张永远波澜不惊的脸上此时也浮起些惊讶，但那惊讶中却又蕴着些许期望。

"还记得六年前的那次比试吗？那时候便曾有人这么走过去。"大巫低叹道，"我曾对那人寄予厚望。可惜，那个人最后疯掉了……"

左贤王登时紧张起来，低喝道："这么说，张骞是在行险！可他为何要拉上吉祥？不行，我们要阻止吉祥……"

"等等看。"龙缺摇了摇头，"那都是她自己的选择！"

张骞与吉祥双掌相抵，但那种强烈的威压感还是让二人觉得步履维艰。

无穷无尽的幻觉汹涌而来，张骞一时觉得自己跋涉在寒冷荒凉的雪原，一时觉得自己在滚烫的沸水中挣扎……

好在两个人的阴阳气息交流，让他们的心神不至于被幻象所迷。张骞猛一咬牙，带着吉祥向斜前方跨出一步。

他不再直接走向金人，而是向金人的斜后方走出。这种行进方式果然大大地减弱了鼓荡而来的巨大压力，两人绕了个大圈子，几乎是沿着穹庐的对角线斜斜兜了过去。

金蛇王扭过头，有些疑惑地望着这两个"不务正业"的对手。但他也只是呆愣了一瞬，便甩出一声冷笑，转回头望向山河舆图，继续凝神挥毫。

张骞和吉祥已经绕到金人的斜后方，然后又小心翼翼地横着走向金人巨像的背后。

张骞选取了最远的路线，这么走所承受的威压却是最少，再加上二人阴阳气息的独特转换，令他们缓慢但很顺利地到达金人的正后方。

从角楼的角度望去，已经看不到二人的身影，权贵们只能愕然望着两个人慢慢移到金人背后，然后消失。他们目瞪口呆，只有龙缺大巫的目光越发灼热。

这时候最感震惊的人其实是吉祥居次。转到祭天金人背后，她才发现，金像背面的下方，竟有一个尺余方圆的孔洞。

这孔洞表明，这座高达两丈的巨大金人，其实中间是空的。

更让她震惊的还在后面。

此时张骞毫不迟疑地伸出手，单掌扳住那孔洞，用力一扯。

随着咯吱吱一道沉闷怪响，金像背面竟打开了一扇门。

仿佛打开了禁锢魔怪的闸门，无数气息和颜色从门中疯狂涌出。吉祥居次看到了许多光，开始是黑色的光，然后迅速被红黄绿色诸光冲荡着，杂成五颜六色的异彩。

吉祥觉得自己全身的罡气都随着这些光震荡了起来，整个人仿佛陷入了一个光怪陆离的光影世界。好在这时，张骞的大手又用力攥紧了她的手，跟着便听到他沉稳的声音："莫要慌，跟紧我！"

她强抑住似要燃烧的罡气，勉力跟着他向前行去。

他们钻进那座巨大的金像。

眼前一暗，那些汹涌激荡的光消失，吉祥觉得体内罡气的震荡燃烧感也随之平息了。

被他牵着手，她感觉自己正在向上攀爬，脚下竟有阶梯样的东西。

她不得不佩服这个不曾修炼过的男人:他这个想法看似异想天开,实则却是天才的奇思妙想。

十多年来,天选盛会上没人敢这么做,甚至连想都不敢想,匈奴人不敢,西域诸国的高手也不敢,因为这是对祭天金人的大不敬。

直到今日,他带着她这样做了。

异想天开,石破天惊,将带来怎样的奇迹?

金人虽高达两丈,但二人进入其内,仍觉得空间狭窄。二人不得不紧紧相拥。他们能嗅到对方身上的气息。

张骞只觉女郎的身子柔若无骨般贴在自己身上,那股如兰似麝的高雅幽香再次吞噬了自己。

他努力抑住自己的心神,对吉祥道:"马上,你就会看到真正的昆仑……你先看吧。记住,一定要凝定你的心神!"

再登上几步,上方空间已颇为狭窄,应该是已经到了金人的颈部。他停住,轻握了下她的手,示意她独自向上。

吉祥也觉出异常,但逼仄的空间使得她不得不紧贴着他,向上伸展出身躯,而他则要向下退开两步。

脸部交错而过的瞬间,二人都看到了对方那在黑暗中熠熠闪烁的眸子。

忽然间他的唇间一阵温热,她竟凑了上来,吻在了他的唇间。她的吻直接而热辣。一股灼热而柔软的香甜感觉涌了进来,张骞只觉体内仿佛有什么东西炸响了。

张骞知道,这次不是幻境,而是实实在在的真实,她在紧拥着他,她在热辣地吻着他。她的柔软,她的呼吸,她的芳香,甚至她明眸中的明艳光彩,都是那样真实。他觉得自己整个人都被一股热浪吞噬了。

女郎忽然闪开了,仿佛害羞似地扭头向上钻去,探入了金人的颈部。

随即,她看到了两道亮光。

果然,金人的双眼虽然是宝石铸成,但宝石的中间显然是磨空的,或者,是透明的,所以有两道光线射入。

她照着他的叮嘱,静气凝神,慢慢探身凑向金人的双眼。

她终于迎上了那抹亮光。金人双眼的角度,正是俯视着前方庐壁上高悬的巨幅山河舆图。只是金人的脸太宽大,她只能从金人的一只眼中望下去。

下一瞬,她看到了真正的山河,奔腾而来的山河。

江河穿越山谷,奔腾而来,那湍流的喧嚣,甚至掩盖了悠长的号角声。

"这是怎么回事?这四幅画有何不同?"

四张绘制在羊皮上的山河舆图摆在案头。军臣单于凝视着这四张图,疑惑地问道。

就在刚才,龙缺大巫钦定吉祥居次与张骞同时晋身双龙。

十余年来,这是第一次,万灵天选盛会终于有了"双龙"。但军臣单于等人对大巫的这次决断却颇为费解。

右贤王也忍不住附和着问:"吉祥居次画的只是水,张骞画的只是山,甘都和兰顿则都是画得有山有水。为什么大巫要选吉祥和张骞进入最终的双龙?"

龙缺大巫凝视着那四幅羊皮山河舆图,叹道:"十年了!万灵天选盛会在决出四虎后,便从来没有人能过得了祭天金人这一关。他们看到这弘大的祭天金人后,多是太震撼、太敬畏,反而畏手畏脚,被法阵所困,挣扎难出,更没有人敢主动一窥这金人之秘,直到此番张骞和吉祥出现……"

"怎么说?"军臣单于和所有人一样,仍是有些迷惑。

"历年的四虎,包括今年的兰顿和甘都,都没有认真思考过一个问题:为什么他们要参悟的山河舆图,要悬挂在祭天金人的对面?"

"只有张骞看出了异常,更采取了行动。他胆大包天,又心思缜密,不但与吉祥居次同行,以男女阴阳二气的转换抵消法阵的威压,更选取了一条看似最远、却压力最小的路线……最后,他初步看透了金人的秘密。"

"金人的秘密?"右贤王等人都瞪大了眼睛。他们身为匈奴显贵,曾多次敬拜金人,但毕恭毕敬之余,对这金人之秘也不敢过多询问。

"是的!这具神秘的金人,传说中来自上古神山的宝贝,其实是上古之人观天的圣器。它的眼睛与众不同。如果透过那奇特的宝石望出去,将看到截然不同的世界。"

"不要这样看着我!诸君,我对这金人的诸多秘密,也只能知道这个。"龙缺大巫悠悠叹了口气,"这也是我如此设置法阵的原因。我希望有一个天才,也能看破此点,但我等了十年,直到张骞出现。他真是个奇才,哪怕是在汉地,都找不到几个如他这般的天才了。

"也许就是因为他是个汉人吧?我们匈奴人对这金人都太过敬畏,绝对想不到会钻入金人体内,再从金人之眼窥望那山河舆图……"

右贤王也不由叹了口气:"为何张骞和吉祥居次只分别画出了山与水?"

"山河舆图上被我布置了强大的法阵。这法阵的气机太强,从金人之眼望过去,虽然可以破去这座法阵,但强悍的气机反噬,他们便只能看到一半的真相。山为阳,水为阴,所以张骞画山,吉祥画水。

"舍此之外,哪怕是兰顿依仗他的鸣蛇、甘都靠他的超强天赋,所画的山水,也都是扭曲错乱的。"

左贤王惊喜之余,又有些担忧,问道:"为何他们四人在交出所绘山河舆图后,尽都昏倒了?"

"他们很快就会醒来。"龙缺微笑道,"这也是法阵的一重布置。出了这座穹庐,他们都会将所见的山河舆图忘得一干二净。"

左贤王松了口气,却又道:"吉祥与兰顿也就算了,那张骞与甘都非我匈奴嫡系,又都有着超乎常人的禀赋,您当真不怕他们泄密?"

"舆图上的禁制法阵极为强大。"龙缺果断地摇了摇头,"哪怕是张骞和吉祥,曾经看到了一半的真相,事后也不会记住什么!"

军臣单于则冷笑道:"或者,他们只能记住一些错误扭曲的图像,所以,有时候我们巴不得泄出些秘密去!"

金帐穹庐内没几人听得懂大单于的话中深意,却都附和着笑了起来。在这一片祥和得有些虚假的笑声中,万灵天选盛会的双龙人选,终于板上钉钉了。

龙缺、左贤王等人依次向大单于行礼、退出。

右贤王却留了下来,赔笑道:"这张骞如此人物,一定将之设法留下。大巫说得对,哪怕在汉地,也找不到他这样的奇才了。大单于慧眼识人,真像天神一样,能看透一切。"

军臣单于对这句奉承很是受用。自己一直想将张骞拉拢过来,许多匈奴权贵甚至认为自己对他太过温和了,现在看来,果然还是自己慧眼独具呀!

"只是这家伙,很难驯服呀!"他又忧郁地长叹一声。

"大单于难道忘了我们此来休屠城的目的了吗?我有个一箭双雕的法子。"

"什么?"单于不以为然地哼了一声。

"要真正驯服一匹公马,最好的法子就是给它配上一匹母马——让吉祥居次下嫁张骞!"右贤王对左贤王最为妒忌的,便是他有一个天赋无双的女儿,这时候终于找到了一个泄愤的妙法,不由双眼放光。

军臣一惊:"伊稚斜怎么会答应?"

"那岂不更好?我们就有了铲除他的真正借口。"右贤王愤愤道,"大单于请想,为什么左贤王会有这么大的威望?无非是他那个无所不能的女儿给了他极大的助力。让吉祥居次下嫁张骞,哪怕不是为了寻找铲除左贤王的借口,也可以借此挫一挫伊稚斜的威风。"

军臣单于眯起眼,缓缓道:"这件事不能大张旗鼓。而且,还得说服大巫。"

这一刻,他表现出了作为大单于的老谋深算。他要考虑和平衡的东西更多。不管他看着左贤王这亲弟弟多么不顺眼,但吉祥居次到底是他的亲侄女。将其下嫁给一个类似俘虏的汉使,终究不是多么光彩的事。

但这不失为一剂猛药。此事若成，可以给左贤王一记响亮的耳光，让他清醒清醒，万一不成，也能趁机告诫这家伙不要太过张扬。

第八章

成　婚

　　张骞与吉祥居次同时晋身双龙！这消息第二天便传遍了整个草原，引起了极大的轰动。

　　时令已经是初秋时节，天空变得越发高远，也衬得草原越发广袤。西北风开始从草原上漫卷而过，带来点点寒意。

　　但草原上的各路豪杰却被这消息搅得心里冒火。万灵天选盛会十余年来，终于首次有了"双龙"，可这双龙中居然有一个汉人！他们认为，吉祥居次天赋无比，那家伙一定是沾了吉祥居次的光！

　　张骞也是在第二天才得知那喜讯的，但对他而言，最大的喜讯却不是这个。

　　回到自己毡帐后，他就沉浸在一阵狂喜之中。

　　当时，从金人之眼望过去的那一刻，他和吉祥居次一样，都感受到无比的震撼。那一刻，他仿佛窥到天机，同时也受到巨大的冲击。

　　在毡帐内静坐良久，法阵带来的那种强烈的冲击感才渐渐逝去，随后张骞便在脑海中慢慢重建那神秘舆图的全貌。

　　他很有些惊喜，自己竟然没有跟姬诚一般，览图过后便即忘却，而能够回忆起许多细节。

他欣喜若狂地抓起笔,在案头的那张绢上疯狂地画着。

那张梦寐以求的山河舆图,终于在案头成形。

张骞激动得浑身发抖,几乎便要喜极而泣。但素来谨慎的性子,又让他抑住狂喜,仔细盯着舆图的每一处细节,若有所思。

一种奇怪的感觉油然而生:自己似乎是漏掉了某个重要的细节!

这细节很奇特,却异常重要,甚至比案头的整张山河舆图都要重要!自己到底漏过了什么?

"瞧你一时狂喜,一时发痴!且先休息一下吧。"师滢递给他一碗羊奶,小心翼翼地说。

张骞黯然摇了摇头,闷闷地抛了笔。那支笔划了道弧线,在地面上砸出一片飞散的墨迹。张骞盯着那团混乱的墨迹,仿佛回忆起了什么,不由怔怔发呆。

鼻端奶香四溢,他抬起头,才看到师滢递过来的羊奶。摇曳的灯焰耀出的是橘色的光,照到她脸上,却只衬出一抹羊脂白玉般的晶莹剔透,她的双眼也闪出一抹纯净的关切。

"妹子,这些日子操了太多心,你可是清减了许多啊。"他叹了口气,怜爱地轻抚她的发梢。

师滢却笑了笑:"还是你辛苦!我这里没什么,倒是想劝劝你,所谓'凡度权量能,所以征远来近,立势而制事',纵横家讲究谋势,可不能将自己拘于微小处,弄得劳心劳神。"

张骞眼睛一亮:"纵横!"

"怎么?"她与他有个奇特的因缘,便是同出于纵横家的两脉,所以她会搬出纵横家的理论来劝他,却想不到他竟是如此一副如获至宝的神色。

"纵横家……自鬼谷子宗师始创,纵横家学说风起云涌,蔚然大观,但后来,纵横家分成经天、纬地两脉……"

他沉吟着、低语着,觉得自己终于摸到了那个东西,一时身子不由突突发颤。

纵横家的名头，是鬼谷子的弟子们以令世人瞠目结舌的战绩硬生生地打出来的。

鬼谷子开宗立派，创建了纵横之道，以天地九州为棋局，以七国君臣为棋子，合纵连横，震动天下。哪怕是目空四海的邹衍，也不得不对鬼谷子刮目相看。

阴阳家邹衍接过列御寇的指环，成为新一任昆仑道宗主。相较于散淡寂寞的列子，大气磅礴的邹衍有着更大的野心，从而也使昆仑道在他的手中实现了短暂的复兴。

但也仅仅是短暂的复兴。

哪怕在包容性最强的齐国，昆仑道都被认为是迂阔虚无、漫无边际的学说。虚无缥缈的昆仑仙山，仙山上虚无缥缈的神仙遗迹……这些学说注定不会引起注重实利的各国国君的重视；而另一方面，昆仑道保存有周朝以来的极为重要的典籍，又让各国君主和大修行者颇为眼红心热。

于是昆仑道成了各国国君和各大宗师的眼中钉。终于，邹衍在稷下学宫失宠之后，昆仑道便遭到齐、鲁、魏三国所派高手的联合剿杀。

虽然昆仑道内有不少强悍的宗师级高手，但几番激战后，也难免折损元气。直到邹衍在燕国又得到了新的高位，这种艰难局面才为之一宽。

得到喘息之机的邹衍立即赶到鬼谷。他这时候最想见的人便是鬼谷子。

从他接过指环那天算起，白云苍狗，已是又过了三十年。这三十年间，世事变幻，当年天地同笑的四大宗师中，列御寇和庄周已先后遁世仙隐，而当时在稷下学宫参加天人之辩的孟子已然辞世。

在这三十年间，庞涓与孙膑、苏秦与张仪，鬼谷子的两代弟子先后下山，虽是分投不同的国君，却各以其纵横之道，令天下风云激荡。

这份撬动天下的手段和见识，不由得邹衍不佩服。

鬼谷子隐居在云梦山的一处神秘山谷内。

如当年的列子一样，邹衍施展御风之术，飘然而至。他大袖飘飘，泠然善也，只不过与旷达散淡的列御寇不同，生性豪放的邹衍口中还吹着一支玉笛。

一路玉笛信口吹，两袖青袍御风行。

当他从天而降时，笛声如天籁般在山巅回荡，令满山满谷的菊花转眼间随风而开。

"列子御风，邹子吹律；御寇洒脱，邹衍狂放。"悠然的笑声在山间响起，一面硕大的棋盘忽然出现在邹衍面前。

棋盘是青石雕就，一眼望去，却看不到边际，仿佛整个天地都被这张棋盘所笼罩。

邹衍迅疾如风的去势被棋盘阻了一阻，这位昆仑道宗主不得不凝神聚罡，神目如电般望向那张铺天盖地的棋盘。

他的身形再无凝滞，飘然坐在棋盘的一端。刹那间，那青石棋盘又缩到了寻常棋盘的大小。

笑容可掬的鬼谷子已经端坐在棋盘的另一端。

石后有松，石前有山，石边有友，两大宗师隔着青石棋盘对坐，满襟清风，仙气飘逸。

鬼谷子年纪已经很大了，但依旧还是三十年前那个中年书生的模样，唯一的变化，也许就是他的额头更加光亮突出了。

"难得你还没有变。"邹衍悠然叹了口气，"举世悠悠，都在议论你们纵横家是乱世之源。"

"宗主以为如何？"鬼谷子淡淡笑问。

"你不停地派出弟子下山，效命于不同的诸侯。世人都以为你在搅乱天下，但我想，你是在找寻一种平衡。"

"知我者，邹子也！"鬼谷子笑道，"我在努力寻找的，其实是使得天下免于生灵涂炭的方法。最好的办法，就是让各方维系一种平衡。"

邹衍叹道："天下大势，分分合合。你想让各方永远维系平衡，那岂不是痴人说梦？这天下，绝不是你的棋盘！"

"有理！莫看现今的纵横家气象鼎盛，但他们也只能在乱世间才能引领天下风骚。到了天下太平之时，纵横家便会无用武之地。"

"天下太平？"邹衍叹道，"那不知要何年何月！但若真到了那一日，大势所趋，你又如之奈何？"

鬼谷子笑吟吟地敲了敲青石棋盘。

邹衍早看见那青石棋盘上刻着两组大字，一为"经天"，一是"纬地"。蓦地，他心中一动，说道："看来你早有筹划？"

"以天地为棋盘，以众生为棋子——这是世人对纵横道的以讹传讹。世人以为纵横道就是如孙膑、庞涓那样，追求兵法韬略的极致；或如苏秦、张仪那样，以阴谋博取权势，其实我这几个弟子都只是纵横道天地两宗的一道而已。"

鬼谷子轻轻挥手，一黑一白两枚棋子稳稳打在棋盘上。

邹衍好奇地问道："纵横道内竟还有天地两宗？"

"是经天、纬地两宗！"鬼谷子目光幽深如海，"攻城略地、兵法谋略、运筹帷幄、出奇制胜，这都是纬地之道。而仰观天象、吞吐阴阳、剑御风雷、合乎大道，方谓之经天之道。"

鬼谷子信手挥洒，棋盘上的白子黑子渐渐增多。这位大宗师竟是自己与自己对弈起来。

邹衍见那黑白两道棋子在棋盘上翻翻转转，犹如一青一白两道云气，聚散变化，却都依循着神奇的棋路，片片棋子或死或生，辗转交征，不禁看得目眩神驰。

一时技痒，他也拈起一枚黑子，啪的一声，打入中腹，笑道："经纬者，纵横也！经天、纬地两宗，岂不就是纵横两宗吗？"

鬼谷子见他一子点下，棋盘上黑子的形势立时变得豁然开朗，微微点头，应了一子，口中说道："这两宗之中，纬地宗注重世间的韬略运筹，而经天宗则是追求术法天道。我的弟子中，苏秦、庞涓等人名声虽大，却只不过是纬地宗的翘楚而已，他们还修习不了经天宗的学问。"

邹衍哈哈大笑："但苏秦、张仪名气太大，世人便都以为你纵横道只有阴谋诡计了！"

"那未免也太小觑我鬼谷子了。"

两人谈笑之际，落子如飞，棋局翻覆，但任由邹衍如何腾挪，局势仍是被鬼谷子稳稳压制。

鬼谷子忽道："不过，天地不仁，以万物为刍狗。来日天下一统，纵横家中出过无尽风头的纬地宗将再无一展身手之地，必然日渐凋零。虽然纵横家纬地宗的学说会流行天下，但用不了多久，属于这一宗的纵横家，却会在世间彻底消亡。"

"诸子百家之中，除了儒、道、法、墨四大家，现今风头最盛的，就是你纵横家了，怎会不久便消亡？"邹衍不由一阵恍惚。这是他第一次听到一位开创门派的祖师预言自己所创的宗门会很快消亡。

鬼谷子有些落寞地一笑："就是你说的这四大家，也有一家会在不久的将来消逝。"

"哪一家？"邹衍一惊。

"墨家！"鬼谷子叹了口气，"墨家兼爱，讲究摩顶放踵、以利天下，其'强必贵，不强必贱；强必荣，不强必辱'的非命之说，更是振聋发聩，元气凛凛。但很遗憾，他们距终极的天道还差了一线，而墨家要对抗的，几乎是所有的当政者，如此焉能不败！"

邹衍恍然："墨家为当政者所忌，来日必会一朝而覆没。"

"诸子百家，其实一直在不停地消亡，当真是方生方死！不过无妨，"鬼谷子缓缓将一枚白子打入棋枰，"纵横道还有经天宗……"

随着这一子打入，风云变幻的棋局登时形势明朗，白棋局势豁然贯通，如拨云见日，气势磅礴。

"还是你这千年老妖厉害！"邹衍大笑。

到底是大宗师的见识，他只看了一眼，便即推盘认输："只不过，经天、纬地这两脉学问各不相干，怕是除了你这深不可测的祖师爷，再没有人能将之融会贯通了吧？"

"谁说没有？黄石，给邹夫子倒酒！"

石后响起一声低应，一个面容微黄的青年躬了躬身。

邹衍早看到这青年一直侍奉在旁，神色恭谨。看上去这黄石只是个普普通通的黄脸青年，但此时他踏步上前，立时有一种沉浑的气势生出。

青年袍袖轻挥，青石棋枰上的棋子被一股清风卷起，无数棋子随风飞舞，自动分为黑白两色，如一黑一白两条飞蛇，乖乖钻入青年的大袖内。

棋子巧妙收回的一瞬，石枰上已布上了两盏酒。

"请邹夫子尽兴。"名叫"黄石"的黄脸青年向邹衍拱手，脸上看不出一丝情绪。

邹衍盯着石上的酒盏，眸子却不由亮了起来。

邹衍当然知道这一手小把戏般的倒酒小技到底有多难。这石枰上刚经得两大宗师的一盘奇局，正是罡气笼罩，哪怕一只苍鹰都难以立足其上，但此刻这青年不但悄无声息地倒满了两盏酒，而且没有一滴酒洒到盏外。

更奇的是，那酒水几乎满盏，却没有一丝波纹荡漾，仿佛已在石上摆放了半日。

"好酒，好身手！"邹衍举杯便饮，才发现居然是温好的热酒，那热酒如一道热泉从喉咙直烫入腹内，他不由饶有兴味地盯着那青年道，"黄石，你便是独得经天、纬地两宗之秘的人？"

"愧不敢当！经天宗以术法窥天道，纬地宗运筹于帷幄，黄石都只能算初窥门径。"黄石话说得淡然，口气却颇大。

邹衍道："你倒窥一窥，我今日登门，所为何事？"

"邹夫子统领昆仑道，这些年间虽数次挽狂澜于既倒，但环顾诸强，终究独木难支，只怕是想向吾师问计。"

邹衍不由大吃一惊，又笑问："黄石可有计否？"

"晚生后辈，安敢妄言！不过天下谋略万千，所谋者不过是一个'势'字。昆仑道以数十宗师横行诸国，傲视群雄，勇则勇矣，恰恰在这势上失了先机。"

邹衍脸上的笑容顿去。

先前这青年挥袖分棋敬酒，身手神出鬼没而又锋芒内敛，显露的正是吞吐阴阳的经天宗术法，而此时他寥寥数语，已是点破昆仑道的窘境根源，这便是纵横道纬地宗的超绝眼光了。

"鬼谷子这老怪物当真是慧眼无双！这黄石果然天赋与识见超凡。"邹衍暗暗点头，缓缓道，"请细细道来。"

万分难得，昆仑道宗主竟对一个后辈小子说了个"请"字。

"先前晚辈曾言，昆仑道曾深陷诸强围攻，数次力挽狂澜。可惜狂澜过后，大势已失。所以此刻晚辈妄言一句，克敌破阵，不如谋势。宗主统领昆仑道这些年间，凭着宗主在稷下学宫的高位，昆仑道曾有过数年喘息之机，但终究没有立住'势'，一旦国君变换，便会再遭无尽风雨。"

鬼谷子淡淡地打断弟子的话："不要总说些大而无当的！只说你要如何谋势？"

黄石忙拱了拱手，缓缓道："势者，抟圆石于千仞之峰也。小子以为，真正的势，便是根基。方当乱世，宗主麾下奇才无数，何不给昆仑道寻一处真正的安身立命之地？"

邹衍神色一振。当年列御寇将昆仑道交到他的手上，正是看到他的学说与昆仑道宗旨暗合。刚接手昆仑道时，接触到昆仑道的诸多古本典籍和精妙术法，也曾让他意气风发过一阵，但这些年昆仑道先后依附齐国和燕国，虽都曾名噪一时，但每到时运不济时，他和昆仑道便都会遭遇极大磨难。

他是阴阳家的大宗师，更是五行学说的集大成者，以阴阳五行几次推算，却总是算不出解厄之道。黄石所说的谋势，他当然早就想过。他这些年先后依附齐缗王、燕昭王，就是要借诸侯王之势，以壮昆仑道之威，但终是效果不佳。

没想到，黄石所献的计谋更犀利，竟是让他直接去谋取一块根基之地。

"有了龙兴之地，才能借势而起，这道理谁都明了。但当今天下，七国争雄,寸土必争,这安身立命之地,又到哪里去寻?"邹衍有些不解。

"寸土必争是在中原!"黄石脸上浮现出一抹与他的年龄极不相称的深沉笑容,"邹夫子创'大九州学说'。大九州之外有大瀛海环绕,那么何不放眼沧海,东出大海之西……秽地!"

"东出大海之西的秽地?"邹衍眉毛挑起,双目骤亮,"你是说秽地,现今'殷氏箕子王朝'的属国?"

(作者按,相传商王帝辛的叔父箕子曾带五千人去朝鲜半岛,开创史上所称的"箕子王朝",被认为定都在大同江流域今平壤一带。括地志云:"秽貊在高丽南,新罗北,东至大海西。")

邹衍眼芒闪烁,神色由淡漠而怀疑,由怀疑而惊赞,忍不住望向鬼谷子,道:"老鬼谷,这是你这高徒自己揣摩出来的,还是你暗授机宜?"

鬼谷子捻须道:"这番话,我也是首次听他说起。黄石这小子的言行,每每让老夫意想不到。嗯,秽地现为东夷人所占,进可攻退可守,是一处好地方!"

黄石所说的"秽地",本称"秽貊",并非七国争雄所在的中原地区。其地形势奇特,民风悍野。战国时期,中原颇多犯了死罪的亡命之徒逃窜至秽地,继续逍遥法外。

那是一处奇特的地方,邹衍却一直没有过多关注。这时候被黄石一语点醒,他不由心中怀疑,这样的见识,只怕是鬼谷子才有的宗师眼界。

他今日登门求教,要的就是这样扭转乾坤的一记妙手,没想到鬼谷子还没出马,却先被他的徒弟片言折服。

"先龙腾边地,再昆仑登真,真是妙手!"邹衍叹道,"老鬼谷,都是你教出的好弟子!纵横道终于有了一位可将经天、纬地两宗融会贯通的奇才。"

黄石向两大宗师深深一揖,退到一旁,如先前一样,成为一个毫不出众的小侍者。

鬼谷子向这位弟子深深凝望,眸中若有深意,悠悠道:"黄石是个奇才,但若论名声,还是不及他来日所收的那个小弟子。一身具文韬武略，建不世之功，那才是名垂青史的大人物。"

黄石很有兴趣地仰起头："我什么时候会收这个小徒弟？"

"还远得很！他是你的关门弟子，天机何必早早说与你听。不过此人虽是大名垂青史，但他三百年后的后人，方是真正的神妙。那后人会创立一个神奇的盟会，才是真正的流芳万世。"

"流芳万世的盟会！"邹衍也来了兴致，"天下哪里有这样的学说宗派？"

"那不单单是一门学说，也不仅是诸子百家那样的授业解惑，而应该是……"鬼谷子蓦地抬起头，目光悠远得仿佛似要穿透无尽的岁月，"如同老子宗师那样……"

"老子宗师那样……那又是怎样？"提及那位神龙见首不见尾的老子，邹衍不由神驰万里。

"宗主可知道，老子出关，是做什么去了？"

"老子出关后不知所踪，实乃千古之谜！有一种传说……老子是西去寻找昆仑？"

"不，不仅仅是寻找昆仑！据说，老子在出关前，曾留下神秘的一问——纵与横的极限是什么？而师尊尹喜当年留给我的最后一道题也是这句话：纵与横的极限是什么？师尊让我将此当作天机来参悟。"

邹衍沉默了下来。这句话他早已听说过，而且还知道许多的答案。老子出关，相传与昆仑有莫大关系，但这句话里又会涉及什么天机？

"我苦思几十年，终于明白了。"鬼谷子一字字说道，"纵与横的极限，便是永恒！老子宗师要寻找的，也是永恒！"

"永恒！"邹衍盯着目光深邃如海的鬼谷子，"你适才说的那个神奇盟会，也是要得到永恒？"

"是的，上至君王，下至匹夫，都会因为坚信这个永恒，而被这个盟会吸纳。其信徒会遍布九州！"

邹衍蹙眉道："你说的这些，倒是很像墨翟所创的墨门。只不过墨门归巨子统领，门徒虽众，却以贫苦工匠居多，还从来没有一个君王贵胄笃信墨家学说。"

鬼谷子叹了口气："所以我说，墨家很可惜。他们距离永恒只有一步之遥，结局却是天壤之别。"

二人所说，如同天书。黄石却似听懂了，忽然躬身道："请师尊给这三百年后的盟会起个名字。"

"到时候，它自然会有自己的名字。不过，既然与老子宗师所寻找的永恒有关，我倒是希望它的名字中，有个'道'字！"

"黄石谨记！"

"不必谨记！三百年后的事情，何劳我们这些人操心！"鬼谷子手捻长髯，微笑道，"黄石，你已动了下山的念头了？"

黄石又一躬身，道："师尊说，天下该当一统了。弟子也想让天下一统。"

邹衍忍不住问："你要去哪里？"

他对黄石的去向颇有兴趣。鬼谷子的四大弟子分别投奔了不同的国君。最早下山的大弟子庞涓成了魏国名将，曾率领魏军横行天下，使魏国称霸一时。随后下山的孙膑则成了齐国的大兵家，率齐军大胜庞涓，并逼得这位师兄自刎。

随后，鬼谷子的又一弟子苏秦以"合纵"之谋游说列国，身挂六国相印，联合关东六国拒秦，使秦军十五年不敢出函谷关。另一高徒张仪则主张"连横"谋略，单身入秦，献"远交近攻"之策，帮助秦国崛起。

四大弟子简直便如天生的对头般，捉对厮杀，各有成就。这位最后下山的小弟子却又要去往何处？

"弟子当游历天下，但我最想去的地方是……秦国！"

鬼谷子点点头，没说话，只在棋盘上撒下些棋子。

哗啦啦的声响中，棋子渐多，却并不滚动，而是迅速地各安其位。黑白棋子在盘上分分合合，辗转相争，一副奇局聚散离合，风云变幻。

"去吧！"鬼谷子凝视棋良久盘，忽地一叹，"下山之后，不必用你这黄石本名了。临别之际，再赠你个世俗之名吧，就叫魏辙如何？"

黄石恭谨地道了声："多谢师尊！"

邹衍蓦地心动，忍不住道："当今群雄逐鹿，百姓涂炭，要到何年才得天下太平？"

鬼谷子笑了："宗主是阴阳家大宗师、当今五行学说之集大成者，难道算不出这个大气运？"

邹衍也笑了，伸手比画了一下。鬼谷子恰好也伸出了叉开五指的手掌。

两只巨掌稳稳击在一处。

"五十年！居然要这么久？"意气风发的黄石不由叹了口气。

"五十年可不算长。"鬼谷子喟然叹道，"只是到了九州一统、天下太平之时，我纵横家便也该偃旗息鼓了！嗯，岂止是我纵横一脉，到那时候，这诸子百家，也都要到了收束之时了。"

纵横家，连带诸子百家，都尽皆收束？黄石心头微微一沉，不知是个什么滋味，凝神沉思，又问："师尊还有什么指点弟子的吗？"

鬼谷子袍袖轻挥，枰上的棋子一枚枚离枰而起，飞向他的袍袖。他悠悠地望了黄石半晌，才道："当立则立，当破则破，经天纬地，正当其时！"

他袍袖再挥，无数棋子忽地化作一黑一白两条飞龙，腾空飞去。

"是的，我记起来了……那应该是一道纬地符！而且……"张骞全身剧震，再也说不下去。

"怎样？"师滢还极少见到他如此激动，一时竟有些不知所措。

"那道符，应该是我父亲所留！"

张骞心中暗惊，继续说道："鬼谷子宗师开创纵横家时，便已分为经天、纬地两宗，经天宗重于术数道法，纬地宗则专攻运筹谋国之术。秦始皇一统天下之后，纬地宗便没有了用武之地。阿翁曾告诉我，纵横家大宗师黄石公最后收的弟子，便是张良。黄石将一身学问尽数传给张良，从而使得张良在楚汉争夺天下的战争中，屡出奇计，帮助高祖刘邦获胜。但高祖皇帝平定天下之后，纬地宗那种灭国兴邦的学问便遭到天子之忌，终于渐渐没落无闻。

"是的，世间虽然还有纵横家的诸般学说，却只剩下了些僵死的知识，那一人可以灭国、一人可以兴邦的纬地宗真传，已几乎不传于世。最后一个纬地宗传人，便是家翁。天下知道这纬地符的，大约也只有我们父子二人了！"

师滢也震惊得说不出话来。她听张骞隐约说过，其父张览身为纵横家，确曾出关游历，慨然有经营西域之志，只可惜，最终在一次游历西域时，遭匈奴人袭击，为救张骞而死。

但此刻，张骞却说看到了父亲所绘的纬地符，而这道符居然是在最神秘的撑犁山河舆图上。

"据说，这幅山河舆图至少存在了十年之久。"师滢瞪大了秀眸，轻声道，"那么十年前，令尊曾来过休屠城吗？"

"是的。那时候阿翁常常外出远游，最长的一次，便是十多年前，曾离家一年半之久。那时候我还是个少年，常常望着院门，盼着那道门能打开，阿翁能笑呵呵地推门走入。但等啊等，从春天等到盛夏，再等到天气转凉，风很冷了，下雪了……阿翁一直没有回来！直到又一个夏天，他才风尘仆仆地赶回来。我那时候欢喜得要疯了，扑过去抱住了他。他果然是笑呵呵的，只是那笑容非常疲惫……"

"时间可以对上。难道那一次，令尊竟是远游到了匈奴，并遇到了龙缺大巫？"

"可能你不知道，纵横家纬地一脉的学问，对地理之道颇有独到研究。无论是勾股弦的测绘之理，还是记里鼓车、司南等测绘器具的制造使用之道，家父都颇为精通。我猜想，应该是家父远游匈奴时，被龙缺大巫觅得。

"那时候，匈奴单于或者大巫，也正在秘密绘制一幅西域的山河舆图。这当然需要数年之功。这幅秘图很可能已经绘制了许久，却因缺少专业人士的辅助而难以最后功成。匈奴人在这方面有着天然的劣势，而家父这样的奇才对于龙缺来说，正是天赐的最佳人选……"

说到这里，他忽然悚然一惊："也许更为大胆的设想是，这幅西域乃至匈奴的山河舆图，对于匈奴意义非凡，家父一定是费尽心机，才让龙缺大巫接纳自己的。"

"我有一个疑问。"师滢沉吟道，"令尊……当真不曾修炼过吗？"

"阿翁不准我修炼术法，他自己么……"他忽觉自己那个总是风尘仆仆的父亲越发显得神秘莫测。自己当时对术法钻研不深，这时经得天选法会的历练，再回过头去思索，他觉得父亲应该是个身怀异术的奇人，只是他从不显露自己的一身绝学，甚至连自己的儿子都所知不多。

他不由摇了摇头："为何问起这个？"

"令尊在山河舆图上故意留下那道符，并未多加掩饰。即使龙缺大巫发现了，也只当是中原人绘画作诗后的习惯，未加理会。但那道符应该别有深意，只是这时候，我这小女子也揣摩不透。"

张骞眼前闪现过那个越来越清晰的纬地符，忽然如遭雷击，心内终于明白：阿翁至少是一位元神修炼的高手！

一时间，许多自己少年时便有的疑惑也都迎刃而解：

为什么父亲要带着自己远游西域？因为那里有他苦心经营的匈奴山河舆图有关……

为什么父亲身怀异术，却严令自己不得修习任何术法？或许是因为他希望，有朝一日，自己这个不肖子能被龙缺大巫选中，能亲眼得见那幅能呈现匈奴和西域最大秘密的山河舆图。自己从未习练过术法，自然能让龙缺和匈奴权贵们放松戒心……

父亲之所以如此做，很可能是因为他在辅助龙缺绘制舆图时，曾被严密监管禁制。他当然见过山河舆图的全貌，但为何回乡多年后，从来没有凭着回忆复制过那张图，甚至从未提及此事？

因为很可能，他的那段记忆，已被龙缺大巫用一种奇异巫术设法抹去了。由此可以想见，父亲当年一定是历经艰辛，才逃出匈奴……

但好在父亲在辅助绘图时，留下了那个纬地符。

他不由兴奋地低声喊道:"不错!那道符,正是阿翁在舆图上留下的'元神暗道'。元神记忆若从这'秘符暗道'进入,或许我们才能得窥山河舆图的真面目……"

师滢也是又惊又喜:"有了这秘道般的纬地符,便能让你重新记起山河舆图的全貌了吧?"

"只怕仍旧很难!"张骞苦笑道,"阿翁虽然在此下了很大的功夫,但龙缺大巫后来又在山河舆图上加了极大的禁制。直到现在,我仍然没有勘破阿翁留的这道符。真要勘破它,也许要好几天,说不定甚至要好几年。但不管如何,家父终是给我留下了一扇暗门!"

张骞一时心绪起伏。父亲卧薪尝胆的多年夙愿,竟被自己无意间撞上了,当真是冥冥之中自有天意!他胸中更是激荡无比,柔声道:"滢儿,滢儿,你当真是冰雪聪明!"

灯影下,只见师滢明眸中波光流转,漾出一片潋滟水光,雪靥上也泛出娇红霞色,他心内一热,猛地将少女揽入怀中。

师滢这几日虽然常和他朝夕相处,但二人始终以礼相待,从未亲热。这时忽然被他拥入怀中,她登觉身子酥软,积压已久的相思如热泉般喷出,竟情不自禁地发出一声轻吟。

他只觉得被一团烈火燃遍了全身,遂俯下身,热烈地亲吻着她。她颤栗,她喜悦;他热烈,他激动。他们都觉得吻到了对方心灵的最深处,自己心灵的最深处也被对方狂热地吻着。

过了良久,师滢才忽然觉得无比羞涩,一下子推开了他。他看着呼呼娇喘的她,见她颊上的霞色仿佛要燃烧了一般,心底的热焰又升腾起来,却强力按捺下去。

"滢儿,听我的!"他紧盯着她的双眸,"回中原去吧。"

"不!我千辛万苦才和你在一起。"她执拗地盯着他,"我哪也不去,只在这陪着你。"

他幽幽地叹了口气:"可这里太过凶险。"

"我不怕!"她的目光很热,一时刚毅如铁,一时又脆弱得似在哀求着什么。

他又紧揽住她的纤腰,将她紧紧拥入怀中。他只觉这一刻如此美妙,却不知道这样的时光还能有多久。

一通急促的脚步声传来。师滢最先警觉,有些慌乱地从他怀中挣脱,匆匆挽好青丝。

"哎哟!我来的可真不是时候!没有打扰二位吧?"韩当钻入帐内,肆无忌惮地在二人的脸上瞟来瞟去。

"韩先生有何见教?"张骞神色恢复从容。

这种从容让韩当有一种被挫败的感觉。他闻知张骞晋身双龙,自是又嫉又恨,此次闲来无事,便想来挫挫此人的威风。念及此,他哼了一声:"堂堂汉使,却投靠匈奴,参加万灵宗的天选盛会,一路过关斩将,晋身'双龙',甚至还可能与吉祥居次成婚。哈哈哈……这消息如果传回长安,你会被灭族的!"

师滢登时一惊。她出身商贾大族,见识不凡,自然知道韩当所言不虚,忍不住喝道:"胡说!你这是血口喷人。"

张骞却是一笑:"韩兄想必不知,我等你过来,已经很久了。"

他望着韩当那张有些扭曲的脸孔,心中想道,纵横家的学说极为重视辩才,自己虽承袭了父亲的见识眼光,偏偏不大留意辩术,这时候倒不妨一试。

"你等我?"韩当刚打算哂笑一番,笑容忽又凝固。

他看到张骞自怀中摸出了一块玉佩。他认得那汉地样式的玉佩。

"此物得自铁锤康力。"张骞摇了摇那玉佩,"他的腿骨折断,被我这位女神医治好了。康力很是感激我。匈奴人的感激都很直接,他对我坦承了你的借刀杀人之计。嗯,你付给他的首次定金中,就有这块玉佩。你,重金贿赂康力,要他来杀我!"

韩当大为震惊。他的第一个念头,就是想摸出怀中的匕首,立斩此人;随即便又想到,对面这位看似文绉绉的家伙,似乎修为极为深厚;跟着便感觉到一股沉厚的剑意从身后横压过来,一扭头,看到师滢眼中的凛凛杀意，登时心气一泄。

"物归原主吧！"张骞却把玉佩塞入韩当手中。

韩当又是一惊，下意识地攥紧玉佩，心内却瞬间转了数个念头。

"抵赖是没有用的！康力已经答允，随时可以给我作证。而且我二人已有约在先，无论是我还是他，若有一人无故身亡，另一人必会站出来将此事公诸于众。况且，现在康力已回到他的巨人部落，你韩当力量再强，也是鞭长莫及。"

张骞有些怜悯地望着韩当，仿佛看透了他的内心，淡淡地又补了一句："纵横术中，有一门'七擒七纵'之说。对你，我也可以七擒七纵。"

韩当忽觉一阵心寒，仿佛许多心事都被这双眼睛看透。张骞倒了一碗马奶酒，自己喝了一半，才递给他，说道："没有毒，喝吧。"

韩当哼了一声，坐下了，冷笑着仰头喝下那半碗马奶酒。他喝得有些急迫，似乎想掩饰什么。

"你一直想置我于死地。"张骞的目光柔和了许多，"但你想过没有，我们之间，何曾有过真正的死结？

"非但如此，我还能带给你更多的好处。你眼下的处境，无论是在左贤王这里，还是在单于身边权贵们的眼中，其实都可说是孤立无援。除了任人唯贤的左贤王，那些匈奴显贵们应该是都视你为叛逆的汉人吧！他们看不起你，也对你放心不下……"

张骞紧盯着对面的韩当，将他每一次目光的游移，每一次脸上肌肉的抽动，都捕捉在内："能真正对你施以援手的人，其实只有我。"

"你？你能给我什么？"

"我是堂堂大汉使者。如果我修书一封，哪怕不加盖印鉴，哪怕仅给你美言只字片语，只要送归长安，你的境遇就会全然不同。现在你虽然风光，终究是万里之外的荒原，但若有了朝廷的认可，你便可以随时荣归故里；当然你也可以继续在此风光，而让你在汉地的家人真正地享受荣华。

"先前你曾说过，只需传递出一个消息，便能让我灭族。而我此刻却想着让你博得个封妻荫子。错误的判断，源于狭隘的眼光。而见识狭隘，会让你的人生越走越窄。"

韩当又给自己倒了一碗酒，缓慢地将马奶酒啜尽，然后笑了："西域最会做生意的康居人曾说，买卖场上没有永远的敌手。不错！我与张使君，本就该是个相得益彰之局。"

"你连番痛下杀手，要置我于死地，我也颇为理解。毕竟，你这隐秘身份为我所知，于你实在是万分凶险。"张骞自怀中摸出一把短刀，又倒满一碗马奶酒，沉声道，"我们可以歃血为誓……"

短刀在他左臂上划过，鲜血滴入酒碗内。

韩当动容，默然接过刀，也在自己的手臂划出一道血槽。

二人对天立誓，举杯一饮而尽。

当日晚间，右贤王兴冲冲地赶到左贤王的毡帐，传达了单于赐婚吉祥居次的旨意。

左贤王果然极为震惊。号称"火凤凰"的女儿是他最喜爱的掌上明珠，在匈奴百姓中有着极高的声誉，得大单于青睐，更是龙缺大巫最看重的弟子。女儿将来所嫁之人，一定要有强大的背景，一定要能极大地壮大他左贤王的力量。

他当然知道女儿的心思。这个目空四海的丫头，魂儿已经被张骞这家伙给吸引去了。虽然他也极欣赏张骞，但他可以配给张骞五十名匈奴美女，却不想将女儿嫁给他。

而这时候，大单于居然下了这么一道赐婚之命！这里面定然少不了对面这个老对头右贤王的蛊惑之功。

心内惊怒交集，左贤王却没有在右贤王面前发怒。他想到了龙缺大巫的那个警告，只喝问道："此事大巫知晓吗？"

"龙缺大巫也是应允的。"右贤王一脸惬意。去说服龙缺时，他心中很是忐忑，但没想到龙缺居然同意了。右贤王甚至生出一种感觉，龙缺似乎隐藏着什么秘密，也许他在期待着这次赐婚。

左贤王沉默了。

"好吧,知道了。送客!"他再不多言,只是阴沉着脸,站起身。

将这位老对手羕走后,他扭过头,看到了站在毡帐口的女儿。她的脸上有光彩闪动。

左贤王狠狠心,没有搭理女儿,却喊来韩当,面授机宜道:"右贤王那个老蠢材说了,他明天还要去张骞那里,传达单于的赐婚之旨。咱们这里要有个人陪着他同去。这件事你去办吧!要记住你真正的任务,给我搅黄这桩婚事!"

韩当看到左贤王眼中的杀机,心中一寒,同时也松了口气:他跟张骞有过深谈,当然知道这家伙的真正心思。

突然心中一动,韩当发现了一个极好的机会。他躬身说道:"属下一定不辱使命!不过既然大单于已发出天神般的指令,恐怕殿下不能明着违抗。张骞自然也不能违抗。此事,应该有个更好的办法……"

左贤王眼芒更加凌厉:"你是想……杀了他?"

"何必要杀?那同样会陷殿下于万分不利的境地。不如,让属下安排张骞逃走?"

转过天来,日色西斜时分,右贤王带着韩当,来到张骞的毡帐。

张骞昨晚送走韩当后,便即陷入苦思,拼力钻研那道纬地符。

记忆中的山河舆图被加上强烈的禁制后,开始变得模糊起来,只有那道神秘的纬地符,仿佛是暗夜里的明灯,在无尽的混沌中闪烁着。

但那盏灯太暗了,模糊的雾气又太浓。张骞苦思许久,仍是一无所得。

正在苦闷焦急之际,他看到了意想不到的"贵客"右贤王,接着听到了一个意想不到的"好消息"。

右贤王很得意。他要一鼓作气,促成这桩美事。但万没想到,说明了大单于的赐婚旨意后,张骞竟是一脸惊愕,断然拒绝:"张骞是大汉使者,与吉祥居次身份有别,不宜结此秦晋之好!"

右贤王哼道:"别提你这汉家使者的身份了!在这里,你就是个没有上枷的囚徒罢了!若不是大单于看得起你,你又怎能吃上这天鹅肉?"

张骞心中闪过吉祥的倩影,一时间许许多多的绮丽画面交错而过,不由心绪起伏,但瞥见立在帐内的牦尾节杖,随即涌起一股刚硬之气,朗声说道:"抱歉!张骞是大汉使臣,不娶胡女。"

"你疯了!吉祥居次是天下第一美女,是这草原上无与伦比的火凤凰啊!"

"她是无与伦比,奈何我心如铁石。"张骞瞟了眼侍立在旁、脸色苍白的师滢,忽然大声说道,"况且,张骞已有了正妻。"

"什么?"右贤王冷笑起来,"汉地的媳妇,你是带不来这里的,那算不得数!"

"不!她就在我身边。"张骞忽然拉住师滢的手,"这位汉家女子,是给我治病的女神医。蒙她妙手施救,给了张骞第二条命,我一直感激不尽。现在,这位小妹,你可愿意嫁给我吗?"

事发突然,师滢浑身都在发抖,心中却明白他的意思,连忙点头:"小女子……我……愿托付终身。"她虽知道此时事关家国大义,但性子娇羞,仍旧脸色红若霞烧。

"这位小妹怎么称呼?我只知道你叫师小妹,那便叫你师小妹吧。"

师滢知他故意说的如此生疏,以免将同为使团中人之秘泄露出来,便也点头道:"好,师小妹便一切听凭使君的。今生今世,愿君不离不弃!"

右贤王全然料不到张骞施出这种奇招,不由呆若木鸡。陪同右贤王前来的韩当也彻底愣住。他本想待右贤王走后,再跟张骞商量逃亡事宜,但这时竟不知说什么是好。

右贤王呆愣了片刻,忽然放声大笑:"韩当,你们汉家的规矩,我是大致知道些的。二人成婚,须得要父母之命,媒妁之言。张骞随便拉了个部落婢女过来,便敢自言婚配。这在你们汉地,可不是笑话吗!"

韩当干咳了一声,暗想,右贤王这话,倒也颇有些道理。他正想为张骞找些理由,却听张骞仰头笑道:"右贤王只知其一,不知其二。我大汉儒家,讲究的是天地君亲师……"

他拉着师滢的手,面向毡帐门口跪倒,朗声道:"万事以天地为大。今张骞父母已亡,便以天地为父母之命。至于媒妁之言……"想到若要找个身边的人做媒,那么扮作默勒部落大总管的卓轻闲倒是个最好人选,只可惜这个白胖子此时不在身边。

师滢情急生智,接口道:"便请太阳为媒,请明月为媒。大汉使者张骞与小女子师小妹,此情不渝,坚逾金石,愿执手终身。"

此时正是初秋时节的黄昏时分,西坠的落日已变得红彤彤的一抹醉颜,东升的月亮却如薄冰般挂在天边。此时正是一天中难得的日月同天之时,师滢的话,竟万分应景。

张骞大笑道:"日月齐辉,正是吉时!今晚我们便是洞房花烛的大喜之日了。右贤王可以留下来喝杯喜酒吗?"

右贤王的脸扭曲起来,惊讶、懊恼、愤懑,诸般神色一起凝固在那胖脸上。他正想雷霆大发,忽又想,张骞和左贤王都如此执拗,岂不是个更好的结果?只需回去想好说辞,将抗旨的帽子扣在左贤王的头上,那便万事大吉了。

他索性仰天大笑:"好,本王也算是开了眼了!希望你张骞只是一时任性,不会永远与单于作对。韩当,你留下来好好劝劝他吧。"转身拂袖而去,出了毡帐。

韩当恭送右贤王出了帐门,长揖赔笑道:"右贤王殿下放心,韩当一定竭尽所能。"望着右贤王的身影消逝在渐浓的暮色中,韩当才现出一丝如释重负的苦笑。

他已经顺顺当当地完成了左贤王的密令,虽然他什么也没做。但这轻易得来的功劳并没让他觉得多舒畅,反而隐约觉得,更大的麻烦即将到来。

忽听身后传来异响,忙一扭头,韩当登时脸色僵硬,愕然道:"吉祥居次……"

他看到了站在毡帐门外另一侧的吉祥居次。她应该早就到了,很可能已经亲眼看到适才张骞成婚的全过程,这时候她静静立在那里,仿佛冷冽秋风中一朵摇摇欲坠的鲜花。

吉祥是无意中赶过来的。

她昨晚听到单于赐婚的消息,兴奋得一夜都没睡好。她很想昨晚就过来,但不知怎地,这时竟忽然间有些害怕见到张骞了。只要想到这个人,哪怕听到这个人的名字,她就没来由地脸红心跳。

她隐约看出父王很不高兴,似乎不大赞成这门婚事,但她更相信,单于太伟大了,父王是拗不过大单于的。只是她心中难免有些患得患失,熬了一晚,终于候到个机会,偷偷地跑到张骞这里来了。

吉祥素来对自己的容貌极为自负,但想到这一晚没怎么睡好,还是特意往脸上抹了较多的胭脂。殷红的胭脂在双颊上洇开的那一瞬,她又想起了自己和张骞在金人像内那动情的一刻。当时自己哪儿来的那么大的胆子,竟在黑暗中亲吻了他!

她长这么大,没有对男人动过情。她甚至觉得自己不会对任何人动情。但很奇怪,谁都看不入眼的自己,居然会喜欢上这个家伙!好在他也是喜欢自己的呀,自己亲吻他的时候,他的回应似乎也很热烈……

这么想着,她的心便怦怦地跳得更厉害了。还好,马上就要见到这家伙了!反正是,马上要见到这家伙了!

她感觉自己仿佛踩着云彩般,飘到张骞的毡帐前。远远地,便看见右贤王带着韩当进了毡帐。她的心跳得更紧了。一直以来,她都是那么厌恶这个肥头大耳的右贤王,现在忽然觉得,这家伙其实也挺可爱。

她心中又是惊喜,又是忐忑,没好意思跟着进去,只在不远处悄悄听着。她修为深湛,耳力过人,但其实不需要太强的耳力,张骞和右贤王的声音都挺大,她一字一句,听得清清楚楚。

她僵住了,感觉自己一下子被人扔进了冰冷的河水中,每一个毛孔都透进彻骨的寒意。

此时已经秋天的夜晚，草原上的西北风冷得似刀子一般。她浑身发抖，也不知自己站了多久。直到韩当这声招呼，才将她从恍惚中唤醒。

她仿佛没看到韩当，而是怔怔地走进毡帐，看到了和师滢偎依在一起的张骞。

"张骞，这是怎么回事？"吉祥的声音清冷得吓人。

张骞的眼神也不由僵硬了下，却挥了挥手，请韩当走开。韩当皱皱眉，只得出了毡帐。

张骞向吉祥解释道："居次，她本就是我使团中人。我们情投意合，还望你体谅。"

"你是骗我的，对不对……"吉祥瞟了眼师滢，似乎明白了些什么，却又转头盯着他，"就因为我是匈奴的居次，所以你才不能娶我？"

她的声音近乎哀求。她现在疯狂地想知道一个结果：他不娶自己，全是因为他拘于自己的身份，其实他更爱的人是自己。

"对不起，吉祥！也许有一天，我会亲口告诉你，但现在我还不能说。"张骞望着她，只是冷硬地摇了摇头，"我早跟你说过的，你我身份悬殊。"

"如果我是个汉家女子呢？跟她一样！"她盯着他，眼眶通红，目光悲戚而又执拗。

张骞的心有些沉郁的痛。他知道这个骄傲的女子说出这样的话意味着什么。他不想让她再痛苦，所以干脆说道："我和师姑娘早已私定终身，无论如何，我都会娶她为妻。"

"好……张骞，我明白了！祝你们……"她忽然说不下去了，脸色惨白如雪，向后退了几步。

张骞望着她的脸，心内的那股痛又沉重了许多，一个声音却在心底呐喊起来："对不住，吉祥！我这辈子，注定了要浪迹天涯，要九死一生，而你是个尊贵而高傲的居次，应该有自己快乐舒畅的人生，我无法陪着你在草原上牧马放歌……"

下一刻，吉祥居次已慢慢转过身，很平静地走出了毡帐。

旁边一直静默的师滢这时才轻叹道："看得出来，她对你……确是用情很深！"

望着吉祥居次平静地转身、走远，整个人沉静得如同一座冰山，张骞如释重负般吐了口气，幽幽说道："也许她已将我放下了吧？就如她在修习术法上的无所不能一样，她如此淡漠，但愿她已是举重若轻地将我丢下了。"

"使君，她虽然很漂亮，但若你和她在一起，是不会快乐的。"师滢含情凝视着他，很认真地说。

张骞也深深凝望着她，苦笑着说道："我知道。"

不知为何，这时候再没有旁人，师滢给他这样热辣辣地盯着，忽然觉出万分羞涩。她低下头，娇嗔道："讨厌！你……你拿人家当挡箭牌！人家的终身大事，被你拿家国大义这样的大帽子压下来，叫人家不得不应。"

"不管怎样，天地为证，日月为媒，你已是我明媒正娶的妻子了。"他轻轻拉住了她的手。

红烛下的师小妹明眸流转，玉颊生晕，天鹅般的玉颈弯了下来，越发显得娇羞无限。

"你知道吗？"她轻轻地说，"第一眼看见你，就给我很感动的感觉……"

"第一眼？那是在瀚海法阵中，我救你躲过神鸦的火攻？"

"不是！"她轻咬樱唇，横了他一眼，"那时候你正跟郭昭那家伙比武。"

张骞哦了一声，眼神一亮。想到那时候自己正为一个瀚海法阵的入阵资格而冒死一搏。那一战自己竭尽全力，后来虽博得一线之先，却险些彻底激怒郭昭，好在最终是这个师小妹出声给自己解围。

"那时候我是狼狈之极，怎能让你感动？"

"你是很狼狈。但你一个不会术法的家伙，只凭着机智和以命搏命，居然能占得小巨子的先机！我便想到阿翁曾说过的一句话，男子汉大丈夫，钱财多寡，道法高低，都在其次，最紧要的是眼界、机智与胆魄。所以你才让我大为吃惊，还有感动……"

张骞眼前立时闪过当时的画面：他听到她的声音，随后看到那袭倩影，极度的柔婉，却又透出一种极度的坚忍。

"再然后，你在瀚海法阵中拼力赶来救我。那次的你，让我觉得温暖。"

他胸中热潮涌动，不由将她拥入怀中，心中却飘起那晚她在月下舞剑时吟唱的歌声："山有木兮木有枝……心悦君兮君不知……"那时候自己曾对她说，自己去的地方九死一生，不允许她跟着自己去冒险。

但是最终，她还是来了。

她对外的说辞是要躲入使团逃婚，但他知道她为了自己付出了什么。一个商道大家族中的大小姐，师尊是强悍无比的凤大师，却毅然抛弃一切，跟着自己去闯荡天涯，穿越流沙，跨过草原；甚至为了自己而孤身犯险，周旋在匈奴的千军万马之间……

"回到中原，我要风风光光地将你娶进来。"他搂得越发紧了些。

她嗯了一声，仿佛是一湾春水融入他的怀中。

张骞火速成婚的消息，很快便由右贤王禀报给了军臣单于。

军臣单于和太子于单的反应是大为恼怒，太子于单甚至建议立刻杀了那个师小妹，将这个汉家女子像碾死一只蚂蚁般抹掉。

但军臣单于斥责了冲动的儿子。不管他如何厌恶伊稚斜这个弟弟，吉祥居次到底是他的亲侄女。让自己的亲侄女跟一个微不足道的汉家女子去争夫争嫁，传出去未免太过丢人了。

关键是，此时的张骞已晋身为天选盛会的"双龙"。对一位十余年不遇的双龙天才用强，将会使万灵宗颜面大失。

见到军臣单于眉头紧蹙的样子，右贤王意识到，自己这自作聪明的主张竟是给大单于弄出了一个大麻烦，忙见风使舵，笑道："那张骞匆匆成婚，也有个好处。看他与那女子的神色，显是早已勾搭成奸了，那么这里就多了一个羁绊张骞的人。最好让他们在这里生儿育女……张骞便会死心塌地地为大单于效力了。"

军臣单于颜色稍缓，随即苦笑了一声："张骞火速选妻，未必便没有伊稚斜的功劳！等着看吧，我这好弟弟只怕还会有其他的什么鬼主意蹦出来。"

军臣单于果然是一代枭雄，他的话很快便得到了验证。转过天来，左贤王那边便传出一个惊人的消息——吉祥居次也要嫁人了！三日之后，她将许配给金蛇王兰顿。

韩当悄悄赶来，跟张骞说出这消息时，张骞沉默了许久。

韩当之后缓缓说出一番缘由。

原来，虽然军臣单于没再纠缠赐婚的事，但左贤王还是不放心。他当然清楚右贤王那帮人的做派。也许他们哪一天兴之所至，就会弄死师小妹，那就如同捏死草丛中的一只蚂蚱般简单。到那时候，右贤王若是再来蛊惑单于，让吉祥嫁给张骞，左贤王和女儿都会蒙受奇耻大辱。

所以左贤王认为，当务之急便是尽早将吉祥嫁出去。吉祥居次艳冠天下，追求者甚众，左贤王自然一直也在挑选。此时形势紧迫，左贤王竟出人意料地选择金蛇王为吉祥之婿。

他看重的是金蛇王在兰氏部落中的实力，而且此人在单于那里还比较受青睐，正可以对他左贤王的力量有所助益。更何况金蛇王一直在疯狂地追求吉祥，更以部落之名登门提亲，厚礼卑辞，显示出了足够的诚意。

左贤王很爱自己的女儿，但他首先是个高明的政客。政客的算计和冷酷，让他很快便做出决定。据说三日后，金蛇王兰顿便要迎娶吉祥居次了。

想了想，韩当最后又补充道："也许左贤王还看重一点，金蛇王一直是你张骞的对头。"

张骞眼神抖动了下，终于问："吉祥知道吗？她……怎样了？"

"那晚吉祥回去后，就一直在喝酒，一时哭，一时笑。"韩当深深叹了口气。虽然他生性狠厉，但谈到这花朵般的美女忽然间自暴自弃、一至于此，也不禁心中黯然。

帐内是一阵无比压抑的沉静。

"不过，我们已经管不了那许多了。"韩当挥了挥手，"张使君，现在是个极好的机会，不，应该说是天赐良机！"

"你是说，逃？"张骞的眼睛也亮了起来。

韩当道："吉祥三日后就要成婚。兰顿无法带着新娘远赴遥远的兰氏部落，所以只能在休屠城成婚。吉祥居次的婚礼，这草原上的匈奴贵族都会去赴宴庆贺，甚至军臣单于和龙缺大巫也会光临。所有草原上的术士、巫师高手，乃至武士豪杰，也都会赶到休屠城去讨杯喜酒喝。这是草原上天大的喜事和热闹，以匈奴人的豪气和习惯，怎能不喝他个一醉方休……"

"不错！那时候，正是悄然远遁的天赐良机呀。"张骞目光闪烁，但又很快摇了摇头，"但转过天来，他们发现后，以其快如风的铁骑和对路程的熟稔，不出半日就能追上我们。"

韩当冷笑道："单于还舍不得杀你，左贤王应该也不会担上这个骂名。只要这二位不下死命令，那么我就可以拖延一下。因为这里到底还是左贤王的地盘。我会让追兵扑向一个错误的方向，再往返禀报，就会给你们再多一日的时间。"

"好，韩兄要什么？"

韩当显然很欣赏张骞的这种直率和机敏，嘿嘿一笑："这一辈子我是见不得光的了！但我还有一位堂弟，也是个苦命读书人。我会写一封信给他，来日使君若是风光回京，还请记得提携一下他。"

"定不相忘！张骞若是小有升迁，必会让他出人头地。"

韩当舒畅地吁了口气。他知道张骞这种人说话的分量。他现在是大汉出使西域的使臣，若是这次出使有所成就，很可能便会封侯，那时候提携一介寒士，实在是易如反掌。

"不过，使君就真的不想留下来了吗？吉祥近日常常醉酒，也许天选盛会十余年未曾有过的大天星就是你了。"韩当遗憾地盯着他,"十年一遇的天选盛会大天星啊!其赫赫威名,会风靡整个西域,甚至中原的大小术法宗师,都会对你高看一眼。"

听到"吉祥醉酒"的字眼,张骞眉目之间掠过一抹黯然,又迅疾消逝,仿佛根本没有听到韩当这段话,只冷冷道:"还有一件事。请告诉我,匈奴埋伏在长安的细作,其真正的首领是谁?"

韩当的脸色顿时黑了,沉吟着说道:"使君说的是左贤王派出的在长安追杀甘夫的那些细作吗?你想知道那些眼线背后真正的那只手?"

张骞不语,只冷冷地盯着他。

韩当默然灌了口酒,才缓缓道:"是卓家老大!"

张骞微微点头:"卓轻闲的那位哥哥所做的手脚,我们已然知晓。韩兄的话,当可作为佐证了。但在我离京前,却发现那些原本很实在的痕迹,忽然间都被抹平了,长安功曹竭尽所能,也无法再查到一丝端倪。这种力量太过可怕。

"卓家老大只是个商贾之子,再如何精明多金,也未必会有如此大的力量。拥有这股力量之人,到底是谁?"张骞紧紧地盯着韩当。

韩当的目光抖了一抖,终于咬了咬牙,一字一字地说道:"这是左贤王最大的秘密。那个人太过神秘,甚至连我都只知道他的绰号。他叫支离先生!"

"支离先生!"张骞一愕,脑中迅速搜出一个奇异的名字——支离疏,忍不住问道,"庄子笔下的支离疏,是那个支离吗?"

《庄子·人间世》中曾记载了一位奇人支离疏。其形貌古怪之极:下巴隐在肚脐下,双肩高于头顶,甚至五官也都向上,大腿和两肋并生在一起。庄子以这样一个神秘怪异的人物,隐喻超然物外、解脱形体的道术。因为支离疏这个形象太过荒诞,甚至有些黑暗,所以张骞印象极深。

"就是那个支离。但他到底叫什么,我们却无从知晓。左贤王心底的秘密,我不能触及。在左贤王郁闷之时,才会跟我透一点消息。似乎连左贤王都对他无比忌惮。这位支离先生是一位玄圣道级别的大宗师。

此人所图极大，大汉、匈奴、西域，甚至整个天下，都只是他操控的棋局而已。"

张骞更是心中一沉：在长安，或者在卓家，竟还藏着这样一位奇特的人物！将整个天下当作棋局操控，这位支离先生到底是谁？

他知道此刻不是推敲这等秘事的时机，立时将心思收回："好。三日后，我们如约而行。"

第九章

惊　变

因为张骞和吉祥居次各有变故，更因吉祥与兰顿的这一场突如其来的奇特婚礼，天选盛会的大天星之战被迫延期。

现在的大草原上，万众瞩目之事就是吉祥居次的大婚盛典。因为天选盛会的缘故，匈奴的各方权贵都会聚在苍龙坡，很方便参加婚宴。婚嫁双方，左贤王是单于的亲弟弟，权势极盛；新郎官金蛇王兰顿是龙城十三部中的后起之秀，本次盛会一举冲入四虎，这个盛典，怎么奢华都不过分。

匈奴贵胄乃至百姓们最关注的，还是新娘子吉祥居次。据说吉祥居次近日来经常醉酒，这让龙缺大巫也很无奈。在匈奴习俗中，也有类似汉人"冲喜"的讲究，崇尚巫术的匈奴人希望这场大婚盛典，能让他们的火凤凰身心复原。

当然，草原上还是有各种传言。虽然军臣单于将吉祥居次赐婚给张骞的事是秘密进行的，但还是走漏了一些风声。听到这消息的匈奴权贵们或惊或怒，反应不一，当然也有人幸灾乐祸，希望能看到个笑话。

这两日，这场大热闹的推动人之一右贤王，却在忙着另一件大事。

甘夫是在黑夜里遇到那个人的。那个一身黑袍的老者，仿佛是隐身在暗夜里的千年山妖。

"我知道你失忆的事。也许我能够帮你找到那些记忆。如果你也想的话，就跟我来，但绝不能告知旁人。"

黑袍老者说了这句话，转身便走，身形飘忽，凭空消逝。

甘夫心中一惊，凝神细瞧，才发现老者只在数丈外，正负手而立。他施展了这手似隐身、又似神行的奇特术法，显然是在向甘夫展示自己绝高的修法层次，那竟是一位天元道至境以上的大宗师！

甘夫一句话也没多问，便跟着老者走了。不多久，二人便来到一座装饰奢华的大毡帐前。那是右贤王的毡帐。

"甘都，想必你认得我。我一直想跟你私下里谈一谈。知道么，你让我想起了我的阿虎……"微笑的右贤王显得非常和蔼可亲。

"阿虎是谁？"

"本王最喜欢的儿子。他十四岁的时候走失了，与你失忆的年份几乎完全吻合。"

右贤王说着，望向那老者。

黑袍老者很肯定地点头："路上我亲自感知了一下他的气机。他的术法肯定是出自血巫宗一系。当年阿虎少爷是自十岁起，就开始苦修这门术法。"

甘夫一怔，竟不知说什么是好。

"不过，到底已经过去了那么多年。你若真想回忆起十四岁之前的事，还要配合老夫的催魂术。"老者盯着甘夫，双目灼灼，很是急切。

"催魂术？"

"人的记忆不会失去，而是存在于元神中的某一个地方，只是你找不到而已。虽然你自己找不到，但老夫可以帮你找到。那便是用催魂术进入你的元神世界。"

"孩子，想必你不知道。"右贤王热切地望着甘夫，甚至连称呼都变得亲切了许多，"这位老先生乃是我呼延部落的大巫凌度，是我匈奴三大神巫之一。"

甘夫知道，匈奴是一个崇拜巫术的世界，小到日常生活，大到军政大事，都要由巫师施法，祈祷占卜。匈奴的巫师各有宗门，又分三六九等，势力最大的宗门当然是万灵宗，血巫宗是仅次于万灵宗的大宗门。

在匈奴，有资格号称"大巫"的共有三人，龙缺大巫是匈奴第一神巫，而这老者凌度竟是三大神巫之一。

略一沉吟，甘夫却坚定地摇了摇头："我只相信我自己。"

大巫凌度的眼光越发阴郁，却没言语。

"还要什么催魂，什么巫法？他就是阿虎，就是我的阿虎！"一个中年贵妇奔了出来。她一身装饰非常华贵，肤色白嫩，但目光却有些呆滞，只是直直地盯着甘夫。

"儿啊！你就是我的儿子。"她不由分说，一把抱住甘夫，涕泪迸流。

这贵妇显然是右贤王的王妃。匈奴语中，称呼单于的正妻和妾都叫"阏氏"，而诸王的妻妾也统称为"阏氏"。甘夫从装束上看不出这位贵妇到底是右贤王的正妻大阏氏，还是如侧妃一般的小阏氏。

被这贵妇紧紧抱住，甘夫觉出从未有过的温暖。无数次的梦中，他都渴望见到自己的母亲，渴望被她拥抱。

梦中的母亲，依稀就是这样的眼神、这样的拥抱吧？

一瞬间，许许多多的记忆碎片奔涌而来。他下意识地抱住贵妇，泪水也夺眶而出。

右贤王一脸的感慨和欣慰。他温和地拍了拍甘夫的肩膀："甘都，你就是我的儿子，是本王失散三年多的阿虎。哼！除了我呼延伦，谁又能生得出这样天才的儿子！

"记住，你是堂堂的右贤王之子呼延虎。我会传讯给默勒部落。呼勒老王爷慧眼识英才，收养了你这么多年，我一定要好好谢谢他。"

"当年我为何会……走失？"甘夫清醒了些，仰起头问。

"因为你是我的儿子！你从小就表现出了极高的天赋。父王的政敌很多，但胆敢向我下手的人，应该只有一个，左贤王！"右贤王双目灼灼放光,"就是他,乘你打猎之机,派出一队死士,将你劫走,使咱们骨肉离散这么多年!"

甘夫有些呆愣,心内却掀起滔天巨浪。

因为他发现,右贤王说的很多话,竟都在细节上吻合。虽然他没有向右贤王说明,自己曾流落到汉地,但自己恰恰是在长安遭到左贤王派来的一批死士杀手的追击。

他一直不明白,为何自己这个来自匈奴的小小奴隶,值得一位手握重权的匈奴王爷千里迢迢地派出杀手夺命?

现在这个最大的谜已经迎刃而解。这个事实也反证了,他应该就是右贤王失散多年的幼子阿虎。

我是阿虎!我的父亲竟然是匈奴权势极盛的右贤王!

甘夫怔怔地望着阏氏想着,这就应该是他的母亲了!母亲还在欢喜地流泪,望向自己的目光和善而慈祥,充满了浓浓的爱意。

这一刻很温暖,是他人生中少有的温情时刻。

他呆站在那里,心潮起伏。忽然间,他从一无所有,变为拥有一切。这巨大的变化甚至让他觉得自己陷入了某种幻境。

"现在你已是右贤王家的少爷了!凭你的天赋,很可能会成为世子。"右贤王想到,自己终于找回了这样一个天赋奇高的儿子,阿虎的天赋甚至连龙缺大巫都极为看重,不由得越发踌躇满志。他轻拍着甘夫的肩头:"不过,听说你们默勒部落和汉使张骞他们走得比较近。记住,以后不要这样了!"

甘夫不由低下了头,缓缓道:"嗯!不过,我还要仔细想一想。"

右贤王老眼一闪,叹道:"这消息突如其来,你确是该仔细回忆一下。不过,我觉得你不必再回默勒部落了,父王这里的毡帐很多,我会让婢女们给你找找你幼年用过的玩具,也许你会记起更多的事情。"

甘夫看了眼大巫凌度,点了点头,说道:"好,我就住在这里。"

"这是虎头令牌。这些是匈奴侍卫的服饰。"

第九章 惊　变

一直到婚宴止日子的前一天，韩当才匆匆赶来，将通过关卡的令牌塞到张骞手中，低声叮嘱："换好装束后候着。鼓声响起来时，就是婚礼最热闹的时候，然后你们就快马加鞭，走西北方的城门……"

这块铜牌上面刻着一只虎头，线条简练，却有种粗犷之风。

令牌入手凉丝丝的，张骞抓紧了那铜牌，忽问："她怎样了？"

"一直在醉酒。那天从你这里回去，她咳血了。"韩当目光复杂地盯着他，叹道，"还有，她誓死不嫁金蛇王。左贤王殿下几乎是暴跳如雷。我这两天也给搞得焦头烂额，要不然也不会这么晚才赶过来……"

听得她咳血的消息，他的心骤然一阵抽动，沉了沉，才道："她誓死不嫁，左贤王只怕要用强了吧？"

"不得已，左贤王出了个邪招，告诉她，跟她成婚的人是你。今早她终于信了，很欢喜地去打扮了。"韩当很清楚张骞此刻微妙的心思，不想在这上面多费口舌，拍了拍他的肩头，"使君，莫要儿女情长了！大事成败，就在明日晚间！"

"韩兄放宽心，张骞绝不会因私废公。"张骞慢慢呵出一口气，"若有可能，请替我转告吉祥居次一句话。我这种人，天生就不该有感情的，我的命就该如此……张骞祝她幸福。"

韩当叹了口气，正待躬身告辞。张骞忽道："还有件小事。麻烦韩兄帮个小忙，很简单，并不会让韩兄为难……"

听了他的要求，韩当神色微变，终于叹口气道："这个时节，使君怕不是要……嘿嘿，韩某多虑了，使君自然不会莽撞行事的。好，我自会办到。"

韩当走了，张骞才发现自己左掌的掌心竟已抠出了血印来。他回过头，看到了那根长长的节杖。

他一把抓过来，紧紧攥住。

"其实啊……"火壁虎这时忽从张骞的袖中探出头来，小眼珠子叽里咕噜一阵乱转，显然是想发表什么高论，但瞧见张骞冷硬如铁的神色，歪歪脑袋，又知趣地缩了回去。

"轻闲兄,不要这样看着我。"张骞低着头,声音嘶哑。

角落里一直久久不语的卓轻闲这时才叹了口气:"使君说得是!也许,这才是大丈夫做人的道理。"

"我的路早已注定,哪怕撞得头破血流,哪怕心内万千刀痕,也只得走下去。"张骞低下头,看到灯影里,自己的身影已和节杖连成了长长的一道影子。

黄昏时分,张骞早早地将所有人都遣散了,独自一人在帐内踱步。

天很快黑了下来,四下里静得可怕。他没有点灯,只是慵懒地仰卧在榻上。

很快,他就听到了脚步声。来人显然身怀武功,脚步声轻如落羽。

一道身影闪入帐内。来人的身法奇快,倏忽闪到榻前,冷冷地盯着闭目沉睡的张骞,忽然一刀劈下。

手起刀落,榻上的张骞身首异处。

人头骨碌碌地滚落在地,却没有鲜血迸出,甚至人头落地都没什么声音。

那人应变也是奇快,见势不对,金刀立刻横劈身后。身后的人悄然滑开,冷哼声中,挥剑斩在金刀上。

刀剑相交,迸出一串火花。凛凛的刀剑寒芒,映出了张骞和兰顿虎视眈眈的两双眸子。

赶来偷袭的人正是兰顿。

这几天,他一直在多方打探张骞的动向。张骞对此当然了如指掌。他让韩当做的,便是派出一位属下,故意给兰顿放出消息,说张骞忽然染了风寒怪症,身边的女婢和医师都被他遣走,采办草药去了。

张骞决定,在离开之前,一定要会会那金蛇王。至于放出那消息后,他会不会赶来,便只能看宿命的安排了。

不想兰顿也正在苦等这样一个机会。只要张骞身边没有太多的随从,他就一定会赶过来。

第九章 惊 变

他知道张骞有着不俗的术法修为,但他自忖有鸣蛇之助,对付这家伙有七成胜算。只是没想到,本该身染重症的张骞不但生龙活虎,而且早有防备。

"你以为这个小小的陷阱就能困住我?"

兰顿冷笑起来,蓦地身子一耸,鸣蛇已化作一道乌光窜出,猛向张骞缠来。

同时兰顿刀光如电,瞬间狠劈了数十刀。

张骞挥起天刑剑,死死撑住数十刀的连绵攻势。那飞卷而来的鸣蛇却被一朵淡淡红芒裹住,红芒里是嗤笑不已的蜃龙。

刀光剑影中,张骞不住后退。若论真实武力,他显然不是兰顿的对手。

"我们一直缺少一次这样正面对方的机会。在本王迎娶吉祥之前,你必须死!"兰顿狞笑着再次挥刀。

他这次偷袭终究是冒了些风险的,所以不敢大张旗鼓。他又怕许多秘术异法惊动旁人,所以不敢放手施为,便只想以狠辣刀法速战速决。

刀芒如厉电疾窜般劈落。

毡帐内并不宽敞,张骞已退到帐子边缘。那边鸣蛇和蜃龙两只怪兽紧紧交缠一处,看不出胜负。

忽然间一道剑光从角落里刺出。这一剑挑开雨幕般密集的刀芒,如惊蛇出洞,突如其来地抵在兰顿胸前。

在师滢出剑制住兰顿的同一刻,卓轻闲和吕英也悄然闪入帐内,双剑齐出,绞向怪兽鸣蛇。

鸣蛇对上蜃龙,本就处处受制,此刻主人被擒,失了灵力催动,威势顿失,被东吕西闲同时出剑绞杀,顿时便只剩下了哀嚎。

"别叫,乖!乖乖,你困了,你只是困了。"蜃龙的一双小眼耀出精芒,低声念叨着,"困了就在这儿睡吧。乖孩子,该睡了……"

说来也怪,几句话间,鸣蛇已是直挺挺地躺倒在地,化作一条有些怪里怪气的细绳。

兰顿怒道："张骞！你我之间的决战，你竟然倚多为胜？"

"以偷袭开始，你根本就不配跟我决战！"张骞森然盯着他，目光深沉得可怕，"可能你已经忘了我是谁了。两年前，一家三口带领的那支商队，老商主是骑着白马的……你还记得吗？"

兰顿登时僵住。从张骞的眸中，他看到了箭雨纷飞，看到了血光飞溅……

"你……是你！"兰顿的目光有些僵硬，颤声道，"原来你就是那个最后逃跑的家伙！怪不得每次看见你，都有种很奇怪的感觉。"

"难得你还会记得我！那位老商主，你们最终将他怎样了？"张骞将天刑剑抵在兰顿的咽喉上，手不禁微微颤抖。

他盼望这一日已经很久了。两年前，他亲眼看到父亲倒在羽箭横飞的血泊中，深知老父绝对是凶多吉少，但终究是还有一线微渺的生机。此时即将知道父亲的最终消息，他的心不由跳到了嗓子眼。

"那老东西很厉害！"兰顿叹了口气，此时他已被张骞用移魂术制住，说话颇为直接，也有些颠倒，"他被我们活捉了。他懂很多东西。天文地理，似乎没有他不知道的，而且他还精通一些术法，如果不是被射成重伤，只怕不会被我们擒住。"

"他被你们活捉了？最后怎样了？"张骞努力让自己的手不再颤抖，却是止不住。

"死了！"

这两个字干净利落地从兰顿口中滑出，张骞只觉呼吸顿止，不由将剑向前一顶。

"不过，可不是本王杀的他！"兰顿急忙叫起来，"这等文韬武略的汉人，我们捉到后都如获至宝，一定要全力劝降的。但他受的箭伤太重，我们要将他送到万灵宗，请高明巫师施救。

"可这老家伙听说要去万灵宗，就急得什么似的，在路过铁龙崖时，忽然从担架上跳起来，挥刀砍入自己的胸膛，然后纵身跳崖，跌入铁龙河险滩自尽。事后我们在铁龙河搜寻了好久，始终也找不到他的尸骨。

太奇怪了，太奇怪了！但他肯定是死了，那么重的一刀，再从那么高的高崖跌落，铁龙河险滩的河水又那么急……"

兰顿心神受制，说话有些絮叨。但他每念叨一句，便如在张骞的心上插了一把刀。

"铁龙河险滩，我知道了……"张骞沉声道，"同行的那位女子，当时已然自尽，还记得吗？"

"那个自尽的女子应该是那老商人的儿媳。当时我们还要劝降那老商人，自然没有冒犯那女子的尸骨，便将她规规矩矩地埋葬了。就葬在豹子岭下，还按那老商人的要求，立了个碑……"

"好，我看到了。"张骞眼前闪过了一些画面，眸中却尽是灰烬的颜色。

"最后一个问题。我中了你的银花蛊，拿出解药来！"

"没有用了！"

兰顿呵呵地笑起来，牙齿在夜色里闪着光，虽然被移魂术慑住，却也能看得出他的得意："银花蛊的解药，必须在一年内使用才有效。而你，过的时日太久了。这药方倒并不难配，我现在就告诉你也无妨……但这时候，对你真的没什么用了。"

张骞的心再次沉了下去。

"但你还有救！"兰顿忽又紧蹙双眉，显然是在心底抗拒着要说出那个答案，但终究是被完全摄魂中，挣扎了几下，便叹道，"那就是大巫龙缺！去求大巫吧，如果他也没有办法，你就真是死定了。"

兰顿狂笑起来，然后就那样声嘶力竭地笑着，软软栽倒在地。

"怎么处置他？"吕英愤愤地攥紧了剑柄。

张骞摇了摇头："轻闲，送他回去，远远地扔到帐外就可以。这次移魂，我没有太过用力，再过一个时辰他就会醒来，对今晚的事也会极为模糊。现在，他绝对不能死，否则于我们大为不利。"

"放心吧，小弟会处置得极妙。"卓轻闲狡黠地一笑，将那只化作枯绳的鸣蛇塞入兰顿怀中，再将他背起来，飘身闪出。

帐内沉寂下来，师滢和吕英都无奈地望着张骞。

张骞背着手，如同一棵倔强的老树般挺立着，瘦削的脸颊上却又有清泪滑下。这一晚，他的伏击简练而有效，通过兰顿，得到了太多的答案，只不过那答案是血淋淋的。

师滢叹了口气："这个兰顿，至少说了蛊毒解药的配方。也许，我从中会找到些什么，总会有办法的。"

"铁龙河险滩……豹子岭……"张骞慢慢垂下头，热泪滚滚而落，"我们这就要突围离开了。如果来日赶回来，我一定要亲自去这两处地方看看。"

卓轻闲去得快，回来得也很快，片刻后便赶了回来，笑吟吟地说道："这厮到底是骞老大的大仇家，今晚虽然暂且放他一马，可也不能太便宜了他！本公子给了他一点洞房花烛夜的小礼物。"

吕英见他笑得不怀好意，问："什么礼物？"

"本公子给他海底注入了一点暗劲。此时无知无觉，明晚发作，一生有效。嗯，简而言之，就是他这辈子不能人事了。"

众人都是哭笑不得。张骞也不由苦笑了一下，随即肃然道："大家抓紧准备吧！明晚的突围，务必小心在意。"

在许多人眼中，草原第一美女吉祥居次的出嫁，远比天选盛会的四虎之战要引人瞩目得多。

古时的婚礼本叫"昏礼"，意为黄昏时节之礼。汉时，在黄昏时分行婚配大礼，受亲友之贺，宾朋满座，礼乐满堂。匈奴人的婚礼与汉地中原的婚俗相类，也是在黄昏时分开始。

左贤王没有将婚礼安排在休屠城的王府内。因为军臣单于秉承匈奴人最古板的传统，只住毡帐，所以这场轰动草原的大婚便仍在天选盛会所立的各大毡帐圈内。

各怀鬼胎的匈奴权贵们兴冲冲地赶来赴宴。他们想亲眼瞧瞧，大单于下面斗得你死我活的左右贤王，在婚宴上不得不坐在一起时，会爆出何等的热闹来。

日落时分，充满西域特色的鼓乐声悠然响起，张灯结彩的左贤王毡帐内，立时喧闹起来。

在匈奴人的风俗中，女子的地位颇为低下。虽然匈奴女子英武豪爽，也能纵马骑射，但婚配后，就完全成了男人的附属品。匈奴人一夫多妻者甚众，最让中原人惊诧的是，匈奴男人有"收继婚"之俗，父死，则妻其后母；兄弟死，生者则将其妻妾一股脑地收过来。

当然，左贤王的女儿绝对与众不同。何况吉祥居次天赋绝高，又是万灵宗大巫最得意的弟子，身份远比新郎官金蛇王兰顿为高。

吉祥居次现在还觉得头有些发昏，但整个人却是喜气洋洋的。

这几日她一直是浑浑噩噩的。那些深切的情感，那些美丽的梦境，全部都灰飞烟灭了吗？每当想到张骞那冰冷如刀的言语，她就有一种整个心魂都被抽干的感觉。

她天赋卓绝，美貌如花，才华横溢，看那些匈奴汉子，觉得他们都太浅薄、太粗鲁，直到她碰到了他。对他的感觉，就仿佛是看到自己年少时花园中的花朵，有一种无比率真的美。然后和他相处，她看到那朵花渐渐变得绿叶成荫，红豆满枝，成为一株茁壮得让她眩晕的大树。

但她不曾想过，这浓荫满地的花枝竟会在刹那间萎谢。当美丽的梦就那样破灭了，她还有什么可值得追求的呢？以前孜孜以求的天道和武道，如今她也觉得再无任何意义了。

沉醉于美酒之中，她觉得眼前的一切都变得模糊了，爱恨也不那么尖锐了，整个世界都变得混沌起来，自己也不那么难过了。

她知道父亲来找过她几次，但她实在懒得再听父亲说什么。她只知道，便是打死自己，也不会嫁给兰顿那家伙。

"我陪你喝酒吧。"左贤王在她对面坐下，悲伤地望着这个曾让他无比骄傲的女儿。然后，他告诉她，她将如愿嫁给张骞。张骞那家伙已经想明白了，并且颇为懊悔。

"喝吧！明晚便是你大喜的日子，张骞就是你的人了。"说这些话时，左贤王很是痛苦纠结。

看着女儿立刻明艳起来的脸，他心里甚至想，如果张骞那竖子应允了这门婚事，那也是不错的啊！毕竟自己会多一个智勇双全的羽翼。但是，这个可恶的家伙……

他暗中把酒壶转了一下。那里有一个机关，里面混有致人昏沉的药物。既然无法清醒，就让女儿彻底昏沉吧！她会以为自己只是做了个梦。

希望对她来说是个美梦。

父亲走了，吉祥便觉得昏昏沉沉的，却仍旧强撑着去化妆。她有些懊悔，这两天喝了太多的酒，只怕自己没那么美丽了！在侍女喜娘们的热情帮助下，她努力振作，对着铜镜，喜滋滋地整理妆容。

大帐之外，乐声大作，各种欢快的乐曲连绵奏响。她的心情也渐渐好了起来。

天暗了下来，但她的心情却愉快起来，仿佛有一轮明月在心里慢慢地升了起来，亮了起来。

"到时辰了！要拜月了，快一点吧，我的居次！"喜娘乐颠颠地跑进来，笑着催促。

匈奴人崇拜日月。大婚时新婚夫妇要夕拜月、朝拜日。因成婚时皆在黄昏时分，夫妻只能待得转天晨起，才能再行"朝拜日"，故此婚礼上这"夕拜月"之仪便算是极重要的大礼，几乎便如同中原宋代以后婚礼中掀起盖头的那一瞬。

喜娘连番笑语欢请几次后，新娘吉祥居次才姗姗地出了毡帐。

匈奴和许多游牧民族一样，贵族女子平时多戴帷帽，以防风沙；婚礼盛典，则新娘必戴帷帽走出。吉祥居次此刻头上便戴着帷帽。到了庭院中，她便听到宾客们的掌声和欢笑，也看到院中绚烂的灯火。影影绰绰间，那灯火如无数条红龙般蔓延了出去。

她没敢看新郎。这一刻她觉得自己无比害羞，只是按着喜娘的吩咐，恭敬地行拜月之礼。

抬起头时,她看到了月亮,那月亮好圆、好亮。

心情激动之下,她才深情款款地望向身边的张骞。

他那么英俊,那么……只是那张脸不知怎地竟扭曲了,变成了金蛇王的模样。

那一瞬间,她觉得头痛欲裂。

此刻最为紧张的人便是左贤王了。他所用的迷药,是从手下异人敬奉的奇药中千挑万选的。他特意加大了剂量,女儿这时候应该是心神恍惚而昏沉,但看她的眼睛,为何竟有些清醒了?

"怎么是你?"

左贤王听到女儿的这句问话,心内咚地一跳:想不到女儿的天赋如此卓绝,这么快便突破了迷药的药力。

也许她只是片刻的清醒,但左贤王知道女儿的脾气,这片刻的清醒也会让她惹出大麻烦。他急忙大步走过来,想尽早化解尴尬。

"吉祥,从今以后,我一定会好好待你!我的就是你的!"兰顿望着吉祥那绝艳的玉面,目光迷离。

兰顿昨晚经过一番折腾,本应精神委顿,但张骞所施的移魂术由蜃龙参与发动,威力极为强大,兰顿事后虽觉头疼欲裂,却也记不得许多。今天是他大喜的日子,一早起来他便紧着忙碌,无暇细思,此刻他已喝了不少酒,更是酒不醉人人自醉。

他终于如愿以偿地拥有她了!但她终究只是自己向上攀爬的一个台阶。虽然她美丽无双,地位超然,可在他眼里,她和一匹美丽的母马也没有什么区别。

他想起自己十三岁时驯过的那匹母马。那匹神骏的母马曾经把自己摔得遍体鳞伤,但最后还是在自己的胯下温驯无比。现在,他马上就要跨上她了!接下来自己就将驯服她,拥有她,全面驾驭她。她虽然是自己正经的大阏氏,但此后自己还会和其他王爷一样,有其他许许多多的阏氏。她这么桀骜,如果不能被驯服,就会迎来无情的被蹂躏、被践踏,乃至最终的被抛弃。

想着驯服她、踩躏她的那些画面，他的脸上不禁浮现出开心的笑意，那太美妙了！

他微笑着，浑身发热，忍不住去拉她的手。

吉祥却彻底愣住了。超强的天赋令她摆脱了酒力与药力的迷醉，她在刹那间便明白了一切。

这瞬间的清醒，让她变得万念俱灰，随即凝聚成火山般的暴怒。

望见他那毛茸茸的大手向自己伸来，吉祥居次的心陡地紧缩起来，仿佛看到那个漆黑的夜晚，那个伪装成父亲护卫的右贤王死士沙灼向自己伸来的魔爪。

她秀眉陡凝，怒喝，出手。

她已经醉了很久。在最后一个美梦被无情击碎时，她觉得自己瞬间陷入了深邃无底的大海，所有的悲愤、凄凉、愠怒，都随着凤翅金刀倾泻而出。

金色的刀芒如怒凤展翅，照亮了所有宾客的惊愕面容，也将金蛇王的笑容彻底凝固。

醉醺醺的兰顿听到了宾客们的惊呼。在生命的最后一刻，他看到的是人生中最璀璨的光。

正是鼓乐齐鸣的热闹时分。

张骞那边已经悄悄聚集起使团的成员，姬诚、吕英、卓轻闲等人都早早地便到了。众人依约换上匈奴侍卫的装束，乔装打扮停当，只待张骞一声令下，便会伺机而遁。

所有人都知道，这场热闹无比的婚礼，是逃跑的天赐良机，甚至是唯一的良机。然而偏偏在这时候，出现了一个大麻烦：甘夫没有来！

云裳焦急万分地赶来禀报，说这两日甘夫的行踪都有些诡异，颇让人摸不着头脑，今日更是一直没见人影。

姬诚冷着脸说："果然是非我族类，其心必异。这等不以使团大事为重的家伙，等他做什么！"

第九章 惊　变

云裳恨恨地说道："不成，我要留下来等他！"

众人只得焦急地看向张骞。

张骞却怔怔地望着西北方属于左贤王的毡帐群。

那里已是锣鼓喧天。正如韩当先前约定的，那通名为"欢喜鼓"的鼓点已经敲响，这场婚礼已到了最热闹的时段。

欢快的喜庆乐声钻入耳中，张骞的心中却是一阵沁凉的黯然。

这一刻，他当然有些思念吉祥居次：那样一个热艳如火的女郎，就这样再难相见了吗？

但他更有一种说不清道不明的感觉，仿佛一根不知名的野树在心底顽强地疯长起来。

姬诚焦躁起来，冷笑："使君还等什么！如此大好时机还不走？心软了吧，这时候想回去娶她还来得及！"

卓轻闲、云裳等人都向姬诚怒目而视。他却不以为意，继续冷笑着说道："韩当不是说了，吉祥居次还以为是嫁给了你！此刻只要你赶过去，亮出身份，定能如愿！"

"我们不能走！"张骞忽地一拍马鞍，惊呼道，"这也许是个圈套，左贤王要杀我们！"

"危言耸听！"姬诚哂笑，"请使君说出缘由。"

"就是你刚才说的！韩当曾传讯来，左贤王对吉祥谎称她是要嫁给我。左贤王是个杀伐果断的枭雄，既知其女心有所属，那么就一定会将那个吉祥属意的人毁灭。但他不能直接动手杀我，因为我刚刚晋升为天选盛会的双龙，又是单于颇为青睐之人，所以他需要一个理由……"

吕英恍然道："现在这理由有了。你竟然要率众叛出此地！"

卓轻闲惊道："难道说，韩当出卖了我们？"

"只怕比这个更可怕，韩当也在左贤王的算计之中。"张骞摇了摇头，他身上的寒意越来越盛，"我们先不要轻举妄动。当务之急，先要联络上韩当。"

吕英道："咱们这些人呢？"

"大家先各自回去。轻闲，你匈奴话最为流利，立刻混进婚礼现场，找到韩当，探探风头。云裳，你速去找寻甘夫！我张骞绝不会抛下自家兄弟，独自逃生。"

卓轻闲和云裳都应了一声，躬身领命。

姬诚大为恼怒，喝道："你这才叫杯弓蛇影，疑神疑鬼！你怎么不说左贤王为了杀你，才故意做出这场天大婚事来故布疑阵？"

眼见卓轻闲等人兀自冷冷地望着自己，姬诚更觉恼怒。这几个家伙自然是要誓死追随张骞的，自己在这时候可不能犹豫了！他大喝道："当断不断，反受其乱。诸君还不当机立断吗？要跟我走的，都过来！"

七八名亲信立即站到姬诚身后。他们都是姬诚亲自挑选的使团护卫，扮成西域商贾后，悄悄潜伏在休屠城。

吕英、云裳和师潆都站在张骞身边，冷冷地盯着他。卓轻闲苦笑道："姬副使，此事还需从长计较吧。"

姬诚冷哼："好吧，我姬诚去给你们做个先锋。若无埋伏，便会派人给你传个信。"说罢，带着那几名亲信，纵马便行，却不忘甩出一声怒骂，"都是竖子，无法共大事的竖子！"

姬诚几个人出逃之初倒是很顺利。他们连个巡查盘问的匈奴士卒都没有碰上，看来果然如韩当所说，今晚最大的热闹便是那场婚礼，没人会在意什么汉家使团。

奔到苍龙坡的毡帐圈成营边缘，才看到几个守营兵卒。这几个懒洋洋的兵卒倒好打发，看到姬诚挥动着令牌，立即乖乖地开了营门。

姬诚等人毫不停留，即刻纵马冲过营门。因为那场著名的婚礼，几乎大半个苍龙坡都闪耀着灯火，但冲出毡帐圈戍营后，远方便是一片漆黑。

忽然间冲入无边的黑暗，姬诚颇有些不适应。他勒住马，想喝令手下燃起火把。这时候，他突然听到了风声。

那是羽箭破空的风声！

劲急的箭矢如雨点般攒射过来，伴着几道钻心的剧痛，姬诚栽落马

第九章 惊 变

下。

"太皇太后……"他在心底无力地长叹了一声。

身边的惨呼声接连响起，姬诚的世界陷入无边的黑暗。

次日清晨，一彪休屠城的王府护卫气势汹汹地围住了张骞的毡帐。为首的将领进帐后，很客气地向张骞拱手，道："奉左贤王之命，请张使君前去作客。"

昨晚姬诚等人一去无踪，张骞已经发觉不妙。卓轻闲打听了半晚，也没找到韩当的踪迹，却探来金蛇王婚礼上被刺的消息。

婚宴盛典，新郎被刺，而行刺者竟是新娘吉祥居次！这消息委实惊人。

张骞愕然半晌，才想起来问："兰顿到底怎样了，是死是活？"

"探不出消息。"卓轻闲胖头连摇，"只怕不死也得重伤。天明后，我再去打探。"

张骞的一颗心不由向下沉了去，却当机立断道："不要再探了！大家速速回归各自毡帐，切莫多生事端。"

他已经预感到一场更大的风雨即将袭来。此刻，大群王府护卫如狼似虎般冲来，他倒是一脸镇定，看了眼师滢，叮嘱了句"你小心些"，便昂然出了毡帐。

护卫们虽然来势汹汹，出帐后却并不急迫，拥着张骞在苍龙坡兜了个大圈子，才缓缓进了左贤王的大帐内。

左贤王一脸阴沉地坐在案前。

在他身后伫立着八名精悍武士。张骞只扫了一眼，便发现这些武士神完气足，眸中满蕴精光，竟都是通明道灵境以上的高手。

他的目光落在案头的银盘上。盘内赫然摆着两颗血淋淋的头颅。

那是韩当和姬诚。两个人的脑袋正在盘内死不瞑目地对视着。

"我很讨厌手下人瞒着我，私下捣鼓些什么。韩当，我对他已经足够隐忍，可惜他不知足。至于姬诚，他真的不适合做诈降的人选。虽然开始时他还有些谨慎,但后来的马脚却越露越多。"左贤王疲倦地挥了挥手,立时有婢女上前,将那触目惊心的银盘捧走。

张骞的心又是一沉,左贤王这只看似温和的狼王终于亮出了爪牙。看来此时也到了两人彻底对决的时刻。

不待张骞说话,左贤王又一挥手,冷冷道:"将那位师小妹请出来!"

立时有两名干瘦的老者从帐外半推半搡地拥着师滢缓步而入。

"小妹!"张骞的心骤然一紧,终于明白那些护卫为何故意带着自己兜了那么大一个圈子,那全是为了拖延时间。而这两位干瘦老者气韵内敛,神意超然,显见修为深不可测。

"骞郎,我没事。他们是偷袭!"师滢仰起脸来,目光倔强。

张骞见师滢的发髻虽然有些凌乱,身上却没有伤痕,暗自松了口气,沉声道:"殿下这是意欲何为?"

左贤王死死盯着他,半晌才阴恻恻地说道:"吉祥疯了,连龙缺大巫都束手无策。都是因为你张骞这个混账!"

"吉祥居次!"张骞的心再次沉了下去。他知道她是个明艳如火的女子,但想不到她至情至性,竟如此刚烈。

是我害了她吗?他眼前闪过与吉祥居次在一起时的点点滴滴,心内痛如刀割,黯然道:"吉祥怎么会疯!我可以去看看她吗?"

左贤王摇了摇头,嘴角咧出一丝苦笑:"我亏欠吉祥太多了!我们匈奴人做事都很直接。既然是因你而起,既然她念念不忘的人是你,那么就只有一条路,你去……娶了她!"

张骞蹙眉,道:"殿下说笑了!张骞已经……"

"不要废话了,点火!"随着左贤王再一挥掌,院落里恭候已久的侍卫当即往一口架好的大锅下添柴点火。

锅下烈焰升腾,少时锅内便热水翻滚。

"你也只有这一条路了!不然,本王就把你先烹了。不过,在你之前,要先将她烹了!"左贤王望向师滢,目光如欲喷火,仿佛造成吉祥居次如此困境之人,不是他这个独断专行的父王,而是眼前这娇弱女子。

那两名老者冷哼一声，挟着师滢便向外行去。师滢剑术精妙，修为深湛，但此时却全身无力，显是已被制住经脉，只能任由这两个老者拖向门外。

"住手！"张骞喝了一声，心中却有些虚软。他知道，这时候左贤王已经近乎疯狂，自己再也没有跟他叫阵的底牌了。

两个老者根本不理睬张骞，将师滢拖到门外，直奔到那口沸水翻涌的铁锅前。

"不要为难她！我答允便是。"张骞拔出天刑剑，剑芒闪烁，发出一缕凛冽的剑气。

他已看出，那两个老者极可能是左贤王身边的顶尖死士。不说他们，就是左贤王身边那八位虎视眈眈的护卫，他也全然没有一击必胜的把握。然而，他的剑仍是遥遥地指向左贤王。

"凭你，也能动我？"左贤王冷笑。

"殿下可以试试。"张骞看到左贤王眉目间的厉色愈来愈浓，却知这时候万不可退缩半分。

两个老对手目光灼灼地对视着。

对峙中，张骞灵机一动，对左贤王道："拙荆于医道有独到之秘，吉祥的病，龙缺大巫束手无策，但她或许会有办法。"

左贤王的眼睛终于亮了一下，冷冷道："好吧！本王何许人也，岂能跟一个汉家女子一般见识。先将她押下去！"

两个枯瘦老者立时将师滢押了回来。师滢的脸色又苍白了几分，却神色倔强地扫了眼左贤王，才对张骞轻声道："骞郎，来日方长！"

她的话言简意深，显是在提醒张骞，面对暴怒的左贤王，完全不必以硬碰硬，当务之急，还是要留得有用之身。

师滢被押了下去。张骞则被人带到一座毡帐前。

那毡帐布置得颇为艳丽，显然是吉祥新婚的婚房。这本应是洞房花烛的地方，此刻张骞却听到了凄恻的哭声。

踏入毡帐内，他彻底愣住了：吉祥居次一身娇艳的新娘红装，明丽绝伦的脸上却满是惶急。她正在帐内挥舞着刀，那情形绝不似在习武，而是在拼尽全力砍杀，仿佛身周有无数死敌。

帐内还有两名侍女。她们一边哭喊着"居次快快停手"，一边仓皇后退，最后躲在毡帐的角落里瑟瑟发抖。

她们的哀求吉祥却似全然听不到，只顾奋力挥刀砍杀，口中偶尔还在喊叫着。她应该是这样全力"拼杀"了许久，那身大红吉服已被汗水浸透，紧紧地贴在她那起伏有致的娇躯上。

果然是如左贤王所说，这位天赋、容貌都冠绝草原的火凤凰已经疯了。

"吉祥，静一静！"迎着她的娇斥声和呼啸的刀声，张骞无力地喊了一声。他觉得那些刀声呼啸而来，一刀刀都似砍在自己的心上。几天之前，她还是那样一个爽直而骄傲的女孩子呀！

这一喝虽然声音不大，却令发疯一样挥刀砍杀的吉祥停住了手。

"张骞？"她扭过头，怔怔望着他，随即大叫道，"张骞，你快跑！这里有好多人，他们要抓你呀……"

张骞心中越发痛如刀割。他疾步赶过去，试图靠近吉祥。

吉祥居次此时已是摇摇欲坠，却仍挣扎着叫道："你快跑啊！我在这里抵挡一下。"

他奔到吉祥近前。认出他正是张骞、真切无比的张骞，女郎那淌满汗水的脸瞬间明亮起来，然后，她整个人都萎顿下来，倒在他的怀中。

金刀坠落在地。她偎进他的怀中，呼吸平稳，好像旷野上长途跋涉的孩子终于找到亲人，瞬间便放松下来。

毡帐内，红烛高挑，吉祥仍穿着那身红艳艳的婚服，在榻上沉睡。

她睡得很踏实，只是她的手还紧紧攥住张骞的手，长长的睫毛不住抖动，也许正做着甜美的梦。

张骞呆坐在榻边，忽觉她嘴中喃喃地说着什么，连忙俯身去听。原来是她在梦中哼起了小曲，那是他听她唱过的曲子：

"焉支山下的胭脂花呀，

是那样的红哟，

黄昏了，我等着你采来呀，

涂上我的双颊哟。

黄昏了，我等着你采来呀，

涂上我的双颊哟……"

他仿佛被什么温热的力量击中了，整个人定在了那里。

一声叹息传来，龙缺大巫缓步走入。

"她的天分太高，但过高的天赋也会带给她极大的反噬。她对外界的感应太灵敏，反应也会极偏激。她砍了兰顿一刀，那时候她的心智已然受损，而兰顿死前，那条半虚半实的鸣蛇的垂死一击，也带给她极大的冲击……"

龙缺悠悠叹道："她能活下来，已经是奇迹。"

张骞怔了怔，忽然想到当日无为学宫的龙先生也曾对甘夫说过类似的话。这种天赋极高的修炼者，在修炼进展一日千里的同时，也要承载巨大的反噬风险。没想到，这次遭受这种巨大反噬的人竟是吉祥。

"她身心皆受了极大震荡，引发神志不清。但这终究是暂时的吧？大巫定然有法子让她复原的！"张骞紧张地望着大巫，觉得自己就如一个跌入深潭的人，只能揪住潭边的最后一棵草根。

"很难！"龙缺那张永远波澜不惊的脸孔罕见地布满乌云，"天赋越强，反噬越深。何况，她心中的执念太深了！"

"大巫神通广大，就没有办法了吗？"

"也许……你是一个办法！既然她最深的执念是你，那么，或许只有你能唤醒她。"

"我？"

龙缺伸掌抚了抚吉祥的额头，叹道："她明早就会正常醒来。但我说的唤醒，是真正的唤醒。是的，只有你，也许有朝一日会唤醒她，但也仅仅是一线之机。"

张骞的心更紧了一下，不由将吉祥的柔荑攥得更紧了些。

"金蛇王死了，你中的蛊毒只怕无可救药了。哪怕是无为学宫的公冶易，也无法救你。"龙缺有些悲悯地望着他，"天下能救你之人只有我！但只有你拜我为师，真正入我万灵宗，我才会出手。不要指望我会开恩，哪怕是为了吉祥。"

张骞慢慢仰起头，沉声道："我乃大汉使者，可入万灵宗长老会做客卿长老，却绝不会去拜师学艺、做一名真正的万灵宗弟子。"

"你可知，从匈奴到西域，乃至你们中原汉地，哪怕是许多大宗师，都梦想着做我弟子？"龙缺目光复杂地望着他，"你是这些年来天选盛会最大的发现！为了最终破解神山舆图之秘，我苦心孤诣地等了许多年，很可能你就是我等的那个人……"

"大义当前，岂容商量！大巫好意，张骞心领。"

龙缺向他深深凝视，随即摇了摇头，默然转身，出了毡帐。

秋季的西风从帐门缝隙中窜入这座奢华的毡帐，扰得帐内的红烛突突颤动。忽明忽暗的烛光下，如海棠春睡般的吉祥一脸恬静。

她还在沉浸在她的美梦中，没有醒来。

草原上的夜，深广如海。

一直在右贤王毡帐群内享受着王侯之乐的甘夫，终于找到了那个神秘的大巫凌度。

这几天，他一直被右贤王当作心肝肉般地捧在手心，他的母亲小阏氏更是整个人都变得容光焕发，开口闭口都是"阿虎"，诸种赏赐流水般送将过来，恨不能将天上的星星都摘下来送给他。

巨大的幸福从天突降，但甘夫总是觉得哪里有些不对头。

父亲右贤王慈祥温厚，阏氏母亲更是慈爱无比。她还一个劲儿地要求右贤王，尽早召集各部落王爷开会，给阿虎一个正式的名分。看来，甘夫很快就要成为万人之上的右贤王世子了。

但越是如此，甘夫心底的怀疑就越强烈。

第九章 惊　变

"现在，我想知道，那些幸福到底是不是真的？"夜色中，甘夫很认真地盯着大巫凌度。

"你想试试催魂术？我记得你最初可是选择了拒绝。"凌度的双眼闪出深邃的幽光。

"因为这个梦太突然，太美丽。我经常做梦，做各种各样的梦。我曾经梦见过我的父母。那些梦境有时贫穷，有时富贵。但当这一刻真正发生了，我才感到深深的畏惧。我怕这些仍旧是梦。某一刻，我一睁眼，它便会完全消失。"

甘夫深深地叹了口气。其实还有一个缘由，他没有说出来。那便是，他一直追随大哥张骞，所以对这位肥肥胖胖的右贤王从来没有什么好感，但没想到，他居然成了自己的"父王"！

无论如何，自己都要验证一下。

凌度眯起眼，说道："你所修术法的根基肯定出自血巫宗。这门术法对血脉天赋有极高的要求，而我是此道术法的老祖宗。所以，天下只有我，才能进入你的元神，帮你追寻到你的过去。舍我之外，哪怕是龙缺都做不到。

"但即便如此，你仍要冒很大的风险，因为你后来又修习了很多驳杂的术法。想想看，现在他们已经认了你，你何必多此一举？只待右贤王大会部落诸王，告知天下，你就是正宗的右贤王家的小王子，而且很可能会成为世子。大好前程在等着你，你又何必要冒这个险？"

甘夫不由自主地望向远方那丛毡帐群。那里是本次天选盛会参战高手们的宿处，但随着八彪、四虎、双龙的名次已定，住在那群毡帐中的人已经越来越少了，他的大哥张骞便曾住在那里。

"如果是我大哥，他一定也会冒这个险的。"

凌度好奇地问道："你大哥是谁？"

甘夫没有答话。他寻了块平整的大石坐下，沉声道："请先生开始吧！"

凌度微微一叹，伸出双掌，轻按在甘夫的两颊之上。

夜色深沉，广袤的苍穹漆黑如墨。

一片幽黯中，甘夫却忽然看到了光，仿佛有一道流星钻入自己的脑海。

大巫凌度就挟着那道流星走进他的元神世界。

甘夫有一种极不舒服的感觉，却按着凌度事先的吩咐，全力按捺住了。凌度拉起他的手，带着他飞奔起来。

甘夫这时候才能细看自己的元神世界。这里面有崇山峻岭，有平湖大河，有冰川荒漠，与外面的世界极为相似，只是这里似乎没有黑夜，那轮日头永远高悬天际，而那些山河也更加奇崛，江河山川的转换颇为突兀。

两个人越奔越快，不久更是御风而行。凌度带着甘夫，穿越峡谷，掠过湍流，最后向一座高山飘去。

凌度只捡山石险绝之地而走，身周云雾弥漫，道道巨石如利刃般直刺天空。甘夫隐隐地觉得有些害怕，他发现这些高峰的峰顶，竟有许多怪兽的尸骨。

那都是一些不知名的巨兽。它们只剩下累累白骨，却依旧无比庞大，肋骨大如高屋巨梁，硕大的头骨更如小山般大小，那空洞洞的眼窝俨然便是两个漆黑的坑洞。

凌度在一只巨大的牛头骨前落了下来，四周弥漫着浓重的恐怖气息，仿佛鬼影幢幢，随时都要跃出噬人。

甘夫有些畏惧地停住了脚步。

"不要怕，也不要停！"凌度转过头，向他咧嘴一笑，"你感到畏惧的地方，就是你要隐藏秘密的地方。"

甘夫发现有很多鬼影簇拥着凌度，这让他的笑显得无比阴森和诡异。下一瞬，凌度几乎便要和那小山般的牛头巨骨融为一体，他的两只眼也变成了两个黑洞。

"站住吧。"甘夫盯着老人，"请你离开！"

凌度也盯着他，双眼忽而精芒如电，忽而与牛头巨骨的黑洞眼窝重合。他面对着甘夫，幽幽地说道："你马上就要窥到被自己遗忘的秘密了，为何你要半途而废？"

甘夫没有言语，只是长吸了一口气，全力凝聚心气神意，双眸犀利如电，飞速掠过凌度身周的鬼影黑雾，直刺向牛头枯骨的背后。

仿佛一团烈焰燎过满布枯草的荒原，那些暗雾、鬼影嘶叫着散开，许多画面起伏着、拼接着，飞快地离合聚散。

凌度仿佛发现了什么，惊呼道："这里是你的元神世界，当然是你的力量最强。但你忘了咱们事先的约定了吗，一切都要依老夫的路子来。"

"不！我说过，请你离开！"甘夫说这话时，身子如腾云驾雾般向上飞纵，仿佛要与那轮红日融为一体。

他的心神俨然同这个世界的主人一般，带着强烈的天之意志。正如凌度先前所说，这里是他的世界，他就是主宰一切的力量。

"我离开自然可以，但你……就不想找回记忆了？"凌度的双眼忽然化作牛头骨的两个巨大眼泉，黑漆漆的孔洞仿佛两道无底的恐怖深渊。

"忽然不想了。再会吧！"

随着甘夫一声大喝，一道烈焰汹涌掠过，牛头巨骨、幢幢鬼影、庞大妖兽骨架尽皆烟消云散。

凌度发出一声凄厉的哀嚎，被烈焰冲荡着远远飞出。

同一刻，端坐在青石上的甘夫闷哼一声，摔倒在地。

凝立在甘夫身前的凌度踉跄着后退数步，痛咳了两声，口角竟渗出血丝。

便在此时，一道纤细的倩影如飞掠至，一把抱住甘夫，向旁飞跃。

云裳早就看到了他们。她见这两人不似敌手，行径却又非常古怪，便只是远远地潜伏窥探。那老者一身恐怖强横的气息，令她不敢稍微露出一点踪迹。这时眼见甘夫痛哼倒地，才急忙现身，飞扑相救。

大巫凌度迅速凝定心神，怒喝道："哪里来的娘们儿，给老子滚！"

喝出这"滚"字时，已是一拳横空挥出。

这一拳距离云裳至少有数丈的距离，但拳风间挟着鬼啸魔嘶，似有无数鬼影呼啸而来。拳势一起，草原上的草木风水甚至都发出尖锐的呼啸，一拳之下，几乎让天地都生出异变。

云裳震惊之下，猛一扬手，将早就准备好的三大傀儡一起祭出，同时借着傀儡反推之力，拼命前冲。

天宰当先迎上那股巨力。墨家傀儡术的巅峰之作果然不同凡响，天宰的高大身影在强悍的拳风中滴溜溜地疾转了数圈，却仍是顽强地劈出了一刀。

这一刀当然不会对大巫凌度造成任何威胁，却也将那强悍恐怖的拳上巨力化解了大半，左右两边的地妃和月童，这才堪堪站稳，未被汹涌的拳力击飞。

"墨家傀儡术！"凌度喝道，"你是中原汉人？"

他双袖一扬，身形奇诡无比地绕过三大傀儡，出现在云裳身后丈余，喝道："给我站住了！"

"住手！"甘夫蓦地一声嘶吼。他拍了拍云裳的肩头，示意自己已然无恙，挺身挡在她的身前。

凌度一凛，不得不收住步子，沉声问道："你识得这女子？"

甘夫道："她是我的女人。"

云裳给他这句话弄得玉面绯红，虽然夜色里看不出来，却也双颊火烧火燎，不禁亦嗔亦怨地瞪了这小子一眼。

凌度哪里肯信！心中还在寻思，要不要将这可疑的女子擒回去审问。

"我失忆时，曾经游历中原，她就是我从中原带回来的……"甘夫此时的话，倒并非信口开河，而是卓轻闲等人事先给他预备好的说辞，末了又道，"这两日她不见了我，自然辛苦找寻。"

凌度见甘夫脸色阴沉，心中打鼓：这小子到底还顶着个右贤王幼子的名头，可不能一味乱来！想到此，只得仰天打个哈哈："既然如此，可要恭喜甘都王子爱侣重逢了！"

云裳听得"甘都王子"四字，大是吃惊，转头望向甘夫。

甘夫却挽起了她的手,微笑道:"我这两日也在找你。想必你还不知,现在我已是右贤王的小王子了。你跟我回去,咱们好好聊聊。"

天明之后,吉祥居次果然醒来了。

她的容颜依旧娇艳如花,她的明眸依旧亮如秋水,她的神情依旧妩媚……只是这种妩媚,却让张骞吃惊。

那妩媚中竟有着过分的天真。是的,她现在仿佛成了一个天真的小姑娘。

万幸的是,遭受巨大的精神冲击和天赋反噬后,她没有疯,但她的心智却仿佛只是一个七八岁的小女孩。

她望着他微笑,笑得灿若朝霞,笑得天真可爱。

她只记得自己的父亲是左贤王,记得自己的母亲很早就逝去了。她已忘记了许多事,甚至包括怎样将满头青丝梳理成流行的样式。

只是,她还记得张骞。每次和他目光对视,她就笑得很开心,憨憨地叫他"骞哥哥",或是更简单的一句"老实人"。

听到这声声娇唤,张骞的心中就生出一种剧痛。

最奇特的是,在这位天真烂漫的"小女孩"心中,她的这位老实人骞哥哥的分量非常重,甚至要远重于她的父王。

她需要经常牵着他的手,永远紧跟着他,似乎他便是要去天涯海角,她也会这样寸步不离地紧跟着他。

左贤王看到女儿的这副神色,既感痛心,又觉庆幸。他知道女儿变得痴呆天真后,为何会记得自己,却又对自己有一种天然的疏远,因为自己曾深深地欺骗过她。

好在女儿不再喝酒与疯癫了!她现在的心智虽变得幼稚天真,却是比以往开心了许多。

哪怕她只有八九岁,只要没有彻底疯癫,应该总有慢慢长大的那一天吧?

左贤王这时候完全相信了大巫龙缺的话:天赋越强之人,遭受的反噬越大。所以他再也不敢对女儿用强。

张骞不得不跟左贤王又做了一次深谈。出乎左贤王的意料,他竟然表示,自己可以留下来。

"吉祥这种心智受创的疑难杂症,哪怕龙缺大巫都是束手无策,但拙荆或许会有办法。"张骞据理力争,一定要先确保师滢无恙。

左贤王听得"拙荆"这两字,觉得万分刺耳,冷冷道:"你要明白一件事:男人虽可以三妻四妾,但无论如何,吉祥才是你的正妻!她在,她快乐,你就在,你的那位师小妹才会安然无恙!"

他想了想,又加上了一句:"至于让那师小妹前来给吉祥疗伤,倒是可以一试。但她万万不可给吉祥做什么手脚!除了你的师小妹,还有所有跟你联络的人,潜入默勒部落的那些汉人,你以为他们能逃过我的耳目?"

张骞的心陡然一寒。自军臣单于驾临此地,左贤王便陷入一连串的麻烦和纷争中,但此人却依旧是一只爪牙锋锐的老狼,虽然收敛了他的锋芒,手段和目光却仍旧犀利毒辣。

"窃以为,殿下斩杀韩当,只是泄愤于一时,实则弊大于利。"张骞这时候忽然想起自己当日对付韩当的策略:自己到底是纵横家纬地一脉的传人,何不施展一点纵横家的策略。

"怎么说?"这句话显然击中了左贤王的软肋。他斩杀韩当之后,几乎立即便后悔了。

"因为万马堡还需要繁荣。万马堡欣欣向荣,才能给休屠城带来繁荣。殿下要知道,西域河套重地治理得好与坏,全依赖那处可以千里通商、八方客来的万马堡。现在,筹建万马堡的元老韩当突然被杀,对万马堡各路商队的影响只怕是难以估计,殿下宜早为之计。"

张骞的话直指左贤王的要害。他并非真心想为左贤王出谋划策,但站在大汉的角度,绝对希望见到一个商旅繁荣的西域。此时他更需要吊起左贤王的胃口,让他依赖自己,也给扮作商人的卓轻闲等寻一个退可落脚之处。

"事已至此,你有何办法?"左贤王果然蹙紧了眉峰。

"匈奴人以为,最强大的力量就是劲弩强弓、铁甲快马,但我汉家早就知道以柔克刚的道理。春秋时期,齐国的管仲不费一兵一卒,就吞并了强大的鲁国,将之与梁国一起纳为齐国的属国。"

"不费一兵一卒就吞并两国,哪有这样的好事?"

"当年,齐国与鲁国和梁国乃是邻国,齐国很想吞并这两国。鲁国是与齐国平起平坐的一等公国,实力不俗。管仲用的便是商道奇谋。他先让齐国大量采购鲁国和梁国的织缟。两国获利丰厚,举国上下无人耕作,只顾织缟赚钱。看到两国农田荒废,齐国却忽然停止采购鲁缟,也禁止外售粮食。鲁国和梁国发生大饥荒,国库为之一空,只能沦为齐国的属国。这便是'服帛降鲁梁'之策。"

左贤王几番犹豫,终于长叹道:"使君所说,让我大开眼界!使君是在指点我,仍要关注西域商道?"

"不错!殿下现在迥异于匈奴各大部落的一大优势,就是掌控着西域诸国的商道。唯一可与殿下争一日之短长者,就是总控西域各国税收的僮仆都尉!殿下只需略施小计,僮仆都尉便不足为虑。"

僮仆都尉这官名中有"僮仆"之称,是匈奴总控西域各路小邦的官职,意为匈奴视西域诸邦如仆人奴隶。匈奴单于将这僮仆都尉的治所设在浑邪王处,西域各国都须去那里交税。

虽然僮仆都尉设于河西的浑邪王部落,但却归军臣单于直管,所有税赋金银,都要上缴龙城。

这僮仆都尉其实就是盘踞在左贤王所辖之地的一个吸血狂魔,左贤王将河西经营得越好,它就越会疯狂凶猛地吸血。源源不断的税赋经僮仆都尉,直接转到了单于所在的龙城,实惠落不到左贤王处,功劳自然也不会算在他头上。军臣单于的这一招让左贤王有苦说不出,又奈何它不得。

此刻听了张骞的话,左贤王的眼睛终于亮了起来,接着说:"愿闻其详!"

"管仲当年'服帛降鲁梁',先要大量采购鲁国和梁国的织缟,是为欲取之,先与之。殿下也应该如此。殿下可以将万马堡的税赋再向下降低两成;同时规定,对各路商队都要视为贵客,不得盘查克扣,务使其有宾至如归之感。至于商贸集会的日子,则要增多再增多……"

"增至多少?"

"若无战事,全年开市,不禁商贸!"

"全年?"左贤王的目光亮了起来。张骞所说的法子,其实并非什么奇策,但对于左贤王这等对商道从不留意的匈奴贵族来说,已经是异想天开的妙法了。

"好,便依使君的话,试上一试!"左贤王猛然一拍大腿,却又向他深深凝望,心内忽然升起一念:如果此人早对我这般全力辅佐,我会不会答允将吉祥嫁给他?

张骞笑了笑,暗自舒了口气。韩当虽然身死,但自己一定要让万马堡繁荣起来,让驻扎在那里的商队更加自由。唯有如此,卓轻闲等人才能顺顺当当地长期安顿下来。

心内有些感慨,他又望向了吉祥。

吉祥显然听不懂他们在说什么,只是在旁边欢快地哼着歌。

她的脸上闪着纯真的光彩。她的神色妩媚纯真,却并不如真正的八九岁女孩那样活泼,在某些时候,往往会有一抹成年人才有的忧郁,从那美丽绝伦的眸间滑过。

她似乎忘记了许多痛苦,但那些痛苦的烙印已经深深砸在她的心底,偶尔还会沉渣泛起。

十余年来最热闹的一次万灵天选盛会终于结束了。它破天荒地选出了十年未见的"双龙",却又以这样突如其来的方式画上了句号。

多年以后,草原上的豪杰们回忆起这次盛会,一定会说,它结束于两场奇怪的婚礼。

这十年才得一见的"双龙",没有继续决出最终的"大天星"。因为吉祥居次的心智出了极大的问题，而张骞又是个不肯屈服于万灵宗的汉人。

大选盛会下一步如何进行，军臣单于和龙缺大巫必须做出决策。

金顶大穹庐内，军臣单于居中而坐，龙缺大巫、左右贤王、太子于单静坐两旁，神情肃然地望着正在上奏的近卫统领铁哲。

铁哲禀报的情报是："据万灵宗和龙血卫那边传来的消息，汉家新天子自登基以来，便一直在暗中练兵。他提拔了一批年轻的将军，卫青、公孙敖等都是这小皇帝亲自提拔的狠人。小皇帝还亲自督促练兵，主练骑射与弓弩，号称'旗门新军'……"

军臣单于面色阴沉地听着铁哲絮絮叨叨地说完，才望向龙缺。这些年来，万灵宗秘训的大小巫师细作，在刺探汉家情报方面建树非凡，遇到这种事，军臣单于都要先听听大巫的想法。

龙缺大巫却破天荒地笑了一笑："我斗胆给大单于带来一位老友。他从汉地千里迢迢赶过来，觐见大单于。"

"既然是大巫的朋友，那便请他进来吧。"

"他已经在这里了。"大巫环顾众人，"谁能找到他？"

几位匈奴权贵都是一惊，齐将目光凝在修为不俗的铁哲身上。铁哲紧蹙双眉，全力运使罡气，感知帐内气息，却黯然摇了摇头，苦笑道："真是高手！末将探查不到。"

龙缺笑吟吟地轻轻拍手，随之传来窸窸窣窣一阵轻响。轻响来自铁哲身后，那里原本放着几只环抱粗的树墩矮案，案上盖着绣有精美花纹的中原绒毯。

一只肥胖的大手忽然从一袭绒毯下伸出，轻巧地取下案头上放的马奶酒，然后绒毯被掀开，那只手的主人才露出全貌——那竟然……就是一只树墩状的矮案。

众人眼前一花，发现那树墩已生出了奇异的变化。它翻转舒展，然后四肢展露，最后，一个油腻肥硕的汉子笑吟吟地站在当地，双手高擎着那碗马奶酒，笑道："秽地昆仑城主支离舒，拜见大单于！"

众人目瞪口呆,想不到世间竟有能这样任意改换身形的怪人。军臣单于哈哈大笑。他不介意大巫跟他开这种小玩笑,而且他深知,这是只有玄圣道大宗师才能玩的小把戏。

老友露了这一手惊世骇俗的神功,龙缺才向众人介绍这位生得"奇形怪状"的昆仑道高手。

原来,名震天下的昆仑道,数十年前便一直在远处辽东的"秽地"苦心经营。昆仑道在那里建了一座城池,名曰"昆仑城"。这位支离舒的真实身份,便是昆仑城的城主,是昆仑道的二把手,仅在大宗主青霄一人之下。

"支离城主远道而来,一定是带来了什么重要的消息!"军臣单于对这怪人很有兴趣。

"支离舒给大单于送来了汉家朝廷的最新消息。汉家秘谍的行动已经铺开,就像一张巨大的蛛网,越织越大。这张网原本只是在雁门一带,后来已伸展到了马邑。最新的消息,连乌鞘岭外的天幻堡,都有了汉家的秘谍。"

"那些秘谍平时都藏在什么地方?"军臣单于的脸色骤然阴沉下来。

"大单于对此不必过于担心,他们不过是些杂在商贾间的小人物。汉家的秘谍之网还很粗疏,很多时候,他们只能算作大汉的耳目罢了。但出手织网的那只大蜘蛛可着实厉害!"

"织网的人是谁?"

"很可能来自我们昆仑道。看其布局,在短短数月就有如此大手笔的,应该只有她——青霄了!"

军臣单于哼道:"这个青霄,不正是你们昆仑道的宗主吗?"

"应该说,她是我在昆仑道最大的对手!"支离舒扬起那张巨大的胖脸,笑眯眯地说道,"我们共同的使命是寻找昆仑。不同的是,我认为昆仑应该在西域和匈奴,而青霄则将宝押在大汉。是的,她极是善于钻营,已通过无为学宫的公冶易,接近了汉家天子。"

"汉人所说的昆仑神山,就是我们匈奴人所说的天神之山,那当然是在我们匈奴。而且,你要在昆仑道内往上爬,就一定要挤掉那个青霄。"军臣单于感觉自己一语中的,遂放声大笑起来。

"大单于真是圣明!"

"嗯,你把宝押在我这里,当然是押对了。"军臣单于指着那张巨脸笑道,"我也封你为大巫,龙缺大巫之下的第二人!"

龙缺大巫微笑着对支离舒道:"恭喜支离城主!在整个匈奴,由大单于钦封的大巫,你是第二人。你此时的位置就相当于我匈奴的第二国师。"

支离舒暗自长舒了一口气,喜滋滋地急忙谢恩。

"你要在长安及大汉要地也为我匈奴建起一张秘谍大网。你一定有这个本事,这样你才有跟那青霄争个高下的资本。"

"支离舒定然不辱大单于之命!"

昆仑道秒地城主有意无意地扫了一眼左贤王。他早已在长安经营好了一张由商贾、术士、小吏等身份之人织就的细作之网,只不过多年来,他联络的人物是左贤王。而这次通过大巫龙缺之荐而得以面见军臣单于,背后真正的推动者,正是左贤王。

两人的目光一触即收,脸上都是不动声色。左贤王对这样的结果也非常满意:推动自己的老友成为大单于的耳目,对自己是有百利而无一害。

支离舒为了在昆仑道内挤掉青霄,几乎动用了所有的手段,但在青霄成功地联络上汉家天子后,他便几乎再没有翻身之望。好在经过这一番波折,他终于得到这世界上最强的铁骑帝国之主的支持,可说是不虚此行。

军臣单于大笑挥手,便有两位妖艳侍女走过来,引着志得意满的支离舒出了穹庐。

帐内是几位铁杆亲信,军臣单于才哼道:"那个汉家小天子在蠢蠢欲动,这很好!一定得让他吃点苦头。我们最后的那枚棋子呢,何时才会动？"

龙缺大巫叹道："还没到时候。"

"让他进入祭天穹庐，我这个大单于可是大费周章啊！他一定会将那份图传过去的，不是吗？"军臣单于的脸上浮出一抹阴沉的老辣。

"一定！"龙缺大巫目光也有些阴沉。

听着这仿佛是打哑谜一般的话，太子于单和右贤王心内同时腾起道道波澜。他们隐约能猜出大单于所说的那个人应该是张骞，但全然猜不透，张骞为什么要传一份图出去，为什么又会成为他们最后的棋子？

"明日祭祀，祈告上天。"军臣单于显然没有给他们解谜的耐心，只将大手一挥，"然后启程回龙城！"

按照惯例，万灵天选法会的最后仪式是一场神秘的祭祀。这场象征着法会结束的祈天祭祀，选址在黑禽神山。

黑禽神山是休屠城西郊的一座小山。山并不高，却有着北地之山的粗犷简单。之所以称为神山，是由于历代相传，山上栖有一只奇异的怪鸟，能呼风唤雨、生裂虎豹。

祭祀的规格极高，只有军臣单于、龙缺大巫、左右贤王等几位匈奴最高等级的权贵才能参与。

漆黑的黑禽神山山顶，气氛显得有些阴森。篝火熊熊燃烧，映得四周微黑的山岩，也仿佛变成了烧红的铁块。

龙缺大巫肃立在篝火旁，口中念念有词。随着他曲指遥挥，那火焰犹如精灵般扭曲着、跳动着，渐渐地，竟凝聚成了一个人形。

人形火焰俨然是个美女的形状，长发纷飞，细腰美腿，惟妙惟肖，仿佛真有个美女在火中妖娆起舞，瞧来万分诡异。

祈天祭祀，向天神祈问的是匈奴国运。故此，自军臣单于以下，所有人都万分恭敬而又热切地望着那火焰美女。

就在这时候，猛听"嘎"的一声怪叫，一只全身乌黑的巨大怪鸟突兀地出现在天空中。

第九章 惊 变

巨大的黑鸟来势迅猛，羽翼卷起的狂猛山风将祭祀的篝火扇得东倒西歪，那美女形的火焰在风中摇摇欲坠，迅速委顿起来。

"孽畜！"龙缺怒喝一声，五指成爪，遥遥地向怪鸟抓去。

龙缺大巫几乎是当世最强悍的存在，这一抓含愤而出，虽是简简单单的一势，五指却仿佛笼罩天地，要将世间万物尽数抓碎捻破。

"这是黑禽神山的神鸟！"左贤王不由低呼起来。他认得这只怪鸟。它不但是等级极高的怪兽，还因是这座山的主人，甚至能调动整座山的力量。

果然，那怪鸟再次仰头，发出嘎嘎的怪啸，凄厉古怪的声音中带着几分不甘和桀骜。它振翅而起，竟向这位玄圣道的顶级大宗师扑来。这一扑仿佛带动得整座山都随之飞动、旋转，横压过来。

龙缺眸光陡厉，五指抓实，掌间已是蕴含两股绝大的威压，一股如天河倒泻，从空垂落；一股如炙热的岩浆，自下而上。在随时可以调动天地巨力的龙缺大巫身前，一座山的力量反而显得过于微小了。

怪鸟划出一道诡异的弧度，奋力从龙缺大巫的掌力间逸出，身上的羽毛却已掉落不少，长尾也燃起了火焰。

怪鸟仍在长鸣，高亢锐利的声音中，那种不甘之气越发浓郁。

"你这孽障，竟是想借我之力重生？"龙缺忽然收手，大喝道，"滚！"

随着他袍袖一挥，先前那有如天河垂落和岩浆迸射的两股巨力，汇成一股暴戾的狂飙，鼓荡而出，将那怪鸟推得远远飞出。

那神秘的怪鸟在狂飙中飘摇远去，却仍是带着不甘的嘶鸣。

众人遥望远去的怪鸟，心中均是惊疑不定。听到龙缺大巫发出一声叹息，所有人忙收回目光，却见那火焰仍在熊熊燃烧着。这种祈天大祭，最忌讳祭祀之火忽然熄灭，所以哪怕刚才这怪鸟挟着全山巨力冲击过来时，龙缺大巫仍要分出一缕精神，护持着这团烈火不熄。

此刻，祭祀之火丝毫未见减弱，但那美女形的火焰却在不住地颤抖，火中女子以双手掩面，似在哭泣。然后女子形状忽又扭曲起来，四肢和身躯消失,只有一张哭泣的美女之脸,然后那形象再变得模糊起来。

龙缺大巫静静地盯着那张哭泣之脸慢慢模糊,直到它完全消逝于整团火焰中,才黯然地一声长叹:"大不吉!"

"怎样?"这次神山祭祀,祈祷的是国运,军臣单于不禁大为紧张。

龙缺的眼中闪出灰烬般的颜色,强撑着一笑:"大单于勿忧!回到龙城,我们再行祭天大典。"

军臣单于神色寥落地点了点头。

一行人默然走下黑禽神山,龙缺忽对身边的左贤王叹了口气,悄然传音道:"记住!那个张骞,如果不能真正为你所用,就杀了他。"

左贤王闻言一震,扭头看龙缺时,却见大巫只淡淡扫了他一眼,微微点头,随即大袖飘飘,快步去得远了。

下山后,军臣单于便发出号令:三日后拔帐启程,回归龙城。

随扈大单于的这批匈奴权贵中,只有右贤王兴高采烈:此行中他找到了自己的幼子阿虎,这个多年前失散的阿虎如今有着超强的天赋!这对右贤王而言,简直是鸿运天降。

在军臣单于率众启程前夜,右贤王大宴所属部落,一众部落首领尽皆赶来贺喜。

右贤王拉着甘夫的手,依次给各大部落首领敬酒。众首领自然是极力夸赞右贤王这位新找到的神奇的幼子。大巫凌度更断言,阿虎王子其实才是这次天选盛会最大的发现,才是大草原天赋最高的奇才。

谀辞如潮涌来,甘夫倒很平静。他只是跟在右贤王身后,静静地举杯饮酒。他那绝高的术法天赋,众人早已在天选盛会上见识过了,此时见他酒量如海,众匈奴贵族更是止不住地惊喜赞叹。

席间最高兴的人,除了右贤王呼延伦,便是默勒部落的那两位少爷。作为收留"右贤王小王子"多年的部落首领,他们收到右贤王亲送的厚礼,受宠若惊之下,自是喝了个酩酊大醉。

卓轻闲扮作默勒部落的大总管,也陪着二位少爷出席了这次大宴。

他的心情当然非常复杂：大汉使团正使张骞的结义兄弟、使团侍诏甘夫，居然成了匈奴右贤王的幼子！

甘夫跟张骞的关系太紧密，而甘夫又掌握着使团太多的机密。

扮作部落侍女的云裳则一脸阴云。她静静地坐在卓轻闲身边，仿佛呆了似的，只凝望着不远处的甘夫。他曾是她最亲近的人。他和她只差那海誓山盟的最后一步。但现在，他成了她最陌生的人。

那晚她看到他的昏厥，便疯了般地全力扑过去。但是她遇到的对手是大巫凌度，那几可让草原变色的恐怖一拳，至今让她心底生寒。但更让她觉得寒冷的，是接下来甘夫对她说的话。

他说要跟她聊聊，却只是与她说了两句话，一句是"这些日子暂时不要来找我"，另一句便是"我会永远想着你"，然后便默默走远。

让云裳变得沉默的，就是后面那句话。什么叫"我会永远想着你"？就是说，他已经变心了，再不会来见自己，今后只会遥遥相思。

席间，她的目光一直在追逐着他。他的目光则一直在躲闪着她，漠然掠过她。

酒筵将散时，扮作侍从的吕英忽然沉声道："动手吧！他知道的秘密太多了，只有杀了他！"

云裳悚然一惊，下意识道："不成！"

卓轻闲也摇了摇头，低声道："张使君没有安排，不可轻举妄动。"

吕英轻哼了一声："张骞会有什么安排？他自己似乎也心甘情愿地去做左贤王的赘婿了！"

卓轻闲又狠狠地摇了摇头，声音压成一线："你太过小看张使君了！他已经展露出纵横家的本色。此次保留和繁荣万马堡，便是为我大汉使团之腾挪空间祭出了一记妙手。使君已经传下密令，让我等即刻退居天幻堡。本公子相信，使君所谋极大！"

吕英紧绷的身体略有放松，沉沉叹了口气："我也希望如此。张骞，你可不要让我吕瘦猴看扁你！"

第十章

破　局

　　张骞密令吕英率人退居天幻堡，只留卓轻闲带领一批老行商，往来于万马堡与休屠城之间。而他自己，似是心甘情愿地留了下来。

　　他知道自己先前的意图几乎已被左贤王完全看破，化整为零的大汉使团也被左贤王锁定，那么穿越河西重地的出使重任就完全无从谈起。使团无法西行前进，更不能黯然回转，那么便只能静观待变。他这个被严密监控的使团首领更要"安心"地留下来。

　　有时候，一动不如一静。

　　静下来，才能找到更好的时机，为了使团，为了大汉。

　　他在心底感激师潆。在面临生死的最后一刻，她说了句"来日方长"，这句话让他幡然猛醒。锐意赴死当然是大丈夫行径，但爽快地死去，于天子的重托、父亲的期待，没有半分实效。保存此身，来日大有作为，才是真正的大丈夫气魄。

　　这两日间，他一直在陪着吉祥居次。每次看到那张与年龄毫不相称的绝艳而稚气的娇靥，他心内便涌起一阵愧疚。

　　师潆是医者仁心，想给吉祥行针施治，但心智只相当于八九岁女孩的吉祥却害怕那些长短不一的银针,怕被扎疼,死活不肯。师滢只得改以草药治疗,但几剂汤药吃下来,见效却不大。

吉祥喊着口苦,一见师滢过来喂药,就跑到张骞身后躲起来。

右贤王那场轰动草原的认子大宴的第二天,甘夫悄然找到张骞。

这对结义兄弟像往常一样,坐下来喝酒。

他们只是闷声无语地喝。他们酒量都极大,但很快便都喝得脸膛泛红。

"大哥,这个给你!"甘夫终于停住了杯,将那紫莹莹的指环塞到张骞手中,"他们都说,这枚紫玉指环能天生认主。它是自己找到我的,但后来我想明白了,它要找的人,也许是你。"

张骞凝视着指环,缓缓道:"我忽然想起了无为学宫的那次紫玉花开!"

兄弟二人无声地对望着。

沉了沉,张骞才道:"紫玉花开为谁?还记得那句著名的谶语吗,西隐龙城,东伏长安……那东伏长安之人,难道不是兄弟你?"

甘夫坚定地摇了摇头:"现在我知道了,让紫玉花开的人是大哥你,东伏长安的人,也是大哥你。"说着,他将指环缓慢地套在张骞的中指上,"这枚指环正是通过我才找到了你,你才是他真正的主人。"

"为什么是我?这枚指环几乎已融入你的身体!"

"因为我终于看到了过去。但是我看不破这个指环的秘密。我想,它绝不仅仅是'炼器入魂',它应该蕴藏着更大的秘密。"

"记起了你的过去?"张骞望着甘夫灼灼闪亮的双眸,"那个味道如何?"

"大哥说得对,有时候记起来,反而不如忘记。"甘夫的眉间掠过一丝阴郁,随即又变得铁一般刚硬,"我要随他们回归龙城。"

"龙城路远,诸多凶险。"张骞知道,他说的"他们",自然是指右贤王和小阏氏等一干人,叹道,"如果你一定要去,务必小心!"

甘夫盯着他，忽然问："大哥，你还信不信我？"

"你是我兄弟，我永远信你！"张骞没有一丝迟疑。

甘夫猛地站起身，一揖到地，道："我不在时，照顾好云裳！"

然后他慢慢转过身，走出毡帐。

帐外西风飒飒，满地萧瑟。

"她的病情怎样？"张骞望向师滢。

"这种心神之伤，实在难办。我已经尽了全力。"对自己的医术颇为自负的师滢，显然也丧失了信心。

"难办，那也还有些办法吧？"

"唯一的办法也许就是……让她开心些吧。"师滢眉间忧色浓重，"其实她也还罢了。倒是你，那毒蛊，发作得越来越频繁了吧？"

张骞苦笑着叹了口气："是呀，也许有一天，我也会……"

师滢一把捂住他的嘴，嗔道："不许你胡说！"

"是呀，不许你胡说！"吉祥也不知听懂了没有，也噘起了小嘴，埋怨起来，但随即，一抹忧色又掠过眉间，凄然道，"老实人，你刚才是想说，你要死了吗？"

望着这张没有半分瑕疵的俏脸，张骞不由在心底暗暗地叹了口气。她的心智只有八岁，但有时候犯起痴来，也许还不如一个八九岁的机灵女孩。

"简直就是宿命！"师滢幽幽叹道，"给你下蛊的正主金蛇王兰顿，恰恰是被她斩杀的！"

张骞黯然点头，叹道："几年以前的那一晚，当时箭落如雨，我只记得那金盔将军飞马赶来，离得我最近。他射出了那致命的一箭。夜色太黑，我只记得他那奇特的金盔样式……中毒箭的那一晚，是我人生中最大的恶梦，而且这恶梦又是如此突如其来。很多时候，我都不愿意去面对那个夜晚，也不敢回想那段恶梦般的场景。

"是的，那是恐惧，我一生中最大的恐惧！直到前些天，我看清了盘踞在兰顿头上的那条金蛇，我才敢面对这段恐惧的回忆。"

男人的眸子变得比暗夜还黑，似乎在目光中，隐藏着最深痛的回忆。师滢忍不住握住他的手，轻声道："但你终究敢于直面那场恶梦了。你最终战胜了恐惧！"

张骞轻轻地笑了笑："无论是何等的恐怖，当你真正面对它时，你就不会畏惧。"

他发现吉祥正在呆呆地望着他，眼神颇为震惊，那神情仿佛一个女孩子初次听到恐怖的故事。

"我们三人其实有些相似，是吗？"

张骞望向帐外，甘夫的背影早已消逝在浓浓的暮色中。

师滢挑起好看的秀眉，道："你是说，你们都失去了过去的一段记忆？"

"我是因为内心深处的恐惧，不敢去面对那个最恐怖的画面。甘夫是因为少年时遭受巨大的痛苦，失去了少年时代最宝贵的一段记忆。而吉祥，则是受到极大刺激，心伤若死，那段记忆已经死去了，她的整个人也仿佛死过一样。"

"恐惧，痛苦和伤心。"师滢叹道，"吉祥如同死而后生，其实最可怜……"

她目光复杂地望向吉祥居次。当她初次见到这样一个明艳绝伦的国色天香时，心中曾有过惊艳和失落。尤其是当看到吉祥对张骞那样脉脉含情时，她心内更曾痛如刀割。

但她怎么也想不到，这位天之骄女、草原上的火凤凰，最终竟会落得个这种结局。

这几日，每看到吉祥，师滢的心内常常是多般滋味一起涌出。

毕竟她与吉祥都深爱着同一个男人，只不过她幸运地胜出了，而吉祥则在其父王冷酷残暴的安排下，输得一塌糊涂。

张骞、师滢、吉祥居次，三个人就这样生活在一起。

张骞和师滢是事实上的夫妻，张骞和吉祥则是名义上的夫妻。

现在的吉祥喜欢跑，喜欢跳，喜欢舞刀弄剑，却再也无法驾驭她的凤翅金刀。但她还是习惯于把这金刀带在身边，有时候她也会对着那把金刀发上半天呆，仿佛在辛苦地寻找着什么。

她的心智只是个顽皮的小女孩，但又不是个单纯的小女孩。她对许多人都不放心，甚至充满敌意，尤其是对左贤王。虽然她认识他是自己的父亲，但只要左贤王一靠近她，她就会没来由地惊恐紧张，有两次甚至尖叫着拔出凤翅金刀，对着左贤王。

吉祥唯一信任的人就是张骞。她还认得他，甚至给他起了个名字叫"老实人"。她开始对总跟在"老实人"身边的师滢有些反感，但终于在张骞的劝说下，接受了这个会扎针、会制造"苦汤药"的姐姐。

张骞经常带着吉祥在休屠城周围的草原游荡，有时候是嬉戏，有时候是打猎，有时干脆就是很随意地纵马狂奔。左贤王对张骞所做的这些都不加阻拦：既然只有他能让女儿快乐，那就由着他去吧。

左贤王甚至也默许了师滢的存在。师滢的医术让他颇为叹服。有一日左贤王被这奇葩女儿气得头痛欲裂，身边的匈奴巫医百般医治无效，请来师滢，只扎了几针，便手到病除，霍然而愈。左贤王也知道，张骞曾身中毒蛊，需要师滢陪在身边，施针疗毒。

当然，在这奇特的三人行的身后，永远会有一支左贤王府的护卫遥遥跟随。

秋尽冬来，冬去春回。

草原绿了变黄，黄了又绿。

两年过去，张骞似乎已经安心地在这片广袤的大草原上扎下根了。

甚至连左贤王派出的密探都懒得跟踪他了。他们都知道，这位曾经创造了许多奇迹的大汉使者，现在已经彻底变成了一个喜欢种菜种瓜的中原老农，高兴了就带着那个疯癫幼稚的美女居次跑马游戏，最大的爱好则是到那座黑漆漆的怪山顶上去静坐。

其实张骞兴趣广博。纵横家纬地一脉都要博览群书，他甚至还曾涉猎过诸子百家中的农家，所以他对这片大草原上的许多植物乃至蔬果都很感兴趣。

西域人引以为自豪的葡萄酒就不用说了，这种颜色红艳的佳酿曾经极少量地被贩卖到长安。但酿制葡萄酒的葡萄，张骞还是头一次见到。中原人还从未见到过这种甘甜多汁的奇妙果品。

然后，就是一种奇特的红色萝卜。这东西没有中原绿萝卜的辛辣，却有着淡淡的甘甜，用来烹煮炒菜，滋味都是极妙。张骞将之命名为"胡萝卜"。

西域人嗜食辛辣，有一味叫"大蒜"的佐菜引起了张骞的浓厚兴趣。这大蒜一瓣一瓣的，色白如雪，味道虽辛，却能大暖肠胃。于是张骞的菜肴中就开始多了大蒜这种菜品。

师滢开始时也有些厌恶大蒜的辛辣气息，但她到底是医者，稍加钻研，便发现大蒜可止腹泻，还可消痈肿、祛毒气，于是引发了她开发大蒜药用的兴趣。

对张骞的行踪，有人会随时报知左贤王。

"报王爷，张骞今日除了带居次去狩猎，便是在一处小山崖静坐。然后去牧民家讨教酿制葡萄酒的方法。"

"报王爷，张骞今日带居次去纵马闲逛、静坐之外，开始研究葡萄的种植……"

"报王爷，张骞今日带着居次，摆弄了一整天的大蒜。这两日他黄昏静坐，都换了地方，去了黑禽神山……"

左贤王被这些密报弄得头晕脑胀。

这还是那个眼高于顶的张骞吗？这家伙上次跟自己论述了一番以商道自强的道理之后，便再没有给自己献过一计。现在他倒是安心在此久居了，但他似乎再不是那个满腹经纶的张骞，而是变成了一个中原来的老农夫！

还有那个黑禽神山。因为山上有神鸟出没的传说，本来极少有牧民敢去那山下放牧；更因龙缺在那里祭天时，引得怪鸟现身，激战大巫，生出了一番变故,便再也没有人敢去那里。不想这张骞别出心裁,却去那个鬼地方静坐。

张骞确实对农事越来越着迷。

他发现,中原人都传说匈奴牧民以逐水草为生,不事耕种,但其实匈奴人与汉人一样,也是有耕种谷物的,还会建谷仓储藏谷物,只是这种耕种习俗并不广泛而已。

于是张骞便在自己居处内,重拾自己当年的农学知识,开始研究这些奇特的西域农作物的种植。

他如今的名义是吉祥居次的夫君。左贤王为他在王府附近建了一处大宅院,既示尊崇,也便于监视。张骞便在这大宅院内开了几片地,分别种植石榴、葡萄、大蒜等,院子里绿意融融,倒也热闹。

这里有太多的好东西让张骞心动。

他深知,脚下这休屠城的土地,还不是这些奇异作物的原产地。最好的葡萄不在这里,最好的胡萝卜不在这里,就如同匈奴人公认最好的良驹不在匈奴,而是在乌孙,在大宛。

望着那片翠绿的园圃,张骞便会想,这绵延千里的河西重地,真是一块宝地!西域的那些神秘国度,当真让人心驰神往。

只是近日里,张骞身上的蛊毒却发作得越来越频繁了。"起死神针"郑无空郑大师留下的丹药已经无多,而且这丹药也已效验渐弱。

因为他的蛊毒,师滢不知流了多少泪。殚精竭虑之下,她比他还要快地瘦了下去,她倔强地觉得还有希望,只是那希望却越来越渺茫。

暮春的一天傍晚,大巫龙缺派了个巫师过来,传话给张骞,只要他答允拜大巫为师,龙缺便一定会治好他的蛊毒,更会亲自带着他去找寻昆仑神山之秘。

那巫师的话还未说完,张骞已很干脆地挥手拒绝。

"果然全如大巫所料!"巫师满脸遗憾。

"多谢盛意!请转告大巫,我还是那句话,大义当前,岂容商量!"

万灵宗巫师黯然离开，张骞听到身后传来一声叹息，师滢的影子挡住了门外的夕阳。

"滢儿，不要劝我了。"他仿佛知道她要说什么。

方才这万灵宗的巫师一到，吉祥居次就生出种天然的反感，远远地躲开了，这时候屋内便只有他们两人。

师滢却没有吭声。他愣了下，转过头，才发现她静立在门口，眼中噙着泪。

"我不会劝你去的，只是……"她咬了咬嘴唇，美目中透出一丝羞涩，还有幸福，忽然间低下了头。

"怎地了？"他脱口问出，却突然读懂了她那娇羞中又蕴着幸福的神色，眼中也满是惊喜，轻声道，"滢儿，你有了？"

师滢满面通红，却点了点头。

他登觉心中一跳，颤声道："当真是……怀孕了？"

他虽与吉祥和师滢二女生活在一起，但吉祥的心智只相当于八九岁女孩而已，他心中始终只当师滢是自己的妻子。这时候听得这消息，才觉出一股强烈的欢喜感从天而降，暗想，我要做父亲了！

"已经快四个月了。"她的脸更红了，忽然间珠泪滚滚而落，"可是骞哥，你……你一定要活下去！我不想让孩子失去父亲。"

他的心中一阵钝痛。这孩子也许生下来便不会见到他的父亲。这也许比孩子失去父亲还要痛苦！

他眼前闪过一片空茫茫的旷野，高高在上的烛龙正从苍穹俯瞰下来，那目光仿佛穿透了所有的岁月，然后是那天问般的宿命声音：准备好了吗？攻伐、背叛、孤寂，将永远伴随着你……

他将她搂在怀中，为她吻去脸上的热泪，轻声道："是个大好消息，哭什么！孩子自有其福气，不许说丧气话。嗯，你是神医，能看出来自己怀的是男孩还是女孩吗？"

师滢给他这句话逗的笑了："呸！神医也不是鬼谷子宗师，还什么都算得出来？"

张骞道:"鬼谷子宗师算天算地,还能算得出我老婆生孩子?"

两句笑话一说,眼前的阴霾倒是被冲淡了许多。

张骞紧紧搂住怀中的爱妻,又笑道:"滢儿,无论如何,你都要好好的,将孩子生下来。嗯,就看在我纵横家列位祖师的分儿上。"

师滢娇嗔道:"嘴巴小心些,这时候怎能拿咱纵横家的列祖列宗打趣?"

他嗯了一声:"上次咱们说的那些纵横家前辈的故事颇有趣味。咱们再说说,那个叫黄石的少年,就是后来鼎鼎大名的黄石公吧?后来之事,想必凤大师知道得最是清楚。"

在名家辈出的纵横家中,黄石公最为奇特。

因为他前半生辅助秦国,先被秦庄襄王尊为国师,后又辅佐秦庄襄王之子嬴政,官至太尉。只不过那时候的黄石,用的是师尊鬼谷子所赐的新名,魏辙。

雄姿英发的嬴政横扫六国,统一天下,其间离不开魏辙的运筹帷幄。嬴政在三十九岁时成了始皇帝,身为国师的黄石却在不久后悄然离开。

始皇帝曾对另一位重臣尉缭叹息:"魏辙离去,吾如断一臂。"

黄石当年辞师下山,只是想要一个天下太平。为了这个愿望,他奋斗了四五十年。他选择离开,一来是因为平生大愿已足,二来是他看透了始皇帝嬴政的为人。此人是个雄才大略的雄主,却又是个十足的暴君。

黄石是个多谋善断的果决之人。那个运筹帷幄、屡出奇谋的太尉魏辙彻底消失了,他自称黄石公,开始游历天下。

他始终记得师尊对纵横家命运的那个预言。

纵横家与兵家密不可分,但纵横家更注重战略上的出奇制胜。在天下大一统之后,一人可颠覆一国的纵横家学说,便会为天子所忌。

精通纵横家两宗绝学的黄石公知道暴秦无法长久,但大秦帝国一亡,天下又会归于乱世,这绝非黄石公所愿。

他开始寻找他的传人。

他最先找到的人是陈平。陈平是个奇才，更有大志向，私下里常常钻研流传于世间的纵横家学问。青年时期的陈平学富五车，却身在寒门，寄居在哥嫂家中。陈平给自己定下的飞黄腾达计划之第一步，居然是向乡里一位富豪的孙女求婚。

这位富豪孙女的容貌如何不得而知，最广为人知的是，她已经出嫁了五次，五个丈夫都早逝，因此落下"克夫"的恶名。但陈平对此全然不在乎。仗着相貌堂堂，能言善辩，他很快博得了富翁的好感，如愿娶得这位"克夫娇妻"。

黄石公看重的，正是陈平身上这股狠劲。

古之纵横家纬地宗的大人物，要想出将入相，运筹奇谋，必须有这种无所不用其极的狠劲。

黄石公告诉陈平，他所拼命研读的纵横家学说，都是些死知识。陈平是何等眼光！只听这白须白发的矍铄老者说了三言五语，便给黄石公行了五体投地的大礼，将老人奉为上宾。

黄石公给陈平讲了一个月的纬地宗绝学，便即飘然远去。他没有给这个野心勃勃的后生一个入室弟子的名分，只是丢给他一句话，纵横之学，你已经天下罕有敌手，治乱世、平天下绰绰有余。

陈平学得如饥似渴，黄石公这一走，当真让他痛不欲生。尤其特别的是，他知道自己所学的都只是纬地宗一脉之学，那可驱使鬼神的经天宗绝学，还只听了些皮毛。

没多久，黄石公便在下邳寻到了张良。

年方弱冠的张良，相貌清秀如女子，却已经干了一件惊天动地的大事。他成了秦国一统江山后、第一个刺杀秦始皇的人。

那时候，秽地成为昆仑道根基之地已有许多年了。张良先是赶去秽地，找到当时的昆仑道宗主沧海君，游说沧海君"资助"给自己一位高手——擅使大铁锤的大力士。

黄石公看重的，便是张良的勇气与眼光，决定选他继承自己纵横家的绝学。

就这样，在青年时期的张良身上，纵横家与昆仑道又一次形成冥冥之中自有天意的神秘交叉。

沧海君是个谋事必成的大宗师。他已觉察出张良的计划还显粗疏，曾建议张良等自己赶过去，一起密议周全再动手。

但秦始皇巡游的车队已经到达博浪沙附近，沧海君却还在途中未至。张良迫不得已，指挥那大力士就在博浪沙向始皇帝的座车奋力击出了大铁锤。

大力士师出昆仑道，他所击出的铁锤中，灌注了强悍的符法咒力，重逾千钧，直接将那豪奢座车砸得粉碎。

可惜，始皇帝却不在那辆车内。

误中副车，功亏一篑。张良二人按照事先的计划迅速遁走，但那只沉重的大铁锤却暴露出秽地和昆仑道牵扯其中。化名魏辙的黄石公虽已离开朝廷，但始皇帝身边还有兵家大宗师尉缭。于是尉缭和沧海君这两大宗师展开了一场惊心动魄的博弈。

张良隐姓埋名，潜藏在下邳，躲避朝廷的铺天大网。

张良的眼光比陈平更要厉害。他在下邳城东的沂水桥上偶遇黄石公，黄石公未发一言，他就看出这老者绝非凡俗。为考验张良的心性，黄石公故意将自己的鞋子扔到桥下，然后傲慢地命令张良为自己将鞋捡上来。韩国贵公子出身的张良没有丝毫迟疑，不但捡回了鞋，还恭谨地给黄石公穿在脚上。

于是便成就了后世史书上大书特书的"孺子可教也"那一段著名典故。

桥上拾履，只是黄石公对张良的初步试探。随后黄石公又对他进行了多次试探考验。

最奇特的一次，黄石公在张良的家中，与其畅谈半日后，飘然而出。他的身形跨出屋门，忽然间一道剑芒从他袖中射出，凝停在张良的面门前。张良愕然后退，却发现四面八方都是剑光。

无数道飞剑停在空中，将他团团围住。张良临危不乱，沉声道："夫子是在试探晚辈的胆量吗?"

"你的胆量用不着试了。"黄石公此时才悠然回身,笑道,"你想过当日在博浪沙为何失败吗?就是因为你的修为不足,有智无勇。如果你是一位大修行者,可飞剑千里,可辟易万人,何事不可立成!这等御剑取人头的剑术,你要不要学?"

"那只是匹夫之勇,不足为凭!"张良却摇头,"何况始皇帝身边还有尉缭那等大宗师,区区一剑,能奈其何?而秦之乱源,在其暴政,与其诛一嬴政,不如诛此暴秦!"

黄石公仰头大笑:"现在还不是你的时机。嬴政终究与我君臣一场,他近来虽然暴戾糊涂,我却不愿我的弟子直接与其为敌。记住,君子要待时而动,择机而起。现在的天时还不到!"

老人收住长笑,望着张良道:"我平生所学,被人称为纵横之学。本门有一句代代相传的玄机密语——纵与横的极限是什么?子房,来日你的弟子中,有一人会是拓出一片新天的那个人。"

黑禽神山乍看上去觉不出什么异常,只是那山林的深绿中,却透出许多苍黑,颇有些狰狞的味道。

张骞常常来这里静坐。之所以来这里,只是因为这座山真的很僻静。当然还有个缘由。他听说了那只在祈天祭祀中向龙缺大巫挑衅的怪鸟的神奇事迹。他有些佩服那只鸟的胆魄。

这只神鸟知道自己不是龙缺的对手,却仍然不甘心,执拗地向他发起挑战。这股不甘和执拗,很投他张骞的脾气。

当地土人都传说,这神山上有噬人的怪鸟,接近者都会染上晦气。当年军臣单于率众在此祭祀时,怪鸟那惊天动地的一闹,更是让当地人对这座山敬而远之,那些奉命跟踪张骞的人都不愿跟着他上山。

只有如此僻静的禁地,才适合他全神思考。

研究西域地区的蔬果农学,只是张骞广博的爱好之一,他当然没有忘记自己更重要的使命——破解那幅云遮雾绕的山河舆图。

那日从祭天穹庐归来，张骞立时便凭着记忆绘出了整张撑犁山河舆图。但在发现父亲留下的那道纬地符后，他便发现，那份舆图似乎隐藏着更多的秘密。

通过静坐凝神，回思那道神秘的纬地符，他觉得自己找到了一扇尘封已久的幽黯小门，推开它之后，会看到许多不一样的细节。

所以整整两年了，他并没有将那幅千辛万苦绘出的山河舆图送归汉地。因为静思越久，心底的那份怀疑就越大：难道自己当日亲手绘出的舆图并不准确？

透过那道纬地符，虽然得以看破山河舆图的一点玄机，却也仅仅是千里山河的一小角。更麻烦的是，这种运使元神的回思默想，每次都要和那幅山河舆图上的禁制法阵纠缠苦斗一番，往往要耗费极大的元神。随着蛊毒一天天加重，他的体力渐衰，虽然元神天生强大，张骞也渐感力不从心。

春日的黄昏，黑禽神山前一片葱绿，从这里可以眺望到远方的草原。张骞像往常一样，端坐在坡顶上，继续凝神思考。

自从得知师滢有孕，已过去快一个月了。张骞觉得，自己虽然得了这天大之喜，但被蛊毒折磨已久的身子还是日渐衰颓，他甚至觉得自己已经是个垂暮的老朽之人了。

自己很快就会毒发身亡，也许是半年后，也许是三天后。张骞每念及此，心内便阵阵抽搐：也许孩子生下来就看不到自己；这幅对大汉朝廷无比珍贵的匈奴山河秘图，至今仍旧无法窥见其真容，自己当真是死不瞑目呀！

忽一垂首，他看到一抹淡紫色的光华自指间耀出。

是那枚紫玉指环。当日甘夫在离开之前，将这指环无比郑重地戴在自己的手指上。此后他也曾钻研过几日，却没有察觉出这物件有何神异之处。他甚至后悔接下这指环：此物曾经在甘夫的指间产生过数次神奇的作用，还不如让它继续留在义弟身边。

指环的光芒依旧是淡淡的，一如平常。只是此刻，那光芒显得有些伤感，仿佛是恋人离别的目光。

"也不知甘夫怎样了！"张骞在心底沉沉地叹了口气，"从龙城到这里，路途遥远艰难。他找到自己的过去了吗？已经两年了，他还会回来吗？"

忽然，袖中簌簌地一阵响动，是火壁虎钻了出来。

张骞有些奇怪，每次自己登上这座神山，这家伙便会酣睡，就如同一只冬眠的熊，仿佛山上藏着什么让它都头疼的怪物，难得今日这懒货会静极思动。

"今天怎么有了兴致？"他轻拍着它的小脑袋。

"你发现没有？每次在这座鬼山上，只要看到这个破指环，我就有种很奇怪的感觉。"火壁虎贼兮兮地转着眼珠子，仿佛是小偷看到了玉石。

张骞哼道："我每次来这神山静坐，你都死了一般地打瞌睡。你又怎会看到这指环，又怎会有什么感觉？"

"嗯，这一年来，我是打瞌睡比较多。"火壁虎居然有些不好意思，"我酣睡了半年，又记起了许多事。今天看到这玩意，忽然多了种似曾相识之感。"

说着，它抖了抖身躯。张骞吃惊地发现，这家伙只晃了晃，便长大了不少，几乎已是一只猫般大小。

"什么似曾相识？这指环可跟你无关！"张骞觉得火壁虎盯着指环的神情越发贼眉鼠眼，忙缩了下手。

"人家在成长嘛！两年前，陪你打那狗屁天选盛会，被你多次调用元神，耗损得太多了。睡了这许多时日，才补回来一些。"

张骞倒有些相信它的话。龙是一种无比神异的物种，享受的岁月时间漫长得不可思议。睡上一年半载，对于蜃龙来说，就跟人类酣睡一个下午差不多，何况这家伙还常常醒过来，没完没了地发牢骚。

嘻笑之际，火壁虎的眸子已变得红芒闪闪，有一抹戾气若隐若现。

张骞见它那眸中已有了几分蜃龙的霸气，不由心中一动：看来自己每一次召唤它，对于这家伙也是一次历练，就如同运使陆鸦的元神一样，每次都是刀头舔血。也许下一次，它会变成难以驾驭的真正蜃龙？

"来点酒吧！今天格外想喝酒。我知道你这家伙每次上山，身上都带着酒，老子闻到味道了！"火壁虎嘟囔着，见张骞丢过酒囊，忙爬过去，叼住囊口，咕咚咕咚地喝了几大口，才继续唠叨，"我说老实人，我不想劝你什么了。你那些狗屁家国大义、浩然之气，在老子眼中，都不如一只母壁虎实在！"

张骞冷笑："你总是唠叨母壁虎，但这么久了也没见你搞到一只。要不要我给你捉上十七八个？"

"胡说！"火壁虎的眼中闪现出悲愤之色，"那些吃虫子吃屎的壁虎怎么行！老子要的是那些身具小龙天资、可以乘风化龙的。"

"那个难度太大。不过你现在还是幼年期，不能老想那些成年的事，明白么？"

"好吧，那我就只能借酒消愁了。真是人生如梦，寂寞如风呀！"一通狂饮之后，火壁虎已是通体泛红，醉醺醺地喊着，"那个指环，给我看看呗。"

张骞摘下指环，递了过去，喝道："只许看，不许吃。吃了我扒你的皮！"

火壁虎点点头，睁大猩红的双眸盯着指环，那眼神仿佛看到了离别十年的初恋母壁虎。它慢慢爬过去，将其叼在嘴里。

一蓬红光骤然在火壁虎口中闪现。

红芒迅疾蔓延至它的头部，转眼间，这只幼年期的重生蜃龙已是全身耀出红光。

张骞的目光凝在火壁虎的背部，全身竟微微颤抖起来。

他看到，这幼年蜃龙那密布鳞片的背上，竟生出了奇异的图案，有的似河流，有的似山岳，有的图形竟似是八卦的符号。

"难道这便是传说中的'河出图，洛出书'？"张骞震惊莫名，"到底是什么缘由？"

相传在伏羲氏时代,黄河中有龙马跃出,背上负着"河图";滴河中则有神龟浮出,背上刻着"洛书"。伏羲观察河图与洛书,悟出了八卦。这便是《易经》中所谓"河出图,洛出书,圣人则之"的典故。

张骞不由伸手,轻轻抚摸火壁虎那已经鳞甲密布的背部。一直以为这"河出图,洛出书"只是个神奇传说,但这时候看到这家伙背上的神奇图案,他才油然想到,古人悟出的那些神秘天机,也许真的跟这些奇妙的灵兽有关。

"别摸我!我不喜欢男人摸我,我对男人不感兴趣。"火壁虎嘴叼指环,却不妨碍它狂灌美酒和胡言乱语,"我只喜欢美女。师滢和吉祥居次都不错,云裳也凑合。如果不是因为你身边的这几个美女,老子早就离你而去了。我再劝你一句哈,你们人类,啊不,你们汉人挂在口边的话,大丈夫兮顶天立地,三妻四妾兮亦是寻常。你将这美女居次都娶了,干嘛还不碰人家啊……"

张骞被这家伙的絮叨弄得头晕脑胀,忍不住伸手便去捏它的嘴。

他的手捏住火壁虎的嘴,指尖甚至触到了那指环。

火壁虎急忙仰头躲避。忽然间它的头部红芒大盛。那红光是火壁虎嘴中的指环发出的,紫焰红影,灿若朝霞。

张骞只觉自己被那股耀目的光影吞没了。

忽然间,那耀眼光焰中心的奇异指环又生出了奇异变化,竟慢慢化作他朝思暮想的纬地符。

那道神秘的门终于彻底打开了,山河舆图上的山川河流都无比清晰地凸显出来。雪山险峻,大漠连绵,碧湖滢澄,奇峰深谷,就那样纤毫毕现地向他急速涌来。

无数汹涌的画面最后又叠加成两道清澈的亮光。

那是祭天金人的目光,正无比深沉地凝视着他。

张骞心头狂喜,但强大的信息如怒涛般冲撞过来,他眼前猛地一黑,昏了过去。

……

一片漆黑中，只有金人那两道深邃的目光一直在注视着他。

慢慢地，有无数亮光挤入黑暗，他终于睁开了眼，祭天金人的眼睛与一双眸子重合。

那是甘夫的眸子。

俊逸少年满脸焦急，见他醒来，终于松了口气，喊了声："大哥！"

张骞无力地笑了笑："快两年啦，你终于回来了？"

甘夫嗯了一声："我说过，一定会回来。"

兄弟二人的手紧握在一起。

被甘夫扶着坐起身来，张骞发现自己还在草坡上，火壁虎正一脸无辜地望着自己。

"我可没做什么啊！刚才你可能是思虑过度，不支倒地。这玩意儿还你。"火壁虎贼兮兮地笑着，长舌一弹，将指环又甩回到张骞手中。

"不，你适才又立了一功。"张骞望了眼指环。

"什么大功？说出来，好让我再尽情地谦虚一番。"火壁虎恬不知耻地笑着，见张骞懒得再看它，只得叹道，"好吧，不说就算了。不过一言为定啊！你现在可是娶了居次的人了，酬劳要翻倍，最高档的龙血葡萄酒十瓶！"

"一言为定！"张骞笑得很爽朗。

他这时终于明白刚才发生了什么。那山河舆图上的禁制法阵，说起来属于一种高级的心神类禁制术法，但世间最高明、最恐怖的心神攻击高手就是蜃龙。

蜃龙口含指环时，自己尚不知这神兽和奇异法宝之间有何秘密联系。在指环的某种神妙力量的催动下，蜃龙强大的心神力再被放大，更在自己指尖触及它的刹那，这股强悍的心神力被传到了自己的体内。

如果说纬地符只是在那幅山河舆图上艰辛地凿开了一个细小的缺口，那么在蜃龙和指环的交互作用下，那禁制法阵终于被完全轰开。

父亲张览已经是惊才绝艳的人物，竟能在大巫龙缺的眼皮子底下玩了个花活，千辛万苦地埋下一道纬地符。

以不变应万变的龙缺大巫仍是棋高一着。他设置的禁制法阵太过强悍，哪怕是玄之又玄的纬地符，也只能让法阵的坚城出现一个蚁穴之孔。

但高傲的龙缺千算万算也想不到，造化弄人，机缘巧合，张览之子张骞会在蜃龙和紫玉指环的神秘作用下，将这座坚城彻底轰塌。

此刻的张骞，心中兀自心潮起伏。与义弟重逢，本就是万分欣喜的事，但更让他惊喜莫名的，则是心底那幅彻底显现出来的舆图真容。

"我们回去。你的故事，路上说给我听！"张骞用力拍了拍甘夫的肩头。

回到张骞府邸，师滢见了甘夫，吃惊大过欣喜，却还是亲自给甘夫满了酒。

张骞端起酒杯，却悠悠地叹道："滢儿，还记得那日我从祭天穹庐归来后，立即便凭着记忆绘出了一幅撑犁山河舆图吗？"

此刻佳肴美酒摆满案头，闲杂仆役都被屏退了。吉祥居次正在午睡。她的心智变得幼稚后，作息都颇不规则，睡眠较常人多了不少。

"当然记得！"师滢笑道，"那时候你欢喜得什么似的，但在发现了那道纬地符后，你便又总是忧心忡忡，若有所思。"

"是的。直到今日，我才借着那道纬地符，看清了一件大事——我最初所画的那幅舆图，是假的！"

"假图？"师滢大吃一惊，"怎么可能！为何是假图？"

"这应该是龙缺大巫和军臣单于的一个诡计。他们在山河舆图上设置了法阵，强大的元神符阵足以扭曲任何人的记忆。他们就是想让我凭着错误的记忆绘出那份错误的舆图！"

"然后再由你的手，将这份错误的舆图传回大汉。大汉若是根据这份舆图来布置攻势，自然会一败涂地。"师滢恍然大悟。心有余悸之下，她又问道，"既然如此，他们为何不干脆给你看一幅假图？"

"因为他们的本意，还是想搜罗天赋奇高之人，助他们破解祭天金人之秘，进而找到昆仑神山。所以他们还是想收服我。若是我怀有二心，最多便是传出一份假图而已。而且祭天穹庐是匈奴极为神圣的所在，他们不会在那个地方作假施计。"

张骞长吁了一口气，眸光灼灼闪动。将一碗酒一口饮下，他昂然道："这几日，咱们两人将纵横家经天、纬地两宗中流传的先贤故事都串在了一起。无论是昆仑道、纵横家，乃至西去的老子，他们所追求的，都是一种道的永恒。而今日在黑禽神山上，我在昏倒之前，再次看到了祭天金人的眼睛，才又有了新的感悟。"

"祭天金人的眼睛？"师滢双眸闪亮，轻声道，"你不是说，那龙缺大巫曾言，祭天金人本就是个观天的仪器，似乎也与昆仑有极大的渊源吗！"

"就是这个！"张骞赞许地点头。

师滢看出他的目光中有赞叹、有惊喜，颇有些欣慰。她已经很久没有看到他如此欢喜了！

"祭天金人果然是和昆仑有关，指环也与昆仑有关。"张骞缓缓道，"那幅撑犁山河舆图之所以如此神秘，之所以花费了龙缺大巫和先父的极大心血，正是因为此图乃是上古遗存的山河舆图与当今西域山川河流的融合，在那里面，同样有昆仑信息的遗存。"

他仰起头，似乎又看到了祭天金人的双眼。那如有灵性的目光仿佛从天宇上射来，正深深地凝望着自己。恰是在这深邃目光的注视下，隐藏在他心神深处的许多碎片迅速整合融会，最后豁然贯通。

张骞抽出一条早已备好的绢帛。这些日子，他以写诗为名，从左贤王那里索要了不少绢帛。

他挥了挥手，师滢和甘夫迅疾闪到门边窗下，向外窥视。确认无人后，张骞便开始在绢上挥毫。他画得很快，仿佛那些山川河流早已深印在自己脑中，此时正从腕底汩汩地流出。

"这就是真正的匈奴所辖乃至西域的山河舆图！"

张骞终于放下笔，长吁了一口气："我要你们……背下来，然后将此图烧掉。"

"我们？"师滢和甘夫对望一眼，目光中都有些疑惑。

"甘夫！"张骞沉声道，"我命你护送你的义嫂回归中原！"

师滢惊呼一声："你要让我走？"

张骞叹了口气："你怀胎已有五个月了吧，该出怀了。左贤王豺狼之性，难保不会对我的孩子下手。而且，我不想让我的孩子一辈子困于匈奴。"

师滢听了这话，眼眶瞬间湿了。

"不……我不……"她喃喃地摇着头，泪如雨下。但她却又是个坚毅女子，猛一咬牙，收住了泪，扫了眼甘夫："可是他，他是右贤王的幼子啊……"

甘夫双唇紧抿，只是默然摇了摇头。

"他的故事，适才已在路上跟我说了。"张骞拍了拍少年的肩头，"只是兄弟，我还要最后问你一次，因为你到底是个匈奴人！"

甘夫眸中掠过复杂之极的神色，终于缓缓摇头，坚定地说道："匈奴权贵残暴！"

张骞的目光一阵温暖，叹道："好！还是那句话，你是我兄弟，我永远会信你。"

"短时间内记下如此复杂的地图，确实是极为艰难的任务。"张骞轻敲着那幅标记繁复的舆图，"好在我近年钻研那纬地符，对元神运用有了些心得，我可以用印心之术，将此图深印在你二人心底。现在，你们坐好……"

师滢和甘夫二人的神情都严肃起来，再不多言，凝神接受张骞传来的信息。

这种印心之术显然极耗心力，当张骞长出一口气，说了声"好了"时，三人都觉得十分疲乏。

张骞仍不放心，命二人即刻各自默画了一遍舆图，自己再细细地加以勘验，觉得全无出入，才彻底放下心来。

"滢儿，你是大族千金，现今成了我的妻子。我要给你的家族、给令尊一个明证！"张骞再次展开一张素绢，提笔挥毫而书。

看到他一笔笔认真地在那素绢写上自己的名字，说明二人成婚于患难之际的诸般原委，甚至"以日月为媒，以天地为证"的话都一句句地记了下来，想到两人深陷匈奴这两年多里，相互的扶助、相亲与相爱，师滢再也抑制不住，泪水扑簌簌地滚落。

"这个虽然不怕被他们发现，但也一定要收好。"张骞怀有大汉使者的印鉴，掏出来后，认真地盖上印，才郑重交到师滢手中。

"我留下来两天……再陪陪你……"师滢已经泣不成声。

"不成，今晚就走。今天是开市的日子，卓轻闲和云裳会在万马堡等候，你们正好能和他们会合。"他说起话来，仍然是那样斩钉截铁。

师滢哽咽着望向他，夫妻二人四目交投，一时间竟都说不出话来。

她忽然扑在他的怀中，嘤嘤地哭了起来，却并没有哭很久。她用力从他怀中挣出来，深深地吻了一吻他的额头，颤声道："你一定要活下来！活着回归大汉，我跟孩子，都在长安等你。"

他们分开，口中都有咸的滋味，那是止不住的泪。

"滢儿，走吧，我不会送你！"张骞立在灯影里，冷硬地挥了挥手。

休屠城并不如大汉帝国的长安城那样，有严格的宵禁制度。师滢和甘夫趁着夜色深沉，偷偷潜出休屠城，路上虽然遇到几队巡视的匈奴骑兵，二人都悄然避过。

黎明前，他们终于赶到万马堡，找到了卓轻闲。

这两年来，卓轻闲和吕英二人奉命带着乔装成商贾的使团劲卒，在万马堡落脚。吕英懒得操心太多的商贾中事，更多的时候是全心钻研剑道，甚至还曾孤身远游西北边荒。于是，商队和使团的各种杂事便全落在卓轻闲身上。

卓轻闲不仅要负责使团成员的管理，还要支应他们日常的吃喝用费，于是不得不将家传的商道之学施展开来，将诸多使团成员因材施用，分作几组小型商队，往返于万马堡和天幻堡之间，更结交下一些西域商队，使团成员的心气还挺高昂。

"你居然黑了些，像个男人了！"甘夫见到卓轻闲，第一句话就是这个。

听到这句十足甘夫风格的话，卓轻闲苦笑了下，笑容里有些深沉的东西。这两年来，他经了不少历练，又得师尊青霄耳提面命，脱去了不少书呆子脾性。除了长袖善舞、辛苦谋财之外，他更遵照师尊的安排，在周边地域悄然布置好了一个细作网。

昆仑道宗主青霄手眼通天，和无为学宫大祭酒公冶易也有着颇深的渊源，而公冶易便专门替大汉朝廷运作着针对西域的广大细作网。青霄命卓轻闲搭建的万马堡细作网，隐然已成大汉西域细作网的重要一环。

"是长大了些，圆滑了些。"卓轻闲终于散淡地笑了笑，"这次出使历练，对我最大的益处，是令我这个书生气十足的人，已渐渐能理解我那个市侩的老爹了。"

谈笑之间，吕英和云裳、风君天闻讯赶来。吕、风二人见了甘夫，都是一惊。云裳看到甘夫，眼眶在瞬间就变得通红，却强忍着没有说话。甘夫双眸闪亮地望着她笑，云裳却愤愤地转过头，一张俏脸绷得紧紧的。

师滢略去秘图破解之事，只向众人简略说道："使君早有安排，吕英随我们同去，风君天随护。卓轻闲留下，还需他来主持商队大局。至于甘夫，使君已跟我说了。他在龙城刺杀了右贤王，辗转千里，回归休屠城，使君相信他，对他委以重任。"

众人听说甘夫竟能在龙城杀了右贤王，都觉不可思议，少不得向他问上几句，不想甘夫却闷闷地懒得多说。故此吕英三人看他时，目光中不禁仍是满带狐疑。

按照张骞先前的安排，卓轻闲这边早就备好了车马和干粮酒水，随时可供十人以内的小队人马远行之用。师滢有孕在身，不方便乘马奔波，便坐入马车，由风君天驾车，兼近身护卫。

师滢身为郎中，常来万马堡这边选买草药，往日里往返也常要花去一天半日的时光，所以她这次从张骞身边消失，应该短时间内不会引起左贤王的怀疑。

天光才亮,一行人已催马启程,都想趁着这一天工夫多跑出些路程。只要牲口的脚力还足,众人便将鞭子抽得山响。这般疾行,由白日直到夜色朦胧,马力已经有些承受不起了。

夜色下的河西之地,冷寂深邃,月亮在云层中透出半张模糊的脸,映得近处的草地和远处的大漠都是一片苍黯。呼啸过来的朔风中有沙粒,也有干草的味道。

疾行之中,甘夫蓦地勒住马,猛然回头。他似乎在风中嗅到一缕古怪的气息。

"怎么回事?"吕英对甘夫疑心未消,一路上也不大理睬他,但却素知这少年有着野狼般敏锐的直觉。

"没什么!"甘夫撩了眼暗夜深处。那里有一片黑森森的老树,一缕雾气在树丛后若隐若现。

五人心头一紧之际,听到一阵疾掠之声。那声音轻捷如豹,隔得这么远,几乎微不可察。此刻月色太暗,雾气又太浓,那里发生了什么,实在难以分辨。

"那雾里似乎有杀气!"云裳目光疑惑。

话音刚落,林子外面忽地飘出一缕笳声,声音凄婉,如泣如诉。跟着林间便传来刀剑相击之声,笳声起伏,渐渐急促,兵刃交击之声也越发地紧密起来。

"好奇怪!林中是两拨高手对阵,但那吹笳的才是真正的高手,真正的大宗师!"风君天吸了口冷气。

"我看此事有些蹊跷!"吕英目光阴沉。

"围攻吹笳宗师的,是十余人左右的匈奴精骑,带队的几个人竟都是通明道高手。"风君天也蹙紧眉头,"怎么会这么快?"

五人的心中都有些疑惑。他们在路上遇到过两股巡视的匈奴骑兵,那些寻常兵卒,他们几乎不用费什么气力便能轻松避过。但这时候忽然间来了通明道高手领队的骑士,就实在有些蹊跷了。左贤王即便知道众人秘密潜逃，也不会这么快便派出如此多的高手追击下来。

休屠城。

张骞屋内此刻油灯明灭闪烁。

美丽的吉祥居次在榻上慵懒地翻了个身。灯影下，她的身材愈显起伏有致。她长长的睫毛微颤着，海棠般的俏脸上浮出淡淡的笑意。

张骞寂然独坐灯下，想起了那次在瀚海法阵中看到的一场场幻境：自己是个注定要老死牖下的小县丞，儿子则扛着锄头走远，窗下的那卷《谷梁春秋》残破无比。

那是烛龙给自己演示的宿命！

他又想起自己少年时期父亲一次次神秘的失踪。有时候他会偷偷观看，看父亲的背影慢慢消逝在远方。

他向前看到了父亲的宿命，向后想起了自己的宿命。

"我的宿命，由我来打破。滢儿，也由你来打破！"

张骞在灯影里长长地呵出一口气，发觉眼角有泪涌动，随即便暗自苦笑一声：自己心如铁石，是十足的硬心肠，但不知怎地，近来偏偏却又常爱流泪。

第十一章

行 路 难

河西之地。

南行诸人正在疑惑,师滢从车内探头向外瞧来,沉声道:"但愿不是冲着我们来的!左贤王那边不会这么快,咱们还是加紧赶路。"

"便听使君夫人的。"吕英和风君天交换了下眼色,眼角余光却不约而同地扫向了甘夫。

忽然间青芒闪烁,几道剑光亮起,又在同一刻凝住。

吕英和风君天的剑停在甘夫的胸前寸余。

甘夫则手持双刀,一把刀搭在风君天的心口,另一把刀则横架在云裳的脖颈。

"怎么回事?你……你们要做什么?"师滢的声音都发颤了。

"问他!"吕英冷冷地逼视着甘夫,"我盯了你一阵子了!你手里捏着根柳枝,装作无聊,过一会儿便丢下一小段。"

风君天哼道:"其实你早就发现了那林内的杀机,却故作不知。张使君苦心孤诣,伪装了两年,左贤王不是神仙,怎可能这么早就发现了咱们的踪迹?"

甘夫笑了下："抱歉！这么早就被你们发现。"

"你……"云裳的脸色惨白如雪。她做梦也想不到甘夫有一天会将刀架在自己脖子上，"你疯了么，将刀拿开！"

"大家做个交易如何？"甘夫根本不看她，只是盯着吕英。

吕英森然道："你逃得出去？"

"你们未必能杀得了我，而且我死前，必会杀了云裳和风君天。两条命，换我一个人，你们不值吧？"

"甘夫……到底是为什么？"师滢喝道。

"我本是右贤王的幼子，此次奉命潜回休屠城，是想为我父王建些功业。但左贤王那边混不进去，只得混入你们汉家。可惜啊！我大哥好糊弄，你们这几个家伙却太精明。"甘夫呵呵地笑着。

师滢惨然道："你还记得你大哥？"

"我立个誓。我们就此分手，我绝不泄露各位的踪迹，绝不再与各位为敌，事后也绝不泄露我大哥的秘密，如何？天神在上，以上誓言若有半分违背，我甘夫将被千刀万剐，死无葬身之地！"

见吕英和风君天冷然不语，少年笑得有些苍凉："林子里吹筲的那位，便是我的同伴。父王派了最高的高手护着我的。可这家伙太过自以为是，他的形迹应该是被左贤王的死士侦知了，但那几个左贤王死士哪里是他的对手……如何，放不放？若是我拼死一搏，你们的踪迹立时就会被我那同伴发现。他可是接近玄圣道的大宗师，最是狠辣果决！"

吕英眸中如欲喷火，恨恨地说道："果然是非我族类，其心必异！你说得是！两命换你一条贱命，我们不值。"

"大家收剑吧。"甘夫苦笑一声，"我可不想惹来麻烦，让大嫂受到惊吓！"

最后这句话显然最有力量。吕英重重地哼了声，只得和风君天一起收剑。

甘夫也收了双刀。这两把刀一长一短，样式古朴而精美，显然是从右贤王那里千挑万选来的宝刀。那边指住风君天的长刀先行撤回，架在云裳脖颈的短刀则慢慢收回。

云裳整个人早已摇摇欲坠，脸上热泪滚滚。她蓦地抽出长剑，当头劈向甘夫，哭道："甘夫，你这小贼！我杀了你……"

甘夫一脚踢在她的肩头，将她远远踢了出去，然后轻轻地掸了掸袍袖，淡淡道："小心些！这身袍子是父王特意定制的，贵得很。"

云裳挣扎欲起，只觉心内痛如刀割：苦苦两年的等待，居然是这样一个惨然的结果！一瞬间她只觉万念俱灰，几乎便想横剑自刎。

"云裳，忘了我吧！"甘夫的目光复杂之极，"各位，如果还想活着，就请抓紧赶路。我那位同伴可不好惹！"

就在此时，一声悠长的怪啸自远处林间响起，势若千年老鬼夜哭，透出无尽的阴沉凄厉之气。吕英等人听来，心中都是一寒。

"天元道至境……不，难道是玄圣道的大宗师？"吕英知道这应该就是甘夫那吹筘的同伴，想不到此人竟当真是如此恐怖的修为，忙打手势，示意众人尽快离开。

师滢搀起浑身无力的云裳，自己坐进马车。

风君天窜上马车，鞭声轻响，马车疾行起来。四人驰出好远，吕英的声音才遥遥传来："甘夫，待我等中原之行事了，我吕英必会回来，取你首级。"

"甘夫恭候！"

那道啸声兀自悠悠荡荡地响着，似乎发出啸声之人的罡气永无止息之时。

"一路好运！"甘夫凝望着消逝在夜色中的马车，终于露出一道苦涩萧冷的笑，"对不起！这是甘夫惹上的麻烦，不能拖累各位。"

少年拽了拽宽大的袍子，大踏步向那片老林行去。

夜风鼓荡而来，吹得他长发飘飞，袍襟乱舞。

"甘夫，这次你怎么没有趁机逃跑？"那道啸声终于止息，化作一声怒斥，如疾雷般滚来。

林子前那团雾气已然散尽，一道身影从稀薄的雾中信步走出。在他身后，还有几人在徒劳地挣扎，却一个接一个痛苦地倒下。

这场激战结束了，吹笛人以一敌众，却将对手全数杀死。

缓步走出的这人身材高瘦，仿佛从地底冒出的幽灵，正是大巫凌度。

甘夫在凌度十余丈外站定，淡然说道："总该见个分晓。"

"从龙城赶回休屠城，你千辛万苦地逃了一路。不过，你身上被老夫施了天巡咒，最多只能消失两天。哪怕你躲到天边去，老夫也能寻到你。"

凌度蓦地嗔目大喝："说！是不是你刺杀的右贤王？若是老实招认，我赏你个全尸。"

"是我杀的！"少年慢慢扬起脸，"右贤王杀了我亲生父母，又杀我全族之人，我只杀他一人。冤有头、债有主，甘夫决不滥杀一人，也决不漏杀一人！"

"好！"大巫凌度仰头大笑，浑身杀意弥漫，"右贤王殿下，你的灵魂在天上看着，老友给你报了此仇！"

右贤王被杀，发生在千里之外的匈奴龙城。那虽是一件轰动匈奴朝野的大事，但因甘夫的身手神出鬼没，匈奴权贵们始终没有查明凶手是谁，所以甘夫至今还是右贤王小王子的身份。

真正怀疑甘夫是凶手的，只有大巫凌度。他知道自己对甘夫的那次催魂术很可能是失败的，但即便如此，他对甘夫也仅仅是怀疑。然而察觉甘夫悄然离开了龙城，凌度仍立即跟踪而来。

这一路上斗智斗勇，几次将甘夫跟丢，又重新艰苦找到，直到这一次，听到甘夫亲承，是他杀死了右贤王，大巫凌度才终于长出了一口气。

"你那些同伴呢，埋伏在何处？"凌度仰头远眺，哼道，"那几个家伙的身手着实不错。"

"都被我打发走了。我一人的事，由我甘夫一人了断！"

"就凭你？这一路上难道你输得还不够？"凌度露出阴沉的笑，"也好！找到你这样的对手也极不容易，老夫一定要慢慢享受。"

他苦修多年，已经摸到了玄圣道的门槛，但要再提升一步，踏上真正的术法绝顶,则还需要一个绝大的机缘。这个天赋无双的天元道少年,就是上天赐予的绝佳机缘。他相信,在斩杀甘夫的过程中,很可能会让他得到难以言喻的术法体悟。

这一战,不但能给右贤王报仇,揭开匈奴重臣被杀之谜,进而得大单于青睐;更能踏入玄圣道,真正与大巫龙缺比肩,何乐而不为!

夜风呼呼低啸着,杂木林前的雾气却越来越浓。

这道雾气就是凌度的术法。他还未出招,这里的一切已为他所用。地是他的,林子是他的,甚至雾气所罩、风沙所笼也都是他的。

相较凌度这样能够上窥玄圣道的大宗师,甘夫刚跃境进入天元道不久,二者修为可说是天差地别。

这是一场实打实的螳臂挡车之战。

先动手的居然是"螳螂"。

甘夫一声不吭,忽然如一道闪电般在原地消失,再出现时,已到了凌度身前三丈,一拳轰向凌度顶门。

大巫凌度目光复杂,既有赞赏,又有惊喜,甚至还有一丝慎重。

一道雾气忽自凌度脚下腾起,瞬时将他全身裹住。他不抗不避,只是以绝高的道境护体,先引得对手全力以赴。无论如何,他都很享受与这少年的激战。

甘夫化拳为掌,连续劈出十三掌,掌力在空中不住叠加,最终凝为重若巨斧开山的一掌。

一掌劈下,云开雾散。

雾气散尽,凌度的身形却消失无踪。但转瞬之间,又有无数道云雾从夜空中、大地间,甚至从草丛内、从岩隙里疯狂地涌了过来,迅疾变得浓厚无比。

大巫凌度尚未出手,已悄然调动起大地的无尽巨力。

一个青黑色的怪人自浓雾间立起,转眼便膨胀得如同一座小山,车轮般的红色巨目,居高临下地怒视着甘夫。

云气翻滚,草木摧折,沙石迸飞,甘夫艰难地挺直了身躯。

瘦弱少年面对着山岳般的巨怪。

更需要甘夫全力防备的，是已经隐身的凌度。这大巫仿佛融于整个天地，人虽然不见了，却似乎无所不在。

很奇怪的是，这时候甘夫眼前闪过的，却是大哥张骞的影子。他记得那时大哥就这样孤独地挺立在擂台上，任四周匈奴和西域看客们的怒骂嘲笑如山呼海啸般袭来，他始终如一块坚硬的岩石，傲然挺立。

甘夫居然笑了笑。这时候，让小弟也做一块打不烂、拍不碎的岩石吧！

巨怪咆哮着，挥掌当头劈下，黑沉沉的天地仿佛都要被这一掌劈成两半。

便在这呼啸的飞沙走石间，却有一条大棍迎风立起，不管不顾地撞向那只巨掌。

狂风骤起，那四五株老树尽被连根拔起，甘夫却忽然将大棍脱手挥出。

此时他根本不看那在飓风中狂舞的巨棍，灼灼双眸直扫向隐在浓郁雾气中的凌度，抬手挥出三枚甩手箭。

青黑怪人这时已膨胀得小山般大小，翻掌便将那三枚小箭攥成了齑粉，跟着胸口忽然钻出八只大手，同时抓向甘夫。

甘夫却疾步迎上，在那几只大手间穿梭趋避，滑若游鱼，快如闪电，仍是猛冲向浓雾中的大巫凌度。

双方道境上的差距太大，凌度只需闲庭信步，甚至隐而不发，而甘夫则要在每一刻都拼尽全力。

凌度目光骤寒，从雾中突然现身，如怒马般飞速迎上。

凌度性情圆滑，对敌时素来懒得拼力苦战，先前便是故意隐藏实力，以雾气布阵，没费多少气力便巧妙诱杀了左贤王的几大死士。但此时面对甘夫数次直擞己锋的战法，凌度终于动了真怒。

他十指成爪，当头凿下，同时劈落的，还有滚滚风雷之声。大巫凌度一出手，就调动了地煞和天象。

闷雷声化作无数道霹雳，连绵炸响，闪电乱飞间，甘夫斜刺里窜了出去，嘴角溢出一线鲜血。

一招之间，高下立判。只是大巫凌度在浓雾中蓄势已久，这一击又是突如其来，却仍没有将对手重创，心内也自一惊，随即腾身直欺过去。

甘夫退得风驰电掣，凌度追得行云流水。

忽然间刀光乍现，一长一短两把宝刀劈面砍来。这是甘夫被确认为右贤王幼子的身份后，军臣单于钦赐的日月神刀。那是从龙城武库珍藏数十年的奇兵中选出的异宝，长刀为日刀，色泽幽红；短刀为月刀，刀身金黄。

甘夫在狼狈飞退中，居然还能拼死反击，着实出乎凌度的意料之外。

凌度认得这两把刀。据说日月神刀有数代大巫的巫力加持，专破各种阵力和高明术法。果然，红芒金光交相辉映的一瞬，那个由法阵幻出的小山般怪物便发出了一声无奈的怒吼，身形骤然坍塌。

凌度的应变也是奇速。他沉声怒啸，袖中滑出独门法器，随手挥出。厉光乍闪，那法器发出奇异的呜咽声，一道巨力轰出，令甘夫再次远远飞出。

这次他跌飞得更远，却稳稳落地，仅是身子微微摇晃了一下。凌度仓促间挥出的法器，竟是一支细长的胡笳。当世所谓的胡笳多是芦苇之管做成，但凌度这支却是羊角制成的短管，发出的声音极为凄厉，被称为哀笳。

"你要败了。"数招间便逼得这位大巫施展出法器，甘夫对自己很满意，目光灼灼跃动，冷冷道，"你的心神已败！"

凌度目光一寒，迅疾凝定神意，心中再无丝毫波澜。动用法宝，是为了力抢先手，虽然此时看来是有一些心虚，但他不得不有所顾忌。除了这个怪物般的少年，他更忌惮适才用法阵和笳声所困杀的几位左贤王死士。他知道那领头的三人中，还是有人临死前设法放出了消息，他们的同伴很可能马上就到。

故此，眼下他必须以最省力的高超巫术解决战斗。凌度手中的哀笳轻飘飘点出，带起的呜咽声却犹如百鬼齐哭。而随着笛声一起，雾气骤浓，无数道恐怖的气息蜂拥而至。

甘夫没有丝毫犹豫地疾冲了过去，双刀齐挥，红黄刀芒明灭闪烁，犹如日月争辉。双刀在雾气中与哀笛短兵相接，交击到十七次，甘夫再次跌了出去。然而他的身形疾转了十余圈，却终于站稳。

凌度心内杀机陡浓。这小子已经跟自己硬抗了三次，三次全败，但却都能侥幸逃脱，甚至一次比一次强。再这样下去，就不是自己拿这小子练手，而是他从自己这里提升眼界阅历了。

"那就死吧！"凌度怒哼一声，哀笛幻出万千道错落的弧线，犹如无数道密集的闪电，齐向甘夫身上攒射过来。

电芒仿佛无穷无尽，完全不给少年任何喘息之机。更可怕的是哀笛带出的奇异的音韵。那奇异的笛声中弥漫着一种沉重的氛围——哀，让人心如死灰的哀！

甘夫从来都是越战越勇，但这时却越战心中越苦。笛声入耳，心底深处的某些情愫被触动了。

原来自己是天下第一的苦命人！没有亲人，没有恋人，甚至没有朋友。自己会不明不白地死在这里，然后会被所有认识自己的人唾弃。

天地间最孤单的人，就是我甘夫呀！

一道漆黑的身影，从地底悄无声息地出现。凌度再次悄然召唤出了青黑巨怪。此刻甘夫的心神已渐渐陷入哀笛的控制，他的日月神刀也难以随心所欲地斩魔破阵，巨怪能帮助自己毕其功于一役。

笛声仿佛看不见的细线，将甘夫的心神缠得越来越紧。他的每一次闪避，都是越来越吃力，越来越惊险。

蓦地，凌度一声锐啸，哀笛发出一道震耳欲聋的凄厉音符。那声音催肝裂胆，夺人魂魄，甘夫被逼得踉跄飞退。哀莫大于心死，甘夫这时候已经是心丧如死。

在他身后，青黑巨人蓦地出现。这怪物被大巫的心意催动，此刻拦截的方位极为巧妙，咆哮声中，十只巨掌铺天盖地卷了过来。

甘夫倒了下去。

奋力避开那几只巨臂扑卷后,甘夫再也提不起一丝气力。倒下的一瞬,他看到了浩瀚无边的漆黑天宇,那轮清冷的残月正用一种冰凉的眼神死盯着他。

但下一瞬,他眼前便出现了一道白影。

"喀拉拉"怪响声中,一道高大的雪白身影如风般卷来,一刀劈向黑青巨怪。熟悉的声音,熟悉的身影,那竟是天宰,是她的傀儡天宰!

自休屠城甘夫抛下狠话离开后,云裳这两年如同疯了般地勤修术法。为了钻研和完善自己的傀儡术,甚至拼了命地去苦修墨门中秘传的偃术。

相传"偃术"起源于周穆王时期。周穆王西征时,曾偶遇一位偃师。这偃师所造的人形傀儡惟妙惟肖,能歌善舞,与真人无异,甚至还曾挑逗穆王的嫔妃。周穆王大怒,认为那就是个真人冒充的傀儡。偃师不得不将这歌舞傀儡当场拆解,证明其果然只是个假皮假骨的傀儡,随后偃师又将傀儡组装好,那傀儡立即又长歌起舞,与真人无异。

"偃术"就是最高明的傀儡术,但后来偃术发生分化,小部分被列御寇的弟子记录于《列子》中,流传于昆仑道;大部分则流传于精于机关制作的墨门。只是偃术虽然精妙无双,修炼起来却极为凶险,易出偏差。

云裳豁出命般地苦修,也只能是初步修成偃甲秘术,给天宰等三大傀儡加上了偃甲。

此刻她来得正是时候,这一道偃术傀儡祭出,也很是关键。

天宰是三大傀儡中力道最猛的一位,其刀上罡气又与云裳遥遥相连,添加了偃甲后,此时一刀劈出,刀势越发刚猛,却又多了一份绵绵无尽的柔劲。

饶是那巨人是不生不死的怪物,手臂随断随生,却仍被这沉浑的一刀阻住了去势。

"甘夫,给姑奶奶起来!"清脆的一喝,听在甘夫耳中,却仿佛是天籁之音。所有如坚冰般的哀痛和孤独,都被这一声断喝凿破。

那是世界上最美妙的声音！甘夫的眼睛亮了起来。头顶上的苍黑天宇和幽暗残月也一同亮了，他的整个世界都明亮了起来。

乘着天宰阻住巨怪的一瞬，甘夫心神一振，在间不容发之际从巨怪的身边滑开。

与此同时，云裳却发出一声低哼，嘴角有血丝迸出。毕竟她的实力太低，对阵一位幺圣道大宗师，哪怕不是正面对抗，也让她承受不住。

此时甘夫的身形倏地弯出一道诡异的圆弧，电射而至，拦腰将她抱起，神刀在间不容发之际挥出，青黑巨怪再次咆哮着灰飞烟灭。

"你怎么来了？"

"你这个混账！"

两人同时说话，一问一骂，却掩不住彼此的深情。

"一对苦命鸳鸯，那便一起死吧！"大巫凌度曾见过云裳一面，见她此刻现身，遂大踏步赶上，正待痛下杀手，忽觉背后劲风嗖嗖，却是数支羽箭锐啸着向他射来。

凌度一凛，信手抓住羽箭，罡气到处，将数支羽箭捻成数段。

"老贼在那儿！"怒喝声、马蹄声伴着羽箭电射而来。

凌度回头，森然望着那呼啸而至的数骑快马。那应该是自己所杀的左贤王麾下死士的同伴，是六位通明道高手，想不到来得这么快。

这六人显然也看出凌度是一位罕见的劲敌，百步之外，便以羽箭激射。匈奴特制强弓、加上铁隼一脉的独特符法，羽箭势道骇人。

凌度慢慢眯起双眼，将哀筘放在唇边，吹出一串低沉凄恻的筘声。

这边甘夫暗叫侥幸，扯住云裳，转身便逃。好在有三大傀儡断后，不必顾及身后的凌度和飞箭，二人只是全力奔逃。

"这些人跟前先那几位死士一样，都是左贤王的死士？"云裳惊问。

"左贤王手下精锐高手，称作五雕、七鹫、九铁隼。那些人是最为迅捷的九铁隼。"甘夫回望着雾气深处的厮杀，"这九大高手专司侦缉、追查和暗杀，来去快如鹰隼，追杀起来无止无休。

"追杀我的那人是右贤王的亲信大巫凌度。我易容乔装，千里长驱，从龙城赶回休屠城,凌度则是一路追赶。他的名气太大,又自重身份,不愿隐藏形迹,立即便被这消息灵通的九铁隼侦知。凌度是右贤王的至交大巫,忽然出现在左贤王所辖的休屠城,太过反常,九铁隼立即有三人率队拦阻查问。凌度心高气傲,不愿透露原委,双方便展开了一场厮杀。"

云裳恍然:"原来如此!那便是适才我们看到的第一场大战?"

甘夫点头:"九铁隼中的三人虽死,但想必也将消息传了出去。现在,另外六人已倾巢而来。咱们得了这个机会,要快快离开!"

话音未落,只听得凌度连发怪啸,猛然转身,迎向那六名铁骑。

疾奔中的甘夫忽觉全身剧痛。他先前力拼凌度,已受了不轻的内伤,此时心思一松,才觉得伤处牵扯着数条经脉,连呼吸都觉得胸肋发紧。

前方是一马平川的原野,甘夫却再也无力远逃,便在一块高大的青色巨岩后喘息着坐下了。云裳刚才也受了伤,此时也赶忙全力运功调息。

过了片刻,甘夫长长地吐出一口浊气,胸中翻江倒海般难受的罡气终于调匀。

"我身上被他下了咒,逃不远的,在这里还是被他撵上了。"甘夫笑了笑,俊美的面容中透着说不出的疲惫和无奈,"此人是我惹上的,我不想拖累大家,适才便撒了谎……"

云裳静静盯着他,目光复杂之极,忽然挥手,重重地抽了他一记耳光,哽咽道:"可你……为何连我也要骗?"

甘夫的脸上立刻现出一个清晰的红色手印。他低下头,沉沉叹了口气:"两年前,离开休屠城之前,我曾诱使大巫凌度对我进行了一次催魂术。当时大巫便想使诈,为我灌入错误的记忆,却被我识破。没想到阴差阳错,那催魂术令我找到了失落多年的记忆。是的!那时候我便知道,我不是右贤王的幼子,我只是一个……副子!"

"副子?"云裳疑惑地问道。

"我的父母都是右贤王属下的牧民。我和他那小王子同一日同一刻出生,当时便被三位大巫同时算出,我二人都是身具异禀的天才。在八岁时，右贤王便命人将我收入他帐内，随他那幼子一起学艺，由顶级巫师传授绝顶术法。我是他儿子的影子，或者说，是陪衬，他们称为副子。

"右贤王还将我的父母同时召来，在他身边做了上等仆役。现在想来，就是为了笼络人心，也是押作人质。那位正牌小王爷的天资也非常出色，但与我相比，仍旧是差了许多。右贤王决定，在我十六岁时，将止式收我为义子。现在想来，那一段时光也算快乐……"

少年轻笑着，声音无比落寞："但这段快乐时光结束于我十四岁那一年。当时我陪小王爷远游，途中遭遇一队高手劫杀。护卫们先后殒命，一位大巫师命我穿上小王爷的衣饰逃遁，希望我引开追兵。那大巫师就是我的授业老师。那时他才告诉我，从一开始，我就是小王爷的副子，我的使命就是随时陪伴着小王爷，并随时做好为他去死的准备。

"大巫师告诉我，此时便到了我为小王爷死的时刻了。我只得从命，然后我拼命地逃。但是我完全没想到，我居然侥幸逃脱了。相反，我遥遥地看到，小王爷和我的老师他们都被杀了。下一刻，他们便发现了我。他们要来杀我了，我只得继续拼命地逃。"

少年的牙齿咯咯作响。童年的惨痛记忆汹涌而来，让他浑身发冷。

"我拼命地逃，可我仍是挨了一记硬手，昏倒之前，我看到了一队大汉兵马的旗帜。原来那地方离着汉地不远，阴差阳错，我竟成了汉人的俘虏。再醒来之后，我忘记了从前的一切。俘获我的汉家兵卒告诉我，我是一个匈奴的小奴隶，应该是十三四岁吧。是的，连我的年龄，都是一个大致估算的岁数。看我挺俊俏，他们便将我卖到了侯爷府。后来的我，就是一个在长安城内、百般辛苦的匈奴小奴隶……"

云裳的心内一阵抽搐，又想到了那个雪夜的画面：十四五的少年遭毒蛇咬伤，被人丢在冰冷的雪地上，一个人艰难地向前爬着。

她叹息道："这么说，两年前你就知道自己不是右贤王的小王子，但为何还要随他们远去龙城……哦，你是要去找寻自己的亲生父母？"

"是的。去龙城寻找我的亲生父母，其实是件极为险难之事，我甚至不知道自己能不能活着回来，所以我没敢告诉你真相。这么多年了，我一直在做梦，梦见自己能见到父母。而那个美梦忽然间就实现了，但随后，那个梦又那样忽然间破碎了……"

少年的嘴角弯出一个迷人的弧度："不要笑我痴心妄想，更不要笑我贪恋富贵，其实我贪恋的只是……如寻常人一样的父母之爱。"

云裳幽幽地叹了口气："我不会笑你。你的苦和痛，我都懂。"

少年很感激地点点头，脸色却苍白了几分，叹道："但没想到，右贤王出手狠辣，派轻骑抢先赶回，杀了我的父亲母亲，以及……整整一个小部落知道底细的人。他要完全抹去那个真实的我在这个世界上存在的证据，他要把我完完全全地变成他的小王子。

"我没有见到我的父母。我所有的亲人都因我而死了。我最贪恋的父母之爱，终究是一阵风，远远地刮了下，就飘走了。"

少年呵呵地苦笑着，笑声中却又有些哽咽："其实，那小王爷遇难时已经十四岁，虽然与我身量大体接近，但容貌上还是有些差异的。右贤王看到我的第一眼时，便已知道，我不是他的幼子阿虎。但他还是假意认了我，然后，又暗中派人残杀我的父母族人……因为他需要我这样一个禀赋超凡的儿子。"

"我必须报仇，为我的亲生父母、为我的族人报仇！"少年一字一字地说道，"所以我杀了右贤王！"

云裳啊了一声，感同身受地替他难过：这么多年来，他一直苦苦寻找父母之爱，最终却是这样一个悲惨的结局！她侧耳听了听。两人其实没逃开多远，这时候还能听到那片林子里传来的哀婉笛声和惨烈杀声。

"不要怪我！两年前离开的时候，我没有告诉你真相，因为我不知道自己能不能活着回来。"他像个孩子般再次道歉，目光有些无辜，"这一次，你为何要赶回来？"

"知道吗？"女郎没有直接回答，却苦笑了一下，"关于过去，你是希望记起来，我却是希望忘掉。"

"为什么？"甘夫一愕，才想起来，她跟自己在一起时，极少说起她的过去。

"我身上也有胡人血统。他们都说，我的皮肤白得不似汉人。听说我的父亲就是大月氏人，但我从来没有见过我的父母。我是被义父养大的，九岁起就跟他习练武道和术法，但十六岁生日那年，我被他夺去了贞操……"

少年的双拳陡然攥紧。

云裳的身子却簌簌地颤抖起来，泪水汹涌流下："那一晚，我的人生破碎了！是的，我是外人眼中风光无限的墨门月侠，但其实，我只是那个老畜生的禁脔……"

这些话她深埋心底，从不对人说，哪怕是跟甘夫热恋情重时，也半点没有吐露。

但在这个险难交加的夜晚，她本以为再也见不到他了，却又忽然重逢，她的心便奇迹般地打开了闸口，许多话倾泻而出。

她泪眼婆娑地望着他，雪白的脸比月色还要白："我恨许多人，恨这个世界，甚至我也没有什么生趣，直到我后来遇到了你……你问我为什么还要赶回来？那是因为适才你演得不够像，或者说，我还没有完全死心。离开的时候，我看到你的眼神，那眼神让我还吊着一丝希望。"

她的嘴角已被自己咬破，有血丝淌落，却还在不时地咬着："所以我一定要赶回来，看一看你，有些话我要亲口问你！如果你一直都是骗我的，那就是这个世界骗了我，我就亲手杀了你，或者死在你的手上！"

云裳忽然发现少年也在流泪。他在痴痴地凝望着她，跟她一起，泪如雨下。

"你哭什么？"她抚摸他的脸，想给他擦拭泪水，却发现泪水很快便从指间涌出，"后悔了吗？知道我是这样的人，是不是再也瞧不起我？"

甘夫不说话，却猛地将她紧紧搂住，哽咽道："不，永远不会！我更喜欢你了……我再也不会让你受到半点伤害。"

夜色凄迷，风呼呼地刮着，两人却都觉得从未有过的温暖。他们紧抱着对方，心中都油然生出一念：这个世间，再没有什么力量能将我们分开！

"适才分别的时候,我没奢望还能再见到你。"少年终于扬起还挂着泪痕的绝美面庞,呵呵地笑道,"现在你来了,我们又在一起了!已经很好了,老天爷待我已经很好!"

他的笑声被一道凄厉的胡笳声打断。

"不好,我们快走!"云裳的惊呼声也在笳声中变得支离破碎。

笳声起起伏伏,就在他们身周环绕,二人心中都腾起一念——他已到了!

九铁隼中最后的六大高手尽出,结成阵势,全力以赴,却终究困不住大巫凌度,甚至,很可能已全部被他斩杀。

甘夫和云裳仰起头,大巫凌度的高瘦身影在十余丈外飘忽闪现,仿佛从天而降的老魔。

云裳挺身站起,凄然一笑:"小傻瓜,跟你说透了心里的话,便是死了,也再没有什么遗憾。"

"我也是!"甘夫挽起她的手,沉声道,"但我们不会死!"

"甘都,你已必死无疑,又何苦要拉上这个女人?"

凌度的冷笑声极为刺耳,说的话更是颇有攻心之效。适才他施展极大神通,将六位通明道的高手一举剿杀。虽然是仗着事先布下的法阵和独步西域的元神攻击,但自身也耗损不少,左臂骨痛欲裂,身上至少有两条经脉受损。

"我们不会死。"少年又一字一句地重复了那句话,"会死的人是你!"

他大踏步上前,挡在她的身前,缓缓举起双刀。

再次面对这个奇特少年,凌度的心情极为复杂。纵横江湖数十年,他还是第一次产生这样的感觉:面对一个自己应该稳操胜券的对手,却觉得难以将对方打垮。

奔波千里,对抗十余次,每次这少年都败,有时候还败得一塌糊涂,可他却真真切切地感觉到这少年的武功法术在飞速地提升。

夜色中，他忽然觑见了甘夫灼灼闪动的双眸。这少年显然已将全部的精气神意提到了极致。

凌度心中一动：攻心为上，何必力敌？

他的双眼也在瞬间明亮起来。

猛然一声大喝，凌度那如鬼火般耀动的双眼，忽然化作两个深黑的巨洞。

天上的月辉星芒不见了，地上的草木沙石也消失了，整个世界一团漆黑。

下一刻，甘夫发现自己站在一个熟悉而又陌生的地方。

那是一处山顶，自己的头上有无数乌云翻滚着挤压过来，脚下的山石间却都是骷髅。天地茫茫，只有自己一人。纵目远眺，满山遍野都是各种怪兽的奇异骷髅。

在最高的一座山峰绝顶，矗立着一只如高楼般巨大的牛头骷髅，那空洞洞的眼眶仿佛是两眼深潭。

这一切，正是那日被凌度施展催魂术时所显现出的可怖景象，只不过此时更为恐怖和夸张。

看来凌度的催魂术便如一颗奇异的种子，在成功施行过一次之后，只要机缘得宜，便可随时发芽长叶。

凌度的脸在云间出现。那张脸几乎布满整个天穹，狞笑声如惊雷滚滚："现在，这里是我的世界了！将你收到这里来还真不容易，但最终，你还是来了……"

大巫的声音带着一股奇异的魔力，甘夫觉得自己的全身都在慢慢僵化。

"看来你明白了。少年，你也属于这里，这里就是你最终的归宿！"狂笑声中，凌度伸出一根手指，当头按了下来。

那根手指很快便化作小山般大小，气势磅礴地压下来。

凌度是这个心阵的主人，他的手指就是一座飞来峰。

劲风呼啸着当头袭来，甘夫呼吸艰涩，觉得全身的血液正在慢慢凝固，似乎自己很快就会彻底化成一个骷髅，然后被山风吹得滚落到山谷间，混杂于那数不清的骷髅之中。

"去吧！变成一颗骷髅，去你该去的地方……"凌度的声音带着天地般强悍的意志，威严，冷酷，还有些志得意满：这场奔波千里的追杀，终于要结束了！

他的声音忽然一顿，似乎觉出了些异常，原来，有一道光自少年的眸间亮起。

甘夫猛然扬起了头。

甘夫不会什么兵法战术，他生来唯一一次用兵法取胜的比武，便是对阵大巫胡忧。虽然那次对阵全然是依照张骞的安排，却令他印象深刻。适才生死一线，他忽然想到了那次对战的策略。

凌度精于元神攻击，但他却不知道，自己曾得过蜃龙的元神淬炼。

甘夫决定铤而走险一次。

而此刻少年终于发现，这策略确实是铤而走险，因为自己贸然进入了凌度的元神世界。在这里与凌度对抗，便如同跟整个天地对抗。

甘夫仰天长啸，借着那道强悍之极的元神辉光璀璨升起，双手猛然挥起巨棍。

那根巨棍仿佛要撑破天地，硬生生地撑住了那座飞来巨峰。

几乎在同时，云裳驱使着三大傀儡，向凌度发起了疯狂的攻击。

甘夫的动作忽然变得生硬，她虽不知到底发生了什么，却已觉出异常，因为此时的凌度也不似先前那样强大了，这位大巫的动作僵硬缓慢了不少。

有这样难得的天赐良机，云裳遂全力运使偃术，驱动着三大傀儡向凌度狂攻不已。

凌度身上已中了数剑，但超高的修为道境，让云裳的攻击难见什么实效。地妃和月童的兵刃甚至都砍不破他的袍襟。

更麻烦的是，四周的雾气越来越浓，凌度的身影也渐渐模糊。

云裳急得双眼泛红,拼了命般挥剑疯狂劈砍。她一定要在凌度完全隐身于雾气之前击杀他。

忽然间,云裳被雾气彻底裹住了双眼,眼前一片漆黑。

"完了!他隐身了,让他逃了……"云裳几乎跌坐在地。

就在她束手无策、欲哭无泪之际,身边飘来一个极为熟悉的声音:"退开,我来!"

一道干枯瘦小的身影悄然闪来,随即被黑雾吞噬。云裳的双眸陡然一亮:是吕英,这小瘦猴竟然来了!

吕英长剑当胸,大步入阵。他的目力和心力都远超云裳,但挥剑荡开层层雾气后,吕英却愣住了。

他看到了两个甘夫。

两个甘夫,连每一根发丝的长短和每一条襟袍的针脚都一模一样。在雾气深处,他们静静对视,一动不动。

无穷无尽的骷髅山谷间,甘夫仍在苦撑。

凌度终于长舒了一口气,在自己的世界中放声大笑:"是的!那些骷髅,都是我的奴隶,灵魂的奴隶!但我最喜欢的,肯定是你甘都的神魂。来吧,我的小家伙!"

甘夫的下半身已经慢慢陷入了山石内,那根矗天矗地的巨棍也失去了霸气,在慢慢缩小。

"一切都结束了!"大巫发出雷鸣般的狂笑,双掌凌空拍下。

猛听轰隆巨响,凌度的狂笑变成了惨号。他的手掌如同被飓风拍击的朽木般四分五裂,那张巨脸也在瞬间扭曲破碎。

浓重如幕的雾气中,一道琉璃般的暗红剑芒灿然亮起,从凌度的心口处穿胸而过。

剑芒瞬间往复数次。哀号声中,凌度的身体四分五裂,跟着炸成了一团血雾。

黑雾被朔风吹散,吕英缓步从浓雾中踱出。他干咳了两声,手拄长剑，喘息道："这老东西，实在厉害！"

适才他虽只刺出一剑，却因要探查真假，破去凌度的元神伪装，实是极为耗费心神罡气。

云裳则疯了般奔过去，将甘夫扶了起来。甘夫吁了口浊气，吐出一串血水，向吕英点了点头，道："多谢！"

吕英淡淡道："不必谢我，是使君夫人的安排。"

师滢缓步走来，先给甘夫把脉。风君天紧跟着她，凛凛长剑横胸不出。适才他没有出手，无论形势何等紧急，剑侯的首要重任仍是护住使君夫人。

"不妨事的！"师滢把过了脉，才轻声道，"使君说过，他始终信你，我便也始终信你。"

甘夫只觉心底一热，俊目中涌出泪水，却只点了点头，没有说话。

吕英却是个直性子人，侧头盯着甘夫道："我知道你有苦衷，但一定要撒谎吗？不过是个大巫凌度，咱们几人联手，难道还怕了他？"

"说便宜话很舒服吗？"云裳白了吕英一眼，哼道，"若不是这凌度存心取巧，对甘夫施展元神攻击，又岂能让你这么轻易得手！况且，他若是知道我们的身份，对咱们暗中追踪猎杀，你觉得咱们会逃得掉？要知道，使君夫人有孕在身，甘夫的性子，定然是不肯让他嫂夫人受到惊吓的。"

这丫头伶牙俐齿，一串连珠箭般的发问让吕英张口结舌。

云裳叹了口气："再往前说，甘夫在龙城斩杀右贤王的秘事，使君夫人事先已跟我们说了，但你们何曾真正信赖甘夫！哪怕是我，也没有完全信他……"

"云丫头说得是！"吕英忽向甘夫深深一揖，"还是你心思更加细密。对使君夫人的顾念，我便没想得这么细。"这位无为学宫第一天才极为洒脱，闻过而自责，倒让甘夫有些不好意思。

"生死一线，得大感悟！"吕英又向甘夫点头微笑，"恭喜，你又得了极大进境！"

"同喜！"甘夫也向他一笑，"你终于斩出了那一剑，也斩碎了一个门槛。"

二人相视而笑。甘夫以一己之力硬抗几乎踏入玄圣道的大宗师，从刀剑比拼，一直到元神对抗，虽然连番受创，却已在江湖上书写了一段奇迹。而吕英最终勘破心魔，一剑力斩大巫。这一剑，也劈开了一道境界上的门槛。

一行人不敢久留，继续赶路。

追踪而来的九铁隼尽数被大巫凌度斩杀，倒是为他们除去了后患。五个人都伪装成商贾，甘夫身上还有匈奴最高级别的铜腰牌，穿越关卡便毫不麻烦，接下来的路，居然顺当了许多。

一路有惊无险地赶到天幻堡，很快便与卓轻闲留下的卓家商队密探接上了头。

这里早被卓轻闲的师尊青霄改造得面目一新，既是个吸纳南来北往客商的大商堡，更是个触角远伸的秘谍组织基地。

五人立时得到了最高级别的热情款待，在天幻堡休息了两天，卓家商队的密探便将最新的消息传了过来。

左贤王其实早已得悉右贤王的死讯，也正因为如此，其精锐死士如"九铁隼"才会如此严防细控，大巫凌度一入休屠城，便被他们盯上了。

此时，右贤王的死讯已经传遍了休屠城。休屠死士九铁隼被杀的消息同样轰动了休屠城。

凌度的残余尸身也被发现了。虽然大巫死前，身体几乎炸成血雾，极难辨别身份，但他的哀笳却被人找到了。附近被杀的九铁隼尸体，也被左贤王麾下高手很快辨认出，并判断他们应是死于凌度的手下。

师滢猜测，这种种事件若被人联系在一起推断，自己这一拨人难免不会被左贤王发现和怀疑。

一行人不敢耽搁，立即换上汉家行商装束，配好快马、行囊与盘缠，便即上路，穿越乌鞘岭，辗转回归中原。

"滢儿，你还好吗？"

师滢甘夫一行人走后的那一晚，张骞一直独坐到天明。

在师滢消失的第二天，就已有人将消息报知了左贤王。因为师滢经常要往返于万马堡等处采购药材，左贤王一开始也并未在意。但随即，凌度的尸身，以及追踪凌度的休屠城九铁隼等人尸身被发现。

休屠城众铁卫们最初的结论是，凌度悄然潜入休屠城，被铁隼发现并追袭，双方最终同归于尽。

心思阴沉的左贤王却敏锐地觉出不寻常，立即遣人来向张骞追问师滢的下落。

张骞却已酩酊大醉。待他彻底"酒醒"过来，时间已是第三日晌午，师滢一行应该已经过了天幻堡。

得知大巫凌度和休屠城九铁隼的死讯，张骞也不由暗自震惊。好在听闻不断传来新的消息，没有发现其他人的尸体，张骞才暗自长出了一口气。

面对左贤王冷冰冰的质问，张骞回答得很自若："那师小妹一直在苦心探究疗疾之道，只是始终效验不显。这次她执意要回一次中原，向其授业老师请教几个难题。我自然只能任她去了。"

"同行的，想必还有你们使团中人吧？"左贤王冷笑道，"比如那个风君天，那个吕英？"

"她是一介女流，总得有人护送。"张骞却是一笑，"都这时候了，一个中原女子的生死去留，又何足道哉！左贤王殿下应该留意的，是那个突如其来的大巫凌度！"

"怎么讲？"

"凌度大巫是右贤王的亲信。他突然赶来此地，必然只有一个目标，那就是左贤王殿下。这两年来，军臣单于衰老得厉害，匈奴有兄终弟及的传承，殿下你一直为军臣单于和太子于单等所忌惮。如果我所料不差，只怕他们是要对你动手了。"

左贤王沉沉地吐了口气："右贤王被人暗杀了！前几日得到的消

息。"

两个男人冷冷地对视着。张骞已从甘夫的口中知道了这消息,却道:"那么凌度为何偏在此时,千里迢迢地赶来休屠城?他只需在这里寻到一个休屠城高手死士,悄然斩杀,再带回龙城,指认此人是杀害右贤王的真凶……"

左贤王的脸色骤然一变。这也正是他所担忧的。当然还有更让他忧心的:大巫凌度是右贤王的绝对亲信,他会不会是来此暗杀自己?

"好在凌度一入休屠城,就被九铁隼窥破了踪迹。双方同归于尽,诚可谓天佑殿下。只是殿下虽度过一次大劫,却难息余波。你怎么解释大巫凌度死在这休屠城?他们需要一个借口,现在这借口终于出现了。"

左贤王眼神越发阴郁,耳边又响起了大巫龙缺当年的提醒,心中暗惊:"过了两年多,他们这是要对我下手了吗?"

"当今之计,殿下可有三策。上策,遣人去龙城,厚利卑辞,贿赂军臣单于最宠爱的小阏氏。要知道,小阏氏同样与太子不睦,只要她能替殿下说话,定能扭转乾坤。

"中策,请休屠城内坐镇祭天穹庐的白头长老出面,用万灵宗密语给龙缺大巫飞鸽传书,替殿下说明原委,再请大巫在大单于面前为殿下美言。右贤王当然不是殿下派人杀的,只要是正式的调查,没有栽赃,就一定能还殿下一个清白。"

左贤王神色稍缓,问:"下策?"

"挥兵北上,以清君侧为名,直捣龙城。"

左贤王一笑:"你瞧本王有几分胜算?"

"此时天时不在你这里,地利人和也都不牢靠,胜算不足二成。"

"那就只能上策中策并行了。"

"我倒是希望殿下不要彻底放弃下策!下策只是此时的下策,只要天时一到,下策便会变成上上策。"

左贤王觉得张骞的目光有些可怕。这个汉人近年来都是病恹恹的,但此时那目光却灼灼如电。那闪烁的东西就是野心,但偏偏,他左贤王最不缺少野心。

"相识许久,难得你终于又给了我一次建言。去吧,本王要静一静。"他挥了挥手,遣退了张骞。他很害怕,再让张骞多待片刻,会给自己鼓动出更多的野心来。

张骞坦然走出王府。

他早已在左贤王的心内播下了种子,现在不过是顺便浇浇水而已。迟早有一日,左贤王的野心会开出一朵硕大的狰狞之花。

过了乌鞘岭后,师滢他们便再也不必担心左贤王的死士铁骑追袭。既然追兵不会出现,众人最大的忧心便是师滢的身孕。好在到了金城,天气已然转暖,路上便不会那么艰苦。

在金城,他们没有惊动官府,因为师滢和甘夫身上所藏的秘密太大,官府方面则纠葛太多。这一行人都本该是出使西行的身份,此刻好几个人擅自回归,很可能会被某些死板的官吏扣上什么说不清的帽子。

师滢虽然修为不俗,但连番赶路和闯关,动了胎气,身子不大爽利,不得不在金城内歇息了半个月,才又上路。

他们南渡黄河,穿过陇西郡,一路再向东行。歇歇行行,待得初秋时分,他们终于赶到长安旁边的槐里。

在路上,师滢常会低头抚摸着自己的大肚子,脸上浮现出幸福的笑容。七个月了!自己走得太慢,但是孩子很健康。

槐里县直接归内史管辖,距离长安不足百里。也许明日就可以堂而皇之地告知官府了!她这时已没有那么多的宏图大志,只想让孩子平平安安。

槐里县城地方虽然不大,但近年来被天子强令从天下各郡国迁徙来许多豪强大族,所以民风剽悍,颇多快马轻裘的游侠儿出没。

师滢看看日近黄昏,不愿摸黑在这悍野之地赶路,便在官道附近选了那家最大的客栈住宿。

出乎意料,店伙计一看几人的形貌,竟是又惊又喜,叠声地赶回院内去禀报,随即便有几个管事模样的人笑吟吟地赶来迎接。

师滢认出,这几人竟都是师家商队的精干伙计。师滢离开长安时,与自家商队闹得极不愉快,此时见师家门人在这里恭候自己,心内不由泛起一丝不安之感。

她心思细密,知道师家逍遥商盟在老父的统领下,极重视各种商道讯息的刺探,但自己这一行人的踪迹是如何被他们侦知的,仍是颇为奇怪。她细细盘问了一番,那几个伙计却是茫然无知,只说是被人安排在此等候。

师滢心内疑惑,但见天色已晚,对方又是师家的自己人,便只得在心底暗叹了声"既来之则安之",便招呼诸人住下了。

洗漱已毕,刚要安歇,便听得官道上马蹄声紧,有一彪马队疾奔而来。

"还是你们师家的商队!"吕英盯着那灯笼,叹了口气,"快马疾奔,好大气派。"

率队而来的是师滢的二叔师濮,逍遥商盟师家总盟的二把手!

气势汹汹的数十骑来到之后,二话不说,先将这客栈围了起来。吕英和风君天见这一队人来意不善,不由暗自戒备,紧紧护在师滢身侧,陪着她迎出院门。

领头的师濮一路风尘仆仆,赶得甚是辛苦,此时终于见到这与自己不睦的侄女,神色便极为复杂。

他盯着师滢圆滚滚的腹部,目光由鄙夷化为讥诮,冷笑道:"师滢啊师滢,我的贤侄女!你这模样,真是令我师家一门老小蒙羞!"

师滢一愕。她实在想不到,这一路上千里跋涉,历尽艰辛,此时遇到自家的亲叔叔,他开口的第一句话竟是如此毫不留情的羞辱。一时间万千委屈、羞愤、郁怒尽都涌上心头,不由美眸含泪,强忍着才没有流下泪来。

"这时候知道哭了?当初死皮赖脸地往外头跑,把老父辛苦给你定下的婚约抛到九霄云外,让你老父、你二叔,让整个师家颜面无存。那时候你可是风光得紧呀！"

风君天大喝一声："师濮休得胡言！这是大汉使者张使君的夫人，奉张使君之命回归中原，一路风霜，劳苦功高，轮得到你来信口胡言？"

师濮冷哼道："风君天，你不过是卓家的一条狗，也敢在我面前咆哮！我师家的事，轮得到你来说话？"

"老竖子，你确是信口妄言！"吕英大步上前，很干脆地破口大骂，"你看什么？吾乃大汉副使，你这贱籍商人，轮的上同我说话吗？"

师濮的脸色霎时一白。商人在大汉算是贱民，对上眼前堂堂的大汉副使兼无为学宫最出色的弟子，确实只有低眉垂首挨训的份。

吕英继续喝道："师滢乃张使君明媒正娶的堂堂正妻。夫妻二人在匈奴相互扶助，守志不移，傲视匈奴权贵，其行可歌可泣，岂是尔等市侩奸商可以评判的？！"

师濮的脸色更白，只得躬身冷笑道："这位使君所言，都是空口无凭。况且，师小妹所作所为，已着实让师家丢尽了脸面，我师家先要按照家法行事。"

"我没有……二叔，你、你血口喷人！"师滢再也忍耐不住，珠泪滚滚而落。

"空口无凭？"吕英森然冷笑，"你要看凭证，也简单得紧。不过，你当真要看吗？"

师濮听得他那冷笑中透着一股绝大的杀气，一时肌骨生寒，竟不敢应声。

数骑快马便在此时奔来，马上人朗声大喝："莫起争执，有盟主号令在此！"

围住客栈的师家豪客们见了这几人，立时恭敬地分开两列。领头的骑士正是师铨。他飞身下马，大步跨入客栈。

师濮登觉如释重负。师铨是长兄的长子，相比自己，更能代表师家，忙赔笑道："铨儿，我大哥怎么说？"

"小妹，大哥迎接来迟了！"师铨却根本没有瞟自己的二叔一眼，只向师滢拱手道，"小妹，阿翁一直夸你，为我师家增了无上荣光。这次得了讯息，便命我率着师家逍遥四枭，亲来护送小妹，回归洛阳总舵。"

师濮一怔，却只得愤愤地咽了口唾沫。

"多谢阿翁和大哥美意！但小妹却还不能回家。"师滢淡然摇头，"师滢要先进京面圣，有大事亲禀天子。"

"那也成。大哥便全程护送。"师铨向吕英等人恭敬拱手，极爽朗地笑道，"打扰各位圣使了！天色已晚，小妹且回屋安歇，稍时小弟亲自安排酒筵，款待各位圣使。"

"且慢！"甘夫冷喝了一声，指着师濮道，"适才你羞辱我大嫂，怎么说？"

师濮脸色紫涨，状如猪肝，愤愤道："你不知道我汉家中原的家法吗？她阿翁不在，我就是她爹一般。当爹的教训自家闺女，关你何事？何况你还是个匈奴的卑贱奴隶！"

"仔细你的言辞！他是堂堂大汉使团的侍诏，可不是什么卑贱奴隶！"吕英森然喝道，"况且你羞辱的也不是你家的闺女，而是堂堂大汉使者夫人。"

师濮张了张嘴，无力辩驳，陡然间，却自他眸中亮起一道光彩。

那是一道电光从对面腾起，刀芒激射，如惊鸿横空。

"留人！"师滢惊呼，甚至来不及呼出"刀下留人"四字。

师铨挥出天蓬伞，身周的逍遥四枭也同时动作。这五人，算上师濮本人，都是一等一的高手，动作都是奇快无比。

但甘夫已如惊鸿掣电，一击而回。

"我死了，我死啦……"师濮惨叫倒地，双手在脸上胡乱撕抓着。

师铨等人大惊，忙赶过去搀扶，却见师濮全身没有一丝伤痕，只是满头灰白的头发胡须被甘夫一刀削得净光。

"你没事，不过是削发代首！"甘夫冷冷收刀，"看在我嫂夫人面上，饶你一命。"

师濮心魂未定，一摸自己脑袋，才知自己已被这精妙一刀削得须发皆无，一颗皱纹堆垒的老脸却成了光秃秃的鸡蛋模样，不由羞怒交集，险些昏倒在地。

师铨瞟了眼师濮，哼道："都是误会！来人，扶二叔回去休息吧。"

"且慢！谁敢羞辱师二爷？"

一道冷飕飕的声音忽然撞进了众人的耳膜，突兀生硬，带着十足的傲气。随后，百十号汉子疾步奔来。这些人均是褐衣赤足，脸色黝黑。

"墨家子弟！"师滢一凛，望见领头那老者的干瘦模样，认得是墨门的阵学大师薛直。此老当年曾易容参加瀚海法会，此时容貌也没有大变，一双锐利的眸子更是极易辨认。再瞧他身边一个红面红发的老者，认得是人称"火圣"的吕公旺；另一个老者面黑如铁，一身与寻常墨门弟子全然不同的大袖儒服，想必便是有"铁袖乾坤"之称的蔡玄机了。

"墨门三大长老齐出，皆为天元道大宗师。大家小心了！"吕英低声提醒众人。

一身黑袍的小巨子郭昭从三大长老身后悠然踱出，适才说话的显然是他。

师滢冷冷道："我师家的事，与墨门何干？"

"师濮师二爷，乃是我墨门的客卿长老。"郭昭翻起了白眼。

师铨眼见墨门群豪人多势众，到达后已隐然排布成阵势，大感为难，只得对师濮道："二叔，这终究是我师家自己的事情。你老说句话吧……喂，二叔？"

话未说完，却见师濮双眼一翻，竟干脆昏了过去。这位师家二当家老奸巨猾，知道这时候无论得罪哪一方都是个大麻烦，干脆一昏了事。

"师铨兄稍安勿躁！羞辱我墨家客卿的，可不是你师家，而是……这几个冒充朝廷使者的家伙。"郭昭向师铨拱了拱手，目光森然扫向甘夫等人，最终凝在师滢身上，哂笑道，"久违了，师小妹！私奔、私通，还怀了个野种，不知羞耻，好大面皮。你们，都要跟我走……"

话未说完，一道电光亮起。

甘夫已骤然冲上。这一次他没有用日月神刀，而是直接挥出了巨棍。

他心里只一个念头：辱我大哥之妻者，死！

一等一的强大法器当头砸落，犹似巨峰天降，势不可挡。郭昭万料不到甘夫的境界突飞猛进至此，猝不及防之下，竟忘了抽出墨守剑抵挡。然而铁棍进至郭昭身前三尺，却仿佛撞上铜墙铁壁，甘夫心中剧震，身子倏忽一弯，犹如鹰隼回旋，飘然而回，随即铁棍疾转，挡住两柄暗红飞剑在空中的追击。

在甘夫身后出手的，正是红面长老"火圣"吕公旺。此刻他满目惊诧，实在想不到，这怪异少年竟能在自己手下全身而退。

那边郭昭头上的平巾帻被棍风扫落，披头散发，已是脸色煞白，神色狼狈。

云裳踏步上前，惊道："三大长老齐至，当真是数十年未见。我墨门难道是要公然造反？"她已看得清清楚楚，除了薛、吕、蔡三大长老，那些褐衣汉子中竟也颇多高手，墨门此次简直是精锐倾巢而出。

薛直踏上一步，朗声道："墨门屹立天下数百载，兴亡继绝者有之，急公好义者常为，何曾干过造反之事？只是在这个大汉，我们反成了丧家之犬！"

薛长老白发白须迎风飘浮，惨然道："今日之墨门，距离覆灭，也只一夕之间了。我们这只是墨门的自救而已！"

"如何自救？便靠劫掠大汉使者？"吕英冷冷逼视着三大长老。

薛直却挥了挥手，喝道："大事当前，请师家诸君回避。"

师铨咬了咬牙，也大喝道："堂堂大汉使者夫人乃是舍妹。我师家如何能置身事外？"

"好吧！"薛直呵了口气，蓦地提气长啸，"那就得罪了！擒师滢，擒甘夫，擒吕英！当墨家之锋者，死！"

随着这道长啸，三大长老分从三个方位，向师滢、甘夫和吕英三人身边扑到。

"师家子弟，全力护住小妹。"师铨惊呼声中，当先挥剑跃起，拦在师滢身前。

红面老者吕公旺大踏步冲向甘夫。先前他与甘夫一招交锋,只是小占上风,令这位以雄浑罡气和火符术法闻名天下的墨门大长老战意勃发。

长袍儒生蔡玄机飘身欺向吕英,大袖疾挥间,荡起道道风雷之声。

两位天元道至境的大长老全力出手,立时将吕英和甘夫全面压制。

师铨挥动天蓬伞,率着师家的逍遥四枭死死阻住了薛直。

云裳又惊又怒,横剑守在师滢身前,喝道:"墨门规矩,不欺妇孺。你们是疯了吗,竟对个怀胎十月的女子动手?"

"你们怎能算妇孺!有这多高手卫护,我们也不算破了墨门的规矩!"一道粗犷的笑声响起,犹似铜铁相割,听来分外刺耳。

一团黑影从墨门数十位汉子中腾起,直扑师滢。

云裳大惊,甚至来不及施展傀儡术,只得全力挥剑刺出。一道沉浑的劲气撞来,云裳全身气血翻涌,长剑如一根稻草般高高飞起,身子也踉跄跌出。

"哪儿来的这等大宗师高手?"师铨惊骇难言,拼力舍了薛直,挥伞迎向那团黑影。

云裳还在向后飞跌,眼角余光瞥见,杀向自己的是个黑袍人。

仿佛一朵乌云般的黑袍人当真是名副其实的乌云,因为他的的身形随时在变化。这一路向前,在拼力赶来的师铨和四五位师家高手的全力狙击下,他的身子忽胖忽瘦,忽高忽矮,有时候甚至变成无比古怪的细条形状,硬生生地从无数刀剑罡气的缝隙间切了进去,一路毫不停顿地冲向师滢。

"四枭!"师铨嘶声大叫,同时奋力挥出天蓬伞,死死撑住斜刺里追到的薛直。

"结阵!"四枭之首师金明白少主用意,率着四兄弟猛扑过来。逍遥四枭有一门分进合击的阵法,瞬间阵势结成,战力已暴涨数倍。

"夫人,速退!"风君天看出凶险,搀住师滢便待疾退。

忽然间惨叫声响起,场间众人都惊得瞪圆了双眼。原来那黑袍客的身子倏地张开,竟化作丈余宽的乌云。乌云骤合,将迎面的师金、师银都包裹了进去。

惨叫自乌云内响起，黑袍所化的乌云内隐隐闪出刀光和血光。也不过转瞬之间，乌云倏地张开，黑袍内掉下来一堆残碎肢体、血肉碎屑和扭曲的兵刃。

站得最近的师铜、师铁看得肝胆皆裂，甚至忘了挥刃相搏。

"你不是墨门的人！你这魔头是谁？"云裳大叫。

黑袍客这时候才回复成了一个肥胖人形。他大袖疾振，将惊呆了的师家双枭震得东倒西歪，片刻不停，直冲到师滢身前。

吕英还被铁袖乾坤蔡玄机紧紧缠住，那边甘夫却暴喝一声，身形化作一道弧光，从火圣吕公旺的数道烈火神掌下拼死冲出，日月神刀齐挥，全力斩向乌云般的黑袍客。

黑袍客的巨头从乌云间探了出来，那风驰电掣的身形也第一次顿了一顿。但那乌云瞬间便裹住日月神刀，红芒金光同时被乌云吞没。

一道剑芒在此时飞来。剑侯风君天首次出手，一剑便刺入黑袍客的胖大头颅。

这一剑又准又狠，剑尖却被黑袍客的大嘴紧紧咬住，再也刺不进分毫。

此刻，一声砰然震响，那团乌云忽然炸裂，胖头、大嘴、长剑、刀光同时消失。

风君天和甘夫都被一股巨力轰得向旁跌出。剑侯长剑已失，甘夫却还紧紧攥着双刀，幽红日刀那狭长刀身在地上拖出一道长长的沟壑，一路发出呛琅琅的不甘怒号。

"全都住手！"黑袍客再次出现时，已站在师滢身侧，一只肥硕的胖手轻按在师滢的肩头。

师滢仓促间只来得及刺出一剑。这一剑深深扎入黑袍客滚圆的肚子，随即便如被磁铁牢牢吸住，再难拔出。

而黑袍客却浑然无觉，笑吟吟地扫视全场，仿佛那把剑根本就没有刺中自己。激战至今，只在他的那身黑袍前襟裂开了一道长缝，那是适才"乌云炸开"时所致。

激战双方尽都愕然停手。

在黑袍客这等神出鬼没的身手下，哪怕是同一方的墨门三大长老都是黯然失色。

"支离舒！你是昆仑道秽地城主支离舒！"云裳这才嘶声惊呼。

"是我！"黑袍胖子嘿嘿一笑，眼见云裳冲到，大袖疾挥，一股巨力轰出，轻轻松松地便将女郎远远震飞。

"吃人不吐骨，秽地支离舒！"黑袍客的大嘴中吐出一块含骨带肉的血块，"这话说得不对。你们瞧，有时候我也是会吐吐骨头的。"

众人都觉肝胆俱寒。

昆仑道威震天下数百载，众人只知其以远处域外的秽地为根基，近年来，除了雷震子、陆鸦等经常行走中原的宗师高手，名气最大的便是两人。

一个是昆仑道现任宗主青霄。其身份颇为神秘，甚至许多人不知道此人是男是女，也有不少传说，称这是位驻颜不老的天仙般美妇。

另一位便是昆仑道的副宗主，真正掌管秽地的昆仑城主支离舒了。这也是一位晋身玄圣道的大宗师。传说此人修炼庄子道中的混沌法门，炼至绝顶后却突然走偏入魔，乃至有"吃人不吐骨"的恐怖传说。

哪怕是薛直、吕公旺这样见多识广的墨门大长老，此刻也是首次知道这位神秘同盟的身份，不由震惊莫名：支离舒竟然是这副尊容，一个怪物般的玄圣道大宗师！

云裳被支离舒一袖震飞，只觉自己仿佛腾云驾雾般飞到了半空，忽然一股巨力横里吸来，竟将自己斜斜地引了过去。

砰然一声，斜刺里冲来、正待抱住云裳的甘夫也被那股巨力撞飞。云裳则被那巨力吸得跌入一人怀中。

她看到一张阴沉的老脸，才知自己竟是躺在郭解的怀中。

墨门巨子抚摸了下云裳的脸，将她轻轻放在地上。

这位号称中原第一强者的大侠，居然亲自赶来此处！云裳脸上再无一丝血色，身子也在簌簌发抖。她熟知郭解的脾气。他外表越是淡然平和，心内所积聚的怒气越大，也许下一瞬，他就要雷霆大作了吧？

郭解却一脸淡然地向支离舒点了点头，微笑道："我答应过师丫头的师父，绝对不能为难她。"

支离舒仰着一张笑容可掬的胖脸道："那是自然！看在老凤凰的面子上，绝无丝毫为难。"

风君天、吕英乃至师铨等人尽是脸色苍白。在联袂出手的两大绝顶宗师面前，他们无任何招架之力。

郭解环视四方，全场鸦雀无声。

墨门精锐尽出，巨子亲临，更联络了秽地支离舒这样的老怪物，不但劫持了师滢等人，而且彻底碾压了师家。

"郭巨子意欲何为？"吕英肃然拱手。

"听说你们带来了一份匈奴机要图，到底有没有？"郭解声音冰冷。

没有人吭声。郭解森冷的目光扫向云裳，女郎立时脸色煞白。下一瞬，她只觉一股巨力袭来，不由发出一声痛哼，身子已如飞蛾投火般再撞入郭解怀中，被墨门巨子紧紧扣住了脉门。

甘夫疾冲了两步，随即止步，脸色紧张。

"到底有没有？"郭解说话时，带着强烈的威压，仿佛君临天下的帝王。

云裳冷冷摇头，说道："没有！"

"自小时起，你撒谎时，便是这个样子。"郭解笑了笑，"看来是真的了！"言毕猛然挥袖。

护在师铨身旁的师铜、师铁猝不及防，被一股劲风拍中，身子晃了晃，然后忽然跪倒，疯狂吐血，发黑的血水中竟夹杂着肉屑。

二人觉得五脏痛如斧斩刀割，然后七窍都流出血来，身子软软栽倒。

逍遥四枭在江湖上名声响亮，但郭解遥遥一挥手，便震碎了二人的脏腑，两人直如蚂蚁般被轻易碾死。

"匈奴机要图在哪里？"郭解轻轻地拍了拍云裳粉雕玉琢的脸蛋，

"若不说，便该轮到你了。"

郭昭紧盯着父亲的手，眼中发出灼热的光芒。

"机要图在我这里！"甘夫忽然大喝一声，"你先放了云裳和师滢。"

"当真？"郭解目光阴沉如刀，"为何这图会在你那里？"

"我是使君义弟，他自然只相信我。"

"交出来！"郭解很大方地一挥手，将云裳推入甘夫的怀中，淡淡道，"老夫只不过想亲自将此图献给天子。现在墨门要跟天子好好谈谈了！"

甘夫摇了摇头，道："图在我脑子里，没有现成的。"

郭解的眸子瞬间冷厉起来。

"放过其余的人，我跟你走。"甘夫直视着那双足可杀人的双眸，淡然道，"那图太过机密，路上若有遗失，就是天大麻烦。所以大哥用元神印心之法，将此图印入我脑中。大哥亲自吩咐的，到了天子驾前，我才能画那张图。但只要你放了其他人，我便答应你，可提前画出此图。"

支离舒几乎给气笑了："到时候你胡乱画上一张，应付老子，又当如何？"

甘夫指了指郭解，又看了看云裳，道："我打不过他。他若看出错误，随时会来杀云裳。我只是个匈奴的小奴隶，你们口中的那些什么王途霸业，我都不在乎，我只在乎她。"

郭解哼了一声，似乎有些满意甘夫的这套说辞，又缓缓地叮了一句："若是你敢耍一丝花活，老夫便会让这丫头后悔活在这世上。"

"我说过，我只在乎她！"甘夫斩钉截铁地说道，"况且，这张图你终是要交到天子手上的。我的使命便是要将此图交给天子，至于是你交还是我交，也没什么分别，我也算没有负了我大哥的嘱托。"

"算你小子识相。"支离舒扭过头，向郭解点了点头。

秽地昆仑城主现在还有一个隐秘身份，那就是军臣单于钦封的匈奴大巫，几乎是相当于匈奴第二国师。但他在长安苦心经营多年的细作秘谍之网，近日来忽遭大汉朝廷和无为学宫突袭，损失惨重。这让支离舒脑羞成怒，恰在此时，老友郭解寻到他，谋求联手一击。

支离舒爽快地答应下来。他的处境已经是四面楚歌。细作之网的崩溃，让他无论在匈奴，还是在昆仑道，形势都岌岌可危。他知道这是一票真正的大买卖，也迫切需要这个大买卖。

这是墨门的誓死一搏，也是他昆仑城主的誓死一搏。

第十二章

翻云覆雨大宗师

一匹快马在夜色中飞驰而来,马上豪客如飞般掠下,奔到郭解身边,低声道:"天子如常。"

郭解微微点头。天子如常,这四个字已经包含了太多的意思,说明一切都在他的算度之中。

他已遣墨门高手观察青年天子刘彻许久了。

这一年来,朝廷又发生了不少事。太皇太后窦太后越发老迈虚弱,但对权力却抓得越发紧了。窦太后偏于黄老之术,青年天子则倾向于儒家。两派的争斗已是愈演愈烈。

窦太后亲自任命的宰相许昌事事都听从太后的指示,不但全无作为,而且对天子颇多掣肘。年轻的天子锐气正盛,当然要反抗。反抗的结果,是被激怒的窦太后气势汹汹地将天子的亲信御史大夫赵绾、郎中令王臧下狱,天子推行的许多新政都被废除。

朝野一片哗然。各种消息在长安乱飞,很多人都相信,窦太后这样做,很可能是要在临终前,给大汉换一位新天子。

(作者按:史实中窦氏太皇太后崩于建元六年,即在卫青直捣龙城的七年前，本书中将窦太后驾崩之时间延后，御史大夫赵绾、郎中令王臧下狱等时间亦同时延后，此为小说家言，方家不必深究。）

天子刘彻近日非常苦闷，索性便经常率着一队亲信去长安南郊的樊川游玩田猎。

这是天子的韬晦之计。他对朝中大事摆出一副以黄老之道淡然处之的样子，实际上，天子是在等待太皇太后咽下最后一口气，抛却最后的权力。

近日来，天子常在樊川游猎纵酒歌舞。樊川在长安城南数十里，皇室在那里有一座离宫。因为离长安很近，更因为不能让窦太后起疑，他经常只带着百十人的精干卫队陪他骑射。

百多人的旗门军，虽然装备精良，刀马娴熟，但在郭解和支离舒这两个怪物级的大宗师眼中，实在不堪一击。

此时，那墨门密探带来的最新消息——天子如常，表示天子今日依旧如常，还在樊川行宫游猎。

郭解的虎目中耀出一蓬精芒，锋利如刀。

"墨家不会为难妇孺。"郭解冷冷扫视诸人，"师滢随意吧！云裳要随我们走。吕英，你是大汉副使，也同走一遭吧。薛长老、吕长老、蔡长老，你们带着犬子和诸位墨门弟子退下吧，寻个安稳处落脚……"

三大长老显然知道他要去做什么，一时间尽皆心情激动。

"巨子！"薛直哽咽着踏上两步，"让薛直跟您一起去，便拼上这把老骨头……"

"不成！"郭解冷硬地喝止薛直，更瞪了眼同样眼中含泪的儿子，"记住！无论如何，墨门不能灭！"

简单地撂下这句话，墨门巨子再不看余人，大踏步地便向前行。

樊川距此地不过百多里路程，那行宫所在的位置，他早已烂熟于心。

吕英哼了一声，大步跟了过去。甘夫笑了笑，挽起云裳的手，也大步跟上。

师铨如释重负。他这次接到老父的密令,就是将荣升为使君夫人的小妹风光接回家,今日历经诸多波折,好歹总算不辱使命。但一回头,却见师滢还挺立不动,他又有些吃惊,生怕这位自幼性格倔强的妹子节外生枝,忙低呼:"小妹,你快回去安歇吧。"

师滢银牙紧咬,忽道:"备车,我们一同前去。"

"你疯了!千金之子,坐不垂堂。"师铨脸色煞白,"你现在可是大汉使者夫人,又身怀六甲,何必前去犯险?那两大魔头,天下谁能抵挡?"

"我不是去犯险!"师滢一字字道,"我是去面圣。这也是夫君的安排。这一路万里之遥都过来了,天子就在眼前,纵是有千难万险,也是要去的。"

师铨叹了口气,挥挥手,冲手下喝道:"愣着干什么?备车!"又对两名亲信黯然吩咐道,"师金四兄弟的尸身……先收殓了,待我回来,再行厚葬!"

前方,郭解已如一道孤影绝尘远去。

甘夫和吕英还剩下一点淡淡的影子,并没有被郭解落下多远。

在二人身后,支离舒悠然跟着前行。他的神行术最是古怪,犹如一个奇怪的面团,向前飞速变换着,滚动着,看似不紧不慢,却又快慢随心。

大汉元光年间,樊川还没有成为后世那样有名的风景区,长安的达官显贵也很少来此营构别墅。此地北依少陵原,南屏终南山,山清水秀,川道低平,景物极为清幽。因高祖刘邦曾将这片川道封为武将樊哙的食邑,故此得名樊川。

天子行宫坐落于樊川的一处高坡前,行宫前,潏河之水如一条银带般蜿蜒而过。

远在行宫外十里,便设有辕门和营帐。刘彻虽然不愿大张旗鼓,但毕竟这里是天子驻跸之地。

郭解故意候到第二日的日色西斜,探明周遭并无埋伏,才率人进了樊川。

这地方确实比较幽静，若不是天子兴致突发，率军纵马田猎，在这里听听鸟鸣蝉噪是十分合适的。

但今日刚行到那处名叫"凤回头"的小坡前，便听得金鼓之声时时响起，显是天子正在观看练兵。郭解知道，这位年轻皇帝痴迷于练兵，哪怕这段时日身边只有百十人随扈，也会命亲信卫青带队，操练不辍。

郭解大模大样地前行，立时便有两队快马奔来，领头的侍卫统领对郭解等人连连叱喝盘问。

这种似松实紧的警戒，倒让郭解暗自松了口气：看来一切都很正常。他提气喝道："大汉使者吕英与甘夫前来面圣，有十万火急的军情禀报。"

郭解趁机抬头远眺，前面那处小坡上，天子所用的羽盖非常醒目，一身戎装的青年天子很随意地端坐在一块青石上，正笑吟吟地看着两个赤膊军汉角抵。

只听有人大喝道："天字甲队刘七郎胜。天子有赏！"

那获胜军汉忙跪倒叩头："刘七郎谢天子赏！"

郭解远远听着，心内一阵激动：那就是天子了！就是这个满脸英气的青年，近年来对墨门磨刀霍霍，朝野都传说，他很可能要将墨门尽数清剿。

墨门命运，就在这个人的手上了！墨门生死，只在今日！

"哪位是甘夫？哪位是吕英？你又是何人？"那侍卫统领一脸疑惑。

"带我去面圣即可。我们四人一起去。"郭解探掌轻轻按在统领的肩头，一股巨力袭来，那汉子脸色剧变。

"有刺客，请天子速退！"吕英忽然提气长声大喝，同时长剑斜斜刺向郭解。

长剑递出，剑芒中映出数道山岳影像，山岳之形骤然扩大，仿佛有城郭，有高峰，有大河……

他苦修庄子道，这一剑乃是化自《庄子·说剑》中所谓的"天子之剑"。

传说天子之剑以燕豀石城为锋，齐岱为锷，晋卫为脊，周宋为镡，韩魏为夹……

此时吕英突然发难，无数山河之影都在剑芒中起伏变幻，端的有高峰峻岩、怒川激流的大气象。这一剑已经是他的极致。

郭解眸中掠过一丝精芒，瘦小的身躯却一动不动。

支离舒斜刺里闪出，横在郭解身前。扶摇名剑刺入支离舒的身体。支离舒那肥硕的身躯开始七扭八歪地颤动扭转起来，瞬间他已不具人形，而是一团巨大的面团，一滩无底的泥沼。

吕英那沉浑的剑势如同被黏腻的烂泥缠住，翻转数次之后，便再难切入半寸，也无法拔出半寸。

"这时候，你还想提醒那个昏君？已经晚了！"支离舒的胖头从"面团"中翻了出来，狞笑道，"他大事去矣！"

"也不算太晚！"一道冷冰冰的声音从山坡飘来，"天子有旨：吕英不必阻拦，让郭解过来面圣。"

声音浑厚而从容，虽是遥遥传来，却如对面笑谈般字字清晰。

支离舒一惊之际，吕英拔剑后撤，心内一喜："原来有我无为学宫的祭酒龙先生护驾！他们竟知道是郭解亲来！"

郭解扬起孤傲的头颅，看了眼甘夫，大步向小坡走去。这一刻，郭解知道，自己很可能已经陷入了一个局中。

一身戎装的天子高坐在坡顶。东方朔和无为学宫的祭酒龙洇则傲然挺立在天子左右。这两人身边再不见什么高手扈从，只有两位窈窕的宫装美姬陪伴在侧。

郭解走到坡顶的青石台阶前，便站定了。他看到，天子刘彻已傲然起身，正居高临下地凝望着自己。

一道非常熟悉的身影在青石台阶前现身，白发如雪，风姿潇洒，正是无为学宫的大祭酒公冶易。在公冶易身侧，又有八位皓首白须的老者肃然而立，隐隐布成一种奇异的阵势。

不远处的吕英终于长长吐出一口气：师尊竟然亲自到了，甚至，还带来了无为学宫的"无为八修"。这八位大长老都有极高修为，往日里隐居苦修，甚少露面，此时居然倾巢而出。

看来天子和师尊显然是棋高一着，居然设局张网，引敌入局。

郭解笑了起来："难得！陛下竟为一介草莽设了这么一个局？"

"好在你乖乖地来了。"面对天下第一强者，青年天子眉目之间仍满是勃勃英气，朗声笑道，"你想跟朕谈一谈，朕当然要给你这个机会。"

郭解冷冷道："陛下不仅仅是想跟我谈谈吧？"

"你也未必只是想跟朕谈谈吧？"

"所以陛下想彻底剿灭墨门？"

刘彻扬起锐利而又有些阴沉的眸子，目光掠过郭解，直射远天尽头，缓缓言道："当年墨翟创建墨家之时，七国争霸，群雄并起。诸国间征伐不断，民不聊生，自然需要墨家摩顶放踵，去扶助弱小，止戈息征，以利天下！但现如今，天下已山河一统，有了郡县之制，有衙门，有王法，还要你们做什么？天下，已不再需要墨门！"

"至于侠者。"刘彻终于将悠悠的目光收回，落在郭解的身上，眼中却满是讥诮之色，"在朕眼中，以武犯禁的所谓侠者，从来只是个笑话！"

这番话侃侃而谈，透着一股睥睨古今的豪气。这一瞬间，郭解眸中有些坚冰般的东西被击碎了。

墨门巨子深深地叹了口气："我墨家从未想过与陛下做对，包括这次。我们费尽心机，想求得那份传说中的匈奴机要图，也绝非想与大汉为敌，更不想有利于匈奴，只是想握着这筹码，才有斤两与陛下谈一谈。现在看来，陛下乾纲独断，不愿给墨门任何机会，那么，这个筹码也没什么用处了。"

郭解斜睨着甘夫，单掌蓄势待击。掌未发出，甘夫已觉一股蓬勃巨力当头压下，他却浑如未觉，将腰杆挺得笔直。

刘彻忽然哈哈大笑："匈奴机要图？可笑啊可笑！你们不觉得这消息有几分蹊跷吗？"

"怎么？"郭解愕然。加诸甘夫身上的那股压力顿逝，甘夫大口喘息着，腰板依旧笔直。

"那是子虚乌有之事！他们千里迢迢，回返大汉，虽然行动机密，但终究瞒不住朕的耳目。朕早早便接到无为秘谍飞鸽传书报来的消息，却并不知道他们会带回什么。所谓匈奴机要图，纯是朕因势利导、故意放出的假消息。"

刘彻眼神凌厉如刀："你们在窥探朕的行踪，朕也在顺势放饵钓鱼。那份子虚乌有的匈奴机要图，就是鱼饵。若非如此，你们怎会乖乖上钩？"

甘夫愣了一下，随即了然：自己一行人自以为行踪神秘，但很可能一踏入汉境，便被公冶易亲自设置的无为秘谍侦知，随即这消息便由飞鸽传书早早传到了天子手中。天子早就洞悉墨门一直在窥伺其踪迹，所以将计就计，放出了一个"匈奴机要图"的假消息，静待郭解等人上钩。

自己这行人的踪迹，很可能也是无为秘谍们奉命泄露出去的。只要泄露给注重消息打探的师家，师家的二爷师濮就会及时传给郭解。

为什么选择自己这一行人作鱼饵？应该是因为嫂夫人师滢的神秘身份吧？她本应是郭家的儿媳，此时归来却变成了汉使张骞的夫人。当然还有云裳。她毅然投入使团，也形同叛出墨门，睚眦必报的郭解父子岂能轻易忍下这个耻辱！

而因为师滢有孕在身，他们这一行人走走停停，这一大段时日，也正好让双方都有时间充分准备。

墨门精锐尽出，更联络上了那神秘的老怪物支离舒。

而天子这边故意示敌以虚，实则在樊川这里精心布下了一个大网。

双方这盘棋下得都很大，但甘夫心内却万分的不是滋味：我们千辛万苦，甚至是九死一生，却无形中成为诱饵，甚至弃子？

刘彻又朗声大喝："东方朔，我大汉儒法相济，以律法治天下。现在你告诸天下，郭解所犯何律？"

东方朔躬身领旨，朗声道："以其昨日行径而论，郭解率人在槐里县杀师家仆役无辜者六人，首犯郭解罪当诛；墨门擅自挟持大汉使者，首犯郭解罪无可赦，当族诛以明正典刑！

"以时日近者而论，三年前，轵县某儒生议论郭解'专以奸犯公法，何谓贤'，立时为郭解门客斩杀，并割下舌头。

"两年前，陛下下令从天下各郡国迁徙豪强大族至茂陵，与郭解同为轵县人的杨县掾提名郭解属于豪强大族，该当迁徙。郭解怀恨在心，其侄子亲手斩杀杨县掾，并砍下了杨县掾人头。

"一年前，杨县掾之父杨季主替子鸣冤，被郭解手下杀害。杨家人上书告状，又被郭解门客在宫门前杀害。

"以时日远者而论，郭解年少时阴毒残忍，睚眦必报。身任墨门巨子之前，更常因心有愤懑不快而杀人……"

跟着说起一件件一桩桩之事，都是这位以侠者闻名于世的郭解年少时所做的诸般劣迹，竟都是颇为阴狠的杀伐，更有盗墓、剪径、私铸钱币等诸多不法之事。

场内众人听得瞠目结舌，心中都是百味杂陈：这位武林大豪，这位中原最强的侠者，原来过去竟有如此不堪的一面！现今功成名就，也仍旧是草菅人命，目无国法。

中原数十年来名气最响亮的侠者，被东方朔这一番话撕去假面具，原来所谓仗义行侠的背后，不过是任性杀人，巧取豪夺。

东方朔朗声道："当年墨门初创，始祖墨翟和高徒禽滑厘曾千里驰救宋国；秦惠王时，墨家巨子腹䵍也曾自斩其杀人幼子，那是何等的慷慨激昂！现今的墨门，便如一件华丽的锦袍，早已生满蛆虫、千疮百孔。你郭解要理由，这就是理由。这样的墨门，还要它何用！"

"支离舒！"东方朔再次提气大喝，"你偏居秽地，所行不法也就罢了，居然胆大包天，私自构建秘谍组织'细雪'，联络卓家大公子，勾结匈奴龙城死士，妄图乱我中原！早前那次联络十二金人的杀局，就是你居中调度。狼子野心，罪不容诛！"

"欲加之罪，何患无辞！"支离舒仰天狂笑，"你长安乱得稀里哗啦，干老子屁事？"

"这是卓家的状词。"东方朔扬起一份写满血书的绢帛,"游闲商帮卓老头亲自缚其长子,来京负荆请罪。在卓老头那里,一个庶出长子,当然值不得整个卓家为他赔罪。你在秽地、在昆仑道称王称霸也就是了,居然还妄想图谋我大汉江山!在我等全力追查之下,终于顺藤摸瓜,钓出了你这只兴风作浪多年的老鱼怪。"

"都图穷匕见之时了,还要供状审案!都是法家那套酸腐玩意,吓唬得谁来?"支离舒满不在乎地晃着胖头,大笑道,"老郭,难道咱们是自投罗网了?"

"这时候谁在网中,可还不好说!"郭解也仰头狂笑,却忽然间拔地而起,凌空蹈虚,大踏步向刘彻冲去。

他确实是在空中大踏步行走,仿佛脚下有看不见的云在托着他前行。

青石台阶间,在法阵中巧妙隐藏身形的无为学宫十余位高手骤然现身,从四面八方向郭解扑了过去。

郭解在空中怒喝,拔刀挥出。刀势夭矫,空中仿佛有霹雳爆出,十余位无为学宫高手纷纷闷哼倒地,有四五人鲜血狂喷,再无一战之力。

号称中原最强侠者的郭解,这一出手,果然令人胆寒。

"诸君莫慌!"龙洵提气大喝,"布八纵八横天罗地网法阵!一入网内,谁能逃掉!"

无为学宫的八修长老齐齐展动身形,错落游走,向郭解兜转过来。

"天罗地网,又能奈我何!多谢陛下,让郭解心萌死志!"狂笑声中,郭解的身子忽然一折,竟如游龙般从八老尚未集结成的阵势中疾冲而出,如怒隼天降,直扑天子刘彻。

墨门巨子全力施为,双手举刀劈下。山坡呼啸的风在这一刀中瑟瑟地扭曲起来,然后是空气也在扭曲,跟着便是坡前的万千根乱草都在刀风中炸开,爆出无数道细密的碎针,四散迸飞。

下一瞬,整个山谷都隐隐扭曲起来。

墨门巨子出刀之时,公冶易蓦地出现在刀风正前方,抬手将一截柳枝挥向刀锋。

柳枝被郭解的刀切中，瞬间弯曲，随即便如一尾活鱼般反向跳起。

啪的一声脆响，在郭解连变三次刀势后，那段柳枝终于被刀劈断。但柳枝折断的一瞬，山谷中的一切，瑟瑟断流的风，扭曲的空气，都回复了正常。

碎针般迸飞的草叶化作了飘飞的乱絮，纷纷扬扬地在众人的头顶飘落。

公冶易以一根柳枝，化解了墨门巨子的无上刀意。

嗤的一声，一根寸余长的草梗仿佛漏网之鱼般飞坠下来，曲曲折折地插入天子刘彻的鬓角。

刘彻只觉额头微微刺痛，却神色不变，抬手拈起那根草梗，信手扔在地上。他知道郭解很可能还有更高明的后手。

将几位玄圣道大宗师引到自己眼皮子底下对决，其中的凶险超出普通人的想象，但刘彻仍要执意一试。他一定要亲眼看一看，这些号称能翻天覆地的大宗师，到底能怎样翻天覆地！

无为八修这时候才在天子身前结成阵势。八纵八横天罗地网法阵并非要困杀郭解，更多的是守护天子。这门阵势一成，哪怕是玄圣道的大宗师，急切间也无法损害天子分毫。

"公冶易，我就知道你会来！"郭解的老眼迸出血红的颜色。

相传墨门最可怕的力量，便是以死明志。当年墨门禽滑厘率三百墨者死守宋城，静候楚国数万大军，凭的便是这种死志。

此刻郭解的眸中便跃动着这种死志。

公冶易一直挂在脸上的超然笑意已全然不见，清俊的面容无喜无悲，掌间横出一把青色长剑。

那是无为学宫三大镇宫名剑之一的凝象剑。公冶易早已进入万物皆可为剑的境界，但他仍然举起凝象剑，这是他对墨门巨子的尊重。

公冶易根本没有蓄势，凝象剑便递了出去。

一剑刺出的刹那，长剑便已消失。凝象剑诡异地消逝在天地间，而与此同时，山谷间的草木土石都变成了剑。

凝象剑，凝的便是天地万象。此刻天地万象都化成了剑，无尽无休地向郭解刺来。

郭解却不急，甚至还好整以暇地抬头望了眼太阳。

落日已变成滴血的颜色，郭解眼中的血色便越发浓郁。然后他才挥刀。他的刀芒也是暗红的血色，却带着恢弘的阳刚之气。

公冶易以凝象剑凝聚起山谷万象之气，郭解则向落日借力，借了浑厚的太阳之气。

然后是密如爆豆般的刀剑相击之声在山谷的每一处响起，犹如龙吟虎啸，连绵不绝，震得众人心旌摇曳。

东方朔忽然大喝："小心支离舒！他在哪里？"

龙先生、吕英等人这才发觉，支离舒消失了，消失得无影无踪。

"太岁隐身法吗？"激战中的公冶易忽地大喝一声，"给我现身！"

他扬手一掌劈出，山谷间仿佛炸响一道惊雷，无数土屑翻飞，这道掌力硬生生劈出了一个深坑。众人这才看到，一个泥屑覆盖的肉团，正在坑外丈余蠕蠕而动。

原来支离舒不知运用了什么古怪术法，把自己变成一个浑身近乎透明的肉球，然后悄然向天子蠕动过去。

公冶易这一掌劈落，凝聚着奇异符力的土屑覆满肉球，逼得他现出真容。此时他居然已经扭动到距天子不足二十丈的距离。

趁着众人一惊之际，郭解已扑了过来。他一掌托在支离舒的背心，吐气开声："去！"

支离舒暗中蓄力已久，此时得郭解这一掌之助，两大宗师的真元罡气奇异地交连一处，支离舒的肥躯便如腾云驾雾般飞起，向刘彻冲去。

嘭嘭嘭，连环数响，支离舒犹如石球般，在无为八修间飞砸了一圈。此时他身上蕴有两大玄圣道宗师的罡气，当真势不可挡，八位长老修为不济，此时尽皆真元受损，原本天衣无缝的阵势出现数道裂口。

支离舒却没有趁机破阵,冲向天子,此刻他的肥躯又变成可拉伸的面团,长长的一端仍在郭解的掌中。郭解猛然一抢,那面团去势不停,竟直直飞向滴河,重重砸了下去。

浪花飞溅,然后整条河水都被这一砸而暴涨起来。

郭解仰天狂啸:"五行符,天河倒泻!"

墨门巨子以刀术闻名天下,但墨家传世还有许多术法。墨家最出名的不是刀术,而是符法,其中执牛耳者便是五行符。后世晋代葛洪所著的《抱朴子》中,载有《墨子枕中五行记》五卷,内中便谈及墨家术法擅于"用药用符"。

远观的吕英此刻已是目瞪口呆。他在无为学宫内曾听闻过无数秘辛。传说当年留侯张良对阵陈平时,曾信手一拉,将天上的星辰银河都拉在了手中。一直以来,吕英都以为那只是个传说而已,直到此刻,他才隐约相信,那也许是真实的。

因为他看到,郭解把整条滴河都握在了手中。

吕英确信,墨门巨子是将整条滴河都抓在手中。丰沛的河水就那样浩浩荡荡地飞入郭解手中,然后化成一条银色的带子,精光流溢,带着浩瀚无尽的力量。

"去!"郭解瞋目大喝,双掌齐扬,那条银带便飞了起来,满河的滴水都飞挂在空中,然后向刘彻砸了过来。

有如天河决堤,大水从天而降。无为八修本已被支离舒飞砸得真元剧耗,此时更是被天降滴河冲得七零八落。

原来这才是两大宗师真实的打算:二人真元贯通后,运使出墨门绝学"五行水符法阵",用满河的滴水去奇袭天子。

公冶易满面凝重,扬手将凝象剑抛向天空,喝声:"起!"

暴喝声中,凝象剑在空中化作一条青色巨龙。那巨龙盘踞在刘彻头顶,张口狂吸,奋力吞噬飞降的河水。

"陛下万金之躯,不宜在此涉险。"公冶易全力施法,仍觉难保万全,大喝道,"请陛下速退!"

刘彻哈哈大笑："退后半步，便算朕输！郭解，有何手段，你不妨尽力施展。"

他头顶上大河倒泻，虽有巨龙吸水，终究不能全部吸取，仍有无数条水线洒到天子头上。

刘彻这里，有那条巨龙替他撑住强大的倾河之力，河水洒过来，也只如滂沱大雨一般，其余人便难受了许多。随着郭解厉声暴喝，那倾泻的水线变成一道道碗口粗细的水箭，漫天激射。

无为八修首当其冲，被水箭射中，先后闷声痛哼，有两人已倒地不起。八修身后的其余无为学宫高手更被水箭射得翻滚不止。再远处，狼狈赶来的护卫们被雨水淋得睁不开眼，仓皇射出的羽箭也被水箭冲击得如茅草般四下乱飞。

在此之前，郭解和支离舒二人被公冶易率高手围困，已是处于绝对的劣势。但公冶易这边有个绝对的软肋，那就是天子刘彻。

因为天子昂然不退，公冶易和东方朔等人就不得不全力以赴，看护好天子。郭解正是巧妙地利用了这一点，以五行水符大阵声东击西，先佯击天子，再忽然间由内而外，将水阵撞向外围。这一波攻击之下，八大长老先后重伤，就连外围的吕英也被水阵波及，全身剧震，气血翻涌。

一辆厢车匆匆赶来。师滢兄妹这时候急忙赶到，远远望着前方山谷间滴河倒挂、水箭激射的奇观，师滢等人也是目瞪口呆。

此刻形势已然逆转，郭解再次挥刀扑向公冶易。

二人都无法调动十足的罡气，相形之下，要维系五行水符大阵的郭解耗费功力更剧，故此被公冶易全面压制。

公冶易分出三分神意，运使凝象剑护住天子，此刻又挥出另一把镇宫之宝赤月剑，剑芒如赤色月轮，一道道、一圈圈地向郭解身上套来。

郭解的身上已现出纵横数道伤痕，但玄圣道大宗师的修为又使这些伤痕迅速弥合。

撑住大祭酒的一轮猛攻后，郭解再次挥掌，一道水箭射向支离舒。支离舒一直在蓄势，得这一道水箭之助，便狂笑着荡起，如肉球般撞向刘彻。

东方朔和龙先生齐齐冲上，这两大高手此前还没有投入战斗。但支离舒根本不跟二人硬拼，而是扬手挥出两道水箭。水符法阵的巨力沛然难御，两位天子近臣联手，却仍旧难抗天河飞泻之力。

支离舒的身子已变幻成一个扁平的细条，从二人之间尺余的空隙切了进去。

最后的突破！

他的前方就是天子和两个吓得簌簌发抖的美姬，支离舒在雨中嘶声长笑："昏君！最后还是我们胜了，是老子胜了！"

刘彻仍不言语，兀自傲然挺立，犹如一座冷硬的礁岩。

一个人突如其来地挡在天子身前。

那是甘夫。清瘦少年也不言语，但他的眼神分明在说：你没胜！

支离舒没有丝毫停顿，身子陡然化成一团硕大的乌云，全力向前撞去。

甘夫不退，猛然挥出巨棍。

巨大的威压当头砸落，甘夫觉得全身的每一根骨头都要碎了。朦胧中他听到云裳撕心裂肺的大喊："傻子，快逃……"

那声音随即被风声雨声撕扯得细若游丝。

少年猛然仰头，发出一道不甘的长啸。此刻的他目眦尽裂，全身如一只浴血的猎豹，棍上发出了滚滚雷声。

那根巨棍也在瞬间变得光彩流溢，棍上的每一道花纹都变得金光灿然。面对支离舒，这巨棍仿佛看到了天生的死敌，竟从粗黑的寻常铁棍又变回了威震天下的天雷棍。

"雷震子的天雷棍？"支离舒的喝声有些惊慌。

疾飞的乌云骤然停住，是被那巨棍抵住了。

支离舒是秭地城主，也是下一任昆仑道宗主的最有力竞争者。但一直以来，他就有个老对头，这就是雷震子。后来他费了很大心机，才将这不知天高地厚的老家伙硬生生挤走。

没想到在这紧要关头,却忽然见到了死对头的法器。

天雷棍不但撑住了支离舒所化的乌云,甚至随着甘夫的心意,继续撑过去,仿佛要撑破整个天地。连甘夫都吃惊:这巨棍为何忽然间生出这么大的豪气?

那股狂暴之气,让他想起"虽死犹生"四字。那一瞬间,甘夫似乎又听到了雷震子的狂笑:"老子没有死!你就是老子的延续,就是老子对这狗屁老天的抗争!"

下一瞬,天雷巨棍竟撑破了乌云,再一气贯通般直撞向支离舒的肥头。

"这小子,又要跃境了吗!"疾奔过来的龙先生不由一个踉跄,目光有些怜悯。

一个刚刚踏入天元道的少年,此时的跃境,简直就是自寻死路。

此刻的甘夫一口鲜血喷出,全身经脉几欲爆裂。

但始终一往无前的支离舒终于被挡住,被一个名不见经传的少年挡住了。

众人震惊无语,但所有人也都知道,这少年肯定无法挡住支离舒的再一次扑击。

不想此时的支离舒却做出了一个出人意料的动作。他没有向前,而是化出一根细长如线的面条,向后飞甩而出,再次黏住了郭解的手腕。

两大宗师再次连接。

众人尽皆瞠目结舌:对付一个少年,居然要两大绝顶宗师联手吗?

电光石火之间,两大宗师已在空中轮转开来,骤然移形换位。

这次居然是支离舒将郭解抛了出去。

郭解直接越过甘夫,如一尊天神般撞向有些惊愕的刘彻,挟着满河怒涛,从天而降。

两大宗师的又一次惊天杀招。

公冶易如电般冲来。换位的支离舒正好劈面撞向无为学宫大祭酒,却被公冶易一掌击飞。这次空中轮转,耗去支离舒极多的功力,已当不起公冶易的沉浑一击。

支离舒在半空中鲜血狂喷,却兀自狂笑。

他已将公冶易阻了一阻。千金难买的一阻。

此时郭解的大半个后背都露给了公冶易,但他仍是抢先了半步。这半步,足够他拿下天子刘彻。

"竖子,胆敢弑君!"刘彻大喝,迎着墨门宗主,迎着呼啸而来的漫天大雨。

公冶易双袖齐飞,两条长袖化作了万千条青龙,凌空刺向郭解。郭解的后背瞬间变得千疮百孔,无数血箭飙射而出。

但他依旧占着半步之先,无可逆转。

郭解气势汹汹地向刘彻当头压下。此时他虽是连遭重创,只剩下了三成功力,但自忖仍能轻松擒下天子。他不会弑君。他要擒王!天子在手,何事不成?

大擒龙手飘然而出。虽然对刘彻用此高深术法颇类宰鸡用牛刀,但墨门巨子决定,还是要给天子足够的体面。他左手施出此招,同时挥出右掌,震开身后无数汹涌飞窜的青龙。

所有人都在惊呼,所有人都在疯狂冲来。

此刻连创造了奇迹的少年都无能为力。刚才,飞跌而出的支离舒趁势带了一把甘夫。这一带犹似羚羊挂角,突如其来,甘夫重伤之下,全然避不开,被带得如同陀螺般疾转不休。

一道白气盘旋如飞鹤般罩向刘彻。郭解这志在必得的一击轰然而落。

但与此同时,墨门巨子看到一只雪白的手。那竟是刘彻右边一直在簌簌发抖的婀娜美姬的手。她飘然闪到天子身前,挥掌拍来。

莹如玉、白如雪的手,就那样轻轻巧巧地穿透了白气,破去了玄圣道大宗师的大擒龙手,然后端端正正地印在郭解心口。

一掌轻挥,开山断岳,哪怕是墨门大宗师、当世第一豪侠郭解也全然经受不起。

郭解凌空向后翻了两个筋斗，然后稳稳落地，虽凝立不倒，其头顶上的满空河水却是轰然砸落。

他凝望着那道明艳绝伦的倩影，黯然吐出两个字："青……霄！"

昆仑道宗主嫣然一笑："郭巨子，久违了！"

先前她扮作宫女时，一脸俗艳，跟左首那美姬一样，在风声雨声杀声中惊惧颤抖；这时候淡然冷笑，气度超然，才显出睥睨天下的大宗师气度。

原来，这才是天子最后的杀招！这个局布得如此之深，又如此之巧！

郭解暗暗压下体内翻涌的气血，神色如常。他知道，此刻他不能吐血！只要这口气提不住，他马上便会经脉寸断而亡。

"陛下，草民面前应该是您的真身吧？"郭解苦笑着望向始终如礁石般挺立的刘彻，"这是草民最后一个疑问。按常理，陛下只需找个术士，易容乔装即可，不该孤身犯此大险的。"

这几乎是所有人的疑问：这一战如此凶险，一国之君又何必亲自上阵？以无为学宫无所不能的手段，找个高手易容，也自能做到天衣无缝……

"自然是朕！"刘彻冷冷一笑。这时候，众人才注意到，在支离舒和郭解这两大怪物级宗师高手的联袂狂攻下，这位年轻天子确实没有退，半步也没有退。

"那我郭解输得不冤！我早知道，这气度，这眼神，是再也假冒不得的。"

"万事只需布置得当，都不过是有惊无险。朕以后还要扫平匈奴，剿灭你这墨门郭解又何足道哉！"

此刻五行水符大阵虽破，但现场依旧是大雨滂沱。刘彻虽浑身尽湿，气势却似要吞尽漫天的大雨。

"想剿灭我郭解？哪有这么容易！"郭解忽然仰天悲啸，"凤九……你为何还不出手？"

凤九的真名应该叫凤胤。他还有个更响亮的名字——凤大师，号称天下第一剑客的凤大师！

哪怕是公冶易听到这个名字，也觉得脑袋嗡然一响。

"凤九在此！"

一道凛冽的剑气凌空掠来，正向郭解扑来的无为学宫两位长老首当其冲，被剑气震得东倒西歪。

公冶易扬眉怒喝道："凤九，你疯了吗？你的女徒师滢有大功于朝廷，你竟要丧心病狂地弑君谋逆？"

凤大师没有答话，甚至没有现出身形，只是剑气越发狂猛，如同怒龙出海，乘风蹈雨，昂然直指刘彻。

郭解的眼睛亮了起来。青霄那一掌让他受了重伤，但他还有一战之力。他与支离舒联手，仍可阻挡公冶易一时。

"果然是你啊！"青霄忽然踏上一步，向着山谷对面的一袭白衣，嫣然一笑，无尽的妩媚中更带着无尽的幽怨，"想不到我们竟会如此见面！分别数十载，你竟要与我为敌？"

澎湃的剑气明显一滞，白衣飘摇的凤大师竟叹了口气。

他虽然离得极远，但这幽然一叹，竟似在人耳畔轻嘘。不知怎地，所有人听了，都觉无限感伤。

"凤九，青霄就是个婊子！你忘了她当年是怎么抛弃你的了吗？"郭解双目赤红，几乎在怒吼，"难道你还看不透？当年这婊子向你献媚发骚，不过是看重你墨家巨子第一继承者的身份，而在你甘愿退隐求道、成了毫无地位的闲人之后，她还不是将你远远甩开？"

众人更是震惊。哪怕是无为学宫的许多长老，也是刚刚知道，大名鼎鼎的凤大师、纵横家的第一人，当年竟还有着墨家巨子第一继承者这重奇特身份，怪不得此刻他能被郭解拉来掠阵。但众人更想不到的是，凤大师还曾与青霄有过一段情缘！

"我都知道。"凤大师居然轻轻一笑，"只是和她一起的那段日子，我很快乐。我终是不愿与她为敌的。"

笑声中有苦涩，有自嘲，他的声音也近了许多。那一袭白衣就那么轻轻松松地突入十余丈外，众人这才看清凤大师的真容，容颜清癯，潇洒飘逸。

　　"可这婊子看到有权有势的男人，都会去发骚。当时她图的只是你的权势，对你有什么狗屁情义！在你成为一介闲人之后，还不是如同甩个草鞋般地将你远远踢开！"

　　郭解仰天怒喝："此刻墨门生死一线，你居然还要对这贱货一往情深吗？大义当前，岂能逃避？墨者就该奋起一战！"

　　"凤某眼中的大义，终究与你不同。"凤大师的声音依旧清冷平静，"墨家初创时，最重兼爱与非攻，为天下赴火蹈刃，死不旋踵。但在墨门成为一家遍布天下的大宗门后，历经数百载而泥沙俱下，终于失去了墨者本意。适才东方朔所言墨家不法之事，更是让凤某心寒。郭解，你可还记得秦惠王时墨家巨子腹䵍斩杀其子的典故？可还记得墨者之法，'杀人者死，伤人者刑'？"

　　郭解神色一黯，竟答不出话。

　　凤大师说的是秦惠王时的典故。当时墨家巨子腹䵍的儿子杀人，秦惠王念及腹䵍年老，且只此一子，下令不杀。巨子腹䵍却道："墨者之法，'杀人者死，伤人者刑'。禁止杀人，乃天下大义！"仍是以墨家之法，处决了自己唯一的儿子。

　　"只是，陛下！"凤大师扬眉盯着天子，"墨门可以不容于世，但万千墨者，不当过多株连！"

　　刘彻兀立坡上，冷冷逼视着坡下白衣飘飘的凤大师，沉声道："朕若不答应呢？"

　　"墨者主兼爱，天子尚强权。天下可以无墨门，但不可无墨者。若陛下不允，那么凤某宁愿游剑天下，做个以一剑远慑天子的墨者。"

　　"好一个'天下可以无墨门，但不可无墨者'！"刘彻淡淡一笑，阴沉的目光似乎蕴含着无数道惊雷，沉声道，"不过，朕还是想见识见识你的剑道，是否配得上这句话！"

凤大师笑了笑，那笑容颇有些寂寞。

此刻，天地间的风雨忽然停息了一下，所有的声音忽然止息了一瞬，所有的人都产生了一刻的错觉，仿佛这世间的一切都被什么东西截断了。

公冶易大喝："陛下小心！"

凤大师已遥遥挥出长剑。

剑已出，剑意一往无前。十余名侍卫疯狂扑上，但一道剑芒在他们动作之前已经汹涌而过。

无为八修到底都是修为惊人的长老，见机更早，动作更快。但他们的阵势还未成，剑光闪处，犀利的剑气已呼啸而过，但听当啷当啷之声不绝，四名长老的法器都被剑气扫落。

那道剑气仿佛是一条从草中飞窜起的巨蟒，突袭侍卫，扫荡八修，气势不减分毫，奔腾如龙，直撞向前方的公冶易。

天下第一剑客对阵号称天下术法最强的大祭酒，所有的人都睁大了双眼。

公冶易神色凝重。这一剑虽遥遥挥出，但剑气奔行途中，一直在不住地吸收着天地气息，竟是越奔越强，仿佛在转瞬间，那条巨蟒已化作了蛟龙。

轰然一声震响，那道剑气还未到，满空的急雨却陡然凝成一束，倒卷向公冶易。

同样出身于墨门的凤大师居然再次调动了五行水符大阵。适才郭解身受重伤，水符法阵已破，但还有小片的滴河留在天上，化为暴雨飘落，但此时又被凤大师以一剑之威凝聚起来。

空中雷震，天雨凝成一把水样巨剑，凌空斩向公冶易。

众人惊呼声中，公冶易挥出凝象剑，脸色却瞬间苍白了几分。

只有青霄看出了大祭酒的窘境。适才激战郭解，已令公冶易耗损了极大的功力。更可怕的是，此时凤大师实际上是讨了一回巧，巧妙借用了郭解和支离舒合力调动的残余水符阵力，这一剑其实是以众击寡。

她没有动，而是左袖轻挥，向公冶易遥遥递出一道浑厚罡气。她与公冶易这等玄圣道的大宗师，不必言语，不必对视，罡气动时便已心意相通。

公冶易得了这一道真气暗助，凝象剑上剑芒暴涨，仿佛凝聚了所有的璀璨星芒。

从天而降的巨型雨剑忽然爆开，凝象剑上的星芒骤黯。公冶易虽然身形挺立如山，却不由发出一声闷哼。

雨剑虽然爆碎，但凤大师的那道剑意余威未息，嗤的一声，青霄的左袖裂开一道尺长的缺口，现出莹润的小臂。

一把剑斜斜插入青霄身前的山地上，距她的那袭紫色长裙不足三尺。

众人这才看清凤大师的剑。那是极普通的一把剑，剑身甚至还有些许锈迹，但这么斜插入地，却透出一股睥睨天下的凛凛威势。

只这一剑遥送，便穿透侍卫环护，破去八修阵势，搅动水符大阵，最终让天下术法第一的公冶易惊出一身冷汗。

"好剑，好剑……"郭解哈哈狂笑，这时却再也支撑不住，鲜血狂喷。尽管如此，他仍是转身，排众而出。

青霄盯着脚下的那把剑，不由幽幽叹了口气。

"确是好剑！"刘彻也点了点头，沉声道，"朕答允你。"

天子的目光越发阴沉。他眸中的那抹阴云将所有的风雷都隐在背后，没有人知道这位万乘之尊到底在想什么。

"多谢陛下！"凤大师向天子拱了拱手，长笑道，"望陛下好自为之。一扫匈奴，凤某翘首以盼！"转身飘然而去。

空中仍有雨线飘摇，山谷间水气弥漫，那一袭白衣已瞬间去得远了。

望着那袭在雨幕中瞬息远去的白衣，青霄忽然生出无限的惆怅。这时候她才发现，他从出现到离开，自始至终，便没有和自己说一句话。也许，他借着与郭解的对谈，跟自己说了一句话——只是，和她一起的那段日子，我很快乐。我终是不愿与她为敌的。

她知道，他的那句话是对她说的；她也看出，他那把剑其实并不是挥向天子，而是挥向自己。

对不住！我确实变心很快，连我自己都无法抑制自己的变心。但是当年，我是真的对你好！风华绝代的美妇对着白衣消逝的方向幽幽轻叹。看来自己对他的那些好，他还记得，只是此时此地的他，已懒得再跟自己多说一句话！

再次转过头，却见支离舒正在往河岸奋力奔逃，青霄的目光登时变得狠辣决绝，轻笑道："支离舒，你逃不掉的！"

"不必你出手了！"刘彻却善解人意地一笑，"这两位重伤宗师，正好给我的新军练练手。"

年轻天子向东方朔点了点头，后者自袖中取出一面红旗，遥遥地向山谷间用力一挥。

山谷间忽然现出百十个彪悍军士，手挽、肩扛着大黄弩，下一瞬，无数道弩箭便如密雨般向正在河岸奔逃的支离舒射去。

无论是支离舒，还是在他身后艰难跋涉的郭解，此刻都已近于灯枯油尽，再也无力抵挡大汉最强的弩箭攒射。

片刻后，支离舒已被射中了数箭。这位秽地大枭也真了得！重伤之下，兀自带着十余支弩箭，狂奔不休。倒是瘦小如猴的郭解缩在这巨大肉盾后，不曾中得一箭。

"走！"支离舒最后一次怪啸。这时候他已无力变形，却挥出肥厚的巨掌，拍在郭解的肩头。

郭解借势飞起，远远地向滴河中扑去。

忽然间一箭如电射来，直贯入郭解的左眼。

瞎了一只眼的墨门巨子哼也未哼，便直直地坠入滴河之中。卫青一箭得手，跟着便是连环三箭。这都是特制的专破各种术法的天芒箭，箭势如流星赶月般射到，却也只能在水面凿出一连串无奈的水花。

支离舒却顿住步子，仰天哈哈大笑："小皇帝佬！你当真以为青霄这专好勾搭男人的婆娘会真心帮你？她不过是拿天下做棋盘，你们都是她的棋子。她要的是整个天下……"

年轻天子的眸中闪过某种不易察觉的光芒,却微笑不语。

青霄也微笑不语。

漫天弩箭连环射来,支离舒很快变成了一个硕大无比的刺猬。但这个看不见脸面五官的箭猬却还在笑。笑了许久,那肥硕的一团才静下来,却始终没有瘫倒。

"早说了,你争不过我的!"青霄望着支离舒已化作箭猬的尸身,在心底默默地吐出几个字。

"恭喜陛下!郭解虽借水遁稍稍遁走,但已是奄奄一息,覆灭就在不日之间了。天子奇军已成,令臣妾大开眼界。这等奇兵不动则已,攻则如雷动九天,必将无往而不胜!"青霄向天子妩媚一笑。

她确实不是恭维。这批弩箭手事先在法阵掩护下,埋伏得极为隐秘,这一轮弩箭攻击则是井然有序,自始至终,没有咆哮怒喝,只是冷静地屠戮。这才是铁血劲旅最可怕的特性。

望着这绝色美妇,刘彻的眼眸也温柔了许多,笑道:"宗主可以留下来,多多盘桓几日吗?"

"陛下答应过妾身,要让我自由来去,来日更要将天幻堡送给我昆仑道,作为寻找昆仑的根基。"青霄风流天然,哪怕是跟天子说话,也是美眸流转,有几分撒娇的成分。

"朕说过的话,从来不会更改。宗主神机妙算,秀外慧中,实为百年一出的罕见大才。自今而后,长安宫掖,宗主可随时出入。"刘彻扫了眼不远处的公冶易,善解人意地说道,"不妨碍你们老友叙旧了。"

天子大步向不远处的行宫走去。

公冶易此时才缓步踱来,向青霄温煦一笑:"恭喜宗主!"

"怎么说?"

"你需要一个让你仰视的男人。当然,这男人不能像郭解那样,形容猥琐,倒人胃口。当年可能成为墨门宗主的凤九曾令你仰视,然后是我这个无为学宫马上要成为大祭酒的人。但后来,你仍是离开了我,因为你成了昆仑道的宗主,我这大祭酒已无法让你仰视了。"

"我离开你,你遗憾吗?"青霄依旧是笑语盈盈,风情万种。

"自然遗憾,但也促成了我修为的最后突破。"

青霄发现,这位当年情郎如今已经是彻底云淡风轻,便如凤九,已变得彻底的剑心通明,芳心中不由微微遗憾,却笑道:"这次诱杀郭解和支离舒,是我和天子各取所需。助我斩杀支离舒这个眼中钉,易郎你的功劳颇大。"

"我说的恭喜,不是这个。而是——你瞧,天子虽然年轻,居然也被你迷住了。嗯,这才是世间能让你永远仰视的男人。"

她轻拢了下鬓发,轻叹道:"伴君如伴虎。我老了,但我会训练两个女徒儿给他。她们都很像我,但她们又都不如我,故此天子一定会常常想起我来。你瞧,这样才能牢牢拴住男人的心。"

公冶易大笑,笑声中颇有些揶揄的成分,但她却全然不在意。

轻笑声中,谜一般的女人紫衣摇曳,飘然远去。

公冶易这时候才生出些空虚之感。不是因为那曾让他无比动心的女人离开了,而是因为墨门即将被剿灭。

他想起无为学宫内流传已久的传说。当年某位神秘的大宗师曾预言,到了九州一统、天下太平之时,诸子百家,也都要到了收束之时了。

而今极为推崇儒家的天子已经对墨门扬起屠刀,那么下一个会是谁?当百家争鸣的万紫千红,都变成儒家的一声一色,这天下又会是个什么样子?

毕生钻研黄老之道的大祭酒此刻便生出些兔死狐悲的寒意,不由有些钦佩凤大师临走前所说的那句话——若陛下不允,那么凤某宁愿游剑天下,做个以一剑远慑天子的墨者。

果然是天下可以无墨门,但不可无墨者!这样的天下,才像个天下!

卫青亲自将甘夫和师滢一行人接入樊川内的行宫。半个时辰后,草草洗漱更衣的使团一行人便在宫中的安排下,入殿面圣。

年轻天子的心思极为细密，除了四个近臣公冶易、东方朔、龙先生和卫青，大殿内便只有师滢、吕英和甘夫三人，余人都被排除在外。

此刻殿内极为安静，甘夫与师滢相距丈余，凭几而坐，静静摹写早已深印心中的舆图。两人都是记忆力惊人，元神修为更是出类拔萃，此时潜思运笔，两张薄绢上的山川河流渐渐成形。

在刘彻、卫青等人眼巴巴的痴望下，两人终于交出所绘舆图。只是甘夫并不识字，虽然由张骞给他讲解了各条河流山川名称，也只是硬生生记下的，这时由其口述，再由东方朔挥笔一一注明。

那时候的舆图都很简单，远没有后世之精准。要知道，对舆图测绘产生深远影响的《制图六体》，也是在数百年后的晋代才产生。但张骞在最初绘图时显然想到了，这张舆图将是大汉帝国军队长途远征所用，所以就其所知，尽量标出了一些两国交界处的高山大河和重要隘口的汉制里数。

东方朔细细比对，发现二图绘制得极为相似，只是师滢标注得更为细腻，不由惊服，张骞所用的印心法实在精妙非凡！

千余年来，中原帝国对那片土地一无所知，现在，终于有了一幅完整的舆图。

"朕就知道，你们千里迢迢地赶回来，一定会带回来让朕欢喜的宝贝。先前朕为了诱郭解入局，故意遣人放出匈奴机要图的风声，那还纯是朕的一厢情愿和虚张声势。没想到，你们竟真真给了朕一个大惊喜。"摩挲着呈到案前的两张舆图，刘彻也不禁双手微颤。

"甘夫，你本是匈奴人，为何全心为朕出力？"天子笑吟吟地望向少年。适才甘夫拼死挡住支离舒，让刘彻印象深刻。

"我的父母，都是被匈奴的王爷所杀。我曾对我大哥说过，我讨厌匈奴人的残暴！"甘夫没有像汉臣一般，在天子面前低头，而是直视着眼前的万乘之君，"还有，我想救下我的大哥。"

刘彻欣然点了点头："适才师滢说，你曾随右贤王远赴龙城，途经的那些地理，你也大致知晓了？"

"那次远行前，大哥便曾吩咐过我，要将地理尽数记在心里。"

天子目光闪动，笑道："卫青，稍时你可要将好好向甘夫请教。"

卫青领旨，又向少年笑道："甘夫，你果然没有让我失望。"

甘夫道："你的那批弓弩手练得不错，你也没有让我失望。"

在这行宫内，本就不必拘于君臣之礼，众人都笑成一片。

东方朔凝了凝神，开口言道："臣仍有一个天大疑问，不吐不快。这幅舆图，应该是张骞破解祭天穹庐内的山河秘图而来。那么，张骞在匈奴一直誓死不降，匈奴权贵为何会让他去看如此重要的秘图？"

殿内静了一静。众人的目光忽然间都变得有些沉重：军臣单于和龙缺大巫都是机智过人之辈，为何会出现如此大的纰漏？

公冶易缓缓开口道："是的。这份山川图，其实与那祭天金人一样，都是来自上古的昆仑遗存，只是残缺不全。后来在龙缺大巫和纵横家张览的多年苦心勘察下，才将秘图补全。

"龙缺大巫想以此图为根基，与祭天金人相互参详，彻底破解昆仑神山之秘。我们中原古书中所载的昆仑，匈奴人称之为天神之山。相传那山上有通天之塔，有上古仙人遗留的长生秘药，有世间最精妙的术法。每一个中原术士、西域巫师，都对之神往无限。

"匈奴万灵天选盛会已经举办了很多年。据臣所知，龙缺大巫一直在苦寻一个资质超凡的天才，助他参破这份秘图。而之前张骞一路过关，已经展现了超凡脱俗的天资，龙缺自然对他不忍割爱。

"但龙缺也绝不会冒险。如果我没有猜错，那幅秘图上一定布置了极厉害的禁制元神的法阵。所以哪怕是修为不俗的姬诚，览图后也全然记不得分毫。乃至在穹庐内的甘夫和金蛇王兰顿，也都是画出了一幅幅错图。"

"正是此理！"龙先生叹道，"玄圣道大宗师所布的元神符阵，只有玄圣道宗师能破得，否则，一步之差，千里之遥！由此可知，张览当年在这秘图上所留的那个纬地符，该是何等不凡的大手笔！"

"臣妾明白了！"师滢也长长吐出一口气，"那日臣妾与夫君畅谈纵横道历代先贤宗师典故。夫君曾说过，当年留侯张良说过，他所收的一位纬地派弟子，其见识已经超过了他。原来那位见识非凡的纬地派弟子，便是家翁！"

原来在那时候，张览便已想到打通西域。这份见识和气魄，果然是发前人之所未发。最注重战略的留侯张良也对这位弟子无比赞许，勉励其见识已超过了自己。

东方朔也颇多感慨，叹道："更可叹者，张览只是有其想而未见其行，最终将其想贯之于行的，正是他的儿子张骞！"

"只不过——"这位心思深沉、机智过人的硕儒依旧摇了摇头，"臣的那份疑惑仍在。臣还有些犹豫，龙缺大巫如此玩火，仍是得不偿失呀？"

"因为他们的本意，是要借大哥的手，传一份假图！"忽然开口的人是甘夫，这句话让殿内顿时一静。

"说详细些。"刘彻显然对他的话极为重视。

"那是右贤王一次醉酒时说的。"甘夫想了想，才缓缓道，"那是一次纯粹的家宴，我陪着右贤王和他的阏氏、也就是王妃饮酒。那小王妃酒后发牢骚，指着我说，瞧咱家的宝贝儿子，才是真正的天才，怎地那法会双龙决最后选出来的人，却混进个汉人张骞？大巫还很看重他的样子！那汉使能跟咱们单于是一条心？

"右贤王也喝了很多酒，笑骂他婆娘，你懂什么？大单于的本意，是让张骞将那记错的地图传过去，然后汉家军队便会……然后便哈哈地笑了起来。"

"原来如此！"东方朔终于释然，笑道，"军臣单于果是一代枭雄，居然会施出这借刀杀人之计。这计策如果成真，倒也极为阴毒，咱们不可不防。"

"陛下明鉴！"吕英这时终于得到机会，施礼后说道，"臣在休屠城和万马堡时，曾扮作胡商，仗剑远游。虽所游不远，但就臣所知的几处地理与此舆图对比，应是准确无误。"

刘彻面色略缓，点点头，望向公冶易，道："大祭酒瞧此图如何？"

听天子如此一说，师滢心中颇为紧张。夫君殚思竭虑、年余苦思，自己身怀六甲、万里奔波，难道竟会带回来一张假图？或者更可悲的，明明是真图，却因为过于小心谨慎，被自己人认定为一张假图？

公冶易见天子询问，目光也深沉了许多，沉了沉，才缓缓开口："匈奴这份秘图来自昆仑遗存，就是传说中的山海图。其残本在无为学宫也有一些，臣对之手摩心追已久，早已烂熟于心。适才我一直暗中比勘，凡是学宫残本上有的部分，都全然无误。"

"所以——"公冶易轻抚着案头的薄绢，一字一句地说道，"此图为真！"

所有的人都长舒了一口气。师滢更是大口喘息不止，也许是因为大悲大喜，心情过分激动，她眼前竟有些模糊。

"那个神秘的祭天金人，原来就在休屠城？"天子依旧很冷静，手指稳稳指在舆图上的那个点。

"正是。"甘夫双眼一亮，"我大哥也被囚禁在那里。陛下这是要挥师过去，将我大哥救下来吗？"

师滢闻言，眼睛也亮了起来。

刘彻却未置可否地一笑："朕如果出兵，肯定是兵分多路，未必就能一战而下休屠城。"

甘夫和师滢眼中的光芒都黯淡了下去。

"现在我们万事俱备，只是马匹不足。"天子远眺窗外，窗外已是夜色沉沉，"这是个关键！要想最终战胜匈奴，还需要良马。公冶易，朕交给你的养马大计如何了？"

大祭酒忙躬身道："此事由龙先生亲自督办，陆续由卓家商队自天幻堡等地贩马而来，至少还需要两三年时光。"

两三年……甘夫和师滢对望一眼，心都沉了下去。

"传旨！"刘彻对东方朔朗声道，"大汉使者张骞之父张览，孤忠大勇，远谋奇智，身死异域，为国捐躯，建大功于西域而无人知，兹追封为远智侯。

"医代诏师滢,随张骞身陷蛮荒之地,坚忍忠贞,以六甲之身,远途跋涉,秘护舆图,劳苦功高。张骞与其婚事,由朕亲自赐婚。然后师滢要风光送回师家,朕要让她风风光光地回家省亲……"

先敕封了张骞之父与张骞之妻,天子才说起张骞:"张骞封太中大夫。甘夫封为奉使君……"

他一句句沉稳地说下来,吕英、风君天等人,乃至喋血西域的姬诚、师滢的老父皆有封赏,甚至师铨也被天子金口脱了商籍,可入金吾卫。

师铨之后,便说到了卓轻闲。

卓家性质特殊。卓老先生断腕自救,将那个被支离舒蛊惑的庶出长子供出,卓轻闲又在天幻堡和万马堡颇有建树,也就被封了个可入禁中受事的散职"侍中"。

"除了师滢要留下来,安心待产、安心育子,甘夫、吕英,你们都要回去。朕给你们一段时日休整,然后便要启程、赶回到张骞身边。"

年轻天子继续侃侃而谈:"甘夫,告诉你的义兄,朕要他活下来,完成其父大愿,完成朕的安排,出使西域,不得回顾!"

吕英、甘夫和师滢均是惊喜难言,忙代使团其余诸人叩谢皇恩。

"卫青,在甘夫他们疗伤休整之时,你要将他们所知的匈奴风土地理,包括那幅机密舆图,细细地询问理解清楚。来日挥师横扫匈奴,朕盼着你成为第一奇兵!"

卫青朗声领旨。

师滢的心中又是欢喜,又是凄然:"卫将军来日或许能横扫西域,却不知攻取休屠城之日,夫君的蛊毒……"

想到张骞的毒伤,师滢的心一阵揪紧,蓦觉腹部抽动痉挛,不由手捂小腹,俏脸上霎时凝满豆大的汗珠。

"怎地了?"公冶易最先发现师滢的异常,惊呼道,"不好,师滢连番操劳,动了胎气,快传御医……"

"一定要将孩子生下来,一定要将孩子安安稳稳地生下来!"师滢的脸色苍白如雪,心内却只有一个念头,"夫君身中蛊毒,这也许是他最后的骨血了！"

眼前的一切渐渐模糊，只有这念头无比清晰。

她昏了过去。

第十三章

十载昆仑,一朝斩关

张骞时常会从梦中惊醒。

自师滢走后,他的身子越发虚弱了,经常做恶梦,每次梦中醒来,脸上都挂着泪。

但他心中却总有个念头:我不会死,也不应该死!

他更爱去黑禽神山静静地坐着了。

通常是吉祥居次陪着他一起去。他会带着吉祥居次爬山和奔跑,虽然他对于爬山已经越来越吃力了,爬上一会儿、走上一会儿便气喘吁吁。吉祥看到他越发病弱的样子便常常哭。

吉祥依旧是个明艳绝伦的美女,只是幼稚痴顽却依然不改。她喜欢用花草编些五颜六色的花环戴在他头上,喜欢跟他做一些小孩子们才爱做的恶作剧。

他对她倒极有耐心,常给她讲故事。

她总是很认真地听,然而看着这张绝美而又幼稚的玉面,张骞的心就很痛。他希望她好起来,哪怕她好起来后对自己无比怨恨,甚至将自己视若仇敌也无妨,只要她能变回那个高傲而聪慧的吉祥居次。

化作火壁虎的蠥龙在一天天长大。这家伙在没人的时候，依旧爱唠叨，唠叨起来没完没了；也爱喝酒，酒量也越发大了。如果不是张骞的背后有座王府撑腰，肯定满足不了这个饕餮的胃口。

张骞常常会一个人最后爬上黑禽神山的山顶，吉祥会乖乖地在山脚下跟他作别。

说来也怪，只要在神山的山顶上静思，火壁虎就会彻底地安静下来。

这时候，张骞就会攥紧那根牦尾已有些凋零的节杖，仿佛岩石般坐在那儿。若是赶上夕阳西下，会将那一人一杖的轮廓拖出好长的影子。

又苦等了几个月，甘夫悄然赶了回来，给他带回了一个天大的喜讯：师滢给他生了个男孩，母子平安。

"我终于有儿子了！"听得这消息，张骞立时热泪滚落，很长时间说不出话来。

沉了许久，张骞才想起来向甘夫发问。他问的问题都是些很琐碎的事：师滢这一路奔波没有累坏吧？孩子哭声大不大？生得似我这般黑、还是像他娘那样白？孩子长得到底像谁？从你老弟到了长安、再养伤再赶回来、这么说我的儿子现在已经几个月大了……

在那僻静无人的神山山顶上，兄弟二人一时哭一时笑，更多的是慨叹。

问到朝廷大势和天子的安排时，张骞才彻底安静下来，瞬间回复成那个岩石般冷硬的男人。

"已三年过去了，我张骞有负天子所托！"张骞仰头向天，沉沉地叹了口气。

他原以为自己最多会陷落匈奴三年，但没想到的是，现在已经是三年时光一晃而过。当年的天选盛会后，他为了保全使团，不得已娶了吉祥居次，然后便是夫妻共同疗伤，前前后后耽搁了两年多的时光。

这期间便有甘夫远走龙城、惊闻父母被杀真相，怒而袭杀右贤王。其后师滢怀孕，张骞当机立断，命甘夫、吕英等人即刻带着师滢，远走汉地。甘夫这一来一往，算上休养生息的时间，又是大半年。

草原上的人都无法忘记三年前那精彩纷呈的八彪四虎之战、吉祥居次不负众望晋身双龙,当然也无法忘记同时晋身双龙的那位汉家使者。

只可惜,那位让无数匈奴和西域百姓们又爱又恨的汉家使者,现在深受蛊毒折磨,已是病体支离。

但张骞仍是心有不甘。

与甘夫顺利见面后,吕英、风君天和卓轻闲等使团精英也悄然赶来见他,张骞便开始积极地筹划逃走。他下定决心,哪怕是死,也要死在出使的路上。

但没多久,张骞就发现,这太不现实了。

他病体羸弱,也许一场风寒就可能夺去他的性命。他不怕死在路上,那是死得其所,但他怕自己重病后,会拖累一同逃走的甘夫等人——他们一定会想尽办法,看护自己周全,那样只能被追兵一网打尽。

苦思了几日后,张骞只得密令吕英和卓轻闲先行乔装逃走。

但卓吕二人不肯。毕竟天子有命,让张骞好好活下来,而且整个使团都对张骞颇为服膺。他们都盼着屡次为大家带来惊喜的张骞再创奇迹,能迅速恢复起来。

两位副使便拉着甘夫一起,苦劝张骞再等等。张骞也犯了犹豫。为了万全起见,他命令卓轻闲等人离开休屠城,潜伏于万马堡,深藏形迹,小心探查各路消息。

只是这一"再等等",却险些让整个使团陷入万劫不复之地。

因为数月之后,年轻的大汉天子沉不住气了。他听取两位谋臣的献计,匆忙发动了"马邑之战"。

马邑是朔州一带的大汉边界,匈奴常来此侵扰。有人便献计,利用商人引诱军臣单于来进攻马邑,而以大军埋伏在附近,军臣单于一入马邑的埋伏圈内,便可将之生擒。

众谋臣对此意见不一,争论良久,刘彻最终决定冒险一试。

这计策虽然行险,却颇为有效,因为军臣单于垂涎马邑城内的各色货物,果然亲自率十万大军前来。

第十三章 十载昆仑，一朝斩关

刘彻派护军将军韩安国、骁骑将军李广、轻车将军公孙贺等，率三十万精兵，布好了十面埋伏，静待军臣单于钻入马邑这个大口袋。

不料军臣单于在半只脚踏入"口袋"前的一刻，发现有问题——马邑百余里外，只有牛羊牲畜，却无人放牧。

万灵宗细作这时也探来一些消息，军臣单于立刻命令匈奴大军停止前行，转而攻下附近的一个汉家边防哨亭，俘获了雁门尉史。这个怕死的雁门尉史将大汉的密谋合盘供出。军臣单于大惊，匆忙率军撤回。

汉帝国的数路精兵不敢追击匈奴大军，马邑之战就这么草草收场。

马邑之战吸引了双方四十万大军，但几乎没有真正交锋。

汉帝国的谋划百密一疏，功亏一篑，最终马邑之谋的提出者、主战派大行令王恢遭追责，被迫自杀。此事在朝廷中引发了一场大震荡，相党和窦太后外戚党的矛盾几乎不可调和，最终两败俱伤。

匈奴这边，军臣单于被彻底激怒，开始了疯狂的报复。

因为马邑之谋的失败，大汉辛苦布局多年的细作网被匈奴连根揪出，从马邑一直向西、绵延到休屠城附近的万马堡，都受了牵连。最终万马堡的许多汉家细作都被匈奴擒获，只有得其师青霄真传的卓轻闲侥幸逃出。

抢得一线先机后，卓轻闲立即知会吕英、云裳和甘夫等几名骨干速速逃离。

逃亡途中，几人遭遇了左贤王嫡系、七大"银鹫"铁卫率领队伍的疯狂围攻。一场惨烈的搏杀后，虽然侥幸退回天幻堡，但"东吕西闲"这对天才都受了重伤。

天幻堡现在已经成为大汉和匈奴之间新的交界地带。随着汉家天子刘彻这两年来日趋强硬，附近得胜关的大汉驻军常常挥师赶来增援，休屠虎卫们才没敢强追。

卓轻闲、吕英等虽然逃脱，整个使团却几乎全军覆没。一百多人的使团队伍，本来已经扮作商贾，化整为零地散入万马堡等地待命，这时候都被左贤王尽数囚禁。

按左贤王的说法便是，总得给大单于一个交代。

因为这个交代，被抓入休屠城大狱的竟有二百四十多人，其中不少人其实是纯粹的汉人和西域商贾，根本与使团和细作无关。

除了突施辣手、几乎横扫整个使团，左贤王更派出大军，完全堵死了由休屠城向西域各处的大大小小的通路。

张骞终于发现，看上去左贤王一直都没有动作，其实他一直在谋划准备。这个看起来有些白皙的匈奴王者，是个真正的狠人。他对大汉使团极可能一直在高度关注，却始终只将大汉使团当作手上的一枚棋子，在最需要的时候才将这枚棋子丢出去。

"若不是看在吉祥的面上，你跟他们是一般的下场，我很可能早就杀了你。现在，无论是你，还是你的那些使团中人，都已攥在我的掌心里。是时候了，我要你真正归顺我，真正替我出谋划策！"

在王府内，左贤王以胜利者的目光逼视着张骞，再次旧事重提。

张骞这次居然很罕见地没有说什么，沉默了许久，然后便站起身，离开。

左贤王几乎就要雷霆大作，但瞥见张骞那瘦弱得似乎随时会倒下的佝偻背影，却也只深深地叹了口气。

张骞从此不再搭理左贤王。除了吉祥居次，他甚至不再跟任何人说话。

他知道，那二百多人都是人质，他动，那些人死。

他越发频繁地独自一人，拄着那根节杖，走上那座黑禽神山，在山顶久久静坐。

孤独的山，孤独的人，连那根节杖都显得无比孤独。

节杖上那长长的牦牛尾饰被他修整得极好，在风中飒飒而舞，便透出一股永远不屈的倨傲之气。

附近的匈奴百姓们都知道，汉家天子派出的这支汉家使团都已被囚，他们的首领也被软禁，匈奴贵族们都在等待着他的屈服。

但这家伙却似山顶上那块最高最硬的岩石，永远静静地矗立在那里，一直不低头。

被许多人记住的，就是他的孤独和坚持。

日子单调而寂寞，时间过得飞快，又是一年过去。

这一日，张骞再次艰难地爬上了黑禽神山。

望着落日发呆，他知道，也许自己撑不过这几天了！那样也好，如果自己死了，吕英、甘夫等人，才会毅然决然地继续西行。

那股熟悉的麻痒感又慢慢地从后背蔓延开来。以前这麻痒感发作时，只是让半边身子僵硬，但数日前，那种僵硬感已经几乎蔓延到了全身。

今天这感觉尤其凶猛，张骞觉得全身都要僵住了。

身陷匈奴已四年了！这一天终于到了吗？张骞在心底无奈地苦笑着。

忽然间红光一闪，火壁虎从他袖内窜了出来。张骞觉得奇怪：这家伙每次上山都很沉默，这次为何显得颇为活跃？

好在这家伙没有变大。有一次，张骞曾看到它醉酒后，变成小豹子般大小，但此刻它竟比平时还小了些，只有巴掌大小。令他惊讶的是，它的眼珠此刻闪现出的是一种暴戾的红色，那种暴戾的红甚至令他有些震惊。

还没等他细想，火壁虎已经闪到他背后，一口咬在他背后的伤处。

针扎般的痛楚传来，张骞心内反是一喜：那地方麻木僵硬了许久，这时候难得地竟有了痛感！痛感很快消失，张骞觉得体内有许多东西在飞速流逝。

张骞忽然发现，自己的四肢居然又能动了！

这懒货居然还有如此神通！张骞又惊又喜，刚要出言表扬，耳际忽然传来一道细细的声音："老实人，千万不要动，也不要多说一句废话。老子等这一天很久了，你能不能完全好起来，就看你的命了。"

这家伙的声音，竟难得地有几分慎重。

血越流越多，张骞虽然觉得好受，却也无比虚弱。他心中默念：这样下去，只怕蛊毒未去，我张骞便先要失血过多而亡啦！

但他没有动。他选择相信这个懒货,也选择相信自己的命运,自己不会是个短命的家伙。

鲜血被蜃龙吸入,随即吐出,沾染了蛊毒的血令周围充满了强烈的血腥气。

忽听嘎的一声大叫,一只巨大的怪鸟骤然出现在张骞的面前。

那巨鸟的模样太古怪了:高可丈余的身体黑漆漆的,状如鸡首的巨头却纯白如雪,更生着一对虎爪。它那样冷傲地兀立在山巅巨石上,虽然一声不吭,却带着强大的威压。

瞬间,整座山都因这只怪鸟而显得高大了起来,或者说,整座山都在向它臣服。

它才是这座山的主人,黑禽神山上的那只传说中的怪鸟"黑禽"!张骞的元神感知力超乎常人,立即闪过一念:应该就是这个怪鸟,当年曾胆大妄为地挑战龙缺大巫,硬生生搅黄了那次隆重的祭天大典。

蜃龙缩在张骞身边,簌簌发抖,仿佛见了猫的耗子。张骞还是头一次看到这个狡诈的懒货吓成这个模样。

巨鸟眼光炽热地望着缩成巴掌大小的火壁虎,不过它似乎对火壁虎嘴边还在流淌着的蛊毒鲜血更感兴趣。巨鸟观察了一阵,忽然仰天嘎嘎怪叫,猛然向火壁虎狠狠啄下。

它的动作太快,更带着一股强悍的劲气,压得张骞喘不过气来。他感觉自己很可能跟火壁虎一起,要被这张巨喙拦腰咬断。

猛地一股怪力横击过来,张骞的身子向旁边平移数丈。巨鸟一口啄在山岩上,数块巨岩被它咬碎,沙飞石崩。

火壁虎的身体瞬间变得有数丈长,双眸通红如火,磔磔怪笑道:"傻鸟!老子等你好久了。"

话音未落,巨大的龙尾倏忽卷出,缠住巨鸟的一双钩爪。

怪鸟嘎嘎怪叫,双爪拼力挣扎,待要展翅高飞,却因被蜃龙缠裹得紧,逃脱不出,恼怒之下,便只能奋力去啄蜃龙的脑袋。

蜃龙得意地怪笑着,一颗大头游刃有余地左躲右闪,口中频频爆出

"傻到天涯海角的第一傻鸟""鬼鸟这副丑鬼模样也是天下第一"等诸般污言秽语。

两只怪兽相斗,身形忽大忽小地翻滚着,搅得山顶风云激荡。但很显然,蜃龙蓄势已久,自身妖力也更胜一筹,渐渐占据上风。

猛听怪鸟惨叫一声,一对翅膀竟被蜃龙生生咬掉。

张骞看得心惊,却也不由为蜃龙这家伙神兵天降的暴起一咬而喝彩。

却在此时,只听得哗啦啦一阵怪响,蜃龙猛将嘴里的巨大翅膀甩了出去,连连咳嗽不已。那对巨翅掉落在地,竟没有一丝血迹,而是化成了大小不一的一片乱石。

怪鸟那漆黑如墨的身子也同时化成一块黑色的巨岩,被蜃龙的巨尾硬生生搅断。

随着蜃龙一声怒啸,数十丈外一只鹰隼样的黑影直入云霄。

"傻鸟!鬼鸟!"蜃龙放开被它搅成数段的黑岩,向着那道黑影怒骂着,"你还是天下第一胆小鸟!"

张骞大惑不解,喘息道:"到底是怎么回事?"

"功亏一篑,他奶奶的功亏一篑!"蜃龙兀自愤愤地说道,"这傻鬼鸟是这座山的主人,性喜吸食诸般怪毒,但它那白鸡冠子里面的血,则专制诸般蛊毒。只要宰了它的鸟头,吃掉它的鸡冠子鸟血,便能彻底治好你的毒伤。可惜啊!这傻鬼鸟居然自减了几十年的修行,用缩身法逃了。百密一疏啊,想不到神机妙算如我老人家,也有阴沟翻船的时候……"

"吃掉它鸡冠内的血,我就能活下来?"张骞却笑了。

"你傻了吧唧地笑什么?"哪怕是很愤怒的时候,蜃龙的样子也很可笑。

"若真是如此,终究是找到了个能给我疗伤祛毒的办法!我的命运还在我手,为何不笑?"张骞舒展了下手脚,"况且,你这么一番捣鼓,我居然四肢有力了许多!为何你先前不给我如此咬吸毒液?"

"真是个小富即安、自以为是的家伙！"蜃龙一副怒其不争的鄙夷，"先前老子故意不管你，就是让你毒性滋长。你毒性滋长了，那味道才诱人，哦，不，是诱鸟！等了这么久，你终于变成了一盘鬼鸟眼中真正的大餐，可惜，这苦肉计白使了……现在么，我虽放出不少毒血，但蛊毒滋生的速度只怕会更加迅速，而你的体力只怕支撑不住了。"

"那怪鸟什么时候才会再出现？"

"也许是明天，也许是十年后！但这家伙应该很害怕老子的。老子装孙子许久，才引得它前来。今天这一番折腾，它哪里还敢来送死！"

张骞不由叹了口气："谢谢你！你对我真好。"

"别这样！"蜃龙迅速将身子缩小，"我说过，老子对男人不感兴趣。"

"等等吧。"张骞纵目远眺，"一切都是时也运也，只要等待，就有机会！"

只是张骞也没想到，这一等，竟又是四年。

草原上的草，绿了黄，黄了又绿。

左贤王牢牢把控住了西域要道，更将大狱中的汉家使团成员看管得极紧，没有给筹谋劫狱的张骞、吕英等人一丝机会。

倒是卓轻闲给张骞带来了他牵挂已久的两个消息。

铁龙崖下的铁龙河险滩离这里太远，张骞无法抽身过去，便悄悄让卓轻闲雇了几个西域商人赶过去看了。他们问遍附近的牧民，终是没寻到张骞父亲的尸身。虽然心里早有准备，张骞仍不免一番沉沉的痛楚：父亲为国慨然赴死，最终竟是尸骨无存！

倒是在那豹子岭附近，寻到他的妻子唐珍儿的墓。听到卓轻闲的描述，张骞不禁潸然泪下：她是自己的第一个妻子，可惜没跟着自己享几天福！她那么年轻，正是花儿一般的年岁，却要长眠在那里……

热泪滚滚，张骞在心底发出无声的誓言：珍儿，如果有可能，我会把你带回故土；如果我看不到那一日，就陪着你在此长眠吧。

身陷匈奴的第二个四年,张骞得到的最大惊喜来自乌孙。

某一日,夜黑风高,猎帕王子所派的亲信找到了张骞。原来乌孙的老昆莫在半年前病逝了,猎帕与其大王兄一番斗智斗勇,最终成功夺权,成为乌孙新一任昆莫。

猎帕没有忘记自己当年的指路人,特遣亲信前来,给张骞送了三件珍稀秘宝:一套可抵御术法攻击的天蚕软甲,一盒固本培元的顶级丹药,一瓶珍藏十年的龙血葡萄酒。

猎帕同时命亲信传来一句话:恭候永远的朋友。

张骞明白这句话的深意。当初猎帕便与他相约,乌孙愿意做大汉永远的朋友。

猎帕在等他,乌孙则在等候大汉。

张骞大是欣慰。

张骞陷落匈奴的八年间,龙缺大巫只在四年前举办过一次万灵天选盛会。这一次姑师国师胡忧大巫和须卜骄一路过关斩将,进入四虎之列。

只不过双龙之战不是参悟秘图,而是在祭天穹庐的神秘法阵内捉对比试。

元神修为惊人的姑师国师艰难击败对手,进入双龙。

而被匈奴君臣百姓寄予厚望的须卜骄则败在本次大会最神秘的高手、一位绰号"雪枭"的神秘巫师手下。

万众期盼的双龙之争依旧没有出现,据说无论是姑师国师胡忧,还是巫师雪枭,在祭天穹庐法阵内激战后,都受了不轻的内伤。

这样的战果,就更是让许多人怀念上一次的双龙之战。那一次虽然有个汉家官员,但毕竟,那是一对情侣呀。

只是,这些年过去了,这对当年的情侣竟是凄惨之极。

美艳而高傲的吉祥居次变得幼稚痴呆,多次创造奇迹的汉使张骞则病体支离,朝不保夕。

这几年中,张骞进行了无数次的筹算推衍,一直在苦盼着王师北征。

从长安前前后后传来一些不算机密的消息：窦太后终于驾崩，太后撑腰的外戚党已被刘彻扫荡殆尽，相权党也随着宰相田蚡被免而风雨飘摇，青年天子终于大权在握。

但张骞知道，汉家天子也要准备。经过马邑之战的功亏一篑，年轻气盛的天子不愿再轻举妄动。他那样骄傲的人物，绝不允许自己再次失败。

直到三个月前，卓轻闲才给他带来一个绝密的消息：天子已遣卫青、李广、公孙贺、公孙敖四将军，兵分四路，各领一万骑兵，突袭匈奴。其中车骑将军卫青出上谷，骑将军公孙敖出代郡，轻车将军公孙贺出云中，骁骑将军李广出雁门。

多年的美梦终于成真，张骞不由肝胆舒张，当晚便痛饮了一番。这是大汉开国以来第一次主动出击匈奴，实是开天辟地的豪气之举。

但张骞的欢喜没有持续几天，随后便是各种坏消息纷至沓来。

先是骑将军公孙敖为匈奴所败，损失七千骑。这位公孙敖是卫青的好友，算来也是得到年轻天子刘彻看重而提拔的青年俊彦，与卫青同为天子新军的代表人物，不想一上来便出师不利，一万精骑，竟折损了七千。

更大的噩耗接踵而来。名震天下的飞将军李广挥师出雁门后，便遭遇了匈奴主力大军，深陷重围。因为李广神箭无双，便在匈奴也是威名远震，所以军臣单于下令，务必要活捉这位飞将军。最终，寡不敌众的李广大军为匈奴所败，本人被生擒。

消息传来，张骞几乎崩溃。好在随后便有个不幸中之万幸的消息传了回来：李广不愧飞将军之名，他在被押解往龙城的途中挣脱绳索，夺了一名匈奴兵的弓箭马匹，策马南奔，竟杀出重围，逃回大汉。

但公孙贺与卫青这两路汉军的消息却一直模糊不清。

特别是被张骞寄予厚望的卫青。听说甘夫将自己所知的匈奴地理对他合盘而授，而且卫青也对那份匈奴山河舆图钻研最深，可卫青这一路的去向却最是扑朔迷离。

又过了些时日,公孙贺一路汉军的消息终于传了来。这一万铁骑出云中后,一路北上,却未碰见匈奴军,最终徒劳而返,毫无所得。

卫青所部仍旧没有消息,卓轻闲所掌握的残余秘谍,也探不出丁点风声。

北风渐渐凛冽起来,张骞知道,马上要到深秋了。

深秋一到,自己就没法来这山顶静坐了。黑禽神山太寒冷,一到深秋,便会飞雪,白雪皑皑的山顶和漆黑的山体,居然很像这座神山的主人,那只神秘的白头黑鸟。

再来这里,便只能是明年了!可自己还见得到明年的绿草吗?

四年过去了,那只神秘的怪鸟再没有出现,而自己身上的蛊毒果如蜃龙所说,蔓延得更为凶猛。蜃龙甚至不敢再用上次的吮血之法助他排毒了。

"老实人,你的身子太虚了。最后这点毒血,留着诱惑那只傻鸟吧,鬼知道这傻鸟会不会再来!"

这一次,张骞真正感觉到大限将至了。他认定,即将到来的凛冬,自己很可能挺不过去了。

很可惜,依旧没有卫青一路军兵的确切消息,卓轻闲打探来的消息忽好忽坏,没一点准谱。

这一日秋阳温煦,罕见地没刮什么风。

张骞强提精神,带着吉祥居次,来到黑禽神山脚下。

自陷落匈奴至今,一晃九年时光过去了,但居次却仍如九年前一样青春明艳,笑起来依旧勾魂摄魄,那张绝美的娇靥依旧能让初次看到她的男人呼吸顿止。

他很有些惭愧:她是自己名义上的妻子,甚至为自己付出了一切,可惜自己一直没有真正将她当作妻子。这几年来,因为忧心使团的事,也因为对她的痴癫之症几乎绝望,连陪她的时间都少了些。

今天他强撑着病体，带她在山间漫步。他心里知道，很可能这是两个人的最后时刻了。他挽着她的手，在尚未冰冻的小溪边嬉戏，在午后温暖的晖光下依偎着。

直到日光西斜，他才拍拍她的肩，告诉她，让她先回去，自己则要上山静坐。

吉祥居次已经熟悉了他独自登山的习惯，只是不知为何，今日格外感到不舍。她站在山下，静静地望着他慢慢向上攀爬，直到他那孤独的背影完全消失在苍茫的暮霭中。

暮色莽莽苍苍，残阳只剩下半张殷红如血的脸。晚霞仿佛是烧红了的铁块，把整座山都镀上了层暗紫色的光。晚风袭来，满山紫霭霭的杂木便摇曳出阵阵如潮的涛声，仿佛有无数怪兽在山林中烦躁地啸叫。

张骞还是在那块熟悉的大石前坐下，点起篝火。他在篝火中添加了艾草。艾草点燃后，不仅可以去湿逐寒、行气活血，更有回阳救逆、温中解毒之效。

熊熊火光映得他满面红彤彤的。他在篝火旁思念起很多事、很多人，特别是师滢，还有他从未见面的儿子。

他的思绪慢慢向前飘，从长安瀚海法会的艰辛报名，一直到后来的金殿策论，自己与甘夫、云裳、师滢、卓轻闲等人相识相知……

一通激扬的鼓声响起，自己带着百余名健卒使者，在天子和百官的目送中昂然踏上征程。

一路艰难无比，穿越天幻堡，与左贤王斗智斗勇，但终究寡不敌众，深陷休屠城。

然后便是现今，身陷匈奴，已快十年了……

思绪飘浮间，他开始絮絮地念叨起来："这些话我已经说过很多次了，这是我最后一次对你说了。你不会出现，但是我知道，你听得见！"

他慢慢仰起头，望着挂满残霞的远天："我知道，你很讨厌被人叫作鬼鸟。我查到了你的名字。在《山海经》中，其实你有个真正的名字，叫天雀,很响亮!听到了么,天雀,这才是你的名字!"

随着他这声断喝,恢弘的苍冥间传来一声清唳。那只漆黑的大鸟出现了,双翅展开,犹如一道乌云般凝在张骞的头顶,带着一种君临天下的傲然。

蜃龙突地从张骞袖中窜出,怪笑道:"你这只又傻又丑的怪鸟!不管你的绰号多响亮,都不会改变你最终的宿命,那就是成为老子盘中的一份大餐。嗯,大餐得有个名字,那就叫……红烧傻鸟!"

口中唠叨着,这家伙的速度却奇快无比,已疾攻了七八次。

怪鸟这时的身躯较上次缩小了些,长不足丈余,看来那一次它拼力逃生后,身体损伤不小。但这般缩小了,身子反而更加灵活,已能自如应对蜃龙闪电般的攻击。

"不要打了!"张骞焦急地喝道,"蜃龙,能不能向天雀求取一点贵血?能否跟它商量一二?"

无论是蜃龙还是天雀,都没有搭理他。

激战中,蜃龙仗着强悍的实力,慢慢占据了上风。只是此时的蜃龙仍属重生后的少年期,远非当年老奸巨猾、妖力通玄的十大妖兽那般恐怖,一时也无法迅速拿下对手。

两只妖兽在峰顶性命相搏,声势较之上次犹有过之,满山松涛呼啸,云气纵横,风声如鬼哭狼嚎。

这次蜃龙不敢托大。为防这怪鸟逃遁,它步步为营,只想最终一口咬中怪鸟的头顶要害。但这次天雀却有些古怪。激战中,它几次施展上一次金蝉脱壳的故技,连败连退,羽毛被咬得七零八落,却并不惊慌。

张骞望着这对妖兽宿敌般的决战,心底大是无奈。

其实完全不用这样生死对决,自己不过是需要一点点天雀之血而已。可惜,这只高傲而冷酷的天雀根本听不进自己的话。

忽然,远处一道窈窕的身影出现在他的视野中,张骞登时心头一紧,那竟是吉祥居次!

以往,她都会很听话地送他到山脚,但这一次,她似是感觉到了什么，居然没有远离，这时见山顶气象怪异，便疯了般向山上冲来。

她心神受创，术法武学尽失，但多年来苦修的根底还在，身子依旧矫健。很快，她便靠近了许多。

"老实人，你快过来！"吉祥看到张骞，遥遥地向他挥手。

张骞忙挣起身，向吉祥居次那里跑去。但拔脚奔出数步，才发觉自己浑身无力，又惊又急之下，一头栽倒在地。

他猛觉肩头剧痛，原来竟是因这几步奔得距那怪鸟颇近，被那怪鸟从天而降，抠住他肩头，将他死死地按在了地上。

"你这只臭傻鸟！"蜃龙又惊又怒，破口大骂，"简直是丧心病狂，不知廉耻，毫无妖德！"

天雀却丝毫不理蜃龙。此刻它已占了先机，将张骞紧紧卡在巨爪下，一双如火球般的红眼灼灼闪烁，似乎对这个满身毒血的家伙垂涎欲滴。

张骞哈哈大笑："蜃龙，莫动！既然死于毒蛊的命运无法改变，那我张骞也要进行最后的反抗，便是让天雀吃了我。让天雀吮了我的血，吃了我的肉，代我张骞去飞翔吧……"

他振声长笑，声嘶力竭的笑声却忽然顿住。

他昏了过去。

天雀高傲地望着张骞，然后毫不犹豫地一口咬下。

蜃龙怒骂道："去你阿翁的！你这老实人就这么死了，谁给老子美酒喝？往后让老子怎么跟吉祥、师滢那些美女交代？"

胡言乱语中，蜃龙猛向天雀吐出一口烈火。它的纯阳之火从那团掺了艾草的篝火中滚过，立时变得烈焰熊熊。

天雀那双孤傲的红眸中却闪过一丝冷厉之色，忽然转过身来，任由那团烈火燃烧到自己身上。

"这傻鸟，不但丧心病狂，还是个自虐狂啊！老子去你阿翁的！"蜃龙吃了一惊，正待乘势扑上去，夺回张骞，忽然一声怪叫，惊恐地瞪大了那一双小眼睛。

第十三章 十载昆仑，一朝斩关

张骞的世界已一片漆黑，甚至连肩头被天雀的利爪狠抓，背后伤处被它猛啄，都没有觉出什么痛来。

无边的黑暗中，忽然亮起了一道光，熟悉而阴森的光。

他看到了一张熟悉而阴森的脸孔。那是陆鸦的脸。这张几乎被他死死压制了十年的脸孔，居然再次在他的元神世界中出现。

"我一直在等待这一天！十年，整整十年了啊！"陆鸦那张苍白而年轻的脸孔上满是舒畅，"张骞，你真的不行了！不过这具躯壳还大有可为之处，这回该完全让给我操控了吧！"

狞笑声中，那张脸越发清晰。白光渐浓，映出陆鸦匀称而白皙的赤裸身体。

"那些玄圣道级别的罡气一直被我悄悄锁定。只要让我完全操控你的身体，你就能真正做到夺天地之造化！张骞这个名字，会成为古往今来的第一奇人，博取功名，封妻荫子，成为最年轻的踏入玄圣道的大宗师，更会在西域、在匈奴为大汉建功立业……

"是了！我为何还要为大汉卑躬屈膝？凭我陆鸦的才学修为，斩杀左贤王易如反掌，那便干脆在休屠城自立为王，然后巧借大汉之力，横扫西域，做一位真正的西域王。

"来吧！张骞，彻底臣服，你就能开创一代真正的传奇！"

陆鸦笑吟吟地向张骞扑来。

忽然间一道龙影跃到张骞身前，怒喝道："老贱男！十年没见，你还是这么一贱封喉！"

蜃龙是元神攻击的祖宗级怪兽，可以直接感受到陆鸦的存在。但它虽然元神修为奇高，却无法直接对抗存在于张骞元神世界中的陆鸦，它只能帮助张骞强大自己的元神，对陆鸦进行压制。这也是当初张骞在天选盛会时，借助陆鸦的力量、却又不为陆鸦所乘的诀窍。

但这时候张骞的身体已极度衰弱，甚至比当年拼酒后在休屠城内昏迷时还要虚弱得多。身子羸弱不堪，元神便也虚弱无力。虽有蜃龙不住催促鼓动，张骞的心神却依旧鼓振乏力，甚至还在慢慢衰竭。

这边陆鸦却已是蛰伏了十年，蓄势满满，在张骞的元神世界中，又占了半个主人之利，对付全然如做客般的虿龙，几乎势不可挡。

他的身子随时在变化。他的手可以在瞬间变成百臂千臂，他的脚也可以在任何一个方向踢向虿龙的要害。

虿龙已经挨了百十记重击，初时还能污言秽语地谩骂反击，后来便只剩下了哀嚎躲闪。

"老贼男发起浪来，骚不可挡呀！太难了，老实人你再不醒过来，老子可真要去找母壁虎去啦！哎哟，你他奶奶这只傻鸟……"虿龙在张骞的元神世界中苦苦支撑，同时还要应付神山顶上那只发疯的怪鸟。

忽然间，一股灼热的热浪袭来，虿龙看到，天雀已经熊熊燃烧起来了。

"你这只傻鸟！是要自己寻死吗？"虿龙无限惋惜地哭号起来，"但你死之前，好歹做一回好鸟成不成？把你鸡冠子里的鸟血给老子来两碗再死也不迟呀！哎哟！你阿翁的，你这傻鸟，快放开老实人！"

这时候，张骞的身体仍被天雀按在爪下。天雀已经完全燃烧起来了，身上射出耀目的光芒，却猛然低头，吐出了一团红色的液体。那液体如同一片鲜血般，泼洒得张骞满头满脸。

"完了！老实人，你完成你的梦想了！这傻鸟给你洒了一身胡椒佐料，这就要红烧生吃了，然后就让这只鬼鸟带着你去飞翔吧……"虿龙被元神世界中的陆鸦打得遍体鳞伤，在山顶上更全然不是天雀的对手，此时只剩下无奈苦叹。

虿龙还没唠叨完，天雀已挟着冲天的光明腾空而起，那光明甚至将所有的烈火光芒都压了下去。

天雀在刺目的光明中变身，化作一只无比美丽的巨鸟，通体火红，线条精美绝伦，甚至透出一股玄异的韵味。

"朱雀！"虿龙盯着那只轮廓完美的火红神鸟，喃喃道，"原来这只傻鸟居然是四大神兽中的神鸟朱雀！"

它的喃喃声随即被自己的哀号打断。在张骞的元神世界中，虿龙又挨了陆鸦的两记重击。

就在天雀化作朱雀的一瞬，张骞的手能动了。

浴火重生的刹那，天雀向张骞喷出了自己的灵血。

天雀灵血挟着烈火般的灼热，从他的七窍渗入，从背后的蛊毒伤处渗入，然后张骞便觉全身的气血变得充盈有力，仿佛病体中有许多看不见的小虫都在这股烈火的灼烧下死亡殆尽，自己全身的血液也跟朱雀一样，焕发了新的奇异生机。

他毫不迟疑地拔出了腰间的太一剑，反刺向自己的额头。

元神世界中，陆鸦发出一声怪叫："不！你要干什么？"

连连遭受暴击的蜃龙终于得了一丝喘息之机，却也吓得呆住了：这老实人莫非是被那傻鸟弄得痴呆了？

忽然间，人影一晃，吉祥不管不顾地抢上山顶，一把扯住张骞的手腕，惊呼道："老实人，你要干什么？为什么要杀自己？"

她的心神相当于一个七八岁的小女孩，虽然幼稚，却也看得出张骞是要不顾一切地挥刃自戕。但她来得还是晚了些，张骞挥剑的速度极快、极果决，那一剑已刺破了自己的眉心。

吉祥一声惊呼。

蜃龙也发出了惊呼。

已完成变身的朱雀高傲而冷漠地望着山巅发生的一切。

忽然间红芒一闪，一缕幽光从张骞的额头钻出，飞撞向吉祥居次。

陆鸦已经跟张骞或明或暗地对峙了十年，熟知张骞的脾气，知道张骞一往无前的性子：你若不屈服，我便自尽。

但这时候陆鸦已经没有了退路。张骞的太一剑专辟邪祟，正是他这种潜伏元神的克星。张骞误打误撞地以太一剑刺破自己眉心，立时带给陆鸦极大的压迫感。

强大的力量挤压过来，令陆鸦痛不欲生。他必须逃，而且此时他已选到了更好的目标，那便是天赋惊人而心智不清的吉祥居次。

在吉祥与张骞拉扯的那一瞬间，陆鸦已经借势而出，便要硬生生挤入女郎的眉心。

尖锐的剧痛突如其来，女郎发出痛苦的惊叫，身子摇摇欲坠。那道幽红的暗光已有大半钻入吉祥的眉间，眼见就要尽数没入，突然红影一闪，蜃龙窜了过来，一口狠狠咬住了那道红光的尾巴，生生将那道红光给拉了出来。

幽暗红芒犹如离了水的泥鳅般拼命挣扎，却仍是被一脸狞笑的蜃龙完全扯了过来。

红芒越发拼命地跳脱着、扭动着，突然迸发出绝大的力量，仿佛垂死一搏的猛兽，猛然从蜃龙的口边挣脱而出。

就在这时，猛听嘎的一声怪啸，一直高傲地冷眼旁观的朱雀忽然俯冲而来，一口咬住那缕红芒。

原来朱雀在变身之前，便最好吞噬百毒及各种阴物，所以它吐出的灵血最能炼化百毒。它飞扑而落，便是看出那缕红芒天生的阴骛属性，此刻一口啄下，如烈日融冰，立时消解了红芒上的各种挣扎之力。

蜃龙见这怪鸟又来嘴边夺食，也顾不得这是自己一时吃不下的怪物般的陆鸦，又惊又怒，赶过去拼命拉扯撕咬。

这时最痛苦的自然是那缕红芒中的陆鸦。可惜他虽然手段通天，但因脱离了潜伏已久的身体，终究便如失了水的鱼一般，无奈地扭动着，终于被两大妖兽撕咬成两段，分别咀嚼吞噬。

张骞闷哼一声，扬手抛了太一剑，顾不得脸上鲜血进流，转身抱住了吉祥居次。

吉祥居次却已脸色苍白如纸，昏了过去。

夜幕彻底降临，黑禽神山上的一切都归于一如既往的寂静。

对于休屠城的百姓来说，几乎没有任何惊扰。只是有几个玩耍的孩子遥遥地看到神山顶上风起云涌、之后大放光明，但给家里的大人说时，都毫无例外地遭到大人们的斥责。

张骞和往常一样，回到自己的住处。夜色已深，没有人留意到他眼神中的焕然光彩。

吉祥居次在路上便醒来了，对张骞说，自己刚才做了一个很长很奇怪的梦，梦见一只浑身是火的大鸟飞入自己的怀中。

张骞知道，她说的是神鸟朱雀。

这只浴火重生的神鸟似乎对吉祥居次格外有好感。解决掉陆鸦这个大麻烦后，高傲的朱雀居然没有跟啰嗦不休的蜃龙再次争斗，而是变成巴掌大的小红鸟，乖巧地落在吉祥居次的肩头。

蜃龙看了也觉稀奇，惊呼，这傻鸟居然跟吉祥妹妹看对眼了！

然后这懒货便向张骞解释，相传天雀这种神鸟，或者说是傻鸟，身上流淌有凤凰的高贵血液，但一生中只有一次机会变成凤凰一类的高贵神鸟。天雀抓住了这次机会，它借着与蜃龙决斗的机会浴火重生了。当然，张骞身上的奇毒血液也是助它重生的重要一环。

而在重生之后，朱雀又咬死了至阴气息的陆鸦，并由此注意到了有"火凤凰"之称的吉祥居次。跟重生后的火壁虎一样，朱雀同样需要一个成长期，此时的它，就如同一个寻找母亲的幼鸟。

"它在这里。它叫朱雀！"

张骞轻拍了下她的香肩。小红鸟倏地从女郎的袖间钻出，亲昵地落在她的掌心，歪着头，有些好奇地打量着她。吉祥居次大是惊奇，轻抚着朱雀的火红羽毛，欢喜得什么似的。

"吉祥，适才没有惊吓到你吗？"张骞见她无恙，也很欣喜地抚摸着她的玉颊。

她轻轻点了点头。不知为何，往日里小女孩般喜欢他抚摸的吉祥，这时候居然脸上红了一红。

回府后的第一件事，张骞便是命侍女预备热水，二人分别沐浴。

这大概是这些年来张骞洗的最舒畅的一个澡，不仅仅是因为困扰自己十多年的毒蛊一朝而愈，更因寄居在自己身上的陆鸦元神也灰飞烟灭。

舒舒服服地躺在大木桶内，他能觉出自己全身的血液经朱雀的灵血淬炼后，似乎得到了某种奇异的升华。毒蛊消退，自己的身体也仿佛是浴火重生一般。这个时候，他最直接的感觉就是饥饿。

洗过澡之后，他几乎是贪婪地吞咽着侍女备好的熟牛肉。他已经吃了三盘，兀自大嚼不休。

他还感觉到，同样得到升华的，也许还有陆鸦遗留在自己体内的浑厚罡气。以往，这些沉浑罡气都被寄居在自己体内的陆鸦元神牢牢控制，自己只有借助蜃龙之力，才能调取一小部分。但这次陆鸦还没得及调走这股罡气，便神销形灭了。剩下的事，便是自己慢慢消化运使这些罡气了。

但眼下最紧要的大事，还是尽快重新踏上出使之路……

张骞的思绪忽然顿住了。袅袅的热水雾气中，他看到了吉祥居次那珠圆玉润的窈窕倩影。

二人虽然名分上是夫妻，但在沐浴更衣这样的大事上，都是分房而行，张骞总是让吉祥的亲近侍女伺候着她。不成想，今晚这女郎竟跑到自己这屋。

虽然已朝夕相处了许多年，但因吉祥的心智总是如同八九岁的小女孩，他便从未与她有什么夫妻之实。忽然间看到她闪到自己的浴桶边，张骞竟有些不自在。

特别是当他看到吉祥的身上仅是随意地裹了件绒毯，诱人的冰肌雪肤和完美傲人的曼妙身材若隐若现，再配上那乌黑如墨的湿润秀发和美艳得近乎梦幻般的娇靥，便突然觉出一种眩晕感。

"天晚了，你还不去睡？"他拍了拍她的头，让自己的神色尽量平静。

她却俯身凑到他近前，绒毯半遮半露，现出大片莹莹如玉的白润，娇嗔道："我害怕一个人。"

张骞笑了。对于她这种小女孩式的要求，往日里他大多都会答应，何况他俩刚刚又联手闯过了一次生死大难。

二人如往常一样回到卧室安寝。张骞刚躺下，她便乖巧地熄了灯，悄然抱住了他。

一股甜腻的幽香突如其来地裹挟了他,如潮的温暖,如玉的润滑,仿佛梦幻般一起向他袭来。他的身子瞬间热了起来,轻声道:"吉祥,乖,快去睡觉。"

"老实人,我要你抱着我睡!"往日里她也常常撒娇,但大多是小女童般的娇痴,但这时候她的声音却缠绵悱恻,听来勾魂摄魄。

他愣了下,还是习惯性地闪避着。

她忽然说:"老实人,我听人家说,夫妻啊,就要一起抱着睡的。我是不是你的妻子?"

是呀,她也是我的妻子!他想到黄昏时,峰顶风云突变,妖兽搏命,只有七八岁心智的吉祥居次竟舍生忘死地跑过来,要护他周全。她早已不再是天赋惊人、无所不能的吉祥居次,却仍是跑得那样急,那样不顾一切。

这么想着,心头便猛然一热,他俯过身,轻轻地抱了抱她。她的身子柔若无骨,却又灼热如火,他心旌剧烈摇曳,却强抑住心神,将她的被子盖好了,慢慢缩回身。

"睡吧,吉祥,"他长叹了一口气,"我们今日简直是九死一生,要早些休息,听话……"

她嗯了一声,真就老老实实地躺好。只是黑暗中,她眸中有些异样的光彩在闪烁。

过了片刻,她便乖巧地睡过去了。

听着她那均匀的呼吸声,他心中涌起无限的歉疚。她终于是自己的妻子了,但自己却快要走了。这一路上必是千难万险,只怕是不能带上她了。

想到就此真的要与她分别,张骞觉得一阵心痛如绞。就要这样别离了吗?很可能此地一别,便天各一方了!他轻轻抚摸着她的长发,泪水不由簌簌而落。

"吉祥,这几日我要去一个很远的地方,很远,很危险……"他喃喃着,声音很低很缓,"我不在你身边,希望你要依旧快乐。我不在的日子，希望你能真正地好起来……"

不知为何，黑暗中她的长睫忽然轻颤起来，也许是在梦里面梦见了什么？

那张月辉下无比熟悉的明丽玉面被泪水滤过，慢慢地模糊起来，他发现自己再也说不下去了，明明心中有千言万语，却都噎在了喉间。

他默默地翻过身，仰面躺好，热泪终于无声滑落。

翌日清晨，他起得很早。她却兀自沉睡，海棠春睡般的娇艳。他在心底深深叹息，也许我们在一起的日子，已经屈指可数了。

他轻轻抚摸着她的玉颊，却发觉指间微湿，仿佛她的脸颊上隐有泪痕。他愣了下，才发觉她又抿了抿嘴，似乎又在做梦。他苦笑了一下，再次给她整理好被角，轻轻起身出屋。

侍女在门外轻叩房门，说了声"万马堡那边来了最新的香药"。张骞眼睛一亮：这是卓轻闲和自己约好的暗语。这位卓大公子谨小慎微，一般都是日暮时分才过来，这次上午赶来，必是有什么新鲜消息了！

他穿戴整齐，悄然出屋。

屋门被轻轻掩上的刹那，她悄然睁开了眼。那双颠倒众生的美眸再不是幼稚痴呆，而是变得深邃而清澈，目光中又有几分莫名的幽怨。

卓轻闲果然带给张骞一个突如其来的好消息：四路征讨匈奴大军中，一直杳无音信的卫青一部，终于传来大好消息。卫青居然避实就虚，一路辗转而进，挥师打到了匈奴龙城。

匈奴人逐水草而居，并没有真正的城池。龙城，只是代指匈奴单于长久居住并率众祭祀之地，虽然并非真正的城市，但意义也极为非凡，那几乎就相当于大汉长安的京师所在。卫青不但挥师直捣龙城，更斩首七百，凯旋而归。

汉天子刘彻苦心准备多年的反击匈奴之战，四路齐出，三路无功，只有青年将军卫青一战名扬天下。

十年磨剑的大汉，真正的首次出击，便获得一场意想不到的胜利。

张骞不禁热泪盈眶。他知道，卫青之所以能避实击虚，长途奔袭，背后一定有自己那份匈奴山河舆图的功劳。

卓轻闲接着说出一个让张骞更加惊喜的消息，心高气傲的军臣单于率大军返回龙城后，追寻卫青不果，暴跳如雷，竟染上重病。

"天赐良机！"张骞不禁仰天长叹，"十年了！是时候了，终于该咱们大展身手了！"

当日晚间，张骞来到左贤王的府邸。

左贤王颇有些惊喜。自从数年前，他将百余名大汉使团的成员尽数囚禁后，张骞便再不跟他说话，成了个装聋作哑之人。

"今日为何不请自来？是了！那也不算什么机密了，你知道卫青龙城获胜的消息了？"左贤王盯着这个老对手，呵呵一笑，"不过，卫青只能算是偷袭。以万人之骑，长驱直入，倒是颇有胆量，但终究是小打小闹，没什么气魄！"

"十年啦！"张骞在左贤王的对面慢慢坐下，"张骞很感激殿下这些年来未对我张骞和使团成员痛下狠手，所以特来看望殿下，以防来日看不到你这老朋友了！"

左贤王的脸色骤然一沉。脸色几番变换，他终是没有发作，沉沉叹道："先生有话，只管明言。十年了，我也很想听听你真实的想法。"

"殿下也应该记得，当年我说过的那个下策……现在时机已到！"张骞目光灼灼地盯着他。

左贤王眼芒乍闪，却没有说话。

"殿下素来心怀大志，但这些年来，你在做什么呢？为大单于守住西域右臂而已。哦，也许还有个最新的任务，替大单于看住我们这个汉家使团……"

张骞直视着那双闪烁的眸子。这多年来，他早已在眸子主人的心底播下了种子，现在各种机缘相凑，他已从那双眼内看到野心之苗正在茁壮钻出。

"这些年来，殿下略施手段，便将我使团牢牢困住。不过，看住我这个出访西域的汉家使团，就是你左贤王的使命吗？"

听得张骞这声棒喝，左贤王终于吁了口气："现在确实是个万事俱备的大好时机。"

"不！"张骞冷冷摇头，"对于殿下，不仅仅是个大好时机，而是生死一线的最后机会！或者活下来，在草原上君临天下；或者失去一切，连你和家人们的性命都无法保全。"

左贤王无语，目光越发冷厉。

"殿下难道以为，于单太子掌权之后，会让你这个王叔活下来？会让你继续在他鞭长莫及的休屠城蓄势待发？"

"我记得你说过，你一身所学，源自一门纵横家的学问。这就是纵横道吧？"左贤王缓缓言道，"告诉我，真正的计策！"

张骞却摇头一笑："张骞从不跟优柔寡断之人做无用之谈。"站起身来，拱了拱手，转身便走。

左贤王依旧不语，只是盯着自己的双手，沉了沉，猛然拔刀将眼前的楠木大案劈成两段。哗啦啦声响中，金盏银盘跌落满地，奉命在外看护的护卫侍女闻声急匆匆奔入，又被左贤王怒骂着喝退。

"恭喜殿下心意已决！"张骞没有转身，沉声道，"现在还有个最紧要的大事，军臣单于……到底是死是活？"

左贤王呵呵一笑，用金刀敲了敲已经断成两截的楠木大案，低声道："今早龙城飞鸽传书，大单于昨晚暴毙，太子于单秘不发丧！"

张骞霍然转身，道："我大汉有个典故，叫'明修栈道，暗度陈仓'。现在殿下的形势便有些神似。军臣单于突发急症而亡，龙城内乱成一团，太子于单肯定蠢蠢欲动，他这时候最担心的人，一定是殿下。所以殿下的当务之急，就是稳住于单等太子一系的心思，然后，兵贵神速，挥师一举击破龙城。"

左贤王一愕："既要稳住于单，又要兵贵神速，这二者又岂能得兼？"

"殿下为单于守护匈奴右地，最需防范的，便是兵甲数十万的乌孙。

自猎帕王子登上乌孙王位后，一直厉兵秣马，其志不小。殿下只需放出风声，说猎帕乘匈奴动荡，联合姑师国，挥师东侵犯边，你将亲提大军西去，抗击乌孙。这便是'明修栈道，暗度陈仓'！"

张骞眸中锐光流溢，缓缓道："大军西向、抵达乌孙国境后，殿下便忽然回师东指，以迅雷不及掩耳之势，直捣龙城单于王庭，一举可定大事。"

"果然是兵行险道呀！"左贤王心内如棋盘落子般，一着一着地复盘着张骞所说的战策，"辗转千里的奔袭奇策。但这个险，值得去冒！"

张骞微微一笑，心内却有些慨叹：这计策，于左贤王，是千里奔袭的险中求胜，但对于他张骞，则是一石二鸟之计。

他一直在拉拢义弟猎帕，想让乌孙成为大汉抗击匈奴的左膀右臂。这次左贤王忽然陈大兵于乌孙国境，哪怕不发一矢，也会在两国之间形成一道暗沟。

暗沟看似毫不起眼，但假以时日，便会变成鸿沟。那时候，乌孙便会彻底倒向大汉。

"张使君要随我大军西征吗？"此刻的左贤王显然无暇顾及那么多。他要的是掩人耳目下迅雷般的急攻。

张骞摇了摇头："张骞只通谋略，却并非真正的兵家。谋略已经说给了殿下，大军突袭时，便没有我的用武之地了。况且，近日来居次的病情有了极大好转，我不想前功尽弃！"

听他提起吉祥居次，左贤王凌厉的目光终于缓和下来，没有强求，只是意味深长地摇了摇头："张骞，你永远不会归顺于我，是吗？"

张骞望着这位阴沉的老对手，没有说话，只是笑着拱了拱手，心内却沉沉慨叹了一声：你不是我的朋友，你只是我敌人的敌人而已。但有朝一日，你也许会成为我大汉真正的敌人。

一番深谈，连番谋划。两日后，左贤王忽然挥师西行，亲率十万铁骑，直扑乌孙、姑师两国交界之地。

乌孙跟左贤王所控的这千里河西之地还隔着个姑师。左贤王兵进敦煌,再西进轮台,一路气势汹汹,惊得乌孙和姑师两国噤若寒蝉。

这两国虽然国土不小,但终究不敢与兵强马壮的左贤王抗衡,忙遣使说和。左贤王随即回师向东,借道姑师,翻越浑邪山,兵锋直指东北。

浑邪山的东北方,就是匈奴王庭龙城之所在。

就在左贤王率大军拔营远征的那一晚,休屠城郊的黑狱内,发生了一场精心策划的劫狱。

卓轻闲和吕英这对"东吕西闲"乔装改扮后,亲自出马。牢内被关押的汉使团精锐们早已得了消息,暗中准备已久,里应外合,顺利地便破狱而出。

张骞命令这些越狱而出的使团成员和随行商贾即刻赶回天幻堡,化整为零,赶回汉军驻守的得胜关等处潜伏。

他知道,这一百多人的使团出行,实在是太过惹眼,很容易被各路匈奴巡骑盯上。

他要开启新的远征。但这次远征,一定要轻装简从,只带最精干的部属。

劫狱得手后的暗夜里,使团大队人马奉张骞之命赶往天幻堡的同时,张骞率着甘夫、卓轻闲、吕英、云裳、风君天五位得力干将,悄然向西北挺进。

[作者按:史实中,大汉建元二年(公元前139年),25岁的张骞率百余人的使团经陇西郡进入匈奴之地,旋即被匈奴骑兵扣留,一直到汉武帝元朔元年(公元前128年),也就是身陷匈奴的第十个年头,35岁的张骞才从匈奴逃出,继续其出使大月氏之旅,身边只有一位从汉地带来的匈奴向导甘夫(史书上常记作"堂邑甘父")。军臣单于死于元朔三年(公元前126年)冬,也就是张骞从匈奴逃出的两年后。历史上的张骞远比本书中的主人公张骞要艰难困苦得多,与史实有出入之处,读者请勿深究。]

第十三章　十载昆仑，一朝斩关

夜色正浓，朔风阵阵。浩渺的天穹一丝云也没有，仿佛清澈的蓝紫水晶。那一弯金色的新月是别样的透亮，月辉当头洒下，将张骞一行六人纵马疾驰的身影拖出长长的影子。

"骞老大！"卓轻闲扬起那张已有些黑红的胖脸，"前行二十里，就是红柳林。已经安排弟兄在那里备好了八匹骆驼和十余匹良驹，干粮水囊也都已配好了的，足够咱们几人用上几个月。"

张骞嗯了一声，若有所思地扭头回望。

众人都随他向后望去。身后是一片黑漆漆的广袤原野，张骞的目光却直刺到那片沉暗的深处，仿佛那里潜伏着什么怪兽。

"有东西来了！"仍是甘夫最先警觉。众人仰头看时，却见一只巨大的金雕划空而过，如一道阴云般贴在夜空上。在那金雕身后，又有四五只秃鹫无声地盘旋着。

这种猛禽在夜间会视力下降，故而不愿深宵出袭。这时忽然数只齐出，除了月光明亮，显然都是经过了特驯。

吕英喃喃道："是五雕七鹫的人物。嗯，来了一位金雕客，四位银鹫手！左贤王好大的手笔！"

众人的心头都是一紧。左贤王麾下的高手，以五金雕、七银鹫、九铁隼为其中翘楚。其中的九铁隼真正所长便是跟踪侦缉，更因为首的铁隼矢志要为死去的兄弟报仇，一味苦战，失了先机，才被大巫凌度设计后一战尽歼。

相传，七大银鹫手全是天元道宗师，技艺较之九铁隼无疑高明许多。至于五大金雕客，则要更强一线。

张骞盯着天空中的奇异飞禽，呵呵一笑："这就对了！左贤王一定不会放过我的。"

双方较量了这么多年，知己知彼。他张骞至死不肯归顺，那么即将远征的左贤王就一定要杀了他。

那支汉家的大队使团可以越狱，因为左贤王还需要那大股人马帮他制造一下混乱。这时候，他需要各种混乱的局面，才能浑水摸鱼，乱中取胜。

但张骞，如果不乖乖地在休屠城待着，便一定要死。

宿命般的对手，早有了宿命般的结局。

"射！"张骞蓦地扬眉一喝。

甘夫扬手，数只袖箭激射而出，一只秃鹫嘶声哀鸣，从空中翻滚栽落。

但另三只秃鹫却巧妙地避开了甘夫的袖箭。那只巨大金雕居然不闪不避，倨傲地挥翅将小箭震飞。

"这扁毛畜生！"吕英怒喝声中，自背后摘下大弓，弯弓如满月，嗖嗖嗖连环数箭射出。

又一只秃鹫被羽箭射落，但另两只秃鹫和那巨大金雕则凭着禽类天生的敏感，振翅高飞，狡黠地划着弧线，逃之夭夭。

张骞望向甘夫："正主还没有来？"

甘夫侧耳倾听，沉声道："还在数十里外。"

"足够我们赶到红柳林了！"张骞点点头，"云裳，放傀儡兽，乱踪扰敌。"

云裳应了一声，自囊中祭出十余件大小不一的傀儡兽。

在偃术的驱动下，诸兽或飞或走，向四面八方散去，立时在原野上拖出数道几可乱真的马痕。

不多时候，众人已赶到休屠城东北的红柳林。

休屠城占地选址颇有门道。城郊之北有数条水道交汇的大泽，称为"休屠泽"。红柳林便是休屠泽之东的一片红柳林子。

早有卓轻闲安排好的死士，带着骏马、骆驼在此恭候，见到众人赶来，忙疾步迎上。

诸人正紧张准备，吕英见张骞兀自长眉紧锁，忍不住道："使君还在担心那一雕四鹫？不如咱们在此凭着地利布置好阵势，来个以逸待劳！"

张骞摇了摇头，沉吟道："我在想，金雕银鹫既然已经出马，为何却遥遥地只追不袭？"

"怎么？"

"左贤王既然已经发动，必会一发俱发，务求必杀。但他也知道咱们不好杀，甚至不想让这□雕四鹫跟咱们硬拼。"张骞遥望着暗夜的远方，长眉凝成一字，"我们要出使西域，路线当然是一路向西，左贤王自会加以推断。也许我们再前行二十里，就会遇见左贤王强弓劲弩的伏兵。"

吕英一惊："使君是说，金雕银鹫的任务其实是驱赶我们入伏！"

卓轻闲有些焦急："这边是休屠大泽。过了这片杂木林子，前方五十里有一处怪石滩，都是乱石，马跑不起来，为理想的设伏之地。可我们的路，就只有向西这一条啊！"

"不止这一条！"张骞眸中跃出一抹锐光，"我们改路，直奔西北，绕过冥泽，取道幻冥渊！"

"幻冥渊？"云裳不由惊呼一声，"那可是西域五大禁地之一呀！"

卓轻闲也惊道："不错。幻冥渊内有妖兽出没，在五大禁地中排名第二，其凶险程度，可说远胜天幻堡。在西域传说中，幻冥渊还有个更诡异的名字，叫'西王母的陵地'！"

其时西王母崇拜风靡整个大汉乃至西域，传说中西王母是法力无边的女仙之主，但偏偏这禁地的名字竟叫作"西王母的陵地"，听来便有一股阴森之气。

"西王母的陵地？"张骞轻轻叹了口气，扬眉道，"但那里绝不会是我们的陵地！左贤王此时全力以赴，北上与太子于单争权，用人之际，绝不会容许他手下的干将在我们这里多加耽搁。我推断，左贤王留给金雕客的时限绝不会超过三日。只要我们这次出其不意，甩开追兵，他们便只能无奈地赶回去复命。"

他习惯性地抬头望了下天空，收回目光的一瞬，却突然怔住了。

前方，丛丛干硬的红柳枝桠被什么拨动着，发出簌簌的轻响。一道窈窕的影子闪了过来，长发披肩，身材高挑，一双盈盈的眸子在暗影里闪着光。

"老实人，我终于找到你了！"吉祥居次笑了。她的美眸，她的皓齿，她的脸颊，都因为看到张骞的一瞬而闪出光来。她的整个人似乎都沐浴在一抹幸福的光晕中。

甘夫暗舒了口气，松开拈着袖箭的手。吕英和风君天却仍是目光灼灼，紧攥着剑柄。

"吉祥，你怎么赶来了这里？"张骞忙走了过去。

"我以为再也见不到你了。"吉祥一下子扑入他的怀中，哽咽道，"我去咱们种菜的苗圃，去了那个神山，找啊找，就是找不到你。我急得直哭，小红看见了，就飞出去找小龙，然后带着我来到这里。"

她说的"小红"，就是变身后满身火红的神鸟朱雀，那"小龙"则是对蜃龙的昵称。

张骞等人都暗自松了口气。显然，这对天然冤家般的神兽间有着某种神秘的联系，朱雀一定会感知到蜃龙，而只要找到蜃龙，自然就一定能找到张骞。

"老实人，我知道，你要走了，是不是？"她忽然从他怀中仰起头来，"你……你千万不要离开我，无论你去哪里，都要带上我。"

张骞蹙了蹙眉，摇头道："不许瞎说！我只是去个很远的集市，去采些好玩的种子，过两个月便回来。这路上很有些凶险，你是万万不能跟去的，回去乖乖等我……"

但无论他怎么温言抚慰、虚言恫吓前途凶险，吉祥都只是倔强地摇头。

最后他板起了脸，训斥她。她似乎有些害怕，却忽然拔出一把刀，颤声道："我是铁了心要跟你走的。我带来了这个金刀，你瞧我乖不乖？"

那把刀金芒闪闪，透着一股高傲的冷厉之气，正是当年吉祥居次纵横匈奴、所向无敌的凤翅金刀。自她心智受创后，便再也无法驭使这般神器。

"老实人，你不带我走，只管说一声，我死给你看！"说着，她把刀横在天鹅般的玉颈下。

张骞愣住了，额头甚至满是冷汗。

吕英忽道："老大，时候紧迫，当断则断！"他并指如刀，在胸前横了横。话虽不多，其意却已极为明显。在吕英等人的眼中，追兵很快就会赶来，如果不当机立断，很可能会受这痴呆女子拖累，何况这女子本就是左贤王的女儿。

"好吧！"张骞沉沉地叹了口气，"我带你走。"

所有人都愣住了。卓轻闲忍不住低呼了一声"骞老大……"，却终究没再多言。

"吉祥，我之所以带你走，是因为你是我的妻子！"张骞握住她的手，将那把刀轻轻地从她白嫩的脖颈边拉开，缓缓道，"但前方路途凶险，如果我照顾得不周，你就会死在路上。"

"吉祥愿意！吉祥是你妻子，吉祥死也要跟你在一起。"她执拗地望着他。这一瞬，她竟不再像是个孩子。

张骞心头一热，猛地将吉祥搂入怀中，说了声："记住，我要你好好活着！"

忽然给他抱住，吉祥的呼吸几乎都要停息了。她口里胡乱嗯嗯地应着，泪光涌动的美眸间，却有些深沉而愉悦的光彩在忽闪着。

张骞只是狠狠一抱，便即松开，转头望向众人时，已变得如岩石般冷硬，忽然拔出怀中的天刑剑，长剑指天，喝道："诸君，拔剑，祭天！"

吕英、甘夫等人的神情俱是一紧，也都拔出刀剑，齐刷刷地指向广袤无垠的天穹。吉祥眼中闪过些孩子般的兴奋，也学着他们的样子，扬起了凤翅金刀。

天上只有几点慵懒的疏星。天心那弯月轮如清水洗过般透亮，用一种清冷的目光，审视着下方密匝匝的红柳林前这几个刀剑向天的男女。

没有金鼓齐鸣，没有号角喧天，只有刀剑静静地遥指那轮明月。冷刃寒芒，却耀出比月辉还要凛冽的光彩。

"大汉使者张骞,奉天子命,率大汉使团,出使西域!我等立誓,任前途万险千难,此志不减一毫。壮心可填海,肝胆比金石!愿明月为证,苍天护佑!"

张骞一句一顿,朗朗念颂着,众人随着他朗声而颂,心内都觉热血沸腾。

念罢那句"明月为证,苍天护佑",张骞将天刑剑一挥,众人刀剑相击,发出一片清脆的欢鸣。

"诸君,上马!记住此日此时之誓言!"

张骞当先,翻身上了一匹乌骓马,天刑剑指向黑沉沉的远方。

"闯过幻冥渊,不但能甩开追兵,还能直抵我们本次出使的第一处邦国——楼兰!"

(凿空记第二卷 终)

王晴川·著

碧空记

第三卷

新星出版社 NEW STAR PRESS

目 录

1	引　子	
5	第一章：	幻冥渊
45	第二章：	楼　兰
78	第三章：	姑师火焰山
122	第四章：	兄弟相约，伉俪相知
154	第五章：	大宛奇局
183	第六章：	黄金迷城
219	第七章：	西行万里，收束百家
243	第八章：	扬眉奋剑，盛典争锋
293	第九章：	密计奇谋决圣山
336	第十章：	猎魔
375	第十一章：	登昆仑
403	第十二章：	等我回来
420	附　录	

引子

雾气弥漫，广袤的天穹，日光晦暗，只有绛红色的浓云阴沉沉地压在涿鹿之野的上空。

下方的大地上，尘沙飞腾，暴烈的战鼓声隆隆作响，直欲撕裂厚重的云气，以致撕裂整片大地。两支奇特的军队遥遥对峙，队列中的各种异兽不时发出奇特的厉啸。

轩辕黄帝和蚩尤率领各自部落联军，即将展开第三次对决。

此前双方曾小战九次，大战两次，黄帝没有占到丝毫上风。那两次大战最为惊心动魄。第一次大战，黄帝派出天女旱魃和神兽应龙联手出战，才堪堪敌住蚩尤手下的风伯、雨师两大术师。那一战，天空中狂风暴雨，大地上忽晴忽旱，当真称得上惊天动地。第二次大战，蚩尤布下迷雾法阵，将黄帝的大军牢牢困住，最后，黄帝靠着谋臣"风后"所造的指南车，才侥幸率军破阵而出。

这是第三次大战，黄帝希望毕其功于一役。此刻，他端坐在雕刻有七星符文的云车中，沉着地望向对面阵前的蚩尤。

蚩尤身高丈余，一张闪着金光的恐怖面具遮住了他的脸，全身古铜色的肌肉暴凸着，头上双角狰狞向天，散发出凛凛的杀气。

在黄帝、炎帝和蚩尤三大部落间，一直流传着有关那金色面具的神秘传说。据说那面具上蕴藏着绝大的力量，只要戴上它，就会神力无匹，所向披靡。

但轩辕黄帝却知道，早已神通无敌的蚩尤根本不需要什么面具的力量，之所以戴上那面具，是因为蚩尤本人生得太过英俊。这个巨人般的勇士生着一张五官精致俊逸的面庞，为了震慑各部首领和所征伐之敌，才不得不戴上那张面具。

当然，那面具还有另一个妙处。蚩尤所在的部落最先掌握了冶炼金属之法，其冶铜炼兵之术至今在各大部落间仍是遥遥领先。那青铜面具虽然造型狰狞恐怖，但花纹繁复，金光流溢，代表着蚩尤部族独步天下的冶金秘术。

他们造得出精美绝伦的青铜面具，当然也造得出锋利无匹的兵刃。

那面具是蚩尤的骄傲，也是蚩尤的资本。戴上面具的蚩尤，就成了横行世间的魔神。

现在，骑在黑色巨虎背上的蚩尤正望着黄帝，脸上露出微笑。即使恐怖的面具也遮不住他眼中的笑意，那笑意中蕴含着蚩尤惯有的傲慢和自信。

轩辕黄帝也向这位晚辈兼对手报以淡然的冷笑。

"主上，何时进攻？"黄帝的谋臣风后闪到黄帝身侧，低声提醒，"大军四集，所有的神兽都已布好阵势。那些神兽太难约束，拖下去对咱们会有不利。"

黄帝知道风后的话中深意。这次逐鹿之野大决战，双方都出动了许多怪兽。黄帝这边，有应龙、英招、黄龙等数只神通广大的神兽。这些神兽性子桀骜暴躁，自身的能量又大。论驯服神兽的本领，黄帝这边远不如无所不能的蚩尤。这般相持而不攻，神兽们蕴集的戾气和怒火，便如满溢的洪流，随时会有决堤而出的危险。

"再等！"

心有波澜，黄帝的脸上却定如止水。好在，刚说完这句话，他便看到一袭青色倩影闪到近前。

玄女！她终于来了。

女子青衣飘飘，美艳绝伦的脸上笼着一层英气。如此轻巧地穿越杀气冲霄的战阵，飘然闪到黄帝的身边，显示出女郎有着绝高的修为。

她正是黄帝苦苦等待的人，有着"战神"之称的玄女。

当世只有两人堪被称作"战神"，一为勇武无敌的蚩尤，另一个便是这明丽如花的女子。她是西方神秘部落大巫西王母之徒，已是尽得西王母绝学，尤精于战阵之法。

目光相接的一瞬，黄帝和玄女二人的眸间都耀出了光彩。其中有重任完成的释然，有大战将至的激励，更有久别重逢的喜悦。

"师尊……终于来了！"虽然相思已久，但玄女来不及跟黄帝说什么体己之语，上来便将自己这次辛苦完成的使命告知了他。

玄女是西方神秘部落首领的弟子。那位部落首领是个女人，也是位神秘的大巫，人称"西王母"。

顺着玄女手指的方向望去，轩辕黄帝看到了阵势西侧那团团漫起的青色云气，青云深处是一位身姿窈窕的美妇，雾鬓风鬟，衣袂飘飘。

果然是她！当世名气最盛的大巫，西王母。

黄帝的心底又惊又喜：她终于肯来了！在她身后，应该便是她那训练有素的部落军阵。

此刻，他的战阵前方，气吞八荒的蚩尤仍旧在高傲地冷笑着。他显然全没意料到，一支足以扭转战局的神秘力量已经悄然来到了两军战阵的西侧。

几乎是心神交感，在黄帝望向西王母的那一瞬，西王母明艳而深邃的美眸也穿过层层云雾，向他望来，随后是嫣然一笑。

轩辕黄帝也对其开颜而笑。她的笑风情万种，光彩夺目；他的笑气韵温煦，暖如春风。

只是，他的目光中有着一丝震惊。他与她早就相识相知，相互倾慕，但直到此刻，他才明了她深不可测的神通。果然是当世第一大巫，西王母几乎能自如地控制云气，甚至能令神通广大的蚩尤也难以发觉她的到来。这几乎就是传说中的天神境界！

然后他的目光落在西王母身边那只巨大的白狐身上。白狐身后，九只巨尾悠然轻摆，散发着傲视天下的强大威压，那双倨傲而冷酷的眸子，则死死地盯住了魔神蚩尤。

玄女仿佛看出了黄帝心中的震撼，微笑着说道："强大吧？所以，我们会取得最终的胜利。"

黄帝则意味深长地低叹了一声："也许胜利之后，真正的大战才刚刚开始。"

"击鼓！"黄帝抽出红光灿然的昆吾神剑。

以雷兽之骨所做的鼓槌，在以神兽"夔"之巨皮所制的鼓面上，敲出震天动地的鼓声。鼓声起时，风云变色。

是日，轩辕黄帝率领有熊部落联盟，与蚩尤所率的九黎部落决战于涿鹿之野，在西王母等部落的帮助下，最终大败蚩尤所部。

战神蚩尤被擒，生死不明。

这一战被记载于上古奇书《山海经》中。后来，战败者九黎部落首领蚩尤被妖化为神魔，这次涿鹿之野的决战也被后人记为第一次神魔大战。

第一章

幻 冥 渊

天亮了,东方露出一丝微曦。

前方的大漠,犹如褐色的大海。在晦暗的晨晖下,连绵起伏的沙丘都带着灰蒙蒙的暗影,仿佛那里面蹲着无数的怪兽。大漠之上,只有风在咆哮着,那单调的声音更衬得人们的落脚之地冰冷、死寂而阴森。

"这幻冥渊,为什么又会叫做'西王母的陵地'?"

云裳的声音很快就被一股风声淹没。风里面都是沙子,众人急忙缩颈掩面。甘夫警觉地抬头远观。灰茫茫的天宇上,没有看到金雕等飞禽的影子,看来追兵还没有赶过来。

太阳钻出来后,沙地上便开始散出热腾腾的气息。

一行人艰难前行。大漠之上,偶尔能看到几棵枯死的胡杨树,它那扭曲的枝干兀自倔强地耸向苍穹。那天上的云彩也怪,厚厚的,如城如山,远远望去,似乎一直垂落到地面。

卓轻闲仰头望着天上的浓云,对甘夫道:"不用那么紧张。如果追兵远远地缀着我们,看到我们走入幻冥渊,他们就可以回去复命了。因为幻冥渊位列西域五大禁地之二,排在最神秘的猎魔坑之后。在匈奴人的心目中，进入幻冥渊的人，都已是死人。"

"我来过这里。"吕英缓缓道，"虽然没有深入，但总觉得这里没有传说中那么可怕。至少同为西域五大禁地，幻冥渊未必就比天幻堡恐怖多少。"

张骞点了点头。他曾密令吕英在西域四处闯荡，勘探地形，对这幻冥渊并不算太过陌生。正是因为有备在先，他才敢于率众挺进这处传说中的死地。

卓轻闲冷哼道："自以为是！在西域五大禁地中，天幻堡的凶名还在幻冥渊之后。当日若是你孤身一人，只怕也未必能出得了天幻堡吧？"

蜃龙在张骞袖中探出头来，冷哼道："什么叫凶名还在幻冥渊之后？老子当年可是隐藏了实力！不过啊，骞老大，这幻冥渊里面可着实不太平！小心，千万要小心！"

听到话痨神兽的提醒，众人的心都沉了下去。

行过多时，日头变得热辣起来。阳光照在无边无际的大漠上，映出点点黄光，仿佛无数条金色的小鱼在跳跃着。

苦撑着行到快晌午，太阳光毒辣辣地直刺下来，将众人身上的汗水迅速地蒸了出来。

吕英道："其实这里还有个名字，叫做九龙堆。故老相传，数百年前，有一位神通广大的大巫，在这里降服了九条凶龙。在我无为学宫的传说中，有老子当年西渡流沙时、曾在大漠中降服九大凶龙的故事，那地方也许就是这里。"

"小心，前面真有凶龙来了！"甘夫忽然眼望远天，惊呼出声。

天地间异象突起。前方的沙丘后面冒出了一道黑烟，那黑烟形若苍龙取水，伴着一道道惊雷声，滚滚而来。随之狂风大作，天地间都化作一片苍黄颜色。

"是乌龙暴！"卓轻闲声嘶力竭地喊道，"大家小心！快快下马，聚拢骆驼。"

"乌龙暴"是草原牧民对大沙暴的称呼。风君天等连忙扯着驼马，聚拢过来。骆驼早已警觉地卧好了。张骞急忙招呼吉祥和云裳二人裹好毡子,缩在最强壮的骆驼身后。

"不是一条乌龙暴!"甘夫喊道,"那边也有。还有那边,都向咱们这里来了,怎么会这样?"

果然,数条龙形沙暴在远处沙丘间打着旋儿,扭曲着黑蛇似的庞大身躯,向这边疾转而来。

"小瘦猴你这张臭嘴!平白无故地,提什么九大凶龙?奇哉怪也,居然真有九条!九条乌龙暴,当真是匪夷所思、丧心病狂……"卓轻闲气急败坏地怪叫着,但他的嘴里马上便灌满了沙砾。

头一道乌龙暴已气势汹汹地卷到众人近前。

漆黑的暗影迅疾弥漫,眨眼之间,天地间已是一片黑黄的颜色。

飓风卷着黄沙,劈头盖脸地扑过来,众人的皮肤都像是给无数细锥子飞钻着、打磨着,令人心神震撼。都说这幻冥渊是禁地、绝地,其中的天地之威果然凶悍无比!

众人裸露在外的面部、脖颈、手掌被砂砾击打,万分难受。吕英、风君天索性双双振腕出剑,剑气汹涌,轰向劈面而来的狂暴乌龙。他们这样的剑术高手,以剑气对抗沙暴,既是自保,更是一次难得的历练之机。

两道沉浑弘大的剑气,合击沙暴,竟绞得滚滚黑沙的龙形巨躯顿了一顿。

"小心,那几条乌龙暴也到啦……"卓轻闲又大吼提醒。

话音未落,两条龙形沙暴已鼓荡而来。

"怪了!"云裳惊呼道,"这里面都是骨头。哎呦!还有骷髅……"

这两条乌龙暴的"龙躯"比先前那条要细小一些,但黑沉沉的狂沙内,竟是席卷着许多白骨,更有一些骷髅在狂沙中起伏盘旋。

惨白的骷髅不时从黑沙间窜出,上下弹动,看上去触目惊心。

吉祥居次啊地一声大叫,身不由己地钻入张骞怀中。

张骞一把搂住她,大吼道:"大家小心!这里是被人布置下了法阵。这些乌龙暴,都是法阵调动的地煞所致。"

又有两条乌龙暴呼啸而至,却是挟着凄恻的怪啸。啸声震耳欲聋,仿佛有无数怒鬼在号哭。

"联剑,结阵!"张骞嘶声大吼,振臂挥出天刑剑。

甘夫抽出日月神刀,卓轻闲亮出星槎剑,云裳也急忙祭出天宰傀儡。

众人刀剑并举,罡气相接,将窜到近前的一大片锐啸的骷髅震飞。

"这九道乌龙暴确是法阵!"吕英一剑当先,大喝道,"他们一直在变化,有的是骷髅,有的是枯骨,更有黑沙、鬼哭、兽叫……难道这里真的被镇伏了九条凶龙?"

"既然是法阵,便有迹可循。大家随我走,退向西北方!"无数诡异的嘶号啸叫中,张骞的声音响了起来,那声音依旧沉稳,带给众人一种安定的力量。

张骞艰难地睁大双眼,全力推算方位,之后喝道:"再向东北。跟紧我!快,穿过那枯骨沙暴和骷髅沙暴……"

众人踉踉跄跄地疾奔过去。在他们的身侧,一边是白惨惨、密匝匝的枯骨,一边是拥挤着盘旋着的骷髅,伴着阵阵厉鬼般的嘶号,从两侧飞撞过来。

但张骞将方位估算得极好。他一剑当先,率人在两道乌龙暴聚拢之前,奋力冲了出来。

众人一鼓作气,狂奔了多时,陡然间,只闻得一声霹雳炸响,鬼怪般怒啸的声音停了下来。

众人眼前骤亮,竟是重新回到阳光之下,虽然那阳光还有些昏沉。

回头看时,那九道龙形沙暴兀自在相互飞撞、相互挤压,然后凝聚在一处,化作一道暗红色的庞大巨龙,飘向远方的天地交接之处。

众人死里逃生,这时才觉得浑身精疲力尽。与突如其来的天威的一场苦战,几乎让每个人都耗尽了体力。

"这里又是什么鬼地方?"卓轻闲揉着肥壮的腰肢,望向前方现出的一片奇异景物。

莽莽黄沙间,错落分布着几座奇异的突起,乍看上去,像是塌毁的屋垣，走近细瞧，才看清都是些巨石，与其说是人工雕砌，倒更似天然风蚀而成。巨石并不多，只有十多块，都是些光秃秃的石柱石块，被风沙打磨得很是圆滑，仿佛已历经千万年的时光。

这里的一切都了无生机，却有一股难以言喻的阴森气息弥漫其间。

穿过这片石块，往前行不多时，众人眼前已是一片空旷，只见一座石殿孤零零地耸立在苍黄的日色下。

与先前那片犹如风蚀的残缺石壁不同，这是一座人工修筑的建筑。石殿造型颇为古拙质朴，石上棱角已被风沙磨尽，不知经历了多少岁月。石殿矗立在大漠之上，犹如一位阅尽繁华、风韵将逝的美妇，寂寞而又黯然。

"这地方叫做西王母的陵地，难道这石殿就是西王母的陵寝？"风君天苦笑着说了一句。他本想说句笑话，让众人轻松一下，但话一出口，却觉得这话题一点都不好笑，甚至还有些阴森森的。

卓轻闲却一本正经地摇了摇头："不像是一座陵墓，倒更像是宫殿，只是太古旧了，那简直是……远古时期遗留下来的。"

似乎知道有人到来，那石殿内忽然间耀出辉光。其时日光晦暗阴沉，石殿内却是灯火通明。

了无生机的大漠黄沙之中，一座荒芜已久的石殿突然灯辉闪耀，当真是万分诡异。这古殿原本有如迟暮美妇，此刻随着那耀目的灯火亮起，却似妇人立时散发出万种风情，生出无尽的妖异魅惑。

"你们听到了么？"云裳惊道，"我听到了歌声！似乎就是从那石殿中传来的……"

所有的人都听到了歌声。那是个柔媚的女子的声音，虽然断断续续，却细若游丝般传入每个人的耳中。歌声颇为凄婉，虽然听不清唱的是什么，但那股子幽怨却直透入每个人的心底。

"不要都看着我。"吕英轻叹了口气，"那次远游，我没有见到这石屋，只听说过关于这里的传说。据说这里有一座远古遗存下来的石殿，跟西王母有极大关连，甚至有可能就是西王母的陵寝。这么多年来，有许多西域的巫师术士冒死进入此地探秘,希望找到西王母的秘密,但没有一个人完好地活着回来。"

"什么叫……没有一个人完好地活着回来?"甘夫问。

"再往前的年岁不得而知,我只打听到,近几十年,探秘这座石殿的人,只有一人活着回来了。他就是龙缺大巫的师叔、匈奴上一任大巫南科,一个修为近乎神的存在的人。他进入石殿后,被困了月余,但终于闯了出来,却变得疯疯癫癫的。"

众人的心顿时一沉。大巫龙缺的师叔,在匈奴留下很多传说的上一任大巫,却在此受困,以至于疯癫!也不知眼前这座灯火辉煌的石殿内到底埋藏着什么可怕的物事。

风君天道:"会不会是有人在里面装神弄鬼?"

"这里没有丝毫生机,绝不会有人在里面。"卓轻闲摇头,又感慨万千地叹了口气,"真想去里面看一看呀!"

他说出了所有人的心里话。越是可怕,越是神秘,就越诱惑着人想去一窥究竟。只是大家又都在拼命克制,谁都知道,那地方就是一处死地。

"小心,只怕沙暴又要来了!"最先示警的仍是甘夫。

众人扭头望去。只见来时的方向,那处遥远的沙丘顶端,又腾起一道乌龙般的恐怖沙暴。

大家的心中同时一寒。适才的那次死里逃生太过惊心动魄,望着那团扭曲盘旋的黑色巨龙,众人都是心中惴惴,暗自估算着那乌龙暴要袭击的方向。

"吉祥呢?"张骞忽然大叫一声,"吉祥去哪里了?"

吉祥居次不见了!他清楚地记得,先前大沙暴逃生时,她一直紧紧地揪着自己的手,自己也紧紧地攥着她的手。

众人四处张望时,蜃龙倏地窜到张骞的肩头,惊叫道:"她在那儿!她要进那石殿。该死的小红,怎么也不提醒她!"

它口中的"小红"自然就是吉祥身上的那只神鸟朱雀。因为要穿越大漠幻冥渊,蜃龙没有美酒可喝,大觉意兴阑珊,大多时候都是缩在张骞怀中大睡。这时候它这一喊，倒颇为及时。

天地间一片昏暗，只有一处地方最为辉光闪亮，就是那座神秘的古殿。吉祥居次不知何时已走到宫殿前，正款款地踏上台阶。这石殿造型极为古朴，但殿前还是有十余级台阶。

诡异的辉光映照下，她拾阶而上的背影显得颇为妖艳。

张骞嘶声喊道："吉祥！站住，赶快回来！"

吉祥站住了，却扭过头笑了笑："老实人，我想进去看看。"说着，翩然踏上石阶，只一晃，妖娆的背影便消逝在殿口。

"吉祥！"张骞大吼，飞步奔出。

便在此时，卓轻闲一扭头，悚然道："那些乌龙暴又来了！怪哉怪哉，这些沙暴竟好似……要将咱们逼入那座石殿。"

数道乌龙暴从多个方位摇摆着狰狞的粗黑身躯，向这边席卷过来。卓轻闲连连吆喝，招呼众人，牵着驼马，冲向石殿。

说来也怪，到得石殿前，便觉得风声小了许多。数道乌龙般的沙暴，只在石殿数丈外盘旋呼啸，却并不逼近。

众人却看到了石殿前那古旧石阶下，黄沙中半隐半现的累累白骨。

此地既然号称"西王母的陵地"，无数年里果然有不少来此探险之人。他们都是自恃神通广大的巫师，可惜尽皆埋骨于此。

"吉祥，你在哪里？快快出来！"张骞仰头向殿内大喝。

这一仰头，张骞却发觉那十几道石阶看上去层层叠叠，仿佛无穷无尽地延展出去。

殿内没有任何声息传出，甚至连回声都没有，张骞却分明觉得一股难以言喻的冷酷、刻毒、阴森的气息正从石殿中弥漫而出。

此刻，幻冥渊外，一彪人马正气势汹汹地赶过来。

硕大的金雕发出尖锐的哀鸣，摇摇摆摆地从云端扑下，落在一名高瘦老者的肩头。那老者面容瘦削，双眸冷厉如刀，正是此次领命伏击张骞等人的金雕客库欣。

库欣的修为早已迈入天元道，对身周的地煞感应极为灵敏，知道此地凶险异常。他手上尽力安抚受惊的金雕，同时向身旁的锦袍青年微笑道："雪枭大人，我们可以回去复命了么？"

那锦袍青年看上去有二十七八岁，锦袍貂帽，面目颇为俊逸，只是脸色极白，似乎是经年不见阳光般，没有一丝血色，显得极为冷酷。

他就是数年前那次天选大会上奇峰突起的神秘高手丹提王子。这丹提本是匈奴一个部落的王子，自幼跟随西域的神秘高人学艺，后来被左贤王收为义子，成为左贤王的嫡系亲信。因其面色苍白，出手阴狠，故此被人称作"雪枭"，已很少有人还记得他本来的那个丹提王子的大名。

"本想虚张声势，逼迫张骞进入我们布好的埋伏，没想到他见机倒是真快！"雪枭冷冷摇头，"可现在我们却不能回去复命。万一他们穿过了幻冥渊那片死亡之海呢？"

金雕客库欣没有吭声，却是若有深意地瞟了眼身边的银鹫客首领屈勃。这次雪枭带来了大批休屠城死士，但这些人当中的精锐，还要属五大银鹫和一金雕，资历最深之人，除了金雕客库欣，便是五大银鹫客的首领屈勃。

屈勃修为深湛，却因性子暴躁，仍屈尊在银鹫客之列。听到雪枭的话，他当下便轻蔑地哼了声："难道神通广大的雪枭大人要追入幻冥渊？呵呵，我们是不会跟你进去的。"

雪枭冷然说道："义父有令，对这张骞万不能以等闲之辈视之。他不是疯子，如果没有些把握，怎能自投死地？我查了路线，既然不能深入禁地，那我们就绕过去，直扑楼兰。我们当然会慢一些，但他们也快不了多少。无论如何，我们一定要知道张骞是死是活。"

"大老远地赶赴楼兰？"屈勃冷哼道，"我瞧完全不必。雪枭大人想去楼兰大展神通，便请自便，我们可不奉陪了。"

"哦，不奉陪了么？"雪枭点点头，望着屈勃笑道，"很好！"

他的笑容很淡漠，目光很平和。

屈勃也倨傲地望向对面的青年。按资历，他早该晋升金雕客了，对这个左贤王的义子很有些瞧不大上。这时他更盼着早一点去追随左贤王，在战场上多立战功，对这等无聊的追击大是不耐。

二人目光相交，雪枭那俊逸的眸中陡然闪出些亮光来。屈勃触目之下，心神剧震，只觉那亮光内有一只无形的怪手，一把揪住自己的心魂，将自己的心神拖向躯壳之外。

旁观的金雕客库欣暗自一惊，隐隐觉出有异，却还不敢确定，心想，就算这小子胆大包天，也不敢对银鹫客之首痛下狠手吧？

屈勃更是大惊。见对面的雪枭依旧笑意从容，他连忙暗自凝定神意，但心神才动，却见对方那明亮而深邃的眸子内骤然间变得气象万千。

那眸子内有大海、有深山，更有无数道彩虹腾起。彩虹间是一只硕大无匹的狐狸头，狐狸的双眼发出璀璨的锐光。

屈勃觉得自己的心神已渐渐脱离了躯壳，直向那片锐光扑去。

他厉声大叫，提起全副心意神气，向回疾夺。

那片锐光则是骤然跃出千百道霞彩，狐狸的巨头随着屈勃的神意回夺而飞撞过来，下一瞬，屈勃的心神便被一只妖异的狐狸巨头完全占据。

刀光骤闪，血光迸飞，屈勃的人头疾飞上天，无头的尸身一下子扑倒在地。

大名鼎鼎的银鹫客首领甚至连兵刃法器还没有拔出，就被雪枭轻松斩杀。

金雕客库欣和余下的四名银鹫客，乃至数十名休屠城铁卫齐齐惊呼出声。

"好了！"雪枭收了刀，悠闲自得地拍拍手，"挺进楼兰，现在大家没有异议了吧？"

他自怀中抽出一枚金灿灿的令牌。众铁卫看清令牌上背生双翼的猛虎形象，登时大惧，忙伏地叩头。他们都认得，那是左贤王帐内级别最高的飞虎金牌，见令牌如见左贤王。

"你们应该很奇怪，为何我先前不拿出金令来？"雪枭轻轻掸了掸锦袍，"这令牌代表权力。我喜欢权力，但是我更相信实力。有一个不服管教、倚老卖老的家伙跟着我们，只会让我们的实力受损。"

他冰冷的目光直刺库欣。金雕客登觉浑身一寒，忙躬身道："我等谨遵雪枭王子号令！"

雪枭满意地点了点头，又高高举起金牌，傲然道："此次西行，我等还有多重使命，绝非简单地只为了一个张骞。有此令牌，就可以调动西域三十六邦的兵马。来吧，让我们看看，谁才是西域的主宰！"

十余级石阶早被风雨打磨得溜光圆滑，显是经过了千百年的岁月。

众人拾阶而上，却觉得脚步轻快异常。

"我听到了一个声音。"云裳幽幽地说道，"那声音似乎在向我呼喊，来吧，赶快来吧……"

"留神，守住自己的心神！"张骞沉声道，"这里的一切都在引动人的心魔。"

石殿早已没有了门。众人踏上最后一层石阶，向内望去，只觉得里面朦朦胧胧的，什么都看不真切，甚至看不清石殿的大小，只觉得一股阴恻恻的冷酷气息在悄然弥漫。

张骞又高喊了几声"吉祥"，却仍是毫无回音。他脸色一紧，肃然道："听我号令，诸位在此不得擅离，我要进去救她。她是我的妻子，无论如何，我不能让她有何闪失。"

他回望那些鼓荡的狂沙："只要大家在此不动，就不会被乌龙暴侵袭。这石殿看来颇为凶险，如果十二时辰之后我还没有出来，大家便要立即离开。"

甘夫道："大哥，我随你去！"

张骞摇头："你还是留下吧！大队人马穿越这片幻冥渊，还需要你的直觉和天赋。诸位……"

风君天最先笑了起来："使君，这号令，恕我不能遵从。"

吕英则很直接地说了几个字："恕我不遵号令！"

卓轻闲苦笑道："恕我也不遵此令。骞老大，大家各有所长，同进同退，或能取长补短。"

望着那些毅然的目光，张骞只得沉沉地叹了口气："拴好驼马，大家一起。"

石殿的门窗早已朽腐，众人从门洞的位置缓步而入。

这石殿自外看时并没有多大，但进得门来，却觉得里面仿佛别有洞天。大家游目四顾，只见殿内的空间竟是十分轩敞，哪怕聚上数十上百人，也不会觉得拥挤。

空旷的石殿正中，设有石榻石案，却都是极久远的样式，显得有些简陋。石殿内也不知被人设置了什么法阵，在这样一个空旷的空间内，不见丛生的杂草，甚至连灰尘都没有多少。

大殿当中的石案上摆放着一面铜镜，镜上放出熠熠光华，映得满殿生辉。隐隐然还有歌声从镜内传出。看来众人在殿外所见的辉光、听到的歌声，都是这面奇异的铜镜所发。

众人呆愣之际，甘夫忽然呻吟了一声。

"贤弟，你怎么了？"张骞望向甘夫。

"大家小心！"甘夫的脸色很难看，"我觉得这里面非常恐怖。"

众人心中都是一紧。甘夫不懂阵法，但是他的直觉极准。更重要的是，他平时不管在哪里，都是稀松平常的神色，吕英甚至记得，这小子当日在天子驾前力扛支离舒的时候，依旧面色平静。但这时，他的脸色却非常难看。

一股阴冷的气息瞬间袭上众人的心头。张骞忍不住说道："大家聚拢过来，不可妄动。"

他四下仔细观瞧，见石殿四周的壁面上刻着许多符咒。符文曲曲折折，形如蝌蚪，带着远古的气息，他竟是一个都不认得。夹杂在符文中的，还有许多八卦符号，却也极为古朴怪异。

卓轻闲的考据癖又发作了。他凝神盯着石壁看了许久，才道："这些符文的文字太古老了，远在春秋之前，那是什么文字？还有这八卦，绝不是周易……奇了奇了！难道是黄帝时期的归藏易？"

古奥难辨的远古符文，黄帝时期的归藏八卦，让四壁生出一股难以言喻的强大威压。

石壁上更为醒目的，还有一些奇异的刻痕。刻痕中也有些古远的文字，同样冷僻难识。还有许多刻痕，则是很随意的横竖印痕。

"这些横竖道子，应该是剑痕。这人的剑道修为极深！"风君天对剑道钻研极深，忍不住叹道，"却不知他为何挥剑斩壁？"

"因为他就是被困于此的人。他满腔愤恨，才会挥剑斩向石壁。"张骞叹道，"这些符文和归藏易，都是为了要困住他而布的法阵。"

众人更是心中大惊。如此神秘高深的法阵，是谁人所布？他要困住的那人，又到底是谁？

风君天还在凝望那些奇特的剑痕，有顷之后才喃喃道："我说错了！那人绝不仅是剑道极深，而应该是登峰造极……不，也许登峰造极都无法形容此人的剑道造诣。"

"此人的剑道，应该是神而明之！"吕英凝视着那些剑痕，双眸溢彩，轻叹道，"这里的每一道刻痕都似是那人随手而出，却变化繁复，出神入化。我甚至不想走了，在这里观看石壁上的剑意，哪怕看上一年两年，都心甘情愿。"

说话间，他伸手触向石壁上的剑痕，似在追摩刻痕上的剑意。

他顺着剑痕轻抚，却见异变陡生，原本密实的石壁上忽然现出了一门一窗。

众人向窗外望去。窗外是一座幽静明澈的大湖，湖上有白云飘浮，湖岸有碧草连天。

众人不由齐声惊呼。转头四望，却见其余三面石壁上也都现出了门窗，窗外全是碧绿草坡，花树婆娑，水草繁茂。

"怎么回事？"云裳惊呼道，"为何这石殿外竟是这般天地？有大湖、有青草，风光无限！"

风君天道："只怕是幻象吧？"

卓轻闲沉吟道："阵法的幻象都是因人而异，为何大家此刻看到的，却是一样的奇秀风景?"

大家心底寒意升腾。假如这些不是幻象,反而更加骇人!这里是沙漠深处,如何会有碧波明湖和奇花异草?

吕英苦笑了一声:"也许,我们是一起发疯了。"

张骞再次高呼了几声吉祥,却是仍无回音,只得叹道:"我们出去看看,不可独自妄动。"

四壁都是有窗有门,众人逐一推开一道道半掩的石门,便见外面鸟语花香,踏步而出,竟当真可以远眺宁谧的大湖,看波光粼粼,听水鸥轻鸣。

转了一圈,重回石殿之内,卓轻闲忍不住摇头晃脑地叹道:"波光潋滟兮银湖如镜,水天一色兮乐而忘返。可这又怎么可能?这里明明是在大漠深处!"

云裳苦笑道:"如果这是真的,在此地待上一年半载,却也不错。"

众人心底同时生出一种懒洋洋的念头,觉得就是在这里待上一辈子,那也逍遥快活得很。

"我觉得,这也许不是幻象。"甘夫闷闷地开了口。

云裳笑道:"不是幻象,那是什么?你又发痴了?"

"我有一种奇怪的感觉。我们看到的,也许是真实的,却又非完全的真实。"甘夫摇了摇头,犹犹豫豫地说道,"我只是能感觉到,却说不清楚。"

"甘夫说得是!这不是幻象。我们所见,很可能就是真实的!"张骞的话,让石殿内陡然静了一静。

他拍着自己的额头,似乎极力想静心凝神:"只不过这些真实的场景,应该是两千年之前,也许是三千年之前的景象。"

厅内一阵哗然。卓轻闲惊道:"这倒也有可能。想想看,为什么这地方的名字叫做'幻冥渊'?我听牧民们说过,这里在很久很久以前,确是有水有泽的。正所谓沧海桑田,在两三千年前,这里说不定真有一座大湖。有水,自然花草繁茂。其后大概是河流改道,黄沙侵袭,才慢慢变成了这么一片茫茫大漠。"

吕英奇道："那为何我们会看到两三千年前的景象？"

张骞道："石壁上密布的八卦符文中，出现最多的卦象便是兑上坎下之卦。坎为水，兑为泽，水在泽下，是为困卦。这里是一座困阵。这座困卦法阵太强大了，它甚至……困住了时光。"

众人心中骤寒。连时光都能困住，这才是真正的困阵啊！如此强大的法阵，不知是何人所布。

张骞轻揉着额头，喃喃道："当年被困在这里的那个人，修为早已神而明之。如何才能困住他？最好的办法就是让他处在一个时间循环的世界中，这才是真正的困。"

卓轻闲面现惊惧："可能你们没有在意，我们适才在石殿四周转悠时，我默算了下时间，应该至少花了半日时光，可是那日光，却一直没有变化。"

"不错。不知是如何触发的，这座法阵应该已经启动了。"张骞的声音透着一股寒意，"它开始展现当初它记录的时光。我们已经陷入了这座时光法阵。"

"怪不得连龙缺的师叔都要在此疯癫！"吕英郁闷地说道，"难道我们也处在那个循环的世界中，跟那个人一样，对着窗外重复的风景发呆？"

卓轻闲道："日安不到，烛龙何照？时光循环时，只怕这里永远是日光朗照的白日吧？这时候，我倒好想看到黑夜……"

"那倒好！"云裳懒洋洋地笑起来，"连黑夜都没有的时光，我们岂不是长生不老了？"

没有人笑。所有人的神情都很紧张。

风君天道："如此强大的法阵，历经数千年风沙侵袭，却依旧能如此恐怖地运转！当初是谁布阵，又是要困住谁呢？"

"看那归藏易，再有这沧海桑田变迁的明湖与大漠，可知布阵之人极可能在周文王之前，甚至是黄帝时期。"张骞沉吟着说道，"维系法阵数千年不衰,这人当真是手段通天!而他要困住的那人,只怕也很可怕。"

风君天的眸间忽地跃出些暴戾之光,喃喃道:"我不怕死,却怕这般不死不活地困在这里。怪不得连修为通神的南科大巫都在这里发了疯!我们会不会就此疯掉,跟殿外那些横七竖八的白骨一样?"

冰冷的寒意瞬间弥漫了所有人的心间。龙缺的师叔修为绝顶,最终虽是逃出了石殿,但他却疯掉了。也许在他心底,是一辈子都无法逃出这座石殿的吧?可自己这些人呢?是疯掉,还是永远埋尸黄沙?

"我们不会疯,我们会出去!"张骞双眸一灿,一字一句坚定地说道,"因为我们能知道的,应该比南科大巫要多。而且我觉得,当年被困的那人,最终仍是破阵而出了。"

最后那句话有如石破天惊,众人的眼前均是一亮。吕英道:"那人逃出去了?你如何肯定?"

张骞默然摇了摇头。甘夫却闭上了双眼,缓缓道:"跟大哥一样,我也有如此感觉,那个人应该是逃出去了!"

吕英双眸闪烁,说道:"剑道出神入化,被困而又逃脱,那人到底是谁?"

"刚才云裳说到长生不老,我倒想起了一个人,西王母!"卓轻闲忽道,"别忘了这幻冥渊另外的那个名字。"

云裳大为惊奇,说道:"你是说此地号称'西王母的陵地'?难道那人要困住的竟是西王母?这当真是胡思乱想了!西王母是个神仙,怎么会被人困在此处?"

"真正的西王母不是神仙!"

卓轻闲一本正经地说道:"据本公子考证,西王母的真身应是一个西方古老部落的女首领。她术法高明,几乎成圣成仙。她的威名极大,甚至在黄帝之时便已远震中原,连黄帝都曾得到过她的帮助。"

见众人个个一脸不可置信的样子,卓轻闲哼道:"不信么?不要忘了本公子的身份,乃是诸子百家最后的一位小说家。本公子这些年全面搜罗西域各部的民间传说,已是彻底证明了这一点。西王母出身于一个以女性为首领的奇异部落。在楼兰,在姑师,都曾流传着关于她的神秘传说。

"而在我们中原汉地,也曾有神话流传——黄帝大战蚩尤,西王母遣弟子玄女下凡相助。玄女传授黄帝兵书,最终大胜蚩尤一族。真相却是,黄帝与蚩尤这两大远古部族交战,术法通玄的大巫西王母率领着自己部族的高手玄女等人,力助黄帝,取得了最终的胜利。"

吕英苦笑道:"依你所说,难道这法阵内所困的,竟是与黄帝同时的那位术法无敌的大巫西王母?"

"极有可能!"卓轻闲一本正经地点头。

话音才落,众人蓦地听到鼓荡而来的啸声,那是无奈的嘶喊、凄冷的质问、幽怨的哭泣,还有愤怒尖锐的长啸。夹杂其中的,还有许多怪兽的嘶吼,有深沉的龙吟,有尖锐的鸟鸣,有凄楚的狐狸鸣叫。

四壁上的那些剑痕竟也仿佛活了过来,从壁上跃起来,纵横起落,连绵不绝,挟着一道道锐利的剑鸣,一剑又一剑、疯狂地砍向石壁。

"怎么回事,为什么一提到西王母,我就觉得浑身发凉?"云裳忽地大叫一声,"哎呦,你们怎么都变老了?"

她的叫声嘶哑,因为她看到的人都已是白发苍苍。云裳望向甘夫,甘夫的皮肤还是很白,脸上却已满是皱纹。

"你……你们?"云裳低头,看到自己的双手也是皱纹堆垒。

"怎么回事?我们怎么忽然都变老了?"风君天也惊呼起来。他发现对面的每个人都至少老了二十岁。

甘夫轻拍云裳的肩头,想让她安静下来。云裳猛然缩了下身,虽然知道那个满脸风霜的白脸老头应该是甘夫,但心底还是颇不习惯被一个老迈的人拍肩。她望向甘夫,颤声问道:"我……我是不是已变成个老太婆了?"

"我们都在忽然间变老,但还不太严重。云裳你应该是三十四五的少妇模样,还没到老太婆。"卓轻闲心有余悸地摸着自己的胖脸。

"大家不要慌！"吕英高声喝道，"每人所见的衰老都不相同，似乎修为高的人还好些。"

张骞沉声道："应该说，修为越高者，所看见的越接近于真实。大家静气凝神，不要为外相所迷。"

话虽如此，他心内也自惴惴。虽然没有如云裳所说的，大家都已老迈不堪，但终究是正在加速迈向衰老，这石殿法阵当真是诡异绝伦！

他暗自呼叫蜃龙，但不知什么原因，这懒货自进入石殿，便只是埋头大睡，也许是受到了某种禁制，也许是吓得根本不敢露头。

张骞心中更是惊疑不已。蜃龙这懒货素来喜好吹牛，哪怕遇上劲敌，也不会缩头不出，以免来日被人讥讽。似今日这种情形，还是头一遭遇见。

"怕什么！"风君天厉声大喝，"这间石殿不过是一座法阵。它已经运转了千年以上，早已朽腐不堪。只要毁了它，我们就能逃出生天。"

剑芒一闪，剑侯已经挥剑而出，道道剑气冲天而起，似要掀翻屋顶。

刺耳的剑鸣声停息，吕英等人目瞪口呆：石壁四周完整如初，除了当初众人所见的那些奇异剑痕还历历在目，风君天砍了数百剑，竟没在石壁上留下一丝痕迹。

云裳看得心惊肉跳。她看到的，是一个老态龙钟的风君天在无力地嘶吼，然后又无力地挥剑，再无力地瘫倒。看来，在修为不同的人眼中，风君天的形象是完全不同的。这情形更增加了说不出的怪异。

风君天终于萎顿在地。这一瞬间，他发现所有的人都已变得病骨支离、奄奄一息，登时心内大寒：难道我适才挥剑砍伐，反令我罡气耗损严重？

一低头，他看到自己的双臂，竟露出根根白骨。

"使君，你……你们还好吧？"此刻风君天见自己的血肉正在慢慢向下剥离，腕骨、臂骨渐渐裸露出来，他甚至觉得，也许下一刻，自己就会变成一具行走的骨架。

卓轻闲也大叫起来："怎么会这样！本公子眼中的你们，竟正在变成累累白骨？"

"这法阵会吸取我们的精力。"吕英沉声道,"风剑侯运剑过多,心神已失。只怕他一人心慌,影响旁人。"

"我倒觉得,这未必便是坏事!"张骞努力让自己声音柔和沉稳,"当初破阵之人,很可能便是西王母。这石殿中的法阵困住了一切,甚至是时间,但提及西王母的名讳,法阵又产生了巨大波动,乃至封闭的时间又开始运转。"

跟刚才一样,他的话只说了一半。其实不是时间又再运转,而是时间发生了错乱,这才让大家忽然间加速了衰老。

这时候的情形,众人便如突然被两股巨力拉扯,无论被拉向哪一方,都会无比凶险。此刻他的心内忧急无比,既着急众人的处境,也忧心吉祥。这丫头糊里糊涂地贸然闯入此地,也不知生死如何。

众人闻言,都拼力凝定心意,云裳却一眼瞥见案头上那闪闪发光的铜镜。"这镜子为什么这样亮?如果西王母曾受困在此,岂不是当年曾用过这面镜子?"一个念头猛然窜上她的心头,"我要照照这面西王母用过的镜子,看看我到底是什么样了。"

到底是女人心性,哪怕是在这时候,云裳仍是极重视自己的容颜。

她扑向那面镜子,双手捧了起来,才一照,便怔住了,随即大叫起来:"快来!使君,我……我看到了吉祥!吉祥居次,她在镜子里!"

她声音急切凄厉,众人看着她,均觉一股寒意自心底升起。这时候铜镜光焰飘摇,仿佛残烛将熄,众人眼中看到的是,一具披着长发的白骨,正捧着铜镜在呼喊不已。

张骞拼力奔过去,一把夺过铜镜。

铜镜熠熠生辉,镜子当中却有一道触目惊心的裂隙,也不知是如何形成的。

他骤然愣住了。他在镜中看到了吉祥居次!

她也看到了他,很是惊喜地向他叫道:"快来!老实人,快进来呀!"

卓轻闲离得较近,挣扎着叫道:"使君,万万不可,这必是幻象无疑。"

身周鬼影绰绰,都是披着长发的白骨;镜内则佳人招手,娇呼连连,一切都显得那么诡异阴森。

张骞看到自己的双手也出现褶皱,正在迅速衰朽,知道自己的心神也已开始崩溃。这时候他才发现,铜镜其实很大,足有寻常的脸盆大小。一般说来,只要脑袋能钻进去,人的身躯就能钻入。

这座铜镜难道是一个密道的入口?我要不要钻进去?

一滴冷汗滴在铜镜的裂缝上。

"进来呀!老实人,我在里面了,你为何还不进来?"吉祥居次珠泪盈盈地向他呼喊。

"明白了!"张骞向镜内伸出手,"不过,不应该是我进去,而应该是你出来!"

他一把揪住镜内吉祥伸过来的手。

一个人硬生生地被他拽了出来。那人娇呼一声,软倒在地,正是吉祥居次。

吉祥还在哭,明丽绝伦的脸上梨花带雨。

"不要哭。"张骞忙将吉祥拥在怀中,"我们都很好,你哭什么?"

"老实人!"吉祥仰起头,盯着他,颤声说道,"这里这样危险,我……我想不到你还会跑过来救我。"

觉得她在自己的怀中不住颤栗,他心中一阵热流涌动,轻声道:"自然会来,我永远不会丢下你!现在你回来了,咱们一起出去。"

几乎就在吉祥被拽出铜镜的同一刻,云裳蓦地一个趔趄,摔倒在地。她痛哼了一声,却高兴地说道:"风剑侯,你变回来了,又年轻了!"

风君天也大口喘息着,苦笑道:"恭喜,云月侠你也重回花容月貌!"

众人都觉眼前一阵恍惚,仿佛从恶梦中惊醒,眼前同伴的容颜,都在慢慢恢复了正常。

"原来这镜子才是关键!"张骞盯着镜子上那道深深的裂痕,恍然道,"那人,或者说西王母,应该是在揽镜而照的时候,被镜法所迷。一个人在照镜子的时候是最放松的,哪怕是西王母这样的绝世宗师。但她最终也是靠着毁去这面铜镜,才得以破阵脱身。"

"不错！在中原道法乃至西域巫术中，镜子都是最重要的法器。"吕英苦笑着应道，"所以，适才那一刻真是险之又险。骞老大你若是随着吉祥进入铜镜，只怕我们大家都会与那南科大巫一样，心神尽失而成为疯癫之人。也正因为你克制了心魔，反将吉祥救出，才破去了石殿内时光错乱的法阵。"

张骞也暗呼了一声侥幸。他略一注目，便觉镜内光影流动，气象万千，遂不敢再看，忙将铜镜翻转过来。

铜镜背面嵌着一片片金色的鳞片。鳞片嶙峋突起，空白处却又隐隐然形成了双眼和口鼻的空白，酷似一张扁平化的青铜面具。张骞留意到，那面具的左上方，有一个人头牛角的奇异凸印。他向那凸印只打量了一眼，便觉有一股冷厉霸道之气扑面而来。

"牛角人面，这是蚩尤的印记！"

此时卓轻闲也凑过来。他指着那凸印上突兀的一对牛角，惊呼道："如果这铜镜年头足够久远，当真是西王母和黄帝时期的产物，那么这铜镜背面的奇特面具，便应属于与黄帝争锋天下的另一位霸主蚩尤。相传蚩尤有一张魔气十足的面具，每次大战之前，只要戴上它，便能神通无敌，战无不胜。后来蚩尤被黄帝所擒，生死不明，这张面具也就不知所踪。"

"魔气十足的面具，战无不胜的蚩尤……会不会是这样？"张骞将铜镜放下，继续说道，"布阵者用这蚩尤的神奇面具，炼化成了一面铜镜。面具上有蚩尤的无敌妖气，才能让这铜镜拥有强大的魔力，终至令西王母心神迷惑。"

众人心底更觉震撼。布阵者拥有传说中的蚩尤面具，布下这样一座绵延数千载的神秘法阵，甚至连西王母都能受困其中，这人到底是谁？

甘夫对蚩尤、黄帝这等大人物一无所知，他咳嗽了一声："大哥，当务之急，咱们还是应及早逃出这座石殿。"

"是呀，逃出石殿！"张骞苦笑道，"其实大哥我一直在苦思逃出去的办法。我现在应该可以确认，至少最初那个被困的西王母，是逃出去了。"

卓轻闲沉吟道:"这些剑痕中,除了一些愤然挥洒的剑意,还有一些,其实应该是她刻的字。"

众人也早已看出,那斑驳的剑痕下,有一些似字非字的奇异符号,甘夫忍不住问:"那都是些什么字?"

"我不认识,这些字远比六国的文字要古老。"卓轻闲历来以博学自豪,这时也不由大感困窘,"也许是仓颉造字时代的文字,也许是西王母本族的原始记号。"

"我认得!"

吉祥忽然开了口。她抚摩着一道剑痕,颤声说道:"是'悔'。她刻的是一个'悔'字。"

"你怎会认得?"张骞奇道,"吉祥,你适才……都经历了什么?"

她是匈奴的居次,自幼也曾接受良好的教育,但匈奴并没有自己的文字,她应该只是认得些汉字,只是,她心神失常后,对过去的记忆一时清楚一时模糊,还能认得什么字?

在这一瞬间,他觉得她的面容不再是先前患病时的天真模样。

"先前我听到了歌声,心里面就觉得那歌声很亲切,仿佛有什么声音在召唤我,恍恍惚惚,我便进入了这座石头大屋……屋里面这面铜镜最醒目,歌声似乎是从那里传过来的,我迷迷糊糊地便走了进去。"

"一个人,怎能走入一面铜镜?"话一出口,吕英自己也摇头苦笑,因为他明明看到她从铜镜中出来。

卓轻闲叹口气:"只能说,这石殿法阵内有自己独特的天道规则,与我们平常所感受到的完全不同。"

"然后,我看到了她……"吉祥的声音细若游丝。

"谁?"甘夫忍不住问。

"一位美女。我看不出她的年纪,只是觉得她很美。她应该不是我们这个时代的人,她的衣饰都很奇怪。她在流泪,她在挥剑刻字。她对我说,她是西王母。"

云裳惊魂未定，叫道："你竟然见到了西王母？是不是在里面迷了魂？"话一出口，她随即又在心内暗叹，这吉祥的心神本就不那么正常，也许就无所谓迷不迷魂。

"我当时没想那么多，只是问她，西王母神通广大，怎么会被这个法阵困住，又是谁要布阵困住她？"

众人都紧盯着她，目光均是将信将疑。

"她并不搭理我，只是反复说着两个名字……有熊氏，轩辕！"

殿内一下子寂静下来。

"有熊氏，轩辕？"卓轻闲惊道，"有熊氏为上古华夏古部落名，其国主为……轩辕黄帝！那女子说的有熊氏、轩辕，不是两个人，而是一个人——轩辕黄帝！"

"使君，她是匈奴的居次。"吕英望向张骞，"你可曾给她讲过有熊氏轩辕黄帝的故事么？"

张骞摇了摇头："应该没有。她只是粗识汉字，对汉家远古神话并不太喜欢。后来我们在一起时，她的神智也不大清楚。"

风君天苦笑一声："似我这等中原武人，虽听过轩辕黄帝的名号，但也是刚刚知道，他统领的部落叫有熊氏。"

屋内又静了下来。云裳忍不住说道："既然如此，吉祥居次说的很可能就是真的。但这也太过奇怪了！难道……难道吉祥看到了跟黄帝同年代的西王母？她竟还活着，还在这法阵中？"

"不，她看到的绝非西王母真身！"张骞断然摇头，"她刚才说了，她一直问话，但西王母并没有搭理她。不要忘了，这个法阵能困住时光，或者说，能将过去的时光忠实地记录下来。所以，她看到的是被困时期的西王母，那个西王母在过去的时光里只是在自说自话，却被她听到了。"

"布阵的人是轩辕黄帝，他在此地设阵，困住了西王母。这说法太过匪夷所思了！"吕英忍不住连连摇头，"要知道，三千年前，黄帝与蚩尤在涿鹿之野大战，被术士们称为第一次神魔大战。传说黄帝连战不胜，直到西王母派弟子玄女出马，力助轩辕黄帝，才将蚩尤擒获。那么，轩辕黄帝又怎么会反过来如此对待西王母？"

"这其实完全有可能！"卓轻闲慢悠悠地开了口，"老瘦猴你是只知其一不知其二。不过这也不能怪你，这世间也许只有本天才才能解答你这个天大的疑问。"

"事情紧急，有屁快放。"吕英愤然翻了个白眼。

"刚才已说了，西王母的真身其实是西方一位古老部落的美丽女首领，是一位修为通玄的大巫。她的修为有多高，我们不得而知，我们只知道，她派出的女弟子玄女，就是一位精通阵学的兵家大宗师，后世的许多阵法，都是假托玄女所传。

"西王母亲自出马、打败有'战神'之称的蚩尤之后，西王母那超凡入圣的术法很可能给了轩辕黄帝极大的震撼。还记得当年我说过的么，黄帝制定了人间的规则，超强的术法不应该存在于世间，所以他将那些强横无比的神兽都封印了。而那些术法超凡的大巫术士，自然也不能继续横行世间。他们中的很多人，哪怕是臣服于黄帝的，也同样被封印或是放逐了。这一绝大的事件，便是后世人所说的'绝地天通'！"

"你这想法虽然大胆，却也颇有见地！"张骞赞道，"当年天选盛会时，你便曾说起过这话题。应该是从与蚩尤激战那时起，黄帝便开始酝酿绝地天通。但这个事一直到他的孙子颛顼那一代,才终于大功告成。"

"听起来像那么回事！"吕英哼道，"可这一切都是你这小说家一厢情愿地胡思乱想吧？"

"还记得《山海经》中记载的天女魃与神兽应龙的故事么？"卓轻闲得意扬扬地笑起来，"号称是黄帝之女的奇女子魃，身上蕴有奇异热能；应龙则是背生双翼的神龙，擅长行云布雨，二者在剿灭蚩尤之战中都立过大功。但最终，天女魃被放逐到赤河以北，应龙被封印到南方大泽。这两个故事，其实正是对最早那次'绝地天通'的真实记载，只不过被传成了神话而已。"

"大有可能！"张骞再点头，"家父也曾说过，世间的许多传说，最初都有真实的影子，只是后来被神话化了而已。轻闲你继续说，黄帝这最初的'绝地天通',后来如何了?"

卓轻闲得到张骞的鼓励,大是振奋,遂继续说道:"轩辕黄帝的'绝地天通',就是封锁大地上有通天神术的大巫,让他们或者完全臣服,或者彻底消失。但这里面有个大难题,那就是术法通神的第一大巫西王母。她的修为已近乎成圣,甚至可能凌驾于黄帝之上。于是便有了今日吉祥居次所见的,轩辕黄帝设置了这样一个神秘法阵,困住了西王母。"

长篇大论地说到这里,卓轻闲的神色变得越发郑重:"本公子的这一猜想虽然大胆,却仍能找到不少佐证。比如,在诸般古籍的记载中,我们看到了关于西王母的两种完全不同的描述。

"一种是对西王母毕恭毕敬,称之为女仙之首,居于昆仑之瑶池。如《山海经》之《海内北经》中有云:'西王母梯几而戴胜杖。其南有三青鸟,为西王母取食。'是说她依着案头而坐,头戴玉胜,神鸟为其取食。这是十足的神仙派头。

"另一种则是将其描述成恐怖的妖魔,同样是《山海经》,在《西山经》中,便记载她'豹尾虎齿而善啸,蓬发戴胜'。西王母成了个蓬头乱发,虎牙暴凸,长着豹尾,经常怪啸的怪物。在《大荒西经》中也有类似描述。这两种记载自相矛盾,但其实,它们都是正确的。"

云裳忍不住问道:"两个完全不同的记载都是正确的?这怎么说?"

"时代不同而已。"卓轻闲解释道,"前一种把西王母描绘成雍容华贵的女仙,记载的乃是最初威震华夏时的西王母;后一种妖兽形象的西王母,则是在绝地天通、西王母被困之后的情形。本公子猜测,黄帝和西王母之间产生如此巨大的隔阂,很可能是因为二者所属部落间的利益纷争。"

张骞叹道:"不管如何,两三千年后,那些久远的纷争都变得模糊了,只有神话故事流传了下来。但这个世界,终究是需要神仙的。于是,远古时期的那个术法玄妙又被描述成妖魔的大巫西王母被不断神化,后来慢慢成为传说中的女仙之首。"

张骞忽然拍了拍卓轻闲的肩头:"轻闲老弟,虽然很多人取笑你这小说家的身份是不务正业,但我却觉得,你做的乃是世间极紧要的大事。"

"骞老大,你可是说真的么?"卓轻闲又惊又喜,胖脸上满是兴奋的红色,"要知道,连我师尊都常常骂我浪费天赋啊。"

"独执己见,坚持去做!不必理会天下有几个人懂你。"张骞又在他的肩头重重一拍,"哪怕是眼下这千难万险的时刻,我们探讨这些,也是大有必要。至少,我们没有像南科大巫一样疯掉。"

听到最后一句话,吕英也不由心念电闪。原来如此!张使君也是用心良苦,他与轻闲的探讨,让我们更加明白了那最初的布阵者和被困者。如果凭借道法巫术硬闯硬抗,哪怕是强如南科大巫,都逃不掉疯癫一途。

"不错!"甘夫也仰起脸来,喃喃地说道,"我甚至觉得,那个人也在倾听。"

他话音未落,众人都觉一阵脊背发凉,感到一股阴冷怨怒的气息在殿内悄然翻滚,一道若有若无的叹息在耳边掠过。

"多谢骞老大!"只有卓轻闲还完全沉浸在兴奋中,"而现在这一切,就是证据,特别是这面镜子。当年蚩尤战败被擒,有记载说他归顺了黄帝,更多的记载则说他被黄帝斩首。我更相信后一种记载。如然,则那个神奇的蚩尤面具自然只能落在黄帝的手上。我相信,此处这个铜镜就是蚩尤的面具制成的。这等于是合蚩尤和黄帝二人之神力,才将西王母困于此地。

"西王母帮助黄帝战胜了蚩尤,黄帝却借蚩尤之力囚禁了西王母。我想这就是最终的真相。"卓轻闲又摇起了大头,"不过我知道,本公子这些设想太过疯狂,你们虽然表面上如痴如醉,心里面却都半信半疑,不,连半信半疑都算不上!"

"不,我信!"吉祥居次忽然叹了口气,"我适才在镜中听到她的喃喃低语。她说了,她是被她最爱的人所背叛。"

她伸出玉手,轻轻抚摩着几个奇异的刻痕,轻声说道:"在这里,她说,她的恨如高山,悔如大海。"

她幽幽的声音,犹如穿透千年的叹息,众人听了,心头都觉一阵黯然。

张骞却双眸闪亮，仿佛在漆黑的铁屋中忽然发现了一扇可以透光的窗。他沉声道："好！吉祥，你继续感知这些奇怪的剑痕，听听西王母都说了什么……"

女郎伸手继续抚摸着，那些剑痕没有规律，有时极为细密，有时又颇为疏旷。

"她的心很痛……她最信任的弟子也背叛了她……"

"西王母的弟子……难道是玄女？"卓轻闲惊叹道，"不错！如果没有她的帮助，囚禁西王母这个神秘计划，绝不会成功。"

"恨，恨，悔，恨……"吉祥继续抚摸着，缓步前行。那些剑痕似乎毫无规律，若非吉祥这样独一无二的天赋，也许全然感受不到。

"不要打扰她，跟着她走！"张骞眼中满是希冀，沉声道，"也许我们会走出这座法阵石殿。"

众人忙跟了上去。

"很久了！她不再刻字，只是练剑，但剑痕上的恨意少了。她的剑法真好！这些剑意，简直如同天上的银河……"她抚摸着剑痕，边说边行。

众人缓步跟随，心内都觉得诧异无比。这石殿虽然轩敞，但看上去也不算太大，为何走了这么久，却还没有走出石殿？

张骞小心翼翼地说道："她的剑痕浅了，难道是因为她的功力在耗损？"

"是的，她确实很累，但奇怪的是，她的心情也慢慢地平复了下来。"吉祥忽然站住，不再说话。

众人陡觉一阵天旋地转，显然吉祥站立的地方是一处极为紧要的所在。云裳艰难地举目四顾，却已看不见石殿当中的铜镜和窗外明丽的风景，身后云雾缥缈，甚至两旁的石壁都转动起来。

隐隐地，有无数的情感如怒潮般袭来，云裳的心头有如掀起惊涛骇浪，她下意识地闭上了双眼。

好在这时吉祥又开口了："恕！她居然有了宽恕之意？"她有些疑

惑地转过头，望着张骞，"西王母有些明白了那个人，轩辕。她明白了他的苦衷。"

她那纤长的玉指滑向一道刻痕："她在叹息。这一声叹息真长，真久呀……"

那是一道长长的、长长的痕迹，细若游丝。

随着吉祥的玉指滑动，众人骤然觉得自己踏入了一条细窄曲折的通道中，四下里混沌一片，只有这条细丝般的通道蜿蜒向前，永无尽头。

云裳几乎就要喘不上气来了。她已看不见东西了，四下里都是无尽的漆黑，自己全身的血液都被那细丝般的叹息紧紧缠绕住了。

"死就死吧，反正是跟他在一起。"她知道，自己就要坚持不下去了，于是忍不住抓住甘夫的手。几乎在同一刻，他也抓紧了她。他的手竟也在突突发颤。

那一刻，云裳的心底忽然升起无尽的痛悔。

若干年前，陪着师滢艰辛无比地赶到长安后，甘夫便说过要娶她，她却犹豫了。她的心里一直有个巨大的阴影，那就是义父郭解还没有死，至少没人见到他的尸体。她怕嫁了他，会给他带来杀身之祸。甘夫是个很闷的人，更因这些年在匈奴凶险难测，每一天都要面临死亡与刀锋，便也不再多提成婚的事。这么多年，他只有两次向她开口求婚。她都是犹豫，加以婉拒。他也未再坚持。他心中觉得，只要在她身边就好。

这时，云裳却觉得心内苦楚难耐。当初为什么不嫁给他呢？十年早过去了，他已不再是冷面少年，自己的青春也正在呼啸而去。这个傻子！为什么不坚持呢？自己也是个傻子，为什么要犹豫呢？

她狠狠地攥住他的手，几乎要掐出血来。

那一道叹息之痕真是漫长无比。众人都觉得身处于狭窄细碎的奇异通道中，他们的身心被许多看不见的细丝牵扯着，痛楚难言。

"大家小心，留神守住心意。"张骞吃力地喝道，"这应是西王母的破阵剑意和困卦法阵的最后交锋，我们也许会破阵而出，也许会彻底陷落在这里。"

话声刚落，猛听轰然震响，无数光影四散奔逸，细长通道的蟠曲挤压感忽然尽皆消逝。

眼前有榻，有凳，有案，却都是极久远极简陋的样式。石案上放着一面铜镜，镜上光华熠熠，映得满殿生辉。向窗外望去，可见窗外那明澈的大湖，有白云飘浮，有碧草连天。

一切都是那么宁谧幽静，但这里的一切却让张骞等人毛骨悚然。

"怎么回事？"吕英惊道，"我们走了许久，应该已快走出石殿了。适才我几次回头，明明已看不到那石案铜镜了，为什么现在又回来了？"

"吉祥，你在哪里？"张骞提气大喝。众人这时才突然发现，吉祥居次竟已踪影不见。

没有任何回声。四下张望，也寻不到吉祥的一丝踪迹，众人心底都生出万分诡异的感觉。

"我在这里！"静得吓人的石殿内忽然响起吉祥细细的声音，却是从铜镜中传出来的。

张骞几乎是踉跄着奔过去，一把捧起铜镜。

铜镜依旧熠熠生辉，镜子当中那道裂痕越发触目惊心。镜内果然现出吉祥居次的身影，她深情款款地向他招手呼唤："快来！老实人，快进来呀！"

张骞瞬间只觉头皮发麻。原本以为破阵而出，不想一切又都回到了最初。难道真如适才他所喊的，在西王母破阵剑意与困卦法阵最后交锋的紧要处，他们失了手，竟完全陷落在这里了？

"难道……果然是那样的么？"卓轻闲颤声道，"这里的时光是循环的？我们在困阵中，一切都是循环往复的……"

"怎么会这样！"云裳几乎软倒在地，"难道我们永远走不出这座困阵，永远处在一段循环的时光中？"

吕英忽然顿足叫道："张使君，适才那个吉祥居次是从铜镜中钻出来的，来历莫测。莫非那不是她本人，而是法阵幻化出来的？"

张骞不答，只是凝望着铜镜，双手微微发抖。

"进来呀！老实人，我在里面了，你为何还不进来？"吉祥居次还在镜内，珠泪盈盈地向他呼喊着。

忽觉肩头一寒，一只苍白冰冷的玉手搭在肩头，张骞愕然回头，看见了一张明艳照人的脸。

那是位看不出年岁的青衣美妇。她那毫无瑕疵的玉面有着勾魂摄魄的美丽，只是脸色过分苍白，仿佛几千年没有生活在阳光之下；那双顾盼生辉的美眸中，却有着罕见的威严和英气。

最醒目的是，女子头上有着光彩夺目的长羽状花冠装饰。那正是古书中所说的"戴胜"。

"西王母！"

张骞惊呼出声，他的心几乎跳出胸腔。古书中最著名的以"戴胜"为装饰的人便是西王母。这美妇华贵高雅的装扮仪态和举世难觅的冷艳威严，也正与传说中的西王母酷似。

"你知道我的痛苦么？"华贵美妇幽幽地盯着他。

不知为何，那一瞬间，张骞觉得这西王母的眉目五官竟是酷似吉祥居次。一股寒意从他的心底腾起，他觉得自己忽然坠入了一个无比可怕的噩梦中，百般挣扎亦是无用。

四周的云气弥漫开来，他忽然发现，周围已看不到吕英、甘夫等人，只有自己一个人，捧着铜镜，孤零零地站在石殿当中。

"你会明白的，因为你也经历过很深的苦痛。"美丽的西王母眼中透出无尽的忧伤和哀怨，"我被最亲近的人抛弃了，被最信赖的人背叛了……来吧！跟我到镜子里面去。你无论想知道什么，那里都有最终的答案！"

张骞定定地盯着她的脸，云气缥缈间，西王母如梦如幻。

"但你最终还是走了出来！我们最终也会走出来。"他长长地深吸了一口气，忽地大喝，"自胜者强。强大的法阵可以困住时光，却无法困住人心。"

他猛然把手中的铜镜向地上抛去。

咣当一声巨响，铜镜完好无损，但那尖锐的声响却震颤着波荡开来。

下一刻，石殿中的一切都在锐响声中产生剧烈的动荡，仿佛水波般漾出层层涟漪。西王母那美丽的脸孔在涟漪中扭曲起来。她张嘴发出凄厉瘆人的怪啸，却阻不住涟漪继续波荡和破碎，最终化为一片浑沌。

西王母消失了，同时消失的还有石案、铜镜，乃至石殿中的一切。

张骞重新看清了甘夫、吕英等人，并且发现自己这一行人已站在石殿门口。除了自己，其余众人也都是满头大汗，脸色苍白，看来他们都与自己一样，也陷入了幻阵，刚刚为自己那声断喝惊醒。

张骞冷汗淋漓，知道自己在最后那一刻克制了心魔，不然的话，这些人很可能会坠入万劫不复之境。

下一瞬，他又看到了吉祥居次，跟着便听到她天籁般的声音响起："她最终明白了他。最终，她也完全放下了他。"

她轻轻挥袖，玉指晶莹闪烁。先前，那玉指一直在摩挲着那道细若游丝的剑痕，这时却摩挲在空气中，仿佛那道剑痕还在，一直延展到了空中。

这灵动无比的一指划向虚空。随着这一指，他们终于踏出那座阴沉沉的石殿。他们身后，那细若游丝般的叹息声兀自萦绕不休，幽幽地，仿佛穿越了几千年的时光。

沙漠上一片沉黯。深紫色的天空没有月亮，只有几点疏星慵懒地眨着眼，但那几点星光却让众人兴奋无比：他们走出了石殿！

"看那里，太阳出来了！"云裳忽然手指东方。

远天与沙海交接处，已露出一抹淡红的曦色。然后，那黑得发蓝的沙丘上方，有了燃烧似的晨晖，慢慢地由淡红变成殷红，最后托出一轮金红色的日轮。

天地间的一切，都在辉光中苏醒了。

万物的生生不息，人世间的繁华兴衰，都在这片金光中悄然运转开来。

吉祥居次走在众人的最前方，晨曦将她姣好的玉面映得通红。她忽然回过头,泪流满面地望着张骞,说道:"其实他们都没有错。但偏偏,他们都错过了,永远!"

张骞沉默了一会儿,才沉沉一叹:"我现在觉得,轩辕黄帝应该知道,这座法阵是无法彻底困住西王母的。这座石殿的真正目的,是消磨西王母的强大修为。同时,这座困住她的法阵,也是他的一种态度:他在向她告别!"

卓轻闲黯然道:"西王母伤心、怨恨、悔痛,最后也明白了他的苦心,然后……彻底放下,彻底离开!"

吉祥忽然说道:"我觉得,她最后的放下,比最初的恨,其实还要痛。有恨,其实还是有爱。到得不恨了,彻底放下了,那就是真正的没有了爱……"

众人心中均是百感交集。张骞忽然觉得有些奇怪:这吉祥为何忽然间不再像是个小孩子?这些话,绝不是那个孩子气般缠着他编花环头冠的吉祥会说的呀!

"吉祥……"他刚叫得一声,她明艳的美眸中已是忧色尽去,又变为一派天真烂漫,有些甜腻地挽住了他的手。

"看那里!"吉祥回头指向远处的石殿。

自奔出石殿后,众人都如同避开邪魔一般,谁也不敢回头。听得吉祥这一声叫,便都扭头去看。却见那座石殿竟似已在数箭之地开外了,众人还没来得及惊叹自己竟走出这么远,便见那石殿在晨光中慢慢扭曲、倾倒下来。

与此同时,石殿内响起一道清晰的叹息,仿佛萦绕千年的哀怨、悲伤、酸楚尽在这一叹中倾诉而出。

在叹息声中,那座在大漠中屹立了两千多年的石殿终于缓慢地坍塌了,便如一个迟暮的美人,终于花钿委地,香魂消逝。

在阵阵冷冽的晨风中,石殿最终化为一堆碎石沙粒。

"真遗憾啊!"蜃龙这时候才从张骞的袖中探出头来,"那石殿是多么完美的幻境啊,就这么毁了!对不起,老实人,适才那石殿里的气息太可怕了……哦，不，应该是太古怪了，让我想起当年天幻堡的许多回忆。小八，你的感觉怎么样？"

它口中的"小八"，就是朱雀小红。据说这神兽化为朱雀之前，本是天雀，在十大凶兽榜中排名第八。这让排名第四的蜃龙很得意，称呼朱雀时，除了叫它"小红"，也经常用"小八"来显示自己的优越感。

朱雀小红站在吉祥的肩头，倨傲地望向蜃龙，冷哼道："懦夫！吓尿了就直说呗，扯什么完美啊回忆啊，羞不羞人？还有，以后不许叫我小八！"

"我会被吓倒？滑天下之大稽！"蜃龙冷笑道，"我那叫养精蓄锐蓄势待发懂吗？我的每一次隐忍，都是为了更顽强的进击；每一次退缩，都是为了更辉煌的远征！再说了，难道你小八不是吓得连尿都尿不出来……"

"老子说过，不许叫我小八！"

在两大神兽不屈不挠的斗嘴声中，卓轻闲已忙着收拾驼马。一番清点，发现这一连串的惊险变故后，马匹丢失了大半，倒是忍耐力强的骆驼只惊跑了三四头，水囊干粮折损得并不多。

忽然间，蜃龙竟安静了下来，而一直在跟它斗嘴的小红也在同一刻警觉地住嘴。

蜃龙舔着嘴唇说："不过话说回来，直到现在，我还是觉得有一种强大的危险……"

"是的。"朱雀小红居然点点头，"因为它还在！"

"它不但还在，我甚至觉得，它正在蠢蠢欲动……"蜃龙骨碌碌地转着小眼睛。

"它？"卓轻闲道，"你说的它是谁？"

"它的身份极为隐秘。甚至没有人记得它，但它拥有无比恐怖的战力。"蜃龙喃喃道，"它的名字叫，白龙！"

三千年前，这里还是一片宁谧的大湖，湖水清澈幽蓝，水中能映出广袤无垠的蓝天和自由自在的白云。

面对着那座澄净浩渺的大湖，西王母常能回想起涿鹿之野上的那场旷世大战。

她是西方一支神秘部族的女首领。这是个奇特的部族，人数不多，却有着许多天赋异禀的奇才。这个部族永远以女性为首领，这个女首领同时也是部族的大巫。

最奇特的是，这支神秘部族掌握着昆仑神山的秘密。

她在二十岁的时候，修成了部族秘传的三十六种术法。她的师尊兼上一任大巫仙逝之后，她登上了大巫之位。从那时起，她就没有了自己的名字，而与她的师尊一样，被本部族和邻近许多部族尊称为"西王母"。

当她率着骁勇善战的队伍突然出现在战场时，狂妄的蚩尤甚至毫无察觉，直到被她身边的九尾天狐狠狠咬了一口。九黎族先机一失，处处受制。精通阵学的玄女亲自推演的道道阵法，更是让蚩尤大军身陷重围。

蚩尤选择率领一支人马突围，吸引黄帝族的大批人马赶来追杀，其九黎族主力则趁机逃出生天。

这些九黎族人跋山涉水，向南逃遁。他们将永远离开富庶舒适的中原，学着融入南方的低地大泽和高山深谷。

战神蚩尤在败退途中，被突然出现的玄女刺了三剑，仍旧战斗到最后。随着一道震撼天地的长笑，流尽最后一滴血的巨人才慢慢垂下不屈的头颅。

他在夕阳下站着死去。他那金色的面具映着残阳辉光，闪着血的颜色。

没有人敢靠近他。

所有的人都知道他已经死了，却仍能感觉到他身上散发出的恐怖气息。

黄帝大踏步走过来，轻轻地拍了拍蚩尤的肩头，朗声道："我会善待你的族人。九黎族若有归顺者，我会一视同仁；若有远遁者，我绝不追究。我会封你为战神，让你在我的战旗上得到永生！"

黄帝话毕，蚩尤缓缓倒下。

轩辕黄帝摘下了他那张金色的神奇面具。

夕阳的最后一抹光影洒在蚩尤的脸上。近前的黄帝护卫们都看得清清楚楚，蚩尤的脸不是传说中的凶神恶煞，而是苍白俊逸。

西王母就在这时候飘然赶到。她注意到，那张俊朗的脸上还凝着一丝笑，不甘的冷笑。不知为何，她总觉得蚩尤是在向自己冷笑。

多年以后，甚至当她离开那座牢笼般的大湖之滨后，蚩尤的那抹神秘的笑意，还常常在她的梦中出现。

然后，西王母就开始了漫长的等待。

旷世之战虽然结束了，但轩辕黄帝还面临着许多的难题。最让黄帝头疼的，就是那些神通广大的神兽和大巫，所以他在酝酿一个名为"绝地天通"的庞大计划。

治理江山，比打下江山更难。这些事，西王母其实不大感兴趣，她只是在静静地等待着他。那些烦心的事，有她的弟子玄女在帮助他。玄女是阵学和剑法上的天才，而且很热衷于处理那些繁杂的事务。

轩辕黄帝说过，他一定会回到她的身边。他为她造好了这座看起来十分轩敞舒适的别院。他的近臣风后把她迎接到了这里。

美丽的大湖之滨，她迎来了第一个美丽而寂寞的黄昏。

然后她拿起那面熠熠生辉的铜镜。风后离开时，曾恭谨万分地说，那面铜镜是轩辕黄帝亲手给她炼制的。

铜镜雕饰华美，光可鉴人，比秋水还明亮的镜面上，映出了她的绝世丽容。

每一个在情爱中的美女都会沉醉于自己的容颜。她同样对着镜中的自己沉迷不已，等她发现自己深陷幻境时，已经晚了。

她震惊，她愤怒，她挣扎。她一次次徒劳地挥剑，却始终无法破开幻阵。

那面铜镜是用蚩尤的神异面具炼化的。她甚至看到，蚩尤在镜子里一次次向她冲来，露出狰狞的冷笑。

处于绝境的人总会陷入疯狂，特别是她这样天赋无双、从未遭遇过困境的天才。无数次徒劳的挣扎后，她终于让自己冷静下来。强大到足以逆天的修为，加上超凡脱俗的天赋，终于让她挥出了斩碎天地的一剑。

然后她无意中发现了一把木梳。她分不清这把木梳是真是幻，但她记得那是轩辕黄帝送给她的定情物。那把桃木梳看上去平平无奇，却是他亲手雕制而成。

他亲手为她做了一把木梳，她曾为此感动许久。但这时候，这把木梳却带着某种宿命的意味忽然出现了。

她终于发现，自己那几乎耗尽了所有心血的一剑，也仅仅让她走出第一重幻境而已。

"主人，该做出决断了！"

一道龙吟声响起，白龙现出身形。

她的身边育有天狐、白龙、青鸟等数种神兽，但这次来神秘的湖滨大殿，阴差阳错地，她只带了白龙。

"主人应该早已看出来了，这座法阵太强大！这里几乎凝聚了几位布阵者的毕生修为。他们都不如您，但他们加在一起就超过了您，何况还有那个蚩尤的面具。"

顿了顿，白龙终于发出无奈的叹息："所以，请让我来吧！神兽的鲜血能破除幻阵。如果还不行，就将我镇伏在此。"

她彻底愣住了。

她知道，神兽的鲜血是破除诸般法阵的灵药，但这座无比强大的法阵，仅靠白龙的鲜血绝对是不够的，很可能需要白龙付出它的身体、精魂甚至生命……

这是她人生中最艰难的一次决断。

"舍弃吧，主人！"白龙微笑着说道，"请主人将我镇伏埋藏在此吧！一定要懂得舍弃，才能成功。主人难道还不明白么？这个道理，连我这个兽类都是知道的！"

白龙苍凉的笑声仿佛鼓声般在她耳边回荡。

一定要懂得舍弃，才能成功！她的目光又落在那把木梳上。刹那间，她明白了他的苦心。

原来那是一件必须抛弃的东西。

舍弃无用的情感，就如舍弃无用的事物。

原来他的绝地天通，第一个要舍弃的，就是她呀！

万念俱灰之际，她划出了一道绵延无尽的剑势，仿佛一道永无尽头的长叹。

在这道妙韵无尽的剑气下，白龙发出黯然的咆哮，身形渐渐模糊。当那无比庞大的龙身完全被镇伏于地下后，那面完美无缺的铜镜终于破开了一小道裂痕，法阵也裂开了一道缝隙。

破镜，即是破阵。破镜无法重圆。身心俱疲的西王母终于走出石殿，只是她已舍弃了对她忠心耿耿的白龙。

奇怪的是，她终于破阵而出，对轩辕黄帝竟没有什么怨恨，甚至有些理解他了。从一开始，他就知道她会出来，但他仍然要这样做。

因为，为了他的千古大业，他已经做好了舍弃她的准备。那把木梳是真实的，是他舍弃她的象征，也是他留给她的一个提醒。

一切如他所料，经得这座恐怖法阵的耗损，她身心俱受重创，再也不是当初那个无所不能的西王母。她甚至无力救出甘愿为她舍身的白龙。

走出美丽的大湖之滨，她再没有回头看一眼那座美丽的石殿。破阵而出的同时，她也舍弃了他，舍弃了自己的情感。

看透了，就舍弃吧！

"白龙是西王母的随身神兽！"

蜃龙黯然叹道："三千年前，西王母为了破阵脱困，曾将它镇伏在这里……因为白龙的身份太隐秘，又太早地被镇伏在此，所以几乎没有人记得它，十大凶兽榜上，都没有它的名头。实际上，白龙拥有恐怖的战力，十大凶兽榜上排行第二的烛龙烛老二，其实就是它的亲兄弟。"

"正所谓沧海桑田。三千年后，大湖竟会化作大漠。"卓轻闲大有感触,"怪不得这块大漠被人称为'白龙堆',还成了世间最恐怖的魔鬼地带。"

云裳忽道:"这白龙也挺可怜的!三千年了,它一直没有脱困么?"

"它本就是绝地天通计划中要被镇伏的大神兽。无论如何,白龙都逃不脱这个命运。"蜃龙幽幽叹息。

吕英沉吟道:"我无为学宫中,故老相传,老子西渡流沙,在大漠中遇到大妖兽复活为害,老子仙师大显神通,将其斩为九段,重新镇伏,应该便是此处吧?"

"怪不得!"风君天嘿了一声,"这鬼地方,连那大沙暴都是怪里怪气,如有鬼魂驱使!"

话音未落,地面忽然生出了剧烈的震荡。

"不好!"张骞惊道,"那座镇伏白龙的法阵石殿已毁了,难道白龙要复活了么?"

仿佛在回答他的话,沙漠中的许多沙丘都开始摇晃、震动。就在石殿坍塌的沙漠地带,忽地甩出一条硕大的白色龙尾。

龙尾粗如巨船,白光闪闪,卷起了铺天盖地的黄沙。

跟着,数里之外的一处沙丘中又钻出了一段数丈长的龙身,无头无尾,却带着一只霸气十足的龙爪。

然后是下一处沙丘,又一段闪着白光的龙身钻出。

"白龙要复活了!"蜃龙惊呼起来,"它在找自己的身子呢!这家伙可是十足的暴脾气,大家快跑!"

众人不敢怠慢,拼力催动坐骑奔逃。但脚下的沙面随时会虚软、震荡、翻滚,驼马都是深一脚浅一脚,速度根本快不起来。

天地间已经是昏黑一片。每一段龙身从地底挣出来,都会爆出大片沙暴,一段段龙身正在不停地接合,相融。只是,在地下沉睡了几千年,那些身体显然也要相互适应。

满空都是尘沙飞扬,更有道道龙吟声传来,那声音有些沉闷,更有些不甘。

龙吟声起自大漠深处，一声接一声，越来越响亮，更带着无比狂暴的气息。那些驼马大多数都吓得瘫软了，已经跑不动了，更有几匹马因为受惊，疯了般地乱撞。

"我们有几成胜算？"风君天拔出长剑。

吕英叫道："它可不是蜃龙那样死而重生。白龙一直没有死！它是洪荒时代威名赫赫的大凶兽，如果任由它复原，在这片它沉睡几千年的大漠上与它对峙，我们的胜算连三成都到不了！"

随着一声暴怒的长吟，一个硕大无匹的龙头从狂沙中钻出。

"回来呀，不要离开！"这龙头大如殿宇，却只有一段不足丈余的脖颈。它慢慢地睁开了眼，似乎在寻找着什么，巨嘴翕张，喃喃道，"回来呀，不要离开我！"

吉祥居次胯下的马嘶叫一声，瘫倒在沙地上，将吉祥摔了出去。

张骞听得呼喊，连忙回头，却见吉祥已滚到距龙头不足十丈的地方。

在这种时候，不管修为如何，女人的胆魄都天生不如男人。吉祥只觉双腿一软，半个身子已陷入沙坑。

"吉祥！"张骞振声大喝，腾身跃了过去。也不知哪儿来的气力，他这一跃竟横跨十余丈，半空中一把扯住了吉祥的手，猛然将她拽出沙坑。

背后狂风鼓荡，龙头已经发现了他们，立时扑了过来，巨口怒张，发出怪异的长吟："归来吧，不要离开我……"

张骞蓦地提气大喝，扬手将吉祥居次远远扔了出去。

"老实人……"吉祥在半空中凄声大叫。

吕英、甘夫等人都嘶声惊呼，拼命向这边狂奔过来。

但一切显然都已来不及了。

张骞转头望时，那双狰狞的巨目越发近了，大漠间的一切都变成了血红的颜色。

"舍弃吧！你还挣扎什么？"他猛然回身，将一面古旧的铜镜向那巨目照了过去。

那正是石殿中的奇异铜镜。巨大的龙头看到镜中的自己，竟硬生生地停住了。

"西王母早就舍弃了你。已经几千年了，你还不懂得舍弃吗？"随着这声大喝，张骞猛然将那古镜向龙头扔了过去。

映着天地间的那抹迷离日色，古镜中光影离合，闪烁出千奇百怪的画面。转眼间，巨大的白色龙头仿佛被施了咒语，震惊、黯然、失落，诸般情愫闪电般在巨目中划过。然后，龙头便静静地定住了。

那些在不远处翻滚接合的龙身也停止了挣扎，就那样，还保持着先前诸般扭曲的姿势，定在了沙丘上。

呼啸的狂风和漫天的尘沙也在同一刻止息了，仿佛整个天地都被人施了定身术。

张骞转身便逃。吉祥这时已奔到他的近前，不顾一切地抱住了他。张骞扯着她向前飞奔，一边向正跑过来的甘夫、吕英等人挥着手。众人见张骞二人已脱险，便拉着坐骑，疯了般向远处奔逃。

在他们身后，那只巨大的龙头眼中流出血红的泪水，几段刚刚接合好的庞大龙身也在慢慢地断裂，然后缓缓沉坠于沙底……

天光再次大亮，众人才确信，他们已经逃过那恐怖白龙的魔爪。

驼铃声声，一行七人顶着越来越强烈的日光，在起伏的沙丘中艰难行进。

幻冥渊位列西域五大禁地之二，最可怕之处便是由这神秘石殿和地底白龙所引发的乌龙暴。逃过石殿法阵和白龙堆后，恐怖幻象便已随之消隐。

"那条白龙，还会寻求复生吗？"

"应该会的。它还会挣扎！"

"想想看，白龙堆里的那些狂风怒沙，都是它痛苦的挣扎弄出来的！"

"不对呀！"云裳在颠簸的驼背上直起了腰，"我记得还有一段西王母与周穆王的传说。相传周穆王率军西巡，乘着神马，一直到了昆仑，在瑶池与西王母欢聚饮酒，那又是怎么回事？"

"按照轻闲的说法，西王母其实是西方一个古远部落的首领。"张骞道，"力助黄帝的那个西王母虽然逃离了神殿，不管后来又有何奇遇，终究也是会老会死。而那个部落后来的女首领，仍会被人称作西王母。所以涿鹿之野大战的一千五百年后，周穆王西巡遇见的，应该是这个部落后来的西王母了。"

"骞老大所言甚是。"卓轻闲望着四下里的莽莽黄沙，叹道，"此地虽然名为'西王母的陵地'，但应该不是西王母部族的固有领地，而那个神秘部族，很可能是在不断地迁徙着。西王母总是与昆仑联系在一起，所以本公子一直觉得，这个神秘的部族应该掌握着关于昆仑的一些秘密。"

云裳明眸闪闪，又问："那么……当年西王母的那个女弟子玄女，后来怎样了？"

卓轻闲显然被这句话搔到了痒处，考据癖再次勃发："轩辕黄帝时代的事，大多以神话传说的面目出现。关于玄女的传说，除了她传授黄帝兵法，还有一种，便是她传授黄帝房中术。所以本公子大胆推断，她应该成了黄帝的一名妃子，或是红颜知己。

"《诗》云，天命玄鸟，降而生商！可以认为，商朝的开创者便是西王母之高徒玄女的后人。唉，那已是很久很久以后的事了。商朝为周朝所灭，而周朝的第五任天子周穆王驾神车西巡，与另一位美丽的西王母在昆仑神山再续一段佳话。当真是白云苍狗，世事如棋呀……"

在时有时无的絮叨声中，众人在黄沙大漠间一路艰难西行。

第二章

楼　兰

幻冥渊的西北方是茫茫无际的广大沙漠，众人取道西南，需要对抗的不过是些自然风沙的侵袭，倒还可以忍耐。

不知熬过多少个黑夜白昼，前方终于又能看见胡杨树了。先是孤零零的一两株死树，枯干的老枝耸峙向天，然后，慢慢地就能看到三五成群的胡杨树。

终于有一天，他们看到了成林的胡杨，看到了舒展着参差黄绿叶子的胡杨树。

风君天不禁仰头一声长啸。他们已经接近了水源，他们已走过了最艰难的恐怖地段。

【作者注：从休屠城（武威附近）到达楼兰（西汉早期的楼兰应在罗布泊地区的边缘，不是后来大家熟知的鄯善地区），其地图路线至少一千千米以上】

慢慢地，沙漠上零星的绿色多了起来。

又过了些日子，在他们的水囊干瘪后的第二日，他们终于看到了绿洲。

这一日，远方一片银光，竟是到了一片湖泽的边缘。

云裳当先欢呼道："前面居然是个大湖！"

遥遥望去，前方果然是一片浩渺无边的大湖。众人心神振奋，连坐骑都欢快起来，呼呼地疾奔过去。

终于到了近前，但见湖水清亮透彻，那深青的水色将天光、日轮、云影无比清澈地倒影出来，仿佛一面硕大无朋的明镜。湖边是繁茂的水草，数百只不知名字的水鸟欢鸣翱翔。这里湿气氤氲，令人神气畅快无比。

卓轻闲欢呼道："这大湖应该便是著名的蒲昌海。此湖又叫盐泽，广袤五百里，冬夏不增减。相传蒲昌海又分东西两片，西湖为淡水，东湖下有盐沼，水咸而产盐，所以才有盐泽之名。"

张骞纵目远眺，叹道："蒲昌海，盐泽，应该便是《山海经》中提到的'泑泽'。所谓'敦薨之山，敦薨之水出焉，而西流注于泑泽'。在那份咱们千辛万苦得来的绝密舆图中，也标出了它的位置。"

他高高扬起马鞭："大湖那边，便是楼兰了。"

蒲昌海太大了，其外围还有许多大小各异的湖泊相互环绕。他们沿湖边前行不久，便看到了绵延的草原、山坡，还有城市。

走入城内，张骞等人便都有些惊喜。这楼兰可说是农牧兼重，百姓筑城而居，习俗更接近中原。

这座小城内还可见到许多商贾集市。原来，楼兰位于西域东侧，几乎是最靠近大汉之地。自战国大秦时起，贩运玉石和香药的西域商旅，若想进入中原，必会在此地落脚，所以楼兰人颇为重视商道。

众人在万马堡等地也常见西域各路商贾，但这般真正踏入一座西域邦国城池，还是破天荒的头一遭，不由东张西望，看什么都觉得新鲜。

忽然，集市上一阵大乱，马蹄声、马嘶声与人的惊呼之声四起。迎面有一队匈奴兵士纵马奔来，风君天等人大惊，万料不到刚入楼兰，便撞见了匈奴追兵。

"不要莽撞！"卓轻闲沉声道，"是僮仆都尉的人，不是冲着我们来的。"

僮仆都尉,是匈奴于西域设置的总控西域各路小邦、收缴税赋的官衙。官如其名,"僮仆",便是匈奴视西域诸邦如僮仆奴隶。多年来,僮仆都尉治所设在左贤王辖区,却又归匈奴单于直管,故历任僮仆都尉与左贤王一直是貌合神离。

众人听了卓轻闲的话,略松了口气,从旁观察,见这拨匈奴马队人数并不多,马队之后,是几辆大车,车上竟是密匝匝排列的闪亮刀枪和羽箭。

卓轻闲低声道:"僮仆都尉近年来常居于焉耆、危须、尉犁三个小邦之间,然后往来诸邦,收缴重税。楼兰人善于制作兵器,已成为匈奴人制作铁器兵刃的基地。"

说话之间,几辆满载兵器的大车络绎驶过,两个锦袍貂帽的匈奴将军才悠悠然催马而来。二人都已喝得醉醺醺的,臂弯各揽着名妖娆女子,斜跨鞍前。

卓轻闲笑道:"原来如此!我刚才还奇怪,这些僮仆都尉麾下的匈奴兵向来倨傲懒散,极少亲自押送军械,原来他们要的,是楼兰美女。"

风君天等人便也笑起来。楼兰人种混杂,楼兰美女可谓天下闻名。西域乃至匈奴贵族都以拥有楼兰美女作为一种奢华的象征。

一名楼兰官员巴巴地奔过来,在后面高叫道:"多谢大人宽容!便这么定了。我们楼兰不产马匹,进贡骏马的数量,今后便降为一百匹啦。"

那名匈奴将军回头喝道:"一百匹,不能再少了!聚齐了,明日就启程,给老子送过去。"他看都不看那点头哈腰应承着的楼兰小官,却拍了下身前楼兰美女的美臀,"这小娘,真他娘的够劲!"

张骞望着匈奴马队走远,才冷笑着说道:"收重税,征军械马匹,还要抢美女,匈奴只知横征暴敛,只怕西域诸邦早已怨声载道了。"

吕英道:"匈奴人对于兵器打造之法其实一直半生不熟,始终仰赖楼兰等西域小邦,如果我们能打通西域,匈奴便失去了军械库、粮仓乃至财库。"

十年前,他们奉命出使西域时,真正的使命是联络大月氏,但在休屠城这些年，他们深隐潜伏，多方打探，反而觉得，大月氏早已被匈奴赶到西域的极西之地，已很难成为大汉的盟友。张骞等人深思熟虑之后，均是更加注意对西域诸邦的总体谋划。

"不错！"张骞双眉一挑，"咱们这便去楼兰王城，见一见楼兰王。"

一路艰辛，众人均是困乏之极，于是在这小城中抓紧觅地休息，做好驼马、食物等补给。

他们又议论起那股神秘的追兵。张骞认为，左贤王正忙着与于单太子夺权，这是其生死存亡之战，应该不会安排大队人马、耗费这多时日来追击使团，最多不过是些小股人马，不足为虑；况且这里是楼兰，形同谋反的左贤王身份已暧昧不清，难以如往常一般，辖制楼兰等西域诸邦。

从大漠中死地求生，众人都是困乏之极，在小城内休整了两日，才再次启程。

过了小城，再向前行，穿过两处集市，这日午后，便遥遥地已能望见远处那座城墙巍峨的大城。那便是楼兰的王城，是整个楼兰最大的城池。

不知为何，城外的郊野这时候却很热闹。前方有一条大河，如一道银带般在原野上绕了个弯，奔腾远去。此刻，河岸上下聚满了人，大老远的，就听到号角悠扬，鼓声响亮。

众人走到近前，见河岸之上，数百名戎装军汉一排排地昂然而立，神情肃穆，堤坝上则聚了上千百姓，伸脖子瞪眼地望向军汉们环绕的一处高台。高台显是临时搭建的，一名巫师模样的人正向着大河不住地叩拜，巫师身后却又站着一名妙龄美女。

这女郎十七八岁年纪，虽看不清眉目，却是肤白胜雪，容颜俏丽。楼兰女子的服饰兼具方便与美观，这美女所穿的红色锦袍则颇为奢华，来自汉地的高级织锦上绣着淡金色的花纹，在日光下闪着熠熠辉光。

"他们是在用巫术魇胜。"卓轻闲沉吟着说道，"楼兰，乃至整个西域，最大的问题仍是水源。他们在大河前作法，莫非是因为水源有了麻烦？"

众人都是很寻常的西域商贾打扮，此时悄然混进人群，毫不起眼。卓轻闲寻了个楼兰女子，很快便问出了大概。原来这大片郊野土地肥沃，为了农耕需要，楼兰在这一条大河上修了个水坝，以蓄水灌溉，不想水坝修成后，水势却汹涌鼓荡，大有无法收拾之势，因此请来巫师，施法镇水。

卓轻闲凝神望去，果见河水在坝前哗哗地咆哮不休。他知道，西域乃至匈奴都崇信巫术，遇见难事，往往要请巫师禳解，但这等水利之事，居然也由巫师作法，也是一奇。

"难得啊，一入楼兰，就看到了一场热闹！"卓轻闲谢过那楼兰女子，对众人转述指点道，"看见那红裙美女了么？这场巫师的大法事已到了紧要关头，需要楼兰公主亲自登场献祷。那位便是楼兰公主诺琳。她的美艳之名远扬西域，风头直追当年的吉祥居次。"

听得"当年的吉祥居次"这几字，吉祥绝美的玉颊上掠过一丝黯然，这黯然却是一闪而逝，接着又是一派天真之色。

果然，稍时鼓声一停，那巫师退后一步，红裙女郎款款走上两步，站在高台中央，双手捧起一片五色花瓣，朗声道："精诚和善的楼兰，恳请河堤不溢；法力广大的水神，保佑大河平和……"

她的声音清朗圆润，引得四下里都静了下来。张骞等人也在凝神静听，但偏在这一静之际，甘夫和吕英同时听到身边传来的一声低语："大爷有令，可以动手！"

这话语中透着一抹浓烈的杀机。声音本来不高，但因为这时候看热闹的人群正静听那楼兰公主曼妙的祷词声，便被甘夫和吕英听个满耳；更因说话人用的竟是匈奴语，自以为在一群楼兰人中不会引人注意，便也没有刻意遮掩。

甘夫提示了下张骞。几人悄然望去，却见几步外站着两个头戴斗笠的汉子，看衣饰是寻常的商队伙计打扮，但瞅那笔直的腰板和绷紧的双肩，便能觑出一抹深隐的杀气。

那两个斗笠人显然也发觉身边变得安静了，接下来便都用极低的声音交谈。甘夫目不转睛地盯着对方，捕捉着他们的话音。

安静不久便被打破。随着诺琳公主将五色花瓣抛向河中，人群和军汉们爆出了阵阵欢呼。

张骞知道甘夫身具异禀，能读懂人的唇语，便低声对甘夫道："他们是冲着谁来的？"

甘夫盯着那两个人翕张的口唇，也低声恢复："他们说，她只带了七八个人，这很简单……天黑前，公主还要去拜祭河神，河神祠附近很荒僻……"

吕英忍不住嘿了一声："这两个斗笠客还有七八位同伙，都是通明道高手，似乎要对公主下手。使君，我们要不要帮忙？"

说话间，那两个汉子将斗笠向前拉低，朝人群前方挤了过去。

张骞扬了下眉毛，沉声道："甘夫和云裳先去探探情形，偃术联络，见机行事。"甘夫领命，扯了下云裳，悄无声息地向斗笠客的方向挤了过去。

这时，忽听得人群又爆出一片喧哗。原来那水势不知为何竟又鼓荡起来，挟着哗哗的怒啸不住地冲击着堤坝，众人看到，便是一阵惊呼。诺琳公主抛出五色花瓣、香药等祭祀物，见河水越发汹涌，秀眉深蹙，蓦地转过身来，娇喝道："来人，弓弩手伺候，给我射水！"

那昂然挺立的军汉们都是一愣。

"没听清么？"诺琳公主对为首的将军喝道，"呼权铁将军，命令你的军士们，张弓搭箭，射这条河，射这个暴戾无德的河神！怎么了，不敢了么？连一条河都怕，还当什么卫护王城的大将？"

那名叫呼权铁的将军本来还有些犹豫，听得最后一句话，登时怒目圆睁，掀起满腮的大胡子，叫道："弓弩手，还愣着干什么？都聋了吗？公主有令，给老子射！"

一声令下，众兵卒张弓搭箭，羽箭一轮轮地向怒啸的河水射去。

张骞、吕英等人面面相觑。古来有施法镇水之说，却从来没听说这样以"乱箭射河神"的法子,这位楼兰公主当真泼辣率直得可爱。

高台边上,那巫师吓得面无人色,却又不敢阻止,忙对周遭看热闹的人群叫道:"快,跪下!一起祈祷,一起祈祷!"

西域崇信巫法,楼兰百姓和军士对巫师之言无不听从,当下近处的百姓们便一层层地跪倒。一时只闻嗖嗖劲响,羽箭横飞,或远或近地攒射在起伏的水面上,水势却似示威一般,兀自喧腾呼啸。

诺琳公主有些紧张,也觉得有些无助。她发令射水,本就是赌气任性之举,却也担了不少风险。若是水势不退,她就要坐定冒犯河神之责。茫然之际,她不由向身边扫了一眼。

便在这时,她看到了甘夫的脸。

其时近前的百姓们都已跪倒,军士们一排排轮流上前、单膝跪倒放箭。那几个别有用心的斗笠客随着众人跪倒,跟着斗笠客挤到近前的甘夫却没有跪下。

他身子颀长,此刻"众人皆跪我独立",便鹤立鸡群般醒目,让诺琳公主一眼便看见了他。

不但没有跪,甘夫还在笑。他觉得这女郎很有趣,便笑了。

于是诺琳看到一个俊逸得像个美女般的青年正望着自己笑,是很不以为然的那种笑。这家伙昂然挺立在阳光下,他的姿势是那样随意,又那样充满野性,似乎天塌下来也不在乎。

他白皙的脸,俊俏的眼,雪白的牙齿,都在午后的斜晖下闪着光。

诺琳的心不知怎地便怦然一跳,玉面更红了一下,却愤愤地瞪了他一眼。

"快跪下!她在瞪你了。"云裳狠狠地拧了一下甘夫的腿。她仰起头,看清了楼兰公主的脸。那蜜色的脸蛋、灵动的美眸,配上一头闪闪的金色长发,便让这诺琳公主有了一种张扬的美。

云裳不由哼了一声:"还傻站着干什么,想这公主看上你么?"

"放心,她没你漂亮。"甘夫又笑了下,才跪了下来。

二人虽然心心相印已经很久了,但在使团深陷休屠城的这几年间,甘夫有数次奉命远赴京师长安传递消息，二人间聚少离多，这次启程出使后才得以真正地长久相处。

两人的处事方式全然不同。甘夫是个万事随和的简单性子，在他心底，云裳跟自己早已是夫妻了，只不过出使在外、太过困苦艰难，先不要孩子罢了。而在云裳心中，却仍想着，他应该如同万千大汉百姓一样，有个仪式，将自己迎娶过来。

这一冷一热两种性子的人在一起，便时常会相互斗嘴，有时也会有些争吵。

诺琳还在瞪着甘夫。看到那个可恶的家伙居然又笑了一下才跪倒，诺琳不由愤愤地想："白白生得这样俊俏，可惜是个傻子！"

"水势要退啦！"那巫师忽然大叫起来，"全都跪倒，全力祈祷！"

诺琳一喜，忙凝神看去，果见水流的咆哮声小了许多，甚至丛丛乱箭击到河面上的水花都小了些。

人群发出阵阵欢呼，更多的人跟着前面的人纷纷跪倒，口中念念有词。张骞自然不愿跟着跪地祈祷，但又觉得这般站着太过失礼，便挥了下手，准备率人离开。他知道，甘夫与云裳身手精妙，且机智而谨慎，绝对能应付那几个斗笠客。

刚刚转过身，张骞忽觉有异。在一片惊呼着跪倒的人群对面，他看到了另外一堆人。那百十号人显然也是刚刚赶到，一个个黑袍劲装，牵马架鹰，杀气腾腾，冷然而立。

为首的那个脸色苍白的青年，目光正如刀子般直扎了过来。

雪枭也是刚刚看见张骞一行的。张骞几人虽然穿着西域商贾的衣饰，气度却是卓尔不群，让他眼前瞬间一亮。

河岸上的人几乎都跪倒了，只有他们这两拨人马昂然而立。

激越的鼓声、低沉的胡笳声、嗖嗖的箭鸣声和嘈杂的祈祷声中，他们的目光掠过那片跪伏的人群，仿佛宿命般地撞击在一处。

"张骞！"雪枭索性扬声一喝。

张骞也扬起长眉，朗声回喝："对面可是左贤王麾下？"

"你可以叫我雪枭王子。"青年阴沉沉地笑了。

两个人不约而同地扫了眼祈祷仪式。张骞挥了挥手，大踏步离开了。

两方人马并没有见面就展开死战，相反都保持了高贵的矜持，没有打扰这场热闹的仪式。

张骞和雪枭走在各自队列的最前方。二人并肩前行，向远处的楼兰王城走去。在他们身后，是仍在跪拜的楼兰人群和仍在疾射着的箭雨。

"我听说过你。雪枭，休屠城乃至整个匈奴崛起最快的奇才。你应是最后那次天选盛会的双龙之一吧？"

"很凑巧，那次天选大会仍是决出双龙后便忽然停息了。我们二人，居然在天选盛会上走得一样远。"雪枭饶有兴味地盯着张骞，"没想到你们竟穿越了幻冥渊。否则，你们就会一头撞进我匈奴数千铁骑大军的埋伏。"

"本府也没有想到，左贤王用人之际，你们仍会阴魂不散，绕道赶来楼兰堵截。"

"总算不虚此行。"雪枭如同看着网中的猎物般，打量着张骞身后的几个人。看到吉祥居次，他登时露出满面惊艳之色，犹豫了一下，才苦笑着说道，"吉祥居次！您怎么跟这个汉人俘虏在一起？"

"你是个傻子么？"吉祥居次冷冷地瞪了他一眼，随即仰脸向天，"他是我的丈夫呀！"这句话虽是仍如小女孩说话般，直接，简单，却让人无法辩驳。风君天等人听了，都大笑出声。

雪枭叹道："吉祥居次有所不知。张骞当年虽然被左贤王招赘为婿，但从他私自叛逃休屠城的那一刻起，就只是个汉虏身份了。"

"他永远是我丈夫。跑到天边去，也是我丈夫。"吉祥似是有些害怕，缩在张骞身后，语声却极为坚定，"倒是你，像个强盗！"

雪枭微微一笑，举起令牌，说道："见此令牌，如左贤王亲临！请居次听从你父王之命，随我回去。至于张骞一行，若执迷不悟，就地斩杀。"

忽然间剑芒一闪，吕英已经出手。他懒得多说废话，他的剑光就是回答。

冷哼声中，金雕客库欣大剌剌地挥刀来挡。刀剑相交，锐利的交击声穿透了啾啾作响的箭雨，在所有人的耳中炸响。

硕大的金色雕影在刀芒中一闪而逝，随即又出现在库欣的肩头，一缕血痕顺着羽翼流到巨大的雕爪上。

库欣惊讶地望向吕英。这个瘦猴般的青年竟让他吃了亏！

"小子，难得你年纪轻轻便迈入了天元道。"库欣森然道，"但真实比拼，你必败无疑。"

"我可能会败，但你极可能会死。"吕英眸光凛然跃动。他很清楚，库欣身后是四位银鹫客，以及近百位训练有素的龙城死士，双方如果发生厮杀，必是两败俱伤的死战，但很可能会是雪枭一方最终艰难获胜。

"何必这么急？"雪枭却笑了，眼芒熠然一闪，"前方便是楼兰王宫，我们何不先去喝上一杯。"

张骞也笑了："正有此意。"

这时却听得身后遥遥地传来巫师的狂喜大叫："水退啦，水全退啦！"

他喊得声嘶力竭，引来人群高声欢呼，不知是谁高喊了声"诺琳公主"，于是更多的人纷纷"诺琳公主、诺琳公主"地呼喊起来。

"愚蠢的家伙！"雪枭却哂笑着嘀咕了一句。

高台上的诺琳长舒了口气，圆润的脸上耀出兴奋的霞彩。不知为何，这时候她很想再看看那个不知趣的傻笑青年，转头搜寻，那个家伙却已淹没在欢庆的人流之中了。

颇有些得意的楼兰公主，在众人的欢呼声中翩然下了高台。她挥挥手，命呼权铁将军继续率兵夯实河堤，自己只带了七八名随从，纵马向远郊驰去。

张骞回头远眺，看到那两个斗笠人也悄然缀了下去，不由暗自思索：公主应该是去往河神祠了。在楼兰境内，竟敢对楼兰公主动手，这伙人当真是胆大包天。他们是谁,难道是雪枭一伙?

"不要想着逃跑!"雪枭见张骞远望沉思,在一旁冷笑道,"那就很无趣了。"

张骞没有搭理雪枭,扯下西域商贾样式的外袍,露出里面的大汉袍服,又自革囊内抽出象征着汉使身份的节杖。

厚重的王宫大门打开,号角响起,鼓乐齐鸣。

楼兰王率领着一众近臣,诚惶诚恐地迎至宫门外。

楼兰本就在匈奴大军铁蹄的控制下,作为西域最靠东的小邦,又比较接近大汉。汉帝国近年来蒸蒸日上,更曾与匈奴数次直接争锋而不落下风。显然,楼兰王做梦也想不到,大汉使者和统辖西域的左贤王亲信,竟会在同一日来到他的楼兰王宫。

楼兰王名安积,年纪已过五旬,但白皙的肤色和多年的养尊处优,让他看上去要年轻许多。安积自知,大汉与匈奴,哪一方他也不敢得罪,故此对谁都客客气气,对张骞,是一口一个"上使";对雪枭,则开口闭口"雪枭大人"。

他唇上的两撇翘胡子修整得格外整齐,原本颇有威严之态,此时对张骞、雪枭两方左右揖让,点头哈腰,便显得有些滑稽。楼兰王驾前也有左右两大丞相,此时早奔过来,分别陪在张骞和雪枭身边。

雪枭兴致极好,脸上带着成竹在胸的阴沉笑意,当先悠然走入王宫迎客的大殿。

楼兰王庭内的宫殿,不及长安皇宫巍峨雄伟,但更为圆润和灵动,带着明显的异域情调。宴客的大殿前,有数对造型奇特的驼、鹿、雕等石雕,下有水道流转,汨汨清水从雕工精致的石雕嘴中喷而出。

两拨人还没有落座,忽听殿外一阵喧哗,原来又有一群人怒冲冲地到了殿外。为首一人怒喝道:"安积王!你怎么可以接待反贼伊稚斜的亲信?我冒格身为匈奴大单于单的特使,决不允许这种事发生!"

这人嗓门很是洪亮,在厅外怒吼,殿内众人都听了个真真切切。

安积那胖脸上的翘胡子瞬间耷拉了下来。这位冒格大人，正是匈奴太子于单派来的特使。

太子于单对河西之地也极为看重。军臣单于暴毙，他立即派出心腹冒格，以特使之名巡视西域，除了监视蠢蠢欲动的左贤王，更着重于对西域诸邦的安抚拉拢。冒格特使在赶来西域的途中，便听闻了左贤王伊稚斜起兵造反的消息，他不敢再入休屠城，只得转了个弯子，先来到楼兰。

冒格在楼兰已待了三四日，每天对安积恩威并施，只想让楼兰尽早表态，站在太子于单这一边、对左贤王口诛笔伐，最好是乘虚出兵攻打休屠城。

安积统治下的楼兰是个小邦，只有两千余兵马，哪里敢招惹左贤王！这两天只是曲意逢迎，虚与委蛇，正自感度日如年，却没想到左贤王的亲信和大汉使臣竟同时赶来。

安积吓得六神无主。这次迎接张骞和雪枭，其实是背着冒格的，只想偷偷敷衍，将这两路邪神尽早打发上路了事，不想怕什么来什么，冒格不知从哪里得到了消息，竟亲自跑来问罪。安积浑身发抖，脸上露出一抹比哭还难看的笑容，无奈地望向自己的左丞相归塔。

左丞相归塔心思活络，忽然一拍脑袋，笑道："冒格特使不要误会！这位雪枭大人，是得知美丽的诺琳公主即将迎来十八岁生日，特来敬贺公主芳辰的……我们楼兰人的规矩，远道而来，都是贵客，好客的楼兰人自然都要奉为上宾。嗯，这位大汉帝国的上使张骞，恰好、恰好……也途经我楼兰，也闻知了公主芳辰的喜讯……"

归塔显然想不出张骞出使的真意，话圆不下去，只得求助般地望着张骞干笑。

张骞善解人意地一笑："本府奉大汉天子之命，出使西域，恰逢楼兰诺琳公主芳辰，自然也要赶来敬贺。"

安积万分感激地向张骞连连拱手，扬着脸哈哈大笑："我们西域的规矩，越远的客人越尊贵，自然要喝上好的美酒。当然，冒格上使才是真正的远道贵客，快请一同落座。"

楼兰王暗自舒了口长气。将女儿的芳辰抛了出来，这主意确实很高明，至少将气势汹汹的三拨互相敌对的来者都美化成了致贺方。

诺琳公主明丽聪慧，虽然不及当年风华绝代的吉祥居次，但这两年在西域也算艳名远播。冒格听到诺琳的芳名，脸色也一缓。他知道，西域人确实有重视远客的风俗，遂板着脸，冷哼一声，率着手下大喇喇地入厅落座。

楼兰王宫的迎客大厅内，破天荒地聚集了三路人马，分别是代表匈奴正统的太子于单的特使冒格、起兵争锋夺位的左贤王的亲信雪枭，还有与匈奴抗衡多年的大汉使者张骞一行。

"冒格啊，既然是公主芳辰，不妨先喝杯寿酒。"雪枭笑吟吟地望向这个突然冒出来的新对手，"你若是想找死，也不妨先喝了酒再死。"

冒格大怒，嘿嘿冷笑道："是呀，擒拿反贼，还有汉虏，都不妨等先喝了公主的寿酒之后再说。"

张骞却摇了摇头："敢问冒格特使，你可有军臣单于缉拿我的命令？"

冒格脸色一僵，冷哼道："难道你有军臣单于准许你出使西域的令牌？"

"自然有。"张骞举起一块黄澄澄的令牌晃了晃，"我曾面谒军臣单于。单于对我始终礼敬有加，苍龙坡前，曾让百十位匈奴权贵为我敬酒，此事天下皆知。尊驾若没有军臣单于亲颁的密令，又怎可无端斥我等为汉虏？"

当年甘夫从龙城远遁，身上便怀有几块匈奴最高等级的令牌。虽然已过去数年时光，但匈奴王庭凡事崇简，对这等极高等级的令牌并不会时常更新。张骞此刻只是遥遥一晃，冒格自是难辨真伪，更兼张骞张口便把军臣单于搬了出来，竟是把冒格驳得哑口无言。

冒格深知，此时自己最大的敌人倒不是张骞这个"外敌"，而是雪枭这"内奸"。眼见雪枭一脸幸灾乐祸的笑意，冒格不想让这小子看笑话，只好愤然落座。

安积见状，忙道："大家远来是客！都是贵客，不要纠缠这些小事，请……快，上酒，献舞！"

早有侍女流水般摆上酒宴，明快的西域乐声响起，三十六名衣着艳丽的楼兰美女穿花蝴蝶般进入大厅，翩然起舞。

艳女欢歌，美酒佳肴，让众人紧绷的心神为之一松。张骞暗中留意，自己这边因甘夫和云裳未归，这时只有五人，已是尽数落座。雪枭一方有百十号人马，只有六人入厅，除了金色衣饰的金雕客，还有四位银衫的银鹫客。

那边的冒格身后，矗立着四名护卫，身边陪坐的两人都是万灵宗巫师的打扮。

这时已是一曲舞罢，曲调变换，柔媚了许多，美女们柳腰款摆，仿佛随浪逐波的水草般袅娜灵动。冶曲艳舞，显然是楼兰一方的刻意安排，希望用妖娆的歌舞化解殿内浓郁的杀机。

冒格开始时还怒冲冲地瞪着雪枭，渐渐地却已为妩媚的舞女所迷，只是偶尔还瞪视雪枭几眼。雪枭却压根儿不看冒格，火辣辣的目光只盯着一众艳姬，神色痴迷，仿佛已沉醉于其中。

左丞相归塔轻轻击掌，曲调立刻由舒缓转为急促，三十六名美女围成一圈，随着曲声旋转起来，仿佛一朵盛放的鲜花。跟着，这朵"大花"又化作了四朵"小花"，八名美女各自绕着一名美女，劲舞不停。

曲声再变，四朵"小花"中领舞的美女翩然转出，分别给张骞、冒格、雪枭和楼兰王敬酒，其余美女也蛱蝶穿花般穿插入席，亲昵偎依在三方贵客身边，献酒助兴。

一名绿裙美女刚靠在张骞身边，便被吉祥居次不客气地扒拉到了一边。饶是那美女自负绝色，忽然看见明艳绝伦的吉祥居次，也不禁自惭形秽，竟是呆了一呆。

雪枭哈哈大笑："张使君，瞧吉祥居次对你何等情深义重！你还是乖乖地跟我回左贤王府，继续过你那逍遥快活的日子吧。"他嘴上说得正经，手上却将两个楼兰美女揽入怀中，左拥右抱，忙得不亦乐乎。

张骞悠然道:"尊驾是想让我跟你走?却打算置冒格特使于何地?"

冒格虽知张骞这句话有坐山观虎斗之意,还是忍不住冷哼:"不错!这一众汉使是走是留,本来也轮不到你这逆贼说话。"

雪枭笑道:"冒格,你这蠢材!再怎么说,大家也都是匈奴好汉。我看,你我还宜冰释前嫌,先将这几个汉虏擒了。"

他这后半句话其实颇令冒格心动,但开头那句无礼的谩骂,却让他无法忍耐,于是大喝道:"我冒格是祁连山下顶天立地的大好男儿,一生效忠军臣单于和于单单于,怎么能跟你这逆贼一路!这张骞一行虽是汉人,到底也有单于令牌,倒是你这批逆贼,是十足的乱臣!安积王,你最好将他们拿下,就地正法。本使会禀报于单单于,重重有赏。"

安积一脸苦笑,不敢搭腔。归塔站起身,赔笑道:"特使见谅!公主寿宴,实在不宜大动干戈,什么事也得过了这三天再说。"

"好吧。"冒格将一名楼兰美女揽入怀中,大喇喇笑道,"那就让我们见识见识楼兰的美丽居次吧!"

"是,是!安胡呢?"楼兰王嗔怪地喊着自己的右丞相,"快将诺琳叫出来!她真是三生有幸,十八岁芳辰,有这么多贵客赶来相贺。"

众人觥筹交错之际,右丞相安胡一直进进出出,在焦急地忙碌着,这时他满头大汗,躬身道:"启禀吾王,诺琳公主……失踪了!"

殿内众人闻言,登时乱成一团。

楼兰王强作镇定,吩咐赶快派出人手,四处找寻。

这边还未安排妥当,忽听有阵阵喊杀声遥遥传来。王宫侍卫长官匆匆赶来禀报:"启禀吾王,大事不好!有一彪人马冲过来了,足有上千人,已杀到王宫外了。宫内侍卫不足,只怕难以抵挡。"

"哪里来的兵马?"归塔怒道,"呼权铁将军正在城外率军断流修坝,怎么不就地拦阻?"

"下午时分镇水成功,呼权铁将军率领人马回营庆贺去了。这时,只怕已醉得不省人事。"

归塔惊道:"便是呼权铁不顶事,我们的楼兰王城的城门何等坚固,怎么会被人攻破？"

"这帮人先派人混入城内……他们手中有令牌，是公主的令牌，夺了城门后，便一路攻杀过来，现在已经攻到了宫门外。"

楼兰王安积又惊又怒，喝道："大将军莫诃何在？"

"莫诃大将军也赶去呼权铁将军的营内庆贺了……"归塔脸色苍白，"诸位贵客来得匆忙，也未及请他过来。"

楼兰王怒道："快！紧闭宫门，快去召莫诃将军……"

张骞知道，楼兰是小国，只有两千军马，王城附近只有千人戍守，突然被人夺下城门，可以说形势已岌岌可危。他凝神观察雪枭和冒格的脸色，心内疑云突起。

"雪枭大人，我小小楼兰，可不曾得罪左贤王殿下呀！"楼兰王忙向雪枭拱手。他暗中琢磨，那边匈奴僮仆都尉的人马刚刚搜刮一番，满载而去，这时候距离楼兰最近的威胁，自然是陈兵休屠城的左贤王大军，这批突然杀到的人马定是雪枭安排的。

雪枭却摇了摇头，冷冷道："我雪枭如要取你楼兰，直接擒了你便是，用不着这样费力。"随后他眼芒一闪，喝道，"冒格，是你搞的鬼么？"

"胡说！"冒格拍案而起，愤然道，"楼兰王，你被人偷袭了！咱们快上宫城，看看形势。"

安积忙呼喝宫内侍卫，令他们持着盾牌护驾，带着众人匆匆出殿。

楼兰颇为富庶，王宫虽不及长安未央宫那般壮观弘大，也是极为坚实雄峻。此刻有外敌来侵，宫门已然锁闭，侍卫们在宫墙上弯弓搭箭，正与来敌对峙。

楼兰王探头一看，吓得几乎瘫软倒地。宫门外啸聚了至少两千人的马队，马上的人衣饰不大统一，马匹也良莠不齐，却是极为彪悍，不少人赤着上身，挥舞着长短不一的刀剑，在宫门外狂吼不休。

"禀大王：这不是邻国军队，应该是悍匪，看来像是……"归塔话未说完，一支箭已当头嗖地射来。

这一箭劲急无比，归塔正自盾牌后探出头来说话，想要躲避，已然不及。卓轻闲手疾眼快,探掌拈住,沉声道:"是我们的老朋友,沙匪撼天风的人马!"

众人的心都是一沉。沙匪撼天风当年就盘踞在天幻堡附近,连左贤王也奈何他们不得。军师黑龙殒命天幻堡,撼天风失去了一个极好的帮手,这些年被左贤王大力清剿,只得不断西移,近年来迁移到蒲昌海附近,仗着蒲昌海周围广大而复杂的地理环境,同楼兰和赶来围剿的匈奴铁骑周旋。

"撼天风,又是这老贼!"楼兰王安积脸色铁青,愤愤道,"他们是拿着诺琳的令牌诈开城门的……诺琳,难道已落在这群家伙手中?"

张骞凝望着那群纵马呼啸往来的沙匪,沉声问道:"谁是撼天风?"

对这个大沙匪头目,他是久闻其名,但据说此人极为神秘,很少有人见过其真容。

归塔缩在宫墙箭垛后,说道:"你找不到撼天风的。这老家伙据说每有大战都会亲临,却总是混杂在沙匪群中,极少现身。当年这股沙匪有三大头领,军师黑龙十年前死了,现在据说有七大当家,铁骑三千!"

说起铁骑三千,楼兰君臣的心都是一紧。这些沙匪悍勇无比,在人数和实力上,绝对碾压只有两千兵马的楼兰。何况楼兰这两千兵马还要分成三处驻防,王城外只有呼权铁统率的千余人马。便是这千余人,这时只怕正烂醉如泥呢!

这时,一道凄厉高亢的口哨声响起,众沙匪的怪叫声瞬间便安静了下来。城头众人循声看去,只见一头黑色巨豹张牙舞爪地窜到阵前,豹身上坐着个光头青年。他的身上只在腰间围着片虎皮,裸露的肌肉虬筋暴凸,脸上闪着红光,彪悍之气外露。

他怀中搂着个红裙美女,正是诺琳公主。

"这骑豹的小子名叫漠虎。"归塔惊道,"是撼天风的儿子,七大当家排行第六位。"

漠虎已高叫起来:"楼兰王,看清楚了!你的美丽女儿在这儿,在老子怀里！立刻乖乖地给老子开了宫门！放心，开了宫门，你就是我的岳丈大人，我漠虎保证，绝对不会为难你。如果不然，我这些个儿郎，便都会认你做老丈人。"

哄笑声暴起，口哨声和啸叫声跟着响起。

"怎么样，是做我一个人的老丈人，还是做我们所有弟兄的老丈人？选一个吧！"漠虎拍了拍胯下黑豹的脑袋，那巨豹仰头怒啸，震耳欲聋。

"咱们把话说在前头。你若不开门，稍时老子就要火攻了！等我们攻进去时，你们这些家伙，都会被扒光衣服，扔进沙漠喂蝎子。"

宫城墙头众人呆愣之际，冒格阴沉地一笑："楼兰王，我冒格可以帮你救回公主。区区沙匪，可以不惧左贤王，却绝对不敢触犯大单于的虎威。"

"多谢圣使！快请圣使出手。"安积大喜，几乎就要给冒格跪下了。

冒格冷哼道："不过，你万事都要听我安排。我要你先斩了雪枭，擒了张骞。"

楼兰王脸色僵硬，颤声道："这……圣使这岂不是强人所难？"

归塔忙道："这个……还请圣使先跟沙匪说一声，让他们不可虐待公主，或是先将公主放归，我们也好安排。"

冒格哼了一声，探头向城下喝道："各位沙匪好汉们，看清了！我乃匈奴于单大单于的特使冒格……"

话未说完，嗖嗖嗖，一串乱箭已疾射过来。冒格身侧那黑脸巫师忙挥掌将羽箭震飞。

"混账，眼瞎了吗？老子是大单于特使冒格！"冒格愤愤地咆哮着。回答他的是一支罡气鼓荡的劲急羽箭。虽被那黑脸巫师掌风震荡，那箭却只微微一偏，噗地一声，射中了冒格的貂帽。

漠虎哈哈大笑："狗屁匈奴特使！老子只认老丈人。老丈人还不开门吗？看来是时候让楼兰换换天啦！"

冒格脸色苍白，缩身在宫墙箭垛下，喃喃道："疯了！这群疯子……"

雪枭忍不住哈哈大笑。冒格怒道："混账！你笑什么？这群沙匪冲进来，你同样是个死。"

"蠢材永远是蠢材。"雪枭傲然道，"楼兰王，这些沙匪自以为是。他们现在是一盘散沙，只怕还不知道我们这一彪铁卫在此。若是我亲自率人出手，擒贼擒王，料也不难。不过我这人，向来不会白白帮人的。"

"雪枭大人，你……你想要什么？"楼兰王颇有些无奈。

"救下公主，击退沙匪，这两拨人，便由我来处置。"雪枭淡然说道。

冒格气极反笑："楼兰王，快让这个蠢材下去！哈哈哈，让我们看看，这只扔进狼群里的小狗，能耗上多久才会被撕成碎片！"

"想好没有？"漠虎仰头怒啸，铁臂一夹，诺琳不由发出一声痛哼。

安积咬了咬牙，低叹："这是我楼兰的劫数，没来由地惊扰了远道而来的贵客！在王宫内还有一条秘道，归塔，安排死士，送贵客们先离开险地。"

片刻间，楼兰王已下定决心，无论如何都不能得罪这三路贵客，哪怕关键时刻舍弃自己的女儿！只要送这三路贵客安全离开王宫，自己也会率着一众亲信，从秘道逃出沙匪的包围圈，再召集人马重整河山。

冒格双眼一亮，大喜说道："还有秘道？你怎么不早说！抱歉，我们先走一步了。"眼见雪枭一脸讥笑，又板着脸怒道，"笑什么？逆贼！老子这就去僮仆都尉处搬兵过来，剿沙匪，擒逆贼。"他嘴里嘟嘟囔囔，在王宫侍卫的引领下，猫着腰下了箭垛。

雪枭斜靠在箭垛前，冷冷地望向张骞："张使君有何高见？"

"楼兰王，我可以帮你救下公主。"张骞没有看雪枭，只是紧盯着宫城下耀武扬威的撼天风之子。

"多谢上使！"楼兰王苦笑了一声，显得很是无力，"不知上使有何条件？"

"没有条件。"张骞淡淡道，"我大汉讲究以诚待人，绝不会乘人之危。如果一定要个条件，那么就……当我张骞是个朋友吧。"

雪枭眼芒一闪，却没有言语。

楼兰王心中将信将疑，老眼却已闪出光来，颤声道："上使真能救下小女，楼兰永记大恩！只是……不知上使有何妙策？"

张骞沉吟着说道："这群沙匪多半是冒格招来的。"

安积等人尽皆大惊。归塔忍不住说道："这……当真如此？"

"王宫突遭偷袭，冒格闻讯，却并不惊慌，与他适才慌张从秘道逃遁，判若两人。应该是他私下买通了沙匪，先将公主的行踪透露给了沙匪，命沙匪绑架公主，以便事后要挟你楼兰王。但没想到沙匪的胃口太大。撼天风想必早就觊觎着楼兰这块宝地，接了冒格的买卖，在劫走公主、取得公主身边侍卫们的服饰腰牌后，忽然起意，诈开城门，索性要占领楼兰王宫。"

归塔顿足道："怪不得！适才在大殿内，正是冒格先问起公主的。他一开口，也是很奇怪地大包大揽。"

"楼兰王宫此刻的虚实，只怕都已由冒格透露给了沙匪。敌众我寡，贸然出手，会难上加难。"张骞的目光扫过雪枭，"雪枭大人不愿无条件出手，那便快从秘道逃生吧，晚了只怕来不及了。"

"我会怕这区区几个沙匪？"雪枭呵呵一笑。同张骞目光交击的一瞬，他突然打定主意：自己一定要留下来！绝不能让张骞独自成功，将楼兰拉到大汉那边去。

张骞道："沙匪来袭，玉石俱焚，大家何不同心协力？"

"你是想擒贼擒王么？可是撼天风从不现身。"雪枭想到往日左贤王对张骞的夸赞，终于生出了些好奇心，"说出你的法子。中意了，老子才会陪你玩。"

"好！"张骞望向归塔，"楼兰王宫内，应该只有二百名护卫吧？请归塔大人率一百名护卫从密道中转移出去，只留下百人守城即可。"

归塔大吃一惊。这张骞只扫了几眼，便一口点破宫内仅有二百名护卫之实，更奇的是，他在这时候竟要转出一半的兵力！

张骞继续吩咐，声音沉稳之极："雪枭王子的百名铁卫，身上都有休屠城铁卫的标志。让他们露出标志，分兵五十人，稍时随归塔一起走。"

安积等人均是惊疑不定。

"楼兰王城附近,应该还有未及送交到僮仆都尉处的一百多匹骏马。"见归塔满面惊奇地连连点头,张骞才道,"你们这一百五十人从秘道逃出后,便尽快乘上这批骏马,自沙匪的身后掩杀过来。马腿后要绑上树枝,大张旗鼓,虚张声势。"

雪枭哼了一声:"这里怎么办?"

"无妨。这里先燃起狼烟。狼烟一起,楼兰周遭的数千大军,就会拼力赶来解救。"

"燃起狼烟?"雪枭的眸中闪过一道轻蔑之色,"宫外的沙匪都是瞎子么?他们知道你在招呼援军,立即就会凌辱公主,拼力攻城……"

这边还正在计较,城外的沙匪已失去耐心。

"老子的耐性快见底儿啦!"漠虎一声怪啸,一把扯去公主后背的衣衫。诺琳公主又羞又怒,奋力挣扎,却无济于事。

昏黄的日色下,她后背大片雪润的肌肤白得耀眼,沙匪们看得眼中都冒出火来。

"等等!开门……我们开门。"楼兰王仓惶大叫着。

"不成!"归塔怒喝道,"吾王深思,岂能以一女子放弃整个楼兰!我归塔身为左丞相,宁死不降沙匪。"

"归塔,你要造反么?"楼兰王恼羞成怒,大喝道,"来人,将这归塔给我砍了。"

两个侍卫如狼似虎般扑上去,归塔也咆哮着冲出,箭垛后刀光剑影,响起一阵厮杀之声。这时旁边有人大叫:"不好了,归塔要点火烧王宫!"

果然,宫内燃起了大火,烟光冲天而起。

沙匪们此时都仰着头看热闹,呼哨声起伏连绵。

一个中年老者闪到漠虎身边,低声道:"少当家,那烟火笔直向天,只怕不是寻常的烟火,而是报讯的狼烟。"

漠虎一惊,正待喝问,紧闭的宫门这时却咯吱吱地打开了。

"打开宫门!"楼兰王在城头上大喊:"快救火,大家快快救火!"

"岳丈大人很识相啊!"大笑声中,漠虎挥了挥手,"弟兄们,咱们进王宫咯!"

忽然间,一串羽箭从半开的宫门后疾射而出,事出突然,前面十几个沙匪立时栽落马下。羽箭之后,四十余名休屠城铁卫带着几十个王宫侍卫呐喊着急冲出来。

这批铁卫经左贤王多年苦训,战力惊人,此刻又是突如其来地急冲而出,登时如一把巨大的剪刀般,将沙匪的队伍迎面撕成了两半。

队列中当头的三人,是金雕客库欣、吕英和风君天。他们这一刀两剑搅起强大的罡风,沙匪们无不披靡,惨叫声此起彼伏。

当头急冲的库欣越战越惊。他不是惊于沙匪的凶悍,而是惊于身边这两个汉人同伴的身手。那高大汉子的剑法老道得让他心惊肉跳,而那小瘦猴般的青年更是修为惊人,那把硕大的长剑显是威力极大的宝物,挥动之时,狂飙鼓荡,当者立毙。

宫门下喊杀震天,羽箭横飞,更有几只奇特幻兽的恐怖身影若隐若现。

宫门之上,箭垛前,楼兰王的双腿已突突发颤。张骞这计策突如其来,颇有乱中取胜的奇效,但楼兰王没弄明白最关键的一个地方:他怎么保证自己的女儿诺琳不被伤害?

只是事已至此,安积已不得不遵计而行了,为了楼兰,他必须要拼上老命一搏。他只能赌,赌沙匪们仓促间来不及伤害公主。

突袭之下,沙匪们遭受了一些杀伤,但到底是人多势众,他们很快就在漠虎和几大头领的吆喝下,重新布好了阵势。

几大头领厉声怪啸,分别敌住吕英和金雕客等高手,匈奴铁卫们也被大批疯狂的沙匪层层围住。数百名沙匪瞅见空隙,绕开众铁卫,向宫门猛扑过来。

宫门再次艰难地关上。沙匪们抛出挠钩和长索,沿宫墙攀爬而上,宫门下、宫墙上都展开了惨烈的搏杀。

"擒贼擒王。先擒漠虎!"在震耳欲聋的喊杀声中,雪枭沉稳的声音清晰地传入一众铁卫耳中，刚才他藏身于匈奴铁卫队伍后面，此时才现身指挥。

身周是横飞的血肉和呼啸的兵刃，雪枭却步履沉稳，神色从容。他极少出手，只是在铁卫中间漫步向前，仿佛在自家后院散步，但每一出手，必有一名沙匪毙命。

雪枭的喝声刚落，四名银鹫客便联手扑出，绕过几名术法高强的首领，向咆哮不休的漠虎疾冲而去。

"你们是左贤王的休屠城铁卫？"漠虎又惊又怒，不明白这批杀人魔王为何忽然间到了楼兰。

他双眼赤红，狂啸如雷。呼喝之间，那黑豹又大了数圈，俨然一头极为恐怖的妖兽。诺琳公主被横担在豹腰上，丝毫动弹不得。漠虎挥动两根短把狼牙棒，横披竖扫，冲在最前的那名银鹫客手中弯刀被震得疾飞上天。

望着那头依旧在不断膨胀的巨豹，宫城上观战的张骞蹙紧了双眉。蜃龙鬼魅般闪到他的肩头，低声嘀咕道："怎么样，老实人？那只大花猫不好对付，要不要我出手？我蜃龙虽然只负责保护你的安危，但作为天底下最大度的神兽，我不介意帮你个小忙，去会会那只大花猫。或者让小八出手也行！"

"老实睡觉吧，还没到你们必须出手的时候！"张骞淡淡一笑。他不愿过早暴露蜃龙这样的大杀器，至于同样强大的朱雀小红，则要保护吉祥的安全。

那四名银鹫客对于分进合击的法阵早就习练娴熟，一人受阻，另三人却龙腾虎跃，分别从三个方位攻向漠虎。

吕英、风君天和卓轻闲也几乎在同一时刻撇下对手，疾冲而前，三剑飞旋，齐向漠虎攻到。漠虎身边的十余名沙匪纷纷惨叫着翻滚倒地，那几个大当家急忙飞身急追，却仍是慢了一筹。

这种雷动九天般的突袭威力奇大，沙匪们还没醒过味儿来，他们的少当家漠虎已经陷入重围。

四个银鹫客的合击阵势或进或退，令人眼花缭乱。他们手中的弯刀旋成诡异的旋涡，将漠虎的双棍牢牢绞住。那个失刀的银鹫客在一顿之后，最先扑到，十指如钩，插向漠虎光秃秃的脑顶。

眼见漠虎避无可避，蓦地一只巨手凌空抓来，一把揪住那名银鹫客的脖子，咔咔轻响，这名修为高深的银鹫客已被扭断了颈骨。

这人出手狠辣霸道，时机精妙绝伦，更是修为上的强悍碾压。

吕英等人此时才看清那秃头老者。只见他面红如血，连脖子都是红色的，双眼更闪着骇人的凄厉红芒。他甫一现身，便引来沙匪们的齐声欢呼。

撼天风！吕英等人心中同时闪过一念。这天魔下凡般的骇人气势和至少天元道化境的修为，也只能是撼天风了。

沙匪们的欢呼声还未停息，一只巨大的秃鹫凌空扑下，张嘴便啄瞎了黑豹的眼睛。黑豹惨嗥着人立而起，一口将秃鹫咬成两半，巨爪猛挥，又将另外两只秃鹫击飞。

诺琳公主惨呼一声，从黑豹上栽落下来。撼天风手疾眼快，一把将她扯到自己的马鞍前，免去了这绝色美女被铁蹄践踏的惨剧。

沙匪大头领的突然现身，登时让战局发生扭转。疾扑过来的吕英、金雕客等高手，再次被赶来的数位沙匪大当家截住，眼瞅着便要重陷围困。

撼天风见势，不由仰头狂笑。狂猛的笑声在耳边荡起，诺琳觉得耳膜都要被震破了，她仰卧鞍头，只能看到那张血红的脸孔和张开的血红大嘴。

忽然间，她看到了两道光。那两道光在天空划出两道完美的弧线，形如直插太阳的两道长虹。

撼天风的狂笑声骤然止住，因为一把闪亮弯刀已架在他的颈前。

"全都住手！"甘夫大喝。那喝声响若震雷，将满场的呐喊声都压了下去。

厮杀中的沙匪、疾奔中的几大当家和全力前冲的铁卫们都怔住了。

众人神色各异地盯着场间的奇景：一个衣饰寻常的青年横刀在撼天风颈前。

"小子！你潜入爷的队伍不算稀奇，但竟能悄没声息地欺到爷爷身前，不由得让我高看你一眼！"撼天风斜睨着甘夫，"好小子，胆子够大，爪子够硬！"

他的左手还搭在诺琳柔软的小腹上："可你们的公主还在爷爷手上！所以我想给你个机会，单打独斗，你若能赢得了我，爷爷便即撤兵。"

"不成！"甘夫冷冷摇头，"你放人撤兵！现在！"

说这话时，甘夫才刚刚将一口罡气调匀。他和云裳早就乘乱混进了沙匪的队伍，却一直找不到合适的机会。王宫前这场突袭一起，他就知道，这场天大的混乱很可能就是在为他创造机会。

甘夫一直在忍，如静候猎物的豹子。在银鹫客和吕英等人围攻漠虎时，他也没有出手，一直等到撼天风现身、得手、放怀大笑的这一瞬，才突施偷袭。这双刀突袭看似简单，实则罡气提运、时机拿捏、劲力收放都耗损了他极大的罡气，一招施出，便如劈出百十刀般吃力。

但他绝不会同撼天风商量。他甘夫做事，向来不听旁人的恐吓，只能让旁人由着他。

"小子，你的修为不在我之下。"撼天风森冷地盯着他，"这份忍耐力更是惊人。可在这千里西域，如果我撼天风的人马要杀你，你逃不出去！"

明明是钢刀加颈，但撼天风说出的话却满满的全是威胁。

甘夫不语。他双唇紧抿，只是冷冷地盯着撼天风。

诺琳目光复杂地望着甘夫，只觉自己的心要跳出胸口了。原来这个傻傻的家伙这样厉害！斜晖映照下，这小子的眼神更显得坚毅如铁。她很希望他答应与撼天风单挑，但也知道，如果那样的话，自己和他，乃至整个楼兰的命运都会危如累卵。在这千里河西，单打独斗，有几个人能胜得了撼天风？

"你只有答允爷爷！就这一条路！"撼天风狞笑起来。

"我答允你！"一声轻啸响起。

在撼天风听到最后一个字时，一抹锐痛已穿透他的脖颈。他甚至没来得及呼出声，便被那把自后颈插入的弯刀绞碎了所有的生机。

出刀的人是雪枭。十年来，这是斩杀撼天风最好的机会，他必须除掉这个左贤王，乃至整个匈奴的眼中钉。雪枭素来冷血，更不会考虑什么投鼠忌器。

刀光乍起，甘夫便是一凛，左手闪电般疾出，将诺琳公主拽了过来。

感到一股大力拉扯，诺琳腾云驾雾般飞起来，扑入甘夫怀中。诺琳刚觉出他身体的热度，那是生的热度，跟着便是一袭襟袍当头裹下，却是甘夫抢过一个沙匪的大氅，罩住了她近乎半裸的娇躯。

诺琳瞬间眼眶潮湿，不由哭出声来。

"爹！"漠虎狂啸一声，扑了上来，一把抱住老爹。一看之下，便知那个无所不能的老爹早已生机断绝——他的脖颈几乎断了。

漠虎放下撼天风，疯了般扑向甘夫，双棍疾风暴雨般不管不顾地痛击过去。甘夫一手揽着公主，一手疾挥长刀抵挡，一串眼花缭乱的刀势挥出，将漠虎的疾攻稳稳封住，脚下却退得如行云流水，与漠虎的间距越拉越大。

云裳斜刺里扑到，扬手将天宰和地妃一同祭出。这些年，她在六丁六甲傀儡术上钻研有得，虽然道境所限，仍只是三才傀儡，却修成了偃甲秘术。此刻偃术施法下的两大傀儡联手交击，登时将漠虎的攻势阻止住。

"你是疯了还是瞎了？"云裳向漠虎怒道，"杀你老爹的人是那个白脸鬼，跟我们玩什么命？"

漠虎痛彻心扉，只想着将诺琳公主这个人质杀掉，这时听得云裳一喝，才猛然想起，这俊逸青年确实只是偷袭后制住老爹，真正的杀父仇人是那个黑袍白脸的阴沉青年。

一扭头，漠虎看到雪枭正在望着自己冷笑，也看清了他锦袍上的休屠城铁卫标识。

"给我杀!"漠虎嘶声咆哮,"斩尽杀绝,一个不剩……"

话未说完,雪枭已凌空扑到。他出招的姿势很怪,双手握刀,只是力劈华山般向下疾斩。

刀光尚有数尺之遥,漠虎的头顶已是被劈裂般的隐隐发痛。这时天宰的刀也拦腰斩来,威力最强的偃术傀儡,这一刀也是蓄势已久,沉稳狠辣。

漠虎仰天怒啸,双棍一纵一横同时轰出,一挡天宰,一拒雪枭。

刀棍相击,发出轰然震响。天宰被他一棍击退,但他以一敌二的另一棍却没有荡开雪枭的刀。那重若开山般的一刀当头劈下,漠虎左臂剧震,小指指骨竟被震裂,刀芒扫过,削去他一大片头皮。

一招之下,漠虎头破血流,狼狈万状。这时另两位大当家分从左右杀到,将漠虎挡在了身后。

雪枭一刀发出,稳占上风,却飘然退开丈余,头也不回地反手一刀,将两名自背后悄然掩杀上前的沙匪砍得横尸在地。

"杀撼天风者,是我雪枭。你记好了!"雪枭很温和地笑着,"你们所有这些沙匪都记好了,可以随时来休屠城找我。"

"休屠城的狼崽子!"漠虎双眸赤红,正待扑上去,忽听得远处有人大喊:"杀呀,全歼沙匪!冒格大人的苦肉计成功啦!全歼沙匪,不要一人漏网!"

一彪人马已自远方扑来。这些人全乘着骏马,有楼兰侍卫打扮,有休屠铁卫装束,马队后面烟尘四起,喊杀震天,也不知来了多少人马。

一人纵马冲到最前方,挥刀大喝道:"沙匪已经中计啦!大好机会来临,楼兰大军、休屠城铁卫、僮仆都尉铁骑在此,今日尽歼沙匪!"

这人正是先前在宫城上"被杀"的左丞相归塔。

看到生龙活虎的归塔,再看向宫城上那笔直向天的狼烟,漠虎脑袋嗡地一响:中计了!原来都是奸计,归塔是假死,冒格找上自己自然也是假买卖。现在却是匈奴僮仆都尉和楼兰合兵,还有他娘的左贤王铁卫!

"少主,快撤吧!"几名大当家纵马冲来,指着那狼烟叫道,"狼烟一起，四处大军便会合围过来，再迟便来不及啦！"

漠虎正犹豫间，宫城内也是喊杀阵阵，宫门大开，一队兵士纵马冲出。

"撼天风已死！"张骞一马当先，高声怒喝，"大军合围，不要放跑了漠虎！"

这句"撼天风已死"显然威力奇大，沙匪们适才大多已目睹大头领被杀，此时听得四下里一波一波的喊杀声，登时如丢了魂般，战力大减。

"撤，快撤！"漠虎无奈地挥了挥手。沙匪们怪叫着，抢了撼天风的尸身，合拢阵势，狼狈地向幻冥渊方向逃窜。楼兰兵马和休屠铁卫汇集于一处，军心大振，自后掩杀过去。

云裳奔到甘夫身前，瞪着诺琳公主说道："喂！沙匪都跑啦，你还搂着他做什么？"

其时战事正炽，奔逃的沙匪仍不时回身厮杀，甘夫怕公主有失，便一直护着她。诺琳此时也不复堤坝前喝令射水的高傲公主，反成了个十足的娇弱少女，紧紧搂着甘夫不放。

听得这般叱喝，诺琳知道这女郎应该是甘夫的同伴。眼见云裳明艳非凡，眉宇间满是醋意，立时猜到了二人的关系。她美眸一转，却将环在甘夫颈间的手臂一紧，探身在甘夫的脸颊亲了一口，娇笑道："救命恩人，俊俏小哥，谢谢你啦！"

甘夫登时面红耳赤，云裳却气得脸色发白，诺琳这才袅袅地站好，盈盈妙目仍是紧盯着甘夫。这时呼权铁将军率人赶到，忙上前将公主护住。

驻扎在王城附近的各路兵马也络绎赶来，沙匪们已是溃不成军，落荒而逃。张骞和归塔指挥楼兰大军一路穷追，斩杀了千余沙匪，才收兵而归。

平复沙匪之乱后的第二日黄昏。楼兰王宫。

王宫的后园一片宁谧，花香袭人，暮风吹到人的脸上，带着股难得的清凉。楼兰王安积这时终于无比舒畅地喝了一顿酒。

昨晚的大乱平息之后,楼兰王便在王宫中大排筵席,盛情款待平乱出力最多的张骞和雪枭两方人马。雪枭在盛宴上跟张骞对饮了三杯酒,笑吟吟地道了声"来日自会再见"。

高傲的雪枭认为自己已是输了张骞一局。虽然他没有让大汉独揽楼兰平乱之功,但他知道,楼兰的人心已被张骞夺走十之七八。特别是自己最后那不顾诺琳死活的一刀,只怕会让楼兰王记恨自己一辈子。但哪怕让雪枭再选择一百次,他仍会毫不犹豫地做出同样的选择。

无论如何,在楼兰,他是再也难动张骞半根毫毛了。时机已逝,那便干净利落地离开。翌日一早,他便率领人马,不辞而别。

冒格走了,雪枭也走了,现在只剩下大汉的张骞,安积再也不必担惊受怕,再也不必在这三家死对头中左右逢迎,这顿酒终于喝得顺畅了。

"撼天风被杀后,虽然沙匪主力还在、匪类之心狠辣叵测,但是漠虎年少、几大当家势必会相互算计,沙匪很可能会发生内乱,未来已是不足为虑。"张骞悠然举起琉璃杯,"楼兰王可放宽心,数年之间,沙匪决计不敢再窥楼兰。"

安积连连点头。此刻安积已喝得醺醺然。那日王宫平乱,走投无路的楼兰王如同押宝般,听从了张骞的计谋安排。那场孤注一掷的豪赌大获成功,现在对张骞的话,他已习惯于不假思索地相信。

"楼兰水土肥美,更兼地处要冲,正是连通西域与广大中原之枢纽。"张骞望着后园中兼具西域和中原特色的精致雕刻,"数年之后,这里必会迎来前所未有的繁荣。"

"上使所言极是!"安积很是感慨,"西域诸邦如果走北道,全都要经过我这里,才能进入大汉中原。我楼兰连接的还不止是西域,甚至还有很多遥远而广大的国度……"

说着,他取出了几枚精美的银币:"瞧瞧这些。这就是那边的商人们带来的!上面刻着的女神,他们叫雅典娜,据说主管智慧和艺术。"

那银币上浮雕的女神像颇为精美传神,翻转过来,却是一只造型夸张的猫头鹰浮雕。

"是啊！遥远的西方，有着很伟大的国度，那里的人很喜欢大汉的丝绸。可惜啊，太遥远了！从那里到大夏，到大宛，再到我楼兰，然后，阻住了，因为匈奴！"安积无奈地用手一斩，叹了口气，"所以，我很想知道，上使所说的前所未有的繁荣，是什么时候？"

张骞望着远天，沉默了一会儿，才缓缓说道："快则五年，迟则十年，我大汉就能彻底击败匈奴。只要我大汉掌控西域，商道必然繁荣。"

安积瞪大了眼睛。五年左右，大汉便会彻底战胜匈奴！如果是别人说的，他一定会当做天方神话，但张骞说的话，他竟有几分信了。

一转头间，他们看到甘夫陪着诺琳公主转了过来。楼兰王早已宴请过大汉使团两次，这次黄昏小酌是张骞和楼兰王两大首脑之间的私人会晤，吕英、云裳等人都不便奉陪，只有甘夫作为公主的救命恩人陪同出席。酒过三巡，公主说要陪着救命恩人逛逛王宫花园，后园很大，便拉着他一直转到了现在。

看到诺琳和甘夫挨得很近，张骞不便说什么，却微微蹙眉。

甘夫对公主说了些什么，然后独自向张骞走了过来。张骞看出甘夫似乎有什么话要说，向楼兰王道一声"少陪"，便起身迎了上去。

安积有些好奇地看那兄弟二人在繁茂的花树下低声交谈着，张骞的神色似乎很惊讶。

回过头来，楼兰王看到女儿正俏立身旁、不错眼珠地望着甘夫。他还从来没有在高傲美丽的女儿脸上见过这样痴情的神色，不由沉沉地叹了口气。

"好吧！"张骞笑了笑，拍了下甘夫的肩头，转身向楼兰王走来，老远便拱手道，"好教楼兰王得知，有一桩大喜之事。"

诺琳公主那白润如玉的脸腾地便红了。

三个傀儡在打斗，咔嚓咔嚓的声响爆豆般密集，听起来更像是一种发泄。

王宫后园的另一处院落中，云裳坐在石阶上，望着三个厮杀的傀儡发呆。她没心思运使偃术，加以操控，天宰等傀儡的动作便很机械。

风君天快步走来，皱着眉头问道："这个……甘夫那小子同诺琳公主还在园子里转圈遛弯。呃，他们离得很近……"忽然看到卓轻闲一直向自己使着眼色，急忙住了口。

"知道！他们转了一个下午了吧？"云裳仰起脸，眼眶忽然一红。

卓轻闲叹了口气："哎，情之一字，惑人最深。《诗》不云乎，其室则迩，其人甚远！不过，我相信甘夫兄弟，他定是在跟那楼兰公主虚与委蛇。你们想想看，甘夫如此俊逸，如此身手，如此胆魄，又是英雄救美，哪个女子见了，不都要一见倾心，正所谓'中心藏之，何日忘之'……"

"卓胖子你这是在劝人么？"吕英老实不客气地打断了他，"老子说过，道法自然。我倒觉得，万事顺其自然，情爱之事亦复如是，当断则断，又何必强求！"

"还道法自然！还顺其自然！"卓轻闲哂道，"你小黑猴就一个老童男子，懂什么情爱之事？"

吕英冷笑道："你这死胖子倒是懂得多！这些年间在万马堡偎红倚翠，美姬频换，可你最终也没勘破那个情字吧？你不还是忘不了那个安若？"

原来，当年张骞向左贤王力倡继续繁荣万马堡，暗中则将可以开集兴市的万马堡当做大汉使团的栖身之地。就在那几年间，深隐于万马堡的卓轻闲和吕英则形成了鲜明的对比。

出身于无为学宫的吕英苦修剑道，常常仗剑远游，而卓轻闲则完全相反。这位富家公子在天选盛会后，与康居美女富商安若有过一段隐秘的情孽纠缠，但不知为何，终究没有走到一处。其后安若黯然远离，卓轻闲却性情大变，一改书呆子本色，整天的软玉温香，身边总是少不了诸多美艳胡姬，俨然一副豪奢荒唐的富商做派。

听吕英忽然提起安若，卓轻闲的胖脸陡地一颤，立刻沉默了下来。

望着那张黯淡下来的胖脸，吕英心生歉意，叹道："当年离开她，也不是你的错。我们那时朝不保夕，又何必连累她跟我们一同犯险！"

卓轻闲沉沉地叹了口气："后来，我曾派人向休屠城附近行商的康居人打听过她。听说她这些年在康居，买卖做得很大……"

他忽然停住，不再说下去。

啪地一声，天宰的剑砍中了地妃的肩，两大傀儡登时顿住了。云裳怔了一下，仿佛觉得那一剑砍中了自己。

她终于仰起头，轻轻地说道："让他留下，我们走。张使君说了，明天，我们就该启程了吧？"

"明日不会启程。"甘夫出现在院门口。

"甘夫老弟，你终于转回来啦！"话一出口，卓轻闲便知自己又说了不该说的，忙一声干笑，"啊，你说什么？"

"大哥已经答应我了，我们再多留几天。"

云裳猛地站起身，冷笑道："多留几日哪里够！你想跟那个公主卿卿我我，干脆留一辈子吧。"

甘夫却摇摇头："大哥已跟楼兰王说了，楼兰王也已答允。明日，便在这王宫里完婚！"

云裳脸色苍白如雪，惨声笑道："好啊，恭喜你……"

"为什么要恭喜我？应该是我们！"甘夫握住她的手，"大哥说了，楼兰是一块宝地，明日就在这里，给我们完婚。"

云裳又愣住了，只是傻傻地望着他。

他笑起来，露出雪白的牙齿："这次你不答允也没有用，大哥已经给我做主了。明天，我……我终于要娶你了！"

明天，我终于要娶你了！

这是云裳这些年来听到的最美妙的话。已经沉沉西垂的夕阳"呼"地一下子闪入她的眼，她的美眸明亮起来，然后便有些热，有些酸。

她忽然别过头去，哭了。

朝曦变得耀眼起来，大路上都被抹了层胭脂般的霞彩。

张骞一行已经出发了。他们得到了充足的补给，从骆驼、马匹、食物到衣物、药品，都是楼兰王庭的殷殷厚谊。

楼兰王安积率领满朝文武恭送出老远，临别之际，安积对张骞说得最多的一句话就是："大汉仁义，使君诚信！"

人丛中的诺琳公主也是一脸微笑，如果不细看，没人会留意到她的双眼已微微红肿。在那丛披着银红曙色的征人中，她的目光只是紧紧追逐着那道熟悉的颀长身影。

楼兰王回过头来，看到了楚楚可怜的女儿。不过才几天，女儿的脸便瘦了许多！

"这是没有办法的事，傻孩子！"安积自然知道女儿的心思，也只得黯然一叹。

"知道么，父王？昨晚我梦见了大白龙！"诺琳幽幽地叹了口气。

白龙堆是让楼兰人又恨又怕的地方，那条神秘的大白龙，更是让所有的楼兰人极为敬畏，据说梦见大白龙的人会带来神奇的命运转变。楼兰王听女儿说，她梦见了大白龙，脸色不由变了变。

"大白龙对我说，要懂得舍弃，舍弃无用的人，舍弃无用的情感。"她无奈地笑起来，"就像父王昨晚说的，该舍弃的，就舍弃吧……"

正说着，她看到自己目光凝注的那个人忽然回过身，向她挥了挥手。

"该舍弃的，就舍弃吧……但是，心里面，真是痛呀！"这么想着，楼兰公主的眼泪便不争气地掉了下来。

第三章

姑师火焰山

姑师在楼兰西北方,其西北便是乌孙。姑师的属地所在,是一块四面环山的盆地,常年高温,素有"火州"之称。虽然终年少雨,但天山上流淌下来的雪水取之不竭,滋润出了大片繁茂的绿洲。

(作者按:此地后世有个很著名的名字——吐鲁番。)

由楼兰至姑师,可说又是一段艰苦的长途跋涉。

好在张骞一行刚走到姑师边境,便看到一支军马在遥遥静候着。

早有一骑快马奔来,向张骞等人说明来意。原来这支军马竟是姑师国师、大巫胡忧派来迎接大汉使团的。

听到胡忧的名字,甘夫不由笑起来:"这次终于能跟姑师国师痛痛快快地喝一场酒了,十年了!"

对大巫胡忧,张骞等人都颇有好感。在张骞陷落休屠城的十年岁月中,姑师大巫曾多次派人来探访慰问。

领兵的将军须洪勒是个圆脸汉子,跟许多姑师人一样,肤色要比汉人白上许多。他的胖脸上总挂着笑,一路上不住笑呵呵地指点着:"咱这姑师可是四通八达,西接焉耆,南通楼兰,西北是乌孙,西南就是龟兹。我们这边说的姑师语，和龟兹语其实是一种语言。

"我们姑师比楼兰多的，便是山。眼前的这座，便是天山了。"

绵延过来的群山，其实只是天山余脉，并不陡峭，却沉浑起伏，满眼都是黑乎乎的杂木苍林，冰川融化的道道水流，顺着山谷流向远方。看一眼那些白雪和水流，众人身上的热意便消减了不少。

"姑师就是这么神奇！抬眼能看到绿得让你眼晕的绿树，再抬眼你又能看到远处天山上还没融化的白雪。天山的雪水用之不竭，除了灌溉我姑师的良田沃土，更滋润出了一座美丽的月亮湖，又叫艾丁湖。我们姑师人实诚，湖就是湖，不能叫海。

"诸位上使刚从楼兰过来。当然，那个蒲昌海也真是大，不过我们姑师也有海呀——大沙海，就是'莫贺延碛'大沙海。八百里流沙，四季大风，到了晚上，就有妖魅举火跳舞，故此又叫'魍魉沙海'。没错，那就是西域五大禁地之一的'魍魉沙海'！"

卓轻闲等人都知道西域有"五大禁地"之说，听得魍魉沙海的名字，都是心中一紧。显然，众人不约而同地想到了幻冥渊，那场历险太过惊心动魄。

"别怕！"须洪勒见身边的卓轻闲变了脸色，忙笑道，"那鬼地方，我们不会去的，打死我我也不会去。我上个月刚娶了个婆娘，嗯，是第三个，老子还没新鲜够呢。"

有了须洪勒这么个嘻嘻哈哈的活宝，一路上笑声不断，颇为热闹。听须洪勒说，姑师的披甲之士只有一千多人，邻近的大邦，只有乌孙兵力雄厚，自猎帕王子登上乌孙王位之后，与姑师交好，也无刀兵之忧。

这一日，正行之间，众人突觉酷热难耐，举目望去，便见远方有一大山，表面都是褐红的颜色。山体本就高大雄浑，被日光一照，整座山犹如烈火熊熊燃烧一般。

"那座大山叫炎火山，我们这里的人又叫它火焰山。山上寸草不生，终年热得像开锅的沸水。夏天时，若是靠近了，那热浪都能蒸死人。好在咱们离得还远，不必去吃那苦头。"

"火焰山……炎火山?"张骞沉吟道,"《山海经》的大荒西经中记载了一座山——炎火之山,说此山'投物辄然',不知是不是这座山?"

须洪勒嘿了一声:"故老相传,这座火焰山里面封印着一只神兽。这神兽有六只脚、四个翅膀,就是这东西让炎火山炎炎有如火烧的。"

"六足四翼!"卓轻闲奇道,"莫非是《山海经》上所说的怪兽肥遗?据说此物六足四翼,见则天下大旱。在十大凶兽榜上,肥遗排名第七。"

须洪勒道:"我们这里还有种奇怪的传说。说这东西虽然被封印了几千年,却一直在蠢蠢欲动。据说它一定会出来的,而且出来的日子越来越近了!"

"越来越近?"卓轻闲大感兴趣,"那是什么时候?"

"不知道。各种传言都有,也许是五十年后,也许是……明天!"须洪勒的眼中闪过恐惧的光芒。

再向前行了数十里,便到达一座大城之前。

须洪勒指点道:"那便是姑师王城交河城。我们俗称叫'崖儿城',因为它正建在雅儿乃孜河的河床中间,河水从城北分流,绕城在城南交汇,所以便叫做'交河城'!"

张骞凝眸瞧那大城,果然是建在一个岛形的黄土高台上,城墙也全是由黄土夯筑而成。须洪勒忙着介绍说,这座大城筑得颇为奇特,许多建筑都是从黄土高台的地面上向下挖掘,将墙面留出来,所以坚固异常。

到得城下,众人发现,交河城四周都是宽达数十丈的大河,城墙高出河面十丈有余。众人自渡船上过河时,已是日色西斜,夕阳的光辉将河面染成了火红的颜色。

渡船之上,张骞自宽阔的河面仰望高大的城郭,披着绛紫色霞彩的交河城更显得雄峻巍峨,不由叹道:"好宏伟的城池!可惜,总觉得其中有一股奇怪的气息!"

须洪勒问:"什么奇怪的气息?"

"杀气!"

须洪勒一怔,随即哈哈大笑:"上使好眼力!我们姑师的人户比楼兰还少,身边守着乌孙这样一个庞然大物,当然得小心翼翼了!这座建在河心高台的大城便是易守难攻。"

说到这里,他收了笑容,用难得的肃然语气说道:"我们姑师人不会攻,但我们善守。"

张骞望着他的脸,很认真地点了点头,却没有说什么。

下船进入交河城,却见城门处聚着一群姑师百姓,正对着城头的一处高台指指点点。

"那是谁?"卓轻闲望向高台,不由吃了一惊。

那是个已经废弃的土台,如刀削之锥,高有六七丈。在这险峻的高台上,此刻却端坐着一个人。这人所穿的土黄色袍服颇为宽大,迥异于西域人的窄紧利落的服饰。他的相貌同样是高鼻深目,只是肤色黝黑,颔下有一副卷曲的花白短髯。

最奇怪的是,这人竟是个光头!看年岁,他应有四五十岁了,也不知是剃光了头发,还是天生如此。

"那是龟兹来的怪人,叫昙迦罗。"须洪勒苦笑着说道,"自称所修炼的宗派叫什么……浮屠?"

"浮屠?"张骞觉得这名称好怪,应该从未听说过,"这个昙迦罗,为何要坐在那里?"

"不知道。他自称是个沙门。这个沙门神通广大,善能祈雨,在龟兹非常灵验。但不知为何,他已经在那地方枯坐了两三日了。"

"一直枯坐,不吃不喝么?"

"应该是极少吃喝。他只喝雨水,偶尔有鸟雀衔来果子、丢进他那铁钵里,他才吃上一些。"

云裳奇道:"枯坐,不食,这是什么奇怪的修炼法门?"

须洪勒摇头。吕英也说道:"看不出什么,但这人的境界修为应该极高!"

一行人浩浩荡荡地到了城门前,张骞忍不住抬头望向土台上端坐的昙迦罗。如有感应般,那怪人也突然睁开半开半合的双眼,目光深邃如海,又清澈如潭。

张骞觉得自己从来没有见过这样清澈的目光。被这样的眸光罩在身上,他竟觉得霎时间身心一片空明。心中一动,他忍不住朗声问道:"先生在此静坐,可是一种苦修么?"

怪人摇了摇头:"为了等一个人。"他说的是龟兹一带的语言,却并不纯正。

"在等谁?"

怪人不语,深湛的目光直射向他,分明是在说,等你!

张骞一愣,正要再问,怪人却瞟了眼张骞身边的须洪勒,摇头笑了笑。

"我要等的,是个安然自在之人,可惜不是你。"怪人的笑容意味深长,随即便闭上了眼,再也不瞧张骞等人一眼。

"当真是个怪人!"云裳忍不住嘀咕了一句。

"我倒觉得那是个装神弄鬼之人。"须洪勒嘿了一声,"怪里怪气,惹人注目。上使不必为这等邪异的家伙上心。"

张骞想到自己自幼苦读的儒家经典中,有"子不语怪力乱神"之说,便也一笑,随着众人催马过了城门。

这座建在河心崖台上的壮观王城,自城外看,是一座巨大的堡垒,内里则是街衢纵横,广场屋舍错落有致,居民区、官舍区和王宫等井然有序。

须洪勒将众人领进一间大驿馆。驿馆的大厅极为轩敞,早有四名娇艳的姑师美女赶来伺候。不多时,各种姑师特色的佳肴美馔一一摆上,琉璃盏内也满盛上葡萄美酒。

"上使一路劳顿,先在此洗漱安歇。我这便去禀报国师和姑师王,稍时要由胡忧国师亲自陪同上使去王宫。诸位闲来无事,可以尝尝我们姑师的葡萄酒。不过要少喝,因为稍时王宫里面有更好的,我们姑师王正盼着各位呢!"须洪勒安排停当,一脸喜气地出去了。

虽然他叮嘱酒要少喝,但众人这一天赶路,着实干渴,美酒当前,自然少不得一番开怀畅饮。风君天连喝了三杯，不由连连摇头："姑师这葡萄酒，比楼兰的可差得远啦！"

卓轻闲这些年经营商道，对葡萄酒下过不少苦功，只喝了半杯，便放下杯子，沉吟道："这酒有些古怪！"

吕英刚跟甘夫对饮了几杯，惊道："如何怪了，难道是那须洪勒做了手脚？死胖子，你怎么不早说！"

"说不清。"卓轻闲急速摇着酒盏，"这肯定是葡萄酒，但本公子喝过几十种葡萄酒了，从没有这味道的，里面定是加了佐料！"

众人一凛，都看向那四个侍女，四个女郎显然听不懂他们的汉话，还在很热情地陪笑伺候着。

张骞见吉祥居次还在举着那酒盏，左右端详，忙走过去，一把夺下，说道："这间屋子也颇有些古怪。"

"骞老大说得是！"卓轻闲站起身，环顾四周，"这间屋子给我的感觉，不像是驿馆。"

就在这时，忽听得哐当一声怪响，门口处落下一道粗重的铁门，几乎在同一刻，两扇大窗外也落下了沉厚的铁闸。

怪声响起时，甘夫身形一晃，已然发动。那四个艳姬显然是预先得了吩咐，两人站在门口，两个侍立窗前，铁闸铁门落下时，她们花容失色，惊声呼唤，却挡住了甘夫电射而出的身形。

时机稍纵即逝，只听得哗啦啦声响，机枢转动声不止，这座大厅已被完全封闭。

那铁门是粗如儿臂的铁棍所铸，道道铁棍间只有巴掌宽的空隙，须洪勒那张圆脸此刻就在空隙后露了出来。

"须洪勒将军，这是何意？"张骞喝道。

须洪勒道："上使莫要惊慌！听说上使个个身怀绝技，许多人的修为都在天元道之上。我们姑师是个小地方，不愿跟贵使们大动干戈，不得已，便只能用了这样的办法。"

很奇怪的是，这人天生脸上有一副笑纹，明明是愁眉苦脸地说话，脸上还似带着笑。

"你以为一间铁笼就能困住我们？"风君天缓缓拔出长剑，蓦地飞身掠出，拔剑斩在铁门上。

长剑被弹回，发出铮铮锐响，铁门却只有一道剑痕。

"抱歉！这铁门是玄铁所铸，坚硬非常。姑师机关之术精妙，名扬西域。此屋的四壁和屋顶内衬铁板，外有坚石，里面的人要出来，只有靠门口的机枢开关。上使们千万不要强行硬来，如果以外力撞坏机枢锁扣，那么这间屋子就将完全封闭，你们只怕真要老死在铁屋内了。"

吕英森然道："是么，我们还想试试！"正待拔剑，忽见风君天手捂小腹，慢慢蹲下了身子，不由惊道，"风剑侯，你怎么了？"

"酒……应该是那酒！"风君天脸色有些发白。

须洪勒苦笑道："无妨无妨！'天酥梨'是甜味的，加在葡萄酒内极难发现。饮过这东西后，便不能运使罡气。不过只要不运劲，便无大碍。"

"到底是怎么回事？"张骞冷冷地盯着须洪勒那张微笑的胖脸，目光扫过，却见他身后还站着几位姑师侍卫。

"这个……真是一言难尽！上使们可能有所不知，雪枭大人，呃，我想你们应该识得他。他是我们胡忧国师的师侄。就在数日前，雪枭大人抢先一步，进了我们姑师王城，以匈奴左贤王密使的身份，面见我们姑师王，做出许多吩咐和恫吓。没办法！我们姑师可不敢得罪匈奴呀……"

甘夫问："那胡忧呢？"

"哎！胡忧大巫是极固执的一个人，所以雪枭大人和我们姑师王没有让他知晓此事。可后来他还是知道了，然后便是一场大闹。没有办法，我们只能用类似的法子，先将他也软禁了。"

张骞朗声道："大汉使者张骞，求见姑师王！"

须洪勒摇了摇头："我们姑师王现在忙着应付雪枭大人，只怕没工夫见各位上使。"

张骞冷哼一声，指向须洪勒身旁一个静静凝立的侍卫，沉声道："如果外臣没有看错，姑师王已经到了吧？"

那侍卫四十开外年纪，长着一脸西域人常见的络腮胡子。他正凝目盯着张骞，目光锐利，虽然静立不语，却有股强大的威势。

"传闻姑师王生有一副紫髯。看尊驾的气度，以及旁人看你的眼神，应该绝无差错！"张骞淡淡道。

"上使好眼力！"姑师王终于一笑，"这里光线淡些，换了衣饰就更懒得掩饰胡须，没想到上使的目光比金雕还准。"他慢慢仰起头，颔下须髯果然泛着紫红颜色。

"不知姑师要怎样处置我们？"张骞冷笑道，"将我们乱箭射死？或者，在这铁屋内饥渴而死？"

姑师王叹道："适才须洪勒已说了，请上使不要惊慌。我们不能得罪匈奴，但也不想得罪大汉。而且直到现在，我们一直在款待各位上使。"

吕英气极反笑："用铁笼子款待？当真盛意拳拳呀！"

姑师王的面孔紧了紧，没有应声。

"张骞有一言奉劝：侍奉匈奴，便如侍奉虎狼。难道姑师被僮仆都尉盘剥得还不够惨痛么？"

姑师王的眼神黯淡了下，低叹道："我们是小邦，比楼兰还要小。我们的甲士只有一千多。在西域，没有大汉上国那些仁政治国的大道理。我们的道理只有一个，活下去！"

张骞沉声道："僮仆都尉离这里不算远，姑师百姓受他们荼毒最多。在匈奴眼中，姑师人，乃至你姑师王永远都是僮仆！现在，能抗衡匈奴、解救姑师百姓的大汉，派了我们这个使团过来，姑师王居然对我们痛下杀手！此事传出去，姑师百姓都会知道，他们的王是一个屈服于匈奴淫威的懦夫。民心已失，大厦必倾！"

"上使所言，很有些道理！但我们有办法么？"姑师王无奈地叹息，听来更像是低吼。

"姑师王应该知道吧？左贤王现在正起兵与太子于单夺位，于匈奴而言，左贤王及其部下都是叛乱之人，雪枭此时已不能代表真正的匈奴！"

"如果左贤王胜了呢？"姑师王苦笑道，"这种事，不是胜就是负，所以左贤王至少有一半的把握当上大单于。"

吕英哼道："所以你要将我们扣押在此，看看左贤王那边的风头？"

"上使不必多虑！无论如何，我们是决计不会为难各位的。"

张骞冷哼道："姑师王是希望在大汉与匈奴间谁也不得罪？但你至少囚禁了我们大汉使者，至于匈奴那一边，你也已经得罪了代表匈奴正统的于单太子。你囚禁德高望重的大巫胡忧，民心已失。大王的形势，其实已是岌岌可危。"

姑师王的脸色终于变了变："除此之外，我们还有什么法子？"

"胡忧见识超人，雪枭又是他的师侄。这等事，其实可交给胡忧定夺。"

"他们叔侄的事，让他们叔侄自己去了断。"姑师王的老眼亮了一下，随即狡黠一笑，"自己了断，这也是一个很好的办法。再会了，各位上使！"

不待张骞答话，姑师王默默转身走开。

"喂！"云裳高叫道，"放了我们再走啊！"

姑师王不答，身子很快隐入暗影里。须洪勒又挤出个标志性的苦笑，随即也退了去。

眼见姑师王离去，铁屋内静了一静。那四位艳姬惊魂方定，又过来倒酒。风君天将案头的琉璃盏尽数扫到地上，骂道："还让老子喝！难道想让老子们都喝死？"

吕英苦笑道："在西域这么多年，遇见的最会演戏的家伙，就是须洪勒这个笑面虎！"

云裳也笑："这个白胖子，一路上东拉西扯，笑声不断，居然没露出多少破绽。"

"也不完全是在演戏。"卓轻闲悠悠道，"人一定要先骗过自己，才能骗过别人。也许在他心底认为，这样对待我们，才是对我们而言最好的结局。"

其时夜色已深，屋内虽然摆满了酒菜，众人却再也不敢吃喝。吕英干脆将所有灯火都熄了。铁屋内漆黑一片，四个侍女吓得远远地缩在屋子一角。

铁门外来了一排甲士，他们像模像样地巡视了两圈，便即走开。

"还记得那个怪人昙伽罗吗？"张骞叹了口气，"他提醒过我们，可我们却都没在意。"

众人都是一惊。吕英忍不住问："那个枯坐在高台上的什么沙门？他何时提醒过我们？"

"我记得很清楚。那时候，他看了眼须洪勒，随即对我说，我要等的，是个安然自在之人，可惜不是你！是呀，现在我们既不安然，也不自在。"

卓轻闲蹙眉道："这昙伽罗当真是个奇人！沙门……浮屠，这是什么宗派？在西域这么多年，似乎还没有听说过。"

众人议论纷纷，均是不得要领。吕英摆了摆手，道："这时候还在乎那怪人做甚？咱们该想想如何逃出去！"

那天酥梨，卓轻闲喝得最少，他只喝了半杯酒。张骞经得毒蛊之劫后，天生对许多毒物都有了克制，倒还没什么大碍。计议一番后，大家不得不无奈地承认，仅靠他们二人，显然无法护着这么多人逃出去。

卓轻闲忽然发动，双掌轻飘飘拍出，那四名侍女哼也未哼，便即倒地昏迷。他拍了拍手，苦笑道："都别瞪着我！本公子最是惜香怜玉，不过让她们睡一天而已。哎哟，哪怕只喝了半杯酒，罡气施展也是很费力。"

吕英和甘夫静坐不语，显是在全力凝聚罡气。

卓轻闲喘着气，在屋内各处轻轻敲打着，口中喃喃道："西域的能工巧匠极多，这座牢笼般的巨大铁屋，显然是以西域最厉害的机关术打造，只怕难以硬碰硬地出去。"

"老实人，这玩意儿困得住你们，可困不住我！"蜃龙嬉皮笑脸地探出小脑袋来，"那什么，那些葡萄酒给我尝尝呗，老子才不怕什么天酥梨！"

"又到了你这个话痨鬼吹牛的时候了么？"朱雀小红站在吉祥居次的肩头，傲然歪着头，"困不住你又怎样？你那张无所不能的嘴能咬断铁笼么？"

蜃龙愤愤道："老子倒忘了！若论嘴硬，还是你这天下第八傻鸟。"

吉祥和张骞都是双眼一亮。这两大神兽确实可以伸缩如意地出得铁笼，而且朱雀小红的嘴无坚不摧，这两大神兽合力，咬断铁笼也非难事。

"先等等。"张骞却摇了摇头，"最麻烦的，还是天酥梨！"

众人都沉默下来，均知破出这铁屋容易，但脱困后，若是罡气难聚，便仍是任人宰割的下场。卓轻闲望了望门外漆黑的夜色，沉吟道："大家抓紧时间，恢复罡气，姑师王现在还不敢置咱们于死地。"

屋内安静下来，一时间只有蜃龙狂饮葡萄酒的咕嘟咕嘟声响。

也不知过了多久，一阵磕磕绊绊的脚步声传来。远远地，听得守卫兵士们喝问了两声，随即再无声息。

烛光闪烁间，铁门前又现出了须洪勒那张肥胖的笑脸。

只是此刻他的笑容有些干涩，背后却有个侍卫打扮的人紧紧跟着。

张骞一眼便看出，须洪勒是被背后那人挟持住了，只是那侍卫头上的盔帽压得很低，看不清面目。

"开锁！"那侍卫嘶哑着嗓子喝道。

须洪勒回身苦笑道："大巫见谅！我若是放了人，只怕姑师王会将我晒成人干儿！哎哟，哎哟！好……好说，兄弟这就开锁。兄弟也是被逼无奈，大巫应该明白……"

嘀嘀咕咕间，他已蹲下身，就着飘摇的烛光在地上摸索着，终于抓起两根铁链，跟着或拉或扭，又不住转动，随着哗啦啦一通机枢声响，铁笼门终于缓缓打开。

"胡忧大巫！"张骞向那侍卫轻呼一声。

"张使君,甘夫老弟!我来迟了。"那人呵呵一笑,掀开头盔,现出一张白皙清瘦的脸孔,正是在两届天选盛会中大展神通的姑师国师胡忧。

原来,在张骞等人进入姑师之前,坚持不听从雪枭安排的胡忧就被姑师王下了密令、软禁起来。但胡忧到底是神通广大的大巫,适才须洪勒赶去探望时,姑师国师突然出手,将他制住,跟着就挟持他过来,解救大汉使团众人。

故人相见,自是一番感慨,只是此时形势非常,众人也无暇叙旧。胡忧当下便命须洪勒交出天酥梨的解药。

那解药是一堆毫不起眼的漆黑药丸。胡忧验看无误,当下吞服。众人服食之后,都是哇哇狂吐,胆汁似乎都要吐出来了。

须洪勒还在那儿一个劲儿地道歉:"天酥梨只是让人罡气难聚,倒也没有什么别的害处。服了解药之后,只需多多饮水,六七个时辰便能复原。哦,胡忧大巫被困的时日较长,复原起来要多费些工夫。"

众人想到,大巫胡忧虽是中了天酥梨,仍能将须洪勒这笑面虎降服,当真是手段了得。

胡忧冷冷道:"少说废话!头前带路,遇上巡视甲士,便由你出面对付。"

铁屋外的马厩中存着张骞等人的驼马和行囊,众人取了来,乘着天黑,出了驿馆。

姑师王软禁张骞他们,本就是极为秘密的行动,所派的巡哨兵卒也都归须洪勒一人调遣。他懒洋洋地打个招呼,众兵丁也不敢阻拦,一行人遂大摇大摆地出了客栈。

到得交河城的城门前,正是月上中天的时候,皎洁清澈的月亮倒映在交河城前的大河中,将半边河水映出一片银辉。

摆渡船犁破那片银辉,飘飘摇摇地扎向无边的黑暗。

须洪勒在路上交代,姑师王确实不敢过多得罪汉使,但胡忧与汉使张骞和甘夫交厚之事,许多人都知道。雪枭率众远来,摆足了一副问罪的势头。姑师王怕雪枭怪罪，就想先将汉使软禁起来。但他又不愿完全倒入匈奴雪枭一方，所以这次软禁汉使，也没敢让雪枭知晓。

"上使们终究人少力单。有道是草原上的好汉难敌群狼。我瞧咱们还是乘着夜深人静，及早赶路。"须洪勒一脸诚恳，"我愿给各位带路。这里有条便捷的秘道，咱们只需一路向西，就能赶到龟兹。"

说着，他狠狠地抽了自己一巴掌，"上使们别这么看着我。我说过，我刚娶了第三个老婆，如花似玉的，还没新鲜够，我不会去送死，更不会傻到诱骗上使们去送死。"

吕英等人盯着他那张胖脸，都有种哭笑不得之感。这家伙永远是一脸真诚，还时常赌咒发誓，但他的话，偏偏让人一句话都不敢相信。

"他说得没错，那条路我也识得！"胡忧向须洪勒一挥手，"不过你仍要头前带路。"

西域这片狭长地带，地形复杂，但最难走的，就是休屠城至楼兰、再到姑师这一段路。这里沙海连绵，禁地重重，由姑师再往西，便再无沙漠之忧。路上有湖泊，有绿洲，有雪山，顺畅了许多。

所以众人干脆舍弃所有的骆驼，只选了快马，带好行囊和干粮，摸着黑赶路前行。

天蒙蒙亮的时候，已能看到前方一座沉浑的大山，山脚下则是一片黄绿斑驳的平坦原野。众人的缰绳才抖起来，便听得迅疾的马蹄声响如雷震，自背后追来。

"追兵！"吕英大怒，刷地拔出长剑，压在须洪勒的脖子上，"这么快就赶了过来，你这笑面虎悄悄传讯的本事着实不错。"

须洪勒扭头观瞧，大呼冤枉："上使别误会！那不是我们姑师的军马，看旗号，那是……雪枭的人马！"

众人都是一惊。看追兵的旗号和服饰，果然是雪枭的休屠铁卫。这百十号铁卫有着强悍的战力，血战沙匪时，也只损伤了二十余人。这时候，近百人的铁骑精锐，正如一朵乌云般，远远地向这里疾滚而来。

"上山，固守！"张骞当机立断，率人驰向最近的那座小山。

山不算高，却有几块丈余高的大石胡乱倾着身子，似乎随时会迎面砸下来。众人牵着马，绕到石后，才费力地爬上小山，身后蹄声如雷，雪枭已率众赶到了山下。

甘夫张弓搭箭，连珠数箭射出，两名铁卫猝不及防，惨叫着跌落马下，另有三匹马被射中，带着马上骑士一起滚倒在地。

这手神射术立时让铁卫们惊出一身冷汗，忙勒马向后，擎起软盾。

雪枭看了下地形。那几块巨石当前，铁卫们无法纵马冲击。他挥了挥手，让铁卫散成扇面，对这小石山形成包围之势。

"明白了！"张骞望着小山下虎视眈眈的众铁卫，不由一笑，"姑师王临走前，曾说了句'自己了断也是个很好的办法'，原来便是这个！姑师王抓了我们，又放了我们，再将这信息透露给雪枭，让我们双方自己了断。"

风君天怒火中烧，拔剑抵在须洪勒咽喉，喝道："所以你是故意的！故意去探望大巫胡忧，故意被他抓住，再过来放跑我们！"

云裳也怒道："我们中了你那狗屁天酥梨，数个时辰之内无法复原，对上雪枭那群恶狼，岂不是死路一条！风剑侯，杀了这笑面虎！"

"杀吧！"须洪勒脸上泛出一抹笑容，"为了姑师而死，我也认了。"

他的笑迥异于先前所有的笑，多了些黯然，反而别有一股真诚："张使君你是好人。你，还有你们，一定觉得我很虚假。我的笑容很假，是的，但这没有办法。就跟我们姑师一样，紧邻着乌孙那个庞然大物，然后，那边还有更加庞然大物的匈奴；现在又多了你们大汉这样一个恐怖的大家伙，我们姑师便只能挤出这么一副笑脸。因为我们害怕，如果哪个笑脸不那么热诚，很可能会给姑师招来覆灭之祸。

"我没有第三个老婆，只有一个老婆。她不算多漂亮，我们从小一起长大，她对我很好，这么多年了，在我眼中，她就是这世界上最美的女人了。一个月前，她刚刚去世，可我见了你们，仍得跟你们开怀大笑。我同样怕哪个笑脸不热情，就会给自己、给姑师招来灭顶之灾。"

张骞伸出手，将风君天的长剑从他颈前挪开，轻叹道："须洪勒将军，你可以走了。"

胖脸汉子一愣："什么？"

"《春秋左氏传》有云，亲仁善邻，国之宝也！我大汉来此出使，是相交以信，与邻亲仁。大汉只会带给你们繁荣，不会有杀伐。"他把缰绳递到须洪勒手中，"如果你觉得此时下山危险，也可以在一旁静观。"

须洪勒接过缰绳，蓦觉心中一空。本来准备为国慨然赴死，但这时却觉得所有的毅然决然全都没了着力处，他不由苦笑了一声："如果是那样，我们一定盼着大汉胜利。我很想看看大汉的相交以信。"

没人搭理他，因为山下的雪枭已发起了一波冲击。

甘夫、吕英等人急忙弯弓激射。他们的箭矢不多，铁卫们又是训练有素，数十人手擎着软盾，纵跃奔腾间，已抢攻到巨石下。

好在这小山地形独特，要想上山，便只有绕过这几块光可鉴人的巨石。匈奴铁卫到底人多势众，虽然艰难，却仍是慢慢地逼到巨石之下。

张骞拔出天刑剑，大踏步向山下冲去。

"喂，你要干什么？"吉祥看出山下的凶险，想喊住他。

"只剩下我了！"张骞没有回头，只淡然笑了笑，"诸君抓紧运功复原，我来撑上半日。"他说得很轻松，仿佛在说自己要喝上半日的酒。

吕英等人心头都是一紧。他们都知道，这时候最紧要的，是逼出天酥梨的药劲，便都不再说话，凝神运功。

甘夫却飘身闪到张骞身侧，笑道："大哥你忘了？我也不惧那些毒物。"

张骞道："还记得咱兄弟那年在长安并肩御敌么？"

甘夫登觉肝胆舒张。是呀！那是十年前吧，风华正茂的两个人其实只是初识，却意气风发地独抗恶名昭彰的"十二金人"众杀手；但这一次，却是人数更多、战力更加恐怖的对手。

"那次是我们兄弟胜了，这次一定也是。"甘夫眼芒一灿。

"所以还是听大哥安排！你身法最快，留在青石后照顾他们，以防雪枭派人自后偷袭。"说完，张骞大踏步走到巨石前。

甘夫叹口气，依言止步。两兄弟说话时，熠熠目光紧紧锁住山下逼近的一众铁卫，甚至没有相互望一眼，胸中却都是万丈豪气。

七八名铁卫疾扑过来，但在仅容一人通过的巨石夹道前不得不鱼贯而行。

张骞挥出天刑剑，七八名铁卫被他远远击飞，其中两人骨断筋折，再难一战。剑气如虹，铁卫们的气势登时一敛。

"果然与传说的一样！难道他的修为当真已在天元道之上？"山下远远观望的雪枭觉得有些不可思议，但随即双眉一展。他发现张骞这一轮虽然胜得轻松，但左肩和右腿的袍服都被划破了，肩头甚至挂了血花。

这绝不是一个真正的高手风范！也许因为这家伙修为进境太快，武技还有很多生涩之处吧？

张骞确实面临这样的困局。他此时的修为就如同当日初得雷震子强硬传功的甘夫，却缺少甘夫后来的几次极重要的炼化机缘，故此罡气运使便不那么顺畅。其实，即使是现如今的甘夫，也远远不及雷震子的境界，张骞更不会达到陆鸦的境界。

雪枭打了个呼哨，又一拨铁卫飞扑过去。有两人想从巨石上方掠过，自上而下夹击张骞。但两人才一冒头，便被一根大棍打得血肉横飞，惨叫着滚落下来。

那是一只粗糙得有些简陋的大铁棍。他们看不见出手的人，只能看到一只白皙的手，那手正慢慢收回巨棍。

雪枭知道，那是甘夫埋伏在巨石后出手。

痛哼之声不绝，第二波铁卫再次被张骞的巨剑挑飞。这一次，张骞身上又多了三道伤痕。

"雪枭，还要躲到何时？"张骞望着对手，淡然而笑。

他的身上此时已经数处受创，陷入重围，却偏偏傲视群伦，连目光都是那样居高临下。这让雪枭很不舒服。雪枭也不答话，再一次呼哨。这次是巨大的阴影从空中出现，却是那只金雕气势汹汹地凌空扑下。

休屠城五大金雕客所驯养的金雕，都是修炼有得的灵兽级别，身躯可大可小，神力惊人。这金雕骤然扑击下来，就挟着一股强悍的罡风。

襟袍须发被那股疾风带得猎猎飘起，张骞却连头都没有抬。此时，一道夭矫的细影从他的肩头跃向空中，旋即化成巨大的龙形身躯，只是这只龙却有着鱼头般奇怪的小脑袋。蜃龙的脑袋虽然怪里怪气，但巨嘴一张，却极为恐怖。

金雕见势不妙，忙振翅高飞，却仍被蜃龙抓咬得伤痕累累，金色羽毛七零八落地飘散开来。

"孽畜！"金雕客库欣怒喝声中，飞身掠来，凌空轰出一掌。他的掌势平平无奇，掌间却挟着一股强烈的阴寒气息。蜃龙一击得手，正待吹嘘几句，猛然间这股森寒入骨的掌风扑来，登时打了冷战，哀号着向后退缩。

"张使君。"雪枭冷笑道，"我研究过你的一切，自然包含你那只奇怪的神兽。我知道它怕冷。"

"老子会怕冷？笑话，老子就怕你妈！"蜃龙在库欣的阴寒掌力和金雕的连环攻击中左躲右闪，嘴上却毫不含糊地回骂着。

它虽是凶名赫赫，排名十大凶兽第四位，但自变身重生后，战力已然大减。当日在天选盛会的擂台上，还可以横扫巨人铁锤等天元道以下的高手，但面对库欣这样的天元道宗师，便相形见绌。

石山夹道间，张骞忽然抢上两步，天刑剑拦腰扫向库欣。金雕客的脸色变得凝重无比，长刀旋出一片凄厉的刀芒，当头迎上。

刀剑相击，发出一阵锐响，库欣飘身退开。他胸前的襟袍尽数碎裂，若非躲得快，只怕便是开膛破腹。但库欣很满意，因为张骞在他的刀下又受了伤。

张骞凛然不退，只是拄着长剑，微微喘息，左肋间已是吧嗒吧嗒地有血水滴落。他甚至没有看库欣，双眼只是紧紧锁住对面的雪枭，目光淡定如初。

雪枭瞥了眼巨石上方傲然兀立的甘夫，轻轻挥手。三名银鹫客身形展开，有如雪豹般向青石上方窜去。他们的任务是将甘夫困住。

库欣心中一喜,正待再次扑向张骞,一只白皙的手搭上他的肩头,跟着雪枭冰冷的声音钻入耳中:"你上去,杀了甘夫!"

金雕客首次感受到这个青年上司神出鬼没的诡异身手,心中不由一寒,却是更加佩服他的冷静和狠辣。这家伙身怀绝技,却不在乎什么高手风范,为了最终拿下敌手,可以无所不用其极,这才是个可怕的家伙。

库欣再不犹豫,腾身掠上巨石。他明白上司的心思,只要击垮甘夫,就能活捉这些汉使。

"你所占的方位,已经占尽了地利,果然不愧是阵法大家。"雪枭站在张骞对面,笑吟吟地说道,"而且你一直在用激将法。可惜,我做事从来都是不择手段。"

两块巨石间的空隙宽窄不一,张骞所站立的那一个位置,正好可容他从容挥动那把巨大的天刑剑。张骞也点点头:"一切只为取得最后的胜利。这一点我们很像!"

"在楼兰,你布置得当,算是胜了一局。所以这一次,我让你多撑了一会儿,但也仅止于此了。"雪枭脸上迷人的笑容未敛,身形陡地一晃,已风闪电掣般冲了过来。

他身上突然伸展出六只手臂,每只手上都攥着一把弯刀,六把刀旋出耀目的刀光,几乎如一个恐怖的刀球般,向张骞撞了过来。

张骞双目灼灼地盯着对手。雪枭显然是个极高明的幻术大师,精通元神攻击,这六臂齐攻应该是幻术,或者,是某种西域特有的机关术。

也许都不是!他清晰地感觉到,至少有三把刀扫中了他全力疾封的天刑剑。他吸一口气,凭借强大的罡气和境界修为,在间不容发之际将"刀球"封开。然后,反手一剑劈出。

一剑开山,与先前他击飞那些铁卫们所用的剑势一模一样。

他一直在蓄势。这一剑,他先前已经劈出过多次,剑势虽出,但势不可挡的剑意却留在两壁的巨石间,凝而不散。

此刻,随着他这一往无前的一剑再次挥出,那些凝在石间的剑意刹那间跳了出来,仿佛道道山泉汇集成山洪,一起轰了出来。

这是张骞所修阵法的最高境界。

巨石间爆出一连串惊雷般的震响。雪枭如一只鹰隼般飘身退开。他身上的襟袍破损多处，却似乎没有受伤。

张骞挺立如山，左肋现出一道触目惊心的伤痕。

"你要败了！"雪枭仍在微笑，"虽然你强大得让人匪夷所思，但你最多只能再撑小半个时辰。"

雪枭口中这样说，心内却颇为震惊。适才他的术法已施展到了极致，六只或真或幻的臂膀轰出，却万没想到，张骞竟看破了自己五假一真中的那个真。而且张骞早有后手，那就是以阵法和地煞凝聚强大的剑意，然后一击而出。

雪枭观察了他许久，也看出了张骞的短处：这个人的后背某处应该有旧伤，使他的罡气运行有些缺陷，他的左肩和左肋是两个难以照顾到的薄弱之点。一个照面之下，面对山洪爆发般的连环剑意，雪枭只得暂避锋芒，但他疾退时的暴烈一击，仍是伤了张骞的左肋。

张骞知道，此刻的雪枭比自己当初在擂台上所面对的须卜骄要更强大，不过自己也不是当初那个无比艰难的张骞了。

"我不会败！"张骞横起长剑，"虽然你是群起围攻！"

"好吧，那就听你的，倚多为胜！"雪枭显然不在乎张骞的讥讽，"抱歉了，张使君，我只求速战速决！"说完，便又是一声极为凄厉悠长的呼哨。

随着呼哨之声，四只秃鹫从空中扑下，六名铁卫则从两翼冲来。铁卫的腰间都系着银色的腰带。张骞知道，这些银带铁卫是铁卫中的佼佼者，战力直追铁隼客，相较于以追踪和刺探为主的铁隼，这些人更加嗜血，更加凶悍。

这些银带铁卫在激战沙匪时已经显示出很恐怖的战力。此时他们如同一群疯狂的怒鹰般扑了过来，先从两边游走，扑上巨石，再从石上俯身下攻。

巨石上方的甘夫无暇相助，他已被库欣率领的三名银鹫客死死困住。

金雕客此时其实更加郁闷。他这样的绝高地位和深厚修为，以大欺小不说，居然还率众凌寡，却仍拿不下这个俊逸如美女的青年。

同样苦闷的还有蜃龙。金雕客库欣在围攻甘夫之余，仍不时以森寒掌力向它偷袭，道道阴冷的狂飙，打得蜃龙哀嚎与怒骂齐飞，与那只金雕灵兽的缠斗，便占不了什么便宜。绕是如此，蜃龙仍然挥出巨尾，扫落了两只扑向张骞的秃鹫。

蜃龙真的很想呼喊小红帮忙，却终究忍住了。话痨神兽也是有尊严的，打死了也不能求这只笨鸟；而且它知道，朱雀小红肯定不会出手，不是不帮，而是要全力保护吉祥居次的安危。

重生神兽认主之后，就会对主人忠心耿耿。何况吉祥居次一直浑浑噩噩，是这一行人中最弱的一环。

人影错落，刀光起伏。张骞再次挥起他的长剑。激荡的锐响连绵响起，但这次没有兵刃被他震飞。

张骞体内所蕴的罡气很是沉厚，却一直没有机会像甘夫那样，与己身的意志深刻交融，刚才被雪枭一剑重创，罡气冲突激荡，几乎难以控制。这一轮交锋，又使他的肩头、肋下和大腿涌出了血花。

趁张骞喘息未定，雪枭的弯刀再次无声无息地插入，刀势狠辣决绝。

张骞的长剑在间不容发之际斩落，雪枭的刀瞬间却又变成了六把。这位匈奴新锐的术法诡异绝伦，虚实转换，随心所欲。

四五道幻影被天刑剑斩碎，但那一刀已到了张骞的颈前。最初的一刀才是最真的，也是最狠辣的。

张骞的脸色一黯。他这时再难控制体内狂暴的罡气，已是无法躲避。

就在雪枭的双眼耀出亮光之际，一道金光忽然爆出。那金光如同一轮红日，从空中飞降而下，带着刺目的璀璨，撑在张骞的身前。

璀璨的刀光忽然化作凤凰的形状，那是凤翅金刀。

雪枭的弯刀被金光挡住，再难前进半寸。

下一瞬，金色刀芒卷出奇异的弧度，轻灵地点向雪枭的额头。

这一点不带半分烟火气，虽是刀招，却有着剑势的灵动，仿佛高傲的凤凰在垂首啜饮甘露，又似闲适的美女轻点胭脂，冷冷清清，平平淡淡，却又带着高贵强大的气息。

雪枭立知，自己遇到了平生以来最恐怖的一刀！他当机立断，飞速后退。他一下子退开十余丈，却仍感觉那一点金色刀芒始终凝在自己眉前寸许。那一点，竟似永无止息，避无可避。

嗤嗤！裂帛声响，雪枭貂帽破碎，披头散发。

金刀强大的刀意横扫而出，两名扑击在最前边的银带铁卫同时闷哼，两把弯刀跌落在地，捧着手腕踉跄退开。

"吉祥居次！"

雪枭不可置信地睁大了双眼。一道血迹从他的额头流下，染红半边脸颊，他却顾不得擦拭。

激战的双方都愣住了。余下的几名银带铁卫匆匆退开，库欣和三名银鹫客也从岩石上飞退下来。他们均是无比惊艳、无比骇然地盯着横刀俏立在张骞身前的绝色女郎。

许多年前，他们都在休屠城见过她。那时候她是休屠城的半个主人，也是休屠城乃至整个西域男人心目中最明丽的月色。

后来，听说她变成了一个半痴半疯的女人，听说她忘记了许多事，包括她辛苦学得的高妙术法。数日前，雪枭跟她见面时，印证了那些传言：曾经名震天下的吉祥居次，谈吐举止仍是个不到十岁的小女孩；她望着雪枭的目光，甚至透出些害怕。

但此刻，她在千钧一发之际，挥出凤翅金刀，劈出了雪枭这辈子所见的最犀利的刀势。

"难得你们还记得我！"吉祥居次淡然一笑。她的笑容再没有半分先前的稚气，而是恢复了往昔的风华绝代——明艳绝伦中带着睥睨天下的高傲、贵气和寂寞。

"还要打么？"她轻轻甩了下金刀，刀芒倏忽一闪，几滴血珠甩落在地。

"恭喜吉祥居次大病痊愈！"雪枭微笑起来，"我即刻飞鸽传书给左贤王，哦，不！是伊稚斜大单于！大单于闻知，一定欣喜若狂。请吉祥居次跟我一同回去吧。"

"我说了，我只会跟我的夫君在一起。"吉祥妩媚地望了眼张骞。

张骞的嘴巴还在微张着。巨大的幸福突然从天而降，他这时还觉得自己在做梦，心中有千言万语一起涌上，只是一时间却无法问出口来。

"那就遗憾得紧了！"雪枭高高地举起那块令牌，"见此令牌，如见伊稚斜大单于！哪怕吉祥居次复原，你们也没有一丝胜机。诸君，汉虏已经精疲力尽了，给我攻，一举拿下！"

适才吉祥那犹如天外飞凤般的凌虚一点，在他眼前忽然消失，终于让雪枭松了口气。吉祥居次虽然强大，但还没有强大到让他觉得恐怖的境地。她只是出其不意的出手，占了先机，再加上不知从哪里得来的神秘刀意。雪枭觉得，自己若是全力施为，仍可和这位绝美女郎一较高下。

所以，汉使那边仍处于绝对的劣势。雪枭仍期待速战速决。

金雕客库欣当先振声长啸。适才他率众狂攻，已经占了八成优势，只要再有一碗酒的工夫，就能斩杀甘夫，此刻他也希望快些解决战斗。

库欣带着银鹫客最先扑上高岩。

几名银带铁卫默默解下腰间的银带，抖一抖，银带便化作长索，每人都是一刀一索，势如疯魔般地攻了上来。

"你先歇歇吧！"吉祥嘱咐张骞，随后向雪枭漫步走来。她仿佛闲庭信步，但每跨出一步，便挥出一刀。每一刀劈出，都让身前的银带铁卫仓惶飞退。

雪枭如一头狡黠的狼王，冷酷地盯着眼前的激战。他在等待最佳的时机，准备一刀制敌。

就在这时，他听到了一道长啸。那啸声很古怪，明明很遥远，却又非常低沉，仿佛响在耳边，其中带着一股悲天悯人的气息。

他扭过头，便看到一个土黄色的高瘦身影，光头，托钵，挂着一根金色的竹杖。

是那个在交河城门前静坐的怪人！

令雪枭震惊的是，这怪人身后还带着一股烟尘。那是一支马队，至少有四五十人，虽是商旅打扮，却每人都挥着弯刀。他一眼就看出，这几十号人马绝不是寻常的商队，而是训练有素的甲士，是一队战力不逊于休屠铁卫的高手。

"大哥无恙吧？兄弟帮你打架来啦！"商队中，领头的是个高大汉子。他长发迎风飘舞，扬声长笑间，已是声如怒雷般在原野上滚滚而来。

张骞的眼睛一亮。那人竟是猎帕王子！不，他这位义弟现在已登上乌孙王位，该叫猎帕昆莫了。猎帕所在的乌孙和姑师紧邻，这位乌孙新王不知为何竟率领一支队伍潜入姑师，而且来得正当其时。

马队如泼风般冲来，转眼间便到了石山下，然后直接撞入休屠铁卫的阵中。

两方人马甚至没有叱问喝骂，立刻就杀在一处。都是久经沙场的老手，他们隔着老远，就嗅到了对方身上的强烈杀气。

刀剑撞击声，箭镞呼啸声，马嘶人喊声，迅疾交织在一起，强悍罡气化出的恐怖幻影，伴着纷飞的血雨四下横飞。

雪枭这次带的休屠铁卫都是千里挑一的强者，而猎帕所带的这批亲兵，则是在乌孙军队的精锐中精选而出，又经得猎帕亲手苦训，虽然人数不多，战力却要更胜一筹。

眼见自己的昆莫亲自挥刀冲杀，一众乌孙死士更是人人奋勇，转眼间已将休屠铁卫的队列冲出数道缺口。

猎帕快马如风，迎面撞上一名银带铁卫。休屠精锐中的高手如金雕客库欣等人都到石山上围攻汉使去了，山下队列中压阵的，只有这位银带铁卫的首领算是修为最高的高手。

猎帕来得太快，他的长剑更快。与西域武士最常用的弯刀不同，自从登上乌孙的王位后，猎帕便一直用剑。那是乌孙王世代相传的法宝利剑"猎龙"。

猎帕人在数丈外，猎龙剑已当头劈向那银带铁卫。猎龙的剑身在运行中忽然弯成奇异的弧形，仿佛一条飞窜的巨龙。数丈距离转瞬而逝，龙形剑身瞬间便拍到铁卫的弯刀上，弯曲的弧度骤然弹直，一只硕大的龙头从剑芒中闪现，张口狠狠咬在弯刀上。

一声分金断玉的脆响，弯刀寸寸断裂。

那铁卫的应变也是奇快。他左手银带倏地挥出，顽强地缠住猎龙剑。此刻猎帕的左掌已斜刺里拍到，蓄势已久的天诛之火訇然重击在那汉子的肋下，将他的半片胸膛打得深凹下去。

二人的战马交错而过，那铁卫的惨叫声随之响起。

这一场面雪枭看了个满眼，心内登时一寒。他已看出，这支商队具有强劲的战力。这群不速之客突然杀到，虽然铁卫仍是稍占上风，却无法稳操胜券。是战是退，他的心中犹豫不决。

此刻一声长啸穿云破雾般冲霄而起。石山顶上，一道身影慢慢站了起来，正是一直运功疗伤的大巫胡忧。随着他豪气勃发的啸声，道道云气在姑师国师的头顶离合聚散，当真是风云鼓荡，气势骇人。

"雪枭！"胡忧目光凛凛，瞪视着山下的雪枭，"你我总该有个了断。"

"小师叔！"雪枭苦笑了一下，双瞳却不禁一缩。实在想不到，这个最让他头疼的人，居然这么快就恢复了功力！

他急速挥手示意，金雕客库欣忙率着几名银带铁卫飞掠而回。猎帕的那支人马冲击力太过强劲，休屠铁卫必须由这些强手去压阵。

吆喝声、呼哨声连绵起伏，一团混乱的铁卫终于稍稍稳住阵脚。

雪枭的目光已和胡忧紧紧锁在一处，二人的眸子在刹那间都变得异常明亮。

下一瞬，血肉横飞、杀声震天的战场忽然消逝了，平坦的原野消逝了，沉浑如巨龙的雪山消逝了，雪枭和胡忧站在一座光秃秃的红色大山的山巅。

那是火焰山的山巅。

两个男人傲然对视着，那是死亡的凝视。

脚下的大山没有一根草、一棵树，山体是红的，岩石是红的，连脚下的土壤都是红的。红彤彤的大山，宛若一团团赤红的烈焰，摇曳着，蒸腾着，奔向天空。

"火焰山！你居然选择这里作为元神决战之地？"胡忧冷冷盯着雪枭。

"这里神秘，火热，透着真正的死亡气息，正是比武的好地方！"雪枭的嘴角浮出标志性的阴笑，"难道小师叔不喜欢？"

"炎火山确是姑师的一座神山。"胡忧的目光却冷得瘆人，"不过，我不想跟你比武，我只想杀了你！"

二人师出同门，所精擅的又都是元神修法，仇人见面，便都施出最擅长的恐怖杀招，直接进入元神修法的比拼。在外人看来，元神比拼是波澜不惊的寂静之战，其实这种寂静中蕴藏着最大的凶险。

胡忧的眼神熠然一闪，凌空一脚踏向雪枭的头顶。这一脚在空中变得无比巨大，矗天矗地般直踏下来。

雪枭的身子忽然变成一堆流沙，被这一脚踩得稀烂。但这堆流沙迸飞在空中，又组合成雪枭的身影。

胡忧的巨足没有收回，脚底忽然腾出一团火焰，当头扫向那团雪枭状的流沙。

"炎山之火！"雪枭脸上的笑意被火光灼得一滴不剩。他知道，小师叔这一脚，在元神对决中，居然调动了火焰山上的地煞之火。

这已是天元道的高明境界。

下一瞬，雪枭状的流沙索性散入地下。

他选取的是最高明的守御术。这同样是一种调动地煞之法，他直接融入了整座火焰山。

"你忘了一件事！元神比拼，一定要力争先手。"冷笑声中，胡忧弯下腰，抓住地上的一块岩石，然后从红褐色的岩石间硬生生地捞出一只手来。

苍白的手在挣扎，带动整块岩石仿佛都在用力，然后整个山巅都化作巨手的形状，猛然将胡忧扯进纵横堆垒的岩石内。

"守中有攻，看来我那大师兄教了你不少东西。"胡忧被那只铺天盖地的岩石之手紧紧攥着，却并不惊慌。

两人的元神都已经深深嵌入火焰山的山体内，还在继续向下，向下，不住向下深入。四周都是闪耀的红芒，炽热的火焰舞动出千奇百怪的形状。

"止！"胡忧蓦地大喝一声。这一声大喝，令身旁的巨岩都似在微微颤抖，二人飞坠的身形果然顿住了。

胡忧的背后忽然生出八只巨大的狐尾，每只狐尾上都挂着一张怪异的图轴。

图轴上画着的就是那幅诡异的狐神图。八双狐神的眸子熠熠生辉，甚至亮过周遭的火焰。

"狐神图！"雪枭发出一声哀号。

"你梦寐以求的狐神图！来吧，进入图中，永远死去！"

"狐神图！狐神……狐神！"雪枭仍在哀号，但不知怎地，他的哀号，忽然间变成大笑。

"死到临头，还想要什么花招！"胡忧怒喝一声，八张狐神图从八个方位卷向雪枭。

雪枭的大笑变成歇斯底里的狂笑："狐神……狐神！肥遗，你梦寐以求的狐神来啦！"

周遭的山岩忽然剧烈地震荡起来，岩浆喷涌，一个肥硕的圆球随之慢慢从地底钻了出来，滚圆的巨躯，冒着热腾腾的气息。

"肥遗！"胡忧全身剧震，嘶声喊道，"雪枭，你疯了么，竟想解开肥遗的封印？"

"这道封印已经很难禁锢住肥遗了。它马上就要出来了，我只是帮了它一把而已。当然，仅凭我一个人的力量还不够解开封印，好在有师叔你，还有你的狐神图！"雪枭继续狂笑。

胡忧眼芒一厉，终于明白了雪枭的这种鱼死网破，甚至是丧心病狂的战法。原来这家伙从一开始，就是想要借助自己的力量来解禁肥遗。

肥硕光滑的巨球终于面对他们二人。那是个恐怖而肥硕的巨大蛇头！一双火红色的巨目骨碌碌转动，带着无比骇人的强大威压。

它便是这座神山的真正主人，名列十大凶兽榜第七位的神兽肥遗。

灼热气息当头扑来，姑师国师却觉得浑身发冷。他当机立断，立即施法收起八张狐神图，心内暗自庆幸：幸亏自己觉得稳操胜券，没有施出那份狐神主图，更没有十图尽出！

狐神图骤然收起，火热岩壁间那股庞大的震动力便小了许多，肥遗的巨头也停止了向上抬升的架势。

"狐神，来吧！"肥遗火目灼灼，死盯着正在急速收敛的图上狐神。

它庞大的身躯还在慢慢地向上拱起，滴着粘腻汁液的背上，有翅膀正缓慢而有力地张开。

一双苍白肥厚的翅膀已经打开。

另一双火红的翅膀还在半开半合。

姑师国师不想去招惹这巨兽。在这地火奔涌的神山底部，作为神山主人的肥遗几乎就是完全无敌的存在。

凭着狐神图的收卷之力，胡忧的元神倏忽弹出。在遁出之前，胡忧最后看了一眼那怪兽，肥遗那两只发红的眸子闪着怒焰，正死死盯着他。

胡忧心胆俱寒。自己将狐神图半途收回，肥遗得以凭借的外力突然减少，不知这凶兽最终会不会摆脱封印的束缚。

下一瞬，胡忧已凝立在石山前。实际上，他的身体一直挺立如山地站在那里。

"雪枭已死。他的首级在此！"

胡忧厉声大喝，声如惊雷，还在厮杀的双方都听得真真切切。

雪枭麾下铁卫仰头远眺，见胡忧立在石山顶上，手中擎着一颗血淋淋的人头，正是雪枭的首级。

铁卫们爆一声喊，刚刚被金雕客库欣等人勉力压住的阵脚登时大乱。猎帕大喜,指挥手下奋力拼杀,众乌孙勇士更是气势大振,杀得休屠铁卫四散奔逃。

雪枭比胡忧晚回来一刻。

他铤而走险,靠着凶兽肥遗之力惊走小师叔,但他的元神赶回石山,却看到自己手下的铁卫正被乌孙人赶得四散奔逃。

挺立在石山顶上的胡忧,手中抓着一颗血淋淋的人头,自己的人头。

"好厉害的小师叔,居然敢对这么多的高手死士施展摄心幻术!"雪枭心中一寒。自己虽然用险招惊走胡忧,但小师叔还是棋高一着,抢得了先机。

"我雪枭在此,大家不要惊慌!"雪枭提气大喝,"那都是胡忧的幻术!"

但这时他的话已经没有什么用了,休屠铁卫已经兵败如山倒,无论是库欣,还是几名银鹫客,全都难以约束。

猎帕等人纵马冲杀,之后有意放缓追击,乱箭齐发,休屠铁卫纷纷中箭,滚落马下。雪枭不得不和库欣落到后面,亲自压阵。

"赶尽杀绝,不要让他们缓过劲来!"猎帕目光冷锐,再次下了命令。他知道这批休屠城铁卫的惊人战力,如果让他们逃出,之后休养生息,卷土重来,便是个难以铲除的心腹大患。

一方逃遁,一方剿杀,休屠铁卫很快便折损大半,土山前后全是铁卫的尸身和受伤哀鸣的战马。

甘夫和胡忧并肩冲来,库欣勉力接了几招,无心恋战,催马便逃。他有些奇怪,都这时候了,雪枭这个心高气傲的家伙似乎并不怎么着急。这一队铁卫还剩下不足四十人,他却仍在左右顾盼着,似乎在等待着什么。

就在此时,地下爆出一阵怪响,仿佛地动山摇,随着这怪响,一只巨大的怪兽自山脚的河水中冒出头来。先是个巨球般的光滑圆头,然后是肥硕的蛇形身躯,背上是似张非张的几只古怪肉翼。

"凶兽肥遗!"

胡忧不可置信地睁大了双眼。肥遗果然挣脱了火焰山下的封印，更是从交河城之东百里之遥的火焰山底来到城西的这片原野。它是怎么做到的？

是雪枭！胡忧看到正在仰天狂笑的雪枭，登时明白了一切。这个疯子引自己在火焰山上展开元神决战，在山穷水尽之际，借助自己狐神图的神力唤醒了凶兽肥遗。

胡忧马上想到了自己的那位神秘莫测的大师兄。他几乎是穷半生之力，研究各种神秘的怪兽，而且已经掌握了唤醒被封印的怪兽的术法。没想到，这个疯狂的大师兄竟然还有个更加疯狂的弟子。

雪枭借助肥遗的力量惊走自己，但他的本意很可能就是要借助自己的神图之力来唤醒和解封肥遗。

这对疯狂的师徒到底想干什么？

肥遗自火焰山地底脱困。火焰山绵延八百里，这凶兽擅土遁和水遁奇能，很可能是从火焰山地底出发，然后进入地下的暗河，而那条地下暗河直通交河城外的雅儿乃孜河。绕城而过的雅儿乃孜河还有其他支流，一直蜿蜒流至此地，肥遗也就一路游窜至此。

这么短的时间，它至少已奔行了二百余里。

它一定是得到了某种神秘的召唤，来自雪枭的召唤！

肥遗在十大凶兽中排名第七，但也许是最为臭名昭彰的神兽。因为肥遗所到之处，会引起大旱之灾。这也是封印它的火焰山永远滴雨不落，永远灼热如火的原因。

干旱少雨，在本就缺水的西域是最为恐怖的事。

肥遗的巨大身躯如一座小山般从河水中腾起，带着海啸般的狂暴咆哮。它那巨躯虽是自河流中飞跃起来，却带着丝丝的热气，一路游来的河面上也冒着热腾腾的蒸汽。

突然出现的巨兽，让一追一逃的两批人马都大为惊慌，许多战马都发出了哀声嘶鸣。休屠铁卫们觉得还是逃命要紧，他们乘机拼命打马狂奔，瞬息间便去得远了。

纵马追击的乌孙勇士们所受的冲击则要大得多，因为那只恐怖的凶兽就是冲着他们来的。怒吼的肥遗从水中跃起后，当头便扑向一众乌孙豪客身前的胡忧。

肥遗的巨尾凌空一扫，十几匹乌孙战马随之哀鸣着滚倒，骨断筋折。胡忧的脸色瞬间变得凝重无比。

"小心，快退！"张骞遥遥大喝。

这是实实在在的处于巅峰时期的十大凶兽。他知道，瀚海法阵中的狰兽和烛龙，都被无为学宫驯服并加了禁制，故此战力大减。哪怕是当年的蜃龙，面对雷震子时，因为身体被炼化成古堡，其实力也是大打折扣。

至于朱雀小红，在黑禽神山的变身前期，显然已遭到某种痛楚的剧变，这让它不得不选择凤凰涅槃般的浴火重生。那时候小红的战力便已不是凶名显赫的第八神兽了，而现在的它，距离最强的阶段更是远之又远。

此刻的肥遗，却是刚刚脱困的真正的凶兽，也许它唯一的弱点，就是在火焰山下被封印了太久，实力有所削减，但也正因如此，它变得更加暴戾和凶悍。

突然，一只巨棍凌空挥来，狠狠击打在肥遗的巨头上。

巨棍轰出砰然巨响，打得肥遗身子疾沉，重重地砸在地面上。但随即，这凶兽便满不在乎地再次仰起头，发出一声愤怒的长嗥。

灼热的气浪当头涌到，甘夫也只得向后飞退。

奇怪的是，凶兽肥遗遭受重击，却完全无视出手的甘夫，仍是怒气冲冲地撞向胡忧。

胡忧已挥出了长刀。他的刀宽身厚背，迥异于西域武士常用的狭长弯刀。但这样一把沉重的宝刀，砍在肥遗那油腻腻的厚皮上，居然没有令它受到一丝伤害。

暴怒的肥遗又喷出一股灼热的气浪。

胡忧也只得腾身后退。他最精擅的是元神攻击，但面对这种蛮横的巨兽，此法却是全然无效，肥遗已如影随形般扑过来。它身子巨大，却因背上的巨翼，运动极为灵活。

下一刻，胡忧已被热辣辣的气浪包围，浑身都如火烧一般。

这是他真实的身体，而不是先前的元神激战。他心内又惊又痛：好歹毒的雪枭！这显然都是他的算计。在元神逃出火焰山地底之前，他一定是给那怪兽打入了某种元神烙印。

胡忧大喝一声，腾身飞起，穿透那层灼热的气浪，反手一刀，狠狠地砍向肥遗火红的双眼。

肥遗的巨尾倏地卷起，快若雷电般拍中他的厚背金刀。胡忧全身剧震，只得借势回跃。但肥遗太大了！他如星丸弹射般的身形，始终逃不过那条巨尾的纠缠。

更要命的是，胡忧连遭多日禁锢，强行破开迷药禁制后，又愤然激战雪枭，那场元神激战已极大地损耗了他的修为，这时他的身体和修为都已是强弩之末。

肥遗猛然嘶声怪吼，一只巨翅突如其来地当头拍下，扫中了胡忧的肩头。

重如山岳般的巨力袭来，胡忧一口鲜血喷出，向下飞坠。胡忧的耳畔吼声如雷，肥遗已再次扑来。它那四只巨翅已经完全展开，几乎是遮天蔽日般地向他罩了过来。

胡忧已经被怪兽的阴影完全覆盖，他瞬间想到了死。

陡然间，一股柔和的力量斜刺里推来，将胡忧那绵软无力的身子向前推送，跟着又猛然扯回。

这一推一扯，使肥遗扑了个空。它的体型太过巨大，胡忧的身子只不过绕了个弯，那肥遗却被晃得掉不过头，长尾更是重重地撞在河面上，激起了数丈高的水花。

胡忧已被那股力道极巧妙地扯到了一人的身后。

"请把它交给我吧。"一道温和的声音响起。

此人举重若轻，履险如夷，劲道、时机的拿捏更是妙至毫巅。胡忧暗自惊佩，抬头看时，一袭土黄色的宽大襟袍挡在自己身前，竟是那个神秘的沙门昙伽罗。

他想了起来,先前似乎看到此人带领猎帕等乌孙勇士赶来此地,但大战一起,他就消失得无影无踪,这时却又忽然出现,出手救了自己一命。

"此物会带来旱灾,不宜粗暴攻击,只应以慈悲之心劝解。"昙伽罗的发音生硬,语调却非常平和。

这个昙伽罗黑瘦干枯,仿佛沙漠中被风干了几十年的胡杨老干。但这枯瘦的身躯和平和的语言中,都蕴藏着一股绝大的力量。

肥遗又一次腾空而起。它的背上原本只张开了一对肉翼,现在另一对翅膀也慢慢展开了,巨大的蛇形身躯似是也膨胀了一圈,如小山般向昙伽罗撞来。

"是蠢材肥遗!"蜃龙窜到张骞的肩头,一以贯之地继续胡吹,"如果老子在重生变身之前,只需要吐个泡泡,就能让它在泡泡里幸福地死去,到死还得感激老子。"

"你的泡泡现在也可以吐。"张骞飞步前冲。这时,所有的马匹都已站立不稳,他只有自己冲上去。

一只温暖的雪白柔荑忽地伸过来,握紧了他的手。

"我们一起去!"她望着他,明眸熠熠闪烁。

那才是属于她的目光,无比清澈,无比高傲,望着他时却又柔情似水。

这一刻,张骞忽然很想将她紧紧拥在怀里,但这时他只能狠狠地攥住她的手,一起飞奔向前。

肥遗如同一座悬浮在空中的肉山,挟着灼人的热力,飞快地撞了过来。几匹瘫倒在地的骏马发出无力的嘶叫,被它的巨尾卷向空中,再远远地摔入河水里。

"肥遗,你不属于这里。"昙伽罗仰头望着它,目光坚定沉稳。

肥遗那重如山岳的身子在昙伽罗身前三丈硬生生地止住去势,仿佛撞上了一道无形的巨墙。肥遗不由瞪圆了通红的双眼,眼中甚至还冒着火光。

它停了一刻，然后继续冲向昙伽罗。那面无形的巨墙被它撞破了，它的巨头已经探到昙伽罗身前丈余。

昙伽罗伸出手中那根金黄色的竹杖，点在肥遗那扁平的鼻子上。

肥遗的巨躯登时凝住，在空中再难前进半寸。

"你知道的。"昙伽罗仰头望着巨兽，"你应该回到你该去的地方。"

"应该去的地方在哪儿，漆黑的山底下？"肥遗的巨嘴里忽然迸出了几个字。

昙伽罗不语，只是凝视着肥遗那双火红的眸子。

"别逼我杀你！"肥遗还在咆哮，"光头黑佬，你挡不住我。"

昙伽罗还是不语，那神色却分明在说，我必须挡你。

这是一个奇特的画面。肉山般的肥遗凝在空中，怒冲冲地冲向昙伽罗。在它下方，干瘦的昙伽罗就如一根巨树下的细草。但这根细草却腰板笔直，挺立如山。

远远观望的乌孙豪客们都惊得作声不得。猎帕本来想招呼手下人放箭，随即又放弃了这个念头：胡忧和甘夫的法器都奈何它不得，何况寻常羽箭！

疾冲到近前的张骞不由愣了：这昙伽罗的勇气和沉稳实在惊人！能独立对抗一只巅峰期的凶兽，任你是何等高手，都需要绝大的勇气。而且，昙伽罗那干瘦的身上，有一种他从未见过的奇特气韵。

昙伽罗和怪兽还在对视，似乎还在低语。

因为昙伽罗的口唇在微微开合，而肥遗的目光也随之变化着，有疑问，有愤怒，有哀伤，有痛楚。

"你就这么想找死？"怪兽忽又愤然大吼。

"诸法无我，本无生灭！"昙伽罗只是淡然一笑。

肥遗愣了，眼中满是疑惑。不一会儿，肥遗眸中的凶暴之气又浓烈起来，它仰头怒吼，猛地向下压了过来。

那简直就是一座飞降的小山！昙伽罗的身躯终于晃了晃。

他的脚一寸一寸地陷入地面，瘦弱的身子也弯了下去，却仍没有半分退缩之意。

张骞一惊，忙将吉祥居次扯到自己的身后，然后大踏步地冲了过去，天刑剑斜斜地指向肥遗右边的那只火红的巨目。

这柄来自昆仑道的神奇法剑有一种君临天下的奇异力量，那怪兽吃了一惊，疾冲的身形猛然回缩，随即转头喷出一口灼热的热气。

蜃龙窜了出来，张口狂吸，将那股热气吸入嘴中，还不忘大骂："肥遗！多年不见，你他娘的口臭依旧。"

"多谢使君！"昙伽罗终于缓过一口气来，然后将竹杖扬起，准而又准地拍在怪兽的鼻子上。竹杖力道不大，仿佛是大人在轻抽顽皮稚童的掌心。

"走吧，肥遗！回归你该去的家园。"昙伽罗轻吟着。说来也怪，他每拍一杖，肥遗的气势便减了一分。

"家园……在哪里？"这一次，肥遗的声音中透着无尽的哀伤。

"真正的大漠深处，那才是你应该去的地方。"张骞急中生智，大喝道。

"大漠深处，是汝家园！"昙伽罗目光灼灼，声如黄钟大吕，"何不归去？那里才是你的家园！"

他的声音宏亮悠长，仿佛是念着某种奇特的咒语。

随着最后一杖轻轻拍击在肥遗的头顶，巨兽终于发出一道深深的长叹，然后振翅而起，从昙伽罗和张骞二人的头上飞过。

庞大的身躯掠过的瞬间，张骞看到，那巨兽居然在流泪。

四只翅膀一起舞动，肥遗在空中划出一道优美的弧线，投入云霞斑斓的远天。

"归去……家园！"

那道弧线最后留下一道长长的叹息。

"那个怪物……肥遗，终于退走啦！适才看到它流泪，觉得它也挺可怜的。"吉祥居次仰头望着那弧线的末端，怪兽已瞬间飘到了极远的地方，"它真的会去你们所说的大漠深处？"

"它一定会的！"蜃龙喃喃道，"当年轩辕黄帝开始'绝地天通'，曾跟它们定下血盟，允许它们去指定的地方生存，有不遵者，彻底封印。但蠢材肥遗受了第一神兽的蛊惑，发了一回癫！发疯的结果，就是自己被封印在火焰山下这么多年。"

"第一神兽！"卓轻闲沉吟道，"可是那九尾天狐？"

"是的，神通广大的狐老大！"蜃龙的小眼睛中闪过些畏惧之色，"据说它也是因为对抗轩辕黄帝而被封印，但谁也不知道它被封印在何处。"

"原来是因为九尾天狐，怪不得！"胡忧想到火焰山底那场奇特的元神对决，终于明白了，为何自己的狐神图竟能让肥遗提前解封而出。他叹了口气，纵目远眺，有些不甘地说道，"肥遗走了，雪枭那群混账却也乘机逃了。"

猎帕这时也纵马奔来，朗声笑道："谢天谢地，那怪物终于走啦！大哥一切安好？"

离散多年的兄弟，一朝相见，感慨无限。

猎帕登上乌孙王位后，一直在与邻国修好，同时也在悄悄地厉兵秣马，积聚自己的力量。这次他是应楼兰王和姑师王之请，商议携手应对沙匪撼天风之计。他昨日刚刚率人潜入姑师，不想未战沙匪，先收到了那位神秘沙门昙伽罗的召唤，正好赶来驰援义兄张骞。

兄弟两人还未来得及深聊，东方有一队数百人的马队疾奔而来，为首之人竟是姑师王。

姑师王奔到近前，先是见到乌孙王，自是又惊又喜。双方见礼之后，姑师王才向张骞深深长揖，用西域人惯有的方式行了大礼，之后才说道："请尊贵的上使见谅！我刚刚接到楼兰王的传书，知道了上使们在楼兰的仁行义举。请上使一定要跟本王回归王宫，让我们这些失礼冒犯的家伙向您赔罪。"

张骞看了眼姑师王的神色，心底已然明白，姑师王这一行很可能是一直在遥遥跟着雪枭一拨人。他给了大汉和匈奴双方自行了断的机会，而无论哪一方获胜,他都会即刻赶来示好。

"如此甚好!"张骞也不点破,笑道,"我与猎帕贤弟已多年未见,正好去姑师王宫痛饮一番。"

姑师王原本心内忐忑,特别是看到大名鼎鼎的乌孙王猎帕竟是张骞的义弟,更是诚惶诚恐,只怕这位大汉使者乘机奚落刁难,不想他就这样云淡风轻地应允下来。

眼见张骞的脸色始终和气温煦,姑师王不由心内感慨:"楼兰王传信说,这位大汉使者仁义慷慨,为人一腔热忱,看来果然如此!"

他目光扫过战场,那边的须洪勒也陪着笑赶到近前。适才这一场恶战,自己这位心腹居然毫发无伤,想到姑师对汉使使出的那些诡诈行径,姑师王内心更觉羞愧无地。

轩敞的王宫大殿内摆开盛宴,姑师王亲自作陪,猎帕和大汉使团成员尽数出席。张骞又固请那位神秘的沙门昙伽罗和姑师国师胡忧一起入席。

酒刚满上,猎帕便大笑举杯:"大哥,兄弟我月余之前探听得沙匪肆虐,正在姑师和楼兰一带为祸,我这次突然赶入姑师,本来就是想尽歼这群匪类的。刚刚听说大哥已率着楼兰兵马,将沙匪杀得元气大伤,还宰了撼天风,佩服佩服!这一杯酒是我敬哥哥的。"

西域地广人稀,撼天风被杀、沙匪折损大半这等惊天消息,乌孙新王新近也才得知。

姑师王刚得了楼兰王的传书,这时为了邀汉使之好,自不免将张骞的运筹帷幄和甘夫的大智大勇添油加醋地宣说了一番。

张骞也有些感慨:在楼兰力战沙匪,大汉使团与雪枭等人并肩抗敌,但在姑师,双方便是一场死战。

提及雪枭,姑师王等权贵不免心中惴惴。张骞看在眼内,暗自一叹,不由望向一直沉默不语的昙伽罗。这位神秘的沙门入席后,滴酒不沾,也不吃肉,只是用清水奉陪众权贵。

"我等最该感谢的,便是昙伽罗大师!"张骞举起酒杯,"正是大师洞悉先机、请来乌孙王这一强援,此后又迎战破除封印而出的凶兽肥遗、救下胡忧大巫,功莫大焉!"

大汉使团今日实在是险象环生,最终正是全靠这其貌不扬的昙伽罗才扭转乾坤。想到那凶兽肥遗凶悍无比,更能引起旱灾,全赖这怪人昙伽罗以秘术将之降服,姑师王、猎帕等人全都离席,上前向昙伽罗致谢敬酒。

昙伽罗始终以一杯清水应对,神色淡然,一似无波古井。

"这一战中,昙伽罗大师让我见识到了世间真正的勇气!"张骞对这个神秘的沙门昙伽罗颇感兴趣,"大师所修的,是什么宗派的术法?"

昙伽罗道:"不是术法,而是浮屠之法。"

"浮屠?"张骞还是首次听闻这样一个词。

"浮屠……也可译成'佛陀'!"

昙伽罗稍一沉吟,又道,"大致在四百年前,伟大的佛陀释迦摩尼传下了浮屠之法,也就是佛法!在佛法看来,一切事物都是无常的,万物都在成、住、坏、空之中,所以说,诸法无我,诸法空性……"

他的语音还是那样生硬,却带着一种奇异的气韵。

只是他所说的佛理显得有些高深,姑师王君臣,乃至猎帕、甘夫等人全都听得云里雾里。众豪客和姑师权贵们听了几句,便懒得多听,只顾继续喝酒。

只有卓轻闲听得津津有味,虽是似懂非懂,却觉得大有味道。张骞也是一时难以尽明其理,但说来也怪,只听着昙伽罗那慢悠悠的声音,便觉得心间仿佛有一道清澈的流水淌过,心神一片清明。

"诸行无常,诸法无我……四百年前,便有这样精妙深邃的道理?"张骞的心神有些恍惚,虽追问道,"大师说的空性,到底是什么?"

"什么是空性……"昙伽罗望着他,徐徐说道,"我也不知。"

张骞一愣,望见昙伽罗那深邃澄澈得如同古井的目光,顿觉整个人忽然踏入了一种缥缈空虚的境界中,身周的那些人仿佛都成了虚幻的影子，自己却再无任何牵挂，那些忧虑、恐惧、哀怨、愤怒，甚至名利进取等诸般情愫，都化作清水般从心底流走，而片刻前还在体内冲突盘旋的罡气，忽然间便如百川归海，深融体内，整个人感到难言的舒畅。

跟着，他便看到了很多影像，有自己，有吉祥，有师滢，有父亲，有天子，有吕英卓轻闲，还有自己的儿子，有自己的孙子。许多道影子起起伏伏，生生灭灭，最后又尽数归于虚无。

刹那间，他竟似再也感受不到自己的身体，自己仿佛只是一道映在江心的月轮，只剩下一片空明。

"这便是空性？"他喃喃着，"那些影像又是什么？大师真能预见未来？"

"谁也无法预见未来。未来其实只是无尽的选择，并且选择之人只能是你自己。"

"大师所说修行佛法之人，都要结成僧团，剃须发，持戒律，这倒很像我们中原的墨门。大师是来自龟兹？"

昙伽罗显然不知道什么墨家，只微笑道："我是由龟兹来，却不是龟兹人。我来自身毒国，佛法正是在那里发轫生根。现在佛法要开枝散叶了，所以我来到姑师。我还很想去大汉看一看……"

（作者按："印度"中国最早的译音为"身毒"。）

张骞明白了昙伽罗的用意。也许这位神秘的沙门是想探寻那浮屠之法进入大汉中原的时机？

张骞只好老实答道："大汉历来尊崇黄老之术。今上登基后的这些年来，越来越重视儒家。几年前，有董仲舒上《天人三策》，此后天子启用儒生、立《五经》博士、制礼作乐。现在的大汉，已是儒家的天下。不过，大师也可以前去一试！"

昙伽罗却微微蹙眉，沉了沉，才悠悠叹了口气："看来缘起不具！"

"什么是缘起不具？"

"万事万物之生之起，都有其因。此聚合之因，可称为缘。佛陀有'十二缘起'之说。其实，在百余年前，也就是伟大的佛陀涅槃后的三百年左右,已经有沙门十八人,奉阿育王之命,带着浮屠经和佛陀的舍利,去到咸阳。可惜,当时的中原皇帝不允许他们传法。那一次便是缘起不具。"

"你说的应该是释利防!"卓轻闲忽然拍了下头,"我在一本杂书上看过此事。传闻秦始皇时,有西域沙门释利防等十八位贤者,来到咸阳,但当时的秦始皇笃信仙道,险些将他们下狱。不想这段传说竟是真的。"

(作者按:正史记东汉明帝时期,白马西来,佛教正式进入中国。但那应该是佛教被中国官方认可的时间,而佛教最早进入中国的时间,仍存在一些争论。其中便有人假设,张骞出使西域时或已接触了佛教。本书中释利防等十八位贤者入咸阳见秦始皇之说,见于隋代《历代三宝记》,原文为:"又始皇时,有诸沙门释利防等十八贤者,赍经来化,始皇弗从,遂禁利防等。"梁启超也认为"然则育王所遣高僧或有至中国者,其事非不可能"。)

张骞也是一阵感慨,却又道:"大师这次来到姑师,也是为了传播浮屠之法?"

"佛法之传播,必然会有其法缘的。"昙伽罗摇摇头,脸上却闪过些悲天悯人之色,"我此来姑师,其实正是为了凶兽肥遗而来。我一直在推算和勘验。也许是天象的影响,这些年来,许多怪兽都在异动之中……"

"还有这等事?"胡忧立时想到了自己那位更加痴迷于怪兽的大师兄,忍不住好奇地问道,"大师用何术进行推算?"

"得自我身毒国的星象术。"昙伽罗道,"怪兽对天象的感应远比人类灵敏,特别是那些神通广大的大凶兽。最早破除禁制的,应该是天幻堡的蠃龙,那已是十多年前的事了……"

蠃龙正在案头狂饮姑师的葡萄酒,闻言扭过头来,哼道:"你这话大有问题!我是神通广大不假,但我不是大凶兽好么?另外,我老人家破除禁制的法子比较壮烈,我几乎就是愤然重生好么?"

昙伽罗淡然一笑："无论你采取了什么样的法子，你应该是最先感应到了天象的神兽……"

"嗯，你这话说得非常精准。"蜃龙大为高兴，得意扬扬地点头，"最先感应天象的神兽，自然是级别最高的我了！"

昙伽罗微笑道："佛家讲究因缘和合，而因缘相生，皆有相互的关联。果然，几乎十年之后，就是朱雀生出感应。它用的是凤凰投火重生之法，几乎和蜃龙一样。"

蜃龙哂笑："第一个用这办法的神兽是第一天才，第二个么，就是蠢材了。"

朱雀小红在案头好整以暇地吃着烤肉，哼了一声，只冷冷瞥了眼蜃龙，摆出一副不与蠢材斗口的高傲态势。

"第三个应该是半年之内。我推算出了幻冥渊，但算不准具体的日期，也算不出是什么神兽，而且推算的结果非常模糊。"

"精准之极，那应该是白龙堆内的白龙！"卓轻闲赞道，"这凶兽其实有些异常。最初是轩辕黄帝将之封印，之后老子宗师西渡流沙，将其斩成数段。但就在不久前，这大凶兽却险些真正复活过来，差点将我们困死在幻冥渊内。当时是命悬一线，险之又险！"

"原来那怪兽白龙是被封印了两次！怪不得星象学推算不准。不过白龙没有重生，终于埋骨黄沙，那个白龙堆，也许就会成为永恒的恐怖之地。第四个便是肥遗了。好在诸君来得及时，这怪兽终于没有兴起太大风浪。"

"说到这些奇怪的神兽。"昙伽罗沉吟着说道，"多年之前，我曾在西域遇到过一位神秘的大汉术士。他自称易先生，曾对我说过在大汉流传已久的一个传说。这传说名为'断绝天地之通'，似乎与那些消失的神兽颇多关联……"

"易先生！"吕英略一沉吟，双眸一亮，"可是长发如雪，面白如玉？"

"正是正是！"昙伽罗连连点头，"易先生貌如仙人，世间只怕再无旁人有此清雅神貌。可惜他所言寥寥,到底何谓'断绝天地之通',我很想再请教一番,只是当时没有机会了。"

"那人便是家师。他老人家的名讳唤作公冶易。"吕英笑道,"多年前,家师曾以易先生之名,孤人独剑,游历西域。只可惜他那等惊天大神通,很快就被匈奴大巫龙缺感知到了,所以未能如愿远行。至于大师说的那个'断绝天地之通',应该唤作'绝地天通'。这种奇谭,还是由我们这位卓副使给大师讲讲。"

"原来大祭酒也注意过绝地天通?诚所谓君子所见略同!"卓轻闲想到自己的这番奇谈怪论,居然能与无为学宫大祭酒公冶易不谋而合,不由激动得小眼放光,"这绝地天通么……"

但要解释清楚这件事,却大是麻烦。他这番理论重在考据,常要引经据典,但什么轩辕黄帝、什么西王母等人物,只怕这来自身毒的沙门全然不知,便只得硬着头皮,将当年中原的天下共主轩辕黄帝设计,将身具绝大神通的奇人、神巫乃至诸多妖兽尽皆隔绝的故事,择其大要,略略说了。

昙伽罗听得津津有味,连连点头,道:"大有道理!此说虽然奇特,却也和我的星象术推断大致相符。"

卓轻闲大受鼓舞,对昙伽罗的推断也是大加赞赏,趁机又问:"那么,下一个异动的怪兽是什么,你的星象术可推算出来了么?"

"应该是神兽梼杌。时间大概是在一两个月内,地点应该是在龟兹的天河城琉璃谷!"昙伽罗双眸灼灼。

众人听了,心中都是一紧。胡忧忍不住问:"一两个月内,那岂不是很快就要破封而出了么?"

"缘法到时,自然知晓。"

胡忧忽道:"我还有个疑问,先前大师与怪兽对峙时,用的又是何术法?"

"不是术法。"昙伽罗低叹道,"而是……慈悲之心。"

"对这怪兽还需要什么慈悲?"胡忧眼前闪过适才生死一线之际,

那袭挡在自己身前的宽大襟袍。

"在佛法看来,众生平等。肥遗也是众生,同样需要慈悲。"

胡忧一震,默然不语。

"诸君,告辞了。"在场中一静之际,昙伽罗已缓缓站起身来,"王宫乃繁华豪奢之地,非我这沙门可以久居。"

说毕,双掌合十,与众人告别。

"大师要去哪里?何不在我这姑师多住些时日?"姑师王对他所说的什么佛法不大感兴趣,但听说这神秘沙门精于求雨秘术,更曾降服大凶兽肥遗,忙起身亲自挽留。

"我将继续游历西域,寻找荷担佛法之地。"昙伽罗笑容随和,去意却是极坚。

"大师,带我一起去吧!"胡忧忽然站起身来,"您的身毒国星象之学,能不能传给我?"

众人都感突然。昙伽罗苦笑道:"这怎么成?你可是姑师国的国师!"

"一个随时会成为囚徒的国师,不当也罢。倒是大师这一身奇妙学问,让我很想一探究竟。"

姑师王的脸色极为尴尬。

他知道,自己和须洪勒等亲信囚禁了这位声名显赫的国师之后,双方心中芥蒂已是深深结下,再难如往常般相处。尽管如此,姑师王还是假意挽留了几句。

胡忧向姑师王等深深长揖,慨然道:"诸君有所不知。我少年成名,从来一帆风顺,但被囚的这些日子,内心郁闷难平,却也让我琢磨了许多事,也生出许多疑惑来。我觉得,或许大师您能解答我这许多疑问。"

胡忧的眼中闪着灼灼异彩。这一刻,他甚至想到了少年时期第一次见到神通广大的师尊时,那种求学若渴的狂热心思。

"好。"一抹亮色在昙伽罗深邃的眸中闪过,"你是名震西域的大巫,若能吃苦,便跟我来。"

胡忧举起满盛葡萄酒的琉璃盏，向众人高举示意，随即一饮而尽，说道："自今而后，胡忧再不是姑师国师，只是昙伽罗大师的弟子。"

众人均是一阵唏嘘。这位姑师国师显然是拿得起、放得下的大气魄。他拱一拱手，跟在昙伽罗身后，大踏步走出王宫。

姑师王深深地叹了口气，带着一众权贵，亲自送出殿门。张骞、猎帕等也都率人送了出来。

走出王宫时，昙伽罗忽又回身，将那根金色的竹杖郑重递给张骞，言道："请使君收好此杖！此物就来自大汉中土的蜀地，被商贾一路辗转贩至身毒。听说一同贩运至我身毒的，还有蜀地的布帛。就是看到此杖此竹，我才对大汉生出许多兴趣。就把它送给使君吧，留作一个好的缘起。"

张骞早看着那橙黄色的竹杖有些眼熟，这时接过来细瞧，见那杖上竹纹细密，竹节膨大，正是蜀地特产——邛竹。

一个身毒的沙门，千里迢迢，赶来西域，却拄着一根大汉蜀地所制的邛竹杖。

张骞的心底也不由一阵激动，拱手道："如果这就是大师所说的缘法，这竹杖确是一段很奇妙的缘分了。我一定好好保存！"

"来日的大汉，必是佛法广传之国。"昙伽罗说完，再次向众人合掌为礼，才转身飘然而去。

胡忧也向张骞、甘夫等人作别，快步跟了上去。

望着两道瘦长的身影渐渐消逝在浓浓夜色中，卓轻闲不由叹道："忽然很羡慕胡忧！拂衣飘然而去，啸傲万里黄沙……"

甘夫心有所感，扬声叫道："胡忧大哥，何时还能再与你喝酒？"

胡忧挥了挥衣袖，有些萧索的笑声遥遥传来："大师说了，有缘自会再见。"

"缘分，缘法……"吕英皱眉道，"这个缘，到底是什么？"

"本公子更感兴趣的，是那沙门居然也知道绝地天通！"卓轻闲意犹未尽地晃着头，"多么神奇，大祭酒对绝地天通的见解居然也与本公子不谋而合！对了，小瘦猴，大祭酒还说过什么？或者说，他对绝地天通，还做过什么研究？"

"无为学宫同样在找寻昆仑。"吕英叹道，"师尊曾说过，追寻昆仑的一大关键便是绝地天通，而另一关键，便是周穆王。"

第四章

兄弟相约，伉俪相知

西周，镐京。周天子王城深宫。

夜深如海，寝殿内只燃着两根明烛。

周穆王干咳了几声，挥手命身边的几个宫人退下。空旷的寝殿内，便只剩下穆王和他的幼子姬盈虚。

烛火幽幽跳动着，将周穆王那张苍白的脸孔映出了些红色。这位伟大的君王已经年近九旬，这在当时实在是一个近乎神话般的高寿年龄，但他的脸也只是微显老态而已。

他的幼子姬盈虚已年过五旬，看上去却如同刚弱冠的青年。

望着儿子那张青春英锐、莹白如玉的脸，周穆王不由想起了当年的自己。自己当年登基的时候已经快五十岁了，却因修道有成，同样是这样英气勃发。然后他自然便想到了那场远征。

为了平定西方而亲征犬戎，此后又继续向西征伐，开疆拓土，西行三万五千里后，直达昆仑……那一路，是何等的豪情壮志！现在，自己已无可避免地老去，当年的盛景仿佛那蜡烛上的烟气，正在无奈地四下消散。

"知之非艰，行之惟艰！"周穆王情不自禁地悠悠轻叹。

姬盈虚忙肃然道："惟精惟一，允执厥中。"

父亲是在说，懂得道理不难，难在艰难推行。儿子忙回答一声，要真诚保持精一之心，不变中正之道。九重深宫，父子二人显然是要展开一番极为重要的谈话。

"……我知道，这些年你一直想问我有关昆仑的事。"周穆王喘息着说。

说起昆仑，那张黯淡的脸上难得地焕发出光彩："我现在可以告诉你了。虽然我们最后到了昆仑，但我没有登上昆仑，始终没有！"

姬盈虚愣住了。

他自幼被父王宠爱，又以少年英才见誉，几乎可以和父王无话不谈。他知道，父王曾亲率大军远征犬戎，去过遥远的西方，甚至直抵昆仑，拜谒昆仑仙山上的黄帝之宫。很多人还传说，父王曾见过女仙之首西王母。

只是很遗憾，从自己懂事时起，一直到现在，父王从不跟任何人谈论那次昆仑之行。

好在他亲手创建昆仑道这件大事，父王居然非常支持。许多周王朝掌控的奇人异士都奉父王之命进入昆仑道，许多周王朝珍藏的典籍也经父王恩准，赐予昆仑道。

姬盈虚曾在那些典籍中查找父王远征昆仑的记录，最终却毫无所获，想不到垂垂老矣的父王今日竟主动说起此事；他更没想到的是，居然是这样一个真相——父王从未登上昆仑！

他心中有万千疑问，却并没有开口问询，而是恭谨地给父王奉上一碗参汤。

"西行三万五千里，确实很遥远，但只要你不停地向前走，不管多远，终究有到的那一天。"周穆王有些享受地眯起了眼，"很可惜，她不愿意随我回到镐京，我当然也不会随她留在昆仑。她很美丽，很聪慧……"

"她，真的是西王母？"姬盈虚尽量让自己的语声平静。

他的心中已是波涛起伏。相传父王曾见到西王母，他们二人两情缱绻，互赠情诗。难道这些都是真的？

"是的。可惜她最终也不愿跟我走，因为她太过冰雪聪明。她对我说过，她们族人的远祖，最早一代的西王母，已经上过一次帝王的当了！"

姬盈虚琢磨着父王的话，才知道所谓的西王母，原来竟是一支西方部族的女首领。

穆王继续说道："她告诉我，她的远祖西王母曾经下山，帮助黄帝，在涿鹿大战中擒住蚩尤。只是不知为何，黄帝最终辜负了西王母的一番真情，还囚禁了她。虽然多年以后，西王母脱困而出，却已身心俱伤。"

"那番巨变，应该是绝地天通的开始？"姬盈虚沉吟着。

周穆王赞许地点了点头，又道："脱困后的西王母回到昆仑，却没有选择向黄帝复仇。后面应该还有很多故事，但是她没有跟我说。我只知道，她们这支部族，只是奉远古西王母之命，守护昆仑。她不能破坏誓约，所以没有让我登上昆仑。"

他深深地叹息一声："她跟我说过，我走之后，她们这支部族也要远远迁走了。所以我跟她立下誓言，终我一生，绝不会打扰昆仑。"

周穆王的老眼中光芒一闪，耀出比烛火还要明亮的幽光。

"父王一定尝试过吧？"姬盈虚终于知道伟大的父王要对自己说什么了，既然父王已立誓终生不登上昆仑，那么登昆仑的重任，自然要落在自己肩头。

"你知道丰隆吧？"

"儿臣自然知道。相传丰隆乃是黄帝麾下名将，死后受封为雷神。传说丰隆之墓就在昆仑山下。儿臣还听闻，父王远赴昆仑，曾在昆仑山下拜祭过丰隆之墓。"

"拜祭丰隆之墓？"周穆王却苦笑了一声，"是的，当时我们确实无法突破雷神这一关……直到近年，我才终于悟出了一段天雷术法……"

"儿臣明白！"姬盈虚心中也如同划过一道惊雷，这当真是一个天大的秘密，看来父王是将希望寄托在了自己身上。

"那么，昆仑之上到底有什么？"

"昆仑……"周穆王深深叹了口气，却道，"去看看大周的明堂吧！祭天敬神，拜祭祖宗，你有多久没去了？"

"明堂？"

姬盈虚一愕，望着父王那意味深长的笑容，心中倏地闪过鸢飞鱼跃的万千画面。

王宫盛宴之后，猎帕余兴未尽，又来到姑师王给张骞安排的院落内继续欢饮。

少了那些碍眼的姑师权贵，猎帕喝得更是大呼痛快。这位乌孙新王与汉天子刘彻相似，喜欢亲自训练亲兵，还常常扮作商贾，潜入邻国。他本就是个绝顶高手，身边所选的侍卫更是一等一的强者，在邻近国家或是刺探军情，或是探访商道，丝毫不惧怕什么风险。

近年来，沙匪越发猖獗，楼兰、姑师等小邦苦不堪言。匈奴左贤王鞭长莫及，无法全力剿匪，这些西域小邦便转而向西域第二大邦乌孙求助。近日，猎帕手下死士抢先侦知沙匪的动向，乌孙新王行事果决，知道对付沙匪，必须速战速决，万不能依照常理行事，这才率人抢先进入姑师。

张骞等人进入交河城，昙伽罗已看出他们是自投罗网，故此在城门处出言提醒。其后姑师王和雪枭的种种伎俩，昙伽罗也都洞如观火，因而赶去向猎帕报讯。听闻义兄竟在姑师境内身陷重围，猎帕自是赶来全力相助。

"吉祥居次，这一杯酒先敬我们大草原上最美丽的火凤凰！"

这是兄弟间的家宴，猎帕便先向吉祥居次举杯，笑道，"十年过去了，居次居然还跟当时一样漂亮。这门容颜不老的秘术，也是龙缺大巫亲传的么？"

十余年前，猎帕初见吉祥时便惊艳不已，只是当时已看出吉祥居次应是心属义兄张骞,便也只得将那份倾心深深埋藏。这时重逢佳人,见惯无数后宫美女的乌孙王仍有一种让他眩晕的感觉。更让他惊奇的是,西域十年前便风传这位神奇美女忽然痴傻,遍寻名医都无法医治,今日遥遥看见她力战雪枭等匈奴高手,哪里有半分痴呆之状?

"你说错了,该叫嫂嫂!"吉祥也举起酒盏,看了眼张骞,笑道,"这里没有什么居次,我只是你大哥的妻子。"

"说得好!这一杯酒,就要敬大哥大嫂!"猎帕哈哈大笑,虽然胸中万千感慨,仍是仰头一饮而尽。

"还记得大哥跟你说过的话么?"张骞也举杯饮了。

"一直在兄弟的心底存着呢!"猎帕拍了拍胸口,又瞟了眼吉祥,狡黠笑道,"这里没有什么匈奴居次,我跟大哥才敢放心大胆地说话。嘿嘿,登上王位的这些年来,许多事越发看得清楚了。乌孙有甲士十余万,一直让匈奴又是忌惮,又想拉拢,果然一切都如大哥所说!"

张骞慢慢举起酒杯,缓缓道:"我说的是那句话,有朝一日……"

"不错,有朝一日!"猎帕眸中有精芒一闪,"大哥,我一直等着呢。这一日到了没有?"

当年猎帕困居匈奴,曾向张骞问计。求得脱身之策后,张骞曾与他相约"有朝一日,乌孙会成为大汉永远的朋友",是以兄弟二人今日才有这句暗语。

"这一日不会太远!"

张骞当年奉命出使西域,天子最初之命就是让他联络在匈奴之西的大月氏来夹攻匈奴。但这十余年,张骞深潜匈奴,西域的变化极大,如今真正兵强马壮、又能在地理上对匈奴形成夹攻之势的只有乌孙。

风云际会,他这大汉使者和乌孙王猎帕的命运连接在了一起。

这一刻,张骞忽然有些感慨:自己可能是这天下间最后一个纵横家了!秉承父亲遗志、联络乌孙这一神来之笔,也许是自己最重要的一次纵横谋略呢!

"乌孙王只需牢记,只有大汉,才能让乌孙真正强盛起来!"

二人意味深长地相对一笑，随后同时一饮而尽。

十分罕见地，这一晚张骞喝得有些醺醺然。

姑师之行虽然风波不断，却收获了许多惊喜：他与登上乌孙王位的义弟猎帕欣然重逢、纵酒言欢；姑师王君臣终于被自己的义行感化；最为出乎意料的惊喜，则是在生死一线之际看到吉祥居次的惊艳一刀，她居然奇迹般地复原了！

这半日过的太过紧张，直到此刻，送走了尽兴而归的猎帕，张骞回到屋内，才得以与吉祥居次温馨地独处一室。

窗外夜深如海，屋内明烛闪烁，她静坐在灯下等他。

王宫酒宴刚过一半，吉祥就被姑师王后恭请了出去，赠了她许多衣物首饰。此刻她特意换上了一身大红裳裙，烛影摇红下，更显明丽照人，风华绝代。

张骞竟有些恍惚。眼前的一切，像极了那一晚。红烛如火，佳人如花，但此刻的她，美目中的神彩已恢复如常。

"什么时候好转的？"张骞痴痴地望着她，"让我猜猜，是在幻冥渊的西王母神殿内？"

她摇头，眼波如盈盈春水。

他愣了下，忽然大悟，惊道："难道是在那黑禽神山的山顶？你为了救我，元神受到震荡冲击，难道竟是因祸得福，得以复原？"眼见她明眸中溢出笑意，不由叹道，"但你那时候为什么不告诉我？害得我常常为你忧愁！"

"因为我想看看，你是不是真心对我。在我半痴半傻的时候，你还会不会对我好！"她斜睨着他，神色亦嗔亦怨。

听她这么说，他不由想到那晚神山峰顶的情形，低叹道："吉祥，我对你，远不如你对我好。那日两大神兽拼命厮杀，你不顾一切地冲了过来。你想让我不受伤害。那时候你便如同个十来岁的女童，但那一刻，你为了我，却忘记了畏惧……"

他看到她正向自己深深凝望，星眸内隐隐有泪花闪动，猛然间心内一热,一把将她紧紧拥在怀中:"不过你知道的,如果你我易地而处,我也会为了你而不顾一切地冲上去。"

"我知道,就如在白龙堆的时候。那一次,我是真的害怕了……"吉祥居次给他紧紧搂住,想到那次惊心动魄的经历,珠泪不由滚滚而落。

"不许哭。大喜的事,你哭什么!"他忽又想到,那晚她甚至主动要自己抱着她睡,忍不住又笑,"怪不得啊!那晚从神山回来,你竟是有些……"

两人早已心有灵犀,这半句话便已让吉祥晕生双颊。

"不许你说!"

她伸出纤长的玉指,抵住了他的嘴:"我不告诉你我的病好了,还有个缘由——你欠我的!"

她的语声半是撒娇,半是幽怨。

"是我欠你的!"他将她箍得紧紧的,"你不知道,自从那晚我决定从休屠城遁走、却因你心疾未愈而要将你留下时,我便心痛了许久。"

"我知道的。"她咬了咬红唇,"不过最后我赶上你们时,你下定决心将我带上,我还是非常欢喜。"

他心中一动,问道:"那时候你横刀在颈,样子有些吓人,还说要死给我看。你只是为了吓吓我么?"

"不是!"她缓缓摇头,平稳的声音中却带着股别样的执拗,"那时你若不带上我,我真的就会死在你面前。"

张骞一愣,望着那双灼热的双眸,随即明白,她这样热烈如火的人,当时只怕真的会一刀挥下。

心内万分后怕,也万分庆幸,张骞将吉祥紧紧拥在怀里,像是怕这执着的女郎又要做什么傻事。

他忽然想起了什么,说道:"令尊左贤王与太子丁单的战况,你让我估算过好几次。照现在传来的消息,我推算,令尊准备充分,又是兵贵神速,极有可能击败于单,荣登大单于之位。那时候,你可是大单于之女了,还看得上我这大汉使者么?"

她秀眉微蹙，嗔道："还是那句话，我永远是你的妻子！"

望见她痴痴的目光，他不由想起，她新婚那晚积怨成疾，一夜而痴，其间固然有左贤王强硬手段逼迫所致，自己又何尝不是难辞其咎！想起这个，他的耳畔不由回响起她的歌声："焉支山下的胭脂花呦，是那样的红呦……"

他还想到，那一晚她已经痴傻了，然而突然看到自己时，有那么一刻，她的眼光明亮起来，随即倒在自己的怀中。那时候，她的嘴里就哼着这首小曲。

"我的吉祥，你永远是我的妻子！"他的眼眶有些湿润，猛地将她抱紧了。

她吐气如兰，缠了过来，身子火热。他的全身也变得灼热如火，猛然将她紧紧搂入怀中。

灯影里，两个人终于缠绵到了一处，那是苦盼了十年的温柔缱绻。

张骞一行在姑师王宫内多住了几日。

一来他要恩威并施，彻底收服姑师王，令其不至过多反复；二来他与乌孙王猎帕兄弟久别重逢，岂肯遽分！张骞想将联乌抗匈之策做实，猎帕则想向这位深谋远虑的义兄多讨教些大势谋略，兄弟间总是有说不完的话。

自然，张骞也想给吉祥一段温柔时光。何况使团中还有甘夫和云裳这对欢喜冤家，也是刚完成大婚不久。前路漫漫，也不知大汉使团下一段行程该是何等艰难困苦。

这几日间，姑师王派王后亲自赠送了几批厚礼，都是送给吉祥居次的，从西域特产玉石、骏马、香药等物，到中原远道贩运过来的贵重衣饰，各色各式，品类齐全。得知这位绝色美女竟是大名鼎鼎的左贤王之女吉祥居次，极擅左右逢迎的姑师王哪敢怠慢。

匈奴那边，据说左贤王已率军直捣龙城。战事在千里之外展开，消息传来得很慢，但每有最新的消息传来，似乎都是左贤王稍占上风。姑师王当然不能错过这个孝敬未来匈奴大单于千金的良机。

张骞看透了他的心思，便让吉祥尽数笑纳。

这几日里，雪枭及其部属再无消息。雪枭的这批铁卫折损了十之七八，邻近的僮仆都尉属于匈奴龙城嫡系，未必会认可他们的身份，这时候他们怕是只能找个背风的地方去悄悄地舔伤口了。

休养数日，张骞使团再次出发。

猎帕曾极力邀请张骞绕道西北，随他一起回归乌孙。乌孙地大域广，一直向西延展至大宛。借道乌孙，虽然路途稍远，路上却会顺畅许多。

乌孙王指出的这条路确实安稳，张骞却婉拒了。

他知道，自己这次西行的行踪，将来一定会被匈奴王庭侦知。乌孙王绕道姑师剿匪，遭遇雪枭、救下故人张骞还好说，若是大汉使者堂而皇之地受乌孙王之邀，进入西域第二强国乌孙，必会给乌孙带来很大的麻烦。

大汉和乌孙的关系，是他谋深虑远的一步后手妙棋，绝不能这么早就被匈奴洞悉。

本来猎帕也要启程回乌孙，两拨人马可以同行一段路程，张骞却故意要错开动身，离别之时，也坚决不让猎帕相送。

"那么……有朝一日！"猎帕明白他的心意，不由深深地叹了口气，"我在乌孙等你！"

"兄弟相约，有朝一日！"张骞和他重重击掌。

姑师王为表诚意，派了一支百人队伍沿途护送大汉使团，自己更带着一众姑师权贵，将他们送出交河城。

交河城外，张骞望见滔滔东去的河水，心有所感，忍不住转头望向身侧的姑师王，说道："大王可听说过昙伽罗降服凶兽肥遗的那一战么？"

"听说了。须洪勒曾向我细细禀报，故此本王虽然没有亲见，也知那一战凶险无比。"姑师王叹道，"难得那位沙门，当真是神通广大呀……"

"昙伽罗曾说，他降服肥遗，靠的是浮屠之法中的慈悲和无我。我最佩服的,便是他独抗凶兽时,面不改色的绝大勇气。实不相瞒,大王也好,姑师也好,缺少的就是勇气!"

"勇气?"

"特别是抉择的勇气!"

"抉择的勇气……本王会记得上使的话。"姑师王明白了他话中的深意,跟张骞目光相对,眼中似乎便多了些力量。

由姑师继续向西,路途好走了许多。这是一条长达两千里的坦途,沿途有狭长的绿洲,更有几座大小不一的湖泊。最大的一座湖浩浩荡荡百余里,以至于很多西域人管这大湖叫"西海"。

在汉人的记载中,这大湖则有个很奇特的名字,叫"敦薨浦"。与大半湖水产盐的蒲昌海不同,西海是个纯粹的淡水湖,西域著名的河流孔雀河,就是发源于此湖。

环着这一烟波浩淼、水草繁茂的大湖,坐落着危须、焉耆、尉犁三个小邦。也正因这三邦环湖而居,气候温和舒适,颇为安逸,匈奴的总控西域的僮仆都尉也常年居住于这里。

焉耆三邦都过着农耕生活,建有城池。僮仆都尉虽然出身于匈奴,但也和休屠城的左贤王一样,入乡随俗,入城居住,只不过他们的治所并不固定,常在这三个小邦间轮流而居。

据张骞推测,在楼兰露过一面的那个匈奴太子于单的特使冒格,很可能已投奔同属龙城嫡系的僮仆都尉。

匈奴僮仆都尉手中握着一支足可威慑西域小邦的精兵,有数千铁骑。而那位冒格,虽然只在楼兰匆匆一见,他对汉使的敌意却是不浅,只是因为面对沙匪这个更强大的危险,才勉强隐忍未发而已。

所以张骞并不打算大张旗鼓地西进,而是七人都易容改扮,乔装成小股西域商队,又自姑师寻到常年往来于此的向导带路。

一行人穿过危须,便到了焉耆。焉耆是三邦中的最大者,邦内有八九座城池。因为守着西海这座大湖,灌溉发达,土地肥沃。其王城坐落于天山之南的群山间，四周山峦环绕，道路险阻，易守难攻。

虽说焉耆、危须、尉犁都是小邦，但单是一个焉耆，其辖境东西便有六百多里。众人伪装成商队，一路西行，因张骞要留意途经的山川地理，走得并不大快，一日里便只行得百十里路。

"那只讨厌的金雕不见了！"甘夫常常抬头望天，喃喃道，"雪枭当真已经死心，不来纠缠了么？"

夜色降临，焉耆草原上的风变得沁凉如刀。

雪枭带着金雕客库欣等一众铁卫残余，顶着冰冷的夜风，辛苦无比地赶到了焉耆所在的僮仆都尉治所。

"看来他们也习惯了住在城池里面！"被几名僮仆都尉的甲士带着，一路赶往僮仆都尉府，雪枭还不忘左顾右盼，口中啧啧地嘟囔着。

这所府邸已经完全看不出匈奴贵族逐水草而居的游牧气息，屋宇建筑颇为坚固而轩敞，那些在夜色中飘摇着的各色精致灯笼，更使之显现出几许豪奢的气息。

被称为"西域"的千里河西之地，历来以休屠城内的左贤王为尊，但身为匈奴龙庭嫡系的僮仆都尉从来就不大听从左贤王的号令，实是凌驾于西域诸邦头上的第二号霸主。

僮仆都尉近年来轮流居住于危须、焉耆、尉犁三个小邦，所以都尉府便有三处，在焉耆的这所是常驻的大府邸，自然建得更加富丽堂皇。

在大厅内苦候许久，雪枭才见到匈奴都尉大人虎力镇。

虎力镇是匈奴军臣单于近卫统领大将铁哲的亲弟弟。僮仆都尉是一个十足的肥差，军臣单于自然要将这个职位交给一个十足的近臣。

虎力镇年纪在四十开外，生得壮如熊罴。他身居这一要职，却绝非单凭着其兄的关系。其一身修为早已站在天元道的门槛外，西域风传此人禀赋惊人，有"膂力西域第一"之称。西域之人送给名将、高手的绰号都很简单，虎力镇也有个非常形象的绰号——"猛虎"。

"你就是雪枭？"

"猛虎"虎力镇此时正高踞在一张铺着白虎皮的高大的胡椅上,斜睨着对面的白脸青年,冷冷地点了下头:"听说过,你的真名叫做丹提!"

看着对面的青年,虎力镇心中颇多意外。

若从匈奴朝廷的正统来论,此时左贤王兴兵夺嫡,形同谋反,僮仆都尉向来是匈奴龙城王廷的嫡系,与左贤王乃是天然死敌。也正因如此,前两日太子于单的特使冒格赶到这里来,恳求他发兵追剿叛逆雪枭。虎力镇费了些口舌,才将冒格打发走了。

他却万万想不到,雪枭居然只率领着二十来人,便敢来他的老巢求见。

雪枭发现,虎力镇坐下这张胡椅上的虎皮,竟是与军臣单于所用的那张一模一样,白毛如雪,黑纹如墨。

站在数尺之外,雪枭仍能感受到对方身上那强悍的气机和威压。在虎力镇身后还站着七八个汉子,他一眼扫过,便知这些人均是通明道灵境之上的高手。

雪枭的嘴角泛起一丝冷笑。左贤王与僮仆都尉向来都是井水不犯河水,此刻正是左贤王起兵夺位的关键时刻,虎力镇应该完全想不到他雪枭会堂而皇之地赶来求见。

"将军的大名,我也多有耳闻!"雪枭笑吟吟地拱手,心内却是暗暗吃惊:虎力镇绝对不是个莽夫,居然知道自己极少用的本名丹提!这家伙拖延了这么久才出来,更将自己所带的一众铁卫,甚至连库欣都强硬地拦在府邸外,看来是做好了严密的安排。

"找我何事?"

"沙匪大肆侵掠楼兰,大汉使者张骞更是已穿越楼兰和姑师,向西而来。来日单于若是追问此事,只怕将军难辞其咎。"雪枭见他冷冷不语,索性懒洋洋地坐下了,悠然道,"不过,我倒有个妙法。"

他的话模棱两可,甚至没有说明,那个来日要来追查的单于到底是哪位。

虎力镇呵呵一笑:"这个用不着你来操心。不过,你倒是说说看。"

雪枭自怀中摸出酒囊，仰头灌了口酒，喃喃道："没酒了。"

虎力镇哼了一声："上酒！"

一大碗马奶酒送到雪枭案前。

雪枭端起酒碗，咕咚咕咚地几口喝干了，抹抹嘴，才说道："分一路精兵给我，无论是汉使、还是沙匪，我都会给你踏平了。"

虎力镇擅饮之名威震西域。他原本对这个一脸文气的白皙青年颇为不喜，但见他举酒痛饮的豪气，心内厌烦稍减，淡淡地言道："前两日，冒格来过我这儿。他的腔调跟你差不多，已被我撵走了，连杯酒都没混上。"

"冒格是个蠢材，只会在你这里颐指气使。我嘛，不过要你些兵马，便能让你唾手而得大功。这买卖，你做不做？"

虎力镇冷冷地摇头，冷冷地说道："酒你已经喝完了，你也给老子滚！"

"还没喝完呢，满上吧！"

雪枭挥挥手，示意案旁侍者继续倒酒。

又一大碗酒满上了。

虎力镇来了些兴趣，也端起了酒碗。

雪枭一言不发，又是仰头一饮而尽，然后才从怀中摸出一支竹管，递了过去，道："左贤王那里传来的绝密信息。"

虎力镇接过来，却并不看，只递给身边一个亲信，道："看看！"

那人抽出竹管内的小木片，扫了一眼，登时大惊道："左贤王大获全胜，已占据龙城，于单太子……被杀！"

雪枭眯起了眼，笑道："若非如此，我怎会这么大胆，径直跑到将军这里来？"

"好吧！我给你两千精兵，足够你在西域横行了。"虎力镇慢慢放下酒碗，"听说，你斩杀了沙匪头领撼天风？"

"撼天风的大名在二十余年里，威震西域各邦，可止小儿夜啼。左贤王满腹韬略，却也拿他无可奈何。不过，这个功劳我也算在将军头上，如何？"

虎力镇不语，盯着对面这个大喇喇的青年，目光中隐隐有精芒跃动。

"大人与我初识，贸然给我两千精兵，只怕未必放心。"雪枭端起第三碗酒，"不如我们打一个赌。将军号称'膂力西域第一'，在下打算跟大人较量一下膂力，若我输了，必空手而退。自然，无论输赢，斩杀撼天风之功，都是将军的。"

听得这颇显文气的青年居然要和自己较量臂力，虎力镇眸中不由厉光一闪，咧嘴笑道："好，能和丹提王子一较高下，大幸！"

他悠然伸出手来。那简直就是一只熊掌，粗黑的手背满是长毛，五指粗如棒槌。

雪枭的手也慢慢探出。他的手修长纤细，莹白如玉。

两只手还没有相交，两道罡气已先自隐隐交触，接着啪地一声轻响，双掌紧紧攥在一处。

一股大力猛然袭来，拽得虎力镇身子一震。

虎力镇眼神骤然一灿，右臂的袍袖忽然鼓胀起来，跟着砰然炸开，露出虬筋暴起、肌肉隆凸的健臂。

青芒乍现，他的小臂上更是隐隐生出道道鳞甲暗纹。

"黑血青虬！"虎力镇身后站立的几位高手不由睁大了双眼，均是暗自震惊，"大将军用噬兽术融合的那条青虬看来又有精进，居然已经达到龙鳞附体的境界！但才一交手，就现出龙鳞，还是头一次。对面这白面鬼看来当真厉害。"

雪枭也看到了对手小臂上的龙鳞暗纹，更觉出那股沛然难御的强悍劲力。

这劲道不但狂猛霸道，更隐隐生出一阴一阳两股力道，如双龙绕旋，形成螺旋般的古怪飞旋之力。

手臂不由得跟着那只巨臂慢慢倾斜，但雪枭的脸上还挂着笑意，那双俊逸的眸子一直盯着虎力镇。

"摄魂秘法？"虎力镇冷笑着说道，"对我不管用！"

他也一直瞪视着雪枭，一对怒目仿佛灼灼火光般燃烧。巨臂发力，雪枭被带得身子也歪了，缓缓地向他倒了过去。

匈奴人常玩的膂力之争都是点到为止，只需一方身子被拉动过了中线，那便是胜负已分了。

眼见雪枭的身子就要移过中线，虎力镇忽然咦了一声，巨臂竟突然被对手陡地拽了过去，跟着，那熊罴般的身躯竟打了个侧歪。

"这是什么？"虎力镇圆睁虎目，眸中满是震惊之色，"你……"

他有些愤怒，似乎想再提罡气，扳回局面；又似乎想拼力大叫，却喊不出声。身后的副统领看他神色古怪，忙低声问："大将军，有何不妥？"

"还是大将军厉害些！"雪枭却在这时展颜一笑，身子微微一晃，再次被虎力镇拽过中线。

副统领见虎力镇再次占据上风，才暗自舒了口气，庆幸没有贸然行事，否则事后那一顿痛骂责罚是少不了的。

他却没有留意到，大将军的脸兀自有些扭曲，眸中愤怒、震惊、恐惧之色交织，双唇翕张，却喊不出话来。他只能无奈地回拉，一寸寸地将雪枭拉过来。看情形他已稳操胜券，但他的脸色却仿佛见了活鬼一般。

那只裸露的巨臂上，龙鳞暗纹由红而紫，由紫变黑，最后更是化成了一片干枯的颜色。

"你输了，虎力镇！"

雪枭悠然一笑，猛地向后一扯，犹似摧枯拉朽般，便将对面虎力镇的身躯拽了过来。

虎力镇这时再也不是猛虎，而是软绵绵地倒向案头。

那副统领此时才看出异常，大叫道："大将军，大……"

话音未落，刀芒如电闪过，虎力镇的喉间已多了一道血槽。

副统领厉声怒喝，拔出弯刀，斩向雪枭。他身侧的四五名高手见虎力镇惨死，如梦方醒，各自抽刀，乱纷纷砍来。

雪枭端坐不动，左手挥刀，迅疾荡开连绵不绝的各路刀势，他的右手却仍旧紧紧攥着虎力镇的手,仿佛那只手是万两黄金一般。

最诡异的是,被他一刀断喉的虎力镇,喉间竟无鲜血流出,整个人只是软绵绵地堆在那儿。

那被雪枭紧攥的巨臂上,龙鳞暗纹已变成了惨白的颜色。

雪枭终于甩脱那只手。呛然一声锐响,一把弯刀被他震得直飞上天,雪枭的刀已横架在副统领的脖颈上。

其余高手均是一惊,手中的刀也不觉停了下来。

"薛保利!"雪枭冷冷地喝着副统领的名字,"你的刀法不错。"

"阁下所施的,难道也是噬兽术?"副统领脸色惨白。

"你家主子虎力镇才是噬兽术!可惜他遇上了我。本公子所修,乃是这门术法的祖宗。"雪枭有些遗憾地望着案前的尸身,"找到虎力镇这样一个半兽人还真不容易。可惜呀,太短暂了……"

副统领薛保利看着他那副意犹未尽的样子,更觉浑身发冷,颤声道:"尊驾还要怎样?"

雪枭哼道:"听说你颇有才干,为人却谨小慎微,总是被这醉鬼虎力镇叱骂责罚。你们所有人都是如此。那跟着这莽夫有何用?还不如归顺我!"

薛保利等人都是一愣,面上皆有赧色。

"起火啦,起火啦!"外面传来一阵怪叫,"不好啦,快去救火!"

"还在犹豫什么?呵呵!"雪枭又冷笑,"是我的人在放火。进来!"

随着这声大喝,库欣闪身而入。他一眼看见僵死案头的虎力镇,也不由暗自震惊于雪枭的手段,拱手道:"禀将军,已多处纵火!离此二十里的粮草重地,也已被我等控制,只待将军一声令下。"

"你们都听到了?头领在你们眼皮子底下被袭杀,若我再下一令,烧了你们的粮草,你们就更是难逃死罪了。"雪枭拍着案头上的竹简,淡然道,"况且,现在已是左贤王的天下了。你们这时候归顺本王,还算是弃暗投明。"

薛保利猛地将牙一咬,当先跪倒,大叫道:"薛保利久闻丹提王子的大名，愿誓死效忠王子，效忠左贤王殿下。"

"后半句说错了，应该说，效忠伊稚斜大单于！"雪枭收了刀。

那几名高手纷纷跪倒，尽皆嘶声大吼："我等愿誓死效忠王子，效忠伊稚斜大单于！"

"我还有重任在身，只在此休整几日，不会久留。"雪枭拍了拍薛保利的肩头，"从今日起，你就暂代僮仆都尉之职。我即刻会向伊稚斜大单于举荐保奏。"

薛保利又惊又喜，忙再跪倒称谢。

"好了！"雪枭有些疲倦地又端起了酒碗，"马上去救火。对了，派人截断冒格东归的路径，赶着他往西走。"

两名将官领命而去。

雪枭也站起身，带着库欣出了大厅，去视察马厩。

觑见身周无人，库欣才低声问："属下一直在外面守候，大人似乎是临时起意，才杀的虎力镇吧？"

雪枭点点头："我告知他于单太子被杀这么一个天大的消息，他居然毫不核对，便即认可，这已经让我生疑了。随后他便提及斩杀撼天风的事，哼哼，原来他是要独霸这个功劳。我虽表示将此功劳拱手奉上，但我们都知道，这等事又怎能瞒得了人？最好的办法，自然是将我等全部杀掉。从他的眼神上，我能看出来，他的杀心已动。"

"原来如此。将军杀伐果决，让人叹服！"金雕客恍然一叹，又拱手道，"更要恭喜将军，天圣奇术修炼成功！"

"你知道的倒不少！可惜天圣奇术，我感悟尚浅，还只能对付这等小人物。"

听他自承修炼了天圣奇术，库欣更是一惊，心中暗思，这等凶险难练的邪门术法他居然也有修炼，这小子的资质和师承实在是古怪之极！怕脸上的骇色被雪枭看出来，库欣忙又敷衍道："大人为何要将冒格他们往西边赶？"

"因为我也要一路西行。路上多个玩物，多有趣！"

库欣不知他为何也要一路西行，不敢多问，只是赔笑道："好在左贤王殿下已经大获全胜。这匈奴，已是咱们伊稚斜大单于的啦！"

"哦，其实左贤王那边根本就没有消息传过来，这个结果，只是我猜的。"雪枭又诡谲地一笑。

库欣心内大震，不知该说什么是好，只得僵硬地咧了咧嘴。

"不要妄动！"缩身在一株老树上的风君天轻轻地按住甘夫的肩头，沉声道，"你杀不了他。"

甘夫有些不甘心地松开紧握刀柄的手。

他二人奉张骞之命，乔装易容后赶来僮仆都尉治所打探虚实，正好目睹了这场惊变的全过程。甘夫觉得，雪枭大获全胜后，心神最为松懈，这是难得的杀死他的好时机，但库欣就在他身边，也许自己真的无法得手。

就在他杀气稍敛的一瞬，前方的雪枭忽然止步，目光灼灼地向老树这边扫了过来。

甘夫目光一灿，知道对方已经有所感应，却强忍住出手的念头，振袖放出随身的朱雀小红。

一道红光闪过。朱雀小红心思极为机灵，并没有直接从老树上现身，而是悄然滑行十余丈，从另外的方位向雪枭扑了下来。

雪枭吐气大喝，遥遥一刀挥出，刀光挟着炫目的金芒，汹涌卷来。

"好刀！"库欣被这气势磅礴的一刀骇得目瞪口呆：这位阴沉冷酷的青年竟已踏入了天元道！

迎面两棵高树被这一刀砍得拦腰齐折，碎叶残枝满空乱飞。

朱雀小红却划出一道完美的弧线，巧而又巧地避过金色刀芒，随即振翅腾空，所过之处，烈焰熊熊，都尉府内火光冲天。

"这是什么东西？"库欣连挥几刀，同样无法伤到朱雀。更奇的是，这怪鸟现身后，自己那只飞扬跋扈的金雕竟缩头低首，再也不敢高飞。

他们见过张骞身上的蜃龙，对朱雀小红的存在却不大明了。

"一只神兽而已！"雪枭很满意地转动了下手腕，自己用天圣术化来虎力镇的半兽罡力，修为终于又有进境。

趁着朱雀成功地吸引了雪枭的注意力，风君天和甘夫悄然退走。

"什么是天圣奇术？"疾奔的甘夫问。

"一门非常古怪的邪术！"风君天沉吟了一下，才说道，"你听说过屠龙术的传说吗？一个人千辛万苦，学得了屠龙术，最后却发现根本没有用武之地，因为他在这世间根本找不到龙。

"天圣术跟屠龙术差不多。这是一门在西域最为神秘和邪门的修法，修炼者要对付的，其实便是各大神兽，但他们不是杀死神兽，而是化其神通以为己用，最终达到出神入圣的大境界。"

"化神兽之神通以为己用？"甘夫道，"这倒与你在天选盛会上的那对手很相似。那个屠英就是用了'噬兽术'的邪法，最终变成了半人半兽的怪物。"

"虎力镇也是如此。他应该是以'噬兽术'吞噬了某种蛟类，这才变得身有龙鳞，力大无比。但天圣术是要对各大神兽妖兽下手，受益更大，风险也奇大。"

甘夫心中一寒，喃喃道："怪不得听大巫胡忧说，这雪枭在火焰山内，曾使用一种秘术，促使妖兽肥遗提前苏醒。想来便是这天圣术了！"

风君天也叹道："雪枭号称是大巫胡忧的师侄，但这门奇术，却连胡忧都不知情。雪枭的师父不知到底是何方神圣？"

"最大的麻烦，还是这雪枭已控制了僮仆都尉！"甘夫沉声道，"我们赶快禀报大哥，急速离开！"

得报之后，众人不敢怠慢，一路急行，躲过了僮仆都尉盘踞之地。

一路之上穿城过境，还算顺畅，他们在数日后抵达龟兹。

龟兹在西域算是大邦，由分布于十几个小绿洲上的城池组成，其王城名为延城。相对于楼兰、姑师那样只有两三千兵马的小邦，拥有甲兵两万的龟兹绝对是乌孙之外、西域的另一个大邦。

路上，甘夫还是习惯性地抬头望天。还好，那只讨厌的金雕并没有出现,朱雀应该是将他们引到了错误的方向。

"那个神秘的沙门就是自龟兹来!"甘夫不由想起了昙伽罗。

卓轻闲看到张骞总是捻着那根金黄色的邛竹杖,不由问道:"骞老大也在想那老沙门?"

"我在想那个身毒。"张骞挥了挥竹杖,"听昙伽罗说,身毒应该是个不小的国家。这地方居然有我们蜀地的邛竹杖,看来由蜀地西南,取道身毒,便可另辟一条直通西域的安全线路……"

"妙啊!"卓轻闲一拍大腿,"那就能完全避过匈奴人的滋扰。"

"还只是胡思乱想。"张骞又苦笑摇头,"这条路到底能否走得通,还得如那老沙门所说的——要看机缘!"

"那老沙门说他曾在龟兹待了很长时日。"风君天奇道,"龟兹也算地域广大,他为何不在这里传播他的浮屠之学?"

"酒宴上我问过他。"卓轻闲叹道,"他说是现在机缘未到,但是来日,龟兹会成为西域最大的佛国之一。"

张骞叹道:"不错,我们与龟兹联系的机缘也未到。"

他确实不打算在龟兹多做逗留。从楼兰和姑师探听来的许多消息都表明,龟兹与匈奴龙城以及僮仆都尉的关系一直都不错。而且,龟兹离着僮仆都尉并不算远。

"骞老大,能不能稍微绕个路,去龟兹的天河城琉璃谷看看那只怪兽?"卓轻闲可怜巴巴地开了口。

"不错!怪兽梼杌,就是昙伽罗推算出来的那只要觉醒的凶兽!"张骞动了心。

众人原本一路西行,天河城却在龟兹的西南方。远倒是不远,只要西行五十里就到。但真的说要去天河城的琉璃谷,却有些麻烦,因为没有当地人愿意带路。

在龟兹人、特别是天河城百姓的眼中,那里就是一处百鬼出没、恐怖万状的地方。听得这群人居然专门打听要去那里,当地人都用看疯子的眼神瞪着他们,然后非常好心地加以劝阻。

他们的热情劝解生了效,一路随行的两个向导听了这番说辞,也坚决摇头,表示不敢去那鬼地方。无奈之下,张骞等人只得问明大致路径之后,自行前去。

到得琉璃谷前,已是黄昏时分。日影西斜,映得两边的峭壁都是血红血红的颜色。通往山谷的路很长,却越行越窄,阴森的气息也越来越浓郁。

"好大的爪印!"当先仗剑而行的风君天惊呼起来。

前方出现了许多杂乱的脚印,宽可两尺,印在有些泥泞的小道上,瞧来触目惊心。

"应该是梼杌的。"吕英沉吟道,"这么大的脚印,只能是怪兽,寻常野兽不可能长这么大。"

天渐渐黑了下来,这时一股浓郁的血腥气扑面而来。

"不是梼杌!"卓轻闲颤声道,"是它的……"

前方豁然开朗,众人竟已到了山谷深处。他们看到,一具怪兽的尸身如小山般横卧在萧瑟空旷的山谷间。

那是一头棕色的巨熊,但头脸的毛色却是全白的。那白色巨头无比痛苦地砸在地上,硕大的双眼却半眯着。它的一只巨爪在地上刨出最后一个骇人的足印,显然,在生命的最后一刻,这头巨熊是无比恐惶畏惧的。

众人的目光落在它的肩头。这头威武如山的巨熊居然失去了两只前肢,原本是前肢的部位只留下两处血淋淋的巨大血洞。

"应该是有几百年修为的灵兽熊王!"吕英低头细看那伤处,"好恐怖!它的双臂应该是被什么东西硬生生撕去的……"

"是梼杌下的手!"卓轻闲叹道,"熊王双掌无敌,梼杌将它引来,却又将它最强有力的部分扯去,然后看着它无奈而恐怖地死去。也许梼杌只是为了好玩?"

"为什么一定是梼杌杀死的它,不会还有什么别的凶兽吗?"云裳有些不寒而栗,不由和吉祥肩并肩地靠在一处。

"如此残忍,只有梼杌做得出!"卓轻闲蹲下身,从地上拾起一根长毛,"而且,这应该是梼杌故意留下的。"

那是一根两尺多长的长毛,极为粗壮,闪着金灿灿的光芒,似乎宣示着它的主人的灵异与恐怖。

"东方朔曾在其'上古十大凶兽榜'中点评此物——西方大荒中有兽梼杌焉,尾长一丈八尺,长毛若金芒。这应该就是它长尾上的金毛。"

"梼杌这个长毛鬼,终于觉醒破封了!"蜃龙懒洋洋地出现在张骞肩头,"听说它被封印得很苦。它应该是在破封后,用诡计召来了妖兽熊王。老十梼杌还是那副臭德性!如此残忍地杀死熊王,除了它认为这样很开心,更重要的是,它要吸取熊王的灵力元气。"

吉祥居次道:"可是现在梼杌却不见了!它到底去了哪里?"

没有人出声。这时,在那条众人行来的窄道上,却传来沙沙的脚步声。

在众人屏息凝神的一瞬,脚步声忽然停止了,仿佛有什么人伏了下来,向这边窥视着。

"什么人?"风君天腾身跃去,喝道,"喂,别跑!"

这道喝声极为响亮,将那人完全镇住了。那人慢慢地从暗影里站直了身,然后小步挪了出来。那竟是个十来岁的孩子,身子很瘦,皮肤微黑,圆圆的小脸上满是惊恐,一双漆黑的大眼睛骨碌碌地转着。

"你是哪里的孩子,偷偷摸摸地来到这里干什么?"风君天哭笑不得。原以为不知是何等高人或是凶兽忽然驾临这恐怖山谷,他适才已将一身罡气提到极致,不想却是个小孩子。

那小孩子显然被凶神恶煞的风君天吓坏了,愣了一下,忽然哇哇大哭起来。

云裳见那孩子太瘦,瘦弱的双肩哭起来一抽一抽的很让人心疼,忙摸出一块胡饼,笑道:"不要怕,我们是大汉使者。知道么?大汉,很遥远的国家,非常非常广大。我们不会欺负你的。"

孩子不说话,眼睛却紧盯着那块胡饼。

云裳将胡饼塞到他手中。孩子大口大口地吃了起来,似乎怕吃得慢了一刻,这块饼又会被夺回去。

他狼吞虎咽地吃着,云裳很温柔地问着。

孩子断断续续地说话:"……我家里穷,爸爸一直在病,一年前妈妈不见了……他们说,妈妈跟人跑了,跟个行商的康居人跑了……半年前,爸爸就死掉了,他病死啦。

"没人管我了。我经常去集市上去偷,经常被人追打,后来,他们看到我就打,其实我还没有偷呢……我只能跑,我就常常跑到这里来。没人敢来这里,山谷里有时候会有野果子,很好吃……不久前的一天,我在这里碰见个光头的黑瘦老头,他说他叫老沙门。老沙门还带着个高瘦的白脸大叔。他们给了我吃的,然后说这里很危险,有个沉睡的大凶兽要苏醒了。

"果然,就在几天前……那一天我饿极了,又来到了这里,想找老沙门要点吃的。结果,太可怕了,一只巨大的白头老熊出现了,我做梦都想不到的巨大,嗯,就是那只……我简直要吓死了,然后,大山都摇晃起来,一个更大的长尾巴怪兽出现了,哇哇大叫着,就把它弄死了。那场景太吓人,我吓得都快昏过去了。好在那个老沙门出现了,他降服了那个大怪兽。"

这孩子的全副精神都用在吃上,口才又不佳,说话便生硬而结巴,但好歹也说清楚了。

卓轻闲道:"老沙门和一个高瘦的白脸大叔,应该是昙伽罗和胡忧。看来是他们抢先一步到了这里,正好降服了梼杌。"

"他们是怎么降服那大怪兽的?"张骞问那孩子。

"老沙门就是看着它,很慢很轻地念叨着什么。然后,那只大怪兽就咆哮起来,然后就退缩了,然后就飞走了……"

孩子吃完两个胡饼,又喝了半葫芦水,想了想,又说:"老沙门吓跑了怪兽,却很疑惑,板着脸,似乎很痛苦的样子。他对那高瘦大叔说,那东西没有完全降服,只怕会有更大的麻烦。"

只怕会有更大的麻烦!这已是众人再次听到这句话,心头都升起了一团乌云。昙伽罗担忧的,到底是什么?

那少年继续说道:"老沙门人很好,他是我这辈子见过的最好的人。他本来让我跟他走,却又说,他现在太苦了,跟着他们,只怕我吃不了那个苦。后来给了我两枚银币,说是大宛那边的银币,让我去那边找我的亲戚。"

"但我已经没有亲戚啦!"少年露出雪白的牙齿,嘿嘿地苦笑起来,"我没有告诉他,怕他担忧。他走了。我的银币,刚到市场上就被人抢走了。他们说,准是我偷的。"

"你叫什么?多大了?"甘夫问。

"巴卡,十二岁吧,快十三了。"

"以后你怎么办?一直去偷,或者一直去捡野果、拾垃圾吃?"

少年愣住了,忽然间,大颗大颗的泪珠滚落下来:"他们都不理我了,那些原本一起和我玩的伙伴们!我们原本每天开开心心地一起玩的,后来,我爸爸死了,我妈妈跑了,伙伴们就都笑话我。

"很多时候,我们一起玩到晚上,他们都会被爸妈喊回去,回去晚了,他们还会挨打。然后,就剩下我一个人了,天多黑也没有人喊我。我甚至希望,有个人因为我回家晚而打我,但没有人,天多黑都没有人喊我回家了……"

少年哇地一声哭了起来。

甘夫的心猛然一阵抽痛。这孩子的话,让他想起了自己初到长安的那段时光。他回转身,默默地从行囊里挑出些好吃的肉脯和干粮来。

"等等!"张骞阻止了他,"你给他多少吃食,他也会吃完喝完。给得多了,还会被大人们抢去。"

他微笑着望向少年:"孩子,跟我们大汉使团走吧。"

众人都愣住了。虽然眼下这一大段路都是在绿洲里行走,要舒服得多,但骞老大这个决定还是让他们觉得太大胆。只有吉祥笑吟吟地看着他,她知道这个老实人有时候心里面确实会特别柔软。

"跟你们走,你们会给我吃的?"巴卡怯生生地看着眼前这群有些奇怪的人。

"不会。"张骞摇摇头,"你给我们当向导,凭自己的力气和汗水去挣,你就会有吃有喝。巴卡,记住,永远不要乞求别人的施舍!"

巴卡还在发呆,黑瘦的小脸上露出怯怯的神色。

甘夫忽然腾身而起,一个起落便飞上身边的一棵老树。一只鸟受惊,扑簌簌地飞起。甘夫凌空飞跃,探掌便轻巧地抓住了飞鸟,跟着飘然落在巴卡身前,将那小鸟递了过来。

"好呀,好呀!你比那老沙门的本事大多了!"孩子一脸欣喜地去接。

甘夫却扬手让那小鸟从掌心飞走了。

"想不想学这本事?"甘夫微笑道,"想学,便跟我们大汉使团走。学会了,就再也没有人敢欺负你。"

"我学!谢谢大汉,我跟大汉走。"孩子的眼睛亮晶晶的。

第二日,赶到下一个集市时,巴卡也有了一匹属于自己的温顺瘦马和一套干净的衣服。

路上混得熟了,众人才发现,巴卡是个很乖巧的孩子,脸上总是挂着怯生生的笑。

他对谁都微笑,那种怯生生的笑。十二岁的孩子,正是最贪睡的时候,但每次黎明出发前,巴卡总是第一个起来,站在自己的瘦马旁。

云裳曾笑问他,为什么每次都起这么早?巴卡就说,我那天起得晚,早上醒来,妈妈不见了。所以我很害怕哪一天起得晚了,你们就都不见了,丢下我走了。

巴卡足够乖巧。因为怕失去这些大汉的叔叔伯伯们,他总是跑前跑后,从洗衣物到喂马匹,他都包了。

这小家伙在伺候马匹上很在行。这是他那个病恹恹的父亲生前赖以为生的本事,也就教给过巴卡一些门道。哪怕是在草原上露宿,巴卡也能迅速找到很多不知名的野草,将马儿喂饱。

张骞留意到,巴卡经常找来一种看似很普通的野草,让马儿们吃得很是欢畅。

"这是什么草?"张骞曾在休屠城钻研过西域农事,却没怎么留意过这种不大起眼的碧绿小草。

"这种草叫苜蓿。马儿们最爱吃的就是苜蓿啦!"巴卡很得意,"不过听我阿爸说,最好的苜蓿不在龟兹,而在大宛。"

细致询问后,张骞又惊又喜:这苜蓿原来是一种极好的马匹饲料,而且极易种植。

"妙哉妙哉!有了此物,我大汉的养马大业可就要大功告成啦。"张骞大是欢喜,"小巴卡,你可是立了大功啦!"

原来,大汉面对匈奴铁骑,屡屡被动,其主要原因,便是骑兵不足。而要组建强大的骑兵,除了需要良马,也需要喂马的饲料。汉地正缺少苜蓿这种植物。用巴卡的话说,这东西种下去就长出来,割了一茬又一茬,价廉物优,关键是马匹喜欢吃。如果大汉也大规模地种植苜蓿,就解决了组建骑兵的最大障碍。

众人闻言,也都大为振奋。这些人或是大纵横家,或是修炼奇才,或是喜欢钻研典籍,对马匹饲料这等小事全然不在意。直到这时候,经得一个孩子的提醒,才发觉,他们无意间竟是为大汉解决了一件大难题。

巴卡乖巧勤快,却不是个聪明的孩子。不大聪明的孩子往往对危险想的不多,所以他才敢一个人闯进凶兽出没的琉璃谷。

无论是学习刀剑还是术法,他都学得很慢。一个剑招稍微复杂些,他便要学上好几日,有时学会了又会忘掉,这时他的小脸就会憋得黑红黑红。

甘夫、风君天等人都是天资过人的修炼奇才,但在育人传艺方面却没什么太好的办法。还是张骞看出了关键。他注意到,这孩子喜欢用飞石打鸟,而且准头颇佳,身手也是异乎寻常的矫健,甚至敢迎面拦阻疾奔的骏马,然后一侧身,搂住马脖子就能跃上去。

他告诉众人:"这孩子身手敏捷,不用教给他高深的术法。要扬其所长,就专练他的快吧,而且贵精不贵多。"

骞老大的指点总是没错的。甘夫、吉祥居次、风君天和吕英绞尽脑汁,集各自师门所长,苦思了好几日,终于推敲出了三招刀法,都是迅疾的快刀,配合出刀的罡气运使也很简练,在运刀挥刀的时候,他的罡气也能逐步得到锤炼。

这三招,巴卡用了好几天才学会了,然后,就是没完没了地苦练。

进境最快的还是甘夫传给他的飞刀,巴卡很快便能以飞刀击鸟了,而且居然能十中七八。

巴卡虽然看上去挺乖,却很记仇。因为风君天初见时吓唬过他,教他习武时又总骂他"糊涂透顶",巴卡便对风剑侯的话半听不听的,甚至大有叫他往东偏要往西的架势,气得风君天干脆叫他"小别扭"。

"小别扭"最喜欢的人是甘夫。他看出这个话语不多的英俊大叔对自己颇有耐心,而那个漂亮的云裳小姨是英俊大叔的老婆,对自己也是非常关爱。最漂亮的那位吉祥小姨对自己最大方,自己在路上看到什么好东西,她总是举手便买,那也是足够足够好。

可惜这两位美女小姨都是女子,最英武的人还是甘夫叔叔。巴卡便成了甘夫的跟屁虫,甚至经常跟甘夫同乘一马。

乖巧而又记仇的"小别扭",成了大汉使团一路上的开心果。就像他苦练的刀术一样,这孩子简单直接,却让人快乐。

西域小邦,旅舍邸店不多,使团若是不想与小邦王公接触,就得与大部分西域商队一样,寻找富庶民家落脚。

这一日天色已晚,八人便落脚在一家西域富商的后院内。

夕阳映上窗牖,难得闲下来的张骞临窗静坐,专注地摆弄着手中的木雕。

院子里,巴卡正在苦练飞刀。甘夫屈指弹出一根根小树枝,方位变化多端,速度不逊飞鸟。巴卡扬手挥刀,每一记飞刀都准确无误地命中小枝。

吉祥自外走过，扯过旁观的云裳打趣道："原来甘夫这么喜欢孩子呀，干脆你们自己生一个算了！"

云裳道："你不是也喜欢'小别扭'巴卡吗？何时生一个小使君呀？"

二女虽然爽朗，但这一句话对答间，却都是红霞扑面。

笑过之后，云裳的美眸便扑上一抹落寞之色，幽幽低叹道："他呀，是个十足的死心眼！当年他坚决地送师滢回归京师，得知怀孕的师滢一路上长途跋涉的苦楚，便说什么也不愿让我再受那样的苦。他还总是拍胸脯担保，说现在辛苦些，待回到汉地，要连生他七八个……"

张骞耳力极佳，虽是在屋内摆弄那小木雕，听到云裳的这句话，也不由忍俊不禁。

那木雕是个小老虎，已快雕刻成型了。他这木雕手艺是纯粹的半路出家，水准平平，只是雕得却很认真。此时他转动着那小巧的木老虎，跟案头的另几个木雕比较着，目光触到一物，便即陷入沉思。

那东西是案头上放着的香囊，是师滢临走前摘下来给他的。这么多年了，香囊已被他揉搓得很旧了，但他仍是时常抓起来端量。

"又在想她了吧？"吉祥不知何时闪进屋中，轻笑了一声。

"很想！"他也笑了笑。

对师滢的思念，他从不对吉祥隐瞒。他的笑容很随意，眼神中却颇多惆怅。

那个在如水月辉下为她起舞的女子，那个几乎是在刀斧下毅然跟他拜堂成亲的女子，那个虎狼环伺中照顾他、陪伴他、为了他的毒蛊穷思竭虑的娇弱女子，那个怀揣六甲之身、辗转数千里奔赴长安的女子，那是他的妻子，他又怎能不想呢？

"这么久了！当真是，长别似参商……"他喃喃着。

从她走的第一天开始，他就苦苦地思念着师滢。她和他分别已经很久了，他想她也已经很久了。

"这句话很好听，什么参……商？"吉祥轻轻挑了下眉毛。

吉祥曾和师滢一起生活过一段时间，痴症痊愈后，还依稀记得师滢为自己开方子、辛苦熬药的场景。她在心底很感激师滢。

那是个很温柔很善良的女子，而且，有着让人肃然起敬的坚强。在那样的艰苦局面下，那个柔弱的女子始终表现得不卑不亢。

"参、商，是两颗星的名字。相传这两颗星在夜空中此出彼没，永不相逢。我和她现在几乎就是这样，分别了这么久，隔得这么远……"

"原来是这样！长别似参商，这句话倒很有味道。"吉祥念叨着，忽然笑起来，"要是有一天，你和我，也是长别似参商，你会不会也这样想我？"

"不许胡说！"张骞揉了揉她黑瀑般的秀发，"今后我便是想你，也最多想你半日，然后一扭头，你就在我身边了。"

"好呀！这么说，你最多只会想我半日，要是我们长别似参商，你便不想我了？"她抱着他的头撒起娇来。

"这句诗虽然凄美，却太悲凉了，以后万不许这么说。"他急忙堵住她的嘴。

这时他又想到瀚海法阵中烛龙对自己的天命之问：你准备好了么？那时候的自己，在烛龙那幽深眼芒的笼罩下，看到了许多幻境。现在想起来，仍是颇有些心内生寒。

求索之道永远充满痛苦，攻伐、背叛、孤寂，将永远伴随着你。你准备好了么？

"不过是逗逗你的！你便是想抛下我也不成的。"她又笑了，拿起了那只新雕就的老虎，"这个是……"

"给儿子的。"

他看了眼窗外还在苦练飞刀的巴卡："其实我很是想念这个没见过面的小家伙。听甘夫说，这小子生下来身子骨不大好，很可能是当年他娘怀着他时，长途奔波、先天有些弱了。"

"这两个小老虎是云裳雕的。这几个难看的，都是我雕刻的。你瞧，我的手艺见长吧？"他手中的木雕小老虎，虎头虎脑的，不算多精致，却方方正正的，瞪着大眼，很有些认真的样子。

"我每年都会做一个,数数几个,就是儿子的岁数。"

望见吉祥怔怔出神,他想起她和云裳在窗外的私语,便笑道:"你要是不嫌弃长途辛苦,那咱们也生一个?"

她的眼神亮了下,却啐道:"谁跟你生!"

话音刚落,却又觉得这句话太好玩,不禁咯咯地笑起来。

过了龟兹,张骞仍旧命令疾行,不要多做停留。

龟兹之西的姑墨与温宿都是小邦。两地皆是水草繁茂,土地肥沃,走起来虽然顺畅,但因为这一路走得太赶,便颇多辛苦。

使团一行穿过一道道黄土垒成的城墙,跨过一片片满布杂草与灌木的荒滩,在一望无垠的草原上纵马高歌,在挺拔繁茂的老杨树下教巴卡练刀……

小别扭巴卡变得强壮了,已经由黑瘦的身材变成了茁壮的黑胖,连眼神也坚毅起来。

他也更熟悉了这些叔叔伯伯。他们都是神通广大的人物,却都是很好很好的人,连那个经常吹胡子瞪眼的风伯伯也是。虽然巴卡现在还是爱跟风君天闹别扭,但那更多是一种习惯性的玩笑。

开始的时候,巴卡很不明白,他们大老远地一路往西奔行,到底图个什么?难道是要去看看天边在哪儿么?

后来,他渐渐明白了,这些人的心里有一些很独特的东西。这些东西,往往在旁人眼里很寻常,在他们眼里却很珍贵,就好比张伯伯念念不忘的那最好的饲料苜蓿……

虽然巴卡还是不大理解他们,但也隐约觉出,这些人的心中所坚持的,是一种很罕见、也很高贵的东西。

他还发现,他们不会在意吃什么、穿什么这些平常人最关心的东西,却总是念叨那些常人懒得留意的东西,比如,时间和距离。

"我们走了多久了?"

"从休屠城出发,已经数月。那时候还是深秋,现在已经是四月天了。"

"我们走了多远？"

"有几千里了吧？前面就快到大宛了。大宛距离长安，应该有一万里吧。嘿嘿，那是真真切切的万里之遥！"

（作者按：本书中所提到的里及张骞等人所说的里皆为汉里。现今的一里为500米，汉代的一里大致相当于415米。）

还有，他们常常挂在口边的，还有那个什么昆仑神山。每次提起"昆仑"这个神秘的字眼，他们所有的人眼睛都会亮起来。

"骞老大，最后那幅舆图，你应该破解了吧？"卓轻闲这时候又念叨起了昆仑，"那么，昆仑到底在哪里？"

"我所谓的破解，只是破解了密布在舆图上的元神法阵，然后不过是能看清、记住那张舆图而已。现在的我，对那舆图的理解与龙缺大巫一样，我们所看到的都是一样。龙缺至今都无法参破那秘图，我也同样没有办法。"

众人心中都是一沉。那幅让张骞倾注了无数心血的山河舆图，确实让大汉反击匈奴时占了先机，但若想要由之寻找昆仑，光靠那山河舆图，只怕没有太大的效果。

"不过，我一定会比龙缺强，我最终会找到昆仑！"张骞忽又仰起头，"因为他只是在穹庐内闭门苦参，而我和各位，却一直在用双脚丈量西域的每一道山梁。"

不停地跋涉，不停地向西挺进。

过了温宿，又过了疏勒，地势便越走越高，已是到了被称为"葱岭"的绝域高岭。

葱岭，放眼都是高崖，连绵数百重，幽谷深寒，奇峰冷峻。多数峭壁陡崖间草木不生，但也有许多山谷生着很多野葱，令许多山崖看上去葱翠青绿，故此被汉人称为"葱岭"。

使团各位虽都是身怀绝技，连小巴卡经多日苦修、也是健壮无比，但葱岭之上，天风呼啸，寒意刺骨，众人一路翻越高山绝域，竟也颇为艰难。

艰难越过葱岭，又向西行了许久，终于见到了人烟。

第五章

大宛奇局

翻过一道又一道山梁,前方的景色终于变得辽阔壮观起来。

远处是连绵起伏的群山,黛绿与青黄交错的苍茫草原上,有银带般蜿蜒远去的长河,有朵朵白云般点缀其间的羊群。风吹过来,带着清新潮湿的青草的气息,一切都是那么恬静而美好。

前一段路途赶得太苦,众人也看惯了灌木丛生的荒滩和杂木斑驳的野地,忽然看到眼前这幽静、博大、爽净的美景,心神都是一旷。

"这里就是大宛了!"新雇的向导挥手指点着,"大宛四面环山,有三条大河流过,是个美丽的地方!"

"是的,大宛!"张骞悠悠叹了口气,"西域大邦,有七十余座城池、几十万百姓,都城贵山城!"

他最初率百余健儿离开长安,对外宣称的就是出使大宛,所以对大宛很感亲切。此刻到了大宛的地界,他不觉感慨万分,只有亲眼看到,才知道西域这片神秘的土地到底有多美。

众人下了山梁,踏入那片迷人的原野,各自信马由缰,极目骋怀,觉得一切都显得那么迷人。

向导听得张骞等人念念不忘地说着大宛的天马，便笑道："西域的骏马良驹以大宛最为著名，因为大宛有一片著名的'天马原野'，那里有几大群神骏的野马。相传很久很久以前，天上有红色的神龙，会偷偷来到天马原野，寻找中意的母马交配，所以大宛的马都是天马，都是神龙的子孙，其中最著名的就是汗血宝马……"

卓轻闲等人早就听过大宛汗血宝马的传说，一时间议论纷纷。巴卡对马更是痴迷，对汗血宝马会流出鲜艳如血的汗水之说更为好奇，大声嚷嚷着要去看看天马。

"若要看天马，咱们不妨就去天马原野。"那向导笑嘻嘻地挥着手，"只是得绕点路，不过我知道一条近道，只要多给当地人几枚钱币就可以。我们过了这条河，走上两天就到了，那里距离大宛王城贵山城也就不远了。"

两日后，众人来到天马原野。

那是一片沉穆而浩瀚的原野，仿佛是深碧色的海洋。天高云淡，苍翠无尽，偶有一阵风吹来，碧草便随风起伏，仿佛翻起一道道绿色的波浪。

"苜蓿！这就是最好的苜蓿！"巴卡欢快地大叫起来。

草原上的绿意很多都来自郁郁葱葱的苜蓿。大片大片的苜蓿，在阳光下闪着迷人的色泽，舒展着无尽的勃勃生机。

"这种东西在这里遍野都是。"那向导笑道，"因为天马最爱吃这苜蓿，不然这里怎么叫天马原野！"

张骞揪了几根苜蓿，娴熟地从枝叶顶端掐出几枚种子，打开革囊，将种子郑重收好，叹道："只盼有朝一日，我们大汉也能遍植苜蓿，也能有无数的天马纵横奔跑。"

卓轻闲盯着他那只磨损得很旧的革囊，笑道："骞老大，你这里面都藏了多少宝贝？"

"这里都是诸般种子。有几种是葡萄的种子。这是红花。这是油麻的种子。这是胡瓜。嗯，这个是葫，就是大蒜！"

（作者按：胡瓜就是黄瓜；现在众人熟知的大蒜，当时称为葫。据考证，至少有十五种现在大家都很熟悉的植物是由张骞通西域时引入的。）

卓轻闲道："子曰，夫如是，则四方之民襁负其子而至矣，焉用稼？看来孔夫子也有说错话的时候。骞老大这农家学问，倒正好大展身手。"

吕英嘿嘿一笑："要我说，骞老大这农家本事再高，也终究是默默无闻，哪里及得上你这小说家，杂闻博记，胡言乱语，便能青史留名。"

正说笑间，不远处有一队骑兵纵马而来，看装束都是大宛官兵。众人都是寻常的西域行商打扮，虽然看不透这队骑兵的用意，倒也并不惊慌，只是冷眼旁观。

骑兵临近，为首的将官大笑起来，声音洪亮："上使，这里便是天马原野。运气好的话，只需等上片刻，就能看到天马了。"

另一人大喇喇地说道："老子大宛名驹骑过不少，真正的汗血宝马倒是从未见过。嗯，这野马群里，应该有不少汗血宝马吧？"

这倨傲的粗豪大汉，竟是匈奴太子于单的特使冒格！

草原之上，周围再无别人，两方人马都很显眼。冒格一抬眼，也看到了张骞。只不过张骞这边只有寥寥数人，而冒格那边人多势众，随行骑兵足有百人之多。

"冒格特使，又见面了。"张骞傲然一笑。

"你，你们这些贼汉虏，竟然窜到了这里！"冒格脸色骤变。

吉祥催马向前，冷哼道："冒格，你胡说什么！我们这边有军臣单于亲颁的令牌随身，你冒犯我等，就如同冒犯军臣单于。是谁给你的胆量？可是于单太子么？"

冒格脸色通红，知道若论斗嘴，自己可全然不是这对夫妇的对手，只得愤然对身边的将领道："龙骑将军，将这几个汉人给我擒了！"

"你又错了！"张骞摇头叹息，"你是匈奴，我是大汉，同来出使大宛，你有何资格这等颐指气使？"

那大宛将领龙骑是个高鼻深目的壮硕大汉，有着大宛人固有的白皙肤色，脸上满是络腮胡须，看模样颇有几分眼熟。

见张骞等人都是商人打扮，那大宛将领立觉胆气大壮，喝道："你们是哪来的商人，胆敢跟大单于的圣使顶撞？来人，都给我擒了过来！"

十余骑者纵马向张骞等人急冲过来。

张骞一笑："君天，我们初来此地，不要伤了人。甘夫，你去将这位龙骑将军请了过来。"

他的话音刚落，甘夫已腾身而起，有如一道弧光般闪向龙骑。龙骑身边的士兵大惊，刀枪并举，齐齐上去拦阻。甘夫存心立威，挥动天雷棍横扫，只闻叮叮当当之声不绝，无数根长枪弯刀都被震得激飞上天。甘夫势如破竹般，已欺到龙骑身前。

眼见甘夫直冲过来，龙骑双眼一亮，手中的一根双头枪已劈面刺出。

甘夫的天雷棍当头轰向双头枪，一股巨力压得龙骑几乎喘不上气来。他仰头大喝，正待拔出腰间的双刃短剑，猛觉颈上一寒，已被月神短刀横在喉下。

"甘夫？我认得你！"龙骑却又惊又喜，大叫道，"你忘了我么？我们当年都曾去过天选盛会！"

原来这龙骑正是当年在天选盛会上以铠甲长枪闻名的大宛武士。事隔多年，双方已认不出彼此，特别是张骞一行为避免麻烦，多少做了些易容，不是熟悉之人很难认出。直到此时甘夫攻势迅疾，如雷动九天般冲到近前，龙骑才认出这位当年天选盛会上的神奇少年。

"原来是老相识了，很好！"甘夫嘻地一笑，架着他的臂膀腾身再起，虽是挟着一人，兀自快愈疾电，身后数匹快马居然追他不上。

几乎在同时，风君天已然收剑。那十几个冲来的骑士捂着手腕，刀剑丢了一地，又惊又怕地望着他。

"好啊好呀！风伯伯好身手，甘夫叔叔更好！"巴卡连连拍掌。这是他头一次看到真正的高手出手，他将巴掌拍得通红，当然也不忘让甘夫压风君天一头。

甘夫提着龙骑，飘然落在张骞身前。那余下的数十名骑士张弓搭箭，齐齐指向张骞等人，却不敢妄动。

"原来是旧友龙骑将军，幸会幸会！"张骞迎上前来，微笑拱手。

"你是张使君！哈哈，当年击败我的须卜骄就是败在你的手下吧？哈，你是美丽无双的吉祥居次！"龙骑接连认出几位故人，不由哈哈大笑，"太神奇了！诸位当真是好身手，不知到我大宛，有何贵干？"

张骞展开外袍，露出里面的大汉袍服，再将节杖高擎，朗声道："吾乃大汉使者张骞，奉大汉天子之命，出使西域，烦劳龙骑将军通禀大宛王。"

龙骑有些犹豫。他当然知道大汉和匈奴的关系，问题是，匈奴的特使冒格还在那边虎视眈眈呢。

"龙骑，老子要向大宛王抗议！这张骞本是我匈奴的囚徒，怎么能自称什么使者？"冒格果然咆哮起来，"况且你们都在我匈奴僮仆都尉的统治下，岂能擅自接待什么汉使！"

"冒格，你这次更是大错特错！"卓轻闲叫道，"张使君可是娶了左贤王的吉祥居次，一直被左贤王奉为上宾，何来囚徒之说？"

吉祥居次笑道："甘夫，你看要不要将这位糊里糊涂的冒格特使也拎过来？"

甘夫冷哼一声，作势欲起。

冒格大惊。他知道，身边的这些大宛骑士绝非对面的汉家高手之敌，随护自己的两大巫师又没带在身边，便想转身纵马奔逃。

就在这时，忽听得一阵雷鸣般的声音遥遥传来。众人抬头远眺，瞧见远处正有马群疾奔过来。

野马群来势好快！初时还只是一片黑压压的小黑点，转眼间便化作一团赤褐色的云层。

"好漂亮的马！"连见多识广的吉祥居次都惊呼起来。

那群野马足有数百匹之多，它们扬鬃奋蹄，挟着雷鸣般的蹄声狂奔而来。

张骞等人在休屠城十余年，已经看惯了西域良驹，但对眼前的骏马仍是惊艳不已。这些马的腿远较寻常的马修长，飞扬的长鬃配上高颈阔头，便显出一种罕见的贵气，从高昂的马头，到飞炸的长尾，都蕴含着无尽的力量和美感。数百匹骏马一起奔跑，便如无数道褐色的闪电，在草原上一起跃动着、喷涌着，那种强劲的动感之美，简直让人心魂俱醉。

"天马！"卓轻闲惊呼道，"果然就是传说中的大宛天马呀！背虎纹兮沾赤汗，龙为友兮跚万里。伟哉！壮哉！"

"骚人，别发骚啦，快避开吧！"风君天忽然大叫起来，"它们往我们这边冲过来了！"

众人都是一惊，先前只顾欣赏天马之美，这时待要闪避，却哪里来得及。

冒格策马所立之地还要靠近马群，这时他急忙拨转马头，直向张骞这边冲来。他明白，此刻逃命要紧，万万不能让这群野马踩成肉泥，因此什么大汉匈奴之分，早就抛到九霄云外。

"我来吧！"

随着一道冷傲的轻哼，朱雀小红从吉祥居次的身后飞出，顷刻间已展翅飞到马群之前。它全身颜色火红，长尾大翼，明艳照人，仿佛是在空中燃烧的火焰。

不知为何，狂奔的野马看到朱雀，立刻齐齐停下，仰头长嘶。

朱雀绕空盘旋，划了个圈子，向东南飞去。群马齐声嘶鸣，也跟着朱雀小红齐向东南冲去。

这数百匹野马，奔腾起来声势浩大，转弯时也颇为费力。于是这马群兜了个大圈子，几乎和圈子外围的张骞等人擦肩而过。

烟尘如雾，嘶声如沸，腿影如林，马群如一道湍急的怒潮般呼啸而来，又呼啸而去。

张骞等人的坐骑全都发出咝咝惊鸣。这是畜类看到更高级别的同类时，才会有的震惊和臣服之声。

朱雀振翅高飞，忽然伸颈发出一声清脆的长唳，它身上的烈焰颜色越发鲜艳，如同初升的红日般在空中灼灼闪烁。

广大的天马原野瞬间沸腾了。又有两支野马群不知从哪里闪出，然后是第三支，第四支……

无数支马群如百川归海般涌来，遍野都是滚滚的野马洪流，它们望天长嘶，它们奔腾如龙，追逐着那团烈火般的红色。

朱雀在空中翩然划了个圈子，带着马群向远方奔去。

众人心驰神醉，激动得说不出话来。

哪怕是见惯了大宛天马的龙骑也是首次看到这样万马朝凤的罕见情形，不由大张着嘴，浑身热汗。从这只神秘的火红小鸟身上，他能感知到大汉使团所蕴含的绝大力量。

只有蜃龙发出不以为然的冷哼："神气个屁！没有理想抱负，只会在低等畜牲面前抖威风，小八也就这点追求了！噫吁兮，悲夫，悲夫！"

张骞笑着拍了拍火壁虎的脑袋，转头对龙骑笑道："大宛人杰地灵，将军当年名动天选盛会，现在已是四大名将之一的前将军了吧？"

龙骑当年在天选盛会上不过是昙花一现，但十余年过去，已由一名巫师混成军中武士，再成为手掌重兵的大宛前将军，也算不凡。听到张骞的问话，龙骑不由叹道："贵山城前将军龙骑。前将军乃大宛王麾下的诸多战将之一，哪敢称什么四大名将！倒是你张使君、甘夫兄弟和吉祥居次，当年可是大名鼎鼎呀！那份身手，我是永远佩服的！"

张骞和龙骑算是老友叙旧，大是热闹。那边冒格心中不忿，早已催马远走了。

这位匈奴太子的特使在楼兰吃了闷亏，便远窜到姑师之西的僮仆都尉去借兵，僮仆都尉虎力镇却并不太拿他当回事。其时左贤王起兵，与太子于单争夺单于之位，战况不明，僮仆都尉上上下下都懒得遵从他这个太子特使的号令。

冒格悻悻不已，又不敢仓促回龙城复命，便一路赶到大宛。适才众汉使再一次大展神威，把个冒格看得心惊肉跳。他心中寻思，打又打不过，说也说不过，索性眼不见心不烦，先行赶回贵山城去了。

"我等适才远远看了几眼，确是看到许多枣红色马匹，胸前如有血水流出。"张骞跟龙骑并辔而行，问道，"这汗血宝马，到底是怎么回事？"

"传说神龙留下的天马后裔有四种颜色，枣红、白色、褐色和黑色，但只有枣红色的宝马才会被称为汗血宝马。"

龙骑今日的使命，本是奉命陪同匈奴特使来此观看天马，此刻见冒格不在身边，登时大感轻松，侃侃而谈："至于为何汗水会呈血色，我倒是仔细揣摩过。那极可能是枣红宝马的长颈和胸前的颜色鲜艳如火，出汗之时，被日色映照，便会被映出血色来，如此而已。"

"将军这解释毫不故弄玄虚，颇为合理。"张骞微笑点头。

龙骑便赔笑道："大汉上使远道而来，我大宛备感荣光。前面还有半日路途便到贵山城了，小将愿亲自带路，也定会通禀吾王。只不过，要面见我们大王……"

"怎么样？"

龙骑苦笑："没什么，小将只能试试。"

进入大宛王城贵山城，张骞颇有些惊奇。这是一座宏大的城池，建筑风格迥异于大汉，甚至与一路所见的西域各邦的城池也完全不同。

这座雄伟的王城分为内城和外城。宽大的城墙上密布着箭孔，内外城之间则有扇形的箭塔。数座高大的瞭望塔犹如矗立在原野上的巨人，远眺着城外的一切。

坚固，是一路上所见大宛建筑的共同点，而眼前这座贵山城，张骞一眼便看出，这里易守难攻，其精妙的防御功能甚至胜过了依仗地利而建的姑师王城。

"贵山城有个古老的称呼，叫亚历山大城。"龙骑解释道，"据说在二百多年前，亚历山大大帝率军征服了这里。这座城池便是那些希腊征服者所建，故此有着鲜明的希腊风格，坚固无比。"

一路上，龙骑说得最多的，便是希腊，亚历山大大帝。卓轻闲岂肯放过机会，当即向龙骑打听，那亚历山大大帝是个什么样的人，希腊又是何等样的邦国？

"上使所问，我也知之不详。不错，这里的雕塑还铭刻着亚历山大大帝的丰功伟绩，但现在已经很少有人能说清楚希腊那些神秘的文化了。"龙骑的目光变得有些悠远，叹道，"如果上使想了解它们，我回头会给各位上使寻些学者来介绍。"

张骞一行被龙骑安排在大宛的官方驿馆内住下。

"请汉使在此稍歇，我这就去禀报！"龙骑的脸上又掠过那种犹豫的神色，"唔——只是吾家大宛王抱病在床，未必能会见各位上使。但摄政王，嗯，还有王后，或许可以的……"

他尴尬地笑了笑，匆匆去了。

吕英沉吟道："使君，龙骑适才目光游移，莫不是大宛也跟姑师一样，屈从于匈奴，可能对我们暗下毒手？"

"龙骑也算天选盛会的旧友，为人颇豪爽。依今日所见，冒格在这里已没有什么威势了。"张骞摆了摆手，"估计僮仆都尉对这大宛也是鞭长莫及。能看得出，冒格一行肯定是没有得到僮仆都尉的支持。所以，大宛也好，姑师也罢，他们的眼睛都毒得很。"

他们这次并没有等多久。暮色初降，大宛王宫内便大开宴筵，款待远道而来的大汉使者。因为大宛王身染沉疴，所以正式会见使者的环节被略去，改为直接在内闱宴请。

与楼兰、姑师等地相比较，大宛王宫的建筑有着更明显的异域特色。王宫内的楼阁殿堂，周围都环着圆形柱廊，圆柱上配以细致繁复的花纹和人物、神祇形象雕饰，显得精美而壮观。

宴会上，出面迎宾的人，是大宛的摄政王戈顿。他是大宛王的亲弟弟，三十多岁的样子，身材高大威武，相貌俊朗，颇为健谈。

"听闻尊贵的大宛王贵体欠安，请代本府向大宛王致以慰问，愿大宛王早日康复。"张骞向摄政王举杯示意。

戈顿客气地致谢。两人目光接触时，张骞捕捉到了戈顿眼底闪过的一丝波澜。

"上使远来，我们好客的大宛一定要用最好的舞者给上使献舞！"摄政王及时转过头，拍了拍手。

悠扬舒缓的乐曲响起，一位身着雪白长裙的绝美女郎翩然登场。她年纪应该只有十八九岁的样子，肤色白若初雪，眉宇间却笼着一抹忧色。

女郎随乐曲翩跹起舞，白裙飞快地转动，仿佛一朵白荷，忽开忽合，特别是那腰肢，款摆起伏间，柔软得仿佛没有骨头。就连云裳和吉祥这样的美女见了，也怕她舞动得太急，将那根纤纤细腰弄折了。

只是，不知为何，这位舞技惊人的女郎始终板着脸，神色冷若冰霜。而从这女郎登场的那一刻起，陪同宴饮的大宛臣僚们的神情也都变得有些古怪。

"她是谁？"张骞看出了异常，转头低声问龙骑。

"我们大宛王的宠妃贝拉。"龙骑黯然叹了口气。

张骞等人都感震惊。虽然西域风俗与大汉不同，但国王患病卧床，最宠爱的妃子却出面给人献舞助兴，还是颇为反常。不问可知，这里面肯定有许多不足为外人道的隐情。

龙骑这位大宛前将军显然心情不佳。他喝了不少酒，在张骞耳边絮絮叨叨地说道："曾经，在我们大宛王的眼里，她简直比月亮还重要。是的，哪怕是我们尊贵美丽的比莉王后，都没有她受宠。可是现在……摄政王对外的说法是，正是由于她蛊惑了大宛王，才让我们的王患病难愈。"

这已触及大宛的宫闱秘事，张骞身为正使，身份所限，实在不宜多问，便悄悄地向卓轻闲使了个眼色。

卓轻闲心领神会，立即凑到龙骑身边，笑吟吟地说道："龙骑将军当年在天选盛会上一鸣惊人，想来也是酒量如海。来来来，我这个天选盛会旧友，也跟将军比比酒力。"

大宛良驹闻名天下，所以使团的大宛之行便颇为重要，可这迎宾酒会的内容太过奇特，其中似有重重迷雾，卓轻闲当然要设法打探个清楚。

大宛王宠妃登场献舞，将这顿沉闷的酒筵推向了一个高潮。贝拉舞罢退下后,便有许多大宛权贵过来向张骞等人敬酒。

几轮酒饮毕,一位青年贵胄走上前来,恭恭敬敬地向张骞举杯。

"这是我们大宛的王子布恩!"陪同过来的一位文臣恭敬地向张骞介绍。

张骞见来人竟是身份尊贵的大宛王子,便对这青年多留意了些。青年生着大宛人的酷白肤色,只是有些过分苍白,双眼之中也有几分忧郁的神色。

"听说上使很喜欢我们大宛的天马?"布恩稍有犹豫,选择了一个比较轻松的话题。

"闻名已久,昨日终于在天马原野上大开眼界。"张骞笑道,"本府在大汉时,粗通相马之术,但看到真正的大宛天马,还是叹为观止。"

"天马是天神赐给大宛的神圣礼物!"摄政王戈顿端着金盏,傲然踱了过来,插嘴说道,"想想看,在西域这绵延几千里的绿洲和沃野上,为什么只有大宛才有天马?因为大宛得天独厚,为伟大的太阳神所垂青。我们有最好的土地、最美丽的草原、最勇敢的战士,当然会有最好的战马!"

布恩王子不好再说什么,只是温和地叹道:"王叔说得在理。"

张骞淡淡笑道:"大宛有城邑七十余,百姓数十万,披甲勇士七万,在西域各邦中确实是屈指可数的大国。"

这本是很常见的外交辞令,戈顿听了,却摇了摇头:"不是屈指可数,而是数一数二。大宛的战力被低估了,一直以来都是如此。首先是我们自己看低自己,别人,包括乌孙、康居这些邻国当然也会跟着看低我们。但我们迟早有一天会超越乌孙!"

"超越乌孙?"张骞还是觉得摄政王的话有些突兀。

"想想看!"大宛摄政王神采飞扬地晃着满盛葡萄酒的金盏,"我们大宛擅长打造兵刃铁器,我们的城池坚固无比,又有独一无二的天马神驹,假以时日,我们一定会成为匈奴之外的西域第一强国。"

张骞没有答话,只是礼貌性地举了举酒盏。戈顿则大喇喇地拍了拍布恩王子的肩："布恩，我对你说过多少次了！要有自信，对自己的自信，对大宛的自信。而你恰恰缺少这个。"

王子照旧腼腆地笑笑，没有说什么。

摄政王教训罢王子，再望向张骞时，便改了话题，热情地请张骞多留几日，赏览一下王城附近的美景："上使来得非常是时候。马上就快到我们大宛祭祀太阳神的盛典了，请上使务必留下来观礼。"

张骞当然要留下来，见摄政王开口相邀，便欣然应允。

盛宴在双方醺醺然的又一次举杯欢饮后结束。众人回到驿馆，已是深夜。

使团众人聚在张骞的屋内，谈及王宫盛宴上的所见所闻，从大宛王那无人敢提的病情，到其宠妃贝拉来宴会上献舞，更加上那位摄政王盛气凌人的做派，均觉得大宛王庭内颇多蹊跷。

"大宛现在的情形很古怪，也很糟糕！"卓轻闲跟龙骑斗了半晚的酒，套出了许多大宛王宫的内幕，此时他告诉大家，"大宛王的病情扑朔迷离，这位摄政王野心勃勃，更有传言，他与大宛的王后有些不清不楚……"

众人正议论纷纷，忽听啪啪轻响，一串轻微的脚步声传来。这声音虽然轻巧，但也仅能瞒过老朽的驿卒，厅内群豪是何等人物，都听个满耳。

风君天摇摇头："只有一个人。虽是潜踪而来，却不会武功术法。"

"门外可是大宛王子？"张骞忽然朗声问道，"深夜驾临，必有指教。请进吧！"

众人都觉意外。厅门紧闭，张骞居然断定来人是大宛王子！云裳上前打开门，见门外站着个脸色苍白的青年，正是大宛王子布恩。

"上使怎么知道会是我？"布恩不可置信地望着张骞。

"宴会上，我与王子有一面之缘。你本该被隆重介绍的，却被敷衍而过，座位也被安排得过分偏僻。这里面应该有一些不为人知的内幕。宴会上，王子过来敬酒时，摄政王又故意打断我们的谈话。我想我应该是看懂了王子的目光，王子是一定要和我谈一谈的。"

"上使果然明察！"青年走上几步，按照西域的礼节深深长揖。这时众人才发现，这位大宛王子似乎腿部有些残疾，走路竟是微跛。

"大宛王子布恩见过大汉使者。"忽然间，他抢上一步，扑通跪倒在地，"现在我大宛大难临头，恳请大汉上使伸出援手！"

众人都是一惊。张骞忙上前扶起，温言道："莫急！王子请慢慢道来。"

"上使圣明，简直能看透人心。"

"我只看出令叔摄政王在撒谎，其他的，又哪里看得透！"

"戈顿，我这叔父……确实是在撒谎。"布恩苍白的脸上现出红色，"我父王原来一直很健康。他有两个很爱他的儿子，还有一个很爱他的王后。"

他拍了拍自己的腿："我是大哥，从小就不能像很多孩子那样奔跑。但谢天谢地，父王还是很爱我。当然父王和母后更爱我的小弟弟莫华，不过这一切已经很完美了！我是说，三年前，那时候一切完美，连王叔戈顿都很可爱，他风趣幽默，除了谈论起军事来有些梦想狂。

"一切变化都起始于三年前的那次神殿祭祀。那次祭祀之后，父王有了些变化，他开始迷恋上了一种秘术……炼金术！"

"炼金术？"张骞看了眼博闻强记的卓轻闲。

卓轻闲抓抓头，说道："匈奴及西域的秘法中没有这门巫术。中原么，相传有'点石成金法'，但那更多的是一种障眼法，不过有一些方士仍在孜孜不倦地修习。难道令尊大宛王是遇到了中原来的方士？被那些家伙信口开河，受了蛊惑？"

"不是来自中原的方术，也不是西域巫术。"大宛王子很认真地说道，"那次神殿祭祀后，父王得到了一本炼金学的奇书——《翠玉录》。

"关于炼金学，请容许我解释一下。各位上使来自东方遥远的大汉帝国，但也应该知道，我们这座大宛王城是大约两百年前，伟大的亚历山大大帝率军自西而来、征服这里后建造的。除了建造这座坚固雄伟的亚历山大城，他还带来了丰富多彩的文化，比如数学，比如长矛方阵，当然，还有你们都见到的那些惟妙惟肖的雕塑……"

张骞点点头。布恩王子所说的那些神奇文化，他多多少少有些耳闻，尤其是路上所见的那些石雕，确实颇为奇妙，无论是人物神像，还是龙象百兽，都是惟妙惟肖。

"不过，他们还留下了许多奇奇怪怪的东西，炼金术就是其一。"

"炼金术？有谁用这玩意儿炼出过金子来么？"甘夫忍不住问。

"三年前是没有的。在我们的印象中，炼金术只是一些传说，是只有疯子才会相信的笑话。但那次祭奠之后，父王遇到了一位据说是来自埃及的神秘大祭司，就是这个人送给了父王那本《翠玉录》。他自称名叫莱诺，从埃及辗转来到这里。他给父王展示了真正的炼金术。真的，能炼出黄金！也许那就是你们所说的幻术，但我们可看不出来。

"从那时开始，父王开始痴迷于炼金术。慢慢地，他不再关心大宛，不再关心我和母后。就在一年前，父王居然听信了那个埃及大祭司的怪论。那莱诺告诉我父亲，真正的炼金术精华原本深藏在埃及法老的巨大陵寝中，二百年前，亚历山大大帝征服埃及的时候，被亚历山大大帝搜刮走了。"

"等等！"卓轻闲叫道，"埃及……那又是什么国度？它在哪里？"

布恩王子挠了挠头，说道："这个问题很难回答。亚历山大大帝东征的故事，二百年来一直在大宛流传着，但他这一路上到底征服了哪些国家，又是从哪里开始了这次遥远的东征，只怕大宛乃至整个西域都没几个人能说清楚。嗯，是了！我新近认识了一位博学的席勒老师，他肯定知道，有机会我会让他跟你们细说。

"现在咱们接着说。莱诺说，那些炼金术精华被亚历山大掠走了，又随着大帝一路东征，最终被留在了东征的前沿。就在这里，大帝用炼金术建造了一座奇异的建筑——黄金迷城！"

"黄金迷城？"众人都是一凛，云裳忍不住惊道，"西域五大禁地之一的黄金迷城？"

"是的！那座神秘的怪城就在王城贵山城的东郊，那是大宛真正的禁地。虽然离着大宛王室猎场不远，但没有人敢去那地方，那里方圆五里以内没有人踪。可父王却非常迷恋那里，他听信了大祭司的话，固执地认为，那里都是由炼金术构造的。

"特别是这半年来，他变得越发不正常了，忽而忧心忡忡，忽而神采飞扬，忽而又疑神疑鬼。那一天终于出事了。那是一个月前，在一次王室的大型狩猎仪式中，父王忽然疯了一般，率人冲入黄金迷城，此后再也没有回来。"

众人都大吃一惊。张骞惊问："你是说，大宛王居然失踪了？当时谁陪在他身边？"

"是的，父王就此失踪了！"布恩闷闷地叹了口气，"我的腿有残疾，很少去打猎。陪同他游猎的人，有母后，还有叔父……随行的数百人都是叔父的亲信。不过很奇怪，我事后仔细问过了，他们都一口咬定，父王当时是疯了般地率着一些亲信侍卫冲入了黄金迷城。"

王子忽然住了口。

卓轻闲与吕英等人对视了几眼，知道下面的话很可能涉及宫廷隐私，便都借口有事，告辞出厅，厅内便只剩下张骞和王子布恩两人。

"据说叔父大惊失色，率人追至迷城附近，却不敢深入。他们派了几队勇士进入迷城搜索，进去的人都没有出来。他们在迷城的外围守到深夜，也没有看到父王的影子。这事传出去，简直就是荒唐无比的丑闻，因此他们对外只能宣称父王是重病在身。"

"这些话，都是令叔摄政王回来后对你说的？你认为他在撒谎？"

"不错。那次游猎，父王只带了数十名亲信，他们都随父王冲入了禁地，没有一个回来。剩下的数百骑士，都是叔父的嫡系。这三年来，父王沉迷于炼金术，将朝政都丢给了叔父，王城的各路侍卫都被戈顿悄悄地换成他的人。"

"即便是摄政王跟你撒谎，那么，你的母后呢？她不是也参加了那次游猎？"

"母后跟他说的一模一样。但是我觉得,母后是在配合他撒谎。"王子搓着手,终于咬牙说了出来,"是的,我怀疑他挟持了母后。母后在我面前一直泪眼婆娑。或许,他们之间还有更多的秘密……"

大宛王子的脸更红了。张骞也愣住了。他忽然发现,自己竟接触到了大宛宫闱最深层的秘密。

"令尊大宛王已经深入黄金迷城一个多月了,你们就没有派人深入其中去寻找?"

"去了。前前后后的死士去了十几批,却大多是有去无还,只有几个人跑了出来。据他们说,他们遇到的最可怕的困难就是迷路,或者说,那里面根本就看不到路。"

"那个埃及大祭司莱诺呢?"

"他一直随护在父王左右的,也一同进入黄金迷城,就此消失了。"

屋内寂静下来,张骞大感不可思议,在厅内蹙眉徘徊着。

"我实在是莽撞了,因为我已经走投无路了!"王子的声音近乎哀求,"十天前,我曾向匈奴特使冒格求助,他却将我取笑了一番,说我胡思乱想,所说全无实证!他根本不信我,也许他还认为我完全没什么价值。"

青年王子不再说话,苍白的脸上满是苦涩和无助。

"我相信你!"张骞望着他,斩钉截铁地说道,"大宛王如此遭遇,大汉绝不会袖手旁观。"

"上使!"王子有些激动,脸上又涌上一抹红,有些慌乱地又要叩拜,"我替父王、替母后,感谢上使。"

张骞忙将他按住,沉声道:"你是大宛的王子,令尊大宛王突遭变故,按常理该是你荣登王位的。但他们却不如此安排,说明你这个王子有名无实、毫无实权。实权是握在摄政王手中吧?"

"不错。不过叔父掌权,也要受到母后的牵制。大宛不同于西域的其他小邦。在大宛,女人能当半个家,所以王后的权力也很大。甚至,在此非常时刻,大宛的第一实权人物其实是母后。

"这段时日,戈顿正在拼命折腾,加速安插他的亲信。两天后就是神殿祭祀之日。按照大宛的规矩,那应是由国主主祭的。看这情势,摄政王很可能自行主祭,那就相当于向天下宣示,是他在掌控大宛,并得到了天神的许可与护佑。"

张骞哼了一声:"接下来,他们只需再伪造一份大宛王的遗嘱,摄政王便会顺理成章地成为新的大宛王。"

"那么我们两兄弟,还有母后,都只有死路一条!"布恩有些无奈地将双拳攥紧又张开,"最可怕的是,戈顿是个穷兵黩武的家伙。他一直梦想着让大宛成为西域第一大邦。这本来无可厚非,但他的办法是彻底投靠匈奴,借助匈奴的力量压制乌孙,最后战胜乌孙。这简直是拿数十万大宛百姓的性命去赌博。"

"彻底投靠匈奴?"张骞心中一紧。大宛这样一个西域大邦,如果彻底倒向匈奴,全力跟乌孙争锋,就会完全解除匈奴西方的后顾之忧。

"是的!"布恩黯然道,"这也是匈奴特使冒格对我如此冷漠的原因。戈顿手握实权,而且一心投靠匈奴,冒格肯定非常满意。"

"好吧!"张骞吁了口气,"如果可能的话,我想见一见大宛王后。她才是那次游猎时,真正陪在你父王身边的人。"

转天午后,张骞与吉祥居次便以大汉正使夫妻的身份,去王宫拜会大宛王后比莉。

在布恩王子的引荐下,张骞见到了大宛王后。

比莉的年纪应该有四十岁了,但张骞不得不暗自惊叹,岁月几乎没在这个女人的脸上留下什么痕迹。她不算很漂亮,却是个十足美丽的女人。漂亮的女子只不过是五官精致些,但美丽则是一种气质。

大宛王后显然便有种独特的优雅风姿。她一身珠光宝气的华贵服饰,配上略含忧郁的妩媚气质,便有一抹极为罕见的动人韵味。

"哥哥,看来你终于找到了支持者!"一个华服少年在比莉王后的身边闪了出来,笑吟吟地说道,"恭喜你,他们可是来自遥远的大汉帝国！"

这少年正是布恩的弟弟莫华。虽然只有十三四岁的年龄，这莫华说起话来却很有些老成和傲气，那目光更有着远超出其年龄的锐利。

"莫华，不要淘气！"比莉王后怜爱地拍了下小儿子的头。这女子的一颦一笑，都带着种天然的媚意，明眸流转，熠熠生辉，陌生人实在不会想到她已是两个儿子的母亲了。

"那是一个痛苦的日子。但是对于我，这痛苦已经有好多年了。自从迷恋上炼金术，大王就像变了个人，这一年来更是变本加厉。但我真的没想到，他会疯了般地冲入迷城禁地……"谈及那日的遭遇，王后的眼角已溢出泪滴，目光也有些痴。

"这一路上，王后与大宛王曾有过交谈么？在游猎的时候，王后是一直紧跟着他的么？"

"当然！虽然话不多，但路上我们也偶尔聊两句。您为什么会问这个？"

"在茂密的树林中，如果有一个人穿着大宛王的服饰冲出来，你们也许只能看到他的背影。他纵马冲入黄金迷城，他的亲信也只能跟着他跑进去。但那个人也许只是个替身，真正的大宛王，其实应该是在树林的某处遭遇了更大的麻烦。"

"这真是个大胆而奇特的设想！"王后的美眸亮了下，"但这不可能！虽然他跟我说话时照旧有些心不在焉，但我保证，冲入黄金迷城的，就是他本人。"

"那么，在此之前，大宛王可曾有过神智上的异常？"

"这个——你说得对！在那之前，他确实有些奇怪，有时候很兴奋，有时候唉声叹气，甚至，还经常疑神疑鬼。"美艳的王后稍有犹豫，又苦笑了一下，"也许，只有当他看到我的小妹时，眼睛里才会冒出些光来……"

你的小妹？张骞一愣，却没有问出声来。好在接着比莉嗤地一笑："我的小妹贝拉，上使应该见过的。昨晚迎宾盛宴上，她曾给你们献舞。"

张骞更是一震：贝拉是大宛王的新宠，却原来是王后的小妹！

比莉显然看到了张骞眼中的那抹震惊，笑得更加萧索："是的！我的妹妹，比我小了快二十岁。蒙特在三四年前就看上了她。看上了就要拥有，后来他终于如愿以偿了。所以我常常想，权力真是个好东西，可以让你拥有一切，该你拥有的，不该你拥有的，只要你想！"

张骞也只得叹一口气，表示同情，却无法接着说什么。

"抱歉了，尊贵的上使！"大宛王后随即扬起了好看的秀眉，"我最近也是糊涂了，说了这么多牢骚话！接着说，您还有什么想知道的？"

张骞略一沉吟，问道："大宛王所痴迷的炼金术，到底是个什么秘法？我很想了解一下，王后能否给我指派一位个中高手？另外，我还想去那个黄金迷城附近看一看，就是大宛王纵马冲入的地方。"

比莉王后愣了一下，还未答话，就有一道傲慢的冷笑自外面飘了过来："如果上使不怕死的话，黄金迷城随时可以去，但我们无法保证您能活着回来。"

高大英武的摄政王大步走到王后身边。二人目光交投，有一瞬的凝注，然后摄政王便很自然地站到王后的身后。

吉祥蹙了下秀眉。凭着女性的直觉，她不得不承认，这两个人居然挺般配！从他看她的眼神，从她那欲拒还迎的躲闪目光，吉祥很快看出了些端倪。

这里是王后所居的王宫内室，摄政王居然不用侍者的通禀，便能随意出入，这已经很说明些什么了。吉祥和张骞对视了一眼，从彼此的目光中都看出了些心照不宣的话。如果王后与摄政王真的有私情，这个局就更加出人意料了。

张骞又转了个念头：匈奴人有兄终弟及的奇特习俗，弟弟可以继承死去哥哥的一切，包括其妻子；这里虽然是大宛，看来对这个习俗并不大反感，至少不似中原反感得那样激烈。

"戈顿，不可对尊贵的大汉使者无礼！"比莉拉下了脸。她虽是一副娇弱忧郁的样子，但俏脸一板，登时有种拒人于千里之外的冰冷，"我和上使还有事要谈,这里没有你什么事,你退下吧!"

摄政王有些怠懒地笑着:"尊敬的王后,我只是按照惯例来此问候您,您看……"

"叔叔没听到么?母后让你退下了!"二王子莫华冷冷地截断他的话,少年的目光越发锐利逼人。

比莉也扬起脸,逼视着戈顿,目光中透出砭人的冰冷。

摄政王苦笑了一下,却仍是优雅地说道:"看来打扰您了,告辞。"随即风度翩翩地退了下去。

"布恩,明日让你那位新老师席勒先生来陪同上使,给上使讲解一下他知道的那些关于炼金术的问题,当然,还有黄金迷城!"她轻咬着红润的嘴唇,稍有犹豫,"大宛还流传着一个神秘的传说,会有从东方来的圣人,完全破解那个神秘的迷城。"

布恩王子惊道:"母后,您是说……"

"上使来自伟大的大汉帝国。他们本就精通各种神奇的术法,我们束手无策的事情,他们或许有办法。"她望着张骞,目光楚楚可怜,又万分期待。

张骞笑了笑:"若有可能,我们会尽力一试。"

"如果真是这样,那真的就是如您所说,大汉是最值得信赖的朋友,无论我们遇到什么危难,你们都会援手!"王后的美眸中溢出晶莹的泪滴。

第二天上午,布恩带着他的新老师席勒来到驿馆。

这位老师已经非常苍老。他皮肤微黄,脸上的皱纹如同老树的树皮,但高瘦的身板却挺得很直,双眼也颇具神采。据说他成为王子的老师还不到半个月。

"老夫席勒,是旅居于康居、大夏和大宛等国的学者。"

老者说起话来,便会把腰板挺得更直:"据我考证,亚历山大大帝东征,大致发生在距今二百一十余年前。他们东征来到此地,这里的土著人归顺了亚历山大大帝,并为大帝建造了名为'绝域亚历山大里亚城'的城市。这座贵山王城,就是在绝域亚历山大里亚城的基础上扩建而来。从亚历山大大帝开始,这片土地就有了希腊化的文明。

"亚历山大大帝其实是马其顿人。传说马其顿只是个不大的邦国。在很多希腊人眼中,马其顿是个蛮荒之地,但亚历山大首先就征服了希腊的各大小城邦。他本人一直师从希腊的大哲人亚里士多德,可以说早就被希腊文化征服了。

"他的远征军队伍中汇集了各色人才,有军事家、角斗士、祭祀巫师,有建筑师等各种工匠,当然还有医生和学者。他们一路向东,远征了几乎十年,传说他们每征服一个地方,就会建造一座亚历山大城,然后留下一些人才。大宛的贵山王城是很重要的一座亚历山大城,城中也留下了一些精通希腊文化的学者。

"二百多年过去了,希腊文化在这里已经所剩无几,有形的,似乎只剩下了那些精美的雕像。不过还好,还有人记得那些文化和故事,比如我,不是吗?"

席勒很健谈,说起那些典故来滔滔不绝:"亚历山大大帝东征刚开始的几年,首先征服了埃及。炼金学就起源自神秘的埃及。埃及的国王称为法老。一位很有名的远古法老名叫赫尔墨斯。这位赫尔墨斯法老,在人们的传说中,逐渐演变成了奇特的赫尔墨斯神。炼金术就是赫尔墨斯神传下来的。相传这位大神将其秘传的炼金绝学浓缩成十几句话,刻在一块祖母绿宝石上,被称为《翠玉录》。"

"埃及?一位传说中的大神,流传下来的炼金学?还刻在宝石上?"卓轻闲不由瞪大了小眼睛,"看来你们西方神话在细节上倒是颇为翔实呀!不过,那个亚历山大大帝真的进行过一次这么遥远的远征么?他所在的希腊又到底在哪里?"

喜欢搜罗百家之说的小说家甚至铺开一幅绢,掏出毛笔,一边问询,一边标示位置。

席勒用手指在绢上指指点点,帮着卓轻闲在绢上大致勾画着:"这里是大宛。这里就是紧靠着我们的乌孙，再西边是大月氏……亚历山大大帝的东征，则是从更遥远的西方开始的。至于有多远，据说，他的远征总计行程是一万里。而埃及，也许应该在远征起点的西南方。"

（作者按：埃及在中国史书中最古老的称呼，很可能应为"黎轩"。林梅村先生在《丝绸之路考古十五讲》中"汉朝与西方三大帝国的交往"的"黎轩"一节中认为，公元前116年，张骞派副使（张骞第二次出使西域）从乌孙出访印度、西亚和埃及……张骞副使出访亚历山大里亚城，将黎轩使者带回长安……"黎轩一词，多次见于《史记》之后的史籍，但关于其具体所指，多有争议。"埃及说"仅是其中的一种说法，认为黎轩应是Alexanderia的音译，最初是指定都在亚历山大城的埃及希腊化托勒密王朝。本书为小说家言，为免读者阅读繁琐，故直接以当代人习惯的"埃及"称之。）

吕英觉得有些不可思议，说道："劳师远征为兵法大忌。千里奔袭已是罕见；万里远征，还接连战服异域强敌，简直就是异想天开。"

张骞沉吟道："常理而言确是如此。但如果亚历山大大帝的战法高超，如果他面临的对手太落后，这些奇迹也可能存在。况且，如席勒先生所说，他每次长途奔袭获胜后，都会休养生息一番，巩固统治后再开始新的远征。如此看来，倒是他统帅的军队更奇特。那些什么马其顿人、希腊人，支撑他们年复一年远征下去的信念，倒是颇为令人赞叹。"

席勒哼道："亚历山大大帝的对手可不是什么落后的草包！不是吗？他进军波斯帝国时，就遇到了胆魄毅力过人的大流士三世大帝。亚历山大大帝是个真正的兵家奇才，屡有妙计，他的战法也确实先进、马其顿方阵也效力奇大，不是吗？他最终战胜了波斯帝王大流士，征服了整个波斯帝国。"

张骞发现这老先生说话很喜欢用"不是吗"这样的追问来结束，于是，每句话都显得很认真、很正经，哪怕是在吹牛，也多了几分真意。

"马其顿方阵，两丈的长枪，二百年前的远征……"卓轻闲听席勒说起亚历山大大帝的诸多神妙战术，不由突发奇想，"骞老大，我中国那时候正是战国时期。设想一下,这一路所向披靡的亚历山大大帝,若是率军一直继续向东,直打到我们中原,那时的战国七雄与之会战,输赢战局会如何?"

亚历山大大帝激战战国七雄,本是只有卓轻闲这书呆子才有的奇谈异想,张骞却认真地考虑了一会儿,才道:"路远山高,他们是决计无法到达中原的。不过倒可以随意设想一下,那战国七雄中,最靠西方的正是大秦。若是这两强相遇,亚历山大大帝靠着其方阵的奇特,会在开始的交锋中出奇制胜,但最终会在大秦的强弩围攻下一败涂地。"

风君天听那席勒老人将亚历山大大帝吹嘘得无所不能,早就大是不耐,此时颇觉解气,笑道:"愿闻其详!"

"亚历山大之远征军,如席勒先生所说,都是城邦小国的联军,最多不过是六万人而已。他们面对的最强大的敌人,也不过是波斯帝国的十余万军队。而强大的秦军则是动辄几十万人的大军,还有大秦傲视六国的弩箭。他们有射程达数百步的劲弩,臂张弩轻便,蹶张弩强悍,且都精准无比。想想看,数十万军阵,万弩齐发,那种铺天盖地的气势也许是马其顿人做梦也想不到的。

"当然,两军交战,还要看国势强弱与统帅的用兵之道。要知道,当时的大秦经过商鞅变法,已是全民皆兵。这数十万劲旅多年与六国抗衡,可谓是百炼精兵,统兵的大秦名将,如白起、蒙恬等,也是身经百战。他们绝不会如波斯帝王大流士那般意气用事,也不会临阵之时只逞血气之勇,他们足够狡猾,足够冷静,也足够铁血。"

"大有可能!"卓轻闲又犯起了痴气,"不说劳师远征,就算双方是邻国交战,亚历山大这区区数万人,碰上大秦的数十万精兵,最终也会大败亏输。按照秦军曾有的坑杀降卒之恶习,这支六万远征军极可能被秦军坑杀。嘿嘿,出西方兮横行无敌,入东土兮惨遭坑杀,当真是时也运也!"

席勒被卓轻闲的调侃气得七窍生烟,老脸涨得通红,叫道:"怎么可能!战无不胜的亚历山大大帝怎么会失败,又怎么会被……坑杀!

二百年前，你们那里就有射程达到数百步的机械弓弩了？伟大的太阳神，你们是在说神话故事！不是吗？"

卓轻闲哈哈大笑："据我所知，直到现今，无论是匈奴，还是西域三十六邦，都难以造出那样的劲弩吧！而我大汉的十石弩，射程可达到一里半之遥。而若论用兵之道，你知道可千里奔袭、可诱敌深入的杀神白起么，听说过批亢捣虚、攻其必救的孙膑战法么……"

席勒听罢，摇头叹息道："看来大汉帝国果然是个神奇的地方！六十万大军，我们完全无法想象。何况还有那样犀利的弓弩和伟大的兵家！"

张骞倒是一笑："这些纸上谈兵的事儿，回头慢慢再说。我们先去看看那个神秘的黄金迷城吧！"

午后时分，一行人已到达王城东郊的一片苍茫原野上。日色刚刚西斜，风声猎猎，荒原上斑驳的野草随风起伏，平增了几分迷离之色。

"因为这个禁地太过凶险，所以大宛王室将黄金迷城划入王室猎场，禁止平民进入，但这些年来，还是有不少人冒死进入那片区域。他们都想找到黄金迷城内的宝贝，却都是有去无还。"

席勒远眺着荒原的尽头，原本挺直的腰板有些佝偻："这块石碑前方一箭之地，就是传说中的黄金迷城所在了！大家小心些，不要贸然进入。"

那石碑其实只是一块大青石，上面刻着大宛人所用的吐火罗文，又涂了红色，极为刺目。

众人顺着他手指的方向看去，只见荒草萋萋，不见牛羊之类的活物，甚至连树木也看不见，那一片冷寂的原野，透出说不出的萧瑟。

"就在这附近。我问了很多人，父王就是从这里纵马冲过去的。"布恩王子在大青石前转着圈。

张骞低头在地上仔细地看着，想查找出些什么。

"上使是想从痕迹上看出些什么端倪吧？没有用的，现在早就什么痕迹都没有了！"席勒摇了摇头。

布恩道："我第二天就曾来此仔细地查过，是很自然的纵马奔走的痕迹。我发现了几支羽箭，也问过从行的人。他们告诉我，是有人看到异常，惊慌失措之下仓促地射了箭，但没有人伤亡。我也没有发现血迹。当然，也许有血迹，但早被他们连夜抹去了。"

"前方不过是一片原野！"吉祥居次凝起秀眉，"那座黄金迷城到底在哪里？"

"在风中！"席勒呵呵地笑着，"它原本的名字就叫做风之迷城，意思是说它原本就在风中忽隐忽现，很多时候你看不到它。它只是偶尔现身。当它出现的时候，金光灿烂，美轮美奂。那是世间最美丽的建筑，任何人看到了，都会迷醉不已……"

卓轻闲道："那时候，大宛王会不会是看到了风中现身的黄金迷城，才疯狂地纵马冲入？"

"不好说。黄金迷城出现时，应该很多人都会看到，当时很多人却没有见到。"布恩痛苦地摇摇头，"但不管它出现与否，黄金迷城一直在那里，只要你冲进去，就会被它吞没，很难再出来。"

卓轻闲眼中又放出光来："传说黄金迷城由炼金术打造，那炼金术到底是什么术法？"

"炼金术不仅仅是一种术法，它首先是一种学说！"

席勒干硬苍老的面容肃穆起来："这种学说的根基，就是我先前说过的《翠玉录》。它被刻在那块神秘的祖母绿宝石上。亚历山大大帝占领埃及后，把它从一位神秘法老的陵寝中取出，带在身边钻研，直到他不到三十三岁便暴病身亡。亚历山大逝世后，那块绿宝石上的《翠玉录》也在世间消失了。当然，也有人传说，亚历山大是把它存放在这座风之迷城内，可终究是没人见到过。

"不管怎么说，《翠玉录》中凝聚了炼金学的精华。可惜流传在世间的，只有这么寥寥的几句话。"

席勒清了清嗓子，用一种肃然的声音念了起来。

"真实不虚，永不说谎，必然带来真实！下如同上，上如同下；依此成全太一的奇迹。万物本是太一，借由分化从太一创造出来。"

老学者的眼中透出无比灼热的光芒，背诵一句，便讲解一番，最后深深地叹了口气："……我只知道这些，八句话而已。"

使团一行人大多对这些玄学哲思不感兴趣，只有张骞和卓轻闲在认真地倾听着。

"这《翠玉录》中时时提起的'太一'，倒是很像汉地老子宗师所说的'道'。道生一，一生二，二生三，三生万物……"卓轻闲意犹未尽地叹道，"果然大道之说，东方与西方无二呀！"

张骞却问："这些话虽然深蕴哲理，但如何炼出黄金，似乎没有涉及。"

"我可不是那个炼金祭司莱诺！"席勒摇了摇头，"我钻研的，就是各种哲理而已。不是吗？"

张骞肃立远眺，目光所及的前方，似乎真的有一座奇怪的金色城堡。那城堡在风中扭曲着，若隐若现。

那也许真的是一座黄金做的城池？

布恩王子郁闷地说道："已经三十七天了，不知道父王还……"

"大汉帝国有一门术法，叫做望气术！"张骞很认真地看着布恩王子说，"此术颇为神奇，上可望见国之气运，君主凶吉；下可望见人之生死，事业成败。适才我运用望气术，仔细观望了一番前方的迷城……"

"怎么样，可曾看到我父王的吉凶？"布恩睁大了双眼。

"抱歉！令尊大宛王应该已遭不测。"张骞沉沉地叹了口气。

"怎么……怎么会是这样？"

"我的望气术尽管只是初窥门径，但也能看得出，那个城中都是死气，没有丝毫生气！"张骞的目光极为坚定。

王子愣了一下，放声大哭。

"还请王子节哀顺变，原谅本府说话过于直接。正所谓真实不虚，必然带来真实。"他拍了拍布恩的肩，用了些力道。

王子不由止住了哭声，抬头望着他。

张骞等人别过布恩王子,在席勒的陪同下回到驿馆,已是深夜时分。

这驿馆有好几个院落,大汉使团所居的院落原本挺大,灯火通明,这时里面却是黑漆漆、冷寂寂的,甚至连犬吠也不闻一声。

"有些古怪!"风君天当先跳下马来,手擎火把,一剑横胸,大踏步走入院中。

院子里悠悠荡荡的吊着七八个人,却是院内的侍者和两个驿卒被人紧紧地捆住了,倒吊在屋檐下、杨树上。所有人的嘴里都塞了麻布,喊不出声来,只能呜呜地低叫。

众人大惊,连忙七手八脚地将被吊的人尽都放下来。

"遭了!"云裳顿足叫道,"小别扭呢?巴卡怎么不见了?"

原来,张骞觉得要去考察的禁地终究有些凶险,巴卡只是个孩子,便命他不要跟去,在馆内休息。这时听得云裳一叫,众人都慌了起来。

那驿卒哼哼唧唧地说道:"大人们刚走没多久,一群蒙面武士便赶来了,不由分说,将我们都绑了,还吊了起来,那个孩子则被他们劫走啦。"

"连个孩子都不放过!"云裳怒不可遏,"是谁,是谁下的毒手?"

"他们哪里肯说!"那驿卒连连摇头,"贼人们出手太快,我们连喊都来不及喊,便被吊起来了。大人们再晚来片响,我们都会被吊死。"

"那里……在那里,他们留下了一封信!"一个侍者指着一棵老树,呻吟着说道,"先前我就被吊在那树下,看到一个蒙面人将一封信用匕首插在上面。"

匕首下面是一块麻布,上面写着一行歪七扭八的吐火罗文。

席勒捧着麻布,念道:"尊敬的汉使,明日请顺顺当当地参加神殿盛典,顺顺当当地离开大宛,孩子就会顺顺当当地还给你们。"

"明目张胆地恫吓!"卓轻闲冷笑道,"不知是谁的手笔?倒是挺像我们汉地占山为王的山大王。"

"还能是谁?只怕就是那摄政王戈顿!"席勒苦笑着说道,"想想看,这院落在驿馆内是最大的,出了这么大的动静,别院的侍者们难道不知道？即便当时不敢声张，为何事后也不敢过来搭救？必是摄政王有了吩咐，谁也不敢管。"

"谁知道摄政王府在哪里？"风君天手按长剑，神色冷峻。

甘夫冷冷道："一起去！"

"天晚了，我们回屋。"张骞却挥一挥手，"侍者们也都辛苦了，席勒老先生也是随我们奔波了一日，都请及早安歇吧。"

侍者和驿卒们相互搀扶着离开，席勒也唉声叹气地回到自己屋内安歇。

张骞居室的正厅内，灯火明亮，大汉使团群豪的神色都有些紧张。

"真实不虚，永不说谎，必然带来真实！"卓轻闲沉吟道，"骞老大，先前你对布恩王子说这句话时，故意隐去了'永不说谎'四字，莫非其中大有深意？"

"使君那时对布恩王子说，大宛王已死。"云裳眼前一亮，"你故意略去了'永不说谎'四字，难道是说，你这句话撒了谎，大宛王还活着？"

卓轻闲点点头："我料想王子是听懂了。他的眼神似乎有所变化。"

吕英嗤地一笑："我就说嘛！不过使君为何要撒这句谎？"

"使君莫非是要人传话？"卓轻闲道，"你是想让摄政王知道，我们并不想介入大宛王之事！那么这个传话之人，应该就是那个老席勒。使君早已怀疑此人了？"

"大有可能！"张骞淡然一笑。

"这么说，你这老实人倒是骗了他们一把。"吉祥一笑，随即蹙起秀眉，"你不会真的想闯进黄金迷城吧？"

"小别扭巴卡怎么办？"甘夫问。

"这座黄金迷城在五大禁地中虽只排名第三，却号称是'最诡异的禁地'！"卓轻闲搓搓手，"使君，咱们一定要为了个大宛王而去冒险么？"

"你们去禁地！"风君天扬眉哼道，"老子去杀了那摄政王！"

张骞扬起手,让同时说话的三人都止住声,才对风君天道:"君天,如果明天我们赶不回来,你就要代替我去参加神殿盛会。你的身形和我最像,稍时就让云裳给你化妆易容。副使卓轻闲陪同你前去。照那留言所说,你们顺顺当当地参加神殿盛典、顺顺当当地离开大宛即可,不必多生事端。

"余下的人兵分两路。庆典盛会之时,防卫力量应该都在圣殿内,摄政王府内肯定空虚,云裳和甘夫便赶去那里救人。

"吕英、吉祥,你们与我一起,去探一探黄金迷城,今晚就动身。但愿明日午后我们能及时赶回神殿,参加那个盛典。"

"骞老大,你当真要去为那大宛王冒险?"卓轻闲等人尽皆大惊。

"我们来的这一路,哪一步不是在冒险?"张骞道,"我们还想从这里带走大宛天马,带走最优质的苜蓿种子!关键是,摄政王已经倒向了冒格。大宛是西域数得上的强国,我绝不能让他们彻底倒向匈奴。"

"使君说得是!这个险,值得去冒!"吕英站起身来,"我们三人何时出发?"

张骞却又一笑:"休息片刻。别忘了,还得带上那个向导!"

第六章

黄金迷城

夜深如海，风冷如刀。

吕英缓缓地擎起火把，然其光芒无法远照，前方的原野便更增凄迷之色。广袤的夜空中，一轮孤月，将冷寂的月辉打在那块大青石上，闪出大片白惨惨的青光。

"你们真是疯了，竟然要在深夜去探那个迷城禁地！"席勒呵呵苦笑着，摇了摇头。

没人理他。张骞等人驱马走入那片茫茫原野。

依着张骞的谋算，深夜走入禁地，只是为了不让摄政王那些人发现端倪。但禁地深险难测，谁也不敢在深夜里过于深入。他们过了界碑，只走了不到里许，便即下马安坐，静候白天的到来。

火把燃尽，众人也没有燃起篝火，只是围坐在一起。凄冷的月光打在众人脸上，看不清各自的面目，只是一层迷蒙的灰色。

吕英斜睨着席勒，冷笑道："我有些奇怪，席勒先生应该是摄政王或者比莉王后的人吧？你应该是奉命来此监视我们的，可看你此时的样子，似乎并不怎么意外。"

他半夜里将席勒从被窝里揪出来时，这老东西居然没怎么反抗，直到此刻，跨过界碑，深入禁地，也不见他有何惊慌。

"本府倒是小瞧老先生了！"张骞呵呵一笑。

"因为我跟你们一样，不想被那些废物盯着！"席勒的腰板又挺直了些，"因为你们的手段让我惊叹。也许，你们这些神奇的大汉使者，能带着我走入迷城的最深处！"

张骞也一笑："看到先生的第一眼，我就知道，你一定是个有故事的人。"

"那些故事都属于亚历山大大帝！"席勒嘿嘿一笑，"等太阳出来，我们路上慢慢讲。愿太阳神保佑，我们会遇到大宛王，活着的！"

一片交织着绛紫和青白颜色的曙光终于在东方天际亮起，挑破了黑夜那沉厚的身躯。深邃无垠的苍穹慢慢透出些红色来，大片荒原都笼罩在稀薄而神秘的薄薄的明亮之中。

最先站起来的人居然是席勒。

他捶了捶老腰，拄着拐杖，大步前行，口中喃喃说道："大宛王的马上有水囊和干粮，所以，他们有可能还活着。就在那日他发疯般地纵马冲入禁地后，摄政王曾命令数队人马进入禁地寻找。他们放马冲入这片荒原，然后就是一片模糊，那些人都不见了。"

吕英冷哼道："如果此刻，我们的身后有许多眼睛窥视着，他们应该也会看到这副奇景。我们漫步向前，然后渐渐地在他们的眼中消失。"

"是的，他们仍旧能看到这片荒原，但是，他们再也看不到我们了。不是吗？"

天色已然亮起来，但众人越向前行，越感到浑沌和模糊。

"好古怪的地方！"吉祥东张西望着，但目力所及，天地间的一切都是灰蒙蒙的，似乎这里没有白日和黑夜之分。

"那是什么？"吕英凝目远眺，"一座石门？"

荒原上，一座造型奇特的石拱门在前方若隐若现。

"那应该就是传说中的'真实不虚之门'！"席勒老眼放光，竟有些紧张,"只有穿过那道石门,才能真正进入黄金迷城,不然……"

吉祥道:"不然怎样?"

"不然便只能在第一层禁地打转。那是最可怕的结果,也许他们会在那儿打转一辈子。"席勒低头用手扒拉着地上的野草,"这里有好多的马蹄印和足迹。嘿嘿嘿,那些后来的追击者就是这样,跑到死,然后他们的灵魂仍会继续在这里打转!"

"别说得这么阴气森森!"吉祥只觉身周似乎都是打转的游魂,不由裹紧了袍襟,"这石门好古怪!为何走了许久,还是觉得那般远近?我们到底要怎样才能进去?"

"真实不虚,永不说谎,必然带来真实!"席勒道,"传说,要打开这扇门,必须要有一个十分诚实的人,否则的话,所有的人都会疯癫,他们的灵魂都会留在门外……"

"老实人!"吉祥吃吃一笑,"我们这里正好有个老实人。"

"那就让我来试一试!"张骞眼芒一闪,大步向石门走去。

石门似乎就在眼前,却又似乎非常遥远。张骞坐过去,遥遥地对着大门喃喃低语。

一阵大风鼓荡而来。风是从石门中吹出来的,石门瞬间向几人靠近了许多。

四人都看清了石门上雕饰的精美繁复的花纹,隐隐地,更有道道金光从门后射出。

"它放光了!它接纳了我们!"席勒挥着拐杖,吹了个长长的口哨,当先冲向大门。

众人也疾步赶了过去。

"尊贵的上使,你到底说了什么?"席勒忍不住问。

"很简单。我说的是,我也说过谎。"

席勒愣了下,随即无奈地摇了摇头。

跨入石门,便听到无数古怪的声音,有战鼓声,有马嘶声,有呐喊声,有羽箭破空和刀剑交击声,还有许多古怪难辨的诡异声音,虽然虚无缥缈,却令人心乱如麻。

吉祥和吕英都是一惊,各自抽出了兵刃。

"别慌!"席勒瞪大一双老眼,"这座黄金迷城里面的一切都似真非真,但也不是完全的虚幻。传说这里收集了亚历山大大帝东征途中的许多所见所闻所历。虽然我从各种传闻和笔记中得知了一些消息,但也仅仅知道一些皮毛。总之,这里的一切都出乎我们的想象!"

"我们见惯了大汉的诸般法阵,但西方的巫术和炼金术所建的法阵禁地,还是头一遭遇到。"张骞缓缓道,"但我相信,这世间的阵学原理终究是一致的。"

众人都不再言语,继续缓步前行。

荒原上起了雾气,阴沉沉的大雾铺天盖地地弥漫开来。四下里的怪声越来越响,从若隐若现,慢慢变得无比真实,似乎那些厮杀就在身边的雾气中真真切切地进行着。

"迷雾阵,是迷雾阵!"席勒的声音忽然哆嗦起来,"雾气是一种幻术,这里的方向都是扭曲的,所以很难突破。"

张骞抬起头,头顶上也弥漫着雾气,看不见日头;掏出怀中的司南看时,却见那指针飞转个不停,当真是不辨南北。

"尊贵的上使,如果不行,我们及早回头还来得及!"席勒紧张地四处张望着。

张骞沉声道:"吕英,我记得你曾说过,无为学宫内有一门指南术,传自轩辕黄帝?"

"正是!"吕英朗声道,"当年轩辕黄帝大战蚩尤,便曾被蚩尤布下妖雾,困住了大军。黄帝重要谋臣'风后'造出指南车,才率军破阵而出。此后,除了司南这个辨别方位的利器流传千古,轩辕黄帝更传下一门指南秘术,专破诸般幻术邪阵。"

说话间,吕英仰头望天,运功掐诀,忽地喝一声"破",竟令那浓郁的雾气生出一阵波荡。

那些怪声却越发大了起来,在起伏连绵的战鼓声、刀剑交击声中,更多出了许多尖厉的哀号。

"上使这秘法，似乎不大对路呀！"席勒疑惑地瞪大了老眼。

"我们自南方而来，一路向北至此。"吕英向身左一指，"我们应该继续向北，就是那个方位！"

随着他手捏剑诀，向前指出，雾气中的波动越发大了，那些哀号声也更加凄惨。

"走！"张骞将手一挥，跟着吕英，大步向前。

吕英走得不疾不徐，每次骈指作剑诀挥出，雾气中必有惊慌的哭号声响起。

眼见身周的雾气在逐渐变淡，席勒又惊又喜，忍不住问："他用的是什么秘术？居然真的破去了迷雾阵！"

张骞缓缓道："炼金术中曾提及大宇宙和身体的小宇宙。吕英的指南术与之类似。他将外在的大天地融入自身，这才能破雾辟邪！"

吕英又一声"破"字喝出，最后一片雾气飘摇四散，眼前终于重新现出荒原的模样来。

"这里有好多死尸！"吉祥看到地上横七竖八的尸身，不由惊呼出声。

张骞也蹲下身来，叹道："有的是丧命不久，大多早已化成枯骨……明明知道这里是禁地，为什么还有这多人来此探险？"

"因为财宝！"

席勒咧开嘴，露出齐整的牙齿："这座金城用炼金术支撑着，也使用了许多金银财宝。相传亚历山大大帝将一路东征掠夺来的许多财宝都用在了这里。"

张骞哼了一声，翻转过一具死尸，惊问："这人的服饰，应该是你们大宛王室侍卫的装束吧？看样子，他死去没有几天。"

席勒也凑过来，观察之后，嘿嘿笑道："没有面黄肌瘦，看来并非因为饥渴而死。这么说，大宛王极有可能还活着。"

四人再向前行了一程，竟看到了几株老杨树。一只老狼从树后飞窜而出，仿佛被什么猛兽追赶着，甚是仓惶。

众人眼前一亮，心中均想到，看来这片荒原禁地并非一团死气，居然还有小兽生存。

蓦地，一支羽箭破空飞来，直向张骞的面门射到。

张骞随手一挥，羽箭打了个弯，向席勒飞去。

老态龙钟的席勒似乎没有留意到那支箭，只是不着痕迹地回了下头，那箭擦着他的额头飞过。

"站住！你们是谁？"五个人从杨树后面转出，张弓搭箭，对准张骞等人。

五人当中有个高瘦的中年人。他头戴王冠，虽然衣衫破损多处，却仍不失高贵之相。张骞见了，便向其拱手问道："尊驾可是大宛王？"

"是的！他就是大宛王蒙特，我们尊贵的王！"席勒发出一声惊呼，那声音听不出是欢喜，还是震惊。

"正是本王。看你们这身服饰，似乎不是我大宛臣民，到底是谁？"高瘦中年目光凛凛。

"难得大宛王安好！"张骞舒了口气，"我等是大汉使者，受你家王子布恩恳求，特来接你回转。"

"我儿子布恩？果然是布恩！这孩子……"大宛王蒙特双眼放光，有些语无伦次，赶过来握住张骞的双手，"大汉？那么遥远的大汉，你们居然一路到了这里？而且，竟然破了这处奇怪的法阵？"

"是的，这要感谢你那忠心而孝顺的儿子布恩。当然，也要谢谢你一直宠信的大祭司莱诺！"张骞转头望向席勒，沉声喝道，"莱诺祭司，你还要伪装到何时？"

席勒愣了一下，随即睁大老眼，道："你说什么？"

"适才我将那支箭故意挑到你那里，大祭司躲得非常巧妙，简直不着痕迹。如果是寻常老人，早就该仓惶惊呼了！其实我早就对你起了疑心。想想看，寻常的一个老态龙钟的学者，又怎会对这禁地迷城如此痴迷？"

"从来就没有什么老学者席勒，你本就是大祭司莱诺。一直以来，诱惑大宛王沉迷炼金术的人就是你；月余之前，跟随大宛王一起冲入迷城的人也是你，但你显然知道迷城的凶险，半途又偷偷折返了回来……"

"想想你以席勒的身份出现的时间——刚刚来到大宛月余的游学学者，这显然与莱诺消失的时间相吻合。而刚到大宛，就被选为王子的老师，也只有一种可能，你早已暗中投靠了摄政王！"

席勒苦笑了一下，望着大宛王，木然半晌，才沉沉地叹道："上使推断得大致正确。但我绝非早就投靠了摄政王，我一直属于我尊贵的王……"

"莱诺！"大宛王语气很重地问道，"当时我们一起冲入禁地，你却在迷雾中拨马逃了回去，为什么？"

"我尊贵的王！"席勒撕扯掉脸上的易容假面，现出一张微黑的中年人面孔，"因为你太性急！你几次逼着我率人去探这座黄金迷城，那简直就是让我去送死。我跟你说过，凭我的能力，始终无法突破那道迷雾阵，甚至每次过那道'真实不虚之门'，都是战战兢兢、听天由命……

"可你从来不信。我的王，您入了魔！你一定要在这黄金迷城内找到最后的炼金秘诀，所以你一直往死里去逼我！不是吗？"

"所以你就暗中投靠了戈顿？"大宛王攥紧了剑柄。

"仔细回想一下吧，我的王！我为了活命，确实暗中跟戈顿有过几次往来，但我没有出卖你，从来没有！我甚至还在暗中提醒你，要小心戈顿，但你没当回事。不是吗？"

莱诺说着，咧开嘴苦笑起来："而像我这种人，谁都知道我是您的死党、亲信，戈顿会信任我么？事实上，我一直渴盼着能重新走入这座禁地迷城。当我发现这群掌握着独特神通的东方大汉使节时，我就毫不犹豫地带着他们来了，甚至暗中帮他们扫清了一些障碍。您可以问问尊贵的上使。"

"确是如此！"张骞点了点头。

"多谢上使，您果然是一个真实不虚的人！"

大宛王盯着他宠信的祭司，忽然抛了剑，一把抱住莱诺，叫道："莱诺，我就知道你肯定不会背叛我！虽然在你离开我的这些日子里，我伤透了心……"

"我也同样如此，我尊贵的王！"莱诺居然老泪纵横，"但现在我又来了，而且带来了强大的大汉使者。我们有救了！"

张骞三人都有些发呆。不得不说，这些热情洋溢的大宛人果然行事比较独特，前一刻还要拔剑斩人头，下一瞬就热情拥抱，泪流满面，如同失散多年的亲兄弟。

"是的，我们有救了！来吧，请上使坐下歇歇！关键是，你们有吃的吗？我猜你们一定带着最好的葡萄酒！"大宛王眼中的光芒愈加灼热。

"我嘱咐他们带了你最喜欢的天马之血葡萄酒！"莱诺狡黠地笑了起来。

众人席地而坐。张骞拿出随身携带的肉脯、美酒和水囊，饥渴了许久的大宛王与四个随从开始大吃大喝起来。

"这里的一切幻境，似乎都是神秘的炼金术制造出来的。但炼金术并没有抹去这里的自然环境。在这附近有一小片水泽，有灌木，有老杨，当然还有些小兽。所以感谢太阳神，我们还能活着。"

莱诺不由叹了口气："我早就对您说过，千万不要走入迷雾法阵！不是吗？我曾经两次陷落在那鬼地方，那是真正的恐怖地狱。那天，也正是因为您又要执意力闯迷雾阵，我才掉头逃跑的，我决不能让自己再次置身地狱。但我的王，你们竟创造了奇迹！你们到底是如何冲过迷雾阵，来到这里的？"

"本王之所以原谅你莱诺，就是因为我也经历了那些恐惧。"大宛王猛灌了一大口酒，才苦笑道，"最后时刻，一只狼钻进了浓雾里。是它救了我们。跟着它那双发光的绿眼睛，我们一路逃了出来。"

"大宛王，可是那日你到底为何要冲入这片死地呢？"吉祥忍不住，终于问出众人心底的疑惑。

"因为比莉背叛了我！"

大宛王啜了口酒："是的，她是我的王后。她不是特别漂亮，但她的韵味、她的气质，都是那么优雅迷人。在她年轻的时候，可谓风华绝代，是那么让我沉醉！我甚至为了她，废掉了原先的王后。还有个总跟她争宠吵架的小妃子，也被我一怒之下给杀了。她如愿以偿地成了我的王后。那段时光是那样美好……但你知道，男人这东西靠不住。或者说，更靠不住的，是人的情感。"

他又仰头喝酒，喝得很慢很慢，仿佛在回味着每一滴酒的滋味："贝拉是她同父异母的妹妹，她一天天优雅地老去了，她却一天天地变得越来越美，终于从花蕾变成盛放的鲜花。我知道，我疯狂地爱上了贝拉，然后贝拉就到了王宫里。比莉，我的王后开始愤怒，但她愤怒起来也那么优雅。其实她不懂，女人永远只是我生命中的点缀，无论是她，还是她的妹妹贝拉。我真正迷恋的是炼金术。炼金术可以让你富有，关键是可以让你永生，就像黄金一样，历经千百年，永远熠熠生辉，光彩如新！给一个国王让他永生的秘法，还有比这更诱人的吗？"

张骞叹道："在我们大汉之前，中原曾有一位极伟大的皇帝，叫秦始皇。他横扫六国，结束中原各国之间连绵不绝的征战，建立了统一的国家。他晚年最痴迷的，便是四处寻访长生不老的仙药。"

他发现，大宛王蒙特无意中说破了一个规律：当一个人获得无上的权力之后，他最强烈的需求就是永生——为了永恒地把持和享受权力。

"哦，你瞧，真正聪明的人才会办别人眼中的大傻事！"蒙特举了下酒碗，向那位与他有共同爱好的东方帝王遥致慰问，"我虽然痴迷于炼金术，但对政局的掌控还是比较得力的。在我苦心钻研秘术的时候，政事一般交给两个人处理，我的王后比莉和我的弟弟戈顿。

"毕竟，我是将权力分开执行的，他们两个必会相争相克。只是我没想到，他们两个会背着我走到一起。虽然可爱的大祭司莱诺曾经提醒过我，但我总觉得那是莱诺在争宠，没有太过在意。就在出事前的几天，我才发现了一些不一样的地方，比如我的王宫卫队中，许多亲信都被调离了。我问过比莉，她的回答都很完美，我也就没有太在意。直到那天去打猎时，我才忽然发现了一个可怕的事实：几百人的护卫队伍，居然都是戈顿的人，我的亲信只有不足五十人。

"到了王室猎场附近，我接到我的一位死士传来的密信，说戈顿要在这次行猎中对我动手。莱诺也看出了凶险，再次提醒我。我终于看清了这个可怕的局。他们做好了一切准备，只等着动手。我很清楚我的兄弟戈顿。当他想要得到什么的时候，就一定要不择手段地得到。我没有别的选择，要么被他们射杀，要么冲入这片神秘的禁地迷城……

"感谢太阳神！那一刻，他们都以为我疯了。在他们愣神儿的功夫，我们冲进来了。我们一直向前，一直赶到迷乱雾阵。后面的追兵消失了，莱诺却在这时选择离开。他说，他要回去，设法稳住戈顿他们。"

莱诺苦笑了一下："是的，我尊贵的王！我逃出了禁地，对戈顿撒谎说，您的神智已经不清醒了，在这片禁地中只怕难以生存。剩下的事情，你们都能想象得到。我还几次奉命，带着军士或者死囚，赶入禁地内寻找您，但只要由我带路，每次都是浅尝辄止。我向太阳神发誓，我才不会给他们卖命！"

张骞瞥了眼莱诺，发现这个面孔微黑的家伙说话时一脸真诚，不过他这一番话倒是能自圆其说。

"我是永远相信你的！莱诺，你来得正好。这里虽然有水，也偶尔能打到几只小兔子，但我们马上就要撑不下去了。我曾命令护卫们尝试了几次，都冲不过迷乱雾阵，本王的几十名护卫最终只剩下这四个人。我们回不去了，这时候你来了！莱诺，还有这些神通广大的汉使们，太阳神把你们带到了我的身边。"

大宛王放下酒碗，泛着酒意的眸中耀出灼灼的光来："现在，让我们一起继续探险，破解迷城中最大的机密！"

"什么？"吉祥不由一愕，"大宛王，我们千辛万苦地找到了你，你也千辛万苦地还活着，为什么还要继续探险？跟着我们及早赶回去岂不是好？"

"我也想回去。"莱诺呵呵地苦笑了起来，"刚进迷乱雾阵的时候，我曾说过,现在回头还来得及,但是现在……"

吕英一凛:"怎么?"

"我两次陷落在迷乱雾阵中,最终都九死一生地逃了回去。之所以能侥幸逃出,便是因为那两次我都无法彻底突破迷乱雾阵。迷乱雾阵是黄金迷城的第一道大阵,彻底突破后,就只能向前不能后退了。"

莱诺说着摇了摇头:"我时常在想,我之所以一直不敢突破迷雾乱阵,也许就是因为没有足够的勇气,一直走下去的勇气。不过现在好了!我早说过,伟大的大汉使者神通广大,你们一定能带领我们走到最后的!不是吗?"

"一通溜须拍马,就想白使唤我等,让我们给你们当盾牌,不是吗?"盯着那张看不出神色的黑脸,吕英真不知是该哭还是该笑。

"也许他说得对!现在我们是同舟共济。"张骞站起身来,又伸手将大宛王拉了起来,"大宛有难,大汉定会援手。走吧,我们一定会走到最后。"

吕英迟疑道:"继续向前?"

"既然现在已没有回头路了,那便一路向前,遇阵破阵!"张骞淡定的声音中满蕴豪气。吕英听了,也不由心神一振。

此时迷雾不再,方位易辨,众人继续向前行了不久,便听得阵阵缥缈的歌声传来。那歌声若有若无,颇为诡异。

"又是那鬼哭的声音!"大宛王蒙特神色微变,"大家最好塞住耳朵。这些天,我们困在这里,后退不得,也曾想向前探索,但每次听到这声音,都会变得神魂颠倒。我有七八名护卫就是被这声音勾走的,再也没有回来。"

说话间,大宛王动作麻利地掏出备用的麻布,塞入耳中。他那四名幸存的手下也是心有余悸,均是飞速塞住耳朵。

"难道是迷魂人鱼?"莱诺沉吟道,"大家还是小心为妙。"

他显然也知道厉害,扯下片衣襟,塞住了耳朵。

吕英哼了一声,屈指成剑诀,暗运司南术,大踏步在前开路。张骞则握住吉祥的手。二人的元神都极为强悍，罡气交融后，立刻觉得心地一片清明。

夕阳仿佛变成了恶魔的红色独眼，幽红的色泽笼罩了这片原野，

"那是什么？"大步前行的吕英忽然停下脚步。

似乎是突然从地下涌出来的一般，前方出现了一座奇异的高塔。那高塔形制古朴，气象巍峨。

"天呐！果然是巴比伦塔，那个传说中的通天之塔！"莱诺惊呼出声，"这可是古巴比伦王国最伟大的神作。"

众人走到塔下。自下仰视，更觉这座高塔壮观无比，塔身分作数层，渐高渐细，仿佛一把直刺苍穹的利剑。

（注：塔，其本意便是佛教之塔。在本文所述之西汉年代，大汉应该还没有塔式建筑，但小说家为了方便读者阅读，仍以通天之塔来称呼。）

"壮哉！"张骞惊叹道，"何谓通天塔？"

"巴比伦，就是神之门的意思。"莱诺道，"那里是一个更加古远的国度，也曾孕育过灿烂的文化。通天塔代表着其文化的巅峰。这座塔建于五百年前，共分八层，足有百步之高。这么高的塔已是人工的极限，据说这座塔是真正通往天上的。"

吕英沉吟道："五百年前，就建成了百步之高的巨塔，果然令人叹为观止！但为何要建这样的巨塔呢？"

"相传，是为了祭祀神灵。也有希腊学者认为，通天塔是一个天象观测台。巴比伦人信奉拜星教，视星星为其大神。站在高塔上，才能最接近他们心中的神。"

莱诺遗憾地摇着头："不过很可惜，真正的巴比伦通天塔在三百年前就被入侵者毁掉了。那时候，强悍的波斯帝国占领了巴比伦，波斯王命人拆除了通天塔。这倒是应验了最初的建塔人的恶毒诅咒。"

吕英道："什么诅咒？"

"据说当初建造通天塔的，是一批被巴比伦人奴役的犹太人。受苦受难的犹太人在修建这座神塔时，曾经发出恶毒的诅咒——沙漠之兽

将居于其间；猫头鹰将居于其间；它将永世无人居住！"

吉祥蹙眉道："好恶毒的诅咒啊！这诅咒居然生效了，那神塔不但没有人居住，最终还被拆毁了？"

"是呀！不过战胜了波斯帝国的亚历山大大帝却对这座塔情有独钟。他一直梦想着复制它。看来他真的在这里进行了一次小小的复制。"

"这迷城之内，一切都是似真非真，只怕这座塔也未必是真实的存在！"吕英仰望着被斜阳染成半面猩红的巍峨高塔，叹道，"大家留意，这里很可能就是整座黄金迷城的阵眼所在！"

张骞道："不错，这里应该就是真正的阵眼。只有破去阵眼，才能真正走出迷城。此处亦真亦幻，凶险难测，大家要加倍小心。"

接着，张骞低叹道："我倒是对塔名的'通天'二字很感兴趣。这与《山海经》中所记载的昆仑虚有些相似。昆仑之虚，方八百里，高万仞……古人认为，登之乃神，是谓天帝之居！"

他仰望着这座亦真亦幻的高塔，心底浮想联翩：为什么远古的人类都会向往头上的这个无尽苍穹？难道，很久很久之前，他们本都是住在一起的？都经历过同样的历史……

"莱诺！"大宛王干涩的声音响了起来，"我记得传说中的那座通天塔内，巴比伦人铸造了一个与真人一般大小的金人。不知这座仿造的神塔内，有没有这样一个金人？"

"是的，这里极可能也有一个纯金的神人。"大祭司的眼睛也不由得亮了起来，"大门就在那里，我们想想怎样才能打开大门！"

这时，又有一阵曼妙的歌声从塔内传了出来。歌声缥缥缈缈，虽然用的全是众人不明所以的西方某处古语，但声音柔腻无比，引得众人心中不由一阵恍惚。

大宛王下意识地又捂住了双耳，叫道："莱诺，听见没有？原来这鬼魅的歌声竟是从这神塔中传出来的！"

歌声媚人，众人心神恍惚，大祭司莱诺却双眼一亮，说道："美人鱼的歌声？明白了，还是让我来吧！"

他大踏步地走向塔前那座紧闭的大门，朗声喝道："这是亚历山大的生命之门，请打开吧！"

缥缈的歌声又在塔中响起，一具妖娆的雪白胴体却出现在塔的二层。那女子上身赤裸，金发披肩，最奇特的是，她的下身竟是一条硕大的鱼尾。

张骞等人大吃一惊，大宛王却眯起双眼，问道："这就是传说中的美人鱼？"

"居然知道是亚历山大的生命之门，很好！"那美人鱼嫣然一笑，轻轻击掌。

紧闭的大门慢慢打开了。

"看到塔里面那些金灿灿的光芒了吗？"大宛王舔了舔嘴唇，挥手向几个侍卫命令道，"还愣着干什么？这座神秘的通天塔内，很可能都是宝贝！"

蒙特率着几名手下疯狂地冲入塔内，张骞等人也急忙跟上。

通天塔中果然金碧辉煌，处处都闪烁着诱人的金光。最奇特的是，塔内一层还分布着数十具金色的人像。

金人显然是以黄金铸成，雕饰精细入微，连一根根的发丝都清晰可辨。其装束却是各异，或是士兵，或是祭司，或是平民，大多是惊喜奔走的形态，面目栩栩如生。

莱诺惊道："天呐！这么多的金人，果然是炼金术的成果！难道这座塔里面完全是黄金建造的？"

一缕甜腻诱人的声音从塔楼的二层传来："全部是黄金锻造。请各位都来吧！这里是巴比伦大神、木星化身的马尔杜克，是纯金的金人圣像；还有我，因侍奉大神马尔杜克而获得永生的美女。"

众人仰头望去，在无数金色灯芒和黄金塔壁的交相辉映下，一个裸身美女正斜靠在圆柱围栏前，含笑向众人招着手。

听声音，正是先前那个美人鱼，但此刻那巨大的鱼尾居然已化成两条白润修长的美腿。她那金色的长发散垂在赤裸的胸前，眼神魅惑，风姿妖娆。

吉祥看得玉面通红，呸了一声，斥责道："不知羞耻，好不要脸！"

"不是不知羞耻，而是……追求完美！"莱诺死盯着那金发美女，眼中欲火灼灼，"希腊人认为，人体是世界上最美好的东西。追求身体的健美，才是追求完美。"

"这又是什么妖言邪说？"吕英听的瞠目结舌。

"来吧！这里的一切都是亚历山大大帝创造的，登上来，就会跟我一样，获得永生，也会拥有这一切，包括我！"美女舔了舔红润的双唇，"谁先到，谁就先拥有我！"

忽听得呵呵怪响，只见那四名大宛护卫狂叫着，疯了般向楼梯冲去。塔内的楼梯有些狭窄，两名护卫冲得过快，竟撞在了一起。

两人都是全力飞奔，此时撞得头破血流。正要互相埋怨，猛听"噗噗"两声闷响，二人胸前都透出两截剑尖，原来是奔在他们身后的两名护卫各出一剑，将两人刺死。

那两人哼也没哼便断了气，却还仰头痴望着楼上的美女。另两名护卫杀了同伴，随即挥剑互砍。

"你们快住手！"吉祥大喝道，"只怕这些都是幻象！"

那两人却恍若未闻，依旧全力拼杀，势若疯癫。

大宛王并不看自己的护卫，他的目光一直在和那金发美女交缠一处。此刻他猛地拔出长剑，大踏步向楼梯冲去。

"小心！那两人……"吕英指着那两名被杀的护卫，大叫道，"都化成了雕像！"

那两个横在楼梯上的尸身果然已变得金灿灿的，他们还保持着挣扎向上的样子，却已成了坚硬的金铸雕像。

猛听得呛然一声锐响，两名正在拼杀的护卫最后一次双剑交击，随即僵硬不动，全身也慢慢化作金黄的颜色。

只是这次"金化"的速度远比死尸要慢。两人的半边身子已变成黄金般坚硬闪亮，另半边却还是肌肉和襟袍，瞧来万分诡异。

吉祥惊道："他们正在变成雕像！"

"不！"莱诺的双眼闪着疯狂的光彩，"他们正被炼金术炼化为黄金，那就是一种永生。"

"将死人变成雕像！蜃龙，这把戏跟你当初玩的差不多．"张骞低喝道，"这是怎么回事？"

"比我玩的差远了！我那玩偶可是独出心裁，而且只变死人。"蜃龙探出头来，急速扫视着四处，"不过，这里很疯狂！"

"什么疯狂？喂，蜃龙，你怎么了？"张骞忽然发现蜃龙的双眼耀出了红芒，突突跳动，甚至连密布鳞甲的眼睑也在微微疾跳着。

"我也许能破这个阵！"蜃龙四肢紧缩，似在拼力抑制着什么，"可这里的一切，地煞和法阵设置，都让人变得疯狂，而我们神兽更难抵抗！也许我还没有破阵，就已被诱得先发了疯！"

张骞见它眼中红光如血，似乎要溅射出来一般，心中一凛，忙将蜃龙收入袖内，喝道："凝神静心！你和朱雀最好还是乖乖睡觉。"

"老子可不想睡它！"蜃龙的声音变得低沉细弱，似乎随时会坠入梦乡，"不过，老实人，虽说你们修炼中人的元神比他们强大，可一旦陷入疯狂，只怕更难逃脱。"

"现在，你们，最好快逃！"袖子里的蜃龙最后吐出几个字，便即传出呼呼的鼾声。

张骞心中一寒。

"骞老大！"吕英蓦地大呼一声。

张骞猛一回头，却见吕英双目火红，双手掐成剑诀，齐齐挥出，大喝道，"快逃！这里面有些不对。破！"

司南术祭出，却全然无功，他的身子晃了晃："我的术法都打在了空处。似乎这里有一股力量在诱使我疯狂，你们快走！"

张骞和吉祥对视一眼，这时才发觉，二人已成了习惯般，不知不觉地双手交挽，显然，相互灌注交融的罡气，让他们有了更强悍的能力，来抵抗通天塔内的怪阵。

只是此刻,连无为学宫的天才吕英都要抵御不住了。

"疯狂才能美好,为什么要逃?"

金发美女这时竟款款走下楼来,仪态万方,诱惑无尽:"最美好的爱情是疯狂,最美好的雕塑也要先疯狂,最完美的战争更要疯狂!只有疯狂,才能迈向最后的完美。"

她信步走到那两个半边固化成金的护卫身前,雪白的玉手轻抚,二人立时全部变成了黄金的颜色。

化为黄金雕塑前的那一瞬,他们的目光同时迸出一缕火花,其中有疯狂,有痴迷,却没有丝毫的懊悔。

那是他们属于人类的最后一瞬目光。

"瞧,他们永生了!一万年过去后,他们还是这样,不会变老,不会疲倦,也没有烦恼!"

金发美女娇笑着,优雅地伸出手来,摸向身边的大宛王。

"亚历山大大帝还活着吗?"张骞忽然大喝一声。

"什么?"美女妩媚一笑,但笑容却有些勉强。

"他死了!亚历山大早已死去两百多年,真正的巴比伦通天塔也早就被波斯人毁成一片废墟!"张骞继续棒喝。

"你说什么?"美女的脸上满蕴怒气,金发倏地四散张开,化作无数条嘶嘶怪啸的金色怪蛇。

"这世界上本来也没有什么永生!天地尚不能久,而况于人乎?"张骞冷笑道,"天道无为,大道至简!疯狂只能让人陷入毁灭。被疯狂驱使的结果,便只能如那一段诅咒……"

他的声音放慢,一字一字地说道:"沙漠之兽将居于其间;猫头鹰将居于其间……"

"你住口,你住口!"美女的脸色苍白如纸。她疯狂地扭动着身子,然后开始抓挠着自己的脸,很快便将自己的脸皮一块块地撕扯下来。

她狂吼着,猛扑过来,满头的金蛇同时嘶嘶啸叫着,咬向张骞。

张骞凛然不动,淡然道:"它将永世无人居住!这就是疯狂征服、疯狂索取的必然之果！"

那美女忽然僵住了，雪白的肌肤泛出黄澄澄的金色，转眼间便化成了一座金色的雕像。

她那满头金发还呈现着四下飞散的金蛇形象，赤裸的胴体拧成一个万分诡异的弧度，是极度的美艳，又是极度的恐怖。

"太美妙了！"莱诺狂笑起来，"这才是神奇的炼金术！他们，她们……都变成了黄金，永恒的黄金！"

"谁说她们是黄金？"冷哼声中，吉祥居次挥出凤翅金刀。

一片金芒，灿烂如火。

雕像便在如火的金色刀芒下爆裂开来，化作一片烟尘。

美女金像灰飞烟灭的同时，塔内忽然发出一片阴沉的怪啸声。那声音凄厉无比，更带着无尽的怨毒和无奈。

啸声带起一缕缕阴风，绕室盘旋，之后呼啸而出，仿佛无数厉鬼在仓惶地啸叫着，在塔内黯然徘徊，然后无奈地离去。

满室的黄金光芒不见了，雕饰华美的楼梯不见了，形态各异的黄金雕像全都不见了。怪啸的阴风散去的同时，众人看到了头顶的光亮。这座恢弘巍峨的通天巨塔，现在只剩下断壁残垣和几根高耸的粗大石柱。

幻象消逝，正在苦苦地与疯狂心念拼争的吕英才长出了一口气，缓缓拭去了嘴边的血丝。大宛王蒙特和祭司莱诺则同时发出一声闷哼，瘫软在地。

他们这时才发现，地上满是厚厚的尘土，还有一具具早已化成白骨的尸身。

蒙特的手正摸在一个骷髅上。他吓得急忙缩回手，喃喃道："他们应该都是闯入这里的探险者吧？"

"正是！"张骞叹道，"他们大多还保持着向上攀爬的姿势，显是临死前还在拼命地向上爬，去寻找根本不存在的东西。"

"幻阵破去了，可是……炼金术呢？"莱诺疯狂地扒拉着满地灰尘，露出地上的青石板，不甘地问道，"难道这座弘大的通天塔内，根本没有留下炼金术的秘诀？"

　　石板早已残破不堪，上面有着许多划痕，依稀有些古远而深奥的文字。

　　莱诺大是懊恼，又举起火把，扑向那几根圆圆的石柱。柱上有花纹和文字，他瞪大眼，低声念起来："下如同上，上如同下；依此成全太一的奇迹……天呀！莫非这就是我们梦寐以求的《翠玉录》？"

　　蒙特大喜过望，也踉跄着赶过去细瞧。但莱诺只读出《翠玉录》的起始两三行，那石柱上后面的字迹已是模糊难辨。

　　他举着火把，扫视了许久，才见到石柱最下方还有一行字，便念道："要获得永生，就要克制贪婪。舍弃，才能得到……"

　　"贪婪与《翠玉录》有什么关系？"莱诺睁大通红的双眼，怒道，"后面的字呢？怎么没有了？"

　　他的叫喊声嘶力竭，众人听了，心底产生出无尽的烦躁。

　　"骞老大，快离开这里！"蜃龙的声音从张骞的袖内传出来，却已细若游丝，"快逃！"

　　张骞一惊，陡然发现，此刻一抹落日余晖射入楼内，地上的许多灰尘映上夕光，又现出了金灿灿的颜色。

　　那些金灿灿的尘沙开始滚动、凝聚、起伏，然后慢慢隆起，竟隐约现出一个女子长发飞扬的头部。

　　"快走！"张骞大喝一声，"这个鱼妖只怕是不生不死的怪物，法阵又要发动了！"

　　众人盯着地上那个越来越清晰的裸身女妖，都觉一阵毛骨悚然。听到张骞的这声断喝，吕英心神一宁，转身拎起大宛王，吉祥则是奋力扯过还在哭喊的莱诺，一起转身向外飞奔。

　　一团雾气弥漫开来，塔内已是不辨东西。

　　张骞只觉浑身发冷，却还是硬着头皮向前冲去。他记住了通往门口的路径，只是前方正是雾气最浓重的地方。

　　浓浓的暗黑雾气被他拼力撞开。前方出现了光。

众人鱼贯冲出，外面一轮如血斜阳斜挂西天，清新的空气如泉水般涌入鼻腔。

"我们终于……出来了！"惊魂甫定，吉祥只觉浑身无力，不想再多说一个字。

莱诺怔了一下，突然号啕大哭起来："还是没有！难道黄金迷城里面竟没有原版《翠玉录》……"

"也许从来就没有什么《翠玉录》！"张骞有些虚弱地一笑，"就如那石柱所刻，克制贪婪吧！"

他回头望去。破去这核心法阵后，整座迷城才显出些真容来，城中多是些残破建筑，在落日余晖下，显得无比荒凉寂寥。

"炼金术、永生，甚至这座黄金迷城，都会让人迷乱。再见了，黄金迷城！"他长叹一声，负着满襟暮风，大踏步向前行去。

大宛都城贵山城是亚历山大东征时留下的最明显的希腊化城市，除了有坚固的内外城设置，城内也有统一的规划，有竞技场和健身场所，更有专门的庙宇。

如同大宛随处可见的希腊式建筑一般，大宛的宗教也基本承袭自希腊。

古希腊人最重视的便是祭坛和圣火，大型城邦多围绕圣火所在的祭坛而建。希腊是多神崇拜，每个城邦都有自己的本邦之神，各不相同。

亚历山大东征时，最先征服的是埃及。他被埃及的大祭司认定为太阳神的化身，其军队自然也就形成了以太阳神为主的多神信仰。大宛的神祇崇拜则要复杂一些。大宛还受到近邻大夏国的拜火教，即祆教之影响，现今大宛的神祇便以太阳神和圣火崇拜为主。

贵山城作为大宛的王城，特别建有一座宏大的专门供奉太阳神和圣火的神庙。每逢重大祭祀，都要由国君亲自登上圣火祭坛，主持仪式。

此刻，这座希腊风格的神庙已被装点得越发庄严华贵。神庙外有大宛王城禁军巡视，只有王朝的贵胄重臣和高级祭司才有资格进入。

第六章 黄金迷城

大宛王城内一年一度的最重要的圣神祭祀就要开始了。

诸多大宛重臣早已肃立殿内。有幸前来观礼的还有许多权贵和受邀而来的外国使者,其中最受瞩目的两拨客人,是大汉和匈奴的使者。

两队使者来自两个实力强悍的大国,这两个国家也是对西域影响力最大的国度。匈奴一直是西域的霸主,而大汉正在蒸蒸日上,近年来连续硬抗匈奴而不落下风。

布恩王子亲自迎接大汉使者。

车厢内,扮作张骞的风君天还是有些紧张。他倒不大担心在这次观礼中露出什么破绽,毕竟今日这场面,他只需要简单地赔笑应酬即可。

他一直在苦等张骞。可惜直到副使卓轻闲陪同他登上厢车,也没见到张骞的身影。

"使君稍安勿躁!"卓轻闲只得低声提醒他,要注意自己如今的身份,"该来的人一定会来。好在我们只是走走过场。"

车厢内的布恩王子满面愁云,道:"上使,我们就没有什么法子阻止他们了吗?"

风君天只得蹙着眉头咳嗽了几声。他的匈奴话都说得半生不熟,对布恩王子的这种吐火罗语,更是无比生硬。

卓轻闲硬着头皮,咳嗽了一声:"上使突发喉疾,痛得难以说话。不过他刚才跟我说了,我们要静观其变。"

布恩无奈地攥着拳头,不知说什么是好。

风君天忽地挑了下长眉:"实在不成,事后咱们,就宰了摄政王!"这句话说得突兀生硬,很像嗓子肿痛的样子。

布恩王子先是一惊,接着又是一喜,沉吟道:"这倒是个好办法!只不过实现起来有些难度。"

卓轻闲问:"按照贵国的规矩,摄政王如果暴毙,你能顺利登位么?"

布恩摇了摇头,道:"大宛的传统与匈奴和大汉不同。在我们这里,女人颇能当家。现在的大宛,权力最大的人其实是母后。当然摄政王手下悍将众多,实力更强。眼下如果戈顿被杀的话,母后就会大权独揽。

不过，母后最终一定会传位给我的。"

"你的母后……"

卓轻闲眼前闪过王后比莉那副娇媚而又忧郁的苍白面孔，暗想，这样的柔弱女人显然不适合掌控国家，那么她很可能会传位给你了。

透过车窗的帷子，他能看到沿途的众多警卫，还有骑马往来巡视的重甲骑士，心中更加紧张起来：骞老大那边为何迟迟没有音讯？还有甘夫那两口子，但愿他们好运吧！

神庙的主殿内，圣火祭坛被四根高耸的石柱环绕，石柱和殿内壁面都雕饰着繁复的神、人和各种神兽的浮雕和花纹，在火光映照下，泛着淡红色的光华。

刚刚进入圣殿，风君天便看到了志得意满的匈奴特使冒格。看来，如果摄政王戈顿顺利登上王位，冒格便是唾手而获一大功。

盛典还没有开始，比莉王后看到他们，款款向风君天走来："尊贵的上使，一切安好吧？"风君天点点头，虚弱地笑了笑。卓轻闲马上解释，使君因突染风寒，喉痛难言。

"那真是太遗憾了！不过我们这里有很高明的医生，圣火仪式后就会给您来医治。"大宛王后似是刚刚想到了什么，嫣然一笑，"对了！有件小误会需要澄清一下：可能是戈顿太莽撞了，但是巴卡那孩子我很喜欢。您瞧，我把他带来了。"

顺着她指点的方向望去，风、卓二人心中都是一紧。巴卡果然站在不远处，正望着他们，天真地笑着。二王子莫华笑嘻嘻地拍着巴卡的肩，似乎同他挺合得来。旁边，一位壮硕护卫紧贴着巴卡，满脸戒备之色。

"为什么这么做？"风君天冷冷喝问。

"没什么，我很喜欢这个机灵孩子呀！"比莉妩媚而优雅地笑着，"如果您允许，今晚我还想让他在王宫住下，明早再给使君送过来。他给我带来了很多欢乐，我真想认他做干儿子！你瞧，我家老二莫华跟他玩得很愉快呢。"

"那要多谢王后的慧眼垂青！"卓轻闲轻轻地扯了下风君天的袖

子，笑道，"我等荣幸之至。"

"那就好！我再次为戈顿的莽撞致歉！"比莉王后抛下个风情万种的微笑，转身向大祭司走去。

风君天盯着她远去的背影，冷然说道："这女人居然敢如此威胁我们！"

"大宛要彻底倒入匈奴，无论是王后还是摄政王，都会对我们非常防范。"卓轻闲用汉语低声提醒，"先不要妄动！"

风君天冷冷地说道："老子绝不受威胁，大汉更不受威胁。此事绝不能善罢干休！"

盛典即将开始，殿内的祭司们正一脸肃穆地精心照料着祭坛上熊熊燃烧着的圣火。祭坛上方的太阳神雕像威严庄重，俯瞰着下面象征着大宛国运的神殿圣火。

此时祭坛上烈火熊熊，三十六名妙龄美女白衣胜雪，在祭坛外围翩翩起舞。在白袍长须的大祭司带领下，十余名祭司一起唱起了悠长的祭祀之歌。

祭祀之歌完毕，大祭司手举火炬，吟唱道："以守护大宛的伟大圣神之名，请大宛之王者点燃祭祀太阳神的第一道圣火，恭迎照亮大宛的希望之光！"

风君天的手陡地一紧。

"不要急，等等看！"一道很熟悉的声音传入耳中。风君天的精神一振，抬眼望去，见不远处站着几名重甲护卫，其中一人正向自己眨着眼睛。

那是吕英，是他在向自己传音！风君天又惊又喜，随即便认出，吕英身边的那位重甲护卫应该就是张骞，世间只有张使君才有那样沉稳坚忍的目光。

张骞和大宛王蒙特等人的确是扮成重甲护卫混入殿内的。

赶回贵山王城后，他们匆匆换上富豪大贾的装扮。按照张骞的谋划，大宛王应即刻寻找他的嫡系武官。他们想到的第一个人便是前将军龙骑，但时间显然已经来不及了，盛典马上就要开始了。

好在莱诺身上有摄政王的令牌。这位大学者精通保命之术，在投靠比莉王后和摄政王之后，他软磨硬泡，现为自己取得一块高级令牌，以免稀里糊涂地被人误杀。

此刻这块高级令牌正好派上了用场。凭着它，他们很轻松地就混过了神庙前的第一道守卫。这让张骞有些意外。神殿前看似戒备森严，居然还有颇多漏洞可钻，看来大宛王室对国家的控制远没有大汉朝廷那样精细谨严。

不过到了第二道守卫，摄政王的密令就不管用了。一位将军拦住他们，冷冰冰地告诉莱诺，摄政王的令牌在他这里不顶用，此刻寻常富商绝不能进入神庙。

莱诺身后的大宛王看到，那将军竟是前将军龙骑，不由又惊又喜。看来比莉王后和摄政王彼此的势力仍旧分得很清楚，比莉王后甚至对摄政王也是颇有戒备。

对自己的亲信龙骑将军，大宛王还是有足够的信心。他掀开毡帽，露出真容，正待叱喝的前将军见了，瞬间怔住，随即便哽咽道："我的王？居然是，我的……王！"他的声音颤抖起来，便要跪倒参拜。

"不要声张！"大宛王攥紧前将军的手，"我们要进入圣殿。"

前将军脸上却露出难色，说道："神庙内外，由大将煎尼率亲军把守。"

众人心中都是一惊。煎尼是勇冠大宛的名将，前几年却一直不大得意，直到摄政王戈顿慧眼识才，将他一手提拔起来。作为摄政王亲自提拔的亲信，煎尼若是认出大宛王，后果不堪设想。

张骞急中生智，道："带我们去僻静处，都换上重甲护卫的装束。"

这一招果然有效。大宛军队的这种重甲装束，头部几乎全被头盔封闭，自外面看去，全然看不清楚面目。

大宛王自腰间摸出一块雕刻着天马图案的金色令牌，递到龙骑手中，又对他布置叮嘱了多时。

安排停当之后，前将军龙骑亲自上阵，找到煎尼，跟他有事没事地胡扯了半天。张骞这边五个人换装完毕。他们全部身披重甲，又有摄政王的高级令牌随身，终于大摇大摆地进了神庙。

此时正是盛典最紧要的关头。

万众瞩目之下，摄政王戈顿志得意满地站起身，大踏步地向大祭司走去。他来到大祭司面前，刚要接过那火炬，忽然皱起眉头，捂住肚子，然后慢慢地弯下了腰。

大祭司和他身边的亲信都有些惊慌，正要伸手去扶，戈顿突然惨呼一声，转头望向比莉王后，目光之中，愤怒、震惊、疑问、哀怨、悔恨，诸般情愫交相奔涌。

"你……"戈顿无力地张了张嘴，没有说出一个字，便一头栽倒在地。

殿内一片哗然。

"为何出此意外？"大祭司惊呼道，"难道……难道是太阳神降怒了？"

"大家安静！"

比莉王后收回凝在戈顿身上的目光。前一瞬她的面容还有些黯然凄恻，此时已是神采焕然，朗声说道："也许是圣神降怒，但我认为更可能是摄政王近日来操劳过度。医生，快将摄政王抬走诊治！仪式继续！"

大祭司连忙高声宣布："是的，圣仪继续！要让圣神平息怒火，大宛需要一个真正的王者。现在，请我们尊贵、睿智、慈祥的比莉王后来主持圣仪。"

比莉笑吟吟地环顾四周，仪态万方地向祭坛行去。她那妩媚的俏脸上挂着矜持的笑，却又透出种母仪天下的高贵冷艳，隐隐地，更有一抹志得意满的自傲之意。

"原来是这样！"卓轻闲愕然僵在那里，"她成功了。"

"是呀，这才是最终的答案！"不远处的张骞也黯然苦笑。

这样的变故，显然连大宛王蒙特也没有想到。

看着他曾恨之入骨的弟弟无力地瘫软在地，看着他曾又恨又愧的妻子镇定自若地款款上前，大宛王的眼前闪过无数画面，许多事情开始慢慢清晰起来。

大祭司毕恭毕敬地举起尚未点燃的火炬，要递给比莉。

比莉却示意他停止，然后朗声道："我需要增加一个仪式。我要请尊贵的匈奴使者冒格大人作为贵宾，请他将祝福之火交给真正的大宛之王。"

"遵命！"大祭司高声道，"尊贵的大宛之王！"

冒格志得意满地站起身。

这是他和大宛方面都很满意的一个环节。最初冒格以为，他要把圣火交到摄政王手里，虽然现在出了点变故，换成了王后，那其实也全无所谓。

他知道，双方都需要这样一个认可的环节。他代表匈奴王庭，只需给个微笑，就能收服这位新的大宛女王；而比莉成为大宛女王之后，显然更需要匈奴王庭的支持。

冒格从大祭司手中接过火炬，在祭坛上点燃，然后双手举着熊熊燃烧的火炬，就要交到王后的手中。

忽然，一道金光横空闪过，如火凤划空。

站在冒格身边的大祭司一惊，忙挥袖疾挡，却还是慢了一步。咔地一声轻响，火炬折断，跌落在地。

火焰飞溅开来，冒格和比莉都惊惶后退，很是狼狈。

"是谁，是谁？胆大包天，惊扰圣仪，罪不可恕！"大祭司失了颜面，厉声怒喝。

吉祥淡然一笑，收了凤翅金刀，却并不答话。

"是我！"说话的是大宛王。他缓缓摘下头盔，露出真容。

"啊，我尊贵的国王！"大祭司目瞪口呆。

殿内众人都是一阵哗然。有人狂喜，有人惊慌，有些人将信将疑，有几个性急的臣僚就要过来参拜。

"你终于来了!"比莉微微一愕,随即又露出微笑,笑容依旧柔媚、高雅。

"我当然要来!"大宛王傲然冷笑。他只要站在这里,就仍是大宛唯一的王者。

张骞和吉祥、吕英一起,摘下头盔,高声喝道:"尊贵的大宛王在此,尔等还迟疑什么?"

"煎尼将军!"比莉却轻蔑地挥了挥手,"把这个冒充大宛王的家伙给我拿下!"

"遵命,我的女王!"一位甲胄护身的虬髯将军昂然而出。这煎尼本是摄政王的嫡系,但此时对比莉竟是唯命是从。他抽出双刀旋风斩,面对大宛王,虎视眈眈。

殿内登时一阵大乱。布恩仓惶大呼:"不要,母后!他是父王啊!你瞧,他身边的是大汉上使张骞啊!"

"住口,蠢材!"比莉狠狠扇了儿子一记耳光,"他是冒充的。这些都是大汉使节的阴谋!来人,把大汉刺客吊起来!"

殿外腾起一道绳索。长绳绕过一根高高的石柱,将两个人悬空吊了起来。

张骞大吃一惊。这二人正是甘夫和云裳,他们背靠背地被紧紧捆着,再由长绳牵扯着不断升高,晃晃荡荡地吊在石柱顶端。

两个人都垂着头,不知受了什么禁制。更让张骞吃惊的是,那石柱下方也是一处火坛,坛中的火焰忽高忽低,看得人心如火燎。

比莉指着院中高吊的两人,怒喝道:"昨天晚上,他们潜入摄政王的府邸,被抓后,还拒不承认干了什么。戈顿大度地宽恕了他们,押来此地,本是想在仪式后将他们交还大汉使团,但现在看来,应该是不用了。应该就是他们,给戈顿下了毒!"

大宛王后忽然提高声音,悲恸地说道:"医生刚刚告诉我,戈顿王爷生命垂危,他所中的毒非常阴险古怪。是的,那是来自大汉的神秘毒药,直到此时才突然毒发,别人难以察觉,也难以医治!"

比莉又遥遥指向大宛王:"现在,他们又带来了这么一位假冒者!我还能不认识我的丈夫、我尊贵的王么?他一直躺在病榻上。"

大宛王怒极反笑:"比莉,看来我小瞧你了!小瞧了你的野心,也小瞧了你的狠毒!你算计了我,也算计了戈顿。"他指着一个灰白山羊胡子的老者,"巴鲁斯,你这个跟了我几十年的老山羊,难道也不认识我了么?"

巴鲁斯是大宛的大将军,算是煎尼和龙骑的上司。他跟了大宛王蒙特数十年,若能得他拨乱反正的一声大喝,极有可能会扭转局面。

"我当然认得我的王!"巴鲁斯却摇了摇头,呵呵地苦笑起来,"他沉迷于炼金术,什么朝政都不管!他喝多了炼金术所造的黄金长寿汤,至今还在王宫内卧床不起!"

大宛王听他说到后面几句话,脸色变得通红,竟是羞愧得说不出话来。

"不必跟骗子废话了!"比莉冷冷地挥手,"煎尼,格杀勿论!"

煎尼长刀一挥,七八名甲士飞一般冲了过来。风君天怒喝一声,当先拔剑迎上,冲得靠前的甲士随即被他砍翻在地。

神殿内已乱成一团。张骞拔出天刑剑,与吕英和吉祥三人,围拢在蒙特身周,刀剑齐舞,全力护住大宛王。

比莉脸色苍白,冷声喝道:"大祭司,这几个大汉使者很难对付,你的十二圣巫呢?"

大祭司阴沉着脸,冷笑道:"放心吧,尊贵的王后!这里是圣殿,他们无法撒野。"猛见比莉目光如剑,忙道,"哦,对不起,我尊贵的王!"

他将手一挥,十二位身着白色长袍的祭司齐刷刷地拔出长剑,从四面向张骞等人围拢上来。吕英长剑抖动,挥出数道凛冽的剑光,猛轰在当先的数个长袍祭司的长剑上。

殿内闪起数道刺目的锐芒,吕英只觉手臂剧震。这几剑下来,他便知道，这十二个圣巫虽然修为都在自己之下，但他们联手出战，显然布成了某种奇异的阵势，剑上力道便大得惊人。

"烧死那两个刺客，马上！"比莉又冷冷地下了一道命令。

又是十余名甲士蜂拥而至。吉祥金刀如电，连环数刀，当场格毙数人。她也看出此时形势危急，出手再不留情。

那边院中已有人将长绳放低，甘夫和云裳被慢慢垂落下来。火蛇燎了上来，二人几乎同时被烫醒，急忙缩身抬腿，却是无济于事。绳子仍在慢慢下垂，火苗便如疯狂的小兽般不住向上乱窜着。

"风君天，你去救人！"张骞大喝一声，"卓轻闲，过来，结阵！"

卓轻闲忙腾身闪来，守住最后一道缺口。张骞四人分据四方，刀剑互补，犹如旋转的风轮，突然向比莉王后冲去。

擒贼擒王！这时候似乎也只剩下这个法子了。

"圣剑之光！"大祭司朗声长吟。

"圣剑之光！"十二名神巫分从不同方位发出长短不一的喝声，"圣剑之光……圣剑之光！"

十二把长剑遥遥指向天空，剑上辉光大盛，甚至生出某种神异的色彩。

"不要啊母后……哦，上使！上使小心，这是十二天星圣阵！"布恩王子嘶声大叫起来，这时候，他甚至不知道自己该站在哪一边。

张骞心中也是一寒。他也看出了十二神巫剑上的异象。他们的长剑上激射出一道道璀璨的光线。那些光线或纵或横，每两道光线交错时，便会相互激荡、迸射出灼人的光华，仿佛耀目的星斗。

星斗一颗颗增多，且随着十二神巫身形的变化而不停变换方位，仿佛日升月落，星河流转。

汉使四人战阵行进的速度慢了下来。吉祥、吕英等人向后挥刃，砍在神巫的圣剑上，锐响声连绵不尽，此起彼伏。圣剑上的力道越来越大，卓轻闲甚至已被震得虎口开裂。

莱诺缩在大宛王身后，眼见四周剑华错落，罡气激荡，不由惊呼道：

"希腊人痴迷于星象的研究,选取神庙方位时,甚至必须让日出的光芒照射在神庙中轴的主神圣像上。现在他们就调动了这座圣殿的神力,凭借这座圣殿,他们还会进一步调动星象的力量。"

张骞等人也感觉到了强大的威压。十二神巫调动整个圣殿的威力,双方已是势均力敌;若是任由他们调动星象巨力,以寡敌众的大汉使团必会一败涂地。

"老实人,要不要我老人家帮一把手?"蜃龙从张骞的袖口探出头来。这家伙知道此时形势危急,便待出手。

"你莫露形迹,先让小红出马!"张骞向吉祥喝了声,"放出小红,助风君天救下云裳甘夫!"

朱雀小红闻声振翅,如电般闪到风君天身前。

阻挡风君天的十余名甲士全是身负异术的黑骑士。他们拼力抵挡剑侯的疾攻,原本已经捉襟见肘,这时朱雀呼啸而来,挟着一道火光,将冲在最前的几人撞得浑身火起,腿断臂折,一众黑骑士惊呼而退,阵型登时溃散开来。

"快,收服那只怪兽!"大祭司大喝声中,三名神巫身形错落游动,挥剑拦在朱雀身前。圣剑上辉光如雪,银亮的剑芒闪过,竟扫灭了朱雀喷洒的烈火。

小红一往无前的去势被阻住,立刻焦躁起来,双翅鼓荡,口中连喷烈火。

"天星之力!"三名神巫口中发出古怪的长吟,剑上的光芒瞬间黯淡下来,仿佛满空星辰陨落,天宇归于一片黑暗。与此同时,那三把圣剑光华内敛,剑身变得漆黑如墨。墨剑扫过,朱雀喷洒的烈火登时熄灭。

风君天看出,这三名神巫的剑气分为生死两脉,生气时显银光,死气时现黑芒,如同苍穹上的星辰,忽隐忽现,每一次黑白转换,便如生死变换,迸发出意想不到的绝大威力。

当此之际,剑侯对之也无良策,只得死命力战。他几次想绕过那三名神巫,却总是功亏一篑。

不过张骞那边，十二神巫去了三人，压力顿减。九名神巫连连变换阵势，但任是如何变阵，其阵型缺口，总能被张骞一眼看破。他低声呼喝指挥，同吉祥、吕英、卓轻闲联手，批亢捣虚，将九名神巫迫得连连后退。

煎尼深知大宛圣殿神巫的威力，但此时十二人齐出，居然占不到上风，不由暗自心惊。

便在此时，忽听得神庙外喊杀声冲天而起。

"誓死效忠大宛王！"

"保卫我们的王，保卫蒙特！"

呐喊声如同山呼海啸，与箭矢声、刀剑声交织成一片。原来是龙骑遵了大宛王的密令，火速将本部兵马尽数调遣过来，全力猛攻，一时间声势惊人。

"一定是龙骑！一定是龙骑这家伙见风使舵，率兵攻打神庙。"煎尼大惊，横刀挡在比莉王后身前，低声道，"尊贵的女王，您要不要先退一退？"

"不！煎尼，这时候我不能退，决不能！"

比莉阴冷一笑："我要亲眼看见他死！只要他死了，一切就都结束了。煎尼，如果你能将那个冒牌货斩杀，我让你做我大宛的大将军。"

"遵命，我的女王！"煎尼两眼冒火，猫着腰，慢慢地向大宛王身边靠了过去。

龙骑调来大兵，猛攻神庙，与煎尼的亲兵杀成一团。庙外杀声震天，庙内的煎尼亲兵不得不冲向庙外，去撑住最后一道防线。

殿内殿外，战局胶着，任何一个微小的变化，都可能扭转战局，也可能会改变大宛的今后走向。

院中，风君天几次冲突，不能得手，甘夫和云裳被烈火灼烤，难受无比。

"烤羊腿的滋味怎么样？"一名祭司咧嘴狂笑，又扭头喝道，"蠢材！跟你们说了，拿油来，给这两个家伙身上泼满油，快！"

甘夫的袍襟已经着上了火。他痛哼一声，猛地吐出口中的破布，大喝道："砍断我们头上的金星禁制，快！"

他喊出这句话，显然耗费了极大的精力，脸色越发苍白，双眼翻白，险些再度昏厥。

风君天向二人头上看去，发现两人的发髻中都插着个形制奇特的细小木架，木架上刻着个精致的星形，虽是木雕，却闪着熠熠光芒。他立刻明白了，就是这木架禁锢了甘夫云裳两人的术法，忙吐气开声，扬手挥出两记"鸿超之射"。

那三个神巫看出风君天的目的，圣剑交错，黑惨惨的死气纵横，登时吞噬掉这两道剑芒。剑侯势若疯魔，连施"鸿超射"，但遇上黑剑的死气，始终无法建功。

忽然，两道寒芒破空飞来，精准无比地斩在星形木架上。那是两把精巧的飞刀，力道十足，将那星形木架击成了碎片。

出手的人是小别扭巴卡。

激战初起之时，殿内已乱成一片。神殿外的厮杀声传来时，许多甲士都赶去支援殿外大战，便再也没人注意巴卡。巴卡最关心的人自然是甘夫。他乘乱悄悄地摸到甘夫近前，此刻突然出手，苦练的飞刀武技终于建立奇功。

几名甲士这才看到巴卡，怒冲冲地向他扑来。

二王子莫华却挡在巴卡身前，冷声喝道："住手，不许伤害他！"

甲士们不敢冲撞这位大宛小王子，一愣之下只好停步。莫华拍了拍巴卡的肩，转而望向远处兀自慌张的大哥布恩，稚气的脸上浮出一抹与他的年龄极不相称的阴冷笑容。

便在此时，一声长啸自众人头顶响起。

木架碎裂的一瞬，甘夫仰头发出一声怪啸。禁制一破，他整个人仿佛瞬间活了过来，双臂一挣，紧捆在二人臂间的绳索尽碎。他左臂搂住云裳，右臂揪住缠在石柱上的长绳，借势一荡，便高高地飞了起来。

半空之中，云裳也已恢复如常。二人飞行途中，刀光再闪。原来是甘夫甩出一把飞刀，砍断系在石柱顶端的长绳，顺势在石柱上一踏，又再飞起，直向殿内扑来。

两人凌空穿过大开的殿门，扑向比莉。这一下事发突然，完全出乎激战双方的意料。

众神巫大惊，圣剑闪动，纷纷赶来拦阻。

"蜃龙可在！"张骞嘶声大喝。

它才是张骞最后的神秘武器。他一直隐而不发，等的便是这样一个良机。

蜃龙蓄势已久，此时骤然突出，挟风雷之势，登时将两名猝不及防的神巫撞得骨断筋折。这话痨神兽也是老奸巨猾。它扑击的方位正与甘夫扑来的方向一致，此时当先开路，挡住了大半神巫的攻势。

两名神巫哀号着倒下，甘夫便从这来之不易的"缺口"电射而入。

煎尼大吃一惊，挥动旋风斩迎了上来。蓦地紫袂一闪，却是云裳向他扑来，袖间一抹银光吞吐，月童傀儡翻滚而出。

她被俘之时，天宰和地妃傀儡被对手搜出，却巧妙隐藏下最精巧的月童傀儡，此时终于派上了用场。月童傀儡几乎是蛮不讲理地飞扑下来，硬生生抗住煎尼的狞厉刀光。

煎尼受袭，一惊之际，云裳双掌齐施墨门缠腕手，璇玑劲绵密运出，将他的双腕紧紧扣住。

电光石火之际，甘夫如神兵天降般扑到比莉身前。他来得太快，比莉脸上那抹故作优雅的笑容还浮在脸上，猛觉腰间一紧，已被甘夫手中的那条长绳拦腰卷住。连绵不绝的刀剑交击声中，比莉王后嘶声娇呼，已被甘夫抢了起来，腾云驾雾般飞起。

落下之时，比莉猛觉一只有力的臂膀狠狠地搂住了自己。她彻底地僵住了，那是一张曾跟她朝夕相处近二十年的熟悉脸孔。

那曾经是她最爱的脸孔，现在却是她最痛恨的脸孔。

"全都住手！"蒙特仰头怒吼。

他一只手紧攥着王后的满头乌发，另一只手上的匕首紧紧抵着她的雪白脖颈。

这是大宛王的首次大喝,雄狮怒吼般的声音,带着他数十年的王者积威。

几乎在同时,甘夫回身一刀,快如疾电般扫向煎尼。煎尼正被云裳扣住双腕,无力腾挪,刀光闪处,人头已经高高地飞了起来。

眼见大宛第一猛将的头颅高高飞起,殿内响起一片惊呼之声。所有还在激斗的甲士和神巫尽皆心惊胆战,不觉停了厮杀。

"我实在想不到!比莉,这背后的一切原来都是你!"

大宛王满是哀伤地盯着自己的王后:"为何背叛我?不应该是为了感情吧?感情在你眼里不值半个子儿!戈顿那傻瓜应该就是你亲手毒死的吧?你引诱了他,利用了他,最后抛弃了他!"

"我们这年龄,再谈感情,不嫌太可笑么?"比莉居然笑了,虽然黯然,却仍旧优雅,"戈顿想利用我,难道我看不出来?他在最爱我的时候死去,这多有趣!我将永远独享他的爱。"

"你还会永远享受他带给你的权力,对么?你这个自私的疯女人!可惜,你没这命。"大宛王狞笑起来,"不是为了爱,那么,是为了王位?"

"是的,只有权力是永恒的。所以,对男人一定要狠。"

"曾经,我为你付出了那么多!"大宛王眯起眼,"你自己也承认,你不算多漂亮,但你很聪明,很懂得奉承男人,很会取悦和上位。可你总是不满足,你骨子里其实真的很贱!"

"我承认我很贱。但你真的为我付出了那么多么?现在的我,在你眼里,比得上我妹妹贝拉的一根脚趾么?"比莉笑起来,笑容无比凄凉,"是的!你终于让我知道,男人是靠不住的,丈夫、情人、儿子,统统靠不住。只有属于自己的权力,才会永远爱你!"

"你错了,比莉!"大宛王忽然有些哽咽,"你不知道,其实我是爱你的!我最爱的人就是你,永远爱你……"

"蒙特……我也爱你!"比莉的脸居然红了起来,目光也有些蒙眬。

大宛王突然热泪迸流，张骞却觉得有些茫然，心想，这些大宛人果然与众不同！先是刀剑相向、生死相拼，怎么转眼间又爱意缠绵了？难道稍时就要情爱无价、化干戈为玉帛了么？

"我也永远爱……"比莉的话忽然顿住，娇丽的脸孔也骤然扭曲了。

蒙特却俯下身，深深地吻住了那双颤抖的樱唇。他吻得很用力，仿佛要把过去的时光都啜吸进来。

"我没有骗你！真的，比莉，我会永远爱你！"

他挺起身，却还恋恋不舍地望着她，然后才慢慢地拔出插在她胸前的匕首，喷涌而出的鲜血瞬间染红了他的衣襟。

比莉的生机在迅速流逝，却仍挣出一道苍白而无奈的笑："蒙特，我诅咒你！诅咒这个大宛……总有一天，天马的血会涂满整个大宛！"

这是她留给这个世界最后的表情。那表情在一如既往的优雅中，更透着谜一样的冷酷。

这时，龙骑带着大队人马冲了进来，殿内又是一阵混乱。大祭司和那些神巫知道大势已去，想到适才曾力助比莉王后，都有些惶惶然。

"不要慌张，大家安静！"大宛王扬了扬滴血的匕首，大喝道，"比莉王后和摄政王戈顿密谋弑君篡权，连同他们的嫡系叛臣煎尼，现在都已伏诛。其他人并不知情，我赐你们所有人无罪！"

他到底是身居大宛王位二十余年，此时振声一喝，威势立显，满殿乱糟糟的人群立时安静下来。龙骑踏上两步，拱手跪倒："龙骑遵命！您永远是我们大宛尊贵的王！我龙骑永远向您效忠！"

布恩王子和大祭司等人此刻才如梦方醒，呼啦啦地尽皆跪倒，向大宛王宣誓效忠。大宛朝臣中，只有巴鲁斯翘着山羊胡子，倔强地立在那儿，显得颇为显眼。

"老山羊！"蒙特目光复杂地望着这位大宛重臣，"我恕你的罪，我也会记得你的劝告。你老了，回家养老去吧。"

巴鲁斯苦笑一声，也不多言，只向大宛王深深一揖，转身默然退出圣殿。

"龙骑！"大宛王又提高声音，"派一队精兵，恭送匈奴特使冒格离开大宛！"

刚才的大战，冒格一直在旁边观战。争斗结束，他正不知如何自处，此时听得这话，登时脸如死灰，叫了声："大宛王，这似乎是有些误会……"

大宛王压根就不瞧他，只是不耐烦地挥了挥手，然后朗声道："我们大宛拨乱反正，重获新生，一定不能忘记尊贵的大汉上使。让我们继续圣仪，请我们大宛永远的朋友、尊贵的大汉上使，赐给我神圣的第一缕圣火！"

第七章

西行万里，收束百家

雪枭在焉耆的僮仆都尉府多待了几天。他刚刚对这个匈奴龙城设在西域的衙门突袭得手，还需要些时日进行安抚，清除虎力镇的手下，培植自己的亲信。

更重要的是，他以天圣术从虎力镇身上化来的雄浑罡气，令他的修为再次突飞猛进。虎力镇的修为大半是以噬兽术得自异兽青虬，罡气路数颇为怪异。雪枭很珍惜这次良机。他由师尊手中得到天圣术的秘诀后，能寻到虎力镇这样的中意"猎物"可是太难得了。

"大人，门外有个艺人求见。"有侍者进屋，躬身禀报，"是个又丑又胖的老头子，说出了大人的名讳。"

"嗯？"雪枭冷着脸抬起头，"我刚到这里两日，一个寻常艺人，居然知道我？是做什么的艺人？"

"应该是个汉人，匈奴话说得磕磕绊绊。他说自己是个傀儡艺人。"

"傀儡师？"雪枭有了些兴趣，"让他进来吧。"

一瘸一拐地跟着侍者进来的，果然是个极苍老的汉人。这人生得极为高大肥硕，甚至肥得有些让人恶心。

"阁下……尊驾是谁？寻我何干？"雪枭说的是很流利的汉话，而且斟酌措辞，用了比较客套的"尊驾"二字。

话一出口，连他自己都觉得奇怪，为何对这老丑而卑贱的傀儡艺人竟会如此客气？

"老朽在西域只是栖身而已。流浪至焉耆，偶然遇见令师。难得他还记得我这个故人，让我给你传个话。"

这老头子居然认识师尊！雪枭心中一惊。他当然知道眼高于顶的师尊平生结识的都是什么人，能入得他眼、并称得上是"故人"的，只怕寥寥可数。

"先生在何处遇见我的师尊？什么时候？"雪枭有些将信将疑。

"就在焉耆。他已经走了。他还是那老样子，只喜欢研究异兽。据说前几日赶去火焰山，亲见了肥遗破关而出的遗迹。"

"师尊果然厉害！"雪枭喃喃说道，"他竟已推算出了肥遗破关的时间。但师尊既然到了焉耆，为何不来找我？"虽然郁闷，他对这怪老者的身份已是再无怀疑。

"他也在西域游历。火焰山之后，便要赶赴猎魔坑。"老者嘿嘿一笑，"你斩杀虎力镇的事，他也知道的。"

"师尊既到焉耆，这等事自该知道的。但他为何要去猎魔坑？那可是传说中的西域五大禁地之首呀！"

"据他推断，那里有一只极为恐怖的怪兽即将复苏。呵呵，他自家就是个老怪物，还满天下地寻什么怪兽。"老傀儡师不屑地一笑，又摆了摆手，"他说了，你干你自己的事，不必管他，到时候在大月氏会合。"

雪枭只得诺诺称是。

"听我一言吧！"老傀儡师盯着他，缓缓言道，"虎力镇是个难得的垫脚石，但也只是一块垫脚石而已。要想超凡入圣，便不能总这样小打小闹。"

雪枭看到老者眼中深邃如海的光芒，扬眉问道："这也是师尊说的？"

"老朽随口一说,不爱听便罢了。"

"先生……也懂天圣术?"

雪枭很觉古怪。对面这位老者,乍一看去,似乎真是个有些残疾的懒散的卖艺人,但他却给人一种极其危险的感觉。雪枭几次悄然释放罡气,想探查对方的修为,却都如泥牛入海,全无感知。

"我只是个卖艺的,哪里懂什么天圣术!"老者眸中那一缕锐芒又收敛了,恢复成丑陋懒散的样子,慢悠悠地抬起头,"人老了,累得快。我得去睡觉了,肚子也饿了。"

"谨遵前辈之命。来人!"

雪枭对侍者吩咐道,"好好侍奉这位老先生。收拾出府内最上等的房间,配最上等的侍女和酒肉。我有什么,这位老先生就有什么。"

侍者连忙答应,心内却很奇怪:这位新来的大将军对谁都是倨傲无礼,此刻对这邋遢老头却是这般客套!莫非这老头是他失散多年的亲爹?

"你倒大方!"老头呵呵一笑,"其实用不着。"

老者也不道谢,更不道别,懒懒散散地向外便走。

雪枭恭谨地跟在后面,低声道:"恳请夫子指点一二。"

"我说了,我老头子可不懂什么天圣术、嗜兽术的,只会拨弄拨弄那些小木头人。"他跛着腿,跨到院中,仰头望天,忽然说道,"你们匈奴人也懂得北斗七星吧?"

"受中原汉地的影响,略知一二。"雪枭悚然一惊,抬头问道,"夫子是说,要参悟天象?"

天圣术于他,是太过于高深的法门,这让他不得不退而求其次,寻找虎力镇这样的"垫脚石"。如何才能迈过那道高高的门槛,甚至连他那高明的师尊都没有找到最佳的法子。而这肥硕老者的随口一句话,却如天外纶音,击破了他苦苦求索仍参悟不透的谜团。

这是他从未想过的方向,却是真正的大宗师手眼。雪枭又惊又喜,忙道:"只是,如何参悟北斗天象,还恳请夫子明示。"

"是个月明夜啊!"怪老头还在仰头望着夜空,忽道,"今夜子时,来我房里吧。"

雪枭心内狂喜,急忙躬身称是。

"我是汉人,大义所在,不会明着帮你这匈奴贵人,但指点后辈几句,还是可以的。"老头捶了捶腿,"何时你去大月氏,记得带上我。我老了,懒得自己跑腿了。"

"谨遵夫子之命!不过……夫子为何要去大月氏?"看到老者倏地投来的锐利目光,雪枭忙又躬身,"随口一问,夫子可不必理会。"

"去大月氏,当然是要跟你那老怪物师父多聊聊。当然,我还要等几位老朋友。"

老者的话语突然间有些凄凉和阴寒。

张骞并没有在大宛国内久留,只休息了两日,便率众出发。

在迷城和圣殿中九死一生的历险,终于令蒙特对炼金术的痴迷烟消云散,这位大宛王对大汉使者的感激已是无法言表。

他亲自从王宫御马中挑选了八匹汗血宝马,赠给各位汉使。送给小巴卡的那匹马全身乌黑,没有一根杂毛。这孩子机灵万分的两记飞刀,正是当日扭转乾坤的关键,大宛王一直念念不忘。

宝马之外,更有精挑的金银细软、宝石珍玩馈赠,至于张骞特别提到的苜蓿、葡萄等作物的种子,更是精选优质品种送上。

"上使,你可是答应过本王的,你们一定会再回来!"临别之际,大宛王兀自依依不舍。

"张骞言出必践!也许是我张骞,也许是其他的大汉使者,一定会再来大宛!"张骞在朝阳下向大宛王拱手作别。

大宛王蒙特对张骞使团可谓感激涕零。除了厚赠重礼,他更派了一彪骑士护送,更叮咛随行的大宛将领,务必要将大宛的恩人亲自送到康居,路上不得怠慢。

一行人继续纵马西行,大宛名驹在草原上驰骋,那感觉简直是妙不可言。

"骞老大！"卓轻闲瞅着随行的那队骑士远远地在前开路，才低声问道，"你这一次兵行险道，在大宛可谓大获全胜，怎么还有些闷闷不乐？"

张骞叹道："我是忧心布恩王子……"

在送行的大宛君臣中，张骞没有看到布恩王子。这位温和柔弱的王子目睹母后的惨死，受了惊吓，这两天患了重病。张骞曾亲自登门看望他。今日布恩没有赶来送行，看来是病势渐重。

"大宛毕竟离我大汉太过遥远。"他闷闷地叹了口气，"蒙特已经老了。布恩王子性子温和，又与咱们亲近，若能继承王位，那是最好不过。"

"使君原来是忧心布恩的身体呀！"卓轻闲道，"不过小王子莫华似乎也不错呀！神庙激战时，他还曾护着小别扭巴卡呢！"

"这孩子的心思就远较他哥哥机诈了。"张骞却摇了摇头，"如果来日真出了异常，莫华登上王位，绝非大宛之福。"

不知怎地，他的心中闪过比莉王后那道似哭似笑的疯狂诅咒。

"蒙特，我诅咒你！诅咒这个大宛……总有一天，天马的血会涂满整个大宛！"

大宛再向西行，便是康居。

离康居越近，卓轻闲的神色就越是古怪。兴奋、忧伤、幸福、激动、黯然，交替着涌过这张胖脸。

路上有大宛军马护送，一路顺畅无事，更因大宛王事先亲自给康居王修书一封，康居王也早早地派出兵马，迎候着大汉使团。

康居地域广袤，气候温暖，其风俗、衣冠都与大宛略同。康居人善于经商，商道发达，赶来迎候的官方队伍中便有几个巨商大贾。卓轻闲瞪大了小眼睛，苦巴巴地看了多时，却没有找到他朝思暮想的那道身影。

使团被迎入康居王城苏薤城。康居王极为热情，在王宫内排开盛宴，款待汉使。

一场尽兴的欢饮后，使团进入了特意为他们安排的馆驿。借酒浇愁、已喝得微醺的卓轻闲忽然看到一个熟悉的倩影，白皙丰腴、明丽照人，正是安若。

猛然间看到安若，卓轻闲还当是自己喝多了，生出了幻觉。安若却极大方地走过来说，她早就打听好了，大汉使团要在这里安歇，便早早来这里等候。她已年过三旬，却风姿绰约，更多了一抹成熟的美艳。

卓轻闲又惊又喜，但他的目光却落在她的身边。她身边带着个小男孩，才几岁的样子。

"这是你的儿子。快叫阿爸！"她将男孩推到他面前，轻轻的一句话，却仿佛雷声般在他耳边炸响。

他蹲下身，看清了男孩的脸。孩子的皮肤和母亲一样白皙，但那双骨碌碌乱转的小眼睛却十足是他的模样。康居人和大宛一样，多是高鼻大眼，这双稚气的小眼睛却让孩子的身份呼之欲出。

"哈哈！卓大副使，这孩子必然是你的儿子，看眼睛你就赖不掉！"云裳忍不住笑出声来。

"我儿子。没错，是我儿子！"卓轻闲的声音竟在微微发颤。他忍不住捧起孩子的胖脸，喃喃说道，"可是宝贝儿，为什么偏偏你这双眼睛，长得不似你妈妈？"

张骞等使团中人都过来与安若相见，再向卓轻闲道喜。众人都很知趣，寒暄了几句，便让卓轻闲领着安若母子入屋内安歇。

屋内，宁谧而温馨。

那烛光让卓轻闲想起当年在休屠城，两人私定终身的那一晚。那晚是在天选盛会后半段，姑师大巫胡忧即将远行，众人给他办了场践行晚宴。

那一晚，吉祥居次挽着张骞的手，踏入胡忧的毡帐，惊艳了所有赴宴的人。

那一晚，吉祥居次几乎是所有人眼中的明月，但卓轻闲眼中的明月，却只是在宴会上载歌献舞的康居美女安若。

她在烛光下飞旋，一身艳丽长裙仿佛旋出万千朵艳丽的花。他和她相聚虽然短暂，却有过一段甜蜜热恋，她随身的香囊散发着迷人的幽香，让他终生难忘。

现在，他终于又嗅到了她的香气。他在烛光下看着美艳的她，嗅着那抹让他沉醉的香气，却不知道说什么是好。

"你知道么，其实我并不住在康居。"安若忽然幽幽地一笑。

"为什么？"

"这一路你是亲自走来的，康居距离休屠城有多远，难道你不知道么？"

他一拍脑袋，叫道："是呀，若是只为参加万灵天选盛会，你们岂不要在路上走几个月！还保不准遇上沙匪……那你们到底住在哪里？"

"我们康居人善于经商，到处行商，四海为家，经常要两三年才回到康居一次。天选盛会前，我们的商帮正在楼兰。我家是康居最大的商帮，自然能拿到入会邀请。"

"在那之后……你回到了康居？"卓轻闲隐约想到了什么。

"是的，我回来了。我们在一起时，我跟你说过康居老家的情形，所以我不想再去四处行商了，万一……哪一年的哪一天，你来康居这里寻我呢？"

卓轻闲在灯影下呆住了，沉了沉，才喃喃地说道："所以你，就在这里等了这么多年？"

"你们的事，我是后来才知道的！"她向他深深凝望，苦笑着说道，"原来你是故意跟我大吵一架，将我骂跑的。"

他也苦笑："当年实在是没有法子！那一阵子，左贤王随时会跟我们翻脸抓人……你是何时知道的？"

"我被你气跑了，到了楼兰，走不动了，就住下来，然后便派人回去打听，得知休屠城的风声忽然紧起来了，才明白你的苦心。在楼兰，我才知道自己有了，便住在商帮那里，生下孩子。后来又得知，你们都已被张使君派去了天幻堡。"

"是吕瘦猴率领大队人马退居天幻堡。我还带着些老行商穿梭在万马堡。"卓轻闲深深地叹了口气，"现在回想，我当年将局势想得有些严重了。那两年其实倒还安宁，早知道，该让你留在我身边的。"

"原来你是在万马堡！怪不得我派人大老远地去天幻堡打听你们的消息，但你们的人口风都紧得很。我在楼兰又待了一年多，没有办法，只好带着孩子，一路回归康居。"

"这些年你都在等我……"卓轻闲强自压抑着心底的感情。

安若却垂下眼波："其实我等你这么久，心也快冷透了。今晚我来见你，只是想在我成婚前，让孩子见见他的亲生阿爸。他生得不似康居人，总被其他孩子笑话。"

"你要……成婚了？"卓轻闲仿佛被一道闷雷击中。

"还在犹豫着，但也快了吧。"她努力一笑，"那个人很痴。他在商道上帮了我很多，又苦求了我许久。我跟他说过，我会在半年内决定是否答允他。"

"我可能……还是无法带你走。"他虚弱地说。

她不语，却推过孩子，道："我告诉过你的，你阿爸是个大英雄！快叫阿爸。"

孩子还是不叫，目光中有些怯意。

她叹了口气，声音冷硬起来："总是想要见你的阿爸，见了却又害怕，那便走吧。"

她推着孩子向外走，卓轻闲却仿佛冻住了般，一动不动。

"卓轻闲！"她忽又回头，"你和十年前一样傻、一样懦弱。你以为将我赶走就是为了我好？可为什么你连一句承诺都不敢说给我听？"

他彻底僵在那里。也许，当年自以为是地将她骂走，于她而言其实并非真正的保护？为什么自己连一句承诺都不敢说给她听？哪怕那个承诺非常遥远！

她低下头，拉着孩子便走，泪水扑簌簌地流下来。

"我现在也无法带你走！"在她要拉开门的一瞬，他说话了，声音有些嘶哑，"但你能不能……去长安等我？"

这次轮到她愣住了。

去长安？很多年之前，他就说过要带她去长安。那里是世界上最雄伟壮观的城市，那里有最宏大的市场。

她的眼眸被婆娑的泪遮住，那片烛光仿佛彩虹般炫出大片光晕。

"阿爸！"那孩子忽然脆生生地叫出声来，那声音仿佛天籁，直透入两人的心间。

安若回归长安的事情，两天内便由张骞安排妥当。康居王亲自答允，会派出卫队，护送安若到达与康居接壤的乌孙。

张骞又给义弟猎帕修书一封，请乌孙王派出亲卫，护送安若母子直抵天幻堡。说起来，猎帕与安若也算旧识。这些年乌孙王苦训的亲卫在姑师和楼兰等地协助剿灭沙匪，闯出了极大名头，料来伪装成商队直抵万马堡并非什么难事。一入万马堡，便会有卓轻闲苦心经营多年的商帮细作赶来接应。

在离开康居前，王城内举办了一场极为热闹的婚礼。热情的康居王得知卓轻闲的身份，深觉与有荣焉，亲自赶来相贺，于是康居各路王公贵胄、巨贾富商也都赶来助兴。

这场迟来多年的婚典之后，没过几日，新郎与新娘便要真正地"各奔东西"。

大汉新郎卓轻闲要继续向西，随使团出使大月氏。

康居新娘安若则要向东，带着他们的孩子，奔赴向往多年的大汉长安。

在未来的某一天，当踏入长安的那一刻，大汉副使卓轻闲的夫人安若，将成为第一位进入大汉京师的康居商队首领。

大汉使团启程时，康居王派出护卫队伍，隆重护送大汉使团赶赴大月氏。

"康居去长安一万二千里……"

"康居去长安一万二千里……"

一路上,这句话被卓轻闲唠叨了无数遍。

"你到底有完没完?"吕英终于忍不住了。

卓轻闲终于展开眉头:"不过,只要有承诺,哪怕再遥远,也终有要到达的那一日!"

"轻闲,你变了许多!"张骞望着他,微笑着说道,"所谓的承诺,其实就是,担当!"

"使君谬赞,实不敢当!"卓轻闲叹了口气,双眼闪出光来,"我少年成名,志薄云汉,做什么都是随兴而发。我也从来没有想过要担当些什么。甚至身入使团,也是心里一热的事。但在使团的这么些年里,让我知道了何谓担当。"

甘夫缓缓说道:"在使团,大家都在变。"

由康居径向南行,便是他们出使的终点——月氏。

经过多日跋涉,这一天,使团终于抵达月氏。

"十余载艰辛,终达大月氏!"张骞颇是感慨,也隐约有些失落。

果然如先前所打探的消息所言,现在的大月氏已经不与匈奴直接接壤,二者之间隔着地域广袤的乌孙和康居。使团出使的初衷是联合大月氏、攻伐匈奴,现在看来,这想法已是过于天真空泛。但让张骞颇为欣慰的是,联合乌孙这条大策略已定,斩断匈奴右臂的日子,终于不会太遥远了。

"我们走了多久?"吕英叹了口气。这句话他曾在路上问了许多遍,下一句便是,"还要再走多久?"

现在,他们终于不必再问出下一句。他们已站在万里出使的终点。

当年的月氏确实曾是草原上的第一强国,连匈奴也要乖乖地归其统治。但后来匈奴开始崛起,一举击败月氏,不但奠定了草原霸主的地位,更将月氏远远地逐到西域之西。

现在的月氏国君，正是当年的月氏王后婕丝。

与擅使机心的大宛国比莉王后不同，这位月氏王后婕丝是一位颇具雄才大略的女人。当自己的丈夫、月氏国君战败被杀，家国即将崩散之际，她毅然率领着月氏部族向西迁移。休养生息数年后，兴兵吞并大夏国，月氏在西方重又开始崛起。

当年月氏被匈奴和乌孙联军击溃后，仍有一小部分月氏部落散居在原处，被称为小月氏；而大部分部落则随着婕丝女王艰难西迁，被称为大月氏。这批大月氏以月氏正统自命，不过在他们眼中，月氏绝无什么大小之分，只有他们这一支，才能代表真正的月氏。

现今的大月氏，疆土辽阔。其邦国由五大部落组成。这五大部落的名称分别为休密、双靡、贵霜、胖顿、都密，号称五部歙侯，共有甲士十万人。虽然曾惨遭被匈奴灭国的大劫，但重新崛起的月氏已是西域之西的一个足堪与匈奴、乌孙争锋的大国。

大月氏与匈奴有灭国之仇，婕丝女王又与匈奴单于有杀夫之恨。无论如何，对于这样的大月氏，张骞依旧颇多希冀。尽管现在月氏与匈奴已不接壤，但起一些牵制作用，或是直接宣布与大汉结盟，对匈奴都将是一种威慑。

大汉使团艰辛跋涉，一路西来，早已在西域诸邦间引起了不小的轰动。与康居一样，大月氏对强大而遥远的大汉帝国，同样充满了好奇和期待。

月氏女王早已派出迎宾队伍迎候。张骞等人从月氏迎宾使者口中，得知了月氏当前的大致情形。

原来，月氏迁徙到这片地域后，最初是以阿姆河为界，与大夏国比邻而居。大夏原本是此地的强国，与大宛相似，是最具希腊风格的邦国。就在半年前，月氏女王看准时机，挥师跨过阿姆河，灭掉了大夏。

征服本地强国大夏，令月氏的声势更盛，同时月氏贵胄们也发现，大夏的这种城池式生活，要比月氏人的游牧生涯美好得多、舒适得多。大夏王庭所在的蓝氏城，是一座极负盛名的希腊式城池，月氏女王甚至决定，将正式迁都蓝氏城。

虽然正式的迁都仪式还要过些时日才进行，但月氏的百官和王庭已经迁入了蓝氏城。

恢弘的蓝氏城，当年大夏的王城，现在已成为月氏尚未正式宣布的新王城。

张骞等人便被直接迎入蓝氏城。

望着满眼希腊风格的大小建筑，众人的神情都有些恍惚。看来这刚刚被吞并的大夏，竟是比大宛更加希腊化。

卓轻闲叹道："我曾与莱诺闲聊，听他说起过大夏。当年亚历山大大帝东征，先是在这里建立了蓝氏城，这应该是西域诸邦中的第一座亚历山大城。然后亚历山大大帝由此继续向东，一路攻占了大宛等地，所以这里自然有更多的希腊气息。"

"你们看，那神兽雕像，莫不是凶兽穷奇？"吕英望向道旁一座高大殿堂上的浮雕。

那殿堂应该是一座祭祀用的神庙。墙上的浮雕是一只似狮似虎、背生双翼的神兽，那形象酷似中原传说中著名的凶兽穷奇。

张骞笑道："十大凶兽中排名第六的穷奇——状如虎，有翼，食人！这神兽雕像确实与穷奇酷似，不过我在大宛就见过它。听莱诺说，它叫神兽格里芬。其流传似乎也与亚历山大大帝东征时所带来的希腊神话有关。你看仔细了，这雕像是狮身双翼，它的头却不是狮头或虎头，而是鹰头，所以又被称作'狮鹫'。"

迎接使团的大月氏官员来了兴致，殷勤地介绍道，本地颇为流行狮鹫格里芬的雕饰，因为格里芬专门负责看管黄金珍宝，遇到有人盗窃黄金宝石，它就会扑过去将盗贼撕成碎片。

"一个是如虎而双翼，一个是狮身而双翼，虽然脑袋模样不同，却同样都会吃人。"云裳看了眼卓轻闲，笑道，"卓大才子倒可考据考据，排名第六的凶兽穷奇是怎么流传到西域、成了神兽格里芬的？"

吕英哂道："按照卓大公子的思路，自然是穷奇也遭遇绝地天通的洗劫，然后远远遁走。但穷奇生有双翼，这一远走高飞，居然飞到了西域之西的几万里之外……"

"居然很有道理！"卓轻闲一本正经地认真点头，"可惜你只知其一，不知其二。在大宛那一带我就留意过，那地方的格里芬，很多都是豹子头，那就更像穷奇了。据本公子考证，穷奇确实是流落到了西域的最西方。很可能是因为它对黄金财宝的贪婪守护特性，被那些西域人注意到了，并加以崇拜。后来嘛，凶兽穷奇的形象才和格里芬融合，慢慢地变成了鹰头。所以，这里的格里芬很可能就是穷奇！"

巴卡忽然歪过头来，说道："吕叔叔，卓叔叔是在说，你在说故事方面也很有天赋，可以拜他为师？"

一句话逗得吕英竟无言以对，众人尽皆捧腹大笑。

卓轻闲却又叹道："其实我倒很想考据一下那个亚历山大。据说他在回师的途中，得了重病去世了，死的时候才三十二岁，正是大好年华。我一直百思不解的是，他亲手打下来的帝国，疆域辽阔，在他暴毙之后，为什么就迅速土崩瓦解了呢？"

张骞沉吟着说道："文武之道，一张一弛。对一个国家而言，文治与武功，皆不可偏废。亚历山大靠武力征服得太快，所过之地，少不得屠戮和奴役。而他所征服的波斯、埃及等古国，都有自己深厚久远的文化传统与人文之道，亚历山大和他的帝国显然来不及消化。"

"人文之道！"吕英对此颇有感触，叹道，"那么，大汉的人文之道又是什么？"

卓轻闲来了兴致，曼声道："诸子百家，灿若星河，博大精深，高山仰止，实在不能一言以蔽之。"

"卓胖子！"吉祥居次噘起小嘴，"怎地你兴致一发，说的话就如同咒语一般，让人稀里糊涂。"

"大汉的人文之道……"张骞却眼睛一亮，"这句话问得甚好。也许这正是我们大汉现在面临的问题！"

吉祥大感惊奇，问道："什么？"

"武力征服决计不能长久;但文治呢,如果学说过多,各执一词,同样会四分五裂。卓轻闲所说的百家争鸣,固是蔚为大观,但大汉终究要有一门主流之说。"张骞深深地叹了口气,"这些年我一直苦思的便是这个问题。后来我才明白,天子很可能早已想好了。"

"还是儒家?"卓轻闲试探着问了一句,见张骞轻轻点头,不由长叹一声。

"为什么不是黄老道家?"风君天有些失落。

张骞极目远眺,慢慢说道:"因为儒家更有利于统治,也更有利于天子。"

他不由想到当年离开长安前、年轻天子刘彻跟他的那番长谈,一时心中若有所失。

吕英忽然想到学宫内流传已久的那个传说,也幽幽叹道:"相传大算家鬼谷子和留侯张良都曾做过预言,九州一统、天下太平之时,便是诸子百家的收束之时!"

"说说看,那一定是个很有趣的故事!"卓轻闲忽然来了兴致。

"除了诸子百家收束的预言,留侯还曾说过一个更加神秘的预言。他曾说过,他的一位弟子在见识上会超过他。"吕英悠然道,"这预言太过神秘,被称为'留侯之叹'!"

始皇帝晚年,游历天下的黄石公终于遇到了张良。

对张良说出那句 "实不愿我的弟子直接与嬴政为敌"时,黄石公已经决定将纵横道经天、纬地两宗绝学,尽数传授给这位貌如好女的青年。

天下皆知张良擅长谋略,其实那些谋略都是得自于黄石公所传的纵横道纬地宗绝学,其中又以运筹天下的捭阖术为主。

靠着纵横家的超绝见识和智慧,张良张子房连出奇谋,算无遗策,辅佐刘邦,制胜于无形,高祖皇帝刘邦自己也说,"夫运筹策帷帐之中,决胜于千里之外,吾不如子房"。

黄石公传授张良经天宗秘术时，曾叮嘱他，要高术深藏，所以张良的无双剑道和精妙遁术都只是暗中修炼。哪怕是在两军激战、以寡敌众时，张良也从不动用经天宗的术法绝学。

在外人眼中，张良一直只是个病弱书生的形象。

最早对张良起疑心的人，便是他那位未曾入得黄石公门墙的"师兄"陈平。

陈平追随黄石公的时日虽浅，却凭着自己的绝顶聪明，剑走偏锋，悟出机诈阴谋之变。纵横家的学说中本来就颇多阴谋诡计，而陈平将这种权谋诡诈之道发挥到了极致。

作为高祖皇帝最为倚重的两大谋臣，张良与陈平的风格截然不同。

张良所出的计策重在大战略、大方向的阳刚之策，有如天人施法，高瞻远瞩；陈平的计策则重在奇诡，所谓陈平"六出奇计"，都是阴柔诡谲，世所莫测。

陈平对自己的谋略很自信，唯独对张良颇为忌惮。圯桥进履的故事已经风传天下，陈平当然知道张良就是黄石公的入室弟子，这让他在忌惮中更多了几分怀疑。

陈平绝不相信张良只是个病恹恹的瘦弱书生，于是向高祖刘邦献计，便有了那次上林苑内高祖大宴群臣的举动。

群臣游戏于那株号称是上古昆仑遗物的空桑神木下。张良走到神木之下的时候，那神木忽然大放异彩，紫玉花开，众人此时才知道，留侯张良原来是一位深不可测的大修行者。

张良预感到自己将会有不测之祸，于是加快了退隐的步伐，迅速远离大汉朝廷的权力中心。在归隐之前，他又呕心沥血，为汉室创建无为学宫，此举让刘邦心内舒畅了不少。

比起天子刘邦，张良其实更忌惮心狠手辣的吕后。

刘邦在晚年时候，因为宠幸戚夫人，动了更换太子之心。朝臣群起谏诤，却无法说服刘邦。吕后无计可施，不得不问计于本朝最高谋略大师张良。张良施出妙手，让太子卑辞重礼，请"商山四皓"出山。所谓

"商山四皓"，是四位八十余岁的高士。他们隐居山林，曾多次拒绝高祖刘邦的敦请。刘邦闻知，太子出入宫廷，都有这四位白须白发的高士相随，知道太子颇得民心，因而息了更易太子之念。

张良虽然帮了吕后一个大忙，却不敢居功自傲。高祖刘邦驾崩后不久，张良便正儿八经地举办了归隐山林的仪式。其实他归隐已久，这次仪式纯是多此一举。他在仪式上公开发誓，平生所学，再不传授一人。他这是想给多疑的吕后一个交待，也是他举办这仪式的真正目的。

只可惜吕后的野心太大。想到张良秉承纵横道两宗的绝学，太过厉害，而他在神木下让紫玉花开的传说又愈演愈烈，她对张良便不免疑心渐增。

表面上，吕后对张良优礼有加，甚至嘱咐他多多享受，不要辟谷自苦；暗地里，吕后却不想让张良有弟子留存于世间。

她可谓知人，将这个任务交给了陈平。

陈平因为救过吕后的妹夫樊哙的性命，所以颇受吕后信赖，当时官拜郎中令，亲手创办并掌管大汉官方最恐怖的细作组织"飞翼卫"。

陈平的本心并不想对张良下手太狠，但他深知吕后的狠辣心性，不得不硬着头皮去全力追查。

张良是战国六国中的韩国贵族的后裔，在投靠高祖皇帝刘邦之前，一直以复兴韩国为志向。后来张良也知韩国气数早尽，这份情感却是难以释怀，所以多年来，他暗中收了五名弟子，都是当年韩国贵族的后人。

那时候无为学宫初建不久，还只是个纯粹的官方学术机构。朝廷所有的细作网络、所有的著名刺客和探查高手，都掌握在陈平统领的飞翼卫手中。

陈平很快便查明了张良这五位韩国弟子的底细。这五人中有三名经天宗高手、两名纬地宗名士，都是当年张良戎马倥偬岁月悄悄收下的弟子。

后来张良官拜留侯，位极尊崇，便刻意和这五个弟子保持距离。很可能是遵从张良的安排，五名弟子分布在五个州郡，极少相互走动，也极少回来拜谒师尊。

陈平的布置十分隐秘。他如同一个精心织网的蜘蛛,将那张铺天大网织得密不透风,悄然将张良这五名弟子纳入网中,然后再慢慢地收网。

吕后得知张良居然有五名秘传弟子,勃然大怒,很快便颁下密令,命陈平在张良六十岁寿辰前采取行动。

接到吕后的旨意,陈平有些不寒而栗。他虽然有鸟兽尽良弓藏之叹,却不得不悄然发动。

五名赶赴长安给师尊张良贺寿的弟子几乎同时在途中被杀。飞翼卫为此付出了二十八名高手丧命的血腥代价,其中还有三位天元道宗师。

寿宴前的一日,张良得到五大弟子的死讯,呕血一升,修为大损。

然后张良派人给陈平送去一封信,请他来自己府上做客。

陈平有些犹豫,但还是去了。他知道,张良既是公开请他做客,便绝不会对他这九卿之一的郎中令动手。

长安,一个星光灿烂的夏夜,这对同出一门,却貌合神离、多年不曾来往的师兄弟终于又见面了。

陈平懊恼地发现,张良还是貌如三十许人,只是脸色苍白了许多,而相形之下,自己却腰肥肚圆,华发苍颜,衰老了不少。

张良是留侯,陈平是曲逆侯,两大侯爷见面,案上却只四个小菜,菜皆粗蔬,清淡无肉。

张良给陈平满了酒,自己却只喝温水。他的声音也如那杯水般温和平淡:"师尊黄石公曾说过,纵横家生于乱世,是平乱世的学问。既是平乱,自然无所不用其极,所以有很多阴谋。这些阴谋诡计不能够代表纵横家,更不能代表鬼谷子宗师。"

"何必跟师兄我说这些空话!"陈平却笑了,"要知道,在乱世中,那些施展极致阴谋的弟子,声名才最为显赫。除了修炼者,世间有几人知道鬼谷子,但天下谁人不识张仪苏秦?"

"可惜,这终归是偏锋诡道,踏上去,便落了下乘,越是声名显赫,离大道便越远。"张良甩给陈平、这个他并不承认的师兄一个居高临下的淡然笑意。

"鬼谷子宗师晚年已于此节颇多悔悟。他常常以道祖给尹喜的那句教诲告诫师尊黄石公——不要太过看重术,要记得以道驭术!"

"你追随师尊日久,自然能听到他许多教诲。"陈平呵呵苦笑,目光黯淡了下来,"你是他登堂入室的弟子,秉承两宗绝学,圯桥进履,孺子可教,名闻天下。"

"可我呢,天下又有谁知道我陈平也曾追随过夫子?我曾像条狗一样地侍奉他,可最终却又像条狗一样地被他抛弃。"

"你没能通过师尊的考试。"张良扬起眉毛,"你是在哪里败下来的?"

"夫子……给了我两把名剑,一把锋利,一把粗钝,让我二选其一。我选了那把犀利的。这有错么?难道要我选那把钝剑?"陈平仰头灌了一大口酒,目光中蕴着说不出的苦闷和悲愤。

"然后,夫子笑了,说要传授我几个秘法,让我选择其一。秘法有大星罗秘法、天棋弈术,还有阴阳三十六算,还有天星剑法……"

陈平又愤愤地喝酒,似乎回到了数十年前的青年时光。

"你是如何选的?"

"如果是你,你会怎么选?"陈平老眼放光。

"选我最喜欢的。首先应该是天棋弈术,以纵横十三道棋枰,算人算鬼算尽天下气运。然后是天星剑法,剑中含三十六天罡星相,剑成可斩天斩地!"

陈平沉默了许久,才缓缓道:"我没有选。我只是五体投地,然后说,夫子教什么,弟子便学什么。然后夫子便笑了,说我的机心太重,非承载大道之人。"

"这么多年了,我一直想不通。我恭谨到了极点,小心到了极点。"陈平抬起一张微胖的老脸,"难道我还错了么?"

"错了!你对夫子动了心机。两道选题,第一题你选了锋利的剑,说明你的心思犀利进取。但第二题选学术法之时,你沉思良久,却没有对夫子直抒胸臆。你对夫子有所隐瞒，夫子自然也就对你隐瞒了。"

陈平的目光阴沉得吓人。他接着张良的话，缓缓言道："这世间之人，谁会没有心机？比如你，你那圯桥进履的事情早已传扬天下，但你拾鞋的时候，能没有心机？"

面对陈平的质问，张良回答："人之为人，岂可无心机？只不过心机重一分，于大道便远一分。当年师尊要传我第一流的剑道，成为当世著名的大剑客，我却对师尊坦承，我要扫平的，绝非一个始皇帝。夫子被拒，并未嗔怪，反而将一身绝学传给了我。只是在传授经天宗的术法绝学时，师尊曾让我立誓，终生不得显露绝学，以免遭受天妒人嫉。"

陈平终于露出胜利者的笑容："是呀！那些术法剑道，你一直都没有显露。在外人眼中，你一直就是个弱不禁风的病秧子。然而高祖皇帝仍然怀疑你，并看破了你。那次上林苑神木游赏大会，就是逼你原形毕露的计策。"

"我知道。我也知道为高祖皇帝献计之人，就是你。但我必须出席大会。只有如此，才能让高祖消除疑心，而我也能顺顺当当地退下来。"张良站起身来，在屋内缓缓踱步。

"你顺当么？"陈平叹了口气。

他早年追随黄石公，虽然在经天宗的术法上未能登堂入室，却练就了一副宗师眼界，其后又多年钻研，已经成为当世数一数二的阵学大师，而今统领飞翼卫，手下奇人无数。听了张良那一番话，他不禁动了杀机。

这次赶来张良府上做客，陈平是精心筹划后的有备而发。此刻，飞翼卫精挑细选的二十八位精通符道和阵学的术法高手，已将这座留侯府团团围住，且同时施法，发动了二十八宿斩魔大阵。

二十八位符道大师在阵中同时画符，二十八张斩魔符上是同一个人的名字——张良张子房。

这座大阵的枢纽却在陈平手中，何时全部发动，全看他的一时之念。

因为有吕后的暗示，陈平已决计给张良一个极大的教训。适才张良这几句话说得太过直白，使得陈平心中颇为郁闷，已将大阵悄然引发。

哪怕是能引得紫玉花开的玄圣道大宗师，身处这同时引发天罡地煞气机的斩魔大阵，被二十八位符道和阵学大师攻击，也会在一个时辰内五脏俱伤，七窍流血。

陈平并不愿击杀这位开国大功臣，但为了完成吕后的密令，他不介意让同门师弟抽搐瘫倒，甚至大病一场。

盯着张良那忽然间苍白了几分的脸孔，陈平笑道："你那五位弟子都暴病而亡，这岂不是天罚？黄石公传给你的纵横家两宗绝学，至你而绝。今后，只有我这没有登堂入室的一脉留存。"

张良叹道："鬼谷子师祖早就做过预言，到了天下太平之时，纵横家便该偃旗息鼓了！而今暴秦早亡，九州一统，岂止是我纵横一脉，连那诸子百家，也都要到了收束之时了。"

陈平给他这句千古之叹触动忧思，也不禁沉沉地叹了口气。

张良却忽地扬眉一笑："不过，我这纵横家两宗的传人，还是有的。"

他站定了，慢慢啜了一口温水。他啜得很慢很慢，似乎要将曲江的水都啜入口中。

这杯温水终于咽下，张良慢慢坐回原位，脸色已是泰然自若。

"你居然还有弟子在世？"陈平闻言一惊。看到张良恢复如常的面容，他的心中更是大惧。

"天道变，人道亦变。如今天下太平，纵横道也应该改变，但应不会灭绝。特别是纬地宗，我已经找到了能超越我的人。"

"这世间还有能超越你的人？"陈平半是妒忌、半是讥笑，不过心底也是真的不相信这世间有能超越张良之人。

"我说过，现今的纵横家已不再是战国时期的一言毁城、一计灭国了。纵横道也在改变。如今的纬地宗纵横家的高明之处，便在于眼光！所以说，诸子百家的前路，未必是简单的收束，而应是痛苦交融，乃至艰难前行！"

张良的眼中闪着光，继续说道："那纬地宗弟子也姓张。他的见识与眼光眼下已有超越我的地方。但能不能最后成功，则要看他的命运了。"

"姓张的纬地宗高手？"陈平对张良的话将信将疑，更对这个据说眼光超越张良的人充满了好奇。

这个人是谁，年纪多大？为何竟能躲过飞翼卫的铺天大网？

张良忽道："其实，你是可以登堂入室的！师尊曾给你留了一句话……"

"什么？"陈平浑身一震。

"师尊说你天赋超凡，来日若能克服心性不纯之病，便允我代师将你列入师门，传你大星罗秘法和天棋弈术两门绝学。"

陈平听得"代师"二字，便觉愤然，但又听得大星罗秘法和天棋弈术之名，眼中不由耀出灼灼亮光，沉声道："竟有这事！只怕……是子房你的编造吧？"

"你就当是编造也无妨。"张良缓缓摇头，"因为你对本门弟子痛下杀手，列入师门之事已是绝无可能。"

陈平眼中的亮光遽然熄灭，随即仰天大笑："我陈平六出奇计，佐先帝开大汉江山；气死范增，擒杀韩信，拜相封侯，大名冠乎天下，何用黄石老儿将我列入门墙！"

笑声渐大。他有些癫狂，袖中的手猛然捏出符诀，二十八宿斩魔大阵威力陡增。

张良却忽然扬起头，微笑道："天晚了，好在星光不错……"

陈平有些愕然，不禁抬头随着张良的目光望去。此时小窗半启，正透出深蓝色苍穹那繁星点点的一角。

然后他便看到，张良向窗外伸出手，抓住满空的星河，接着猛地一拉，竟把耿耿银河从空中扯下，直扯进这暖阁之中。

陈平目瞪口呆。

阁中有星河闪烁。星光闪烁的银河就握在张良的手中，如银带般缓缓流动。陈平以为自己中了障眼法，正待鼓足气势，怒喝一声，忽见张良又举起案上的玉壶，手腕轻抖，壶中温水分向东南西北四个方位射出。

四道水线在空中凝而不散，分别生成青龙、白虎、朱雀、玄武之形。

这才是天象之学中所说的二十八宿。

水线凝成的四玄形象骤然膨大，并与张良掌中的星河融为一体。那二十八宿从他掌间逸出，仿佛要撑破天地，猛向四周散去。

陈平心头如被巨木撞击。他苦心孤诣，布下二十八宿斩魔大阵，但此刻二十八宿却被张良拈在了掌中。

啪啪轻响声中，青龙、朱雀等四玄之形的水线几乎在同一刻碎裂，屋内仿佛下了一场细雨，只是那雨珠中竟含着浓烈的血腥之气。

陈平闷哼一声，喉头发甜，一口鲜血便喷了出来。

他第一个念头就是逃，却发现自己全身僵硬，仿佛被无数道看不见的绳索紧紧捆住了。

"你的二十八宿斩魔法阵，在大星罗秘术之前，简直不足一哂。可惜你却无福修习这等秘法了！"张良叹息着，悠然伸出手来，将一枚火红的药丸塞入陈平口中。

"你这是……什么？"陈平含糊着问。他全力挣扎，却似蚍蜉撼柱，只能任由一股热流滚入腹中。

"青蚨丸。"张良低笑道，"今后无论是谁下令，你都要全力确保本门子弟平安。如此则每年端午前，我的弟子都会给你解药。"

陈平感觉出那热流在腹中迅速融化消失，心中惊惧难言，但他是个狠人，知道这时懊悔也是无用，只是呻吟道："你的弟子？"

"凤九！"张良低喝道，"如何了？"

一个少年飘然而入。这少年身高肩阔，双臂极长，容貌虽然普通，但剑眉下的虎目含着森森寒气，整个人都有一股凛然剑意。

"二十八名阵学高手，主阵人果然是在东北方位。"少年凤九袍袖轻挥，将一枚血淋淋的耳朵丢在地上，"照师尊吩咐，没要他性命。这大胡子逃得倒快。"

此刻的陈平已是心如死灰。

这次所布的二十八宿斩魔阵，他是阵内控制，真正的主阵者是在留侯府外东北方坐镇的方士铁丹子。那铁丹子一脸大胡子，绰号铁须公，是这次二十八位阵学名家中剑法修为最强之人。却没料到，这样一位大宗师，却被一个少年人轻松击败，甚至砍下了耳朵。

噗的一声，陈平的嘴角再次溢出一缕血痕。他手握大阵的总阵符，此刻大阵被破，他立时受到反噬。

"以四杯清水破去二十八宿斩魔阵，原来你已是玄圣道至境的大宗师了。恭喜！最后那一步何时迈出？"陈平目光复杂地望着这位老对手。此时他竟有些奇怪，自己的心中已是没有半分妒忌之意。

"归隐这些年，我一直在思索师尊的一些话。"张良却答非所问，"老子出关，所为何事——这个谜题是师尊留给我的。据他说，此乃师祖鬼谷子毕生苦思的天机。"

"老子为何出关？"陈平脑中瞬间闪出七八个江湖上和典籍上的各种说法，却并没有一个准确的答案。

"师尊告诉我，鬼谷师祖最终悟出的天机是——永恒！是的，这就是老子出关所追寻的，就是永恒。"张良的目光越发悠远，"而我这些年苦思的，则是何谓永恒？"

"你悟出了什么？"

"还记得本门那句代代相传的玄机秘语么——纵与横的极限是什么？"张良渐渐眯起的眸间噙着一道精光，"所谓世界，世是时间，界是空间。永恒，是时间的，其实，也会是空间的。拓出一片新天，才是极限与永恒。"

这个解释甚至比问题本身更加玄妙，甚至隐隐蕴含着更大的天机。

陈平说不出话来，心内却是百感交加。他知道，张良已经把一切告诉给了他。

"凤九，送客！"张良却再不愿多说什么。

看到少年向自己漠然拱手，陈平不由叹道："凤九，你青春多少？"

少年扬眉道："一十九岁。"

"十九岁！十九岁的年龄就能融会贯通赤松子和商山四皓的剑意，难得呀！"陈平苦笑着，"我竟忘记了这四个老怪物！看来这凤九一直被你带在身边,而那个姓张的纬地宗弟子,应该是隐在商山四皓门下。"

传闻商山四皓与张良交情匪浅。当年,高祖皇帝坚持要更换太子,商山四皓毅然出山,为太子撑腰助威,终于扭转乾坤,当时的太子也才能变成今日的天子。

因为这个缘故,商山四皓无论是在汉惠帝那里,还是在吕后那里,都有着极高的威望。如果他们想庇护一名不为人知的纬地宗弟子,那就太过简单了。何况这四老的修为本就是神乎其神的大宗师境界。

"姓张。纬地宗。居然见识会超过你!好,好!"陈平仰头狂笑,站起身来,摇摇晃晃地走出屋去,口中兀自喃喃着,"好,我陈平拭目以待……"

留侯府被二十八宿斩魔大阵笼罩已久,此时大阵虽被张良以清水破去,院内仍是漆黑一片。

陈平的身影终于慢慢融入那团浓墨中。

是夜,长安城中的百姓都发现了一种奇异的天象:夜空中忽然间繁星璀璨耀眼,仿佛天河倒泻;没多久却又群星尽隐、夜黑如墨。

在这样的夜晚,大汉朝廷中,太史令等掌管天象、占星的官吏们更是忙得昏天黑地。

第八章

扬眉奋剑,盛典争锋

大汉节杖的旄尾在蓝氏城内威风凛凛地飘舞着,一路进入了大月氏王宫。

大月氏的婕丝女王年纪在五十岁开外,是极白的肤色,脸上颇有风霜之色,但眉宇间又显现着一种罕见的沉稳大度之气。

女王在王宫内热情款待大汉使团,随后又与大汉使者张骞单独进行了一番深谈。

出乎张骞的意料之外,这位看上去气魄不凡的女王很坚定地表示,大月氏不会再与匈奴为敌,所以不会与大汉结盟。

"是的,我丈夫死在了匈奴人手中。我恨匈奴,做梦都想去报仇,杀了那个叫军臣单于的恶魔,将他的头颅,甚至他儿子、他孙子的头颅,都做成酒器……可是,我不能!"

(作者按:历史上大败月氏、杀其王、以其头颅为饮器的是匈奴老上单于,即本书中的军臣单于的父亲。)

女王的眼角甚至溢出了泪花:"然而我不能拿几十万大月氏部族百姓的热血去豪赌。现在的大月氏,需要的是和平与安宁。我们奋斗了十几年，不停地迁徙、寻找、抗争，现在终于找到了这片安宁的沃土。这一切太不容易了，我们必须珍惜。"

张骞很认真地听着。他居然很认可女王的话。

只是职责所在，他不得不从其他角度试着说服女王。但很快他就发现，这无济于事。

女王看似温柔，心志却极为坚忍，认准的事便极难更改。她最后用一段很平和大气的话结束了这次交谈："尊贵的上使远来，还是让我们看到了新的希望。请尊贵的上使在我邦多留些时日。我们对大汉的一切都很感兴趣，除了战争。"

回到驿馆的张骞颇有些郁闷。

他很欣赏女王的直率。他喜欢和直率的人打交道，但此时的他却有一种强烈的预感，这位女王不仅直率，而且执拗。很可能，自己根本无法说服她。

他暗自盘算着，既然无法说服女王联合大汉、抗击匈奴，那么能不能有个比较折中的方案？哪怕只让月氏对匈奴形成一种牵制也是好的。

他决定先留下来。只要留下来，就可能找到机会。

张骞在灯影里踱着步，苦思着对策，蓦地一回头，看到吉祥居次也在盯着闪烁的灯烛，沉思不语。他不由叹了口气。这些日子里，自己日夜揣摩出使月氏的诸般事务，对于爱妻，确实是冷落了些。

"在想令尊么？"张骞走到吉祥的身后，轻抚着她的长发。

"是担忧。"她幽幽地叹道，"有时候，我觉得自己做了一个很长的梦，现在这个梦终于醒了。醒了之后便想，我是不是太任性了？"

张骞的心陡地一沉。相较于师滢的柔情似水、温婉如玉，吉祥的性格是热辣似火、爽朗如风。开始的时候，对吉祥的爽直泼辣他甚至有些头痛，但经过这段时日的相处，已是很喜欢她的明快简单。

此刻，看到素来快人快语的吉祥竟这般凄郁悱恻，他心中越发感到歉疚，于是轻抚着她的肩头，问道："你是觉得亏欠了令尊？"

"不！我想通了。在匈奴，女人从来都是一个物件，属于男人的物件。如果我嫁给金蛇王兰顿，我也会是那样，跟兰顿手上的指环一样的物件而已。

"我绝情地离开父王，并非因为嫁给了你，而是因为，我要离开那种……终究会成为物件的人生。"

"所以，你才是真正的火凤凰！"张骞轻轻地拥住她的纤腰，"但你现在，还是担忧令尊么？"

"如果爹爹胜了，那倒没什么。"她慢慢抬起头，双眸比窗外浓重的夜色还黑，"如果他败了，也许我会离开你，回到他身边，跟他同生共死。"

说到这里，她凄然一笑："老实人，若是那样，你会不会怨我？"

张骞默然片刻，手臂将她拥得更紧，苦笑着说道："不会的。我大胆推断一下，令尊与太子于单这场大战，无论是谁失败，都会投奔我大汉。你信不信？"

吉祥知道他对政局的推算远胜过自己，一谔之后，轻叹道："你说的，我自然信。"

见她仍是满面忧色，张骞只得逗她，笑道："我那岳丈可是文韬武略俱全，这次突然起兵发难，已是占尽先机。若是他胜了，那你可就是大单于的女儿了。你这只火凤凰，会不会从我身边飞走？"

她也笑了："你忘了我刚才说的话么？在匈奴，大单于的女儿，同样也是个物件，至多是镶了层金边而已。我好不容易才离开那种物件般的生涯，又怎么会飞回去？"

仿佛是在印证张骞的预言一般，转过天，在驿馆歇息的大汉使团便接到了一个惊人的消息。

这消息乃是自匈奴龙城那边飞鸽传书到焉耆的僮仆都尉，随后便迅速传遍西域诸邦：匈奴大单于之争已经尘埃落定，左贤王大获全胜。太子于单兵败后不知所踪，很多人都认为他是逃去了大汉。

张骞跟吉祥的戏言居然成真，他的心情却不算太好。

站在大汉的立场看，匈奴这边的两强相争，自然是打得越久越好，但他没想到左贤王居然这么快便击败了对手。虽然左贤王是吉祥居次的爹爹，但此人阴沉多智，野心又大，来日实是大汉的强劲之敌。

驿馆内，使团群豪议论纷纷，有人还拿吉祥居次开起了玩笑。卓轻闲道："使君夫人，你这身份可是涨了啊！虽然匈奴的王女都称为居次，但若是在大汉，你原本是翁主身份，现在已经是当朝第一公主了。"

吉祥笑道："怎么着，你要向我这第一公主讨赏么？"

"快去讨赏！"风君天拍着巴卡的头，"记住了，别叫什么公主啊居次的，要叫使君夫人，她才高兴。"

巴卡这回没有别扭，真就跳过去，叫道："你是大汉使君夫人、匈奴第一公主，我讨双份的赏！"

众人全都笑起来，连张骞都不由笑出了声。他挥了挥手，说道："难得轻闲两日。走！去大月氏的都城逛逛，给巴卡选个双份的大赏。"

这当口，云裳和甘夫却没待在驿馆内，他们早早地便到街头闲逛去了。

云裳本是想单独出去转转，甘夫一见，便陪着她一同出来了。两人一路悠然漫步观景，见这月氏都城的建筑均是曾在大宛见过的希腊样式，街衢宽广，屋宇却不算太老。

"那郭解曾对我说过，我就是大月氏人，自小出生在大月氏的王城。"云裳幽幽地叹了口气，"不过，离开的时候我太小，那里的一切我都不记得了。"

"这里是他们刚刚迁来的蓝氏城，并非你出生的那个大月氏故都。"甘夫应道。

"我知道。"云裳道，"可是走在这里，我还是觉得有些东西、有些人似曾相识。"

"我明白这种感觉。当年我站在大草原上、站在匈奴龙城的时候，也曾经有过。"

第八章 扬眉奋剑，盛典争锋

他们二人信步前行，却没有注意到，就在街衢的拐角处，停着一辆华贵的马车。马车车窗纱帘半开，一道温和的目光始终在注视着云裳。

"主人，她就是大汉使团的云裳。"马车上一位仆妇模样的老妇人恭谨地向对面的贵妇施礼，"旁边那人名叫甘夫，听说他们已经成婚了。甘夫还是汉使张骞的结义兄弟。"

"云裳，云裳！"贵妇喃喃地念叨着，"你说，像不像？"

"确实很像。"那老仆妇道，"虽然发型、衣饰不同，但若是她们站在一起，任谁都能一眼看出来。"

"他们过来了。"贵妇轻轻挥了挥手，"你邀他们上车。"

云裳跟甘夫并肩而行，走到华贵马车旁，那老妇忙迎了上去，躬身道："二位远来的客人，我家主人请移步一叙。"

云裳警觉地一瞥，见马车窗帘已经掀开，一位雍容华贵的美妇正向自己点头微笑。

"喜欢这里么？我可以带你们去转转。"贵妇微笑。

云裳虽不认识，但见这贵妇笑容温和，眉宇间透着股让自己感到无比亲近的神情，不知怎地，心中一喜，道了声"如此就叨扰了"，便扯着甘夫，上了马车。

密封的车厢内燃着熏香，香气高贵淳和。

"你多大了？"贵妇向云裳笑着，便如长辈面对多年未见的自家晚辈，"嗯，你今年应该是二十八岁了吧？"

云裳不由一愣。她是孤儿，并不知晓自己的确切年龄，此刻也只得怔怔地点头："您怎么知道？"

"我猜的。"贵妇的脸上掠过一抹莫名的惆怅，却笑了笑，"哪里人氏？"

"我是孤儿，还不记事时就到了长安，在那里长大……"

"哦，原来你们来自遥远的大汉。听说近日有大汉使臣来此，难得有幸相见。"贵妇瞥了眼甘夫。二人目光交错，只是相互微微点头。

甘夫显然要比云裳警觉得多，一踏上马车，他就觉得有些古怪。

这贵妇面含微笑，神态和蔼，看上去颇有些眼熟，但不知怎地，那种和蔼可亲的背后，似乎隐藏着什么东西。

他悄然放出气机，察觉这贵妇全无修为，又听对方直指自己是大汉使臣，态度率直，才暗自松了口气。

贵妇又道："没有在父母身边长大，这些年，你应该受了不少苦吧？"

望着她温煦的目光，云裳的泪猛然间就溢了出来，竟很想扑入她怀中痛哭一番，却强自苦笑："没什么，那些苦都过去了。至少现在，我很好。"

贵妇的眼眶有些湿润，却又淡然一笑："难得你们不远万里来到大月氏，前面有个乐子，一起去看看吧。"

按贵妇吩咐，马车拐了个弯，驰入一条大路。贵妇命马车停下，将车窗上的轻纱打开半幅，指点云裳二人向大街对面瞧去。

许多人正从四面八方向这里聚来，都是些衣饰光鲜亮丽的华服青年，各自带着仆役。前方是一处奢华的宅院，宅院前的街上已站满了看热闹的人群。

马车所停的位置地势较高，正好将一切尽收眼底。却见大宅院的二层阁楼上，款款走出一位娇艳女郎。她手中摇着羽毛扇，头戴精巧的帷帽，垂下淡青色的面纱，遮住了大半张脸，依稀可见雪腮粉面，艳光四射。

"阁楼上的姑娘是我们的丽蕾公主，月氏女王唯一的女儿。那些青年男子是来向她求婚的。"贵妇指点着，"他们之间是要竞争一番的，谁能让公主微笑着除下遮脸的面纱，谁就算求婚成功。"

"就这么简单？"云裳大感奇怪，"若是个乞丐过来，让她除下那面纱呢？"

"乞丐？"贵妇嗤地一笑，"若非家室显赫之人，根本进不来这条大街。"

云裳这才发现，大街两头已被许多披甲护卫封锁，看热闹的人群只能遥遥远望，相较之下，自己乘坐的这辆马车倒是神通广大，居然停在了公主阁楼的近前。

甘夫见那丽蕾公主身材婀娜，韵致颇为成熟风骚，忍不住问："贵国公主一直没有成婚么？"

"她已经二十八岁了，能没成过婚吗？但她的第二任丈夫死了，现在要选第三任。"

甘夫不知说什么是好。云裳听得"二十八岁"这句话时，心内不由一动：她竟跟我一般大小！

公主府前，在青年们一阵阵激动的议论声中，走出一位高大健壮的红袍青年。他手捧一颗闪亮的明珠，朗声道："翕侯贵霜部落贵族莱顿，向公主殿下示以最深沉最持久的爱意！这是来自于阗国的极品夜明珠，献给天下最美丽的丽蕾公主。"

这青年身材健硕，手捧的珠子极为硕大明亮，更因头一个登场求婚，登时引发了青年们的一阵尖叫声和口哨声，不知是赞叹还是起哄。

阁楼上的公主羽扇轻摇，全然无动于衷。

又一位高瘦青年大步走出，朗声道："我，乔尔。我家祖上三代都是尊贵的祭司。我献给公主殿下的是我家祖传的名刀，名为'神之怒火'。"

这两人开了头，便陆续有青年挺身登场自荐。丽蕾公主始终神色冷漠，有时候甚至抬头远眺，全然不把下面的这些青年俊彦瞧在眼里。

又一位身材高大的青年登场。他朗声笑道："月氏第一商盟铁驼商盟盟主之子艾顿，很荣幸地向美丽无双的公主求爱。我要献给公主的是，希诺湖畔最丰饶的土地一千亩，月氏都城圣坛大街上最火爆的店铺五十家。"

人群中爆出一阵唏嘘之声。希诺湖是王城郊外有名的风景清幽之地，圣坛大街是都城最繁华的所在，这位艾顿公子如此豪奢，铁驼商盟真不愧月氏第一商盟！

也许是听到了阁楼下的惊呼声，丽蕾公主低头扫了眼艾顿，隔着那层薄纱，她似乎笑了笑。

马车中的贵妇却眉头微蹙，神色颇为复杂，既有失落，又有黯然，隐隐地甚至还有些怒色。

云裳自幼在墨门长大，见惯了墨门各方势力的明争暗斗，此时也觉出了蹊跷：此时赶来求婚的青年俊彦看似不少，所献的礼物也价值不菲，但很显然，他们的地位与月氏公主相差得太多。

这就颇为古怪了。要知道，阁楼上的那位丽蕾公主应该是大月氏婕丝女王的唯一女儿，自然就是大月氏未来的王位继承人，如此身份，再加上绰约的风姿，应该引来国中重臣的子侄疯狂追求才是。

赶来求婚的，为什么只是些商人、祭司或是寻常贵族家族中的青年？

云裳察言观色，低声问："这位夫人，您可认识大月氏女王么？我曾经在王宫盛宴中遥遥看见过她，怎地觉得您和她长得有几分相像？"

那贵妇幽幽叹了口气："婕丝女王么？我们是亲姐妹，当然有些像了。"

云裳不觉释然：她也是王室中人，算起来还是这位丽蕾公主的姨妈，怪不得对公主选婿这件事如此上心。

这时，人群中一位黑脸青年纵马而出，大声道："月氏后将军伯纳之子坎特，向公主敬献大宛宝马。这匹大宛宝马名叫'闪电'，曾在大宛天马原野的赛马大会上夺魁，放眼整个月氏，此马都是独一无二的良驹！这样的宝马，才配得上美丽尊贵的丽蕾公主！"

众人闻声看向那匹宝马，只见那马通体乌黑如墨，一根杂毛也无，腿长胸阔，委实气势逼人。

丽蕾公主似乎又笑了笑。她还未及说话，人丛中又闪出个清瘦的华服青年。他面向丽蕾公主朗声笑道："月氏右丞相福利科之子小福利科，向我朝思暮想的美丽公主敬献天火圣石。此圣石得自天火圣山天坑，是圣火教真正的天神所留的圣物，上面自然生成有光明之神玛兹达的名字！"

这华服青年高举起一块黑红色的古怪石头，众人见了，不由爆出一片惊呼。

原来，这月氏贵公子口中的"圣火教"，便是俗称"拜火教"的琐罗亚斯德教。此教崇拜光明，以火为崇拜对象，对圣火的点燃、保存等，有诸多繁复的仪式。约在中国的东周景王时期，这一崇奉光明主神玛兹达的神秘宗教，被波斯帝王大流士一世奉为波斯国教，并传到西域多地。特别是在大夏国内，此宗教可谓根深蒂固。

大月氏深受其近邻大夏的影响，也有极多的官员百姓崇奉圣火教。那小福利科提到的天火圣山，就在大月氏与大夏交界的阿姆河东侧，千余年来，都被圣火教认定为本教圣山。

圣山西麓有一处巨大的天坑，据说常有神迹出现，故此天火圣山被大夏和月氏王庭相继设为禁地。

这块奇石得自终年被王庭封锁的圣山天坑，已是极为罕见，而石上天然形成的圣火教光明之神玛兹达的名字，更是独一无二的宝物。小福利科将这圣石作为求婚定情之物，实是盛意十足。

车内贵妇的眼睛亮了一下，随即又眯了起来，不知想起了什么。

这两人分别是右丞相和前将军之子，其父均是朝中重臣。阁楼上的丽蕾公主对他们欠了欠身子，挡在脸前的羽扇也撤下了半截。楼下众青年见了，不由发出一阵欢呼。

坎特却大是郁闷，对那华服青年冷笑道："小福利科，我记得你今年应该有三十七八了吧？"

"三十多岁，那是男人最出色的黄金年龄。"小福利科手托着圣石，傲然教训道，"坎特，跟我相比，你还是个小屁孩！"

众青年齐声哄笑起来。坎特脸色铁青，刷地拔出长剑。一剑挥出，如匹练般在空中划了个圈子，一道金色剑光在空中竟是凝而不散。

有人轰然喝彩："好漂亮的'将军之刃'！果然是伯纳家的祖传秘术！"

"应该是'神之光明剑'。这小子居然炼成了！"

坎特所持的阔柄重剑，正是他家祖传的"将军之刃"，而那一套伯纳家号称"神之光明"的剑术更是名震月氏。这是一路杂糅了西方霸道术法的重剑术，极为繁复难炼，但坎特这随手一挥，显然已是卓然成家。

"小屁孩，总是喜欢动武！"

小福利科嗤地一笑，将圣石揣入怀中，双掌在空中划了个圈子，一道红色光环在他头顶闪现，仿佛一轮浑圆的落日。

红色光环撞上了那道金色光圈，空中爆出刺目的光焰，仿佛晚霞燃烧，久久不散。

喝彩声和惊呼声此起彼伏。云裳忍不住问甘夫："这两人，如果换成我们中原，该当是什么修为？"

甘夫道："坎特至少是通明道灵境，小福利科要更高些。"

"这位公子眼光犀利。"贵妇身旁那位低眉顺眼的老妇低声说道，"坎特除了剑术惊人，身法更是来去如电，素有'砍不着的坎特'之称。而小福利科确实更胜一筹，相传找上他决斗的，极少有人能撑过十剑。"

甘夫向那老妇笑了笑。两人遥遥放出的气机一触即收，甘夫不由一凛：这貌不惊人的老妇竟是个深不可测的高手！

"她叫琼妮。"贵妇看了眼甘夫，微笑道，"家传的术法修为，是我们月氏最有名的大师。"

老妇琼妮的眸间闪过一丝縈然光华，随即又恢复成一副垂首低眉的恭谨神色。

那贵妇则望向阁楼，脸上忧色更浓。

此时大道前方传来一阵阵骇人的怪啸声，却是一彪人马昂扬赶来。

"匈奴铁卫！是雪枭的人马。"甘夫一瞧那些精兵的衣饰，登时心内一震。

"莫急，继续看热闹！"贵妇神色淡然地向他做了个手势。

那队列的中段竟有数只猎豹。虽被铁链拴着，猎豹兀自咆哮连连，张牙舞爪。在猎豹的前方，有三人被长绳捆绑着，一边躲闪着，一边哀嚎前行。

甘夫看清那三人，心中更是一惊。那被捆绑的三人竟是太子于单的使者冒格和他的两位巫师随护，此时三人的衣衫已被猎豹扯得破碎了大半，踉跄奔跑，哭号怒骂，却是无济于事。

铁链和长绳都牵在一人手中，那人正是雪枭。

雪枭穿着一身花团锦簇的锦袍，骑一匹枣红色的大宛良驹，手中的长绳与铁链控制得极为巧妙，冒格等人能躲开猎豹致命的袭击，却又奔逃不远，时常会被猎豹撕咬得手。

雪枭身后，是铁卫装束的数十名劲卒，盔甲鲜明，队列齐整，汹汹而来。

"他们要干什么？"云裳也有些震惊。这里是大月氏的王城，照理说，匈奴的手已经伸不了这么远了，但他们居然来了，而且这百余铁卫就这么堂而皇之地踏上了月氏公主府前的大道。

"雪枭是匈奴米洛部落的王子。这个部落当年于月氏有恩，他应该也是来向丽蕾公主求婚的。"贵妇冷笑道，"只是不知前面那三个囚徒，是做什么用处，难道是来示威的？"

云裳和甘夫对望一眼，均觉心内暗惊。雪枭的实力远胜冒格，却一直隐忍不发，此时才将对手尽数抓捕，肆意侮辱，意欲何为？

这队别致的求亲队伍浩浩荡荡地来到公主府大街前，自然被月氏甲士们拦住。匈奴铁卫领队不知出示了什么令牌，月氏甲士们交涉一番，才让雪枭带着七八名铁卫进入公主府前，那猎豹和三个囚徒居然也得以进入。

雪枭这一队人马虽然被挡住了大半，然进入的十余人纵马驱豹，气势汹汹，仍是将公主府前的街衢占了大半，那些求婚的月氏俊彦都不由皱起了眉头。

丽蕾公主却摇了摇头，探身笑道："丹提，带着囚徒来求婚的，你可是第一个！"

云裳微微一愣，听这丽蕾的言语，二人似乎早就认识。果然，只听雪枭也笑道："经公主的手，献给贵国女王，这礼物终归算是很独特吧？"

云裳明白了雪枭话中的含义。现在太子于单已经一败涂地，他派往西域的使者，自然也成了左贤王那边的眼中钉。若是由大月氏将其捕获后交还匈奴，自然不失为一个示好的动作。

丽蕾哼道:"不错,母亲应该会高兴,但我可不大稀罕。"

"那我这个人呢?"雪枭仰头望着她笑,"千里迢迢,来向尊贵的公主殿下求婚,你稀罕不稀罕?"

这话说得颇为随意,显得有几分亲昵,又有些无礼。几个来求婚的青年贵胄已忍不住,大声叱喝出来。

丽蕾公主却咯咯一笑:"稀罕呀!不过你有什么了不起?我凭什么单单稀罕你一个!"她伸出玉指,遥遥指点着,"你们,坎特,小福利科,我都有些喜欢,可又不知哪一个值得我真正喜欢。"

听她这么一说,坎特和小福利科都是双眼放光,满脸跃跃欲试之色。雪枭仰头哈哈笑道:"这么说来,便简单得很了。我将这两个蠢材杀了,公主殿下自然只会喜欢我一个了!"

坎特和小福利科齐声向雪枭怒喝。

"在斩杀这两个蠢材之前,我还是要向心爱的公主献出我最珍贵的礼物。"他探掌在革囊中一阵捣鼓,随即托出一块白色的玉石。

西域贵胄都是鉴宝的高手,场间的求婚青年更是见惯各种名贵珠宝,但见这玉石灰乎乎的,发着乌光,似是蒙着一层若有若无的水气,便有人低笑起来:一块灰蒙蒙的破石头,算什么宝物!

"蠢材们,开眼吧!"雪枭说着举起水囊,浇向白石。说来也怪,一股水浪当头浇到白石上,却没有一滴水洒落到地上。

这拳头大的白石竟能吸收水浪,情形颇为怪异。众人见了,都住了声。

"这是百草天精,能吞水食露,不过它最喜欢吃的,乃是百花汁液,然后吐出天精玉液。这种玉液能使人肌肤焕然如玉,永葆青春。"

雪枭猛一扬手,已将百草天精向阁楼上抛了过去。他的手法颇为奇特,那白石飘飘忽忽,仿佛生了对看不见的翅膀,稳稳地落在丽蕾的掌心。

丽蕾是又惊又喜,问道:"丹提,这宝贝当真能让人永葆青春?"

"当然!我将僮仆都尉的宝库翻了个遍,最适合你的,自然是这一件了。"雪枭傲然道,"你用上半年之后,就会变成十八岁的模样。世间最美丽的公主，祝你美丽永驻！"

坎特等人见丽蕾公主美眸放光的欢喜样，心内都觉沮丧。对于一个美女来说，还有什么宝贝比永葆美丽更能让她动心呢？

最让人吃惊的，是雪枭直接将这异宝扔给了公主。相较于小福利科等人将自家宝贝托在手上、遥遥"敬献"，这举动便显得诚意满满，更是十足的大方。

"用一块丑陋的石头，加上蹩脚的幻术，便自称能令青春永驻，当真是天下最大的笑话！"小福利科大步走来，冷笑道，"尊驾是我见到的最大胆、最无耻的骗子。"

"骗子只能动嘴，本王其实更爱动手。"雪枭懒洋洋地说道，"所以少废话，你们两个一起上吧！"

话一出口，大街上立时嘘声一片。众青年都知道，坎特彪悍如豹，小福利科术法惊人，这两人若是联手，那该是何等恐怖的战力。

坎特看了一眼小福利科，低声道："小心！听说这家伙干掉了'猛虎'虎力镇。"

小福利科显然也对雪枭颇为忌惮，这时候索性故作大方，冷笑道："现在这家伙自己寻死，那就怨不得我们了。"

"先杀了他！"坎特哼道，"我们再见个高下。"

跟艾顿那些华而不实的贵胄青年不同，这两人显然消息更为灵通。他们听说过雪枭斩杀虎力镇的消息，知道眼前这个满脸轻浮之色的家伙绝对难缠。

不需要交换眼神，两人同时出手，坎特的剑当头刺向雪枭的咽喉，小福利科则挥出一道红色光环。

光环如同飞腾的红日，居然套在了坎特刺出的金色剑芒上。红环光焰如火，竟完全掩住了坎特的剑招。

这两人平生第一次联手对敌，出招竟配合得很是老辣。

大街上立时彩声如雷。在场的青年贵胄，有许多人身具真才实学，当然看得出这一剑一环配合的妙处。

金芒红环，交相辉映。坎特的剑招难辨形迹，更可怕的却是那道烈日般灼人的红芒。那红芒应该是虚张声势，但又随时会变成真正的杀招。

雪枭眯了下眼，似乎有些畏惧那道刺目的红芒。他不攻不守，飘身后退，这是最稳妥的策略。

但才一后退，他便感到身后已是金芒凛凛。"砍不着的坎特"已快如闪电般到了他的身后，长剑反刺他的背心。

同一瞬，那道红色光环忽然炸开，化作无数道飞窜的火蛇，激射向雪枭的胸腹。

前后夹击，虚实交替。街上群豪看得心惊肉跳，甚至忘记了喝彩。

红色光环消失了，无数道红焰亮了起来。雪枭就在这时笑了起来，那笑容在千百条飞窜的火红光影下显得极为诡异。

然后他出手，挥袖。

他的左袖化成一道青色小蛇，笔直地冲向那千百条红焰。漫天红焰如同被巨大磁石吸住的钢针，纷纷聚拢，然后被那小蛇一口吞了下去。

青色小蛇随即撞上小福利科的胸口。

与此同时，雪枭反向后挥的右袖则化成一条黑色龙影，扑向身后的坎特。

龙影倏地缠在坎特的剑上，将军之刃随之寸寸断裂。

龙头骤然一沉，一口咬在坎特的腿上。

坎特和小福利科同时惨呼，小福利科倒飞而出，半空中鲜血狂喷；坎特则双腿齐断，在地上翻滚不休。

雪枭却并不乘胜追击。他昂然挺立，龙影飞速没入体内，化成猎猎飞扬的大袖，那条青色小蛇则绕空盘旋两圈后，才钻入大袖。

一众月氏青年难以置信地望着雪枭，长街上立时静了下来，更衬得那两个失败者的惨叫声无比凄厉。

"那两个东西，是什么？"半晌，车内的云裳才出声问甘夫。

"黑色的龙影，应该就是雪枭斩杀虎力镇后所得的黑血青虬。至于那条青色小蛇，如果我没看错的话，应该是当年金蛇王兰顿的妖兽鸣蛇。"

"什么？"云裳瞪大秀眸，"兰顿的鸣蛇，那可是十大凶兽榜上有名的神兽呀！"

"卓轻闲曾研究过，那个鸣蛇应该是受到某种邪法禁制，已经威力大减。兰顿被吉祥居次斩杀，鸣蛇不知所踪，不想竟被雪枭得到了。"

"雪枭有这个凶兽在身，为何先前数次激战，却从未用于战阵？"

"因为那时候雪枭的天圣术修为平平，根本无法驾驭鸣蛇。现在看来，他在吞噬了虎力镇的青虬后，修为大进，应该是已能运使鸣蛇了。"甘夫当日曾亲睹雪枭斩杀猛虎虎力镇的全过程，这时忽然想到了什么，惊道，"不，雪枭和兰顿不同！兰顿只是驱使鸣蛇，雪枭则是要用天圣术最终吞噬鸣蛇。"

"说得是！"那老妇琼妮插话道，"所以那青色小蛇才会很不情愿地盘旋了两圈，才飞回他袖中。也许过不了多久，他就真的炼化那鸣蛇了。"

云裳惊道："炼化吞噬凶兽，此人当真是一个可怕的怪物！"

车内三人议论纷纷，那雍容贵妇却始终沉思不语，眉间仿佛藏着万千心事。

长街上，早有扈从赶过来，将重伤倒地的坎特和小福利科背负而走。丽蕾公主探身向下，嫣然笑道："丹提永远是丹提！"

雪枭大笑道："美丽的丽蕾公主，你应该说，你的丹提正在变得越来越强大！"

"好吧，为如此强大的丹提王子欢呼。"丽蕾款款除去面纱，嫣然笑道，"我还能有比这更好的选择么？"

长街上的月氏青年贵胄们见这个匈奴贵族击败了本国精英，本来大为不忿，但见丽蕾公主居然摘下了面纱，不禁高声惊呼，一时口哨与嘘声四起。

除下面纱的丽蕾公主挥着手，傲然四顾，明眸熠熠，顾盼生辉。

甘夫看清她的脸，不由得一声惊呼。

云裳也彻底呆住了。这位月氏的丽蕾公主居然长得跟自己一模一样！她瞬间甚至生出了奇异的幻觉，以为阁楼上的公主其实是自己，是自己穿上了月氏公主的服饰在频频挥手。

"怎么回事？"她怔怔地望向车中的贵妇。

直到这时，云裳才惊觉，这贵妇拉自己上车来此，并非看热闹那么简单。她也绝非碰巧遇到自己，而是有所预谋，包括她很随意地猜中自己的年龄，还有她望向自己时那过分亲切的眼神。

"你应该能看得出来。"贵妇幽幽地叹了口气，"你们长得一模一样。是的，因为你本就是她的双生姐姐！"

"你……你说什么？"云裳的声音剧烈颤抖起来，瞬间觉得耳膜、眼眶甚至整个脑袋都在突突地跳动着，"你、你到底是谁？"

贵妇不语，只是轻轻地在脸上揉了揉，扯下一层薄薄的易容假面，现出一张熟悉的脸孔。

"你……你是……"云裳张大了嘴，却说不出话来。

眼前的贵妇，正是大月氏的婕丝女王。

"从你进宫的那一刻起，我就发现了。不光是我，很多宫女和侍者们看到你，也都觉得很奇怪。"女王叹道，"不错，我是大月氏女王。丽蕾是我的女儿，你……也是。"

说话间，热泪从那张有些风霜的脸上滑落下来。

云裳看到她流泪，心中也觉得很是难受，却仍有些挣扎，便犹犹豫豫地问道："这天下长得相似的人有许多。会不会我们……也许，只是长得像而已？"

女王张开五指，云裳看到，她的掌间捧着一颗奇异的珠子。

那珠子光华缭绕，却并不太明亮，引人注目的是珠上的"眼睛"。

珠子上大大小小地生着数个眼睛形的图案。

"天目神珠？"云裳不由惊呼出声，"义父说过，这是我生身父母的祖传宝珠，在我离开故乡时，这颗珠子便带在我的身上……"

她对这珠子太熟悉了！她是个孤儿，由义父抚养，在大汉长大。自小便有人告诉她，她不是汉人，她来自一个遥远而神秘的西域之邦。

唯一能代表她的身份的，就是这颗很神秘的珠子。义父曾告诉她，当年收留她时，那个西域人交给他这枚珠子，说这是大月氏王室所留的信物。

这是一颗有十个天眼的神珠，号称天目神珠。珠子类似玛瑙，却又生出许多眼睛模样的纹理，极为罕见。因为太奇特，义父郭解曾请教过许多珠宝大贾。有人认为这就是春秋战国时代便名动天下的"隋侯珠"；也有胡商认为，这是从西域流传过来的一种珍稀人造宝石，它有个奇特的名字，叫"蜻蜓眼"。

（作者按：这种蜻蜓眼人造玻璃珠的技术为波斯人所掌握，与传说中的隋侯珠——春秋战国时中国自产的人造玻璃并非同一种玻璃。蜻蜓眼人造玻璃宝珠早已经由胡商贩运至中国，在曾侯乙墓等战国古墓中出土过这种西方人造玻璃珠。）

义父对"蜻蜓眼"人造宝石这说法嗤之以鼻，坚信这是天然生成的天眼，便名之为"天目神珠"。虽是关乎云裳出身的信物，平时都是义父贴身戴着，只给她把玩过几次。每到大战将临或是有大事决断，墨门巨子总会捻着他的天目神珠，摩挲不已。

"难得你还记得这个珠子！"女王轻轻转动手指，珠子微微转动，那些眼睛便生出诸多奇异的光芒，"它就是我们月氏王庭的标志信物。"

云裳这才恍然，忍不住说道："关于我的出身，义父曾给我透露过消息。确实有月氏王庭的说法，但我一直……不敢相信。"

"这种蜻蜓眼宝珠制造工艺颇为繁琐，而这种十只眼相同大小的宝珠，在整个月氏王庭也只有三颗。"女王拈起自己颈上的项链。项链上面，几颗晶莹剔透的玉石簇拥着一颗"蜻蜓眼"神珠，与先前那一颗全无二致，只是大了一些而已。

"另一颗在丽蕾那儿，你的妹妹一直戴着。"女王的脸上珠泪纵横，"你们刚出生不久，月氏发生了战乱。匈奴联合乌孙，挥师杀到，攻破了我们的王城。当时，你父王率军引开了敌方大军，我则率领月氏的主力突围。但那时候，匈奴的细作已经渗入王庭内部，整个月氏王庭都危在旦夕，我便命两个死士护着你逃走。那是我一生中最艰难的一次赌博，我……要留下一个，为了你父王，也为了月氏！"

云裳已经泣不成声。女王也是泪如雨下，但声音却始终平稳："后来，你父王战死，我们则侥幸在这里站稳了脚跟。此后我开始疯狂地找寻你的下落。可惜寻遍了整个西域，却始终找不到那两个死士和你的消息。我万万没有想到的是，你们居然随着一支商队去了大汉。而你，居然被墨门巨子收留并养大。"

"你是我的女儿！"她抚摸着她的脸，一字一句地说道，"我不会让你再离开我。"

云裳叫了声"阿母"，便扑入了她的怀中。

那是一种久违的温暖。

云裳和女王都十分激动，旁观的老妇琼妮也是老泪滂沱。甘夫慢慢地垂下头，眼眶同样有些潮湿。多年之前，他也有过这样的相遇，也有过这样的欢喜。

云裳忽然想起了什么，登时浑身冰冷，颤声问道："阿母，是谁给你的珠子？是义父么……郭解，他来了？"

当年樊川一战，郭解和支离舒坠入潏河，生死不明。这个结果她偶尔想起来，便觉不寒而栗。好在十年已过，她再没有听到义父的任何消息。无论是消息灵通的卓轻闲，还是跟无为学宫颇多联系的吕英，都对她确认过，墨门巨子肯定已经死了。

但这一瞬，她忽然间看到这颗义父随身携带的宝珠，登时生出一种不祥之兆。

"郭解已经死了。这是他临死前托其门人送过来的。"婕丝女王望着女儿那张受惊的脸，轻轻地拍着她的肩，"为什么提起你的义父，你会如此惊惧？"

"义父将我养大，可是，他是个大恶人，一个真正可怕的大恶人！"云裳簌簌地抖着。听到女王的话，她的心底彻底松了下来。十年了！他受了致命的重伤，哪怕当时未死，现在也该老病而亡了。

"放心吧孩子！这里是月氏，再不会有任何人能伤害你。"女王轻叹道，"现在，要跟阿母回王宫看看么？那里才是你的家！"

云裳还在被一种巨大的幸福感包围着，仿佛这一切依旧是不可置信的梦，怔了怔，才道："我想先回使团，明日我再过来。"她握住甘夫的手，"他是我的夫君，我们要一起的，可以吗？"

"当然可以。"女王温和地望了眼甘夫，"欢迎之至！"

马车外，长街上响起阵阵呼哨和喧闹声，雪枭正四处频频招手，然后兴冲冲地走进公主府。

甘夫忽问："我听说，匈奴是大月氏的世仇，那为什么还允许匈奴的王子雪枭向丽蕾公主求婚？"

月氏女王的眸间闪过一丝异色，随即淡然解释道："因为这是政治。在政治中，我们决不能简单粗暴地记住仇恨，而是要巧妙地化解它。

"实际上，雪枭虽是匈奴贵胄，却不是龙城嫡系。他所在的部落属于匈奴最西边的一个偏远部族。这个部族对我们有恩。当年我率众突围时，他们收了我们的金银，偷偷将包围圈打开一个缺口，放我们逃走。

"现在，丽蕾和雪枭联姻，既报答了这个部落，更让月氏与匈奴缓和了关系。很美妙的政治手段，不是么？"

"也许是吧。"甘夫点了点头。

云裳也只得笑笑："阿母确实运筹神妙。"

"期待你们明日过来。"女王的神色已恢复了从容，"在王宫里，要叫女王陛下。"

"是！"云裳在心底深深叹了口气，躬身道，"女王陛下。"

他们下了车，马车驶向王宫。

拐过长街，不远的街角处，一个高大的傀儡师半倚半坐，冰冷的目光直射向车内，与女王的目光相遇。

"请汉使圣者接受大月氏国师的请帖，赴会'天坑之探'。"

大汉使团所在的驿馆中，张骞他们刚刚逛街归来，便见到了在驿馆内恭候已久的两位灰袍甲士,后者恭恭敬敬地向张骞递上了一份请柬。

"何谓'天坑之探'?"张骞接过请柬,见那上面写得太过简单,便问道,"这天坑又在哪里?"

"我们是月氏国师伊木归大巫的弟子。"灰袍甲士挺直了身躯,他们这身打扮,正是月氏内部高级武士才有的装束,"天坑就在天火圣山内,是一处天然形成的大坑,深不见底,终日被云雾封锁。本地百姓故老相传,那天坑内关押着一位神秘的天神。国师推算,那天坑应是一处远古的战场遗迹,那里面确实封印着一股神秘的力量,但却不是天神,而是一只可怕的怪兽……"

"圣山……天坑?"卓轻闲听清那灰袍甲士所述的天坑形貌,蓦地一惊,悚然道,"那里便是西域五大禁地之首的猎魔坑吧?"

众人都是一惊。因为西域地域广大,邦国众多,所以这西域五大禁地,各邦间有着多种不同的说法,但所有说法中,稳居榜首的,都是猎魔坑。

这猎魔坑的方位极为神秘。卓轻闲在楼兰等地打探了许久,却只得到两个信息:它在西域的最西方;这猎魔坑是个深不见底的神秘所在。

现在,他们来到西域之西的大月氏,这圣火天坑正是深不见底,里面很可能还封印着一只远古怪兽,岂不正与猎魔坑的传说相符?

张骞听卓轻闲如此贸然出言,不由心生歉疚:那里是月氏的圣山,怎能呆气十足地问人家,那里是不是凶险的禁地所在?

不想那灰袍甲士却不以为然地笑了笑:"上使说得不错。那座神秘天坑,很可能就是五大禁地中最神秘的禁地猎魔之坑。但那里很久以前便被圣火教视为神圣的起源地,连圣火教祭司都不敢靠近,所以没有人知道究竟。"

"近年来,天坑内异动频频,似乎那可怕的怪兽就要破封而出了。只不过那天坑所在的天火圣山,无论是现在的月氏王庭,还是过去的大夏王庭,都将其视为神圣之山,终年封闭,不允许任何人涉足,哪怕是我们的国师大人也不例外。

"现在机会来了。我月氏王庭近日要进行一次极为隆重的五部会盟，女王钦点的会盟之地也正是在天火圣山。经国师几次恳请，女王终于恩准，让国师筹划了这次'天坑之探'，希望联合天下诸多宗师圣者，在此会盟之际，共同探明天坑之秘。"

"五大禁地之首的猎魔坑，天坑内的神兽？"张骞大觉有趣，笑道，"贵国国师的研究，倒让我想到了那位神秘的沙门昙伽罗。"

"昙伽罗大师是研究怪兽的大学问家，自然也在邀请之列。半年前，请柬已经送到他的手上。"

"半年前？"张骞更是一惊，看了眼手中的请柬，那落款日期却是近日的。

"因为所请的赴会宗师都在极遥远的所在，所以请柬很早就发出了。给尊贵的大汉使者的这一份，是新近才写的。听闻大汉使团中有着诸多圣者，所以国师才临时写下这份请柬。"

"极遥远所在的赴会宗师！"张骞兴致更浓，"不知都是谁？"

一位灰袍甲士躬身道："姑师大巫胡忧……"

第一个名字就很熟悉，让众人有了些惊诧。

"只是胡忧国师近日派人传回讯息，他已随着昙伽罗大师云游西域了。虽然他二人都是国师的旧友，但这一次，胡忧国师已决意随着昙伽罗大师抛却外物，专心远游清修，二大圣者可能都不会来赴此天坑之探了。"

胡忧随着昙伽罗一起云游的事比较隐秘，不想这月氏国师居然了如指掌。众人都点了点头，想到不能再见到胡忧、昙伽罗两位老友，都有些惆怅。

"匈奴大巫龙缺。"

听得这个威震匈奴的名字，众人不由一阵惊呼。卓轻闲忍不住问："大巫龙缺远在匈奴龙城，贵国师是怎么将请柬送达的？"

"国师交游广阔，几乎认识天下所有的圣者宗师。他们相互间以飞鹰传书。"那甲士躬身道，"龙缺大巫已答应前来。"

张骞心中一动。他知道，大巫龙缺一直深受军臣单于器重，私下里又与左贤王关系极佳，这次左贤王起兵，与军臣单于之子于单争夺大单于之位，大巫龙缺不得已保持了中立，也许他远来月氏，就是一种避而远之的无奈之举。

那灰袍甲士又道："应该还有三位神秘客人。具体是谁我就不知道了，据说他们的修为都不在大巫龙缺之下。"

众人更是震惊，与大巫龙缺不相上下的人，天下当真是屈指可数了。

"还有几日就要到赴会时间了！"张骞看了眼柬上的日期，随即正色道，"好！请转告贵国师，届时本府必会亲临圣地，与四方圣者一晤。"

两名灰袍甲士再深深一揖，恭恭敬敬地告辞而出。

"不好了，不好了！"众人在甲士离去之后，正议论纷纷，巴卡的声音从院外传来，"雪枭，雪枭来啦！"

巴卡一阵风般跑进内院，身后跟着风君天。

张骞笑道："小别扭你又没见过雪枭，知道他是谁么？"

"怎么不知道！风大伯说了，他可是你们的死对头，一路上带着匈奴兵马，像鬼魂一样没完没了地追。"巴卡瞪大了小眼，"这次可不一样啦！那家伙不但来了，还跟那什么公主求婚成功啦。"

张骞大吃一惊，忙向巴卡身后的风君天细问究竟。

原来适才众人一同外出游玩，张骞等人先行回转，只有风君天被小别扭缠住，继续陪他在街头闲逛，正好听闻了求婚公主这等大热闹。虽然那条大街已被封锁，但这两人得了当地闲人的指点，绕到最近的街衢，爬上高树，竟也看了个满眼。

听风君天详述过程，张骞顿时长眉紧锁。雪枭如此大张旗鼓，显然绝不仅仅是为了求婚，而是在向同在月氏的大汉使团示威。

大汉使团万里迢迢，远赴西域出使，最终的目的地就是月氏。虽然多年前张骞经过考察与布局，已经将夹击匈奴的友邦选定为乌孙，但对于多年来初心所系的月氏，使团的所有人都有一份别样的期望。

如果来自匈奴的雪枭当真求婚成功,那么对大汉使团来说不啻当头一棒,非但出使的重任难以完成,使团的前途也会变得凶险难料。

"甘夫和云裳呢?"张骞忽然想起了什么,"他们出去了许久,怎么这时候都没有回来?"

"回来了。"

门外响起甘夫的声音。二人联袂而入,众人的目光却都落在云裳的身上。

"居然是这样!这可是件喜事。"听罢甘夫简短的述说,张骞大为惊喜,"这么说,我大汉使团竟是出了一位月氏公主!云裳,你这万里认母,也是一桩美谈呀!"

群豪的心情也都为之一松。虽说前有匈奴王子求婚成功,但后有大汉美女归宗认母,这也算大汉使团进入月氏后的一个好消息。

众人纷纷祝贺,云裳却只是苦笑着,脸上满布忧色。

张骞知她心中颇多顾忌和犹豫,便温言宽慰道:"不管如何,找到自己的母亲,终是件天大的好事。与当年匈奴右贤王冒认甘夫相较,月氏女王对你,可说没有任何功利之心。那颗十目神珠,还有你那双生姐妹丽蕾的容颜,都是最有力的佐证。毫无疑问,你就是婕丝女王的女儿。"

见云裳兀自沉吟,欲言又止,张骞又道:"现在一切只看你自己。如果你要留下来,大汉使团定会恭喜你认母归宗。"

"我知道。很小的时候,我就从义父的口中听说过,我来自大月氏,那里是我故乡。"云裳忽然凄婉地一笑,"实不相瞒,当初我之所以进入使团,除了想亲眼看看这个遥远而又神秘的故乡,更多的想法则是……逃离!这些……甘夫是知道的。"

甘夫的眼神抖动了一下,没有说话。

"我一定要逃离那个让我恐惧的墨门。幸亏后来我遇到了甘夫,遇到了使君……十年了,虽然我们一起吃了许多许多苦,但我喜欢使团的一切,包括那些苦。这时候让我进入月氏王宫,反而会让我畏惧。"

她看一眼甘夫，又道："我是他的妻子。经过这许多事情，我很希望抛弃一切，平平淡淡地过日子。我不想……再卷入什么旋涡。"

吉祥看了眼张骞，轻叹道："我明白云裳的心思。荣华富贵看似风光，但也是个极大的旋涡。"

"好吧！这两日，你还可以多想一想。"张骞扬起双眉，"不过，你是大汉使团的一员，哪怕你卷入了什么旋涡，你的背后，永远有大汉！"

这时，驿馆外又有月氏礼官求见。原来这礼官是送来女王最新的口谕，恭请大汉使者明早进宫，女王有要事和贵使商议。

众人对望一眼，心内均想，月氏女王竟是如此着急！

月辉如纱，夜色柔美。

卧房内的灯烛也闪着朦胧的辉光。一番酣畅淋漓的缠绵后，丽蕾公主意犹未尽地伏在雪枭的胸口，兀自动情地喘息着："果然，你变得越来越强了。"

雪枭抚摸着她明丽的俏脸，苦笑道："但那时候，你却没有选择我。"

"你也知道，那时的我是身不由己。嫁给大将军乃康家的那个死鬼，对我的力量会大有助益。没想到，他竟是个风流鬼。"

"好在你还有我。我给你的药很管用吧？"

"至少他爹是不会看出端倪来的！"丽蕾哼了声，"罪有应得的短命鬼，背着我养了那么多小情人！"

"你曾经喜欢过他么？"雪枭抚摸着她，感受着掌下的柔软滑嫩。

"不得不应付一下而已。我要如愿当上女王，就得利用他父亲的力量。现在看来，应该是他父亲乃康最先背叛了我们。"

她慵懒地翻了个身，肆无忌惮地向他展示着自己的美艳："好在这时候你回来了！"

雪枭的眼神狂热起来，再次疯狂地扑了上去。

"等一等！"她忽然抵住他的肩，"比起王庭里那些老古板们，更让我头痛的是我母亲。现在她居然给我认了一个姐姐！她叫云裳。我可不想还有人能跟我平起平坐。"

"云裳，那个大汉使团中的美女？我知道她。虽然激战时，只是远远扫过几眼，可还是让我吃惊不小，那简直就是你的影子！"

"我的宝贝儿！"她拍着他的脸，冷冷道，"替我杀了她！我的人马你可以随意调动。"

雪枭阴冷地一笑："我们都是一般的心思。我甚至想宰了所有的大汉使团！好吧，不管师尊怎么看，这件事，我马上就去安排。"

夜深如海。大汉使团的人大多已进入梦乡，卓轻闲却听到了一串熟悉的敲击声。他悚然披衣起身，打开房门，一袭熟悉的身影闪入屋内。

"恭迎师尊！"卓轻闲没有点灯，在淡淡的月辉下深深一揖，喜道，"师尊果然亲自来了。"

"月氏国师的请柬，天坑之探的秘约，这场热闹我当然要亲眼看看。"昆仑道宗主青霄飘然坐在一张胡椅上。

"师尊难道一直在关注那天坑之探？"卓轻闲惊疑不定。

"月氏国师伊木归！你可知道他的真实身份是什么？此人原名本叫……伊蒙。"

"伊蒙？"卓轻闲浑身一震，"匈奴三大巫中身份最神秘的那位？"

"不错。这伊蒙早早地便在匈奴敛迹退隐，却来到月氏，凭着一身神通，做了国师。此人还有一个身份。他很可能就是雪枭的师尊。"

卓轻闲更觉震惊。匈奴三位大巫，名气最大的自然是龙缺，被甘夫击杀的凌度修为最低，另一位伊蒙最为神秘，多年来罕有消息传出，许多人甚至已经忘记了这位大巫的名讳。

而现在，这位最神秘的匈奴大巫，居然成了月氏的国师！而此人的另一个身份，则是雪枭的师尊。卓轻闲不禁震惊无语。

青霄继续介绍道："匈奴三大巫中，此人所学最为广博，术法也最为怪异。他心高气傲，自觉无法胜过龙缺，干脆改名伊木归，远走西域。没想到一路向西，居然在大月氏做了国师。

"他颇喜研究诸般异兽。他修习的天圣术，实是一种更精深更高妙的噬兽术。这门邪法失传已久，伊木归钻研多年，居然成功。他以此术探查各种神异妖兽，更是得心应手。圣山天坑是他关注已久的地方。这一两年来，天坑内神兽的异动越来越频繁，伊木归便飞鹰传书，将我们都约了过来。"

"除了师尊和大巫龙缺，还有其他的大宗师？"

"公冶易是必然会来的。另一人，原本是巨子郭解。"青霄的眸间射出一抹寒芒，"不过，他自然已不在了。"

听得"郭解"的名字，卓轻闲心头骤紧，又问："飞鹰传书！看来伊木归与师尊等诸大宗师早有联系？"

"还记得十余年前那次天选盛会么？那时大巫龙缺便以研究祭天金人为名，将我约到匈奴。那之后不久，这世间的几大玄圣道高手之间，便有了飞鹰传书。

"其实，我们这些老不死活得太久了，即便不用飞鹰传书，相互之间也早有感应。这也是为什么这么多年，公冶易不踏入匈奴、龙缺不涉足中土的缘由。但我们都有一个念头，都想亲眼看看昆仑之秘。"

"昆仑之秘！"卓轻闲暗惊。他忽又想到，既然师尊这些接近突破最后一道门槛的大宗师相互之间早有感应，那么无论是龙缺、公冶易，还是师尊，只怕彼此都已经知道，对方已到达大月氏。

"除了师尊、龙缺、公冶易，接到请柬的神秘宗师还有谁？剑神凤大师会来么？"

"剑神凤九应该不在此列。"青霄有些惆怅，无奈地苦笑一声，"当年郭解覆灭，凤九以一剑之威震慑天子，随即便远遁深隐。他曾说过，自己已是九天之凤，哪怕是昆仑，也早在自己的羽翼之下。"

卓轻闲不禁有些心驰神往，稍一沉吟，又问道："师尊以为，这天坑之探，真的会破解昆仑最后的秘密？"

"也许不会，但更大的可能是……会！那地方可是西域五大禁地之首的猎魔坑！天南地北，我们这些老魔头都来了。这也许是我们有生之年破解昆仑之秘的最后机会。"

"这些话,要不要告诉张骞?"

"用不着你告诉。公冶易已然来了,他自然会与大汉正使见面。"

卓轻闲叹了口气:"无为学宫和万灵宗的首脑碰在一起,少不得会有一番纷争。还有,召集者月氏国师,竟是被龙缺压在头顶许多年的匈奴第二大巫。这些人碰在一处,怎么看,都是一个激流暗涌的大局!"

"所以这一次的天坑之探才会很有趣!"青霄的眸间闪出一抹锐利的光彩,"以天下为棋盘,以诸侯为棋子,博弈天下,方能显出我昆仑道的大气魄!"

翌日清晨,张骞被一辆王室的马车接入月氏王宫。

月氏女王极为重视这次密谈。简单处理完当日的政务后,她便跟大汉正使展开了深谈。

陪同女王用罢午膳,张骞回到驿馆,带回来大月氏女王认女的最新消息。

"婕丝女王非常激动,也极为看重云裳。三日后,她要大宴群臣,为云裳举办极为隆重的公主加冕仪式。女王原本只有一个女儿丽蕾,现在这个仪式不仅仅是加冕公主,更可能的是,她要借助这个仪式,把云裳纳入王位继承人的序列。"

"咱们云裳姑娘会成为月氏的王位继承人?"风君天等人都是又惊又喜,有人便开始喊着要云裳请客。

"等一等!"卓轻闲却低呼起来,"这就有些古怪了!这么多年来,月氏就只一个公主,丽蕾便如咱们大汉般,当了许多年的太子了。月氏女王认女也就罢了,怎么又忽然将云裳加入王位继承人序列?这让那位做了多年太子一般的丽蕾公主情何以堪?这里面,只怕大有玄机吧!"

"是颇有玄机!虽然女王今日跟我欲言又止,但其中暗含的矛盾,在丽蕾公主那日招亲时,便已经凸显了。"张骞道,"我曾听甘夫和云裳说,那日赶来求婚的,只有两个大臣之子,其父辈也算不上什么重臣。

这不是很奇怪么？"

吕英叹道："不错。向第一公主求婚，而且这位公主将来会成为月氏女王，那些大权在握的月氏大臣们怎会无动于衷？"

"果然！从女王跟我说的话中，隐隐透露出了这样一个可怕局面：她现在已难以掌控月氏的政局！"

这句话，让众人齐齐一惊。张骞又缓缓道："回来的路上，我又跟陪同的礼官聊了聊。有些事在月氏已不算什么秘密了。那礼官显然是得了某些人的授意，跟我透了不少消息。在我们大汉，太子为国本，在月氏，王位继承人同样重要。可大月氏的困局是，女王后继无人。

"当年的月氏王与其他王妃生有两个儿子，均已死于战乱，这样，王后婕丝所生的丽蕾公主便是硕果仅存了。可这位丽蕾公主生性放荡，豪奢无度，结党营私，不能服众。这两年她甚至与她的公公、月氏的第一实权人物大将军乃康生了嫌隙。

"一年前，大将军乃康之子、丽蕾公主的丈夫尔东暴毙，公公和儿媳彻底翻脸。最早起来反对丽蕾公主继承王位的，正是大将军乃康。乃康鼓动许多祭司上奏，声称丽蕾公主轻浮，又有两任丈夫暴毙，是为不祥之人，不可定为王位继承人。"

卓轻闲问道："如果丽蕾公主不能继任王位，婕丝女王还有其他的选择么？"

"只有两个。一是婕丝女王的侄子巴尼王子，另一个是女王亡夫、当年月氏王的侄子达罗王子。"

卓轻闲苦笑着说道："如果丽蕾公主不能继承王位，婕丝女王自然是希望将王位传给自己的亲侄子巴尼了！她是巴尼的亲姑妈，相较之下，她亡夫的侄子只能喊她一声婶子，其中亲疏，自然不同。"

"不要忘了！虽然婕丝女王这些年在全力栽培自己娘家这边的势力，但其夫家的势力在月氏一直极盛。当年月氏王战死沙场，月氏族人素念其恩，近年来还政于月氏王一脉的呼声也是渐高。"

"怪不得！"吕英喃喃道，"昨晚跟甘夫闲聊，听他说起，那些人向丽蕾公主求婚时，女王一直阴沉着脸。看来，只有两位大臣之子赶来求婚，对女王来说，已是一个极凶险的信号了。"

吉祥居次忍不住问道："既是如此，婕丝女王又何必要将云裳列为王位继承人呢？"

这句话也问出了众人心中所想。当了多年第一公主的丽蕾都不被认可，婕丝女王将新认的女儿云裳列为王位继承人，又有何用处？

"先是堵住异见者的嘴。你们说丽蕾公主不祥，那我便找到一位新的继承者。"张骞分析道，"更因为云裳是大汉使团的使者，身份高贵，身后必然得到大汉的支持。三日之后，云裳公主加冕之礼成功，婕丝女王两个女儿的背后，便分别有了大汉和匈奴两大势力。女王肯定不会急着宣布谁是真正的第一公主，因为那样会导致两大强国只支持自己一方的公主。如此一来，婕丝女王的地位便会稳固许多。"

卓轻闲恍然大悟："原来女王考虑的其实不是女儿，而是她自己。"

"婕丝统领的月氏，是能与乌孙、匈奴抗衡的大国，她本人当然精于权谋。女王的当务之急，是先巩固自己的王位。只要她的权势稳固了，其后想传位给谁，都是水到渠成之事。"张骞叹道，"如此推断下来，云裳其实也只是婕丝女王纵横捭阖的一颗棋子。"

吕英叹道："这婕丝女王当真是个权谋高手！"

"既然如此，云裳凭什么给她做棋子？"吉祥顿了下脚。

"无论如何，此事都要尊重云裳本人的想法。"张骞道，"大家先莫要急着下定论。无论如何，云裳寻到自己的亲生母亲，总是件天大的好事。对了，他们两口子去了哪里？"

见张骞问起云裳，风君天答道："小别扭昨日缠上我，今天是缠上了甘夫两口子。云裳也说要出去散散心。"

虽然仍是月氏王城的街衢，虽然已经逛了几次了，但今日，那些寻常巷陌跳入云裳的眼内，就带着一种扑面而来的亲切感。

"想好了，留在这里？"甘夫半是玩笑、半像认真地问。

"很小的时候,我就幻想,月氏到底是个什么样子?但当我真正到了这里,特别是极有可能留在这里时,我忽然有些犹豫了。"

"犹豫什么?"

"许多事,也许只是幻想中的才好。"

甘夫没有说话,只叹了口气。

"我们这次出使,遥远得似乎没有尽头,长得仿佛就是一辈子。我们每个人也都跟这次遥远的出使一样,在不停地跋涉,不停地寻找。到最后,我们会找到自己最初想要的一切么?"

甘夫还是没有答话,目光越发深沉。云裳也不再说话。巴卡听不懂他们的话。几个人便只是沉默地向前走。

玉石大道是一条很著名的宽敞街道,路边有几个小贩,身周零散摆着一些小件玉石。西域有几处著名的产玉之地,月氏是大邦,自然少不了玉石商贩来此买卖。

在中原的战国晚期,西域的形势是"东胡盛,月氏强"。匈奴尚未兴起,强大的大月氏便控制了西域和中原间的玉石贸易通道。传统延续至今,玉石买卖在大月氏仍是颇为兴盛。

今天恰逢大集之日,此时天色尚早,挑选货物的客人们还不多,但已经有些艺人来此献艺了。

两个表演吐火幻术的艺人正在喝骂驱赶一位怀抱竖琴的盲琴师。盲琴师似乎是刚刚赶来的外来艺人,身子瘦小干枯。他似是占了幻术师的地方,因此遭到叱骂驱赶。

云裳看那盲琴师可怜,便丢给他两枚当地的钱币。

冲突很快平息。那边玩火的幻术师见云裳出手阔绰,忙赶过来赔笑讨好。

"小心!"甘夫的脊背却突然绷直,陡地按住云裳的手。

小巴卡也被他唬得紧张起来。

三人游目四顾,除了眼前这两个一脸贱笑的幻术师,不远处便是几个卖力嘶喊的小贩。小贩身边是几个流连不去的客人。

第八章 扬眉奋剑，盛典争锋

一切都很平静。

"怎么了？"云裳刚问出声，便看到了一道光。

一个小贩不知从哪里窜了出来，劈面向她抛出一块玉石。玉石骤然在空中炸开，迸出四五道细密的刀芒。

甘夫闪身迎上，扬手之间，几道刀芒几乎同时跌落。

两个幻术师吓得大叫。甘夫没有搭理那个发出玉石飞刀的小贩，转身挥出数道袖箭，激射向一个悄然挨近的斗笠客。

斗笠客疾冲过来，袍袖激荡，斗笠掀开，现出一张阴沉的大脸，正是金雕客库欣。

他的脸色没法不阴沉。他本以为，这次暗杀设计得极为完美，定会杀甘夫云裳一个出其不意，不想甘夫简直就是个灵兽，对各种杀机有种精准的直觉，现在反而让甘夫这被狩猎者抢了先手。

"退！"甘夫大喝。这是对云裳和巴卡说的。

这是他第二次和库欣交手。深知这个天元道大巫师的厉害，他抽出日月神刀，双刀幻出道道银芒，汹涌劈出。

库欣双袖疾扫，阴寒的气息如怒涛般卷来。他专修的阴寒之气甚至能克制蜃龙这样的怪兽，此时全力发出，更是势道骇人。与此同时，他的长刀也从寒气鼓荡的袖底挥出。

他颇为忌惮这个俊逸青年，所以不惜舍下老脸，准备全力缠住甘夫，至于那个云裳，交给几名银鹫客对付，已是绰绰有余。

此刻他大袖膨胀如帆，寒气鼓荡如潮，但那把狭长的刀才是真正的杀招。狠辣的刀招从袖底刺出，令人防不胜防。

三名化装成商贩的银鹫客已从不同方位扑向云裳，将她的退路堵得死死的。

云裳看出凶险，当机立断，扬手祭出偃术傀儡。天宰、地妃、月童三大傀儡舞动刀剑，勉力挡住三名银鹫客的第一轮攻击。

云裳知道这三个傀儡撑不了太久，扯住巴卡的手，转身疾奔。

两名银鹫客忙兜过来拦阻，不想一根巨棍从天而降，当头扫来，却是甘夫全力疾攻数刀、逼得金雕客稍微一退之际,闪身挥出了天雷棍。

当先那银鹫客双臂剧震,巨棍之下,长刀倒飞。

"快走!"甘夫大棍远击,长刀近袭,瞬间便杀出一条血路。

"缠!"一名银鹫客打了声呼哨,随后三条银色长链绕空盘旋,骤然飞坠,紧紧缠在甘夫的天雷棍上,跟着又是三条长链抛出,瞬间缠住那把日神长刀。

无论是金雕客还是银鹫客,对上大汉使团的甘夫,都绝不敢掉以轻心。上次在姑师数人苦战不下的经历,让他们太过吃惊,因此这次出手,完全是有备而来。

这几人激斗甘夫,金雕客库欣故意落后半步,此刻见甘夫的兵刃被紧紧锁住,便飘身直进,猛然欺到云裳的身边。

这也是他们计议好的策略。如果遭遇苦战,经过一轮纠缠后,就果断换位,银鹫客负责缠住甘夫,由修为最深的库欣袭击云裳。

库欣动如雷霆,双手捧刀,迎面一刀劈落。他的修为远胜云裳,却仍是全力而出,务求一击必中。

云裳只觉得一道冰冷的激流当头砸落,汹涌澎湃的寒意包裹了一切,无可抵挡,无处逃避。她的修为原就比库欣差了许多,此刻猝不及防,惊骇之下,只得先将巴卡远远推了出去。

猛听轰然震响,一把金色的短刀斜刺里挥到,横在云裳头顶。

危急之际,甘夫干脆抛了天雷棍和日神长刀,如电般冲过来,挥出月神短刀,架住库欣这雷霆一击。

库欣的眸间闪出一抹骇色。他知道,自己身为天元道宗师,那全力挥出的一刀有多么可怕,但这青年的身法简直如鬼魅一般,这一瞬的急速横移,甚至已经超越了他的修为极限。

双刀相交,甘夫喷出一口鲜血。

危急之时,他将大半的修为都用在疾冲的身法上,仓促间挥出的短刀,自然无法抗击库欣的雄浑一击,经脉受震,登时口吐鲜血。

库欣目光冷厉,不给甘夫一刻喘息之机。他嘶声怪啸,长刀猎猎,数道厉芒伴着凄厉的寒气劈头盖脸地袭到。

与此同时，六道银链重新舞起，诡异无比地缠向甘夫的双腿。

这一次金雕银鹫竟是分进合击，完全冲着甘夫一人。

云裳知道自己修为相差明显，这时候冲上去也只能是给甘夫帮倒忙，只得再次将三大傀儡祭出，偃术傀儡刀剑并举，分别冲向三名银鹫客。

就在这时，云裳忽然听到了琴声。

琴声很柔和，像三月的春雨，每一声入耳，她便觉得脚下一软。

连绵数道琴声如有实质般地切入她耳内，云裳的脚下便是一步比一步软。

琴声乍止，她已是双腿无力，险些栽倒在地。

她扭过头，便看到了先前那个瘦弱无助的盲琴师。盲琴师抱着一张当地常见的竖琴。云裳在大宛也见过这种颇有异域风格的琴，这种琴都要竖起来弹奏，形制则是大小不一。

这张琴明显要小一些，却透出一种犀利感。更为犀利的，则是盲琴师的目光，他张开那双一直半翻着的惨白双眼，目光已变得锐利如电。

甘夫这时候还在激战。他对凶险原本有着超然的感应，但此刻却完全感应不到琴师的杀机，所有的杀气都被那柔软的琴声掩盖了。

他和云裳都全然想不到，被那些艺人们喝来骂去的盲琴师居然是个身负绝技的刺客！这次杀局最狠毒的必杀之刺，不是来自银鹫客或金雕客，而是这个毫不起眼的盲琴师。

琴师划出最后一道音符，云裳觉得自己的呼吸都要随着那道轻柔的琴音停止了。

然后琴师挥出两根琴弦，飞刺云裳的双眸。

云裳奋力扬起头，挥剑上撩。这已是她动作的极致。此时她浑身的罡气完全无法运使，更别提调动偃术、驱使三大傀儡了。

短剑在最后时刻撩开琴弦。

琴师却笑了。他好整以暇地挥出第三根琴弦，刺向云裳的咽喉。

仰头躲避那两根琴弦，云裳已是力竭。此刻她那修长的玉颈正好弯出了好看的弧度，仿佛待宰的大鹅，恭候琴弦如利箭般射来。

避无可避，完美刺杀。

就在这时，一只手斜刺里伸来，猛地揪住了琴弦。

琴弦兀自在那只手中飞窜向前，仿佛忽然被抓住的蛇，在不甘地扭动。那只手微一用力，琴弦立时便软塌塌地垂落下来。

飘然闪来的，是个苍老的妇人。云裳见了，又惊又喜，因那老妇正是在女王马车内贴身服侍的琼妮。

琼妮很自然地翻过腕子，屈指疾弹。琴弦倒射回去，不是一根，而是三根——那两根也早被她神不知鬼不觉地抓在了手中。

琴师的笑容瞬间僵硬，却仍是探掌抓向劈面射来的三根琴弦。

他这一抓颇为老辣，兼具沉稳迅捷之妙，同时他脚下飞弹，神行术运到极致，如一道影子般向后飞窜。一个高明的刺客，最紧要的，就是身法有如鬼魅，关键时刻能及时逃生。

但那三根琴弦当真如同有灵性的蛇，在空中倏地一转，竟从琴师的掌间窜了过去。一根射空，另两根如钢针般插入琴师的面门。

琴师还没叫出声，琼妮的手已经稳稳地扣紧了他的咽喉。

"你是月氏人！是谁派你来的？"琼妮森然冷喝，五指收紧。

这几下兔起鹘落，转眼间胜负逆转，大局已定。

率众围攻甘夫的金雕客瞥见这边战况，登时一惊。这次刺杀是由他策划的，甚至为此出动了极高规格的人马。在他的计划中，金雕银鹫之外，最出人意料的刺杀环节，便是由这位看似人畜无害的盲琴师来完成。

但天衣无缝的刺杀大计，却被这突如其来的老妇弹指间破坏。库欣目光老道，立时看出这老妇的修为竟还在自己之上。

"撤！"库欣当机立断，呼啸一声，同三名银鹫客四散遁走。

甘夫懒得追击，忙赶过来扶住云裳。云裳惊魂未定，扑入他的怀中，放声大哭。

那琴师在琼妮掌下，却沉默不语。

"说！你背后是谁？我代表女王，可以饶你一命。"琼妮声音淡淡的,手底催运罡气,那两根琴弦仿佛毒蛇般、慢慢向琴师的面门深处钻去。

"你不会知道的……永远！"那琴师忽向老妇诡异地一笑,嘴角渗出黑色的血丝,一股黑气陡地弥漫全脸。

琼妮大惊。她想不到这琴师刺客嘴里竟含有剧毒药物,忙将那毒发身亡的尸身抛了。

"云裳公主无恙吧？"琼妮赶过来,向云裳恭敬施礼,"女王已察觉到王庭有些异样,所以特命我赶来,暗中保护公主,万幸的是,我来得还算快。"

"这个刺客……"甘夫盯着那具满脸乌黑的尸身,"应该是你们月氏人吧？可知道他到底是谁派来的？"

琼妮神色一僵,半躬了下身,说道："这我可不敢乱说,只能待有司查验了。"

这一通搏杀,早引得街上乱成一团。有人横尸街头,一队巡街官兵已向这边飞奔过来。

"能否请公主随我进宫？"琼妮再次恭请,"女王陛下对公主的安危极为在意。她叮嘱过我,决不能让你再受到任何伤害。"

听到她最后这句话,云裳的心底有了些暖意,却缓缓地摇了摇头,说道："我还是先回使团吧！只有在使团中,才会让我安心。"

"好,我们回去！"甘夫又拍了拍小巴卡的脑袋。这小家伙的脸也吓得煞白。这一战虽然短促,但实是凶险万状。

"知道么？我终于想好了！"云裳的红唇弯出冷艳的弧度,"不会再犹豫了。"

云裳的加冕盛典之日,女王特派了一队王庭重甲护卫前来,将使团一行人重重护卫着,送入王宫。

经过那场惊天刺杀,大汉使团和月氏王庭都更加谨慎小心,使团所住的驿馆受到王庭的特别护卫。

王宫大厅内灯火辉煌,案头满布美酒佳肴,看起来更像是一场盛宴。

这加冕礼完全是月氏风格，所有官员和宾客均是盛装出席，大汉所习用的那些祭祀礼仪在这里根本用不到。

云裳早就被琼妮接走。在一间精致的暖阁内沐浴更衣后，她换上了一套月氏公主的鲜艳服饰。两名侍女先帮她绾好月氏时下最流行的发髻，再为她做好最精致的月氏贵妇妆容。

云裳坐在铜镜前，凝望着镜内的美女，对眼下的自己甚至有些惊艳了。

忽然，铜镜内又出现了一张脸。这是与云裳一模一样的脸孔，甚至连发髻装饰都别无二致。

望着铜镜内的那张跟自己几乎完全一样的脸，两个人似乎都吃了一惊。

沉了沉，丽蕾公主才幽幽地叹了口气："这一刻，我也不得不承认，你真的就是我的双生姐姐了！"

暖阁内亲情融融。两个侍女垂首站在一旁，负责保护云裳的琼妮也没有做声。云裳抬头盯着这个失散多年的妹妹，心中也是百感交加。

"你知道么？从懂事那一刻开始，我就要面对那样的局面。"丽蕾无奈地苦笑，"不能大声笑，不能随意展现喜怒，不能失去优雅，不能这样，不能那样……因为我是公主！后来我又知道，我居然还是月氏王位的唯一继承人！

"小时候的我，也热爱自由，渴望像男孩子那样奔跑，渴望找个没人的地方彻底地撒撒欢。但慢慢长大后，我不热爱那些孩子气的自由了。我开始热爱我曾经厌烦的一切，无上的权力、被众多的目光追逐、处于绝对的中心！"

丽蕾慢慢俯下身，在云裳的耳边低笑着："知道么，我可爱的姐姐？我绝不会失去那些，我会不择手段！"

此刻的她，笑语盈盈，艳丽如花，仿佛真的是在和亲姐妹说着什么知心话。

云裳凝视着镜中的丽蕾，冷冷一笑："很可惜！人世间的事往往就是这样,你越渴望得到什么,最后一定会失去!"

"是么?"丽蕾的笑容凝固了一瞬,随即又如花绽放,"那就让我们看一看,谁会得到,谁会失去。就从现在开始!"

公主加冕仪式开始。一切程序果然都是简简单单地走些过场。云裳在一日前已被琼妮训导得极为纯熟了,在悠扬的月氏乐声中,云裳念诵起早已背熟了的月氏王庭赞颂辞。

然后,在八名白衣美女的导引下,她慢慢走向大厅前方的高台。

高台正中,坐着面含微笑的婕丝女王。她会亲手将一面公主银冠戴到女儿的头上,然后再当着月氏文武重臣的面,宣布云裳为王位继承人之一。

乐曲声悠扬而庄重,云裳的脚步优雅而沉稳。她的心里也颇为沉稳。按照月氏王庭习俗,这步上高台的一段路,要有一位至亲陪伴。她自然选择了甘夫。

这段路很短,却是她人生中最重要的一段路。有甘夫在身边陪伴,她便觉得内心颇为安稳。

月氏女王站起身,望着高台下款款走来的女儿,朗声道:"大家为我的女儿云裳祝福吧!她将正式成为月氏的公主,也会成为月氏女王的继承者之一。"

厅内响起一片掌声,不算稀疏,也算不上热烈。

掌声中,有人高声叫道:"尊贵的女王,臣有异议!"

掌声立时停息,所有的人都惊诧地望向那个高声发话的人。那是个留着花白胡子的高瘦中年,目光高傲冷洌,正是月氏右丞相赖克。

赖克此人足智多谋,在月氏吞并大夏的战役中屡献妙计,有"月氏智囊"之称。婕丝女王心中微微一沉。她冷冷地盯着这位文官首领,没有言语,只是淡淡地"嗯"了一声,算作询问。

右丞相赖克躬身施礼,然后用一种同样冷淡的声音说道:"云裳公主流落在外,是我月氏的一段悲辛往事。现在她回归王庭,也正式宣示天下，月氏自此告别往日的屈辱岁月，重振雄威于西域……"

众人本以为他要阻拦云裳加冕，哪知听他一开口，却是为女王认女而歌功颂德，不由均觉奇怪。连婕丝女王都蹙起眉毛，甚感疑惑。

"云裳加冕为公主虽然应该，但臣却有个最大的疑惑。"赖克忽然手指甘夫，"这个男人，陪伴我尊贵的云裳公主，似乎非常不妥！"

"哦？"女王淡淡问。

"这个叫甘夫的人以云裳丈夫的身份陪伴登台，但我们月氏贵族绝不会承认他。云裳加冕成为月氏公主，就成为月氏最尊贵的女王继承者之一，那么，她的丈夫怎么能随随便便地选择一个既无名气、又无实力、更没有地位的家伙？"

婕丝女王脸色阴沉，默然不语。

云裳陡地挑起秀眉，玉面羞愤发红，怒视着赖克，便要发作。从丽蕾适才的冷笑讥讽中，她已断定，这次加冕典礼绝不会轻松，但实在想不到，他们居然出人意料地将攻击的矛头对准了甘夫。

甘夫却轻轻地攥了下她的手，示意她暂且忍耐。

厅内已响起了阵阵嘈杂的议论声。

婕丝终于冷哼出声："云裳与我月氏王庭失散多年，自然会有自己的生活。她已经与甘夫成婚，这是无法更改的事实。"

"事实无法更改，但可以补救！"赖克微笑道，"只要云裳废除与甘夫的婚姻，当然就能成为月氏公主。而在成为月氏公主之后，也须接受月氏王庭的规矩，按照王庭的标准，选取能让大月氏君臣百姓都认可的驸马！"

"一定要如此么？"婕丝女王神色越发阴冷，"说到底，今日是云裳的公主加冕之礼，你说的这件事容后再议！"

"臣以为，大有必要！"赖克的身子躬得更低，语气却更强硬，"这是云裳能否加冕为公主的前提。"

一个微胖的中年文臣也挺身而出，施礼道："臣认为赖克丞相说得在理。"

月氏诸臣见说话的竟是左丞相洛斯,均感意外。多年以来,左丞相洛斯与右丞相赖克一直是貌合神离,在重大事件上甚至常常故意唱反调,没想到这一次他居然会跳出来附和老对头。

"怎么说?"婕丝女王哼了声。

"如果云裳加冕成功,按照长幼顺序,她就是月氏大公主。"左丞相洛斯道,"这个位置对于月氏太重要了。所以,云裳的婚姻必须遵照月氏王庭的规矩,名气、实力、地位,三强无缺,才能让月氏百姓归心。"

云裳的身体已经在突突发抖,她几次想挺身上前,大喝一声"我不加冕这什么公主了",但甘夫却紧紧握住她的手,不让她有任何动作。

俊逸青年的脸上始终平静如水,同时在用眼神示意她不要妄动。

这些年来,她已经习惯了他的平静。很多时候,她甚至很讨厌他总是这么一副对一切都冷冰冰的样子,他那次离开她、悄然远赴龙城,似乎也是这样平静。

但这时,他的平静却给了她很大的力量。她全力压抑着自己的怒火,也像他一样,静静地听下去。

"尊贵的女王,现在各位大臣的意见已经很清楚了,不过臣还是想补充最重要的一点!"一个矮壮的披甲将军朗声道。

这人是月氏右将军乔西。他的嗓门很大,一出声便立时将厅内嘈杂的议论声压了下去。

"请讲!"看到乔西,女王似乎明白了什么。这位右将军乔西,是女王之夫、前任月氏王的亲弟弟,更是月氏五部歙侯中势力最强的贵霜部王爷。

乔西将军指着甘夫,怒声喝道:"这个甘夫,据说是匈奴权贵右贤王的小王子。右贤王可是匈奴的重臣,是咱们月氏的死敌!"

厅内登时一阵轰然大乱。女王的目光扫视全场,看到一人正在咧嘴冷笑,正是丽蕾公主前夫的父亲、大将军乃康。看来果然是有一股势力正在暗中蓄势。

云裳已经气得微微发抖,看甘夫时,见他始终是那副神色,不由咬牙又去看张骞，却见张骞竟也是面带冷笑、沉静如水，正向她微微摇头示意。这两个人的沉默与安静，终于让她的心绪又安定下来。

"雀岳老认为呢？"女王只得望向王庭内的三朝元老、休密部的老王爷雀岳。

月氏五部歙侯，以贵霜部的势力最强，但休密部一直排在五部之首。休密部老王爷雀岳素来德高望重，这时见女王相问，便很吃力地从案后站起身，挪出肥胖之极的身子，拱手道："老头子以为，三强无缺，这是月氏的规矩。选驸马是如此，选王妃也是如此。"

他呵呵地笑道："只不过选王妃的时候，实力变成了美丽而已。"看得出来，这位元老是想用一句笑话，来缓和厅内剑拔弩张的气氛。

大将军乃康这时终于拱手言道："臣附议右丞相赖克。臣以为，如果老王还在的话，一定会坚持这'三强无缺'的规矩。"

云裳再也忍耐不住，甩开甘夫的手，躬身道："母亲，甘夫是我的丈夫！我……我们生在一起，死在一起，如果不能，那我……"

"云裳公主且慢！"张骞忽然站起身，一声断喝，打断了云裳的话。

"上使看来定有高见。请讲！"婕丝女王的眼睛亮了一下。她与张骞几次密谈，深知这位大汉使者见识高远，这时极盼此人站出来解围。

"外臣刚至月氏不久，今日亲见亲闻，长了不少见识。"张骞说着，向洛斯丞相、雀岳老王等人先后拱手，"外臣也以为，月氏这'三强无缺'的规矩，万万破坏不得！"

这话一出，登时让厅内的月氏重臣都微微一愣，很多人甚至以为这位大汉使者根本没听懂众人的话，乃至会错了意。

"我大汉有句话，叫做不以规矩，不能成为方圆。治国理政，更要有个原则，原则确认之后，便不宜轻改。"

张骞这句话说得精细，让月氏君臣更加疑惑。这时他却转头望向雀岳："敢问老王爷，云裳身为月氏大公主，其夫婿定然要满足'三强无缺'这个原则是吧？"

雀岳眯起老眼，点了点头："不错。"

"所谓'三强无缺',便是说名气、实力、地位三者皆强,全无缺损,是么?"

"不错。"

"乔西将军!"张骞望向贵霜部那矮壮王爷,"我要更正你一句话。甘夫绝不是右贤王的幼子!他流落到大汉长安,在那里生活了数年,后来随大汉使团到达休屠城,乃是被匈奴右贤王强行认作幼子。此前,右贤王更秘密杀害其亲生父母和所部族人。后来甘夫远赴龙城,亲手斩杀了右贤王呼延伦。"

"什么?"乔西一愣,"有这样的事?你简直是空口无凭,随便胡说!"

"这等事,我又怎能信口开河?我的夫人吉祥居次可做明证!"

乔西哈哈大笑:"你自己的话,让自己的老婆来做证,这可不是天大的笑话么?"

"是不是笑话,你说了不算!"吉祥翩然站起,冷笑道,"雪枭,你告诉他们,我可做得这明证么?"

雪枭一直端坐在丽蕾公主身旁,乐得看这天大的热闹。此时忽闻吉祥居次笑问,他不觉神色一黯,强笑道:"你是伊稚斜大单于的女儿,当然做得!"

因为匈奴与月氏乃是世仇,张骞等人并未将吉祥居次的身份公开。此时月氏权贵知道吉祥是匈奴大单于的女儿,更觉震惊。此刻的吉祥巧笑倩兮,艳光四射,厅内许多男人跟她目光一碰,均是心神摇曳,生出阵阵恍惚。

"不枉我父王对你青眼有加!这份魄力,果然胜过许多睁眼说瞎话的月氏权臣。"吉祥笑道,"当年甘夫孤身远赴龙城、秘密斩杀右贤王,又千里赶回休屠城、在城外击杀大巫凌度。此事虽然机密,却决计瞒不过我休屠城铁卫。你出身休屠铁卫,定然深知此事,那便以铁卫血誓的名义,公之于天下吧!"

听她说起"铁卫血誓",雪枭的脸扭曲了一下。当年,左贤王培养的每一名死士都要立下血誓,终生誓死护卫左贤王一系,这便是铁卫血誓。见吉祥以此要挟,他只得叹道:"休屠铁卫事后曾严加搜查,确是……如居次所说!"

众人更觉惊诧。乔西忍不住说道:"什么?这小子……居然杀了匈奴大巫凌度?"

月氏权贵均知匈奴三大巫之名,只是不知这三大巫各自的术法深浅,此刻想来,那凌度既然与龙缺齐名,想来修为也是深不可测,又怎会被这俊逸如美女的小子击杀!

见众人似有怀疑之色,雪枭神色平静,淡然解释道:"据休屠城祭天穹庐几位长老反复推算,当时甘夫应该还有帮手,但甘夫终究是击杀凌度的首要之人。"

雪枭的嘴角掠过一丝不易察觉的冷笑。当年凌度之死事关重大,休屠城将这消息悄然瞒下,但此刻他为"铁卫血誓"所拘,只能据实以告。他今时言之凿凿,将甘夫定为击杀大巫凌度的首要人物,那么此人今后就必将成为血巫门复仇追杀的目标。

"诸君想必已经明白,甘夫绝对不是匈奴右贤王的幼子!"张骞朗声道,"敢问乔西将军、雀岳老王,月氏与匈奴为世仇,这多年来,月氏可曾有刺杀匈奴权贵的勇士出现?"

这一问,让厅内的月氏众权贵气焰尽消,都低下了头。

要知道,当年月氏被匈奴和乌孙联手击败,月氏王身死国灭,头颅甚至被匈奴单于制成酒器。月氏能做的,也只是西迁逃避,举国上下,哪有什么人敢去匈奴复仇?

雀岳不由叹了口气。乔西更是满面通红,说不出话来。他是月氏先王的亲弟弟,手握重兵,却也没有什么为先王复仇的行动。

张骞高声道:"甘夫孤身一人,千里犯险,亲自刺杀右贤王这位匈奴最重要的权贵,更曾独抗大巫凌度多时。匈奴凶名赫赫的大巫凌度最终惨败身死,尸骨无存,甘夫可谓居功至伟!诸君,按照'三强无缺'之规,甘夫这名气一项,可还过得关么?"

雀岳和洛斯等人都是黯然无语。他们想不到这位大汉使者不但嗓音洪亮，言辞流畅，说理更是犀利深刻，抓住乔西的一句指责，以环环相扣之论述，竟将满厅月氏权贵驳得哑口无言。

左丞相洛斯咳嗽一声，拱手叹道："我月氏讲究诚信，绝不颠倒黑白。甘夫如此壮举，绝对当得起'三强无缺'中的名气无缺。"

"难得左丞相慷慨直言！"张骞环顾全场，"看来诸位月氏高贤，也对此全无异议了？"

右丞相赖克悻悻道："甘夫名气虽然过关，'三强'中的地位与实力，他还差得远！"

张骞冷哼道："甘夫做的许多大事，只怕诸君全然不知。我乃大汉使者，而他则是我的结义兄弟。当年他千里返回长安，在樊川曾为大汉天子挡下墨门巨子的惊天一刺，得大汉天子御口封为大汉奉使君。

"再之前，甘夫在以真刀真枪的搏杀而名闻天下的匈奴天选盛会上，斩杀匈奴最著名的刺客'影子'，力胜姑师国师大巫胡忧，一举闯入天选四虎。敢问诸君，如此奇才，可当得起地位无缺？"

洛斯眉头深蹙，缓缓道："大汉使者的义弟、大汉皇帝亲自嘉奖、匈奴天选盛会的四虎奇才，如此地位，天下也就他一人罢了！"

大将军乃康嗤地一笑："实力呢？要做我月氏大公主夫君之人，必须要有足够的财力，足够的强大。"

"足够的财力？"张骞淡定一笑，喝道，"卓副使，咱们给月氏的国礼，这时该当献上了吧？"

卓轻闲长身而起，捧出一面铜镜，朗声道："云裳大公主加冕盛典，我大汉使团远道而来，仓促间难以筹备，只有大汉锦缎二十匹、西域名贵玉石一批为贺。这面铜镜乃我大汉长安名匠精制而成，特此恭祝大汉与月氏友谊绵长，恭贺大公主回归王庭，与驸马甘夫百年好合，和美顺意！"

这次汉使西来，一路上历尽艰险，哪有时间和精力去筹备礼物！卓轻闲所说的什么锦缎玉石等，不过是大宛楼兰等国的馈赠之物，只有那面铜镜是来自长安的精选妙品，一直由卓轻闲深藏，自休屠城出发，一路携带至此。

婕丝女王点头微笑，示意身边女官将那铜镜收下。

乃康冷笑道："大汉的高谊，我们自会感恩。想来我们尊贵的女王，也会有国礼回赠。不过，这些大汉厚礼与甘夫的财力又有何干系？"

卓轻闲却将铜镜高擎，淡然一笑："请取明烛来！"

有侍女举了一根巨大明烛过来，卓轻闲随后将铜镜的背面移到蜡烛前方。

当时大汉所制铜镜名闻天下。汉镜打磨精良，以之鉴人，纤毫毕现，与丝绸一样，都是远销西域的奇珍。只是大汉铜镜虽然贵重，一众月氏权贵大多已经用上，并不觉得有多大稀奇，此刻见卓轻闲举动玄妙，几个权贵便凑上前来，打算看个热闹。

一望之下，几人不禁齐声惊呼。原来明亮的烛光竟穿过铜镜，直照了过来，更将铜镜背面的一行汉字映在了墙上——见日之光，长乐未央！

这些人的惊呼引动更多的权贵过来细看，一时间厅内众人均是悚然动容，议论纷纷。他们迷惑的是，铜镜再如何打磨，再如何光亮，也终究是金属所造，又怎能透出光亮？这些月氏权贵惊奇之下，有人便忍不住问："这是不是幻术？"

"此镜名为透光镜，虽然精妙，却绝非什么幻术法宝，而是正经工匠妙手打造。"卓轻闲轻轻晃动，任由那行汉字在墙上移动，"这行字的意思是，见得日照辉光，便可欢乐无边。以此铭文之镜，赠送大公主，不是情境交融么？"

（作者按：铜镜透光为汉代铜镜的独特技术，现存于上海博物馆的四面汉代透光铜镜，仍能显示背面透光投影奇效。这种透光铜镜的制作技术在宋代时便已失传。今天的专业人士经多方钻研加以破解，认为应是铸造与磨制时，让镜面薄厚不均，使得反射强度不同，因而形成了透光现象。）

卓轻闲顿了一顿，待厅内月氏权贵的惊叹、议论之声稍稍止息，才朗声道："这透光铜镜的制造秘术，只有我们大汉才有，而最精此术的一批工匠，都在我卓家游闲商帮麾下。我现在宣布，游闲商帮西域透光镜销售的唯一代理，将转到月氏大公主之夫甘夫手中。"

一语甫落，惊叹之声四起。

大月氏权贵多精通商道，当然知道这种奇珍的商业价值。甘夫将来完全垄断此物，成为西域唯一的大卖家，真正是奇货可居、一本万利，只怕富可敌国也不在话下。

张骞道："请问大将军，你所谓足够的财力，不知如此的甘夫当不当得起？"

"自然当得起。"乃康脸色干冷，沉声道，"不过，我们先前曾说过，他必须要有足够的财力、足够的强大。现在他不过是有了财力而已，他的强大，我等只是风闻，我们月氏的大好男儿，还都没有看到！"

张骞冷笑道："'三强无缺'的实力一项，莫非最终要比试一番？"

"正是。唯有如此，才能让我月氏俊彦心服口服。"

"好！谁来？"说出这三个字的，不是张骞，而是甘夫。

仪式之上，甘夫始终沉默不语，此时踏上两步，负手而立，有如渊渟岳峙。云裳刚想开口，却见他负在身后的右手微微轻摆，心中便是一松。

"我要来！"

"我来会一会你！"

"让你领教我们月氏男儿的厉害……"

大厅内数道声音响起，四五位锦衣青年大踏步走出。

"还是我来吧！"一位二十七八岁的高瘦青年最后缓步踱出。这人仿佛有种奇特的气质，在场间一站，那几位锦袍青年都不禁退开数步。

"达罗王子！""居然是达罗王子……"场间已经有人窃窃私语，又是兴奋，又是惊奇。

"你是达罗王子？"云裳的脸色瞬间变得非常古怪，"你也要……"

"尊贵的云裳公主。"那人傲然点头，"我现在，正式向你求婚！"

五部歙侯中，贵霜部的势力最强。贵霜部有三位王爷，现今统领全部落的右将军乔西只是三王爷，德高望重的大王爷须欧已去世多年。据说当年月氏先王被杀，月氏群龙无首，本是月氏先王兄长的须欧成为呼声最高的王位继承人。但须欧王爷自认年老体衰，坚辞不就，才令婕丝王后得以登上王位。

须欧老王爷虽已辞世多年，但其长子达罗王子礼贤下士，在月氏朝野颇有令名。想不到，此时此刻，这位名声响亮的达罗王子会亲自下场挑战甘夫；在挑战甘夫之前，还居然向云裳求婚！

云裳气得粉面通红，几乎说不出话来。这个达罗，从血缘上说，该是自己的堂兄，现在却向自己来求婚？

达罗似乎看透了云裳心中的郁闷，笑道："想必小妹还不知道，我们崇奉的拜火圣教允许，甚至鼓励近亲结婚，只有如此，才能保证我们高贵血缘的纯净。只要你能嫁给我，一切都可以商量，哪怕你是我的亲妹妹！"

说着，他向云裳俏皮地眨了下眼。云裳见了，顿觉恶心欲呕，喝道："胡言乱语！我是已婚之女，用你们来求什么婚？"

右丞相赖克在旁边哼道："很抱歉！你现在首先是我们月氏的公主，虽然还没有行加冕礼。我们先要知道，这个甘夫，到底有没有资格做我们月氏公主的丈夫！"

云裳气得几乎要昏倒在地，虽是眼见女王和张骞同时向自己示意，却仍不禁满腔悲愤，大喝道："不可以！"

"无妨！你们要打，那便打吧！"甘夫朗声一笑，随即转身以传音之术告诉云裳，"这里是我们万里出使的终点，我们，不能输！"

他自来懒得多话，这时更不多言，大踏步走向大厅中央。

看着甘夫的背影，云裳忽然有些想哭。她在心内只是喊，我不想让你为了这个再去受累！我不想去做什么月氏公主！这时候，她才发现，人生的许多时候，真的是没有退路的。不管何等凶险，不管何等荒谬，你都只能硬扛着向前。

"还是你先来！"甘夫望向达罗王子。

"好吧。"达罗王子眼神一粲，温和地向身旁的几名锦袍青年一笑，"都是月氏俊彦，本不该在外人面前如此争先，但他却先点了我的名……"

他的笑容颇为亲切，却让那几个青年心生寒意。达罗身份高贵，又是名声在外，几人对视一眼，便即点头退开。

"无论如何，你远来是客。我保证，会留你一命。"达罗望向甘夫，始终保持着彬彬有礼的风度。

甘夫淡淡道："不必。因为我不会留手！"

他的神情始终是淡淡的，但那平淡中，却蕴含着一股强大的杀机。

听到这句颇为无礼的话，达罗只是温厚一笑。

这达罗王子素负大志，家国剧变后又被太多人寄以厚望，所以暗地里下苦功修习各路秘法。为了修习一路阴险邪术，他甚至让贵霜部贵人给他暗中搜罗强者来练手，只半年间，便已袭杀了十七八名术法高手。

外人只知道他是文雅谦和的达罗王子，却没有人知道，在拿起长剑的时候，他会变得比传说中的凶兽格里芬还要可怕百倍。

现在，他的手稳稳地握住剑柄，眼睛中立时泛出一抹血色。经年累月的铁血搏杀，使他练就了恐怖如野兽般的感应之力。此刻虽未交手，他却对眼前这个俊逸的对手生出强烈的警惕之心。

对面的甘夫始终沉静如水，这让达罗心底的警意越来越盛。他本想以强烈的杀机震慑对手，但此时却准备着，上来便施展出不为人知的恐怖杀招。

他眼中的血色开始还不大明显，这时却布满了双眸，化作两道恐怖的血光。

血光越发扩大，弥漫到他整个头部，一股难言的嗜血气息喷薄而出。离他最近的那几位青年贵胄均感到发自内心的恐怖，齐齐惊呼着向后退去。

"抱歉，我要出手了！刀剑无眼，请小心！"达罗咧开嘴一笑。他那雪白的牙齿，配上猩红的血光，看上去有种说不出的诡异。

剑光吞吐，他已一剑劈下，那剑光也透着凄厉的红芒。

血色剑芒瞬间吞没了甘夫，厅内响起一片惊呼。剑芒在厅内闪过几道璀璨光影后便即消散，月氏权贵们吃惊地发现，甘夫竟还是站在原地，甚至没有拔刀。

只有极少数的几个高手看清了，适才甘夫的身形其实是动了几下，不由震惊无语。甘夫的身法太快，也太完美，不但巧妙地避开了绕体飞旋的剑芒，旁人甚至没有察觉他的移动。

达罗并没有感到意外。他完全确认，对手是超乎寻常的强大，遂稳稳踏上一步，那蓬红光越发耀眼，并有一道怪异的红影从达罗的颈后升腾而出。那红影有着狠厉的鹰头和狰狞的狮身，更有巨大的双翼。

"格里芬神兽！"

"天啊，是神圣的格里芬！"

厅内响起一连串的惊呼声，声音里充满惊奇和敬畏。

张骞等人也都知道，大宛以西的西域邦国中颇为流行崇拜格里芬神兽。这神兽鹰头狮身、背生双翼，又被称作"狮鹫"。此时看到达罗幻化出的怪兽，张骞不由暗自称奇，这格里芬当真酷似中原传说中凶兽榜上排名第六的穷奇！

"原来他也在暗中修炼⋯⋯噬兽术！"旁观的雪枭不由露出贪婪的眼神。

"达罗可是个男人！你怎么这样看着他？"丽蕾公主半是揶揄地低笑着，"贵霜部落的守护神就是格里芬。这个神兽也被他们绘在部落战旗上。相传贵霜部落内，真的就有一只神兽格里芬！"

"原来如此！看来达罗是个很好的补料，比虎力镇还要补益得多！不过，这么高明的噬兽术，是谁传授给他的？"雪枭口中嘀咕着，不由望向大厅的某处角落。

角落里，一道高瘦的身影静静端坐，那便是月氏国师伊木归。

他的身份本来极为尊贵，但不知为何，在此次公主加冕仪式中，却故意寻了这么一处僻静地方静坐，仿佛是一尊不带任何情感的石雕。只是这时，他望向达罗王子的眸间，竟罕见地有了些热度，有了些期待和担忧。

雪枭仿佛看懂了什么，眼神也变得复杂了许多。

场间，那道格里芬神兽的光影还在迅速扩大，并如同有生命般地转动身躯，展开双翼，一股强大的威压悍然罩向甘夫。

甘夫的眼中终于生出凝重之色，然后沉稳地亮出自己的兵刃。

厅内月氏贵胄见这位神秘的汉使成员这时候才取出兵刃，都有些吃惊和好奇，待到看清那件兵刃竟是根锈迹斑斑的粗短铁棍时，不由爆出哄堂大笑。

达罗王子也险些笑出声来，心内的警戒之意甚至也消散不少。他想，这小子很可能只是掌握了些类似飞行术的邪门身法而已，于是暗自催运术法，令格里芬神兽的威压越发弘大。他要蓄足气势，毕其功于一役。

突然，人影疾闪，甘夫已向他冲来。这是甘夫第一次出手，出手的方式也如同他的兵刃般，简单得有些粗砺。甘夫笔直地冲过来，那根大棍被他拖在身后，在地面上蹭出一道刺耳的怪响。

达罗眸间厉色疾闪，再次挥剑，巨兽格里芬挟着恐怖的血光当头撞向甘夫。

甘夫的人有如一道闪电般刺入那道血光，几乎在同时，他挥出铁棍。他的招式简单得有些惊人，那巨棍就是没头没脑地当头劈下。

在迎上红光的一瞬，铁棍骤然耀出黄金般的辉光，通体变得流光溢彩、金芒焕然。铁棍挟带的气势更似席天卷地，什么格里芬神兽、什么凌厉的剑招，在这铺天盖地的一棍之下，只有逃避的份儿。

厅内众人都听到了震耳的雷声。在这低沉弘大的雷声中，格里芬神兽的吼叫竟显得有些虚弱无助。

甘夫的天雷棍劈中长剑，劈中了格里芬的鹰头。不可一世的血色巨兽在这惊雷一棍中四分五裂。随着格里芬光影的碎裂，达罗的长剑也断为两截，脱手飞出。

同时，甘夫的脚无声无息地踢出，扫中达罗王子的左肋。达罗惨叫一声，腾空飞了出去。他的肋骨不知断了多少根，口中鲜血狂喷，在半空中便即昏了过去。

大厅内一阵骚乱。丽蕾目瞪口呆，雪枭神色阴沉，婕丝女王的眸中则耀出了些亮色。那月氏国师依旧如一座石雕般端坐着，看不出一丝喜怒。

"抱歉！我说过，我不会留手。"甘夫的神色仍是毫无变化，"下一个！"

先前那几个挺身而出的青年见了这架势，有的当即悄然溜走，两人动作稍慢，这时还无比尴尬地站在场边。

甘夫皱了皱眉，对这二人道："二位一起上吧，这样会省点事。"

望见甘夫投过来的淡然目光，那两人脸色苍白，相互对视一眼，随即转身扎入人群。

第九章

密计奇谋决圣山

回到驿馆，大汉使团众人仍是大为兴奋。毕竟，在这次盛典上，大汉使团可谓大获全胜，文道上的辩论、武道上的对决，乃至商道上的宝物较量，都震动了整个月氏王庭。

云裳的月氏公主加冕礼一波三折，最终仍是顺利完成。甘夫陪着爱妻走过最重要的一段路，云裳如愿加冕。

加冕仪式后，盛宴大开，自然少不了一番觥筹交错。只不过参会的各方大佬们，想必是心中别有滋味。

晚宴结束后，大汉使团意气昂扬地离开王宫，甘夫则留了下来，陪云裳住在宫内。明眼人都知道，这些日子，月氏难以平静，他必须护在她身边，她也需要他的保护。

巴卡自然最是兴奋。不仅因为甘夫对他最好，更因为又亲眼见识了一场激动人心的大战，美中不足的是，这场激战也太短促了点。

"张使君，我发现咱们大汉使团最神奇的地方就是，我们不仅有大汉！"巴卡指着吉祥居次，"还有匈奴的公主，还有月氏的公主。听说甘夫叔叔也是匈奴人。还有我，龟兹人！所以那些月氏高官们，无论是文战武战，都不会是我们的对手！"

张骞笑道："还是小巴卡独具慧眼！我们大汉这叫兼收并蓄，所以我们一路上所向披靡！"

风君天道："小别扭，你说漏了一个人。你这位卓叔叔是康居的女婿。"

众人都笑起来。巴卡嘿嘿一笑："风伯伯，我瞧你也娶一个月氏美女得啦！"

这小别扭自来喜欢和风君天斗嘴，果然一句话便让大名鼎鼎的剑侯无言以对，众人的笑声越发响了。

卓轻闲想到张骞适才的话，叹道："还是骞老大说得是，海纳百川、兼收并蓄，江海方能称为百谷之王！"

听卓轻闲化用老子那句"江海之所以能为百谷王者，以其善下之，故能为百谷王"，张骞心有所感，说道："道家常用'水'和'谷'来描述大道。兼容并蓄、处下不争，才能后发制人、以柔克刚！"

"骞老大，这一次咱们岂不正是后发制人、以柔克刚么！"想到今晚云裳加冕之礼上的诸般变故，卓轻闲更觉得意犹未尽。

"后发制人是不得已。但好在我们胜了！"张骞却很淡然，"而且，我们似乎也帮了月氏女王一个大忙。"

"看来果然如我们先前所推算的，这位月氏女王是遇到了一些难处。"卓轻闲叹道，"但愿我们能助她过关吧！"

吉祥显然懒得理会什么月氏女王的难处。她环顾厅内，叹了口气，说道："身边的人忽然间少了两个，还真是有些不大习惯。"

张骞叹道："我们离开王宫时，云裳跟我说了一句话，我们必须抗争！她的声音很平静，却很决绝。她曾经很想抛弃一切，只求平淡生活，但这时候，必须去抗争！"

"云裳说得好，只因我们已没有退路。"院落中传来一道温和的笑声。

"师尊！"吕英又惊又喜，疾步迎向厅外，"师尊，可是您老人家到了么？"

驿馆大院中，无为学宫大祭酒公冶易温和地笑着，整个人散出一种超然出尘的气势，仿佛将整座月氏王城都踏在了脚下。

"天啊！大祭酒居然驾到。"张骞喜出望外，忙率人迎了出来。

"大祭酒与什么人交过手？"卓轻闲看到公冶易的袖口有两道明显的破口，不由一惊。

"遇见了老朋友龙缺，我们都没忍住。他也是这般狼狈。"公冶易散淡地笑了笑。他口中说狼狈，面容却依旧豪放洒脱，哪有半分狼狈之色！

众人都觉心内震动。果然如那灰衣使者所说，月氏国师发出天坑之探的请柬，已是将大汉与匈奴的两大顶尖宗师延请至此。

张骞喜道："大祭酒也是头一次来月氏吧？"

"许多年前，我曾孤身远赴西域，但很快便被龙缺感知到了，由此结识了这么个平生第一死对头。这大月氏么，却是头一次来。"公冶易摇头笑道，"比起你们，我是轻衣简从，故此选了条最近的路。"

他虽然说得轻松，但所有的人都知道，从无为学宫所在的长安，远赴西域之西的月氏王城，那是何等遥远的路程。

这当真是万里迢迢的一场宗师之聚。当然，在公冶易和龙缺的眼中，万里之途，也许根本不是什么问题。

使团成员如众星捧月般地将大祭酒迎请入厅。一番问候寒暄之后，众人才从公冶易口中得知，月氏国师伊木归的请柬，果然是在十个月之前便已送到了无为学宫大祭酒的手中。

"我那老朋友，大巫龙缺，还告诉了我一个更加惊人的消息。"公冶易又叹道，"雪枭那位神秘的师尊、姑师国师胡忧的师兄，便正是那位最神秘的大巫伊蒙，也即现今的月氏国师伊木归！"

众人更是震惊。卓轻闲的心底也同样震惊，匈奴国师甚至愿意将这样的信息与无为学宫大祭酒分享！很可能师尊也是从龙缺那里得到的这个机密消息，可见大巫龙缺对伊木归该是何等的提防和忌惮了。

张骞忍不住道:"怪不得雪枭也要一路西行!他应该是早就被其师尊伊木归安排好的棋子,甚至很可能他早就认识丽蕾公主!"

"雪枭确实是一枚早就安排好的棋子!但安排他的人却不是伊木归,而是左贤王伊稚斜。"公冶易望了眼张骞,"十余年前,你陷落休屠城,匈奴便获知了大汉要西行联络大月氏的意图。许多匈奴权贵不过想着将你截留在匈奴、收为己用,但左贤王却有更长远的谋划。

"他认为,乌孙对匈奴至关重要,而要完全掌控乌孙,对乌孙之西的大月氏同样不可轻视。所以,他也要联络大月氏。"

张骞一凛,惊道:"他从那时起便派出了雪枭?"

"不,他派出的人是一直潜伏在休屠城的大巫伊蒙。其实,伊蒙与大巫龙缺交情尚可,只是因为自知难以胜过龙缺,便一直隐于左贤王身边。"

一直静静倾听的吉祥居次忍不住啊了一声:"这事连我都瞒过了!我怎么从没见过这什么伊蒙?"

公冶易笑道:"不要忘了!居次可是大巫龙缺最青睐的弟子,令尊也不便让你知道太多。何况这本就是极为机密之事,连军臣单于都不知晓。"

卓轻闲不由嘿然一叹:"匈奴三大巫,选择了三个方向,龙缺被军臣单于尊宠,成为匈奴第一大巫;实力最弱的大巫凌度选择了右贤王;而最神秘的伊蒙大巫则悄然投靠了左贤王。"

公冶易笑道:"虽然投靠了左贤王,但大巫伊蒙却绝非久居人下之辈。他一直想游历西域,成为超越龙缺的王者宗师。据龙缺推断,伊蒙一直在钻研一门已经失传的邪法——天圣术。这门邪术须得驯服乃至吞噬神兽,因此伊蒙要远游。他的想法与左贤王的规划不谋而合,故此被左贤王选定,成为远赴大月氏的神秘棋子,也是第一枚棋子。"

张骞恍然道:"匈奴与大月氏乃是世仇。伊蒙这匈奴三大巫之一的身份还是太过显眼,所以他干脆化名为伊木归。"

张骞叹道:"婕丝女王曾说,雪枭所在的那个匈奴部落,曾有恩于大月氏。看来伊木归收他为徒，也是别有用心。"

公冶易摇摇头，说道："雪枭的身份确实特殊，但是他很早便已被伊木归悄然收为弟子。左贤王之所以选择伊木归成为自己打入大月氏的第一颗棋子，其实也是因为看重伊木归这个身份特殊的弟子雪枭。在张骞之后的下一届天选盛会中，雪枭果然脱颖而出，从此深得左贤王青睐，成为身边亲信。

"到达月氏的伊木归后来大展神通，渐渐成为月氏的国师。得到讯息的左贤王又派雪枭远赴大月氏，经伊木归引荐，与丽蕾公主结识。可惜那时候，他们没有结合。

"此后雪枭回归休屠城，为左贤王效力，丽蕾公主则为了强化自身势力，嫁给了月氏大将军之子。那次为了势力的联姻，让丽蕾很不快乐。"

张骞道："伊木归所布的棋子，恐怕未必只有雪枭一人，应该还有达罗王子。今晚公主加冕盛宴上的搏杀，达罗王子所施展的，也是那种高端的噬兽术——天圣术！"

众人都是一惊，目睹那场诡异搏杀的几大使团高手均是暗暗点头。召唤出格里芬神兽的达罗，必然也修炼过天圣术，只可惜他修为尚浅，而遇上的对手又是甘夫。

卓轻闲苦笑道："所以说，无论是雪枭，还是达罗，伊木归的棋子是早已伏下了。而这个伊木归，则是过去的左贤王、现在的伊稚斜单于早就打下的棋子。"

"如此说来，匈奴也在全力争夺月氏王庭，甚至早在十年之前便已布局。"张骞叹道，"所以确如云裳今晚所说的，我们只能去抗争。好在今晚，我们算是初战告捷。"

吕英忽道："我觉得，他们针对云裳的杀局，绝不会到此为止。"

"正是！"张骞沉声道，"行刺大汉使团成员之事，我们绝不能就这样善罢甘休。"

"大汉岂可轻侮！"吕英眼芒一燊，"以彼之道，百倍奉还。"

卓轻闲倒笑了起来："想不到这一路走来，最大的热闹竟是在我们出使的终点大月氏。匈奴国师、月氏国师和大汉大祭酒亲临,大汉使团和匈奴铁卫会聚,真正的冤家大碰头啊!看来无论如何,最后总要见个真章的。"

"你还少说了些大人物。"公冶易淡淡地说道,"万里远来的,还有昆仑道的大宗主青霄。"

听得"昆仑道"三字,群豪的眼神均是一亮,卓轻闲的胖脸也不自然地颤抖了一下。遵照师训,他从来没有吐露过自己的师承。虽然从未做过不利于使团之事,但卓大公子仍是不愿将这个秘密公之于众。

"敢问大祭酒,到底什么是天坑之探?"卓轻闲巧妙地转开话题。

"天坑之探,正是月氏国师伊木归精研多年之所得。"公冶易缓缓说道,"无论是我、青霄,还是龙缺,都寄望于按图索骥,解开昆仑之秘。无为学宫和昆仑道重视钻研《山海经》,而匈奴大巫则在推究金人舆图。只有伊木归这个奇人,别出心裁,认为该从那些神兽下手。这些神兽经历久远,最可能知道昆仑之所在的,应该是它们。"

大祭酒看了眼张骞:"我知道,有人甚至有神兽随身,但那些神兽无论对其主人何等忠心,都不会告知他们昆仑的下落。因为那些经历过昆仑时代的神兽,已被某种秘法洗去了记忆。偶有神力强大的神兽,也被以秘术下了禁制,如果吐露秘密,便会魂飞魄散。"

众人凝神静听。张骞明显感觉到袖内的蜃龙微微颤抖了一下。这个话痨神兽现在悄没声息,显是对公冶易这样的人类顶级强者颇为忌惮。

卓轻闲不由惊道:"既然如此,那伊木归追寻神兽下落,还有何用?"

"他精研出的天圣术邪法,炼到极处,甚至可以吞噬神兽。伊木归认为,只要吞噬了神兽的元神,自然也就掌握了神兽所知的一切秘密。"

吕英忍不住说道:"天下……当真有这种邪法?"

"有!"风君天接口说,"那日我和甘夫曾亲眼看见,伊木归的弟子雪枭用此邪术吞噬了猛虎虎力镇。但雪枭修炼尚浅,面对朱雀小红,便无可奈何了。"

"伊木归早已踏入玄圣道,那是与雪枭完全不同的存在。"公冶易道,"但他这次要对付的神兽,显然是一个更加强大的怪物,故此他将我们从万里之外约至此地。那神兽乃是被封印在天火圣山西麓的天坑之中,据说那里常有神迹出现。据我推算,那地方与无为学宫的某处记载颇为相符。"

卓轻闲和张骞几乎同时开口。

卓轻闲问道:"什么记载?"

张骞则是问:"到底是什么怪兽?"

公冶易扫了眼众人,没有与书呆子卓轻闲推究古籍,而是直截了当地说道:"那怪兽与西王母大有关连,很可能便是九尾天狐!而那个天坑,就是凶名赫赫的五大禁地之首,猎魔坑。"

"狐老大!"张骞袖内的蜃龙终于忍不住,发出了一声低低的哀叹。

吕英奇道:"九尾狐在《山海经》中有记载。后来的传说都将其传为西王母身边的神兽。这中原神兽,为何要被封印在遥远的月氏?"

"遥远么?也许当初封印者的本意,就是要让这神通广大的异兽远离中原。"公冶易又摇了摇头,"不过,是否遥远,只是我们这些凡人的俗世浅见,若是以昆仑为眼目而雄视天下,又哪里有远近之别?"

"昆仑!"卓轻闲不由呵了口气,"大祭酒,昆仑应该不远了吧?"

"这也是我们这些老东西从天南海北聚集到此的缘由!"公冶易的目光更加深邃,"相传九尾天狐有通天彻地之能,它一定知晓昆仑在哪里。昆仑,也许不远了,很可能在五部会盟和天坑之探时便能知道些眉目。"

"五部会盟?"张骞沉吟道,"国师伊木归的弟子来送请柬时曾说过,天坑被圣火教视为发源的圣地,禁止外人涉足,此次得以酝酿天坑之探,乃是因为一场极为隆重的盟会。他们所说的,难道便是这五部会盟么?"

"正是。"公冶易点了点头,"我昨晚已见过伊木归,听他说起此中缘由。原来月氏本是草原强国,其邦国由休密、双靡、贵霜、胖顿、都密五大部落组成。五部歙侯之间一直没有停止明争暗斗,婕丝女王也无法完全约束。此外，刚刚被月氏吞并的大夏之民也并未完全臣服。眼下，几个部族内可说是暗流涌动。

"无论大夏，还是月氏，都崇奉圣火教。天火圣山在五部歙侯和大夏各部落民众的心中都神圣无比，所以一直以来，女王都不敢答允伊木归，让其深入探查天坑之秘。但是一年多以前，天坑内的神兽异动越来越频繁，而月氏王庭内也爆出了许多丑闻。丽蕾公主的丈夫死得不明不白，作为女王继承人的丽蕾公主民心大失，还政于月氏先王一脉的呼声在朝野之间越来越高……"

张骞心中一紧，插话道："在这紧要关头，婕丝女王答允伊木归，在圣山天坑前行五部会盟大典，莫不是别有用心？"

"不错！"公冶易颔首，"婕丝女王实际上是想借五部会盟大典稳固民心，凝聚五部，扬威大夏。国师伊木归也得以借此唯一的良机，开启天坑之探。甚至，这次汇集天下四方圣者的天坑之探，也会成为月氏扬威的重要一环。"

"婕丝女王果然颇有谋略！"卓轻闲笑道，"如此一来，伊木归煞费苦心自天南海北请来的各方圣者，反成了大汉、匈奴、姑师、身毒等诸国宗师，来给她这五部会盟大壮声威了！"

"如意算盘打得不错！"公冶易的眼芒熠然一粲，"只不过，我们未必会遂她的意……"

一番深谈之后，夜色已深，张骞坚请大祭酒在驿馆内安歇，并亲自陪同公冶易进了一间雅室。卓轻闲等人起身告辞，张骞和吕英留在屋内。

见屋内再无外人，吕英才躬身道："师尊，天坑之探，我们会动手么？"

"你是说，除掉龙缺？"大祭酒淡然一笑，"今日之龙缺，已非当年之龙缺了！"

张骞当然知道公冶易此话的意思。当年的大巫龙缺是匈奴大国师、军臣单于之下的第二人；现今军臣单于已死，新任单于伊稚斜因为在自己起兵的过程中龙缺并未援手，便再不将这位大巫视为亲信。万灵宗主权柄大削，这一次远走大月氏，赴此天坑之探，其实也是为躲个轻闲。

"龙缺在匈奴已成闲人，权势今非昔比。"吕英沉吟道，"不过，树欲静而风不止，龙缺对师尊只怕仍怀企图。"

他虽欲言又止，意思却已很明显。公冶易是无为学宫的大祭酒，更暗中控制大汉官方的秘谍机构。匈奴大巫龙缺哪怕现今在匈奴已经失势，也未必会放过这样一个在异域算计老对头的良机。

张骞沉声道："还有伊蒙！此人本是匈奴第二大巫，现在又是月氏国师。他到底是如何盘算的，也不可不防。"

"我可没说过要放过龙缺！"公冶易眸中精芒乍现，"当日接到请柬时，我与青霄宗主就已做好了数次推演。来日猎魔坑内，定会有一场真正的猎魔之战！"

听得青霄之名，张骞和吕英对视一眼，心内都是一震。

当年剿灭墨门巨子一役中，无为学宫大祭酒便曾与昆仑道宗主青霄联袂布局；到得今日，万里之外的天坑之探，二人又再次联手。而另一方，匈奴的那两位大巫应该也不会束手待毙吧？

西域第一禁地猎魔坑内，看来要有一场惊天动地的猎魔之战了。

大月氏新都蓝氏城恰好坐落在阿姆河中游至下游的转折点上，雄踞吐火罗盆地西侧，地理位置得天独厚。

这座雄伟的大城所处的平原之南，是起伏连绵的崔嵬群山。那山也很有特色，不单是高大雄峻，那些重峦叠嶂的山体，褶皱遍布，如同巨大怪兽的骨骸，狰狞地耸峙向天。

就在这些嶙峋的群山中，更有一座奇特的大山。相较于许多童秃险峻的高峰，这山上颇多葱茏杂木，显得苍郁深秀。

这座大山的山谷内，有一座深不可测的巨大天坑。坑上终年云遮雾绕。坑的边缘有一处圆形的天然高台。高台上的石头因自然风化，形成了太阳光线状的石圈。这石圈黑白石块，交错排布，颇有神秘之感。

这天坑的格局与圣火教典籍所载圣火祭坛的布置完全相符，所以一直被圣火教视为圣地，连带这座不知名的大山也被称作天火圣山。大夏王庭对这座圣山一直严加守护，明令普通人不得靠近。大月氏挥师跨过阿姆河、吞并阿姆河南岸的大夏之后，为了稳定民心，也对圣山恭敬地加以看护。

迁都蓝氏城在即，这次大月氏的五部会盟盛典便显得更加不同寻常。清晨才过，山谷间已是旌旗招展，甲士们的长枪、弯刀和铠甲在温煦的阳光下闪着森冷的精光。

天坑所在的山谷颇为宽敞，周遭的山坡绿树苍翠，天坑四周的地势却很平坦，足够数千兵马列阵其中。

按照月氏王庭的安排，五部歙侯各自派出五百精骑。五大部落各有自己的图腾，旌旗和盔甲的颜色也各不相同，此时排列成阵，盔明甲亮，十分齐整。

这座神秘的山谷多年来一直被列为禁地，已经许久没有人进入了，如这般大队人马开进其中，更是破天荒的事儿。

山谷间不时飞起受惊的隼鸟，坡谷之间，惊起的狐兔惊慌失措地四处乱窜，甲士们却始终目不斜视，伫望前方。圣山的一切都是神圣的，包括飞鸟走兽，今日的会盟盛典更有女王陛下亲临，故此没有人敢走神，去注意身边的兔走鹰飞。

月氏大将军乃康顶盔贯甲，乘马走在胖顿部精骑的前列。他是总督大月氏全境兵马的大将军，但首先是五部歙侯中胖顿部的大王爷。

"所有的要道都被封锁了吧？"乃康似乎很随意地问了一句。

他已经是第三次问这句话了。身边的亲信自然明白这三句相同问话的不同含义，忙低声回答："都已被咱们的人掌控。遵照大将军安排，是伊思伶侯亲自去的。"

五部歙侯中，最大的部落首领称为王爷，或者干脆叫做歙侯，王爷之下便称为伶侯。乃康听到伊思伶侯的名字，满意地点了点头。

"所有的要道都已封锁了么？"

那边的婕丝女王也慢条斯理地问了同样的问题。

"一切遵照女王陛下的吩咐！"她身边的王城护卫大统领铁象沉声回答。

圣山会盟的大队人马分作六个阵列，甲色分明的五部精骑中间，便是女王亲自率领的中央大阵。

中央阵列中，自然是以女王和王庭诸多文武重臣为核心，中央阵列的后方，则是百余名大夏王庭的大臣。

他们才是蓝氏城多年来的主人，也是这座圣山最早的守护者。但此时此地，因刚刚臣服于月氏，大夏臣僚们不得不表现得无比恭谨温顺。

这次五部会盟，主要目的就是向刚刚臣服的大夏群臣宣示月氏的军威，同时也是大月氏迁都蓝氏城之前的一次大型祭祀。神圣的圣山大典之后，大月氏就将正式启用蓝氏城为其王庭都城。

目光掠过那些低眉顺眼的大夏旧臣，婕丝女王满意地点了点头，又把目光落回到身边的两个女儿身上。

两位公主都明丽照人，高贵妩媚。只是明媚的阳光下，云裳始终微蹙着秀眉，显然还有些不习惯忽然处于这样的高位。

女王察觉到大女儿的心思，轻轻地拍了拍云裳的手。

丽蕾公主眼芒如电，狠狠刺了姐姐一眼。几乎在同一刻，二女身边的甘夫和雪枭也对视一眼，两个俊逸青年的嘴角都有一丝淡然的笑意。

张骞带着大汉使团，昂然走在中央阵列的前方。

"那片山岩的石头真红，真像是燃烧的火焰呀！"吉祥指着西方峭壁上那一片赤裸的绛红色山岩说道。

"果然很奇特！犹如朵朵飞腾上天的火焰，显得这天火圣山更加气势不凡。"张骞笑了笑，"蜃龙，天坑里面当真是你们的狐老大么？"

"不知道！"蜃龙的声音有些严肃，"不过，我说老实人！我觉得那天坑里有些古怪，要小心，千万小心！如果真是狐老大，对不住，别指望我这个生死之交会现身帮你。因为我那点微末道行，可当不得狐老大的一口气。"

张骞没有说话，只是深深地叹了口气。让话痨兼牛皮的蜃龙说出这样的话来，可见天坑内那个传说中的怪兽有多么可怕。

鼓乐之声铮然响起。融合了竖琴等西域乐器的大月氏乐曲颇具激越之风，显示大月氏这个民族仍有极为强悍的游牧特色。

那座太阳纹石条圈的天然高台前，六大阵列肃立以待。会盟仪式马上就要开始，每个人的脸上都满是凝重之色。

一身白袍的国师伊木归披散着满头长发，面容严肃，缓缓举起双手。

作为大月氏的国师、月氏国圣火教的大祭司，伊木归的身份绝对超然。他手势一起，乐声登时止息，谷中现出难得的一瞬宁静。

众人都知道，万众瞩目的大月氏五部会盟盛典终于开始了。

伊木归开始喃喃地念诵祈祷圣火的颂词。

颂词念诵完毕，他朗声宣布："行祭山大典！"

六支阵列的甲士和臣僚尽数跳下马来，中央大阵前方的一队白衣祭司更是恭敬跪倒。

按照先前的筹划，这次五部会盟盛典其实有两项：先是祭山大典，圣山开启后，国师伊木归便要带着各方圣者宗师行那天坑之探；然后便是会盟大典，由女王点燃圣火，月氏五部和大夏降臣在圣火前宣誓效忠月氏女王。

缓步踏上那道黑白石条杂错的天然石台，伊木归的心中滋味万千。

入谷之前，他从亲信那里得到了一个让他有些郁闷的消息：匈奴大巫龙缺和大汉大祭酒公冶易已经抢先进入天坑！

讲究礼数的公冶易在所居的驿馆内留了一封绢书，高傲的龙缺根本就是不告而行，不请自入。

分量最重的两大圣者都无法在这次祭山大典露面，表明这两人都不愿在这个重要的时刻，来为月氏或者伊木归站台。

"师尊没有来，只怕伊木归要为难了！"远观的吕英冷哼一声，低声对张骞道，"昨晚师尊感受到了大巫龙缺的强大气息。那龙缺很可能是抢先入谷了，所以师尊也不得不顺势而为。"

张骞默然点头。公冶易和龙缺已属绝顶宗师，也许就如同天上的星宿，彼此根本不用看对方，便能遥遥相应。

两大宗师的抢先一步，也是一种冷硬的姿态，就看伊木归怎么收场了。

卓轻闲抬头远望，看到了站在伊木归身后的师尊青霄。衣袂飘飘的昆仑道宗主，居然入乡随俗，换上了月氏人的那种开领长袍式服饰，更显得风姿绰约。

伊木归依旧神色淡漠。他在黑白条石上昂然立定后，朗声宣布："恭请大汉圣者大祭酒公冶易——"

"恭请匈奴圣者大巫龙缺——"

虽然这两大圣者根本没到场，但他仍是像模像样地朗声长吟出来，仿佛他们就在这奇异山谷的某处地方。

张骞不由暗自一笑，有些佩服月氏国师的处乱不惊，随机应变。

这里是最神秘的圣山，这两人是世间最强大的圣者，寻常人凡胎肉眼，看不到他们也很正常呀。

而且他注意到，伊木归特意将公冶易放在龙缺前面，加以恭请，看来同为匈奴三大巫，被龙缺压在头顶这么多年，伊木归此时也不忘小刺这位老友一下：你是匈奴第一大巫，但我今日偏偏让你排在第二！

"恭请圣者昆仑道宗师青霄——"

话音未落，青霄翩然闪出，未见如何动作，身形已曼妙无比地出现在高台之下。她的身上，紫色长袍猎猎迎风，而她脚下，就是深不可测的天坑。

"恭请圣者大汉使者张骞——"

张骞扬起双眉，缓步踏出。吉祥和张骞一起走出队列。她当然知道猎魔坑的凶险，所以绝对不放心让张骞孤身犯险。卓轻闲没有犹豫，也跟了上去。吕英也昂起头，大踏步跟了过来。

最后走过来的是风君天。他看了眼张骞，沉声道："我对什么昆仑和神兽都不大感兴趣，但我得看护你的周全。"

望着他坚定的眼神，张骞叹了口气，没有阻拦。

"恭请圣者西域行者黑狮——"

这是个颇为古怪的名字。众人转头四顾，却见一个古怪的人影慢慢挪出队列。这人仿佛一座小山般，高大得有些惊人。他的背部微驼，衣饰却又过分光鲜，甚至有些花里胡哨，看上去如同一个杂耍艺人。

"那人是谁？"不知怎地，瞥见那个古怪的身影，张骞便生出种很奇特的阴森感觉，仿佛那是个从地狱深处走出来的魔王。

"西域行者黑狮，没听过这号人物呀？"卓轻闲也低声嘀咕着。

青霄扬起凤目，目光中戒意十足。

那怪人走了过来，眼神空旷而阴沉。他并没有看任何人，但高台前的一众高手都觉得被他阴森森的目光扫过。

"举火！伟大的永恒的光明之神玛兹达会永远保佑我们……"伊木归高声吟唱着，双掌开合间，掌心腾出一道耀眼的火光。

火光直冲上天，如同一条有灵性的赤龙，绕空盘旋两圈，又再飞回，落在伊木归手中的一根火把上。

在会盟现场众人的赞叹惊呼声中，伊木归将火把高高擎起。火焰在雕饰精美的火把上跳跃着，映得他整个人都闪着圣洁的红光。

火把被月氏国师交到一名长髯如雪的祭司手上。那是月氏的三位大祭司之一，排位仅在伊木归之下。他接过火炬后，屈膝跪倒在地，口中念念有词。

伊木归向青霄等人挥了挥手，大踏步向高台下的天坑行去。昆仑道宗主、大汉使者等圣者都跟了上去。

数千双眼睛静静地注视着他们。他们是从四方赶来的圣者，这次天坑之探，他们会发现什么奇迹吗？

"那下面可是五大禁地中最神秘的猎魔坑，他们到底会遇到什么？"云裳没来由地觉出一抹寒意，轻声问。

甘夫沉声道："我相信大哥。"

云裳不再出声，却感觉到，一抹看不见的阴云，正在向整个山谷笼罩而下。

天坑就在脚下。众人的脚下居然有云雾缭绕。透过飘浮的云气，可见坑内崖壁上绿意葱茏，葛藤杂木密布，无数阴沉的古怪气息，在云气下、在山岩间起伏盘旋着。

一众圣者宗师迎风而立，衣袂在风中猎猎作响，却均是默不作声。

"诸君，请吧！"伊木归仰头发出一声长啸，当先纵身掠下天坑。

青霄与张骞似乎是无意间对望了一眼，目光中都颇有深意。大汉与匈奴的两大死对头已经抢先进入猎魔坑，他们会放过对方吗？

张骞心内一紧。不管天坑内到底有什么古怪的妖兽，但大汉无为学宫大祭酒、匈奴万灵宗主、月氏国师和昆仑道宗主这四大宗师会聚一处，必会有一场惊心动魄的博弈。

会盟现场，白髯飘拂的大祭司转过身来，面向前方六队军容齐整的阵列。此时他将以第二大祭司的身份，继续主持五部会盟大典。

此刻，那座天然火坛内早已布置好了香料和燃料。接下来，白髯大祭司将按照圣火教的仪式，请月氏女王在坛内点燃圣火。然后，五部歙侯和大夏重臣将在圣火前会盟，宣誓效忠月氏和女王。

这是圣火教最隆重的仪式。在神山圣火前宣誓之后，所有宣誓者都将终身谨守誓言。

"在伟大的永恒的光明之神玛兹达注视下，请女王点燃神圣的永恒之火！"白髯大祭司朗声说道，"所有的月氏臣民都要在圣火之前宣誓，终身效忠女王！"

话音未落，忽听远方传来一阵战马嘶鸣，更有数十支羽箭呼啸着射向祭台。

各部的精兵齐齐发出惊呼，不少人已纵马向高台冲来，要上前护驾。此时琼妮早已如疾电般掠来，护在女王身前。

"小心！女王陛下，请速速回避！"王城护卫统领铁象大步冲来，手擎圆盾，挡在女王身前，"是叛军，来了叛军！"

众人的目光都集中到山下。这座神山的地势非常奇特，众人所处的大片山谷平缓空旷，但谷外通向谷口的地势却很低，在谷内居高临下，正可将谷外情形看得清清楚楚。

谷口外冲来的是一支大约千人的精骑，当先的那名金甲骑士弯弓搭箭，箭锋所指，正遥遥地对准女王。

那金甲武士的打扮极为古怪。他那壮硕无匹的雄伟身躯外罩金色铠甲，却不戴头盔，露着一颗闪亮的光头，别有一股狰狞意味。

"那是修罗！"王城护卫统领铁象大叫道，"是右将军乔西王爷手下的第一猛将修罗！"

其实根本不用铁象呼喊，连婕丝女王都认出了他。修罗是月氏最著名的猛将之一，身躯肥硕得如同怪兽，喜穿金甲，却总是露着光头。

据说他修炼的秘术能让他的秃头坚逾铁石。在战场上，那颗闪亮的光头是他永远的标志。

"女王陛下！"修罗扬起劲弓，弓上搭着三根羽箭，箭镞闪闪发光，"是时候了，请女王陛下还政于达罗王子。"

他吼声响亮，如怒雷般在山谷间滚滚而来。

达罗王子，这位曾在云裳加冕之典上与甘夫过招的王子虽然没有权势，手下也无兵马，却有着极响亮的声名，便也成为各方势力全力争取的一个重点人物。这一次，竟是贵霜部最先耐不住性子，提出要求。

"这是达罗的本意么？"女王冷笑发问。

她要问的人是乔西。这位右将军才是贵霜部的真正统领。此时乔西王爷正勒马立在六支军阵的贵霜阵列前方，他的身前，绣着格里芬图案的图腾大旗猎猎飘动。

"不！应该说，不仅仅是，这是我们贵霜部的全体意识。"乔西催马向前，身后的五百贵霜精骑尽皆摘下背后的劲弓。

"你们代表得了贵霜部全体？不要忘了，本王也出身于贵霜部！"婕丝女王挺直了身子。

云裳心中一紧。从女王的眸间，她看到了无尽的杀机。

丽蕾的脸色却有些苍白。她不安地四下张望着，不知五部歙侯有多少人被贵霜部拉拢了过去。看来传说中的那场风雨，终于还是铺天盖地般落了下来。

"难道你们都忘了？"女王喝道，"当年月氏遭遇覆灭大难，是谁领着你们走出那场天大的危机？"

"当年你不过是借用了我先王兄的威势，侥幸成功罢了。如果我的大哥须欧没将你扶上那位子，而是让我上位，我肯定会比你更加出色。现在，你还能给月氏什么？瞧瞧你选的王位继承者，那个放荡的小妖精丽蕾！"

丽蕾脸色苍白，浑身哆嗦。她很想破口大骂，却骂不出声。

"混账！"一人从中央阵列中越众而出，怒喝道，"当年带领月氏走出亡国亡族险境的人是谁？正是我们的女王陛下！现在带领月氏重振雄风的，仍旧是女王陛下……"

厉声咆哮之人正是婕丝女王的亲侄子巴尼王子。在丽蕾公主失去民心之后，巴尼王子很可能是婕丝女王的又一选择。他觉得此刻一定要展示自己的忠诚。

只是，巴尼王子的话才说到一半，便听见弓弦响如霹雳，一支箭破空射来。

修罗的箭快逾疾电，在听到弓弦劲响之际，下一瞬寒芒凛凛的箭镞就到了巴尼王子的咽喉处。

慷慨陈词的巴尼王子脸色苍白，奋力向旁一闪，狼狈万分地滚落马下。

那支箭深深地钉入一杆大旗的旗杆。

丽蕾的眸间掠过一丝寒意，心底却暗暗骂了声："蠢材！"

"王城近卫，出动平乱！"女王处乱不惊，这时已在琼妮的护卫下回到中央军阵，沉着发令。

王城近卫统领铁象躬身领命。他拔出长刀，仰天长啸，带着大队人马向山谷入口处冲了过去。

入口处只有近卫百余精骑守卫。他们凭着有利地形拼命阻挡着来敌，看看已是不支。就在要被猛将修罗击溃的当口，铁象带着数百精兵疯狂冲来，登时将来敌阻住。

云裳眼中腾出重重忧色。中央阵列中只有一千精骑，方才铁象一下子带走了八百，此刻留在女王身边卫护的便只有二百精兵了。

她游目四顾，却见广阔的山谷内，只谷口处有两拨兵马在拼命厮杀，其余五部歙侯的人马却都静静凝立，仿佛谷口处惊天动地的厮杀跟他们完全不相干。

这情景颇为古怪。五部歙侯中的贵霜部已是刀出鞘、箭在弦，只怕马上就要对女王所在的中央大阵发动冲击，其余四部为何按兵不动？难道他们当中还有反叛者？

好在修罗只带来千余骑兵，谷口又颇为狭窄，叛军一时难以攻入。

圣山濒临蓝氏城，是月氏王庭马上就要迁都过来的重地，王庭自然不允许过多的兵马调动，贵霜叛军能紧急调出一千兵马，已是竭尽所能了。

"乔西！"女王冷冷地逼视着贵霜部首领，"你早就在谋划这一天了，是么？"

乔西长刀横胸，傲然道："为了月氏的未来，我们贵霜部愿意流尽最后一滴鲜血。"

山谷入口处，震天的喊杀声居然在向远处推移。铁象率军由上而下的疯狂冲击，将修罗的阵脚冲乱了。

双方都是草原的勇士，都不想失了气势。修罗虽然勇猛，但身为王城护卫统领的铁象，同样是月氏屈指可数的高手。

八百近卫对一千叛军，但王庭近卫精骑更加强悍，兼且有地形上的优势，居然稍占上风。

"还有谁？"女王振声怒喝，望向贵霜部两侧的其余四部人马。

"你早已众叛亲离了，难道还以为是我一人的筹划？"乔西仰头狂笑。

"不是他一个人，是我们！"一道沉着的喝声响了起来。

五部歙侯的队列中，居然有三支兵马，向前缓缓逼近。

"乃康，居然是你？"婕丝女王凄然摇了摇头。

说话的是月氏大将军乃康。这位胖顿部的大王爷，是丽蕾公主前夫的父亲，更是这些年来女王全力拉拢的对象。

女王万万想不到，这次大叛乱的参与者居然有乃康！

右将军乔西只是个急先锋，总督月氏兵马的大将军乃康才是叛乱的首脑。

女王目光再转，另外两部向前逼近的却是都密部和双靡部。

都密部的大王爷是月氏左丞相洛斯，而双靡部的王爷则是右丞相赖克。这两位是月氏文臣之首，在云裳的公主加冕礼上率先提出异议的，也正是这两人。

婕丝女王的脸色由苍白转为铁青。月氏的文臣武将居然联起手来，挑头叛乱，难道果然如乔西所说，她已经众叛亲离了？

向下，无止无休地向下。

天坑的四壁藤萝密布，偶尔也会露出狰狞的赤红色山岩。天坑之探的四方圣者都是当世的顶尖人物，顺着坑壁飘然而落，毫不吃力。

没多久，众人便穿过那片缥缈的云气，眼见下方草木葱茏，鸟语花香，虽与上空有一层云气相隔，仍有淡淡的日辉洒下。

只是，那种不断向下的感觉有些单调，也有些可怕，仿佛这座天坑是没有底的深洞。

月氏国师伊木归大袖迎风，飘然行在最前方。他是天坑之探的发起者，又要尽地主之谊，自然要在前领路。

又下落多时，众人的双脚才踏上平地。仰头望时，天坑的坑口竟是无比遥远，日光被那片云气筛过，洒下来时便有些稀薄，映在那些杂木野草上，便显得有些没精打采。

这里是传说中的五大禁地之首，广大的坑底却别有洞天。绿树，浅溪，繁花，飞鸟，生命在这里并不缺位，却也别有一股亘古以来便存在的阴森气息。

一切都是静悄悄的，仿佛有不可名状的险恶在未知处埋伏着。

伊木归大步在前面带路，脸色阴沉。

"国师是否在担心大祭酒和大巫，怕他们抢在了你的前面？"说话的是昆仑道宗主青霄，声音轻柔，言辞犀利。

张骞早就听说过昆仑道宗主的许多故事，但这时才首次仔细端详这位传说中的神秘人物，只觉这美妇容颜如花，看不出年龄，也看不出情感，哪怕她在笑的时候，也完全辨不出她是喜是怒。

这才是可怕的人！怪不得大名鼎鼎的巨子郭解也会折在她的手里。

伊木归却只笑了笑："宗主笑话了。"

"自然是个笑话。你肯定早已偷偷来过这里，当然知道这地方凶险难测。"青霄也在笑，"我甚至知道，你是故意诳骗这两个自以为是的家伙，让他们先下来替你开路。"

张骞心中一动。青霄这看似随口一说的推断，其实大有可能。伊木归应该早已推算过公冶易和龙缺的性格，这二位的先行一步，未必不在月氏国师的算度之中。

"宗主笑话了！"伊木归仍是这干巴巴的一句。

张骞忽然开口问道："国师是第几次来此处？"

"第三次。前两次差点没命。"

这两人间的直接，答的坦然。看来，此地虽是月氏王庭规定的禁地，这月氏国师却并没有将朝廷号令放在眼里。

风君天忍不住问："为何会如此危险？那怪兽不是一直被封印着么？"

"它一直在试图破封，而且十分狡猾。"伊木归的眸中满是忧色，没有再说下去。

"看这里！"吉祥惊呼一声，"师尊似乎与人动手了！"

前方，一块数丈高的巨岩被削去了一大块，断石处现出烈焰炙烤样的黑红颜色。

"是我师尊的'天之焰'秘术。"吉祥喃喃道，"若非遇上顶尖高手，他断不会施展这等秘术的。难道说……"

听她说起顶尖高手，众人心下均想，难道说，大巫龙缺和公冶易这两个老对手见了面，竟抑制不住，又动起了手？

青霄脸色阴沉下来。她与这两人都算旧识，甚至与他们有过一段或深或浅的旧情，但此次天坑之探，她仍想与这两个旧识博弈一番。她选择暗中与公冶易联手。她想不到的是，这两个不知死活的老东西，怎么会一见面就大打出手。

她走过去，凝神细望后，叹了口气："不！龙缺大巫的对手不是公冶易，应该是一只怪兽！"

众人顺着她手指的方向，看到数丈外的一道印迹。

那是个猛兽的爪印。那爪印大得骇人。

所有的人都沉默了。这只兽爪的主人，不知该是何等庞大恐怖，大巫龙缺遇到了什么？

越向前行，云雾越多。明明是日光温煦，没来由地，就会飘出一股云雾，四周便会变得朦朦胧胧的，仿佛蜃楼鬼蜮。

"那是什么？"吕英忽然惊呼一声。

前方，淡淡的雾气下，卧着一只巨大的怪兽。

众人一惊之际，伊木归连挥两掌，掌间狂飙突起，将雾气吹散，却见那怪兽已只剩下一副巨大的骨架，只有长尾上还残余着些皮毛，血淋淋的甚是骇人。

巨兽的长尾威风凛凛地插在地上。那很可能是它生前的最后一击，巨尾上的长毛如铁针般奓开着，散发出劈山断岳的恐怖气势。

"是怪兽梼杌！"卓轻闲走到近前，从巨尾上揪下一根长毛，颤声道，"这是梼杌的金芒毛，决计错不了。"

吕英惊道："十大凶兽中排在最后一位的梼杌，名列四凶，怎么会……是什么东西吃了它？"

张骞不由想到当日在龟兹的天河城琉璃谷内所见的情形，沉吟道："当日梼杌觉醒，破开封印，离开琉璃谷，原来是被它……召唤到了这里。"

"它？"吉祥惊道，"是谁？"

风君天道："应该就是九尾天狐吧？"

吕英心中骤紧，忍不住高叫道："师尊，您在何处？"

声音鼓荡而出，谷内群鸟惊飞。那鸟应该是一种古怪的鸦类，在众人身周盘旋起伏，聒噪不休。

众人内心更加紧张。公冶易和龙缺，这世间最强悍的两个人，感觉是何等机敏，此时居然杳无声息，难道说，他们已经惨遭不测了？

吉祥的脸色瞬间便苍白了数分，刷地拔出凤翅金刀。

阵阵鸦声从前方传来，云雾深处不知隐着什么古怪事物。

"小心，前方！"伊木归忽地低喝一声，疾挥两掌。

云雾被其掌力罡风震散，前方再次现出一只妖兽的巨大身躯。

卓轻闲惊道："妖兽肥遗……"

前方横亘的，正是妖兽肥遗的巨大身躯。

这只妖兽似乎死去没多久。它那六支巨大的翅膀狰狞地摊开着，硕大无朋的蛇形肥躯上还有血肉，兀自散发着强烈的热度。这种炙热让那些怪鸦只能在其尸身上空盘旋，却不敢落下噬咬。

张骞低叹道："排名第七的大凶兽！它没有如那老沙门昙伽罗所说，飞去大漠深处，而是被召唤来了这里。"

"它的头部曾中过龙缺大巫的秘术'天之焰'！"伊木归检视伤口，沉声道，"凶兽肥遗应该是被龙缺斩杀。但在遇到龙缺之前，它已经受了重伤。"

一道古怪的身影踏步上前，绕着巨兽转起了圈，正是那形若杂耍艺人的西域行者黑狮。

"不错！龙缺可以杀死它，却无法让它的炎力这么快就消散。"黑狮的声音很低沉，仿佛是石块摩擦般冷硬刺耳，"而此刻，它自身所蕴的庞大炎力早已耗损殆尽了。"

"是谁让它身受重伤的？莫非还是九尾天狐？"卓轻闲喃喃着，忽又摇了摇头，"天坑底下杀得热火朝天，为什么我们适才在上面听不到半点声响？"

伊木归苦笑："故老相传，数千年前，这里曾经有过一次天神与怪兽之战，最终天神将那怪兽永久禁锢坑底。据我多年探查，此地确实存在一个神秘的法阵。这里有其独特的道法规则，几乎是一个封闭的空间，即使这里天翻地覆，我们从上面看到的，也只能是些白云漂浮。"

"怪不得！"卓轻闲寒声道，"这里可是西域五大禁地之首的猎魔坑呀！"

"师尊呢？"吉祥还在担心龙缺。她对师尊龙缺的强悍实力深信不疑，但眼见梼杌、肥遗这等大妖兽都惨遭屠戮，也不由得揪心起来。

"在这里！"青霄指着前方的一团碎石提醒大家。

那碎石显是被人以重手法震碎，大多已碎如齑粉，细碎的石屑间还有暗黑的火焚痕迹，料来正是大巫龙缺的火法。

青霄细辨那些火焚之痕，沉吟着说道："在前一掌削平那巨大的山岩后，龙缺又与另一只怪兽激战，一路到了此地。他的脚印越来越重，说明他已无法控制自己的力道。"

"怪兽的爪印越发密集，龙缺已由攻转守……"

她边说边行，众人的心也更加揪紧。

"左边的足印越来越沉，想是龙缺左腿的经脉受了伤。但大巫的斗志惊人，居然寸步不让，只是……他这么力拼，绝非上策。"

之后青霄却又释然一叹："好了，公冶易赶到了。这块青石上的剑痕，当是无为学宫的天分剑法所留。二人夹攻这妖兽，局面为之一变。"

直到此时，昆仑道宗主的心神才有所放松。此次天坑之探，匈奴、大汉乃至月氏，多方势力勾心斗角。她昆仑道原也要乘机博弈天下，但此刻在天坑内越行越深，莫名的危机也越来越浓，一时间，她那与老对头暗战争锋的心思也弱了许多。

吕英也蹲下身,细辨石上的剑痕,叹道:"一剑三印,三生万物。正是师尊的天分剑道。"

"只不过……"青霄又摇了摇头,"他们的境界都有所下降,这却是为何?"

前方峰回路转,众人可见石崩树倒,显是激战甚烈。

转过一道石壁,众人都愣住了。吕英忍不住惊呼道:"这是什么?"

前面是一株硕大无匹的巨树。紫色的树干立地参天,粗如牛身,笔直如枪,却没有什么枝桠,只有几片稀疏的青色叶子。

在那直挺挺的树干上,缠绕着一根怪异的巨藤,藤蔓苍翠碧绿,如巨龙盘柱,直指苍穹。

"好高的树,好怪的藤!"卓轻闲惊呼了一声,愣了一下,又道,"那巨藤难道是通天藤?我记得当年在无为学宫的瀚海法阵中,曾见过这种巨藤。嘿,当中这根巨木更加古怪!树干是紫色的,而且没有枝桠,这莫非是……"

"是建木!"张骞惊呼,"《山海经》有载,'青叶紫茎,玄华黄实,名曰建木,百仞无枝'!"

卓轻闲拍手叫道:"果然,果然!青色树叶,紫色茎干,高百仞而无枝桠,这特征全然相符。"

"什么是建木?"吉祥仰望着被怪藤缠绕的那根紫色巨木,喃喃说道,"它怎地这样高,我觉得它简直要直通到天上去!"

"使君夫人一语中的!"卓轻闲笑道,"我在一本先秦典籍中看到过。传说这建木生长在都广之野,众多天帝可从树间往返于天地。也就是说,此树可以通天。据本公子考证,都广之野,又被称为天下之中,应该就是昆仑无疑了。"

"也就是说,这建木,本应是生在昆仑的……那这巨藤呢?"吕英喃喃道,"这缠着建木的巨藤,果然酷似我无为学宫的通天藤呀!传说通天藤乃空桑神木所结的异种而化,那同样是昆仑仙山的产物。"

"通天建木通天藤,都是来自昆仑!"卓轻闲道,"要知道,九尾天狐就是来自昆仑的神兽,难道这神木和异藤都是它带来的?"

众人仔细观察那缠绕建木的巨藤。如果说紫色建木是一根直通苍穹的巨柱,那么缠绕在建木上的巨藤则是盘在巨柱上的神龙。

建木无比壮观,巨藤更加恢弘。特别是巨藤绕着建木螺旋向上,形成一道又一道完美的巨大弯弧,碧绿,宽大,好似绿色的虹桥。

藤蔓蟠曲宛转,一蔓高过一蔓,连绵不绝,仿佛是数道宽阔的碧绿弯桥,桥桥盘旋向上,气势磅礴地通向苍穹。

卓轻闲喃喃道:"我有些恍惚,似乎只要踏上巨藤,顺着这几道巨蔓盘旋向上,就能登上九天。"

吕英忧心师尊,正没好气,哼道:"醒醒吧!我们还在天坑内,比地面还低,谈何通天?"

卓轻闲摇了摇头:"这你就不懂了!苍天何高,高不可及。实际上,真正的通天,并非一味向上,而是要找到那个神秘世界的入口。是的,所谓天,不是头上冰冷高远的青天,而是一个神秘的天界。相传'建木在都广,众帝所自上下',所以供众天帝上天下地的建木,就是能通往那个神秘世界的神物。"

吕英很想骂这个死胖子一顿,斥他又在胡说八道,但眼前这气势恢弘的通天藤,确是很像在建木上盘旋出的一道绿油油的巨大虹桥,令吕英自己也不由心思起伏激荡。

"轻闲说得是!"青霄幽幽地叹了口气,"在我昆仑道内,关于寻找昆仑,有着多种流派学说。有一门已经近乎消逝的学说便认为,昆仑,也许就是另外一个世界,而让'众帝所自上下'的建木,就是进入那世界的神秘入口。"

"师尊很可能已经上了通天藤!"吉祥懒得再多说什么,飘身便踏上了巨蔓。

五部歙侯中,现在只有休密一部还在按兵不动。休密部的雀岳老王爷端坐在马上，半眯着眼，眼神阴冷。

山谷内，五部队列有四部在列阵游走，休密部便显得孤零零的，而女王所在的中央阵列更是仅剩下可怜的二百兵马，阵中不少胆小的臣僚和大夏赶来观礼宣誓的降臣已有些惶乱。

"来人！"女王疲倦地一笑，挥手喝道，"那就把达罗王子带过来吧。"

中央大阵的旌旗一分，两名护卫挟着达罗王子赶到阵前。

众人心中陡寒，乔西更是脸色骤变。

达罗王子在云裳的加冕之典上受了重伤，这两日都在家中静养。作为贵霜部捧出的旗帜，乔西对这个侄子极为重视，昨日他已派出高手，赶赴达罗府内保护，但想不到婕丝女王仍是暗地下手，悄然将他押了过来。

婕丝女王目光扫视全场，缓缓道："各位的还政建议，其实我是认真考虑过的。达罗，你是个好孩子，一直叫我婶婶，而且你的表现也算中规中矩。"

女王说着，目光渐冷："可惜，我这个人，一辈子最讨厌被人强迫！"

"不！尊贵的女王，我敬爱的婶婶！"达罗王子被那阴寒的目光刺得浑身发冷，大叫道，"您瞧，我一直对您忠心耿耿……"

"斩！"女王只冷冷喝出了一个字。

琼妮挥刀斩落，刀光闪处，人头飞起，达罗王子的无头尸身滚落在地。

谷内一片哗然。

"乃康，现在你们的达罗王子已经死了！没了旗帜，你们还闹什么？现在回转，我赦免你们无罪。"女王森然喝道，"所有人都无罪，除了乔西和乃康。"

缓缓前移的四部歙侯阵容都停了下来，场上忽然间变得压抑起来。谷口处的厮杀声更远了些，听起来反有些缥缈。

"果然是狠毒的婕丝！"乃康扬刀狂叫，"我的儿子，就是被她那淫荡而狠毒的女儿害死的。动手吧，弟兄们！杀了这个婆娘，为达罗王子报仇，让月氏回归正统！"

"是时候啦！"乔西也挥刀怒喝，"冲吧，弟兄们！"

咆哮声中，乔西当先纵马冲出。

疾奔出十余丈，乔西猛然勒住了马。他惊骇地发现，自己身后居然只有七八个亲信跟来，大部分贵霜部精骑都静静地立在原处。

"米洛！"乔西向自己的阵内那名立马横枪的甲士大喝，"你在干什么？还愣着做什么？"

贵霜部原有三王，但老王爷须欧的位置太过紧要，所以去世多年来，达罗王子仍是没有被封为王。而在三王爷乔西之后，还有一位几乎被人遗忘的青年王爷米洛。

米洛缓缓催马向前，冷喝道："乔西，拥有伟大传统的贵霜部，不会跟着你叛乱。"

"蠢材米洛，你这个胆小鬼！你们都是蠢材！"乔西暴跳如雷，却又无可奈何。

参与五部会盟的各部精骑只能有区区五百人。在新都蓝氏城附近无法大张旗鼓地调动过多的兵马，乔西更将本部精兵都交给了亲信修罗，此时谷内的贵霜部精锐大多是米洛的部下。

米洛一直对乔西唯命是从，在贵霜部内，他甚至被人戏称为"乔西的影子"，所以乔西想破了头也不会想到，米洛会在这关键的时刻背叛自己。

"来人！"米洛长枪遥指，大喝道，"给我擒下逆贼乔西！"

眼见数十骑疾冲而来，乔西心下大骇，拨转马头，向乃康所在的胖顿部狂奔。离他最近的友军正是胖顿部。

"放箭！"米洛再喝，声音冰冷无情。

一串羽箭如疾雨般自背后激射过来。七八个亲信惨叫着倒地，乔西只得奋力扭身，用圆盾抵挡着乱箭。

好在他的战马是罕见的良驹，四蹄如风，转眼便冲到胖顿部阵前。

乃康挥了挥手,两列精骑包抄过去,便待将乔西迎下来。

蓦地,疾光骤闪,一支短箭划空而来。

乔西几乎已冲入胖顿部甲士们的护卫圈,心神略松,仰头狂笑,却才笑了半声,那支箭已又准又狠地钉入他的脖颈。

笑声顿止,乔西一头栽倒。

阵前登时一阵骚乱,随后便是有些压抑的寂静。

适才乔西被米洛的亲兵衔尾急追,乱箭激射之下,兀自安然无恙,但这一箭却似从天外飞来,角度、时机、劲道都完美得无暇可击。无论是手忙脚乱的胖顿部甲士,还是中央大阵中的王室护卫,都震惊无比,四下张望,寻找那名神秘的箭手。

雪枭冷冷地望向甘夫。甘夫的手正慢慢收回,适才这一箭距离太远,灌注了他许多的元神罡气,大为耗神。

这神来之箭阵前斩将,立时令叛军的气焰为之一敛。

贵霜部的米洛则心中大定,扬刀大喝:"贵霜部,护驾!"催马向前,五百贵霜铁骑绕阵盘旋,移到中央阵列的前方。

女王傲然扫视全场,冷冷道:"乃康,我说过,你们都忘了一件事,本王也是出身贵霜部。"

乃康追随婕丝女王多年,深知她那种冷酷眼神意味着什么,只得扭头喊道:"雀岳老王,你们休密部当真就不顾月氏的未来了吗?"

雀岳老王爷始终眯着眼,如一座肉山般瘫在马上,一言不发。他身后的休密部精骑也是稳如泰山。

乃康又气又怒,再次举起血淋淋的长刀,吼道:"怕什么!多了个贵霜部,他们也是被猎人圈住的野兽!来吧,为了月氏的未来,斩了这个窃取月氏王冠的女强盗!"

"乃康,先等一等!"这时候开口的,居然是双靡部落的王爷、月氏右丞相赖克。

"速战速决,还等什么!"乃康大是焦急。他用兵多年,深知此刻本方还占着一部之优,因此必须尽快毕其功于一役,时间耽搁越久,对婕丝女王越有利。

"来了,只怕他们已经来了!"有"月氏智囊"之称的右丞相赖克眯起眼,望向谷口处,悠然道,"形势已然不同了。"

谷口马蹄声如雷传来,显是有一支大军正向山谷冲入。

这片蹄声是如此响亮,甚至将谷口外的厮杀声都完全掩盖了。

乃康只瞥了一眼,便瞧见那支铁骑全是黑沉沉的颜色,仿佛一片乌云,瞬间便将修罗和铁象的两彪人马吞没了。

"大夏的铁骑军?"乃康只觉全身如浸冰水之中,口中喃喃道,"怎么回事,大夏的军队为什么要开来此地?"

要知道,大夏国刚刚被月氏吞并不久,此次五部会盟大典的目的之一,便是向刚刚臣服的大夏宣扬国威,大夏文武重臣都要以降臣的身份加入中央阵列赴会,此时这些败军之将怎地却忽然结阵冲来?

乃康只瞄了一眼,便看出大夏铁骑至少在五千人上下。

他立时想到,这里本就是大夏的都城,这彪大夏兵马正是驻守在王城附近护卫王城的精骑。当年自己与赖克一文一武,连出奇计,以迅雷不及掩耳之势击溃了大夏,大夏的这支劲旅甚至没有来得及开赴战场。

后来,这群大夏的骄兵悍将发誓要血战到底、重振大夏雄风,全靠月氏智囊赖克孤身独骑,深入军营,恩威并施,以高超的手段说服了这支劲旅。当时婕丝女王还大大地奖赏了赖克一番。

是的,赖克!

乃康扭头望向那位月氏智囊,喝道:"赖克,这群大夏铁骑本就是你安置的。他们一定是你调来的吧?"

赖克没有言语,却缓缓点了点头。

"为什么?"乃康怒视着自己最信赖的战友和智囊,厉声咆哮,"我们是伟大的大月氏。大夏是被我们征服的邦国,你为什么要联络他们?他们又有什么资格?"

赖克叹了口气:"大将军,我们已经失去了达罗!就如同我先前推算的,从一开始,我就不看好达罗。"

蓦地，他仰头长啸，声音尖锐高亢，直冲九霄。跟着，他抽出一杆红旗，遥遥挥动。大夏铁骑此刻已将铁象和修罗的两拨人马尽数赶入谷口，五千铁骑，纵横奔突，很快便对月氏精骑完成了包围。

数千大夏铁骑铁甲罩体，穿插驰骋间，阵脚稳固，一丝不乱。

"枉我这么信任你，让你放心筹划，你居然……"乃康难过得几乎要吐血。他这时才知，这个一直热心帮着自己出谋划策的家伙，才是最大的野心家，竟想将谷内月氏人马尽数吞了。

"为什么？赖克，告诉我为什么？"

"因为我们的谋划都已在她的眼里！"赖克扬起头，望向婕丝女王。

月氏女王也望着赖克冷笑。她知道他是月氏的智囊，也施展了很多手段来拉拢他，显然，那一切都是徒劳的。

"乃康，从一开始，你们就低估了她。"赖克叹道，"我提醒过你至少二十次，但你和乔西从来都不在乎。你们认为女王就是个对你们永远温和甚至畏缩的老女人，所以蠢货乔西死了。"

"你是说……"乃康愕然望着对面的女王。

女王依旧一脸冷漠。

"她其实一直都在等着这一天，等着我们犯错。"赖克缓缓道。

"我们在公主加冕盛典上同时出头反对，那是我们的一次结盟，你以为她看不出来？但她依然浑浑噩噩，温温吞吞，甚至对这次五部会盟的警戒，都表现得有些懒散。你以为这是她的作风？那是因为，她已经下了决心，要将我们这些老家伙彻底铲除。

"但是她还需要一个理由，所以她在公主加冕典礼上表现得虚软昏聩，后来对五部会盟的各种布置也漠不关心，任由我们轻易集结了太多的力量。"

"所以这是一个局？"乃康心底寒意更盛。不错！突然向自己反戈一击的米洛就是个证明。这说明她其实一直在行动。这个可怕的女人到底准备了多少后手？

"不愧是我月氏的智囊！"女王也望向赖克，"我以为早已看透了你，但看来还是有些失算。当初吞并大夏，你出谋划策，算必有中。现在你居然联络大夏铁骑，试图谋反，就因为你要活着？"

"活下来当然是我们的第一目的，但活着，绝不是我们的最终目的。"赖克目光阴沉地盯着女王，"女王陛下，因为你的路是错误的。"

"怎么？"

"数百年来，我们月氏一直是游牧之族。几十年前，被更加强悍的匈奴逼得走投无路，我们像一群野狗，开始四处逃窜漂泊。可是这些年来，我们遭遇了一件更可怕的事——在你的带领下，月氏人开始习惯于生活在安逸的城池里。这是何其危险的一条路！现在，你甚至要正式迁都到蓝氏城！这是一座美丽悠闲的囚笼，月氏人一定会亡族亡国……"

"想起来了！"女王苦笑了一声，"你确实劝过我许多次，千万不要迁都，不要像大夏人那样安逸。"

"我劝了你很多次，可你永远是那么固执。我知道你要沿着这条可怕的路走下去了，我们要正式进入蓝氏城了，不久就要成为像大夏那样的邦国，我们月氏的勇士也会像山下的那些大夏甲士们一样。他们的阵势看上去虽然气势汹汹，但战力其实远远不及我们月氏勇士。"

女王冷哼："你调集了大夏的铁甲军，却又瞧不起他们？"

"大夏的铁甲军曾经有着无上荣光，可惜他们这些年太悠闲了。他们喜欢城池，喜欢商贸，不喜欢游牧围猎，不喜欢杀戮战争，所以才被我们打了一个措手不及。但他们战阵的威力还在，当你鼓动起他们的血性时，还能达到我想要的目的。"

"混账，赖克！"乃康怒喝道，"你这个卑鄙的阴谋者！这么大的事情，你为什么不向我禀报商议？"

赖克冷冷一笑，猛然将手中的红旗抛了出去。

红旗在空中画了一个弧，直向乃康飞去。

乃康一愣，见那红旗力道并不如何猛恶，自恃久经战阵，便将其一把抓住。

红旗入手的同时，箭矢破空之声骤起，一蓬羽箭激射而来。原来，是严阵以待的大夏铁骑见到那杆飞动的红旗后，便即箭发如雨。

箭来得太快，也来得太急。

乃康大惊失色，甚至来不及策马躲避。他身边的护卫乱糟糟地挥刀抵挡，也是无济于事。胖顿部精骑距离大夏铁骑最近，乃康和几名亲卫都被射成了刺猬。

猎魔坑内，通天藤下。

见吉祥登上通天藤，张骞忙跟了过去，青霄等人也在后络绎而上。令众人奇怪的是，落足在通天藤的巨蔓上，脚下的感觉居然颇为沉实，就如在一根巨大的独木桥上行走。

巨大的枝蔓盘旋而上。第一道枝蔓便等于是数里长的虹桥，众人行了多时，竟还没有走上虹桥的弯顶。再望向前方越盘越高的几道枝蔓，众人心内均想，这巨藤也许真的可以直通上天？

"龙缺和公冶易果然拒绝不了这个诱惑！他们也踏上了通天藤，而且不知是谁，又受了点伤。"青霄忽然弯下腰，看着巨蔓边缘的两点绛红色血滴，微微凝神。

众人心中登时又紧张了起来。

"奇怪！龙缺和公冶易都是玄圣道的顶尖宗师，二人联手抗敌，为何还会受伤？"青霄再次凝住步子。

吉祥望向巨蔓旁侧。下面是几根东倒西歪的老树，弯折处痕迹极为新鲜，显是被人刚刚折损的。如果这也是师尊的出手，那只能说明，师尊的境界下降得太快了。

青霄沉吟着，突然一掌挥出。掌力到处，巨蔓旁的山石四散迸飞。众人的神色更紧张起来。这一掌虽声势惊人，却绝非玄圣道顶级宗师的手段。西域行者黑狮见状，眼芒闪了一下，却没有做声。

吕英当年曾亲见这位昆仑道宗主一掌了断墨门巨子郭解，那是何等身手！此时不由心下震惊，踏上一步，喝道："晚辈试一试。"

扶摇巨剑扬手挥出，前方的半截巨岩随剑化为齑粉。

"原来如此！"青霄叹了口气，惨笑道，"这天坑内的世界，道法规则想必自成体系。不知为何，竟对玄圣道高手生出极大的限制。现在，我与你们一样，都是天元道！怪不得，怪不得……"

众人心中都是一惊。如果公冶易和龙缺都被法阵限制在天元道，对付一个恐怖的妖兽，实在是凶多吉少。

"伊木归！"青霄转身望向月氏国师，"你到底还隐瞒了多少？"

伊木归神色一黯，叹道："天坑之探，凶险难测，我已事先告知诸位了。也正因如此，我们需要汇集天下最顶尖的圣者。"

这一番话冠冕堂皇，却没有回答青霄的问题。青霄哼了一声，懒得辩驳，继续迈步前行。

就在这时，前方又飘来一团云雾，云遮雾绕间，通天藤和建木忽隐忽现，更显得神秘莫测。

"我在前！"伊木归大踏步走在最前方，进入云雾深处。

众人凝神攀登，都不多言，登到第一个巨蔓的弯弧顶端，向前方一望，不由全吃了一惊。

缥缈的云雾之下，犹如虹桥般的巨蔓上，端坐着两人，正是公冶易和龙缺。这两人相距丈余，四掌纵横挥洒，不住向四方遥击，掌间荡起道道罡风，仿佛在二人身周，正有许多无形的敌手疯狂扑击过来。

二人的情形颇为古怪，既似联手抗敌，又似闭关静坐，对悄然而至的众人竟是全未在意。

吉祥忍不住问："师尊……他们在做什么？"

"结阵自保！"青霄叹了口气，说道，"他们自身的术法境界下降得太快，不得不联手布阵，固守待援。"

伊木归朗声长啸："大祭酒，龙缺大巫！有劳二位，我等已到。"大袖飞扬，当先疾掠过去。

鼓荡的啸声入耳，龙缺才缓缓收掌，说道："大家小心，那妖兽只怕仍未走远。"

公冶易向伊木归和青霄点头致礼，叹道："我们以为已经击败了它，一路追踪至此。没想到，一上通天藤，我们的道境突然暴降。而那只妖兽，却隐入雾气中，不见了踪影。"

"自以为是，逞强的结果！"青霄冷哼道，"难得两大宗师没有喂了狐狸！"

吉祥和吕英赶过去，分别扶起各自的师尊。两人所受的皮肉伤并不严重，但脸色苍白，显是道境受限后，元罡耗损极重。

"公冶易，我不会觉得欠了你人情！"龙缺扫了老对头一眼，神色阴冷如故。

"到了坑外，再见个高下吧！"公冶易淡然一笑，对青霄叹道，"它不是九尾天狐！"

"不是九尾天狐！"青霄大惊，"那是什么，它在何处？"

"它还在，正在看着我们！"公冶易望着前方那团白雾。

迷雾正在慢慢变得稀薄，远处出现了两道指头大小的红光，随着迷雾逐渐消失，前方似有两颗血色的宝珠闪闪发光。

"那红光……"吉祥惊呼出声，"是怪兽的眼睛！"

云雾散尽，一尊怪异的神兽傲然挺立在第二道巨蔓的顶端，双眼仿佛是两颗红宝石雕成，闪着熠熠红芒。

这神兽的相貌很奇特，居然是一只公羊的外形，身上生着许多古怪的繁复花纹，巨大的卷曲双角颇为显眼，却有着一张肃穆的人脸，只是嘴巴略大。

"好难得！睡了一觉，居然来了这么多食物。"怪兽居高临下，凝望着众人，目光倨傲而又狡黠，还带着一股阴冷的气息。最奇特的是，它的声音细弱如婴孩，甚至还带着婴孩才有的稚嫩和童真。

众人心头大凛，吕英横起长剑，沉声道："这怪物不是天狐！它是什么？"

"小心！"张骞盯着那怪物身上的纹理，惊道，"那似乎是饕餮纹！难道它是……"

饕餮纹是商代青铜器上的常见纹饰，众人却都没想到，这怪物的身上居然密布着如此形状的纹理。

"妖兽饕餮！"卓轻闲倒吸了口冷气，"《山海经》中对其曾有描述。这是种羊身人头的怪物，贪婪嗜杀，在十大凶兽名录中排名第三！"

听说这竟是以残暴贪婪闻名的饕餮，众人的戒备之色更浓。

"正是此物！"青霄凛然道，"声若婴孩，正是饕餮的特征。"

巨蔓上方的神兽忽然笑了起来，声音果然细如婴儿。而它的嘴则变得越来越大，四只锋利的虎齿慢慢突出唇外，更增狰狞狠辣之气。

张骞的衣袖内传来一声无奈的叹息，蜃龙显然对这怪兽极为忌惮。

张骞不由想起蜃龙曾说过的话，十大凶兽的前三名都是无敌的存在。想不到，在这本该囚禁老大天狐的地方，居然遭遇到了饕餮老三。

饕餮不仅有无敌的战力，更有着贪婪暴戾的脾气，相传它平生最不服气的，就是被世人称为第一凶兽的九尾天狐。

"伊木归，你知道饕餮的存在么？"青霄冷冷地问道。

月氏国师仰望着通天藤上方的神兽，目光中透着说不出的痴迷，说道："我知道有一个力量一直在禁锢着天狐。先前我一直以为是法阵的力量。那三次入坑探秘，虽屡遭凶险，却也没发现有饕餮存在。现在，我终于明白了当年设此法阵之人的心思。原来他是用饕餮来禁锢天狐，真是神奇无比的思路！"

伊木归忽然仰天大笑起来，脸色由苍白转为微红："两只神兽。很好，两只神兽！"

"你的天圣术半生不熟，当真能对付得了这两大妖兽？"青霄斜睨着他，"别忘了，直到现在，我们仍不知道天狐在哪里！"

众人的心越发紧张了起来，连话痨蜃龙提起来都要毕恭毕敬的那位狐老大，居然直到此时仍是踪迹不见。

藤蔓之上，饕餮悠悠地伸了个懒腰，又开了口："你们在想那只小狐狸？"

它的声音细软，仿佛婴儿。这本应是世间最纯朴稚真的声音，但这时自那怪兽口中吐出，却透着说不出的森冷。

下一瞬，怪兽目光骤然一亮。众人惊觉这道目光居然来自它的腋下！这怪兽的腋下竟也长着一只血红的怪眼。

饕餮那诡异的目光扫视着每个人的眼眸，又由双眼直透入各人的心底。在那眼光盯视之下，众人心神摇曳，心中腾起了许多念头，贪婪、邪恶、暴躁、癫狂，等等。

"要开始了吧！"饕餮狡黠地笑了起来，那诡异的眼神仿佛洞悉了所有的人心。

这时，人丛中爆出啪地一声轻响。青霄闷哼了一声，虽是勉力回身挡开袭来的一掌，却仍被震得斜斜飞起，半空之中喷出一口鲜血。

众人大吃一惊。卓轻闲忙斜刺里冲去，探掌揽住青霄的腕子，才使昆仑道宗主免于跌下巨蔓。

一道巨大的身影缓缓踏步上前。出手偷袭青霄之人，竟是那最神秘的西域行者黑狮。

"对不起，乃康！"赖克轻叹道，"你也许不知道，我在大夏人中有着很高的威信。我正好利用这点威信。你是亲手攻灭大夏的月氏大将军，所以你只能死。你是我跟他们谈判的价码。"

"杀死你的老友，这算是示威么？"女王冷喝道。

"其实这蓬乱箭，我更想奉献给女王陛下！可惜你太小心，又离得太远。"赖克狞笑道，"就算是示威吧，因为我们要阻止月氏滑落到一个温暖的深渊！"

他长吸了口气，继续说道："而今，所有的月氏人，即将沿着你的道路走下去，即将迁入这个繁华而堕落的蓝氏城。我们会更加习惯于悠闲的城池生活，忘了纵马，忘了游猎，忘了射箭。我们马上就会变成下一个大夏，面临着被乌孙或者匈奴彻底吞并的命运。"

"怪不得本王要迁都蓝氏城，你几乎是唯一的反对者，而逼我还政和退位，你的态度并不坚决。因为你知道，无论是我，还是乃康或者达罗，都会迁都蓝氏城的。这是大势所趋！"

女王喝道:"所以你的本意,就是想将我和乃康他们都尽数除掉!"

"命运!"赖克大喝,"我要改变的,是月氏的命运!"

"世间所有部族的命运只有两个,分裂或者融合!"女王傲然冷笑,"所以我要改变的,也是月氏的命运。"

蓦地,她拔刀在手,高高举起。

"赖克,你还跟她废什么话!"对面,左丞相洛斯扬刀大喝。

洛斯统领的都密部一直虎视眈眈地站在赖克所属的双麋部旁,此时洛斯纵马挥刀,当先冲出。月氏左丞相快马如风,转眼便奔到赖克的身边,大喝道:"赖克,时候紧急,速速破敌呀!"

大喝声中,一刀骤然劈出。

这一刀却是劈向赖克。

刀光如雪,刀势若电。

所有的人都大吃一惊。赖克身边的亲卫全无防备,婕丝女王的眸间则放出异彩。

这一刀出乎所有人意料,仿佛天外奇峰突降,带着强悍的威势,斩向赖克的后脑。

赖克仿佛脑后生了眼睛一般,反手一刀向背后削出,架开洛斯的偷袭。这一刀稳之又稳,仿佛早就在那里等着洛斯一般。

双刃相交,一股如怒涛狂澜的巨力袭来,洛斯手臂剧震,长刀脱手飞出。

这下轮到偷袭的左丞相震惊了。他不但震惊于赖克的先知先觉,更震惊于这个素来文质彬彬的家伙居然还是一位强大的术法高手。

赖克右手挥刀拒敌,左掌忽地向后一抓,如神龙摆尾一般,已扣住洛斯的脖颈。也不见他如何使力,轻轻巧巧地便将洛斯拎了过来。

"没想到吧,洛斯?"赖克狞笑着说道,"我一直在提防着你!"

女王眸中的光芒瞬间暗淡。左丞相洛斯是她打入叛军阵营的一枚关键棋子,其重要性甚至远胜于贵霜部的三王爷米洛。为了取信于赖克和乃康,洛斯在云裳加冕大典上跳出来,拼命附和死对头赖克,却没想到仍旧没有瞒过赖克。

同样让女王吃惊的，还有赖克的强大战力。这家伙本是月氏智囊，只负责运筹帷幄，从不冲锋陷阵，不料他居然有如此强悍的术法修为，而且多年来一直深藏不露。

洛斯嘴中鲜血涌出，喃喃道："为什么……"

"不为什么。你几乎没有破绽，只不过我一直很小心，对你，尤其小心。"赖克的五指慢慢收拢。

洛斯猛然张口，一口热血向赖克喷来。他原本僵硬的双手陡地探出，抠向赖克的双眼。

赖克冷哼一声，指力到处，轻松捏碎了洛斯的咽喉，振臂将他的尸身抛向半空。

身后怒喝连连，是洛斯所部的亲信冲来抢人，却被赖克麾下精骑拦住，双方杀在一处。赖克向身后瞥了一眼。对麾下亲信的战力，他还是颇为放心的，只是当此非常之时，他还是很认真地回望了一眼战局。

这一眼回看，赖克瞬息之间便觉出了异变。

异变来自他的身后。他眼角余光扫到一道身影。他本以为那是洛斯跌落的尸身，并没有太在意，却不料那身影骤然逼近，闪电般欺到他的马前。

赖克心头大震，想不到在月氏王庭内还有谁能做到这么快。不及回头，他的刀已反手削出。

甘夫同样大吃一惊。他这一扑迅若疾电，更是趁对手心神微分的良机出手，但赖克这一刀仍让他大为震惊，因为刀上所挟的威压太过强大。

他见过女王的贴身近卫琼妮的身手，那绝对是天元道灵境的大境界，但现在他面对的赖克，似乎犹有过之。

月氏作为昔年的草原霸主，久经战火锤炼，英才济济，虽大败于匈奴，仍是有些底蕴，赖克就是这样一个深藏不露的高手。

除了境界高深，更可怕的是这人行事深不可测，无论是老对手洛斯，还是月氏女王，全不知他竟是个比琼妮大师还要可怕的家伙。

这一刀匆忙间随手挥出，却如行云流水，刀光中似是挟裹着无数道星光，刺得人睁不开眼，难辨他的刀势走向。

简简单单的一刀，便如同千刀万刀，他身周十余丈都被这一刀完全笼罩。

甘夫的脸色瞬间变得可怕的苍白，但仍是双手捧着日神长刀，当头轰出。他不敢同时运使日月双刀。他心中甚至担心，自己双手同握长刀，仍没有把握接下赖克这神鬼莫测的一刀。

甘夫的刀极准极稳，在万千星芒中，准之又准地轰在赖克的刀上。

双刀相交，鸣声如银瓶乍破。

甘夫觉得，自己全力以赴的这一刀，似乎是劈在柔软的水面上，有质有形，却无从着力，他不由经脉剧震，口中险些喷出鲜血来。

赖克却并不硬碰。他的长刀轻轻颤动，刀光之中，无数道星芒继续飞散，熠熠生辉的星芒或直或弯，或如飞旋的圆圈，向着四面散开。

甘夫更觉吃惊：这样的术法不但古怪，而且毫无道理。赖克射出的星光刀芒，为何不是指向自己这个对手，而是激荡四散，甚至是散射向天？

"天神之聚！"

随着赖克这道肃穆的低吟，散飞于八方的星芒忽然间尽都指向甘夫，那些曲直难测的星光轨迹继续变化着、扭动着，从四面八方向甘夫袭来。

甘夫终于明白什么是"天神之聚"了。因为每一道夭矫难测的星芒都带着天神般的庞大力量，而所有这些天神巨力的汇聚点就是自己。

明明是星辉耀眼，甘夫却觉得眼前发黑。他终于知道，赖克这看似随意轻松的一刀，实则是绝杀之刀。

出手即是绝杀，起始就见生死。月氏智囊，果然诡诈而决绝！"破！"甘夫的脸色骤然变得殷红如血。他双肩疾耸，天雷棍自背后腾起，如怒龙轰天，直冲九霄。

金光闪烁，瑞气升腾，繁复花纹清晰展现，天雷棍绕着甘夫的身体飞旋,挡住了漫天的刀光星芒。

甘夫前冲的势头丝毫未减,整个人如惊马般撞向身前那团刺目的星芒。

他进入了那片带着神圣气息的光明。所有的光明都是刀芒,天雷棍虽然接住了大半的刀芒,但仍有无数道细线般的星芒,从棍雨中穿入,连绵不绝地切割在他的肩上、背上。

甘夫已无暇顾及那些细密刀雨所带来的割伤。此时退缩半分就是死,前进稍慢仍是死,他全力加速,穿透那蓬刀光,双手疾挥,抛出长刀。

他的双手骤然探出,猛然扣住赖克的双腕。

只有锁闭对手的双手,才能阻住那些变化无穷尽的刀势。甘夫的战术十足的险、十足的笨,也是十足的蛮不讲理,甚至连赖克也没有料到,这等级别的顶尖高手,怎么会施展出这样无赖的打法。

赖克的双腕突然受制,漫天刀雨随之一敛。

而甘夫那把凌空飞出的日神长刀已化作一道疾电,刺向赖克的胸口。赖克拼力疾闪,只听得噗地一声,长刀插入赖克的左肩。

在同一瞬,赖克屈指疾弹,手中刀也脱手而出,插入甘夫的肩头。

"你死定了!"赖克又狞笑起来。他的每次狞笑,都能让对手不寒而栗。

"十二天星!"赖克再喝。喝声中,他双腕猛地一翻,也绞住了甘夫的腕子。

两道狂暴的巨力袭来,甘夫觉得自己几乎要被对手撕扯成两半。他这时才发现,对手的古怪术法很可能跟大宛十二神巫的十二天星圣阵有些渊源。都是调动星象的巨力,只不过赖克天赋异禀,居然以一人之力匹敌大宛十二神巫之威。

便在此时,一缕刀声自背后响起。

刀声无比细微,而且被震天的呐喊声、刀剑声、箭矢声掩盖,但甘夫还是觉出了那道强悍的刀气。

应该是雪枭的刀!

雪枭的这一刀乃是刺向甘夫的背心。他出手突然，全力以赴，既是杀甘夫，也是杀赖克。

这一刀算计得精准无比。甘夫背后受袭，避无可避，然后长刀会穿透甘夫，直接刺入赖克的胸膛，那便更加防不胜防。

这才是真正的一箭双雕！

"甘夫！"云裳嘶声大叫，扬手抛出偃术傀儡，天宰在空中翻滚着扑向雪枭。

琼妮全身剧震，腾身向雪枭扑去。

但一切已经来不及了。

强悍的刀气甚至割破了甘夫背后的衣襟。

值此千钧一发之际，在无数人的惊骇大叫声中，甘夫蓦地翻了起来，整个人如同杂耍艺人般倒翻了个筋斗，变得头下脚上。虽然他的双腕还跟敌手绞在一处，但这借势一翻，却已翻到了赖克的头顶。

这一翻出乎所有人的意料，雪枭的刀却已势如破竹般刺进了赖克的心口。

在外人看来，甘夫与雪枭好似完成了一次配合娴熟、天衣无缝的完美刺杀。

长刀贯胸，赖克不可置信地望着突然出现的雪枭，甚至来不及吐出一句咒骂，所有的精气神意便在瞬间消散。

他自十二天星所借的劲力此时还蕴在体内，这令他的身子仍是僵硬如铁。

甘夫再次一翻，双脚踏在赖克的双肩上，扬手挥起月神短刀，斩下赖克的头颅。

"叛逆之首已死，尔等速速归降吧！"他鹤立鸡群般挺立在赖克僵硬的尸身上，举着那颗血淋淋的头颅，朗声大喝，声震四野。

刚要包抄过来的大夏铁甲军尽数一惊。在大夏颇有威名的月氏智囊居然被杀，铁甲军的气焰为之一沮。

"贼酋已死，速速归降吧！"月氏女王在一群近卫的环护下催马上前，朗声喝道，"本王可以保证你们不死，将功折罪者有赏！"

雀岳老王老眼一亮，拔刀喝道："大夏要复叛，我月氏五部定要协力同心，誓死效忠女王！"

"协力同心，誓死效忠女王！"他手下的休密部精骑齐声拔刀高呼，声音齐整划一，也不知是否被他们的老滑头上司事先操演过。

乃康、乔西和赖克三大叛军首领先后殒命，手下兵将群龙无首，听得五部之首的休密部这般振声高呼，三大叛军中便有机灵的，也跟着拔刀呼喊效忠，一时间群情激昂，甚至分不清哪一方曾是叛军。

"都押过来！"婕丝女王冷着脸，向后招了招手。手下近卫将中央阵列中的大夏群臣押到近前。

这些大夏的文武群臣事先并不知道铁甲军随着赖克反叛的消息，此时刀斧加身，均是又惊又气，怒冲冲地向着铁甲军中自己的往日下属劝导训诫。

这群铁甲军一到，乔西的亲信大将修罗便觉出了异常，已约束手下，停止厮杀。此时乔西已死，修罗知道大势已去，忙整肃兵马，高呼效忠女王。

此时五部歙侯已尽数重归女王统领，再加上对月氏军队战力的恐惧，失去"军胆"赖克的大夏铁甲军不由气势尽丧，不知是谁，先将兵刃扔到地上。

跟着，"呛啷呛啷"之声不绝，更多的大夏铁甲军扔下了武器。

"算上斩杀撼天风那次，这是我们第二次联手了吧？"雪枭望着甘夫，悠然笑了起来，"很不错！"

他对这两次的结果都很满意。两次都是甘夫苦战，而他则是择机出手，上次斩了撼天风，这次刺死了赖克。

"这一刀，我一定会还给你！"甘夫冷冷道。

危机消散，特别是见到夫君再次死里逃生，云裳心中一松，身子几乎虚脱。

这时她却忽然想到母亲适才所说的话，世间所有部族的命运，只有分裂或者融合两条路。天幸这一次月氏五部没有分裂，而且看起来，大夏也终于要彻底与月氏融合了。

第十章

猎 魔 坑

天坑内,卓轻闲横剑怒喝:"你到底是什么人?"

"你还不配问!"怪人咧嘴一笑,声如金石交击。蓦地,他矮身挥出一拳,拳势朴实无华,却气势磅礴,猎猎罡风仿佛天风倒吹,卓轻闲顿感呼吸困难。

吕英知卓轻闲绝非这怪人对手,遂将长剑抖开,斜斜斩出。东吕西闲联手抗敌,剑如双龙出海,卷起数道狂飙,却只将这重如山岳的拳势堪堪一阻。

黑狮的拳半途陡然变向,击向张骞。

这一拳开始时绝无半点花哨,但转向的刹那,拳势轻颤,顿时生出万千变化。

每一次颤动都似有无尽可能,张骞只看了一眼,便觉得头晕目眩。那些微妙的万千颤动汇聚合一,那拳势仍是气吞山河、直来直去的一拳。

这是偷袭,却是堂堂正正的偷袭。这是一拳,也是千拳万拳;是千拳万拳,终究还只是一拳。

张骞知道自己躲不开。这个黑狮的境界应该是远在自己之上的玄圣道，他击向东吕西闲的拳势其实只用了四五分气力，对自己的这一拳才是全力轰击。哪怕公平交手,自己也不是对手之敌,何况此时对手是偷袭。

他只能奋力做出一个动作，一掌将吉祥向远处推出。

他知道吉祥必然会上来抵挡。然而仓促替他硬挡玄圣道高手，只会陪着他一起去死。

忽然间人影一晃，风君天挟着凛冽的剑芒斜刺里闪来，横在张骞身前。

剑侯没有用剑来挡，他知道用剑根本挡不住。他是用自己的身子来挡，他的剑则如白虹贯日般刺向黑狮的面门。

如山巨力当头轰下，风君天的长剑立断，整个人如断线风筝般远远飞出，半空中便热血狂喷。

这一挡却让张骞有了喘息的机会，他借机飞身后退。

黑狮那一拳进势不停，转而轰向公冶易。

他这一拳已是第三次转向，但拳势仍似长江大河，气势滔滔无尽。

公冶易的脸色凝重之极。他知道，自己在巅峰时期也需沉着应对这黑狮，此时自己道境飞坠，面对如此气贯日月的神妙一拳，几乎毫无胜算。

但他仍挺身迎了上去。他的步法轻灵飘逸，带着难以言喻的奇妙节奏，正是庄子道的逍遥游身法。

黑狮的拳是当头冲来的汹涌湍流，公冶易就是劈波斩浪的鲤鱼，在一道道凶险万状的激浪间逆流直上。

大祭酒知道，此时自己的道境与对手相差巨大，故此无法硬接对手的招数，也无法逃遁，只能以绝妙身法应对。这是个取巧的法子，却也是万分惊险的法子。

黑狮冷哼，前一拳的势道未尽，后拳又出。这一拳慢了许多，但拳势吞吐不定，意境又与整座天坑完全交融，所谓天地人合一的玄妙境界，在这一拳中展露无遗。

公冶易那流转神妙的身法瞬间便凝滞了下来，犹如溯流而上的鲤鱼忽然发现滔滔的河水已在刹那间断流。

电光石火之际，旁边的大巫龙缺蓦地吐气开声，怒喝一声，手中怪杖当头挥出。漆黑木杖划出一团紫黑色的火光，紫焰如飞蛇般窜出，准而又准地缠在黑狮的第二拳上。

公冶易得此一缓，身随意转，无为学宫镇宫名剑之一的凝象剑随手挥出，剑势所凝，竟是惊雷闪电之象，正与龙缺木杖所发出的紫焰交相辉映。

紫焰在巨拳前飘摇散开，凝象剑发出一声惊鸣，无功而返，但黑狮那一往无前的攻击也是一滞。

龙缺与公冶易，两大宗师合力，兵刃齐出，只能堪堪阻住黑狮发出的一击。

张骞飞退之中，接住自空中跌落的风君天。风君天的脸色已是惨白如纸，全身软绵绵的，胸骨不知断了多少。

"君天兄！"张骞大恸，忙将一股淳和的罡气度入剑侯体内，"挺住……"

"不要白费气力了！"风君天惨然笑了笑，"风某这条命……在天幻堡时，便已是……使君的了。多活了……这多年，见识了这多……异域风光……值了。"

"君天兄，我会照顾你的家人。除此之外，你还有何事未了？"张骞泪如雨下，忙自怀中摸出几丸固本培元的丹药，塞入剑侯口中。

他们相处多年，形同兄弟，彼此家境早已了然于胸。风君天听张骞说出要照顾自己家人的话，眼神微暖，张使君的承诺，自然重如千钧。

"追随使君多年，风君天……此生无憾了。多少年了！梦想来到大月氏，如今终于来了，却没想到……要这么久……便将我埋在这里吧。"

剑侯蓦地大吼一声："风君天此生无憾！"

他的目光中都是不甘，却终于暗淡、凝固。

激战的几个人都怔了一下，向这边望过来。吕英赶了过来，却见风君天的手中依旧紧握着剑柄。

剑侯生性寡言少语，但因痴迷于剑术，常与吕英交流剑术之道。此时见他兀自紧握那把断剑，吕英眼中登时一湿。

吕英抬头望向天空，似乎在与云端之上的什么人默默对语，随即挥起扶摇巨剑，扑向黑狮。

"且慢！"公冶易喘息着，飘身退开两步，拦住吕英，随后冷冷地望向那道高大得有些古怪的身影，沉声道："郭解？或者应该叫你支离舒？"

"怎么可能？"吕英也是当年滴河袭杀郭解的亲历者，不由惊呼道，"郭解当年全身经脉尽毁，又坠入大河，必死无疑！"

黑狮冷哼一声，掀开巨大的斗笠，现出一张有些瘦削的脸。那张脸有几分郭解的影子，却也有许多陌生感，令人惊惧的，是那张脸上只有一只眼睛。

另一只眼眶内空洞洞的。

吕英愕然呆住，心中闪过当年郭解中箭坠江的画面，卫青的那一箭破空而来，正是射中了墨门巨子的一只眼。

看来这黑狮果然就是当年叱咤天下、号令江湖的墨门巨子郭解。

郭解居然没有死！潜隐数年，他竟变成了这么一个古怪模样。

"我们都疏忽了！"青霄叹道，"如果是两个郭解，甚至三个郭解，也必然难逃一死。但一个郭解和一个支离舒，却有一个办法不死！"

公冶易扬眉问道："支离舒的混沌重生术？"

青霄点头："我对支离舒太熟悉了！原以为大奸大伪如他，绝不会成全别人。但我显然低估了他的仇恨之心。支离舒自度必死，临死前将郭解远远挥出之时，已将毕生苦修的混沌重生术注入郭解体内……所以，瘦小枯干的墨门巨子活了下来，最终变成了这副不人不鬼的模样。"

众人无语，凛然盯着前方那怪物般的人影。也许在这一刻，那是个比大妖兽还要恐怖的家伙。

"伊木归，这是否也在你的算计之内？"公冶易望向月氏国师。

"我与郭巨子有旧，但同我与诸位圣者一样，只是钻研秘术的泛泛之交。你们之间的恩怨，我不知道，也不必知道。"

月氏国师冷冷摇头:"况且,他是女王陛下派来的。据说他交给女王认女的一个重要信物,蜻蜓眼宝珠。作为报答,女王保证他可以进入此次天坑之探,而且一切保密。"

公冶易和青霄对视一眼,均不再言语。伊木归的话几乎无懈可击,而且即使有假,这时候也无法验证。

伊木归向郭解缓缓举起长刀:"郭巨子,我不管你们有何恩怨,现在妖兽在旁,望暂且息争。"

"不可能!"郭解冷冷一笑。

吕英怒道:"你此刻孤身一人,自身难保,居然还敢妄谈复仇!"

"息争?妄谈?"郭解又笑了笑,"这些年来,我的墨门散了,门人死了,我的家人也全都死了。我是做过一些恶事,但我的九族,已都被刘彻那个暴君夷尽了,可以息争么?"

他的声音苍凉沉郁,最后更是激愤一吼,声若雷震。

张骞沉声道:"郭解,你刺杀天子,劫掠汉使,抢夺秘图,罪不容诛!你仅凭一己之喜怒随意杀人,又以一己之私心叛国谋逆,这都是你自己所铸的大错,又岂能怨天尤人?"

"说得好!"郭解仰头长笑,"那还辩什么?这天下的许多事,哪一件是辩来的?就如这个刘彻,刚刚登基,不到二十岁,就给自己修皇陵,耗费了许多财力,又有谁敢同他辩论是非?"

众人尽皆无语。

"所以,杀吧,天下的事都是杀出来的!我虽是孤身一人,但现在,只有我才是真正的王者。"大喝声中,郭解一拳轰出。

这一拳似曲似直,变幻无方。看似简简单单的一拳,忽在中途散开,变成冷厉的数道直线,分向众人击到。

公冶易和青霄首当其冲,二人奋力出剑挥掌。

罡风相交,爆出轰然炸响,两大宗师向后踉跄退开,险些跌下巨蔓。

"怎么回事?"大巫龙缺怒视着伊木归,"这个郭解,为何还是玄圣道?"

伊木归的脸色阴沉如水，说道："据我所知，他所在的墨门，本就有着各种千奇百怪的秘术，他对我毕生钻研的天圣术也不陌生……"

青霄怒道："所以，这些你还是不知道，也不必知道？"

伊木归摇了摇头："现在他能如此，很可能是……怪兽饕餮的功劳！"

"怎么说？"

"也许就在刚才，饕餮选中郭解，赐予了他某种力量。这里地煞异常，但饕餮已经脱困，成为这里的半个主人，它已能自如地运用这里的天道规则。"

众人心头大惊，这才回想起来，怪兽饕餮适才的那一眼，其恐怖的眼神中蕴含着无尽的意象，让人癫狂，让人沉沦，但那一眼中，很可能也蕴藏着无尽的力量。

张骞游目四顾，陡然惊觉，喝道："大家小心，那怪兽饕餮不见了！"

公冶易苦笑道："它现在不必出现了。它要等着我们自相残杀，再来一顿风卷残云……"

"郭解！"张骞不由低叹道，"其实现在你只是饕餮的一个工具、一个爪子而已，又何必为这贪婪的怪兽效命？"

"我现在是爪子，但绝不会永远是爪子。伊木归，我早说过，你的天圣术还太浅显！如果你能上接天象，就能如愿控制这些力量。"

说着，郭解仰头望向头顶的天宇。深坑上方，天空仍是一片明亮，却看不见真正的太阳，这里的一切仍是朦胧混沌。

但不知怎地，随着他这一仰头一望，便仿佛有一种难言的力量正自天而降，悄然凝聚。

"一起动手。"公冶易心生警兆，振声长啸，"同诛此獠！"

所有人都知道，必须及早斩杀这个因仇恨而疯癫的墨门巨子，否则若是那怪兽与他联手，众人便只有死路一条。

扶摇剑、星槎剑、凤翅金刀、天刑剑、凝象剑齐向郭解轰去。通天藤上异彩流动，宝光纷呈，无数道罡气纵横激荡。

郭解终于挥出手中的刀。

墨门宝刀挟风雷之势，向四方劈去，凭着道境上的强悍，将一众对手震得东倒西歪。

张骞心中暗呼侥幸。这位墨门巨子经得那次惨败，重伤之后，虽以混沌重生术逆天修补，勉力登上玄圣道，终究实力有损，已非当年中州第一大侠的超然实力了。

而此刻，当无为学宫、昆仑道、万灵宗这些世间的绝顶力量首次联手时，也终于迸发出难以想象的绝大力量。

通天藤的巨蔓极为广大，张骞、青霄不住呼喝着，众人四下游走，分进合击，隐然成阵，同郭解间的道境上的差距，正被阵法和天赋慢慢填补。

郭解感到了吃力。他的刀势陡然重了起来，一刀一刀，宛若劈山断岳，只顾大踏步地冲向青霄。

墨门巨子显是要先毙了这最直接的仇敌。他这般不顾一切地疾冲，身后全无防卫，只见金芒乍闪，凤翅金刀划出一道完美的弧线，已斜斜砍中郭解的肩头。

鲜血迸射，如一道耀眼的火光，让众人的眼睛均是一亮。

公冶易挥出无为学宫的另一把名剑赤月，赤色月轮般的剑芒巧妙之极地切中了郭解的左腿。

郭解长吸了一口气，却仍是不管不顾地向青霄冲去。

青霄知道墨门巨子的用意，却没有退。她就是要诱使郭解冲向自己，再呼喝众人从旁对其加以痛击。

鲜血如繁花绽放般迸射出来，郭解一往无前的刀势越来越重，身上的伤口也越来越多。

就在这时，一道古怪的啸声响起，犹如小儿啼哭。郭解浑身巨震，刀势陡然一变，连环数刀削出，却是劈向自己身周。

随着错落有致的这几刀劈落，郭解身边的一切都生出了诡异的变化，仿佛有嵯峨巨岩在他身边凝聚，又似有浓厚云气在周围盘旋。

似乎在刹那间，天坑内的云雾和崖壁都将力量借给了墨门巨子。

"他也在布阵。"公冶易惊呼，"墨门的山河刀阵！"

"小心妖兽再次借力给他！"龙缺大喝一声，"也许过不多久，他的心神就会完全被妖兽控制。"

郭解冷笑了一声，宝刀重重一挥，那无尽的云气盘桓、无尽的重岩威压随刀而出，汹涌撞向公冶易。

几乎在同一刻，墨门巨子回身一拳，轰向青霄。公冶易代表的是大汉天子，青霄则是当年滴河袭杀背后的筹划者，郭解向二人发出的这一刀一拳，势若迅雷开山，将墨门山河刀阵的力量发挥到了极致。

龙缺的目光一寒，黑杖骤然插向郭解。

黑杖迎上刀芒，前端竟寸寸断裂。几乎在同一刻，青霄、公冶易和龙缺的口角都渗出了鲜血。但这黑杖也不知是何神品，居然让郭解山呼海啸般的汹涌攻势略略一缓。

就在此时，人影骤闪，一直冷眼旁观的伊木归斜刺里扑了上来。

月氏国师这一扑的时机、角度都是精妙至极，一掌便拍在郭解的肩头。

郭解闷哼一声，肩头伤处飞出一道黄色光芒。那光芒甫一飞出，即被伊木归的手掌吸入。

下一瞬，伊木归的手掌稳稳地按在了郭解肩上的伤处。

两人紧紧相连，郭解拼力挣扎，却始终甩不脱身后的月氏国师。

伊木归低叹："我知道你是从雪枭的口中打探到了天圣术，再自行暗中钻研。但我却没有想到，你居然用了这样狠辣的方法。"

"你也不是什么好东西！"郭解低头喘息，"你将他们都引到这处绝地，难道会安着什么好心？"

"和你相比，我没有那么多的仇恨。"

郭解不再挣扎，而是反手挥刀，慢慢压向伊木归的脖颈。

此刻，两人仿佛被一只无形的巨掌紧紧地按压在一处，他们的身周又爆出强大威压，想要援手伊木归的吕英等人尽皆被震得踉跄后退。

暗红色的墨门宝刀在一寸寸地向后扎出，刀尖甚至已触到了伊木归的脖颈。

伊木归忽然吐了口气，轻轻地拍了拍郭解的肩头，那姿势很随和、很轻柔，仿佛在同一个多年未见的老友亲热。

暗红宝刀彻底凝住。

张骞和吕英从左右扑上，两把剑同时刺入郭解的胸膛。

郭解的眼中燃起不甘的光芒，然而那光芒一闪便黯淡下去了，他高大的身躯慢慢软倒在地，墨门宝刀呛然坠落，划出一道更加不甘的暗红色轨迹。

墨门巨子终于倒下了！他死前的最后一个动作却是转过身，不甘地望向伊木归。

谷内是一阵压抑的静。所有的人都看得出来，郭解已经完全没有了生气，是个完完全全的死人，但他的眸子依旧睁着，依旧死盯着伊木归，那眼中似乎还放着光。

"小心！"龙缺低叹道，"郭解临死前，似乎对你施法了。"

伊木归哼道："其实他是想让我尽快入魔。这也是他最后的用心了。"

张骞和吕英都没有理会郭解。吕英再次仰头向天，张骞则望向仰卧在巨藤下的风君天。剑侯的脸色很安详，不知他是否看到了，仇人已被张骞和吕英手刃。

伊木归扬起那张死板的脸孔，却是看向前方虹桥般的第二道巨蔓，慢慢吐出一口气："让我入魔，其实是你的伎俩！是吧？"

那道巨蔓的顶端，饕餮再次出现。

"谢谢你没有破坏他的头。我吃人的时候，喜欢从头部吃起。"它的目光无比得意，又透着说不出的阴森。

"这个笑话并不好听。"伊木归冷笑道，"关键是，你并没有那么强大，所以你现在还被困在这里。"

"吃了你们这些人，我就会变得更加强大。"怪兽阴森森地笑着。

"饕餮！"张骞忽道，"九尾天狐在哪里？"

九尾天狐这个名字，仿佛是个神秘的咒语。饕餮的目光瞬间变得僵硬，随即又仰头大笑："九尾天狐……天狐！狐老大？哈哈哈哈……"

"它在我的肚子里面！"

听得这句疯癫的狂话，众人尽皆震惊无语。

"饕餮，性贪吃。难道你真将狐老大吃掉了？"卓轻闲问。

"狐老大，不，应该叫狐老三！几千年了，狐老三一直在跟我争。"饕餮愤愤地开了口，声音却还是婴儿般细柔，"老子只是没有找到一个跟它决战的机会。直到很遥远很遥远的那个时候，我被那布阵人给骗到这里。

"布阵人让我在这地方堂堂正正地跟狐老三大战一场。他很好心。为了让我胜利，他告诉了我一些窍门。没想到，那些所谓的窍门，让我和狐老大，啊不，狐老三，都完全上了当。

"在我们斗得难解难分的当口，我施展出那些窍门，然后，我们就都被禁锢住了，永远地被禁锢在这里了！

"可怕的是，我们自己还不知道是被禁锢的。我们有吃有喝，在这奇特的世界中继续称王。当然，我们的主要事务就是继续大战，连绵不绝的大战。

"我们是无敌的存在，世间极少有法阵、法宝能禁锢我们，除了我们自己。我们相生相克，我们相互禁锢，在这里乐此不彼地被永久禁锢着。"

听它说到这里，公冶易、青霄、张骞等人都相顾骇然，又不禁暗自拍手称奇：这是以凶治凶的绝妙封印秘法，布置这法阵的人简直是个天才！

"是谁先察觉出来的？"张骞问道。

"最早觉醒的还是狐老三。因为它是个老狐狸精，总比世间许多人或妖物要狡猾。不久前的一天，它终于告诉了我真相。我们原来一直生活在假象中！我们自以为的真实，其实是最大的虚假。我们争来争去的胜负高下，其实是对我们最大的禁锢！"

不知怎地，听到世间最贪婪的凶兽说出这句话，许多人都陷入了沉思。

张骞更是有些感慨，想到了那神秘的身毒沙门昙伽罗的话。

一切外相，都是虚幻。

妖兽是如此，世间之人又何尝不是如此！拼命争夺的东西，岂不正是最大的桎梏。

"然后呢？"龙缺盯着怪兽。

"我被它点醒了，不，应该是提醒。只不过，那个布阵人所设下的法阵规则，就是要我们争斗。这也是这个小世界的天道规则。死鬼的规则，挨千刀的规则！是不是？有时，所谓的规则，你天天看到的那些习以为常的规则，其实都是这么一副挨千刀的死鬼德性。

"在这个死鬼规则下，我们虽然觉醒，却仍旧控制不住要厮杀，要争斗。这时候狐老三终于又说出了一句惊天动地的话，它认输了。然后，它心甘情愿地被我吃掉了。

"它现在就在我的肚子里！"

饕餮得意地仰天长笑："它愿意的话，还可以做狐老大，我肚子里面的狐老大！因为它已经彻底完蛋了，它被我吃掉了！哈哈哈哈！"

"你们为什么不笑？"饕餮忽然收住笑，怒冲冲地扫视着众人，"是不好笑，还是不值得庆祝？"

"是很好笑。"青霄叹了口气，"但好笑的，其实是你，饕餮老三。"

"你说什么？"饕餮眼射怒焰。

"天狐怎么会如此老实？"公冶易冷笑，"它会心甘情愿地被你吃掉？"

"为什么不，为什么不？"饕餮大怒，奶声奶气地狂叫着，尖锐的稚嫩声音在天坑中回响。

"为什么……不，不，不！"它忽然吃惊地盯着自己的肚子。

它的肚子在胀大，在飞速地胀大 。

饕餮的全身也在迅速膨胀，但是它身体的膨胀速度还是赶不上暴胀的肚子。

下一瞬，它忽然张大了嘴，一只巨大的尾巴从它的巨嘴中伸了出来。

"快，快撤！"青霄和公冶易同时惊呼。

众人飞快地转身后退。

张骞后退时还在回头望向饕餮。那怪兽身上的饕餮纹理在迅速干瘪、起皱，闪亮的皮肤在迅速萎缩，它的七窍开始渗出血汁。

只有它的肚子还在无止无休地鼓胀着。

忽然间，那肚子炸开了。妖兽饕餮从腹至胸，完全炸开了。强大的震动，伴着细碎的如黄金般的光线，向四处波荡开去。

这种绝顶神兽被开膛破腹后，并没有血肉横飞，虽然它也有血。它的血是暗黄色的，肌肉皮毛则散发着绿色的光芒，但更多的则是金色的光线。

无数细碎的玄黄色光线，无穷无尽地向四外散去。

"龙战于野，其血玄黄。"公冶易惊叹，"这种震慑天地的大妖兽，果然也是其血玄黄。"

饕餮那从腹至胸被完全破开的尸身也高高地震飞上天，随后便如一只蝙蝠般飘飘摇摇地坠落。

不可一世的饕餮没有成为神兽的老大，它的尸身竟只剩下纱衣般单薄的外皮，悠悠地飘落在地。

所有的人都被惊得目瞪口呆。张骞甚至感觉出，袖内的蜃龙在簌簌颤抖。

伊木归愣了一下，才想了起来，疾步冲了上去，双掌疾挥，想吸取更多的玄黄光血。但饕餮的玄黄光血崩散得太快了，疯狂挥掌的月氏国师，便显得如同捞月的猴子般可笑。

就在饕餮消失的地方，出现了一只怪物。

那确实是个怪物。因为那不是天狐，那只是一只……尾巴。

尾巴在欢快地摆动着。

古怪，诡异，恐怖。谷内静得要死。

世间最强悍的四方圣者迅速站成一排,伊木归的手臂也停止了徒劳的挥舞,目光复杂地盯着那个怪物。

尾巴停止了摆动,却没有什么天狐现身。那尾巴软绵绵地瘫在巨藤上,然后,慢慢融入那片巨藤。

"怎么回事?"卓轻闲惊呼道,"天狐呢?"

"它一直在!"说话的是吉祥居次。她微闭着双眸,脸上闪着层圣洁的辉光,轻轻地说道,"或者说,它早就在了。"

"在哪里?"吕英惊问。

张骞知道,吉祥本就天赋卓绝,经过西王母法殿的那次淬炼奇遇后,元神之强大,甚至可以说天下无双。在几大宗师境界受限时,她才是感悟天地最灵敏之人。

吉祥慢慢低下头,看着脚下,脚下是庞大的通天藤。

众人也都低头望向脚下。

通天藤有几个巨大的枝蔓耸峙天地,如同几道巨大的绿色彩虹。他们现在就站在第一道巨蔓和第二道巨蔓之间。

虹桥般的通天藤巨蔓忽然晃悠了一下,变成了毛茸茸的样子。

那竟是个硕大无朋的尾巴!

强烈的震骇涌上心头,众人均想,难道根本没有什么通天藤,我们其实一直是站在它的尾巴上?

尾巴慢慢摇动,众人都站立不稳。

"快走!"不知是谁喊了一声。众人拼力纵起,向藤下疾跃。

强大的吸力自脚下腾起,众人都觉得双脚被一股看不见的东西黏住了,仿佛撞上蛛网的小虫,挣扎不出。

忽然间,巨尾竟已慢慢地卷了起来。

铺天盖地的阴影当头卷了过来,下一刻,也许众人都要被巨尾碾成碎片。

"掌掌相接,罡气交融!"公冶易大喝,随后一把抓住青霄的手,另一只手则抓住吕英。

众人立时会意，当下彼此手掌相抵，罡气贯通，只觉脚下黏力大减。

"伊木归！"张骞忽然大喝一声，"你要做什么？"

所有的人都手掌相连，此时便有一个人非常醒目——月氏国师伊木归在旁袖手而立，阴恻恻的目光不住地扫视着众人。

"大家先退出险地。跳！"青霄大喝，当先向下飞跃。

众人的修为虽非同门同源，但罡气同时运转，却也生出一种绝大劲力，登时从那硕大无朋的巨尾上跃起。

巨尾倏地缩小了，谷内风云变色，仿佛有一道道巨大的乌云从众人头顶掠过。

通天藤那九道巨大的枝蔓消失了，或者说，是那九条巨尾先后消失了。

那根巨大笔直的建木也消失了，一只猛虎般的白色巨狐昂然立在前方的一块山岩上。

众人这才恍然，原来那建木竟是天狐真身所变，而那几道盘旋而上的通天藤，则是它的九道巨尾所幻化。

细看天狐，众人更觉震撼：天地间居然能有这样完美的生物！

白狐的每一个线条都无比优美，然而强大的威压却从白狐的每一道毛孔中散发出来。

君临天下的王者神兽——九尾天狐，终于现身了。

众人的目光随即落在天狐旁的那个人身上，那是月氏国师伊木归。他提着长刀，神色恭谨地站在那里，仿佛是神兽身旁的侍者。

"原来这才是一切的答案，伊木归？"青霄笑了起来。

"我毕生钻研天圣术，就是想获取神兽的力量。我曾三次密探天坑，直到遇见圣主天狐，我才知道，这世间真正的王者之力是什么。"说话时，伊木归根本没有看青霄他们，只是无比谦恭、无比谄媚地望着天狐。

"你叫它圣主？"吕英冷笑。

"你们都认识姑师大巫胡忧，应该知道他有一张狐神图。"伊木归叹道，"是的，胡忧就是我的小师弟。那份师门秘传的狐神图所描绘的，正是圣主天狐。在遇到圣主之前,我认为天圣术能克制一切神兽,但后来我终于明白,跟圣主相比,我们人类的力量都如萤火虫般渺小。"

公冶易与青霄对视一眼,脸色阴沉如水。两人对此次天坑之探已是做了最坏打算,对匈奴、月氏等势力的设局也做了多种推演,但万万料想不到,深入险地之后,竟是郭解和伊木归甘心屈身妖兽、反噬群雄的局面。

如果说天坑之探确实有一个大局,那么设局者便是天狐和饕餮两大妖兽,入局的四方圣者,就是它们猎杀的目标。

猎魔坑内,居然是魔兽猎杀人类的奇局!

明乎此,公冶易不由叹道:"所以,你心甘情愿地作了异类的仆役,将我们吸引来此!"

伊木归哼了一声,并不答话。

"很好!"天狐缓缓开口,声音低沉而动听,"这一次,你果然如约赶来了,还带来了这么多上好的食物。"

它甩过来一只硕大的长尾,轻柔地抚摩着月氏国师的脸。伊木归更加谦恭地弯着腰,享受着那长尾的抚摩。

天狐阴沉的目光逐个扫过众人:"他们都是这世间强大的存在,很好!"

"虚假之相!你并没有你展现出来的那样强大。"张骞淡淡一笑,忽然发声,"直到现在,你也无法突破这座强大而古老的禁制法阵。虽然你召唤来了肥遗、梼杌,但哪怕是凶兽肥遗,你都无法一口吞掉。所以,直到不久前,肥遗才死在龙缺大师的掌下。"

"是么?"天狐望着张骞,目光中气象万千。

张骞跟它的目光一对,但觉心中万念奔突,犹似波澜翻卷。天狐的注目,比适才饕餮那诱人狂暴的眼神可怕百倍。

他全力凝定心神,也静静地回望着它。

"都是因为那个蠢材,饕餮老三!"天狐终于叹了口气,"我觉醒之后,费了很多年很多年的时光,才让饕餮这个蠢材明白,我们必须一起脱困。可惜它依旧是那么贪婪,我只得让它吃掉我的一个幻身。

"我们两个成了一个,所以无论是肥遗,还是梼杌,消化起来都比较慢。这个效果我并不满意。好在饕餮这个蠢材刚刚终于被我杀掉了。"

"所以,你现在的力量毕竟不大!"张骞沉声道,"何况你也依旧受制于此处的天道规则。"

"是么?"天狐笑了起来。它虽是异类,但这么一笑,众人都觉得妩媚无比,无论是男人女人,都觉得它比世间任何的异性都要动人。

"但消化你们,已经足够!"天狐笑得更加妩媚,一只长尾轻轻地拍了拍伊木归的肩头,柔声道,"去吧!去吸干他们,完成你的梦想。"

伊木归的眸中立时闪出血色的光芒,怒吼一声,疾扑过来。

他最先扑向大巫龙缺。

天狐现身后,龙缺一直闷声不响,始终在暗自凝聚罡气。此时眼见老对手扑到,蓦地一杖当头挥出。

他手中黑杖的前端已在墨门巨子道境重压下碎裂,此时挥出大半截断杖,更有一股凛然之气。

一杖劈出,满谷色变。

哪怕是青霄,也不由为这一杖显露的气象叫好。龙缺虽被天狐用此地的天道规则限止在天元道,他通天的手段也在天坑内受到强大禁制,但他的阅历、心境、见识却仍是玄圣道的巅峰状态,这一杖过处,萧杀之气呼啸而来。

断!龙缺用一根断杖,挥出的也正是断裂的意境。

这一杖已与天地万物交融一处,云在断,风在断,山石草木,甚至整个天坑都在断裂。

断杖所指的对手伊木归,也是心神摇荡,仿佛自己正在断裂成无数段。

月氏国师冷哼,长刀从空中飞降。

他的刀意竟是比杖意更狠辣的破碎。

一蓬凄惨的白光映上长刀,白光上凝聚着天坑中蕴藏的力量,无穷无尽的杀意汹涌而至。

刀杖相交，断杖前半段再断，并迅速破碎，龙缺的嘴角渗出鲜血。

这时，两道剑芒分从左右袭到，公冶易和青霄同时出手，将龙缺挡在身后。

眼下的情形与适才群战郭解相似。天狐运转这里的天道规则，让伊木归突破禁制，仍旧是玄圣道宗师，故此群雄必须联手，才能抵抗月氏国师的碾压之势。

当当当三声怪响，伊木归仍只是那一刀，轻轻松松地便将青霄、吕英和公冶易击退。

众人只觉满空满谷都是那一刀，世间的一切都会在这一刀之威下破碎崩坏。

那一刀的刀意仍未收束，接下来重重击在龙缺的断杖上，强大的劲力让龙缺再次喷出一口鲜血。

卓轻闲疾掠而上，一面银白、一面深紫的星槎剑潇洒挥出。这把汇聚了阴阳家天文历算之术的名剑是昆仑道异宝之一，有克制巫法的天然优势。

长剑纵横，仿佛星海流动，昼夜交替，堪堪将伊木归的破碎刀意截住。

吉祥眼见师尊受创，第一时间就要冲上去，却被张骞一把拽住。夫妻二人心意相通，她知道，他绝不是临阵畏战，他也不会让她临阵后退。

他不让她动，她就不动。她知道他一定有更深远的考虑。

好在这时候天狐开口了："慢着点！我们还需要他们精纯的力量。"

天狐忽然望向张骞，发出洞悉人心的幽幽一笑："你在想什么？"

刀光剑影间，张骞横剑当胸，始终纹丝不动，而且还扯住了正欲向前冲杀的吉祥。

"我不想再被你骗下去。"张骞居然笑了。

"哦？"

"这座法阵主要是禁锢你的。只要还在此间，你的力量就会受天道规则之限。所以哪怕是肥遗，你也要消化良久。你刚才用诡计击杀饕餮，必然再次大耗真元。用你的话说，其实你消化不了。"

说着，张骞缓缓踏上一步，天刑剑遥遥斜指，"所以你一直没有动。"

"哦？"天狐饶有兴味地望着他。

"我还注意到了一件事，你击杀饕餮的时机！"张骞依旧缓步前行，"那时候，饕餮正以半个主人的身份，逆转了此地的天道规则，让郭解突破禁制，到了玄圣道。这件事其实也让饕餮大耗元罡，所以你才能在那时轻松击杀它。

"现在，你同样让伊木归逆转了禁制，你也同样虚弱。"

"在所有愚蠢弱小的人类中，你果然有些不同！"天狐望着张骞，妩媚地笑道，"过来，我准备先吃掉你，从你最有价值的脑袋吃起！"

跟这怪兽的目光一对，张骞只觉无比阴森强大的气息从那双眼中喷涌过来，伴随着无数道凄厉的叫喊声，便如一道道巨浪般，连绵不绝地撞击着自己的心神。

一个眼神便几乎让自己心神失守，难道自己的判断全错了？

张骞的袖口发出突突怪响，蜃龙嗖地跳了出来，大口喘息着说道："老实人，你们快走吧，我和小红挡他一阵。"

往日里永远嬉皮笑脸的话痨，这时却罕见地一本正经起来："你们斗不过狐老大的，还是……快逃吧！"

张骞不语，手在微微发抖。吉祥感觉到他的颤抖，不由攥紧了他。

"我很佩服你，老实人！可你不知道狐老大有多狡诈。我已经感觉到了，他正在诱使我们狂暴，让我们发疯，我马上就难以控制自己了。"

张骞见蜃龙的眼珠子慢慢暴凸，眼芒红若滴血，心中登时一紧。上一次蜃龙如此眼射红芒、暴躁难控，还是在黄金迷城的通天塔内。

"骞老大！"蜃龙蓦地低吼，"快把那个东西给我！"

它没有说那个东西是什么，张骞却毫不犹豫地摘下紫玉指环，蜃龙一口便衔住了它。

红芒闪处，朱雀小红闪到了蜃龙身边。这只往日里无比高傲的神鸟，此时也在微微发抖，眸中耀出癫狂的光芒。

张骞心中一寒。蜃龙和小红的排名虽是第四和第八，但他们重生之后，早已不复往日的威风，而排名前三的凶兽则是世间无敌的存在。此刻，天狐甚至不必正面对战，只需巧妙地诱使朱雀和蜃龙继续癫狂，它便几乎是毫无悬念的必胜之局。

"蜃老四，你怎么变成这么一副模样了，一只大壁虎？"天狐笑起来，"你还是变成原样吧！大一些，等会儿我吃起来才有滋味、有嚼头。"

向来斗嘴无敌的蜃龙这时候却不言语，只是双眼死死地盯着天狐，四肢突突发颤。它既要对抗这位无敌的神兽老大，也要对抗体内越来越狂暴的气息。

它的口中忽然耀出一团辉煌的光华，那是紫玉指环的光芒。光华出现，蜃龙眸间的癫狂气息也慢慢平复，只不过是进还是退，它仍在犹豫，在畏惧。

张骞却扬起长剑，缓缓踏步上前，说道："人类的有些事情，你们神兽历经千万年也无法理解。所以人类能做到的事情，你们神兽也许永远都做不到。比如勇气，虽千万人吾往矣的大勇！"

张骞大喝，出剑。

天刑剑划出耀眼的弧光，一道凌厉的剑意，直来直去，斩天斩地。

天狐的眸间闪过些异色。它凝重地挥手，那居然是一只正常的人手。

"去吧！"随着怪兽的低喝，张骞被震得远远跌出。

在这座天坑内，天狐便是主人般的存在。它的一半虽仍受制于天道规则，另一半却已俨然是半个主宰。

"死吧！"天狐叹息，那只手凌空抓了过来。

无穷无尽的死亡气息当头罩来，随着妖兽的低叹，整个天地仿佛都在向张骞下达着死亡的命令。

张骞四肢僵硬，呼吸艰涩，只能拼命瞪大双眼，目眦尽裂，与这道天地之命对抗。

蓦地，红芒乍闪，蜃龙和小红似是达成了某种默契，竟是一起发动。

二大神兽联手一击，挟着无数道如怒潮喷涌的赤霞，分从左右扑向天狐。

"臣服！"天狐大喝，声音中透着说不出的肃穆威严。

这二字仿佛是神奇的咒语，朱雀应声跌倒在地。蜃龙的身形微微一阻，却仍是快如疾电般地扑了过去。

天狐怒视过来，它双眼之间的眉心处，竟生出了第三只眼。那只眼射出的红色目光，如同犀利的电芒，直刺入蜃龙的脊背。

蜃龙发出一声黯然的嘶嗥，背部出现了一道长长的血纹。

这道血光一出，一道奇异的图像忽然闪现在蜃龙的背上。异图映入张骞眼内，登时让他浑身剧震。

"河出图，洛出书，圣人则之。"张骞喃喃道，"难道，这才是指环玉圭的最终真相？"

这已是张骞第二次看到蜃龙背上的神秘图案，上一次是这话痨神兽在黑禽神山峰顶醉酒之后。那次以后，这家伙哪怕是喝上再多的酒，发上更多的酒疯，背上也没有现出神图。

而此刻，它脊背受伤，所出现的图案比上次更加清晰，也更加丰富和神秘。

神秘的图案耀出黄金般的光彩，甚至让激战中的伊木归、龙缺等人都手中一缓，转头望向那图案，均是心神大震。

忽然间，张骞看清了一些事，也想明白了许多事。

那异图带着一股沛然无匹的神圣气息，竟使天狐的威压气势也微微一滞。张骞的手脚顿时有了气力，他挣扎着待要起身，伸手胡乱一抓，竟摸到了一件毛茸茸的东西。

那是饕餮的尸身。

饕餮已死，庞大的身躯化成一件纱衣般的皮囊，那个皮囊表面还带着饕餮纹。

张骞再次跃起，猛然挥出那道纱衣状的饕餮外皮。不知怎地，他全力一挥之下，饕餮的外皮竟发出金灿灿的光芒。

金色光芒有些刺目，仿佛燃烧的怒焰。天狐收回定在蜃龙身上的目光，阴冷地望向张骞。

张骞的动作瞬间僵硬起来，他持剑的右手被那目光锁住，左手却仍是一寸寸地将饕餮的皮囊压向天狐的头。

有一点他很肯定，天狐果然力道不足。

"吉祥，出手！"他奋力大叫。

吉祥一直等着他的号令。光芒乍闪，她出手了！凤翅金刀卷起一道璀璨的瑞光，仿佛凤凰展翅，卷向天狐的咽喉。

天狐终于动了。它挥起尾巴，九条巨尾铺天盖地般卷向女郎。虽是简简单单地一挥，九尾齐出，却恍如挟裹天地，令人无处逃避。这一挥之下，便将吉祥的所有攻势、所有趋避方位全然裹住了。

下一瞬，女郎的身影已淹没在此起彼落的巨尾中。

"吉祥！"张骞嘶声大呼。

突然，一道金色光芒划空飞出，如刺破黑暗的闪电，从连环起伏的巨尾中钻了出来。

那道光映入天狐眼内，竟让它的眸间闪过一丝恐惧。这种恐惧，它已经很久很久没有体会过了。

这道光芒不是刀招，而是剑招，正是吉祥居次在幻冥渊石殿中悟出的西王母所留下的剑意。

那次历险九死一生，所悟出的剑意早已印入吉祥的心神最深处。

此刻，同样是九死一生，女郎被席卷天地般的巨尾卷住，呼吸不得，全身僵硬，死亡的巨大阴影随着巨尾当头袭来，仿佛福至心灵般，这道剑意再次跃入心间。

这剑意自然而然地让她施展了出来，仿佛带着再造天地般的恢弘力量，如日照冰融，如春暖花开。

"主人！"

天狐的嘴角忽然滑出这样一个词，喃喃道："你抛弃我这么多年了……或者，是我们一起被抛弃了？"

臣服、恐惧、挣扎，诸般情愫交相激荡，天狐仍是挥出九尾。九道巨尾仿佛要横扫整个天地，又似世间万物都被巨尾夹裹起来。

但席卷万物的巨尾却卷不住那一道剑意。

这道缥缈的剑意伴着金色光芒，竟从九尾的间隙曲曲折折地穿了出来，自然如清泉出山，浩荡如天风吹雨，轻轻巧巧地刺中了天狐眉间的那只眼睛。

鲜血喷涌而出，天狐发出尖细的惨嗥。

它的叫声凄惨、痛楚，还有几分哀怨，却没有愤怒，仿如情人被至爱反手刺了一刀后的酸楚凄恻。

那声音尖细，锋利，仿佛一万根钢针同时刺入众人的耳中。

伊木归原本大占上风。公冶易挨了他一腿，已跟跄倒地，他正待回手一刀将老对头龙缺斩成两段，听得这道嘶嗥，他登时经脉剧震，闷哼出声，刀势骤然一顿。

剑芒疾闪，吕英和卓轻闲双剑齐出，两把利剑同时插入他的前胸。

同一刻，张骞把饕餮的皮囊猛地套在了天狐的头上。

尖锐的惨嗥立时被硬生生地截断，天狐全身僵硬起来。那古怪的饕餮纹已慢慢从它的头上蔓延开来，仿佛一道道绳索，自上而下，爬满怪兽的身躯。

"等等！"天狐厉声大叫，"昆仑的秘密！你们不想知道昆仑的秘密了吗？"

所有人都怔住了。他们的眼前均闪出璀璨辉煌的画面，仙云缭绕，奇花异草，绿意葱茏。

是山，也是城；是仙境，也是人间。

"住手！"青霄当先大喝。

"停下！"龙缺瞠目厉吼。

公冶易喘息着叫道："先问一问它……"

"不想知道！"张骞冷静地大喝，天刑重剑当头轰出。

这一剑仍是狠狠扎入它那只受伤的红眼。鲜血再次飙射，饕餮纹迅速延展开来。那纹路每增加一道，天狐的挣扎便弱了一分。

正如张骞先前所估算的，此处的天道规则便是如此。饕餮与天狐是天生的相克相杀，哪怕饕餮化成了尸皮，那尸皮对于天狐而言，也是无比沉重的枷锁。

天狐还在拼命地挣扎着，饕餮纹被它挣断，又更加迅疾地复生。

幻境消逝了，仙山神域也同时烟消云散。

青霄、龙缺和公冶易几乎同时黯然长吁。昆仑，几乎是他们毕生的追求，甚至远胜过自己的生命。

这也是他们不惜远自五湖四海、不顾千难万险来至此地的缘由。这一刻，看着那些影像化为乌有，竟让这三大宗师都生出一种恍惚。

"快，快退出天坑！"张骞大喝道，"天狐还在挣扎，只怕它想要把我们永远锁闭在此地。"

吉祥、吕英和卓轻闲分别搀扶起三大宗师，张骞则抱起风君天的尸身，众人全力奔向坑壁。

"昆仑到底在哪里？"有人问。

一声叹息后，有人回答："肯定不在天狐所施的幻术中。"

问话的是公冶易，回答的人是龙缺。

费了很大气力，他们终于出了天坑。

暮色苍茫。天坑外，经过那番变化奇诡的动乱，掌握局面的月氏女王已率各路兵马回归蓝氏城，天坑外只有百余名侍卫肃然静立。

黄昏的圣山，重回安静，晚照中的起伏山峦渐渐隐入苍黑，西边的云彩仿佛是被烈火焚烤后的铁板，只剩下炙热过后的紫褐色辉光。

"圭环一见，昆仑当现。西隐龙城，东伏长安！"青霄对大巫龙缺叹道，"我想起你十余年前的预言。现在看来，'东伏长安'，说的便是张骞。"

龙缺点点头，又摇了摇头，说道："那次天选盛会刚开始时，最惊艳的两个人分别是小徒吉祥和神秘少年甘夫。所以很多人都以为，'西隐龙城'是指吉祥，'东伏长安'则是当年在长安为奴的甘夫。包括我，也曾如此认为。"

龙缺眯起眼,望向张骞:"现在我才知道,'东伏长安'说的是你,'西隐龙城'也是说你!"

众人尽皆震惊,但之后又都释然。大巫龙缺的话看似惊人,此时回想,一切又都合情合理。

张骞才是名副其实地出身长安,而且在出使前,在长安多年,郁郁不得志,是真正的"东伏长安";至于"西隐龙城",谶语中所说的龙城,应该是泛指匈奴王庭所在,张骞正是在军臣单于移驾休屠城前后被软禁的,十年囚禁,那才是真正的隐。

公冶易不由低叹一声:"如果大巫此语是在昨日说的,我可能还不大相信,但现在,我已信了。多谢张使君!是你最终让我们这几个老家伙醒悟了过来。"

"使君心志之坚,确实世间罕见。"青霄也微笑点头,随即眼芒一闪,"圭环一见,昆仑当现——蜃龙身上的那张图,我们都已看到。"

无为学宫大祭酒和昆仑道宗主这两句话,显是从各自的角度认可了匈奴第一大巫的那句判断。

"不过——"龙缺眉目间又闪过许多疑惑之色,摇头道,"这两句谶语是与天觉者降世的传说相关的,难道你这个从来都懒得修炼的张使君,会是下一个大天觉者?"

"大天觉者往往与昆仑相关。"青霄喃喃道,"张使君,我想起来了,当年昆仑道前辈宗主沧海君也曾做过类似的预言。他说,大天觉者也会于这数十年间出现。难道……"

众人更是震惊。张骞却摇了摇头,道:"我可不想做那仰之弥高的什么大天觉者,我想做的,只是个问心无愧的自己而已!"

"不错,大天觉者往往与昆仑相关!"公冶易忽然想到一种可能,眼前一亮,仿佛看到了更加精彩的一片天地。然而他却没有说出自己心中的猜想,只是望向龙缺,"你我互有救助,两不相欠,但若不打上一场,想来也不尽兴。不过,既然我们这三个老家伙都已看到了那幅天机,何不让我们换个路数,再比一比?"

青霄也附和道:"正是,还有昆仑!"

龙缺咧嘴一笑:"这样才更有趣!"

三大宗师都受了不轻的伤,但离开天坑后,禁制消失,道境都在悄然恢复。他们都是睥睨四海、心怀天下的大谋略家,但在天坑内被两大妖兽连番暗算,反息了相互间的纷争之心。

此时三人相顾大笑,随即身形飘摇,化作三道淡影,消失在苍茫暮霭间。

很普通的早晨,再一次出发。

张骞仰起头,看到初升的朝阳。朝霞绚丽,他眼中却充满无尽的伤感——风君天再也看不到这样瑰丽的朝阳了。

当日天坑脱困后,张骞又和女王做了一次长谈。

闻知天坑内的诸般变故,月氏女王颇为感慨,但对国师伊木归之死,她却并不怎么难过。张骞明白女王的心思,伊木归的实力太过强悍,女王很可能猜忌已久。

这次圣山之会,各部联手叛乱,起因便是五部会盟,而国师伊木归正是大力倡导者之一。虽然女王巧妙地利用这次会盟,示弱诱敌,最终重掌大权,但对伊木归的猜疑必然更加强烈。

这个神秘莫测的时刻,让国君猜忌的国师最终死于天坑谷底,反而令女王长出了一口气。

在五部会盟的平乱中,甘夫立下奇功,女王对大汉使团极是感激,当即下令,以国士之礼厚葬风君天,从墓地选择、到下葬规格,都不低于月氏王公级别。

巴卡在葬礼上哭得很厉害。他平时喜欢和风君天斗嘴,让这个总板着脸的伯伯生气,但心底里却非常依恋他。

张骞决定让巴卡留在月氏。他这样安排,不仅仅因为这孩子是个西域人,更因为使团由月氏踏上归途,必会有万千不便。无论是即将开始的寻找昆仑之路,还是万里迢迢的东归长安之旅,都颇多凶险。

风君天葬礼的翌日,简短休整后,大汉使团再次出发。女王亲率诸多月氏贵胄相送,已成为月氏大公主的云裳和甘夫含泪走在最前面。

分别的时候,小别扭巴卡强撑着没有哭。他脸上的稚气已经减退了许多。他已和张骞约定,自己留在月氏苦练刀法,五年后就去长安寻找他们。

挥手之间,滋味万千。

大汉使团迎着朝霞,向东出发。此刻的大汉使团只剩下四个人,张骞、吉祥、吕英和卓轻闲。

那披着红色晨曦的节杖,随风飘起长长的旌尾,依旧威风凛凛。

最后一次回首,送别的女王君臣和云裳夫妇终于化成遥远而模糊的一排黑点。

张骞不禁又望向风君天埋骨之地的方向,耳畔响起剑侯临终前的大吼:"风君天此生无憾!"

月氏是他们此次出使的终点。正如风君天所说,多少年了,梦想来到大月氏,那么埋骨于此,才是剑侯一生最大的荣光。

热血洒在远行的终点,风君天果然此生无憾。

"骞老大,无论如何,我们做到了!"吕英扬起修眉。

"不错!"张骞的眸间跃出比曦光还亮的异彩,拍了拍胯下的大宛骏马,傲然一笑,"万里出使,我们终于做到了!"

"恭喜你们!"吉祥居次也扬起秀眉,"万事大吉了,除了……我又有点想念云裳了。"

听她念叨起云裳,众人的心情又有些沉黯。卓轻闲苦笑道:"我们也算是扬眉吐气了!我们的使君夫人是匈奴的大公主,而我们的云裳,也做了月氏的大公主。"

话虽如此,众人却没什么喜色。张骞的眉宇间更是涂满了惆怅。甘夫和云裳,本就是当年三人盟的铁杆成员,可说是这个大汉使团的真正元老。

现在，使团凯旋，他们却留在月氏，不知是该祝福他们，还是该为他们惋惜。

他仰起脸，硬生生地将眉间的忧色甩去，慨然笑道："吉祥说得不对！谁说我们万事大吉了？我们还要找到昆仑！"

"不错，还有昆仑未登！"吕英也扬起脸，忽又侧头望向晨光中的张骞，"骞老大，为什么龙缺会说你是天觉者？"

一盏油灯，四壁昏黄。

傍晚时分，四人在一间简陋的客栈内歇息。

一幅长卷在案头缓缓铺开，那是张骞破解多年的西域舆图。

"我们现在这里了。"张骞修长的手指点在舆图的一个点上。

他们的这次出使，终点是大月氏。月氏，也是他们这次远行的最西方，此后便要向东，踏入归程。他们要去寻找的昆仑，大致方位也要向东行。

他们骑乘的都是大宛名驹，这一天驰骋，已经出了大月氏地界。张骞对路途行程早已计算好，此时客栈小憩，是要再次确认东行的路线。

卓轻闲、吉祥和吕英认真地看着静默沉思的张骞，不敢稍有打扰。

良久，张骞才长舒了口气："现在看，大巫龙缺当年的思路大致不差。"

摊在案头的这幅舆图，其实只是随着祭天金人出土的舆图残卷，后来被张骞的老父张览辛苦绘制补全。主持这项繁琐工程的人，正是匈奴大巫龙缺。

龙缺的本意是借此破解祭天金人之秘，或者说，是要找到匈奴人故老相传的那座神秘的"天之山"。张骞确认，那座神秘的天之山，就是大汉传说中的昆仑。

他又摇了摇头："不过，有了这幅舆图，还只是九层高台的地基。缺少玉圭与指环，仍是万难破解昆仑之秘！"

"紫玉指环，又名老聃指环。相传此物与昆仑玉圭同为老子从周朝王室典藏中觅得的周穆王遗物。"卓轻闲疑惑地望着张骞，"那指环早就在你骞老大的手上，可是，昆仑玉圭呢？"

玉圭在哪里？这才是最大的秘密。

张骞道："昆仑玉圭失踪已久，甚至已经成为世间一大谜题。哪怕是昆仑道都不大知晓此中详情。我也是在天坑之战中才忽然想明白，原来昆仑玉圭就在蜃龙的身上！"

"怎么说？"

"秦始皇晚年，当时的昆仑道宗主沧海君曾短暂获得过昆仑玉圭，可惜尚未来得及破解玉圭之秘，便遭到大兵家尉缭及其所率秦国精锐的追杀。沧海君的高徒卢生被尉缭子所困，不得已释放出蜃龙来守护玉圭……"

卓轻闲沉吟半晌，说道："在天幻堡时，曾听蜃龙说过这段回忆。据说危难之际，狂怒的卢生用一种邪术将蜃龙的身子化作神秘的古堡，以守候玉圭。不过，当年蜃龙被你说动，愤而震碎肉身，实现重生。但古堡崩碎后，我们却没有找到玉圭！"

张骞缓缓道："因为当年卢生是将玉圭与蜃龙的肉身合二为一的。若非如此，又怎能将这等神兽的身体石化成一座古堡？"

众人尽皆震惊。吉祥回想着当时的情形，问道："所以玉圭本就是与蜃龙融而为一的？"

张骞点了点头，叹道："这法子才叫玉石俱焚！对于蜃龙来说非常残忍，但对卢生来说却非常稳妥。因为连蜃龙自己都不知道，昆仑玉圭已与它融成了一体。"

卓轻闲叹道："我们自然也不知道。直到那日天坑之战，蜃龙的脊背被天狐的神目刺破，而蜃龙恰巧又含着能让它战力大增的紫玉指环，于是才有了……圭环一见，昆仑当现！"

一声低沉悠长的叹息，有几分无奈，有几分痛苦，更有几分戏谑。是蜃龙悄然出现在案头。

话痨神兽这次没有废话，而是自来熟地从卓轻闲怀中叼出酒囊，熟练地打开，默默地喝了起来。

　　"怪不得！"吕英摇头叹息，"当年我还有些奇怪，以蜃龙这等大神兽，为何听了使君的几句话，便会毅然舍弃自己的生命。看来它已知道，舍此之途，自己就将永远永远地被禁锢在那里。"

　　"是的！我缺乏最后的勇气，直到老实人给了我最后的勇气。"蜃龙终于慢慢扬起头，"就如你那日所说的，虽千万人吾往矣之勇！呵呵，人类的有些事情，确实是我们这些活了千万年的神兽无法理解的。"

　　卓轻闲眯起了小眼："骞老大，蜃龙背上的那幅昆仑秘图，你可曾看清楚了？"

　　"只能说，我已经看到了。我想，龙缺、公冶易和青霄几位大师也都已看到了。"张骞沉吟着，"但蜃龙背上的昆仑秘图太粗糙了，所以要和祭天金人的山河舆图合一参详。"

　　吉祥见了他的神色，立时会意，从行囊中取出薄绢和笔墨。张骞默然提笔，在薄绢上勾勾画画，再将薄绢叠放在山河舆图之上。绢很薄，舆图的山河线条隐隐透入。

　　"应该就是在这里！"张骞手指轻点。两张图在那里现出一道明显的重叠。

　　卓轻闲双眸一亮，惊道："那里应该是在……于阗！"

　　"应该是于阗！"张骞缓缓点头。

　　"紫玉指环、昆仑玉圭、祭天金人的舆图，看来只有这三者合一，才能找到真正的昆仑。"卓轻闲恍然，"使君，东伏长安、西隐龙城，果然说得都是你！"

　　吕英忽然说道："我也终于明白，为何你会是那个大天觉者！"

　　三人的目光都望过来。吕英缓缓道："还记得无为学宫流传的那句'留侯之叹'么？这些年与使君相熟，我才惊闻，留侯张良的那位纵横家纬地宗传人，便是使君之父……"

　　众人一番惊叹。张骞眉间掠过浓浓的忧色，陷入沉默。

"使君的令尊，修为应该未到天元道，但他见识远大，最早便想到了开拓西域。所以在张留侯口中，这位弟子的见识甚至超过了他。而此刻使君万里出使，凿空西域，他自然便是大天觉者！"

"不错！"卓轻闲也大是感慨，"遥想周穆王千年前那次西征，因时间太过遥远，近乎传说，而且那时的西域，只怕还没有这许多邦国。所以，我们这次远行出使，是我大汉乃至中原朝廷的第一次。我们此行是出使，也是探险，辗转万里，仿佛凿开了千千万万大汉人心思里那个一片混沌的西域！如此说，张使君可是当之无愧的第一人，自然当得起天觉者这称呼！"

"骞何德何能？谈什么第一人，天觉者！不过，凿空西域，这个词甚好！"

张骞从革囊中取出一把苜蓿、葡萄的种子，在手中摆弄着，眸间光彩焕然："出使西域，虽然艰难困苦，却是一次更有意义的远征。中原之外的世界，我们从来都是一片混沌。现在我们看到了不同的世界，不同的文化，那片混沌，终于被我们凿出了一个孔洞！"

"只不过，现在的我们，离着欢庆的时候还差得远。"张骞的手指又落回山河舆图，"昆仑，还纯粹只是我们的推断。更麻烦的是，再往前，我们便离着匈奴越来越近了。"

当初他们自休屠城逃出，一路向西，越走越是远离匈奴的控制，虽有雪枭率领一众铁卫阴魂不散地追赶，但终究双方可算势均力敌。

但现在，他们要一路向东。虽然不敢走来时的北线，而是舍近求远，改走离匈奴较远的南线，但终究还是向东行，这样的结果就是距离匈奴势力越来越近。

再向前走几日，便要翻越葱岭绝域，面对连绵不绝的高原和大山，然后便会抵达盛产玉石的于阗古国。神秘的昆仑不知隐藏在哪群大山之间。经过扜弥、精绝、且末诸邦，就将进入羌人部落地域，那里已是休屠城的势力范围。

当年的左贤王，现在已经成为伊稚斜大单于。作为其龙兴之地的休屠城，势力自然更加强悍，控制之地更加广泛。

好在此时张骞一行的使团人员已非当年很惹眼的百人团队，简之又简的数人随时可以扮成行商。只是，他们终究要走进前方的匈奴势力圈。

忽听一声轻响，是摆放在案头的一只精巧的木制飞马发出了咔咔的声音。

这是云裳所制的偃术傀儡，才巴掌大小，造型生动传神。张骞等人离别月氏的前夜，甘夫云裳夫妇亲手交给张骞，让他留在身边，作为纪念。

但此刻，随着一阵轻响，飞马小傀儡的身上忽然生出两道古怪的裂纹。

四人都不再言语，静静地盯着案头。烛光下，飞马慢慢转过身，吃力地转向西方，蹒跚前行，只走了几步，便跪倒在案头。

"是云裳的偃术传讯！"吕英拍案而起。

张骞沉声道："在我们西方，只是离得还远！"

黎明。风急。

原野上羽箭横飞。前方，一匹疾奔的骏马终于中箭，长声哀鸣，滚倒在地。并辔疾行的甘夫忙伸出手，一把扯过云裳，将爱妻扶到自己身前。

日神长刀在他的身后疾舞，震开了呼啸而来的一蓬乱箭。

这匹马载着两个人，顿感吃力，甘夫索性驱马奔向前方的一处高坡。

这里是一望无垠的原野，偶有几处高坡，也缺乏巨石高树的屏障。甘夫夫妻要摆脱身后百余名铁卫的紧追，这处高坡是不得已的选择。

才冲上高坡，甘夫的座下马马腿便中箭，长嘶倒地。

甘夫和云裳跳下马，并肩而立，冷冷地逼视着下方百余名纵马驰近的休屠城铁卫。

"刚刚得知，你们偷偷溜出蓝氏城。你们走得太匆忙，我这边也很匆忙，没来得及给你们备什么厚礼。"雪枭纵身下马，笑吟吟地缓步逼近。

库欣挥了挥手，命令银鹫客率领铁卫完成最后的包围。

云裳怒喝道："我们已经决意离开月氏王庭了，你和丽蕾为何还要赶尽杀绝？"

"不是我们要赶尽杀绝。应该说被赶尽杀绝是你们最终的命运。"雪枭优雅地笑着，"甘夫，我记得你说过，那一刀一定要还给我。所以，我来领这一刀。"

他优雅地摆摆手，金雕客库欣会意，招呼两名银鹫客，率领二十名铁卫猛扑了过去。

"留神，别一下子杀死了！"雪枭在后面微笑着叮嘱他们，"这两位可是很难找的'神兽'，要好好消化，尤其是甘夫。"

高坡上杀声四起，甘夫和云裳背靠背而立，兵刃锐鸣，血肉横飞。

铁卫们的第一轮冲击终于被击退，高坡前丢下七八具尸体，两名银鹫客全部死在甘夫刀下。

仓惶退下来的十余名铁卫，脸色苍白，不可置信地望着高坡上横刀而立的甘夫。甘夫是他们的老对手了，每次交手，这个俊俏得像个女人的家伙都令他们头痛万分。

库欣的脸色也很难看。连他也没有想到，两名身经百战的银鹫客这么快就丧生在甘夫的日月神刀之下。

他们自休屠城带来的精锐铁卫，一路上连遭挫败，所剩已经不多。直到雪枭奇袭僮仆都尉后，才挑选了一批匈奴精骑凑数，但战力与最初的铁卫已不可同日而语。

金雕客觑了眼雪枭，发现雪枭正冷冷地盯着自己，便明白了首领的心意：这位匈奴和月氏新贵根本不在乎死掉多少匈奴铁卫。

库欣的心底更觉得冷，只得以更冷厉的眼神扫视着属下，再次挥手发令。

就在此时，雪枭猛然回头。

遥遥处传来马蹄声。远方现出一道墨线，大批精骑正汹涌奔来。

铁骑很快逼近，黑色旌旗上的格里芬怪兽在晨风中显得狰狞无比。

"女王的亲信，贵霜部精骑！"库欣望见那随风飘荡的双翼格里芬图案，惊问，"他们来做什么？"

仿佛是在回答他的话，乱箭如疾雨般射来。

众铁卫慌忙挥刀抵挡。他们这次悄然出动，只为追击甘夫夫妻，为求迅捷，只带了劲弩长刀，未携带防御弓箭所需的圆盾。

箭雨太急太猛，刀剑哪里抵挡得住，片刻便有十数名铁卫被射成了刺猬。

"结阵，冲击！"雪枭嗅到凶险的气息，振声长啸，指挥余下的铁卫连接成阵，向着贵霜铁骑猛冲过去。

黑色铁骑队列中也响起一道悠长高亢的长啸。啸声数变，精骑队列也随之变化。

他们并不与雪枭的铁卫短兵相接。大队骑兵或左右穿插，或前后游走，羽箭毫不停息地激射而出。

这完全是一场惨烈而冷酷的屠戮。在毫无遮掩的草原上，在强悍而密集的箭雨面前，任何道法巫术都变得不堪一击。

人数和羽箭上的优势，加上阵法上早已形成包围之势，贵霜铁骑很轻松地就完成了猎杀。

惨呼不绝，哀嚎连连。雪枭的亲信铁卫们一排排地翻滚倒地。倒地者，身上都变成了刺猬，草原上很快便血流成河。

刺耳的嘶嚎声终于停息，所有的铁卫都已被屠戮殆尽。

偶有几处还传来受了重伤的铁卫的呻吟，几队贵霜铁骑开始在原野上巡视，不时冷酷地补上几刀。

一名全身金色铠甲的将军傲然催马向前，漠然挥动长枪，扒拉开两具铁卫的尸身。

满是箭镞的尸身被掀开，露出一张苍白而年轻的脸孔。那张脸上居然浮现着一抹很奇怪的笑容。

雪枭猛然跃起。他被属下压在身下，并没有中箭。蓄势已久，雪枭此时暴起发难，势若苍鹰搏兔。

狂猛的罡风如怒潮般卷向那名金甲将军。金甲将军显然已有防备，长枪疾转如轮，猛向雪枭的头顶轰去。

然而，长枪忽然倒飞上天。雪枭左掌震飞长枪，右掌已抓向对手的脖颈，罡风猎猎的掌间，忽然窜出一只似龙似蛇的细长怪物。

生死关头，雪枭一上来便施展出黑血青虹的噬兽绝学。

蓦地，一道淳厚的劲气袭来，凌空裹住了那条飞窜的龙影。出手的是个苍老的妇人，正是女王的贴身近卫琼妮。

琼妮还在疾掠途中，掌上的汹涌劲力已然收紧，淡青色龙影迅速由碗口般粗壮变得细若儿臂。

金甲将军仍是发出一声惨呼，是一条淡青色小蛇飞卷过来，缠住了他的脖颈。

几乎在同一刻，金雕客库欣从死尸中疾跃而起，双手握刀，全力劈向琼妮。他自知与这神秘老妇的功力尚有一线差距，所以这一刀全力以赴。

琼妮大师仍向前飞纵。她挥出掌间那道龙影，半死不活的龙影在金雕客势若开山的一刀之下，被劈为两半。

琼妮的铁掌已当胸袭到，库欣不得不奋力挥掌，两人硬拼了数记。

琼妮风掣电闪般的身形终于缓了一下。库欣也只求对她阻得一阻。与自己境界之上的高手硬拼，最为消耗真元，库欣心知不敌，当即向后飞窜。

只这么一阻，金甲将军已完全落在雪枭的手中。雪枭翻上马背，将金甲将军牢牢控制在手中。

"想不到，竟是米洛王爷亲自率队，还有琼妮大师亲自护驾！为什么？"雪枭扣紧米洛的脖颈，狞厉地瞟了眼琼妮，却暗自拼力压抑翻涌的气血。

那条龙影被琼妮捏碎后，又被库欣斩断，其势反噬，已令雪枭受了极重的内伤。

"出手，杀了他！"贵霜部王爷向琼妮大喝道。

琼妮缓步向雪枭逼近，冷冷道："因为你们太霸道！你，还有你那个同样来自匈奴的神秘师尊！念在你族中长辈对我们有恩，女王曾给过你好几次机会，但你太跋扈了……好在伊木归已经死了，现在，该轮到你了。"

雪枭眼中掠过一丝寒意，涩声道："女王陛下为了这个局，真下本钱啊！不过，我不信我的命会比这个贵霜新任王爷的……"

他忽然顿住了话，因为他察觉到了两道刀光。

一长一短两把利刃自背后飞袭而来，双刀破空，居然没有风声。

那是甘夫的日月神刀。

雪枭背后骤然一寒，立时明白，这两把刀上灌注了一阴一阳的不同力道，再加上神刀独特的法宝特性，竟将刀气尽数收敛起来。

刀来得太快了！他有所察觉时，那把长刀已到其身后不足两尺处。

那刀太快，太冷，所挟的力量又太强，神出鬼没，厉若雷霆。

雪枭的第一反应就是将手中的人质拽过来挡刀，却终究没有这么做，因为米洛王爷是他求生的最后法宝。

他侧身，反手一刀劈出。挥刀的一瞬，他才觉出经脉剧痛，龙影破碎带来的严重暗伤已是出乎他的意料。

雪枭暗叫不好，再次振臂，想挥出妖兽鸣蛇，却没想到，鸣蛇依旧缠在米洛的脖颈上，阴沉地望着他。

他苦修的天圣术其实是一种高端的噬兽术。鸣蛇跟着他，最后的命运也会同黑血青虬一样，被他完全炼化，所以鸣蛇一直试图逃脱。此时，这只妖兽显然看到了一丝机会。

雪枭又惊又怒。但此际千钧一发，哪来得及管那妖兽，他只得全力挥刀，一道青碧色的刀气汹涌而出，撞向那把凌厉迅猛的长刀。

电光石火之际，异变陡生。碧绿的刀气堪堪搭上飞在最前的日神长刀，那日神长刀却突然在空中停住了。

时光在这一瞬间也仿佛静止了。世间万物都在这一刻静止，没有停止的只有那把月神短刀。

月神短刀毫不起眼，锋芒一直被日神长刀的光芒掩盖着，却在瞬间突然加速，后发先至，深深刺进雪枭的肋下。

淡淡的金色光晕一闪而逝，月神短刀势道不停，游刃而上，自雪枭的左肋挑入右胸。

雪枭闷哼了一声，栽向马下。他感到天地原野都随着那抹淡金色的刀光旋转起来，这时他才看到不远处的甘夫。

甘夫的身影竟也是摇摇欲坠。这一招双刀破空斩敌看似轻松，实则一斩之下，已耗去他的大半真元。

"雪枭，一刀之仇已了！"甘夫奋力站直了身子。

月神短刀破体而出，雪枭的生机也随着那蓬高飞向天的血光而瞬间消逝。

琼妮这时才来得及掠过来，扶住米洛。贵霜部新王这时才觉得惊魂稍定。适才双刀飞袭，他也被刀锋所指，心魂受震，此刻大局已定，不由呼呼喘息。

"抓住他！"米洛惊魂甫定，便指向远方的一道身影，那是库欣。

金雕客见机最早，在雪枭刚擒得米洛的一瞬，便已悄然转身飞奔，此时已远远逃出贵霜铁骑的包围圈。

一只金色巨雕凌空飞落，扑向它的主人。库欣则飞身上掠，已堪堪攀上金雕的双翼。

这时，两道剑光横空激射而去。

一道剑光翩若惊鸿，正刺中那只巨雕的左翼，巨雕受惊，振翅而上。

另一道剑光却如赤霞经天，带着骇人的血色射向库欣。

库欣与琼妮硬拼数记，受伤不轻，胆气早丧，此时正要攀上巨雕，忽被巨雕所舍弃，身子跟跄栽下。

暗红剑芒直贯入库欣的后心，在金雕客的长声惨呼声中，又从他前胸破体飞出，向前疾飞丈余，才斜插入地。

张骞四人疯狂打马疾奔多时，这时恰好赶到，遥见大局已定，却正瞧见形同漏网之鱼的金雕客亡命飞奔。

张骞知道自己的天刑剑太过巨大，便飞出当年公冶易赠给自己的太一剑，惊飞金雕；而吕英则效法甘夫，祭出了自己的扶摇名剑，杀死库欣。

两剑分进合击,配合得天衣无缝,本已受伤的库欣被雪枭之死吓得肝胆欲裂,此时终于伏诛。

巨雕向着主人的尸身仓惶惊鸣,无奈地在空中盘旋了几圈,黯然高飞。

琼妮凝视着那只远去的巨雕,眉头微蹙,知道这时候已经奈何不得这高飞的妖兽,只能快步赶到云裳身前。

"大公主,万幸你们无恙!这件大事已了,还请大公主随我回归王庭。"琼妮向着云裳深深施礼。

云裳正扶着甘夫。再一次劫后余生,夫妻二人的脸色都是苍白无比。

"不必了。"云裳摇了摇头,"该说的话,我都已经跟阿母说了。"

"女王亲自吩咐,让我坚请大公主回归。"琼妮有些焦急。

"我自懂事时起,便幻想着自由自在的生活。月氏王庭虽然繁华无比,但我感觉太累太累了!"云裳再次摇头,说出的话缓慢而坚定,"这两日,我看清了许多事,也想明白了许多事。我知道,在这里,我不快乐!"

琼妮只得无奈地望向甘夫,又望向刚刚纵马赶来的张骞四人。

张骞看懂了她的眼神,只是苦笑摇头,示意这等事不便插言相劝。

琼妮神色黯然,又苦劝了多时,见云裳去意已坚,只得长叹一声:"看来果然这一切都已在女王的算度中了!这是女王命我送给大公主的礼物……"

一名骑士自革囊中取出两套锦匣,琼妮回身接过来,恭敬交给云裳。一只锦匣内都是珠玉珍宝,另一只匣内却是一件小女孩的衣裙,虽然样式精致,却已残旧。

"女王说了,这是当年命死士带着你突围时,你仓促间掉落的一件衣裙。陛下一直小心保存着……"

云裳抓住那衣裙,鼻子酸楚,泪水瞬间涌了出来。

"那一盒珠宝中,还有咱们月氏王庭的信物。女王吩咐了,无论你到了天南海北,都是我大月氏的大公主。有此信物,证明你的身份,哪怕是在大汉京师，也自能富足一生。"

琼妮忽然垂下泪来："女王的心思，其实是盼着大公主来日……早归！"

再施一礼之后，琼妮才上了马。扫了眼雪枭、库欣等人的尸身，她皱眉问道："米洛王爷，雪枭王子忽然葬身此地，是什么缘由？"

米洛道："此地是大夏故地。看来还有不少大夏的散兵游勇四处为害，可怜雪枭王子了……"

"哦，原来是大夏的散兵叛军所为！看来女王陛下得想想对策了。"叹息声中，琼妮同米洛率领贵霜精骑，纵马远去。

望着那支兵马疾驰而去，张骞等人都有些感慨。

吕英心直口快，笑道："云裳，甘夫，恭喜二位归来！一日不见，当真如隔三秋，你们是何时改了主意？"

"至少在我们走的时候，云裳便想随我们一同走的，但女王不准。"张骞叹道，"那次圣山五部会盟，勾心斗角，尔虞我诈，让云裳感触颇深。"

云裳笑了笑："现在我也明白了阿母的心思。可能阿母很爱曾经的那个大女儿，只可惜……这么多年了，那个小公主早已经长大了。我不再是她心中那个可怜的大女儿了。就如同张使君推断的，我，其实只是她对付叛军的一个筹码。"

甘夫从旁插话："包括今天。今日也是一个局。"

张骞叹道："女王当时没有准许他夫妻二人随我们一同启程。现在我才知道，女王还是想尽力劝劝他们。实在不成，那便再用他们做成一个局，除掉雪枭！"

众人均是一愣，随即恍然，跟着便是一阵寒意。在婕丝女王这等大政客眼中，哪有什么亲朋故旧，即使是亲生女儿，都可以用来布局，铲除对手。

吕英叹道："不错！雪枭代表着匈奴的力量，月氏女王不想和我们大汉联手对抗匈奴，却也不会让匈奴的力量深入月氏王庭。伊木归死后，雪枭孤立无援，终究难逃一死。"

云裳凄然一笑："所以啊！若是后半辈子成为一个筹码，终日活在别人的算计和阴谋中，只要想一想，便觉得无比可怕。回到大汉，至少那里有我自由自在的生活。"

"云裳做得对！"吉祥居次瞟了眼张骞，笑道，"你的心思，我最明白！"

"二位美女这才叫曳尾涂中！"卓轻闲拍掌笑道，"放着月氏的大公主、匈奴单于的大居次不做，却都要去长安隐居。原来你们才是真正的庄子门人呀！"

张骞向云裳举起节杖，笑道："回到大汉，还做回你自在洒脱的月侠！"

第十一章

登 昆 仑

离开月氏,众人择路东归。

他们又来到葱岭前。上一次是出葱岭向西,这一次是越葱岭东归。

因为心里面存了昆仑的念头,再次远眺高山峻岭,张骞不由慨叹:"《山海经》有载,'西北海之外,大荒之隅,有山而不合。名曰不周'。这葱岭应该就是不周山了。不周山在昆仑的西北方,所以我们离昆仑已经不远了。"

卓轻闲说道:"共工怒触不周之山,天柱折,地维绝!原来此地就是被共工撞断的不周山呀!"

满目雪山茫茫,奇峰隐隐。狭窄的山道两旁,都是压得人透不过气来的陡壁危崖。众人心中都是无尽感慨:这雄迈的葱岭绝域,似乎正在诉说着什么,古人留传下来的那些传说,只怕有许多就是他们经历过的真实。

艰辛地翻越葱岭,抵达莎车,再向东南到皮山,辗转千百里,终于到了于阗境内。

于阗是南道上的大国,国都西城位于于阗河畔。到于阗后,张骞便将主要的精力放在挑选当地向导上。

千挑万选,寻得的这位于阗向导有五十来岁,身手颇矫健,自称有着三十年的狩猎生涯,对于阗之南的群山比自己的媳妇还要熟悉。按照张骞所描述出的大致方位,那向导一番推算后,便带领众人一路向南而去。

行了数日,遇见脚下一道大河蜿蜒而去,前方则是群山连绵而起。

"这里难道就是大河之源?"卓轻闲勒住马,纵目远眺,不由叹道,"于阗东边的河水都从此处向东而去,注入蒲昌海。水入蒲昌海后,潜行地下,南出积石山,再成为地上河,滚滚东流,那便是中原之黄河了。"

"不错!黄河源头,应该便在此地。"张骞感慨道,"而且,此地是于阗,闻名天下的于阗美玉便产于此地。按古书所载,盛产玉石的大河源头,便是昆仑所在。"

(作者按:史载张骞考察黄河源头时所处的地方,应是昆仑山西段(今新疆和田以南),他将发源于葱岭(帕米尔山结)、昆仑山并东流的塔里木河认作了黄河之上源。实际上,黄河的河源应在昆仑山东段的青海省境内。张骞虽然误判了黄河源头的位置,但其上报汉武帝后,由汉武帝亲自认可的昆仑山位置,也属于今昆仑山西段,从文化和政治层面上来说,仍有里程碑式的开创性意义。)

在大汉中原,黄河被简单地称为"河"。人们心目中的河有千百条,但真正说起河,所指的却永远是那条唯一的水从天上来的黄河。关于黄河之源头,有无数猜想,但因人力物力所限,千百年来只限于猜想而已,而像今日张骞他们这样,立马于黄河之源,只怕还是千百年来的头一遭。

吕英、卓轻闲等人感慨之余,心中仍有不少疑问:河源之山便是昆仑,那里多出玉石——这是《山海经》中明明白白所载的,但这里当真就是我们要找的昆仑么,这是否也太过简单了些?

前方是气势磅礴的连绵群山,没有多少绿色,只是莽莽苍苍、如障如幕的雄浑山体。

此刻极目远望,众人先是觉得群山都很高,山峰多披着银色雪衣,许多峰顶更是云回雾绕,缥缈难见;再就是广大,这片群山,山连山,山环山,只怕绵延有数百上千里。

吕英忍不住问:"这里当真便是昆仑?"

张骞笑了笑,却望向那向导,问道:"前方的山,叫什么名字?"

向导用一种很奇怪的眼光望着这群狠人,说道:"没名字。我们这里的人都管它叫南山,因为它就在于阗南面。"

众人听得叫这名字,都觉得有些无奈。那向导又道:"这南山太大了,我们都认为它连着天!"

听到"连着天"这句话,众人的眼睛又都亮了起来。

张骞望向卓轻闲:"你心中的昆仑,是什么样子?"

这问话颇似废话,卓轻闲却领会了他关注的重点,沉吟道:"昆仑当有两义。首先是山,昆仑山;其次则是《山海经》中提到多次的'昆仑丘',所谓'昆仑之丘,是实惟帝之下都'。那个昆仑丘,似乎是天帝在下界所居的帝都……"

张骞点头道:"不错!我们要找的是昆仑山,但更重要的,是要找到昆仑丘。那应该是一座独特的山峰,神秘的天帝之都就在那里。"

在《山海经》等古籍中,对昆仑山有着诸多描述。那些传说虽然各有不同,有些甚至颇为荒诞不经,但真正吸引人的,是关于昆仑丘的描述。看上去,那里简直就是一座天人共同居住的神秘帝都。

那里才是真正仙人的遗迹所在,那里才是当年天下共主的黄帝所居,那里才会有诸多秘宝仙法留存。

吉祥居次忍不住问道:"前面的千百座群山,若是一座一座地去寻,岂不是要寻上一年半载?"

卓轻闲忽然小眼放光:"骞老大参悟指环玉圭和金人舆图有得,已经确定了昆仑之丘、天帝下都之所在?"

"无论是《山海经》,还是金人舆图,关于昆仑的标识,只能是极粗疏的一个点。但舆图上的一个点,落在真正的山河地理中,也许就是百里之遥。"张骞对卓轻闲的话不置可否,最终却又一笑,"好在还有指环和玉圭！"

吕英喜道："果然！骞老大，你已最终破解了昆仑丘的位置？"

张骞不答，只是说道："他们应该早就到了吧？"

众人当然知道他说的是谁。那三大宗师何等神通，必然早已经到了。何况他们出发得更早，只是他们即便也能找到这片南山，却仍旧无法找到最后的昆仑之丘。

吕英振声长啸，跟着挥手向天送出一剑。扶摇名剑射出一道凛冽的剑光，凝而不散，直冲霄汉。

"你们终于到了！"

公冶易的笑声在一道山峰上响起："其实我可以施展术法，走得更快、到得更早些，但我和那两位都想对你们更公平一些。面对昆仑，也想表现得足够敬畏。"

众人循声望去，却见不远处的一座峰顶上，现出一道青衣文士的身影，飘摇若仙，不是公冶易又是谁？

"二位，找了几日啦？"公冶易朗声长笑。

"三四天吧？却还没有找到。"青霄的声音也传了过来，跟着一袭飘飘紫衣在另一座峰顶闪现。

"在找！"随着这道简练如刀的冷哼，龙缺的身影出现在附近的一座峰顶，淡然笑道，"这场比拼，二位必然胜不了我！"

三大宗师各自站在一处峰头，遥遥说着笑着，声音鼓荡数十里，谈笑之际，风云色变。

"看来这场比拼，一定是我胜了。"张骞忽地振声长啸，"因为我已经找到了。"

他的修为不及三大宗师，自不能随意谈笑便传音百里，但这般提气呼喝，更增威势，一时群山之间音声滚滚，有若雷鸣。

"若是半年前，你这么说，我只当你胡吹大气。"青霄叹道，"但亲见你巧胜天狐，所以我相信你。"

"十年前，我就信他。"龙缺低叹了声，忽又喝道，"咦，公冶易，你在哪里？"

见公冶易的身影已在峰顶消逝，那两道身影也闪下峰顶，如天外飞仙般纵跃下山，起落如飞，化作三道白线，鼓荡而来。

众人只觉云飘雾散，眼前花了一花，三大宗师已到了近前。

"公冶易，你最先溜下来，算是先认输了么？"青霄斜睨了大祭酒一眼，似笑非笑。

"我是最先认定了张骞！"公冶易笑道，"论眼光，明明还是我胜。"

"张骞，昆仑到底在哪里？快说！"龙缺的声音竟再无淡然。

吕英等人相顾而笑。这是举世公认的三大宗师，他们代表着世间三方最强悍的势力，但这时，他们竟是如此一致地认可张骞。

"我不保证一定能找到，但有很大希望会找到。"张骞没有细说什么，挥了挥手，甩了缰绳，跳下马来，大踏步地向前行去。

众人相互看了几眼，素知此人的性子，也没有多问，便都弃了马匹，疾步跟上。

张骞走得不快，不时仰头观望群山方位，望天辨别方向；或是跃上峰顶，细辨河流所向；或是在地上停下，垂首默算着什么。

地势越来越高，山路已崎岖难行。

草木气息越来越浓郁，不时有狐兔乍走，熊豹突闪，很可能这里已经千百年罕见人踪了。好在那老向导对这片地域还算熟悉，不时和张骞计议着，提供些建议。

扑簌簌一阵响，一群鸟儿从高树上惊飞。

张骞终于顿住步子，仰望前方起伏如龙的山势，喃喃道："我只能找到这里了。"

"什么意思？"龙缺挑起了眉毛。

众人已走了大半日，张骞不过是带领大家走入群山的深处而已。虽然他一直在推算着某些方位，但这里依然是群山相套相环，广大无边，这般进入群山深处，又有何益？

张骞道："何谓昆仑之丘？《海内西经》中对这'帝之下都'有几

句话说得甚细,上有木禾,长五寻,以玉为槛,面有九门……在八隅之岩……"

听他忽然间掉起了书袋,云裳、甘夫等人均是不知所云。公冶易和青霄却骤然锁紧了眉头。

"有九个门,八个角,上面还有一根高大木禾,这会是什么?"张骞说着,拔剑拨开落叶,在地上画出了一个奇怪的"亞"字形图案。

卓轻闲盯着张骞画的那个奇异图像,忍不住问道:"骞老大,你是说昆仑之丘竟是这样形状的人工建筑?这建筑倒是很有些眼熟……"

"九门,八角,高高在上,有通天之喻……昆仑之丘,如此描述,其实已标明了它的身份,那就是最古老的明堂!"张骞轻点着那个亞字图案,"明堂者,观天授时、拜祀天帝之所。至于那根高大木禾,便应是测时的表木。"

"有道理!相传,明堂的起源极为神秘而古远。"公冶易缓缓道,"照你这番推论,明堂正是关于远古昆仑的残碎记忆和模仿!或者说,后世的明堂,都是在模仿远古这昆仑之丘的形象。"

明堂,确实是一个不太常见的古远殿宇名称,甚至连云裳这样在长安待了很久的人都不大清楚。但吕英、卓轻闲等人都知道,至少周朝时便已定下了明堂之制,历代朝廷大多遵循周礼,建造明堂,作为朝廷观天授时的官方殿堂。

青霄缓缓问道:"你是说,真正的昆仑之丘,也应是如明堂这般的一个'亞'字形象?"

龙缺的眼神骤然一亮,道:"按你们的说法,明堂为观天象运行的地方。当年休屠城出土的祭天金人,其实也应是一个古人观天的仪器。那祭天金人,相传正与昆仑有颇多关联!"

"不错!所以昆仑之丘就是最古远的明堂,只不过更为弘大。它应是亞字形的山体,甚至还可能分作三层!"张骞用树枝在那亞字形图案上画了个圈,问那向导,"这就是我们最终要去的地方。在这附近方圆百里,不,也许就是方圆二三十里,有没有这样形状的山崖?"

"我听不懂你们说的是什么,可是你画的这个图形……我知道那地方!"

老向导盯着那图案,脸色却苍白起来,终于摇了摇头:"可那地方,我去不了,给我多少黄金宝石我也不去!"

(作者按:昆仑作为中华万山之祖,在文化和历史上有着极为深远的意义,而关于其最终位置,数千年来争论不休,现当代汗牛充栋的各种研究也是莫衷一是。昆仑之丘与明堂的关系,现代学者凌纯声、刘宗迪、宋亦萧等先生多有论述。本书据此类观点展开,认为昆仑之丘应为一种外形似明堂式的半人工山体,算是最古老的明堂。)

向上,向上,再向上。

景物越发清幽深远,披着千万年积雪的山峦在日光下变换着颜色,仿佛泛着异彩的巨大玉石。

地势越行越高,窒息的感觉也越来越浓,众人都修为深湛,并不大在意。那向导虽对气候地形颇为熟悉,这时却已是气喘吁吁。

"终于,快到了……你们虽然很奇怪,但至少都是好人,所以我最后提醒你们一次,你们要找的那座奇怪的山峰,就在前面了。"

向上转过一个山坡,老向导止住步子,喘息着说道:"那山峰的山口……太邪性了!我们叫它雷神坡。那里终日雷电轰鸣,人兽若是近前,绝无活着的道理。所以……你们过去,远远看看就得了。"

"雷神坡?"张骞眼芒一闪,"好名字!"

"果然是好名字!"公冶易也点头。

卓轻闲见甘夫等人有些懵懂,便解释道:"《穆天子传》有载,周穆王东征,登昆仑山,观黄帝之宫,曾在昆仑山下封了丰隆之墓,以昭后世。相传那位丰隆是黄帝手下的奇人,死后被尊为雷神。"

众人心下恍然。这个地名竟隐隐对上了周穆王时代的那个传说,显然印证了很多猜测。

远远望去,雷神坡是一个颇为平常的山丘,山上寸草不生,一片静谧。

顺着老向导所指的方位远眺，在这片山丘的上方，隐隐可见一段云遮雾绕的奇异山体。那山体的形状是很规则的三层台式，每道转折的地方都方方正正，犹如巨斧劈砍而成。

"雷神坡上面的那山体，应该是人工所为，只是年代已经非常久远了。"公冶易喃喃自语，目光痴迷，"是一千年？还是两千年、三千年？"

隔得太远，又有云雾萦绕，众人辨不清那一道道齐整的三层高台究是人力修建，还是大自然的鬼斧神工，只是觉得那片高台式的山崖颇有气势，而且所据地势得天独厚，背倚高山，远眺千峰，气魄雄浑。

"应该是很久很久了吧！我们的传说是一万年。"老向导摇了摇头，"这片怪山，知道的人不多，知道而又敢来的更不多。我在二十年前来过这里，那时候还是个啥都不怕的浑小子。这块山崖太奇特了，一下子就印在了我的脑子里，所以你一说，我就想到了这里……"

向导拎起盛着玉石和银币的袋子，晃晃悠悠地向山坡下行去，口里却又念叨着："小心啊！雷神坡会用雷电劈人。这可不是玩笑，再会了！最后祝你们好运气。"

张骞等人仿佛没有听到他的唠叨，只是凝望着前方那片宁谧得有些神秘的山丘。

要攀上那段三层高台式的山崖，必然要经过雷神坡。雷神坡很静，没有草木，也看不见鸟兽，山丘边缘有片片白雾漂浮着，使得这片山丘和上方的三层山崖更多了无尽的神秘气息。

龙缺忽然身形一晃，退入身后的山林中。片刻后，有野兽呜呜低吼，龙缺已转了出来，左手拎着一头棕熊。

那棕熊躯体巨大，但龙缺抓着棕熊后颈，将它提在手中，仿佛提着一只小鸡般轻松。巨熊对他甚为畏惧，甚至不敢高声嘶吼。

龙缺望着前方那片白雾缥缈的山丘，目光渐冷，忽然挥手将那只巨熊扔了过去。

棕熊在空中发出绝望的哀嚎。匈奴大巫这凌空一挥，便有搬山移海之力，巨熊如一块卵石般被远远抛出，落在那片山丘上。

棕熊落地，砸得土石四散飞溅。那巨熊打了两个滚，站起身，先是有些仓惶，似乎对那片山丘有着本能的恐惧，但它惊吼了几声，发觉一切无碍，便试探着向那山崖爬去。

山崖在斜阳下发出淡紫色的辉光，显得神圣无比。

忽然，棕熊人立而起，望天哀号，似乎看到了什么恐怖的事物，颈上鬃毛奓开，向外飞奔。这时，天上已是乌云密布。棕熊还没有奔出几步，乌云间已有一道疾电射出，奔雷轰然炸响。

亡命飞逃的巨熊甚至没来得及发出最后的嘶吼，便被击成一团焦黑，轰然倒下。

云间仍是天雷滚滚，却都是轰向雷神坡那一小片地带。

良久，雷声才慢慢停息。接着乌云渐渐散去，一轮红日又从云间探出头来，但那股肃杀之气却凝而不散。

众人相顾骇然。也许，这就是天威。

公冶易望向青霄，沉声道："莫不是天雷法阵？这可能是世间最原始的法阵，却也是最难破的法阵。"

青霄不答，只是深深凝望着那片重归于宁静的山丘，秀眉微蹙，不知在想什么。

龙缺摇头道："最原始、最简单，却又最具威力。因为它将天雷之威调动到了极致！我破不了此阵，公冶，你行么？"

无为学宫大祭酒望着山丘，默然摇了摇头。

卓轻闲不由叹道："我忽然有个奇怪的想法。周穆王所祭拜的那位雷神丰隆，也许就是这天雷大阵的布阵之人……"

"那里……怎么会有个人？"甘夫忽然惊呼出声。

原来适才雷电轰鸣，风雷消散后，雷神坡上那抹雾气也随之散尽。淡淡的斜阳辉光下，一道高瘦的身影立在山丘边缘。

那人的身子半是焦黑，如一段焦木般一动不动。夕阳将他的影子拉得很长，使之看上去更像是一座石像，一尊铜雕。

"那个人应该已经死了,而且死了很多年!"龙缺沉吟道,"奇怪,为何我有种很熟悉的感觉?"

"难道是……"张骞忽然如遭雷击。他瞪大双眼,踉踉跄跄地向前奔去。

"你要做什么?前面危险!"吉祥大惊,伸手抓他,却没能抓到。张骞已快步奔了过去。

奔到近前,看清那道已僵立许久的身躯,张骞浑身登时颤抖了起来。众人急忙赶过去。好在那人只是挺立在天雷法阵的边缘,大家一时都无大碍。

"阿翁……原来您就在这里!"张骞在那人身前跪倒,放声大哭。

卓轻闲、甘夫等人尽皆大惊。他们都听张骞说过其父当年神秘失踪的往事,后来又从金蛇王兰顿口中得知,当年张骞之父跳下高崖后,生死不明,很多人都以为他已坠江身亡,却想不到这位奇人居然神秘地出现在此地。

"原来这就是阿翁!"吉祥忙赶过去将张骞扶起,"时间紧要,莫要哭了。"

张骞也知此时情势紧急,哭声立止。他扶住父亲尸身,却觉触手处坚硬如铁,大半身躯已经焦黑,显是曾连遭天雷轰击,踉跄奔至此处后,伤重而亡。此地高寒干冷,尸身竟能不腐。

看他身形,应该是在最后又挣扎着站起,临终前仍是不甘地望向高崖。

张骞心中更悲,却发现父亲左掌中似是握着一角襟袍。他小心翼翼地抽出来,展开来细瞧,见上面残存着几行血字:

……灵念突发……万里辗转,力尽于此。可不憾哉!可不憾哉!

埋骨昆仑,亦大丈夫!

纵横家 张览绝笔。

历经多年,字迹已变成黑紫色,模糊难辨,只能勉力看清这几行字,其意义却可大致明了。

卓轻闲道:"使君节哀!原来令尊是精擅元神术法的高手。他那次众目睽睽之下,跳崖坠江,应该只是一次极高明的障眼法。金蛇王等人去崖下寻访时,他已乘机悄然逃走。令尊奇智大勇,为寻找昆仑,竟独自到了此地……"

张骞心下已是恍然。当年,龙缺大巫在那舆图上布下元神法阵,父亲虽留下一道纬地符,此后半生都在试图破解那个元神法阵,但直到他被金蛇王重伤后,机缘巧合,才让他"灵念突发",突破那道元神法阵,忆起了山河舆图的全貌。

但不知为何,父亲竟没有回归中原。也许是他心中的灵念或存或亡,催逼着他即刻启程、横跨西域,以他的博学多才和对祭天金人舆图的最终感悟,最终一路赶到了此地。

"原来如此,原来是他!"龙缺早已认出,这人就是当年助自己复原祭天舆图后又神秘失踪的汉人助手。他跪倒在地,向那半边焦黑的尸身拜了下去,"张先生,你才是名副其实的大英雄!"

"可不憾哉!"听卓轻闲和张骞大致介绍了奇人张览的事迹,青霄不由对张骞叹道,"令尊有大智大勇,更有绝大毅力,真乃大丈夫也!"

公冶易道:"怪不得!留侯果然有惊天慧眼,那句'留侯之叹'应验在令尊身上,当真丝毫不爽!"

众人均是心中感佩。当年留侯张良声称其纬地宗传人见识会超越自己,世人大多不敢相信,便呼之为"留侯之叹"。此刻亲见张览孤身赶赴此地并绝命于此,证明其大毅力和大智慧实足以傲视天下。

当此非常之时,张骞想到父亲"埋骨昆仑"的遗言,只得强抑悲痛,在丘下林间寻了块佳地,让父亲入土为安。

这山上颇多奇石,公冶易亲自寻得一块磊落青石,斫出一方石碑,大祭酒亲自运剑作笔,写下"大汉远智侯 纵横家张览之墓"几个雄浑大字。

一番忙碌之后,天色已经黑了下来。张骞在父亲坟前大哭一场,众人尽皆拜祭了一番。

明月初升，一抹月辉斜映在青色石碑上。世间最后一个纵横家之墓前，弥漫着一片悲壮之气。

昆仑道宗主望着那清澈的月轮，忽然说道："也许我能破阵！"

龙缺等人闻言都有些惊喜。青霄却向甘夫招了招手，道："将你的天雷棍给我！"

甘夫没有犹豫，将那支铁棍恭敬地递到青霄手中。

青霄手抚长棍，沉吟道："在我昆仑道内，分为经、图两派，经派认为寻找昆仑，必以《山海经》为尊，世间传说的《山海图》根本不存在；图派则认为，真相只存在于那份《山海图》中，哪怕世间的《山海图》早已残破不堪，却也比《山海经》要真实许多。

"慢慢地，图派式微。再后来，昆仑道内只有雷震子一人还执着地相信这门学说。他被所有人视为离经叛道，视为心智不全的疯子，最终被赶了出去，再被追杀不休……图派所有的学说精华，都掌握在雷震子一人手中。

"我知道，雷震子除了这世代相传的神秘法器天雷棍，还有一门独特身法天雷步。这疯子醉酒时演练过这门古老的步法，我曾多次见过，所以印象尤深……"

昆仑道宗主慢慢举起天雷棍："我昆仑道中，只有雷震子还在苦修这门艰难的天雷术法。现在看来，这个疯子，也许是唯一正确的那个人。"

表面粗糙的铁棍被随手挥出，发出呜的一声怪响。青霄微微蹙眉，又疾挥了两下，声音却越来越小。

"看来雷震子不想让我用他的法宝！"青霄摇摇头，叹道，"甘夫，这天雷棍竟是只认你为主！为今之计，我只好传你天雷步法，稍时你以此破阵。此行会颇为凶险，你意如何？"

甘夫没有丝毫犹豫，说道："好，我去！"

云裳想说什么，张了张嘴，最终只化作一声叹息。

青霄点点头，道："周穆王曾在此拜祭过埋骨于此的雷神。我昆仑道由周穆王的幼子姬盈虚创建，而天雷步据说也是传自姬盈虚，只是久远得几乎已被人遗忘了。

"门内故老相传，这古老修法能破雷神之阵。这么多年了，早已没人知道这个传说的真意……"昆仑道宗主凝望月色下的那片山丘，幽幽一叹，又道，"天雷步虽是一种步法，却更似一门怪异的舞蹈，习练起来并不复杂。你看好了。"

她开始认真传法。在旁人眼中看来，这门步法果然平平无奇，就像是南荒蛮族祭天时所跳的舞蹈，只是步法错落，似乎隐隐地与星象相对应。

甘夫很快便演练纯熟。他体内本有雷震子所遗的罡气，此时挥动巨棍，果然隐隐有雷霆之气。

"天晚了，大家暂且休息。"青霄仰望西沉的明月，"我们明早破阵。"

第二天清晨，瑰丽的晨曦刺破苍穹。高山之上，日出之景色果然颇为壮观，恢弘的朝阳跳出云海，万千道日辉将千山万峰都映得红彤彤的。

甘夫不发一言，提起天雷棍，迎着朝霞，当先大步走向那片山丘。

步入天雷法阵的一瞬，天雷巨棍立生感应，通体骤然变得金光流溢，每一道花纹仿佛都焕发了生机。

天上云气四合，雷声滚滚而来。张骞等人的心都提了起来，云裳更是忍不住惊呼出声。上面天雷滚滚，这疯子举着一根长长的铁棍，不是找死么？

云裳的惊叫声音未落，甘夫已将天雷棍脱手掷出。第一道闪电如利剑般劈落，天雷棍则昂然飞向天际，迎向那道雷电。甘夫运起天雷步，身形瞬息伏低，向天雷棍相反的方位斜跨了两步，姿势古朴曼妙。

闪电被天雷棍所引，激射入地，甘夫没有停留，一步跨过闪电落地处，沉雷才在他身后炸响。

天雷棍被甘夫运使得无比顺畅。地上，甘夫的天雷步如同飘逸而又古朴的舞蹈；空中，天雷棍则画出更加狂放热烈的运行图案。随着一道道天雷轰鸣，天雷棍越发光彩焕然。

青霄、公冶易等人凝神留意甘夫的步法停留处，那一道道足迹，仿佛如有实质般印入众人心底。

巨棍在甘夫前方的空际狂舞着，他的耳畔却响起了雷震子的狂笑："老子没有死！你就是老子的延续，就是老子对这狗屁老天的抗争！"

雷电轰击得越来越密集。甘夫已跨入山丘中央，天雷棍直指天际，疾雷滚滚而落，道道电光在他身周萦绕，这一刻，他便仿佛是雷神降世。

最后一道雷声止息，终于跨过天雷法阵的甘夫陡地生出无比的感动。这应该是雷震子的胜利！一个被无数人耻笑的疯子，一个坚守到最后的疯子，最终却是唯一正确的那一个。

在甘夫走过的地方，是一个个清晰的足印。青霄挥了挥手，众人踏着他的足迹依次飞步向前，过了雷区。

雷电过后，云开雾散，神秘的山崖终于在众人眼前现出真身。

眼前果然是亞字形的神秘高台，只不过，就算如此近距离细看，这高台到底是人工斧凿，还是自然造化所成，众人仍是难以分辨。

公冶易摇了摇头，叹道："浑然一体！"

张骞则道："独占天地！"

"果然是三层高台！"卓轻闲仰头细看，惊叹道，"果然一如先秦典籍所载！昆仑之丘当有三层，一层名凉风之山，二层是谓悬圃，三层是谓太帝之居。"

这三层高崖是人工建成，但也是大半就着天然之地势。人力与天然不但浑然一体，而且其神秘的造型和独特的方位，似是占尽了这连绵群山乃至整个天地的运势。

当它隐于云雾中时，便是远隔云端的神秘天女；而当雾散云消时，它便是君临天下的帝王。

甚至，它就是整个天地。

因为，它是昆仑。

第十一章 登昆仑

"昆仑之丘,我们终于到了……"张骞声音微微颤抖。他抖了抖衣袖,向前方的石阶缓步而去。

石阶通向第一层高台。

众人一个个拾阶而上,终于站在第一层高台上。第一层高台更多的是自然山体,略有人工痕迹,历经数千载,正透着无尽的荒凉。

张骞诸人站立其上,只觉凉风习习,恍若登临瑶台,成了仙人,正应了那"凉风之山"的称谓。众人凝目远眺,却见远方的大河如银带般蜿蜒而来,再浩瀚而去。

"我看到了!"公冶易轻呼一声。

吕英一愣,刚想问师尊看到了什么,便觉眼前光影闪烁,无数条大河从崖下奔腾远去,许多奇异的画面则呼啸而来。

那些光影很是模糊,隐约却还能看清:滔滔大河间,是许多高大的身影,那似乎是蛮荒时代的人类,他们茹毛饮血,钻木取火,开山引河……

高台上的众人都震惊地盯着那有些模糊的影像。

火光渐大,河水呼啸,水面慢慢升腾。许多道更加高大的怪异身影在水与火间起落着,那是属于那个时代的妖兽。它们的力量显然强大得令人恐怖,人们只能顶礼膜拜。

然后,便有很多不同颜色、不同形状的大旗飘扬起来,上面绘着各种怪异图案。

各种颜色的旗帜相互冲突、变换、交融,渐渐形成一色。原野中有冶炼的金光冲霄而起,车轮开始在大地上奔突滚动……

画面渐渐模糊,最终消逝不见。

众人心头震撼莫名,默然无语地迈向第二层。

第二层高台正是亞字形山崖的主体,竟是四间方方正正的厅堂,现出八个凸角,每一间厅堂都有着两道门。

"四间正厅分别伸向四个方位,外凸八角,果然是'八隅之岩'!"卓轻闲轻叹着,又轻拍着身前的石栏,"这就是'以玉为槛'?"

在那四间广大的方正厅堂式建筑外,确是有着连绵的石质栏杆,虽然年岁太久，已看不出玉石的莹润感，但一眼望去，仍能觉出石质栏杆悄然散发着的沉浑气息。

"走哪一道门？"甘夫最先停住步子。吕英等人都知道甘夫对危险有一种超然的感应，连忙停下脚步。

入口颇为轩敞，甚至可以驰入一辆战车，只是门扉早已不在，便只剩下一道道空荡荡的门洞。

其实日色正明亮，但不知为何，自外面望去，门内却是黑黝黝的，看不真切。

张骞道："昆仑之丘是最古老的明堂，我们经过的第一层凉风之山，形如院落，这第二层悬圃才是院内厅堂。只是这里的气息虽然古远，却蕴着极为凌厉的杀机。"

"第一层的禁制是天雷法阵。"青霄叹道，"只怕这第二层的禁制与天雷法阵一般，仍是生死一线，诸君且莫等闲视之！"

云裳见甘夫仍是站在最前方，有些紧张，便扯住他的衣袖，叮嘱道："先看清一共有几道门，可别乱走！"

"所谓'面有九门'，自然是共有九道门。"公冶易徐徐开口，"这四间明堂外室，各有进出的两门，共计八门，尚不知那第九道门在哪里。至于要走哪一道门，则要看通天木禾，也就是那个昆仑天柱了！"

"通天木禾，昆仑天柱？"卓轻闲眼前一亮，"相传明堂为古人观天授时之地，观测表木之影在一天之内的变化，可知时辰更易。大祭酒是说，这昆仑之丘既是最古老的明堂，那么一定有测时的表木。可是，这表木在哪里呢？"

公冶易蹙眉不语。张骞忽道："还记得在天坑中我们所说的建木么？先秦古籍中所载，那是众天帝缘其上天下地的巨木。"

"典籍所记，'众帝所自上下，日中无影，盖天地之中也'。这句话一直颇为费解。但若是将这建木看作是那测日影的木禾，一切便全都迎刃而解。只要观天台建筑巧妙，自然能在中午的某个时段，让测时之木看不到影子。而明堂所在，就是天地之中。"

卓轻闲恍然道："所以，表木或是建木，就是那测日影的木禾？那自然是该竖在最高的第三层了！"

众人仰头望去，第三层高台上方却是平整如砥，哪里有什么通天巨木？

卓轻闲叹道："很可能那里曾经竖着一根测时的木禾，可惜年深岁久，早已朽腐了！"

"木禾在此！"公冶易自袖中摸出一根毫不起眼的紫色树枝。

吕英喜道："这是咱们无为学宫镇宫之宝通天藤上的枝蔓？"

张骞也曾在无为学宫内见过这株神秘的通天藤，没想到公冶易竟随身携带了一根通天藤的枝条。

"无为学宫内那个能结出通天藤的空桑神木，相传就是来自远古的昆仑。也许它应该有个更准确的名字，建木！"公冶易轻轻摇晃，那根尺把长的枝蔓开始变长，转眼间已成了长达丈余的巨棍。

下一刻，他举起巨棍，抬头凝望着前方的巍巍高台，神色肃然，蓦地扬手将巨棍挥出。

巨棍向三层高台飞去，在空中翻转飞跃的同时，还在慢慢变长。

就在巨棍靠近第三层高台时，一股看不见的力量自崖顶骤然生出，巨棍竟向后翻转了半圈。

站在第二层高台的栏杆上正自仰望的公冶易脸色忽然有些苍白，却缓慢地向前踏上一步。

巨棍仿佛被一只巨手推送着，在空中划出一道玄之又玄的神妙轨迹，稳稳跃到三层高台之顶。

高台上骤然生出一片金光。见公冶易的脸色苍白如纸，青霄飘然闪来，一掌按在他的背心。大祭酒艰难地又向前行了一步，再一步……

巨棍终于稳稳落下，准而又准地插在三层高台的圆顶中心。

日光斜照，建木投下长长的暗影，正落在众人身边的一道门洞前。

"走吧！"公冶易闷咳了两声，大袖飘飘，当先走入门洞。

这种亚字形的明堂建筑，外面四间方室都通向中间的太室。众人随着公冶易穿堂过厅，便进入了第二层高台的核心建筑——中央的太室。

太室居然无比广大，只怕百十人立足其间也不觉拥挤，只是室内空荡荡的，没有任何陈设，没有神像，也没有图案或是雕塑。

在踏入太室的一瞬，众人便又看到了光。

那光初时只是淡淡的一蓬，随即变得真切起来。随后他们看到了更加奇异的影像——

风云变幻，山河变色。

大地上充斥着人流、大旗和刀剑，自然少不了火光和血水。

无尽的冲杀呐喊中，有许多道飘逸如仙的高傲身影在人流上方若隐若现，接受着芸芸众生的顶礼膜拜。被膜拜的，还有一些洪荒怪兽的影子……

"史前人天杂居。这就是那个时代？"卓轻闲嘴里嘀咕着，小眼眯起，无比沉醉。

"他们是古远时代的神巫！"张骞望着那些飘逸的身影，缓缓道，"那时候甚至还没有王权，神巫自称能与天沟通，代表着天的意志，拥有无上的权力！"

血与火的颜色愈加浓烈。风云激荡间，那些被万民尊崇的神仙与神兽影像开始模糊起来，最终化作吉光片羽，慢慢消融在无边的血色中。

火光烛天，天地间变成了一片红色。

红色消褪后，那些人流已不再膜拜神巫，芸芸众生的眼光中有了更坚定的光。

"这就是绝地天通！"青霄幽幽低叹，"自称天之意志、拥有强悍术法的各路神巫，乃至各种异兽，都被镇压了。"

张骞道："绝地天通，便是人之觉醒。终于有那么一天，我们不必总是向天穹上的神祇祈祷，不用再崇拜那些神兽……"

光影继续变化着，又渐渐模糊。

这一路登台，虽然只看到了些模糊影像，但众人却各有感悟，心地如被清水洗过，感慨万千间，均觉心神无比凝定。

"再上！"公冶易抬头向上望去。

在太室内，有一道宽阔的石阶，直通上方的第三层石室。

昆仑之丘有三层，第三层名为太帝之居。

太帝，便是天帝。这太帝之居竟是圆形的！

果然如张骞、公冶易等人所推算的，这座古远而神秘的昆仑之丘，就是最古老的明堂。其建筑形制正是象征天圆地方，下方是八隅亞字方形的连环巨厅，而最上方则是穹庐形的圆顶石室。

众人一步步拾阶而上，眼前却变得幽暗起来。

上方似乎没有日光透入，众人渐渐走入一片黑沉沉的混沌之中。

前方忽有两道幽红的光芒闪出，似乎是什么人或兽的眼睛。

众人都是修为惊人，此刻被那两道红芒笼住，均觉心旌微微震颤。各人凝定心神，却才看清，第三层的石室没有门，众人前面正横卧着一只巨大而怪异的神兽石雕。

石兽的眼睛似是由红宝石雕成，那两团幽红光芒，正是石兽的宝石眼睛映出的诡异光芒。

"这是什么？"吉祥一路行来，看惯了这里空荡荡的模样，忽然见到如此突兀巨大的石雕，不由一惊。

"所谓'面有九门，门有开明兽守之'！"公冶易道，"前面我们看到，四室只有八门，这便是那第九道门，门前这怪兽应该便是……开明兽。"

卓轻闲沉吟半晌，问道："《山海经》载，开明兽虎身人面，生有九首。为何它只有一个头？"

众人凝神看去，那怪兽是雕成猛虎的身躯，却有一张圆滚滚的人面。其形象古朴圆润，神色似喜似怒。

张骞说道："《山海经》中记载此处有九门，我们先前看到了八门，现在是最后一道门。守门的开明兽应该有九头，为何它只有一个头？"

卓轻闲道："骞老大的意思是？"

"大家留意看，这石兽的颈部有明显的圆痕，它的人面是可以转动的。所以它还有另外八个头，只不过那八个头是虚指，应该代表着东南西北等八个方向。"

"不错！"公冶易目露嘉许之色，"此地乃是古人观天授时之处，对时间和方位最为看重。"

"开明兽的九头是八虚一实。"张骞眼芒一闪，"这八个方位的虚头应该是暗示着登上第三层明堂的方法！只要将开明兽的人面转到正确的虚位，就能打开这第九道门。"

众人都望向开明兽身后那道古朴的石门。

在这号称"八隅""九门"的昆仑之丘内，他们其实没有看到真正的门，只看到八个门洞，因此这第九道门便显得玄之又玄。

打开它，就意味着通向昆仑明堂最神秘的第三层石室。

青霄淡淡问道："方向呢？"

公冶易伸手在空中虚按，口中说道："你们还记得适才所入石门的方位吧？只需向那个方向旋转！"

吕英大踏步向前，探掌按向开明兽的人面。他甫一运力，陡觉头部如遭雷轰，痛呼声中，踉跄栽倒。

"不可妄动！"公冶易忙将弟子扶起，"这里是昆仑之丘，天下独一无二之地。"

话音才落，一股浑厚气息已自石兽的双眼间散出，跟着，四面八方都有气息汹涌而来。

那是凝聚了几千年的沉浑气息，众人只觉浑身如被四面八方涌来的巨墙挤压着，憋闷难耐。

"难道是这里暗伏的法阵发动了？"青霄惊呼。

每个人的心中都是大惊。在这天下独一无二之地的昆仑之丘，如果暗伏一道凝聚数千年的法阵，世间又有谁能破除？

"只怕是如此！"云裳喘息着说道，"要不然，我们暂且退出？"

卓轻闲叫道："这时候退走，定会前功尽弃，只怕今后再难入内。骞老大，快想想办法！"

"这个怪兽，我曾经见过……我来试试！"一声断喝，却是出自大巫龙缺。

众人大觉惊异，久居匈奴的大巫为何会见过这个记载于《山海经》的神秘怪兽？

每个人都被怪异气息挤压，呼吸艰涩，又不甘心就此退出，却见龙缺已大步向开明兽走去。

四周挤压之力渐大，但龙缺走得很稳，然后他举起黑杖。

他那根著名的黑杖在天坑内被郭解震碎了前半段，此时他把那半截黑杖倒转过来，将那雕着蟠曲怪蛇的黑杖头部慢慢插向开明兽。

黑杖艰难前探，众人才发现，开明兽石雕很大，那人面咧开的嘴也不小。

黑杖前端完全插入石像嘴里。

龙缺运力推转黑杖，开明兽发出咔咔巨响，怪头开始慢慢扭动，转向众人进入石室时的方位。

随着最后一声闷响，开明兽的巨头终于顿住。

窒息感骤然消散，众人如释重负，都是呼呼喘息，仰头看时，却见那神秘的第九道门终于打开了。

"师尊当真厉害！您怎知道这个开门秘法？"吉祥见龙缺身子摇晃起来，忙赶过去扶住了他。

"碰巧！"龙缺淡淡道，"当年祭天金人出土，在金人身边，就有这样一只怪兽，却只剩下了个兽头，嘴里便插着这黑杖……"

青霄笑道："亏得你有后眼，用这法器做了兵刃！"

众人虽轻松谈笑，心底却都是暗呼侥幸，陆续缓步踏入门内。

第三层太帝之居果然只是一大间圆顶式建筑。

踏入圆顶石室内的一瞬，众人同时生出一种恍惚之感。

无论龙缺，还是公冶易和青霄，都是神色肃然。他们是世间最强大的存在，但在这间空荡荡的圆形石室中，却有一种从未有过的感觉。他们已丧失了方位感，几乎难辨东西南北，甚至连时间感也是混沌不清。

"这是什么法阵？"青霄悚然道。

"不是法阵。"公冶易的声音闷闷的,"这里就是……天!太帝之居,就是天帝之居。天帝所居住的地方,自然就是天了。"

众人闻言,俱是一震。

张骞思索着说道:"明堂是观天授时之地。第二层的木禾测时,代表着时间;开明兽的九头,代表着八方空间。所以这里就是没有时间和空间的混沌。因为天,本就是一种混沌的状态。"

无尽的混沌中,却有一团光芒亮了起来。众人再次看到了那些神秘的画面。

画面清晰了些,却仍是分不清时代。大致是在"绝地天通"前后,影像中的许多人在呐喊着,在血与火中挥戈搏杀。

那个时代,筚路蓝缕,跋山涉水,每一次冲荡与交融,都是无数热血与生命的代价。

类似的画面他们已看到过两次,但这一次的人流中有些人的脸比较清晰。其中没有传说中的黄帝、炎帝或是蚩尤的形象,而是一张张似曾相识的脸,那是张骞,是甘夫,是吉祥、公冶易、龙缺……

众人都震惊得无以复加。

吉祥和云裳几乎同时惊呼出声,目不转睛地盯着流动的画面。那些人确实就是他们自己的影子,只是略微有些模糊,面目有点似是而非,但他们仍能准确地找到自己的形象。

古远的气息扑面而来,室内鸦雀无声。

那些画面忽然间破碎开来,光影变幻,许多画面如同细碎而又清晰的水流,飞撞向每个人的心神。

在这些细碎的画面中,他们每个人都只看到了自己。

吉祥看到了那个头戴长长赤羽的自己。那个自己应该是远古时代一方部落的女王,只是不知为何,她有些忧心忡忡。吉祥忽然闪过一念,仿佛记起了久远之前失落的记忆,那时的她正在等候着部落的战果。

帐外走进一个大汉,躬身向她禀报刚刚得到的消息,但话只说到一半,便摸出一把尖刀,刺入她的心口。

吉祥浑身剧烈颤抖，那股冰冷、锋利和剧痛之感，仿佛穿越了数千年，又向她心中袭来。

张骞看到的则是年老的自己。那个自己至少五十岁了，他疲倦地从风雪中归来，带着刚刚猎得的几只山鸡。光线有些暗，他要在天完全黑下来之前，抓紧把该干的活儿干完。他精心地打磨着箭头，又忙着用骨针缝制战旗。

外面忽然响起哭声，他愣愣地走出去，看到族人们运回来的一具尸身，他唯一的儿子刚刚在前方战死了。

搭在他手臂上的那面旗帜垂落在地，露出旗上所绘的有熊氏图腾。

龙缺看到的自己，是一个古老部落中的神巫。那时的神巫在部落中已没有什么权力。他正和对面一个女子密议着什么，那女子也是神巫装束，容貌很是美丽。龙缺立时回忆起，那女子应该是敌对部落的神巫，他和她偷偷相恋已经很久了。

两个部落你死我活地厮杀了许多年，他们两个神巫在暗中会面，计议着能否借用上天的警示，来劝说双方部落头领停止这场旷日持久的战争。

忽然光芒大盛，一群人手持火把冲了进来。女神巫忽然站了起来，戟指大骂龙缺卑鄙设伏，然后挥刀自刎。气势汹汹地冲进来的人，见敌方女巫自尽，反倒慌了，连忙向神巫致歉。

那时的龙缺和现在的龙缺同时愣住了，痛楚和寒冷如雪崩般扑来，隔着无尽光阴，将他彻底冻住。

那些细碎而又精致的画面，向他们展示了一个又一个的自己。每一个自己都曾艰辛地挣扎着，都在努力寻找更大的生存空间，血泪中也有偶尔的欢喜。

吕英忍不住问道："它，这间石室……这个混沌之天，为何要展现这些画面?"

"那是他们,也是我们。"公冶易终于幽幽地叹了口气。

他看到,古远的自己,正跟着一位白发老者在沙地上挥木作书。在凝视那些他并不认得的古远字迹时,画面慢慢变得模糊了。

"那些未必是真实的我们,但我们,也是他们。"龙缺低叹。

如同谜语般的喟叹,却是发自肺腑的万千感慨。

仿佛是回答这句话,那些细碎的影像又汇成浩瀚的画面。

画面中的那些人流在无数次碰撞、挣扎与融合之后,终于组成堂堂之阵,阵型变换,旗帜招展,大小分明,层次有序。

看到自己的影像消失,众人都觉得有些空虚,但那些似我非我的画面,已经深印在各人的心底。所有的人都知道,这是一次心神上的难得历练,必将带来修为上的强大助益。

他们再次静静凝望那已有些模糊的弘大画面。

画面上忽然出现了广大的昆仑群山。那时候的昆仑似乎比现在要绿一些。滚滚人流正从山上列阵而下,似是正在开启一次恢弘的远征。

吉祥终于叹道:"我觉得,它仿佛在和我们对话,它似乎要说什么……"

"秩序。"张骞道,"这些画面由个人而至整体,由精微而至博大,象征着最终秩序的建立。有了自己的秩序,人类便不需要那些所谓沟通天地的神祇。"

影像中,一道身影缓步向众人走来。他走得很慢很慢,却带着强大的辉光。他的形象虽然很模糊,却还能看出他的衣饰样式比那些古人已晚近了许多。

"那是春秋时代的装束。白发飘飘,如此强大的辉光……"卓轻闲惊道,"难道他竟是……"

公冶易一字一句地说道:"他应该就是老子先师!"

众人全都屏气敛神,全力注视。他们看到老子缓步登上昆仑,迈入石室,随即仰天大笑的洒脱身影。

画面忽然散开，老子的身影，还有先前早已模糊的浩瀚场面，都散成无数光点，向天地间飞散开去，直至消失无踪。

"这就是天机！"青霄慨然叹道，"原来这道天机，是当年登上昆仑的老子先师所留！"

"纵与横的极限是什么？"公冶易也悠悠道，"我们看到的，便是纵与横的极限。诸君，好自为之！"

光影摇动间，众人的心神也随着那些缥缈远去的光点，变得越发博大深远。

他们都默然无语。正如大祭酒所言，那些画面显示的，便是每个自我乃至远古先人整体的挣扎和选择。虽然这道天机太过复杂玄妙，他们还无法尽数感悟那数千年生灭的机会与选择，每个人却都已获益良多。

所有的画面都已化作光点，飘摇远去，第三层远古明堂的圆拱形石室才露出真容。

这里照旧很空旷，没有传说中的仙剑神兵。吕英和卓轻闲等人运转元神默查，也没发现任何仙家法宝或秘笈留存。

"何必再找？"张骞看到卓轻闲满是遗憾无奈的样子，不由笑道，"被天雷法阵封闭之后，这里便已归于永久的沉寂了。"

张骞仰望苍穹形的圆拱室顶："因为绝地天通之后，人类已成为自己的神祇。"

"说得好！其实推而广之，每个人都是自己的神祇！"公冶易道，"真正的天机，其实是在我们的内心。"

大祭酒仰头一笑，当先转身出了石室。

众人都是无尽感喟。谈笑之际，沿阶而下，大家又回到第二层的太室，然后信步走到八隅方厅外的栏杆处。

凭栏远眺，但见雄峻的群山已被夕阳涂成玫瑰紫色，许多峰头挂着沉厚的积雪，映上暮光，仿佛白玉被红绸萦绕，变幻出从暗红到紫褐的瑰奇异彩。暮色中的昆仑更显得神秘、肃穆而博大。

"师尊！"吉祥这时才发觉龙缺一直肃然不语，不由轻唤一声。

龙缺远眺着远山，如石雕般一动不动，那张冷硬的脸孔在斜晖之下，半边通红，半边幽黑。

忽然，大巫伸出手。这只手很随意地抓向夕阳，似乎要遮住那抹刺目的辉光，但他的指间却抓住了一道彩虹。

横跨半座雪峰的彩虹，就这样被他随意地从空中抓到手中。众人目瞪口呆之际，他已将那弯彩虹塞向黑杖。光影流溢间，原本只剩下半截的黑杖居然又复原成了整根的模样，只是杖身已变得五彩缤纷，璀璨耀目。

吉祥、吕英等人目瞪口呆之际，公冶易也向漫天暮霭中伸出了手。

其时暮色正浓，夕阳斜坠，东边已升起半弯月轮，大祭酒的手就伸向那轮薄薄的月。

然后他握住了一颗星。他的五指间星光灿烂，仿佛握住了耿耿星河。

"我记得当年你曾对我笑言，希望我能送给你天上的星星。"公冶易向青霄微笑着，笑容却有些戏谑，"现在我已能摘星了，但我却不想再送给你了。"

"所以，你的星星，自己留着吧。"青霄笑了，笑容有一丝冷，更多的却是随意，"我还是喜欢晚霞！"

她伸出手，抚向西天桃红色的绮丽红霞。一团似火似锦的霞彩便被她扯了回来，仿佛手腕间缠着一段镶着金边的深紫色锦缎。

"明白了吧？"青霄悠然长叹。

"是的，原来如此！"龙缺仰头长啸。

公冶易长笑道："本来如此！"

大笑声中，三人掌中的彩虹、晚霞、星光齐齐耀出璀璨光芒，跟着相互交融，慢慢模糊消散。

那片耀眼光彩终于与满天夕晖融在一起，再难区分彼此。

吕英等人震惊无语之际，三大宗师的身影已化作三道流光，散入莽莽苍苍的暮霭间，飘然而去。

"就这么走啦？"卓轻闲大叫着，"三位大宗师明悟天机，也该给我们小辈论道一二呀！"

没有人回答，天地间只余暮色苍茫。

吕英叹道："他们此时已经突破了玄圣道，还要觅地精修，继续坚实那颗得之不易的道心。"

"走得干脆，倒是清净！"卓轻闲很是无奈地叹道，"此来昆仑，虽然道境也是大有跃升，但没能在天机中见到黄帝，没见到蚩尤、西王母，难免美中不足。不，对于我们小说家来说，此非美中不足，简直是抱憾终生了！"

"我适才……好像看到了西王母！"吉祥幽幽地叹了口气。

众人又惊又喜。卓轻闲忙道："是了是了！居次曾在幻冥渊大漠石殿中明悟过西王母的剑意，或许真的能够看到西王母！"

"我看到的画面很模糊，也只是大致的感觉。最早的那批人离开了这里，黄帝率领他们远去，只有西王母一部在此守候。再后来，西王母也率族人下山，去相助黄帝，但她仍留下族人在此守候。再后来的画面，我便看不清了，只是看到此地渐渐荒凉……"

她的眼神也幽远起来，仿佛又想到了在幻冥渊石殿中所看到的那些故事，那声千年之叹仿佛还在耳边萦绕。

张骞等人都想到了早已知道的那个故事。中原涿鹿之野的大战结束，西王母被幽禁，直到许久之后才破阵而出。许多许多年之后，在此守候的另外一位西王母，会等来另一位来自东方的帝王周穆王……

再之后，昆仑之丘永远归于沉寂。

又有许多年过去后，老子宗师悠然而来。登上昆仑后，他大笑远去。

卓轻闲若有所悟，却还是叹道："可是，昆仑之丘，这个世间最早的祭天之地，哪怕没有什么仙剑，为何便没有留下点巫术古卷、仙法秘录之类？"

吕英笑道："死胖子！难道感悟了那道神秘的天机，你还不知足？"

"那道天机已展现得很清楚。他们来过，生存过，然后他们离开。"张骞悠然道，"因为秩序建立了，他们要去开拓更广阔的天地。"

众人边议论、边一路前行,已出了这座古远的昆仑明堂。天雷法阵十分怪异,由内向外而行,居然无声无息。

出了天雷法阵,众人不禁怅然回望,却见那三层高崖重又掩映在层层云雾中,在黯淡苍茫的暮色里慢慢模糊起来。回思在昆仑之丘内的所见所感,众人都仿佛是一场离奇神秘的梦境之中。

"我们所到达的,当真便是昆仑么?"云裳忽然有些恍惚。

"是的,那就是昆仑!"吕英沉沉叹道,"纵与横的极限是什么,不管如何,我们看到了。"

"所以大祭酒才会说,天机在我们心中!看来每个人的心中,都有自己的昆仑。"张骞忽又扬起双眉,继续说道,"但若说起天机,其实我们这次出使,一大片未知的世界被我们发现,再被我们认识、被我们打通,这才是最大的天机!"

天色已经苍黑,西方天际只剩下几片凌乱的残霞。六人又回到张览墓前,行礼祭拜后,下山寻得马匹,纵马驰上归途。

第十二章

等我回来

昆仑迤东,归途遥遥。

漫漫长路,满是凶险。因为越是向东,便越是靠近匈奴休屠城的势力。

出了于阗,继续向东,过了精绝、且末、鄯善,这一日终于到达羌人的游牧区域。

路上看到的纵马驰骋的匈奴散骑已越来越多。好在众人全都装扮成西域行商模样,脸上也都做了易容,即使是相熟的人,贸然看来,已难辨出他们的本来面目。

过了菖蒲海,距离休屠城已经不远。众人为了避开休屠城的匈奴铁骑,转而向东南进发,无论如何,大汉地界已经不那么遥远了。

这一晚,众人燃起篝火,围着篝火烤羊喝酒,显示出十足的西域行商彪悍模样。想到过不了多久,就能真正地踏上大汉故土,卓轻闲、吕英等都是豪兴大发,神采飞扬,喝了不少酒。

"骞老大,今日我和吕英去羌人部落中转了两圈,发现了些麻烦事。"卓轻闲晃着酒盏,叹道,"听那些羌人说,这两三日,常有匈奴马队赶来骚扰，盘查驱赶附近的商贾，闹得西域行商很少经行此地，我们这副打扮，只怕会比较显眼。"

"匈奴马队赶来此地骚扰？"张骞眼芒一闪，"那应该是休屠城的兵马。来的都是小股人马么？"

吕英道："问过一个部落首领。匈奴骑兵人数还不少，据他推断，似乎都是新从北边过来的匈奴精骑。"

卓轻闲看到张骞脸上的忧色，不安地问道："难道匈奴又要对我大汉用兵了？"

在张骞陷落匈奴休屠城的十年间，大汉曾对匈奴有过马邑之谋的筹划，然而功亏一篑。之后隐忍了数年，直到师滢等人返回长安，带回山河舆图，天子刘彻才下令，遣卫青、李广、公孙贺、公孙敖四将军分击匈奴，其中卫青曾挥师直捣龙城，虽然斩获不多，但这也是大汉首次对匈奴反守为攻的战例。

两年前的元朔元年秋，汉天子再派卫青率三万骑兵出雁门郡、李息出代郡，声援渔阳，卫青再次击败匈奴军兵。

最大的胜利则是一年多以前的"河南之战"。这是军臣单于死前，匈奴军队输掉的一场极为重要的战争。

其时汉家所谓的"河南"，是指黄河河套地区。那里水草丰美，可耕种、可游牧，地理位置极为重要。刘彻命大将卫青与李息率兵四万，北出云中，对匈奴迂回侧击，终于夺取河套重地。

现在，野心勃勃的左贤王成为匈奴大单于，绝不会忍下这口气，虽然未必会直接挥师河套，却极可能从休屠城等地悄然犯边，找回场子。

卓轻闲道："大祭酒曾说过，就在今夏，数万匈奴铁骑攻入我代郡，掠走了一千多人，太守恭友被杀……"

听他们议论汉匈战事，吉祥的美目间不由闪过一道忧色。

张骞接着卓轻闲的话，分析道："龙城刚刚平定，匈奴局势未稳，纵兵侵扰代郡，是他们必须做出的一个姿态，在此之后，应该不会有大的战事。"

话虽如此，张骞想到伊稚斜的用兵手段，仍觉得心中有一抹阴云若隐若现。

甘夫忽然扬起手，晃着手中的两枚令牌，说道："雪枭身上搜出来的，应该还能用。"

众人一愣，都笑了起来。卓轻闲道："着实看不出，咱们这里，居然是甘夫老弟的心机最深！"

雪枭身上的这两枚令牌定然等级极高，若是遇到寻常匈奴铁骑，也能唬他一气。想到这里，众人心神一缓，大笑着传杯纵酒。

篝火熊熊，笑声嘹亮。

酒到酣处，吕英忽然跳起来，放声高歌：

"任前路兮万险千难，

持吾志兮不减分毫。

壮心可填海，

肝胆愈金石……"

卓轻闲开始时笑话他歌声若狼嚎、似鬼哭，后来却也忍不住，与他一同扯着嗓子高唱。

张骞也是大有感慨。他们唱的是当年离开休屠城时、众人对月所立的誓词，此刻回想起来，众人刀剑齐举向天的一瞬，仿佛就在眼前。想到当时刀剑相击的锐鸣声，张骞仍觉热血如沸。

但那还不是出发的始点，最初的始点其实是在长安，天子亲率百官相送的那个清晨。

多久了？已经快十三年了吧！这确实是一个堪比填海凿山的重任。当年豪气万丈地离开长安时，自己还是个英姿勃发的青年，现在却已是三十八岁、年近不惑的中年。

但这一路千难万险，终是走了过来。

再向前，只要悄然穿过这片羌人部落的地域，再走些时日，就能抵达汉地了。

他哑然失笑。这歌唱的，确实有些难听！因为甘夫也跳起来一起唱了。三个人，其实是三个腔调，各自的南腔北调，却都唱得很投入，很畅快。

很难听的歌声，就这样走腔走调地响彻夜空。

张骞的眼睛又有些潮湿。自己这位年纪最大的骞老大，在长安领命出使时，还是不到二十五岁的青年……原来，在这样的歌声中，有自己和吕英、卓轻闲他们的青春呀！

张骞就在这样的歌声中睡去了。

也不知过了多久，他朦朦胧胧地睁开眼。歌声早就停了。吕英躺在卓轻闲的胖肚子上，两人睡得挺酣畅。甘夫和云裳互相偎依着，也睡得很安静。

篝火居然没有熄，还在熊熊燃烧着，看来是有人没睡，一直在照料着那堆篝火。

一根木柴飞起来，投入火中。

吉祥居次望着火光，轻轻叹息一声，侧头偎在他的肩头。

"一直没睡？"张骞搂住她的纤腰。

"老实人，我怀孕了！我默查了一下体内经脉气息，刚刚知道的，孩子应该很好。"她轻轻笑着，是一如既往的爽直自然，轻笑中有着难掩的甜蜜。

张骞大喜，很想将她搂得紧些，忽又觉出不妥，忙将手从她腰间移到肩头，才紧紧搂起来，连道："很好，很好！我张骞这才叫满载而归！"

她被他这句话逗得不由噗嗤一笑。

"那为何你不好好休息？快睡吧！"他发现她那甜蜜的笑容里含着些隐忧。

"有些睡不着。"她仰头望向广袤的苍穹。夜空上是厚重的浓云，半轮残月如薄绢般飘动在随风浮动的云翳间，稀薄的月辉若隐若现，

这一切在她眼中是如此的静谧而美好，如此的难得。

"在担心什么？"他轻声问。

她娥眉微蹙，轻叹："其实我觉得，匈奴，也有许多好人……"

"我知道。"他明白了她的隐忧,"我在休屠城时,许多牧民都是我的朋友。而初到休屠城时,最想让我死的那个韩当,则是个汉人。"

"马上要到大汉了。你是大汉的大英雄,而我这个身份,会不会被许多人嫌弃,甚至,是个大麻烦?"她没有说下去,眼神竟罕见地有些楚楚可怜。

"记住,你是我的妻子!不管你有什么身份,都只是我张使君的妻子。哪怕是我家大汉天子,都不会说什么。"

闪耀的篝火下,望见他坚定沉静的目光,她的心再次凝定下来。她便笑了:"照你们大汉的俗话,我这叫嫁鸡随鸡,嫁狗随狗。"

他也笑了:"要知道,当年我们可不是私定终身,那可是令尊左贤王、现在的匈奴大单于亲自下的父母之命。所以,哪怕是我那大单于岳丈亲自赶过来,也无法反悔。"

他又搂紧她的肩,轻声道:"你应该不记得了吧?当年你因爱成痴时,一个人在屋内挥刀狂舞,直到看见我,才昏倒在我怀里。那时候你还在唱着那首歌……我们一同闯荡苍龙坡时你唱的那首歌。"

"我那时候……是不是特别的傻?"她的脸红了起来。

"是很可爱!那时候我就想,哪怕你永远痴傻下去了,我也要爱护你一辈子。"他又将她抱紧了,"给我唱唱那首歌好么?"

她嗯了一声,轻轻唱起来:

"焉支山下的胭脂花呦,

是那样的红呦。

黄昏了,我等着你采来呀,

替我涂上我的双颊呦。

黄昏了,我等着你采来呀,

替我涂上我的双颊呦……"

歌声很轻,依在一起的两个人心里浮现出很多画面。

她忽然喜气洋洋地仰起头:"老实人,给孩子起个名字吧!"

"男孩女孩还不知道呢,怎么取名?嗯,如果是个女孩啊,定是跟你一般漂亮,那就叫胭脂。如果是男孩,嗯……就叫昆仑!"

"就叫昆仑!一定是男孩!"她挑起了秀眉,倔强中别有一抹动人的妖娆。

"好,那必然是昆仑了!将来,你亲自教他剑法。"

篝火暗了下来,夜风有些冷,他下意识地又抱紧了她。

翌日午后,张骞一行已穿过大半的羌人游牧区。

为求稳妥,卓轻闲寻了个羌人小部落的首领,换了几件羌人的衣服,他们这时候已全是羌人打扮,在斑驳的草原上纵马疾驰,倒也不算太过显眼。

他们正行之时,忽听蹄声响亮,一队精骑自后面驰来。

"是匈奴精骑!"卓轻闲回头瞟了一眼,低声道,"二百人左右,人数着实不少!"

众人心底都是一沉。此地是荒凉广袤的羌人地域,匈奴精骑便是来巡视,也不过数十骑左右,怎地忽然来了二百人的马队?

张骞打了个手势,低声道:"向旁边让让。他们未必便是冲着我们来的。"

六人催马向旁避开,随即勒马静立,这也是羌人牧民看到巡视的匈奴精兵时的寻常姿态。

不想那支马队却笔直地向六人冲来,数十丈外,便即高声呼喝,散成半圆,将六人稳稳围住。

"不好!"卓轻闲道,"怕是我们的行囊太多,他们见财起意。"

"小心些!"吉祥居次低声提醒,"为首的那黑甲将军的盔甲样式,看来级别不低。"

吕英道:"无妨!我们还有休屠铁卫的令牌,去唬唬他们?"

"你这架势错了。"张骞见卓轻闲掏出令牌,似要上前理论,遂低笑着提醒,"休屠铁卫何时跟人家讲过理?先擒贼擒王,再取出令牌唬他。这样才像是休屠铁卫的做派。"

卓轻闲哭笑不得，纵马上前，用匈奴话向那黑甲将领大声喝问。

那黑甲将领脾气更大，怒声叱喝，竟是让他们先行尽数下马受缚，接受盘查。

卓轻闲只得掏出怀中令牌，遥遥示意，一边报出自己休屠铁卫的身份，一边缓缓催马逼近。

两匹马很快靠近。

"休屠铁卫的名头没听说过吗？"卓轻闲大喇喇地将令牌扔了过去。

那黑甲将领探手抓住。冷冰冰的令牌才一入手，他陡觉一股大力袭来，整个身子被那怪力凌空揪起。

他还未叫嚷出声，已被卓轻闲横按在了鞍头，长剑斜压在颈前，手中的令牌重又被夺去。

这两下兔起鹘落，快得惊人。那二百余匈奴精骑只觉眼前一花，首领已然被那笑眯眯的胖子擒住，不由大声呼喝，又乱糟糟地弯弓搭箭，遥遥地指住张骞等人。

"要放箭么？"卓轻闲将那黑甲将倒军提起来，挡在身前，"快快下令！他们乱箭齐发，瞧瞧谁先变成刺猬！"

吉祥催马上前，见那黑甲将的头盔上刻着一只飞鹰形象，微微吃惊，低喝道："你是哪一个部落的王子？"

那人一愕，大叫道："铁须部落的小王子，随大单于巡视……你们归谁统辖，快放我下来！"

"什么？随大单于巡视？"吉祥几乎不敢相信自己的耳朵，"大单于……到了此间？"

"那是自然！大单于早就驾临休屠城了。"那人瞪大双眼，"你们连这个都不知道，到底是不是休屠铁卫？"

说话间，远方蹄声响若雷震，大地也似在微微震动。

张骞等人抬头望去，却见原野尽头，成千上万的铁骑正疾驰而来。那万千铁骑仿佛是一片飞速膨胀的乌云，迅速占满了众人惊愕的瞳孔。

吉祥愣住了。甘夫攥紧了双刀。卓轻闲张大了嘴，险些让那黑甲将脱困而逃。张骞也彻底沉默下来。

那是匈奴龙城的精骑。铁骑中竖着十余杆大纛，至少是五万精骑的庞大规模，而当中那杆巨大的白狼毛皮大纛迎风拖出长长的旌尾，升腾出仿佛万仞高山般的强悍气势。

鼓角之声大作，白狼毛皮大纛下，是十余名金甲武士簇拥着的一道熟悉人影——伊稚斜，当年的左贤王，现在的匈奴大单于。

先前那二百名匈奴骑士立时跪倒在地，大喊："拜见大单于！"齐整划一，声势惊人。

龙城夺位成功不久的伊稚斜大单于，居然统领五万大军亲至。在五万大军的对面，是挺立在斜阳下的六道身影。

一声怪异的鸟鸣传来。一只巨大的金雕横空掠来，落在伊稚斜身旁一位肥硕的秃头老者肩上。

"果然是父王，而且是冲着我们来的！"吉祥凄然一笑，还是习惯性地喊了声父王，"那光头胖子是库欣的师兄，最擅调驯妖兽，而且，传说他能通兽语。"

"看来我们的运气，当真是逆天了！"卓轻闲无奈地低叹了一声。

"有偶然，也有必然！"张骞一笑，"应该是雪枭早就发出了消息，那光头胖子则操纵巨雕，探知了我们的大致行踪。遇到这二百精兵，却是很偶然的事了吧！"

众人心底都很无奈。如果没有这个铁须部小王子见财起意，六人也许会悄然避开伊稚斜的这支大军。

但问题是，匈奴单于伊稚斜为何会忽然驾临此地？

"放了他吧！"张骞摆了摆手。卓轻闲一脚将那黑甲将踢落鞍下，后者狼狈万分地回归本队。

张骞扯开外袍，露出里面的汉使服饰。众人也都甩脱了羌人外袍。

两位美女的衣饰鲜艳靓丽，四个男人的汉家袍服却都有些陈旧了，但在斜阳冷照下，更现出一抹刚毅之气。

张骞沉稳平静地扬起节杖，带着股决绝之气。

这汉家节杖在月氏的蓝氏城内曾被他再次精修过，此刻赤色旄羽和牦牛长尾被风吹起，雄浑肃穆之气随之鼓荡而出。

伊稚斜缓缓催马向前，阴沉而威严的目光居高临下地扫视了过来。

当年威压千里河西重地的左贤王有些瘦了，他望向张骞等人的眼神有些疑惑，但见到张骞等人纷纷扯下脸上的易容薄皮，才冷笑起来。

他的笑容又凝住了，目光落在女儿的脸上，变得柔和了许多，低叹了声："吉祥，你……你果然是……"

吉祥的眼泪瞬间夺眶而出，哽咽道："爹爹……是我，女儿给您请安。"

伊稚斜见女儿神采如常，脸上有些喜色，再次望向张骞的目光也温暖了许多。

两个人的目光仿佛是宿命般地相遇了。

张骞纵马而出，朗声道："恭喜大单于！大单于终得掌控匈奴，可喜可贺！近年来我大汉厉兵秣马，边防严密，这里没有破绽可寻，大单于又何必费事妄开战端？"

伊稚斜脸色微变。这张骞果然是自己的老对手，开门见山的第一句话，便直指自己的心中所想。

原来，一年前卫青发动的那场"河南之战"，让匈奴彻底失去了水草丰美的河套重地，新进登上匈奴单于宝座的伊稚斜当然不会善罢甘休。

虽然刚刚夺位不久，龙城根基未稳，他还是不惜长途跋涉，从北地龙城率精骑赶来休屠城。一来是他本就极为重视河西，要稳固一下自己的龙兴之地；二来便是想悄然向东南游弋，如果觅得战机，那便出其不意，挥师疾攻大汉。

不想到得休屠城后，便接到雪枭接连几封飞鹰传书，得知女儿居然病愈，也知晓了张骞一行的大致行踪。

跟着，休屠铁卫便找到了那只黯然回归的巨雕。库欣那身怀绝技的师兄亲自调驯后，这巨雕又几次远远地跟踪过张骞一行。

因为螣龙和朱雀所具有的强大威压，这只巨雕根本不敢过分靠近，但也正因妖兽间能感知到彼此的存在，张骞等人行动的大致方位，便被匈奴方面轻松侦知。

至于双方这么早便在此时此地相遇，也正如张骞所说，是偶然，也是一种宿命。

听闻张骞开口便说破自己的盘算，伊稚斜不由微感吃惊，随即又哑然失笑：这可是个让自己吃惊过很多次的家伙！他能算出这一点，其实毫不稀奇。

"你又不是汉家边军，怎知他们边防严密？"伊稚斜冷笑道，"诸位不如入我麾下，我要让你们亲眼看看，我会怎样轻而易举地荡平你们汉家的边军！"

张骞摇了摇头，朗声道："大单于此次大军东来，不过是巡视您的龙兴之地，兵锋所指，也应是威慑西域诸邦，稳固匈奴右地。此刻龙城初定，万机待理，大单于又岂能贸然与我大汉开战！"

他巧妙地给伊稚斜戴了个高帽子，但所说的话却又有理有据，推算精准。他知道，伊稚斜不是个喜欢冒险的人，不然也不会在休屠城忍了那么多年。这位左贤王会在军臣单于死后铤而走险，却绝不会为了蝇头小利而亡命一搏。

龙城初定，作为匈奴的新任大单于，确是万机待理，眼下不过是借巡视休屠城之机，对楼兰、姑师乃至乌孙等西域邦国施加一点威压，却绝不能对南方的大汉重开一场大战。

伊稚斜的唇角掠过一丝不易察觉的冷笑。艰辛赶路的张骞并不知道，就在月余之前，他刚刚命数万匈奴精兵突袭了大汉的雁门郡，掠走了千余汉民。

这当然也是伊稚斜登基后对大汉的试探，但试探的结果，却使他发现，大汉朝廷对北边的防守果然是越来越稳固了，而且在此之后，汉家布防必会更严密，所以确实不能贸然开战。

"所以你们才走不了！"匈奴单于当然不能说出心里话，只是傲然扬起镶金的精致马鞭,"我要让你亲眼看一看,你的预言是何等的不堪一击。"

大单于的金色马鞭轻挥,数名铁甲骑士立时化作两路,咆哮着向张骞他们冲来。 在大单于面前,匈奴铁骑显然不愿意倚多为胜,眼见对方只有四个男人,便也只有四名骑士纵马驰出。

诸多匈奴武士谁不想在大单于驾前一展身手?但见这四人跃马而出,那些跃跃欲试的将官们便只好无奈收缰。这四人都是单于近卫中赫赫有名的猛将,此时一起出马,旁观者都有牛刀杀鸡的感觉。

只有伊稚斜眸间掠过一层警色。他想出声提醒,却碍于身份,没有呼喝出口。

毕竟张骞、甘夫纵横天选盛会的日子已经很遥远了,这些随着他南征北战的沙场大将们很可能没有亲见,但伊稚斜却是深深记得。

就在匈奴大单于微一犹豫间,那四匹骏马奔腾如龙,很快便冲到张骞等人马前。

激战也很快便结束。

两位大将的兵刃被震飞上天,张骞和吕英都是以硬碰硬,凭着道境上的优势,以重如山岳的雷霆手法直接碾压了对手。

张骞的对手被震晕落马,吕英则一剑平拍在对手肩头,封住对手数道经脉。

卓轻闲依旧懒散,用了精妙身法,诱使对手重重一刀劈在空中而惊呼落马,再横出长剑压在对手脖颈之上。

面对甘夫的那人甚至没来得及出刀。他吼声如雷地扑上、举刀,然后忽然发现一把杀气凛然的长刀已经抵上了自己的咽喉。

喊杀震天的阵前登时静了下来。

鼓噪呐喊的匈奴精骑都不可置信地瞪圆了双眼。他们即便能想到这四名猛将或许会失利,却万万想不到竟败得这样干脆利落。

伊稚斜的眸间腾起一抹激赏之色,随即又恢复冷峻的面色。

十余名铁卫冷然出列,这次却是库欣那位肥硕的秃头师兄领头。他们的装束不是休屠铁卫，而是正宗的龙城死士，看他们腰间那象征身份的腰带，竟有七八人都是金雕客的级别。

在伊稚斜的夺嫡之战中，国师龙缺大巫选择中立，万灵宗已有些失宠，此时在大单于的阵中甚至没有万灵宗的高手，但这么多金雕客级的高手，仍有着骇人的强大实力。

"住手！"吉祥居次忽然纵马冲上，横在了张骞四人身前，大叫道，"父王，还请住手。"

伊稚斜轻轻地挥了挥手。十余名铁卫控住马匹，却有五百名弓箭手向两边游走包抄，五百张强弓，弓如满月、箭闪寒芒，死死锁住张骞等人。

"吉祥，你还要任性到几时？"伊稚斜凝眉怒喝，"还不给我回来！"

虽是厉声叱喝，但在看着女儿的一瞬，这位草原枭雄的眸间终是掠过一丝暖色。

"爹爹！"金芒乍闪，吉祥拔出凤翅金刀，横在自己雪白的颈间，"求求你，爹爹，放过张骞他们吧……"

"吉祥！"张骞和伊稚斜几乎同时惊呼起来。

"都不要过来！"女郎嘶声大叫，泪水滂沱涌出。

这几乎声嘶力竭的一喝，让张骞也不禁浑身剧震。他知道她宁折不弯的性子，想到她当年一夜之间剧痛成痴，登时停下脚步。

阵前的匈奴兵将也尽都愣住。其中不少人震撼于女郎的绝艳风采，见那把寒芒凛凛的金刀横在吉祥白润的玉颈下，倒都替她揪心不已。

"好吧！"伊稚斜长眉紧蹙，喝道，"吉祥，你劝降他们。让他们一同归降，张骞便还是你的丈夫。其余人等，我都会重用！"

"父王，求你放过他们吧……"女郎跳下马，向伊稚斜走近几步，垂泪哀告道，"哪怕两国交战，来使亦不可侮！张骞他们……只是出使的人，女儿求您放过他们。您现在是伟大的天之单于，为何容不下几个使者？"

伊稚斜给这话问得一愕，不由眯起了双眼。

张骞只能看到吉祥的背影。

他不由想到昨晚她偎依在自己肩头时的情景。那时她怔怔地望着上天，眉目之间罕见地满是忧郁之色。

她是自己的妻子，却又是匈奴大单于的女儿。她是草原上最耀眼的火凤凰，厌烦去做筹码般的匈奴女人，但现在，却不得不在丈夫和父亲之间做一个艰难的抉择。

这时，他忽然想到，如此艰难的抉择，很可能在她心底已经推演过无数次了。随着一路向东，她明媚的笑容背后，原来却是一路渐增的忧愁。

"爹爹……"吉祥再次凄然高呼。

伊稚斜依旧沉默，整个人仿佛冰雕般冷酷。

匈奴众兵将仿佛都感受到了大单于身上发出的彻骨寒意。

甘夫闪到张骞身边，低声道："只怕有凶险！我冲过去，夺下她的刀？"

张骞黯然摇了摇头，沉声道："不能让她的心神过于激荡。还是我来！"

他缓步向前行去，轻声传音道："吉祥，你先放下刀。"

"你也不要过来！"吉祥猛然扭头望着他，目光决绝，"站住了！还记得你问过我的话么，当年你若不带我离开休屠城会怎样？现在，我的心思跟那时一样！"

张骞眼前闪过那晚要离开休屠城时的情形。那时候，就是这把寒光凛凛的金刀横在这天鹅般的玉颈下，她的声音也是如此凄冷决绝。她说，老实人，你不带我走，只管说一声，我死给你看！

后来他问过她。她很干脆地回答他，那时你若不带上我，我真的就会死在你面前。

张骞的双脚死死地钉在地上，再难向前半步。

"爹爹，在你眼中，女儿我从来都只是一件货物么？可以被你随时抛给兰顿，或者随便再抛给别人？"女郎声音似哭似笑，带着一股惨烈的凄冷。

她猛地将刀一紧，一道鲜血瞬间游出，窜上金刀，再点点滴落。

众军看得清楚，不少人已低声惊呼。

"吉祥！"那尊冷酷的冰雕终于开口了，"你是我的女儿！无论如何，你不能随他去汉地。至于张骞……"

"好！"吉祥猛然截断父亲的话，"父王，吉祥随你回去，只求你放张骞他们回去……"

"吉祥，你是草原上最耀眼的火凤凰。"伊稚斜终于悠悠叹了口气，"自然永远是让父王骄傲的好女儿……"

他的眼神还在微微变幻着，微垂的左手还在轻敲鞍头，那是在给弓箭手首领的手语传令。这时，女儿同张骞他们已有一段距离，若是乱箭突发，抢先射死张骞他们呢？

"爹爹，您现在是伟大的天之单于，为难几个使者，只会有损您的天威！"女郎仿佛察觉到了什么，凄然喝道，"您的胸襟远比军臣单于宽广，又怎能像他一样，去囚禁于匈奴无害的使者？"

伊稚斜冰冷的眼神终于有了些颤动。女儿最能猜到父亲的心思，吉祥最后这句话切中了他的内心。

囚禁几个汉人的使者确实不是什么光彩的事情，而且眼前的张骞还是即将回归本土的使者。

现在，倒是个机会，可以展现出，他伊稚斜大单于的胸襟远胜于军臣单于。

"求父王恩准！"吉祥泣声长呼，金刀又是一紧，鲜血滴答得越发快了。

"吉祥，吉祥……"张骞也在长呼着，"停手，你快放下刀！"

吉祥只是冷冷地望着伊稚斜。

父女的目光再次相遇，伊稚斜觉得女儿执拗的目光仿佛利剑般直刺过来。

他陡然想起，这把剑在十年前就曾经深深刺破过自己的心。那时候，自己正是将她如货物般甩给了兰顿，然后，自己就失去了那个曾让他无比骄傲的女儿，一下子失去了十多年。而这次，自己很可能永远失去女儿。

"好吧，准了！"匈奴单于终于淡淡地吐出几个字，"吉祥你随我回去。张骞，你们走吧！"

"吉祥……谢恩！"吉祥艰难地笑了笑，泪水忽然间如疾雨般滚落。

她喘息着放下凤翅金刀，却又笑了起来，一边在流泪，一边在微笑。

张骞几步赶过来，扶住了她。见她颈间还在滴着血，他手忙脚乱地自怀中摸出伤药给她抹上，再扯下大幅衣袖，颤着手给她包扎好了。

忽一抬头，他才看清了她那抹含着泪的笑。

那是用尽心力、搏回生机后的释然一笑，也是至爱别离、痛到极点的黯然一笑。所有的酸楚、依恋、庆幸、希冀，乃至说不尽的万千情愫，都藏在这和着泪的笑中。

那一瞬间，他只觉胸中似被万箭攒射，遂猛地搂紧了她。

两队匈奴铁骑已泼风般冲到近前，为首的将领见张骞兀自紧拥着吉祥，心下恼怒，挥起长枪，大喇喇地拍击着张骞的肩头，大喝道："闪开！我等恭迎大阏氏回归。"

张骞扬眉，头也不回，挥手便轰出一拳。

长枪倒飞上天，那将领如遭迅雷轰击，身子倒飞而出，半空中就鲜血狂喷。那两队铁骑见首领被人一拳重伤，又惊又惧，仓惶间纷纷拔刀，却因没有大单于的命令，不敢造次上前。

张骞却没有再次挥拳，而是又将吉祥抱起，仿佛用尽全身力量般抱紧她，转身将她放在马鞍上。

他在她耳边低声说："一定要保重自己，照顾好自己，还有咱们的……昆仑。"她觉得手上一硬，低头看时，却见他将那个新雕成的小老虎塞入了自己手中。

看到那个方头方脑的小老虎，再听得"昆仑"这名字，两个人的泪瞬间又涌了出来。

马儿默默地奔向匈奴军阵。她一直在鞍头泪目回望。

张骞觉得她那离别的目光才是真正的刀，一刀一刀地，都剜在自己的心头。

"大单于。"张骞慢慢扬起头，望向那道在千军万马簇拥下的冷峻身影，朗声道，"请善待吉祥！她是你的女儿，更是我的妻子！我张骞必会再来休屠城，出使西域，迎回吾妻！"

"还敢再去西域、再来休屠城？"匈奴单于斜睨着张骞，几乎便想放声大笑，但触到那冷硬如铁的目光，心底不知怎地便是一颤，没有再说什么，只是甩出一道冰冷的嗤笑。

他没有再看伤心驰归的女儿，而是漠然拨转了马头。

如血的夕阳下，十余道大纛、无数面旌旗尽数飘摇转向西方，千乘万骑，随着匈奴单于一同拨马回转。

吉祥的身影正在慢慢隐入旗山兵海中，张骞蓦地嘶声大喝："吉祥，等我回来！"

眼前，节杖上那长长的旌尾在暮风中猎猎作舞，远处，那道恋恋不舍的窈窕倩影已完全被旗影掩盖。

草原上满是沉闷的马蹄声，仿佛在随着他一起呐喊：

吉祥，等我回来！

吉祥，等我回来……

"壮哉此行！张使君，出使之事都已讲完了？"问话的是张骞的好友司马迁，他的脸上全是意犹未尽之色。

这是大汉元朔三年的岁末，张骞一行早已回到长安。

关于西域、昆仑、大月氏，关于乌孙、大宛天马、天选盛会，关于楼兰、姑师、葡萄酒、火焰山，关于张骞所携的那些种子和他所带回来的一切，迅速成为风靡大汉朝野的话题，上至天子，下至百官士大夫，都对此津津乐道。

司马迁是当朝太史令司马谈之子，要比张骞年轻不少。家学渊源，熟读经史的司马迁想到张骞所见所闻的一切，都是极为珍贵的史料，便常来与张骞议论探讨，详细记录。

"怎么会完！"张骞有些寂寞地一笑。

窗外传来妻子师滢和爱子的笑闹声,这于他,真是难得的悠闲一刻。

当日持节杖驰入长安,后来便是朝堂详细奏报、天子欣然封赏、百官交口赞誉。这些风光的画面其实还没过去多久,此时想来却都有些模糊了,那些大漠孤烟、雪山绝域、远天绿洲、快马如风的日子,每次回想起来反倒是无比清晰。

他悠悠地告诉司马迁:"我还会再次出使的!"

"这些日子在使君处请教,实在是大开眼界!"司马迁叹道,"家父曾立志要编撰一部包罗天下古今的通史,使君所历所见,必当光照青史。我与使君一样,同样很喜欢这几字……"

司马迁提笔写下几个字,又问:"使君何时再次出使?"

张骞望向案头,司马迁所写的是沉凝端正的四个大字——凿空西域。

"很快!"他的目光亮了起来,"我希望!"

(凿空记全文 终)

附 录

张骞和他那次伟大的出使

写这部小说,查了很多关于张骞的资料,对这个人物也有了些认识。在《凿空记》中,主角张骞遭遇了很大的苦痛,但真实历史中的张骞,所受的苦楚应该更多,付出的艰辛应该更大。所以很想把这个奇男子及其第一次艰辛而伟大出使的真实一面记录于此。

张骞的早期经历不详,只知道他是汉中郡成固县(今陕西城固县)人,二十多岁时,在大汉朝廷中担任郎官。

两汉时,这种郎官的员额不定,最多时达五千人。虽然是地位极低的小官,但郎官有可能接近天子,所以有出任地方长吏的机会,被时人视为出仕的重要途径。汉武帝刘彻在即位的第一年,就大力强化汉文帝时期所制定的"举贤良方正,能直言极谏者"之举荐制,从社会各阶层网罗人才。张骞应该就是这种制度的获益者,被举荐进了京师长安,在天子身边做郎官。

值得注意的是,张骞的家世虽不显赫,但也不可能是普通的农民,应该是受过良好教育的中产之家,这样才能被举荐。他很可能少年时吃过苦,种过地,对农事并不陌生,于是练就了一副好身板,也有着坚强的毅力,而且宽厚守信(为人强力,宽大信人)。

有的考据认为,张骞的父亲是商人,此说不大可信。因为在西汉时代,商人的地位并不高,甚至其子孙不得为官。所以张骞之父如果是商人,那么张骞就不可能被举荐成为郎官。

汉武帝登基后不久,就开始招募使者,计划出使大月氏国。

不得不说,汉武帝刘彻是一位天才皇帝。他即位时才十六七岁,但魄力、视野和智慧已经远超常人。当时的西汉在与匈奴的交锋中处于下风,哪怕朝廷每年向匈奴纳贡,胡虏仍是数入边地,"小入则小利,大入则大利"。年轻的汉武帝发愤图强,从军事、内政、外交等多方面入手,筹备反击匈奴之事。

从匈奴投降者口中,刘彻知道了匈奴的死敌月氏。原本统治祁连山、敦煌一带的游牧帝国月氏,被崛起的匈奴击败。匈奴老上单于杀了月氏国王,还把月氏王的头骨做成了饮酒器(用敌人首领的头盖骨作为酒器,是一些草原游牧民族的传统)。月氏部族众在其王后的带领下向西远迁,史称"大月氏"。汉武帝觉得,只要找到大月氏,联合其攻打匈奴,对匈奴形成东西夹击之势,匈奴之患不愁不除。

但当时的情况是,整个大汉朝廷对西域的状况都没有什么深刻的认识。一些书面上的了解,还停留在《穆天子传》这样的传说上,人们只能揣测那地方应该有草原,有大漠,有高高的雪山,朔风寒冷,许多地方杳无人烟。

更麻烦的是,当时通往西域的整个河西走廊都被匈奴所控制。早在汉文帝四年(前176年),匈奴冒顿单于给汉文帝的一封信中,便虚张声势地宣称:"定楼兰、乌孙、呼揭及其旁二十七国,皆以为匈奴。"

情况不明,任务艰巨,环境危险,年轻的大汉天子提出的出使大月氏的计划应者寥寥。汉武帝便只好"募能使者",公开下诏选拔人才。

张骞慨然应征。当时他所任的郎官,就是宫廷侍从,也许曾经与汉武帝有过简单的接触。青年天子应该对他有过良好的印象,知道这个比自己大了五六岁的年轻人胸怀大志、胆识过人。张骞大概在应征过程中，在口才、见识、知识阅历方面表现出超人一等的水准，因此最终被选定为大汉使臣。

建元二年（公元前139年），张骞正式率队启程，出使西域（另有一说是建元二年为汉武帝招募使者，正式出使是在建元三年）。这应该是以农耕为主的古老中原帝国第一次遥远的出使，这是前所未有的外交行动，也是最彰显勇气与豪情的壮举。

当时张骞应是二十四五岁，汉武帝则是十九岁左右。年轻天子还建立了期门军，令同样年轻的卫青掌控。大汉帝国的一切，都展现出勃勃生机。

张骞的使团队伍有百余人左右，都是朝廷为其精选的壮士健卒，也配备了良马和相关物资。

使团中有一位值得注意的人物，就是堂邑甘父。这是个匈奴人。他在多年前的一场战役中被汉朝军队俘虏，被赐给汉文帝女婿堂邑侯陈午做家奴。他的名字发音是甘父，因为是堂邑侯家的奴仆，便被称为堂邑甘父，也常被简单地记作"甘夫"。

史载甘夫善射，身体强壮，是张骞的向导兼翻译。关于他的年龄，史料上没有详细记载。考虑到使团出发前，他已经作为匈奴俘虏在大汉生活了一段时间，那么他的年龄应该比张骞大上几岁。

张骞第一次出使的具体路线是怎样？

在小说《凿空记》中，我基本是按照翻查史料所推断出的实际路线描写的："一行人浩浩荡荡地出长安向西，经由陇西郡，转往西北方向而行，渡过黄河之后，气候便恶劣起来。脚下已是大片由黄河水冲积而成的河谷平原，终于，距离那座新筑成的金城不远了。"

金城就是后来的兰州，这里也是当时大汉实际控制地的最西边。接下来的路，越向前走，风险越大。

他们继续向西北挺进，翻越了乌鞘岭。乌鞘岭的地理和气候极为复杂，属高山严寒气候带，又是河西走廊的东大门和天然关隘，除了张骞曾从此出使西域，后来的霍去病征匈奴、玄奘大师西天取经、左宗棠收复新疆，都走过乌鞘岭这条咽喉要道。

过了乌鞘岭，进入真正意义的河西走廊，大汉使团就彻底暴露在匈奴铁骑所控制的区域下。

秦朝时，强大的月氏是这片千里河西走廊的主人，但后来冒顿单于率领匈奴崛起，击败并驱赶走乌孙、月氏部落，占领了整个河西。

当时匈奴将河西走廊归于右贤王统治。右贤王又将之划分给麾下的休屠王和浑邪王分别占领。休屠王和浑邪王两部基本是以合黎山南的黑水河干流为界，二者的分割点大致在今甘肃高台县西。而在休屠王和浑邪王之下，该地域的匈奴王者又有昆邪王、脩濮王、折兰王、卢侯王等小王（这些匈奴部落的大小诸王确实会让读者眼花缭乱。实际上，匈奴的大单于之下，是左贤王和右贤王，再之下是左谷蠡王和右谷蠡王。匈奴尚左，左贤王的位置应高于右贤王。而历史上军臣单于的亲弟弟伊稚斜当时是匈奴左谷蠡王。所以在小说中，为使读者阅读方便，我就将西域河西走廊的匈奴最高王者，简化设计成了被挤出匈奴龙城政治中心的左贤王伊稚斜）。

张骞所率使团首先就将进入休屠王所控制的地域。

一百多人的使团，目标实在太大了，再加上对道路不熟悉，他们很快就被休屠王骑兵发现。

当时的匈奴和西汉还维持着表面上的和平，双方已经有一段时间没有大规模的战争了，但张骞等人还是被匈奴骑兵扣押，并被押送到了匈奴单于处。

于是便发生了《史记》中记载的一段对话。张骞说明欲出使月氏，匈奴单于大怒，说："月氏在我匈奴的北边，你们汉朝偷偷摸摸地越过我们，去那里出使，意欲何为？假如我匈奴派人去联结你们汉朝南边的南越，你们汉朝肯答应么？"

张骞一行随即被扣留起来。

很多人认为张骞是被扣留在匈奴军臣单于所在的龙城，但林梅村先生在《丝绸之路考古十五讲》中认为"张骞被扣的地方应该在塔里木盆地，而非蒙古高原"，因为后来张骞回到长安，曾"明确说明自己行数十日到达大宛，如果从塔里木盆地行数十日到大宛是可能的，而即使在今天，从蒙古高原行数十日也不可能到达大宛"。由此可知，跟张骞对话的单于，应该不是匈奴的最高统治者军臣单于，更可能是其他的小单于。

此说颇有道理。匈奴大单于军臣单于的驻地在蒙古高原鄂尔浑河流域，而跟张骞对话并将之扣留的，应该是河西之地的匈奴最高统治者。林梅村先生认为"与张骞对话的单于应该是驻在塔里木盆地僮仆都尉（今轮台）的小单于"，但我觉得也可能会是休屠王。

关于休屠王，我们也要再多说几句。休屠王应该是西域地带右贤王麾下权力最大的王，甚至高于跟他划河分治的浑邪王。休屠王的特殊还在于，他所属的部落，与习惯于逐水草而居的匈奴其他部落不同，是匈奴唯一的在西域建立王城的部落。他们建立的王城就是休屠城。在休屠城内还有一座神秘的祭天金人。

不得不说，张骞的首次出使，确实是命运多舛。在跨出大汉实际控制区域后没走多远，甚至很可能是刚刚出塞，他便落入匈奴人手中，随即便开始了长达十一年的被羁押软禁的生涯。

被扣留的张骞自是铮铮铁骨，持节不失，匈奴方面则给他提供了很优渥的待遇，全力招降，甚至给他配了一位匈奴女子做妻子。这位匈奴女子当然不可能是小说中艳冠草原的吉祥居次那样的级别，但应该也是一位条件不错的匈奴女子。因为当时的匈奴对大汉人才十分重视，对来到匈奴的大汉高级人才从来都是高官厚禄、软硬兼施地进行招降。

史料对张骞的这位匈奴妻子没有什么记载，但综合来看，她应该也是一位性格坚强、对张骞颇有感情的女子。

张骞就这样被软禁在扣留地。他誓死不降，很可能也曾经历过几次失败的逃亡。于是他不得不假意隐忍，装作一副就此安居乐业的样子。他和匈奴妻子还生下了儿子。

他在蛰伏，也在积聚力量。他是那种胸怀远志之人，必然会努力去学习匈奴和西域的相关语言，多方探听搜集相关的情报。这时候他身边最忠实的伙伴，就是甘夫。因为甘夫是匈奴人的身份，会比他更快更好地融入匈奴人的团体中。甘夫也在尽力帮他打探各种消息。

张骞确实没有想到，他这一蛰伏就是整整十一年。

终于在元朔元年（前128年），他带着甘夫逃了出来。这次出逃，他应该做了细致的准备，终于成功出逃。当然，政治环境和自然环境都太险恶，他没有带上匈奴的妻子与孩子。

张骞从他的被扣留地出逃后，其实才是他第一次出使的真正开始。

根据他后来回到长安后向汉武帝的报告，他提到了楼兰、姑师等地，那么就有两种可能：一是他被扣留的地点也许就是在休屠城，正是从休屠城逃出，一路向西，最先抵达的邦国就是楼兰，随后继续向西，便是姑师；二是他被扣留的地点也许本就是在楼兰和姑师的西方，比如焉耆附近的匈奴僮仆都尉，他之所以对楼兰、姑师有印象，是因为他被抓后被押往僮仆都尉时，曾途经过那些地方。

不过，后来回到长安的张骞在报告中对楼兰、姑师的当权者没有描述，很可能是因为当年他并没有以大汉使者的身份正式出使这些西域小邦。他要做的是，必须尽快向西，尽可能地远离匈奴的控制范围。

这一路上，他们历尽艰险，在路上无数次遭遇险情，很多次粮尽时，还亏得善射的甘夫箭射飞禽走兽充饥。张骞和甘夫"西走数十日"，取道天山南麓，翻越了葱岭。

葱岭，就是帕米尔高原，号称"世界屋脊"。今有人认为，它很可能就是《山海经》中所说的"不周山"。《汉书·西域传》颜师古注："《西河旧事》云：葱岭其山高大，上悉生葱，故以名焉。"葱岭是丝绸之路中段南道去中亚、西亚、南亚的咽喉要地。那里有雪峰冰川，有悬崖峭壁，道路崎岖难行，更因海拔高，空气稀薄，"险阻危害，不可胜言"。

张骞和甘夫翻越了险峻无比的帕米尔高原，在几十天的艰难跋涉后，终于到达了大宛。

大宛的位置，在今乌兹别克斯坦的费尔干纳盆地，"去汉可万里"，王城为贵山城。据说贵山城是当年亚历山大大帝东征时所建，而更可信的一种说法是，亚历山大东征并未过大宛，但希腊远征军曾征服了大夏，后来大宛曾经沦为大夏国的附属国，那座希腊化的贵山城正是大夏人所建。

抵达大宛后，张骞第一次亮出了自己大汉使者的身份。他对大宛王说："我为大汉使者，出使月氏却被匈奴封锁道路，如今逃亡出来，希望大王派人引路护送。若能到达月氏，返回汉朝后，汉朝送给大王的财物将多得不可胜言。"大宛王早就从商人们的口中听说过大汉帝国的富饶，只是由于匈奴人扼守河西，难以和汉朝通使，所以大宛王对张骞颇为厚待。大宛王派出翻译和向导护送张骞，一直送到了西边的邻国康居。

这次大汉与大宛之间的交流，应该是中国与西方印欧民族希腊文明的首次接触。可惜在张骞后来的回忆中，对大宛的文化没有做过多的描述。但无论如何，大宛和大汉的第一次接触很温馨。汉使张骞一路颠沛流离，长途远来，大宛王热情款待了他。

双方的第二次接触发生在大约九年之后的元狩四年（公元前119年），45岁的张骞第二次出使西域时期。那时的匈奴浑邪王已杀了休屠王，降了大汉，河西走廊已归属大汉，张骞率领三百人的使团顺利抵达了乌孙。坐镇乌孙的张骞派出了几路副使，分别抵达大宛、康居、月氏、安息、于阗等国。大宛王收到张的副使送来的珍贵礼品，不由感叹道："汉，诚信之国也！"

可惜历史永远波诡云谲，变化出人意料。又过了十多年，一心想提升大汉骑兵战力的汉武帝闻知著名的汗血宝马出自大宛后，派使臣携带千金和一匹黄金铸成的金马至大宛，向大宛王求取汗血宝马。这时的大宛王毋寡很可能是接待张骞的那位大宛王的儿子。他认为汉朝太远，倨傲无礼地拒绝了。汉使大怒，双方发生争执。大宛王毋寡命人杀死了汉使。汉武帝勃然大怒，决定攻打大宛国。公元前104年8月，汉武帝命李广利为贰师将军,率军征讨大宛。那时候,张骞已经去世十年了,距他首次出使抵达大宛也已经过去了 24 年。

时光还是倒退回 24 年前的汉武帝元朔元年(前 128 年),第一次出使西域的张骞被当时的大宛王派人送到了康居。

康居是中亚大国,西起锡尔河中游,东至塔拉斯河,疆域很大。当时张骞看到的情况是,"康居在大宛西北可二千里,行国,与月氏人同俗。控弦者八九万人。与大宛邻国。国小,南羁事月氏,东羁事匈奴",从人口和胜兵数量看,仅次于乌孙,可以说是西域的第二号大国。

康居以斯基泰族游牧人为主,跟大月氏一样的风俗,也是逐水草而居,无宫室城郭。不过,康居幅员广阔,百姓中还有农耕民族,而且也有不少商人。以擅长经商而闻名于世的粟特人,就居于中亚泽拉夫善河流域,当时是属于康居国的统治之下。

值得注意的是,元光五年(前 130 年)司马相如在《喻巴蜀民檄》便曾提到"康居西域,重译请朝,稽首来享"。公元前 130 年,张骞还在被匈奴扣留期间,可知在张骞通西域之前,康居人中的粟特商胡就已经远到巴蜀乃至长安经商了。

康居在大月氏的北方,张骞被大宛王派遣的翻译和向导护送着,应该是到了康居王庭所在的卑阗城(今康卡古城)去见了康居王。康居王又派人将其护送至大月氏(不过,在《史记》和《汉书》的记录中,都没有提到康居王,只是简单提到,康居转而将其送至大月氏)。

历尽千辛万苦,张骞终于抵达了万里出使的目的地——大月氏。

根据《史记》和《汉书》记载,月氏的故地在"敦煌祁连间",不过月氏人当年生活的这个'祁连',并不是今天的祁连山,而是新疆的东天山。后来匈奴崛起,月氏在匈奴和乌孙的联合打击下,先后两次被迫向西、向南迁徙,这大部分迁徙的月氏族人被称为"大月氏",而河西走廊仍有小部分月氏残余族人与祁连山间的羌人混合,史称"小月氏"。

就在张骞抵达大月氏前后,大月氏已经征服了大夏,但月氏王庭似乎仍在妫水（阿姆河）北岸。当张骞在月氏居住一年后离开时，月氏跨过妫水，彻底吞并大夏，并定都于大夏的都城蓝氏城。

被大月氏彻底征服的大夏，其实是亚历山大大帝东征后由希腊人所建的巴克特里亚王国，大夏国都蓝氏城就是亚历山大城。

《史记·大宛列传》记载："大夏在大宛西南二千馀里妫水南。其俗土著，有城屋，与大宛同俗。无大长，往往城邑置小长。其兵弱，畏战。善贾市。及大月氏西徙，攻败之，皆臣畜大夏。大夏民多，可百馀万。其都曰蓝市城，有市贩贾诸物。其东南有身毒国。"

在张骞看来，大夏与大宛同俗，实际上是大宛被希腊化国家大夏征服，所以更确切的说法应该是大宛与大夏同俗。在大夏最强盛的时候，曾向东吞并了整个锡尔河流域，将大宛纳入其希腊化的版图。大宛都城贵山城，便应为大夏人所建的希腊化城池。

但当张骞来到蓝氏城的时候，他看到的大夏人虽然百姓众多，达到百余万（而刚刚征服他们的大月氏才四十万人），但兵弱、畏战，只是善于经商，都城蓝氏城中有贸易集市，贩卖各种货物。

可知，大月氏在西迁中亚后虽然仍是游牧部族，但他们新的国土十分肥沃，而其新征服的希腊化国家大夏，更是物产丰富，城邦很多，号称"千城之国"。这时候的大月氏已不与匈奴接壤，环境舒适，外敌风险大为减少，已完全无意向匈奴复仇了。

张骞在大月氏王庭待了一年多，最终也未能说服大月氏与汉朝合击匈奴，无奈只能启程归国。

我们能够想到张骞离开时的心情。辛劳十多年，奔波上万里，他最后仍旧没有达到最初的出使目的。但他也可以说是问心无愧，因为他在大月氏坚持了一年多，应该已经用尽了能想到的所有办法。

出蓝氏城东归，仍旧是万里之遥。张骞选择了丝绸之路的南道归国，从瓦罕走廊这个古道，再次穿越葱岭，经塔什库尔干，到于阗（今新疆和田）。过了于阗，张骞继续一路东归，经扜弥（今新疆克里雅），抵达了今青海湟水流域的古代羌人集聚区。

不得不说，张骞的运气实在是极差。这次东归虽然只有他和甘夫两个人，目标较之最初出使的百人使团要小得多，而且二人已经在西域生活了十多年时间，应该也经过了一定的伪装，但是没想到，在青海附近的羌人部落地域，他们还是落入了巡视的匈奴铁骑之手。很可能当时的羌人已被匈奴人控制，他们看到这两个语言、装束都很特别的人之后，很怕引火烧身，立即报告了匈奴人。

但命运往往是喜忧参半的，张骞这次被抓，也再次验证了老子那句"祸兮福之所倚"的名言。被抓后，他们被匈奴铁骑再次押送到了上次被扣留的地点，在那里，张骞又与自己的匈奴妻子团聚了。他们应该已分别了两年多，匈奴妻子则一直在坚忍地苦候着他。

这次，张骞又被扣留了一年多。

随后匈奴发生了大事件，匈奴军臣单于去世，其弟左谷蠡王伊稚斜自立为单于，率兵与军臣单于的太子于单争夺大单于之位，匈奴的内乱显然波及面很大。张骞趁乱再次成功出逃。

值得注意的是，《汉书·张骞传》中的记载，当年张骞被匈奴第一次扣留时"留骞十余岁，予妻，有子"，明确记录了他和匈奴妻子生下了儿子。但第二次被匈奴扣留时，虽然趁乱逃出，但记载却是"留岁余，单于死，国内乱，骞与胡妻及堂邑父俱亡归汉"，张骞与匈奴妻子和甘夫一起逃亡，回到汉朝。

古汉语记事虽是言简意赅，却很明确，只记录"胡妻"而没有提及其子，或者没有模糊地记成"妻子"，是否暗示着他们的儿子已经不在了，或者是年龄太小而未及带出？

同样的，当年随同张骞出使的使团一百多人，除了使团中的张骞和甘夫两人返回，其余人都没有回归。这些人甚至在历史上没有留下名字，但他们也都是大汉的大好男儿，当初抱着报效国家的一腔热血，踏上遥远而凶险的西行之路，可惜最终他们却没有回到中原故土。

这次艰难出使的结果，虽然没有达成联合大月氏的最初目的，但张骞仍是建树颇多，为大汉打开了一片新世界，所以张骞被封为太中大夫，连甘夫都被封为奉使君。

这就是张骞第一次出使西域的大致情形。

从军事意义上来说，张骞这次前后耗时长达13年（公元前139年一直到126年）的艰苦出使，仍旧为汉武帝带来了许多关于匈奴和西域的信息。从张骞的汇报中，汉武帝发现，匈奴这个游牧帝国并没有过多的造血能力，它极大地依赖着所征服和奴役着的西域诸邦给他们供血（铁器兵刃制造、商道各种财货金钱的输送供给）。张骞带回的这些带有全局性高度的详细情报，也终于促使汉武帝将多年前模糊确立的"断匈奴右臂"战略进行了现实性的细化落实。

在张骞返回长安之后，大汉帝国经过五年的充分准备，在元狩二年（前121年）发动了两次河西之战。年方十九岁的名将霍去病连续千里奔袭，大获全胜，河西走廊全部纳入大汉领土，彻底切断了匈奴与西域及西羌各部之联系。汉朝西部的疆域就从原本的兰州、黄河一线向西延伸了千里。

河西之战后，匈奴不得不退到焉支山北，汉王朝完全打开了通往西域的道路，同时，西域各国陆续归附长安，促进了汉朝社会经济的发展，而失去西域供血的匈奴社会经济则受到了极大的打击，就此在与大汉的对抗中转而落入下风。

除了军事上的意义，张骞第一次出使西域的政治影响和文化意义更加重大深远。张骞被誉为"睁开眼睛看世界的第一人"，是东亚第一个接触地中海文明的人，他让古老的中原帝国发现了外面更广阔的世界。

在这次出使中，张骞在大夏见到了产自四川的蜀布和邛竹杖，知道了在大汉的南边是身毒国（今印度），由此推断出在中国西南有一条从成都起步，通往身毒、大夏的古道，而且身毒国和四川、云南有着民间贸易往来。他将之报告汉武帝后，由此引发汉朝廷制定了大规模经略西南夷的大战略。

关于第二次出使和联合乌孙战略：

元朔六年（前123年），41岁的张骞从大将军卫青击匈奴，因"知善水草处，军得以无饥渴"，颇有军功，被汉武帝封为博望侯。

但张骞的军旅事业并不顺畅，在两年后的河西之战中，他与飞将军李广率万余骑兵出右北平，进击匈奴左贤王部。因张骞率主力大军迟到，使孤军深入的李广一部损失严重，张骞又被贬为庶人。

从此，张骞彻底结束了军旅生涯，仍旧致力于他最擅长的外交事业。基于第一次出使对西域诸国的全面了解，张骞后来又对汉武帝提出了结盟乌孙打击匈奴的战略，并得到汉武帝支持，由此开始了他的第二次出使西域。

元狩四年（公元前119年），在首次出使西域归来的整整七年后，已经45岁的张骞奉汉武帝之命第二次出使西域。

这时大汉经得河西之战的大胜，已经完全控制了河西走廊，张骞带领着三百人的庞大使团，携牛羊万头和巨量货物金帛，一路顺顺当当地抵达了乌孙。然后，又分遣副使持节到了大宛、康居、月氏、大夏等国，此后汉朝使者还远到过安息（波斯）、身毒（印度）、犁轩（埃及亚历山大城）。

第二次出使大约耗时四年，元鼎二年（公元前115年）49岁的张骞从乌孙返回长安，虽然没有完全说服乌孙王与大汉结盟，但中原与西域的交通线已彻底开通了。汉武帝封张骞为大行令，位列九卿。

在他归国后的转年，50岁的张骞去世了，葬于今陕西省城固县西饶家营村。大约也是在这时，张骞自乌孙所派出的副使们陆续归汉。大汉与西域诸邦迎来了外交往来的高峰。

此后，汉朝使者不断往来于西域诸国，一年多则十几次，少则五六次。因为张骞在西域颇有威信，后来的使者们都用"博望侯"的名义，以取信于西域各国。

张骞提出的联合乌孙共抗匈奴的策略，无疑又是一个深谋远虑的战略性建议，这才是一个更彻底的"断匈奴右臂"长远版计划。虽然张骞没有亲眼看到这一战略的成功，但大汉却一直坚持推行这一策略，并最终取得了极大成效。

关于昆仑与河源：

张骞第一次出使回归，途经于阗南山时，曾有过一个重大的发现。
在他回到长安后跟汉武帝的报告中说："于阗的西面，水都向西流，注入西海，其东面的水则向东流，注入盐泽（罗布泊），到了盐泽之后，水就潜行到地下，向南流淌，出地面之后就成了黄河的源头。那里盛产玉石，黄河水流入中国。"（《史记·大宛列传》"于阗之西，则水皆西流，注西海；其东水东流，注盐泽，盐泽潜行地下。其南则河源出焉，多玉石，河注中国。"）

中国是一个有着悠久玉文化的古国，所谓"玉出昆仑"，在殷商乃至更早时期，于阗南山出产的于阗美玉就通过那条穿越黄沙戈壁的漫长"玉石之路"，来到中原地区。而在汉之前的史书就有"河出昆仑"之记载，所以后来汉武帝听了张骞的汇报，当即拍板："好，看来于阗南面的山就是中国上古文书中的昆仑山呀！"

就这样，源于张骞在于阗南山的这个发现，汉武帝就把于阗南山正式命名为昆仑山。

昆仑山在华夏文化中有着神圣的地位，汉武帝将半神话古书记载中的昆仑落实于实际地理方位，确实有着里程碑式的开创性意义，影响极为深远。当然，现在我们知道，汉武帝和张骞对于黄河源头的判断出了差错，但从现代地理学来看，一个"昆仑山脉"，仍是将他们命名的昆仑山涵盖在内了。

有意思的是，这次确认昆仑山，应该是汉武帝刘彻本人的爱好，而并非张骞的本意。

张骞的本意不过是向天子汇报自己在西域的所见所闻，其中的一个重点是自己所确认的黄河源头方位（虽然这个河源位置是错误的）。甚至连《史记》的记录者司马迁都对此不以为然，司马迁在《史记》中就此做了一段很明确的议论，"今自张骞使大夏之后也，穷河源，何睹《本纪》所说的昆仑呀？故而九州的山河，《尚书》是年代比较近的了。至于说《禹本纪》《山海经》，里面各种神怪的记录，匪夷所思，我也不敢评论了。"

而汉武帝本人则一直喜仙学、慕长生，好祭祀名山，而其所处的时代本就是个神仙信仰弥漫朝野的时期。

在汉武帝之前的秦始皇等喜欢求仙的帝王，其求仙的目的地，大多是东海的仙山。而汉武帝则将求仙领域重点转到了内陆的名山大川，更因对《山海经》的痴迷和西域战略意义上的重要性，开始将关注点放在了西域。

所以汉武帝忽然命名昆仑山，也许是他本人对求仙的迷恋和国家层面上对西域战略开发的双重需要。

关于祭天金人：

前面所述的第一次河西之战中，《史记·匈奴列传》载："汉使骠骑将军去病将万骑出陇西，过焉支山千馀里，击匈奴，得胡首虏万八千馀级，破得休屠王祭天金人"。关于休屠城的祭天金人，因为史书上没有做过多描述，反而引起人们很多的猜想。

比较有名的猜想就是金人很可能是最早的佛像，但当时的印度佛教还没有开始制造佛像，所以祭天金人不可能是佛像。也有人提出，那地带应受昆仑山西王母祭祀文化影响所及，金人是西王母的神像（这倒与本书中祭天金人是昆仑遗存的假设暗合了），可惜也没有过多的依据，仅限于猜想。

实际上，休屠城匈奴部族的冶炼铸造水平并不高，那么祭天金人很可能并非休屠城部族自己铸造的，更大的可能是外来。那个时代有能力铸造这座金人的，只有大夏等希腊化邦国，他们掌握着亚历山大东征所带来的希腊雕塑技艺。那么，金人便可能是拜火的祆教神像，或者干脆就是东传的希腊神像。

这么说，并非是指匈奴人信奉祆教或是希腊天神，这个金人更可能的用途是与匈奴本土的萨满崇拜相结合。《后汉书·南匈奴传》载，"匈奴俗，岁有三岁祠，常以正月、五月、九月戊日祭天神"，那么他们很可能是用外来的金人神像当做祭天所用的匈奴天神来进行祭祀。

王晴川

本书由网元圣唐授权新星出版社出版，未经网元圣唐授权，任何人不得自行或授权任何第三方对本产品进行修改、制作、销售、复制、伪造等或任何其他类似行为。
网元圣唐保留所有对任何侵权采取法律措施的权利。

图书在版编目（CIP）数据

凿空记 / 王晴川著. -- 北京 ：新星出版社,2020.11
ISBN 978-7-5133-4241-4

Ⅰ. ①凿… Ⅱ. ①王… Ⅲ. ①幻想小说－中国－当代 Ⅳ. ① I247.5
中国版本图书馆 CIP 数据核字 (2020) 第 220141 号

凿空记

王晴川 著

统筹策划：翟德芳
责任编辑：孙志鹏
特约编辑：陈潇潇
责任印制：李珊珊
美术视觉：鹤　尾蓝　诺
装帧设计：刘家峰　江慕翎

出版发行：新星出版社
出 版 人：马汝军
社　　址：北京市西城区车公庄大街丙 3 号楼　　100044
网　　址：www.newstarpress.com
电　　话：010-88310888
传　　真：010-65270449
法律顾问：北京市岳成律师事务所

读者服务：010-88310811　　service@newstarpress.com
邮购地址：北京市西城区车公庄大街丙 3 号楼　　100044

印　　刷：大厂回族自治县彩虹印刷有限公司
开　　本：635mm×965mm　1/16
印　　张：77.75
字　　数：786 千字
版　　次：2020 年 11 月第一版　2020 年 11 月第一次印刷
书　　号：ISBN 978-7-5133-4241-4
定　　价：146.00 元

版权专有，侵权必究；如有质量问题，请与印刷厂联系调换。